王梵志詩校注

增訂本 上

〔唐〕王梵志 著
項楚 校注

上海古籍出版社

圖書在版編目（CIP）數據

王梵志詩校注：增訂本/(唐)王梵志著；項楚校注．—上海：上海古籍出版社，2010.6（2023.6重印）
（中國古典文學叢書）
ISBN 978-7-5325-5603-8

Ⅰ.王…　Ⅱ.①王…②項…　Ⅲ.唐詩—注釋　Ⅳ.I222.742

中國版本圖書館CIP數據核字(2010)第087877號

中國古典文學叢書
王梵志詩校注（增訂本）
(全二册)
[唐]王梵志　著
項　楚　校注
上海古籍出版社出版發行
（上海市閔行區號景路159弄1－5號A座5F　　郵政編碼201101）
(1) 網址：www.guji.com.cn
(2) E-mail：gujil@guji.com.cn
(3) 易文網網址：www.ewen.co
上海展强印刷有限公司印刷
開本 850×1168　1/32　印張 33.75　插頁 14　字數 797,000
2010年6月第1版　2023年6月第4次印刷
印數：3,751-4,300
ISBN 978-7-5325-5603-8

I·2212　平裝定價：118.00元

如發生質量問題，請與承印公司聯系
電話：021－66366565

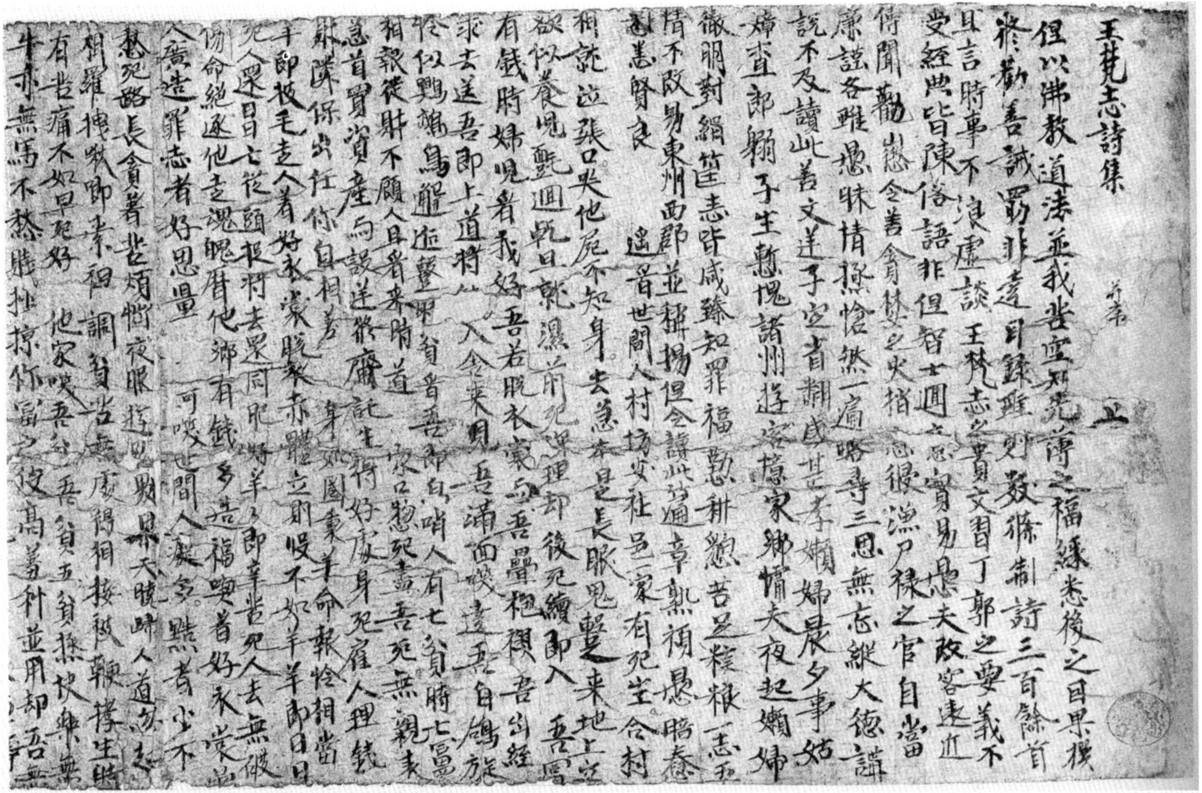

王梵志詩集并序

但以佛教道法並我苦空知先薄之福緣悉後之因果撰
修勸善誡罰非違目錄雖則數條制詩三百餘首
具言時事不浪虛談王梵志之貴文習丁郭之要義不
受經典皆陳俗語非但智士回意實易愚夫改容遠近
傳聞勸懲令善貪婪之吏稍息侵漁尸祿之官自當
廉謹各雖愚昧情極愴然一遍略尋三思無忘縱大德講
說不及讀此善文逆子定省翻成孝子懶婦晨夕事姑

圖一　斯〇七七八王梵志詩集上

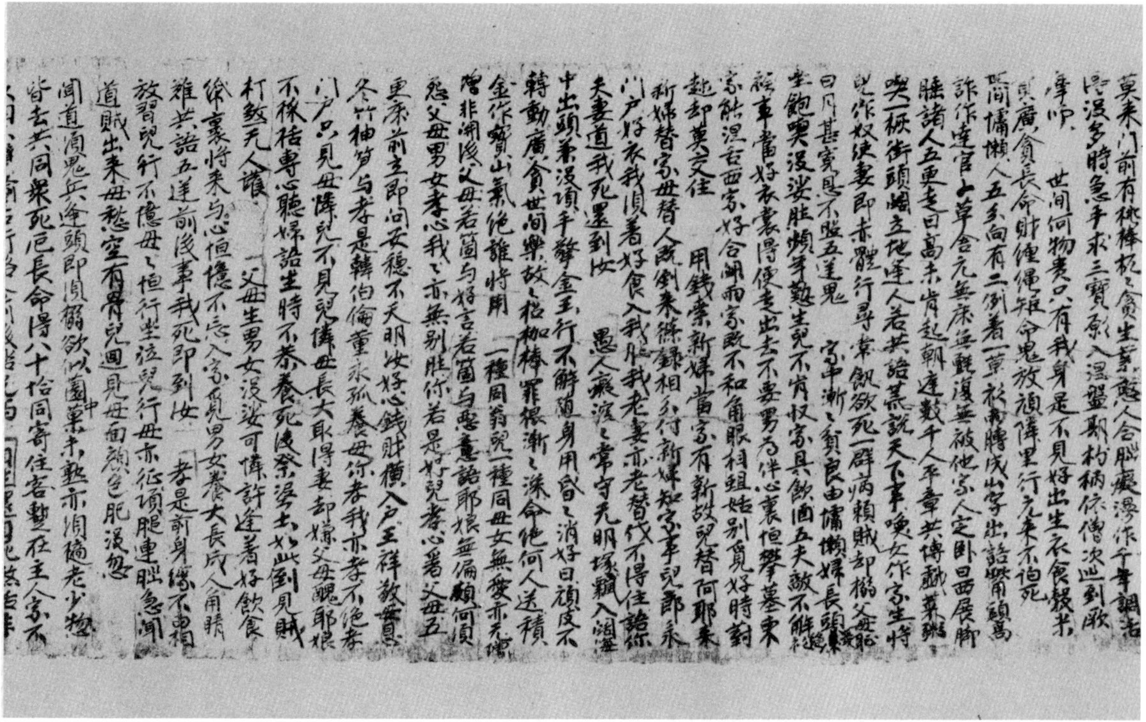

圖二　伯三二一一王梵志詩集卷中

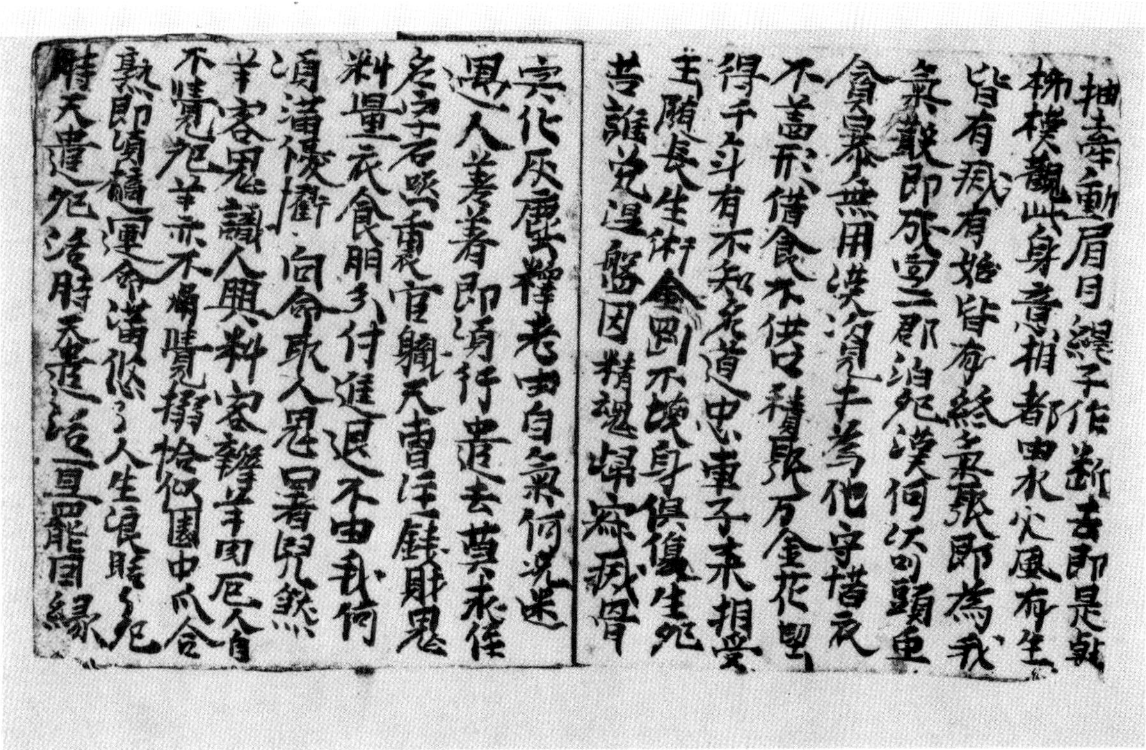

圖三　伯三八三三王梵志詩集卷第三

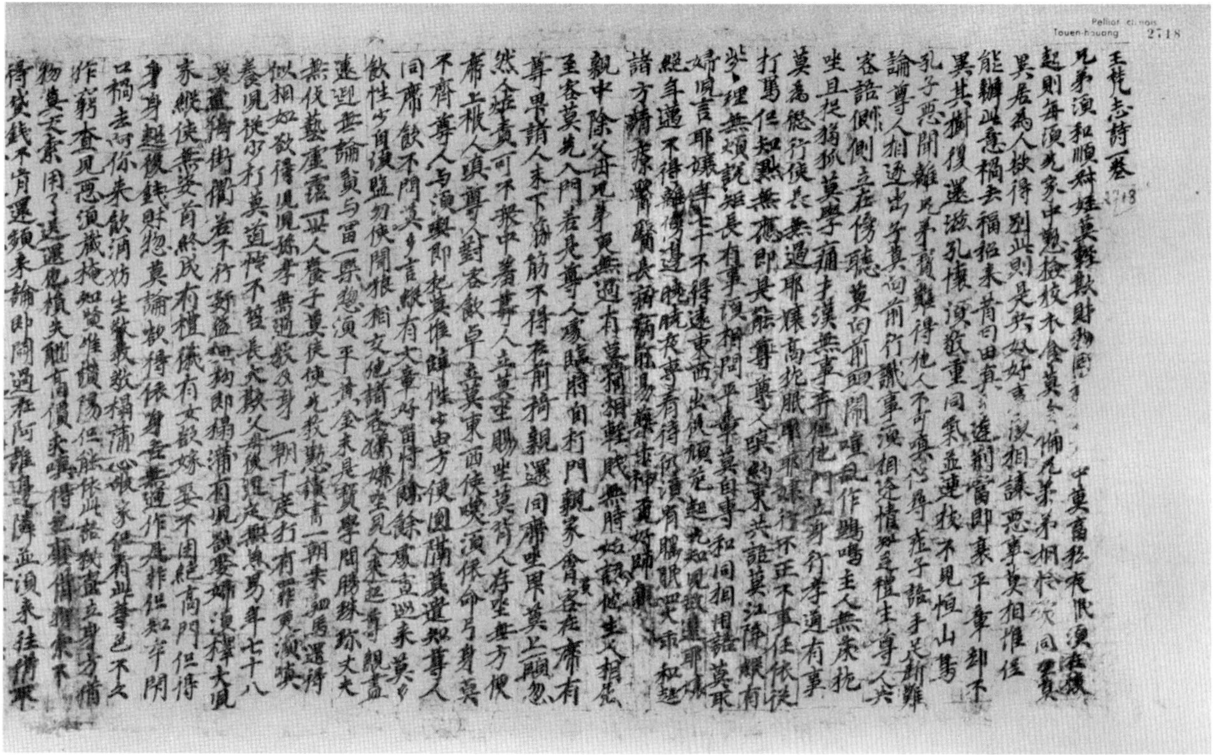

圖四　伯二七一八王梵志詩一卷

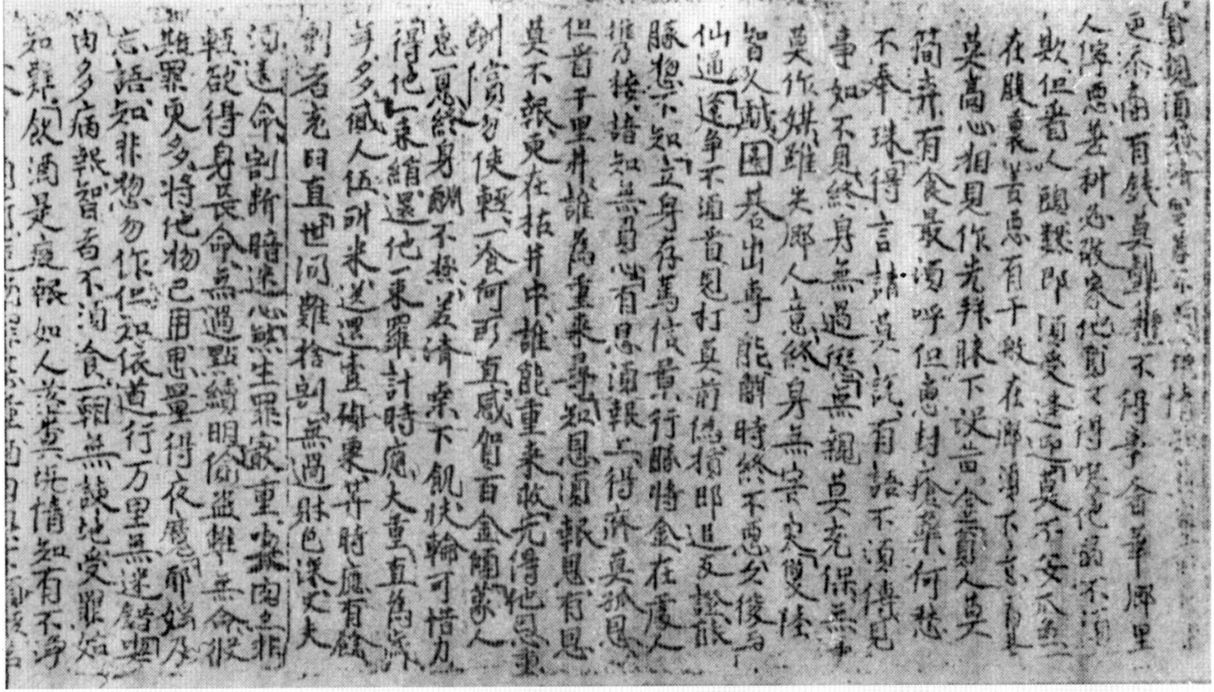

圖五　日本奈良寧樂美術館藏敦煌寫本王梵志詩

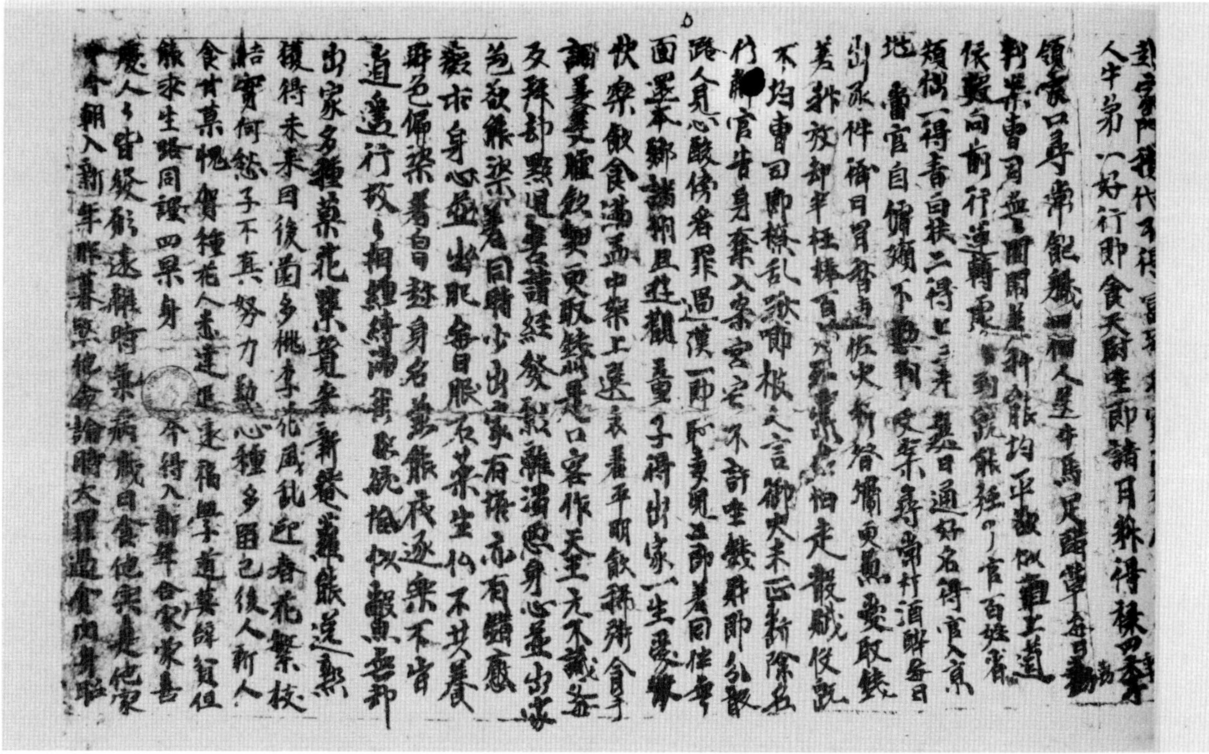

圖六　伯三七二四王梵志詩寫本

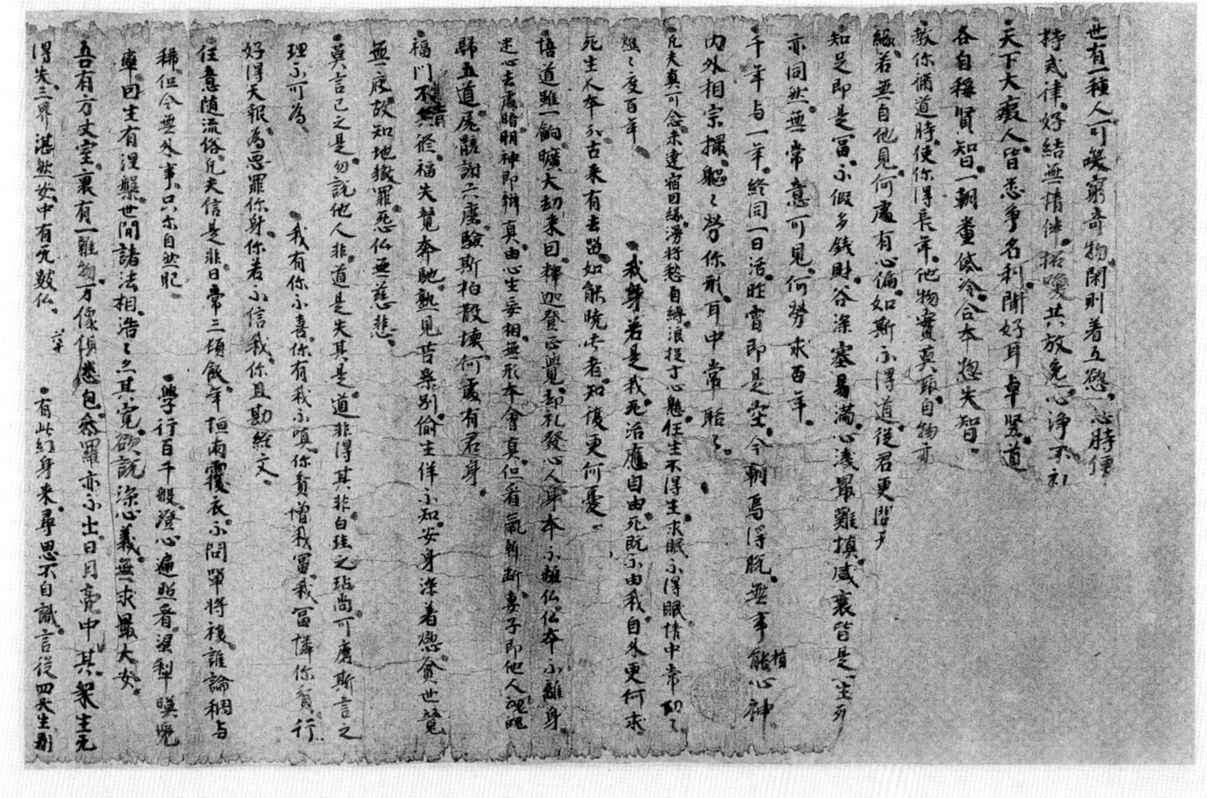

圖七　斯四二七七法忍抄本王梵志詩

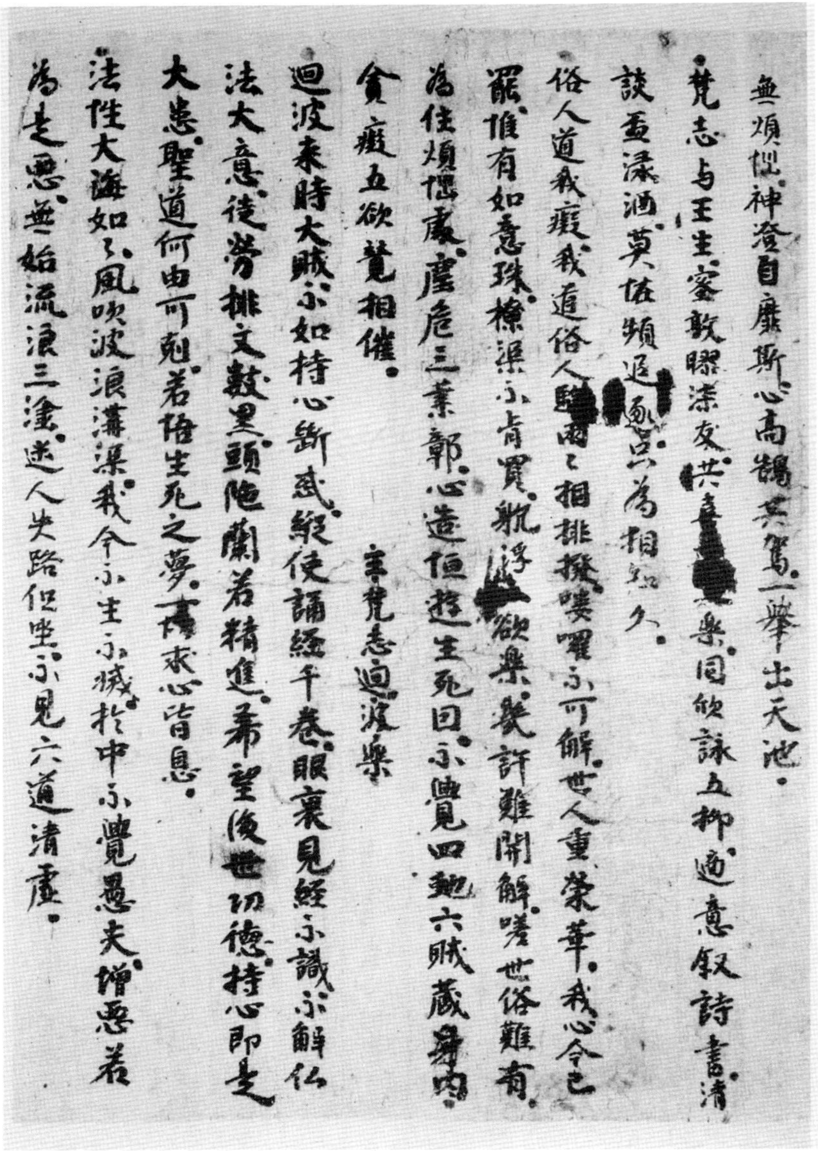
無煩惱，神澄自廉斯，心高鶴莫鶯，一舉出天池。
梵志與王生，密數聯朋友，共[illegible]樂，同飲詠五柳，適意叙詩書，清談並漉酒，莫作頻遐遠，只為相知久。
俗人道我癡，我道俗人騃，兩兩相排撥，嘍囉不可解，世人重榮華，我心今已罷，惟有如意珠，橡渠不肯買，貌浮欲樂，幾許難開解，嗟世俗難有。
為住煩惱處，塵危三業鄣，心遊恒避生死，回不覺四趣，六賊藏身內，貪癡五欲覺相催。
王梵志迴波樂
迴波來時大賊，不如持心斷惑，縱使誦經千卷，眼裏見經不識，不解佛法大意，徒勞排文數黑，頭陀蘭若精進，希望後世功德，持心即是大患，聖道何由可剋，若悟生死之夢，一切求心皆息。
法性大海如如，風吹波浪溝渠，我今不生不滅，於中不覺愚夫，增惡者為是惡，無始流浪三塗，迷人失路但坐，不見六道清虛。

圖八　列一四五六法忍抄本王梵志詩（現正式編號爲弗二五六）

總目

前言

白話詩人王梵志，至今仍是中國文學史上的一個謎。

關於他的身世，晚唐馮翊子（嚴子休）撰桂苑叢談史遺云：

王梵志，衛州黎陽人也。黎陽城東十五里有王德祖者，當隋之時，家有林檎樹，生癭大如斗。經三年，其癭朽爛。德祖見之，乃撤其皮，遂見一孩兒，抱胎而出，因收養之。至七歲能語，問曰：「誰人育我？」及問姓名。德祖具以實告：「因林木而生，曰梵天（後改曰志）；我家長育，可姓王也。」作詩諷人，甚有義旨，蓋菩薩示化也。

這顯然是一個神話，它不能當作信史看待，只不過爲王梵志其人平添了一層惝怳迷離的色彩而已。因此，歷來的研究者對王梵志其人有過種種不同的猜測，或以爲是胡僧，或以爲是化俗法師，或以爲是在俗佛人的共稱，或者懷疑其人的實在性，如此等等。這些猜測由於缺乏有力的證據，因而難以令多數學人信服。近年，台灣著名學者潘重規教授在敦煌王梵志詩新探中，以獨具的慧眼，掃除了籠罩着王梵志故事的神秘氣氛，而斷定它只是記載了一個棄嬰被收養的經過。他說：

據我看來，叢談只是如實叙述：王德祖家園中有一棵林檎樹，生了個斗大的癭，經過三年，樹癭腐爛了，德祖剥開樹皮一看，發現了一個嬰兒，就抱胎兒出來，把他收養成長。到了七歲能説話的時候，就詢問他出生的經過和姓名。王德祖據實告訴他，是從林檎朽癭中抱出來的，並不知他出生的來歷；是他王家撫養成長的，所以就叫他王梵天。至於王梵志的名字，是以後更改的。從記載看來，並没有絲毫神異的色彩。據我們了解，王德祖只是發現了一個安置在樹癭掩蔽中的嬰兒，抱來撫養成人。他心裏想這個嬰兒定然是被生身父母所遺棄，不過他没有對王梵天説出他心裏的想法罷了。

接着潘先生又以唐代另一個著名棄兒陸羽的事蹟相印證，使王梵志也是棄兒的論斷合情合理，令人悦服。不過我還是難以拂除心頭的疑雲，因爲在我腦海中浮現出另外一些與王梵志故事類似的神話來。元虞集道園學古録卷二四高昌王世勳之碑云：

> 考諸高昌王世家，蓋畏吾而之地有和林山，二水出焉，曰秃忽剌，曰薛靈哥。一夕，有天光降于樹，在兩河之間，國人即而候之，樹生癭若人妊身然。自是光恒見者越九月又十日，而癭裂，得嬰兒五，收養之。其最穉者曰卜古可罕，既壯，遂能有其民人土田，而爲之君長。

下文還提到「傳三十餘君」後，與唐議和親的事，可見這個神話的産生是很久遠的。宋馬純陶朱新録云：

> 交州界峒中檳榔木忽生癭，漸大，俄聞其中有啼聲。峒丁因剖視之，得一兒，遂養于家。及長，乃一美婦人，婉若神仙。

這兩處也提到樹癭生嬰的神話，很難設想全都是記載棄嬰的故事。其實，這是少數民族古老的史詩性傳説，這種先民古老傳説的特定模式有許多變種，如吕氏春秋本味所載伊尹生於空桑的神話：

> 有侁氏女子採桑，得嬰兒於空桑之中，獻之其君。其君令烰人養之，察其所以然，曰：「其母居伊水之上，孕，夢有神告之曰：『臼出水而東走，毋顧。』明日，視臼出水，告其鄰，東走，十里而顧，其邑盡爲水，身因化爲空

桑。」故命之曰伊尹。此伊尹生於空桑之故也。

有趣的是，在緯書中記載，孔子也是生於空桑之中。藝文類聚卷八八引春秋孔演圖曰：

> 孔子母徵在遊大冢之陂，睡，夢黑帝使請與己交，語曰：「女乳必於空桑之中。」覺則若感，生丘於空桑之中。

又華陽國志卷四南中志載竹王出於大竹的神話亦云：

> 有竹王者，興於遯水。有一女子浣於水濱，有三節大竹流入女子足間，推之不肯去。聞有兒聲，取持歸，破之，得一男兒。長育，有才武，遂雄夷濮。氏以竹爲姓。捐所破竹於野，成竹林，今竹王祠竹林是也。

友生劉長東見告，宋張敦頤六朝事迹編類卷一一寺院門蔣山太平興國禪寺條記寶誌現形於古木鷹巢事云：

> 據高僧傳及寶公實録，公諱寶誌，宋元嘉中現形於東陽郡古木鷹巢中。朱氏婦聞巢中兒啼，遂收育之，因以朱爲姓，乃施宅爲寺焉。

這樣看來，桂苑叢談所載王梵志出生的神話，也只不過是這一古老傳説模式的又一變種，不應該當作歷史的真實看待。

但我們不必因此而一定否認王梵志其人的存在。在關於他的神話中，也有某些具體可信的內容。桂苑叢談史遺説他的奇特出生是「當隋之時」，太平廣記卷八二引史遺（明鈔本作逸史）也説是「隋文帝時」。關於他的籍貫，桂苑叢談和太平廣記都説是衛州黎陽人，范攄雲谿友議卷一一却説他「生於西域林木之上」，這恐怕不可信。敦煌遺書伯四九七八號王道祭楊筠文中，王道自稱是「東朔方黎陽故通玄學士王梵志直下孫」。這篇祭文據我考察，乃是一篇遊戲文字，不能認真看待〔一〕，不過所記王梵志的籍貫，和桂苑叢談、太平廣記一致。這些，我們不妨都看作實有其事。總之，王梵志其人在唐代民間是十分出名的，所以才有關於他的神話流行，並有人假借他的大名（甚至自稱是他的嫡系子孫）以高自位置。但我們對他所知甚少，王梵志仍然是一個尚未完全猜透的謎，留待人們今後去繼續考索。

作者的朦朧並不等於作品的晦澀，作者的難以考訂並不意味着作品的不可思議。敦煌所出王梵志詩寫本共有三十五種，加上散見於唐宋詩話筆記、禪宗語録中的王梵志詩，張錫厚著王梵志詩校輯釐定爲三三六首，本書經過重新分首、辨僞和輯佚，釐定爲三二一首。這三百多首詩的內容相當廣泛，思想十分駁雜，它們暗示了關於作者的許多情況。我經過潛心玩索，深信這三百多首「王梵志詩」，決不是一人所作，也不是一時所作，而是在數百年間，由許多無名白話詩人陸續寫就的。

這裏，我想僅就王梵志詩中與佛教有關的作品，來論證它們不可能是某個特定個人的創作。王梵志其人在唐代就被看作是「菩薩示化」（桂苑叢談），王梵志詩被作爲僧徒開悟羣迷的教材，如雲谿友議卷一一載玄朗上人「或有愚士昧學之流，欲其開悟，則吟以王梵志詩」。宗密禪源諸詮集都序也説：「或降其迹而適性，一時間警策羣迷，志公、傅大士、王梵志之類。」可是考察這位示化菩薩有關佛教的詩作，發現情況却頗爲複雜。

在本書卷二中收入了組詩道士頭側方、觀內有婦人、道人頭兀雷、寺內數箇尼（〇二三——〇二六首），分别描寫了道士、道姑、和尚和尼姑。這些詩作與其説是宗教詩，不如説是宗教問題詩，是王梵志社會問題詩的一部份，作者是以旁觀者的身份，而不是以宗教徒的身份，來客觀地觀察和評論宗教問題。試看道士頭側方云：

道士頭側方，渾身惣著黄。无心禮拜佛，恒貴天尊堂。三教同一體，徒自浪褒揚。一种霑賢聖，无弱亦无强。莫爲分別想，師僧自説長。同尊佛道教，凡俗送衣裳。粮食逢醫藥，垂死續命湯。敕取一生活，應報上天堂。

這首詩是寫道士的。研究者雖然都注意到作者是主張「三教同一體」、「同尊佛道教」的，可是往往忽略了作者實際上是有所抑揚褒貶的。「徒自浪褒揚」並非泛言三教，而是特有所指，故下文説「莫爲分別想，師僧自説長」。「分別想」是説區分親疏貴賤的念頭，五燈會元卷二廣州志道禪師：「分別一切法，不起分別想。」正是此意。「自説長」就是上文的「徒自浪褒揚」，作者在肯定三教一體、同尊佛道的同時，批判了「師僧」（就是僧徒）的妄自尊大，針對性是十分鮮明的。

在這組詩下面的三首中，作者也對和尚、尼姑給予了批判，而對道姑則寄予了同情。例如他對道姑和尼姑的描寫，恰好成了鮮明的對比。觀内有婦人後半云：

貧無巡門乞，得穀相共飡。常住無貯積，鐺釜當房安。眷屬王役苦，衣食遠求難。出無夫婿見，病困絶人看。乞就生緣活，交即免飢寒。

詩中的「常住」指道觀的廚房（下引寺内數箇尼詩中的「常住」則指寺院中的廚房），「生緣」是親屬之義。作者從兩方面叙寫了道姑生活的艱難。「貧無」以下四句，寫道姑餬口不易；「眷屬」以下四句，寫道姑孤苦無依。「眷屬王役苦」是説道姑的親人困於王役，自顧尚且不暇。「衣食遠求難」是説道姑遠離家鄉，難以尋求親人的幫助。「出無夫婿見」是説道姑孑然一身，没有生活伴侣。因而「病困絶人看」，一旦沉疴纏身，連個照料看顧的人也没有。那麼怎樣才能解決這些困難呢？「乞就生緣活，交（教）即免飢寒」，希望能回家和親人相濡以沫，或許能免於飢寒吧。這是因爲釋道之法，俗人一旦出家，爲了割斷俗緣，例須遠離家鄉和親人，如太平廣記卷六六謝自然（出集仙録）：「修道要山林静居，不宜附近村栅。……仍須遠家及血屬，慮有恩情忽起，即非修持之行。」而這羣下層道姑却發出了「乞就生緣活」的呼聲，實際上就是要求還俗，恢復過凡人生活的權利。她們的感情與願望，與俗人亦無以甚異。讀者不難感到，作者在字裏行間對她們傾注了深切的同情。

然而作者筆下的一羣尼姑却截然不同，寺内數箇尼後半云：

常住無貯積，家人受寒飢。衆厨空安竈，麄飯當房炊。只求多財富，餘事且隨宜。富者相過重，貧者往還希。但知一日樂，忘却百年飢。不採生緣瘦，唯願當身肥。今身損却寶，來生更若爲？

「常住」四句寫尼姑的艱難生活，與前首道姑相似。可是尼姑應付艱苦的辦法，却和道姑迥異，採取了只顧自己、只顧眼前（今生）的唯利是圖的方針。「富者相過重，貧者往還希」，嫌貧愛富，已違背了佛教平等之義。「不採生緣瘦，唯願當身肥」，只圖自己富足，哪管親人貧困，這和道姑願與親人相濡以沫恰成鮮明對照。結云「今身損却寶，來身更若爲」，「寶」指人身，宋方嶽深雪偶談：「淵明飲酒詩云：『客養千金軀，臨化消其寶。』以寶喻軀，軀失則寶盡矣。」作者以此二句警告這羣尼姑：今身如此度過，來生將不堪設想，蓋以惡業報應懼之也。

總之，這一組詩從客觀立場觀察和評論宗教問題，其思想傾向決不是有利於佛教的。這顯然不會是「菩薩示化」的王梵志所作。

即使是在那些以佛教信徒身份創作的王梵志詩中，也可以發現觀念上的巨大差異乃至扞格矛盾的現象。佛教的內容是十分複雜紛繁的，不妨粗略地把它分爲兩個層次。在較低的層次上，它主要是一種迷信，愚昧而荒誕。在較高的層次上，它表現爲一種哲學，一種宗教的世界觀，雖然仍不免於荒誕，然而却時時閃現出古代人類的智慧之光。

王梵志詩中的佛教思想，大量地表現爲前一個層次。我們哪怕粗略地瀏覽一遍，也隨時可以看到對地獄惡道的極端恐懼，對天堂西方的無限嚮往，以及關於善惡報應的反復説教，無須在這裏一一舉例了。這些作品表現了佛教迷信在唐代民間深入人心的實際狀況，王梵志詩的通俗性質，它作爲下層人民觀念形態的真實反映，也通過這些迷信思想表現出來。其中較具理論性的，如身强避却罪(二五九首)云：

身强避却罪，修福只心懃。專意涓涓念，時時報佛恩。得病不須卜，實莫浪求神。專心念三寶，莫乱自家身。十念得成就，化佛自迎君。若能自安置，抛却帶囚身。

這裏闡發的佛教淨土宗的理論，雖然簡便易行，然而實在没有什麽深奥的哲理可言。自唐代以來，净土信仰就是民間佛教信仰的主要形式，因而也是王梵志詩中佛教信仰的主要形式。

但是在敦煌遺書伯三八三三號王梵志詩卷的開端部份,却收入了一組佛教哲理詩:人去像還去、一身元本别、以影觀他影、觀影元非有、雷發南山上、非相非非相、但看繭作蛾、黄母化爲鱉(〇八〇—〇八七首),闡發了比較深邃的佛教理論,獨異於其他詩作,顯然别具一格。它們所發揮的理論,我認爲屬於大乘空宗的般若學説。鳩摩羅什譯摩訶般若波羅蜜經(大品般若經)序品云:

解了諸法,如幻,如焰,如水中月,如虚空,如響,如犍婆城,如夢,如影,如鏡中像,如化。

大智度論卷六具引了這段經文,並加以詳盡的闡發。而王梵志的這一組佛教哲理詩,基本上就是發揮上引般若十喻的。如人去像還去發揮「如鏡中像」之喻,以影觀他影發揮「如影」之喻,觀影元非有發揮「如影」、「如夢」之喻,雷發南山上發揮「如虚空」之喻,但看繭作蛾發揮「如化」、「如夢」之喻,黄母化爲鱉發揮「如化」之喻。而一身元本别發揮「如焰」之喻,宣稱人身不過是因緣假合的産物,虚幻不實,這也是這一組詩的總的主題。其中非相非非相一首也許是最深奥的:

非相非非相,无明无无明。相逐妄中出,明從暗裏生。明通暗即盡,妄絶相還清。能知寂滅樂,自然無色聲。

其中「非相非非相」等語,闡發佛教空義,頗爲精微。蓋自真諦視之,實相不過因緣假合,本性是空;自俗諦視之,既有因緣假合,則仍是有。不著兩邊,即爲「非相非非相」矣。如此精微的思辨,顯然有别於王梵志詩中大量的天堂地獄迷信之説,而是屬於更高層次的義理探求。如果説王梵志詩中的這些不同層次的詩作,全都出於同一位作者之手,那是難以令人相信的。

即使在具體的佛教觀點上,我們也可以發現王梵志詩的自相矛盾之處。如饒你王侯職(一〇八首）云：

饒你王侯職，饒君將相官。娥眉珠玉珮，寶馬金銀鞍。錦綺嫌不著，猪羊死不飡。口中氣新断，眷屬不相看。

詩中「猪羊死不飡」一句，言嫌棄自死之猪羊不食，而必欲殺生害命。按佛教戒殺生食肉，但小乘戒律認爲自死之肉屬於所謂「淨肉」，佛允許俗人食之。入楞伽經遮食肉品：「肉有二種，一者他殺，一者自死。以世人言，有肉得食，有不得者。」顏氏家訓歸心：「齊國有一奉朝請，家甚豪侈，非手殺牛，噉之不美。」此事正與梵志詩「猪羊死不飡」相同。顯然，此首作者是奉信自死之肉可食的小乘戒律的。這種觀點在下一首自死与鳥殘（一〇九首）中説得更加明白：

自死与鳥殘，如來相體恕。莫養圖口腹，莫煞共盤筋。鋪頭錢買取，飽噉何須慮。儻見閻羅王，亦有分踈取。

按「自死」（諸鳥獸命盡自死者）與「鳥殘」（鷹鷲等食他鳥獸所餘之肉），皆是所謂「淨肉」。五分律卷二二：「有三種肉不得食，若見、若聞、若疑。見者，自見爲己殺；聞者，從可信人聞爲己殺；疑者，疑爲己殺。若不見、不聞、不疑，是爲淨肉，聽隨意食。」這三種淨肉，加上「自死」與「鳥殘」，即是五種淨肉。楞嚴經卷六：「阿難，我令比丘食五淨肉。」這是佛教小乘戒律，我國僧徒在梁武帝以前，大抵是遵從淨肉可食的戒律的。此首云「自死与鳥殘，如來相體恕」，又云「鋪頭錢買取，飽噉何須慮」，也是根據小乘戒律説的。但佛教大乘戒律主張凡肉皆斷，如北本大般涅槃經卷四：「迦葉菩薩復白世尊：『云何如來不聽食肉？』『善男子，夫食肉者斷大慈種。』迦葉又言：『如來何故先聽比丘食三種淨肉？』『迦葉，是三種淨肉，隨事漸制。』迦葉菩薩復白言：『世尊，何因緣故，十種不淨乃至九種清淨亦復不聽?』佛告迦葉:『亦是因事漸次而制,當知即是現斷肉義。』」即以淨肉可食之説爲「隨事漸制」的權宜之説。故廣弘明集卷二六載梁武帝斷酒肉文:「或云:『肉非己殺,猶自得噉,以錢買肉,亦復非嫌。』如是説者,是事不然。涅槃經云:『一切肉悉斷,及自死者。』自死者猶斷,何况不自死者。楞嚴經云:『爲利殺衆生,以財網諸肉,二業俱不善,死墮叫呼獄。』何謂以財網肉?陸設罝罘,水設網罟。此是以網網肉。若從屠殺人間以錢買肉,此是以財網肉。若此人不以財網肉者,習惡律儀,捕害衆生,此人爲當專自供口,亦復别有所擬?若别有所擬,向食肉者,豈無殺分?」又載叙梁武帝與諸律師唱斷肉律,記梁武帝勑周捨云:「僧辯所道自死肉,若如此説,鴟鴉鳩鴿,觸處不死,那不見有一自死者。麞鹿雉兔,充滿野澤,亦不曾見有一自死者。而覓死肉,其就屠殺家;覓死魚,必就罾網處。若非殺生,豈有死肉? 經言:買肉與殺生,此罪一等。」這簡直就像是專門駁斥梵志自死与鳥殘詩的。由於梁武帝的嚴禁與提倡,我國僧徒遂廢棄淨肉得食之習,而改從凡肉皆斷的大乘戒律。這也表現在梵志詩中,如造酒罪甚重(二二九首):

造酒罪甚重,酒肉俱不輕(丁五本作「買肉亦不輕」)。若人不信語,检取涅槃經。

此首把主張凡肉皆斷的大乘經典涅槃經作爲禁肉的根據,顯然和自死与鳥殘詩的主張相矛盾。它們決非出自一人之手,也是不言而喻的。

小乘佛教早期在我國亦有傳播,但流行廣、影響大的則是大乘佛教。王梵志詩中表現的佛教思想,自然也主要是屬於大乘的範圍,但也不難發現小乘的表現。除了淨肉得食之説外,如出家多種果(二一七六首)云：

出家多種果，花蘂競來新。菴羅能逸熟，獲得未來因。後園多桃李，花盛乱迎春。花繁條結實，何愁子不真。努力勤心種，多留与後人。新人食甘果，慚荷種花人。悉達追遠福，學道莫辭貧。但能求生路，同證四果身。

此首以種菴羅果爲喻，勸勉修行者爲來生廣種善因。「四果」指小乘佛教修行的四種果位：須陀洹果、斯陀含果、阿那含果、阿羅漢果，而以阿羅漢果爲小乘修行的極果，從此永入涅槃，不墮輪迴。然而小乘果位是極難修致的，故此詩以種菴羅果爲喻。玄應一切經音義卷八維摩詰所説經音義上：「菴羅，或言菴婆羅，果名也。按此果花多而結子甚少，其葉似柳，而長一尺餘，廣三指許。果形似梨，而底鈎曲。彼國名爲王樹，謂在王城種之也。經中生熟難知者，即此也。」北本涅槃經卷一四：「如菴羅樹，花多果少，衆生發心，乃有無量，及其成就，少不足言。」以「花多果少」的菴羅爲喻，正言小乘果位之極難修致。故詩云：「努力勤心種，多留与後人。新人食甘果，慚荷種花人。」「後人」及「新人」皆指未來生，「多留与後人」謂將善因留與未來生。蓋佛教主張轉世之説，而欲獲小乘果位，當經歷累世修行，乃至無數劫之修行，方可修致，故梵志詩有此等語。以此與前引身强避却罪(二五九首)之「十念得成就，化佛自迎君」對比，大乘淨土宗主張不論生前作何惡業，只要臨終時口念阿彌陀佛十聲，即有化佛來迎，得生西方淨土，其修行之難易不啻天淵之别！它們決非出自一人之手，也是不言而喻的。

以上僅從王梵志詩中有關佛教的作品中舉出一些例證，相信對於「王梵志詩」決非一人所作之論斷，應該不再有疑問了。曾經有研究者從王梵志詩中摘取若干詩句，加以串聯排比，勾勒出王梵志一生的經歷事蹟，認爲「可以初步揭開這個歷來被認爲『謎一般的』人物的真面目」，然而結論並不令人信服，其原因就在於把並非一人一時之作的「王梵志詩」，誤認爲統統是王梵志一人的手筆了。儘管王梵志其人仍然是一個尚未完全猜透的謎，但我們既然知道「王梵志詩」是若干無名白話詩人作品的總稱，那麼實際上就已經摸索到解開這個謎的線索。從王梵志詩的全部内容看來，它們的作者應該主要是一些僧侣和民間的知識分子。

上文提到「王梵志詩」並非一時所作，那麼究竟是什麼時代的作品呢？歷來的研究者論斷頗不一致，從七世紀、八世紀乃至晚唐五代都有。這些論斷並非全都没有根據，不能説都是錯誤的，但顯然都是不全面的。

王梵志詩既然不是一人之作，那麼要探究王梵志詩産生的年代，就不能只和某個叫王梵志的人聯繫起來，而是必須分析王梵志詩的内容，加以區别對待。現存全部王梵志詩可以區分爲三個部份：一、敦煌所出上中下（或一二三）三卷本王梵志詩集（本書卷一、卷二、卷三，又卷五也應屬於三卷本中的某卷）。二、敦煌所出一卷本王梵志詩（本書卷四）。三、散見的王梵志詩（本書卷六）。下面就分别討論這三部份王梵志詩的産生年代。

三卷本王梵志詩集是全部王梵志詩中最主要的部份，因爲它們數量最多，内容最富有現實性，藝術形式最具特色，因而價值也最高。作爲整體看，我認爲它們産生於初唐時期，特别是武則天當政的時期，這可以從它們的内容找到若干證據。趙和平、鄧文寬敦煌寫本王梵志詩校注〔二〕根據敦煌遺書伯三四一八號、伯三二一一號王梵志詩（按皆屬於三卷本王梵志詩集）中所反映的中男的年齡、府兵制情况、「開元通寶」錢的史實，以及唐中央政權與吐蕃間的衝突，認爲「這些詩反映的社會歷史現象，起於唐初武德四年，止於開元二十六年」。我同意這一分析，並繼續從王梵志詩的内容尋找更多的證據。

在上文曾經提到道人頭側方等一組宗教問題詩，指出作者在肯定三教一體的同時，批判了僧徒的妄自尊大。在釋道鬬爭中，作者的同情顯然是在道教一邊，這是有其特定歷史背景的。唐代開國之初，帝室攀宗李耳，因而先道後佛。武周革命之後，出於政治需要，轉而崇佛抑道。僧史略中僧道班位：「釋氏雖西來客教，自晉宋齊梁陳後魏北齊後周大隋，僧班皆在黄冠之上。……唐貞觀十一年，駕幸洛陽，道士先有與僧論者，聞之於太宗，乃下詔曰：『……道士女冠可在僧尼之上。』……則天天授二年四月，詔令釋教在道門之上，僧尼處道士女冠之前。睿宗景雲元年二月，詔以釋典玄宗，理均迹異；拯人救俗，教別功齊，自今每緣法事集會，僧尼、道士女冠宜行並集（原注：此不分前後，齊行東西也）。」可以略見釋道地位升降的情况。在唐前期的釋道鬬爭中，只有武則天助佛抑道，佛教明顯處於上風。梵志詩之「莫爲分别想，師僧自説長」，即是針對這種社會現實而發，其作於武則天時期，當可自明。而這一組詩對釋道二教的微妙褒貶態度，聯繫當時釋道鬬爭的政治背景，亦透露出作者對武周政權的不滿傾向。

在敦煌遺書伯三八三三號王梵志詩（本書收入卷三）中，還有一組法治問題詩，録之於下：

百姓被欺屈（一二七首）

百姓被欺屈，三官須爲申。朝朝團坐入，漸漸曲情新。斷榆翻作柳，判鬼却爲人。天子抱寃屈，他揚陌上塵。

代天理百姓（一二八首）

代天理百姓，格式亦須遵。官喜律即喜，官嗔律即嗔。惣由官斷法，何須法斷人。一時截却項，有理若爲申？

天下惡官職（一二九首）

天下惡官職，未過御史臺。努眉復張眼，何須弄師子。傍看甚可畏，自家困求死。脱却面頭皮，還共人相似。

這些詩作展現了一幅是非顛倒、寃獄如山、酷吏横行、法律蕩然的情景，儻與武則天時期的政局對觀，自覺絲絲入扣。朝野僉載卷二曾記載了武則天時期酷吏製造寃情的情況，其中説到「皆遺喚鶴作鳳，證蛇成龍」，又説「肆情鍛錬，證是爲非；任意指麾，傅空爲實。周公孔子，請伏殺人；伯夷叔齊，求其劫罪。訊劾乾壍，水必有期；推鞫濕泥，塵非（飛）不久。」這就是梵志詩説的「斷榆翻作柳，判鬼却爲人」。又梵志詩「百姓受欺屈，三官須爲申」，「三官」一語殊費解。道教之天曹仙官雖有「三官」之目，施於此詩殊未合。我認爲「三官」即指武則天時期的三司長官。宋趙與時賓退録卷七：「唐高宗、武后之時，屢興大獄，多以尚書刑部、御史臺、大理寺雜案，謂之三司。其後有大獄，或直命御史中丞、刑部侍郎、大理卿充三司使。次又以刑部員外郎、御史、大理寺官爲之，以決疑獄。時因有大三司使、小三司使之别，皆事畢罷。」舊唐書職官志三：「凡天下之人，有稱寃而無告者，與三司訊之。」新唐書刑法志：「自永徽以後，武氏已得志，而刑濫矣。當時大獄，以尚書刑部、御史臺、大理寺雜按，謂之三司。而法吏以慘酷爲能，至不釋枷而笞箠以死者，皆不禁。」又百官志三：「凡冤而無告者，三司詰之。三司，謂御史大夫、中書、門下也。」以上記載的三司長官，其職責正與梵志詩的「三官」相當。百姓被欺屈詩言三官本應爲百姓伸冤，而實際上却千方百計陷百姓於冤，這正是武則天時期的嚴酷現實。詩云「天子抱冤屈」，蓋爲武則天迴護之語。資治通鑑唐則天后永昌元年：「右衛胄曹參軍陳子昂上疏，以爲『周頌成康，漢稱文景，皆以能措刑故也。今陛下之政，雖盡善矣，然太平之朝，上下樂化，不宜有亂臣賊子，日犯天誅。比者大獄增多，逆徒滋廣，愚臣頑昧，初謂皆實。乃去月十五日，陛下特察繫囚李珍等無罪，百僚慶悦，皆賀聖明，臣乃知亦有無罪之人挂於疏網者。陛下務在寬典，獄官務在急刑，以傷陛下之仁，以誣太平之政，臣竊恨之。』」後數句即梵志詩之「天子抱冤屈」也。總之，梵志這一組法律問題詩，批判了武周時期的黑暗政治，和上文提到的一組宗教問題詩，政治傾向是一致的。它們都創作於武則天時期，應該是没有疑問的。

梵志詩本巡連索索（一二三首）云：

本巡連索索，鐏主告平平。當不恠來晚，覆盞可憐精。門前夜狐哭，屋上鵶梟鳴。一種聲響音，何如刮鉢聲？

此詩描寫飲酒行令之事。不知名的王梵志詩集編者，往往把同類題材的作品編在一起，此詩和上首不知愁大小爲一組，同寫飲酒之趣。唐李肇國史補卷下：「古之飲酒，有杯盤狼藉、揚觶絶纓之説，甚則甚矣，然未有言其法者。國朝麟德中，壁州刺史鄧宏慶始創『平索看精』四字令，至李稍雲而大備，自上及下，以爲宜然。大抵有律令，有頭盤，有拋打，蓋工於舉場，而盛於使幕。衣冠有男女雜履舄者，長幼同燈燭者，外府則立將校而坐婦人，其弊如此。」劉禹錫夔州論利害表第二表：「至龍朔中，壁州刺史鄧弘慶進『平索看精』四字堪爲酒令，高宗嘉之，亦行其言，遷弘慶爲朗州刺史。」宋朝事實類苑卷六一引贊寧要言：「東漢賈景伯著酒令九篇，始形載籍，然終尋未見。唐高宗朝，鄧弘慶飲酒，以『平索看精』爲令始也。」故知本首之「索索」、「平平」，即四字酒令之語，而第四句之「精」字，亦在四字之中，似非妄下者。宋竇苹酒譜酒令：「國史補稱鄧弘慶始刱『平素（索）看精』四字令，未詳其法。」蓋其法至宋代已失傳，故今日不能言其詳也。劉賓客嘉話録：「飲酒四字，著於史氏，出於則天時壁州刺史鄭宏慶者，近之人或知之。」謂四字酒令刱於武則天時期。但上引劉禹錫表，明言創始於「龍朔中」，國史補則云「麟德中」，與贊寧要言所云「唐高宗朝」一致，應該是可信的。龍朔（公元六六一—六六三年）、麟德（六六四—六六五年）皆爲唐高宗年號，前後共五年，其時武則天已開始攬持政權，故嘉話録謂「出於則天時」也没有錯。此詩的創作，必然在這以後，是没有問題的。那麽，它的時間下限在什麽時候呢？我認爲不會晚於開元以後，這是因爲，整個三卷本王梵志詩集的創作下限，不會晚於開元以後。

這樣説的根據何在呢？這是因爲，三卷本王梵志詩集雖然表現的思想十分駁雜甚至矛盾，然而其中却完全找不到禪宗南宗思想的痕跡，這説明它的創作應該是在禪宗南宗廣泛流行之前。禪宗六祖慧能於儀鳳元年（公元六七六年）在廣州創立南宗，最初還只限於南方一隅。到天寶四載（七四五年），慧能弟子神會北上洛陽荷澤寺弘揚教法，禪宗南宗遂迅速流行於天下。三卷本王梵志詩集應該創作在這以前。

另外，許多研究者都曾注意到一個奇怪的事實：散見的王梵志詩（本書卷六），竟没有一首與三卷本王梵志詩集中的作品相重複。人們對此有過各種解釋，在我看來，這只不過説明一個事實，即三卷本王梵志詩集是在這些散見作品産生之前就已結集完成的，所以才没有收録這些散見的作品。後者中較早的作品，如歷代法寶記所載惠眼近空心，此詩爲無住禪師所引，表現出禪宗南宗的機趣。無住死於公元七七四年，三卷本王梵志詩集應該是在這以前若干年結集的。

根據以上分析，估計三卷本王梵志詩集中的作品，主要創作在初唐時期，特别是武則天時期。它的編輯成集，大約是在武周晚期，最晚不會在開元以後。那麽，其中會不會有唐代以前的作品呢？有的，因爲我曾發現前死未長别（二五三首）就是北周釋亡名五盛陰的改作，只變動了少數字句而已〔三〕。既然已經在三卷本王梵志詩集中發現了一首釋亡名詩的改作，那麽，還有别的類似的改寫作品的可能性，就是存在的，但我想，這不會改變三卷本王梵志詩集主要産生在初唐時期的論斷。

現在再來考察一卷本王梵志詩（本書卷四）。其中收入了五言四句小詩九十二首，前七十二首是世俗的訓世格言，後二十首是佛教的訓世格言。形式較爲單調與内容較爲膚淺，使它與三卷本王梵志詩集顯然有别，藝術價值遠遠不及後者。然而，在敦煌石室發現的一卷本王梵志詩的寫本數量却很多，共有十二種。我認爲這些特點是由它本身的性質決定的。

一卷本王梵志詩實際上是唐代民間的童蒙讀本，是待人處世的啟蒙教科書，它的内容和另一種唐代民間童蒙讀本太公家教十分相似，下面略舉幾例對照。

梵志詩：「見惡須藏掩，知賢爲讚揚。」(一八八首)太公家教：「見人善事，必須贊之；見人惡事，必須掩之。」

梵志詩：「得他一束絹，還他一束羅。」(二二一首)太公家教：「得人一牛，還人一馬。」

梵志詩：「尊人相逐出，子莫向前行。」(一五九首)太公家教：「其父出行，子須從後。」

梵志詩：「尊人与酒喫，即把莫推辭。」(一七五首)太公家教：「尊人賜酒，必須拜受。」

如此等等，可以説是互爲表裏的。梵志詩他貧不得笑(二〇八首)云：

他貧不得笑，他弱不得欺。但看人頭數，即須受逢迎。

這首詩見於九種敦煌寫本，後兩句詩有八種寫本略同，只有丁七本作「太公未遇日，猶自獨釣魚」，恐不可靠。大約是此卷書手不甚明瞭原文之意，遂據太公家教中「太公未遇，釣魚渭水」之語加以改寫。但既然可以根據太公家教之文改寫一卷本王梵志詩，亦可見它們在當時人們心目中，是彼此很相似的兩種讀物。

宋王明清玉照新志(五卷本)卷三：「世傳太公家教，其言極淺陋鄙俚，然見之唐李習之文集，至以文中子爲一律。觀其中猶引周漢以來事，當是有唐村落間老校書爲之。」續傳燈録卷一二汝州香山法成禪師：「恰似三家村裏教書郎，未念得一本太公家教，便道文章賽過李白杜甫。」清俞樾茶香室續鈔卷一三太公家教：「宋項安世項氏家説曰：『古人教童子多用韻語，如今蒙求、千字文、太公家教、三字訓之類。』據此，則宋時尚有之也。」一卷本王梵志詩性質與太公家教相似，應該也是出於唐代一位民間知識分子之手，而借用了王梵志的大名，以廣流傳，這和太公家教借用了姜太公（吕尚）的大名一樣。他編寫這卷格言詩集，有許多首是按照民間禮節的實際需要，從禮記等書中取材的。例如長幼同欽敬（一九二首）：

長幼同欽敬，知尊莫不遵。但能行礼樂，鄉里自稱仁。

按禮記樂記：「是故樂在宗廟之中，君臣上下同聽之，則莫不和敬；在族長鄉里之中，長幼同聽之，則莫不和順；在閨門之內，父子兄弟同聽之，則莫不和親。」梵志此詩顯然是就「在族長鄉里之中」一段衍發而成者。

還有一些詩作是根據民間諺語編寫的，如惡人相觸悮（二〇三首）：

惡人相觸悮，被駡必從饒。喻若園中韭，猶如得雨澆。

按寒山詩云：「我見被人謾，一似園中韭，日日被刀傷，天生還自有。」敦煌本下女夫詞：「舍後一薗韮，刈却還如舊。」蓋唐人俗諺如此，以園韭被刈還生，比喻受害者終將復原。梵志此詩就俗諺立意，言被惡人觸忤，雖暫蒙傷害，如園韭被刈；倘能忍讓，則終不吃虧，必將如園韭得雨，愈益滋茂也。

還有一些詩作，應是根據民間本已流行的格言小詩改寫的。主人相屈至（一七〇首）：

主人相屈至，客莫先入門。若是尊人處，臨時自打門。

按湖南長沙窰曾出土過一件唐代瓷壺，壺腹上寫着一首五言詩：「客人莫直入，直入主人宴（厭）。打門二三下，自有出來人。」與上引梵志詩内容十分相似。可見這類格言式的五言四句小詩，在唐代民間是廣泛流行的。而一卷本王梵志詩的作者正是採用了民間的這種格言小詩的體制，可以看作是這類格言小詩的總結性的、集大成的著作。

一卷本王梵志詩與太公家教不同之處，還在於它後面有二十首佛教的訓世格言。這類佛教格言小詩，大約在唐代也是頗爲流行的。聞鍾身須側（二四〇首）：

聞鍾身須側，臥轉莫纏眠。万一無常去，免至獄門邊。

按敦煌遺書斯〇三八一號載無名氏聞鐘詩云：「聞鐘臥不起，護法善神嗔。現世福德薄，來世受蛇身。」不難看出，二者在取材、格調上都是相似的。

一卷本王梵志詩由於缺乏對社會現實的具體的、有特色的描寫，因而難以從其内容考訂它的産生年代。不過拿它和太公家教比較，後者直接採用了很多古語和諺語，在形態上顯得更爲原始和本色，而一卷本王梵志詩的有些詩作，看來是在太公家教的基礎上改寫而成的，因此它的編寫成集應該是在太公家教之後。太公家教序文有「余乃生逢亂代，長值危時」之語，可知作者是經歷了安史之亂的，那麼，太公家教的編寫應該是在八世紀的後半期。李翺（公元七七三—八四一年）答朱載言書云：「其理往往有是者，而詞章不能工者有之矣，劉氏人物志、王氏中説、俗傳太公家教是也。」其時太公家教已廣泛流傳於民間了。一卷本王梵志詩作爲童蒙讀物，較三卷本王梵志詩集流傳更爲久遠，直到元代還有傳本行世。宋史藝文志别集類載有王梵志詩集一卷，排列次序在晚唐五代作家之間，想來並非全無根據。設想一卷本王梵志詩編寫於晚唐時期，應該是可信的。

現在再對王梵志詩的第三部份——散見的王梵志詩(本書卷六)略作考察。這些作品的出處比較複雜,包括敦煌遺書及唐宋詩話、筆記等。上文已經説過,這些散見的王梵志詩没有一首與三卷本王梵志詩集重複,因爲它們産生在詩集編定之後,因而不可能被收入詩集。實際上,我認爲它們是在從盛唐、中晚唐、五代乃至宋初的很長時期内陸續産生,並附麗於王梵志名下的。在這個時期内,禪宗南宗已經風行於天下,所以散見的王梵志詩中出現了表現禪宗南宗思想的作品,如惠眼近空心(二九六首)。作爲一個特殊的現象,其中還有道教法師講經時稱引的王梵志詩,如此身如館舍(二九七首):

此身如館舍,命似寄宿客。客去館舍空,知是誰家宅?

此詩見於敦煌遺書伯三八七六號。此卷文書據我考訂,乃是一位道教法師講經的長篇稿本,講經的時間大約是在唐玄宗稱太上皇的期間(至德元載——上元二年,公元七五六—七六一年)[四],詩中表現的身命分離思想,亦見於三卷本王梵志詩集中的身如大店家(〇五八首)、身卧空堂内(〇五九首)、身如肉架堂(〇六三首)。這種觀念本爲佛教與道教所共有,因而道教法師講經時也稱引了王梵志此身如館舍詩,不足爲怪。

這裏有一點要解釋。上文推測一卷本王梵志詩産生於晚唐時期,爲什麽它也没有一首詩和散見的王梵志詩相重複呢?這却另有原因。一卷本王梵志詩本是某位民間知識分子編寫的童蒙讀本,它和散見的王梵志詩性質不同,因而没有採用後者,本是情理中的事。

散見的王梵志詩中,城外土饅頭(三一八首)、梵志翻著襪(三一九首),都曾得到北宋著名詩人黄庭堅的贊許，並曾引起了熱烈的討論。這兩首詩的尖新詩風，更接近於宋詩的格調，因而受到宋人的偏愛亦不爲怪，它們或許就是產生於宋初。

散見的王梵志詩中還有一個現象值得注意，即其中有些作品的著作權似乎成了問題。例如雲谿友議卷下蜀僧喻載王梵志詩世無百年人(三一四首)：

世無百年人，擬作千年調。打鐵作門限，鬼見拍手笑。

然而釋惠洪林間録卷下引寒山子詩云：「人是黑頭蟲，剛作千年調。鑄鐵作門限，鬼見拍手笑。」王楙野客叢書卷一九詩句相近引李後主詩：「人生不滿百，剛作千年畫。」莊季裕鷄肋編引北宋俚語：「人作千年調，鬼見拍手笑。」似乎都可以看作是世無百年人的變體或縮寫，而作者各不相同。又如梵志死去來(三二一首)：

梵志死去來，魂魄見閻老。讀盡百王書，不免被捶拷。一稱南無佛，皆已成佛道。

此首天聖廣燈録卷一五汝州風穴山延昭禪師引作王梵志詩，而五燈會元卷一一風穴延沼禪師引作寒山詩，胡適白話文學史據風穴語録亦作寒山詩。又如施注蘇詩卷二〇孔毅父以詩戒飲酒問買田且乞墨竹次其韻注引監戒録：「王梵夫詩云：但存方寸地，留與子孫耕。」王梵夫當是王梵志草書之誤。但這兩句詩又作賀知章詩、賀水部詩、馮瀛王(馮道)詩、俗語[五]，主名如此錯綜複雜，是散見的王梵志詩才有的現象。而祖堂集卷三載懶瓚和尚樂道歌(亦載景德傳燈録卷三〇)，也曾被誤作王梵志詩[六]。

那麼，這些散見的王梵志詩，是否真的是王梵志詩呢？我認爲，除了已經確知作者主名者(如懶瓚和尚樂道歌）之外，它們是可以被看作是王梵志詩的一部份的。因爲在上文已經説明，三卷本王梵志詩集本來就不是一人之作，而是若干無名白話詩人作品的結集；一卷本王梵志詩亦是某位民間知識份子所編寫，借用了王梵志的大名。大約「王梵志」已經成爲白話詩人的崇高代表，因此無名白話詩人的作品便紛紛歸之於他的名下。在三卷本王梵志詩集編定之後，這一趨勢並未停止，所以從盛唐直到宋初，還不斷有新的「王梵志詩」産生，其中有些是作者有意爲之，有些是他人代爲嫁名的。這些較晚地附會於王梵志名下的無名作者的白話詩，應該是有同樣的權利被稱爲「王梵志詩」的。

這樣看來，所謂「王梵志詩」實際上包括了從初唐（以及更早）直到宋初的很長時期内，許多無名白話詩人的作品。不過其中數量最多、時代最早、内容最深刻、形式最多樣，因而價值最高、最能代表「王梵志詩」的特點和成就的，仍然是三卷本王梵志詩集。因而我們所討論的王梵志詩，主要地也是指三卷本詩集。在這個意義上，將「王梵志詩」劃入初唐文學的範圍，粗略地（而不是精確地）説，也是可以的。

既然三卷本王梵志詩集是王梵志詩的核心部份，下面就以它爲根據，對王梵志詩的思想和藝術特點略作分析。

展開王梵志詩卷，令人耳目一新。雖然王梵志常常被説成是佛教詩人，可是王梵志詩的精華恰恰是那些世俗作品。這些詩作在反映現實上取得了很大成功，是由於它們具有若干新的特點。

王梵志詩表現出反映現實的强烈的自覺意識與批判精神。傳統的儒家文學理論主張「美刺」，王梵志詩正是貫徹了這種精神的。可是傳統的儒家文學理論又總是用「温柔敦厚」的詩教來包裹和軟化鬬爭的鋒鋩，而王梵志詩却不但捕捉了廣泛的社會矛盾，而且總是直接了當地把事實揭示了出來，一語道破問題的實質。王梵志詩中也有贊美之作，如士人作官職(二七三首)贊揚清官，你若是好兒(〇四二首)贊揚孝子。可是在那個社會裏，值得贊美的現實畢竟不多，所以王梵志詩的批判色彩便特别强烈。他抨擊上流社會的買賣婚姻，説「各各販父祖，家家賣子孫」(一一七首)，完全揭去了籠罩在婚姻關係上的那層温情脈脈的面紗。他揭露暗無天日的政治，説「斷榆翻作柳，判鬼却爲人」，完全是一個是非顛倒、寃獄如山的世界。又説「官喜律即喜，官嗔律即嗔」，法律只不過是當權者隨意擺布的工具。王梵志詩揭露的統治階級種種腐敗情況，都是有史可徵的，堪稱「實録」。

不過王梵志詩所展示的生活圖景，主要地不是那個社會的上層，而是那個社會的下層。在杜甫以前，文人詩歌是極少觸及勞動人民生活的，而初唐時期的文人詩歌則可以説是完全没有觸及。産生在這個時期的王梵志詩，不但第一次集中地、大量地表現了社會下層的生活圖景，而且它觀察生活的角度也和後來關心民瘼的進步文人不同。後者通常是自上而下地俯視勞動人民的生活，並給予深厚的同情。王梵志詩則是從社會底層的内部觀察人民的生活，並作爲人民的一員來唱出自己的痛苦，因此它比文人詩歌更真實，更具體，更深刻，貧窮田舍漢(二七〇首)：

貧窮田舍漢，菴子極孤恓。兩共前生種，今世作夫妻。婦即客舂擣，夫即客扶犂。黄昏到家裏，無米復無柴。

男女空餓肚，狀似一食齋。里正追庸調，村頭共相催。幞頭巾子露，衫破肚皮開。體上無褌袴，足下復無鞋。

醜婦來惡罵，啾唧搦頭灰。里正被脚蹴，村頭被拳搓。駈將見明府，打脊趁迴來。租調無處出，還須里正倍。

門前見債主，入户見貧妻。舍漏兒啼哭，重重逢苦灾。如此硬窮漢，村村一兩枚。

詩中正面描寫了一對貧農夫婦的苦情。他們被租調逼得走投無路，終於拳搓村頭、脚蹴里正，用自己的方式進行了反抗。在這徒勞的反抗後面，不難看到他們陷入了何等絶望的境地。作者的筆觸，多少有點寫意式的誇張。這種「硬窮漢」的形象，是無法在文人詩歌中找到的。

正因爲王梵志詩是從社會下層的内部觀察生活，所以它照亮了社會下層的許多「死角」——那些被文人詩歌所遺忘的角落。例如關於工匠的生活，我們只記得李白秋浦歌其十四寫過：

爐火照天地，紅星亂紫煙。赧郎明月夜，歌曲動寒川。

這是映在熊熊爐火背景上的一幅工匠的剪影，是浪漫主義的歌唱，而不是現實主義的描繪。而王梵志詩工匠莫學巧（〇五五首）云：

工匠莫學巧，巧即他人使。身是自來奴，妻亦官人婢。夫婿暫時无，曳將仍被恥。未作道与錢，作了擘眼你。奴（好）人賜酒食，恩言出美氣。無賴不与錢，蛆心打脊使。貧窮實可憐，飢寒肚露地。户役一槩差，不辦棒下死。寧可出頭坐，誰肯被鞭恥。何爲抛宅走？良由不得止。

這裏以現實主義手法叙述了唐代工匠遭受超經濟剥削與人身侮辱的情況，這一對工匠夫婦終於抛宅棄家，遠走他鄉。又如天下浮逃人（二七八首）：

天下浮逃人，不啻多一半。南北擲蹤藏，誑他暫歸貫。遊遊自覓活，不愁應户役。無心念二親，有意隨惡伴。强處出頭來，不須曹主唤。聞苦即深藏，尋常擬相筭。欲似鳥作羣，驚即當頭散。心毒無忠孝，不過浮遊漢。此是五逆賊，打煞何須案。

這首詩反映了唐代前期的一個嚴重的社會問題，即農村户口大量脱離户籍而逃亡。在敦煌所出的通俗文學作品鷰子賦（兩種）中，曾看到側面的反映。此外佛祖統紀卷三九載有開元括地變文篇名，應該也是反映這一社會問題，其文已經失傳。王梵志的作品可以用來以詩證史，而在文人詩歌中則找不到對此的正面描寫。

王梵志詩所反映的歷史真實，不僅是社會的真實，而且是心靈的真實。他不僅描寫了人世間種種困苦的生活圖景，而且展示了人們的内心世界，使我們窺見了那個社會的人們，特别是生活在社會下層的人們的思想和情緒，其中有崇高的，也有卑瑣的。王梵志詩的諷刺對象，從統治階級的腐敗，擴展到人們的種種心理痼疾，同時也袒示了作者的某些心理病態。吾家昔富有（二九三首）：

吾家昔富有，你身窮欲死。你今初有錢，与我昔相似。吾今乍無初，還同昔日你。可惜好靴牙，翻作破皮底。

作者似乎是在諷刺一個暴發户的洋洋得意，實際上却表白了自己的破落户心理。這使我想起了魯迅筆下阿Q的一句名言：「我們先前——比你闊的多啦！你算是什麽東西！」作爲一種心理病態的阿Q精神，是有着久遠的歷史根源的。總之，王梵志詩展現了它所描寫的人物的精神世界，也展現了作者自己的精神世界，由這兩重精神世界構成了它所反映的那個世界的心態現實。没有任何别的作品能像王梵志詩那樣，幫助我們深刻而真實地感受到那個社會、特别是那個社會下層的心理氣氛和思想脈搏了。

王梵志詩的許多作品打上了佛教的印記，如像對地獄的恐怖和對天堂的嚮往等等，作爲一種應該批判的消極因素，是不言而喻的。佛教的世界觀還造成了王梵志詩對於人生的一種獨特態度。遥看世間人(〇〇一首)説：

遥看世間人，村坊安社邑。一家有死生，合村相就泣。張口哭他屍，不知身去急。本是長眠鬼，蹔來地上立。欲似養兒氈，迴乾且就濕。前死深埋却，後死續即入。

詩中的「社邑」，是唐代民間的一種互助性組織，亦稱「義邑」等，敦煌遺書伯三七三〇號某甲等謹立社條：「凡爲義邑，先須逐吉追凶。諸家若喪亡，便須匍匐成禮。」所以這首詩説「一家有死生，合村相就泣」，發抒了在社邑進行喪事活動時的感想。周一良先生在指出王梵志詩校輯注釋不確時説：

第〇〇一首「欲似養兒氈，迴乾且就濕」，注云，「迴乾就濕，比喻去生就死」，下文並引敦煌寫本父母恩重經講經文：「迴乾就濕者，經道乾處兒卧，濕處母眠。」案：這篇講經文中多處出現迴乾就濕字樣，如「每將乾暖交(教)兒卧，濕處尋常母自眠」等。聯繫上文詩句「本是長眠鬼，蹔來地上立」，梵志這裏説的「乾」，是指長眠所在的地下；「濕」，則指暫時生活的地上亦即人間。詩人的意思，生活在世間反而是苦惱，所以借用母親寧願睡在氈上濕冷地方爲比喻。重點在對比乾濕和母親之棄乾就濕，與母親的就濕原因在於愛惜孩子無關。注文以爲乾指生，濕指死，恰恰與詩人原意相反。這首詩的首句「遥看世間人」，就暗示歎人生苦惱的味道。梵志詩中不少地方表示這種生不如死的思想，如第〇〇五首頭一句「可笑世間人」，末兩句「生時有痛苦，不如早死好」。第二四九首首句「生在常煩惱」，又「寄語冥路到，還我未生時」。第二六四首更明白地説「你道生勝死，我道死勝生」，皆足爲佐證。有完整序文的兩個殘卷，卷首皆是「遥見世間人」這首隱約哀歎生不如死的詩，從最初編輯王梵志詩的人看來，也許多少有點總領全書的意味吧？如果乾濕句中顛倒生死，理解就不確切了〔七〕。

這是可信的。確實，在我們看來，王梵志詩把生和死，把人間世界和「彼岸」世界弄顛倒了。所以在他的詩中反復表現了對生的厭倦和對死的渴望，對人世的鄙棄和對天堂的追求。這並不奇怪。馬克思説過：「國家、社會產生了宗教即顛倒了的世界觀，因爲它們本身就是顛倒了的世界。」〔八〕正是那個顛倒了的世界，造成了王梵志詩的顛倒了的世界觀。可笑世間人（〇〇五首）後半説：

　　忽起相羅拽，啾唧索租調。貧苦無處得，相接被鞭拷。生時有苦痛，不如早死好。

是人間的剥削和壓榨，造成了王梵志詩厭生樂死的反常心理。相將歸去來（二六三首）：

　　相將歸去來，閻浮不可停。婦人應重役，男子從征行。帶刀擬鬬煞，逢陣即相刑。將軍馬上死，兵滅他軍營。血流遍荒野，白骨在邊庭。去馬猶殘跡，空留紙上名。關山千万里，影絶故鄉城。生受刀光苦，意裏極星星。

「歸去來」，這裏是指歸去佛國淨土，如敦煌曲校録載釋法照歸西方讚：「歸去來，誰能惡道受輪迴。且共念彼彌陀佛，往生極樂坐花臺。」又：「歸去來，娑婆穢境不堪停。」敦煌本大目乾連冥間救母變文：「歸去來，閻浮提世界不堪停。生住（按此字衍）死本來無住處，西方仏（佛）國最爲精。」梵志此詩劈頭就呼喚人們抛棄穢濁的塵世（閻浮），而歸往死的彼岸。接着回顧性地描繪了人間戰爭給人們帶來的災難，最後總結説「生受刀光苦，意裏極星星」。「星星」通「惺惺」，清靜虛寂之義。這兩句是以對比作結，與開頭兩句相呼應。「生受刀光苦」是回顧活在人間之時，飽嘗了戰爭的苦難；「意裏極惺惺」是説歸去佛國（亦即死）之後，靈魂得到了寧靜的解脱。這種對於生和死、人間世界和彼岸世界的顛倒觀念，顯示了宗教世界觀的荒謬。然而在這種對世界的荒謬顛倒之中，不是恰恰折射出那個顛倒的世界的某種深刻的真實，表達了那個社會下層人民的苦澀的心境和渺茫的憧憬嗎？這就是王梵志詩中那些打上佛教印記的作品，仍然具有一定的社會意義和認識價值的原因。

王梵志詩具有鮮明的民族風格，儘管它和傳統的文人詩歌是那樣的不同。中國是詩的國度。不同風格、不同流派的文人詩歌，百花爭艷，精彩紛陳。然而在不同層次上的千差萬别，並没有泯滅它們作爲整體的基本特色。以盛唐詩歌爲代表的中國文人詩歌，形成了舉世無雙的高雅的藝術傳統。它瀰漫着濃郁感人的抒情氣氛，充滿了優美如畫的景色描寫，並且善於將這二者融合滲透，形成藴藉含蓄、餘味無窮的藝術境界——意境。它體現了歷史形成的我們民族的審美趣味。

然而，王梵志詩呈現的完全是另一種面貌。它不以抒情見長，也不流連風景，壓根兒也没有打算去創造什麽「意境」。它主要是用白描、叙述和議論的方法去再現生活、評價生活。這就形成了王梵志詩的質樸和明快的特點。

文人詩歌的長處，突出了王梵志詩的弱點；文人詩歌的弱點，又突出了王梵志詩的長處。它們之間的强烈反差，造成了一種對比和互補的關係。王梵志詩正好是在文人詩歌最薄弱的環節，取得了令人矚目的藝術成就。它好像是出色的肖像畫家，非常善於描摹生活中各類人物的形像，並且常常用對比或對照的方法構成組詩，以突現主題。他筆下的道士、道姑、和尚和尼姑，佐史和鄉頭，懶漢和懶婦，商人和工匠，各色潑婦，府兵和御史，土豪和貧農，清官和貪官，不孝子和浮逃人……都給人留下了深刻的印象，有的還具有典型的意義。試看他以漫畫式的筆觸勾勒出的懶漢和懶婦吧。

世间慵懶人（〇三七首）

世间慵懶人，五分向有二。例著一草衫，兩膊成山字。出語觜頭高，詐作達官子。草舍元無床，無氈復無被。他家人定卧，日西展脚睡。諸人五更走，日高未肯起。朝庭數十人，平章共博戲。菜粥喫一椀，街頭闊立地。逢人若共語，荒説天下事。唤女作家生，將兒作奴使。妻即赤體行，尋常飢欲死。一群病癩賊，却搦父母恥。日月甚寬恩，不照五逆鬼。

家中漸漸貧（〇三八首）

家中漸漸貧，良由慵懶婦。長頭愛床坐，飽喫没娑肚。頻年懃生兒，不肯收家具。飲酒五夫敵，不解縫衫袴。事當好衣裳，得便走出去。不要男爲伴，心裏恒攀慕。東家能涅舌，西家好合鬬。兩家既不合，角眼相蛆妒。别覓好時對，趁却莫交住。

在這兩個懶漢與懶婆娘身上，可謂集中了一切懶漢與懶婆娘惡習之大成。他們是王梵志時代活生生的人物，可是，誰能説他們僅僅是王梵志時代特有的人物，而没有一直傳宗接代延續到今天呢？總之，王梵志筆下形形色色的人物，組合成那個社會人情世態的繽紛的畫面，這是我們在文人詩歌中絶難看到的。

至於王梵志詩運用俗語的典範性成就，開創了唐代白話詩派，下啓寒山、拾得等的詩歌創作；王梵志詩的機智幽默的理趣，在宋代詩歌中更加得到繼承和發揚，這些都是容易理解的，勿須多加闡釋。王梵志詩粗糙和稚拙的一面，也是一目了然的。

王梵志詩與我國文人詩歌的面貌如此不同，然而它們各自又都具有鮮明的民族風格，這種看來似乎矛盾的現象，並非不可解釋的，正如以線條刻畫人物的我國民間年畫，與我國文人水墨寫意畫是那樣地不同，然而它們同樣具有鮮明的民族風格一樣。在黄河流域形成的我國古代文化，特别是儒家文化，本來就具有質樸明快的特點，它們注重的是社會人際關係，帶有明顯的爲政教服務的功利主義觀念。與此不同，道家的學説則帶有較多南方文化的色彩（老子和莊子都是楚國人），呈現出與中原文化相異的特點。魏晉以後，老莊哲學滲入了士大夫階級的意識形態，經過了複雜的發酵作用，才逐漸形成了文人詩和文人畫的情景交融的藝術傳統，這種傳統也就是通常所理解的中國詩與中國畫的民族風格。然而中原文化所固有的質樸與明快等等特點，並沒有就此消泯，它仍舊深深地紮根在我們民族的思想和意識中，通過各種方式，自然也通過民間藝術不斷地表現出來，王梵志詩正是這種表現之一。因此，王梵志詩與文人詩歌顯然不同的藝術風貌，同樣是我們民族心理素質的深刻反映，因而同樣地具有鮮明的民族風格。

長期失傳的王梵志詩集在敦煌石室重新發現以後，引起了中外學者的濃厚興趣。最早加以輯録、研究的是中國老一輩學者。一九二五年劉復編敦煌掇瑣收入第三〇種伯三四一八號、第三一種伯三二一一號（以上兩種題爲「五言白話詩」）、第三二種伯二七一八號（題爲王梵志詩一卷）。一九二八年胡適白話文學史出版，其中有「白話詩人王梵志」專節，第一次對王梵志詩進行了系統的研究。一九三五年鄭振鐸編世界文庫第五册收入王梵志詩一卷，及王梵志拾遺（録詩十七首）。鄭振鐸中國俗文學史、插圖本中國文學史，劉大杰中國文學發展史，也都對王梵志進行了論述。在日本和歐洲，也開展了對王梵志詩的研究。日本學者中以入矢義高的研究最爲突出。法國學者戴密微編注、翻譯、評論的王梵志詩集，是王梵志詩的第一個全輯本，在作者去世後於一九八二年在巴黎出版（與作者另一部著作太公家教合爲一巨册）。一九八〇年趙和平、鄧文寬發表了敦煌寫本王梵志詩校注，内容包括伯三四一八和伯三二一一兩種王梵志詩卷。一九八三年張錫厚著王梵志詩校輯問世，這是我國出版的第一個王梵志詩全輯本，給研究者提供了很大的方便。遺憾的是，蘇聯所藏王梵志詩寫本，目前所知已有五種，其中列一四五六號内容是所有其他王梵志詩卷所没有的，迄今皆未公布。我們盼望蘇聯所藏王梵志詩卷早日公開，以便能够編出名副其實的「全輯本」來。

數十年來中外學者整理和研究王梵志詩，已經取得了很大成績，但還不能説已經深入，有關王梵志詩的時代、作者等等基本情況還不十分清楚，並存在爭論。對於王梵志詩的文字和内容還有許多誤解，有的則乾脆「讀不懂」。在這種情況下研究王梵志詩，出現種種偏差是難免的。要使研究更趨深入，當務之急還是要正確地掌握和理解基本的材料，包括史實的考訂，文字的校勘，内容的詮釋，各別詩篇思想之探討等等，這本身就是一種細緻的研究工作。在這個堅實的基礎上進行綜合的研究，才能期望取得突破性的成果。本書正是爲了這個目的而寫作的。

本書係由上海古籍出版社約撰，初稿寫作於一九八五年上半年。其後，北京大學中國中古史研究中心編敦煌吐魯番文獻研究論集第四輯打算全文發表，因於同年年底將初稿謄清付之，現在再對這部謄清稿加以修訂，呈獻給讀者。本書在寫作過程中，得到了各方面的幫助。敦煌研究院贈送了全套王梵志詩原卷照片，北京大學中國中古史研究中心提供了許多珍貴資料，日本神户外國語大學佐藤晴彦教授提供奈良寧樂美術館藏王梵志詩卷複印本，北京大學王永興教授、周一良教授，宿白教授通讀了全稿，作者在此對他們的幫助深表謝意。

項楚記於四川大學

一九八六年十月二十日

〔一〕參看附録敦煌遺書中有關王梵志三條材料的校訂與解説。

〔二〕載北京大學學報（哲學社會科學版）一九八〇年第六期。

〔三〕參看附録釋亡名與敦煌文學。

〔四〕同〔二〕。

〔五〕參看附録「但存方寸地，留與子孫耕」考。

〔六〕參看附録王梵志詩十一首辨僞。

〔七〕周一良王梵志詩的幾條補注，載北京大學學報（哲學社會科學版）一九八四年第四期。

〔八〕馬克思黑格爾法哲學批判導言，載馬克思恩格斯選集第一卷一頁。

補記

本書去年向出版社交稿時,正文只有六卷,已經囊括了當時所能見到的全部王梵志詩。然而,根據蘇聯出版的由孟列夫等編亞洲民族研究所敦煌特藏漢文寫本解説目録的記載,知道在列寧格勒還藏有五種王梵志詩寫本,迄今一直没有公布。在這五個寫本之中,有四個寫本的内容,是同倫敦和巴黎所藏王梵志詩寫本相重複的。但其中的列一四五六號寫本,尾題「大曆六年五月　日抄王梵志詩一百一十首,沙門法忍寫之記」,其内容則是全新的,因此一直受到各國王梵志詩研究者的極大關注。然而,除了蘇聯學者以外,其他人没有機會見到這個寫本。法國著名漢學家戴密微的遺著王梵志詩和太公家教(一九八二年巴黎出版),以及我國學者張錫厚的王梵志詩校輯(一九八三年北京中華書局出版),雖然號稱「全輯本」,也都没有包括這個重要寫本的内容。我在去年交稿的本書中,也只是根據上述孟列夫等編解説目録所附的一四五六號尾端照片一幀,整理了殘詩九首而已,這是我内心深以爲憾的。

今年六月下旬,我在參加香港國際敦煌吐魯番學術會議期間,承蒙潘重規先生惠贈剛剛在臺北出版的敦煌學第十二輯,其中載有陳慶浩先生寄自巴黎的大文法忍抄本殘卷王梵志詩初校,以及朱鳳玉先生大文敦煌寫卷S4277號殘卷校釋。我在拜讀這兩篇重要文章後,真是歡喜無量,雀躍不已,因爲我終於見到了盼望已久的列一四五六號王梵志詩卷的内容,而且還超過了這個詩卷的内容!陳慶浩先生根據「友人抄本」,首次發表了列一四五六號王梵志詩殘卷的校録本;朱鳳玉先生在「後記」中則首次將斯四二七七號殘卷與列一四五六號殘卷拼合,證明這兩個殘卷原本是同一個法忍抄本王梵志詩卷,斷裂之後，分藏於倫敦和列寧格勒兩地，因此斯四二七七號殘卷所存無名氏的二十多首白話詩，也毫無疑問地是王梵志詩。由於二位先生的功績，人們所知見的王梵志詩，一下子增加了六十餘首！我從香港返校後，即對這六十餘首王梵志詩加以校勘和注釋，編爲王梵志詩校注卷七，補入本書之中，並即將原來作爲「補遺」的殘詩九首抽去。這樣一來，本書所收梵志詩共三九〇首，終於成爲王梵志詩的真正「全輯本」，我的内心也感到極大的欣慰。同時，我仍然盼望列一四五六號王梵志詩原卷照片，以及列寧格勒所藏的其他幾種王梵志詩寫本，能够早日公諸於世，這對進一步校勘王梵志詩，將是大有裨益的。

在補入「卷七」之後，我感到對於本書的前言，也應該作一點補充。我在前言中曾把現存王梵志詩分爲三個部份加以論述，即三卷本、一卷本和散見的王梵志詩，現在應該再加上一部份，即法忍所抄一百一十首本（今存六十九首），這是和三卷本等不同的另一種王梵志詩集。從内容看，它基本上是一部佛教詩集，三卷本王梵志詩集中濃重的現實色彩，被淡化到幾乎看不見蹤跡了。因此，從反映現實的角度看，它是不能和三卷本王梵志詩集相比的。其中有許多作品，明顯地表現出禪宗南宗的思想，必然産生在禪宗南宗盛行之後。因此，我認爲這個抄寫於大曆六年（公元七七一年）的王梵志詩集，其主要部份應該是盛唐時期的産物。

孟列夫等編亞洲民族研究所敦煌特藏漢文寫本解説目録中記載，列一四五六號王梵志詩寫本「詩歌照例不標題，其中有一首以『王梵志迴波樂』標題」。這一透露，曾經引起研究敦煌曲及詞曲史的學者們的極大興趣及種種推測。如今可以看到這一首王梵志迴波樂（本書三五一首）了，據我考證，它其實是删改寶誌和尚大乘讚中的一首而成的。現在我把它們並引於下，以供比較：

王梵志迴波樂(三五一首)

迴波來(爾)時大賊,不如持心斷惑。縱使誦經千卷,眼裏見經不識。不解佛法大意,徒勞排文數黑。頭陁蘭若精進,希望後世功德。持心即是大患,聖道何由可剋? 若悟生死之夢,一切求心皆息。

景德傳燈録卷二九梁寶誌和尚大乘讚十首之九

聲聞心心斷惑,能斷之心是賊。賊賊遞相除遣,何時了本語默。口内誦經千卷,體上問經不識。不解佛法圓通,徒勞尋行數墨。頭陁阿練苦行,希望後世功德。希望即是隔聖,大道何由可得。譬如夢裏度河,船師度過河北。忽覺牀上安眠,失却度船軌則。船師及彼度人,兩个本不相識。衆生迷倒羈絆,往來三界疲極。覺悟生死如夢,一切求心自息。

不難看出,二者的區別在於: 一,王梵志迴波樂將大乘讚前四句改爲「迴波來(爾)時大賊」等兩句,其目的大概是爲了嵌入「迴波爾時」的字面,使它看起來像是一首迴波樂。二,王梵志迴波樂删去了大乘讚後半「譬如夢裏度河」一段八句。不過大乘讚這八句是爲了鋪墊結尾處的「覺悟生死如夢」而必不可少之筆,王梵志迴波樂删去這八句後,結尾處的「若悟生死之夢」便顯得比大乘讚突兀了。我們知道,唐代迴波樂歌辭的定格是六言四句[一],而王梵志迴波樂却有六言十二句,是否迴波樂歌辭另有六言十二句的一格,爲人們以前所不知呢? 我認爲不是的。王梵志迴波樂只不過是大乘讚的改作,「迴波樂」的名稱是改作者附會上去的(因爲同是六言),它並不是爲了入樂歌唱而創作的,因而實際上它並不是一首真正的迴波樂。也有學者懷疑:「此卷接下第七十六首至第八十一首詩(本書三五二首至三五七首），都是六言，或八句或十二句，是否爲迴波樂，亦有待進一步研究。」[三]我想，研究的結果，大概亦只能是否定的。事實上，第三五七首也幾乎是照抄大乘讚而成的，它顯然不可能是一首迴波樂。現在，我也把它們並引於後，以供比較：

梵志詩（三五七首）

法性本來常存，茫茫無有邊畔。安身取捨之中，被他二境迴換。斂念定想坐禪，攝意安心覺觀。木人機關修道，何時可到彼岸？忽悟諸法體空，欲似熱病得汗。無智人前莫説，打破君頭万段。

大乘讚十首之三

法性本來常寂，蕩蕩無有邊畔。安心取捨之間，被他二境迴換。斂容入定坐禪，攝境安心覺觀。機關木人修道，何時得達彼岸？諸法本空無著，境似浮雲會散。忽悟本性元空，恰似熱病得汗，無智人前莫説，打你色身星散。

你看，除了梵志詩漏抄了「諸法本空無著，境似浮雲會散」兩句以外，它們不是幾乎完全一樣嗎？

我在前言中説過這樣的話：「既然已經在三卷本王梵志詩集中發現了一首釋亡名詩的改作，那麽，還有別的類似的改寫作品的可能性，就是不能排除的。」這一推測，不料這麽快地便得到了證實！現在，我願意大膽地進一步推測，列一四五六號王梵志詩卷中所收寶誌作品的改作，大概不止以上所引的兩首，極可能還有別的改寫作品，只是尚未得到證實而已。只要讀過這個詩卷，不難發現它的一個特點：其中佛教内容的六言詩，除了三五一首至三五七首以外，還有三六五首、三八一首、三八四首，共有十首之多。它們彼此的思想、形式乃至語言，都是十分地酷似，已知改寫寶誌大乘讚的兩首作品，就在這十首之中。如果再把這十首六言詩和景德傳燈録卷二九所載的寶誌大乘讚十首及十四科頌(包括六言詩十四首)加以比較，就會發現它們彼此之間，在思想、形式乃至語言上，同樣是十分相似的。景德傳燈録卷二七寶誌禪師説：「又製大乘贊二十四首，盛行於世。」原注：「餘諸辭句，與夫禪宗旨趣冥會。略録十首，及師製十二時頌，編于别卷。」故知寶誌和尚大乘讚，原來共有二十四首，傳燈録只選録了其中的十首，這十首中就有兩首被改頭换面地寫進了列一四五六號王梵志詩卷。至於另外十四首大乘讚，我們只能在禪宗語録中讀到個别逸句，如裴休所集希運禪師語録筠州黄蘗山斷際禪師傳法心要引誌公云：「不逢出世明師，枉服大乘法藥。」又黄蘗斷際禪師宛陵録引誌公云：「本體是自心作，那得文字中求。」延壽註心賦卷二引誌公和尚歌云：「處衆不見諠譁，獨自亦無寂寞。」這些六言文句，應該就是寶誌大乘讚的逸句。假如有機會讀到那另外的十四首大乘讚，我相信一定會發現，其中還有别的作品，被改頭换面地寫進了列一四五六號王梵志詩卷。

寶誌和尚是南朝著名的「神僧」，活動在宋、齊、梁三代，梁慧皎高僧傳卷十、景德傳燈録卷二七有他的傳記，此外如廣弘明集卷一九蕭子顯御講摩訶般若經序、卷二九上梁武帝淨業賦，梁書何敬容傳，陳書徐陵傳，以及唐道宣續高僧傳卷五釋法雲傳、釋智藏傳，卷六釋慧約傳、卷七釋法朗傳等等，也都記載了他的神異事蹟。直到唐代，他仍然被看作是神奇的預言大師，如朝野僉載卷六記他預言了侯景之亂，劉賓客嘉話録甚至説他預言了兩百多年後的安史之亂。顯然，他的事蹟多半是一些傳説，不足憑信的。但景德傳燈録卷二九所載他的作品，包括大乘讚十首、十二時頌十二首、十四科頌十四首，則是内容與形式結合得很好的佛教作品，並没有任何神異的色彩。四十年前，周一良先生曾與王重民先生通信討論過寶誌作品的真僞，他說：

洛陽伽藍記卷二崇真寺條：閻羅王云：「講經者心懷彼我，以驕凌物，比丘中第一粗行，今唯試坐禪誦經，不問講經。」又云：「沙門之體，必須攝心守道，志在禪誦。」似乎六朝時，已有一派佛教不主講論，專重禪誦。然此處所謂禪仍是安世高以來之小乘禪觀，與唐以來禪宗之不著文字以心傳心者，實不相同。傳燈録所載誌公之大乘贊、十二時頌、十四科頌三篇，内容大致不異，乃是唐以後之禪宗思想。十二時頌之「只守玄，没文字」，以及大乘贊之非難「尋行數墨」，十四科頌真俗不二篇之譏刺講經，看來雖似與伽藍記崇真寺條相符合，而實非一事。要之，一良頗疑此三篇之思想爲六代所不能有，至少亦不能發揮如此盡致〔三〕。

我很贊同一良先生的見解，寶誌作品不但與伽藍記崇真寺條實非一事，而且簡直是批判後者的。這裏不能詳論，姑以被抄入王梵志詩卷的大乘讚第三首爲例，其中説：「斂容入定坐禪，攝境安心覺觀，機關木人修道，何時得達彼岸？」把「坐禪」視爲徒勞無功之舉，這是慧能以後的禪宗思想。景德傳燈録卷五南嶽懷讓禪師：

開元中，有沙門道一（即馬祖大師也），住傳法院，常日坐禪。師知是法器，往問曰：「大德坐禪，圖什麼？」一曰：「圖作佛。」師乃取一塼，於彼庵前石上磨。一曰：「師作什麼？」師曰：「磨作鏡。」一曰：「磨塼豈能成鏡邪？」師曰：「坐禪豈得成佛邪？」一曰：「如何即是？」師曰：「如人駕車不行，打車即是？打牛即是？」一無對。師又曰：「汝學坐禪？爲學坐佛？若學坐禪，禪非坐卧。若學坐佛，佛非定相，於無住法，不應取捨。汝若坐佛，即是殺佛。若執坐相，非達其理。」一聞示誨，如飲醍醐。

這則禪宗史上的著名故事，與大乘讚第三首的思想是完全一致的。所以我認爲，寶誌作品大約也是盛唐時期某位禪僧的依托之作，這位禪僧在宗教修養和文字功夫上都達到了相當不錯的水平。法忍抄本王梵志詩卷中既然有寶誌作品的改作，這些改寫之作自然要比寶誌作品晚出，但也應該是盛唐時期的作品，因爲它們的産生總要比法忍抄寫這些作品時早若干年。以上這些情況，似乎使「王梵志詩」的作者問題變得更加撲朔迷離了。然而，我相信它進一步證實了我在前言中提出的論斷：全部「王梵志詩」決非一人一時之作，而是在一個相當長的時期内，許多無名白話詩人作品的結集。

最後，我對於吕叔湘先生爲本書題簽，對於潘重規先生的幫助和支持，對於陳慶浩先生和朱鳳玉先生的出色研究（本書卷七使用了他們的研究成果），對於本書寫作、修改、出版過程中付出了許多心血的陳振鵬先生，表示衷心的感謝！

作者

一九八七年十一月二十日

〔一〕參看任半塘唐聲詩下册回波樂（二八九—三〇〇頁）。

〔二〕見陳慶浩法忍抄本殘卷王梵志詩初校，敦煌學第十二輯九十三頁。

〔三〕見王重民敦煌遺書論文集附録討論誌公十二時頌的兩封信（周一良撰），原載上海申報文史十二期（一九四八年十二月二十八日）。

又記

今年八月，我在北京參加中國敦煌吐魯番學術討論會期間，從歐洲友人處得到了夢寐以求的列一四五六號王梵志詩卷的影本。長久的心願一旦實現，真是喜出望外！返校後即將這個影本和本書卷七第三四五首至三九〇首對校一過，並改以列一四五六號卷子爲底本。一個遺憾從此消除了，禁不住提筆記下心頭的歡悦。

作者

一九八八年九月十五日

增訂本又記

王梵志詩校注初版迄今已十八年了，這期間常常有讀者向我打聽再版的事，同時俄羅斯藏敦煌文書也已全部公開，有幾種王梵志詩殘卷過去未曾寓目，也具有校勘的價值。因此上海古籍出版社提議將校注再版，和我的想法不謀而合。這次增訂，主要是將過去未曾利用的俄藏王梵志詩卷列入校本，對正文和附録也進行了一些修改和補充。友生尹富爲附録王梵志詩論著目録補充了最新資料，責任編輯顧佳女士也付出了許多心血，我在此謹表謝意。

半個月前我尊敬的季羡林先生仙逝了，猶記二十多年前，我在撰寫王梵志詩校注的初稿時，得到了季先生和北京大學的前輩周一良先生、王永興先生、宿白先生的鼓勵和扶持，初稿以手書影印的方式，在北京大學中國中古史研究中心編敦煌吐魯番文獻研究論集全文刊載。往事歷歷在目，而哲人其萎，令我倍感悽愴，我在這裏表達無限的感激和哀思。

項　楚

二〇〇九年七月二十八日

凡例

一、本書根據敦煌寫本王梵志詩原卷照片、影本及唐宋詩話筆記、禪宗語録所載王梵志詩輯録原文，並加校勘與注釋。

二、本書分爲七卷，前五卷編次略同於法國戴密微王梵志詩集附太公家教（以下稱王梵志詩集）以及張錫厚王梵志詩校輯，以便對照。唯分首與二書多有不同，個别詩篇經校輯移動位置者，今依原卷次序排列。卷七則爲上述二書所未載，由本書根據最新資料增入。

三、王梵志詩原無標題，兹取每首第一句爲該首標題。第一句闕者以第二句爲標題，依此類推。題下注明所載卷號及書名，第一個卷號或書名爲底本，其餘爲對校本。今人輯本，則採取幾種依據原卷迻録者爲參校本。卷號採用代號，書名採用簡稱，詳見卷號書名一覽表。

四、原卷常見俗字（包括筆畫有細微差别者）徑改爲通行體，不出校。不常見者及易誤認者，除改爲通行體外，並於初次出現時出校説明。俗字與今日簡化字相同者，以及常見的異體字，照録不改。

五、原卷闕字用□表示，闕幾字用幾□；不能確定所缺字數者，用▭表示。

六、原卷及校、注所引書證，遇闕字擬補者，所補字用〔　〕表示；誤字、别字，其改正字書於該字之下，以(　)括之;當時同音通用字,亦酌以(　)括書今常用字於下。

七、注釋之後,偶有附語,或就全詩内容加以按斷,或對某一問題略加考證,或載有關資料,或録近人評論,不求一律。

卷號書名一覽表

卷次	首數	代號、簡稱	原卷編號	原書全名	起訖首數	各本首數
卷一	二〇	甲一	斯〇七七八		序——〇一九	一九
		甲二	斯五七九六		序——〇〇三	三
		甲三	斯五四七四		〇〇三——〇〇七	五
		甲四	斯一三九九		〇〇五——〇二〇	一六
		大正藏		大正新修大藏經	序——〇一九	一九
		校輯		王梵志詩校輯	序——〇二〇	二〇
		詩集		王梵志詩集	序——〇二〇	二〇

（續表）

卷次	首數	代號、簡稱	原卷編號	原書全名	起訖首數	各本首數
卷二	五九	乙一	伯三二一一		○二一—○七九	五九
		乙二	斯五四四一		○二一—○三八	一八
		乙三	斯五六四一		○三八—○六五	二八
		乙四	俄一一一九七		○二九—○三二	四
		掇瑣		敦煌掇瑣	○二一—○七九	五九
		校注		敦煌寫本王梵志詩校注	○二一—○七九	五九
		校輯		見前	○二一—○七九	五九
		詩集		見前	○一一—○七九	五九

（續表）

卷次	首數	代號、簡稱	原卷編號	原書全名	起訖首數	各本首數
卷三	七二	丙一	伯三八三三		○八○——一三○	五一
		丙二	伯二九一四		一二九——一五一	二三
		丙三	俄○○八八九＋○二五五八		一○二——一一四、○八九——○九六	二一
		文庫		世界文庫	一三三、一三四、一三七、一四三、一四五	五六
		校輯		見前	○八○——一五一	七二
		詩集		見前	○八○——一五一	七二
卷四	九二	丁一	伯二七一八		一五二——二四三	九二
		丁二	伯三二六六		一七○——二一二	四三
		丁三	伯三五五八		一五二——二四三	九二

（續表）

卷次	首數	代號、簡稱	原卷編號	原書全名	起訖首數	各本首數
卷四	九二	丁四	伯三七一六		一五二——二四三	九二
		丁五	伯三六五六		一五二——二四三	九二
		丁六	斯二七一〇		一七九——二四三	六五
		丁七	斯三三九三		一五二——二四三	九二
		丁八	斯五七九四		一九八——二〇九	一二
		丁九	斯四六六九		一七一——一九八	二八
		丁一〇	伯二八四二		一五二——一六六	一五
		丁一一	伯四〇九四		一七〇——二一二	四三
		丁一二	伯二六〇七		一五二	一

（續表）

卷次	首數	代號、簡稱	原卷編號	原書全名	起訖首數	各本首數
卷四	九二	丁一三		日本奈良寧樂美術館藏敦煌寫本王梵志詩	一六二——二四三	八二
		丁一四	俄〇〇八九〇＋〇〇八九一		一五六——一七七	二二
		丁一五	俄〇四七五四		一五二——一五九	九
		丁一六	俄一〇七三六		一六一——一六八	八
		掇瑣		見前	一五二——二四三	九二
		文庫		見前	一五二——二四三	九二
		校輯		見前	一五二——二四三	九二
		詩集		見前	一五二——二四三	九二

（續表）

卷次	首數	代號、簡稱	原卷編號	原書全名	起訖首數	各本首數
卷五	五二	戊一	伯三四一八		二四四——二九五	五二
		戊二	伯三七二四		二五〇——二七七	二八
		戊三	斯六〇三二		二七四——二七九	六
		掇瑣		見前	二四四——二九五	五二
		校注		見前	二四四——二九五	五二
		校輯		見前	二四四——二九五	五二
		詩集		見前	二四四——二九五	五二
卷六	二六		斯〇五一六		二九六	一
			伯二一二五		二九六	一

（續表）

卷次	首數	代號、簡稱	原卷編號	原書全名	起訖首數	各本首數
卷六	二六		伯三八七六		二九七	一
		詩式		同上	二九八	一
		友議		雲谿友議（三卷本、十二卷本）	二九八——三一六	一九
		鑑誡録		同上	三〇九	一
		山谷題跋		同上	三一九	一
		夜話		冷齋夜話	三一八	一
		林間録		同上	三一九	一
		續揮犀		續墨客揮犀	三一八	一

（續表）

卷次	首數	代號、簡稱	原卷編號	原書全名	起訖首數	各本首數
卷六	二六	漫志		梁谿漫志	三〇九——三一一 三一三——三一七	八
		叢話		苕溪漁隱叢話	三一八、三一九	二
		總龜		詩話總龜	三一八、三一九	二
		紀事		唐詩紀事	二九八	一
		紀譚		感山雲臥紀譚	三一八	一
		庚溪詩話		同上	三二〇	一
		類說		同上	二九八、三〇〇、三〇一、三〇四——三〇七、三〇九——三一一、三一三、三一四、三一六	一三

（續表）

卷次	首數	代號、簡稱	原卷編號	原書全名	起訖首數	各本首數
卷六	二六	廣燈録		天聖廣燈録	三二一	一
		説郛		同上（宛委山堂本、商務印書館本）	二九八、三一六、三一八	三
		禪林鈎玄		同上	二九八、三一九	二
		類林		焦氏類林	三〇九——三一一 三一三——三一七	八
		大正藏		見前	二九六	一
		文庫		見前	二九六 三〇九——三一一 三一三——三一九	一一
		校輯		見前	二九六——三三〇	二五
		詩集		見前	二九六、二九八——三三一	二五

（續表）

卷次	首數	代號、簡稱	原卷編號	原書全名	起訖首數	各本首數
卷七	六九	己一	斯四二七七		三二二——三四四	二三
		考釋		斯四二七七殘卷考釋	三二二——三四四	二三
		校釋		敦煌寫卷S4277殘卷校釋	三二二——三四四	二三
		禪詩		王梵志詩校輯附載「梵志體」禪詩	三二四——三二八、三三二、三三三、三三九——三四一、三四三、三四四	一二
		己二	列一四五六		三四五——三九〇	四六
		初校		法忍抄本殘卷王梵志詩初校	三四五——三九〇	四六
總計	三九〇					

目録

王梵志詩校注卷一

王梵志詩校注卷二

王梵志詩校注卷三

王梵志詩校注卷四

王梵志詩校注卷五

王梵志詩校注卷六

王梵志詩校注卷七

王梵志詩校注卷一

王梵志詩集序〔一〕甲一、甲二、大正藏、校輯、詩集

但以佛教道法〔二〕，無我苦空〔三〕。知先薄之福緣，悉後微之因果〔四〕。撰修勸善，誡勗非違〔五〕。目録雖則數條，制詩三百餘首。具言時事，不浪虚談〔六〕。王梵志之遺文，習丁郭之要義〔七〕。不守經典〔八〕，皆陳俗語。非但智士迴意〔九〕，實亦愚夫改容〔一〇〕。遠近傳聞，勸懲令善〔一一〕。貪婪之史，稍息侵漁〔一二〕；尸禄之官〔一三〕，自當廉謹。各雖愚昧，情極愴然。一遍略尋〔一四〕，三思無忘。縱使大德講説〔一五〕，不及讀此善文〔一六〕。

逆子定省翻成孝〔一七〕，嬾婦晨夕事姑嫜〔一八〕。查郎嬲子生慙愧〔一九〕，諸州游客憶家鄉。慵夫夜起□□□，嬾婦徹明對緝筐〔二〇〕。悉皆咸臻知罪福〔二一〕，懃耕懇苦足糇粮〔二二〕。一志五情不改易〔二三〕，東州西郡並稱揚。但令讀此篇章熟，頑愚暗惷悉賢良〔二四〕。

【校】

甲一、甲二本自此始。

但以　「但」，原作「伹」。按敦煌遺書，多書「但」作「伹」，此處「伹」又「伹」之變異。

無我　「無」，原本、詩集作「並」，從大正藏本所改。

悉後微之因果　「悉」原作「悉」。干禄字書入聲：「悉悉悉上俗中通下正。」「微」，原脱，甲二作「微」，即「微」字，今據補。詩集作「徵」。「因」，原作「囙」。增訂碑别字（以下稱碑别字）上平聲十一真，魏孝文帝弔比干文「因」作「囙」。

誡朂非違　「朂」，原作「罰」。碑别字入聲二沃，魏内司楊氏墓誌「朂」作「罰」。校輯改作「罪」，誤。「違」，原作「達」，從大正藏所改。

雖則數條　「雖」，原作「雖」。「條」，原作「條」。碑别字下平聲二蕭，梁蕭憺碑「條」作「條」，與此形近。

具言　「具」，原本、甲二皆作「且」，當是「具」字形譌。敦煌變文集（以下稱變文集）捉季布傳文：「來到濮陽公館下，且述天心宣勑文。」校記：「庚、辛兩卷且作具。」楚按作「具」是，「且」爲「具」字形譌，與此處正同。校輯改作「直」。

遺文　「遺」，原作「貴」，從詩集所改。

丁郭　「郭」，詩集改作「部」，非是。

不守　「守」，原作「受」，從詩集、校輯所改。

實亦　「亦」，原作「易」，從詩集所改。「實亦」與上句「非但」呼應爲文。

遠近　「遠」，原作「逺」。敦煌變文論文録附維摩碎金：「王辭鳳闕威儀逺。」「逺」即「遠」字。

令善　「善」，原作「善」，從甲二本。碑别字上聲十六銑，漢張遷碑「善」作「善」，與此形近。

貪婪之史　「史」，甲二作「吏」，校輯從之。

情極　「極」，原作「㮲」。碑别字入聲十三職，魏比丘洪寶造像銘「極」作「㮲」。

縱使　「使」，原脱，據甲二補。

講説　「講」，原作「講」。變文集无常經講經文：「剩穿坑，盡搆（購）來。」與此字偏傍不同耳。

逆子　「逆」，原作「送」。變文集捉季布傳文：「送箭長垂鏁甲裙。」周一良曰：「送當是逆。」

翻成孝　原作「翻成甚孝」，與七字句式不符，從詩集、校輯删「甚」字。

⿰身弱子　「⿰身弱」，兩本同，校輯改作「孽」，詩集改作「搦」，皆非是。參見注一九。

慵夫　「慵」，原作「慵」。碑別字上平聲二冬，唐段君夫人墓銘「墉」作「墉」，與此字聲旁正同。

□□□　據七言句式知脱三字，今補空格。

對緝筐　「對」原作「對」。碑別字去聲十一隊，唐曲阜縣文宣王廟記「對」作「對」。「緝」，兩本皆作「絹」。大正藏、校輯、詩集皆録作「絹」，誤。按「絹」即「緝」字別體。碑別字入聲十四緝，魏張猛碑「緝」作「絹」，干禄字書入聲：「絹緝上俗下正。」變文集捉季布傳文：「毋解絹（緝）麻居村墅。」參見注二〇。

悉皆　「悉」，原作「志」，從大正藏本改。

懃耕懇苦足糇粮　「耕」原作「耕」。碑別字下平聲八庚，唐盧公清德頌「耕」作「耕」。「懇」，原作「懇」，據甲二改。按碑別字上聲十三阮，隋鄧州舍利塔下銘「懇」作「懇」，與此形近。校輯「懇苦」録作「苦墾」。「糇」，原作「糇」，甲二本作「喉」，兩本對校，應是「糇」字。

篇章熟　「篇」，原作「篇」。碑別字下平聲一先，唐王和墓誌「篇」作「篇」。

暗惷　「惷」，兩本同，詩集、校輯録作「蠢」，誤。

【注】

〔一〕　此篇序文作者已不可考。

〔二〕道法：指佛教教法。四十二章經：「除鬚髮，爲沙門，受道法。」舊雜譬喻經卷下：「外行見比丘，言佛弟子，但以經戒道法，轉相施耳。」百喻經卷四與兒期早行喻：「凡夫之人，亦復如是，設得出家，即剃鬚髮，服三法衣，不求明師，諮受道法，失諸禪定，道品功德，沙門妙果，一切都失。」

〔三〕無我苦空：佛教以人生爲「苦」，世界爲「空」，因而反對執着自我，亦即「無我」，故佛書常以「無我苦空」等語概括彼教之教義。北本涅槃經卷三九：「沙門瞿曇，先出家已，説無常苦空無我等法。」觀無量壽經：「八種清風，從光明出，鼓此樂器，演説苦空無常無我之音。」維摩詰經弟子品：「憶念昔者，佛爲諸比丘略説法要，我即於後敷演其義，謂無常義、苦義、空義、無我義、寂滅義。時維摩詰來謂我言：唯迦旃延，無以生滅心行説實相法。迦旃延，諸法畢竟不生不滅，是無常義；五受陰洞達空無所起，是苦義；諸法究竟無所有，是空義；於我無我而不二，是無我義；法本不然，今則無滅，是寂滅義。」

〔四〕「知先薄」二句：福緣，指行善獲福之業因；因果，此處偏義複辭，意義重點在果，即由業因所導致之果報。二句言知悉由於宿世所修福緣甚薄，故今生所獲善報亦甚微也。

〔五〕誡勗：此處偏義複辭，重點在誡。續高僧傳卷六釋真玉傳：「常徒學士，幾百千人，耳對行往，了知心性，誡勗之勤，彌隆餘哲，生來結誓，願終安善。」又釋法開傳：「吏部尚書瑯琊王峻、永嘉太守吳興丘墀，皆揖敬推賞，願求勗誡。」「勗誡」爲「誡勗」之倒文。變文集无常經講經文：「當情道着莫生嫌，辟（癖）病説時徒戒助。」徐震堮校「助」爲「勗」，「戒勗」同「誡勗」。貞觀政要君臣鑒戒：「隋煬帝録宇文述之功，擢化及於高位，不行報效，翻行弑逆，此非臣下之過歟？朕發此言，欲公等戒勗子弟，便無愆過，即家國之慶也。」非違：違法之事。廣弘明集卷一一唐法琳對傅奕廢佛僧事：「但由僧等不能遵奉戒行，酬報國恩，無識之徒，非違造罪，致令傅奕陳此惡言。」通典卷三食貨三：「檢查非違，催驅賦役。」

〔六〕浪：妄。　虚談：不切實際之空論。晉書謝安傳：「今四郊多壘，宜思自效，而虚談廢務，浮文妨要，恐非當今所宜。」

〔七〕丁郭：古代著名孝子丁蘭、郭巨。劉知幾史通外篇雜説上：「尋子春孝道，義感神明，固以方駕曾閔，連蹤丁郭。」丁蘭事見東漢武梁祠畫像記：「丁蘭二親終後，立木爲父。鄰人借物，報乃借與。」按餘書所載，皆云立木爲母。法苑珠林（以下稱珠林）卷六二引劉向孝子傳：「丁蘭，河内野王人也。年十五，喪母，刻木作母事之，供養如生。蘭妻夜火，灼母面，母面發瘡。經二日，妻頭髮自落，如刀鋸截，然後謝過。蘭移母大道，使妻從服，三年拜伏。一夜忽如風雨，而母自還。鄰人所假借，母顔和即與，不和則不與。」原注引蕭緝之孝子傳所述略同。曹植靈芝篇：「丁蘭少失母，自傷早孤煢。刻木當嚴親，朝夕致三牲。暴子見陵侮，犯罪以亡刑。丈人爲泣血，免戾全其名。」郭巨事見干寶搜神記卷一一：「郭巨，隆慮人也，一云河内温人。兄弟三人，早喪父，禮畢，二弟求分。以錢二千萬，二弟各取千萬。巨獨與母居客舍，夫婦傭賃以給公（供）養。居有頃，妻產男。巨念與（舉）兒妨事親，一也；老人得食喜分兒孫，減饌，二也。乃於野鑿地，欲埋兒。得石蓋，下有黄金一釜，中有丹書曰：『孝子郭巨，黄金一釜，以用賜汝。』於是名振天下。」

〔八〕不守經典：不拘守於經典之文字。守即「守文」之義。漢書貢禹傳：「朕以生有伯夷之廉，史魚之直，守經據古，不阿當世。」高僧傳卷四支遁傳：「每至講肆，善標宗會，而章句或有所遺，時爲守文者所陋。」

〔九〕迴意：改變主意，此指改惡向善。文選卷四二阮瑀爲曹公作書與孫權：「願仁君及孤，虚心迴意，以應詩人補衮之歎，而慎周易牽復之義。」

〔一〇〕改容：改變容貌表情，常用以形容知過而改。莊子德充符：「子産蹵然改容更貌曰：『子無乃稱。』」成玄英疏：「既被譏嫌，方懷驚悚，改矜誇之貌，更醜惡之容，悟知已至，不用稱説者也。」

〔一一〕勸懲：勸善懲惡，亦作「懲勸」。左傳成公十四年：「春秋之稱，微而顯，志而晦，婉而成章，盡而不汙，懲惡而勸善。」

〔一二〕侵漁：侵取掠奪，如捕魚然。韓非子孤憤：「大臣挾愚汙之人，上與之欺主，下與之收利侵漁。」淮南子主術：「若得貪主暴君，撓於其下，侵漁其民，以適無窮之欲，則百姓無以被天和而履地德矣。」

〔一三〕尸禄：徒糜俸禄，不任職事。漢書鮑宣傳：「以苟容曲從爲賢，以拱默尸禄爲智。」顔師古注：「尸，主也。不憂其職，但主食禄而已。」文選卷三七曹植求自試表：「故君無虚授，臣無虚受。虚授謂之謬舉，虚受謂之尸禄，詩之『素餐』所由作也。」李善注：「尸禄者，頗有所知，善惡不言，默然不語，苟欲得禄而已，譬若尸矣。」按二家釋「尸」字不同，並録之。

〔一四〕尋：研讀，玩味。隋彦琮合部金光明經序：「每尋文揣義，謂此説有徵；而讎校無指，永懷寤寐。」韓愈歸彭城：「言詞多感激，文字少威蕤。一讀已自怪，再尋良自疑。」

〔一五〕大德：高僧。釋氏要覽卷上引增輝記云：「行滿德高，曰『大德』。」僧史略卷下德號附：「德號之興，其來遠矣。魏晉之世，翻譯律本，羯磨文中，皆曰『大德僧』。經云『爲大德天生』，論云『諸大德有神通者』，及諸傳紀私呼僧中賢者，多云『大德』。」宋釋文瑩湘山野録卷上：「有陋儒者，貢所業，舉止凡下，陳(亞)玩之曰：『試請口占盛業。』生曰：『某卷中有方地爲輿賦。』誦破題曰：『粵有大德，其名曰坤。』陳應聲曰：『吾聞子此賦久矣，得非下句云：非講經之座主，乃傳法之沙門乎？』滿座大笑。」即以「大德」之沙門義爲戲笑也。

〔一六〕善文：佛教以稱弘揚教法、有益世道之文字，此處即指梵志詩。

〔一七〕定省：子女早晚問安父母之禮節。禮記曲禮上：「凡爲人子之禮，冬温而夏清，昏定而晨省。」鄭玄注：「安定其牀衽也，省問其安否何如。」

〔一八〕姑嫜：公婆。夫母稱「姑」，夫父稱「嫜」。陳琳飲馬長城窟行：「善侍新姑嫜，時時念我故夫子。」生經卷四佛説毒喻經：「父嚴車馬，疾行迎女，到其鄉土，具喻姑嫜。」顔師古匡謬正俗卷六：「古謂舅姑爲姑章。」清黄生義府卷下君公：「古婦人稱夫之父爲章。漢書景十三王傳望卿歌云『背尊章』，陳琳飲馬長城窟行云『善侍新姑章俗作嫜』，初未悉其義。因閲淮南子覽冥篇云『君公知其盜也，逐而去之』，乃悟章即君公二字合語，如叔母爲嬸、舅母爲妗之類。」楚按，漢書廣川惠王劉越傳「背尊章」，顔師古注：「尊章猶言舅姑也。今關中俗，婦呼舅爲鍾，鍾者，章聲之轉也。」蓋「鍾」即「君公」之合音，「章」「鍾」爲一聲之轉，黄生之説甚諦。

〔一九〕查郎：放浪子弟。廣韻上平聲十三佳：「查，查郎。」知「查郎」乃當時習語。全唐詩卷八八三(補遺二)李涉卻歸巴陵途中走筆寄唐知言：「更有風流歙奴子，能將盤帕來欺爾。白馬青袍豁眼明，許他真是查郎髓。」全唐詩補逸卷一九日本菅原道真重依行字和裴大使被酬之什：「灌溉梁園爲墨客，婆娑孔肆是查郎。」按「查」爲俗語，縱放不拘禮度之義。封氏聞見記卷一〇查談：「近代流俗，呼丈夫婦人縱放不拘禮度者爲『查』。又有百數十種語，自相通解，謂之『查談』，大抵近猥僻。」酉陽雜俎續集卷四貶誤：「予別著鄭涉好爲『查語』。」「查」又作「叉」，日本僧人遍照金剛文鏡祕府論南卷論文意：「調笑叉語，似謔似讖，滑稽皆爲詩贅，偏入嘲詠，時或有之，豈足爲文章乎？」⿰身弱子：即蕩子。明刊本重刊詳校篇海卷四身部：「⿰身弱，他曠切，音盪，弱也。」此處當以音同借作「蕩」字。文選卷二九古詩十九首之二：「蕩子行不歸，空牀難獨守。」李善注引列子：「有人去鄉土遊於四方而不歸者，世謂之爲狂蕩之人也。」

〔二〇〕徹明：通宵達旦。崔湜同李員外春閨：「落日啼連夜，孤燈坐徹明。」　緝筐：女功紡績所用，以盛絲麻等。葛洪西京雜記卷四：「元后在家，嘗有白燕銜白石，大如指，墜后績筐中。」「緝」「績」通用。説文：「緝，績也。」詩陳風東門之池「可以漚麻」舊注「緝」字陸德明釋文：「西州人謂績爲緝。」元王禎農書農器圖譜集麻苧門：「績簺去中切，盛麻績器也。績，集韻云：緝也。簺，説文曰：籠也，又姑簍也（按説文無此文，而見於玉篇）。字從竹，或以條莖編之，用則一也。大小深淺，隨其所宜制之。麻苧蕉葛等之爲絺綌，皆由於此，有日用生財之道也。」「緝筐」即此物也。按任昉述異記卷上：「淮南有懶婦魚，俗云：昔楊氏家婦，爲姑所溺而死，化爲魚焉。其脂膏可燃燈燭，以之照鳴琴博弈，則爛然有光；及照紡績，則不復明焉。」此處「嬾婦徹明對緝筐」，當是暗用此事。

〔二一〕罪福：指因果報應之事。佛教以五逆十惡等爲罪，當有苦報；五戒十善等爲福，當得樂果，皆於身後受之。太平廣記（以下稱廣記）卷三二三王胡，載胡叔死數載，忽形見還家，「俄而辭去曰：『吾來年七月七日，當復暫還，欲將汝行，遊歷幽途，使知罪福之報也。』……胡遊歷久之，備見罪福苦樂之報。」

〔二二〕懇苦：勤苦。宋高僧傳卷三釋子鄰傳：「因詣嶽廟，求知母之幽趣，即敷坐具，誦法華經，誓見天齊王爲期。其夜，嶽神果召鄰問：『何故懇苦如是？』」廣記卷三二八陳導（出集異記）：「弁曰：『吾往楚行災，君亦其人也。感君之惠，故相報耳。然君須以錢物計會，方免斯難。』導懇苦求之，弁曰：『但俟吾從楚回，君可備緡錢一二萬相貺，當免君家。』」　糇粮：同「糇糧」、「餱糧」，乾糧。詩大雅公劉「迺裹餱糧」，陸德明釋文：「餱音侯，食也，字或作糇。糧本亦作粮，音良，糇也。」左傳宣公十一年「具餱糧」，杜預注：「餱，乾食也。」

〔一三〕一志：專心一意。淮南子脩務：「其存危定傾，若一志不忘於欲利。」後多用於宗教修行。神仙傳卷一彭祖：「車服威儀，知足無求，所以一志也。」變文集妙法蓮華經講經文：「此人供養不休，四事般般皆有，更兼一志受持，六十二億沙數。」五情：佛教指眼耳鼻舌身五根之欲情，亦用以泛指各種感情。文選卷二三歐陽建臨終詩：「執紙五情塞，揮筆涕汍瀾。」李善注引文子：「色有五色文章，人有五情。」玄奘謝賜手詔啓：「五情戰懼，不知所守。」

〔一四〕「頑愚」句：用荀子成相「愚闇愚闇悉賢良」句意。頑愚：冥頑愚鈍。論衡刺孟：「謂孔子之徒、孟子之輩，教授後生，覺悟頑愚乎？」暗：昏愚暗昧。晉書周顗母李氏傳：「伯仁志大而才短，名重而識闇。」「闇」同「暗」。惷：愚昧。説文：「惷，愚也。」禮記哀公問：「寡人愚惷冥煩，子志之心也。」賢良：賢德之人。周禮地官師氏：「二曰友行，以尊賢良。」

遥看世間人甲一、甲二、大正藏、校輯、詩集

遥看世間人，村坊安社邑〔一〕。一家有死生〔二〕，合村相就泣。張口哭他屍，不知身去急〔三〕。本是長眠鬼〔四〕，暫来地上立。欲似養兒氈〔五〕，迴乾且就濕〔六〕。前死深埋却，後死續即入。（〇〇一）

【校】

遥看　「看」，原作「䀹」，據甲二改。

養兒氈　「兒」，原作「児」。宋元以來俗字譜（以下稱俗字譜）八畫，列女傳「兒」作「児」。

就濕　「就」原作「就」。碑別字去聲二十六宥，漢魯峻碑「就」作「就」，與此近似。

深埋却　「埋」，原作「理」，據甲二改。

【注】

〔一〕村坊：指城鄉人民居止之處。舊唐書食貨志上：「在邑居者爲坊，郊外爲村。」變文集鷰子賦：「子孫滿天下，父叔遍村坊。」　社邑：亦稱「邑社」、「義社」等，簡稱「社」或「邑」。古代民間結社，性質不盡相同。有宗教性者，以合力經營佛寺、舉辦法事爲宗旨。廣記卷一一五普賢社（出記聞）：「開元初，同州界有數百家，爲東西普賢邑社，造普賢菩薩像，而每日設齋。」續高僧傳卷二八釋保瓊傳：「晚移州治，住福壽寺，率勵坊郭，邑義爲先。每結一邑，必三十人，合誦大品，人別一卷。月營齋集，各依次誦。如此義邑，乃盈千計。」又卷二〇釋智聰傳：「聰以山林幽遠，糧粒艱阻，乃各率揚州三百清信，以爲米社，人別一石，年一送之，由是山糧供給。」「米社」即是「邑社」之一種。斯坦因刼經録四八六〇二刱建迦藍功德記并序：「厥有當坊邑義社官厶等貳拾八人，並龍沙貴族，五部名家。……三官謂衆社曰：今欲下買勝地，刱置伽藍，功德新圖，進退叨□，未知衆意。社衆等三稱其善，雅□本情，上唱下隨，同心興建。遂乃良工下手，尅日修全，有爲之力易成，無爲之業圓滿。」故僧史略卷下結社法集云：「社之法，以衆輕成一重，濟事成功，莫近於社。今之結社，共作福因，條約分明，愈於公法。行人互相激勵，勤於修證，則社有生善之功大矣。」但民間之「邑社」，亦有不以弘揚宗教爲宗旨者，則爲羣衆之互助性組織。敦煌遺書伯三七三〇某甲等謹立社條：「凡爲義邑，先須逐吉追凶。諸家若喪亡，便須匍匐成禮。」則正與本詩「一家有死生，合村相就泣」相吻合。

〔二〕死生：偏義複辭，指死。世說新語德行「桓南郡既破殷荆州」條劉注引中興書：「殷侯仁而無斷，事必無成。成敗天也，吾當死生以之。」魏書高允傳：「然臣與浩實同其事，死生義無獨殊。」

〔三〕身：自己。淮南子說山：「魯人身善制冠，妻善織履。」御覽卷八四七引續漢書：「靈帝數遊於西園，令後宮采女爲客舍主，身爲商賈，行至客舍，采女下酒，因共飲食。」貞觀政要慎終：「觀近古帝王有傳位十代者，有一代兩代者，亦有身得身失者。」宋曾季貍艇齋詩話：「東坡詩云『公是主人身是客，舉觴登望得無愁』，用樂天『心是主人身是客』。『身是』字本諺語。『身』猶言『我』也，如張飛自言『身是張翼德，可共來決死』，及宋彭城王義真自關中逃歸，謂段宏曰：『身在此，可刎身頭以南，使家公望絶。』謝瀹云：『身家太傅老。』此類甚多，皆以『身』爲『我』也。韓子蒼詩云：『身今老病投炎瘴，最憶冰盤貯蔗漿。』亦用『身』字。」　去：謂死，見〇〇四首注五。

〔四〕長眠：謂死。續高僧傳卷一六釋智遠傳：「後當將終，語諸僧曰：『吾今日作一覺長眠。』便入室右脇而卧。明日怪眠不覺，看之已終，方悟『長眠』語矣。」

〔五〕欲似：如似、好像。廣記卷二四九王福時（出御史臺記）：「勔、勮、勃文章並清俊，近小者欲似不惡。」戴表元齊東野語序：「其詢官名，精乎其欲似郯子也；其訂輿圖，審乎其欲似晉伯宗也；其涉詞章禮樂，贍乎其欲似吳公子札也。」變文集秋胡變文：「乃畫翠眉，便拂芙蓉，身着嫁時衣裳，羅扇遮面，欲似初嫁之時。」按說苑卷一六說叢：「蠋欲類蠶，鱓欲類蛇。」「欲類」與「欲似」義同。雲溪友議卷中贊皇勳載李德裕登崖州城樓：「青山欲似留人住，百匝千遭遶郡城。」全唐詩卷四七五作「似欲」，非是。

〔六〕迴乾就濕：義見父母恩重難報經：「第五迴乾就濕恩，頌曰：母願身投濕，將兒移就乾。」變文集維摩詰經講經文：「迴乾就濕，恐男女之片時不安；洗浣濯時，怕癡騃之等閑失色。」又父母恩重經講經文：「慈母恩，實堪哀，十月三年受苦災。冒熱衝寒勞氣力，迴乾就濕費心懷。」此首「欲似」二句承接上文「本是長眠鬼，蹔來地上立」，以「迴乾就濕」比喻去死就生。「乾」爲樂處，以喻死，「濕」爲苦處，以喻生，已暗寓生苦死樂之意。

周一良曰：這首詩的首句「遥看世間人」，就暗示嘆人世苦惱的味道。梵志詩中不少地方表達這種生不如死的思想。如第〇〇五首頭一句「可笑世間人」，末兩句「生時有痛苦，不如早死好」，第二四九首見本書二四五首。首句「生在常煩惱」，又「寄語冥路到，還我未生時」。第二六四首本書二六二首。更明白地説：「你道生勝死，我道死勝生。」皆足爲佐證。有完整序文的兩個殘卷，卷首皆是「遥看世間人」這首隱約哀嘆生不如死的詩，從最初編輯王梵志詩的人看來，也許多少有點總領全書的意味吧？王梵志詩的幾條補注，載北京大學學報一九八四年四期。

吾富有錢時甲一、甲二、大正藏、校輯、詩集

吾富有錢時，婦兒看我好〔一〕。吾若脱衣裳，与吾疊袍襖。吾出經求去〔二〕，送吾即上道。將錢入舍來〔三〕，見吾滿面笑。遶吾白鴿旋〔四〕，恰似鸚鵡鳥。邂逅蹔時貧〔五〕，看吾即貌哨〔六〕。人有七貧時，七富還相報〔七〕。圖財不顧人，且看来時道〔八〕。（〇〇二）

【校】

吾富　「富」，詩集作「福」。

与吾　「与」，原作「与」，即「与」俗體。校輯作「與」。按「与」同「與」，説文：「与，賜予也，一勺爲与，此與予同義。」從段氏訂正。段注：「與，攩與也，从舁，義取共舉，不同与也。今俗以與代与，與行而与廢矣。」趙翼陔餘叢考卷三〇數目字用多筆字：「往往有流俗指爲俗書，而其實係本字者，如礼字、处字、与字。許叔重……釋与字云：『賜予也，与、與通。』然則今所謂俗字，乃正文也。」

經求　「經」，原作「経」。按字書「経」與「經」音義俱別，而民間則或書「經」爲「経」。俗字譜糸部，太平樂府「經」作「経」。

將錢　「錢」，原殘，據甲二補。

滿面笑　「笑」，原作「咲」，甲二作「唉」，大正藏作「唉」。廣韻去聲三十五笑：「笑，亦作咲。唉，俗。」變文集王昭君變文：「漢女愁吟，蕃王唉和。」

貌哨　「貌」，原作「皃」。康熙字典：「皃，字彙補：同貌。○按即皃字譌文。」楚按，「皃」，唐宋人或書作「皃」。變文集王昭君變文：「妾皃（貌）如紅線。」南齊書張融傳「形貌短醜」，宋本御覽卷六九七引作「形皃」，蓋俗書如此。康熙字典以爲譌文，過矣。此二字詩集改作「藐誚」。

還相報　「還」，原殘，存上半「四」。大正藏作「四」。據甲二補。

圖財不顧人　「圖」，原作「徒」，大正藏、校輯改作「從」。按「徒」係「圖」之借字，變文集佛説阿彌陀經講經文：「食肉從來仏不開，爲徒（圖）香美煞將來。」與此同例。　「顧」原作「頋」。俗字譜頁部，嶺南逸事「顧」作「頋」。

【注】

〔一〕好：美貌。説文：「好，媄也。」段注：「好本謂女子，引伸而爲凡美之稱。」史記陳丞相世家：「人固有好美如陳平而長貧賤者乎？」蓋先云「平爲人長大美色」，此復云「好美」，即男子美貌稱「好」之例。

〔二〕經求：經營。根本説一切有部毘奈耶卷三四：「我今有子，多有費用，宜入大海，經求珍貨。」變文集父母恩重經講經文：「經求仕宦住他鄉，或在軍中鎮外方。」

〔三〕將：持。寒山詩：「我見瞞人漢，如籃盛水走，一氣將回家，籃裏何曾有？」

〔四〕遶吾白鴿旋：形容討好、親附，猶云「飛鳥依人」。資治通鑑唐太宗貞觀十八年：「褚遂良學問稍長，性亦堅正，每寫忠誠，親附於朕，譬如飛鳥依人，人自憐之。」

〔五〕邂逅：詩鄭風野有蔓草：「邂逅相遇，適我願兮。」鄭箋：「邂逅，不期而會。」

〔六〕貌哨：應是醜陋之義。此乃唐人俗語。敦煌本字寶碎金去聲：「人魆魈音皃，色皃反。」蓋上字音皃(貌)，下字色皃反，正與「貌哨」音同，雖無釋義，而字皆从鬼，其寓有醜怪之義可以意會。此等俗語僅存之資料，殊可珍貴。「看吾即貌哨」與上文「婦兒看我好」對比成文，蓋錢多則婦兒看我即美貌，錢少則婦兒看我即醜陋，以見世態炎涼，金錢左右人們意識，即家庭内部亦不可免也。高適九日酬顔少府：「蘇秦憔悴人多厭，蔡澤棲遲世看醜。」亦此意也。

〔七〕「七貧」、「七富」二句：謂貧久必富，循環相報，佛教觀念如此。「七」者，言其頻頻也。失譯附後漢録雜譬喻經卷下：「昔者長者須達七貧，後貧最劇，乃無一錢。」元馬致遠薦福碑雜劇第一折：「常言道七貧七富，我便似阮籍般依舊哭窮途。」

〔八〕来時道：寒山詩：「十年歸不得，忘卻來時道。」按梵志詩之「来時道」則指冥途，蓋佛教轉生之説以爲生死循環，生從死來，故死即生之「來時道」。又以爲生前所作罪業，當於冥途地獄受諸苦報。此云「且看来時道」，即以地獄苦報警誡「圖財不顧人」者也。

家口惣死盡甲一、甲二、甲三、大正藏、校輯、詩集

家口惣死盡〔一〕，吾死無親表〔二〕。急首賣資産〔三〕，与設逆修齋〔四〕。託生得好處〔五〕，身死雇人埋。錢遺隣保出〔六〕，任你自相差〔七〕。（〇〇三）

【校】

甲二本至「錢」字止，甲三本自「口」字起。

親表　「表」，校輯改作「衰」。

急首　「首」，校輯作「手」，詩集改作「頭」。

賣資産　「賣」，原作「買」，據甲二、甲三改。

雇人埋　「埋」，原作「理」，據甲二、甲三改。

錢遺　「遺」，原本模糊，從甲三。大正藏、校輯作「財」。詩集此二字改作「遺財」。

任你自相差　「你」，大正藏作「儞」。「自相差」，甲三本作「自羗」，脱「相」字。

【注】

〔一〕家口：家中人口。北齊書楊愔傳：「罪止一身，家口不問。」又厙狄伏連傳：「伏連家口百餘，盛夏，

人料倉米二升，不給鹽菜，常有饑色。」　惣：同「總」，碑別字上聲一董，唐還少林寺神王敕碑「總」作「惣」。廣雅釋詁：「總，皆也。」

〔二〕親表：親戚。顔氏家訓風操：「吾親表所行，若父屬者爲某姓姑，母屬者爲某姓姨。」敦煌資料第一輯後梁龍德四年張厶甲雇工契：「大例賊輸身却者，無親表論説之分。」

〔三〕急首：同「急手」，趕快。齊民要術卷八作豉法：「若初煮豆傷熟者，急手抨淨即漉出；若初煮豆微生，則抨淨宜小停之。」洛陽伽藍記卷三景寧寺：「急手速去，還爾丹陽。」淨覺楞伽師資記：「其心欲馳散，急手還攝來。」變文集三身押座文：「念佛急手歸舍去，遲歸家中阿婆嗔。」亦作「急守」，變文集李陵變文：「急守趁賊來，大家疲乏。」蓋「首」、「手」、「守」同音通用也。

〔四〕逆修齋：生時預先爲死後累七修齋，興辦法事，以求未來之冥福。參見篇後按語。

〔五〕託生：死後再度投生。大唐新語卷一二酷忍：「阿武狐媚，翻覆至此。百生千劫，願我託生爲貓兒，阿武爲老鼠，吾扼其喉以報今日，足矣。」變文集醜女緣起：「此女當時身死，向何處託生？於波斯匿王宫内託生。此是布施因緣，得生於國王之家。」　好處：指富貴之家等佳勝之處。廣記卷九九劉公信妻（出法苑珠林）：「後寫經成，母來報女：因汝爲吾寫經，今已得出冥途，好處受生。」又卷一〇三豆盧夫人（出法苑珠林）：「後芮公將死，夫人往視，公謂夫人曰：『吾姊以誦經之福，當壽百歲，生好處也。』」變文集父母恩重經講經文：「佛道如斯五逆人，莫覓託生好去處。」

〔六〕隣保：唐代户籍編制單位，相互有督察糾舉之責。此處即指隣里。舊唐書食貨志上：「百户爲里，五里爲鄉。四家爲隣，五家爲保。在邑居者爲坊，在田野者爲村。村坊隣里，遞相督察。」按唐制，孤獨無親之人死後，由隣里負責殯葬，故此詩云「錢遺隣保出」。如酉陽雜俎續集卷二支諾皋中：「元和初，上都義寧坊有婦人風狂，俗呼爲五娘，常止宿於永穆牆垣下。……一夕而死，其坊率錢葬之。」又支諾皐下：「妾本秦人，姓張氏，嫁於府衙健兒李自歡。自歡自太和中戍邊不返，妾遘疾而歿，別無親戚，爲隣里殯於此處。」

〔七〕差：音釵，派充勞役（此處指殯埋之事）。顏師古匡謬正俗卷七差：「或問曰：今官曹文書，科發士馬，謂之爲差，差者何也？答曰：詩云『既差我馬』，毛傳云：『差，擇也。』蓋謂揀擇取强壯者。今云差科，取此義，亦言揀擇取應行役者爾。」

楚按：「逆修齋」之説，見於灌頂經卷一一，即佛説灌頂隨願往生十方淨土經：「普廣菩薩復白佛言：『若四輩男女，善解法戒，知身如幻，精勤修習，行菩提道，未終之時，逆修三七，然燈續明，懸繒旛蓋，請召衆僧，轉讀尊經，修諸福業，得福多不？』佛言：『普廣，其福無量，不可度量，隨心所願，獲其果實。』」敦煌遺書北京鹹字七五號佛説閻羅王授記勸修生七齋功德經：「若有善男子、善女人、比丘、比丘尼、優婆塞、優婆姨，預修生七往生齋者，每月二時，十五、卅日，若是新死，依從一七計，乃至七七、百日、一年、三年，並須請此十王名字，每七有一王下檢察，必須作齋，功德有無，即報天曹地府，供養三寶，祈請十王，唱名納狀，狀上六曹、善惡童子，奏上天曹地府冥官等，記在名案，身到日時，便當配生快樂之處，不住中陰四十九日。身死已後，若待男女六親眷屬追救，命過十王。若闕一齋，乖在一王，并新死亡人，流連受苦，不得出生，遲滯一劫。是故勸汝作此齋事。如至齋日到，无財物及有事忙，不得作齋請佛延僧建福，應其齋日，下食兩盤，紙錢餧飼。新亡之人，并隨歸一王，得免冥間業報之苦。若是生在之日作此齋，名爲預修生七齋，七分功德盡皆得之。若亡没以後，男女六親眷屬爲作齋者，七分功德，亡人唯獲一分，六分生人將去，自種自得，非關他人與之。」可見逆修生七齋的程式。修此齋者，命終之後可以不經過「中陰」階段（最長七七四十九天），直接投生快樂之處。此經不見于大藏經，從它所表現的觀念來看，應該是中土所造的「僞經」。佛祖統紀卷三三：「案夷堅志載：鄂渚王媪，嘗買紙錢作寄庫，令僕李大代書押。媪亡，李忽得疾仆地，三日蘇云：爲陰府逮捕至庫所，令認押字。李曰：此我代主母所書也。引見金紫官，問答如初。官曰：但追證此事，可令回。將出，媪至，大喜曰：荷汝來，寄我庫錢方有歸也。今人好營預修寄庫者，當以往生經爲據，以夷堅志爲驗。」按廣記卷三七九梅先（出廣異記）：「錢塘梅先恒以善事自業，好持佛經，兼造生七齋，隣里呼爲居士。」「生七齋」即「逆修齋」，此事則在夷堅志之前。若據梵志此詩，則逆修齋七之事，初唐即已流行於民間。唯此人竭盡現世一切財力，逆修來生渺茫之福，乃至預先計劃將喪葬費用轉嫁鄰保承擔，可謂是極端的利己主義者。佛教輪迴轉世之説，扇起人們的貪欲一至於此，雖似極黠，實則極愚；雖云可鄙，究亦可悲。

身如圈裏羊甲一、甲三、大正藏、校輯、詩集

身如圈裏羊，命報恰相當〔一〕。羊即披毛走，人着好衣裳。脱衣赤體立，形段不如羊〔二〕。羊即日日死，人還日日亡。從頭捉將去〔三〕，還同肥好羊。羊即辛苦死〔四〕，人去無破傷〔五〕。命絶逐他走〔六〕，魂魄歷他鄉。有錢多造福〔七〕，喫著好衣裳。愚人廣造罪〔八〕，智者好思量。（〇〇四）

【校】

圈裏羊　「裏」原作「褁」，干禄字書卷上：「褁裏上俗下正。」

恰相當　「恰」，原作「怜」，據甲三改。

披毛走　「披」，甲三作「被」，通用。

好衣裳　「衣」，甲三作「依」。

脱衣　甲三作「脱却」。

形段　原作「則叚」，甲三作「刑叚」，大正藏作「則假」，詩集作「刑毅」，校輯作「則役」。按當作「形段」，甲三「刑」爲「形」之音譌，一四六首「法律刑名重」，「刑名」原作「形名」，即「刑」「形」二字混用之例。原本「則」又「刑」之形譌。兩本「叚」、「叚」皆爲「段」之形譌。參見注二。

歴他鄉　「歴」，原作「曆」；甲三作「歷」，同「歷」。

智者　各本皆作「志者」，從校輯所改。

【注】

〔一〕命報：佛教稱一期壽命爲「命報」，蓋自因果觀念視之，壽命亦爲果報之一種。隋慧遠觀無量壽經疏：「一曰命濁，命報短促。」　相當：相同。朝野僉載卷四：「周天官選人沈子榮誦判二百道，試日不下筆。人問之，榮曰：『無非命也。今日誦判無一相當，有一道頗同，人名又別。』」廣記卷一四七張嘉貞（出定命録）：「老人乃黏紙兩卷，具録官禄，從始至末，仍封令勿開。每官滿即開看之，果皆相當。」變文集鷰子賦：「一種居天地，受果不相當。麥熟我先食，禾熟在前嘗。」又不知名變文：「彼此赤體相奉侍，門當户對恰相當。」

〔二〕形段：形體，形狀。後漢書馬援傳「御款段馬」，李賢注：「款猶緩也，言形段遲緩也。」廣記卷一七二李德裕（出桂苑叢談），記衆僧誣告前主事僧隱用常住金若干兩，德裕「命取黃泥，各令模前交付下次金樣，以憑證據。僧既不知形段，竟模不成。」敦煌遺書斯〇五一六歷代法寶記：「道無形段可脩，法無形段可證。」五燈會元卷四香嚴義端禪師：「直似虛空，方有少分，以虛空無鎖閉，無壁落，無形段，無心眼。」又卷七龍井山通禪師：「從來無形段，應物不曾虧。」圓悟佛果禪師語録卷五：「本來無形段，那復有唇嘴。」鎮州臨濟慧照禪師語録：「佛法幽玄，解得可可地，山僧竟日與他説破，學者總不在意，千遍萬遍脚底踏過，黑没焌地，無一箇形段，歷歷孤明，學人信不過，便向名句上生解。」以上各例，大意皆言佛法並無具體形狀也。

〔三〕從頭：逐指之辭，一一、全部。變文集李陵變文：「人執一根車輻棒，朾（打）着從頭面奄沙。」又維摩詰經講經文：「會中有八千井（菩薩），筵中見五百個聲聞，從頭而告盡遍差，至仏而無人敢去。」

〔四〕辛苦：痛苦。書洪範「兇短折」，孔傳：「言辛苦。」孔穎達正義：「辛苦者，味也。辛苦之味入口，猶困阨之事在身，故殃厄勞役之事爲辛苦也。」顔氏家訓風操：「吾親識中有諱襄、諱友、諱同、諱清、諱和、諱禹者，交疏造次，一座百犯，聞者辛苦，無憀賴焉。」五苦章句經：「臨出之日，妻子戀泣，悲訴聲哀，其辭辛苦。」變文集大目乾連冥間救母變文：「曾聞地獄多辛苦，今日方知行路難。」

〔五〕去：謂死。蓋民間諱言「死」字，故或以「去」代之。歐陽詹許州送張中丞出臨潁縣：「孫吴去後無長策，誰敵留侯直下孫。」〇〇一首「不知身去急」，變文集无常經講經文：「饒你子孫列滿堂，去時只解空啼哭。」龍舒增廣淨土文卷一：「晝必爲夜，必爲夜備。暑必有寒，必爲寒備。存必有去，必爲去備。何謂夜備？燈燭牀蓐。何謂寒備？衾裘炭薪。何謂去備？福慧淨土。」皆是其例。

〔六〕他：他人，這裏指勾取人命的伺命鬼，參見〇〇七首注二。

〔七〕造福：即「修福」，指布施、造像、設齋等等，佛教以爲可以獲得福報。變文集大目乾連冥間救母變文：「智者用錢多造福，愚人將金買田舍。」

〔八〕造罪：指「作惡」，佛教以爲將招致罪報。變文集醜女緣起：「毀謗聖賢多造罪，敢昭（感招）容貌似煙薰。」又大目乾連冥間救母變文：「我等生時多造罪，今日受苦方始悔。」

可笑世間人甲一、甲三、甲四、大正藏、校輯、詩集

可笑世間人，癡多黠者少〔一〕。不愁死路長〔二〕，貪著苦煩惱〔三〕。夜眠遊鬼界〔四〕，天曉歸人道〔五〕。忽起相羅拽〔六〕，啾唧索租調〔七〕。貧苦無處得，相接被鞭拷〔八〕。生時有苦痛，不如早死好。（〇〇五）

甲四本自「無處得」起。

【校】

貪著　校輯録作「貪着」。

煩惱　「惱」，原作「惱」。碑别字上聲十九皓，唐嵩山陀羅尼經幢「惱」作「惱」，龍龕手鏡卷一心部：「惱今惱。」

索租調　「索」，原作「索」，干禄字書入聲：「索索上俗下正。」變文集韓朋賦：「故娶賢妻，成功索女，年始十

七。」「紊女」即「紊女」。　「租」，原作「祖」，據甲三改。

被鞭拷　「被」，大正藏作「彼」。　「拷」，原作「捽」，甲三作「拵」。

【注】

〔一〕癡：說文：「癡，不慧也。」　黠：方言卷一：「虔、儇，慧也。……自關而東趙魏之間謂之黠。」世說新語文學「或問顧長康」條劉注引宋明帝文章志：「桓温云：顧長康體中癡黠各半，合而論之，正平平耳。」按貞觀政要赦令載太宗語：「天下愚人者多，智人者少。」與梵志詩「可笑世間人，癡多黠者少」二句類似。唯梵志詩具有宗教含義，蓋以信佛者爲「黠」，不信佛者爲「癡」，與太宗語意畢竟不同耳。

〔二〕死路長：佛經謂人命終後，獨行於冥冥長路之中。大莊嚴論經卷三：「決定知已去，涉於死長途，雖有衆財物，不可爲資糧。」又：「若人命終時，獨往無伴黨。畢定當捨離，所愛諸親友，獨游黑闇中，可畏恐怖處。」珠林卷六〇引涅槃經云：「夫死者於嶮難處無有資糧，去處懸遠，而無伴侶，晝夜長行，不知邊際，深邃幽暗，無有燈明，入無門户，而有處所，雖無痛處，不可療治，往無遮止，到不得脱。」

〔三〕貪著：貪戀。北本涅槃經卷八：「是時貧人，見是王子有一好刀，淨妙第一，心中貪著。」大智度論卷一九：「世人愚惑，貪著五欲，至死不捨，爲人後世，受無量苦。譬如愚人，貪著好果，上樹食之，不能時下，樹傾乃墜，身首毀壞，痛惱而死。」廣記卷四五賈躭（出逸史）：「傳語相公早歸，何故如此貪著富貴？」按「貪著」爲同義連文，「著」亦貪愛之義。隋慧遠大乘義章二本：「纏愛不捨名著。」生經卷二佛說閑居經：「其有沙門梵志，眼著妙色，耳貪五音，鼻慕好香，口存美味，身猗細滑。」大乘寶雲經卷五：「心常貪香，如猪樂廁；心常貪味，如駝愛蜜；心常貪觸，如蠅著油。」白居易家園三絶之三：「鴛鴦怕捉竟難親，鸚鵡雖籠不著人。」　煩惱：佛教指由貪瞋癡等引起之内心苦惱惑亂，貪著爲引起煩惱的重要原因，大寶積經卷七八：「邪念生貪著，貪著生煩惱。」故此詩云「貪著苦煩惱」。

〔四〕鬼界：指陰間。天台宗「十法界」之第八爲「鬼法界」，即「鬼界」。敦煌曲校録十二時：「晝屬人，夜屬鬼，睡是人間之小死。身即冥冥枕上眠，魂魄悠悠何處去？」亦寓「夜眠遊鬼界」之意。

〔五〕人道：佛教六道（天、人、阿修羅、餓鬼、地獄、畜生）之一，指人類。珠林卷七七祭祀篇獻佛部：「目連救母，脱三劫餓鬼之苦，生人道中。」廣記卷三八〇鄭潔（出博異記，明鈔本作出廣異記）載潔妻李氏，被追入冥間，「本司云：『且令隨衙勘責，夜則放歸耳。』彼處欲夜，所司放出，似夢而歸也。自是人間日暮，追使即來，鷄鳴即放迴，如常矣。」此事亦「夜眠遊鬼界，天曉歸人道」之例。

〔六〕忽：如果，倘若。三國志蜀志楊戲傳裴注引襄陽記曰：「今有人使奴執耕稼，婢典炊爨，雞主司晨，犬主吠盜，牛負重載，馬涉遠路，私業無曠，所求皆足，雍容高枕，飲食而已。忽一旦盡欲以身親其役，不復付任，勞其體力，爲此碎務，形疲神困，終無一成。」晉書范汪傳：「以翼宏規經略，文武用命，忽遇釁會，大事須濟。」岑參詠郡齋壁畫片雲：「只怪偏凝壁，回看欲染衣。丹青忽借便，移向帝鄉飛。」元結春陵行：「安人天子命，符節我所持。州縣忽亂亡，得罪復是誰。」酉陽雜俎前集卷一〇物異：「四方忽有水旱兵革之災，則虔懇祝之，無不應驗也。」祖堂集卷一〇安國和尚：「師云：『忽到别處，有人問汝，作麽生舉？』學云：『終不敢錯舉。』」廣記卷一九李林甫（出逸史）：「唐右丞相李林甫，年二十，尚未讀書。在東都，好遊獵打毬，馳逐鷹狗。每於城下槐壇下，騎驢擊，略無休日。……道士曰：『郎君雖善此，然忽有顛墜之苦，則悔不可及。』」又卷二四八吃人（出啓顔録）：「又問云：『忽命公作軍將，有小城，兵不過一千已下，糧食唯有數日，城外被數萬人圍，若遣公向城中，作何謀計？』」又卷二八三何婆（出朝野僉載）：「今年減一品，明年減二品，後年減三品，更後年減四品，忽更得五六年，總没品。」今本僉載無「忽」字。又卷四三七姚甲（出廣異記）：「郎君家本北人，今竄南荒，流離萬里，忽有不祥，奴當扶持喪事北歸。」凡「忽」字皆爲假設之辭。梵志詩一三五首：「父子相憐愛，千金不肯博。忽死賤如泥，遥看畏近著。」又二八九首：「父子惣長命，地下無人使。閻老忽嗔遲，即棒伺命使。」並同。　羅拽：拖掣。廣記卷一二四郝溥（出儆誡録）：「勾禮晨興，忽見郝溥升堂，羅拽毆擊，因患背瘡而死。」亦作「羅曳」。廣記卷四七八徐玄之（出纂異記）：「以白練繫玄之頸，甲士數十羅曳而去。」又卷四三八胡志忠（出集異記），記志忠與妖物搏鬬，「忠又擊之，然冠隳帶解，力若不勝，僕夫無計能救，乃以箠撲。羅曳入於東閣，顛仆之聲如壞牆然。」

〔七〕啾唧：吵駡之聲。廣記卷一〇八李琚（出報應記）：「但聞呵叱啾唧，不睹人也。」稗海本搜神記卷七：「又聞厲聲啾唧及相打毆擊之聲，良久方静。」寒山詩：「寄世是須臾，論錢莫啾唧。」敦煌掇瑣卷九二七曜吉凶避忌條項：「欝没斯日，不得惡言啾唧。」又：「雲漢日生人多嗔怒，愛啾唧。」變文集茶酒論：「阿你酒能昏亂，喫了多饒啾唧，街上羅織平人，脊上少須十七。」梵志詩二七〇首亦云：「醜婦來惡駡，啾唧搦頭灰。」　租調：田賦及户税。唐代前期實行租庸調法，新唐書食貨志一：「凡授田者，丁歲輸粟二斛，稻三斛，謂之租。丁隨鄉所出，歲輸絹二匹，綾絁二丈，布加五之一，綿三兩，麻三斤，非蠶鄉則輸銀十四兩，謂之調。用人之力，歲二十日，閏加二日，不役者日爲絹三尺，謂之庸。有事而加役，二十五日者免調，三十日者租調皆免，通正役不過五十日。」

〔八〕接：捆縛。史記陳丞相世家：「武士反接之。」裴駰集解引漢書音義曰：「反縛兩手。」

楚按：此首末二句「生時有苦痛，不如早死好」，即窮生不如速死之意。此意見於釋典者，如金色王經云：

「爾時彼處，有一天女，住在饒金王都城中，向金色王而説偈言：『何法名爲苦？所謂貧窮是。何苦最爲重？所謂貧窮是。死苦與貧苦，二苦等無異。寧當受死苦，不用貧窮生。』」北本大般涅槃經卷三一：「譬如有人，貧窮困苦，至塚墓間，手捉死屍，而作是言：『願汝今者，施我死樂，我當施汝，貧窮壽命。』爾時死屍，即便起坐，語貧人言：『善男子，貧窮壽命，汝自受之。我今甚樂如是死樂，實不欣汝貧窮而生。』」大方便佛報恩經卷四：「人願富死，不貧而生。何以故知其然？弟曾至塚間，聞諸死鬼作如是論。」見於中土作品者，如鮑照代貧賤苦愁行：「以此窮百年，不如還窀穸。」

他家笑吾貧甲一、甲三、甲四、大正藏、校輯、詩集

他家笑吾貧〔一〕，吾貧極快樂。無牛亦無馬，不愁賊抄掠。你富户役高〔二〕，差科並用却〔三〕。吾無呼喚處〔四〕，飽喫長展脚〔五〕。你富披錦袍，尋常被纏縛。窮苦無煩惱，草衣隨體著〔六〕。（〇〇六）

【校】

吾貧極快樂　原作「吾貧五貧㮂快樂」，據甲三、甲四删「五貧」二字。「㮂」即「極」字别體，碑别字入聲十三職，魏比丘洪寶造象銘「極」作「㮂」。

賊抄掠　「賊」，原作「賤」，據甲三改。

差科　「差」，原作「羞」，據甲三改。「科」，原作「科」，即「科」俗字。大正藏作「利」，非是。

呼喚處　「喚」，原作「嗳」，即「喚」俗字。變文集无常經講經文：「若能改换(换)由堪處。」與此類似。

常展脚　「展」，原作「屒」，甲三本作「展」。按「展」即「展」字別體，「屒」則「展」之誤字。宋本御覽卷九七四引魏文帝典論曰：「嘗與平虜將軍劉勳、奮威將軍鄧展共飲宿。」又卷一七三引列仙傳曰：「帝披其手，得一玉鈎，而手尋展。」「展」皆同「展」。

【注】

〔一〕他家：即是「他」。薛濤柳絮：「他家本是無情物，一任南飛又北飛。」寒山詩：「他家學事業，余持一卷經。」敦煌曲校録送征衣：「每見庭前雙飛燕，他家好自然。」又悉曇頌：「諸佛弟子莫毀謗，一切皆有罪業障，他家聞聲不相放，三寸舌根作没向。」變文集爐山遠公話：「相公前世作一箇商人，他家白庄也是一箇商人。」又鷰子賦：「汝可早去，喚取鸜鵒，他家頭尖，憑伊覓曲。」又太子成道經：「自身作罪自知非，莫怨他家妻及兒。自作業時應自受，他家不肯與你入阿鼻。」又難陀出家緣起：「欲識我家夫主時，他家還着福田衣。」又維摩詰經講經文：「執我身，我眼手，地水火風假合就，他家四大一齊歸，便見形體總枯朽。」以上各例之「他家」，皆應理解爲「他」。按「家」是用在人稱代詞後的語助詞，不爲義，除第三人稱外，亦可用於第一、第二人稱，如變文集維摩詰經講經文：「莫將諸女獻陳我家，當知不受。」按「我家」當屬下句，即我也，非謂我之家也。

〔二〕你富户役高：按唐代據民户資産貧富劃定等級，户等高者户役亦高。舊唐書食貨志上：「凡天下人户，量其資産，定爲九等，每三年縣司注定，州司覆之。」通鑑唐高祖武德七年：「凡民貲業分九等。」胡三省注：「上、中、下各有三等。」

〔三〕差科：徭役。通鑑唐玄宗開元十二年：「六月壬辰，制聽逃户自首，闢所在閒田，隨宜收税，毋得差科征役，租庸一皆蠲免。」韓愈賽神：「白布長衫紫領巾，差科未動是閑人。」按唐律疏議卷一三：「依令：凡差科，先富强，後貧弱；先多丁，後少丁。」唐大詔令集卷六九廣德二年南郊德音：「天下户口，宜委刺史、縣令據見在實户，量貧富作等第差科。」知富户等第高者，差科負擔亦相應加重，故梵志詩有「你富户役高，差科並用却」之語。

〔四〕呼喚：役使，使喚。李義山雜纂失本體：「不聽呼喚，不會傳語，失院子體。」王建宮詞：「内中數日無呼喚，傳得滕王蛺蝶圖。」廣記卷三四八韋齊休（出河東記）載齊休死後魂靈附着屍體：「及將歸，自擇發日，呼喚一如常時。婢僕將有私竊，無不發摘，隨事捶撻」。變文集伍子胥變文：「三教並興，城門不閉，更無呼喚，無摇（徭）自活。」宋洪覺範石門文字禪卷一七慎侄來侍求偈：「我居十年無使者，呼喚應時隨指顧。」元鄭廷玉後庭花雜劇第一折：「聖人將俺子母二人賜與趙廉訪大人，到此數日，不蒙呼喚。」梵志詩二八八首：「閇門無呼喚，耳裏極星星。」蓋承上「絶兵名」而言，謂無兵役之事相逼，「呼喚」亦指呼充兵役。「呼喚」之役使義，尚保留於現代方言中，如小説選刊八一年十一期晴轉多雲，有雷雨：「笑和尚在公社機關，論資歷最淺，論歲數最年輕，因此只有被人呼喚的義務。然而，有一回，他却呼喚過別人，被他呼喚的竟是地委派來的工作隊。」單云「呼」或「喚」，亦有役使之義，如梵志詩二四七首：「行人展脚卧，永絶呼征防。」祖堂集卷三載懶瓚和尚樂道歌：「兀然無一事，何曾有人喚。」亦謂無人役使也。蓋因役使別人，先當呼喚其人，故「呼喚」遂有役使之義。與此相對應，若從被役使者着眼，被使先須答應，故「答應」亦有伺候之義。如元岳伯川鐵拐李雜劇第二折：「哥哥，如今官府難答應，哥哥平日所行，教與兄弟些。」警世通言王安石三難蘇學士：「徐倫自小書房答應，職任烹茶。」醒世恒言兩縣令競義婚孤女：「那個養娘依舊教他伏侍小姐，等他兩個作伴，做些女工，不要他在外答應。」「答應」之有伺候義，與「呼唤」之有使唤義，其理正同。據清史稿后妃傳稱，康熙以後定制，後宫「貴人、常在、答應無定數」，「自常在、答應漸進至妃嬪」。又載宣宗之恒嬪蔡佳氏、豫妃尚佳氏、貴人李氏那氏皆「以答應進封」。「答應」即從元明以來供驅使之義而得名。

〔五〕展脚：伸開兩腿。景德傳燈録（下稱傳燈録）卷五台山隱峯禪師：「師一日推土車次，馬大師展脚在路上坐。師云：『請師收足。』大師云：『已展不收。』師云：『已進不退。』乃推車碾過，大師脚損。」

〔六〕草衣：草緝之衣，亦指粗惡之衣。初學記卷一八引崔鴻後燕録曰：「飢食藜藿，寒衣草衣。」岑參太白胡僧歌：「草衣不針復不線，兩耳垂肩眉覆面。」封氏聞見記卷三制科：「策藜杖，著草衣。」

大有愚癡君甲一、甲三、甲四、大正藏、校輯、詩集

大有愚癡君〔一〕，獨身無兒子。廣貪多覓財，養奴多養婢。伺命門前唤〔二〕，不容别隣里〔三〕。死得四片板〔四〕，一條黄衾被〔五〕。錢財奴婢用，任將别經紀〔六〕。有錢不解用，空手入都市〔七〕。（〇〇七）

甲三本至「唤」字止。詩集以此首與〇〇八、〇〇九首併爲一首。

【校】

愚癡君　「愚」，原作「遇」，據甲四改。敦煌曲校録十二時曲「遇人不會守迷津」，「遇」亦「愚」之音譌，與此處同例。

無兒子　「兒」原作「皃」，即「兒」字别體。變文集不知名變文：「逢着皃（兒），皃布施。」

伺命　校輯作「司命」，誤，參見注二。甲四作「伺人」。

不容別隣里　「容」，原作「客」，據甲四改。　「别」，甲四本作「則」。

死得　「得」，甲四本作「則」。

黄衾被　「被」，原闕，據甲四補。

【注】

〔一〕愚癡：佛教「三毒」之一，簡稱「癡」，亦稱「無明」。指愚闇迷惑，於佛法了無信解。道安十二門經序：「愚癡城者，誹古聖，謗真諦，慢二親，輕師傅，斯病尤重矣。」大智度論卷一：「愚癡人者，非謂如牛羊等愚癡，是人欲求實道，邪心觀故，生種種邪見。」

〔二〕伺命：即伺命鬼，迷信中索取人命的鬼卒。佛說無常經：「死王催伺命，眷屬徒相守。」增壹阿含經卷二三：「此伺命來時，不避豪强，各共隱藏，使伺命不知來處。」方廣大莊嚴經卷九降魔品：「我若視人人必破，我今看樹樹亦摧。怒目所向無全者，如值伺命終難活。」珠林卷七八引冥報拾遺：「因被冥道使爲伺命，每被使即死，經一二日，事了之後，還復如故。前後取人亦衆矣。」變文集句道興搜神記：「夜中夢見伺命鬼來取，將信向閻羅王前過。」梵志詩〇一四首：「雙盲不識鬼，伺命急來追。」又：「伺命張弓射，苦痛劇刀錐。」一〇〇首：「伺命取人鬼，屠兒煞羊客。」一四九首：「伺命把棒忽至，遍體白汗如漿。」二八九首：「閻老忽嗔遲，即棒伺命使。」皆謂索命鬼也。「伺命」亦有寫作「司命」者，如佛本行集經卷四四布施竹園品：「或少或壯或老年，若至於此盡時節，其司命鬼不能護，一切捉撮使消亡。」朝野僉載卷二載崔泰之哭李嶠詩：「魂隨司命鬼，魄逐閻羅王。」以上「司命鬼」皆應讀爲「伺命鬼」，「司」通作「伺」，如新序雜事：「願爲諤諤之臣，墨筆操牘，隨君之後，司君之過而書之。」即謂「伺君之過」也。又古人另有「司命」之語，指冥間主宰生人壽命之主吏，地位較「伺命」鬼卒爲高，如莊子至樂：「吾使司命復生子形，爲子骨肉肌膚，返子父母妻子閭里知識，子欲之乎？」廣記卷三七七郄惠連（出宣室志）：「上帝有命，拜公爲司命主者，以册立閻波羅王。」此「司命」亦有寫作「伺命」者，如佛説四天王經：「吾善逝後，民違佛教，無復孝子，伺命減算，壽日有減。」老子化胡經太上皇老君哀歌七首之三：「伺命來執宰，丞相踏地瞋，左神不削死，右神不著死。」以上「伺命」又應讀作「司命」。總之，由於「司」「伺」相通，引起「司命」與「伺命」使用上的混亂，當依文意簡別，方不致舛誤。

〔三〕隣里：隣居。周禮地官遂人：「五家爲隣，五隣爲里。」唐制則以四家爲隣，百户爲里（見舊唐書食貨志上）。

〔四〕四片板：棺材。廣記卷二八三高駢（出妖亂志）：「唐高駢嘗誨諸子曰：『汝曹善自爲謀，吾必不學俗物，死入四片板中，以累於汝矣。』」敦煌曲校録十二時：「强聞經，勤發願，煞鬼任君錢鉅萬。直饒宅舍遍寰中，身謝得木頭三四片。」

〔五〕黄衾被：指殮被。古代習俗，死者以被覆屍，稱爲殮被。後漢書董宣傳：「年七十四，卒於官。詔遣使者臨視，唯見布被覆屍，妻子對哭，有大麥數斛，敝車一乘。」北史魏文帝文皇后傳：「事畢，乃入室，引被自覆而崩。」御覽卷五五八引趙歧別傳：「我死之日，墓中聚沙爲牀，布簟白衣，散髮其上，覆以單被，即日便下，下訖便掩。」高僧傳卷一〇涉公傳：「卒後七日，堅以其神異，試開棺視之，不見尸骸，唯有殮被存焉。」廣記卷三八五崔紹（出玄怪録）：「見本身偃卧於牀，以被蒙覆手足。天王曰：『此則公身也，但徐徐入之，莫懼。』如天王言，入本身便活。」又按，酉陽雜俎續集卷二支諾皋中：「遂搜其服玩，勘得一篋，篋中悉是喪家搭帳衣，衣色唯黄與皂耳。」因知唐人葬喪之物多黄與皂色，故此云「黄衾被」也。唐國史補卷中：「及(李)錡伏法，京城三日大霧不開，或聞鬼哭，憲宗又得帛書，頗疑其寃，内出黄衣二襲賜錡及子，敕京兆府收葬之。」

〔六〕經紀：經營求利。通鑑唐高宗永徽三年：「元嬰與蔣王惲皆好聚斂，上嘗賜諸王帛各五百段，獨不及二王，勅曰：『滕叔、蔣兄自能經紀，不須賜物，給麻兩車以爲錢貫。』二王大慚。」寒山詩：「丈夫莫守困，無錢須經紀。養得一牸牛，生得五犢子。犢子又生兒，積數無窮已。寄語陶朱公，富與君相似。」廣記卷三三七蕭審(出廣異記)：「安胡者，將吾米二百石，絹八十匹，經紀求利。」又卷一〇九李氏(出冥祥記)：「家鎮沽酒，添灰少量，分毫經紀。」

〔七〕都市：交易市場。本事詩情感：「乃破一鏡，人執其半，約曰：『他日必以正月望賣於都市。』」廣記卷六〇玄俗妻(出女仙傳)：「唯餌巴豆雲母，亦賣之於都市。」唐皇甫枚三水小牘卷上：「明日凌晨，荷桑詣都市鬻焉，得三千文。」此云「空手入都市」，即無錢入市，比喻一無所得。論衡量知：「手中無錢之市，使貨主問之：『錢何在？』對曰：『無錢。』貨主必不與也。」雜譬喻經卷下：「波利國雖衆物普有，其空手往者一物叵得。」

沉淪三惡道之一　甲一、甲四、大正藏、校輯、詩集

沉淪三惡道〔一〕，負特愚癡鬼〔二〕。荒忙身卒死〔三〕，即屬伺命使〔四〕。反縛棒駈走〔五〕，先

渡奈河水〔六〕。倒拽至廳前〔七〕，枷棒遍身起〔八〕。死經一七日〔九〕，刑名受罪鬼〔一〇〕。牛頭鐵叉扠〔一一〕，獄卒把刀撥〔一二〕。碓擣磑磨身〔一三〕，覆生還覆死。〔一四〕（〇〇八）

【校】

沉淪三惡道　「沉」，原作「沇」，即「沉」字別體。大正藏作「氿」。　「淪」，原闕，據甲四補。　「惡」，原存下半，甲四作「悪」，干禄字書入聲：「悪惡上俗下正。」

負特　「特」，原作「持」，據甲四改。校輯據甲四改作「時」，按甲四實作「特」。

荒忙身卒死　「荒」，校輯作「慌」。　「卒」，原作「卆」，即行書「卒」字。廣記卷二七九孟德崇（出野人閑話）：「九十字，迺是行書卒字。」校輯作「猝」。

即屬伺命使　「屬」，原作「遍」，大正藏作「遍」，校輯作「追」，茲據文意作「屬」。　「伺」，校輯改作「司」，誤。

棒駈走　「駈」，原本模糊，茲從詩集。校輯作「打」。　「走」，原闕，據甲四補。

先渡奈河水　「先」，原殘，據甲四補。　「河」，詩集作「何」。

廳前　「廳」，原本模糊，姑從大正藏。

刑名受罪鬼　詩集作「受刑名罪鬼（？）」。

鐵叉扠　「鐵」，原作「鐡」，干禄字書入聲：「鐡鐵鐵上中通下正。」碑別字入聲九屑，魏冀州刺史元昭墓志「鐵」作「鐡」。廣記卷三七一獨孤彥（出宣室志）：「以截附金，是鐵字也。」大正藏作「錢」。　「扠」，原闕，甲四作「杈」，按敦煌寫本偏傍「扌」「木」多不辨。

獄卒把刀撥　「獄」，原存下半，甲四存上半，兩相比勘，知爲「獄」字。　「卒」，原作「卆」。碑別字入聲四質，漢孔廟置百名卒史碑「卒」作「平」。「獄卒」二字大正藏、校輯作「□□」。「刀」，大正藏作「乃」。「掇」，校輯作「搨」。

【注】

〔一〕三惡道：亦稱「三惡趣」、「三塗」。佛教以爲衆生輪迴生死於六道之中，罪業深重者當沉淪於地獄、餓鬼、畜生等三道之中受苦，稱爲「三惡道」。大寶積經卷五七：「云何惡趣？謂三惡道。地獄趣者，常受苦切，極不如意，猛利楚毒，難可譬喻。餓鬼趣者，性多瞋恚，無柔軟心，諂誑殺害，以血塗手，無有慈悲，形容醜陋，見者恐怖。設近於人，受饑渴苦，恒被障礙。傍生趣者，無量無邊，作無義行、無福行、無法行、無善行、無淳質行，互相食噉，强者凌弱。」按文中「傍生趣」即「畜生道」。敦煌曲校録十二時：「葬荒郊，安宅兆，古柏寒松蔭荒草，津梁險路一無憑，合眼沉淪三惡道。」

〔二〕負特：辜負。張鷟遊仙窟：「祇可倡佯一生意，何須負特百年身。」變文集李陵變文：「豈謂將軍失利，將士徒然，負特壯心，乖爲(違)本願。」又：「丈夫失制輪狂虜，負特黄(皇)天孤傅(后)土。」

〔三〕荒忙：同「慌忙」。搜神記卷一六：「未逾數步，不見舍宇，惟有一冢。度當時荒忙出走，視其金枕在懷，乃無變異。」元稹夢井：「沉浮落井瓶，井上無懸綆。念此瓶欲沉，荒忙爲求請。」變文集漢將王陵變：「荒忙設計如雨息(急)，恐怕臨時事不真。」

〔四〕伺命使：索命鬼使，見上首注二。

〔五〕反縛棒駈走：按俗傳冥司追人，多有反縛棒擊之事。廣記卷一〇三李丘一(出報應記)：「忽一旦暴死，見兩人來追，一人自云姓段。時同被追者百餘人，男皆著枷，女即反縛。」唐懷信述釋門自鏡録卷下唐寧州道勝寺慧仙神英受苦事，記冥司王及都官索命時，「王語兩都官云：『更待何事，急手反縛！』其神英兩手向後，欲似反縛，向前挽之，竟不能得。王又云：『何不急棒！』其神英呻吟苦毒，家人舉衣，背上闊兩手許，棒處青瘀，徹於胸前。日晚亡矣。」

〔六〕奈河：冥間河流，渡此即爲地獄。廣記卷三四六董觀（出宣室志）記觀爲亡僧靈習引至冥間，「行十餘里，一水廣不數尺，流而西南。觀問習，習曰：『此俗所謂奈河，其源出於地府耶。』觀即視其水，皆血，而腥穢不可近。又見岸上有冠帶袴襦凡數百，習曰：『此逝者之衣，由此趨冥道耳。』」寒山詩：「臨死度奈河，誰是嘍囉漢。」變文集太子成道經：「黑繩繫頸牽將去，他（地）獄裏還交渡奈河。」又大目乾連冥間救母變文：「行經數步，即至奈河之上，見無數罪人，脱衣掛在樹上，大哭數聲，欲過不過，迴迴惶惶，五五三三，抱頭啼哭。」敦煌遺書斯三九六一佛説十王經：「二七亡人渡柰河，千郡（群）萬隊涉洪波，引路牛頭肩挾棒，催行鬼平（卒）手擎叉。」清俞樾茶香室叢鈔卷一六渿河橋：「國朝顧炎武山東考古録云：『嶽之西南，有水出谷中爲西溪，自大峪口至州城之西南，流入于泮，曰渿河。其水在高里山之左，有橋跨之，曰渿河橋。世傳人死魂不得過，而言柰河，此如漢高帝云柏人者，迫於人也。』按顧氏又辨高里山云：『俗傳蒿里山者，高里之訛。史記封禪書：上親禪高里。漢書武帝紀：太初元年十二月禪高里。乃若蒿里之名，見于古挽歌，不言其地。自晉陸機泰山吟，始以梁父、蒿里並列，而後之言鬼者山之，遂令古昔帝王降禪之壇，變而爲閻王鬼伯之祠矣。』余謂後世言神言鬼皆托之泰山，雖虚誕之説，而未始無理。蓋因天事天，因地事地，此封禪之所自起也。史記正義云：泰山上築土爲壇以祭天，報天之功，故曰封；泰山下小山上除地，報地之功，故曰禪。神道屬天，王者既封泰山以報天，則泰山有神道矣。鬼道屬地，王者既禪泰山下小山，如云云、亭亭、梁父、高里諸山以報地，則云云、亭亭、梁父、高里諸山有鬼道矣。遁甲開山圖云：梁父主死。然則高里何不可以主死乎？高里之變爲蒿里，古字相通。

師古注漢書五子傳曰：「蒿里，死人里。」此不得其説，而强爲之説，死人之里果安在乎？高里山左有㮈河橋，而世俗遂附會爲柰何橋，雖似可笑，亦未謬。」楚按，顧俞二氏之説皆是，唯由高里山下之㮈河演變爲地獄中之奈河，實與民間喪葬習俗亦有關係。古人送喪哭哀，口中例呼「奈何」之語，如○一一一首：「相共唱奈何，送着空塚閣。」説見該首注二。「㮈河」與「奈何」同音，因附會演變爲地獄中之「奈河」。至於地獄中奈河上之奈河橋，作「奈何」而不作「奈河」，更可證明「奈河」與「奈何」之諧音關係。然則民間流傳極廣之陰間奈河，乃因治鬼之高里山下有㮈河，世人送喪唱「奈何」，融合二者而附會爲「奈河」，當可無疑矣。據梵志此詩，則「奈河」的觀念初唐時期即已深入於民間了。

〔七〕倒拽：亦寫作「倒曳」，古時作爲一種刑罰。舊唐書侯思止傳：「（魏）元忠辭氣不屈，思止怒而倒曳元忠。元忠徐起曰：『我薄命，如乘惡驢墜，脚爲鐙所掛，被拖曳。』」宋朝事實類苑卷六四孫何：「吏應對失誤，則於地倒曳之。」盧至長者因緣經：「即時倒曳盧至之脚，牽挽打棒，驅令出門。」

〔八〕枷棒：本是兩種刑具，枷以套頸，棒以擊身，後遂作爲各種刑具之代稱。朝野僉載卷二：「至花嚴死處，忽云『花嚴來喚對事』。左右皆不見，唯弘稱『叩頭死罪』，如受枷棒之聲，夜半而卒。」大唐新語卷一二酷忍：「每執囚，先布枷棒於地，召因前，曰：『此是作具。』見者魂魄飛越，罕不自誣。」又：「則天召仁傑等謂曰：『卿承反何也？』仁傑等曰：『向若不承反，已死於枷棒矣。』」身起：身體。蔣禮鴻曰：「元曲有『身起』、『身已』，爲一詞之異寫。元劇俗語方言例釋解『身起』爲身子、身體，凡引四例（略）。按唐釋寒山詩中，有一首云：『變化計無窮，生死竟不止。三途鳥雀身，五嶽魚龍已。世濁作羖羺，時清爲騄駬。前回是富兒，今度成貧士。』其中『身』與『已』對言，則知元曲『身已』實承唐語，『已』即『身』，同義連文以成一詞，即爲『身已』，『身起』則其異寫耳。竊疑寒山詩之『已』乃『躬已』之『已』形近之誤，『身』可訓『己』，則『己』亦可訓『身體』之『身』。元曲『身起』，『起』、『己』爲音近之歧；其作『身已』，則誤與今本寒山詩同也。」中國語文一九八二年第二期説「身起」、「身已」。楚按蔣説甚是。「身己」等乃唐人習語，貫休村行遇獵：「傷嗟箇輩亦是人，一生將此關身己。」朱子語類卷一三亦云：「廉是題目上合説廉，義是題目上合説義，都不關自家身己些子事。」梵志此詩之「身起」，爲蔣説提供了一條更早的例證，亦可見「起」、「己」音近之歧，初唐口語即已如是矣。

〔九〕一七日：指「中有」期間的第一個七天。佛教以爲人命終後、轉生之前，即爲「中有」（亦稱「中陰」）階段，其間以七日爲一期，尋求生緣，最多至七七四十九日止，必得轉生。瑜伽師地論卷一：「又此中有，若未得生緣，極七日住。有得生緣，即不決定。若極七日，未得生緣，死而復生，極七日住。如是展轉，未得生緣，乃至七七日住。自此以後，決得生緣。」洛陽伽藍記卷二崇真寺：「崇真寺比丘惠凝死一七日還活，經閻羅王檢閲，以錯名放免。」楚按，清王應奎柳南隨筆四：「或問：『人死每過七日，則作佛事，謂之做七，何歟？』曰：『人生四十九日而魄生，亦死四十九而魄散。』曰：『假如人以甲子死，則數至庚午爲一七。甲、木也；庚、金也。金能剋木，午又衝子，謂之天剋地衝，故遇七日而散，至七七日而散盡也。』曰：『然則做佛事亦有益歟？』曰：『此俗尚也，愚夫愚婦之所爲也！』」見徐復祚村老委談。此爲道教之説，梵志此詩取義不同。

〔一〇〕刑名：刑罰名目。唐律疏議卷三〇：「假有官户、部曲、官私奴婢，本犯合徒三年斷入流罪，或從三流之法科徒三年，各止加杖二百，刑名雖有出入，加杖數即不殊者，無罪。」廣記卷一〇一韋氏子（出續玄怪録）：「吾以平生謗佛，受苦彌切，無曉無夜，略無憩時，此中刑名，言説不盡。」戎昱送鄭鍊師貶辰州：「謫去刑名枉，人間痛惜深。」

〔一一〕牛頭：地獄中鬼卒。五苦章句經：「獄卒名阿傍，牛頭人身，兩脚牛蹄，力壯排山，持鋼鐵釵。」廣記卷一〇四李虛（出紀聞）：「即有牛頭獄卒，出於牀下，以叉刺之洞胸。」又卷三八一裴齡（出廣異記）：「王復令呼，謂主簿：『可領此人觀諸地獄。』主簿令引齡前行，入小孔中，見牛頭卒以叉刺人，隨業受罪。」變文集維摩詰經講經文：「好個聰明人相全，忍教鬼使牛頭領。」　扠：以叉刺入。柳宗元同劉二十八院長述舊言懷感時書事：「野鶩行看弋，紅魚或共扠。」韓愈、孟郊城南聯句：「饞扠餉活蠻，惡嚼嚀腥鯖。」

〔一二〕獄卒：地獄中鬼卒。變文集佛説阿彌陀經講經文：「三巡呷了便顛狂，不怕閻羅兼獄卒。」又大目乾連冥間救母變文：「獄卒數萬餘人，總是牛頭馬面。」按「獄卒」即是「牛頭」，二者實爲一物，唯使用中常並列或對舉，如變文集佛説阿彌陀經講經文：「未客（容）命斷沉三有，獄卒牛頭不放君。」又目連變文：「牛頭每日凌遲，獄卒終日來拷。」又大目乾連冥間救母變文：「牛頭把棒河南岸，獄卒擎叉水北邊。」　掇：通作「剟」，刺。漢書王嘉傳：「上於是定躬、寵告東平本章，掇去宋弘，更言因董賢以聞。」顏師古注：「掇讀曰剟。剟，削也，削去其名也。剟音竹劣反。」知「掇」與「剟」通，但梵志詩之「掇」爲刺義。史記張耳陳餘列傳：「吏治榜笞數千，刺剟，身無可擊者，終不復言。」司馬貞索隱：「案：掇亦刺也。」原文作「剟」，索隱釋「掇」，知「掇」即「剟」，刺也。敦煌曲校録十二時：「若非尖刃陌心穿，即是長槍胸上剟。」「剟」字敦煌遺書本亦作「掇」。

〔一三〕碓：舂米穀之設備。桓譚新論：「宓犧之制杵舂，萬民以濟。及後人加巧，因延力借身重以踐碓，而利十倍。」　磑：石磨。急就篇卷三：「碓磑扇隤舂簸揚。」注：「磑所以礳也，亦謂之碨。古者雍父作舂，魯班作磑。」　磨：讀平聲。變文集目連緣起：「確（碓）搗磑磨身壞爛，遍身恰似淤青泥。」所言爲地獄酷刑，與此詩正同。長阿含經卷一九：「復次堆壓地獄，其中獄卒捉諸罪人置於磨石中，以磨磨之，骨肉糜碎，膿血流出，苦毒辛酸，不可稱計。其罪未畢，故使不死，故名堆壓地獄。……復次堆壓地獄，取彼罪人卧鐵臼中，以鐵杵擣，從頭至足，皮肉糜碎，膿血流出，苦痛辛酸，萬毒並至。餘罪未畢，故使不死，故名堆壓地獄。」

〔一四〕覆：通作「復」，變文集王昭君變文：「同行復同寢，雙馬覆（復）雙奔。」上句用「復」，下句用「覆」，即「復」「覆」相通之例。佛教以爲罪人墮於阿鼻地獄中，當復生復死，以便反復經受酷刑折磨。地藏菩薩本願經卷上：「若墮此獄，從初入時，至百千劫，一日一夜，萬死萬生，求一念間暫住不得。」廣記卷三八一鄧成（出廣異記）：「俄有一牛頭卒持火來，從𩑶頂上然至足，𩑶成灰遂滅。尋而復生，悲啼良久，謂成曰：『吾之受罪如是，其可忍也？』」變文集佛説阿彌陀經講經文：「盡是前生不孝身，受報罪根何日息，火起燒身生復死，何時得受福人身。」敦煌曲校録歸去來：「三塗地獄實堪憐，千生萬死無休息。」

撩乱失精神甲一、甲四、大正藏、校輯、詩集

撩乱失精神〔一〕，無由見家裏。妻是他人妻，兒被後翁使〔二〕。奴事新郎君〔三〕，婢逐後娘子〔四〕。駟馬被金鞍，鏤鐙銀鞦轡〔五〕。角弓無主張〔六〕，寶劍抛著地。設却百日齋〔七〕，渾家忘却你〔八〕。錢財他人用，古來尋常事。前人多貯積，後人無慙愧〔九〕。此是守財奴〔一〇〕，不免貧窮死。（〇〇九）

【校】

撩乱　「撩」，甲四、大正藏作「橑」。　「乱」，校輯作「亂」，按「乱」即「亂」字別體，干禄字書去聲：「乱亂上俗下正。」碑別字去聲十五翰，魏鄭羲碑「亂」作「乱」。

「妻是」二句　「妻」，原作「事」，據甲四改。變文集葉净能詩：「劣（當）時却領張令事（妻）歸衣（於）店内。」即「妻」形誤爲「事」之例。　又此二句大正藏作「妻是兒被他人□後翁使」，蓋因原卷「他人事」係補寫於行隙間，因遂誤録也。

後娘子　「後」，大正藏作「度」。　「娘」，校輯作「孃」。

鞦韆　「韆」，原作「縺」，甲四本作「繾」，皆形誤字。

抛著地　「抛」，原作「拋」，大正藏作「□」，按即「抛」字別體。變文集舜子變「百鳥銜子拋田」，與此類似。

百日齋　「齋」，原作「斋」，即「齋」字別體。變文集父母恩重經講經文：「斋場上謝座早從。」按「早從」當乙作「從早」，「斋場」即「齋場」。

不免　「免」，原作「兑」，形誤字。

【注】

〔一〕　撩乱：同「繚亂」。王昌齡從軍行：「撩亂邊愁聽不盡，高高秋月照長城。」韋應物答重陽：「坐使驚霜鬢，撩亂已如蓬。」元稹兔絲：「荆榛易蒙密，百鳥撩亂鳴。」　失精神：謂死。禮記曲禮下「庶人曰死」，鄭玄注：「死之言澌也，精神澌盡也。」按佛教淨土宗認爲人命終時，精神不亂，一心念佛，則可往生淨土天堂。衆經撰雜譬喻卷下：「諸學道者，臨欲壽終，心不亂者，所生不墮惡道苦痛之處。」佛説阿彌陀經：「若有善男子善女人，聞阿彌陀佛，執佛名號，若一日若二日，乃至七日，一心不亂，其人臨命終時，阿彌陀佛與諸聖衆現在其前。是人終時心不顛倒，即得往生阿彌陀國極樂淨土。」此首云「撩乱失精神」，已暗示此人不得生天，當墮惡道之意。

〔二〕後翁：後父。「翁」即父，史記項羽本紀：「吾翁即若翁，必欲烹而翁，則幸分我一桮羹。」

〔三〕郎君：本是奴僕對主人之子的稱呼，亦有泛稱主人者。如朝野僉載卷三：「隋開皇中，京兆韋衮有奴曰桃符，每征討將行，有膽力。衮至左衛中郎，以桃符久從驅使，乃放從良。桃符家有黄牸，宰而獻之，因問衮乞姓。衮曰：『止從我姓爲韋氏。』符叩頭曰：『不敢與郎君同姓。』」廣記卷三三三黎陽客（出廣異記）：「客曰：『日暮，前路不可及，輒寄外舍可乎？』奴曰：『請白郎君。』乃入。」

〔四〕逐：跟隨。娘子：奴僕對女主人之稱。廣記卷四八六無雙傳：「塞鴻曰：『郎君現知此驛，今日疑娘子在此，令塞鴻問候。』」文中「郎君」、「娘子」分别是對男女主人的稱呼。梵志詩二六七首：「奴富欺郎君，婢有陵娘子。」亦作「孃子」。廣記卷一六張老（出續玄怪録）：「義方偶遊揚州，閒行北邸前，忽見張家崑崙奴前曰：『大郎家中何如？孃子雖不得歸，如日侍左右，家中事無巨細，莫不知之。』因出所懷金十斤以奉曰：『孃子令送與大郎君。』」司馬光書儀卷一上内外尊屬：「古人謂父爲阿郎，謂母爲孃子。……其後奴婢尊其主如父母，故亦謂之阿郎、孃子。」

〔五〕鏤鐙：雕刻爲飾的馬鐙。銀鞦轡：以銀爲飾的馬韁與股帶。

〔六〕角弓：詩魯頌泮水「角弓其觩」，朱熹集傳：「角弓，以角飾弓也。」張：以手挽弓。詩小雅吉日：「既張我弓，既挾我矢。」鮑照出自薊北門行：「馬毛縮如蝟，角弓不可張。」

〔七〕百日齋：舊時迷信爲死者祈福，除初七至七七日做法事外，滿一百日亦請僧設齋。北齊書孫靈暉傳：

「從綽死後，每至七日及百日終，靈暉恒爲請僧設齋，轉經行道。」宋俞文豹吹劍録：「世俗信浮屠，以初死七日至七七日、百日、小祥、大祥，必作道場功德，則滅罪生天，否則入地獄。」參看〇〇三首篇後按語所引佛説閻羅王授記勸修生七齋功德經。

〔八〕渾家：全家。戎昱苦哉行五首之四：「身是最小女，偏得渾家憐。」變文集鷰子賦：「雀兒怕怖，悚懼恐惶；渾家大小，亦總驚忙。」敦煌曲校録十二時：「性命惟憂頃刻間，渾家大小專看侍。」五燈會元卷一六智海本逸禪師：「此夜一爐火，渾家上下衣。」

〔九〕慙愧：感激。大方廣佛華嚴經卷一〇：「未嘗慚愧丈夫恩，縱意邪思心不絶。」慧立、彦琮大慈恩寺三藏法師傳卷一：「初，法師在蜀，見一病人，身瘡臭穢，衣服破污，愍將他寺，施與衣服飲食之直。病者慚愧，因授法師此經。」唐袁郊甘澤謡：「慚愧情人遠相訪，此身雖異性長存。」變文集伍子胥變文：「更蒙女子勸諫，盡足食之，慚愧彌深，乃論心事。」又鷰子賦：「一冬來居住，温暖養妻兒，計你合慙愧，却被怨辯之。」

〔一〇〕守財奴：亦作「守錢虜」、「守錢奴」、「看錢奴」。後漢書馬援傳：「因處田牧，至有牛馬羊數千頭，穀數萬斛。既而歎曰：『凡殖貨財產，貴其能施賑也，否則守錢虜耳。』乃盡散以班昆弟故舊。」分別善惡所起經：「佛言人於世間得財產，慳貪不肯布施，不愛視諸家，貧窮者不給與之，不供事沙門明經道士，不匃不與乞兒若病人，食飲不敢自飽，衣被不敢自完，從是得五惡。……人皆呼爲守錢奴。」意林卷五引唐子：「守財不施，謂之錢奴。」祖堂集卷八曹山和尚：「到這裏不分貴賤，不別親疏，如大家人守錢奴相似。」廣記卷三六〇鄧差（出廣古今五行記）：「寸光可惜，人生在世，終止爲身口耳。一朝病死，安能復進甘美乎？終不如臨沮鄧生，平生不用，爲守錢奴耳。」元鄭廷玉有看錢奴買冤家債主雜劇，明陶宗儀南村輟耕録卷一七引錢素菴哨遍：「試把賢愚窮究，看錢奴自古呼銅臭。」按「看」讀平聲，亦「守」之義。

夫婦相對坐甲一、甲四、大正藏、校輯、詩集

夫婦相對坐，千年亦不足。一箇病著床，遥看手不觸〔一〕。正報到頭来〔二〕，徒費將錢卜〔三〕。寶物積如山，死得一棺木。空手把兩拳，口裏徒含玉〔四〕。永離臺上鏡，無心開衣服〔五〕。鏡匣塵滿中，剪刀生衣醭〔六〕。平生歌舞處〔七〕，無由更習曲。琵琶絶巧聲〔八〕，琴絃断不續。花帳後人眠，前人自薄福〔九〕。生坐七寶堂〔一〇〕，死入土角觸〔一一〕。喪車相勾牽〔一二〕，鬼朴還相哭〔一三〕。日埋幾千般，光影急迅速〔一四〕。（〇一〇）

此首校輯析爲夫婦相對坐及平生歌舞處二首。詩集則以此首與下首併爲一首。

【校】

相對坐　「坐」，原作「坐」。干禄字書上聲：「坐坐坐上俗中通下正。」

手不觸　「觸」，兩本皆作「觕」，即「觸」字別體，从牛从角，會意字。宋本太平御覽卷九一三引東方朔神異經：「人有德行，而往扺（抵）觕之。」「觕」字原注「音觸」。碑別字入聲二沃，魏程哲碑「觸」作「觕」，又唐諸葛府君夫人韓氏墓誌作「觧」，亦結構小異耳。校輯謂原作「觚」，乃辨認之誤。又龍龕手鏡卷三角部：「觕解二正。」以「觕」同「解」，此則別爲一説，與此處不符。

正報　「正」，大正藏作「心」。

徒費將錢卜　「費」，原作「貰」，據甲四改。　「卜」，原作「上」，失韻，應是「卜」字形譌。詩集改作「却」，校輯改作「贖」。

衣服　「服」，大正藏作「眼」，校輯改作「幞」，參見注五。

鏡匣　「匣」，校輯録作「裹」，誤。

衣襆　「襆」，大正藏作空格。

平生　「生」，大正藏作「坐」。

巧聲　「巧」，原作「𢀖」，大正藏作「咲」。按「𢀖」即「巧」字別體。干禄字書上聲：「𢀖巧上通下正。」碑別字入聲十八巧，齊劉碑造像記「巧」作「𢀖」。

断不續　「断」，校輯作「斷」。干禄字書上聲：「断㫁斷上俗中通下正。」

花帳　「帳」，原作「悵」。按敦煌寫本偏旁「巾」與「忄」多不別。如變文集大目乾連冥間救母變文「迢白憣打鐵鼓」，「迢」即「招」，「憣」即「幡」。

生坐　「坐」，原作「座」，同「座」，按敦煌寫本「座」與「坐」通用，如變文集醜女緣起「皇帝座相寶殿」，「座」通「坐」，「相」當作「於」。

土角觚　「觚」，原作「觸」，與上文「遥看手不觸」韻複，應是「觚」字之訛。○六八首「死入土角觚」，正作「觚」，參見注一一。

喪車　「喪」，原作「𠷏」，碑別字下平聲七陽，隋龍山公墓誌銘「喪」作「𠷏」。

鬼朴還相哭　「朴」大正藏作空格，詩集改作「仆」。　「哭」，原作「𡗝」，干禄字書入聲：「𡗝哭上俗下正。」

日埋　「埋」,原作「理」,據甲四改。

【注】

〔一〕遥看手不觸:　謂嫌懼病人。魏書劉裕傳附劉子業傳:「其母疾篤,遣呼子業。子業曰:『病人間多鬼,那可往!』其母怒語侍者曰:『將刀來破我腹,那得生如馨兒!』」舊唐書高士廉傳:「蜀土俗薄,畏鬼而惡疾,父母病有危殆者,多不親扶侍,杖頭挂食,遥以哺之。」與此類似。

〔二〕正報:　按佛教分果報爲兩類,表現於環境者爲「依報」,表現於人身者爲「正報」。法門名義集二報:「一者依報(亦名共相),二者正報(亦名不共相)。身外之果,名爲依報,國土善惡,如此等是。身上之果,名爲正報,形容醜麗,如此等是。」到頭:　到底,終盡。白居易憶廬山舊隱及洛下新居:「無奈攀緣隨手長,亦知恩愛到頭空。」盧仝走筆謝孟諫議寄新茶:「便爲諫議問蒼生,到頭還得蘇息否?」孟郊寒地百姓吟:「寒者願爲蛾,燒死彼華膏。華膏隔仙羅,虚遶百千遭。到頭落地死,踏地爲遊遨。」張碧農父:「到頭禾黍屬他人,不知何處抛妻子。」寒山詩:「紙袴瓦作裩,到頭凍餓殺。」又:「到頭君作鬼,豈令男女貧。」此云「正報到頭来」,即謂正報終盡,亦即命終之時。

〔三〕徒費將錢卜:　謂花錢求神問卜,亦已無濟於事。古人治病,問卜亦其一法,故二五九首云:「得病不須卜,實莫浪求神。」參見一六八首按語。

〔四〕含玉:　古代喪禮,以玉物納死者口中。公羊傳文公五年:「含者何?　口實也。」何休注:「孝子所以實其口也。緣生以事死,不忍虚其口。天子以珠,諸侯以玉,大夫以碧,士以貝,春秋之制也。」字亦作「唅」。古代相傳含玉可以避免屍體腐爛。魏書李預傳:「時七月中旬,長安毒熱,預停尸四宿,而體色不變。其妻常氏以玉珠二枚唅之,口閉。常謂之曰:『君自云餐玉有神驗,何故不受唅也?』言訖齒啓,納珠，因噓屬其口，都無穢氣。」

〔五〕衣服：即「衣襆」，「服」爲「襆」之借字，今寫作「包袱」之「袱」。宋周必大二老堂雜誌卷四：「帊幞之幞音服，當如此寫，故玉篇與帊字相連。今上下皆作複字，乃福音。」樂府詩集卷六梁簡文帝蕭綱淫預歌：「淫預大如服，瞿塘不可觸。」按太平寰宇記卷一四八引諺曰：「灩澦大如襆，瞿塘不可觸。」可證「服」即「襆」也。廣記卷二四二蕭穎士（出辨疑志）：「有一婦人年二十四五，着紅衫緑裙，騎驢，驢上有衣服。」亦謂有衣襆也。字亦作「幞」，續高僧傳卷二八釋慧恭傳：「令一人擔負，一頭以籠盛錢二千，束縛經置錢上；一頭是衣服。擔行至地名筰橋，橋斷。恭在後，負擔人俱墜水中。人浮得出，擔没不見。……時有一人聞之，脱衣入水，没求之，數度出入，得錢與衣幞，而不得經。」前文云「衣服」，後文云「衣幞」，知「衣服」即「衣幞」也。字亦作「複」。宋朝事實類苑上海古籍出版社標點本。卷六八山魈：「忽一日，聞燒帛氣，無處尋求。他日，家人啓箱篋，見一複内裙，一腰在衆衣之中，已爲煨燼，即餘衣略無損者。」中數句誤點，應爲「見一複，内裙一腰，在衆衣之中」。「複」即包袱之義，非謂裌也。清俞正燮癸巳存稿卷一〇幞：「史炤通鑑釋文於『衣襆』云：『博木切。爾雅云：裳削幅謂之襆。』胡三省辨誤云：『爾雅乃纀字。此襆當音房玉切，帊也，所以包裹衣物。』俞玉吾席上腐談云：『幞頭，以幅巾裹首，字音伏，與襆被之襆同，今譌音爲僕。』是宋時多有誤音。説文云：『幞，帊也。』集韻『逢玉切』，云『帕也』。幞頭即帊首，即今包頭。幞被、衣幞，即包被、衣包。其從衣之襆，爲或從字，袱則今俗字。」梵志此詩之「服」，即此字也。

〔六〕生衣醭：生黴（今寫作霉）。分別言之，「衣」爲固體表面之黴層，「醭」則液體表面之黴層，相連成文則爲凡黴之稱。説文：「䤋，麴生衣也。」釋名釋飲食：「麴，朽也，鬱之使生衣朽敗也。」齊民要術卷八作醬等法：「熟便開之，當縱横裂，周迴離甕，徹底生衣。」杜甫寄韋有夏郎中：「舟楫生衣卧。」王建宫詞：「春風院院落花堆，金鎖生衣掣不開。」以上爲「生衣」之例。齊民要術卷八作酢法大麥酢法：「三日便發，發時數攪。不攪則生白醭，生白醭則不好。」白居易卧疾來早晚：「酒甕全生醭，歌筵半委塵。」以上爲「生醭」之例。

〔七〕平生：這裏指在生之日。傅玄挽歌：「平生坐玉殿，没歸幽都宫。」廣記卷三五一王坤（出宣室志）：「某自不爲人數年矣，嘗念平生時，若縶而不忘解也。」「平生」皆爲死後追憶生時之言。

〔八〕巧聲：新奇之聲。焦循易林：「玩笑亂目，巧聲迷耳。」顧況李供奉彈箜篌歌：「王侯將相立馬迎，巧聲一日一迴變。」

〔九〕薄福：佛教謂由於前生所修善業少，故今生所享福果薄也。雜譬喻經：「其兄值佛，出家修道，即得羅漢；而獨薄福，常患衣食不充，與諸伴遊行乞食，常獨不飽而還。」北本涅槃經卷三四：「衆生薄福，壽命短促。」瑜伽師地論卷一：「若薄福者，當生下賤家。」北史李庶傳：「我薄福，託劉氏爲女，明旦當出。彼家甚貧，恐不能見養。」

〔一〇〕七寶堂：裝飾華貴之殿堂。佛説四天王經：「今日月星宿，即諸天宫宅也，七寶殿堂，懸處虚空。」虚空藏菩薩神咒經：「其道二邊，化七寶堂，如帝釋堂。」敦煌變文論文録附維摩碎金：「向蓮花臺上，雙眉而私帶笑容；處七寶堂中，兩臉而長含喜色。」按佛經所説「七寶」，名目不盡相同，此處則爲衆寶的泛稱。

〔一一〕土角觸：此處指墳墓。世説新語輕詆：「高柔在東，甚爲謝仁祖所重。既出，不爲王劉所知。仁祖曰：『近見高柔，大自敷奏，然未有所得。』真長云：『故不可在偏地居，輕在角觸奴角反中，爲人作議論。』」廣韻入聲四覺：「觸，女角切，屋角。」按「角觸」即今語「角落」。

〔一二〕勾牽：牽引。白居易題盧祕書夏日新栽竹三十韻：「撑撥詩人興，勾牽酒客腸。」變文集无常經講經文：「鎮長煩惱相拘牽，陷墮這身失計料。」「拘牽」即「勾牽」。

〔一三〕鬼朴：唐人俗語，指行將化爲鬼物之人。通鑑唐則天后長壽元年：「太后自垂拱以來，任用酷吏，先誅唐宗室貴戚數百人，次及大臣數百家，其刺史、郎將以下不可勝數。每除一官，户婢竊相謂曰：『鬼朴又來矣。』」梵志詩之「鬼朴」，則指送喪之死者眷屬，如〇七一首：「前死後人埋，鬼朴悲聲送。」又二七一首：「鬼朴哭真鬼，連夜不知休。」蓋自梵志視之，凡生人皆爲候補鬼物，故皆得以「鬼朴」稱之。唯「朴」字頗難索解，姑進一説如下。戰國策秦策三：「鄭人謂玉未理者璞，周人謂鼠未腊者朴。周人懷朴過鄭賈曰：『欲買朴乎？』鄭賈曰：『欲之。』出其朴，乃鼠也，因謝不取。」(尹文子載此事云「周人謂鼠未腊者爲璞」，「璞」即「朴」之同音借字。)故知死鼠未腊者稱爲「朴」，「朴」者，肉脯也。而古人確有稱待死之人爲「肉脯」之説，南史張融傳：「浮海至交州，於海中遇風，終無懼色，方詠曰：『乾魚自可還其故鄉，肉脯復何爲哉！』」「肉脯」即張融自稱，此與「鬼朴」之語同一聯想也。

〔一四〕光影：即「光景」，「影」與「景」通。顔氏家訓書證：「凡陰影者，因光而生，故謂爲景。……至晉世葛洪字苑，傍始加彡，音於景反。」此處「光景」謂光陰。張籍懷友：「百年受命短，光景良不足。」補全唐詩卷二佚名哭押牙四寂：「可歎生涯光景促。」宋陳慥無愁可解：「光景百年，看便一世。」

富者辦棺木 甲一、甲四、大正藏、校輯、詩集

富者辦棺木，貧窮席裹角〔一〕。相共唱奈何〔二〕，送着空塚閣〔三〕。千休即萬休，永別生

平樂〔四〕。智者入西方〔五〕，愚人墮地獄。掇頭入苦海〔六〕，冥冥不省覺〔七〕。（〇一一）

【校】

辦棺木　「辦」，原作「辨」，從校輯所改。

席裹角　「席」，原作「廗」，干禄字書入聲：「廗席上俗下正。」與此近似。「裹」，校輯改作「裏」。

唱奈何　「奈」，原作「李」，即「柰」字形譌，同「奈」。廣韻去聲十四泰：「奈，本亦作柰。」「何」，原作「河」，從大正藏改，參見注二。

空塚閣　「閣」，原作「各」，大正藏作空格，校輯作「咎」，失韻。按即「閣」之同音借字，變文集難陁出家緣起：「佛與帝□（釋）説經，便遣難陀觀看。且見樓臺殿各（閣），皆是七寶合成。」即「閣」「各」同音混用之例。參見注三。

智者　「智」，原作「志」，從校輯所改。

掇頭　「掇」，原作「欟」，甲四作「掇」，大正藏作「□」，校輯作「掇」，兹從甲四及校輯。

冥冥　「冥」，原作「寘」。碑别字下平聲九青，唐魏邈妻趙氏墓誌銘「冥」作「寘」，與此類似。

【注】

〔一〕角：包裹之義，有名詞與動詞兩種用法，此處爲動詞。三水小牘卷上埋蠶受禍：「乃與村衆及公直同發蠶坑，中有箔角一死人。」謂有箔裹一死人也。變文集孟姜女變文：「角束夫骨，自將背負。」「角」即「束」也，同義連文則爲「角束」。按窮人以席代棺，如南史顧憲之傳：「郡境連歲疾疫，死者太半，棺槨尤貴，悉裹以葦席，棄之路傍。」

〔二一〕唱奈何：周一良曰：「唐人報喪或吊喪的書札中，有常用的套語『××奈何，××奈何』。有時前面兩字重複，如『哀痛奈何，哀痛奈何』，『痛當奈何，痛當奈何』。有時頭兩字不相同，如『哀苦奈何，哀痛奈何』，『酷當奈何，痛當奈何』。不但書面上如此寫，口頭上也這樣説。敦煌寫本搜神記記李玄對王子珍説：『若〔你父〕氣已絶，無可救濟，知復奈何，知復奈何！』又伍子胥變文云：『子胥控馬籠鞭，就水抱得小兒，拍搦悲啼吊問：汝父沉溺深江，荼毒奈何奈何！』古代書寫時，凡遇全句連續幾字都需重複，往往即在每字之下加點表示，以免重寫，所以伍子胥變文當是『荼毒奈何』一句四字之下都有點作爲重複的標記。輾轉抄寫時，漏去荼毒兩字下的標記，於是祇剩下奈何二字重複了。荼毒、酷罰之類，也是吊喪書信中常見的套語。日僧圓仁入唐求法巡禮行記開成四年閏正月九日記：『適聞知澄大德已靈變〔死亡〕，道門哀喪，當復奈何。』××奈何既是喪事習用以表哀悼的話，大約在送葬時大家口裏也如此唱念，所以詩裏説『唱奈何』。」王梵志詩的幾條補注，載北京大學學報一九八四年第四期。楚按，周説甚是。朝野僉載卷五記兵部尚書婁師德鄉人犯贓，都督許欽明欲決殺令衆，「尚書切責之曰：『汝辭父娘，求覓官職，不能謹潔，知復奈何！』將一楪餡餅與之曰：『噇却，作箇飽死鬼去！』」蓋與鄉人作死别，故亦云「知復奈何」。廣記卷二六二助喪禮（出笑林）：「有人弔喪，并欲齎物助之，問人可與何等物，答曰：『錢布帛，任君所有爾。』因齎大豆一斛，置孝子前，謂曰：『無可有，以大豆一斛相助。』孝子哭『孤窮奈何』。曰：『造豉。』孝子又哭『孤窮』。曰：『適得便窮，更送一石。』」按孝子所哭「孤窮奈何」等語，實具禮儀作用，此人昧於世事，執實理解，遂傳爲笑柄，載入笑林。而「孝子哭『孤窮奈何』」之事，即是梵志詩的「唱奈何」，蓋送葬之時，亦須哭「××奈何」以助哀也。又按，以「奈何」之語表示哀悼，實非始於唐代。三國志魏志毌丘儉傳裴注引文欽與郭淮書：「大將軍昭伯與太傅俱受顧命，登牀把臂，託付天下，此遠近所知。後以勢利，乃絶其祀，及其親黨，皆一時之後，可爲痛心，柰何柰何！」又大般涅槃經後分卷上：「哀哉哀哉，痛苦奈何奈何，莫大愁毒，熱惱亂心，如來化緣周畢，一切人天無能留者，苦哉苦哉，奈何奈何！」雖爲譯經，哀悼用語仍屬中土也。敦煌遺書伯三六三七新定書儀鏡：「凡稱奈何者，相開解語。儀云：不孝奈何，酷罰奈何。斯乃自抑之詞，非爲孝子痛結之語。所以吊孝者稱奈何，受吊者也宜自開解。今重喪告答並删改爲罪苦。餘凶書服輕，德（得）依舊儀。」

〔三〕閣：置放，亦作「擱」。齊民要術卷七造神麴并酒：「麴成矣，任意舉、閣，亦不用甕盛。」唐義净南海寄歸内法傳卷四：「或閣筆於松枝，或投硯於巖曲。」朝野僉載卷二：「五溪蠻父母死，於村外閣其屍，三年而葬。」停放屍體用「閣」字，正與梵志此詩同。廣記卷三九二熊博（出稽神録）：「熊博者，本建安津吏。岸崩，得一古塚，藤蔓纏其棺，旁有石銘云：『欲陷不陷被藤縛，欲落不落被沙閣，五百年後遇熊博。』」

〔四〕生平樂：生時樂。「生平」同「平生」，指在生之日，見〇一〇首注七。

〔五〕西方：指西方淨土，即是佛教的天上極樂世界。隋慧遠大乘義章卷一九：「言淨土者，經中或時名佛刹，或稱佛界，或云佛國，或云佛土，或復説爲淨刹，淨界，淨國，淨土。」宋王日休增廣龍舒淨土文卷二淨土總要一：「統言大藏不止有十餘經言西方淨土事，其大略謂彼處以七寶莊嚴，無地獄惡鬼禽畜以至蜎飛蠕動之類，常清淨自然，無一切穢雜，故名淨土。其人皆蓮華中生，長生不老，衣食宅宇隨意化成。其景序長春，無復寒暑，大受快樂，無一切苦惱，故名極樂世界。」按淨土有東方淨土、西方淨土、天上淨土等等，影響我國民間觀念最巨者爲西方淨土，即阿彌陀佛淨土。

〔六〕掇頭：應即墜身之意。敦煌遺書斯二七〇二載歌辭：「可中五逆甘採□，死了掇頭入地獄。」苦海：

比喻痛苦深廣，無有涯際。佛教以喻生死輪迴之苦。北本涅槃經卷一五：「我昔與汝等，不見四真諦，是故久流轉，生死大苦海。」變文集大目乾連冥間救母變文：「只恐無常相逼迫，苦海沉淪生死津。」

〔七〕冥冥：昏暗貌。楚辭九歌山鬼：「雲容容兮而在下，杳冥冥兮羌晝晦。」亦用以形容陰間。後漢書張奐傳：「通塞命也，始終常也，但地底冥冥，長無曉期，而復纏以纊綿，牢以釘密，爲不喜耳。」省覺：覺醒。搜神記卷一五：「村人應病死者，蔣輒恍惚熟眠經日，見病人死，然後省覺。覺則具説。」水滸四五回：「只怕五更睡著了，不知省覺。」引申爲覺悟之義。景德傳燈録卷二四嘉州黑水和尚：「問曰：『雪覆蘆花時如何？』黄龍曰：『猛烈。』師曰：『不猛烈。』黄龍又曰：『猛烈。』師又曰：『不猛烈。』黄龍便打，師因而省覺。」

擎頭鄉里行甲一、甲四、大正藏、校輯、詩集

擎頭鄉里行〔一〕，事當逞靴襖〔二〕。有錢但著用，莫作千年調〔三〕。（〇一二）

校輯以此首併入上首。

【校】

逞靴襖　「襖」，原作「袄」，從校輯所録。

【注】

〔一〕擎頭：昂頭。續高僧傳卷二五釋植相傳：「又曾行弘農水側，見人垂釣。相勸止之，不從其言。即唾水中，忽有大蛇，擎頭四顧，來趣釣者。因即歸命，投相出家。」

〔二〕事當：務須。敦煌遺書斯四四七二雲辯十慈悲偈公案：「又與屈人能洗雪，事當不差與平持。」

〔三〕千年調：指預作長久生存之打算，梵志詩屢見，如〇三五首：「漫作千年調，活得没多時。」二八〇首：「貯積千年調，知身得幾時。」二八四首：「不得萬萬年，瞢作千年調。」三一四首：「世無百年人，擬作千年調。」宋陳師道卧疾絶句「一生也作千年調」，任淵注：「此句未分其遂死也。」寒山子詩云：『人是黑頭蟲，剛作千年調。鑄鐵作門限，鬼見拍手笑。』」楚按，寒山子詩集不載此詩。宋莊季裕雞肋編卷下：「陳無已詩亦多用一時俚語，如……『早作千年調』，『一生也作千年調』。」知宋時「千年調」已流行爲民間俚語。亦作「千年畫」，全唐詩載南唐後主李煜句：「人生不滿百，剛作千年畫。」亦作「千年約」，變文集无常經講經文：「七十年人猶自希，何須更作千年約。」亦作「千歲調」，同上：「須知浮世片時間，莫作久長千歲調。」

百歲乃有一 甲一、甲四、大正藏、校輯、詩集

百歲乃有一〔一〕，人得七十稀〔二〕。張眼看他死〔三〕，不能自覺知〔四〕。癡皮裹膿血〔五〕，頑骨强相隨〔六〕。兩脚行衣架〔七〕，步步入阿鼻〔八〕。（〇一三）

詩集以此首與〇一四、〇一五、〇一六首併作一首。

【校】

乃有一 原作「乃有一人」，校輯、詩集删「乃」作「有一人」。按「乃」通作「寧」，「人」屬下句。「寧有一」即豈有

一人。善見律毘婆沙：「乃可没命，何敢有犯。」佛本行集經卷三受決定品：「我今乃可將臭肉身於此泥上作大橋梁，令佛世尊履我身上過。」梁書臨川王宏傳：「乃可無我，此事不容暫廢。」續高僧傳卷六釋道超傳：「乃可無七尺，何事在於人後？」變文集醜女緣起：「乃可不要富貴，亦不藉你官職。」以上「乃可」即是「寧可」。維摩詰經卷下見阿閦佛品：「是人乃能捨清淨土，而來樂此多患害處？」「乃能」即是「寧能」。皆是「乃」「寧」相通之證。〇一九首「人人百歲乃有一，縱令長命七十稀」，句式類似。

人得七十稀　詩集、校輯作「得七十者稀」。「者」爲衍文。

裹膿血　「裹」，原作「褁」。康熙字典：「褁，字彙補：責尺切，音執。字辨：囊也。〇按與裹字音義别。」楚按，「褁」即「裹」字俗體，不必拘於康熙字典之説，龍龕手鏡衣部：「褁俗裹正。」

强相随　「随」，校輯作「隨」。碑别字上平聲四支，唐阿史那忠碑「隨」作「随」。

行衣架　「架」，原作「揲」，甲四作「楪」，即「架」字别體。詩集作「枷」。變文集鷰子賦：「亦是窮奇鳥，搆揲足詞章。」按拾得詩：「箇箇心搆架，造業大如山。」「搆揲」即「搆架」，因知「揲」即「架」也。

入阿鼻　「入」，原脱，據甲四補。

【注】

〔一〕　百歲乃有一：「乃」通「寧」，「豈」之義，見校語。按古人以爲人壽大限百年，而得之者蓋寡。莊子盜跖：「人上壽百歲，中壽八十，下壽六十。」吕氏春秋安死：「人之壽，久之不過百，中壽不過六十。」列子楊朱：「百年，壽之大齊，得百年者千無一焉。」權德輿古興：「人生大限雖百歲，就中三十稱一世。」白居易對酒：「人生一百歲，通計三萬日，何況百歲中，人間百無一。」廣記卷三五〇浮梁張令（出纂異記）：「大凡世人之壽，皆可致百歲。而以喜怒哀樂，汩没心源，愛惡嗜欲，伐生之根，而又揚己之能，掩彼之長，顛倒方寸，頃刻萬變，神倦思怠，難全天和，如彼淡泉，汩於五味，欲致不壞，其可得乎？」

〔二〕人得七十稀：唐人習語如此。杜甫曲江：「人生七十古來稀。」白居易自誨：「人生百歲七十稀。」又曲江早秋：「人壽七十稀，七十早過半。」又栽松：「得見成陰否？人生七十稀。」

〔三〕張眼：睜大眼睛。御覽卷四九二引東觀漢記曰：「馬援平交趾，上言太守蘇定張眼視錢，眱呼牒切目計賊，怯於戰功，宜加切勑。後定果下獄。」

〔四〕覺知：覺悟。變文集佛説阿彌陀經講經文：「法師今日分明説，只恕（恐）門徒不覺知。」

〔五〕癡皮裹膿血：按禪祕法要經：「今我此身，前時不淨，九孔膿流，筋纏血塗。」變文集廬山遠公話：「薄皮裹膿血，筋纏臭骨頭，從頭觀至足，遍體是膿流。」蓋佛教不淨觀强調人身種種穢惡不堪，故梵志詩亦有此等語句。

〔六〕頑骨：以稱冥頑不靈之人，〇四九首亦云：「從頭捉將去，頑骨不心驚。」

〔七〕衣架：比喻人之軀體。白居易又答賀客：「銀章暫假爲專城，賀客來多懶起迎。似挂緋衫衣架上，朽株枯竹有何榮。」今時尚有「衣架飯桶」之語。

〔八〕阿鼻：即阿鼻地獄，意譯無間地獄，謂受罪無有間歇。翻譯名義集卷二阿鼻：「此云無間。觀佛三昧經：『阿言無，鼻言救。』成論明五無間：一趣果無間，捨身生報故。二受苦無間，中無樂故。三時無間，定一劫故。四命無間，中不絶故。五形無間，如阿鼻相，縱廣八萬由旬，一人多人，皆徧滿故。」北本涅槃經卷一九：「阿鼻地獄。四方有門，一一門外，各有猛火，東西南北，交過通徹，八萬由延，周匝鐵牆，鐵網彌覆。其地亦鐵，上火徹下，下火徹上。大王，若魚在鏊，脂膏火然，是中罪人，亦復如是。」

雙盲不識鬼甲一、甲四、大正藏、校輯、詩集

雙盲不識鬼〔一〕，伺命急來追〔二〕。赤繩串著項〔三〕，反縛棒脊皮〔四〕。露頭赤脚走〔五〕，身上無衣被〔六〕。獨自心中驟，四面被兵圍〔七〕。向前十道挽〔八〕，背後鐵鎚鎚〔九〕。伺命張弓射，苦痛劇刀錐〔一〇〕。（〇一四）

【校】

校輯以前六句屬上首，後六句屬下首。

伺命　「伺」，校輯作「司」，誤。

赤繩　「繩」，原作「縄」，干祿字書平聲：「縄繩上通下正。」

脊皮　「脊」，原作「𦟘」，甲四作「𦚫」，皆爲「脊」之俗體。

十道挽　「挽」，原作「挩」，大正藏、校輯改作「稅」，詩集作「挽」。茲從詩集。

【注】

〔一〕雙盲：兩眼瞎。北齊書祖珽傳：「孝徵心行雖薄，奇略出人，緩急真可憑仗。且其雙盲，必無反意，請喚取問其謀計。」孟郊寄張籍：「未見天子面，不如雙盲人。」梵志詩則謂生人不識鬼，雖畜兩眼，亦同雙盲。

〔二〕伺命：勾命鬼，見〇〇七首注二。

〔三〕赤繩：俗傳冥司以赤繩綑縛罪人，普賢菩薩説證明經：「百億鬼軍，百億鐵圍地獄，此諸鬼神恒河沙數，黑衣黑服，赤繩赤棒，療除罪人。」日本中村不折藏佛説妙好寶車經：「對至不可避，會當來相牽。赤繩縛我肩（背），黑索繫我咽。將我何所至，送至東太山。」亦云「赤索」、「赤綆」、「朱索」。續高僧傳卷二五釋僧融傳：「至七日後，主人母見一鬼持赤索欲縛之，母甚遑懼，乃請僧讀經行道，鬼怪遂息。」釋門自鏡録卷下唐寧州道勝寺慧仙神英受苦事：「至八月初，寺家家人夜夢，見上座慧仙共一人執赤索入寺，……遂於寺内覓都師神英，遇見寺主八仁，其執赤索人即以索剔取寺主八仁。八仁云：『不關我事。』即以手捉索牽挽拒之。」所記即冥司追人之事。酉陽雜俎續集卷一支諾皋上：「二鬼跳及門，以赤物如彈丸，遥投崔生口中，乃細赤綆也，遂釣出於庭中。」廣記卷三五六哥舒翰（出通幽録）：「忽見門屏間有一物，傾首而窺，進退逡巡，入庭中，乃夜叉也，長丈許，著豹皮褌，鋸牙披髮，更有三鬼相繼進，乃拽朱索，舞於月下。」按陀羅尼集經卷一一：「毘嚕博叉天王像法：其像大小衣服准前，左手同前，唯執矟異，其右手中而提赤索。」稗海本搜神記卷三：「追夜，有一人，着朱衣，乘馬，與樹神曰：『朝來武王伐子，不有損乎？』樹神曰：『我雷公飛沙走石，傷武王兵士，兵士見之星分，不敢近我。我有威力如此。』赤衣人怒曰：『我教武王兵人，用生朱塗面，披髮着朱衣，赤繩縛之，道灰百匝，以斧伐之，豈不損乎？』」此則以赤索縛鬼物者。蓋因我國古代有以赤索避邪之説（參見一三五首注四），由此而傅會出神秘色彩，不但神明以赤索縛鬼物，鬼物亦以赤索縛人也。

〔四〕棒脊皮：即「棒脊」，變文集鷰子賦：「阿你浦（逋）逃落籍，不曾見你膺王役，終遣官人棒脊，流向擔（儋）崖象白。」

〔五〕露頭：光頭不戴巾帽。變文集佛説阿彌陀經講經文：「露頭赤脚看牛馬，冬寒夏熱敢辭辛。」按我國古代制度，罪人不得戴巾帽。風俗通義愆禮：「巾所以飾首，衣所以蔽形，此乃士君子所以自別於夷狄者也。唯喪者訟者，露頭草舍，曷有餘哉？」三國志魏志陳思王植傳裴注引魏略曰：「會植科頭負鈇鉞，徒跣詣闕下，帝及太后乃喜。」「科頭」即露頭，「徒跣」即赤脚，此即負荆請罪之意。顔氏家訓風操：「梁世被繫劾者，子孫弟姪皆詣闕三日，露跣陳謝。」「露跣」亦即露頭赤脚，蓋自視爲罪人也。大唐新語酷忍：「（武則天）問俊臣曰：『卿言仁傑等反，今子弟訴寃何多也？』俊臣曰：『此等何能自伏其罪，臣寢處甚安，亦不去巾帶。』則天使人視之，俊臣遽命仁傑巾帶。」來俊臣所以遽命狄仁傑巾帶，是爲了造成破例優待之假象。建炎以來繫年要録卷一四二記岳飛被騙入大理寺，「隨獄吏行至一處，見張憲、岳雲露頭赤體，各人杻械，渾身盡是血染，痛苦呻吟」。故小説記地獄罪人，亦云「露頭」，如朝野僉載卷六記杜鵬舉於冥司，「見武三思、韋温、宗楚客、趙履温等着鎖，李嶠露頭散腰立」。廣記卷三八二楊師操（出冥祥記）：「見囚人或著枷鎖，露頭散腰，或坐立行住，如是不可算數。」此詩亦其例也。

〔六〕被：讀爲「披」。

〔七〕兵圍：按古代刑場，四面以兵圍之。大唐新語持法：「則天朝，長安市屢非時殺人，（朱）履霜因入市，聞其稱寃聲，乘醉入兵圍中，大爲刑官所責。」知行刑處決，即在「兵圍」中也。佛經言罪人應墮地獄者，亦有「兵圍」之説。如經律異相卷四九應生天墮地獄臨終有迎見善惡處（出淨度三昧經）：「生天墮地獄，各有迎人。人病欲死時，眼自見來迎。……應墮地獄者，眼見兵士持刀盾矛戟索圍繞之。」故小説描寫冥司情狀，亦有「兵圍」之語。冥報記卷中：「東宮右監門兵曹參軍鄭師辨，年未弱冠時，暴病死，三日而蘇。自言有數人見收將行，入官府大門，見有囚百餘人，皆重行北面立，凡爲六行。其前行者，形狀肥白，好衣服，如貴人。後行漸瘦惡，或著枷，或但去巾帶，皆行連袂，嚴兵守之。師辨至，配入第三行東頭第三立，亦去巾帶，連袂。辨憂懼，專心念佛。忽見平生相識僧來，入兵圍内，兵莫知止。」

〔八〕十道挽：謂以十道繩索牽挽罪人向前。按俗傳伺命鬼勾取人命，有以繩縛牽挽之説，即本首上文所云「赤繩串著項」也。參見注三。

〔九〕鐵鎚鎚：上「鎚」字名詞，下「鎚」字動詞。「鐵鎚」爲地獄刑具。父母恩重難報經記阿鼻地獄酷刑，有「鈎竿槍槊，鐵鏘鐵串，鐵槌鐵戟」之語，「鐵槌」同「鐵鎚」。按貫休寄懷楚和尚二首之二：「爭將金鎖鎖，那把玉籠籠。」句法正與「鐵鎚鎚」類似。

〔一〇〕刀錐：亦作「錐刀」，泛指各種刃器，此處則謂加之以錐刀。北史魏昭成帝紀：「帝嘗擊西部叛賊，流矢中目。賊破後，諸大臣執射者，各持錐刀欲屠割之，帝曰：『各爲其主，何罪也。』釋之。」高僧傳卷一〇釋保誌傳：「誌後假武帝神力，見高帝於地下常受錐刀之苦，帝自是永廢錐刀。」

使者門前喚甲一、甲四、大正藏、校輯、詩集

使者門前喚〔一〕，忙怕不容遲〔二〕。倮體逐他走，渾舍共號悲〔三〕。宅舍無身護，妻子被人欺。錢財不關己，莊牧永長離〔四〕。三魂無倚住，七魄散頭飛〔五〕。（〇一五）

【校】

忙怕不容遲「怕」，詩集作「迫」。「容」，原作「客」，形譌字。「遲」，原作「遟」，碑別字上平聲四支，漢韓勅碑「遲」作「遟」。

倮體「倮」，原作「保」，即「倮」字别體。碑別字上聲二十哿，齊宋買造像記「果」作「菓」，與此字偏旁不同耳。

校輯作「裸」,同。

無身護　「身」,校輯録作「人」。

不闢己　「闢」,原作「開」。説文:「開,門欂櫨也。」與詩意未合。此字實即「闢」字别體,碑别字上平聲十五删,魏皇甫驎墓誌銘「闢」正作「開」。

莊牧　「牧」,詩集、校輯録作「收」。

【注】

〔一〕使者:指冥司使者,亦即伺命使。廣記卷一〇三竇德玄(出報應記):「德玄於是就枕而絶,一宿乃蘇,云:初隨使者入一宫城。使者曰:公且住,我當先白王。」又卷一〇七魚萬盈(出報應記):「初見冥使三四人追去,行暗中十餘里。見一人獨行,其光繞身,四照數尺,口念經。隨走就其光,問姓字,云:『我姓趙名某,常念金剛經者,汝但莫離我。』使者不敢進,漸失所在。」又卷一一三陳安居(出法苑珠林),記安居死而復蘇,具説所經云:「初見有人若使者,侍從數十人,呼去。從者欲縛之,使者曰:『此人有福,未可縛也。』」又卷一五八許生(出玉堂閒話):「汴州都押衙朱仁忠家有門客許生,暴卒,隨使者入冥。」皆以「使者」稱冥司鬼使也。

〔二〕忙怕:驚怕。搜神記卷一四:「馬皮蹷然而起,卷女以行。隣女忙怕,不敢救之。」變文集伍子胥變文:「江神遥聞劍吼,戰悼湧沸騰波,魚鱉忙怕攢逕,魚龍奔波透出。」又降魔變文:「六師膽懾盡亡魂。」校記:「丁卷『膽懾』作『忙怕』。」知「忙怕」即膽懾之義。

〔三〕渾舍:全家。韓愈寄盧仝:「昨晚長鬚來下狀,隔壁惡少惡難似。每騎屋山下窺闞,渾舍驚怕走折趾。」變文集父母恩重經講經文:「學音聲,屈博士,弄鉢(撥)調絃渾舍喜。」

〔四〕莊牧：莊園及牧地。孟子公孫丑下：「今有受人之牛羊而爲之牧之者，則必爲之求牧與芻矣。」趙岐注：「牧，牧地。」世説新語儉嗇：「司徒王戎，既富且貴，區宅僮牧，膏田水碓之屬，洛下無比。」太平寰宇記卷二二海州東海縣引水經注：「古老傳言，此島上人皆糜家之隸。今有牛欄一村，舊有糜家莊牧，猶枯(祀)之，呼曰糜郎。臨祭之日，著犂鏵，執耕鞭。」今本水經注無此文。

〔五〕「三魂」二句：按道教謂人身有三魂七魄，生則附身，死則離散。抱朴子内篇地真：「欲得通神，當金水分形，形分則自見其身中之三魂七魄，而天靈地祇皆可接見，山川之神皆可使役也。」老子化胡經太上皇老君哀歌七首之六：「昔有劉仲伯，精誠於道門，勸惡使從善，歲會集羣賢。香火日夜勤，亦能感倉(蒼)天。命盡應當死，衆神與表天。三魂飛揚澌，七魄入死星。右神削死籍，左神著生名。伺(司)命來拯(拯)濟，左相踏地瞋。普告三十獄，柭(拔)出仲伯身。三魂還復流(留)，七魄還入身，血脈還運轉，百節方更堅，面目更端嚴，肉骨更解(鮮)明。死卧三七日，寢尸還更生。」據大正藏卷五四收敦煌本校録。廣記卷三五八齊推女(出玄怪録)：「(鬼)吏曰：『生人三魂七魄，死則散離。』」敦煌曲校録十二時：「死魔來，相貌異，男女妻兒皆怖畏，七魄俄成北斗雲，一身遽掩東流水。」梵志此詩云「三魂無倚住，七魄散頭飛」，亦人命溘焉終謝之意。倚住：依止，「倚」通「依」。

沉淪三惡道之二　甲一、甲四、大正藏、校輯、詩集

沉淪三惡道〔一〕，家内無人知。有衣不能著，有馬不能騎。有奴不能使，有婢不相隨。有食不能喫，向前恒受飢〔二〕。冥冥地獄苦，難見出頭時〔三〕。依巡次弟去〔四〕，却活知有

誰〔五〕？（〇一六）

校輯移此首於大有愚癡君（本書〇〇七首）之後。

【校】

依巡　「依」，原脱，從詩集補。校輯作「相逐」。

【注】

〔一〕三惡道：見〇〇八首注一。

〔二〕向前恒受飢：按佛經以爲人命終後，當跋涉冥間長途，其時「無有資糧」，故云「恒受飢」。參見〇〇五首注二。

〔三〕出頭：脱身，解脱。寒山詩：「可畏三界輪，念念未曾息。纔始似出頭，又却遭沉溺。」又：「老鼠入飯甕，雖飽難出頭。」拾得詩：「死去入地獄，未有出頭時。」

〔四〕依巡：依次。古人宴會，依次行酒稱爲「巡」。　次弟：同「次第」。説文：「弟，韋束之次弟也。」段注：「以韋束物，如輈五束、衡三束之類。束之不一，則有次弟。」本爲次序之義，此處爲依次、順序之義，如南史陳伯之傳：「於廳事前爲壇，殺牲以盟。伯之先歃，長史以下次第歃。」元稹估客樂：「城中東西市，聞客次第迎。」變文集醜女緣起：「朝官次第相邀會，飲食朝朝數千般。」

〔五〕却活：復活，重生。酉陽雜俎續集卷三支諾臯下：「李簡癎疾卒，瘞後十餘日，有汝陽縣百姓張弘義，素不與李簡相識，所居相去十餘舍。亦因病死，經宿却活，不復認父母妻子，且言我是李簡。」廣記卷三七五崔生妻（出芝田録）：「元和間，有崔生者，前婚蕭氏，育一兒卒。後婚鄭氏。……蕭乃下語於老家人云：『爲吾報鄭夫人，速出吾，更兩日，即不及矣。』老家人叫曰：『娘子却活也！』夫人卜之曰：『無生象。』即罷。來日家人又曰：『娘子却活也！』鄭夫人再占，卜人曰：『有生象。』即開墳，果活動矣。」變文集搜神記：「然始霹靂冢開，出其棺，棺額上云：『張嵩至孝，通於神明，今日孝感至誠，放母却活，延命更得三十二年，任將歸孀侍奉。』」

普勸諸貴等甲一、甲四、大正藏、校輯、詩集

普勸諸貴等〔一〕，火急造橋樑〔二〕。運度身得過〔三〕，福至生西方。(〇一七)

自此首起，甲一、甲四本皆嚴重殘闕，姑爲補綴成〇一七、〇一八、〇一九、〇二〇數首。又此首校輯未録前三句，而以第四句屬下首。

【校】

「普勸」三句　甲一「等」字下闕約七字，下接「造橋樑」，甲四所存自「火急」起。姑作如此校理。「普勸」原作「善勸」，「善」乃「普」字形譌。敦煌卷子北京果字四一號西方淨土讚文載善道禪師勸善文：「普勸道場諸貴等，願捨閻浮農(膿)血身。」又：「普勸道場諸貴等，一切平等普慈流。」知「普勸諸貴等」之語當時習用，因據改也。

【注】

〔一〕貴：變文集孟姜女變文：「□貴珍重送寒衣，未□(委)將何可報得(德)。」又：「勞貴遠道故相看，冒涉風霜捐氣力。」蔣禮鴻曰：「這段文章上半殘缺，按文意是范杞梁鬼魂對孟姜女説的：『勞貴遠道故

相看』就是『勞您……』，『□貴珍重送寒衣』的缺文也應是『煩勞』『承蒙』等意思，而『貴』也是尊稱。用『貴』來作尊稱，這和宋人稱後輩爲『賢』是一樣的。」敦煌變文字義通釋第一篇貴。楚按，蔣説甚是。長阿含經卷二一：「隸車報曰：『汝恃何勢，行不避道，衝撥我車，損折麾蓋？』報曰：『諸貴，我已請佛，明日設食，歸家供辦，是以行速，無容相避。』」正有「諸貴」之語。

〔二〕火急：火速。北史齊幼主恒紀：「特愛非時之物，取求火急，皆須朝徵夕辦。」任華寄杜拾遺：「火急將書憑驛使，爲報杜拾遺。」廣記卷一九四聶隱娘（出傳奇）：「來年火急抛官歸洛，方脱此禍。」 橋樑：佛教以修道行善等爲脱離生死苦海、到達涅槃彼岸之橋梁。虚空孕菩薩經卷上：「於生天路，及涅槃道，猶如橋梁。」中本起經卷上現變品：「佛勅諸比丘：汝曹各行，廣度衆生，隨所見法，示導橋梁。」變文集降魔變文：「伏願天師受我請，降福舍衛作橋樑。」又維摩詰經講經文：「且要身心不越常，能於苦海作橋樑。」

〔三〕運度：謂運載衆生度過生死苦海，到達涅槃彼岸。唐法照淨土五會念佛略法事儀讚末出家樂讚文：「歸去來，見彌陀，今在西方現説法，運度衆生出愛河。」

告知賢貴等甲一、甲四、大正藏、校輯、詩集

告知賢貴等，各難知厭足〔一〕。身是有限身〔二〕，程期太劇促〔三〕。縱得百年活，徘徊如轉燭〔四〕。憨人連腦癡〔五〕，買錦妻裝束。無心造福田〔六〕，有意事奴僕〔七〕。只得蹔時榮，曠身入苦毒〔八〕。（〇一八）

【校】

告知賢貴等　照片此句闕失，據詩集録文補。

各難知厭足　「難」，原作「雖」，詩集作「雖」；「厭」，原作「癒」，皆從校輯所録。

縱得百年活　「年活」，據甲四補。「得百」，兩本皆闕，據詩集補，校輯擬補「有百」。

俳佪如　三字據甲四補。

憨人　「憨」，原作「㦧」，甲四作「㾻」，正字通：「㾻，俗憨字。」

造福田　三字據甲四補。

有意事奴僕　此句據甲四補。「僕」，原作「𫢸」，碑别字入聲一屋，魏司空王誦墓誌「僕」作「𫢸」，與此類似。

苦毒　「毒」，校輯作「海」，誤。

【注】

〔一〕厭足：滿足。漢書成帝紀：「方今世俗奢僭罔極，靡有厭足。」北本涅槃經卷九：「春花開敷，有蜂唼取色香細味，不知厭足。」按「厭」通作「饜」，孟子離婁下：「卒之東郭墦間之祭者，乞其餘，不足，又顧而之他，此其爲饜足之道也。」

〔二〕身是有限身：按寒山詩亦云：「生爲有限身，死作無名鬼。」元稹酬樂天早春閒遊西湖：「勝事無窮境，流年有限身。」

〔三〕程期：期限，日程。酉陽雜俎前集卷一三冥蹟：「舉人指支逕曰：『某弊止從此數里，能左顧乎？』劉辭以程期。」梵志詩則指壽命之大限。

〔四〕俳佪：同「徘徊」。　轉燭：風中搖晃之燭，比喻世事難料，人生無常。杜甫佳人：「世情惡衰歇，萬事隨轉燭。」變文集大目乾連冥間救母變文：「但且歌，但且樂，人命由由(悠悠)如轉燭。」

〔五〕連腦癡：極其愚笨，亦作「合腦癡」。梵志詩〇三五首：「杌杌貪生業，憨人合腦癡。」變文集鷰子賦：「鷰子語雀兒：好得合腦癡！向吾宅裏坐，却捉主人欺。如今見我索，荒語説官司。」

〔六〕福田：佛教以修善行道等爲「福田」，以其將收獲福果也。宗密盂蘭盆經疏上：「喻如世間人，欲得倉廩中五穀豐盈歲歲不乏者，必須取穀麥種子，以牛犂耕於田地而種之，不種則竭盡也。法中亦爾，以悲心敬心孝心爲種子，以衣食財帛身命爲牛犂，以貧病三寶父母爲田地。有佛弟子，欲得藏識中百福莊嚴生生無盡者，須運悲敬孝心，將衣食財帛身命給濟敬養於貧病三寶父母，名爲種福。不種即貧窮無福慧，入生死險道。謂種福之田，名爲福田，如種穀之田，名爲穀田也。」

〔七〕事奴僕：侍奉奴僕，意謂辛苦聚集財富，死後反供奴婢享用，即〇〇七首「錢財奴婢用，任將别經紀」之意。

〔八〕曠身：謂無數生，極言久遠。　苦毒：極其痛苦。後漢書獨行繆彤傳：「掠考苦毒，乃至體生蟲蛆。」雜寶藏經卷一〇羅睺羅因緣：「淨飯王極大瞋恚，問諸釋言：『今當云何苦毒殺害？』復有釋言：『如我意者，當作火坑，擲置火中，使其母子，都無遺餘。』」隋書田式傳：「或僚吏姦贓、部内劫盜者，無問輕重，悉禁地牢中，寢處糞穢，令其苦毒，自非身死，終不得出。」朝野僉載卷二：「梁仁裕爲驍衛將軍，先幸一婢，妻李氏甚妬而虐，縛婢擊其腦。婢號呼曰：『在下卑賤，勢不自由。娘子鎖項，苦毒何甚！』」此首之「入苦毒」，則指入地獄。無量壽經卷下：「善惡禍福，追命所生，或在樂處，或入苦毒，然後乃悔，當復何及？」蓋因佛經俗書記地獄種種酷刑，多用「苦毒」一語，如地藏菩薩本願經卷上：「三海之内，是大地獄，其數百千，各各差別。所謂大者，具有十八，次有五百，苦毒無量。」北本涅槃經卷一：「時魔波旬於地獄中悉除刀劍無量苦毒。」廣記卷一三一元稚宗（出祥異記）：「有一僧曰：『汝好獵，今應受報。』便取稚宗，皮剥臠截，具如治諸牲獸之法。復納于澡水，鈎（鉤）口出之，剖破解切，若爲膾狀。又鑊煮爐炙，初悉糜爛，隨以還復。痛惱苦毒，至三乃止。」變文集妙法蓮華經講經文：「生前不曾修福，死墮阿毗（鼻）地獄，永屬冥司，長受苦毒。」

楚按：此首大旨言憨人生前聚斂財富，徒供妻子奴僕他人受用，自身則承受惡業，永生永世陷墮地獄，受無量苦毒。此蓋佛經常義，如正法念處經卷六地獄品之二：「癡人造諸惡，爲饒益妻子。獨受地獄苦，自業之所誑。若爲妻子故，造作諸惡業，則到此地獄，今此受苦惱。」三慧經：「人東走西走，求是作是，合聚財寶，勤苦不可言已。命盡他人得其財，身反得重罪，受苦不可量。」

傍看數箇大憨癡甲一、甲四、大正藏、校輯、詩集

傍看數箇大憨癡〔一〕，造舍擬作万年期〔二〕。人人〔百〕歲乃有一，縱令長命七十稀。□□□□期却半，欲似流星光暫時〔三〕。中途少少遼乱死〔四〕，亦有初生嬰孩兒。無問男夫及女婦〔五〕，不得驚忙審三思。年年相續罪根重〔六〕，月月增長肉身肥。日日造罪不知足，恰似獨養神猪兒〔七〕。不能透圈四方走，還須圈裏待死時。自造惡業還自受〔八〕，如今苦痛還

自知。（○一九）

大正藏録至「不知足」止，校輯録至「獨養神」止。甲一至「恰」字止，以下以甲四爲原本。按縮微膠片所顯示的此首及下首，漫漶及殘闕嚴重，多有據詩集録文補足者。又詩集以此首與下首併爲一首。

【校】

數箇大憨癡　此五字據甲四補。

造舍擬作万年期　「造舍」，兩本皆作「造宅舍」，當衍一字，茲據二六〇首「年老造新舍」删「宅」字。「擬」，原作「儗」，據甲四改。「万」，校輯作「萬」。陔餘叢考卷三〇數目用多筆字：「宋人袁文云：十千爲万，乃万字也；至萬字則蝎也。二字義本各別，惟錢穀之數，懼有改移，故万借作萬字耳。（按見甕牖閒評卷一）然詩書中如『萬方有罪』、『萬福攸同』之類，左傳『萬，盈數也』，凡十千之万，俱已作萬。……貢父詩話謂今以萬爲万，以千爲丿，人人能道之也。然則以千爲丿，宋人已如此矣。至貢父以万爲俗字則失考。」楚按，劉攽貢父中山詩話云：「今言萬爲方，千爲撇，非訛也，若隱語爾。」貢父蓋記宋代賈人隱語讀音，非論字形也。惟「萬」讀爲「方」，則實由「方」字與「万」形似，有意附會耳。「千」讀爲「撇」，則因「千」字首筆爲撇也。要之，「万」與「萬」同，自古已然。

人人百歲　「百」，原脱，據甲四補。

縱令長命七十稀　「命」，從校輯所補，按甲四隱約似有「命」字。此句詩集作「縱令長七十少稀」。

□□□□　自此至「中途」十六字甲四全脱。

少少遼乱死　原存「少沓」，據甲四補。詩集作「少小撩亂死」。

亦有初生嬰孩兒　「亦有初生嬰孩」據甲四補。「嬰」，原作「孾」，同「嬰」。變文集父母恩重經講經文：「始從懷姙至瓔（嬰）孩，長得身軀六尺才。」

不得　「得」，甲四作「及」。

罪根重　原脱，據甲四補。

【注】

〔一〕憨癡：愚傻。韓愈辭唱歌：「但令送君酒，如醉如憨癡。」盧仝蕭宅二三子贈答詩客謝井：「井公莫驚怪，説我成憨癡。」

〔二〕造舍擬作万年期：「万年期」，猶云「千年調」，參見〇一二首注三。此句大意則參見二六〇首篇後按語。

〔三〕欲似：好像。見〇〇一首注五。

〔四〕少少：通「稍稍」，漸漸。史記平原君列傳：「居歲餘，賓客門下舍人稍稍引去者過半。」遼乱：同「繚亂」。變文集搜神記：「林中鳥（烏）鵲，遼亂而鳴。」「遼乱死」即〇〇九首「撩乱失精神」之意，參見該首注一。

〔五〕無問：不論、不分。通鑑唐文宗太和九年：「親屬無問親疏皆死，孩稺無遺。」變文集无常經講經文：「滿閻浮提界皆虛僞，無問富饒貧與貴。」

〔六〕罪根：指罪業，因爲罪業深不可拔，爲罪報之根本，故稱「罪根」。〇二九首亦云：「死入惡道中，良由罪根重。」

〔七〕神猪兒：當是爲了祀神而單獨豢養之肥猪。宋張師正括異志卷九羅著作：「著作羅紹，居府五通神祠。其隣家歲畜一豕，以爲祀神之具。」宋馬永卿懶真子：「僕嘗親見一峽中士人夏侯節立夫言：烏鬼，猪也。峽中人家多事鬼，家養一猪，非祭鬼不用，故於猪羣中特呼『烏鬼』以別之。」按杜甫戲作俳諧體遣悶之一：「家家養烏鬼，頓頓食黄魚。」「烏鬼」之語，歷代解者聚訟紛紜。考元稹酬翰林白學士代書一百韻：「病賽烏稱鬼，巫占瓦代龜。」自注：「南人染病，則賽烏鬼。」知「烏鬼」與祀賽有關，馬永卿之説應可信，「烏鬼」即梵志詩之「神猪兒」也。敦煌卷子北京果字四一號西方淨土讚文：「人生惜財不修福，還如圈裏社猪羊。繩索繫頸擬祭祀，還須兀兀食糟糠。」「社猪羊」乃專供祭祀而飼養的猪羊，以喻不修福之世人，立意正與梵志詩「神猪兒」相同。按出曜經利養品：「昔大月支國風俗常儀，要當酥煎麥飼猪。時宫馬駒謂其母曰：『我等與王致力，不計遠近，皆赴其命，然食以草芻，飲以潦水。』馬告其子：『汝等幸勿興此意，羨彼酥煎麥耶。如是不久，自當現驗。』時逼節會，新歲垂至，家家縛猪，投於鑊湯，舉聲號喚。馬母告子：『汝等頗憶酥煎麥乎？欲知證驗，可往觀之。』諸馬駒等，知之審然，方知前愆，爲不及也。」又莊子列禦寇：「子見夫犧牛乎？衣以文繡，食以芻叔，及其牽而入於大廟，雖欲爲孤犢，其可得乎？」成玄英疏：「犧，養也。君王預前三月養牛祭宗廟曰犧也。」梵志詩之「神猪兒」，亦猶出曜經「酥煎麥飼猪」、莊子「犧牛」之類也。

〔八〕自造惡業還自受：即自作自受之意，見一〇四首注五。

各各保愛膿血袋甲四、詩集

各各保愛膿血袋〔一〕，一聚白骨帶頑皮〔二〕。學他造罪身自悞，羨□□福是黠兒〔三〕。今身人形不修福，如至寶山空手歸〔四〕。向〔下闕〕（〇二〇）

甲四本至此止。

【校】

今身人形　「人」，原作「不」。按唐智昇集諸經禮懺儀卷上：「汝得人身不修道，如向寶山空手歸。」與梵志此二句意同，因據改「不」爲「人」。

如至寶山　「如」字原缺，據上條校記所引「如向寶山空手歸」語例擬補。

【注】

〔一〕保愛：指保重、愛惜身體。廣記卷三二王賈（出紀聞）：「君有宰相禄，當自保愛。」又卷八六王處回（出野人閑話）：「命食不飡，唯飲數杯而退，曰：『珍重，善爲保愛。』」又卷三〇六冉遂（出奇事記）：「當生一子，爲明神，善保愛之。」通鑑唐則天后久視元年考異引梁公傳云：「所恨衰老，身先朝露，不得見五公盛事。冀各保愛，願盡本心。」歷代法寶記：「我緣此毒，汝亦不免，善自保愛。」梵志詩二七一首：「父母怜男女，保愛掌中珠。」　膿血袋：比喻人體穢惡不堪，見〇三三首注三。

〔二〕一聚白骨：神仙傳卷一老子：「乃使甲張口向地，其太玄真符立出於地，丹書文字如新，甲成一聚枯骨矣。」廣記卷一三一陳莽（出廣古今五行記）：「頃刻有羣蛇輳輻向莽。……須臾散去，視莽，唯見一聚白骨。」　頑皮：厚皮，兼寓冥頑不靈之意，見〇四〇首注四。

〔三〕黠兒：聰明人。北齊書瑯琊王儼傳：「儼常患喉，使醫下針，張目不瞬。又言於帝曰：『阿兄懦，何能率左右？』帝每稱曰：『此黠兒也，當有所成。』」五燈會元卷七保福從展禪師：「僧問：『如何是山中人？』師曰：『汝試邈掠看。』曰：『若不黠兒，幾成邈掠。』」梵志詩二七五首：「黠兒苦讀經，發願離濁惡。」

〔四〕如至寶山空手歸：按此爲釋典習用比喻，以言於佛法了無所得。大智度論卷一：「復次經中説信如手，如人有手，入寶山中，自在取寶。……無信如無手，無手人入寶山中，則不能有所取。」變文集維摩詰經講經文：「如人到得寶山中，百種珠珍遍尋覓。有手方能採得他，无時空往終無益。」宋張方平送僧南遊雪竇：「便從古道擲眉去，莫到寶山空手回。」天聖廣燈録卷一五汝州風穴山延昭禪師：「師云：『親到寶山空手迴。』再問：『弟子親到寶山空手迴時如何？』師云：『怨他誰？』」

王梵志詩校注卷二

吾家多有田乙二、乙一、掇瑣、校注、校輯、詩集

吾家多有田，不善廣平王〔一〕。有錢惜不用，身死留何益。承聞七七齋〔二〕，暫施鬼來喫。永別生時盤，酒食無蹤跡。配罪別受苦〔三〕，隔命絶相覓〔四〕。（〇二一）

乙一本僅存「生時盤酒」四字。詩集以此首與下首併爲一首。

【校】

多有田　「多」，原作「乡」，碑別字下平聲五歌，魏涼州刺史元維墓誌「多」作「乡」，與此形近。

不善　「善」，詩集作「若」。

惜不用　「惜」，原作「怕」，據〇五四首「有錢惜不喫」及二五六首「生平惜不用」語例改。

留何益　「益」，原作「益」，校注録作「苗」。按碑別字入聲十一陌，唐李扶墓誌「益」作「益」。

隔命　「隔」，詩集作「障」。

【注】

〔一〕廣平王：「王」字失韻，俟再考。按佛祖統紀卷三三十王供：「世傳唐道明和上神遊地府，見十王分治亡人，因傳名世間，人終多設此供。十王名字，藏典傳記可考者六：閻羅、五官、平等、泰山、初江、秦

廣。」據敦煌遺書斯三九六一佛説十王經，則餘四王爲宋帝王、變成王、都市王、轉輪王。此云「廣平王」，似亦十王之類，或即就「秦廣王」、「平等王」名目牽合而成，以言冥司主宰。姑存此説，以俟通人教我。

〔一二〕承聞：聽説。晉書蔡謨傳：「佛者，夷狄之俗，非經典之制。先帝量同天地，多才多藝，聊因臨時而畫此像，至於雅好佛道，所未承聞也。」遊仙窟：「新華發兩樹，分香遍一林。承聞欲采摘，若箇動君心？」傳燈録卷一二虎溪庵主：「僧問：『承聞隴西有鸚鵡，還實也無？』師曰：『是。』」廣記卷二八八紇干狐尾（出廣古今五行記）：「并州有人姓紇干，好劇。承間在外有狐魅，遂得一狐尾，綴着衣後，至妻旁，側坐露之。」「承間」亦應作「承聞」，「間」蓋「聞」之形訛。按「承聞」爲同義連文，「承」亦聞之義，如世説新語雅量：「令有酒色，因遥問：『傖父欲食餅不？姓何等？可共語。』褚因舉手答曰：『河南褚季野。』遠近久承公名，令於是大遽。」李涉六歎：「燕王愛賢築金臺，四方豪俊承風來。」續高僧傳卷八釋寶彖傳：「太守楊眺問云：『承兒大讀書，因何名爲老子？』彖曰：『始生頭白故也。』」又卷二二釋玄琬傳：「琬聞東宫常膳，日多烹宰，審如所承，誠有大損。」御覽卷九六五引東陽記：「俄頃童子令其歸，質承聲而去。」廣記卷一七九王維（出集異記）：「承貴主出内，故攜酒樂奉讌。」又：「此生不得首薦，義不就試；然已承貴主論託張九皋矣。」以上「承」皆聞也。七七齋：按佛教以爲人命終後，受中陰身，以七日爲一期，倘得生緣，即可轉生，最多至七七四十九日，必得生緣，參見〇〇八首注九。故於七七四十九日中，每至七日，營齋修福，以祈有助於死者轉生勝處。地藏菩薩本願經卷中：「若能更於身死之後七七日内廣造衆善，能使是諸衆生永離惡趣，得生人天，受勝妙樂，現在眷屬，利益無量。」北史胡國珍傳：「詔自始薨至七七日，皆爲設千僧齋。」「七七齋」亦稱「累七齋」。變文集无常經講經文：「望兒孫，羞飦味，壘（累）七修齋兼遠忌。」參看〇〇三首篇後按語所引佛説閻羅王授記勸修生七齋功德經。

〔三〕配罪：指冥司根據死者生前所造罪業輕重，配入相應惡道受苦。變文集大目乾連冥間救母變文：「業官啓言大王：『青提夫人亡來已經三載，配罪案總在天曹録事司太山都尉一本。』王喚善惡二童子向太山檢青提夫人在何地獄。」「配罪案」即是冥司記載配罪的文籍。又廬山遠公話：「生聞鬪英雄，死論福德，隨業受之，任他所配。或居地獄，或在天堂，或爲畜生，或爲餓鬼，六道輪迴，無有休期。」

〔四〕隔命：猶云「隔生」，生死隔絶，參看〇四八首注四。相覓：相訪，杜甫醉時歌：「得錢即相覓，沽酒不復疑。」

楚按：此首言生時不懼罪福，有錢不用，死後家人徒設冥齋相濟，終究不能免除死者罪報。詩中所寫施鬼食事，本出於根本説一切有部毘奈耶雜事卷三一所載佛調伏食人夜叉女訶利底事，又大般涅槃經卷一六亦載佛施食曠野鬼事。中土設齋施食亡鬼之俗，則見於義淨南海寄歸内法傳卷一：「又復將食一盤，以上先亡及餘鬼神應食之類。……持將出外，於幽僻處林叢之下，或在河池之内，以施先亡矣。江淮間設齋之次，外置一盤，即斯法也。」梵志此詩云「暫施鬼來喫」，又云「永別生時盤」，則七七齋畢，死鬼配入惡道，即永難覓食矣。結云「隔命絶相覓」，蓋作罪自當，生死路隔，生人終竟無法爲亡鬼施力也。

借貸不交通乙二、乙一、掇瑣、校注、校輯、詩集

借貸不交通〔一〕，有酒深藏着〔二〕。有錢怕人知，眷屬相輕薄〔三〕。身入黄泉下〔四〕，他喫他人著。破除不由你〔五〕，用盡遮他莫〔六〕。（〇二二一）

乙一本僅存「通有酒」、「人著破」數字。

【校】

深藏着　「深」，原作「淘」，即「深」字別體。詩集作「鞠」。「着」，原作「善」，校輯改作「窖」。按「善」字爲「着」字之訛，蓋因「善」字別體作「着」，如變文集无常經講經文：「勸門徒，修福着（善），休受（愛）春光堪賞玩。」「着」與「着」形近，因譌作「着」，再訛作「善」。變文集鷰子賦：「專着鴿鷂往捉。」王重民校記：「丁卷着作差。」楚按「差」亦應是「着」，即「着」之譌。敦煌曲校録禪門十二時曲：「無心誦讀大□經，執善慳貪壞思意。」任二北校記：「『執善』與下文之意不屬，待校。」楚按「執善」亦應作「執着」，其誤與此詩正同。

【注】

〔一〕交通：本義爲交結、往還。史記魏其武安侯列傳：「諸所與交通，無非豪桀大猾。」後漢書梁冀傳：「冀不欲令與賓客交通，陰使人變服至門，記往來者。」此處則指財物往來。如南史姚察傳：「察自居顯要，一不交通。嘗有私門生不敢厚餉，送南布一端，花綀一匹。察謂曰：『吾所衣著，止是麻布蒲綀，此物於吾無用。既欲相款接，幸不煩爾。』此人遜謝，察厲色驅出。自是莫敢饋送。」所謂「一不交通」，非謂不與人來往，但不接受財物耳。

〔二〕藏着：藏匿。變文集捉季布傳文：「藏着君來憂性命，送君又道滅一門。」亦寫作「藏著」，雜譬喻經卷下：「婦往開瓮，自見身影在此瓮中，謂更有女人，大恚，還語夫曰：『汝自有婦，藏著瓮中，復迎我何爲？』」衆經撰雜譬喻卷上：「外國有一人治生，得金銀數千斤，意甚重之，欲藏著地中，恐螻蛄蟲鼠而侵盜之；欲藏著草澤中，復恐狐狸野獸取之。」搜神記卷一七：「汝取官若干百斛穀，藏著某處。」秦韜玉吹笙歌：「岐山取得嬌鳳雛，管中藏著輕輕語。」

〔三〕相輕薄：待遇微薄。世説新語儉嗇：「王戎儉吝，其從子婚，與一單衣，後更責之。」又：「王戎女適裴頠，貸錢數萬。女歸，戎色不悦。女遽還錢，乃釋然。」北史封述傳：「而厚積財産，一無分饋，雖至親密友，貧病困篤，亦絶於拯濟。」皆爲「眷屬相輕薄」之例。

〔四〕黄泉：指埋葬死者之處。左傳隱公元年：「遂置姜氏於城潁，而誓之曰：『不及黄泉，無相見也。』」文選卷二八繆襲挽歌：「朝發高堂上，暮宿黄泉下。」李善注：「論衡曰：『親之生也，生之高堂之上；其死也，葬之黄泉之下。』服虔左氏傳注曰：『天玄地黄，泉在地中，故言黄泉也。』」

〔五〕破除：周一良曰：「這是唐人習語，義爲花費、支付。唐會要卷五八户部侍郎條載大中二年兵部侍郎判户部魏扶奏：『前件錢物斛斗，散在天下州府，……多被官吏專擅破除』，意謂擅自花費。又卷八五逃户條載天寶十四載制：『天下諸郡逃户，有田宅産業，妄被人破除。』會昌元年制：『長吏……亦有破除逃户桑地，以充税錢。逃户産業已無，歸還不得。』破除皆由花費、支付引申爲處理掉之義。此語唐代社會經濟文獻中多見。梵志詩句的意思是，生前有錢不用，死後别人去花費就由不得你了。今天口語『破費』的破字，亦可參證。」王梵志詩的幾條補注。楚按，周説甚是，廣記卷三五二巴川崔令（出録異記）：「汝比有災，值我雍溪兄弟非理破除汝家活計，損失財物，作諸怪異，計汝必甚畏之。」全唐文卷九二〇高閑此齋帖：「此齋破除京中所得物猶未盡，豈得更受相助錢物？」敦煌變文論文録附載佛報恩經講經文：「破除己物如他物，保惜他身似己身。」薛能老僧：「勸師莫羡人間有，幸是元無免破除。」亦是其例。

〔六〕遮他莫：「莫遮他」之倒裝。説文：「遮，遏也。」

道士頭側方乙二、乙一、掇瑣、校注、校輯、詩集

道士頭側方，渾身惣著黄〔一〕。无心礼拜佛，恒貴天尊堂〔二〕。三教同一體〔三〕，徒自浪褒揚。一種霑賢聖〔四〕，无弱亦无强。莫爲分別想〔五〕，師僧自説長〔六〕。同尊佛道教，凡俗送衣裳〔七〕。粮食逢醫藥，垂死續命湯〔八〕。敕取一生活，應報上天堂〔九〕。（〇二三）

乙一本僅存「無心礼拜」、「聖無弱」、「送衣裳粮食逢醫藥垂死命」等字。

【校】

渾身　「身」，原作「甚」，從校輯所改。

徒自浪褒揚　「自」，原作「白」，乃形譌字；「浪」，原作「朗」，乃音誤字。

一種　「種」，原本模糊，校輯作「被」，兹從校注。

无弱亦无强　「无」，校輯作「無」，同。鶴林玉露乙編卷三无字：「周易『無』皆作『无』。王述曰：『天屈西北爲无。蓋東南爲春夏，陽之伸也，故萬物敷榮。西北爲秋冬，陽之屈也，故萬物老死。老死則無矣。』此字説之有意味者也。」按其説牽强，姑引之以備多聞。「亦」，原作「赤」，從校輯所改。

分別想　「想」，原作「相」。按敦煌寫本，「相」、「想」每多混用。

自説長　「説」，原作「誜」，校注録作「誜」，詩集録作「該（？）」，校輯録作「設」，皆誤。

凡俗　「俗」，原作「㤢」，校輯録作「格」，兹從校注。

逢醫藥　「逢」，詩集改作「奉」。

【注】

〔一〕渾身惣著黃：按道教服色例爲黃色，早在東漢末年太平道首領張角發動起義，即以黃巾裹頭，蓋爲附會「蒼天當死，黃天當立」之説，故廣弘明集卷八道安二教論服法非老九：「張角、張魯等本因鬼言漢末黃衣當王，於是始服之。」韓愈華山女：「黃衣道士亦講説，座下寥落如明星。」李咸用吳處士寄香兼勸入道：「空挂黃衣寧續壽，曾聞玄教在知常。」「黃衣」即道士之服。洞玄靈寶三洞奉道科戒營始卷三法服品：「科曰：道士、女冠執役衣，先不具科，今備出之。其上中下衣，皆用淺黃色，若黃屑土黃作，淡色短小，稱身制之。若在觀居房，供養師主尊年耆德，或修飾經像，執捉營爲，皆服此衣，名爲執役。若道士、女冠，裩袴衫襦，並作黃屑色，不得餘色及白，違減筭三百六十。」

〔二〕天尊：道教所奉至高之神。雲笈七籤卷三道教三洞宗元：「最上一天，名曰大羅，在玄都玉京之上，紫微金闕，七寶騫樹，麒麟師子化生其中，三世天尊治在其内。三界二十八天，其次四天，其次三境，最上大羅，全三十六天，總是三尊所統。三代天尊者，過去元始天尊，見在太上玉皇天尊，未來金闕玉晨天尊。」俗以老君爲天尊，蓋附會老子以爲道教教主。續高僧傳卷一八曇遷傳：「佛爲世尊，道爲天尊，帝爲至尊，其用各異。」又卷二八釋寶瓊傳：「李氏諸貴，正作道會，邀瓊赴之。來既後至，不禮而坐。僉謂不禮天尊，非法也。瓊曰：『邪正道殊，所事各異，天尚不禮，何況老君！』」大唐新語匡贊：「(吉)頊曰：『水土各一盆，有競乎？』則天曰：『無。』頊曰：『和之爲泥，競乎？』則天曰：『無。』頊曰：『分泥爲佛，爲天尊，有競乎？』則天曰：『有。』」廣記卷九八惠寬(出成都記)：「綿州淨慧寺僧惠寬，先時年六歲，隨父設黃籙齋，衆禮石天尊像，惠寬時在，不肯禮，曰：『禮則石像遂倒，不勝致也。』既禮而天尊像果倒，腰已折矣。」至若「天尊堂」，則爲道教禮敬天尊之所，朝野僉載卷一：「久視年中，襄陽人楊元亮年二十餘，於虔州汶山觀傭力。晝夢見天尊云：『我堂舍破壞，汝爲我修造，遣汝能醫一切病。』寤而悦之，試療無不愈者。贛縣里正背有腫，大如拳，亮以刀割之，數日平復。療病日獲十千，造天尊堂成，療病漸無效。」雲笈七籤卷一一六邊洞玄：「或有投以丹藥，授以丸散，必於天尊堂中焚香供養訖而服之。」洞玄靈寳三洞奉道科戒營始卷一：「科曰：凡天尊堂，或一間、兩間、三間、五間，大小寬窄，亦因時所矣。」廣記卷二一二陳閎（出畫斷）：「今咸宜觀天尊殿内畫上仙圖及當時供奉道士等真，皆其蹤也。」「天尊殿」即「天尊堂」也。楚按，道教經書軌儀等，多有取自佛教者，「天尊」之稱亦攘自佛經。觀無量壽經卷上：「今日天尊，行如來德。」隋慧遠義疏：「今日天尊，是佛異名。天有五種，如涅槃説：……佛於如是五天中上，故曰天尊。」佛説八師經：「時有梵志，名曰耶句，來詣佛所。阿難白佛言：『有異學梵志，今來在外，欲咨所疑。』天尊曰：『現（見）之。』梵志乃進。天尊曰：『就座。』梵志就座。」佛藏中有天尊説阿育王譬喻經一種，皆以「天尊」爲佛之稱。

〔三〕三教：謂儒、釋、道。「三教同一體」爲調合三教之主張，如續高僧傳卷二四釋道安傳，載道安撰二道論引客問曰：「然三教雖殊，勸善義一；途迹誠異，理會則同。至如老嗟身患，孔嘆逝川，固欲後外以致存生，感往以知物化，何異釋典之厭身無常之説哉！」

〔四〕一種：同樣。玉臺新詠卷七梁簡文帝蕭綱詠美人觀畫：「分明淨眉眼，一種細腰身。」李白江夏行：「一種爲人妻，獨自多悲悽。」白居易戲題新栽薔薇：「移根異地莫顦顇，野外庭前一種春。」變文集无常經講經文：「上至帝主，下及庶民，富貴即有高低，无常且還一種。」　霑賢聖：謂名屬賢聖之列。○五二首「名霑是百姓」，與此同例。「霑」亦作「沾」，廣記卷二二四僧處弘（出北夢瑣言）：「子他日位極人臣，何不從戎，别圖功業，而夜遊晝伏，沾賊之號乎？」

〔五〕分别： 區别，寓有親疏厚薄不同之意。白居易答次休上人：「禪心不合生分别，莫愛餘霞嫌碧雲。」五燈會元卷二嵩山元珪禪師：「吾觀佛與衆生，吾一目之，豈分别邪？」而區分親疏厚薄的念頭稱爲「分别想」。維摩詰經觀衆生品：「勿謂此華爲不如法，所以者何？是華無所分别，仁者自生分别想耳。若於佛法出家，有所分别，爲不如法；若無所分别，是則如法。觀諸菩薩華不著者，已斷一切分别想故。」五燈會元卷二廣州志道禪師：「分别一切法，不起分别想。」蓋上文既云「三教同一體」、「一種霑賢聖」，自不應起「分别想」，而有褒貶抑揚於其間。

〔六〕師僧： 僧人。北本涅槃經卷二五：「遠離師僧，親附白衣，違反聖教。」變文集八相變：「觀看之次，忽見一人，削髮染衣，徐行緩步。太子忽見，即遣車匿問之：『君是何人，在此遊玩？』此人答曰：『我是師僧。』太子却問：『何名師僧？』此人答曰：『諸漏已盡，煩惱頓除，飯在盂中，衣生架上，捨割世間恩愛，唯求佛果藈提（菩提），不戀煩諠，精勤大教，此名師僧。』」 自説長： 即上文「徒自浪褒揚」之意。文選卷五六崔瑗座右銘：「無道人之短，無説己之長。」

〔七〕凡俗： 本義指凡夫俗子。抱朴子外篇逸民：「少多不爲凡俗所量，恬悴不爲名位所染。」世説新語政事注引晉陽秋載陶侃語：「民生在勤，大禹聖人，猶惜寸陰，至於凡俗，當惜分陰。」佛道二教則以「凡俗」稱在家俗人。弘明集卷一正誣論作者未詳：「凡俗人常謂人死則滅，無靈無鬼，然則無靈則無天曹，無鬼則無所收也。」彦琮福田論：「然今空事剃除，尚增三毒；虚改服飾，猶染六塵；戒忍弗修，定智無取；有乖明誨，不異凡俗。」法琳辨正論九箴：「今釋迦所説，佛力最尊，一念運心，無不來應。故凡俗各傾財産，競造塔廟；不吝珠璣，爭陳堂宇。」

〔八〕 續命湯：劉詞集混俗頤生録卷上春時消息第三：「凡春中宜發汗、吐利、針灸，宜服續命湯、薯蘂丸甚妙。」御覽卷九七二引十三國春秋：「（晉）安帝元年，盧循爲廣州刺史，遺劉裕益智粽，裕乃答以續命湯。」通鑑卷一一四胡三省注：「循以益智調裕，裕以續命報之，此雖淺陋，亦兵機也。」

〔九〕 應報：即報應，謂獲得果報。隋書李士謙傳：「嘗有一客在坐，不信佛家應報之説。」廣記卷三二六袁炳（出冥祥記）：「罪福應報，定實何如？」

楚按：此首雖詠道士，其實主張釋道調和。唐代開國之初，帝室攀宗李耳，因而先道後佛；武周革命之後，出於政治需要，不免崇佛抑道。僧史略卷中僧道班位略云：釋氏雖西來客教，自晉宋齊梁陳後魏北齊後周大隋，僧班皆在黄冠之上。唐貞觀十一年，駕幸洛陽，道士先有與僧論者，聞之於太宗，乃下詔曰：道士女冠可在僧尼之上。則天天授二年四月，詔令釋教在道門之上，僧尼處道士女冠之前。睿宗景雲元年二月，詔以釋典玄宗，理均迹異，拯人救俗，教别功齊，自今每緣法事集合，僧尼道士女冠宜行並集。此不分前後，齊行東西也。又全唐文卷九武則天禁僧道毁謗制：「佛道二教，同歸於善；無爲究竟，皆是一宗。比有淺識之徒，競生物我，或因懟怒，各出醜言。僧既排斥老君，道士乃誹謗佛法。更相訾毁，務在加諸，人而無良，乃至於此。且出家之人，須崇業行，非聖犯義，豈是法門？自今僧與道士，敢毁謗佛道者，先決杖，即令還俗。」因此梵志此詩主張「同尊佛道教」者，實有其特定社會背景，非浪作者。惟詩云「莫爲分别想，師僧自説長」，則其所不平者，實爲僧徒倨傲自高，排斥道教之現象。試觀以下數首，或於女官寄予同情（〇二四），或於和尚加以揭露（〇二五），或於尼姑給以批判（〇二六），其於釋道之間的微妙態度，不難體察。不得因爲梵志詩佞佛者多，遂於此等細微處鹵莽略過也。

觀内有婦人乙一、乙二、掇瑣、校注、校輯、詩集

觀内有婦人〔一〕，号名是女官〔二〕。各各能梳略〔三〕，悉帶芙蓉冠〔四〕。長裙並金色，横披黄儭單〔五〕。朝朝步虚讚〔六〕，道聲數千般。貧無巡門乞〔七〕，得穀相共飡〔八〕。常住無貯積〔九〕，鐺釜當房安〔一〇〕。眷屬王役苦，衣食遠求難。出無夫婿見，病困絶人看〔一一〕。乞就生緣活〔一二〕，交即免飢寒〔一三〕。（〇二四）

【校】

号名是女官　「号」，掇瑣、校輯作「號」，碑别字去聲二十號，魏司空穆泰墓誌「號」作「号」。　「官」，校輯改作「冠」，與第四句韻複，誤。參見注二。

能梳略　自「能」字至「並」字原闕十一字，據乙二補。　「略」，原作「畂」，乃形誤字，詩集作「髮」。　校輯此三字作「服梳髻」，非是。

悉帶芙蓉冠　「帶」，疑「戴」字音譌。　「冠」，原作「冠」，碑别字上平聲十四寒，魏鄭道忠墓誌銘「冠」作「冠」。

横披　「披」，校輯改作「帔」。

道聲　「聲」，掇瑣、詩集作「教」。按原文殘，似草書「聲」字，乙二作「教」，亦似從草書「聲」字變化而來。

眷屬王役苦　「屬」，原作「属」，干禄字書入聲：「属屬上通下正。」　「役」，原闕，據乙二補。　詩集「王役」作「枉侵」。

遠求難　「遠」，乙二作「表」。

夫婿　「婿」，原作「聟」，干禄字書去聲：「聟聓壻上俗中通下正。」

絶人看　「看」，原作「署」，碑别字上平聲十四寒，唐還神王師子記「看」作「署」。

乞就　「就」，二本皆作「耽」，碑别字去聲二十六宥，唐台州刺史陳皆墓誌「就」作「就」，與此二字近似。

【注】

〔一〕觀：道教廟宇，道士、女冠所居之處，讀去聲。宋趙彦衛雲麓漫鈔卷八：「秦皇漢武始好神仙，方士祠祀始有觀。始皇曰：『我慕真人。』自謂真人，不稱朕。乃令咸陽旁二百里内，宫觀二百七十，複道相通，於此候神仙。漢武故事：於上林作飛廉觀，高四十丈；長安作桂觀、益壽舘以候神人，猶未居道士。元帝被疾，遠求方士，漢中送道士王仲都，能忍寒，遂即昆明觀處道士，故自後道士所居曰觀。」

〔二〕女官：女道士。北史裴矩傳：「先有姦通婦女及尼、女官等，並即配之。」唐律疏議卷六：「諸道士、女官時犯姦，還俗後事發，亦依犯時加罪，仍同白丁配徒，不得以告牒當之。」又卷一二：「私入道，謂爲道士、女官、僧、尼，非是官度，而私入道，及度之者，各杖一百。」通鑑唐睿宗景雲元年：「十二月，癸未，上以西城、隆昌公主爲女官，以資天皇太后之福，仍欲於城西造觀。諫議大夫甯原悌上言，以爲……今二公主入道，將爲之置觀，不宜過爲崇麗，取謗四方。」斯坦因劫經録三一三五太玄真一本際經卷第二題記：「儀鳳三年三月廿二日，三洞女官郭金基，奉爲亡師敬寫本際經一部。」亦作「女冠」，宋孫奭等律音義名例：「昇玄經云：『女官，如(女)道士也。』流俗以其戴冠，改作『冠』字，非也。」

〔三〕梳略：同「梳掠」。玉臺新詠卷一〇劉孝威和定襄侯八絶初笄：「合鬟仍昔髮，略鬢即前絲。從今一梳罷，無復更縈時。」「略鬢」即「掠鬢」，即「略」「掠」相通之例。「梳掠」本義爲梳理頭髮，白居易嗟髮落：「既不勞洗沐，又不煩梳掠。」引申而爲梳粧打扮之義，如青瑣高議別集卷三越娘記：「視衣服鮮明，梳掠豔麗，愈於疇昔。」又卷五骨偶記：「家人爲梳掠，既妝成，又求新衣，偃卧乃死。」夷堅志補卷一六賣魚吳翁：「此老數日前却抱得一個女兒來，央我與他梳掠。」

〔四〕芙蓉冠：道經載仙人所戴之冠。御覽卷六七五引真誥：「有一老人，着繡裳，戴芙蓉冠，倚赤九節杖而立。芙蓉冠即禮之『爵弁』，粗欲相似，但不知真人以何物作之耳。自非成真，不得冠此。」又引金真玉光經：「桐柏山真人王子喬，年甚少，整頓非常，建芙蓉冠，着朱衣，以白珠綴衣縫，帶劍。」又卷六八四引神仙服食經：「漢武帝閑居未央殿，有人乘白雲車，駕白鹿，冠芙蓉冠，曰：『我中山衛叔卿也。』」此處即指道冠，張籍學仙：「高冠如芙蓉，霞月披衣裳。」

〔五〕黃儭單：當即「黃帔」。儭同襯。廣弘明集卷九甄鸞笑道論觀音侍老：「又道士服黃巾帔，或以服帊通身被之，偷佛僧袈裟法服之相。其服黃帔，乃是古賢之衣，横披加前兩帶者今悉削除，學僧服相。」又卷一三法琳辨正論十喻篇下：「道士元來本著儒服，不異俗人，至周武世始有横帔，二十四縫，以應陰陽二十四氣也。出自人情，亦無典據也。」王建宫詞：「私縫黃帔捨釵梳，欲得金仙觀裏居。」白居易同微之贈別郭虚舟鍊師五十韻：「帔裾曳黃絹，鬚髮垂青絲。」上句亦寫黃帔也。

〔六〕步虚讚：道經所載天上仙樂，亦指道士誦經禮讚的腔調。或作步虚詞、步虚歌、步虚聲等等。樂府古題要解卷下步虚詞：「右道觀所唱，備言衆仙縹緲輕舉之美。」廣記卷六六謝自然（出集仙録）：「又每行常聞天樂，皆先唱步虚詞，多止三首：第一篇、第五篇、第八篇，步虚訖，即奏樂。」又卷四六白幽求（出博異志）：「有唱步虚歌者，數十百輩，幽求記其一焉。詞曰：鳳凰三十六，碧天高太清。元君夫人踏雲語，冷

〔七〕風颯颯吹鵝笙。」御覽卷六六六引道學傳：「曹寶，字世珍，善爲步虚，兩京冠絶，貴遊見者，皆稱賞焉。」

巡門乞：挨家挨户乞討。朝野僉載卷六：「神鼎師不肯剃頭，食醬一斗。每巡門乞物，得麄布破衣亦着，得紬錦羅綺亦着。」變文集佛説阿彌陀經講經文：「周遊雲水不爲難，掌鉢巡門化一餐。」梵志詩二五八首：「少食巡門乞，衣破忍飢寒。」按「巡門」之「巡」，讀爲「沿」，禮記祭義：「日出於東，月生於西，陰陽長短，終始相巡，以致天下之和。」鄭玄注：「巡讀如『沿漢』之沿。」陸德明釋文：「巡，依注音沿，悦專反。」孔穎達正義：「按文十年左傳云：子西『沿漢泝江，將入郢。』是沿爲順流而下，故讀從之。」

〔八〕飡：同「餐」。説文：「餐或从水。」廣韻上平聲二十五寒：「飡，俗作飡。」

〔九〕常住：指僧院、道觀的公有財物。釋氏要覽卷下住持常住：「鈔云：僧物有四種：一者常住常住，謂衆僧舍宇什物樹木田園僕畜米麥等物，以體局當處，不通餘界，但得受用，不通分賣，故重言常住也。二者十方常住，謂如一寺中供僧成熟飲食等，以體十方，唯拘本處。善見律云：『不打鐘食，犯盗罪。』三者現前常住，此有二種：一、物現前，二、人現前，但此物唯施此處現前僧故。四者十方現前常住，謂亡僧輕物施體通十方，唯局本處現前僧故。」通常以「常住」稱寺院、道觀的不動産等（由常住常住義來），引申而指寺院、道觀的厨房，珠林卷七七祭祀篇獻佛部：「如似小寺，非是國造，無外獻供，復無貴勝臨時斟酌，隨僧豐儉，出常住僧物，造食獻佛及僧。」此爲寺院厨房之義。雲笈七籤卷一二二道教靈驗記杭州上清觀道流隱欺常住驗：「有白尊師自金華山至，駐留旬日，……常住亦爲辦齋食供養。」此爲道觀厨房之義。梵志此詩之「常住」，即此義也。

〔一〇〕當房：本房，指自己住房。梵志詩〇二六首：「衆厨安空竈，麄飯當房炊。」二六四首：「麄飯衆厨飡，美味當房弃。」「當房」之義皆同。

〔一一〕病困：病重。三國志魏志華佗傳：「及後愛子蒼舒病困，太祖歎曰：『吾悔殺華佗，令此兒彊死也。』」看：照料、看顧。出曜經卷三無常品下：「見一比丘，抱患頓篤，卧大小便，不能轉側。爾時世尊知而問曰：『汝有何患，卧著床褥，大小便利，不能轉側？』時彼比丘，受性質直，内無姦宄，報世尊曰：『受性暗鈍，恒懷懈慢，初不勸佐看視餘人，是故今日無看我者。』」雜寶藏經卷四貧人以麨團施現獲報緣：「少失恃怙，居家喪盡，無人見看，是以困苦，襤褸如此。」大智度論卷四九釋發趣品：「此人心變，即將獵者，示熊處所。獵者殺熊，即將多分與之。此人展手取肉，二肘俱墮。獵者言：『汝有何罪？』答言：『是熊看我，如父視子，我今背恩，將是此罪。』」珠林卷九一引鼻奈耶律云：「時婆羅門臨終勑子：『吾死之後，汝看迦留陀夷如我今日，莫使有乏。』」高僧傳卷一一釋普恒傳：「將終之日，微有病相，唯俗家一奴看之，明日平坐而卒。」廣記卷三五一蘇太玄（出桂林風土記）：「此去難再還，好看兒女。」敦煌曲校録好住娘：「兒欲入山修道去，好住娘。兄弟努力好看娘，好住娘。」變文集董永變文：「娘子便即乘雲去，臨別分付小兒郎，但言『好看小孩子』，董永相別淚千行。」

〔一二〕生緣：這裏指家鄉。按「生緣」本是佛經術語，謂人命終後，「中陰」期間所獲得的轉生因緣，參見〇〇八首注九。由此「生緣」可指投生之處，引申而爲籍貫或家鄉之義，亦爲眷屬或親人之義。變文集鷰子賦載雀兒語鷰子：「問君行坐處，元本住何州？」鷰子回答説：「本貫屬京兆，生緣在帝鄉。」二句爲同義反複語，「帝鄉」就是「京兆」，「生緣」亦即「本貫」也。顧況送少微上人還鹿門：「少微不向吳中隱，爲箇生緣在鹿門。」全唐詩外編全唐詩補逸卷八張祜送法鏡上人歸上元：「南國僧遊二十年，却因無任訪生緣。……故老盡成雙鬢雪，舊房深鏁一林煙。」齊己逢鄉友：「生緣同一國，相逢共他州。」廣記卷四九東陽夜怪録：「乃問高公生緣何鄉，何故居此？」祖堂集卷九落浦和尚：「師云：『太懶在，甚須保持。生緣什麼處？』對云：『信州人。』」又卷一一惟勁禪師：「生緣福州永泰縣人也。」敦煌遺書伯三八七六號：「譬如世間百姓，有男女出家，久居生緣，不在觀寺。」傳燈録卷一一福州壽山師解禪師：「洞山問云：『闍梨生緣何處？』師云：『和尚若實問某甲，即是閩中人。』」又卷一九韶州雲門山文偃禪師：「汝諸人傍家行脚，皆是河南海北，各各盡有生緣所在，還自知得麼？」宋高僧傳卷一九唐南嶽山明瓚傳：「釋明瓚者，未知氏族生緣。」以上「生緣」爲籍貫之義。唐道宣四分律删繁補闕行事鈔卷下一：「八入所親白衣，薩婆多：滅擯比丘死，將衣鉢付生緣。以生不同財法。」謂被擯斥除名之比丘死，將其財物交付親屬，「生緣」爲親屬之義。

〔一三〕交即：即「教即」，「交」通「教」。

楚按：此首所寫爲下層貧苦道姑之苦情。大凡僧道出家，例須遠離家庭，以便割斷俗緣。薩婆多毘尼毘婆沙卷二：「遠離鄉土者，夫出家者爲滅垢累，家者是煩惱因緣，是故宜應極遠離也。」廣記卷六六謝自然（出集仙録）：「修道要山林靜居，不宜附近村栅，……仍須遠家及血屬，慮有恩情忽起，即非修持之行。」故此首云：「眷屬王役苦，衣食遠求難。出無夫婿見，病困絶人看。」下層道姑本是貧家女兒，兩處艱難，無法相顧。故結云「乞求生緣活，交即免飢寒」，渴望還鄉與親人相濡以沫，這種情感與俗人何異？讀之令人惻然。

道人頭兀雷乙一、乙二、掇瑣、校注、校輯、詩集

道人頭兀雷〔一〕，例頭肥特肚〔二〕。本是俗家人，出身勝地立〔三〕。飲食哺盂中，衣裳架

上出〔四〕。每日趍齋家〔五〕，即礼七拜佛〔六〕。飽喫更索錢〔七〕，低頭著门出。手把數珠行〔八〕，開肚元无物〔九〕。生平未必識，獨養肥没忽〔一〇〕。虫蛇能報恩，人子何處出〔一一〕？（〇二五）

詩集以首二句屬上首。

【校】

例頭肥特肚　「例」，乙二作「別」。「肥」，原作「阝巴」，變文集伍子胥變文：「及與梁鄭二國計會軍國，乘阝巴（肥）却返。」「肚」，詩集改作「胖」。

勝地立　「勝」，原作草書，掇瑣録作「胨」。乙二作「滕」。碑別字去聲二十五徑，漢張遷碑「勝」作「滕」，常岳造像記作「滕」，皆與此近似。「立」，校輯改作「主」，恐非。

飲食　「飲」，詩集作「飼」。

架上出　「架」，原作「樑」，參見〇一三首校記。「出」，校輯作「取」。

每日趍齋家　「每日」，原闕，據乙二補。「趍齋家」，乙二「齋」下衍「時」字。

即礼七拜佛　「礼」，校輯作「禮」。説文：「礼，古文禮。」干禄字書上聲：「禮礼竝立，多行上字。」「佛」，原作「仏」，即「佛」簡字，敦煌寫本多如此作。

更索錢　「索」，原作「索」，干禄字書入聲：「索索上俗下正。」

低頭著门出　「低」，原作「仾」。碑別字上平聲八齊，齊宋買造象記「低」作「仾」。變文集維摩詰經講經文：「只緣自意有高仾（低）。」又父母恩重經講經文：「仾（低）頭不語長如病，扺（抵）頰无言恰似癡。」宋本太平御覽卷九一三引東方朔神異經：「人有德行，而往⿰扌互(抵)聿(原注：音觸)之；人有凶惡，而往依憑之。」又卷三八二引崔駰博徒論：「面目驪黑，手足胼⿰月互(胝)。」諸字邊旁均與此形近。按字之聲旁「氐」寫作「互」，由來已久。説文「泜」字段注，説漢書地理志常山郡元氏縣下「沮水」之「沮」當作「泜」，云：「由書『氐』作『互』，遂譌『且』耳。」「门」，掇瑣、校輯作「門」，俗字譜門部，金瓶梅「門」作「门」。

手把　「把」原作「杷」，據乙二改。

開肚元无物　「開」，原殘，據乙二補，校輯作「愚」。「元无物」，掇瑣作「元元物」。

虫蛇能報恩　「虫蛇」，原作「虽虵」，校輯作「蟲蛇」。按「虽」同「虫」，即「虺」本字，俗借作「蟲」。俗字譜虫部，目連記「蟲」作「虽」，又作「虫」。「恩」，原作「㤙」，碑別字上平聲十三元，唐裴鏡民碑「恩」作「㤙」。

何處出　「處」原殘，據乙二補。

【注】

〔一〕道人：此處爲僧徒之稱。按早期譯經多稱僧徒爲「道人」，如後漢安世高譯佛説罵意經：「道人莫墮五諍：一者諍佛，二者諍法，三者諍戒，四者諍經，五者諍賢者。道人莫諍有是無是也。」吴支謙譯孛經抄：「願道人留意，我有精舍，近在城外，可於中止。」世説新語假譎：「愍度道人始過江，與一傖道人爲侶，謀曰：『用舊義在江東，恐不辦得食。』便共立心無義。」按愍度道人即支愍度，附見於高僧傳卷四康僧淵傳。南史陶弘景傳載弘景遺令：「明器有車馬，道人、道士並在門中，道人左，道士右。」弘明集卷六張融門論：「吾見道士與道人戰儒墨，道人與道士獄是非。」皆以「道人」與「道士」對舉，即指和尚與道士。搜神後記卷二：「曇遊道人，清苦沙門也。」廣記卷一六一南郡掾(出靈鬼志)：「明旦，便往詣佛圖，見諸沙門，問佛爲何神，沙門爲説事狀。便將諸道人歸，請讀經。」皆以「道人」與「沙門」雜出，可證「道人」即沙門也。陔餘叢考卷三八僧稱:「葉石林避暑録云:晉宋間佛家初行,其徒猶未有僧稱,通曰道人。按齊書:莊嚴寺有僧達道人講座。東昏至蔣山定林寺,一沙門病不能避,去藏草間,帝將殺之,韓暉光曰:老道人可念。是也。」其實僧徒稱「道人」,唐宋以後仍未盡廢。韓愈杏花:「明年更發應更好,道人原注:謂寺僧。莫忘鄰家翁。原注:自謂。」蘇軾臘日遊孤山訪惠勤惠思二僧:「臘日不歸對妻孥,名尋道人實自娱。道人之居在何許?寶雲山前路盤紆。孤山孤絶誰肯廬?道人有道山不孤。」「道人」即指惠勤惠思二僧。梵志此詩亦其例也。兀雷:按梵志詩一一一首亦云:「何須秃兀硉,然始學薰脩。」「兀雷」即是「兀硉」,「雷」「硉」爲一聲之轉。「兀雷」、「兀硉」皆爲形容僧徒頭顱光滑滚圓之貌,疑即「渾崙」、「囫圇」之聲轉。

〔二〕例頭:照例、一概,「頭」是語助詞,不爲義。二七二首戊二本亦云「例頭肥没忽,真似飽糠肫」。肥特肚:形容大腹便便。説文:「特,特牛也。」法句譬喻經卷三廣衍品:「人之無聞,老如特牛,但長肥肌,無有智慧。」即以「特牛」比喻肥胖無知。

〔三〕出身:出家爲僧。五苦章句經:「若有賢者,居家爲道,厭世所有,苦空非身,常欲出身爲道,辭家妻子,當就明師,受持法服。臨出之日,妻子戀泣,悲訴聲哀,其辭辛苦。賢者睹之,心爲悵然,意即迴變,爲妻子所惑,無復出身之志。」韋應物再遊西山:「中有釋門子,種果結茅廬。出身厭名利,遇境即躊躇。」勝地:優越地位。管子七法爲兵之數:「故賢知之君,必立於勝地,故正天下而莫之敢御也。」法琳辨正論九箴篇:「然大都止令如佛家身死,神明更生勝地耳。」梵志詩則謂一旦出家,即不愁衣食,處境優越也。祖堂集卷三懷讓和尚:「夫出家者,爲無爲法,天上人間無有勝者。」

〔四〕「飲食」二句:形容僧徒寄生生活,變文集太子成道經:「衣生架上,飯生盂中,此是師僧。」

〔五〕趂：同「趁」，赴。柳宗元柳州峒氓：「青箬裹鹽歸峒客，緑荷包飯趁虚人。」「趁虚」即趕集。齋家：設齋飯僧之家。釋氏要覽卷上言語避諱引僧祇律云：「齋家慎勿喧笑，及交頭雜説，妄談世事。」

〔六〕礼七：指僧徒修齋禮佛時，讀誦七佛名字。敦煌遺書北京人字四號佛説救疾經：「佛告諸疾人：吾教汝但當至心，百日之中，請大德法師治齋，日日礼七佛名字，日日礼金剛蜜迹，日日礼无量壽佛。」又日字四六號佛説救護身命經：「即舉七佛名字：第一維衛佛，第二式佛，第三隨葉佛，第四拘樓秦佛，第五拘那含牟尼佛，第六迦葉佛，第七釋迦文佛。若有苦厄病痛者，便當讀誦此七佛名字，諸邪蠱道，悉得消滅，无能侵近。」

〔七〕飽喫更索錢：按唐代齋家飯僧，除供齋飯外，例需施錢，稱爲「佛僧錢」。唐道世集諸經要集卷一四偷盗緣第三盗互用物附注：「若如今時齋家，汎僧食後，通出佛僧錢。如施主不别摽局者，任將買香沽油造幡營造佛堂，種種供佛受用並得，但不得入經僧别人用。」廣記卷一〇〇長樂村聖僧（出紀聞）：「僧曰：適到滻水，見一老師坐水濱，洗一座具，口仍怒曰：請我過齋，施錢半於衆僧。……主人乃告僧曰：吾家貧，卒辦此齋，施錢少，故衆僧皆三十，佛與聖僧各半之。」水滸第四五回：「衆僧都坐了喫齋，先飲了幾杯素酒，搬出齋來，都下了䞋錢。」「䞋錢」即是「佛僧錢」。

〔八〕數珠：佛教信徒所用串珠，掐珠以計算誦佛念經次數。佛説木槵子經：「若欲滅煩惱障報障者，當貫木槵子一百八，以常自隨。若行若坐若卧，恒當至心無分散意，稱佛陀、達磨、僧伽名號，乃過一木槵子。如是漸次度木槵子，若十若二十，若百若千，乃至百千萬。若能滿二十萬遍，身心不亂，無諸諂曲者，捨命得生第三焰天，衣食自然，常安樂行。若復能滿一百萬遍者，當得斷除百八結業，始名背生死流，永斷煩惱根，獲無上果。」變文集難陁出家緣起：「一串數珠長在手，常常相續念彌陀。」

〔九〕開肚元无物：比喻不學無術。世説新語排調：「王公與朝士共飲酒，舉瑠璃盌謂伯仁曰：『此盌腹殊空，謂之寶器，何耶？』」劉孝標注：「以戲周之無能。」即以腹空無物喻不學也。

〔一〇〕没忽：肥胖貌。廣記卷二三四御厨（出盧氏雜説）：「每有設，據人數取鵝，燖去毛，及去五臟，釀以肉及糯米飯，五味調和。先取羊一口，亦燖剥，去腸胃，置鵝於羊中，縫合炙之。羊肉若熟，便堪去却羊，取鵝渾食之，謂之『渾羊殁忽』。」「殁忽」即「没忽」，形容肚腹臌脹貌。梵志詩〇四五首：「兒迴見母面，顔色肥没忽。」二七二首：「到大肥没忽，直似飽糠肫。」「没忽」皆形容肥胖。敦煌遺書伯二七一七字寶碎金：「肥頳顋，音末曷。」即是「肥没忽」。

〔一一〕「虫蛇」二句：「虫蛇」，泛指各種動物。説苑卷一九修文：「鳥獸蟲蛇且知應天，而況人乎哉？」韓愈原道：「爲之君，爲之師，驅其蟲蛇禽獸而處之中土。」高適東平路中大水：「蟲蛇擁獨樹，麋鹿奔行舟。」按變文集目連緣起：「六畜禽獸之類，由（猶）懷乳哺之恩，況爲人子之身，豈不行於孝順？」梵志詩二七九首：「虫蛇來報恩，人子合如此。」皆與此二句同意。而此云「何處出」者，蓋令人反躬自省，不忘父母生養恩情之語。敦煌曲校録五更轉：「黄昏戌，五樀（謫）之人何處出？」

寺内數箇尼乙一、乙二、掇瑣、校注、校輯、詩集

寺内數箇尼，各各事威儀〔一〕。本是俗人女，出家掛佛衣〔二〕。徒衆數十箇，詮擇補綱維〔三〕。一一依佛教〔四〕，五事惣合知〔五〕。莫看他破戒，身自牢住持〔六〕。佛殿元不識，損壞法家衣〔七〕。常住無貯積〔八〕，家人受寒飢。衆厨空安竈〔九〕，麤飯當房炊〔一〇〕。只求多財

富，餘事且隨宜〔一一〕。富者相過重，貧者往還希〔一二〕。但知一日樂，忘却百年飢。不採生緣瘦〔一三〕，唯願當身肥〔一四〕。今身損却寶〔一五〕，来生更若爲〔一六〕？（〇二一六）

【校】

數箇尼　「尼」，原作「𡰱」，碑別字上平聲四支，唐圭峯禪師碑「尼」作「𡰱」。

事威儀　「儀」，原作「儀」，碑別字上平聲四支，魏孝文帝弔比干文「儀」作「儀」。

綱維　原作「罰雄」，據乙二改。

五事　二字原殘，據乙二補。校輯作「此事」，詩集作「萬事」。

牢住持　「牢」，原作「窂」。干禄字書平聲：「窂牢上俗下正。」變文集廬山遠公話：「有堅窂（牢）樹神，走至殿前唱喏。」

法家衣　「家」原闕，據乙二補。

麁飯當房炊　「麁」，原作「麄」，即「麁」字，同「粗」。「炊」，原闕，掇瑣作「吹」，乙二作「吠」，校輯改作「安」。按乙二「吠」爲「吹」之譌，「吹」又「炊」之譌。變文集難陁出家緣起：「難陁家内長吹（炊）七瓮之香飯。」

多財富　「富」，乙二作「寶」。

相過重　「過」，詩集作「遇」。

不採　「採」，校輯作「采」。

當身肥　「肥」，原作「肥」，干禄字書平聲：「肥肥上通下正。」

今身損却寶　「身」，校輯作「多」。「損」，詩集作「相」。

来生「来」，校輯作「我」。

【注】

〔一〕威儀：義有多種，此處指服飾。變文集降魔變文：「須菩提具威儀而出會，整法服而翹試（誠）。」又難陁出家緣起：「我家夫主威儀，不作俗人裝束，他家剃頭落髮，身被壞色袈裟。」

〔二〕掛：穿着，亦作「挂」。杜甫狂歌行贈四兄：「幅巾鞶帶不掛身，頭脂足垢何曾洗。」白居易別草堂三絶句：「久眠褐被爲居士，忽挂緋袍作使居。」廣記卷一五蘭公（出十二真君傳）：「蘭公乃詣塚間，躬取仙衣掛體。」敦煌曲校録贊普子：「夏日披氈帳，冬天掛皮裘。」變文集維摩詰經講經文：「帝釋忙忙掛寶衣，仙童各各離宫内。」又佛説阿彌陀經講經文：「一件袈裟掛在身，威議（儀）去就與（異）常人。」

〔三〕詮擇：同「銓擇」，選擇甄別。張鷟龍筋鳳髓判祠部：「銓擇僞濫，解退爲宜。」補：任命，後漢書郭伋傳：「伋因言選補衆職，當簡天下賢俊，不宜專用南陽人。」綱維：指寺院主事僧尼。翻譯名義集卷一維那：「南山云：聲論翻爲次第，謂知僧事之次第也。寄歸傳云：華梵兼舉也，維是綱維，華言也，那是梵語，删去羯磨陀三字也。僧史略云：梵語羯磨陀那，譯爲事知按當作知事，亦云悦衆，謂知其事、悦其衆也。稽其佛世，飲光統衆於靈鷲，身子涖事於竹林。音義指歸云：僧如網，假有德之人爲綱繩也。隋智琳，潤州刺史李海游命琳爲斷事綱維。邇後寺主三綱：上座、維那、典座也。」後來遂以「綱維」爲「三綱」之通稱。續高僧傳卷一五釋道洪傳：「貞觀伊始，弘護道張，凡寺綱維，無非令達，乃勅爲律藏寺上座。」又釋法常傳：「（貞觀）十四年，有僧犯過，下敕普責京師大德綱維。」又卷二〇釋慧斌傳：「及帝造寺，前訪綱維，京室同美，匆高斌也，乃下詔徵爲弘福寺主。」酉陽雜俎續集卷五寺塔記：「又寺先有僧，不言姓名，常負束藁，坐卧於寺兩廊下，不肯住院，經數年。寺綱維或勸其住房，曰：『爾厭我耶？』其夕遂以束藁焚身。」又卷一〇支植下：「衛公言北都惟童子寺有竹一窠，纔長數尺。相傳其寺綱維每日報竹平安。」

〔四〕佛教：此處謂佛之教導，指釋迦牟尼所説戒律。

〔五〕五事：指五戒：不殺生、不偷盗、不邪淫、不妄語、不飲酒食肉。四十二章經：「優婆塞行五事，不懈退，至十事，必得道也。」「五事」即指五戒，「十事」即指十戒。

〔六〕住持：此處指堅持佛法戒律。續高僧傳卷二闍那崛多傳：「又有入滅羅漢三人，窟中禪寂，每至月半，諸僧就山爲其淨髮，此則人法住持。」唐耿湋詣順公問道：「此身知是妄，遠遠詣支公。何法住持後，能逃生死中？」全唐文卷九二〇知宗盤山上方道宗大師遺行碑：「一上雲嶺，兩更歲華，偶因樵采之夫，始見住持之迹。」

〔七〕法家：即佛家。廣記卷一一三張應（出法苑珠林）：「晉張應，歷陽人，本事俗神，鼓舞淫祀。……妻，法家弟子也，謂曰：『今病日困，求鬼無益，乞作佛事。』」「法家衣」即上文之「佛衣」，亦即袈裟。

〔八〕常住：指寺院厨房，見〇二四首注九。

〔九〕衆厨：大厨房，供衆僧齋飯者。釋門自鏡録卷下周益州索寺慧旻盗僧財作牛事：「慧旻姓顧氏，少出家，不修行業，善於興販。嘗當衆倉厨，私自食用，知僧財帛，方便盗割。」「衆倉厨」即「衆倉」與「衆厨」的合稱。梵志詩二六四首：「麁飯衆厨飡，美味當房弃。」亦稱「大厨」。龍舒增廣淨土文卷五唐京師僧善導：「好食送大厨供衆，麁惡自食。」

〔一〇〕麁飯：亦寫作「麤飯」、「粗飯」，即粗惡飯食。玉臺新詠卷一隴西行：「促令辦麤飯，慎莫使稽留。」晉書桓玄傳：「而經日不得食，左右進以粗飯，咽不能下。」冥報記卷上：「家又貧窶，無以追福，乃持麁飯一鉢，往詣僧寺，請一僧齋。」

〔一一〕隨宜：隨便，馬虎。顔氏家訓雜藝：「武烈太子偏能寫真，坐上賓客，隨宜點染，即成數人。」白居易自詠：「隨宜飲食聊充腹，取次衣裘亦煖人。」變文集孝子傳附詩：「寫書不飲酒，恒日筆頭乾。且作隨疑（宜）過，即與後人看。」

〔一二〕「富者」二句：按佛教主張平等，高僧傳卷一三釋曇穎傳：「凡要請者，皆貴賤均赴，貧富一揆。」宋元照四分律行事鈔資持記卷下三釋頭陀篇：「楞嚴中迦葉捨富從貧，須菩提捨貧從富，俱爲佛呵，非平等故。」此云「富者相過重，貧者往還稀」，已悖於佛教平等之義矣。

〔一三〕不採：不理。變文集三身押座文：「見人造罪處强攢頭，聞道説經則佯不採。」明熊龍峰刻本張生彩鸞燈傳：「見人時佯佯不採，没人處款款言詞。」亦作「不采」，傳燈録卷二九寶誌十四科頌運用無礙：「遮莫刀劍臨頭，我自安然不采。」唐張白武陵春色：「是非都不采，名利混然休。」宋王君玉雜纂續不識羞：「被妓不采强入門。」亦作「不保」，董西廂卷一：「覷着鶯鶯，眼去眉來，被他女孩兒不保！不保！」陔餘叢考卷二二保：「俗語不禮人爲不保，亦有所本。北史：齊後主緯穆皇后之母名輕霄，本穆子倫婢也。后既封，以陸令萱爲母，更不保輕霄。」生緣：此處爲親屬之義，見〇二四首注一二。

〔一四〕當身：本身。列子周穆王：「穆王幾神人哉！能窮當身之樂，猶百年乃徂。」説苑卷一三權謀：「誠者降至後世，詐者當身而滅。」李白少年行：「遮莫姻親連帝城，不如當身自簪纓。」變文集董永變文：「家裏貧窮無錢物，所買（賣）當身殯耶孃。」

〔一五〕寶：指人身。御覽卷八〇二引陸賈新語：「聖人不用珠玉，而寶其身也。」大方便佛報恩經卷四：「天下大寶，莫先己身。」宋方嶽深雪偶談：「淵明飲酒詩云：『客養千金身，臨化消其寶。』以寶喻軀，軀失則寶盡矣。」大智度論卷一三：「譬如賈客，入海採寶，垂出大海，其船卒壞，珍寶失盡，而自喜慶，舉手而言：幾失大寶。衆人怪言：汝失財物，裸形得脱，云何喜言，幾失大寶？答言：一切寶中，人命第一。」

〔一六〕若爲：如何，怎樣。高僧傳卷一〇釋慧通傳：「又於江津，路值一人，忽以杖打之，語云：『可馳歸去，看汝家若爲？』此人至家，果爲延火所及，舍物蕩盡。」王縉青雀歌：「莫言不解銜環報，但問君恩今若爲。」廣記卷一三七陳仲舉（出幽明録）：「又問曰：『後當若爲死？』答曰：『爲人作屋，落地死。』」酉陽雜俎前集卷一二語資：「適信家餉致濡醁酒數器，泥封全，但不知其味若爲。」梵志此詩言「来生更若爲」，意謂來生將不堪設想矣。

生即巧風吹乙一、乙二、掇瑣、校注、校輯、詩集

生即巧風吹〔一〕，死須業道過〔二〕。来去不相知〔三〕，展脚陽坡卧。只見生人悲，不闻鬼唱禍〔四〕。子細審三思〔五〕，慈母莫生我。（〇二七）

【校】

生即巧風吹　「生即」，掇瑣誤合爲「節」字。　「巧」，原作「巧」，干禄字書上聲：「巧巧上通下正。」

不闻　「闻」，校輯作「聞」。俗字譜門部，通俗小説「聞」作「闻」。

【注】

〔一〕巧風：佛經言衆生獲得形體生命，乃是由於「巧風」吹拂。五王經：「到三七日父母和合，便來受胎。

一七日如薄酪，二七日如稠酪，三七日如凝酥，四七日如肉團，五七日肉疱成就，巧風入腹，吹其身體，六情開張。」分別功德論卷三：「若當生人，緣父母會。……七日一變，巧風刻劃，至三十八七，乃成其形。」珠林卷一二引問地獄經：「是諸罪人未受罪之間，共聚是處，巧風所吹，隨業輕重，受大小身。臭風所吹，成就罪人麤醜之身；香風所吹，成就福人微細之身。」佛名經卷九：「馬頭羅刹，手提鐵棒，望頭而打，身則磨滅。復有餓鬼，來噉其肉，復有餓狗，來嚙其骨。巧風吹之，須臾便活。」又卷三〇：「爾時衆生，爲諸獄卒剉碓斬身，從足斬之，乃至其頂。斬之以訖，巧風吹活，而復斬之。」

〔二一〕業道：指三惡道（地獄道、餓鬼道、畜生道）。勝鬘寶窟卷上末：「造作稱爲業，通人向於三途，名之爲道。」按「三途」亦即三惡道。敦煌曲校録悉曇頌佛説楞伽經禪門悉談章：「心王不了説短長，來生業道受苦殃。」變文集目連緣起：「放捨阿娘生淨土，莫交業道受波吒。」　過：指官府依次審閲犯人，舊唐書高宗紀上：「詔曰：『……在京繫囚應死者，每日將二十人過。』於是親自臨問，多所原宥。」民間迷信因謂死者亦須先經過地府冥官，以量定罪惡輕重隨業受苦。酉陽雜俎前集卷二玉格：「（趙業）過橋北入一城，至曹司中，人吏甚衆。見妹聟賈奕與己爭殺牛事，疑是冥司，遽逃避至一壁間，牆如石黑，高數丈。聽有呵喝聲，朱衣者遂領入大院。吏通曰：『司命過人。』復見賈奕，因與辯對。」廣記卷三〇三南纘（出玄怪録）：「應同州亡人，皆在此廳勘過。」又卷三八一鄧成（出廣異記）：「鄧成者，豫章人也。年二十餘，曾暴死，所由領至地獄，先過判官。」又卷三八二盧弁（出廣異記）：「夢中見二黄衣吏來追，行至一所，有城壁。入城之後，欲過判官。」又卷三八四朱同（出史傳），載朱同被追入冥間，「須臾城開，内判官出，里正拜謁道左，以狀引同過判官。」變文集搜神記：「夜中夢見伺命鬼來取，將信向閻羅王前過，即判付司依法處分。」以上所記，皆是「業道過」之事。

〔三〕来去：指生死。古人例以「生來」、「死去」連文，因遂以來代生，以去代死。列子天瑞：「故生不知死，死不知生；來不知去，去不知來。」陶淵明五月旦日和戴主簿：「既來孰不去？人理固有終。居常待其盡，曲肱豈傷冲。」寒山詩：「千生萬死凡幾生，生來死去轉迷情。」齊己感時：「無窮今日明朝事，有限生來死去人。」廣記卷九六嘉州僧（出野人閑話）：「其日坐亡僧於柴棚之上，維那十念訖，將欲下火，其僧忽然驚起，謂維那曰：『有米錢二貫文，在監行者處。』又合掌謂衆生曰：『來去是常，謝諸人遠來相送。』瞑目斂手，端然不動，右脅火燃，即成灰燼。」變文集破魔變文：「君不見生來死去，似蟻循還（循環）。」又維摩詰經講經文：「三界去來生死路，淪（輪）迴六道未曾休。」又歡喜國王緣：「浮生難長久，生來死去忙。」又左街僧録大師壓座文：「改頭換面無休日，死去生來没了期。」

〔四〕唱禍：驚呼「禍事」，表示災難降臨。廣記卷七七泓師（出大唐新語及戎幕閑談）：「泓大驚曰：『禍事！令公富貴止一身而已，更二十年外，諸郎君皆不得天年。』」變文集漢將王陵變：「灌嬰揭幕蹤（縱）横斫，直擬今宵作血坑。項羽連聲唱『禍事』，不遣諸門亂出兵。」又唐太宗入冥記：「子玉聞語，急忙起立，惟言『禍事！』」又降魔變文：「須達撫掌驚嗟，唱言『禍事，大怪出也！』」此言「不聞鬼唱禍」者，謂鬼物不再有死亡之禍也。

〔五〕子細：同「仔細」。北史源懷傳：「爲政貴當舉綱，何必須太子細也。」

佐史非臺補乙一、乙二、掇瑣、校注、校輯、詩集

佐史非臺補〔一〕，任官州縣上。未是好出身〔二〕，丁兒避征防〔三〕。不慮弃家门〔四〕，狗偷

且求養〔五〕。每日求行案〔六〕，尋常恐迸杖。食即衆厨飡〔七〕，童兒更護當〔八〕。有事檢案追〔九〕，出帖付里正〔一〇〕。火急捉將來，險語唯須朓〔一一〕。前人心裹怯〔一二〕，乾喚愧曹長〔一三〕。紙筆見續到〔一四〕，仍送一縑餉〔一五〕。錢多早發遣，物少被頡頏〔一六〕。解寫除却名〔一七〕，揩赤將頭放〔一八〕。（〇二八）

校輯析此首爲佐使非臺補及前人心裹怯二首。

【校】

佐史　「史」，乙二、校輯作「使」。

丁兒　「丁」，掇瑣作空格。

弃家门　「弃」，校輯作「棄」。説文：「弃，古文棄。」段注：「棄，中體似世，唐人諱世，故開成石經及凡碑板皆作弃，近人乃謂經典多用古文矣。」「门」，校輯作「門」。

狗偷　「狗」，原作「狥」。干禄字書上聲：「狥狗上俗下正。」校輯作「苟」。

護當　「護」，原作「謢」，即「護」字。校輯作「讙」。

出帖　「帖」，原作「佔」，乙二作「怗」，從掇瑣所録。

唯須朓　「朓」，校輯改作「誂」，詩集改作「恍」。

愧曹長　「愧」，詩集作「餽」。「曹」，原作「曺」，干禄字書平聲：「曺曹上通下正。」

見續到　「見」，校輯作「現」。

一縑餉　「餉」，原作「想」，乙二、詩集、校輯作「箱」。按應是「餉」字音譌。

早發遣　「發」，原作「茇」，即「發」俗字。

解寫　「寫」，校輯作「須」。

揩赤　「揩」，乙二、掇瑣、校注、校輯皆作「楷」。

【注】

〔一〕佐史：州縣屬吏。通鑑唐玄宗開元二十一年：「是時，官自三師以下一萬七千六百八十六員，吏自佐史以上五萬七千四百一十六員。」舊唐書職官志三：「下至執刀、白直、典獄、佐史，各有其職，州府之任備焉。」唐六典卷三〇州縣官吏功曹司功參軍注：「佐史通取六品以下子及白丁充之。」朝野僉載卷三：「滄州南皮縣丞郭務靜初上，典王慶通判稟，靜曰：『爾何姓？』慶曰：『姓王。』須臾慶又來，又問何姓，慶又曰：『姓王。』靜怪愕良久，仰看慶曰：『南皮佐史總姓王。』」非臺補：不由朝廷直接任命。按晉宋間謂朝廷、禁省爲「臺」，雲麓漫鈔卷二：「南史，凡朝廷遣大臣督諸軍於外，謂之行臺。自臺出師，謂之臺兵。或有自行臺被彈者，因仍故號，則自稱朝廷爲臺，如言向臺及臺遣使之類是也。」世説新語德行「陳仲舉言爲士則」條劉注引海内先賢傳：「蕃爲尚書，以忠正忤貴戚，不得在臺，遷豫章太守。」又方正「蘇峻既至石頭」條注引王隱晉書：「有頃，詔書徵峻。峻曰：『臺下云我反，反豈得活邪？我甯山頭望廷尉，不能廷尉望山頭。』乃作亂。」皆以「臺」稱朝廷，唐人亦或因之。通鑑唐睿宗景雲元年：「舊制，三品以上官册授，五品以上制授，六品以下敕授，皆委尚書省奏擬。」通典卷一五選舉三：「五品已上皆制授，自六品已下旨授。凡旨授官悉由於尚書，文官屬吏部，武官屬兵部，謂之銓選。」可知九品已上始得臺補。佐史既爲胥吏，自然「非臺補」了。

〔二〕出身：入仕途徑。舊唐書職官志一：「有唐已來，出身入仕者，著令有秀才、明經、進士、明法、書算。其次以流外入流。」「佐史」即屬「流外」，朝野僉載卷四：「周張衡，令史出身，位至四品，加一階，合入三品，已團甲。因退朝，路旁見蒸餅新熟，遂市其一，馬上食之，被御史彈奏。則天降敕：『流外出身，不許入三品。』遂落甲。」可知佐史等「不是好出身」也。

〔三〕丁兒：壯年兒子。舊唐書職官志二：「凡男女，始生爲黄，四歲爲小，十六爲中，二十有一爲丁，六十爲老。」　征防：赴邊戍守，指服兵役之事。唐律疏議卷三：「征防之徒，遠從戍役，及犯徒罪以上，獄成在禁，同無兼丁之例，據理亦是弘通。」又卷四：「又如征防逃亡，會赦免罪，計百日限外，征防仍自未還，須計征防之日，以爲逃亡定罪。」按佐史身爲胥吏，自身可免徭役，家人並無免役特權，故「丁兒」須設計以避征防。

〔四〕不慮：不愁。變文集鷰子賦：「安不慮危，不巢於翠幕。」　弃家门：離鄉背井。「家门」即家，玉臺新詠卷一古詩爲焦仲卿妻作：「阿母白媒人：貧賤有此女，始適還家門。」

〔五〕狗偷：同「苟偷」，匡謬正俗卷八苟：「苟者，婾合之稱，所以行無廉隅，不存德義，謂之苟且。而今流俗，便謂無恥之人，行類猪狗，每爲方幅，則呼苟爲犬，且更以戲弄爾。」宋史魏了翁傳：「國家紀綱不立，國是不定，風俗苟偷，邊備廢弛，財用凋耗，人才衰弱。」　求養：謂要求充當侍養老親之「侍丁」，以便不離家門，免赴征防。舊唐書職官志二：「若祖父母老疾，家無兼丁，免征行及番上。」唐大詔令集卷四改元天寶赦：「侍丁者令其養老，孝假者矜其在喪。」唐律疏議卷三：「侍丁，依令免役，唯輸調及租。」文苑英華卷五四二背侍從征判：「王靜母年八十，身充侍丁；弟順名預軍團，點從征鎮。靜棄母投募，陷陣有功；順戀母背征，據法應罪。縣令以靜闕養，以順棄軍，俱追勘當，各科其罪。靜云情存徇國，順云意在懷親，現並有詞，令不能斷。」亦可見「侍丁」免赴征防。通典卷七食貨七丁中引開元二十五年户令：「諸年八十及篤疾，給侍丁一人；九十，二人；百歲，五人。皆先盡子孫，聽取先親，皆先輕色。無近親，外取白丁者，人取家内中男者，並聽。」按此詩，佐史丁兒未必真有老親可供侍養，當是就「外取白丁」之例以營充侍丁，故云「狗偷且求養」也。

〔六〕行案：巡察。此句言佐史皆求外出辦事，當爲勒索有得也。

〔七〕衆厨：集體伙房，參見〇二六首注九。

〔八〕護當：衛護。此句言佐史不僅自己在衆厨就餐，兼以衆厨食物饒益兒女。「當」讀去聲，語助詞，用在動詞之後，不爲義。變文集廬山遠公話：「善慶聞之，切須記當。」又維摩詰經講經文：「時寶積等亯(稟)受維摩勸誘，記當居士教招(詔)。」又：「維摩卧疾於方丈，佛勑文殊專問當。」又大目乾連冥間救母變文：「縱(蹤)由算當更無人，應是三寶慈悲力。」「當」字用法皆同。

〔九〕檢案：檢視文簿案卷。北齊書祖珽傳：「後主令韓長鸞檢案，得其詐出勑受賜十餘事。」「案」即文簿，通鑑唐則天后天授二年：「先斷其首，乃僞立案奏之。」胡三省注：「案，考也，據也。獄辭之成者曰案，言可考據也。凡官文書可考據者皆曰案。」追：官府傳唤或捉拿。廣記卷三八一裴齡(出廣異記)：「檢案云：殺一驢，所以追耳。」

〔一〇〕帖：官府傳唤屬下、捉拿人犯的文書。顧況田家：「縣帖取社長，嗔怪見官遲。」變文集鷰子賦：「百姓雀兒，被鷰謗奪宅，昨日奉王帖追，匍匐奔走，不敢來遲。」里正：百户之長。舊唐書職官志二：「百户爲里，……里及坊村皆有正，以司督察。」

〔一一〕險語：指恐嚇威脅之語。韓愈醉贈張祕書：「險語破鬼膽，高詞媲皇墳。」所詠雖爲作詩之事，而「險語」令人「破膽」，則與梵志詩同。　胱：發怒。詩邶風谷風「有洸有潰」，毛傳：「洸洸，武也；潰潰，怒也。」「武」與「怒」同義對舉，故説文：「馬，怒也，武也。」亦以「怒」與「武」同義並舉。梵志詩之「胱」與谷風之「洸」同，皆爲俗語記音之字，音同則義同，本無定形也。

〔一二〕前人：猶云「對方」。列子天瑞「汝身非汝有也，汝何得有夫道。」唐盧重玄注：「俗以己身爲我，前人爲汝。」唐律疏議卷一：「厭魅者，其事多端，不可具述，皆謂邪俗陰行不軌，欲令前人疾苦及死者。」又卷一七：「殺人之法，事有多端，但據前人之死，不論所殺之狀。」又卷二四：「告人罪，皆注前人犯罪年月，指陳所犯實狀，不得稱疑。」又卷二五：「有人嫌惡前人，妄告父母身死，其妄告之人，合科何罪？」舊唐書刑法志：「若情存體國，即共號癡人；意在深文，便稱好吏。所以罪雖合杖，必欲遣徒；理有可生，務入於死。非憎前人，陷於死刑，務取名耳。」「務取名耳」今本舊唐書脱，據御覽卷六三六引文補。廣記卷四二李仙人（出廣異記）：「我去之後，君宜以黄白自給，慎勿傳人，不得爲人廣有黠煉，非特損汝，亦恐尚不利前人。」又卷一〇五宋參軍（出廣異記）：「宋問：『身既爲人所殺，何以不報？』云：『前人今尚爲官，命未合死，所以未復。』」又卷一九四聶隱娘（出傳奇）：「又攜匕首入室，度其門隙，無有障礙，伏之梁上。至暝，持得其首而歸。尼大怒曰：『何太晚如是？』某云：『見前人戲弄一兒可愛，未忍便下手。』」又卷四五四張簡棲：「往去郭可三四里，忽逢一知己相揖，問所往。簡棲乃取册子，話狐狀。前人亦驚笑，接得册子，便鞭馬疾去。」按「前人」之語，唐代以前即已有之，失譯今附秦録薩婆多毘尼毘婆沙卷二：「佛無事不知，無事不見，若不問前人，自以知見説其罪過，則衆生常怖懼，不能自安。」

〔一三〕乾：徒然。韓愈誰氏子：「聖君賢相安可欺，乾死窮山竟何俟。」變文集茶酒論：「阿你頭腦，不須乾努。」又維摩詰經講經文：「今日脈陳(沉)頭疼，口苦渴死，唱生(聲)腹痛，唯乾稱怨乞命。」又頻婆娑羅王后宮綵女功德意供養塔生天因緣變：「乾竭血肉，徒喪身命。」 愧：感激。廣記卷三二王賈(出紀聞)：「何期別後，生死遂隔。汝不忘吾，猶能相訪，愧不可言。」字亦作「媿」，又卷四五丁約(出廣異記)：「他問不對，唯云須筆。子威搜書囊而進，亦媿領之。」又卷一〇五宋參軍(出廣異記)：「大媿使君，不知何以報答。」變文集王昭君變文：「到家蕃裏重，長媿漢家恩。」 曹長：曹司之長。按佐史未必皆是曹長，此云「曹長」者，蓋諛之之辭也。

〔一四〕紙筆：即紙筆錢，唐代造籍向民户所收工本費。唐六典卷三：「凡男女始生爲黄，四歲爲小，十六爲中，二十有一爲丁，六十爲老。每一歲一造計帳，三年一造户籍。縣以籍成於州，州成於省，户部總而領焉。諸造籍成正月，畢三月，所須紙筆裝潢軸帙皆出當户内，口別一錢。計帳所須，户別一錢。」民間因遂稱向官府所交賄賂亦曰「紙筆」，變文集鷰子賦：「還有紙筆當直，莫言空手冷面。」亦言行賄之事。

見：同「現」。

〔一五〕縑：即絹，唐代作爲貨幣流通。舊唐書食貨志上：「(元和)六年二月，制：『公私交易，十貫錢以上，即須兼用匹段。』」「縑」即匹段也。唐國史補卷上：「澠池道中，有車載百甕，塞於隘路。……有客劉頗者揚鞭而至，問曰：『車中甕直幾錢？』答曰：『七八千。』頗遂開囊取縑，立償之，命僕登車，斷其結絡，悉推甕於崖下。須臾，車輕得進，羣噪而前。」即縑作貨幣之例。岑仲勉隋唐史三一四頁：「説文：『縑，并絲繒也。』釋名：縑，『其絲細緻，數兼於布絹也。』又漢書外戚傳上作縑單衣，顔注：『即今之絹也。』顔師古是唐初人，縑絹相同，似可無誤。質言之，稱『絹』者用唐世當日之通言，稱『縑』者引漢代之舊語。」 餉：饋贈。世説新語儉嗇：「衛江州在尋陽，有知舊人投之，都不料理，唯餉王不留行一斤。此人得餉，便命駕。」宋孔平仲孔氏雜説：「餉不止飲食也，贈皆可以爲餉。魏文紀注：『以詩賦餉孫權』，徐孝穆有答餉鏡詩是也。」

〔一六〕頡頏：刁難。張鷟龍筋鳳髓判卷三左右監門衛第二條，判由：「將軍魯慶，諸州租調多被欺，賄賂入己，始爲門牒，船車壅滯，進退無由。」判辭：「豈得不遵公法，直縱私求，故作躊躇，專爲頡頏。鶴綾不入，遂高卧而閒閒；鳧鎩忽來，即傾身而急急。」文苑英華卷五三〇行人供濫物判，判由：「官市納帙，行人將濫物供，所由揀退。云被頡頏，不伏却領。」對：「物既不任供官，退亦何成頡頏？不伏却領，仍事薄言，豈可加刑，終希理遣。」

〔一七〕解寫：即「解卸」，「寫」與「卸」通，如斯坦因劫經録一四四一五鹿兒讚文：「國王聞此語，便即寫（卸）了弦，弓作蓮花樹，箭作蓮花枝。」即「寫」「卸」通用之證。「解卸」亦作「解謝」，御覽卷六四三引異苑：「建康陵欣，景平中死於楊州，作部尅辰當葬。作部督夢欣云：『今爲獄公姥祖夕有期，莫由自反，勞君解謝，今得放遣。』」

〔一八〕揩赤：謂以朱筆抹去簿書中姓名，表示了結。「揩」即塗抹之義，如廣記卷三四一李俊（出續玄怪録）：「復授筆，使俊自注。從上有故太子少師李夷簡名，俊欲揩之，客遽曰：『不可，此人禄重，未易動也。』又其下有李温名，客曰：『可矣。』乃揩去『温』字，注『俊』字。」又卷三二九楊瑒（出廣異記）：「相語曰：『楊長官事，焉得不盡心耶？』久之，謂瑒：『君對坊楊錫亦有才幹，今揩王作金以取彼。』」謂將「瑒」字的偏旁「王」塗改成「金」，成爲「錫」字。按古人於文簿記載，凡表示了結，輒加塗抹或勾點，或稱「朱勾」，或稱「朱筆點頭」，或稱「點抹」，或只稱「勾」，皆與此處「揩赤」類似。匡謬正俗卷八勾鈎：「簿領之法，恐其事有枉屈，月日稽延，故別置主簿録事，專知覆檢。其訖了者，即以朱筆鈎之。」廣記卷一一五張法義（出法苑珠林）：「官曰：『將法義過録事。』録事署發文書，令送付判官，召主典，取法義前案，簿盈一牀。主典對法義前披檢云：『其簿多先朱勾畢，有未勾者即録之。』……僧曰：『張法義是貧道弟子，其罪懺悔滅除訖，天曹案中已勾畢，今枉追來，不合死。』主典云：『經懺悔者，此案勾了。』至如張目罵父，雖蒙懺悔，事未勾了。』」又卷一八六裴光庭（出唐會要）：「侍中裴光庭每過官，應批退者，但對衆披簿，以朱筆點頭而已。」又卷一九八唐德宗（出杜陽雜編）：「上試制科於宣政殿，或有乖謬者即濃筆點抹之，或稱旨者翹首朗吟。」又卷二一〇顧愷之（出名畫記）：「興寧中，瓦棺寺初置僧衆，設刹會，請朝賢士庶宣疏募緣。時士大夫莫有過十萬者，長康獨注百萬。長康素貧，衆以爲大言。後寺僧請勾疏。」「勾疏」指兑現捐款，蓋覶錢交付之後，即於疏簿中勾去名字，表示了畢。變文集長興四年中興殿應聖節講經文：「幾家歡樂夢先成，欠負官为（錢）勾却名。」梵志詩云「指赤將頭放」者，謂於文案中塗去姓名，放令歸家也。

得錢自喫用乙一、乙二、乙四、掇瑣、校注、校輯、詩集

得錢自喫用，留著櫃裏重。一日厥摩师〔一〕，空得紙錢送〔二〕。死入惡道中〔三〕，良由罪根重〔四〕。埋向黄泉下，妻嫁别人用。智者好思量，爲他受枷棒〔五〕。（〇二九）

乙四自此首「厥摩師」起。

【校】

留著櫃裏重　「留」，原作「畱」。干禄字書平聲：「畱留上通下正。」碑别字下平聲十一尤，漢張遷碑「留」作

「留」。　「櫃」，原作「樻」。

厥摩师　「师」，摋瑣、校輯作「師」，俗字譜十畫，古今雜劇「師」作「师」。

良由　「良」，原作「量」，按敦煌寫本「量」、「良」通用，如變文集伍子胥變文：「量久穩審不須驚，漸向樹間偷眼覷。」「量久」即「良久」。

智者　「智」，原作「劝」，摋瑣照描，兹據乙二改，〇〇四首亦有「智者好思量」之語。校輯改作「賣」，非是。

爲他　「爲」，原作草書，摋瑣作「乃」，兹從乙二。

【注】

〔一〕厥摩师：指死。梵志詩〇三五首：「杓柄依僧次，巡到厥摩师。」二五〇首：「一日厥摩師，他用不由你。」二八六首：「一箇厥磨师，眼看絶行道。」皆謂死也。唯其得義之由則頗費解。校注云：「疑厥摩師爲梵語Kuṣmāṇḍa之對音，Kuṣmāṇḍa一譯鳩摩拏，省『拏』作『鳩摩』。唐代『厥』與『鳩』『俱』等字通用，故疑『厥摩』即『鳩摩』。按『鳩摩拏』又譯『鳩槃荼』，又稱冬瓜鬼，專囑人精氣，無常之類也。此條解釋承王森先生指教，特致謝忱。」楚按，此解似未盡善，録之以備一説。

〔二〕紙錢：鑿紙爲錢，焚之以供死者冥間所需。陔餘叢考卷三〇紙錢：「漢書張湯傳：『有人盗發孝文園瘞錢。』如淳曰：『埋錢於園陵以送死也。』南史：『吴苞將終，謂其弟子曰：吾今夕當死，壺中大錢一千，以通九泉之路。』是漢及六朝，固皆用實錢。然漢書郊祀志：令祠進五時牢具，皆以木寓馬代駒，及諸名山川用駒者，皆以木寓馬代。則祭祀用牲，已有以木象形者，特未用於錢耳。事林廣記及困學紀聞皆謂漢以來有瘞錢，後里俗稍以紙寓錢，而不言起自何代。唐臨冥報録、曾三異同話録謂唐以來始有之，名曰『寓錢』，言其寓形於紙也。法苑珠林則謂起於殷長史，洪慶善杜詩辨證則謂起於齊東昏好鬼神之術，剪紙爲錢以代束帛。二説雖不同，然封氏聞見記謂紙錢魏晉以來已有之，今自王公至士庶，無不用之。封演，唐德宗時人，去六朝未遠，所見必非無據，則紙錢之起於魏晉無疑也。舊唐書王璵傳：開元二十六年，璵爲祠祭使，乃以紙錢用之於祠祭。通鑑亦謂璵用紙錢類巫覡，習禮者羞之，此又爲朝廷祀典用紙錢之始。」按焚化紙錢之風，初唐實已大盛，梵志詩即其證也。

〔三〕惡道：即「三惡道」，見〇〇八首注一。

〔四〕罪根：即罪業，見〇一九首注六。

〔五〕枷棒：泛指刑具，見〇〇八首注八。此處「受枷棒」謂墮地獄。

當鄉何物貴乙一、乙二、乙四、掇瑣、校注、校輯、詩集

當鄉何物貴〔一〕？不過五里官〔二〕。縣局南衙點〔三〕，食並衆厨湌〔四〕。文簿鄉頭執〔五〕，餘者配雜看〔六〕。差科取高户〔七〕，賦役數千般。處分須平等〔八〕，併檑出時難〔九〕。職任無禄料〔一〇〕，專仰筆頭鑽〔一一〕。管户無五百〔一二〕，雷同一槩看〔一三〕。愚者守直坐〔一四〕，黠者馺馺看〔一五〕。（〇三〇）

【校】

當鄉　「當」，詩集作「黨」。

五里官　「里」，詩集作「星」。

縣局　「局」，原作「扃」。干禄字書入聲：「扄扃局上俗中通下正。」校輯改作「扃」，誤。

鄉頭執　「執」，乙四作「𡙁」。

差科　「差」，原作「羌」，據乙二改。「科」，原作「枡」。

併檑　詩集作「併當」。

職任無禄料　「職」，原作「軄」，玉篇：「軄，俗職字。」「任」，校輯作「事」。「料」，原作「粁」。

專仰　「仰」，原作「仰」。碑別字上聲二十二養，魏龍驤將軍元引墓誌「仰」作「仰」。

點者駁駁看　「點」，乙四作「點」。「駁駁」，原作「駁駁」，據乙二改。

【注】

〔一〕當鄉：本鄉。「當」即「本」義，如朝野僉載卷五：「犯國法，師德當家兒子亦不能捨，何況渠？」「當家」即本家。珠林卷二二：「本像是張僧繇畫，至麟德二年七月，當寺僧圖得一本。」「當寺」即本寺。廣記卷三八二裴則子(出冥報拾遺)：「當村有一老母，年向七十。」「當村」即本村。

〔二〕五里官：指鄉長。舊唐書職官志二：「百户爲里，五里爲鄉。」

〔三〕縣局：廣韻入聲三燭：「局，曹局。」即官府機構。「縣局」即縣衙。南史褚裕之傳：「永興令羊恂覺其謀，以告淡之，淡之不信，乃以誣人之罪收縣職局。」「縣職局」亦即「縣局」也。　南衙：指縣衙正廳。古代官府大門例皆朝南(監察、司法機構例外)，正廳正對大門，在官署南部，故稱「南衙」。　點：點名。杜甫兵車行：「行人但云點行頻。」按唐代官吏、府兵乃至夫役等，皆有點名制度以示考勤。唐律疏議卷九：「諸在官應直不直，應宿不宿，各笞二十；通晝夜者，笞三十。若點不到者，一點笞十。」

梵志詩之「縣局南衙點」，謂縣府有司在正廳集合鄉頭等應役之人，點名考勤。

〔四〕衆厨：大厨房，大衆就餐之厨房。參看〇二六首注九。

〔五〕鄉頭：即鄉長，也稱鄉正。通典職官一五鄉官：「貞觀九年每鄉置長一人。」廣記卷三三三黎陽客（出廣異記）：「乃暗令鄉正具薪數萬束，積於垣側。」

〔六〕雜看：指各色雜役。

〔七〕差科取高户：按唐代徭役按户等高低決定輕重先後，參見〇〇六首注三。

〔八〕處分：處置、安排。玉臺新詠卷一古詩爲焦仲卿妻作：「處分適兄意，那得自任專。」晉書桓玄傳：「初欲飾裝，無他處分，先使作輕舸，載服玩及書畫等物。」按唐律疏議卷一三：「諸差科賦役違法及不均平，杖六十。……『差科賦役違法及不均平』謂貧富、强弱、先後、閑要等，差科不均平者，杖六十。」故此云「處分須平等」。

〔九〕併檽：頗難索解。疑爲差錯、失誤之義。變文集降魔變文：「者迴忽若得强，打破承前併葶。」疑「併葶」即是「併檽」。變文所寫爲六師與舍利弗鬬法，頻頻輸失，故有「者迴」云云之語，意謂此次倘若得勝，則可洗雪以前輸失之恥。梵志詩則謂「五里官」倘若處分賦役不平等，則難免獲罪被罰。

〔一〇〕職任：職務。漢書王商傳：「蓋丞相以德輔翼國家，典領百寮，協和萬國，爲職任莫重焉。」北史蔡景王整子智積傳：「開皇二十年徵還京，無他職任，闔門自守。」禄料：唐代官吏薪俸有禄米及月料錢等，稱爲「禄料」。朝野僉載卷六：「官職禄料由天者，蓋不虛也。」白居易詠所樂：「官優有禄料，職散無羈縻。」新唐書食貨志五：「員外郎、檢校、判、試、知給禄料食糧之半。」

〔一一〕筆頭：筆端，猶今語「筆桿子」。白居易贈楚州郭使君：「黄金印綬懸腰底，白雪歌詩落筆頭。」李咸用讀修睦上人歌篇：「意下紛紛造化機，筆頭滴滴文章髓。」方干贈孫百篇：「羽翼便從吟處出，珠璣續向筆頭生。」「頭」一作「端」。敦煌曲校録嘆五更：「三更半，到處被他筆頭算。縱然身達得官職，公事文書怎處斷？」鑽：鑽營。蘇軾烏臺詩案：「又云：『收藏愛惜待嘉客，不敢包裹鑽權倖。此詩有味君勿傳，空使時人怒生瘿。』以譏世之小人，有以好茶鑽貴要者，聞此詩當大怒也。」周密齊東野語卷一三優語：「當史丞相彌遠用事，選人改官多出其門。制閫大宴，有優爲衣冠者數輩，皆稱爲孔門弟子，相與言：吾儕皆選人。遂各言其姓曰：吾爲常從事，吾爲於從政，吾爲吾將仕，吾爲路文學。別有二人出曰：『吾宰予也。夫子曰：於予與改。可謂僥倖。』其一曰：『吾顔回也。夫子曰：回也不改。吾爲四科之首而不改，汝何爲獨改？』曰：『吾鑽故改，汝何不鑽？』回曰：『吾非不鑽，而鑽彌堅耳。』曰：『汝之不改宜也，何不鑽彌遠乎？』」陔餘叢考卷四三鑽：「世謂夤緣干進者爲『鑽』。按東坡和錢安道寄惠建茶詩云：『不敢包裹鑽權倖。』王安石秉政，鄧綰、李定、舒亶、蹇序辰、王子韶等同時擢用，士大夫有『十鑽』之目。王子韶傳：劉安世劾子韶在『十鑽』内爲『衙内鑽』，指其交結要人，如刀鑽之利也。呂公著作相務簡靜，不多接士大夫，惟談禪者得從容，好進之徒往往幅巾道袍，日遊古寺，冀邂逅之以自售，時謂之『禪鑽』。又蔣津葦杭紀談：嘉定間，士大夫有一戲論於從政云：將仕者皆改官，獨顔子不得改，夫子曰：回也不改。或曰：鑽遂改。子曰：顔子鑽錯了，鑽之彌堅，如何改官？方勺泊宅編亦云：今之巧宦者皆謂之鑽。是宋時已有此語。然班固答賓戲云：商鞅挾三術以鑽孝公。則漢時已有此語也。」按以上各例之「鑽」，皆謂鑽營以求官；梵志詩之「鑽」，則謂鑽營以求財耳。

〔一二〕管户：所管轄之民户。按百户爲里，五里爲鄉，則一鄉所管適爲五百户也。

〔一三〕雷同：相同。禮記曲禮上：「毋雷同。」注：「雷之發聲，物無不同時應者。」龍筋鳳髓判卷一司勳：

「兩並日拙爲非，一種雷同獲罪。」一槩：一律，「槩」同「概」。義淨南海寄歸內法傳卷一：「持律者頗識分疆，流漫者雷同一概。」新唐書選舉志下：「開元十八年，侍中裴光庭兼吏部尚書，始作循資格，而賢愚一概，必與格合，乃得銓授。」看：對待。高適詠史：「不知天下士，猶作布衣看。」

〔一四〕守直：固守正直之道。虞世南門有車馬客：「如何守直道，翻使谷名愚。」韋應物再遊西山：「守直雖多忤，視險方如夷。」文苑英華卷九〇謝偃影賦：「守愚直以固窮，無明略以求效。」

〔一五〕駊駊：方言卷一三：「駊，馬馳也。」郭璞注：「駊駊，疾貌也。索答反。」曹丕豔歌何嘗行：「小弟雖無官爵，鞍馬駊駊，往來王侯長者遊。」梵志詩之「駊駊」則形容奔走鑽競之貌。

村頭語户主乙一、乙二、乙四、掇瑣、校注、校輯、詩集

村頭語户主〔一〕，鄉頭無處得〔二〕。在縣用紙多〔三〕，從吾相便貸〔四〕。我命自貧窮，獨辦不可得。合村看我面，此度必須得。後衙空手去〔五〕，定是搦你勒〔六〕。（〇三一）

【校】

用紙多　「紙」，校輯改作「錢」。

相便貸　「貸」原作「偵」，從乙二。

獨辦　「辦」，兩本皆作「辨」，從校輯所改。

搦你勒　「搦」，原本、乙四作「摺」，即「搦」字別體。乙二作「獨」，則形譌字。

【注】

〔一〕村頭：一村之長，即村正。通典卷三食貨三：「在田野者爲村，別置村正一人。……其村正取白丁充。」

〔二〕鄉頭：鄉長。古尊宿語録卷一〇并州承天嵩禪師語録：「諸德，不教你做鄉頭、里正、耆長、大户，一箇箇作師子兒去，成佛作祖去，入如來藏去。」參看上首注五。

〔三〕紙：指紙筆錢，見〇二八首注一四。

〔四〕便貸：借貸，亦作「貸便」，敦煌資料第一輯諸寺户請貸麥種牒六件李庭秀等牒：「右庭秀等并頭下人户，家無着積，種蒔當時，春無下子之功，秋乃憑何依託。今人户等各請貸便，用濟時難。」按「便貸」爲同義連文，「便」即借之義。斯坦因劫經録六八二九四悉董薩部落百姓張和子便麥契：「卯年四月一日悉董薩部百姓張和子，爲無種子，今於永康寺常住處，取栛萬價，便麥壹番馱。」敦煌資料第一輯未年張國清便麥契：「未年四月五日張國清遂於□□處便麥叁蕃升。」又酉年曹茂晟便豆契：「酉年三月一日下部落百姓曹茂晟爲無種子，遂於僧海清處便豆壹碩捌斗。」資治通鑑後唐同光二年：「豆盧革嘗以手書便省庫錢數十萬。」胡三省注：「今俗謂借錢爲便錢，言借貸以便用也。」又「貸」，此處通作「貣」。説文：「貸，施也，从貝，代聲。」又：「貣，從人求物也，从貝，弋聲。」段注：「代、弋同聲，古無去入之別。求人施人，古無貣貸之分。由貣字或作貸，因分其義，又分其聲。如求人曰乞，給人之求亦曰乞，今分去訖、去既二音。又如假、借二字，皆爲求者、予者之通名，唐人亦有求讀上、入，予讀兩去之説，古皆未必有是。貣別爲貸，又以改竄許書，尤爲異耳。經史内貣貸錯出，恐皆俗增人旁。蟘字經典釋文、五經文字皆作蟦，俗作蟘，亦其證也。周禮泉府『凡民之貸者』，注云：『貸者，謂從官借本賈也。』廣韻廿五德云：『貣，謂從官借本賈也。』其所據周禮正作貣。而周禮注中借者、予者同用一字，釋文別其音，亦可知本無二字矣。」楚按，段説極精。莊子外物：「莊周家貧，故往貸粟於監河侯。監河侯曰：『諾。我將得邑金，將貸子二百金，可乎？』」陸德明釋文：「貸粟，音特，或一音他得反。將貸，音他代反。」「貸粟」之「貸」，即「便貸」之「貸」。初學記卷一八引曹操謠俗辭：「友來從我貸，不知何以應。」御覽卷四一一引劉向孝子傳：「前漢董永……父亡，無以葬，乃從人貸錢一萬。」華陽國志巴志：「思往從隣貸，隣人言已匱。錢錢何難得，令我獨憔悴。」以及梵志此詩及二二三首「貸人五㪷米，送還一碩粟。」二四八首「蹔託寄出來，欲似相便貸」等，「貸」字皆應讀爲「貣」，他得反，音特。此首「得」、「貸」、「勒」爲韻。

〔五〕後衙：下次衙參之時。「衙」指衙參。廣記卷一〇八兗州軍將（出報應記）：「乾符中，兗州節度使崔尚書法令嚴峻，嘗有一軍將衙參不到，崔大怒，令就衙門處斬。」

〔六〕搦：本義爲捉，變文集鷰子賦：「可中鷂子搦得，百年當時了竟。」此處相當於介詞「把」。〇三七首「却搦父母恥」，「搦」亦相當於「把」，與此同例。勒：逼取，舊唐書食貨志上：「其賸貯錢，不限多少，並勒納官。」文苑英華卷五四三村人借罐判，判由：「村人借鄰家罐，未出門打破，人索陪，云：未離本處。準令合比附。」對：「破由彼己，孰當毀櫝；事匪因人，爰煩投杼。勒酬半價，良謂合宜。」

楚按：唐代鄉頭，名義雖爲鄉官（所謂「五里官」），實爲色役之一種。充任者有苦有樂。上首當鄉何物貴寫鄉頭「樂」的一面，此首則寫鄉頭「苦」的一面，合而觀之，唐代鄉官之甘苦可知。唐律疏議卷一三：「諸部內輸課税之物，違期不充者，以十分論，一分笞四十，一分加一等。疏議曰『輸課税之物』，謂租、調及庸，地租，雜税之類。物有頭數，輸有期限，而違不充者，以十分論，一分笞四十。假有當里之内，徵百石物，十斛不充笞四十，每十斛加一等，全違期不入者徒二年。」觀乎此，即知此首「搦你勒」之含義矣。

人生一代间之一　乙一、乙二、乙四、掇瑣、校注、校輯、詩集

人生一代间〔一〕，貧富不覺老。王役逼駈駈〔二〕，走多緩行少〔三〕。他家馬上坐，我身步擎草〔四〕。種得果報緣〔五〕，不須自煩惱。（〇三二一）

乙四至此首「種得果報」止。

【校】

一代间　「代」，原作「伐」，變文集維摩詰經講經文：「子子孫孫，相承相伐。」即「代」寫作「伐」之例。「间」，校輯作「間」。

王役　「役」，詩集作「侵」。

走多緩行少　「緩」，原作「攙」，即「换」字，變文集无常經講經文：「若能改攙（换）由堪處。」乙二作「緣」，乙四作「緩」。按原本「换」爲「緩」之音譌，乙二「緣」則「緩」之形譌，據乙四改。「少」，乙四作「步」。

我身　「身」，校輯作「且」。

自煩惱　「惱」，原作「惱」，碑别字上聲十九皓，唐嵩山陀羅尼經幢「惱」作「惱」。

【注】

〔一〕人生一代間：按高僧傳卷四竺僧度傳載楊苕華贈度詩：「人生一世間，飄忽若過牖。」或即梵志此句所出，避太宗諱，改「世」爲「代」耳。韓愈送李翺：「人生一世間，不自張與弛。」則仍作「世」。齊東野語卷四避諱：「太宗諱世民，唐史凡言世，皆曰代；民，皆曰人。」御覽卷五五四引作「人生一代」。通鑑唐睿宗景雲元年：「王性恬淡，不以代事嬰懷。」胡三省注：「代事即世事，避太宗諱云爾。」

〔二〕駈駈：奔波勞苦貌。變文集破魔變文：「更見老人腰背曲，駈駈猶自爲妻兒。」字亦作「驅驅」，杜甫贈蜀僧閭丘師兄：「漠漠世界黑，驅驅爭奪繁。」

〔三〕走：謂疾趨，與「緩行」相對。

〔四〕步擎草：徒步持草，指充當僕役。「草」即馬料。

〔五〕果報：按佛教因果報應説以種因結果爲喻，謂今生之一切是過去世所種業因之結果，亦是對過去世所作業因之報應，稱爲「果報」。珠林卷七七引大莊嚴論：「若有善業，自然力故，受好業報。雖有國王黨援之力，不如業力所獲果報。」唐臨冥報記序：「過去身作善惡緣，能得果報，應多身受。」變文集醜女緣起：「輕罵聖賢之業，感得果報，元在我大王夫人。」

受報人中生乙一、乙二、掇瑣、校注、校輯、詩集

受報人中生〔一〕，本爲前身罪。今身不修福〔二〕，癡愚膿血袋〔三〕。病困卧著床，慳心猶

不改〔四〕。臨死命欲終，吝財不懺悔。身死妻後嫁，惣將陪新婿。（〇三三）

【校】

人中生　「生」，校輯作「坐」。

修福　「福」，原作「袖」，即「福」字別體。

膿血袋　「袋」，原作「傶」。

猶不改　「猶」，原作「由」，與「猶」通用。

吝財　「吝」，原作「忲」，即「吝」字別體。詩集作「悕」。「財」，校注作「賤」。

【注】

〔一〕報：即「報命」，佛教以今生爲過去生所種業因之報應，故「受報」即謂獲得今生之壽命。

〔二〕修福：指布施、寫經、造像、設齋等獲得來生福報之事。雜寶藏經卷四罽夷羅夫婦自賣設會現獲報緣：「一切世人，欲得免苦，當懃修福，何可縱情懈怠放逸。」變文集妙法蓮華經講經文：「生前不曾修福，死墮阿毗（鼻）地獄。」

〔三〕膿血袋：按二五四首亦有「不淨膿血袋」之語，以「膿血袋」比喻人體穢惡不堪，爲佛教「不淨觀」之觀念，唯佛經多作「革囊」、「皮囊」、「屎囊」等，如法句譬喻經卷四喻愛欲品：「女人之好，但有脂粉，芬薰衆華，沐浴塗香，著衆雜色衣裳，以覆污露，欲以人觀，譬如革囊盛屎，有何可貪。」普曜經卷四出家品：「菩薩遍觀顧視其妻，具見形體：髮爪髓腦，骨齒髑髏，皮膚肌肉，筋脈肪血，心肺肝腎，屎尿涕唾，外是革囊，中有臭處。」佛本行集經卷二八魔怖菩薩品：「腹肚屎尿之囊袋，不淨諸物滿其間。」大智度論卷二一釋初品中九想義：「死尸風熱轉大，裂壞在地，五藏屎尿膿血流出，惡露已現。行者取是壞相以況已身，我亦如是，皆有是物，與此何異。我爲甚惑，爲此屎囊薄皮所誑。」梵志詩〇六一首：「身如破皮袋，盛膿兼裹骨。」二九二首：「五體一身内，蛆虫塞破袋。」三〇四首：「本是尿屎袋，强將脂粉塗。」大覺普慧禪師語録卷二六：「作這般去就底，雖暫拘得箇破皮袋子住，便以爲究竟，而心識紛飛，猶如野馬。」

〔四〕慳心：佛教「六蔽心」之一，謂慳貪蔽心，不行布施。大智度論卷三三：「若起慳心，令布施不清淨。所謂不能以好物施；若與好物，不能多與；若與外物，則不能内施；若能内施，不能盡與。」

愚人癡涳涳之一　乙一、乙二、掇瑣、校注、校輯、詩集

愚人癡涳涳〔一〕，錐刺不轉動〔二〕。身著好衣裳，有錢不解用。貯積留妻兒，死得紙錢送。好去更莫来〔三〕，门前有桃棒〔四〕。（〇三四）

【校】

錐刺　「刺」，原作「剌」。碑别字去聲四寘，魏吳郡王蕭正表墓誌銘「刺」作「剌」。

桃棒　「桃」，詩集作「枷」。

【注】

〔一〕涳涳：愚昧無知貌。梵志詩〇四〇首亦云：「愚人癡涳涳，常守无明塚。」按寒山詩：「嗔嗔買魚肉，擔歸餧妻子，何須殺他命，將來活汝已。」廣韻上平聲一東：「愼，憒也。」則「涳涳」或即是「嗔嗔」、「愼

愪」。詩集作「悾悾」。

〔二〕錐刺不轉動：形容冥頑不靈。寒山詩：「繩牽未肯行，錐刺猶不動。」按御覽卷三八二引崔駰博徒論云：「子觸熱耕芸，背上生鹽，脛如燒椽，皮如領革，錐不能穿。」又卷九〇三引異物志曰：「鬱林大猪，一蹄有四五甲，多膏，賣者以鐵錐刺其頭，入七八寸，得赤肉，乃動。」

〔三〕好去：唐人告别之語，用於留者對行者。杜甫送張二十參軍赴蜀州因呈楊五侍郎：「好去張公子，通家别恨添。」白居易送春歸：「好去今年江上春，明年未死還相見。」竇鞏放魚：「好去長江千萬里，不須辛苦上龍門。」酉陽雜俎前集卷一四諾臯記上：「敬伯辭出。以一刀子贈敬伯曰：『好去，但持此刀，當無水厄矣。』」梵志此詩之「好去」，爲妻兒送别死者魂靈之語。

〔四〕桃棒：桃木杖，鬼所畏者。御覽卷二九引荆楚歲時記：「元日鏤懸葦炭桃棒户上，却癘疫也。」左傳襄公二十九年：「乃使巫以桃茢先祓殯。」孔穎達正義：「茢是帚，蓋桃爲棒也。」亦云「桃棓」。淮南子詮言：「羿死於桃棓。」高誘注：「棓，大杖，以桃木爲之，以擊殺羿。猶是已來，鬼畏桃也。」按鬼畏桃之説，由來甚古。續漢書禮儀志中：「設桃梗、鬱櫑、葦茭畢。」劉昭注引山海經曰：「東海中有度朔山，上有大桃樹，蟠屈三千里，其卑枝門曰東北鬼門，萬鬼出入也。上有二神人，一曰神荼，一曰鬱櫑，主閲領衆鬼之惡害人者，執以葦索，而用食虎。」玉燭寶典卷一引莊子：「斲鷄於户，縣灰於其上，插桃其傍，連灰其下，而鬼畏之。」御覽卷二九引荆楚歲時記：「桃者五行之精，厭伏邪氣，制百鬼。」又卷九六七引典術：「桃者，五木之精也，故厭伏邪氣者也。桃之精生在鬼門，制百鬼，故今作桃人梗，著門以厭邪，此仙木也。」

楚按：唐代民俗以爲新死者若干日内當化「殺」（亦作「煞」）而歸，遇者不祥。如廣記卷三一八彭虎子（出稽神録，明鈔本作出幽明録）：「彭虎子，少壯有膂力，常謂無鬼神。母死，俗巫誡之云：『某日殃煞當還，重有所殺，宜出避之。』合家細弱悉出逃隱，虎子獨留不去。夜中有人排門入，至東西屋，覓人不得，次入屋，向廬室中。虎子遑遽無計，牀頭先有一甕，便入其中，以板蓋頭。覺母在板上，有人問：『板下無人耶？』母云：『無。』相率而去。」又卷三三〇僧儀光（出紀聞）：「青龍寺禪師儀光，行業至高。開元十五年，有朝士妻喪，請之至家修福。師住其家數日，居于廡前，大申供養。俗每人死，謁巫，即言其殺出日，必有妨害，死家多出避之。其夜，朝士家皆出北門潛去，不告師。師但於堂前明燈誦經，忽見有二人侍之。夜將半，忽聞堂中人起，取衣開門聲，有一婦人出堂，便往廚中營食，汲水吹火。師以爲家人，不之怪也。及將曙，婦人進食，捧盤來前，獨帶面衣，徒跣，再拜言曰：『勞師降臨，今家人總出，恐齋粥失時，弟子故起爲師造之。』師知是亡人，乃受其獻。方祝，祝未畢，聞開堂北户聲，婦人惶遽曰：『兒子來矣。』因奔赴堂内，則聞哭。哭畢，家人謁師，問安否。見盤中粥，問師曰：『弟子等夜來寔避殃禍，不令師知，家中無人，此粥誰所造？』師笑不答。堂内青衣驚曰：『亡者夜來尸忽横卧，手有麪汙，足又染泥，何謂也？』師乃指所造粥以示之，其家驚異焉。」又卷三六三韋滂（出原化記）：「嘗於京師暮行，鼓聲向絶，主人尚遠，將求宿，不知何詣。忽見市中一衣冠家移家出宅，子弟欲鏁門。滂求寄宿，主人曰：『此宅鄰家有喪，俗云：妨殺入宅，當損人物。今將家口於側近親故家避之，明日即歸，不可不以奉白也。』韋曰：『但許寄宿，復何害也。殺鬼吾自當之。』……至三更欲盡，忽見一光，如大盤，自空飛下廳北門扉下，照曜如火。滂見尤喜，於闇中引滿射之，一箭正中，爆然有聲，火乃掣掣如動。連射三箭，光色漸微，已不能動。攜弓直往拔箭，光物墮地，滂呼奴取火照之，乃一團肉，四向有眼。眼數開動即光。滂笑曰：『殺鬼之言，果不虚也。』」陔餘叢考卷三二避煞：「喪家避煞之説，俞文豹吹劍録引唐太常博士呂才百忌曆載喪煞損害法，如巳日死者雄煞，四十七日回煞。十三十四歲女，雌煞，出南方第三家，煞白色。男子或姓鄭潘孫陳，至二十日及二十九日兩次回喪家。故世俗相傳，至期必避之。據此，則唐時已有此風。洪容齋夷堅志：董成二郎死而既殮，家人用俚俗法，篩細灰於竈前，欲驗死者所趨。已而見二鵞足跡在灰上，皆疑董已墮入畜類。又侯甸西樵野記：鄉人顧綱卒，煞回適值夜中，其妻設香楮牲饌於靈几，闔中障以彩綺，合門皆隱隣舍，獨留一媪守家。媪見一物，狀如猿而大如犬，據案啖牲，見媪連毆之。媪號呼，家人趨救，已失之矣。」以上對殺鬼的描述雖不盡同，而唐代盛行避殺之風，可以窺見。梵志此詩之「好去更莫来」，即死者妻兒囑死者殺鬼莫來之語，頗有「送瘟神」的意味。下云「門前有桃棒」，則繼之以恐嚇，於死者何太無情耶？洛陽伽藍記卷三菩提寺，記有人發冢，得童子崔涵，死後十二年復蘇，送還其家，父崔暢聞涵至，門前起火，手持刀，母魏氏把桃枝，曰：「汝不須來，吾非汝父，汝非吾子，急手速去，可得無殃。」顔氏家訓風操：「偏傍之書，死有歸煞，子孫逃竄，莫肯在家，畫瓦書符，作諸厭勝。喪出之日，門前然火，户外列灰，祓送家鬼，章斷注連。凡如此比，不近有情。」與伽藍記合而觀之，可見此俗之由來。梵志此詩大旨在破除世人「貯積留妻兒」的觀念，故有此等絶情之語，以令世人於妻兒息意，不復繫念也。

杌杌貪生業乙一、乙二、掇瑣、校注、校輯、詩集

杌杌貪生業〔一〕，憨人合腦癡〔二〕。漫作千年調〔三〕，活得没多時。急手求三寶〔四〕，願入涅槃期〔五〕。杓柄依僧次〔六〕，巡到厥摩师〔七〕。（〇三五）

【校】

杌杌　校輯作「兀兀」。

合腦癡　「腦」，原作「脳」。

涅槃期　「槃」，原作「盤」，據乙二改。

【注】

〔一〕杌杌：同「兀兀」，昏昧貌。史記魏其武安侯列傳：「且帝寧能爲石人邪？」張守節正義：「顔師古云：『言徒有人形耳，不知好惡。』按：今俗云人不辨事，駡云杌杌若木人也。」白居易對酒：「所以劉阮輩，終年昏兀兀。」寒山詩：「大海水無邊，魚龍萬萬千，遞互相食啗，冗冗癡肉團。」「冗冗」亦應作「兀兀」。汾陽無德禪師語録下：「兀兀如癡心自在，騰騰似醉性舒光。」變文集父母恩重經講經文：「昏昏不醉長如醉，兀兀無憂恰似憂。」敦煌變文論文録附維摩碎金：「屼屼地貪於癡欲海，忙忙維（推）入淤泥坑。」「屼屼」亦應作「兀兀」。梵志詩一〇六首：「兀兀身死後，冥冥不自知。」三一三首：「衆生頭兀兀，常住無明窟。」又一五一首：「愚夫癡杌杌，常守无明窟。」「杌杌」同「兀兀」，與此首正同。

生業：此處爲産業之義，宋書謝靈運傳：「靈運因父祖之資，生業甚厚。」廣記卷三四七李佐文（出集異記）：「因棄生業，剪髮于臨湍佛寺，役力誓死焉。」酉陽雜俎續集卷三支諾皐下：「某生業素薄，力且不辨，如何？」

〔二〕合腦癡：形容極其愚笨，參見〇一八首注五。

〔三〕漫：徒然。詩詞曲語辭匯釋卷二：「漫，本爲漫不經心之漫，爲聊且義或胡亂義；轉變而爲徒義或空義。字亦作謾，又作慢。」千年調：見〇一二首注三。

〔四〕急手：見〇〇三首注三。　三寶：謂佛、法、僧。彦琮福田論：「夫云福田者，何耶？三寶之謂也。功成妙智，道登圓覺者，佛也；玄理幽寂，正教精誠者，法也；禁戒守真，威儀出俗者，僧也。皆是四生導首，六趣舟航，高拔天人，重踰金石，譬乎珍寶，劣相擬議。」此云「求三寶」者，以求庇祐也，薩婆多毘尼毘婆沙卷一：「衆生亦爾，繫屬於魔，有生死過罪，歸向三寶，以求救護。若誠心三寶，更無異向，不違佛教，於魔邪惡無如之何。」

〔五〕涅槃：佛教修行所追求的斷除一切煩惱、超脱生死輪迴之彼岸境界。高僧傳卷六釋僧肇傳載肇涅槃論：「經稱有餘無餘涅槃。涅槃，秦言無爲，亦名滅度。無爲者，取乎虚無寂寞，妙絶於有爲；滅度者，言乎大患永滅，超度四流。」變文集廬山遠公話：「涅者是不生之義，不生不滅，即契真如；無去無來，便爲佛性。槃之一字，般運衆生，出於三界，令達彼岸。」佛教亦稱命終爲「涅槃」，敦煌曲校録法體十二時：「釋迦猶自入涅槃，豈有凡夫得長在？」

〔六〕杓：僧徒分發齋粥之舀具。釋門自鏡録卷下唐邛州僧割杓減粥現噉糞穢事：「邛州僧失其名，經作直歲，割杓令小，使僧粥不足。」明鎮澄清涼山志聖姑開化傳：「唯一粥釜，自把杓柄，人無多寡，悉令飽足而去。」僧次：僧徒之座次，以僧臘（僧齡）之多寡決定先後，臘高者在前。梵網經卷下：「若佛子應如法次第坐，先受戒者在前坐，後受戒者在後坐，不問老少比丘比丘尼貴人國王王子乃至黄門奴婢。」唐周賀如空上人移居大雲寺：「夏一作臘高移坐次，菊淺露行蹤。」「夏」即「夏臘」，亦即「僧臘」。上句謂僧臘高則僧次亦移前也。

〔七〕巡：按酒席間依次行酒，周匝一遭爲一巡。游仙窟：「酒巡到下官，飲乃不盡。」此處「巡到」即依次輪到之意。厥摩师：謂死，見〇二九首注一。梵志詩「杓柄依僧次」二句，以僧徒分發齋粥時，依照僧次前後爲序取喻，以言死亡之臨，亦如依次分發齋粥，一旦輪到，無可脱免也。

世间何物貴乙一、乙二、掇瑣、校注、校輯、詩集

世间何物貴？只有我身是〔一〕。不見好出生〔二〕，衣食穀米貴〔三〕。廣貪長命財〔四〕，纏繩短命鬼〔五〕。放頑隣里行〔六〕，元来不怕死〔七〕。（〇三六）

【校】

穀米貴　「貴」，原殘，存下半；乙二作「莫」。掇瑣、校輯作「費」。詩集作「貴（？）」。

纏繩短命鬼　「纏」，原作「纒」，碑別字下平聲一元，隋龍藏寺碑「纏」作「纒」。「短」，原作「矩」。

【注】

〔一〕「世间」二句：後漢書馬融傳：「會羌虜飈起，邊方擾亂，米穀踴貴，自關以西，道殣相望。融既飢困，乃悔而歎息，謂其友人曰：『古人有言：左手據天下之圖，右手刎其喉，愚夫不爲。所以然者，生貴於天下也。今以曲俗咫尺之羞，滅無貲之軀，殆非老莊所謂也。』」按所謂「古人有言」，見於莊子讓王。北史源賀傳：「臣聞人之所寶，莫寶於生命。」龍舒增廣淨土文卷二普勸修持一：「且人有百斤之金，猝有大難，不能負挈以行，必捨而去之。若抱金而與之俱死，世必謂之大愚。是皆知此身重於百斤之金也。」即此二句之意。

〔二〕好出生：疑當作「好處生」，謂投生於富貴安樂之處。參見〇〇三首注五。

〔三〕穀米貴：謂饑饉。佛說五百弟子自說本起經：「時國穀米貴，飢餓大恐懼。」

〔四〕長命財：謂可供長命百歲乃至更久長所須之財富，含義與「千年調」類似，皆寓諷刺之意。梵志詩二一六

五首：「廣貪長命財，身當短命死。」

〔五〕纏繩：古代裝殮死者，或有纏之以繩者。續高僧傳卷二九釋普安傳：「有程郭村程暉和者，頗懷信向，恒來安所，聽受法要。因患身死，已經兩宿，纏屍於地，伺欲棺殮。安時先往鄠縣，返還在道，行達西南之德行寺，東去暉村五里，遥喚：『程暉和，何爲不見迎耶？』連喚不已。田人告曰：『和久死矣，無由迎也。』安曰：『斯乃浪語，吾不信也。』尋至其村，厲聲大喚，和遂動身，旁親乃割所纏繩令斷。安入其庭，又大喚之，和即屈起，匍匐就安。」

〔六〕放頑：刁頑愚鈍，不聽勸諫。王建初授太府丞言懷：「病童喚著唯行慢，老馬鞭多轉放頑。」

〔七〕元來：即原來。顧炎武日知録卷三二元：「元者，本也。本官曰元官，本籍曰元籍，本來曰元來，唐宋人多此語。後人以『原』字代之，不知何解。……或以爲洪武中臣下有稱元任官者，嫌於元朝之官，故改此字。」清王應奎柳南隨筆卷三：「明太祖既登極，避勝朝國號，遂以元年爲原年。民間相傳如此，而史書不載。」因知「元來」後世作「原來」者，明人避嫌所改也。

世间慵懶人乙一、乙二、掇瑣、校注、校輯、詩集

世间慵懶人〔一〕，五分向有二〔二〕。例著一草衫〔三〕，兩膊成山字〔四〕。出語觜頭高〔五〕。詐作達官子〔六〕。草舍元無床，無氈復無被。他家人定卧〔七〕，日西展脚睡。諸人五更走〔八〕，日高未肯起。朝庭數十人〔九〕，平章共博戲〔一〇〕。菜粥喫一椀〔一一〕，街頭闊立地〔一二〕。逢人若共語，荒說天下事〔一三〕。喚女作家生〔一四〕，將兒作奴使。妻即赤

體行，尋常飢欲死。一羣病癩賊〔一五〕，却搦父母恥〔一六〕。日月甚寬恩，不照五逆鬼〔一七〕。（〇三七）

校輯析此首爲世間慵懶人及朝庭數十人兩首。

【校】

觜頭高　「觜」，校輯作「嘴」。按「觜」通「嘴」。南齊書劉休傳：「覆背騰其喉脣，武人厲其觜吻。」寒山詩：「蚊子叮鐵牛，無渠下觜處。」

元無床　「元」，校輯作「原」，參見上首注七。

五更走　「五」，詩集作「丙」。

朝庭　「庭」，原作「迋」，碑別字下平聲九青，魏孫秋生造像記「庭」作「迋」。「十」，原作「千」，從校輯所改。

喫一枚　「枚」，乙二作「盔」，同，參見注一一。

阔立地　「阔」，校輯作「闊」。

荒説　「荒」，校輯作「謊」，參見注一三。

病癩賊　「癩」，原作「賴」，乙二、詩集作「来」，校輯改作「懶」。按原本「賴」是「癩」字誤脱偏旁，乙二「来」是「癩」的音訛，參見注一五。

却搦　「搦」，詩集作「愵」。

寬恩　「寬」，原作「寛」，碑別字上平聲十四寒，魏司馬景和妻墓誌銘「寬」作「寛」。

【注】

〔一〕慵懶：懶惰。寒山詩：「一生慵懶作，憎重只便輕。」

〔二〕五分向有二：將近五分之二，言其多也。

〔三〕草衫：粗惡衣衫，義同「草衣」，見〇〇六首注六。

〔四〕兩膊成山字：按隋唐嘉話中：「太宗宴近臣，戲以嘲謔。趙公無忌嘲歐陽率更曰：『聳髆成山字，埋肩不出頭。誰家麟閣上，畫此一獼猴？』」

〔五〕觜頭：嘴巴。變文集鷰子賦：「高聲定無理，不假觜頭喧。」又：「雀兒語鷰子，不由君事觜頭！」又：「如欲還君窟，且定觜頭聲。」亦作「嘴頭」。朝野僉載卷二：「尚書右丞陸餘慶轉洛州長史，其子嘲之曰：『陸餘慶，筆頭無力嘴頭硬。一朝受詞訟，十日判不竟。』」

〔六〕詐作達官子：按廣記卷一七六李勣（出朝野僉載）：「浮休子曰：宇文朝，華州刺史王羆，有客裂餅緣者，羆曰：『此餅大用功力，然後入口，公裂之，只是未饑，且擎却。』客愕然。又臺使致羆食飯，使人割瓜皮大厚，投地。羆就地拾起以食之，使人極悚息。今輕薄少年裂餅緣、割瓜侵瓤，以爲達官兒郎，通人之所不爲也。」所譏即此種假擺闊氣，冒充達官子的輕薄風氣。

〔七〕人定：十二時之一，指夜深人靜之時。陔餘叢考卷三四一日十二時始於漢：「杜預注左傳卜楚邱『十時』之語，則曰夜半，曰鷄鳴，曰平旦，曰日出，曰食時，曰隅中，曰日中，曰日昳，曰晡時，曰日入，曰黄昏，曰人定。是雖不立十二支之目，亦已分十二時，而非十時矣。蓋曆家記載已用十二支，而民俗猶以夜半、鷄鳴等爲候也。」按敦煌曲校録所載十二時曲多首，正以此等名目爲候。玉臺新詠卷一古詩爲焦仲卿妻作：「淹淹黄昏後，寂寂人定初。」蓋漢末已有「黄昏」、「人定」之類名目矣。

〔八〕諸人：别人。寒山詩：「一選嘉名喧宇宙，五言詩句越諸人。」歷代法寶記：「擔蔴人伴，轉逢銀所，一人捨蔴取銀，餘人言：我擔蔴已定，終不能棄蔴取銀。又至金所，棄銀取金，諸人云：我擔蔴已定，我終不棄蔴取金。」前云「餘人」，後云「諸人」，知「諸人」即「餘人」也。五燈會元卷一二興化紹清禪師：「既是山僧之母，爲甚麽却煩諸人燒香？不見道『東家人死，西家人助哀』。」變文集廬山遠公話：「若覓諸人，實當不是；若覓遠公，只這賤奴便是。」又：「若是諸人，即怕你道安；是他善慶，阿誰怕你！」梵志詩一七一首：「諸人未下筯，不得在前椅。」

〔九〕朝庭：朋友。變文集唐太宗入冥記：「皇帝緣心□□，便問催（崔）子玉：『卿與李乹風爲知己朝庭否？』催子玉□□（答曰）：『臣與李乹風爲朝庭。』帝曰：『卿既與李乹風爲□□（知己）朝庭，情分如何？』子玉曰：『臣與李乹風爲朝廷已來，□□管鮑。』」又鷰子賦：「百姚（伯桃）憶朝廷，哽咽淚交連。」梵志詩二九〇首：「朝庭来相過，設食因盃酌。四海同追遊，五郡爲歡樂。」以上「朝庭」、「朝廷」皆是朋友之義。蔣禮鴻曰：「『朝廷』本指處所，而用來指同朝的朋友，這和古人稱同鄉人爲『鄉里』，現代語裏稱『街坊』、『鄰居』是同樣的道理，都是詞義的轉移。本來指同朝的朋友，後來爽性連同朝廷這個條件也取消了，就用來指一般的朋友，變文中的催子玉、羊角哀都没在朝過，而也以他們的朋友爲朝廷，這又是詞義的擴大。」敦煌變文字義通釋第一篇朝庭、朝廷。

〔一〇〕平章：議論，商量。北史李彪傳：「及彪官位升達，參與言宴，聞彪平章古今，商略人物，興言於侍筵之次，啓論於衆英之中。」歷代法寶記：「淨泉、寧國兩寺小金師、張大師聞請無住和上，惶怖無計，與諸律師平章，擬作魔事。」變文集鷰子賦：「仲春二月，雙鷰翱翔，欲造宅舍，夫妻平章。」博戲：賭博。

史記貨殖列傳：「博戲馳逐，鬭鷄走狗，作色相矜，必爭勝者，重失負也。」又：「博戲，惡業也，而桓發用富。」論衡刺孟：「博戲者，尚有相奪錢財，錢財衆多，已亦得食。」按「戲」亦謂賭博。世說新語任誕：「桓宣武少家貧，戲大輸，債主敦求甚切，思自振之方，莫知所出。陳郡袁耽俊邁多能，宣武欲求救於耽，耽時居艱，恐致疑，試以告焉。應聲便許，略無慊吝。遂變服懷布帽隨温去，與債主戲。耽素有藝名，債主就局曰：『汝故當不辦作袁彦道邪？』遂共戲。十萬一擲，直上百萬數。投馬絶叫，傍若無人，探布帽擲對人曰：『汝竟識袁彦道不？』」「戲」即指以摴蒱爲賭博也。

〔一一〕柡：字書不載此字，乙二作「盔」，同。亦猶「盃」字可从木作「杯」，則「盔」字自可从木作「柡」。玉篇：「盔，鉢也。」

〔一二〕闊立地：叉開兩腿站着。敦煌本啟顔録：「動箭即於高座前褰衣闊立，問僧曰：『看弟子有幾箇脚？』」（參用黃征説）「地」是用在動詞後的助詞，猶云「着」。

〔一三〕荒説：亂説，義同「荒語」、「荒言」。三國志魏志曹爽傳裴注引魏末傳：「宣王乃復陽爲昏謬，曰：『君到并州，努力自愛！』錯亂其辭，狀如荒語。」變文集鷰子賦：「向我宅裏坐，却捉主人欺；如今見我索，荒語説官司。」又維摩詰經講經文：「有此身，便有病，荒語心迷猶惜命。」何光遠鑑誡録卷一〇高僧諭：「旬日之間，得疾頗異，不録人事，口但荒言。」按「荒」即昏謬錯亂之義，薩婆多毗尼毗婆沙卷七：「有一長者，唯有一子甚愛，象所蹈殺，父即荒迷，狂行東西。佛以神力化作其兒，使令見之，荒心即除。」「荒言」亦作「慌言」。宋高僧傳卷一一唐洛京伏牛山自在傳：「俄未浹旬，得疾頗異，口但慌言。已而三宿而穌，述冥間之事。」

〔一四〕家生：家奴之子女曰家生奴或家生婢，簡稱爲家生。漢書陳勝傳「免驪山徒人奴産子」，顔師古注：

「猶今人云家生奴也。」搜神記卷一九：「共求請人家生婢子，兼有罪家女養之，至八月朝祭，送蛇穴口。」盧仝觀放魚歌：「刺史勑左右兼小家一本有生字奴。」楚按有「生」字是。白居易南園試小樂：「紅萼紫房皆手植，蒼頭碧玉盡家生。」廣記卷三二五郭慶之（出述異記）：「盧陵人郭慶之，有家生婢，名採薇，年少有色。」斯坦因劫經録二一九九尼靈惠唯書：「靈惠只有家生婢子一名威娘，留與姪女潘娘。」變文集捉季布傳文：「兀髮剪頭披短褐，假作家生一賤人。」又廬山遠公話：「阿郎不賣，万事絶言；若要賣之，但作家生厮賣，即無契卷（券）。」又佛説阿彌陀經講經文：「拔悉密則元是家生，黠戛私（斯）則本來奴婢。」

〔一五〕癩：即麻風病，佛經及俗書中多以「病癩」爲作惡之報應。佛説罪業應報教化地獄經：「第二復有衆生，身體頑痺，眉鬚墮落，舉身洪爛，鳥栖鹿宿，人跡永絶，沾污親族，人不喜見，名之癩病。何罪所致？佛言：以前世時不信三尊，不孝父母，破壞塔寺，剥脱道人，斬射賢聖，傷害師長，常無返復，背恩忘義，常行苟且，婬匿尊卑，無所忌諱，故獲斯罪。」冥報記卷下：「武德中，臨邛人姓韋，與一婦人言誓，期不相負。累年失寵愛，婦人怨恨。韋懼其及己，因縊殺之。數日，韋身痒，因發癩而死。」廣記卷一一六郭祖深（出辨正論）：「梁人郭祖深，上梁武一十八條事，請廢郭内小寺及無業僧尼，梁武不納。後夢見神唾之，遂病癩，雖悔不差。」又唐文伯（出冥祥記）：「村中有寺，經過人或以錢上佛，弟屢竊取。後病癩，卜者云：祟由盜佛錢。」變文集鷰子賦：「只如你釘（疔）瘡病癩，埋却你屍腔！」

〔一六〕搦：捉，此處相當於介詞「把」。

〔一七〕五逆鬼：不孝鬼。按「五逆」本指五種大逆不道之罪：弑君及弑父、母、祖父、祖母，佛經則以殺父及母、阿羅漢，破壞聲聞和合僧，出佛身血爲「五逆」（見佛説十輪經）。而民間則往往以「五逆」專指不孝，這是詞義的縮小。如變文集父母恩重經講經文:「慈母德,卒難裁,萬論千經贊莫偕。自是女男多五逆,等閑逃走不歸迴。」又:「不思十月懷胎苦,不念三年乳哺恩,佛道如斯五逆者,无因得見法輪王。」又地獄變文:「五逆向耶孃,萬般惡業累。」又故圓鑒大師二十四孝押座文:「孝慈必感天宮福,五逆能招地獄殃。」又破魔變文:「於是魔王既覩下界,又不見五逆之男,又不見孝順之子。」又孝子傳:「天具(見)不孝,降雷霹靂至死。又書背上曰:『向生妻五逆,天雷霹靂打煞。』」皆以「五逆」專指不孝。劉勰滅惑論所引道教三破論中,即有「五逆不孝」之語,則六朝已有如此用法矣。

家中漸漸貧乙一、乙二、乙三,掇瑣、校注、校輯、詩集

家中漸漸貧,良由慵懶婦〔一〕。長頭愛床坐〔二〕,飽喫没娑肚〔三〕。頻年勲生兒,不肯收家具〔四〕。飲酒五夫敵〔五〕,不解縫衫袴。事當好衣裳〔六〕,得便走出去〔七〕。不要男爲伴,心裏恒攀慕〔八〕。東家能涅舌〔九〕,西家好合鬭〔一〇〕。兩家既不和,角眼相蛆妒〔一一〕。别覓好時對〔一二〕,趂却莫交住〔一三〕。(〇三八)

乙二本至「飲酒」止,乙三本自「五夫敵」起,兩本適相接,驗之字跡,知兩本實爲一卷,被誤析爲斯五四四一(乙二本)及斯五六四一(乙三本)兩卷。斯五六四一且有錯簡,亦由於誤黏之故。詩集以此首與下首併爲一首。

【校】

愛床坐　「床」,原塗去,據乙二補。校輯作「牀」。

不解　「解」，原作「觧」，碑別字上聲九蟹，魏解伯達造象記「解」作「觧」。乙二作「觧」。

攀慕　「慕」原作「墓」，據乙三改。

合鬬　「鬬」，原作「鬪」，即俗「鬬」字。

蛆妒　原作「蛆姑」，校輯作「蛆蛄」，詩集作「齟齬」。按「蛆」同「蛆」，从虿字與从虫字同。「姑」即「妒」字別體，碑別字去聲七遇，周强獨樂造象「妒」作「妬」，稍加變異却爲「姑」矣。參見注一一。

好時對　「對」，原作「菿」。亦寫作「葑」，參見王梵志詩集序校記。

【注】

〔一〕「家中」二句：按李義山雜纂須貧：「家有懶婦。」知此類説法亦屬唐人習語。

〔二〕長頭：長時，久久。王建織錦曲：「大女身爲織錦户，名在縣家供進簿，長頭起樣呈作官，聞到官家中苦難。」補全唐詩樊鑄及第後讀書院詠物十首上禮部李侍郎□□：「物情黐覆難可論，莫言權勢長頭存。」梵志詩二六二首：「長頭飢欲死，肚似破窮坑。」二六一首：「只願長頭醉，作伴喚劉伶。」二七二首：「身上無衣著，長頭草裹跨。」

〔三〕没娑：同「摩娑」，撫摩。釋名釋姿容：「摩娑，猶末殺也，手上下之言也。」清王先謙曰：「今人讀末殺爲平聲，乃摩撫之意，其音則爲摩娑，知聲義通轉也。」楚按「没」字輔音韻尾弱化，即讀如「摩」，故禪宗文獻中，「這麽」或寫作「只没」、「只摩」，「什麽」或寫作「什没」、「甚没」及「什摩」、「甚摩」，即是其證。因此「没娑」即是「摩娑」，亦作「摩挲」。漢書蒯子訓傳：「後人復於長安東霸城見之，與一老人共摩挲銅人。」搜神記卷一載此事作「摩娑」。樂府詩集卷二五瑯琊王歌辭：「新買五尺刀，懸著中梁柱。一日三摩娑，劇於十五女。」白居易新秋喜涼因寄兵部楊侍郎：「睡足一屈伸，搔首摩娑面。」

〔四〕家具：家用什物。齊民要術卷五種槐柳楸梓梧柞：「凡爲家具者，前件木皆所宜種。」孟郊借車：「借車載家具，家具少於車。」廣記卷二〇四文宗(出盧氏雜説)：「時法師文漵爲入内大德，一日得罪流之，弟子入内收拾院中籍入家具輩，猶作法師講聲。」

〔五〕五夫敵：抵得上五個男子漢。廣記卷二七唐若山(出仙傳拾遺)：「雖瘦削老叟，而所食敵三四人。」

〔六〕事當：務須，見〇一二首注二。

〔七〕得便：遇上機會。三國志蜀志諸葛亮傳裴注：「曹公遣刺客見劉備，方得交接，開論伐魏形勢，甚合備計。稍欲親近，刺者尚未得便會，既而亮入，魏客神色失措。」韓愈酬司門盧四兄雲夫院長望秋作：「歸來得便即游覽，暫似壯馬脱重銜。」

〔八〕攀慕：形容非常思念。庾信周大將軍上開府廣饒公鄭常墓誌銘：「吏人攀慕，飛走變色，河濟輟舂，淮沂罷市。」敦煌遺書伯三七一六新集書儀弔父母：「罪逆深重，不自死滅，攀慕號擗，不勝摧絶。」

〔九〕涅舌：饒舌，説長道短。元雜劇中多作「捏舌」，如李文蔚燕青博魚第三折：「把脚擡得輕些兒，不要走的響了，着人聽見又捏舌也。」無名氏合同文字第三折：「這廝故意地來捏舌，待詐騙咱的家私哩。」又作「捏舌頭」，如無名氏爭報恩第二折：「每日則捏舌頭説別人，今日可是你，還不羞死了！」

〔一〇〕合鬭：爭鬭。後漢書吕布傳：「布屯沛城外，遣人招備，并請靈等共饗飲。布謂靈曰：『玄德，布弟也，爲諸君所困，故來救之。布性不喜合鬭，但喜解鬭耳。』」按爭鬭雙方相交曰「合」，「合鬭」爲同義連文。變文集齖䶗書：「夫齖䶗新婦者，本自天生，鬪唇閤舌，務在喧(喧)爭。」「閤」即「合」，與「鬪」同義對舉。

〔一一〕角眼：瞪眼怒目。諸經要集卷一〇忍辱篇述意緣：「豈容微有觸惱，大生瞋恨，乃至角眼相看，惡聲厲色，遂加杖木，結恨成怨。」亦作「角目」。後漢支婁迦讖譯雜譬喻經：「時魔波旬見其精進，便化作水牛，在比丘前鳴鼻角目，以欲觸之。」過去現在因果經卷三：「是諸魔衆，互相催切，各盡威力，摧破菩薩，或角目切齒，或横飛亂擲，菩薩觀之，如童子戲。」諸經要集卷一〇六度部布施第一述意緣：「但爲貪生，恒擾不活，遂致妻兒角目，兄弟鬩牆，眷屬乖離，親朋隔絶。」亦作「角睛」。梵志詩〇四四首：「養大長成人，角睛難共語。」文選卷二張衡西京賦：「及其猛毅髬髵，隅目高匡。」薛綜注：「隅目，角眼視也。高匡，深瞳子也。皆謂猛獸作怒可畏者。」按「角」即斜義。文選卷九潘岳射雉賦：「奮勁骹以角槎，瞵悍目以旁睞。」徐爰注：「角，邪也。」「邪」同「斜」。然則「角眼」即斜眼。何以有怒目之義？蓋此處所云「角眼」，並非一般斜眼，而是指雙瞳内斜，即俗所云鬭雞眼，其爲兇狠爭鬭之貌可以想見。今日寺院所塑怒目金剛，往往有作鬭雞眼者，即是「角眼」也。　蛆妒：嫉妒。「蛆」通「怚」，亦妒之義。

〔一二〕時對：配偶。「時」疑當作「室」，妻室之義。禮記曲禮上：「三十曰壯，有室。」鄭玄注：「有室，有妻也；妻稱室。」晉書阮脩傳：「脩居貧，年四十餘未有室，王敦等斂錢爲婚。」唐國史補卷下：「薛兼訓爲江東節制，乃募軍中未有室者，厚給貨幣，密令北地娶織婦以歸。」又「對」亦配偶之義。後漢書梁鴻傳：「擇對不嫁，年至三十。」廣記卷三一八甄沖（出幽明録）：「僕妹年少，且令色少雙，必欲得佳對，云何見拒。」斯坦因劫經録六五三七二放妻書：「夫覓上對，千世同歡。」此詩「別覓好時對」即「夫覓上對」之意。

〔一三〕趂却：趕走。「趂」同「趁」，「却」是用在動詞之後表示完成的語助詞。集韻上聲二十七銑：「蹨，乃殄切，蹈也，逐也。或作跈、趁。」明李實蜀語：「趕曰蹍。〇趕上前人曰蹍上，趕鷄曰蹍鷄。」按此字即是後世俗語「攆」字，又歧出追趕與驅趕二義，此處爲驅趕之義。酉陽雜俎前集卷一二：「英公嘗獵，命敬業入林趁獸。」變文集廬山遠公話：「就高座上拽下決了，趁出寺門。」寒山詩：「家狗趁不去，野鹿常好走。」又：「昨宵始趁却，今日又纏身。」又：「羅漢門前乞，趁却閑和尚。」「趁却」用法與此詩相同。以上「趁」、「趂」皆爲驅趕之義。　交：通「教」，「莫教住」即不許停留。

用錢索新婦乙一、乙三、掇瑣、校注、校輯、詩集

用錢索新婦〔一〕，當家有新故〔二〕。兒替阿耶来〔三〕，新婦替家母〔四〕。替人既到来〔五〕，條録相分付〔六〕。新婦知家事〔七〕，兒郎承门户〔八〕。好衣我須著，好食入我肚。我老妻亦老，替代不得住。語你夫妻道：我死還到汝〔九〕。（〇三九）

【校】

索新婦　「索」原作「素」，見〇〇五首校記。

既到來　「到」，原作「倒」，據乙三改。

條録　「條」，原作「條」，碑別字下平聲二蕭，魏吴郡王蕭正表墓誌銘「條」作「條」。

承门户　「承」，原作「氶」，乙三作「丞」。按「丞」與「承」通用，如史記張湯傳：「於是丞上指，請造白金及五銖錢。」則原本「氶」亦應作「承」。

替代　「代」，原作「伐」，參見〇三二首校記。

【注】

〔一〕索：娶。宋趙與時賓退録卷九：「俚俗謂娶妻爲索妻，亦有所本。三國志吕布傳云：『袁術欲結布爲

援，乃爲子索布女。』闞羽傳云：『孫權遣使者爲子索羽女。』又隋書太子勇傳載獨孤后曰：『爲伊索得元家女。』」盧仝感古四首之四：「聽我暫話會稽朱太守，正受凍餓時，索得人家貴傲婦。」元稹箏：「死恨相如新索婦，枉將心力爲他狂。」廣記卷二六二不識鏡（出笑林）：「有民妻不識鏡，夫市之而歸。妻取照之，驚告其母曰：『某郎又索一婦歸也。』其母亦照曰：『又領親家母來也。』」五燈會元卷一二百丈惟政禪師：「巖頭和尚用三文錢索得箇妻，祇解撈鰕摝蜆，要且不解生男育女。」變文集不知名變文：「自家早是貧困，日受飢恓，更不料量，須索新婦，一處作活。」　新婦：有新娘及息婦二義。戰國策衛策：「魏人迎新婦。」玉臺新詠卷一古詩爲焦仲卿妻作：「其夜牛馬嘶，新婦入青廬。」世說新語假譎：「魏武少時，嘗與袁紹好爲游俠。觀人新婚，因潛入園中，夜叫呼云：『有偷兒賊！』青廬中人皆出觀，魏武乃入，抽刃劫新婦。」以上爲新娘之義。後漢書何進傳：「張讓子婦，太后之妹也。讓向子婦叩頭曰：『老臣得罪，當與新婦俱歸私門。』」又列女周郁妻傳：「沛郡周郁妻者，同郡趙孝女也，字阿。……郁父偉謂阿曰：『新婦賢者女，當以道匡夫。郁之不改，新婦過也。』」酉陽雜俎續集卷二支諾皋中，載有女子就王申家求水，「王申大驚異，妻尤愛之，乃戲曰：『妹既無極親，能爲我家作新婦子乎？』女笑曰：『身既無託，願執粗井竈。』王申即日賃衣貰禮爲新婦。……及夜半，王申妻夢其子披髮訴曰：『被食將盡矣！』驚欲省其子，王申怒之：『老人得好新婦，喜極囈言耶？』妻還睡，復夢如初。申與妻秉燭呼其子及新婦，悉不復應。」廣記卷一四七裴伷先（出紀聞），載伷先對武則天曰：「且陛下先帝皇后，李家新婦。」以上爲息婦之義。此二義施之此詩，皆無不可。蓋爲子索婦，故爲子婦之義；又其時初入門，故亦爲新娘之義。

〔一一〕當家：主持家計。韓非子六反：「夫當家之愛子，財貨足用。」史記秦始皇本紀：「百姓當家則力農工，士則學習法令辟禁。」敦煌曲校録女人百歲篇：「四十當家主計深，三男五女惱人心。」新故：新舊，寓有「代謝」、「交替」之意。初學記卷二一引蔡邕筆賦：「新故代謝，四時次也。」孫綽蘭亭集後序：「往復推移，新故互換，今日之迹，明復陳矣。」北史于忠傳：「忠自謂新故之際，有安社稷功，諷百官令加己賞。」補全唐詩劉希夷北邙篇：「南橋昏曉人萬萬，北邙新故塚千千。」元稹酬樂天赴江州路上見寄三首之二：「風塵同古今，人世勞新故。」

〔三〕阿耶：即阿爺。古文苑卷九木蘭詩：「阿耶無大兒，木蘭無長兄。」注：「耶，以遮切，今作爺，俗呼父爲爺。」梵志詩二七九首：「阿耶替役身，阿孃氣病死。」

〔四〕家母：母親。賓退録卷四：「今南北風俗，稱其祖及父母莫不加『家』字。」顔氏家訓風操：「陳思王稱其父爲『家父』，母爲『家母』。」按指曹植叙愁賦序：「家母見二弟愁，故令予作賦。」

〔五〕替人：繼任者。唐律疏議卷九：「依令，之官各有裝束程限。限滿不赴，一日笞十，十日加一等，罪止徒一年。其替人已到，淹留不還，凖不赴任之例，罪減二等。」廣記卷二一七路生：「補闕王晃，七月内訪卜於路生。路曰：『九月當入省，官有禮字。』時禮部員外陶翰在座，乃曰：『公即是僕替人。』九月，陶病請假，勅除王禮部員外。」新唐書杜審言傳：「初，審言病甚，宋之問、武平一等省候何如，答曰：『甚爲造化小兒相苦，尚何言！然吾在，久壓公等，今且死，固大慰，但恨不見替人。』」唐會要卷六九縣令：「臣近巡按諸州，多有考秩向終，替人未到，請假便去。」

〔六〕分付：交付。清翟灝通俗編卷一七分付：「漢書原涉傳：『具記衣被棺木，下至飯含之物，分付諸客，諸客奔走市買。』按：此言分别委付，以其客有多人故也。三國志鮮卑傳：『軻比能每鈔略財物，均平分付，終無所私。』義尤顯白。後人只當一『付』字用，雖只一人，亦謂之『分付』。白居易題文集櫃詩：

『只應分付汝，留與外孫傳。』韓偓詩：『分付春風與玉兒。』蓋已然矣。」此外如顧況梁廣畫花歌：「紫書分付與青鳥，卻向人間求好花。」變文集漢將王陵變：「皇帝造戰書已了，封在匣中，分付盧綰。」

〔七〕知家事：操持家務。南齊書荀伯玉傳：「令伯玉看宅知家事。」根本説一切有部毘奈耶卷三五：「時彼長者，求妻不得，躬自營勞，檢校家事。後於異時，有舊知識，來至其家，見其作務，告曰：『仁何所爲？』答曰：『我營家事。』彼便告曰：『何意仁今自知家務。』」「知家務」即「知家事」也。

〔八〕兒郎：年輕的兒子。杜甫奉先劉少府新畫山水障歌：「自有兩兒郎，揮灑亦莫比。大兒聰明到，能添老樹巔崖裏。小兒心孔開，貌得山僧及童子。」敦煌掇瑣七四婚事程式各種：「兒郎於堂前北面辭父母。」敦煌本太公家教：「若得飲食，慎莫先嘗，饗其祖宗，始到耶娘，次霑兄弟，後及兒郎。」變文集董永變文：「此者便是董仲母，此時修(羞)見小兒郎。」 承门户：承當家庭重責，亦云「當門户」、「持門户」。傅玄苦相篇：「男兒當門户，墮地自生神。」張籍築城詞：「家家養男當門户，今日作君城下土。」玉臺新詠卷一隴西行：「健婦持門户，勝一大丈夫。」按敦煌曲校録十二時：「欲無口業免人嫌，兒大鑰匙分付與。」亦可見古人兒大須當門户之觀念。

〔九〕到：輪到。朝野僉載卷二：「御史非常任，參軍不久居，待君遷轉後，此職還到余。」大唐新語詼佞：「若食逆者心肝而爲忠者，則藺之心肝當爲太子諸王所食，豈到汝乎？」五燈會元卷一五天王永平禪師：「指揮使未到你在。」梵志詩一三四首：「我見那漢死，肚裏熱如火。不是惜那漢，恐畏還到我。」

愚人癡涳涳之二　乙一、乙三、掇瑣、校注、校輯、詩集

愚人癡涳涳〔一〕，常守无明塚〔二〕。飄入闊海中〔三〕，出頭兼没頂。手擎金玉行，不解隨身用。昏昏消好日，頑皮不轉動〔四〕。廣貪世间樂〔五〕，故故招枷棒〔六〕。罪根漸漸深，命絶何人送？積金作寶山，氣絶誰將用〔七〕。（〇四〇）

校輯移此首於杌杌貪生業（本書〇三五首）之前。

【校】

没頂　「頂」，校注作「項」。

頑皮　「皮」，詩集作「疲」。

【注】

〔一〕涳涳：昏昧貌，見〇三四首注一。

〔二〕无明：佛教「三毒」之一，亦譯「癡」或「愚癡」，指對佛法了無信解。大乘義章卷四：「言無明者，癡闇之心，體無慧明，故曰無明。」「无明塚」比喻凡夫之軀體，參見一五一首注二。

〔三〕闊海：指苦海，以其寬闊無邊，故稱「闊海」。參見〇一一首注六。

〔四〕頑皮：形容冥頑不靈。按「頑皮」本義爲厚皮。永樂大典戲文張協狀元第二四出：「（丑）第二，蚊蟲咬，虱咬，都奈何自家不得。（末）如何？（丑）禄子一身都是頑皮。」「禄子」雙關「鹿子」，「頑皮」即是厚皮。引申而爲不知羞慚及冥頑不靈二義。變文集降魔變文：「六師既兩度不如，神情漸加羞恧，强將頑皮之面，衆裏化出水池。」此是不知羞慚之義。寒山詩：「下士鈍暗癡，頑皮最難裂。」傳燈録卷三〇永嘉真覺禪師證道歌：「師子吼，無畏説，深嗟懵懂頑皮靼音折，只知犯重障菩提，不見如來開秘訣。」此是冥頑不靈之義。廣記卷二五七皮日休（出皮日休文集），載皮作詠龜詩譏歸仁紹曰：「硬骨殘形知幾秋，屍骸終不是風流。頑皮死後鑽須遍，都爲平生不出頭。」「頑皮」指龜的硬甲，又影射歸（諧音龜）的冥頑不靈。梵志詩的「頑皮」即此義也。

〔五〕世间：佛教稱世俗塵界爲「世間」，以與「出世間」相對。唐窺基成唯識論述記卷一：「言世間者，可毁壞故，有對治故，隱真理故，名之爲世。墮世中故，名爲世間。」變文集金剛般若波羅蜜經講經文：「是人因世間持經，獲出世間果。」梵志詩一三二首：「隨緣適世間，自得恣情樂。」大智度論卷一九：「若世間樂，顛倒因緣故苦。」

〔六〕故故：故意，特地。梁元帝金樓子捷對：「四海習鑿齒，故故來看你。」薛能春日使府寓懷二首之一：「青春背我堂堂去，白髮欺人故故生。」梵志詩之「故故」則爲明知而不避之意。招枷棒：指墮地獄，參見〇〇八首注八。

〔七〕氣絶：命終。後漢書梁商傳：「氣絶之後，載至冢舍，即時殯斂。」顔氏家訓終制：「吾今羈旅，身若浮雲，竟未知何鄉是吾葬地；唯當氣絶便埋之耳。」

一種同翁兒乙一、乙三、掇瑣、校注、校輯、詩集

一種同翁兒〔一〕，一種同母女。無愛亦无憎，非關後父母〔二〕。若箇与好言〔三〕，若箇与惡語。耶娘無偏頗，何須怨父母。男女孝心我〔四〕，我亦無別肚〔五〕。（〇四一）

詩集以此首與〇四二、〇四三首併爲一首

【校】

亦无憎　原作「亦无增增」，蓋原誤「憎」作「增」，補書一字，又誤作「增」。

非關後父母　「關」，原作「閞」，即「開」俗簡字，同「關」。碑別字上平聲十五删，魏皇甫驎墓誌「關」作「開」。「後」，詩集作「候」。

若箇与好言　乙三脱此句。

耶娘　「娘」，乙三、校輯作「孃」。

怨父母　「怨」，原作「惌」，按唐人書「夗」多从「歹」，碑別字去聲十四願，董美人墓誌銘「怨」作「惌」，宋本御覽卷九三九引異物記：「云是懶婦，惌勤自投。」

【注】

〔一〕一種：同樣，見〇二三首注四。　翁：父，見〇〇九首注二。

〔二〕非關：不是，不由。王績過酒家：「此日長昏飲，非關養性靈。」宋之問燕巢翠幕：「非關憐翠幕，不是厭朱樓。」包何送王汶宰江陰：「止酒非關病，援琴不在聲。」

〔三〕若箇：哪個。王績在京思故園見鄉人問：「衰宗多弟姪，若箇賞池臺？」盧照鄰行路難：「若箇遊人不競攀？若箇娼家不來折？」岑參燉煌太守後庭歌：「醉坐藏鉤紅燭前，不知鉤在若箇邊。」敦煌曲校録五更轉閨思：「二更孤帳理秦箏，若個弦中無怨聲？」淨覺楞伽師資記：「又將火箸，一長一短並着，問若箇長，若箇短。」

〔四〕男女：兒女。三國志魏志高柔傳：「護軍營士竇禮近出不還，營以爲亡，表言逐捕，没其妻盈及男女爲官奴婢。」傳燈録卷二九香嚴襲燈大師智閑破法身見頌：「向上無父孃，向下無男女，獨自一箇身，切須了却去。」變文集父母恩重經講經文：「忽然男女病纏身，父母憂煎心欲碎。」

〔五〕別肚：兩樣心腸，謂有偏愛。

你若是好兒乙一、乙三、掇瑣、校注、校輯、詩集

你若是好兒，孝心看父母〔一〕。五更床前立，即問安穩不〔二〕。天明汝好心〔三〕，錢財橫入户〔四〕。王祥敬母恩〔五〕，冬竹抽笋与〔六〕。孝是韓伯瑜〔七〕，董永孤養母〔八〕。你孝我亦孝，不絶孝門户。（〇四二）

【校】

校輯以「你孝我亦孝，不絶孝門户」二句屬下首。

錢財橫入户　乙三此句之上衍「聽」字。

韓伯瑜　「瑜」，原作「倫」，應是「瑜」字形譌。校輯、詩集改作「俞」。參見注七。

【注】

〔一〕看：照料，侍奉，參見〇二四首注一一。

〔二〕不：讀爲「否」。史記鼂錯傳：「聞鼂錯死，吴楚罷不？」

〔三〕明：知曉，洞悉。左傳文公十八年「明允篤誠」，孔穎達正義：「明者達也，曉解事務，照見幽微也。」

〔四〕橫：意外。讀去聲。三國志吳志周瑜傳裴注引江表傳：「赤壁之役，值有疾病，孤燒船自退，橫使周瑜虛獲此名。」獨異志卷上：「玄宗朝宰相盧懷慎無疾暴終，夫人崔氏止兒女，不令號哭，曰：『公命未終，我得知之。公清儉而廉潔，蹇進而謙退，四方賂遺，毫髮不留。與張燕公同時爲相，張納貨山積，其人尚在。奢儉之報，其虛也哉？』及宵分，公復生。左右以夫人之言啓陳，公曰：『理固不同。冥司有三十爐，日夕鼓橐，爲説鑄橫財，我無一焉，惡可匹哉！』言訖復絶。」此言「錢財橫入户」者，蓋古書多有孝感上天，因獲橫財之記載，其最著者爲郭巨埋子獲金事，見原序注七。此外如御覽卷四一一引風俗通：「楊範字文端，齊人。齊宋之亂，母在縣，賊中採椹，藏於地，夜取之進母，如是非一。忽於地中得米十斛，上有字云：『米十斛，賜孝子楊範，以資給母。』」又引史系：「趙儁……母卒，哀毀過制。縣令京兆韋伯倫知之，給米粟，蠲其家。儁將葬母，貧，鬻其子，質劑已定。其夜夢一人，謂曰：『爾舍東有錢百萬，乃自發之。』及旦，儁自舍東以手掘之，果得錢，符夢數焉。」廣記卷三〇四喬龜年（出瀟湘録）：「喬龜年者，善篆書，養母甚孝。大曆中，每爲人書大篆字，得錢即供甘旨。或見母稍失所，必仰天號泣，自恨貧乏。……神人曰：『君之孝已極，上天知之矣。君當於此井中收取錢百萬，天之賜也。』言訖而滅。龜年乃取之，得錢一百萬，每建珍饌以奉母。」

〔五〕王祥敬母恩：按王祥行孝事，諸書記載甚多。晉書王祥傳：「祥性至孝。早喪親，繼母朱氏不慈，數譖之，由是失愛於父。每使掃除牛下，祥愈恭謹。父母有疾，衣不解帶，湯藥必親嘗。母常欲生魚，時天寒地凍，祥解衣將剖冰求之，冰忽自解，雙鯉躍出，持之而歸。母又思黄雀炙，復有黄雀數十飛入其幙，復以供母。鄉里驚歎，以爲孝感所至焉。有丹㮏結實，母命守之，每風雨，祥輒抱樹而泣。其孝純至如此。」亦見搜神記卷一一、御覽卷六八引臧榮緒晉書、世説新語德行、初學記卷三引師覺〔範〕孝子傳、敦煌本孝子傳等。

〔六〕冬竹抽笋与：用孟宗事。三國志吴志三嗣主傳裴注引楚國先賢傳：「(孟)宗母嗜笋，冬節將至，時笋尚未生。宗入竹林哀嘆，而笋爲之出，得以供母，皆以爲至孝之所致感。」

〔七〕孝是韓伯瑜：按「韓伯瑜」，諸書或作「韓伯俞」。説苑建本：「伯俞有過，其母笞之，泣。其母曰：『他日笞子，未嘗見泣，今泣何也？』對曰：『他日俞得罪，笞常痛。今母之力不能使痛，是以泣。』」珠林卷六二、藝文類聚卷二〇作「韓伯瑜」。曹植靈芝篇：「伯瑜年七十，綵衣以娱親，慈母笞不痛，歔欷涕霑巾。」黄節注引朱緒曾曰：「困學紀聞云：『采衣娱親，今人但知老萊之事，而不知伯瑜。』按此即説苑韓伯瑜泣杖之事，但彼無『采衣』二字。」楚按，晉左芬離思賦：「昔伯瑜之婉孌兮，每綵衣以娱親。」亦用綵衣之事。

〔八〕董永孤養母：按珠林卷六二引劉向孝子傳：「董永者鄭緝之孝子感通傳曰永是千乘人，少偏孤，與父居，乃肆力田畝，鹿車載父自隨。父終，自賣於富公以供喪事。道逢一女，呼與語曰：『願爲君妻。』遂俱至富公。富公曰：『女爲誰？』答曰：『永妻，欲助償債。』公曰：『汝織三百疋，遣汝。』一旬乃畢。女出門，謂永曰：『我天女也，天令我助子償人債耳。』語畢，忽然不見。」曹植靈芝篇：「董永遭家貧，父老財無遺。舉假以供養，傭作致甘肥。責家填門至，不知何用歸。天靈感至德，神女爲秉機。」董永事，敦煌遺書屢見，如變文集所收董永變文、句道興搜神記、孝子傳等。按董永事流傳最廣者爲賣身葬父、天女助織故事。劉向孝子傳謂「少偏孤，與父居。」則母終在前。靈芝篇僅言舉債以養父，並不及賣身葬父事。而梵志詩獨云「孤養母」，與諸書所記皆不同，是爲董永故事之又一變體。

只見母憐兒乙一、乙三、掇瑣、校注、校輯、詩集

只見母憐兒，不見兒憐母。長大取得妻〔一〕，却嫌父母醜。耶娘不採括〔二〕，專心聽婦語〔三〕。生時不恭養〔四〕，死後祭涅土〔五〕。如此倒見賊〔六〕，打煞無人護。（〇四三）

【校】

採括　校輯改作「睬聒」。詩集作「採話（？）」。

恭養　「恭」，乙三、校輯作「供」。

祭涅土　「涅」，乙三、校輯作「泥」，干祿字書平聲：「涅泥上俗下正。」

倒見賊　「倒」，詩集作「到」。

打煞無人護　「打」，原作「朾」，同「打」。變文集李陵變文：「方令擊鼓，一時朾（打）其鼓不鳴。」「護」，原作「𫍽」，碑別字去聲七遇，唐姚仲文經幢「護」作「䕶」，與此近似。

【注】

〔一〕取：同「娶」。詩齊風南山：「取妻如之何，必告父母。」三國志魏志公孫度傳：「遣就師學，爲取妻。」

〔二〕採括：理睬，聽取。亦作「睬聒」，敦煌曲校録禪門十二時：「熱油澆，沸湯潑，號訴求他誰睬聒？」

〔三〕專心聽婦語：按李義山雜纂非禮：「聽妻話，怪尊長。」即梵志此二句之意。

〔四〕恭養：戰國策秦策四：「從成則楚王，秦帝即以天下恭養楚王。」按乙三作「供養」，於義稍長，蓋「供

養」多作「孝養」用，如詩小雅祈父「有母之尸饔」，鄭箋：「已從軍而母爲父陳饌飲食之具，自傷不得供養也。」後漢書范滂傳：「其母就與之訣，滂白母曰：『仲博孝敬，足以供養。』」李密陳情表：「臣以供養無主，辭不赴命。」

〔五〕祭涅土：指祭墓。潛夫論浮侈：「今京師貴戚，郡縣豪家，生不極養，死乃崇喪。」變文集故圓鑒大師二十四孝押座文：「生前直懶供茶水，没後虚勞酹酒漿。」亦與梵志此二句之意類似。

〔六〕倒見：佛經謂顛倒之妄見。五苦章句經：「有家長者，信邪倒見，具行十惡，祠祀鬼妖，闔門烹殺，意同歡喜。」珠林卷六五引菩薩本行經：「但所施之人，盡是邪行倒見之徒，不堪受汝恭敬之養。」又卷一六引佛本行經：「時有一王，信邪倒見，而行治化。」廣弘明集卷二六梁武帝斷酒肉文：「凡不能離魚肉者皆云：菜蔬冷，令人虚乏；魚肉温，於人補益。作如是説，皆是倒見。」此處「倒見賊」指不孝子，蓋不孝亦「倒見」之一種也。

父母生男女乙一、乙三、掇瑣、校注、校輯、詩集

父母生男女，没娑可憐許〔一〕。逢着好飲食，紙裹將来与〔二〕。心恒憶不忘，入家覓男女。養大長成人，角睛難共語〔三〕。五逆前後事〔四〕，我死即到汝。（〇四四）

【校】

紙裹　「紙」，原作「帋」，從乙三本。

憶不忘　「憶」，乙三、校輯作「意」，非是。

長成人　「長」，乙三作「將」，亦通。

【注】

〔一〕没娑：同「摩娑」，見〇三八首注三。　可憐許：可愛。寒山詩：「昨日何悠悠，場中可憐許。上爲桃李徑，下作蘭蓀渚。復有綺羅人，舍中翠毛羽。相逢欲相唤，脈脈不得語。」變文集百鳥名：「巧女子，㤇伶喜，樹梢頭，養男女，銜茅花，拾柳絮，窠裏金針誰解取。」校記：「甲卷『㤇伶喜』作『可伶許』。」以上「可憐許」爲可愛之義。陳陶西川座上聽金五雲唱歌：「五雲處處可憐許，明朝道向褒中去。」廣記卷二八六板橋三娘子（出河東記）：「彼雖有過，然遭君亦甚矣。可憐許，請從此放之。」以上「可憐許」則爲可憫之義。蓋「許」爲語助詞，不爲義，「可憐」則有可愛與可憫二義，當隨文釋之。

〔二〕紙裹：表示珍惜，北夢瑣言卷一一：「令公所賜，直須愛惜，可以紙裹，安韝袋中。」　將來：攜來。

〔三〕角睛：怒目瞪視，見〇三八首注一一。

〔四〕五逆：指不孝，見〇三七首注一七。

楚按：此首結云「五逆前後事，我死還到汝」，謂今日之子女不孝父母，異日彼之子女亦當不孝父母，猶如今日也。變文集搜神記載孫元覺事，可爲此二句注脚：「史記曰：孫元覺者，陳留人也，年始十五，心愛孝順。其父不孝，元覺祖父年老，病漸瘦弱，其父憎嫌，遂縛筐轝，舁棄深山。元覺悲泣諫父。父曰：『阿翁年老，雖有人狀，惽耄如此，老而不死，化成狐魅。』遂即舁父，棄之深山。元覺悲啼大哭，隨祖父歸去於深山，苦諫其父，父不從。元覺於是仰天大哭，又將輿歸來。父謂覺曰：『此凶物，更將何用？』覺曰：『此是成熟之物，後若送父，更不別造。』父得此語，甚大驚愕：『汝是吾子，何得棄我？』元覺曰：『父之化子，如水之下流。既承父訓，豈敢違之？』父便得感悟，遂即却將祖父歸來，精勤孝養，倍於常日。」此事雖注明「史記曰」，決非出自司馬遷書。御覽卷五一九引孝子傳載原穀事，與此事相同，「元覺」與「原穀」音亦近，應即此條本事所出。竊謂中土所傳此類故事，皆係自佛經移植者，北魏吉迦夜共曇曜譯雜寶藏經卷二波羅㮈國弟微諫兄遂徹承相勸王教化天下緣，即爲中土此類故事之祖。

又按：提倡孝道，譴責逆子，是梵志詩常見主題之一，其内容與唐代民間廣泛流行的勸孝佛經（多係中土人士所造，而非天竺輸入者），往往有十分相似之處（參看下〇四五首篇後按語）。倘若綜合上首（〇四三首）、此首（〇四四首）以及二六四首之内容，而與敦煌本佛説父母恩重經相比較，便不難窺見它們之間的聯繫。父母恩重經有云：「父母云何可報？但父母至於行來，東西鄰里，井竈碓磨，不時還家，我兒家中啼哭憶我，即來還家。其兒遥見我來，或在蘭車，摇頭弄腦，或復曳腹隨行，嗚呼向母，母爲其子曲身下就，長舒兩手，拂拭塵土，嗚和其口，開懷出乳，以乳與之。母見兒歡，兒見母喜，二情恩愛慈重，莫復過此。二歲三歲，弄意始行，於其食時，非母不知。父母行來，值他座席，或得餅肉，不敢啜味，懷挾來歸，向家與子。十來九得，恒常歡喜，一過不得，憍啼佯哭。憍子不孝，必有五檛。孝子不憍，必有慈順。遂至長大，朋友相隨，梳頭摩髮，欲得好衣，覆蓋身體。弊衣破故，父母自著，新好綿帛，先與其子。至於行來，官私急疾，傾心南北，逐子東西。横上其頭，即索妻婦，得他子女，父母轉疏，私房屋室，共相語樂。父母年高，氣力衰老，終朝至暮，不來借問。或復父孤母寡，獨守空房，猶如客人，寄止他舍，常無恩愛，復無襦被，寒苦辛厄，難遭之甚。年老色衰，多饒蟣虱，夙夜不卧，長呼歎息，何罪宿愆，生此不孝之子！或時唤呼，瞋目驚怒。婦兒罵詈，低頭含笑。妻復不孝，子復五檛，夫妻和合，同作五逆。彼時唤呼，急疾取使，十唤九違，盡不從順，罵詈嗔恚：不如早死，强在地上！父母聞之，悲哭懊惱，流淚雙下，啼哭目腫。汝初小時，非吾不長，但吾生汝，不如本無。」此經不載於歷代大藏經（日本大正藏將它收入卷八五古逸部），而在敦煌遺書中却有三十餘個寫本，可見它在民間流行是非常廣泛的。它是由中土人士所造，表現的是漢族人民的意識，實際上它和佛教的正宗教義已没有多少聯繫，而是披着佛經外衣的漢族人民的道德教科書。這一類的「僞經」廣泛流行於民間，對於塑造中國普通百姓的道德面貌與性格習俗，曾經起過極大的作用。梵志詩〇四三首、〇四四首、二六四首，就是表現上引父母恩重經主題的通俗詩歌，相信在當時也曾對下層人民的道德觀念産生過一定的影響。

孝是前身緣乙一、乙三、掇瑣、校注、校輯、詩集

孝是前身緣〔一〕，不由相放習〔二〕。兒行不憶母，母恒行坐泣〔三〕。兒行母亦征〔四〕，項膇連腦急〔五〕。聞道賊出來，母愁空有骨。兒迴見母面，顏色肥没忽〔六〕。（〇四五）

【校】

放習　「放」，校輯改作「仿」。參見注二。

項膇　「膇」，詩集作「髄」。

顏色肥没忽　「顏」，乙三誤作「題」。「色」，原作「色」，乙三作「㠯」，皆爲「色」字變體。「肥」，原作「肥」，變文集齖齣書：「男兒不學讀詩書，恰似園中肥（肥）地草。」

【注】

〔一〕前身：即前生，謂過去世。王維偶然作六首之六：「宿世謬詞客，前身應畫師。」白居易昨日復今辰：「所經多故處，却想是前身。」按佛教認爲人們今生之父子親眷等各種關係，皆非偶然，而是決定於前生之因緣。高僧傳卷三宋京師祇洹寺求那跋摩傳：「母因勸王曰：宿世因緣，得爲母子。我已受戒，而

汝不信，恐後生之因，永絶今果。」敦煌資料第一輯分家遺囑樣文：「吾與汝兒子孫姪家眷等，宿緣之會，今爲骨肉之深。」敦煌曲校録十二時：「清信男，清信女，聽我今朝相勸語：曩生早經結緣來，此時方得相逢遇。」又十恩德：「此事實難宣，既爲父母宿因緣，腸肚悉均牽。」「宿因緣」亦即是「前身緣」。

〔二〕放習：同「倣習」。「放」通作「倣」，如漢書貢禹傳：「後世爭爲奢侈，轉轉益甚，臣下亦相放效。」世説新語德行「謝夫人教兒」條，注曰：「太尉劉子真，清潔有志操，行己以禮。而二子不才，皆黷貨致罪，子真坐免官。客曰：『子奚不訓導之？』子真曰：『吾之行事，是其耳目所聞見，而不放效，豈嚴訓所變耶？』」以上「放效」皆同「倣效」，即「放」通作「倣」之證。

〔三〕行坐：或行或坐，以言隨時隨地。張籍過賈島野居：「青門坊外住，行坐見南山。」姚合贈王建司馬：「仙方小字寫，行坐把相隨。」方干客行：「羈愁難盡遣，行坐一低眉。」搜神記卷二〇：「家養一狗，字曰『黑龍』，愛之尤甚，行坐相隨。」

〔四〕兒行母亦征：謂母心隨兒遠征，以言繫念之切也，參見篇後按語。

〔五〕膇：按左傳成公四年：「民愁則墊隘，於是乎有沈溺重膇之疾。」杜預注：「重膇，足腫。」此字應即「胉」字，廣韻上聲十四賄：「胉，呼罪切。腲胉，大腫貌。」梵志詩之「項膇」，當指頸癭，由於缺碘而引起之頸部囊瘤，我國古代某些地區發病極普遍，故莊子德充符有「甕盎大癭」之人，三國志魏志賈逵傳裴注引魏略載逵病癭之事，晉代名將杜預亦以癭病見侮於吴人。呂氏春秋盡數：「輕水所多禿與癭人。」張華博物志卷一：「山居之民多癭腫疾，由於飲泉之不流者。今荆南諸山郡東多此疾瘇，由踐土之無鹵者。今江外諸山縣，偏多此病也。」宋梅堯臣和王仲儀詠癭二十韻則極盡形容之能事：「汝水出山險，汝民多病癭。或如雞精滿，或若猿嗛並。女慚高掩襟，男大闊裁領。飲水擬注壺，吐詞侔有鯁。槜里既已聞，杜預亦不幸。秦人號智囊，吴瓠繫狗頸。膃胣常住頤，伶仃安及脛。只欲仰問天，無由俯窺井。挾帶歲月深，冒犯風霜冷。厭惡雖自知，剖割且誰肯？不唯羞把鏡，仍亦愁弔影。內療煩羊靨，外砭費鍼穎。在木曰楠榴，刳之可爲皿。此誠無所用，既有何能辟音屏。」餘不盡録。因知瘿病實爲古代多發疾病。梵志詩就此立喻，蓋從當日生活中習見事物取材，唯覺新奇，並不突兀。連腦急：謂頸瘿緊貼腦袋，以喻母心緊隨兒子。「急」即緊之義。如三國志魏志吕布傳：「布曰：『縛太急，小緩之。』太祖曰：『縛虎不得不急也。』」搜神記卷七：「晉時，婦人結髮者，既成，以繒急束其環，名曰擷子髻。」

〔六〕肥没忽：肥悦貌，參見〇二五首注一〇。

楚按：臺灣學者羅宗濤敦煌變文社會風俗事物考附有佛説父母恩重難報經一種，題署「姚秦三藏法師鳩摩羅什奉詔譯」。羅氏云：「大概這部經的真僞有問題，所以没有收到大藏經裏面，靠着佛徒偶然印來送人才能流傳下來。」今按此經斷非羅什所譯，而是中土所造者，應無疑問；唯唐代必已廣泛流行於民間，故變文集所收兩篇父母恩重經講經文、敦煌曲校録十恩德等，皆是演繹此經之作，四川大足北宋石刻報恩經變，亦是此經之圖解。竊疑梵志此詩亦與此經有關。佛説父母恩重難報經有「十恩」之目，其第八「遠行憶念恩」頌曰：「死別誠難忍，生離實亦傷。子出關山外，母憶在他鄉。日夜心相隨，流淚數千行。如猿泣愛子，寸寸斷肝腸。」變文集父母恩重經講經文亦云：「經道『兒行千里，母行千里』。男女成長已後，各須仕宦經營。總出他州，母心相逐。朔方征戍，三年而目斷長城；劍嶺興生，半歲而魂隨錦水。」又云：「經求仕宦住他鄉，或在軍中鎮外方。兒向他州雖吉健，母於家內每憂惶。心隨千里陷容貌，意恨三年哭斷腸。直待皈來相見了，阿娘方始有精光。」唐法照淨土五會念佛略法事儀讚末父母恩重讚文：「紀年漸漸大，出即母心隨。一朝男女病，恨不母身當。愛別情難忍，生離實苦腸。兒行百里内，慈母一千强。」敦煌曲校録十恩德第九遠行憶念恩：「放兒去，任征邊，阿娘魂魄於先。兒身未出到門前，母意過山關。」内容皆與梵志此詩有相似之處，當非偶然。

闻道須鬼兵乙一、乙三、掇瑣、校注、校輯、詩集

闻道須鬼兵〔一〕，逢頭即須搦〔二〕。欲似薗中菓〔三〕，未熟亦須擿〔四〕。老少惣皆去，共同衆死厄〔五〕。長命得八十，恰同寄住客〔六〕。暫在主人家〔七〕，不久自分擘〔八〕。喻若行路人〔九〕，前後踏光陌〔一〇〕。（〇四六）

【校】

須鬼兵　「鬼」，詩集改作「歸」。

薗中菓　校輯作「園中果」。

亦須擿　「擿」，原作「樀」，即「擿」之形訛。掇瑣、校輯作「摘」。按集韻入聲二十三錫：「摘，陟革切，取也，或从適。」廣記卷四四六狨（出玉堂閒話）：「雌若中箭，則解摘其子，擿去復來，抱其母身。」上云「摘」，下云「擿」，即二字通用之證。説文：「擿，搔也，从手適聲。一曰投也。」別是一義。

老少惣皆去　「少」，乙三作「小」。「惣皆」，乙三作「皆惣」。

不久　「久」，校輯誤作「及」。

踏光陌　「光」，詩集改作「巷」。

【注】

〔一〕鬼兵：陰間軍隊。洛陽伽藍記卷三菩提寺：「吾在地下，見人發鬼兵，有一鬼訴稱是柏棺，應免。主兵吏曰：『爾雖柏棺，桑木爲欀。』遂不免。」晉書王羲之傳：「王氏世事五斗米道，凝之彌篤。孫恩之攻會稽，寮佐請爲之備，凝之不從。方入靖室請禱，出語諸將曰：『吾已請大道鬼兵相助，賊自破矣。』既不設備，遂爲孫恩所害。」廣記卷二九七瀚海神（出瀟湘録）：「并州北七十里有一古塚，貞觀初，每至日夕，即有鬼兵萬餘，旗幡鮮潔，圍繞此塚。須臾，塚中又出鬼兵數千，步騎相雜，於塚傍力戰，夜即各退。」斯坦因劫經録二七一三定光佛預言：「咸亨元年，揚州僧珍寶，向山採藥，見一人身長三丈五尺，面闊九寸，如金佛，救衆生，珍寶即藏。語寶曰：『我是定光佛菩薩，故來救衆生。今年太山崩壞，須鬼兵萬萬九千。須告衆無福人，但看四月五日，風從泰山來，即得病，二日即死。』」是知地下須鬼兵，則人間即有成批死亡以充任者。

〔二〕逢頭：逢人。〇六九首：「逢頭捉將去，無老亦無小。」〇七三首云：「地下須夫急，逢頭取次捉。」

搦：捉。廣記卷二五〇裴諝（出開天傳信記），記兩婦人投狀爭猫兒，諝判其狀云：「猫兒不識主，傍家搦老鼠。兩家不須爭，將來與裴諝。」變文集伍子胥變文：「搦生手（先）鋒，乃先踏道。」「搦生」就是今語戰場上的「捉舌頭」。

〔三〕欲似：即「似」，見〇〇一首注五。

〔四〕未熟亦須摘：按佛經慣以果熟自墮比喻命盡而終，如法句譬喻經卷三：「佛即受請，告屠兒言：果熟自墮，福熟自度。」生經卷二佛説迦旃延無常經：「一切萬物，皆歸無常，壞敗歸盡，如樹果熟，尋有墮憂。」中本起經卷下：「命如菓待熟，常恐會零落。」此言「未熟亦須摘」者，以喻不待自然命終，橫遭死亡也。

〔五〕衆死厄：「衆」疑「罹」字形譌，謂遭死難也。

〔六〕恰同寄住客：按此種「人生如寄」思想，佛經俗書累見不鮮。宋周必大二老堂詩話辨人生如寄出處：「蘇文忠公詩文少重複者，惟『人生如寄耳』，十數處用，雖和陶詩亦及之，蓋有感於斯言。此句本起魏文帝樂府，厥後高僧傳王羲之與支遁書祖其語爾。朱翌新仲猗覺寮雜志乃引高僧及高齊劉善明，似未記魏樂府。」今按文選卷二九古詩十九首之三李善注引尸子：「老萊子曰：人生於天地之間，寄也。」當爲最早出處。必大所云「魏樂府」指曹丕善哉行：「人生如寄，多憂何爲。」又曹植仙人篇：「俯觀五嶽間，人生如寄居。」又古詩十九首之十三：「人生忽如寄，壽無金石固。」後人習用，遂成濫調。見於釋典者，如四十二章經：「熟自念身中四大，各自有名，都爲無吾，我者寄生，其事如幻耳。」生經卷四佛説變悔喻經：「爾時有一居士，厭世苦患，萬物非常，身之所有財物如幻，寄居天地，猶如過客。」釋氏要覽卷下沙門不應畏死引婆沙論：「待死如寄客，去如赴大會。」

〔七〕主人：此處承上「恰同寄住客」而下，則「主人」即指所寄住之客舍店主。

〔八〕分擘：分離，拆散。梵志詩二四八首亦云：「父子相分擘，不及元不識。」

〔九〕喻若：如似，好像。變文集廬山遠公話標舉七喻：「一者，喻若春楊（陽）既動，萬草皆生，不論淺谷深嵠，處處盡皆也（花）發。」「二者，喻如縄（繩）木之義，便即去邪歸正。」「三者，喻湧衆（泉）之義，湛湛不滅不流。」「四者，喻如江海，能通萬斛之船。」「五者，喻於天地，覆載衆生。」「六者，喻如經緯，能成錦綵羅紈。」「七者，喻如路逕，解通往來之人。」文中「喻若」與「喻如」、「喻於」雜出，同爲比喻之辭。梵志詩二〇三首亦云：「喻若園中韭，猶如得雨澆。」

〔一〇〕踏光陌：把道路踩得光光的，形容經過之人極多。

自生還自死乙一、乙三、掇瑣、校注、校輯、詩集

自生還自死，煞活非關我〔一〕。續續生出来，世间無處坐〔二〕。若不急抽却，眼看塞天破。（〇四七）

乙三本於「天」字下重複寫了兩行文字（自上首「陌」字至此首「眼」字），發覺後注明「錯了」二字，提行另接「破」字。

【校】

煞活　乙三作「活煞」。

抽却　乙三作「袖去」。

【注】

〔一〕煞活：死活，「煞」同「殺」。　非關：此處是「不由」之義，參見〇四一首注二。

〔二〕坐：居住。佛本行集經卷三五耶輸陀因緣品下：「爾時其父，爲彼童子，造立三堂。一擬冬坐，二擬春秋兩時而坐，三擬夏坐。擬冬坐者，一向温暖。擬夏坐者，一向風涼。擬於春秋二時坐者，不熱不寒，調和處中。」吴均續齊諧記：「會稽趙文韶爲東宫扶侍，坐清溪中橋，與尚書王叔卿家隔一巷，相去百許步。」貞觀政要禮樂：「頃聞考使至京者，皆賃房以坐，與商人雜居，纔得容身而已。」姚合送王求：

「坐家心尚焦，況爲遠行客。」寒山詩：「一向寒山坐，淹留三十年。」唐滄浩懷舊山：「一坐西林寺，從來未下山。」廣記卷二二四姜皎（出定命録）：「後有女巫至，姜問云：『汝且看今日有何人來？』女巫曰：『今日天子來。』姜笑曰：『天子在宫裡坐，豈來看我耶？』」又卷二四〇侯思止（出譚賓録）：「元禮復教曰：『聖上知侯大無宅，倘以没官宅見借，可拜謝而不受。聖上必問所由，可奏云：諸反逆人宅，惡其名，不願坐其内。』」變文集鷰子賦：「向吾宅裏坐，却捉主人欺。」又：「鷰子時來往，從坐不經冬。」梵志詩〇六八首：「生坐四合舍，死入土角觸。」二五七首：「一生無舍坐，須行去處寬。」二六〇首：「年老造新舍，鬼來拍手笑。身得暫時坐，死後他人賣。」二七四首：「官宅不許坐，錢財即分散。」按「坐」亦可用於鳥獸，則爲棲息之義，補全唐詩拾遺卷三敦煌廿詠相似樹：「不容凡鳥坐，應欲俟鸞棲。」變文集搜神記：「遥見去百步，即變爲三箇白鶴，兩箇飛向池邊樹頭而坐，一箇在池洗浴中間。」夷堅丙志卷一八契丹誦詩：「契丹小兒初讀書，先以俗語顛倒其文句而習之，至有一字用兩三字者。頃奉使金國時，接伴副使祕書少監王補每爲余言以爲笑。如『鳥宿池中樹，僧敲月下門』兩句，其讀詩則曰『月明裏和尚門子打，水底裏樹上老鴉坐』，大率如此。」明焦竑焦氏筆乘卷一詩用坐字：「北齊劉逖詩：『無由似玄豹，縱意坐山中。』『坐』字甚奇。張説『樹坐參猿笑』，杜甫『楓樹坐猿猱』、『黄鶯並坐交愁濕』，又『巫山秋夜螢火飛，簾疏巧入坐人衣』，薛能『花欄鳥坐低』，蓋皆出逖。」楚按：張説等自用當時俗語，未必皆出於劉逖。明人於此等「坐」字用法已覺隔膜，故有此説。

楚按：此首以世上人滿爲患，無地可住爲憂，此意屢見於梵志詩，如〇八八首：「有生即有死，何後復何先？人人惣色活，拄著上頭天。」一〇三首：「人人覓長命，没地可種穀。」二五二首：「續續死將埋，地窄無安處。已後燒作灰，颺却隨風去。」二八七首：「要須在前去，前客避後客。于時未与死，眼看天地窄。」可見梵志感受之深，故反復言之。梵志大約是我國古代第一位痛感需要控制人口爆炸的詩人吧。其後劉叉自古無長生勸姚合酒亦云：「登山勿厭高，四望都無極。丘隴逐日多，天地爲我窄。」

天下惡官職之一　乙一、乙二、掇瑣、校注、校輯、詩集

天下惡官職〔一〕，不過是府兵〔二〕。四面有賊動，當日即須行。有緣重相見〔三〕，業薄即隔生〔四〕。逢賊被打煞，五品無人諍〔五〕。（〇四八）

【校】

惡官職　「職」，原作「軄」。玉篇：「軄，職俗字。」

【注】

〔一〕惡官職：白居易十年三月三十日別微之於澧上：「莫問龍鍾惡官職，且聽清脆好文篇。」梵志詩一二九首：「天下惡官職，未過御史臺。」

〔二〕府兵：指府兵制下的官兵。府兵之制，起自西魏、北周，而備於隋，唐初因之。太宗時分天下爲十道，置府六百三十四，皆有名號。府有三等，千二百人爲上，千人爲中，八百人爲下。府置折衝都尉一人，左右果毅都尉各一人，長史、兵曹、別將各一人，校尉六人。士以三百人爲團，團有校尉；五十人爲隊，隊有正；十人爲火，火有長。府兵平時務農，農隙教練，征發時自備資糧，分番宿衛京師、防守邊境。見新唐書兵志。

〔三〕有緣：有緣分，此處指命中注定有重見之機會。玉臺新詠卷一古詩爲焦仲卿妻作：「下官奉使命，言談大有緣。」北史齊瑯琊王儼傳：「後主泣啓太后曰：『有緣更見家家，無緣永別。』」安樂行道轉經願生淨土法事讚卷下：「如此大海塵恒沙，有緣到者入其中。」酉陽雜俎前集卷一四諾皋記上：「我實夜叉，與爾有緣，終不害爾。」

〔四〕業薄：福分淺。「業」，此指善業，善業導致福果，善業薄則所獲福分亦淺，此處則指戰鬭而死。隔生：生死隔絶。元稹悼僧展如：「重吟前日他生句，豈料踰旬便隔生。」王建渡遼水：「渡遼水，此水咸陽五千里，來時父母知隔生，重著衣裳如送死。」廣記卷三八八劉立（出會昌解頤録）：「女適看花，忽若暴卒。既蘇，自言前身乃公之妻也，今雖隔生，而情愛未斷。」變文集𧆓山遠公話：「吾今與汝隔生永別。」

〔五〕五品無人評：按唐代從軍作戰立功，依例酬勳賜階，可入五品。舊唐書職官志一：「永淳元年二月勑：文武官累積勞效，計至五品。」文苑英華卷五四二立功流例判，判由：「執戟董元，於閻敬下立功。流例七百人，並跳盪功叙録，咸依元格酬勳賜階，唯元軍司削階，不入五品。」判詞有云：「摧兇殺敵，已立殊功，凖格酬庸，例昇榮級。前鬬已蒙褒錫，後送獨被稽留。」蓋賜階五品既爲通例，故不以董元「獨被稽留」爲然也。　評：同「爭」。戰國策秦策二：「有兩虎評人而鬬者。」注：「一作爭。」

生住无常界乙一、乙三、掇瑣、校注、校輯、詩集

生住无常界〔一〕，壤壤滿街行〔二〕。只擬人间死，不肯佛邊生。從頭捉將去〔三〕，頑骨不

心驚〔四〕。雖然畜兩眼〔五〕，終是一雙盲〔六〕。向前黑如柒〔七〕，直掇入深坑〔八〕。沉淪苦海裏，何日更逢明？（〇四九）

【校】

原本以首四句與上首連書，詩集、校輯亦以此四句屬上首，今據詩意改正。

壤壤　乙三作「孃孃」。

佛邊生　「佛」，原作「仏」，即「佛」簡字，今從乙二本。

頑骨不心驚　「頑骨」，原殘，據乙三補。「驚」，原作「擎」，據乙三改。

黑如柒　「柒」，乙三、校輯作「漆」，參見注七。

深坑　「坑」，原作「埦」，碑別字下平聲八庚，隋造龍華碑「坑」作「埦」，與此近似。

【注】

〔一〕无常界：指塵世間。佛教認爲世間一切變動不居，稱爲「無常」。大智度論卷二一：「咄世界無常，如水月芭蕉，功德滿三界，無常風所壞。」參見〇七六首注三。

〔二〕壤壤：紛擾衆多貌。史記貨殖列傳：「天下壤壤，皆爲利往。」變文集維摩詰經講經文：「車軒之紫陌喧喧，羅綺之紅塵壤壤。」梵志詩〇五三首：「賢愚不相識，壤壤信緣行。」二五一首：「壤壤相噉食，貼貼無言語。」亦作「攘攘」，御覽卷四九六引六韜：「天下攘攘，皆爲利往。」亦作「穰穰」，韓愈豐陵行：「羣臣雜沓馳後先，宮官穰穰來不已。」

〔三〕從頭：一一，全部，見〇〇四首注三。

〔四〕頑骨：比喻冥頑不靈者，見〇一三首注六。

〔五〕畜兩眼：長着兩眼。長眼爲「畜眼」，如杜甫遭田父泥飲美嚴中丞：「酒酣誇新尹，畜眼未見有。」敦煌遺書伯三七一六趙洽醜婦賦：「畜眼已來醜數，則有兮一人。」宋陳師道寄滕縣李奉議：「曲躬叉手前致言：畜眼未見耳不聞。」又次韻蘇公西湖觀月聽琴：「殫精有後悟，畜耳無前聞。」則長耳亦稱「畜耳」。

〔六〕一雙盲：即「雙盲」，兩眼瞎，見〇一四首注一。

〔七〕柒：同「漆」，廣韻入聲五質：「漆，柒俗。」拾得詩：「面貌似銀盤，心中黑如漆。」傳燈録卷二九寶誌和尚十二時頌：「擬商量，却啾唧，轉使心頭黑如漆。」

〔八〕掇：與「踏」同聲通用，變文集鷰子賦：「問鷰何山鳥？掇地作音聲。」「掇地」即是「踏地」。深坑：比喻死，引申而指地獄。大莊嚴論經卷三：「命盡終時，見大黑闇，如墜深坑。」大寶積經卷九七：「愚夫造此無利之業，增長諸罪，退失善根，於無利中，不惜身命，由斯遂墮惡道深坑，便招地獄猛焰鐵丸鋒刃刀山毒箭諸苦。」安樂行道轉經願生淨土法事讚卷下：「驚心泥豎勸懺悔，恐罪不滅墮深坑。」拾得詩：「一時同受溺，俱落大深坑。」變文集父母恩重經講經文：「爲緣不孝墮深坑，受苦無因得暫停。」按「盲者墮深坑」亦爲釋典習見比喻，如北本大般涅槃經卷三二：「譬如二人，俱涉險路，一則有目，一則盲瞽。有目之人，直過無患，盲者墜落，墜深坑險。」五燈會元卷一一葉縣歸省禪師：「無目之人縱横走，忽然不覺落深坑。」

本是達官兒乙一、乙三、掇瑣、校注、校輯、詩集

本是達官兒，名作郎君子〔一〕。從小好讀書，更須多識字。長大人中官，當衙判曹

事〔二〕。高馬衣輕裘，伴涉諸王子〔三〕。官高漸入朝，供奉親天子〔四〕。縱得公王侯，終歸不免死。（〇五〇）

【校】

輕裘　「裘」原作「⿱求皮」，蓋易義符衣爲皮也。

官高　乙三作「高官」。

不免死　「免」，乙三作「面」。

【注】

〔一〕郎君：貴介子弟之美稱。陔餘叢考卷三七郎君大相公：「吳斗南云：『漢制，二千石以上得任其子爲郎，故謂人之子弟爲郎。又其時稱相國爲相君，尚書令、中書令爲令君，使者曰使君，太守曰府君，故謂郎亦曰郎君』云云。是郎君之稱，其原皆出於漢任子也。漢以後則凡身事其父者，皆呼其子爲郎君，而郎君遂爲貴介及裙屐少年之美稱。」酉陽雜俎前集卷一二語資：「某本藝正傷折。天寶初，高將軍郎君被人打，下頷骨脱，某爲正之。」廣記卷一八二翁彥樞（出玉泉子）：「（裴）垣主文柄，入貢院。子勛、質，日議牓於私室，僧多處其間，二子不之虞也。……僧忽張目謂之曰：『侍郎知舉邪？郎君知舉邪？夫科第，國家重事，朝廷委之侍郎，意者欲侍郎剗革前弊，孤貧得路。今之與奪，率由郎君，侍郎寧偶人邪？且郎君所與者，不過權豪子弟，未嘗以一貧人藝士議之，郎君可乎？』」又卷二二四李參軍（出逸史）：「唐李參軍者善相笏，知休咎必驗，皆呼爲李相笏。鹽鐵院官陸遵以笏視之，云：『評事郎君見到。』陸遵笑曰：『是子姪否？』曰：『是評事郎君。』陸君曰：『足下失聲名矣，某且無兒。』」以上「郎君」皆以稱貴介子。

〔二〕曹事：按古代官府分曹判事，各科各部曰曹，本曹公務曰曹事。三國志魏志徐邈傳：「魏國初建，爲尚書郎。時科禁酒，而邈私飲至於沉醉。校事趙達問以曹事，曰：『中聖人。』」

〔三〕伴涉：陪伴。變文集舜子變：「東院酒席長開，西院書堂長閉，夜夜伴涉惡人，不曾歸來宅裏。」又爐山遠公話：「況是白庄累行要（惡）跡，伴涉凶徒，好殺惡生，以劫爲治（活）。」又下女夫詞：「女答：何方所管？誰人伴換？次第申陳，不須潦亂。兒答：燉煌縣攝，公子伴涉，三史明閑，九經爲業。」

〔四〕供奉：謂於天子左右侍奉、任職。安禄山事迹下：「國忠父子既誅，太真不合供奉。」白居易春憶二林寺舊遊因寄郎滿晦三上人：「頭陀會裏爲逋客，供奉班中作老臣。」

楚按：此首概括唐代貴族子弟一生之生活軌跡。廣記卷一七四裴琰之（出御史臺記）：「裴琰之作同州司户，年纔弱冠，但以行樂爲事，略不爲案牘。刺史譙國公李崇義怪之而問户佐，佐曰：『司户達官兒郎，恐不閑書判。』」知唐代達官子弟，率多不學無術，但並不影響仕宦。此首云「從小好讀書」，蓋此輩中佼佼者也。唐國史補卷下：「李建爲吏部郎中，常言于同列曰：『方今俊秀，皆舉進士。使僕得志，當令登第之歲，集于吏部，使尉緊縣。既罷又集，乃尉兩畿，而升于朝。大凡中人，三十成名，四十乃至清列，遲速爲宜。既登第，遂食禄；既食禄，必登朝，誰不欲也？無淹翔以守常限，無紛競以求再捷，下曹得其修舉，上位得其歷試，就而言之，其利甚博。』議者多之。」李建所勾畫之理想升官圖，頗與梵志此詩相似。兩者以「入朝」、「登朝」爲仕宦高潮，反映了初唐士人重内輕外觀念。通鑑唐太宗貞觀十一年載侍御史馬周上疏，中云：「今朝廷唯重内官而輕州縣之選，刺史多用武人，或京官不稱職，始補外任，邊遠之處，用人更輕。」又唐則天后長安四年載李嶠、唐休璟等奏：「竊見朝廷物議，遠近人情，莫不重内官、輕外職，每除授牧伯，皆再三披訴。比來所遣外任，多是貶累之人。風俗不澄，實由於此。」新唐書倪若水傳：「時天下久平，朝廷尊榮，人皆重内任，雖自冗官擢方面，皆自謂下遷。班景倩自揚州採訪使入爲大理少卿，過州，若水餞于郊，顧左右曰：『班公是行若登仙，吾恨不得爲騶僕。』」亦可見風氣之一斑。中晚唐後，則外重而内輕矣。此首結云：「縱得公王侯，終歸不免死。」則昔日之升遷榮華，掃地以盡，可謂當頭棒喝，頓時唤醒矣。

興生市郭兒乙一、乙三、掇瑣、校注、校輯、詩集

興生市郭兒〔一〕，從頭市内坐〔二〕。例有百餘千〔三〕，火下三五箇〔四〕。行行皆有鋪〔五〕，鋪裏有雜貨〔六〕。山鄣買物来〔七〕，巧語能相和〔八〕。眼勾穩物著〔九〕，不肯遣放過。意盡端坐取〔一〇〕，得利過一倍。（〇五一）

【校】

市郭兒　「郭」，乙三作「高」。

雜貨　「雜」，乙三作「新」。

山鄣　「鄣」，掇瑣作「彰」。

過一倍　「過」，校注作「遇」。「倍」，乙三作「陪」。

【注】

〔一〕興生：經商謀利。北史楊椿傳：「不聽興生求利，又不聽與勢家作婚姻。」宋書吴喜傳：「又遣部下

將吏兼因土地富人往襄陽或蜀漢，屬託郡縣，侵官害民，興生求利，千端萬緒。」隋書食貨志：「以公廨錢物出舉興生，惟利是求。」諸經要集卷九引法句譬經：「往昔有賈客三人，到他國内興生，寄住孤獨老母舍。」佛本行集經卷四九五百比丘因緣品：「但我等輩，從閻浮提興生至此，爲求財故，入於大海。」御覽卷八一四引後魏書：「封回爲都官尚書、冀州大中正。滎陽鄭雲諂事長秋卿劉騰，貨紫纈四百疋，得爲安州刺史。除書旦出，晚往詣回，坐未定，問：『安州興生何事便？』回曰：『卿荷國寵恩，位至方伯，雖不能拔園葵、去織婦，宜思方略，以濟百姓，如何見造，問興生乎？封回不爲商賈，何以相示？』雲慚失色。」唐律疏議卷四：「律注云『生產蕃息』，本據應產之類而有蕃息。若是興生、出舉而得利潤，皆用後人之功，本無財主之力，不用蓄息之限，所得利物，合入後人。」市郭兒：指商賈。晉書苻堅載記上：「趙掇等皆商販醜豎，市郭小人。」

〔二〕從頭：一一。坐：指「坐肆」，即住店經商。雜寶藏經卷五賈客造舍供養佛獲報生天緣：「爾時舍衛國有一賈客，遠行商賈，身死不還。母養其子，其子長大，復欲遠去。祖父語言：『汝父遠去，身死不還。汝莫遠去，當於近處，在市坐肆。』」天尊說阿育王譬喻經：「市中有一坐肆賢者。」

〔三〕百餘千：百餘貫，興生的本錢。廣記卷一六五王叟（出原化記）：「唯有五千之本，逐日食利。」

〔四〕火下：同伙。一幫商人稱「一火」，宋劉攽中山詩話：「永州何仙姑，不飲食，無漏泄，世傳其神異。岳州天慶觀柱以震折，有倒書『謝仙火』字。仙姑云：『雷部夫婦二人，長闊各三尺，銀色。』莫不駭信。有熟于江湖間事者，曰：『南方賈人各以火自名，一火猶一部也。此賈名仙，刻木記己物也。』是亦不可知也。」按唐代兵制，十人爲一火，見新唐書兵志。又唐代徵調工匠，以五人爲火，見新唐書百官志一。匡謬正俗卷六什器：「或稱什物，猶今軍行戍役工匠之屬，十人爲火，一火内共畜器物，謂之火幕調度耳。」商賈稱「火」，當是沿此而來。水滸第四〇回有「賣鹽火家」，第四一回有「私商的火家」之語。酉陽雜俎續集卷三支諾皋下：「嘗有帖衙俳兒干滿川、白迦、葉珪、張美、張翱等五人爲火，七師遇於塗，各與十五文，勤勤若相别爲贈之意。後數日，監軍院宴，滿川等爲戲以求衣糧，少師李相怒，各杖十五，遞出界。」則不但商賈，俳優藝人亦稱火也。此詩「火下」即指同火者，敦煌掇瑣九二七曜吉凶避忌條項：「雲漢日不得聚會作樂，結交朋友，合火下及同財，迎妻納婦，凶。」龐居士語録卷下：「心王不了事，却被六賊使，共賊作火下，無繇出生死。」

〔五〕行行：各行各業。鋪：店肆。張籍送楊少尹赴鳳陽：「得錢祇了還書鋪，借宅常時事藥欄。」李涉春日三㵣來之三：「都市廣長開大鋪，疾來求者多相誤。」廣記卷二五九趙仁獎(出御史臺記)：「唐趙仁獎，河南人也，得販於殖業坊王戎墓北。……時崔宣一使於都，仁獎附書於家，題云：西京趙御史書，附到洛州殖業坊王戎墓北第一鋪，付妻一娘。」

〔六〕雜貨：百貨。南史梁臨川靖惠王宏傳：「餘屋貯布絹絲綿漆蜜紵蠟朱沙黄屑雜貨，但見滿庫，不知多少。」廣記卷二〇四吕鄉筠(出博異志)：「洞庭賈客吕鄉筠常以貨殖販江西雜貨，逐什一之利。」

〔七〕山鄣：山區交通阻塞之地。

〔八〕和：哄騙。變文集降魔變文：「瞿曇幻術難爲比，美語甜舌和斷人。」南史梁武帝紀：「青州刺史桓和紿東昏出戰，因降。先是，俗語謂密相欺變者爲『和欺』，於是蟲兒、法珍等曰：『今日敗於桓和，可謂「和欺」矣。』」蓋以桓和之和與「和欺」之和諧音也。今成都方言亦稱騙人爲「和人」，讀若「豁」，平聲。又按張衡西京賦：「爾乃商賈百族，裨販夫婦，鬻良雜苦，蚩眩邊鄙。」薛綜注：「先見良物，價定，而雜與惡物，以欺惑下土之人。」末句即梵志詩「山鄣」二句之意。

〔九〕　眼勾穩物著：俟再考。

〔一〇〕　意盡：疑「盡」當作「畫」，「意畫」謂謀畫，設計。

兩兩相劫奪乙一、乙三、掇瑣、校注、校輯、詩集

兩兩相劫奪〔一〕，分毫擘眼諍〔二〕。他賣抑遺賤，自賣即高擎〔三〕。心裏无平等，尺寸不分明〔四〕。名霑是百姓〔五〕，不肯遠征行〔六〕。不是人强了〔七〕，良由方孔兒〔八〕。（〇五二）

詩集以此首與下首併爲一首。

【校】

兩兩相劫奪　此句原脱，按下首有「兩兩相劫奪，分毫努眼諍」之語，茲援例補此五字。校輯作「□□□□兒」，按原卷實無「兒」字。

分毫擘眼諍　詩集無此句。

「他賣」二句　「賣」，原皆作「買」，校注疑均應作「賣」，茲從之。校輯改下「買」字作「賣」。　「抑」，原作「枊」，碑別字入聲十三職，唐等慈寺碑「抑」作「抑」，與此近似。

名霑　「霑」，原作「霑」，據乙三改。

【注】

〔一〕　兩兩：彼此，互相。老子化胡經太上老君哀歌七首之四：「朝與杖一百，暮與鞭一千。不堪考對苦，賣

罪與生人。兩兩共相牽，遂至死滅門。」變文集張淮深變文：「天使兩兩相看，一時垂淚。」

〔二〕擘眼：本指扮鬼臉時，掰大眼睛以嚇人，因用作怒目之義，亦作「擘目」。搜神記卷一六：「吳赤烏三年，句章民楊度至餘姚，夜行，有一年少持琵琶，求寄載。度受之。鼓琵琶數十曲，曲畢，乃吐舌擘目以怖度而去。復行二十里許，又見一老父，自云姓王名戒，因復載之。謂曰：『鬼工鼓琵琶，甚哀。』戒曰：『我亦能鼓。』即是向鬼，復擘眼吐舌。度怖幾死。」五燈會元卷七德山宣鑒禪師：「僧擘開眼曰：『猫！』」又卷一〇清涼文益禪師：「師指竹問僧：『還見麽？』曰：『見。』師曰：『竹來眼裏？眼到竹邊？』曰：『揔不恁麽。』法燈別云：「當時但擘眼向師。」」梵志詩〇五五首：「未作道与錢，作了擘眼你！」按御覽卷八三六引曹植樂府歌曰「商賈爭一錢」，晉書華譚傳「市道小人，爭半錢之利」，即此句之意。

〔三〕「他賣」二句：參看唐律疏議卷二六：「『及更出開閉』，謂販鬻之徒，共爲姦計，自賣物者以賤爲貴，買人物者以貴爲賤，更出開閉之言，其物共限一價，望使前人迷謬，以將入己。」蓋奸商操縱物價，古今一揆。

〔四〕尺寸不分明：謂短缺份量。唐律疏議卷二六：「諸私作斛斗秤度不平，而在市執用者，笞五十；因有增減者，計所增減，準盜論。」北本涅槃經卷一一：「息世譏嫌戒者，不作販賣輕秤小斗欺誑於人。」慈受擬寒山詩五二首：「大秤買他物，小斗糶與人，眼下得便宜，暗中有鬼神。」皆指此等手法而言。

〔五〕名霑是百姓：名屬百姓之列，見〇二三首注四。

〔六〕不肯遠征行：按文苑英華卷五三〇避市籍判：「大理稱：人多避市籍遠役，自陷於圜土。所以每年旨條，別有處分，不得如律。若依旨，則此刑將措；若依法，則無以代更。請省定。」知唐代名隸市籍者（即商賈），有遠役之法，唯民多趨避耳。

〔七〕 強了：能幹。「了」即「幹了」之「了」，北史畢義雲傳：「性嚴酷，事多幹了。」

〔八〕 方孔兄：錢之別名，亦稱「孔方兄」、「方兄」。漢書食貨志下：「錢圜函方。」孟康曰：「外圜而内孔方也。」晉書魯褒傳載褒錢神論：「敬之如兄，字曰孔方。失之則貧窮，得之則富強。」按通鑑唐高宗麟德元年：「自顯慶五年以來，征人屢經渡海，官不記録，其死者亦無人誰何。州縣每發百姓爲兵，其壯而富者，行錢參逐，皆亡匿得免；貧者身雖老弱，被發即行。」胡三省注：「謂州縣官發人爲兵，其吏卒之參陪隨逐者，富民行錢與之，相爲掩蔽，得以亡匿。」據此可見富民憑藉「方孔兄」之力，以避征行之效。

秋長夜甚明乙一、乙三、掇瑣、校注、校輯、詩集

秋長夜甚明，長夜照衆生〔一〕。死者歸長路〔二〕，生者蹔時行〔三〕。夜眠遊鬼界〔四〕，天曉即營生〔五〕。兩兩相劫奪，分毫努眼諍〔六〕。賢愚不相識，壤壤信緣行〔七〕。（〇五三）

【校】

遊鬼界 「遊」，原作「由」，乃音譌字。變文集伍子胥變文：「不覺行由來至此」，「由」亦「遊」之音譌。梵志詩〇〇五首正有「夜眠遊鬼界」之語。

劫奪 「奪」原作「⿱穴集」，即「奪」字別體。

努眼諍 「努」，詩集作「怒」。「諍」，原作「淨」，據上首「分毫擘眼諍」改。

【注】

〔一〕 衆生：禮記祭義：「衆生必死，死必歸土，此之謂鬼。」孔穎達正義：「衆生必死者，言物之羣衆而生

者必皆有死。」佛經翻譯借用「衆生」一語,以指一切有情含靈之物,其狹義則指人類。梵志此詩之「衆生」,即指世人。

〔二〕長路:指「死路」,見〇〇五首注二。

〔三〕生者蹔時行:按以生者爲行人,如文選卷二九古詩十九首之三:「人生天地間,忽如遠行客。」李善注:「列子曰『死人爲歸人』,則生人爲行人矣。」

〔四〕夜眠遊鬼界:見〇〇五首注四。

〔五〕營生:謀生,經營生財。初學記卷一八引晉張望詩:「營生愈愁悴,愁來不可割。」又引王隱晉書:「石崇百道營生,積財如山。」杜荀鶴山中寄友人:「不是營生拙,都緣覓句忙。」

〔六〕努眼:鼓目瞪眼。舊唐書黄巢傳:「金色蝦蟆爭努眼,翻却曹州天下反。」唐蔣貽恭詠蝦蟆:「坐卧兼行總一般,向人努眼太無端。」變文集父母恩重經講經文:「應對高聲由(猶)可恕(恕),嗔眉努眼更堪傷。」梵志詩二六四首:「努眼看尊親,只覓乳食處。」

〔七〕信緣:猶云「任運」。白居易九江春望:「身外信緣爲活計,眼前隨事覓交親。」周賀贈胡僧:「情性人難會,遊方應信緣。」變文集李陵變文:「左右李陵,各自信緣,若至天明,必當受縛。左右聞語,當即星分。」

有錢惜不喫乙一、乙三、掇瑣、校注、校輯、詩集

有錢惜不喫,身死由妻兒〔一〕。只得紙錢送,欠少元不知〔二〕。门前空言語,還將紙作

衣〔三〕。除非夢裏見，觸體更何時。獨守深泉下〔四〕，冥冥長夜飢〔五〕。憶想平生日〔六〕，悔不著羅衣。（〇五四）

【校】

詩集以此首與下首併爲一首。

惜不喫　「惜」，校注作「㳻」。

由妻兒　「由」，乙三作「留」。

觸體　「體」，原作「躰」，碑别字上聲八薺，齊宋敬業造象記「體」作「躰」。

冥冥　「冥」，原作「寘」，掇瑣作「㝠」。

憶想　「想」，原作「相」，據乙三改。

【注】

〔一〕由妻兒：謂任憑妻兒處置。乙三本作「留妻兒」，雖亦可通，究不如「由妻兒」於義爲長。

〔二〕欠少：短缺。唐律疏議卷二六：「若『作具未備』，謂有所欠少，未堪鑄錢者，杖一百。」敦煌本啓顔録嘲誚：「好看我䭔，勿使欠少。」變文集金剛般若波羅蜜經講經文：「六道身中無欠少，諸佛身上不偏多。」

〔三〕紙作衣：按古人祭祀亡人冥器或以紙爲之，焚化以供冥間之用。宋趙彦衛雲麓漫鈔卷五：「古之明器，神明之也。今以紙爲之，謂之冥器，錢曰冥錢財。」廣記卷一一一王琦（出廣異記）：「遥見數百鬼，乘船而至，遠來飢餓，就琦求食。遂令家人造食，施於庭中。群鬼列坐，琦口中有二鬼躍出，就坐食訖，初云『未了』。琦云：『非要衣耶？』鬼言『正爾』。乃令家人造紙衣數十對，又爲緋緑等衫，庭中焚之，鬼著而散。」朱子語類輯略卷八：「文字便是難理會。且如唐禮書載范傳正言，惟顔魯公、張司業家祭不用紙錢，故衣冠效之。而國初言禮者錯會，遂作紙衣冠而不用紙錢。不知紙錢衣冠，有何間別？」元史塔本傳：「立春日宴羣僚，歸疾作，遂卒。是夕星隕，隱隱有聲。遺命葬以紙衣瓦棺。」

〔四〕深泉：即「黄泉」，以黄泉幽深故云。漢書廣陵厲王胥傳：「黄泉下兮幽深，人生要死，何爲苦心。」

〔五〕長夜：謂墓中，亦謂死後。左傳襄公十三年「唯是春秋窀穸之事」，杜預注：「窀，厚也；穸，夜也。厚夜猶長夜。……長夜謂埋葬。」文選卷二一曹植三良詩：「長夜何冥冥，一往不復返。」李善注引李陵詩曰：「嚴父潛長夜，慈母去中堂。」李周翰注：「墓中不明，是謂長夜。」後漢書張涣傳：「但地底冥冥，長無曉期。」南史王規傳：「一爾過隙，永歸長夜。」唐孟簡詠歐陽行周事：「短生雖別離，長夜無阻難。」

〔六〕平生日：謂在生之時，參見〇一〇首注七。梵志詩〇七二首亦云：「憶想生平日，悔不唱三臺。」

工匠莫學巧乙一、乙二、掇瑣、校注、校輯、詩集

工匠莫學巧，巧即他人使。身是自来奴，妻亦官人婢〔一〕。夫婿暫時无，曳將仍被恥〔二〕。未作道与錢，作了擘眼你〔三〕。奴人賜酒食〔四〕，恩言出美氣。無賴不与錢〔五〕，蛆心打脊使〔六〕。貧窮實可憐，飢寒肚露地〔七〕。户役一槩差，不辨棒下死〔八〕。寧可出頭坐，誰肯被鞭恥〔九〕。何爲抛宅走？良由不得止。（〇五五）

此首校輯析作工匠莫學巧與奴人賜酒食二首。

【校】

官人婢　「官」，校輯作「作」。

美氣　「美」，原作「羑」。碑別字上聲四紙，唐郎官石柱記「美」作「羑」。變文集李陵變文：「單于聞語，深羑(美)李陵。」校輯作「義」。

不辦　「辦」，原作「辨」，據乙三改。

拋宅走　「拋」，原作「抛」。變文集舜子變：「百鳥銜子抛田。」

不得止　「止」，原作「心」，校輯作「已」。

【注】

〔一〕官人：官吏。杜甫逢唐興劉主簿弟：「劍外官人冷，關中驛騎疏。」白居易何處難忘酒七首之一：「初登高第後，乍作好官人。」唐摭言卷一五賢僕夫：「李敬者，本夏侯譙公之傭也。公久厄塞名場，敬寒苦備歷。或爲其類所引曰：『當今北面官人，入則内貴，出則使臣，到所在打風打雨，你何不從之？而孜孜事一箇窮措大，有何長進。縱不然，堂頭官人此輩謂堂吏爲官人。豐衣足食，何往而不克？』」陔餘叢考卷三七官人：「杜田杜詩博議：『官人乃隋唐間語，北史梁彦光傳：初齊亡後，訴訟官人，千變萬端。舊唐書高祖紀：官人百姓賜爵一級。武宗紀：中書奏：赴選官人多京債。御覽文士傳(按見卷五八七引)：棘嵩見陸雲作逸民賦，嵩以爲丈夫出身，不爲孝子，則爲忠臣，必欲建功立策，爲國宰輔，遂作官人賦以反之。此官人之見於史傳者。』然唐以前必有官者方稱官人，昌黎集王適墓誌銘云『一女憐之，必嫁官人，不以與凡子』是也。至宋則已爲時俗通稱。」

〔二〕恥：污辱。韋莊秦婦吟：「西鄰有女真仙子，一寸橫波剪秋水。粧成只對鏡中春，年幼不知門外事。一夫跳躍上金階，斜袒半肩欲相恥。牽衣不肯出朱門，紅粉香脂刀下死。」

〔三〕擘眼：見〇五二首注二。此句言翻臉不認賬。

〔四〕奴人：「奴」疑「好」字誤書。「好人賜酒食」與下文「無賴不与錢」對比。慧思南嶽思大禪師立誓願文：「若得好人擁護我，諸天善神爲佐助。」廣記卷六九張雲容（出傳記）：「吉利吉利，好人相逢，惡人相避。」又卷一六四斛斯豊樂（出談藪）：「豊樂不諂，是好人也。」知唐以前固有「好人」之語。

〔五〕無賴：指無賴漢，賴賬不給之人。北京圖書館藏敦煌卷子宿字九九號題詩：「寫書今日了，因何不送錢？誰家無賴漢，迴面不相看。」

〔六〕蛆心：猶云黑心腸。此句是咀咒「無賴」之語。

〔七〕露地：露着「地」用在動詞後面表示時態。十誦律卷四：「露地處者，無壁障無籬無薄席障無衣幔障，是名露地。」妙法蓮華經譬喻品：「諸子等安穩得出，皆於四衢道中露地而坐。」雜寶藏經卷八佛弟難陀爲佛所逼出家得道品：「遥見佛來，大樹後藏，樹神舉樹，在虚空中，露地而立。」寒山詩：「露地四衢坐，當天萬事空。」梵志詩二九五首：「衣破無人縫，小者肚露地。」

〔八〕不辦棒下死：按敦煌掇瑣七十開元某年某處官廳判牘九種署税錢不納户第三十二：「仰並限此月十六日納畢，不畢，里正攝來，當與死棒。」知梵志詩「不辦」句乃記實也。

〔九〕鞭恥：按變文集舜子變：「立（妾）有姑（孤）男姑（孤）女，流（留）在兒壻手頂（頭），願夫莫令邊（鞭）恥。」又：「已身是兒，千重萬過，一任阿耶鞭恥。」又：「瞽叟報言娘子：『他緣人命致重，如何打他鞭恥？有計但知説來，一任與娘子鞭恥。』後妻報言瞽叟：『不鞭恥萬事絶言，鞭恥者全不成小事。』」

蔣禮鴻曰：「變文集校記『邊』校作『鞭』，自然是對的；曾毅公疑『恥』當作『笞』或『叱』。按：作『笞』好像是對的；但如果説『鞭笞』是鞭打的意思，則只能切合『一任阿耶鞭恥』這一句，而瞽叟與後妻對答中的『鞭恥』，顯然範圍要比鞭打廣得多，實際是要把舜弄死。所以本篇的『鞭恥』似應解作折磨、擺佈等意思，不能呆死在鞭打上。究竟這兩個字應該怎樣寫纔算本字，現在也還不能確定。」變文字義待質録。楚按，現在梵志詩也出現「鞭恥」一語，可見唐人俗語固有如此説法，蔣先生釋爲折磨、擺佈等意思，是正確的。

狼多羊數少乙一、乙三、掇瑣、校注、校輯、詩集

狼多羊數少〔一〕，莫畜惡兒子。年是無限年，你身甚急速。有意造罪根，无心念諸佛。你從何處来？膿血相和出〔二〕。身如水上泡〔三〕，蹔時還却没。魂魄遊空虛〔四〕，盲人入闇窟〔五〕。生死如江河，波浪沸啾唧〔六〕。（〇五六）

【校】

狼多羊數少　「狼」，乙三作「粮」。「少」，乙三作「小」。

急速　校輯改作「速急」，非是，變文集无常經講經文亦有「要悟人生時急速」之語。

沸啾唧　「沸」，原作「鉘」，據乙三改。

【注】

〔一〕狼多羊數少：「狼」喻兒子，「羊」喻父母。御覽卷二〇三引楊泉物理論：「武士宰民物，猶使狼牧羊、鷹

養鷂也。」通鑑梁武帝大同七年:「東魏臨淮王孝友表曰:『令制百家爲族,二十五家爲閭,五家爲比。百家之内有帥二十五,徵發皆免,苦樂不均,羊少狼多,復有蠶食,此之爲弊久矣。』」胡三省注:「使狼將羊,羊雖衆,終爲狼所噬,况羊少而狼多乎!」以「狼」喻官,「羊」喻民,所喻雖不同,其理則一。

〔二〕膿血相和:指受精胚胎。瑜伽師地論卷一:「爾時父母貪愛俱極,最後決定,各出一滴濃厚精血,二滴和合,注母胎中,合爲一段,猶如熟乳凝結之時。」佛經稱爲「羯邏藍」,玄應一切經音義卷二三:「羯邏藍,舊言歌羅邏,此云和合,又云凝滑。言父母和合,如蜜和酪,泯然成一,於受生七日中,凝滑如酪,上凝膏漸結,有肥滑也。」

〔三〕水上泡:佛經「六如」之一,以喻人身脆弱不常。金剛般若波羅蜜經:「一切有爲法,如夢幻泡影,如露亦如電,應作如是觀。」北本涅槃經卷九:「水者喻身,受苦如水上泡。」別譯雜阿含經卷一六:「爾時佛告諸比丘:譬如天雨,既至於地,即便生泡,速生速滅。生死之法,速生速滅,亦復如是。」變文集金剛般若波羅蜜經講經文:「一泡破,一泡成,雨點如珠水上行,也似人身無兩種,這邀(邊)繞(繞)死那邊生。」龍舒增廣淨土文卷三普勸修持四:「此世界中人生皆如水泡,生滅不常,或一歲二歲,或一十二十,幸而至四十五十亦難矣,雖有至七十者,古來猶稀。」

〔四〕魂魄遊空虚:謂死。古人以爲人死之後,魂氣歸天。禮記檀弓下:「骨肉歸復于土,命也;若魂氣則無不之也,無不之也。」又郊特牲:「魂氣歸于天,形魄歸于地。」

〔五〕盲人入闇窟:謂死墮地獄。「闇窟」猶云「深坑」,參見〇四九首注八。

〔六〕啾唧:此處形容波浪喧豗之聲。按此二句即「長江後浪推前浪,世上新人換舊人」之意。佛開梵志阿颰經:「天地之間,人生如夢,命禄至短,擾擾而死,譬如風吹海水,波浪相逐,生死亦然,往來無休。」變文集妙法蓮華經講經文：「无明生死夜長遥，六道循環自感招，天上暫隨波浪起，人間長被業行（風）飄。」亦以「波浪」比喻生死循環。

世间日月明乙一、乙三、掇瑣、校注、校輯、詩集

世间日月明，皎皎照衆生。貴者乘車馬，賤者膊擔行〔一〕。富者前身種〔二〕，貧者慳貪生〔三〕。貧富有殊別，業報自相迎〔四〕。闻强造功德〔五〕，喫著自身榮。智者天上去，愚者入深坑〔六〕。（〇五七）

【校】

膊擔行　「擔」，原作「擔」，乙三作「搭」。郭在貽曰：「今考敦煌掇瑣七六開蒙要訓有云：『谷澗崾壑。崖崩岸倒。燒燃柴薪。檐攜負抱。搆架椽柱。伏檁欂梁。榑扉蚕吻。雀梠簷廊。』其中簷字注音爲閻，據此可知簷正是簷，簷是詹的俗寫無疑，由此又可知檐攜即是擔攜，意謂肩擔手提。回頭再來看膊擔的擔，毫無疑義正是擔字。」唐代白話詩釋詞，載中國語文一九八三年第六期。

相迎　「迎」原作「迎」，乙三作「迎」。碑別字下平聲八庚，唐還少林寺神王勑碑「迎」作「迎」，與此近似；又唐高元裕碑作「迎」，與乙三同。

智者　「智」原作「矨」，乙三作「知」，參看〇二九首校記。

【注】

〔一〕　膊擔：　肩挑。説文：「髆，肩甲也。」段注：「肉部曰：『肩，髆也。』單呼曰肩，絫呼曰肩甲。甲之言

蓋也，肩蓋乎衆體也。」楚按「髆」即「膊」字，説文：「髈，膀或从骨。」即从骨之字與从肉之字相同之例。

〔二〕富者前身種：按佛教因果報應説以種穀結實爲喻，故佛説四天王經云：「善惡隨身，猶如五穀，隨其所種，穫其果實。」因謂今世富貴，乃由前身修種，如變文集无常經講經文：「富貴須知宿種來，如今必定難迴拗。」龍舒增廣淨土文卷六勸富者：「富者當自念云：我今生富足，皆由前世修種，譬如今年所食之穀，乃去年所種也。」

〔三〕貧者慳貪生：佛經以爲慳貪當獲貧窮果報，故二三四首亦云「慳貪世世貧」，參見該首注二。

〔四〕業報：即果報。大寶積經卷九六：「閻羅常告彼罪人：無有少罪我能加，汝自作業今日來，業報自招無代者。」冥報記卷下：「家人買得羊，未殺，慶植妻夜夢見其亡女，著青裙白衫，頭髮上有雙玉釵，是生平所服者，來見母，涕泣言曰：『兒嘗私用物，不語父母，坐此業報，今受羊身，來償父母。』」變文集大目乾連冥間救母變文：「罪人業報隨緣起，造此無人救得伊。」

〔五〕聞强：趁自身强健之時。「聞」即趁之義，表示及時。白居易歲假内命酒贈周判官蕭協律：「聞健此時相勸醉，偷閑何處共尋春。」又尋春題諸家園林：「聞健朝朝出，乘春處處尋。」王建江南三臺詞：「聞身强健且爲，頭白齒落難追。」唐善導集記往生禮讚偈：「各聞强健有力時，自策自勵求常住。」敦煌資料第一輯分家遺囑樣文：「今聞吾惺悟之時，所有家産田莊畜牧什物等，已上並分配當身脚下。」變文集頻婆娑羅王后宮綵女功德意供養塔生天因緣變：「聞健直須知覺悟，當來必定免輪迴。」又歡喜國王緣：「須知浮世俄爾是，聞早迴心莫等閑。」又搜神記：「比來夢惡，定知不活。聞我精好之時，汝等即報内外諸親，在近者喚取，將與分別。」功德：佛教稱布施、寫經、起寺、造像等等。造作功德，當獲福報，唯生前自造功德與死後眷屬追造功德，獲福多少迥別。地藏菩薩本願經卷中：「命終之後，眷屬小大爲造福利一切聖事，七分之中而乃獲一，六分功德生者自利。以是之故，聞健自修，分分已獲。」變文集无常經講經文：「望兒孫，行施捨，鑄像寫經痛相爲。饒你鑄得一千軀，也不如聞健先祇備。生前自作七分收，死後爲之得一分，只那施爲一分時，時時往往虚抛㮧（棄）。」故梵志此詩云「闻强造功德」也。

〔六〕入深坑：下地獄，見〇四九首注八。

身如大店家乙一、乙三、掇瑣、校注、校輯、詩集

身如大店家〔一〕，命如一宿客〔二〕。忽起向前去，本不是吾宅。吾宅在丘荒〔三〕，園林出松柏〔四〕。隣接千年塚，故路来長陌。（〇五八）

【校】

詩集以此首與下首併爲一首。

吾宅在丘荒　「吾宅」，乙三脱。「丘荒」，校輯改作「荒丘」，不必，參見注三。

【注】

〔一〕店家：旅舍。白居易江南喜逢蕭九徹因話長安舊遊戲贈五十韻：「野行初寂寞，店宿乍恓惶。」張喬別李參軍：「野店難投宿，漁家獨問津。」廣記卷二八六板橋三娘子（出河東記）：「唐汴州西有板橋店……遠近行旅多歸之。」「店」皆指旅店。其以「店家」爲文者，如陸游雙流旅舍：「孤市人稀冷欲冰，

昏昏一盞店家燈。」

〔二〕一宿客：比喻人生短促。明覺禪師語録卷五送僧：「離歌誰欲贈行人，遍界同爲一宿客。」王重民輯補全唐詩拾遺卷二佚名無題：「池臺樓觀非吾宅，百年還同一宿客。」

〔三〕丘荒：荒山。後漢書梁冀傳：「包含山藪，遠帶丘荒。」陸機歎逝賦：「悼堂構之隤瘁，慜城闕之丘荒。」韋應物登樂遊廟作：「頹壖久凌遲，陳迹翳丘荒。」

〔四〕園林出松柏：按古人墓地多植松柏，文選卷二九古詩十九首：「驅車上東門，遥望郭北墓，白楊何蕭蕭，松柏夾廣路。」又：「出郭門直視，但見丘與墳，古墓犁爲田，松柏摧爲薪。」古詩十五從軍征：「遥看是君家，松柏冢纍纍。」文選卷四三丘遲與陳伯之書：「將軍松柏不翦，親戚安居？」李善注：「仲長子昌言曰：『古之葬，松柏梧桐以識其墳。』」封氏聞見記卷六羊虎：「風俗通云：『周禮：方相氏葬日入壙，驅罔象，好食亡者肝腦。人家不能常令方相立於側，而罔象畏虎與柏，故墓前立虎與柏。』或説秦穆公時陳倉人掘地得物若羊，將獻之。道逢二童子，謂曰：『此名爲蝹，常在地中食死人腦。若殺之，以柏東南枝捶其首。』由是墓側皆樹柏。以上兩説各異，未詳孰是。按禮經云：『天子墳高三雉，諸侯半之，大夫八尺，士四尺。天子樹松，諸侯樹柏，大夫樹楊，士樹榆。』説文云：『天子樹松，諸侯柏，大夫榆，士楊。』按禮經，古之葬者不封不樹，後代封墓而又樹之。左傳云：『爾墓之木拱矣。』又曰：『樹吾墓檟。』仲尼卒，弟子各自他方持其異木樹之于墓。蓋殷周以來墓樹有尊卑之制，不必專以罔象也。」楚按，後世墳墓皆樹松柏，不復有尊卑之制矣。

身卧空堂内乙一、乙三、掇瑣、校注、校輯、詩集

身卧空堂内，獨坐令人怕〔一〕。我今避頭去〔二〕，抛却空闲舍。（〇五九）

校輯以此首連下首爲一首。

【注】

〔一〕獨坐：即獨住，與上句「身卧」並不矛盾，參見〇四七首注二。張籍題方睦上人月臺觀：「一身清淨無童子，獨坐空堂得幾年。」

〔二〕避頭：避身。樂府詩集卷八六佚名一旦歌：「一旦被頭痛，避頭還着牀。自無親伴侣，誰當給水漿。匍匐入山院，正逢虎與狼。對虎低頭啼，垂淚淚千行。」按晉唐俗語有「藏頭」者，傅玄苦相篇：「長大逃深室，藏頭羞見人。」韓翃題張逸人園林：「藏頭不復見時人，愛此雲山奉養真。」「藏頭」即藏身，亦猶「避頭」即避身也。又唐宋俗語有「抽頭」者，亦抽身之義。變文集鷰子賦：「黠兒別設誚，轉急且抽頭。」蘇軾與辨才禪師：「某幸於鬧中抽頭，得此閑郡。」蓋「頭」即有身之義，故後漢書賈逵傳曰：「身長八尺二寸，諸儒爲之語曰：『問事不休賈長頭。』」言其身長，非謂頭長也。

楚按：此首詩意較隱晦，細加推究，蓋言身命關係，以堂舍比喻軀骸，寓有厭生樂死之意，「抛却空闲舍」即死之隱語。此亦佛經之常談。佛説七女經記七女於塚間觀死屍，第七女曰：「一身獨居，人出，去其舍，舍中空，無有守者，今舍日敗壞。」與此詩立意暗合。又法句經卷下泥洹品：「神以形爲廬，形壞神不亡。」大智度論卷二

一：「行者到死屍邊，見死屍膖脹，如韋囊盛風，異於本相，心生厭畏。我身亦當如是，未脱此法。身中主識，役御此身，視聽言語，作罪作福。以此自貴，爲何所趣。而今但見，空舍在此。」大乘本生心地觀經卷四厭捨品：「善男子，所謂宅者，即五藴身。其宅主者，是汝本識。誰有智者，樂爲有宅？」元稹遣病：「況我早師佛，屋宅此身形。」傳燈録卷二〇京兆重雲智暉禪師：「至七月二十四日，體中無恙，垂誡門人，併示一偈云：『我有一間舍，父母爲修蓋。住來八十年，近來覺損壞。早擬移住處，事涉有憎愛。待他摧毁時，彼此無相礙。』趺坐而逝，壽八十有四，臘六十四。」又卷二八諸方廣語南陽慧忠國師：「（禪客曰）：『此身即有生滅，心性無始以來未曾生滅。身生滅者，如龍換骨，蛇脱皮，人出故宅。即身無常，其性常也。南方所説，大抵如此。』師曰：『若然者，與彼先尼外道無有差别。彼云：此身中有一神性，此性能知痛癢，身壞之時，神則出去，如舍被燒，舍主出去。舍即無常，舍主常矣。審如此者，邪正莫辨，孰爲是乎？』」按民間流行觀念，恰恰如此。朝野僉載卷二：「餘杭人陸彦夏月死十餘日，見王，云：『命未盡，放歸。』左右曰：『宅舍亡壞不堪。』時滄州人李談新來，其人合死，王曰：『取談宅舍與之。』彦遂入談柩中而蘇。」廣記卷四四田先生（出仙傳拾遺）：「勘云：『李氏妻算命尚有三十二年，合生二男三女。』先生曰：『屋舍已壞如何？』有一老吏曰：『昔東晉鄴下有一人誤死，屋宅已壞，又合還生，與此事同。』」又卷三〇一崔敏殼（出廣異記）：「博陵崔敏殼性耿直，不懼神鬼。年十歲時，常暴死，死十八年而後活。自説被枉追，敏殼苦自申理，歲餘獲放。王謂敏殼曰：『汝合却還，然屋舍已壞，如何？』敏殼祈固求還。王曰：『宜更托生，倍與官禄。』敏殼不肯。」又卷三七六竹季貞（出宣室志）：「冥間每三十年，即一逝者再生，使言罪福。昨者吾所請案據（掾），得以名聞冥官，願爲再生者。既而冥官謂我曰：『汝宅舍壞久矣，如何？』案據（掾）白曰：『季貞同里趙子和者，卒數日，願假其屍與季貞之魂。』冥官許之，即遣使送我於趙氏之舍，我故得歸。」龍舒增廣淨土文卷三：「人初未嘗死，而死之名乃自此身體上得之。何則？以神之來而託於此，其形由是而長，故謂之生。以神之去而離於此，其形由是而壞，故謂之死。是神者我也，形者我所舍也。我有去來，故舍有成壞。」董西廂卷二：「性者我也，身者舍也。若當來限盡之後，一性既往，四大狼藉。」又按：抱朴子内篇至理：「有者無之宫，形者神之宅。」雲笈七籤卷九六載西城真人王君常吟詠：「形爲渡神舟，泊岸當别去。形非神常宅，神非形常載。徘徊生死輪，但苦心猶豫。」敦煌遺書伯三八七六號引道教西昇經云：「我身乃神之車、神之舍、神之主人。主人安静，神則居之；主人躁動，神則去之。」蓋道家亦主此説也。

你道生時樂乙一、乙三、掇瑣、校注、校輯、詩集

你道生時樂，吾道死時好。死即長夜眠〔一〕，生即緣長道〔二〕。生時愁衣食，死鬼无釜竈。願作掣撥鬼〔三〕，入家偷喫飽〔四〕。（〇六〇）

【校】

釜竈　「竈」，原作「黿」，變文集韓朋賦：「釜黿（竈）尩尩（汪汪），何時吹（炊）汝？」與此近似。

【注】

〔一〕長夜：見〇五四首注五。

〔二〕緣：通「沿」。此句寓人生如負重致遠之意。

〔三〕掣撥鬼：貪食鬼。「掣撥」爲饕餮之貌。抱朴子外篇疾謬：「及好會，則狐蹲牛飲，爭食競割，掣撥淼摺，無復廉恥。」五代何光遠鑑戒録卷一〇魚還肉：「有漁人趙阿奴，善釣大魚。常於馬湖江垂巨索大鈎，號曰『掣撥』，中鈎者皆百斤不啻。」

〔四〕入家偷喫飽：按俗傳鬼物長飢，故有入家偷食之説。冥報記卷中：「成長史謂曰：『我有一事，羞君不得道；既與君交，亦不能不告君。鬼神道中亦有食，然不能飽，苦飢，若得人食，便得一年飽。衆鬼多偷竊人食。我既貴重，不能偷之，從君請一餐。』」據上文，成長史乃鬼國長史成景。廣記卷三四六錢方義（出續玄怪録）：「幽冥吏人，薄福者衆，無所得食，率常受餓。」宋劉斧青瑣高議前集卷一彭郎中記，載彭介夜見竈神箠撻一人，「公曰：『適所譴責者何人？』神曰：『饑餓無主之鬼，入公厩庖竊食耳。……在吾境内，無主之鬼，日受饑凍。公能春秋於臨水處，多爲酒肉祭之，其爲德不細。』」

身如破皮袋乙一、乙三、掇瑣、校注、校輯、詩集

身如破皮袋〔一〕，盛膿兼裹骨。將板作皮裘〔二〕，埋入深坑窟。一入恒沙劫〔三〕，無由更得出。除非寒食節〔四〕，子孫塚傍泣。（〇六一）

【校】

破皮袋　「袋」，原作「㑀」。

【注】

〔一〕皮袋：皮製囊袋，以盛行李等物，作用類似今日之皮箱。朝野僉載卷二：「昔有愚人入京選，皮袋被賊盗去。其人曰：『賊偷我袋，將終不得我物用。』或問其故，答曰：『鑰匙尚在我衣帶上，彼將何物開之？』」又卷五：「懷州河内縣董行成能策賊，有一人從河陽長店盗行人驢一頭并皮袋，天欲曉，至懷州。行成至街中見，嗤之曰：『箇賊住，即下驢來。』即承伏。」梵志詩之「破皮袋」，比喻人之軀體。五燈會元卷一二

石霜楚圓禪師：「臨終畫一圓相，又作偈獻師：『世界無依，山河匪礙。大海微塵，須彌納芥。拈起幞頭，解下腰帶。若覓死生，問取皮袋。』」宋釋曉瑩羅湖野録：「馮給事濟川紹興八年隨僧夏于徑山，因題枯髏圖曰：『形骸在此，其人何在？乃知一靈，不屬皮袋。』妙喜老師見而謂之曰：『公何作此見解耶？』即和曰：『只此形骸，即是其人。一靈皮袋，皮袋一靈。』馮於是悚然悔謝。」爲霖道霈禪師餐香録卷上：「衆生從無始來，出一皮袋，入一皮袋，生生死死，輪迴不已。」參見〇三三首注三。

〔二〕板：指棺材。古謠諺卷五一京師諺：「五十里外不帶傘，好大膽。五十歲後不買板，好大膽。」傳燈録卷一二陳尊宿：「或見講僧，乃召云：『座主！』其僧應諾。師云：『擔板漢！』」「擔板漢」即擔棺材漢，詈人之語也。按五燈會元卷四鎮州普化和尚：「唐咸通初，將示滅，乃入市謂人曰：『乞我一箇直裰。』人或與披襖，或與布裘，皆不受，振鐸而去。臨濟令人送與一棺，師笑曰：『臨濟廝兒饒舌！』便受之。乃辭衆曰：『普化明日去東門死也。』郡人相率送出城，師厲聲曰：『今日葬不合青烏。』乃曰：『明日南門遷化。』人亦隨之，又曰：『明日出西門方吉。』人出漸稀，出已還返，人意稍怠。第四日，自擎棺出北門外，振鐸入棺而逝。」以棺爲直裰，正與「將板作皮裘」事同。

〔三〕恒沙劫：無數劫，以言極久遠之時間。十住毘婆沙論卷八：「若我恒沙劫，常於天祠中，大施不休廢，不如一出家。」「恒沙」即「恒河沙」，佛經以表示極大之數。大智度論卷七：「問曰：如閻浮提中種種大河亦有過恒河者，何以常言恒河沙等？答曰：恒河沙多，餘河不爾。復次是恒河是諸佛生處遊行處，弟子眼見，故以爲喻。復次……四遠諸人經書皆以恒河爲福德吉河，若入中洗者，諸罪垢惡悉皆除盡，以人敬事此河，皆共識知，故以恒河沙爲喻。復次餘河名字喜轉，此恒河世世不轉，以是故以恒河沙爲喻，不取餘河。」「劫」者，世界成壞一次爲一劫，有小、中、大劫之分。按佛經言劫不盡相同，要之皆表示極長之時間。隋吉藏勝鬘寶窟卷上之末：「依瓔珞經亦明三劫：一里二里乃至四十里石，方廣亦然，以天衣重三銖，人中日月歲數三年一拂，此石乃盡，名一小劫。就小劫中自有一里二里乃至四十里、六十里石，方廣亦然，以梵天衣重三銖，梵天中百寶光明珠爲日月歲數，三年一拂，此石乃盡，名爲中劫。有八百里石，方廣亦然，以淨居天衣重三銖，即淨居天百寶光明鏡爲日月歲數，三年一拂，此石乃盡，名一大僧祇劫。」

〔四〕寒食節：荆楚歲時記：「去冬節一百五日，即有疾風甚雨，謂之寒食。禁火三日，造餳大麥粥。」事物紀原卷八寒食引陸翽鄴中記：「并州之俗，以冬至後一百三日，爲介之推斷火，冷食三日，作乾粥食之，中國以爲寒食。」冥報記卷下：「洛下俗，以寒食日持酒食祭墓。」雲麓漫鈔卷六：「説者皆以嘉禮不野合，古不祭墓。春秋：『辛有適伊川，見被髮而祭於野者，曰：不及百年，此其戎乎？』自漢世祖令諸將出征拜墓，以榮其鄉，至唐開元詔許寒食上墓，同拜埽禮，沿襲至今，遂有墓祭。」宋俞文豹吹劍三録：「蔡邕謂古不墓祭，張南軒亦以墓祭爲非。文豹續集嘗論之矣。觀檀弓曰：『有司以几筵舍奠于墓左。』注云：『以父母形體在此，禮其神也。』周禮冢人：『凡祭墓爲尸。』則墓祭之禮，其來已久。」清王應奎柳南續筆卷一墓祭：「古不墓祭，見于禮經。後世儒者多泥其説，而以墓祭爲非，雖朱子亦謂神主在廟，而墓所藏形骸耳，故不宜祭。……按唐開元二十年敕，寒食上墓，宜編入五禮，永爲恒式。今之清明，是其遺制也。」唐人寒食祭墓之俗盛行，柳宗元與許京兆孟容書：「近世禮重拜掃，今已缺者四年矣。每遇寒食，則北向長號，以首頓地。」王建寒食行：「寒食家家出古城，老人看屋少年行。丘壠年年無舊道，車徒散行入衰草。牧兒驅牛下塚頭，畏有家人來灑掃。遠人無墳水頭祭，還引婦姑望鄉拜。三日無火燒紙錢，紙錢那得到黃泉。但看壠上無新土，此中白骨應無主。」

世间何物平乙一、乙三、掇瑣、校注、校輯、詩集

世间何物平〔一〕？不過死一色〔二〕。老小終須去，信前業道力〔三〕。縱使公王侯，用錢遮不得〔四〕。各身改頭皮〔五〕，相逢定不識。（〇六二）

【校】

詩集以此首與下首併爲一首。

遮不得　「遮」，乙三作「過」。

各身　「身」，原作「㐆」，乙三、掇瑣、校輯作「身」，校注作「自」。

【注】

〔一〕平：公平，均平。易乾：「雲行雨施，天下平也。」孔穎達疏：「言天下普得其利，而均平不偏頗。」舊唐書代宗紀：「御史大夫崔渙爲稅地青苗錢使，給百官俸錢不平，詔尚書左丞蔣渙按鞫。」變文集降魔變文：「老身依平斷割，必望取無曲情。」

〔二〕一色：一種。大唐創業起居注卷二：「惟有徒隸一色，勳司疑請。」酉陽雜俎前集卷四境異：「（考億國）戰具唯稍一色。」廣記卷二六六輕薄士流：「忽一日，盛夏登樓，遽令命樂。郡人喜曰：『使君非不好樂也。』及至樓下，遂令色色引上。其弦匏戛擊之類迭進，皆叱去不用。有吹笙者末後至，喜曰：『我只要此一色。』」

〔三〕業道力：按勝鬘寶窟卷上之末：「造作稱業，向於三途，名之爲道。」故「業道」通常指三惡道。「業道力」亦即「業力」，通常指惡業報應使人墮於惡道之力。根本説一切有部毘奈耶卷三四：「此於十惡業道，以極重心數作不息，由彼業力，今受斯苦。」又卷四六：「不思議業力，雖遠必相牽，果報成熟時，求避終難脱。」

〔四〕遮：請託。變文集鷰子賦：「他家頭尖，憑伊覓曲，咬嚙勢要，教向鳳凰邊遮囑。」又：「我且忝爲主吏，豈受資賄相遮？」梵志詩〇七三首：「科出排門夫，不許私遮曲。」「遮曲」亦謂枉法求囑也。

〔五〕頭皮：指頭顱。東坡志林卷二書楊朴事：「真宗既東封，訪天下隱者，得杞人楊朴，能詩。及召對，自言不能。上問：『臨行時有人作詩送卿否？』朴曰：『惟臣妾有一首云：更休落魄貪杯酒，且莫猖狂愛詠詩。今日捉將官裏去，這回斷送老頭皮！』」上大笑，放還山。」馬鈺丹陽神光燦載自詠：「恰如飛蛾投火，身焦爛，猶自迷迷，爭些箇被兒孫妻妾，送了頭皮。」梵志詩「改頭皮」即改頭換面之意，詩意謂來生各自重新投胎，彼此不復相識矣。

楚按：此首大意謂世間唯有死之一事，不分貴賤，人人有之。佛本行集經卷一〇五路逢死屍品：「一切衆生此盡業，天人貴賤平等均。雖處善惡諸世間，無常時至無有異。」寒山詩：「誰家長不死？死事舊來均。」變文集无常經講經文：「且人生一世，喻若飄蓬，貴賤雖殊，无常一蓋（概）。上至帝王，下及庶民，富貴即有高低，无常且還一種。」又八相變：「至於北門，忽見一人，歸於逝路。四支全具，九孔□□，卧在荒郊，膖脹壞爛。六親號叫，九族哀啼，散髮拔（披）頭，渾搥自撲。遂遣車匿往問。問曰：『此是何人？』喪主具説實言，道『此是死事』。『即公一個死？世間亦復如然？』喪主道：『王侯凡庶一般，死相亦無二種。』」

身如内架堂乙一、乙三、掇瑣、校注、校輯、詩集

身如内架堂〔一〕，命似堂中燭〔二〕。風急吹燭滅，即是空堂屋。（〇六三）

【注】

〔一〕内架堂：「内」，疑當作「肉」，「肉架堂」指軀體。

〔二〕命似堂中燭：按以風燭譬喻人命危脆短促，乃古人習語。樂府詩集卷四一怨詩行：「百年未幾時，奄若風吹燭。」御覽卷八七〇引劉楨詩：「天地無期竟，民生甚局促，爲稱百年壽，誰能應此録？低昂倏忽去，炯若風中燭。」張鷟龍筋鳳髓判卷一主爵：「俄纏風燭之災。」注引淮南子：「人生於世，倏爾而止，如風火之燭。」白居易歸田三首之三：「況若行欲老，瞥若風前燭。」劉禹錫桃源行：「因嗟隱身來種玉，不知人世如風燭。」變文集維摩詰經講經文：「念浮華爲石火令（衍字）之光，想人世如風中之燭。」又：是身「又如風中秉燭，不易保持十全；也似河水東流，一去似難再復」。

楚按：此首亦論身命關係，「内架堂」喻身，「堂中燭」喻命，「風急吹燭滅」喻命終，「即是空堂屋」則徒具軀骸矣。五燈會元卷一一丞相王隨居士：「臨終書偈曰：『盡（畫）堂燈已滅，彈指向誰說？去住本尋常，春風掃殘雪。』」以「畫堂」喻軀體，以「燈滅」喻命終，與梵志此詩立意相似。參見〇五九首篇後按語。

家貧无好衣乙一、乙三、掇瑣、校注、校輯、詩集

家貧无好衣，造得一襖子。中心禳破氈〔一〕，還將布作裹。清貧常快樂，不用濁富貴〔二〕。白日串項行，夜眠還作被。（〇六四）

【校】

禳破氈　「禳」，校輯改作「禳」，詩集改作「攘」。參見注一。

常快樂　「快」，各本皆作「使」，按梵志詩〇〇六首有「吾貧極快樂」之語，則此首「使」字應爲「快」字形譌。

【注】

〔一〕禳：充填。今日成都等地方言尚稱充填棉絮爲「禳」，乃古代俗語相傳至今者。明李實蜀語：「瓜中犀曰瓤，饅頭中肉菜亦曰瓤。瓤音禳。」由瓜瓤之義引申，則不但饅頭餡稱「瓤」，凡是充填之物（所謂「芯子」）皆可稱「瓤」，再引申而凡是充填之事亦可稱「瓤」。唯此義不必定寫作「瓤」。説文：「鑲，作型中腸也。」段注：「型者，鑄器之法也，其中腸謂之鑲，猶瓜中腸謂之瓤也。」則鑄器中腸稱爲「鑲」。洛陽伽藍記卷三菩提寺：「洛陽大市北奉終里，里內之人多賣送死人之具及諸棺槨。涵謂曰：『作柏木棺勿以桑木爲欀。』人問其故，涵曰：『吾在地下，見人發鬼兵，有一鬼稱是柏棺，應免。主兵吏曰：「爾雖柏棺，桑木爲欀。」遂不免。』」則棺槨中腸稱爲「欀」。前秦僧伽跋澄等譯僧伽羅刹所集經卷下：「猶如新死犢子，見其皮，乳得多。」原注：「新生犢死，取皮釀草，如生犢形，置其母前，母謂子活，故乳不竭。」「取皮釀草」謂以草充填犢皮，製成標本，則字又作「釀」。廣記卷二三四

御厨（出盧氏雜説）：「每有設，據人數取鵝，燖去毛，及去五臟，釀以肉及糯米飯，五味調和。先取羊一口，亦燖剥，去腸胃，置鵝於羊中，縫合炙之。羊肉若熟，便堪去却羊，取鵝渾食之，謂之渾羊殁忽。」「釀以肉及糯米飯」謂以此等物充填鵝肚之中，字亦作「釀」。御覽卷九九六引風俗通佚文：「謹案：詩曰：『手如柔荑。』荑者，茅始熟中穰也，既白且滑。」則茅莖之芯亦曰「穰」。牛希濟生查子詞：「終日劈桃穰，人在心兒裏。」「桃穰」即桃仁，唐聲詩所附九宫大成譜卷四八生查子樂譜則作「桃瓤」。綜觀以上各例，凡充填之事及充填之物等義，皆從「襄」得聲，唯字形不定，或隨文義而添加義符，或任取一從「襄」得聲之字以代之。蓋以充填棉絮爲「⿰衤襄」，雖古今相承，歷史悠久，其實是但有此音，並無此字。梵志詩作「⿰衤襄」，亦記俗語字音也。

〔二〕「清貧」二句：按文苑英華卷三六八姚元崇冰壺誡：「與其濁富，寧此清貧。」五燈會元卷八招慶道匡禪師：「寧可清貧自樂，不作濁富多憂。」與此二句意同。

寒山詩：「我今有一襦，非羅復非綺。借問作何色？不紅亦不紫。夏天將作衫，冬天將作被。冬夏遞互用，長年只這是。」構思與梵志此詩略似。

生時同飯瓮乙一、乙三、掇瑣、校注、校輯、詩集

生時同飯瓮〔一〕，死則同食瓶〔二〕。火急早掘塚，不遣蹔時停。永別世间樂，唯闻哭我聲。四海交遊絶，籍帳便除名〔三〕。（〇六五）

乙三本至「永别」止。

【校】

生時同飯瓮　「生」，原作「坐」，從校輯改。　「瓮」，原作「翁」，據乙三改。

籍帳　「籍」，原作「藉」，與「籍」通用。

【注】

〔一〕飯瓮：盛飯瓦器，亦作「飯甕」。隋書五行志上載童謡：「七月刈禾傷早，九月喫餻正好，十月洗蕩飯甕，十一月出却趙老。」寒山詩：「失却斑貓兒，老鼠圍飯甕。」又：「老鼠入飯甕，雖飽難出頭。」

〔二〕食瓶：盛飲食器，殉葬用之。敦煌遺書伯二七二一雜抄：「食瓶、五穀轝誰作？昔伯夷叔齊兄弟相讓位與周公，見武王伐紂爲不義，隱首陽山，恥食周粟，豈不我草乎？夷齊并草不食，遂我（餓）死於首陽山。載死屍還鄉，時恐魂靈飢，即設熟食瓶、五穀袋引魂，今葬用之。」廣記卷三三六宇文覿（出廣異記）：「深數尺，得一塚，塚中有棺木……其食瓶瓶中有水，水上有林檎縋夾等物，瀉出地上，悉如煙銷。」按梵志詩「生時」二句即白居易贈内詩「生爲同室親，死爲同穴塵」之意。

〔三〕籍帳：「籍」指户籍，「帳」指計帳。唐六典卷三户部郎中員外郎：「每歲一造計帳，三年一造户籍。」唐國史補卷中：「州縣籍帳，凡所一閲，終身不忘。」新唐書百官志三：「察户口流散，籍帳隱没，賦役不均。」亦作「帳籍」。文苑英華卷五二九造帳籍判：「户部符下諸州，令造帳籍。州司以百姓艱辛，人未歸復，請待兵散後造。省司不許，云：人爲國本，賦在均平，户若不知，軍何取給？」新唐書百官志一：

「户部郎中、員外郎，掌户口、土田、賦役、貢獻、蠲免、優復、婚姻、繼嗣之事，以男女之黄、小、中、丁、老爲之帳籍，以永業、口分、園宅均其土田，以租、庸、調斂其物，以九等定天下之户，以爲尚書、侍郎之貳。」人死則籍帳除名矣。

見有愚癡君 乙一、掇瑣、校注、校輯、詩集

見有愚癡君，甚富无男女。不知死急促，百方更造屋。死得一棺木，一條衾被覆〔一〕。妻嫁他人家，你身不能護。有時急造福〔二〕，實莫相疑悞〔三〕。（〇六六）

【注】

〔一〕一條衾被覆：按古禮，死者殯殮之時，以衾被覆身。儀禮士喪禮：「死于適室，幠用斂衾。」鄭玄注：「幠，覆也。斂衾，大斂時所并用之衾。衾，被也。」賈公彦等疏：「鄭注云始死斂衾必覆之者，爲其形褻。」御覽卷五四九引禮記外傳：「小斂用一衾，大用二衾，一以覆之，一者將斂之時先鋪衾於紟之下，用以舉尸入棺者也。」劉向列女傳卷二魯黔婁妻：「曾子弔之，上堂，見先生之尸在牖下，枕墼席稾，緼袍不束，覆以布被，手足不能盡斂，覆頭則足見，覆足則頭見。曾子曰：『斜引其被則斂矣。』妻曰：『斜而有餘，不如正而不足也。先生以不斜之故，能至于此。生時不邪，死而邪之，非先生意也。』」餘見〇〇七首注五。

〔二〕有時：有錢之時，下首正有「錢財只恨無，有時實不惜」之語。此處「有時」兼謂生時，蓋生時財富方屬己有，一旦命終，即屬他人矣。

〔三〕 實莫：切莫。梵志詩二五〇首：「有錢但喫著，實莫留填櫃。」二五九首：「得病不須卜，實莫浪求神。」 疑悞：懷疑，亦作「疑誤」。三國志魏志袁紹傳裴注評樂資山陽公載記及袁暐獻帝春秋記曹操兵入冀州，審配戰于門中，敗逃井中，於井被獲之事，云：「臣松之以爲配一代之烈士，袁氏之死臣，豈當數窮之日，方逃身于井，此之難信，誠爲易了。不知資、暐之徒竟爲何人，未能識别然否，而輕弄翰墨，妄生異端，以行其書。如此之類，正足以誣罔視聽，疑誤後生矣。」盧仝寄男抱孫：「殷十七老儒，是汝父師友，傳讀有疑誤，輒告諮問取。」韋莊秦婦吟：「忽看門外起紅塵，已見街中擂金鼓。居人走出半倉惶，朝士歸來尚疑誤。」謂朝士尚不信戰爭已至。廣記卷五〇嵩岳嫁女（出纂異記）：「悄知碧海饒詞句，歌向俗流疑悞人。」敦煌資料第一輯分家書樣文：「分爲部分根原，免爲子孫疑悞。」變文集太子成道變文：「孩童雖生宫内，以（與）世絶倫。莫非鬼魅妖神？莫是化生井（菩薩）？心中疑誤，決定審詳，善惡二途，分别説解。」鎮州臨濟慧照禪師語録：「爾若欲得與祖佛不别，但如是見，不用疑誤。」北夢瑣言卷四：「禪門有祖系圖，得佛心印可者，皆次列之。進士有登科記，懷將相才者，咸編綴之。而名實相違，玉石混雜，疑誤後人，良可怪也。」按「疑悞」爲同義連文，集韻去聲十一莫：「悞，疑也。」

人生一代间之二　乙一、掇瑣、校注、校輯、詩集

人生一代间，有錢須喫著。四海並交遊，風光亦須覓〔一〕。錢財只恨無，有時實不惜。闻身强健時〔二〕，多施還須喫。（〇六七）

【校】

一代间 「代」，原作「伐」，參見〇三二首校記。

【注】

〔一〕風光：風景。駱賓王從軍中行路難：「三春邊地風光少，五月瀘中瘴癘多。」張謂湖上對酒行：「風光如此人不醉，參差辜負東園花。」

〔二〕闻：趁，見〇五七首注五。

楚按：别譯雜阿含經卷三：「王白佛言：彼長者家，金銀珍寶，數千萬億，不可稱量，况復餘財。雖有財富，不能飲食。所可食者，雜糠麁澁。若作羹時，渾煮薑罷，煮已還取，賣爲財用。所可衣者，唯著麁布，五緫踈弊，以爲内衣。乘朽故車，連綴樹葉，以爲繖蓋。未曾見其施沙門、婆羅門、貧窮乞兒。若欲食時，要先閉門，恐諸沙門、婆羅門等來從其乞。佛言：大王，如此之人，非善丈夫。何以故？得斯財富，不能開意正直受樂，又復不能孝養供給妻子，亦不賜與奴婢僕使，又不時時施諸沙門婆羅門，亦復不求上業生天之報。譬如鹵地，有少汪水，以鹹苦故，無能飲者，乃至竭盡。世間愚夫，亦復如是。大得財業，不能施用身自受樂，亦復未能供養父母及與妻子，并其眷屬奴婢僕使，親友知識，悉不惠與。雖豐財寶，都無利益。」舊雜譬喻經卷上：「積財不食不施，死爲餓鬼，恒乏衣食，脱若爲人，常墮下賤。汝不覺無常，富且慳貪不食，欲何望乎？」生經佛説是我所經：「爾時有一尊長者，財富無量，金銀珍寶，不可稱數，勤苦治生，飢渴寒熱，觸冒諸難，憂慼諸患，不以道理，積此財業。雖爲財寶，不自衣食，不能布施，不能供養二親，不能給足妻子僕使，無益中外家室親里，安能布施爲福德乎？」是故梵志此詩主張

「多施還須喫」也。

生坐四合舍乙一、掇瑣、校注、校輯、詩集

生坐四合舍〔一〕，死入土角⿰角弱〔二〕。冥冥黑闇眠，永别明燈燭。死鬼憶四時，八節生人哭〔三〕。（〇六八）

【校】

土角⿰角弱　「⿰角弱」，校輯作「觸」。

冥冥　原作「窅窅」，從校輯所録。

【注】

〔一〕四合舍：四合院。變文集搜神記：「其家人大小聞哭聲，並悉驚怖，一時走出往看。合家出後，四合瓦舍，忽然崩落。其不出者，合家總死。」又：「来至雍州城西五里，望見四合瓦舍赤壁白柱，有青衣女郎在門外而行。」

〔二〕土角⿰角弱：指墳墓，見〇一〇首注一一。

〔三〕「四時」、「八節」：敦煌遺書伯二七二一雜抄：「何名四時？春夏秋冬。何名八節？立春、春分、立夏、夏至、立秋、秋分、立冬、冬至。」馬總意林卷一引隨巢子：「聖人生於天下，未有所資，鬼神爲四時八節以紀育人，乘雲雨潤澤以繁長之，皆鬼神所能也，豈不謂賢於聖人。」補全唐詩王泠然寒食篇：「天運四時成一年，八節相迎盡可憐。」敦煌掇瑣七六開蒙要訓：「乾坤覆載，日月光明，四時來往，八節相迎。」古人常於四時八節等節物轉換之時，或親屬團聚，或憶念遠人，或祭祀亡人。杜甫狂歌贈四兄：「四時八節還拘禮，女拜弟妻男拜弟。」變文集父母恩重經講經文：「或仕宦，居職務，離別耶娘經歲數，見四時八節未歸來，阿娘悲泣〔無情緒〕。」此首云「死鬼憶四時，八節生人哭」，蓋言人間地下，生死相憶也。

虛霑一百年之一　乙一、掇瑣、校注、校輯、詩集

虛霑一百年〔一〕，八十最是老。逢頭捉將去〔二〕，無老亦無小。須臾得暫時，恰同霜下草。橫遭狂風吹，惣即連根倒。悠悠度今日，今夜誰能保〔三〕？語你愚癡人，急修未來道〔四〕。（〇六九）

【校】

虛霑　「霑」，原作「霑」。

須臾　「臾」，原作「㬰」，俗字譜臼部，列女傳「臾」作「㬰」。

【注】

〔一〕虛霑：徒然蒙受，忝列。變文集降魔變文：「老人聞説按聲嗔：比來聞道是忠臣，言語一二三無准的，虛霑國相理平人。」又醜女緣起：「賤妾常慚（慚）醜質身，虛霑宮宅與王親。」五燈會元卷一十五祖迦那提婆尊者：「汝家昔曾供養一比丘，然此比丘道眼未明，以虛霑信施，故報爲木菌。」按「霑」即蒙受之義，如北史李幼廉傳：「齊末官至三品已上，悉加儀同，獨不霑此例。」施肩吾玩新桃花：「一種同霑

榮盛時，偏荷清光借顏色。」

〔二〕逢頭：逢人，見〇四六首注二。　捉將去：指伺命鬼捉去，謂死。

〔三〕今夜誰能保：按北本涅槃經卷二三：「人命不停，過於山水，今日雖存，明亦難保。」陶淵明諸人共遊周家墓柏下：「未知明日事，余襟良已殫。」鶴林玉露乙編卷一住山僧：「余曩在太學，嘗館于一貴人之門。一日，命市薪六百券。有卒微哂，謂其徒曰：『朝士今日不知明日事，乃買柴六百貫耶？』余因竊歎：士大夫之見，有不如此卒者多矣。」皆可作爲此句注脚。

〔四〕未来道：指來生。「急修未来道」言急爲來生修福。

說錢心即喜乙一、掇瑣、校注、校輯、詩集

說錢心即喜〔一〕，見死元不愁。廣貪財色樂〔二〕，時時度日休。平生不造福，死被業道收〔三〕。但看三惡處，大有我般流。（〇七〇）

【校】

心即喜　「喜」，原作「憙」。

元不愁　「元」，校輯改作「無」，非是。〇三六首亦云「元来不怕死」，與此句意同。

不造福　「福」，原作「袖」，從掇瑣所録。

【注】

〔一〕說錢心即喜：按朝野僉載卷二載百姓歌，亦有「見錢滿面喜」之語。

〔二〕財色：錢財女色。潛夫論述赦：「輕薄惡子，不道凶民，思彼姦邪，起作盜賊，以財色殺人父母，戮人之子，滅人之門，取人之賄。」

〔三〕業道：即下文之「三惡處」，亦即「三惡道」，見〇〇八首注一。

暫出门前觀乙一、掇瑣、校注、校輯、詩集

暫出门前觀，川原足故塚〔一〕。富者造山门〔二〕，貧家如破瓫。年年並舍多〔三〕，歲歲成街巷。前死後人埋，鬼朴悲聲送〔四〕。縱得百年活，還入土孔籠〔五〕。（〇七一）

【校】

川原　「川」，原作「儿」。

破瓫　「瓫」，原作「瓮」。

鬼朴　「朴」，詩集作「仆」。

土孔籠　「土」，原作「圡」。干祿字書上聲：「圡土上通下正。」

【注】

〔一〕川原：原野。陳子昂晚次樂鄉縣：「川原迷舊國，道路入邊城。」王維臨高臺送黎拾遺：「相送臨高臺，川原杳無極。」　足：多。李白荆州歌：「白帝城邊足風波，瞿塘五月誰敢過。」張籍酬韓庶子：「家貧無易事，身病足閑時。」唐蘇芸嶺南詩句：「郭裏多榕樹，街中足使君。」

〔二〕山门：墳墓的大門。宋書袁顗傳：「奈何毀擲先墓，自蹈凶戾，山門蕭瑟，松庭誰掃？」元稹江陵三夢之二：「古原三丈穴，深葬一枝瓊。崩剥山門壞，煙綿墳草生。」

〔三〕並舍：鄰居。鶴林玉露乙編卷二詩用助語：「吾郡前輩王才臣云：『並舍者誰清可喜，各家之竹翠相交。』」此句言墳墓鄰接，逐歲增多。

〔四〕鬼朴：指送葬的死者眷屬，見〇一〇首注一三。

〔五〕孔籠：即「窟籠」。宋祁宋景文公筆記卷上釋俗：「孫炎作反切語，本出於俚俗常言，尚數百種。……謂孔爲窟籠，不可勝舉。」「窟籠」又作「窟窿」，唐人亦作「孔籠」，「孔」「窟」爲一聲之轉。廣記卷二五二孔緯（出北夢瑣言）：「唐宰相孔緯嘗拜官，教坊伶人繼至求利市。……復有一伶至，乃召俯階，索其笛，指笛竅問曰：『何者是浣溪沙孔子？』伶大笑之。」按「孔子」，雲自在龕叢書本北夢瑣言卷一〇作「孔籠子笛」，斷句應爲「指笛竅問曰：『何者是浣溪沙孔籠子？』笛伶大笑之。」「孔籠」與梵志詩同，猶存唐人舊語。廣記删「籠」字，當出於淺人妄改。點校本北夢瑣言上海古籍出版社。據廣記校削原本，蓋據誤本以改信本矣。此詩之「土孔籠」指墓穴，敦煌曲校録十二時：「捨華堂，埋土窟，一善不修身已卒。」「土窟」即「土孔籠」也。亦作「土空」，宋魏泰臨漢隱居詩話：「有張師雄者，居洛中，好以甘言悦人，晚年尤甚，洛人目爲『蜜翁翁』。會官于塞上，一夕，傳胡騎犯邊，師雄蒼惶振恐，衣皮裘兩重，伏于土穴中，神如癡矣。秦人呼『土窟』爲『土空』，遽爲無名子改前詩以嘲之曰：『昨夜陰山賊吼風，帳中驚起蜜翁翁。平明不待全師出，連著皮裘入土空。』」

好住四合舍乙一、掇瑣、校注、校輯、詩集

好住四合舍〔一〕，慇懃堂上妻〔二〕。无常煞鬼至〔三〕，火急被追催。露頭赤脚走〔四〕，不容得著鞋。向前任料理〔五〕，難見却迴來〔六〕。有意造一佛〔七〕，爲設百人齋〔八〕。无情任改嫁，資産聽將陪〔九〕。吾在惜不用，死後他人財。憶想生平日，悔不唱三臺〔一〇〕。（〇七二）

【校】

追催　「催」，原作「摧」，從掇瑣所録。

百人齋　「齋」，原作「齋」，碑別字上平聲九佳，唐臬寡墓誌「齋」作「齋」。

憶想　「想」，原作「相」。變文集捉季布傳文「可相階下無鬼神」，校記：「『相』字己、辛兩卷作『想』。庚卷全句作『可想廳前有鬼神』。」即「想」寫作「相」之例。

【注】

〔一〕好住：唐人分別之際，留者祝行者「好去」，行者祝留者「好住」，蓋寓保重之意。戎昱送李參軍：「好住好住王司户，珍重珍重李參軍。一東一西如別鶴，一南一北如浮雲。」廣記卷九一阿專師（出廣古今五行記）：「所騎之牆一堵，忽然昇上，可數十仞，舉手謝鄉里曰：『好住！』」變文集伍子胥變文：「子胥別姊稱『好住，不須啼哭泪千行。』」又大目乾連冥間救母變文：「欲至獄前而欲倒，便即長悲『好住來』。青提夫人一箇手，託住獄門迴顧盼，言『好住來，罪身一寸長（衍字）腸嬌子。』」敦煌曲校録收有好住娘歌

辭十四首。梵志此詩之「好住」，爲訣别之語，唐人臨終之際，訣别生人亦稱「好住」，猶如今人稱「永别」。壇經：「大師説偈已了，遂告門人曰：『汝等好住，今共汝别。吾去已後，莫作世情悲泣，而受人弔問錢帛，著孝衣，即非正法，非我弟子。』」荷澤神會禪師語録：「（達磨）語慧可曰：『我與漢地緣盡，……汝等好住。』言畢遂遷化。」廣記卷一〇九李氏（出冥祥記）：「母曰：『使人已來，並皆好住。』聲絶即死。」又卷一一四釋慧侃（出法苑珠林）：「初，侃終日，以三衣還衆僧：『吾今死去，徒衆好住。』便還房内。大衆驚起追之，乃見房中白骨一具，跏坐牀上。」續高僧傳卷二〇釋道昂傳：「昂曰：『大衆好住，今西方靈相來迎，事須願往。』言訖但見香爐墜手，便至高座端然而化。」傳燈録卷九襄州居士龐藴：「州牧于公問疾次，居士謂曰：『但願空諸所有，慎勿實諸所無。好住！世間皆如影響。』言訖枕公膝而化。」

〔二〕慇懃：殷切叮嚀、致意，亦作「殷勤」。三國志魏志董昭傳：「昭爲太祖作書與長安諸將李傕、郭汜等，各隨輕重致殷勤。」北史胡國珍傳：「臨死，與太后訣，云：『母子善臨天下。』殷勤至於再三。」耿湋常州留别：「殷勤陽羨桂，别此幾時攀？」司空圖長亭：「殷勤華表鶴，羨爾亦曾歸。」廣記卷三三二王賈（出紀聞）：「姨令具饌，坐賈於前，命酒相對，慇懃不已。」變文集維摩詰經講經文：「既蒙聖主遣殷勤，不敢推辭向會陳。銜勑定過方丈室，宣恩要見淨名尊。」

〔三〕无常：此處指無常鬼，即索命鬼。金光明經卷四捨身品：「是最小者，我所愛重，無常大鬼，奄便吞食。」根本説一切有部毘奈耶卷三四：「於輪上應作無常大鬼，蓬髮張口，長舒兩臂，抱生死輪。」煞鬼：亦指索命鬼。變文集妙法蓮華經講經文：「煞鬼忽然來到後，阿誰能替我无常？」又一篇：「煞鬼豈曾饒富貴，无常未肯怕公卿。」敦煌變文論文録附維摩碎金：「煞鬼一朝來取你，任君有貌及有才。」亦作「剎鬼」。安樂集卷下：「又譬喻經中有一長者不信罪福，年已五十，忽夜夢見剎鬼索符來，欲取之，不過十日。其人眠覺，惶怖非常。至明求覓相師占夢，師作卦兆云：『有剎鬼必欲相害，不過十日。』其人惶怖倍常，詣佛求請。佛時報云：『若欲攘（禳）此，從今已去，專意念佛持戒，燒香燃燈，懸繒旛蓋，信向三寶，可免此死。』即依此法，專心信向。剎鬼到門，見修功德，遂不能害，鬼即走去。」亦作「殺鬼」。沙門自鏡録卷上宋沙門僧規見稱量罪福事：「永初元年十二月五日，無病忽暴亡，二日而穌，自説云：五日夜二更中，聞門巷間嘵嘵有聲，須臾見有五人，秉炬火執信旛，逕來入屋，叱咀僧規。規因頓卧怳然，五人便以走（赤）繩縛將去，……須臾見反縛向者五人來，監官曰：『殺鬼何以濫將人來！』乃鞭之。」楚按，「無常」亦即「殺鬼」，故常連文爲「無常殺鬼」。佛名經卷一一：「且五天使者既來，無常殺鬼卒至，盛年壯色無得免者。」全唐文卷九一九靈祐警策文：「無常殺鬼，念念不停，命不可延，時不可待，人天三有，應未免之。」傳燈録卷一八福州玄沙宗一大師：「忽然無常殺鬼到來，眼目譸張，身見命見，恁麼時大難支荷，如生脱龜箇相似大苦。」鎮州臨濟慧照禪師語録：「大德，三界無安，猶如火宅，此不是你久停住處，無常殺鬼一剎那間，不揀貴賤老少。」又按：人生必死，實由無常之理，「無常煞鬼」者，即是將無常之理加以擬人化耳。

〔四〕露頭赤脚走：見○一四首注五。

〔五〕任料理：謂任憑折磨、傷害。「料理」義項不一，此處爲傷害之義。白居易對鏡偶吟贈張道士抱元：「眼昏久被書料理，肺渴多因酒損傷。」文苑英華卷五五○漆室染瘡判：「逢故人，引入漆室，遂患漆瘡，訴云『料理』。」廣記卷三三四楊準（出廣異記）：「唐楊準者，宋城人，士流名族。因出郊野，見一婦人，容色殊麗。準見挑之，與野合。經月餘日，每來齋中，復求引準去。準不肯從，忽爾心痛不可忍，乃云：

『必不得已，當隨君去，何至苦相料理？』其疾遂愈。」又卷四四八楊伯成（出廣異記）：「伯成知是狐魅，令家人十餘輩擊之，反被料理，多遇泥塗兩耳者。」

〔六〕却迴來：再回來，指復活。

〔七〕有意：即有情，與下文「無情」反義對舉。本事詩徵異載李氏詩：「有意懷男女，無情亦任君。」羅隱出試後投所知：「島外音書應有意，眼前塵土漸無情。」亦以「有意」與「無情」對舉。　造一佛：謂造一佛像，以此功德爲亡者營求冥福。廣記卷三三二劉子貢（出記聞）：「京兆人劉子貢，五月二十二日因病熱卒，明日乃蘇。自言被録至冥司……遇鄰人季暐。暐曰：『君爲傳語吾兒，吾坐前坐（生）罪，大被拘留。爲吾造觀世音菩薩像一，寫妙法蓮華經一部，則生天矣。』」故知造佛像可助亡者生天，民間觀念如此。

〔八〕百人齋：延僧百人，設齋超度亡靈。北史胡國珍傳：「又詔自始薨至七七，皆爲設千人齋。」又孟欒傳載欒死，「七日，靈太后爲設二百僧齋。」以上「千人齋」、「二百僧齋」，規模頗大，蓋出於宫廷。梵志詩云「百人齋」，亦非貧家可辦者。

〔九〕資産聽將陪：謂聽任將資産作爲陪嫁之妝奩。梵志詩〇二九首：「埋向黄泉下，妻嫁別人用。」〇三三首：「臨死命欲終，吝財不懺悔，身死妻後嫁，惣將陪新婿。」皆此意也。

〔一〇〕三臺：唐人促飲之樂曲。唐李匡乂資暇集卷下三臺：「今之㩴酒三十拍促曲名三臺何？或曰：昔鄴中有三臺，石季倫常爲宴遊之地，樂工倦怠，造此以促飲也。」宋張表臣珊瑚鈎詩話卷二：「樂部中有促拍催酒，謂之三臺。……唐以來如是。」唐摭言卷三慈恩寺題名遊賞賦詠雜紀：「（胡）証起，取鐵燈臺，摘去枝葉而合其跗，横置膝上，謂衆人曰：『鄙夫請非次改令。凡三鍾引滿，一遍三臺，酒須盡，仍不得有滴瀝，犯令者一鐵蹲自謂燈臺。』証復舉三鍾。次及一角觝者，凡三臺三遍，酒未能盡，淋漓逮至並座。」變文集佛説阿彌陀經講經文：「爛搗椒薑滿椀著，更兼好酒唱三臺。」梵志詩「悔不唱三臺」，言悔不生前及時行樂也。

地下須夫急乙一、掇瑣、校注、校輯、詩集

地下須夫急〔一〕，逢頭取次捉〔二〕。一家抽一箇，勘數猶未足。科出排門夫〔三〕，不許私遮曲〔四〕。合去取正身〔五〕，名字付司録〔六〕。棒駈火急走，向前任縛束。（〇七三）

【校】

須夫急　詩集作「須臾急」。

猶未足　「猶」，原作「申」，乃「由」字形譌，通作「猶」。

科出　「科」，原作「耕」。

私遮曲　「私」，原作「私」。　「曲」，校輯作「却」，而以「曲」爲衍文。按原卷雖有「却」字，已經塗抹，添寫「曲」字。

【注】

〔一〕夫：夫役。按地下陰間急須夫役，則人間必有大批死亡者。廣記卷三一九蘇韶（出王隱晉書），載蘇韶卒，蘇節從問冥間之事，「節曰：『今年大疫病何？』韶曰：『劉孔才爲太山公，欲反，擅取人以爲徒衆。北帝知孔才如此，今已誅滅矣。』」〇四六首亦云：「闻道須鬼兵，逢頭即須搦。」參見該首注一。

〔二〕取次：草率，隨便。杜甫送元二適江左：「經過自愛惜，取次莫論兵。」施鴻保讀杜詩説：「取次疑即造次，急遽倉卒意也。言其經過之處，不得其人，莫便造次論兵，自取禍辱，故云『自愛惜』也。……北齊樂府：『日日飲酒醉，國計無取次』，正當作造次解，與詩意同。」白居易病假中龐少府攜魚酒相過：「閒停茶椀從容語，醉把花枝取次吟。」元稹小碎：「小碎詩篇取次書，等閒題柱意何如？」寒山詩：「有箇王秀才，笑我詩多失。云不識蜂腰，仍不會鶴膝。平側不解壓，凡言取次出。我笑你作詩，如盲徒詠日。」姚合楊柳枝詞五首之三：「亦知春色人將去，猶勝狂風取次飄。」皮日休襄州春遊：「等閒遇事成歌詠，取次衝筵隱姓名。」五燈會元卷一九育王端俗禪師：「不取次啗啄，不隨處埋身。」

〔三〕科：攤派，徵發。排門夫：挨家逐户徵發之民夫。舊唐書白履忠傳：「往歲契丹入寇，家家盡著括排門夫，履忠特以少讀書籍，縣司放免，至今惶愧。」按「排門」即逐家之義，敦煌變文論文録附佛報恩經講經文：「應是人家皆快活，排門比户散迸錢。」元睢景臣哨遍高祖還鄉：「社長排門告示。」

〔四〕私遮曲：私下非法請囑。「遮」即請囑之義，見〇六二首注四。「曲」則枉法之義。管子五輔：「公法行而私曲止。」梵志此句言冥司公正，不容開後門。按司馬光涑水紀聞卷一〇：「關節不到，有閻羅、包老。」民間以閻羅王爲公正無私，蓋因人皆有死，不分貴賤，不受請託，即梵志詩〇六二首「世間何物平？不過死一色」之意。

〔五〕正身：本人。通典卷一七選舉：「入試非正身者十有三四，赴官非正身者十有一二，此又弊之尤者。」按民間相傳冥司取人，亦須驗明正身，以免枉曲及替代。如廣記卷三八〇張質（出續玄怪録），載質被追入冥司，「門人曰：『臨渙尉張質。』遂入，見一美鬚髯緋衣人，據案而坐，責曰：『爲官本合理人，因何曲推事，遣人枉死？』質被捽搶地，呼曰：『質本任解褐得，到官月餘，未嘗推事。』又曰：『案牘分明，訴人不遠，府命追勘，仍敢言欺，取枷枷之。』質又曰：『訴人既近，請與相見。』曰：『召寃人來。』有一老人眇目，自西房出，疾視質曰：『此人年少，非推我者。』仍剌（敕）録庫檢猗氏張質，貞元十七年四月二十七日上臨涣尉。又檢訴狀被屈事，又牒陰道亳州，其年三月臨涣見任尉年名，如已受替，替人年名，並受上月日。得牒，其年三月，見任尉江陵張質，年五十一，貞元十一年四月十一日任，十七年四月二十一日受替，替人猗氏張質，年四十七。檢狀過，判官曰名姓偶同，遂不審勘。本典決十下，改追正身。」所記即爲冥司勘驗正身之經過。

〔六〕司録：此爲天曹、冥司中掌管生死名籍之仙官或冥吏。太平御覽卷一八四引物理論曰：「故人之任孕者，物其名籍，上之天府。天子立金匱玉閣，命司録以監省之。」雲笈七籤卷一八老子中經第十五神仙：「諸神常當存念之，令與司命君、司録君共削去死籍，即爲真人長生矣。」

奉使親监鑄乙一、掇瑣、校注、校輯、詩集

奉使親监鑄〔一〕，改故造新光〔二〕。開通万里達，元寶出青黄〔三〕。本姓使流傳〔四〕，涓涓億兆陽〔五〕。無心念貧事，□□□□□。有時見即喜，貴重劇耶娘〔六〕。唯須家中足，時時對孟光〔七〕。（〇七四）

【校】

億兆陽　「兆」，原作「圠」。干禄字書上聲：「圠兆上通下正。」「陽」，詩集、校輯改作「揚」。

□□□□□　此句原脱，無從臆補。

對孟光　「對」，原作「對」。碑別字去聲十一隊，唐曲阜縣文宣王廟記「對」作「對」。「光」，原作「常」，據文意改，參見注七。詩集、校輯作「嘗」，非是。

【注】

〔一〕奉使親監鑄：按唐代鑄錢，特置錢監，嚴禁盜鑄。舊唐書食貨志上：「高祖即位，仍用隋之五銖錢。武德四年七月，廢五銖錢，行開元通寶錢，徑八分，重二銖四絫，積十文重一兩，一千文重六斤四兩。仍置錢監於洛、并、幽、益等州。秦王、齊王各賜三鑪鑄錢，右僕射裴寂賜一鑪。敢有盜鑄者身死，家口没官。」新唐書食貨志四：「（開元）二十六年……詔出銅所在置監，鑄開元通寶錢。」

〔二〕改故造新光：謂銷熔舊錢，改鑄新錢。

〔三〕青黃：熔冶金屬之氣色。周禮考工記㮚氏：「凡鑄金之狀，金與錫，黑濁之氣竭，黃白次之；黃白之氣竭，青白次之；青白之氣竭，青氣次之；然後可鑄也。」鄭玄注：「消湅金錫精粗之候。」按「金」即銅，「消湅」通「銷煉」。韓非子顯學：「夫視鍛錫而察青黃，區冶不能以必劍；水擊鵠雁，陸斷駒馬，則臧獲不疑利鈍。」「察青黃」謂觀察熔煉金屬之成色火候。梵志詩「元寶出青黃」，即謂出於熔鑄而成。又上句之「開通」與此句之「元寶」，乃析「開通元寶」之文而對舉之。隋唐嘉話卷下：「今開元通寶錢，武德四年鑄，其文歐陽率更所書也。」舊唐書食貨志上：「開元錢之文，給事中歐陽詢製詞及書，時稱其工。其字含八分及隸體，其詞先上後下，次左後右讀之。自上及左迴環讀之，其義亦通，流俗謂之開通元寶錢。」廣記卷四〇五文德皇后（出譚賓録）：「錢有文如甲跡者，因文德皇后也。武德中，廢五銖錢，行開通元寶錢。此四字及書皆歐陽詢所爲也。初進樣日，后掐一甲迹，因是有之。」故知由於讀法不同，自來有

「開元通寶」及「開通元寶」兩種名稱。通鑑唐高祖武德四年考異曰：「薛璫唐聖運圖云：初進蠟樣，文德皇后掐一甲，故錢上有甲痕云。凌璠唐録政要云竇皇后。按時竇皇后已崩，文德皇后未立，今皆不取。」宋王楙野客叢書卷八徐彭年謬論：「世傳徐彭年家範，率多謬論，開元錢一也。謂明皇時有富民王元寶，因命鑄錢司皆書其名，遂有元寶字，舉世皆以爲寶也。其後又云通寶，此錢背面有指甲文者，開元皇帝時鑄，楊妃之爪甲也。僕謂二説不然。按開元通寶乃唐高祖武德中鑄。所謂爪甲痕者，乃文德皇后，非楊妃也。其錢字文，或循環讀爲開通元寶。」

〔四〕本姓使流傳：「姓」疑當作「性」。按「錢」字本作「泉」，周禮地官注：「鄭司農(衆)云：故書泉或作錢。」孔穎達正義：「泉與錢今古異名。」若「泉」之本性，固應流行不絶，故魏書食貨志載任城王澄上書，有云「且錢之爲名，欲泉流不已」。史記貨殖列傳載計然曰：「財幣欲其如流水。」漢書食貨志下：「故貨寶於金，利於泉，布於布，束於帛。」「泉」即「錢」，注引如淳曰：「流行如泉也。」此詩上文云「萬里達」，亦取義於流行也。

〔五〕涓涓：流行不止貌。古文苑卷八蔡邕臨終詩：「涓涓河漢流，天窗通冥室。」藝文類聚卷三一引曹攄贈石崇詩：「涓涓谷中泉，鬱鬱巖下林。」宗密華嚴原人論：「念念生滅，相續無窮，如水涓涓，如燈焰焰。」春渚紀聞卷一馬魁二夢證應：「天賜爾子，慶流涓涓。」梵志詩二五二首：「生死如流星，涓涓向前去。」二五九首：「專意涓涓念，時時報佛恩。」皆取「連續不止」之義。

〔六〕劇：勝過。樂府詩集卷二五瑯琊王歌辭：「新買五尺刀，懸著中梁柱。一日三摩娑，劇於十五女。」

〔七〕孟光：東漢梁鴻之妻。後漢書梁鴻傳載光初嫁鴻，始以裝飾入門，七日而鴻不答，曰：「吾欲裘褐之人，可與俱隱深山者爾。今乃衣綺縞，傅粉墨，豈鴻所願哉！」光曰：「以觀夫子之志耳，妾自有隱居之服。」乃更爲椎髻，著布衣，操作而前。鴻大喜曰：「此真梁鴻妻也，能奉我矣。」後世因以「孟光」爲賢妻之稱。竇羣初入諫司喜家室至：「一旦悲歡見孟光，十年辛苦伴滄浪。」白居易香爐峯下新卜山居草堂初成偶題東壁：「來春更葺東廂屋，紙閣蘆簾著孟光。」又三年除夜：「素屏應居士，青衣侍孟光，夫妻老相對，各坐一繩牀。」劉兼江樓望鄉寄内：「蜀箋都有三千幅，總寫離情寄孟光。」廣記卷四二九申屠澄（出河東記），載澄贈内詩曰：「一官慙梅福，三年愧孟光。此情何所喻？川上有鴛鴦。」

怨家煞人賊乙一、掇瑣、校注、校輯、詩集

怨家煞人賊〔一〕，即是短命子。生兒擬替翁〔二〕，長大拋我死。債主蹔過來，徵我夫妻淚〔三〕。父母眼乾枯〔四〕，良由我憶你。好去更莫来〔五〕，门前有煞鬼〔六〕。（〇七五）

【校】

怨家　「怨」，原作「怨」，碑别字去聲十四願，隋董美人墓誌銘「怨」作「怨」。校輯改作「寃」，不必。

短命子　「短」原作「矩」。

【注】

〔一〕怨家：仇人。史記酷吏列傳：「尹齊亦以淮陽都尉病死，……仇家欲燒其尸。」集解引徐廣曰：「恐怨家欲燒之。」論衡死僞載此事作「怨家欲燒其尸」，風俗通義卷九怪神作「怨家欲燒之」，知「怨家」即「仇家」也。漢書張耳陳餘傳：「貫高怨家知其謀，乃上變告之。」三國志魏志董卓傳：「才、樂留河東，才

爲怨家所殺，樂病死。」御覽卷四一六引謝承後漢書：「許荆兒子常報讎殺人，怨家會衆操兵至荆家，欲殺之。」傳玄秦女休行：「白日入都市，怨家如尋常，匿劍藏白刃，一奮尋身僵。」變文集捉季布傳文：「楚王辯士英雄將，漢帝怨家季布身。」按「怨家」同「寃家」。「怨」之與「寃」，僅聲調有去平之異。鮑照代東武吟：「徒結千載恨，空負百年怨。」此詩韻脚皆爲平聲字，「怨」讀平聲，即是「寃」矣。蘇軾醉翁操：「醉翁嘯詠，聲和流泉。醉翁去後，空有朝吟夜怨。」「怨」字，詞律、詞譜亦注「平聲」。

〔二〕翁：父親，見〇〇九首注二。

〔三〕徵：討債。魏書釋老志：「徵債之科，一準舊格。」廣記卷一三四童安玗（出報應録）：「與同里人郭珙相善，珙嘗假借錢六七萬，即以經販。安玗後遂豐富。及珙徵所借錢，安玗拒諱之。」又卷四三六盧從事（出河東記）：「冥間了了，爲丈人徵債甚急。」又卷四四八何讓之（出乾膜子）：「其書以（已）爲往還所借，更一兩日當徵之。」

〔四〕眼乾枯：杜甫新安吏：「莫自使眼枯，收汝淚縱横。眼枯即見骨，天地終無情。」

〔五〕好去：送别之語，見〇三四首注三。

〔六〕煞鬼：見〇三四首篇後按語。

楚按：此首以「短命子」爲「怨家」、「債主」，其説蓋出於釋氏，而影響我國民間甚爲深廣，故近世尚聞有稱兒女爲「寃家」者。衆經撰雜譬喻卷下：「昔有一人兩婦，大婦無兒，小婦生一男，端正可愛，其壻甚喜。大婦心内嫉之，外佯愛念，劇於親子。兒年一歲許，家中皆知大婦愛重之，無復疑心。大婦以針刺兒顖上，令没皮肉。兒得病啼哭，不復乳哺。家中大小，不知所以。七日便死。小婦摧念啼哭，晝夜不息，不復飲食。垂命後便知爲大婦所傷，便欲報讐。……却後七日便死，轉身來生大婦爲女，端正，大婦愛之。年一歲死，大婦端坐不食，悲咽摧感，劇於小婦。如是七返，或二年或三年，或四五年，或六七年。後轉端正，更勝於前。最後年十四，已許人，垂當出門，即夜便卒死。大婦啼哭憂惱，不可復言，不復飲食，晝夜啼哭，垂淚而行。停屍棺中，不肯蓋之，日日看視，死屍光顏益好，勝於生時。……沙門言：汝殺人子，令其母愁憂懊惱死。故來爲汝作子，前後七反，是汝怨家，欲以憂毒殺汝。」此即所謂「怨家殺人賊，即是短命子」，蓋爲討還前世之寃債也。阿含口解十二因緣經：「人生子有五因緣：一者本願，二者同業，三者曉禮，四者來債，五者償債。……來債者，謂父母主治生，子橫用之。償債者，謂子治生付父母，是謂償債。子以三因緣生：一者父母先世負子錢，二者子先世負父母錢，三者怨家來作子。父母勤苦求財，已致便死，子得用之，是謂父母先負子錢。子行求財産，已致便死，父母用之，是爲子負父母錢。有時子生百日千日便死，父母便憂愁惱，是爲怨家相從生。」佛説分別經：「何謂償債父母？父母致財，兒生散用，父母不爲愛惜，恣所當得，皆是宿識因緣相償，故無惜心。」玄怪録卷二党氏女：「兒前身茗客王蘭也，有錢數百萬，客其家。元和初，頭眩而卧，遂爲如賓所殺而取其財，因而巨富。某既死而訴於上帝。上帝召問欲何以報，蘭言願爲子以耗之，故委蜕焉，耗之且盡而死。」即短命子討還前世債之自述。龍舒增廣淨土文卷六勸童男：「人家生男，七歲即令入學，蓋欲曉解文義，長大成立。父母之心，莫不如是。不知人生難保，少得高年。或遇寃家，以致橫死。或與父母宿爲寃業，託生其家，惱害父母，敗壞家産。」清王有光吳下諺聯卷二無寃不成夫婦無債不成父子：「父負子，人謂其子討債塊（鬼）；子負父，人謂其子還債貨。」至若元無名氏崔府君斷寃家債主雜劇，則以發揮此種觀念爲全劇之主旨。清袁枚子不語卷二四爲兒索債：「葛禮部諱祖亮者，爲余言其鄰程某，擁重資，無子。晚年生兒，性聰慧，眉目瑩秀，程愛如掌中珍。十二歲即多病，所費醫藥不資。稍長，不事生業，好鬬雞走狗，産爲之空。程忿甚，一旦懸祖宗神像，將笞之，子忽作山東人語曰：『俺吳某也，前生爲爾負債萬金，今來索取將盡，汝以我爲子耶？大誤大誤！我昨揭賬，尚欠八十餘金，今亦不能相讓。』奮衣前取其母髻上珠，踏碎，然後死。程卒大窮而嗣絶。」聊齋誌異卷一四十千：「新城王大司馬，有主計僕，家稱素封。忽夢一人奔入，曰：『汝欠四十千，今宜還矣。』問之，不答，徑入内去。既醒，妻産男。知爲宿孽，遂以四十千捆置一室，凡兒衣食病藥，皆取給焉。過三四歲，視室中錢，僅存七百。適乳姥抱兒至，調笑于側。僕呼之曰：『四十千將盡，汝宜行矣。』言已，兒忽顔色蹙變，項折目張。再撫之，氣已絶矣。乃以餘資置葬具而瘗之。此可爲負欠者戒也。」亦爲養子索債之例。廣記卷一二五盧叔倫女（出逸史）：「某前生曾販羊，從夏州來，至此翁莊宿，父子三人並爲其害，劫其資貨。某前生乃與之作兒，聰黠勝人，渠甚愛念。十五患病，二十方卒。前後所用醫藥，已過所劫數倍。渠又爲某每歲亡日作齋，夫妻涕泣，計其淚過三兩石矣。」此則短命子所徵索者不僅錢財，兼及眼淚。又李羣玉哭小女癡兒：「負爾五年恩愛淚，眼中唯有涸泉知。」即是此詩之「徵我夫妻淚」，而爲紅樓夢第一回絳珠仙草「還淚」説之濫觴。惟梵志此詩雖就「怨家債主」立意，却並非對「短命子」絶情，而是以此强自寬解。惟其不能絶情，故需作如此寬解；縱然作如此寬解，亦不能就此絶情，而益見其念子情深也。「可憐天下父母心」，善讀詩者當於言外得之。

来如塵暫起乙一、掇瑣、校注、校輯、詩集

来如塵暫起，去如一隊風〔一〕。来去無形影，變見極忩忩〔二〕。不見无常急〔三〕，業道自迎君〔四〕。何處有真實，還凑入冥空〔五〕。（○七六）

【校】

「来如」二句　原作「来如塵暫去，起如一墜風」，「去」「起」二字當誤倒。「墜」當是「隊」字之譌，參見注一。

忩忩　校輯作「匆匆」,同。

冥空　「冥」,原作「宜」,詩集作「窅」。校輯此二字録作「杳冥」。

【注】

〔一〕一隊風：一陣風。「隊」即陣,佛本行集經卷一七捨宫出家品下：「譬如猛風,吹彼雲隊。」又卷二〇王使往還品：「又如猛風,吹大雲陣。」兩相比較,知「雲隊」即是「雲陣」。敦煌曲子詞集浣溪沙：「一隊風去吹黑雲。」敦煌變文論文録附佛報恩經講經文：「隊隊香風生桂畔,羣羣鸞鳥宿松間。」變文集李陵變文：「黑煙隊隊人(入)愁宾(冥)。」

〔二〕變見：變化,亦作「變現」。新唐書天文志一：「至於天象變見,所以譴告人君者,皆有司所宜謹記也。」元稹大雲寺二十韻：「聽經神變見,説偈鳥紛紜。」歐陽炯題景焕畫應天寺壁天王歌：「包含萬象藏心裏,變現百般生眼前。」廣記卷四二五洪貞(出述異記)：「貞本好道,常焚香持念,頗有方術。居於祁南之迴玉鄉,鄉人遂稱其變現神通。」變文集維摩詰經講經文：「聲名遠振千千界,變現遐傳於万万方。」又降魔變文：「舍利弗道力不思議,神通變現甚希奇。」

〔三〕无常：佛教認爲世間一切事物不能常住,而處於生死遷流之中,稱爲無常。北本涅槃經卷一壽命品：「是身無常,念念不住,猶如電光暴水幻炎,亦如畫水,隨畫隨合。」弘明集卷一三郗超奉法要：「少長殊形,陵谷易處,謂之無常。」又：「佛問諸弟子：『何謂無常?』一人曰：『一日不可保,是爲無常。』佛言：『非佛弟子。』一人曰：『食頃不可保,是爲無常。』佛言：『非佛弟子。』一人曰：『出息不報,便就後世,是爲無常。』佛言：『真佛弟子。』」

〔四〕業道：指三惡道,見〇二七首注二。

〔五〕湊：赴。生經一佛説和難經：「彼於異時，其人不現，普徧行索，不知所湊。」冥空：虚空。續高僧傳卷二一釋慧思傳：「時冥空中有聲曰：欲修禪定，可往武當南嶽，此入道之山也。」

楚按：此首所寫爲生死變化，匆遽不息。「来去」即指生死，見〇二七首注三。結云「還湊入冥空」，則一切終究歸於虚無矣。

兄弟義居活乙一、掇瑣、校注、校輯、詩集

兄弟義居活〔一〕，一種有男女〔二〕。兒小教讀書，女小教針補。兒大与娶妻，女大須嫁去。當房作私産〔三〕，共語覓嗔處。好貪競盛喫〔四〕，無心奉父母。外姓能蛆妒〔五〕，啾唧由女婦〔六〕。一日三場鬭，自分不由父。（〇七七）

【校】

義居活　「居」，原作「君」，乃形譌字，參見注一。詩集作「宜均活」。

競盛喫　「競」，原作「竟」。碑別字去聲二十四敬，魏根法師碑「競」作「竟」。

蛆妒　「妒」，原作「姡」，校輯作「蛞」，參見〇三八首校記。

由女婦　「由」，原文難辨，姑從掇瑣。

三場鬭　「鬭」，原作「𨶜」。

【注】

〔一〕義居：聚族而居。獨異志卷中：「隋劉君良累代義居，兄弟四人同氣。」變文集搜神記：「我是勃海人也，姓李名玄，父母早亡，兄弟義居。兄以我未學，遣我往於邊先生處入學。」文苑英華卷五五一義居芝草判：「又虞乙家五從義居，園中禾生兩穗，庭中產芝草，蓋形紫色。」邵氏聞見録卷一七：「政和甲午，余過其家，長少列拜庭下，以次升堂，侍立應對有禮，道其家世次第甚詳。蓋自棲筠而下，義居二十餘世矣。」鶴林玉露丙編卷五陸氏義門：「張公忍字，睦九世於唐朝；陳氏義居，專一門於江左。」宋史理宗紀：「潭州民林符三世孝行，一門義居。」又陸九韶傳：「其家累世義居，一人最長者爲家長，一家之事聽命焉。」

〔二〕一種：同樣。男女：兒女。

〔三〕當房：自家之房，見〇二四首注一〇。私產：指私房錢。此事古已有之。韓非子説林上：「衛人嫁其子，而教之曰：『必私積聚。爲人婦而出，常也；其成居，幸也。』其子因私積聚，其姑以爲多私而出之。其子所以反者，倍其所嫁。」北史齊武明皇后傳：「及見神武城上執役，驚曰：『此真吾夫也。』乃使婢通意，又數致私財，使以娉己，父母不得已而許焉。」「私財」即「私產」。敦煌曲校録十二時：「囑親情，託姑舅，房臥資產暗中袖。」蘇子瞻雜纂怕人知：「同居私房蓄財物。」

〔四〕盛：音成，舀飯入碗叫「盛飯」。五燈會元卷一二冶父道川禪師：「唯有衲僧無底鉢，依前盛飯又盛羹。」

〔五〕外姓：即指下句之「女婦」。蓋封建大家庭中，父子兄弟輩皆爲同姓，若婆媳妯娌輩，則娶自外姓者，故通稱爲「外姓」。　蛆妒：同「怚妒」，嫉妬，見〇三八首注一一。

〔六〕　啾唧：吵罵聲，見〇〇五首注七。

楚按：此首所寫爲封建家庭之内部矛盾。「兄弟義居」爲封建倫常所要求之美德，故梵志詩一五四首亦云「兄弟相怜愛，同生莫異居」。儀禮喪服傳：「昆弟，四體也，故昆弟之義無分；然而有分者，則辟子之私也。子不私其父，則不成爲子，故有東宫，有西宫，有南宫，有北宫。異居而同財，有餘則歸之宗，不足則資之宗。」隨着下一代之出生，封建家庭因而膨脹，人多嘴雜，矛盾激化，「自分不由父」，「義居」終究化爲「異居」矣。

虛霑一百年之二　乙一、掇瑣、校注、校輯、詩集

虛霑一百年〔一〕，八十最是老。長命得八十，不解學修道。悠悠度好日，无心念三寶〔二〕。把拳入地獄，天堂无人到〔三〕。坼破五戒身〔四〕，却入三惡道。一入恒沙劫〔五〕，不須自懊惱。（〇七八）

校輯移此首於説錢心即喜（本書〇七〇首）之前。

【校】

把拳　「把」，原作「根」，掇瑣作「報」，校輯作「抱」。按〇一〇首有「空手把兩拳」之語，知原本「根」亦「把」之譌。詩集此二字作「根緣（？）」。

坼破　「坼」，原作「圻」，校輯、詩集作「折」。按珠林卷一一引起世經：「因冷風觸，其身坼破，譬如熟瓜，如竹

葦林，被大火燒，爆聲叱叱。」正作「坼破」。

【注】

〔一〕虛霑一百年：徒有人生百歲之名，參見〇一三首注一。

〔二〕三寶：指佛、法、僧，見〇三五首注四。

〔三〕天堂无人到：按佛教以爲世人惡業多，善業少，故死後入地獄者多，生天堂者少。如廣記卷一一四董青建（出法苑珠林）：「建見世人死，多墮三塗，生天者少。」變文集大目乾連冥間救母變文：「貧道慈母傍行檀，魂魄飄流冥路間。若問三塗何處苦，咸言五道鬼門關。畜生惡道人偏遶（饒），好道天堂朝暮閑。」

〔四〕五戒：指不殺生、不偷盜、不邪淫、不妄語、不飲酒。按佛教戒律詳略不一，而以五戒爲根本。變文集佛説阿彌陀經講經文：「夫五戒者，是成仏之良因，爲人（入）聖之要略，三千威儀，八方（万）細行，比丘有二百五十戒，（比）丘尼五百戒，近事男、近是（事）女八戒十戒，並從五戒而生。」「五戒身」即持五戒之身。

〔五〕恒沙劫：無數劫，見〇六一首注三。

近逢窮業至乙一、掇瑣、校注、校輯、詩集

近逢窮業至〔一〕，緣身一物無〔二〕。披繩兼帶索〔三〕，行時須杖扶。四海交遊絕〔四〕，眷屬往還疏。東西無繫著〔五〕，到處即安居。（〇七九）

乙一本至此止。

【校】

披繩　「繩」，原作「縄」。碑別字下平聲十蒸，唐李文墓誌銘「繩」作「縄」。

杖扶　「扶」，原作「抶」。

往還疏　「往還」，原作「永還」，校輯改作「永遠」。

繫著　「繫」，原作「潫」，碑別字去聲八霽，周强獨樂造象「濟」作「潫」。按此處「濟」又「繫」字的音譌，參見注五。

安居　原作「女君」。詩集作「汝居」。

【注】

〔一〕窮業：感招貧窮果報之業緣，此處即指貧窮。

〔二〕緣身：全身。新羅僧慧超往五天竺國傳：「此王每年兩迴設無遮大齋，但是緣身受用之物，妻及象馬等，並皆捨施。」斯坦因劫經録〇五二九定州開元寺僧歸文牒：「兼將緣身衣物，買得驢兩〔頭〕。」變文集鷰子賦：「緣身豆汁染，脚手似針釘。」亦作「沿身」。廣記卷二八八李恒（出辨疑志）：「增妻正見紙上有一婦人，被鬼把頭髻拽，又一鬼後，把棒驅之。增妻惶懼涕泗，取錢十千，并沿身衣服與恒，令作法禳之。」變文集漢將王陵變：「領將陵母，髡髮齊眉，脱却沿身衣服，與短褐衣，兼帶鐵鉗，轉火隊將士解悶。」又搜神記：「弟來蒼忙，沿（沿）身更無餘物。遂乃解靴縚一雙，奉上兄爲信。」又百鳥名：「澤雉沿身百種有，鵪鶉向後一物無。」

〔三〕披繩帶索：形容衣著襤褸。「披繩」指牛衣披身。御覽卷八二八引王隱晉書：「劉寔字子真，平原人，少貧苦，糠飯，繩索作牛衣賣，手繩口誦。」「帶索」亦襤褸之貌。列子天瑞：「孔子遊於太山，見榮啓期行乎郕之野，鹿裘帶索，鼓琴而歌。」淮南子齊俗：「貧人則夏被褐帶索，唅菽飲水以充腸。」白居易北窗三友：「或乏儋石儲，或穿帶索衣。」

〔四〕四海：論語顏淵：「四海之内，皆兄弟也。」此處「四海」爲異姓兄弟之代稱，亦即朋友之義，與下句「眷屬」爲對。

〔五〕東西：或東或西，謂行蹤不定。杜甫憶弟：「斷絶人煙久，東西消息稀。」白居易朱陳村：「東西不暫住，來往若浮雲。」杜荀鶴入關寄九華友人：「坐牀難穩露蟬新，便作東西馬上身。」　繫著：拴附。三國志魏志武帝紀裴注引魏略：「五官將知忠嘗噉人，因出駕從行，令俳家取冢間髑髏繫著忠馬鞍，以爲歡笑。」雜寶藏經卷二波斯匿王醜女賴提緣：「還以鑰匙，繫著腰下。」廣記卷一九三嘉興繩技(出原化記)：「某只須一條繩，粗細如指，五十尺，不用繫著，抛向空中，騰躑翻覆，則無所不爲。」變文集前漢劉家太子傳：「此小兒三度到我樹下偷桃，我捉得，繫著織機脚下。」梵志詩「東西無繫著」，謂四處飄泊，無所歸宿也。

王梵志詩校注卷三

人去像還去丙一、校輯、詩集

人去像還去，人来像以明〔一〕。像有投鏡意，人無合像情。鏡像俱磨滅，何處有衆生〔二〕？（〇八〇）

【校】

丙一本自此首起。

有衆生 「有」，校輯録作「看」。

【注】

〔一〕「人去」二句：按淨覺楞伽師資記：「當知人面不來入鏡中，鏡亦不往入人面。」荷澤神會語録：「譬如明鏡，若不對鏡，鏡中終不現像。爾今言現像者，爲對物故，所以現像。」大珠禪師語録卷上頓悟入道要門論：「譬如明鏡，若對物像時即現像，若不對物像時終不現像。」即此二句之意。

〔二〕衆生：泛指世人。

楚按：梵志詩〇八〇首至〇八七首闡發佛教大乘空宗之般若學説。摩訶般若波羅蜜經序品：「解了諸法，如幻,如焰,如水中月,如虚空,如響,如犍婆城,如夢,如影,如鏡中像,如化。」此即般若十喻,大智度論卷六具引之,並詳加闡釋。此首即發揮般若十喻中「如鏡中像」之喻。大智度論卷六又云:「如鏡中像者,如鏡中像,非鏡作,非面作,非執鏡者作,亦非自然作,亦非無因緣。何以非鏡作?若面未到鏡則無像,以是故非鏡作。何以非面作?無鏡則無像。何以非執鏡者作?無鏡無面則無像。何以非自然作?若未有鏡未有面則無像,像待鏡待面然後有,以是故非自然作。何以非無因緣?若無因緣應常有,若常有,若除鏡除面亦應自出,以是故非無因緣。……復次如鏡中像,實空不生不滅,誑惑凡人眼。一切諸法亦復如是,空無實不生不滅,誑惑凡人眼。……諸法從因緣生,無自性如鏡中像。如偈説:若法因緣生,是法性實空。若此法不空,不從因緣有。譬如鏡中像,非鏡亦非面,亦非持鏡人,非自非無因,非有亦非無,亦復非有無,此語亦不受,如是名中道。以是故説諸法如鏡中像。」傳燈録卷二八江西大寂道一禪師:「心真如者,譬如明鏡照像。鏡喻於心,像喻諸法。若心取法,即涉外因緣,即是生滅義。不取諸法,即是真如義。」蘇軾和陶影答形:「君如火上煙,火盡君乃別。我如鏡中像,鏡壞我不滅。」齊東野語卷九形影身心詩引楊龜山讀東坡和陶影答形詩云:「『君如煙上火,火盡君乃別;我如鏡中像,鏡壞我不滅。』蓋言影因形而有無,是生滅相。故佛云:『一切有爲法,如夢幻泡影。』正言其非實有也,何謂不滅?此則又墮虚無之論矣。」蓋自佛教「中道」説觀之,「雖無而非無,無者不絶虚;雖有而非有,有者非真有。」(僧肇不真空論。)故楊時(龜山)譏東坡爲「墮虚無之論」。

一身元本别　丙一、校輯、詩集

一身元本别,四大聚會同〔一〕。直似風吹火,還如火逐風。火强風熾疾,風疾火愈烘。

火風俱氣盡，星散惣成空〔二〕。（〇八一）

【校】

詩集以首二句屬上首。

一身元本別　「元」校輯改作「無」，「別」校輯改作「利」，皆非。

直似　「似」，原作「仈」。

火强風熾疾　原作「火强火熾滅」，校輯改作「風强火熾疾」。按此首中四句應是以火風交錯爲文，今姑作如此改。

風疾　「疾」，原作「即」，從校輯所改。

氣盡　「盡」，原作「書」。

【注】

〔一〕「一身」二句：按佛經以爲世間萬物，乃至人身，皆由地水火風等「四大」組成。未有人身，四大各別；因緣聚會，乃成人身。大方廣圓覺修多羅了義經：「我今此身，四大和合。所謂髮毛爪齒皮肉筋骨髓腦垢色皆歸於地，唾涕膿血津液涎沫痰淚精氣大小便利皆歸於水，暖氣歸火，動轉歸風。四大各離，今者妄身當在何處？即知此身畢竟無體，和合爲相，實同幻化。」法門名義集：「四大，地水火風是也，和合成身。地者骨肉形體也，水者血髓潤也，火者溫暖也，風者出入息也。」

〔二〕「火風」二句：言人命終。蓋此首以四大中之火風二大，代表四大。火風氣盡，四大星散，則人死命終。八師經：「八謂人死，四百四病，同時俱作，四大欲散，魂神不安、風去息絶，火滅身冷，風先火次，魂靈去矣。」維摩經方便品僧肇注：「夫萬事萬形，皆四大成。在外則爲土木山河，在內則爲四肢百體。聚而爲生，散而爲死。」五燈會元卷一〇雲居道齊禪師：「老僧今日火風相逼，特與諸人相見。……大衆纔散，師歸西挾而逝。」

楚按：此首發揮般若十喻中「如焰」之喻。

以影觀他影丙一、校輯、詩集

以影觀他影，以身觀我身。身影何處昵，身共影何親。身行影作伴，身住影爲隣。身影百年外〔一〕，相看一聚塵〔二〕。（〇八二）

詩集以首二句屬上首。

【校】

觀我身　「身」，詩集改作「躬」。

影作伴　「作」，原作「你」，乃筆誤字。

百年外　「外」，原作「夘」，校輯作「後」。

一聚塵　「聚」，校輯作「微」。

【注】

〔一〕百年外：按百年爲人壽之大限，「百年外」猶云死後。陶淵明和劉柴桑詩：「去去百年外，身名同翳如。」

〔二〕一聚塵：一堆灰土。亦云「一聚土」、「一堆塵」。廣弘明集卷三〇釋亡名五苦詩生苦：「終成一聚土，强覓千年名。」道鏡、善導念佛鏡念佛出三界門：「五藴浮虚夢幻身，假緣空聚一堆塵。」白居易逍遥詠：「此身何足厭，一聚虚無塵。」寒山詩：「誰家長不死？死事舊來均。始憶八尺漢，俄成一聚塵。」

楚按：此首就「身影」之喻立意。「如影」亦爲佛教十喻之一，以況世間一切皆非實有。大智度論卷六：「復次如影，映光則現，不映則無。諸結煩惱遮正見光，則有我相法相影。復次如影，人去則去，人動則動，人住則住。善惡業影亦如是，後世去時亦去，今世住時亦住，報不斷故，罪福熟時則出。……影則非爾，非實有物，但是誑眼法，如捉火熷，疾轉成輪非實。影非有物，若影是物，應可破可滅，若形不滅，影終不壞，以是故空。復次影屬形不自在故空，雖空而心生眼見，以是故説諸法如影。」變文集維摩詰經講經文：「又(是)身如人(影)，影(人)及衆物皆有影逐，人物若在，影即隨之，人物没(設)無，影從何有？身滅影沉，影生人顯。」又按，莊子漁父：「人有畏影惡迹而去之走者，舉足愈數而迹愈多，走愈疾而影不離身，自以爲尚遲，疾走不休，絶力而死。不知處陰以休影，處静以息迹，愚亦甚矣。」枚乘上諫吴王書：「人性有畏其景而惡其迹者，卻背而走，迹愈多，景愈疾，不知就陰而止，景滅迹絶。」以及李白月下獨酌之一(花間一壺酒)，皆與梵志此詩中四句同一意趣，而思想則較然有别，可謂貌合而神離者。

觀影元非有丙一、校輯、詩集

觀影元非有，觀身亦是空〔一〕。如採水底月〔二〕，似捉樹頭風〔三〕。攬之不可見，尋之不

可窮。衆生隨業轉〔四〕，恰似寐夢中。（〇八三）

詩集以此首與下首併爲一首。

【校】

元非有　「元」，詩集作「无」。

亦是空　「亦」，校輯作「一」。

樹頭風　「頭」，原作「吹」，從校輯所改。

隨業轉　「業」，原作「菜」，即「葉」字，唐人避太宗諱，改字中之「世」爲「云」。此處「葉」借作「業」，亦敦煌卷子通例，如變文集大目乾連冥間救母變文：「灌鐵爲城銅作壁，葉（業）風雷振一時吹。」

恰似寐夢中　「恰」，原作「伶」。「寐」，原作「寐」，變文集无常經講經文「百歲人生如夢寐（寐）」，與此字類似。

【注】

〔一〕「觀影」二句：按即上首之意。

〔二〕如採水底月：比喻虚幻無實，終無所得。方廣大莊嚴經卷五：「五欲不實，妄見而生，如水中月。」大智度論卷六：「如水中月者，月實在虚空中，影現於水。實法相月，在如法性實際虚空中，凡人心水中，有我我所相現，以是故名如水中月。復次如小兒見水中月，歡喜欲取，大人見之則笑。無智人亦如是，身見故見有吾我，無實智故見種種法，見已歡喜，欲取諸相男相女相等，諸得道聖人笑之，如偈説：如水中月炎中水，夢中得財死求生，有人於此實欲得，是人癡惑聖所笑。」北本涅槃經卷九：「是一闡提，憍慢心故，雖多作惡，於是事中，初無怖畏。以是義故，不得涅槃，喻如獼猴，捉水中月。」李白誌公畫贊：「水中之月，了不可取。」傳燈録卷三〇永嘉真覺禪師證道歌：「鏡裏看形見不難，水中捉月爭拈得？」變文集廬山遠公話：「第二是無形者，不立性處不見性，如水中之月，空裏之風，萬法皆無，一無所有，此即名爲無形。」

〔三〕似捉樹頭風：亦喻虛幻不可能。北本涅槃經卷一六：「善男子，假使擲羂能繫縛風，齒能破鐵，爪壞須彌，如來終不爲衆生作煩惱因緣。」月燈三昧經卷七：「風行疾速不可見，不可羂網而繫縛。」梁書劉孝綽傳：「但雕朽杇糞，徒成延奬；捕影繫風，終無効答。」唐杜淹召拜御史大夫贈袁天綱：「繫風終不得，脱屣欲安如？」韋應物難言：「持索捕風幾時得？將刀斫水幾時斷？」貫休貽世：「捕風兼繫影，信乎不須爭。」

〔四〕隨業轉：謂隨所造業，受善惡報，輪迴不已。佛爲首迦長者説業報差別經：「佛告首迦：一切衆生，繫屬於業，依止於業，隨自業轉。」地藏菩薩本願經：「時婆羅門女，知母在世，不信因果，計當隨業，必生惡趣。」隋灌頂纂國清百録卷一：「命如山水，亦如假借，一息不還，隨業流轉。」廣弘明集卷一八法琳廣析疑論：「蓋知隨業受報，二鳥不嫌其長短；因濕致生，兩蟲無擇於飛化。」宗密答温尚書書：「一切衆生，無不具覺靈空寂，與佛無殊。但以無始以來，未曾了悟，妄執身爲我相，故生愛惡等情，隨情造業，隨業受報，生老病死，長劫輪迴。」唐臨冥報記序：「二曰生報，謂此身作業，不即受之，隨業善惡，生於諸道，皆名生報。」變文集廬山遠公話：「生聞(闘)英雄，死論福得(德)，隨業受之，任他所配。或居地獄，或在天堂，或爲畜生，或爲餓鬼，六道輪迴，無有休期。」

楚按：此首乃發揮「十喻」中「如夢」之喻。維摩詰所説經方便品：「是身如夢，爲虚妄見。」大智度論卷六：「如夢者，夢中無實事，謂之有實，覺已知無，而還自笑。人亦如是，諸結使眠中實無而著，得道覺時，乃知無實，亦復自笑。以是故名如夢。」弘明集卷五慧遠明報應論：「寓羣形於大夢，實處有而同無。」敦煌曲校録十二時：「日昳未，幻世浮生如夢寐。」變文集妙法蓮華經講經文：「或即身貴榮貴（華），不殊夢裏喜歡；忽然處在貧窮，還似夢中惡發。无明生死夜長遥，六道循環自感招，天上暫隨波浪起，人間長被業行飄。悲啼只爲身貧病，歡喜還緣遇富饒。成佛似鍾（鐘）驚覺後，万般煩惱一時消。」

雷發南山上丙一、校輯、詩集

雷發南山上，雨落北溪中。雷驚礔礰火〔一〕，雨激咆哮風。倏忽威靈歇〔二〕，須臾勢力窮。天地不能已，如女爲身空〔三〕。（〇八四）

【校】

雷發　「發」，原作「蕟」，俗字譜十三畫，古今雜劇「發」作「彂」，與此形近。

北溪中　「溪」，原作「浮」，校輯改作「澤」，詩集改作「海」。

礔礰　校輯作「霹靂」，同，見注一。

咆哮風　「咆」，原作「泡」。

威靈歇　「威」，原作「滅」。

勢力窮　「勢」，原作「㔟」，碑別字去聲八霽，魏劉玉墓誌「勢」作「㔟」，與此形近。「力」，原作「乃」，乃形譌字。「勢力」與上句「威靈」爲對。

不能已　「已」，原作「以」，二字通用。

如女　校輯作「知汝」，詩集作「如汝」。

【注】

〔一〕礔礰：同「霹靂」，通常作「礔礰」。張衡西京賦：「礔礰激而增響，磅礚象乎天威。」大智度論卷一七：「如雹害穀，如礔礰臨人。」隋書刑法志：「又作礔礰車以威婦人。」亦作「礔礫」。變文集降魔變文：「雷鳴電吼霧昏天，礔礫聲揚似火爆。」

〔二〕威靈：威風。三國志魏志吕布傳：「曹公奉迎天子，輔讚國政，威靈命世。」又裴注引英雄記：「術憑將軍威靈，得以破備，其功三也。」北史賀若弼傳：「臣恃至尊威靈，將八千兵度江，即禽陳叔寶，竊以此望活。」廣記卷一一劉憑（出神仙傳）：「憑反復良久，忽然大怒曰：『汝輩敢爾！』應聲有雷電霹靂，赤光照耀滿屋。於是敵人之黨一時頓地，無所復知。太守甚怖，爲之跪謝曰：『願君侯少寬威靈，當爲理斷，終不使差失。』」汾陽無德禪師語録卷下讚深沙神：「現威靈，如忿怒，遥見便令人畏懼。」

〔三〕女：讀爲「汝」。

楚按：此首蓋發揮「十喻」中「如虛空」之義。以虛空中雷電霹靂，風咆雨激，雖轟烈一時，而終歸於無，比喻一切皆非實有。以天象變化如此不已，比喻人生送往迎來，畢竟是空。大智度論卷六：「復次，如虛空性常清淨，人謂陰曀爲不淨。諸法亦如是，性常清淨，婬欲瞋恚等曀故，人謂爲不淨。如偈說：如夏月天雷電雨，陰雲覆曀不清淨。凡夫無見亦如是，種種煩惱常覆心。……以是故虛空但有名而無實，諸法亦如是，但有假名，而無有實。」又按，老子二十三章：「飄風不終朝，驟雨不終日，孰爲此者天地，天地尚不能久，而況於人乎？」尤與此詩內容吻合，或許不全是暗合吧。

非相非非相丙一、校輯、詩集

非相非非相〔一〕，无明无无明〔二〕。相逐妄中出〔三〕，明從暗裏生。明通暗即盡〔四〕，妄絶相還清。能知寂滅樂〔五〕，自然無色聲〔六〕。（〇八五）

【校】

无明无无明　「无」，原作「元」，形近而譌。

相逐　「相」，原作「傷」，從校輯所改。

相還清　「相」，原作「明」，從校輯所改。

色聲　「聲」，校輯改作「生」，非是。

【注】

〔一〕非相非非相：按大乘義章卷三：「諸法體狀，謂之爲相。」北本涅槃經卷二二：「如來非相，何以故？久已遠離諸相相故，是故非相。亦非非相，何以故？善知諸相故，是故非非相。」又卷二七：「善男子，佛性者，亦色非色非色非非色，亦相非相非相非非相，亦一非一非一非非一，非常非斷非非常非非斷，亦有亦無非有非無，亦盡非盡非盡非非盡，亦因亦果非因非果，亦義非義非義非非義，亦字非字非字非非字。……云何爲相？三十二相故。云何非相？一切衆生相不現故。云何非相非非相？相非相不決定故。」蓋「相」爲具體事物之狀貌，一切諸法既非實有，則其狀貌亦非實有，故云「非相」；而「非相」亦非實有，故云「非非相」也。

〔二〕无明无无明：按「明」即智慧。大乘義章卷四：「知法顯了，故名爲明。」「無明」一云「癡」，爲佛教「三毒」之一。大智度論卷六：「如德女經説，德女白佛言：『世尊，如無明内有不？』佛言：『不。』『外有不？』佛言：『不。』『内外有不？』佛言：『不。』『世尊，此無明從先世來不？』佛言：『不。』『從此世至後世不？』佛言：『不。』『是無明有生滅不？』佛言：『不。』爾時德女復白佛言：『若無明無内無外，亦無内外，不從先世至今世、今世至後世，亦無真實性者，云何從無明緣行、乃至衆苦集？世尊，譬如有樹，若無根者，云何得生莖節枝葉華果？』佛言：『諸法相雖空，凡夫無聞無智，而於中生種種煩惱，煩惱因緣作身口意業，業因緣作後身，身因緣受苦受樂。是中無有實作煩惱，亦無身口意業，亦無有受苦樂者。譬如幻師，幻作種種事。……無明亦如是，雖不内有不外有，不内外有，不先世至今世，今世至後世，亦無實性，無有生滅者，而無明因緣諸行生，乃至衆苦陰集。如幻息，幻所作亦息。無明亦爾，無明盡，行亦盡，乃至衆苦集皆盡。』」蓋「無明」亦非實有，大方廣圓覺修多羅了義經：「此無明者，非實有體，如夢中人，夢時非無，及至於醒，了無所得。」故云「无无明」也。

〔三〕相逐妄中出：按「妄」指妄想、妄心。大乘起信論：「一切衆生，以有妄心，念念分別。」大乘義章三本：「凡夫迷實之心，起諸法相，執相施名，依名取相，所取不實，故曰妄想。」蓋佛法真如平等一如，而衆生由於妄想作用，起分別想，而現善惡美醜種種之相，故云「相逐妄中出」也。

〔四〕明通暗即盡：按「明」即智慧，「暗」即無明，此句即智慧能破無明之意。如來密藏經卷下：「『迦葉，若闇室中然火燈明，是闇頗能作如是説：我百千載住，今不應去？』迦葉白佛：『不也世尊，當然燈時，其闇已去。』」大集經卷一：「譬如一處百年闇室，一燈能破。」

〔五〕寂滅：即「涅槃」之意譯，參見〇三五首注五。維摩詰經佛國品：「知一切法皆悉寂滅。」僧肇注：「去相故言寂滅。」

〔六〕色聲：單言爲「色」，複言「色聲」，指感官所感知的外界事物之「相」。王維與胡居士皆病寄此詩兼示學人：「色聲非彼妄，浮幻即吾真。」亦指感官享受，衆經撰雜譬喻卷下：「唯人不持五戒，但遂聽色聲，人身豈復可還得也？」續高僧傳卷二三釋道安傳：「當遵此志，經修道明，如何無心，故在色聲？」彦琮通極論：「觀子馳騁於名利，荒昏於色聲。」傳燈録卷四金陵鍾山曇璀禪師：「色聲爲無生之鴆毒，受想是至人之坑穽。」

楚按：此首「非相非非相」等語，闡發佛教空義，頗爲精微。蓋自真諦觀之，實相不過因緣假合，本性是空；自俗諦觀之，既有因緣假合，則仍是有。不著兩邊，即爲「非相非非相」矣。此義以僧肇所釋最爲明白。答劉遺民書云：「故經云：真般若者，非有非無，無起無滅，不可説示於人。何則？言其非有者，言其非是有，非謂是非有；言其非無者，言其非是無，非謂是非無。非有非非有，非無非非無。是以須菩提終日説般若而云無所説。此絶言之道，知何以傳？庶參玄君子有以會之耳。」又維摩詰經佛國品注：「欲言其有，有不自生。欲言其無，緣會即形。會形非謂無，非無非謂有。且有有故有無，無有何所無，有無故有有，無無何所有。然則自有則不有，自無則不無，此法王之正説也。」

但看繭作蛾丙一、校輯、詩集

但看繭作蛾，不憶蛩生箔〔一〕。但看睡寐時，還將夢爲樂。蛾既不羨蛩，夢亦不爲樂。當作如是觀，死生無好惡。（〇八六）

【校】

繭作蛾　原作「蛾作蛾」，校輯改作「蛾作卵」，茲改作「繭作蛾」。

蛩生箔　「蛩」，詩集、校輯作「蠶」，同。碑別字下平聲十三覃，魏始平文貞公國太妃盧氏墓誌「蠶」作「蛩」，康熙字典引韻學集成：「蠶亦作蛩。」

睡寐　原作「腄寐」。

【注】

〔一〕箔：簾狀養蠶具。元王禎農書農器圖譜卷一八：「蠶箔，曲箔，承蠶具也。……北方養蠶者多，農家宅院後或園圃間多種萑葦，以爲箔材。秋後芟取，皆能自織。方可四丈，以二椽棧之，懸於槌上，至蠶分擡去蓐時，取其卷舒易用。南方萑葦甚多，農家尤宜用之，以廣蠶事。」洛陽伽藍記卷三報德寺載王肅妻謝詩：「本爲箔上蠶，今作機上絲，得路逐勝去，頗憶纏綿時。」

楚按：此首大旨仍是發揮佛教十喻中「如夢」之喻。北本涅槃經卷二〇：「如人夢中，受五欲樂，愚癡之人，謂之爲實，智者了達，知其非實。」大乘本生心地觀經卷四：「佛子至求無上道，當觀舍宅如夢中，譬如富貴大長者，有一童女妙端嚴，隨其父母上高樓，觀視遊從其歡樂。女向樓中作是夢，分明夢見適他人，後於夫家誕一子，其母愛念心憐愍。子上樓臺耽喜樂，因危墜墮於虎口，遂乃失聲從夢覺，方知夢想本非真。」大智度論卷六：「復次如夢中，無喜事而喜，無瞋事而瞋，無怖事而怖。三界衆生亦復如是，無明眠故，不應瞋而瞋，不應喜而喜，不應怖而怖。」慧思諸法無諍三昧法門卷上：「譬如眠熟時，夢見種種事。心體尚空無，何況有夢事。覺雖了了憶，實無有於此。凡夫顛倒識，譬喻亦如是。」變文集維摩詰經講經文：「又如夢想，如人夜眠作夢，覺時一段虚華，千般萬種之中，无有一件實處。」又妙法蓮華經講經文：「寒更漏永睡稠穋（綢繆），魂夢將心處處遊。或見歡娱花樹下，或逢寂寞遠江頭。或歸鄉井心中喜，或夢他鄉客思遊（憂）。恰被曉鍾驚覺後，夢中行處一時休。」又按：「人生如夢」亦爲中土道家固有觀念，莊子齊物論：「夢飲酒者，旦而哭泣；夢哭泣者，旦而田獵。方其夢也，不知其夢也，夢之中又占其夢焉，覺而後知其夢也。」成玄英疏：「夫死生之變，猶覺夢之異耳。夫覺夢之事既殊，故死生之情亦别。而世有覺凶而夢吉，亦何妨死樂而生憂邪？」列子周穆王載「蕉鹿夢」事，亦此意也。而梵志此詩取蛾蠶之喻，亦與道家「物化」之觀點吻合。莊子齊物論：「昔者莊周夢爲胡蝶，栩栩然胡蝶也，自喻適志與，不知周也。俄而覺，則蘧蘧然周也。不知周之夢爲胡蝶與？胡蝶之夢爲周與？周與胡蝶，則必有分矣。此之謂物化。」成玄英疏：「夫新新變化，物物遷流，譬彼窮指，方兹交臂。是以周蝶覺夢，俄頃之間，後不知前，此不知彼。而何爲當生慮死，妄起憂悲。故知生死往來，物理之變化也。」淮南子俶真：「譬若夢爲鳥而飛於天，夢爲魚而没於淵，方其夢也，不知其夢也，覺而後知其夢也。今將有大覺，然後知今此爲大夢也。」而梵志此詩又由此導致「死生無好惡」之結論，又與道家「一死生」合若符契。莊子齊物論：「方生方死，方死方生。」郭象注：「夫死生之變，猶春秋冬夏四時行耳。故死生之狀雖異，其於各安所遇，一也。今生者方自謂生爲生，而死者方自謂生爲死，則無生矣。生者方自謂死爲死，而死者方自謂死爲生，則無死矣。」故知梵志此詩雖爲闡發佛家「如夢」觀念，而實與道家思想相通。蓋佛道二家同一厭世，故能冥合如此也。

黃母化爲鱉丙一、校輯、詩集

黃母化爲鱉〔一〕，秖爲鱉爲身〔二〕。牛哀化爲虎〔三〕，亦是虎爲人。不憶當時業，寧知過去因〔四〕？死生一變化〔五〕，若箇是師親〔六〕？（〇八七）

詩集以此首與〇八八首併爲一首。

【校】

秖爲　「秖」，校輯作「只」。

牛哀化爲虎　「哀」，原作「褢」，校輯作「裹」，詩集改作「犛（？）」。按此字實爲「哀」字形譌，參見注三。「化」，原作「花」。「虎」，原作「虒」。

當時業　「業」，原作「棊」，即「葉」字，通作「業」，見〇八三首校記。校輯録作「果」。

寧知　「寧」，原作「寕」，從校輯所録。按一一二首「死王羨活鼠，寧及尋常人。」「寧」原亦作「寕」。

【注】

〔一〕黃母化爲鱉：事見搜神記卷一四：「漢靈帝時，江夏黃氏之母，浴盤水中，久而不起，變爲黿矣。婢驚走告，比家人來，黿轉入深淵。其後時時出見。初浴簪一銀釵，猶在其首。於是黃氏累世不敢食黿肉。」此事亦見續漢書五行志四、廣記卷四七一黃氏母（出神鬼傳）。按晉書五行志下、御覽卷六六及卷八八八引丹陽記、廣記卷四七一引廣古今五行記載吴宣騫母化黿事，與此事類似。唯以上兩事皆作「化黿」，若「化鼈」則是宋士宗母事。搜神記卷一四：「魏黄初中，清河宋士宗母，夏天於浴室裏浴，遣家中大小悉出，獨在室中良久。家人不解其意，於壁穿中窺之，不見人體，見盆水中有一大鼈。遂開户，大小悉入，了不與人相承。嘗先著銀釵，猶在頭上。」晉書五行志下、御覽卷八八八引續搜神記載此事，亦作「化爲鼈」。而搜神後記卷四、廣記卷四七一宋士宗母(出續搜神記)則作「化爲黿」。蓋黿即大鼈也，「化黿」與「化鼈」，實無區别，以上黄母、宣騫母、宋士宗母事，實出同一傳聞，展轉異辭，故主名不同，化鼈化黿亦微異也。

〔二〕爲：「秖爲」之「爲」，通作「謂」，以爲之義。　身：自己，見〇〇一首注三。

〔三〕牛哀化爲虎：事見淮南子俶真：「昔公牛哀轉病也，七日化爲虎。其兄掩户而入覘之，則虎搏而殺之。是故文章成獸，爪牙移易，志與心變，神與形化。方其爲虎也，不知其嘗爲人也；方其爲人，不知其且爲虎也。二者代謝舛馳，各樂其成形。」高誘注：「轉病，易病也。江淮之間，公牛氏有易病化爲虎，若中國有狂疾者發作有時也。其爲虎者，便還食人。食人者因作真虎，不食人者更復化爲人。公牛氏，韓人。淮南之人因牛食芻，謂之芻豢，有驗於此。」據此注，則公牛其姓，哀其名也。論衡遭虎：「魯公牛哀病化爲虎，搏食其兄。」亦作「公牛哀」。而此後稱此事者，多作「牛哀」，如張衡思玄賦：「牛哀病而成虎兮，雖逢昆其必噬。」搜神記卷一二：「魯牛哀得疾，七日化而爲虎。」廣弘明集卷四隋彦琮通極論：「是以衛姬、蜀帝之流，牛哀、伯奇之類，狐爲美女，狸作書生，抑亦事歸難思，豈易詳也。」又卷一三法琳辨正論九箴篇自注：「牛哀病而爲虎，逢其兄而噬之。」白居易達理二首之二：「舒姑化爲泉，牛哀病作虎。」獨異志卷上：「牛哀病三月，化而爲虎，遂食其虎(兄)。」廣記卷四三二南陽士人(出原化記）：「主人因話人變化之事，遂云：牛哀之輩，多爲妄説。」皆稱「牛哀」，蓋複姓舉其一字，亦古人之常例，猶如司馬遷或稱馬遷，諸葛亮或稱葛亮之類。

〔四〕「不憶」三句：按佛教以今生爲前生所造業因之果報，唯既已變化隔世，則今生不復知前生所造業因矣。

〔五〕一：皆。三國志蜀志法正傳：「先主既即尊號，將東征孫權以復關羽之恥，羣臣多諫，一不從。」觀無量壽佛經：「收執父王頻婆娑羅，幽閉置於七重室内，制置羣臣，一不得往。」賢愚經卷一：「大師所須，願見告勑，身及妻子，一皆不惜。」顔氏家訓慕賢：「有丁覘者，洪亭民耳，頗善屬文，殊工草隸，孝元書記，一皆使之。」又終制：「吾當松棺二寸，衣帽已外，一不得自隨。」舊唐書李實傳：「方務聚斂進奉，以固恩顧，百姓所訴，一不介意。」變文集韓擒虎話本：「公解探事，一取將軍處分，探得軍機，速便早迴，與公重賞。」

〔六〕若箇：哪個，見〇四一首注三。師親：師長及尊親。古代有「君親師」或「天地君親師」之説，「師親」即居其二。清俞正燮癸巳存稿卷四尊師正義：「今之言者，曰『君親師』，曰『天地君親師』，此皆古有之禮。檀弓云：『事親有隱而無犯，事君有犯而無隱，事師無隱無犯。』國語欒共子云：『民生於三，事之如一。父生之，師教之，君食之。』文子符言云：『道之爲宗，有形者皆生焉，其爲親也亦戚矣；饗穀食氣者皆壽，其爲君也亦惠矣；諸智者學焉，其爲師也亦明矣。』白虎通封公侯云：『天有三光日月星，地有三形高下平，人有三尊君父師。』是三者相並。禮運云：『天生時而地生財，人其父生而師教之，四者君以正而用之。』大戴禮三本云：『無天地焉生？無先祖焉出？無君師焉治？』荀子禮論云：『天地者生之本，先祖者類之本，君師者治之本。』是五者相並也。」梵志詩云「若箇是師親」者，言死生既轉化不已,則師長尊親等關係亦隨之變化不已,本無一定,不可拘執。法琳辨正論十喻篇下:「佛經言:識體輪迴,六趣無非父母;生死變易,三界孰辨怨親。」〇九二首:「蹔來還須去,知我是誰親?」亦此意也。

楚按:此首闡發佛教十喻之「如化」一喻。大智度論卷六:「復次,化生無定物,但以心生,便有所作,皆無有實。人身亦如是,本無所因,但從先世心生今世身,皆無有實。以是故説諸法如化,如變化心滅則化滅,諸法亦如是,因緣滅,果亦滅。」唯梵志所舉黄母、牛哀之例皆出中土載籍,實即「物化」之説,與上首蛾蠶之例正同。「物化」説爲我國傳統的變化之説,莊子、淮南子以下,如三國志魏志方技管輅傳裴注引輅别傳:「夫萬物之化,無有常形,人之變異,無有常體。或大爲小,或小爲大,固無優劣。夫萬物之化,一例之道也。是以夏鯀,天子之父,趙王如意,漢祖之子,而鯀爲黄熊,如意爲蒼狗,斯亦至尊之位而爲黔喙之類也。況虵者協辰巳之位,烏者棲太陽之精,此乃騰黑之明象,白日之流景,如書佐、鈴下,各以微軀化爲虵、烏,不亦過乎?」廣弘明集卷五載曹植辨道論:「又世虚然有仙人之説,仙人者儻猱猨之屬與?世人得道,化爲仙人乎?夫雉入海爲蜃,燕入海爲蛤,當其徘徊其翼,差池其羽,猶自識也;忽然自投,神化變體,乃與黿鼈爲羣,豈復自識其翔林薄、巢屋垣之娱乎?」搜神記卷一二首條論「物化」尤詳。此説與釋氏輪迴之説,貌合神離,然古人已有將二者牽合比附之論,如北史李士謙傳:「至若鯀爲黄熊,杜宇爲鶗鴂,褒君爲龍,牛哀爲猛獸,君子爲鵠,小人爲猿,彭生爲豕,如意爲犬,黄母爲黿,宣武爲鼈,鄧艾爲牛,徐伯爲魚,鈴下爲烏,書生爲蛇,羊祜前身李氏之子,此非佛家變受異形之謂耶?」梵志此詩,亦爲不别物化與輪迴之例。

古来服丹石丙一、校輯、詩集

古来服丹石〔一〕，相次入黄泉〔二〕。万寳不贖命，千金不買年。有生即有死〔三〕，何後復何先。人人惣色活〔四〕，拄著上頭天〔五〕。（〇八八）

【校】

服丹石　「服」，原作「復」，即「復」字，通作「服」。

色活　「色」，原作「邑」，俗字譜六畫，列女傳「色」作「邑」。校輯作「巴」，詩集改作「存」。

拄著　「拄」，原作「注」。

【注】

〔一〕丹石：丹及石，皆爲道家所服藥物。神仙傳卷一老子：「是以所出度世之法：九丹八石，金醴金液。」抱朴子内篇明本：「合金丹之大藥，錬八石之飛精。」廣記卷三七八楊大夫（出神仙感遇傳）：「楊頵留心罏鼎，志在丹石，能製返魂丹，有疾疫暴病死者，研丹一粒，拗開其口，灌之即活。」全唐詩外編全唐詩補逸卷三崔融寳名：「琴歌待明月，丹石有深期。」

〔二〕相次入黄泉：按沈佺期哭蘇眉州崔司業二公亦云：「禮樂羊叔子，文章王仲宣，相看尚玄髮，相次入黄泉。」「相次」即相續之義。易剥王弼注：「貫魚，謂此衆陰也，駢頭相次，似貫魚也。」南史梁武帝紀：「尋而大臣相次誅戮。」封氏聞見記卷五官銜：「前馬已進，後馬續來，相次不絶。」

〔三〕　有生即有死：　見二四六首注一。

〔四〕　色：　通「索」。變文集太子成道變文：「見前劫婢女，破面與咲（笑），色取中脂（指）上金脂（指）環。」徐震塄校「色」爲「索」，是。梵志詩之「色活」，謂求長生。

〔五〕　拄著上頭天：　謂地上人滿爲患，層層堆積，上拄於天。

死竟土底眠丙一、丙三、校輯、詩集

死竟土底眠〔一〕，生時土上走。死竟不出氣，生時不住口。早死一生畢，誰論百年後〔二〕。召我還天公〔三〕，不須盡出手。(〇八九)

丙三之俄〇二五五八自此首「底眠」起。

【校】

土底眠　「底」，校輯作「裏」。

土上走　「土」，校輯改作「地」，不必。丙三「土」上衍「不」字。

一生畢　「畢」，原作「畢」。

召我　「召」，原作「呇」。

【注】

〔一〕　死竟：　已死，「竟」爲完畢之義。

〔二〕百年後：即死後。「百年」，爲人壽之大限，這裏指有生之年。拾遺記卷九：「吾百年之後，當指白日，以汝爲殉。」祖堂集卷三司空山本淨和尚：「此身從何而來？百年後復歸何處？」

〔三〕天公：天帝，造物主。搜神記卷一〇述張車子錢財事，「天公過而哀之」，文選張衡思玄賦注引作「天帝見而矜之」，是「天公」即「天帝」之證。晉書五行志：「昔年食白飯，今年食麥麩，天公誅謫汝，教汝撚嚨喉。」韓愈感春五首之四：「天公高居鬼神惡，欲保性命誠難哉。」姚合寄王度居士：「天公與貧病，時輩復輕欺。」皎然偶然五首問天：「天公何時有，談者皆不經。」御覽卷五八三引羯鼓録：「唯高力士遺取羯鼓，上旋命之，臨軒縱擊一曲，名春光好，神思自得。及顧柳杏，皆已發坼。指而笑曰：『此事不喚我作天公可乎？』左右皆稱萬歲。」

行善爲基路丙一、丙三、校輯、詩集

行善爲基路，〔修〕福作田莊。喫肉吾不煞〔一〕，飲酒吾不荒。偷盜吾不作，邪淫吾不當〔二〕。不解讒朝庭，不解佞君王。不能行左道〔三〕，於中説一場。一直逢閻天，盡地取天堂〔四〕。（〇九〇）

【校】

行善爲基路　詩集無此句。

「〔修〕福」三句　原脱，丙三作「福作田庄。喫肉吾不慦，飲酒吾不荒」。按「庄」同「莊」，「慦」當作「煞」，同

「殺」。茲據丙三録文。「福」上缺文據文義應是「修」字，茲擬補。

吾不作　「吾」，原作「五」。「作」，校輯作「當」。

邪淫吾不當　原作「耶縚五不當」。「耶縚」應是「邪淫」之譌，「五」應是「吾」之譌。校輯無此句。

朝庭　「庭」，原作「迋」，碑別字下平聲九青，魏孫秋生造象記「庭」作「迋」，與此近似。

佞君王　「佞」，原作「倿」，即「佞」俗字。龍龕手鏡卷一人部：「倿，乃定反，諂媚僞善也。」

説一場　「場」，原作「傷」，姑從校輯所改。

閤天　「閤」，原作「侚」，當是「閤」字草書，丙三作「閤」，校輯作「宿」，詩集作「縮」。「天」，丙三作「大」，校輯作「天」，仍俟校。

【注】

〔一〕喫肉吾不煞：謂所喫之肉非自手所殺，即遵從小乘佛教「淨肉可食」之戒律，參看一〇九首篇後按語。

〔二〕邪淫：妻妾以外之女色，見二二六首注一。

〔三〕左道：邪道。禮記王制：「執左道以亂政，殺。」鄭玄注：「左道，若巫蠱及俗禁。」孔穎達正義：「盧云：左道爲邪道。地道尊右，右爲貴，故漢書云：右賢左愚，右貴左賤。故正道爲右，不正道爲左。」抱朴子外篇漢過：「左道邪術，假託鬼怪者，謂之通靈神人。」舊唐書玄宗廢后王氏傳：「后兄守一以后無子，常懼有廢立，導以符厭之事。有左道僧明悟爲祭南北斗，刻霹靂木書天地字及上諱，合而佩之，且祝曰：『佩此有子，當與則天皇后爲比。』」

〔四〕「一直」二句：俟再校。

前業作因緣丙一、丙三、校輯、詩集

前業作因緣，今身都不記〔一〕。今世受苦惱〔二〕，未来當富貴〔三〕。不是後身奴，来生作事地〔四〕。不如多温酒〔五〕，相逢一時醉。（〇九一）

【校】

前業　「業」，原作「葉」，即「葉」字，通作「業」，校輯誤作「果」。

今身　「今」，原本、丙三作「金」，乃音譌字。敦煌曲子詞集菩薩蠻：「金（今）作蒙塵客。」即其例。

今世受苦惱　「世」，校輯作「也」。「惱」，原本、丙三作「怞」。變文集父母恩重經講經文：「思量慈母生身日，苦怞（惱）千般難可述。」

未来　「未」，原作「末」。

一時醉　「醉」，原作「酔」，俗字譜酉部，取經詩話「醉」作「酔」。

【注】

〔一〕「前業」二句：按佛教以爲世間諸法，皆由因緣假合而生。翻譯名義集卷四：「尼陀那，此云因緣。什曰：力强爲因，力弱爲緣。肇曰：前緣相生，因也；現象助成，緣也。」此二句謂前身所作身口意業導致今身之果報，唯已隔世，故不記憶也。

〔二〕苦惱：痛苦。北本涅槃經卷二一：「四天善神，心無歡喜，故降災旱，穀米不登，人民多病，苦惱無量。」變文集父母恩重經講經文：「若是嚴天月，苦惱難申説，手冷徹心酸，十指從頭烈（裂）。」

〔三〕未来：指來生，參見篇後按語。

〔四〕作事地：疑有誤。然此二句大意可知，謂今身既非來身之奴僕，則不必爲求來生之富貴，而故令今身受苦惱。

〔五〕温酒：古人寒天飲酒，多温酒使熱。晉書羊琇傳：「琇性豪侈，費用無復齊限，而屑炭和作獸形以温酒，洛下豪貴咸競效之。」世説新語任誕：「王大服散後已小醉，往看桓。桓爲設酒，不能冷飲，頻語左右：『令温酒來！』」因遂以「温酒」爲飲酒之代語。梁元帝金樓子卷四立言上：「蕭賁忌日拜官，又經醉自道父名。有人譏此事，賁大笑曰：『不樂而已，何妨拜官？温酒之談，聊慕言在。』了無怍色。」

楚按：此首云「今世受苦惱，未来當富貴」，乃佛教貧富循環之觀念。如維摩詰經弟子品僧肇注：「生死輪轉，貴賤無常，或今貧後富，或今富後貧。大而觀之，苦樂不異。」變文集无常經講經文：「得富饒，没慚愧，來生却貧怨天地。」後漢書朱儁傳：「小損當大益，初貧後富，必然理也。」亦是此意。

少年何必好 丙一、丙三、校輯、詩集

少年何必好，老去何須嗔。祖公日日故〔一〕，孫子朝朝新。祇道人祭鬼，何曾鬼祭人。蹔來何須去〔二〕，知我是誰親？（〇九二）

丙三之俄〇二五五八殘片至本首「蹔來」止。

校輯析此首爲少年何必好及只道人祭鬼兩首。

【校】

何須嗔　「須」，原作「湏」，變文集金剛般若波羅蜜經講經文：「湏井（須菩提）於意云何。」校記：「本卷所稱之『湏井』，據金剛經文即爲『須菩提』。」

人祭鬼　此句及下句之「祭」，丙三皆作「癸」。

【注】

〔一〕祖公：祖父。顔氏家訓風操：「齊朝士子，皆呼祖僕射爲祖公，全不嫌有所涉也。」盧文弨曰：「案祖父稱公，今連祖姓稱公，故云嫌有所涉。」五燈會元卷四長沙景岑禪師：「千年竹，萬年松，枝枝葉葉盡皆同。爲報四方玄學者，動手無非觸祖公。」陔餘叢考卷三六公：「有孫呼祖爲公者。按呂氏春秋，孔子之弟子從遠方來，孔子問之曰：子之公有恙乎？次及其父母兄弟妻子。是祖之稱公，其來最古。北史，鄭道育常戲徐之才，呼爲師公。之才答曰：既爲汝師，又爲汝公，在三之義，頓居其兩。南史，何偃呼顔延之爲顔公。延之以其輕脱，乃曰：身非三公之公，又非田舍之公，又非君家阿公，何以呼爲公？此皆古人以祖爲公之故實也。今江南人猶稱祖爲公。」

〔二〕蹔來何須去：「何」疑當作「還」，涉前「何須嗔」而誤。「來」謂生，「去」謂死，見〇二七首注三。此二句言暫生還須死，既死又投生，今生彼此共爲眷屬，來生又不知與誰人結爲血親。

悲喜相纏繞丙一、校輯、詩集

悲喜相纏繞，不許蹔踟蹰。東家比葬地，西家看産圖〔一〕。生者歌滿路，死者哭盈衢。

循環何太急〔二〕，槌鑿相催駈〔三〕。（〇九三）

【校】

纏繞　「纏」，原作「緾」。

比葬地　「比」，校輯録作「卜」。

哭盈衢　「衢」，原作「衜」，碑別字上平聲七虞，魏蔡洪象碑「衢」作「衜」。

槌鑿相催駈　「催」原作「崔」，誤脱偏傍。校輯此句作「□□相催驅」。

【注】

〔一〕產圖：描繪產業之畫圖。白居易題洛中第宅：「終身不曾到，唯展宅圖看。」「宅圖」即產圖之一種。

〔二〕循環：指生死輪迴。廣弘明集卷一八姚興通三世：「衆生歷涉三世，其猶循環。過去未來，雖無眼對，其理常在。」廣記卷三八七圓觀（出甘澤謡）：「其中孕婦姓王者，是某託身之所，踰三載，尚未娩懷，以某未來之故也。今既見矣，即命有所歸。釋氏所謂循環也。」五燈會元卷二嵩嶽慧安國師：「生死之身，其若循環。」

〔三〕槌鑿：亦作「搥鑿」、「鎚鑿」，石匠及木匠工具，以鎚擊鑿以鑿木石。論衡效力篇：「鑿所以入木者，槌扣之也。」劉子殊好：「魏文侯好搥鑿之聲，不貴金石之和。」顧雲池陽醉歌贈匡廬處士姚巖傑：「肺枯似著爐鞴煽，腦熱如遭鎚鑿釘。」五燈會元卷二〇石頭自回禪師：「寺中令取崖石，師手不釋鎚鑿，而誦經不輟口。」此處以「槌鑿」比喻强力催驅向前。

无常元不避 丙一、校輯、詩集

无常元不避〔一〕，業到即须行〔二〕。縱你七尺影〔三〕，俱墳一丈坑。妻兒啼哭送，鬼子唱歌迎〔四〕。古来皆有死，何必得如生〔五〕。（〇九四）

校輯以末二句屬下首。

【校】

業到　「業」，原作「菓」，即「葉」字，通作「業」。校輯作「果」。

縱你　原作「從你」，「從」應是「從」字，通作「縱」。校輯作「從作」，詩集作「縱你」，兹從詩集。

一丈坑　「坑」，原作「坈」，龍龕手鏡卷二土部：「坈俗坑正。」與此近似。

鬼子唱歌迎　「子」，校輯改作「朴」。「唱」，原作「唱」。「迎」，原作「迊」，即「迎」字變形。干禄字書平聲：「迊迎上通下正。」

古来　「古」，原作「故」，通「古」。

如生　「如」，詩集改作「汝」。

【注】

〔一〕无常：謂死。大乘本生心地觀經卷五：「假使壽年滿一百歲，七寶具足，受諸快樂，琰魔使至，不免無常。」「琰魔」即是閻羅。變文集无常經講經文：「无常忽到一生休。」梵志詩二三二首亦云：「一日無常去，王前擺手行。」

〔二〕行：謂死，蓋從亡後跋涉於死路取義，參見〇〇五注二。

〔三〕七尺影：指人身，「七尺」爲人身長度。駱賓王疇昔篇：「偷存七尺影，分没九泉深。」與梵志詩此兩句意思相近者，如淮南子精神：「吾生也有七尺之形，吾死也有一棺之土。」陸機挽歌詩：「昔爲七尺軀，今爲灰與塵。」晉書皇甫謐傳載篤終論：「今生不能保七尺之軀，死何故隔一棺之土？」

〔四〕鬼子：即鬼。廣記卷一二六曹惟思：「晨坐，其亡母亡姊皆來視之。惟思大驚，趨走迎候。有一鬼子，手執絳旛前引，昇自西階，植絳旛焉。」五燈會元卷一〇天台德韶國師：「又問疏山：『百匝千重，是何人境界？』山曰：『左搓芒繩縛鬼子。』」又卷一七開先行瑛禪師：「登山須到頂，入海須到底，學道須到佛祖道不得處。若不如是，盡是依草附木底精靈，喫野狐涕唾底鬼子。」

〔五〕何必得如生：「如生」疑當作「長生」。

造化成爲我　丙一、校輯、詩集

造化成爲我〔一〕，如人弄郭禿〔二〕。魂魄似繩子，形骸若柳木。掣取細腰肢，抽牽動眉目。繩子乍斷去，即是乾柳樸〔三〕。（〇九五）

校輯以首二句屬上首，中四句自爲一首，末二句屬下首。詩集則以首二句屬上首。

【校】

郭禿　「禿」，原作「郎」。按「郭郎」與「郭禿」義同，「郎」字出韻，當是誤書，應作「禿」字，與下文「木」、「目」、「樸」爲韻，參見注二。

繩子　「繩」，原作「縄」。俗字譜糸部，古今雜劇「繩」作「縄」。

腰肢　「腰」，原作「⿱罒肉」，變文集破魔變文：「手持鐵棒，⿱罒月帶赤虵。」易「⿱罒月」下「月」爲「肉」，即爲「⿱罒肉」字。「肢」，原作「枝」，通用。荀子儒效「若生四枝」，即謂四肢。

抽牽　「牽」原作「牵」，碑別字下平聲一先，唐王徵君臨終口授銘「牽」作「⿳亠夫手」，與此類似。

乍斷去　「乍」，原作「作」，從校輯所改。

乾柳樸　「樸」，原作「模」，形近而譌。詩集改作「漠」。

【注】

〔一〕造化：謂大自然創造化育萬物之力。莊子大宗師：「偉哉造化！又將奚以汝爲？將奚以汝適？以汝爲鼠肝乎？以汝爲蟲臂乎？」賈誼鵩鳥賦：「且夫天地爲鑪兮，造化爲工；陰陽爲炭兮，萬物爲銅。」張華鷦鷯賦：「何造化之多端兮，播羣形於萬類。」

〔二〕郭禿：亦稱「郭郎」，傀儡子之俗名，即今之提綫木偶。顔氏家訓書證：「或問：俗名傀儡子爲郭禿，有故實乎？答曰：風俗通云：『諸郭皆諱禿。』當是前代人有姓郭而病禿者，滑稽戲調，故後人爲其象，呼爲郭禿。」唐段安節樂府雜録傀儡子：「自昔傳云起於漢祖在平城爲冒頓所圍，其城一面即冒頓妻閼氏，兵强於三面。壘中絶食，陳平訪知閼氏妬忌，即造木偶人，運機關舞於陴間。閼氏望見，謂是生人，慮下其城，冒頓必納妓女，遂退軍。史家但云陳平以祕計免，蓋鄙其策下爾。後樂家翻爲戲，其引歌舞有郭郎者，髮正禿，善優笑，閭里呼爲郭郎，凡戲場必在俳兒之首也。」

〔三〕乾柳樸：枯柳木，這裏指傀儡木胎。按「樸」即未經彫飾之木段。説文：「樸，木素也。」段注：「素猶質也，以木爲質，未彫飾，如瓦器之坯然。」

楚按：佛經中以機關木人（即傀儡）譬喻人生之虛幻，已成套語，中土文學作品頗有沿襲者。北本涅槃經卷一九：「譬如工匠，作機關木人，行住坐卧，唯不能言。衆生亦爾，自在天者，喻如工匠，木人者喻衆生身。」經文之「自在天」，即是梵志詩之「造化」。大莊嚴論經卷五：「如斯幻身，無壽無命，識之幻師，運轉機關，令其視眴，俯仰顧眄，行步進止，或語或笑。以此事故，深知此身，真實無我。」修行道地經卷七：「觀四大身，因緣合成，若如幻化，譬如假物，則非我有，亦非他人。猶如合材，機關木人，因對動摇。愚者睹之，謂爲是人。慧明察之，合木無人。一切三界，皆空如是。」諸經要集卷七引出曜經：「四支手足，骨骨相拄，筋攣皮縮，但恃氣息，以動作之。譬如木人，機關作之，作之訖畢，解剥其體，節節相離，首足狼藉。人亦如是，有何等好。」楞嚴經卷六：「如世巧幻師，幻作諸男女，雖見諸根動，要以一機抽，息機歸寂然，諸幻成無性。」唐天寶時梁鍠詠木老人：「刻木牽絲作老翁，雞皮鶴髮與真同。須臾弄罷寂無事，還似人生一夢中。」（變文集維摩詰經講經文引此詩云玄宗作，字句略異。）寒山詩：「寒山出此語，此語無人信。蜜甜足人嘗，黄蘗苦難近。順情生喜悦，逆意多瞋恨。但看木傀儡，弄了一場困。」傳燈録卷五司空山本淨禪師：「但看弄傀儡，綫斷一時休。」又卷一二鎮州臨濟義玄禪師：「看取棚頭弄傀儡，抽牽全藉裏頭人。」變文集維摩詰經講經文：「也似機開（關）傀儡，皆因繩索抽牽，或舞或歌，或行或走，曲罷事畢，拋（抛）向一邊。直饒萬劫驅遣，不肯行得，□時轉動，皆是之（諸）緣共助，便被幻惑人情。若夜

（也）斷却諸緣，甚處有傀儡各□。」

觀此身意相 丙一、校輯、詩集

觀此身意相，都由水火風〔一〕。有生皆有滅，有始皆有終〔二〕。氣聚即爲我，氣散即成空〔三〕。一羣怕死漢，何異叩頭虫〔四〕。（〇九六）

校輯以此首首二句連上首末二句爲一首。

【校】

即爲我　「爲」，校輯作「成」。

一羣怕死漢　「羣」，原作「郡」；「怕」，原作「泊」，皆形訛字。

何異叩頭虫　「異」，原作「以」，乃音訛字，詩集改作「似」。「叩」，原作「叫」，乃形誤字。「虫」，原作「虽」，皆通「蟲」。校輯此句作「何似叫頭蟲」。

【注】

〔一〕水火風：即「地水火風」之省略，參見〇八一首注一。

〔二〕有始皆有終：孔子家語本命解：「故命者性之始也，死者生之終也，有始則必有終矣。」晉書陶侃傳：「有始必終，自古而然。」朱子語類輯略卷一鬼神：「人將死時，熱氣上出，所謂魂升也。下體漸冷，所謂魄降也。此所以有生必有死，有始必有終也。」

〔三〕「氣聚」二句：莊子知北遊：「人之生，氣之聚也。聚則爲生，散則爲死。」彥琮通極論引「先生」曰：「且氣息則聚生散死，形神則上歸下沉。」法琳辨正論九箴篇引「通人」曰：「人之生也氣之聚，聚則爲生，散則爲死，故曰有無相生也，萬物一也。」文苑英華卷九獨孤及夢遠遊賦：「生者，一氣之暫聚耳。」白居易念金鑾子二首之二：「形質本非實，氣聚偶爲身。」朱子語類輯略卷一鬼神：「聚而生，散而死，氣而已。」

〔四〕叩頭虫：劉敬叔異苑卷三：「有小蟲，形色如大豆，呪令叩頭，又呪令吐血，皆從所教，如似請放。稽顙輒七十而有聲，故俗呼爲叩頭蟲也。」御覽卷五一九引傅咸叩頭蟲賦序：「叩頭蟲，蟲之微細者，然觸之輒叩頭。人以其叩頭，殺之不祥，故莫之害也。」張祜貧居遣憤：「老虎終開眼，微蟲會叩頭。」佛説因果報應經（收入大正藏卷八五）：「先身用衆僧碓磑者今作叩頭蟲。」按此二句以「叩頭蟲」比喻怕死漢，如三國志吳志孫奮傳裴注引江表傳：「晧大怒，遣察戰齎藥賜奮，奮不受藥，叩頭千下，曰：『老臣自將兒子治生求活，無豫國事，乞丐餘年。』」頗似此喻。

貪暴無用漢丙一、校輯、詩集

貪暴無用漢〔一〕，資財爲他守〔二〕。惜衣不盖形，惜食不供口。積聚万金花，望得千年有。不知冥道中〔三〕，車子來相受〔四〕。（〇九七）

【校】

無用漢　「漢」，原作「漠」。

資財　「資」，原作「⿱次見」，碑別字上平聲四支，龍門靈資像題字「資」作「⿱次見」，與此近似。　「財」，原作「才」。

惜食　「惜」，原作「借」，據上句「惜衣」改。

望得　「望」，原作「朢」。

冥道中　「冥」，原作「名」；「中」，原作「忠」，皆音譌字。

【注】

〔一〕貪暴：殘酷榨取。魏書元誕傳：「在州貪暴，大爲人患。牛馬騾驢，無不逼奪。」

〔二〕他：此處爲「他人」之義。按「資財爲他守」事，如新編分門古今類事卷四李什名巷（出成都記）：「唐末有李氏者，夫妻孤老無子，藏鏹十萬，嗇不忍用。一日自言曰：『吾夫妻辛勤治生至此，今老矣，盍少自奉。』乃出錢市酒肉。其夕夫婦俱見金介神人怒顔責之曰：『此蜀王錢也，天使汝守之，奈何盜用！』至王建入成都，用度方窘，李老獻其鏹。建曰：『欲復讎乎？欲得官乎？』李曰：『俱無之。』乃具述所見。建大喜曰：『吾王蜀矣，當令汝名傳後世。』乃命以李什名其巷。『李』以見其姓，而『什』以見其鏹也。」

〔三〕冥道：陰間。變文集目連緣起：「慈母作咒，冥道早知，七日之間，母身將死。」

〔四〕車子：即張車子。搜神記卷一〇：「周擥嘖者，貧而好道。夫婦夜耕，困息臥，夢天公過而哀之，敕外有以給與。司命按録籍，云：『此人相貧，限不過此。唯有張車子應賜錢千萬，車子未生，請以借之。』天公曰『善』。曙覺，言之。於是夫婦戮力，晝夜治生，所爲輒得，貲至千萬。先時有張嫗者，嘗往周家傭賃，野合有身，月滿當孕，便遣出外，駐車屋下。產得兒。主人往視，哀其孤寒，作粥糜食之。問：『當名汝兒作何？』嫗曰：『今在車屋下而生，夢天告之，名爲車子。』周乃悟曰：『吾昔夢從天換錢，外白以張車子錢貸我，必是子也。財當歸之矣。』自是居日衰滅。車子長大，富於周家。」按文選卷一五張衡思玄賦：「或輦賄而違車兮，孕行產而爲對。」舊注即述此事，情節與搜神記稍有不同，李善注謂出鬼神志及搜神記。抱朴子内篇辨問：「爲人生本有定命，張車子之説是也。」慈受擬寒山詩一〇三首：「世上貪饕漢，因財日夜煎。天公借與汝，看守七十年。譬如良田穀，春種秋方圓。不見張車子，生來便有錢。」原注：「昔人貧日，告上天以求富盛，遂感天帝見之，令借張車子錢十萬貫與之，待十年却還。後至十年，其人欲移居以避天帝還錢之語，以車數十乘載其所畜。至中路，僕夫姓張，妻在車下生子，小字曰車子。車子既生，生計日盛，其人遂窮。」知張車子故事，漢代以後廣爲流行。

玉髓長生術丙一、校輯、詩集

玉髓長生術〔一〕，金剛不壞身〔二〕。俱傷生死苦，誰免涅槃因〔三〕。精魂歸寂滅〔四〕，骨宍化灰塵。釋老猶自去〔五〕，何况迷愚人〔六〕。（〇九八）

【校】

玉髓　「玉」，校輯改作「妄」，詩集改作「枉」，皆非是。　「髓」，原作「随」，乃「髓」字之譌。「玉髓」與下句「金剛」爲對。

金剛　「剛」，原作「罰」，碑别字下平聲七陽，漢景君碑「剛」作「罰」，與此近似。

誰免涅槃因　「免」，原作「兑」，乃形譌字。校輯作「究」。　「槃」，原作「盤」。

歸寂滅　「歸」，原作「帰」，五經文字卷上止部：「歸帰上説文，下籀文，經典通用上字。」　「寂」，原作「宎」，碑别字入聲十二錫，魏三級浮圖頌「寂」作「𡧘」。

骨宍化灰塵　「宍」，校輯作「肉」，同。墨子迎敵祠：「狗彘豚雞，食其宍。」廣韻入聲一屋：「肉，俗作宍。」「灰」，校輯改作「微」。

猶自去　「猶」，原作「由」，同音通用。　「去」，原作「氣」，乃音譌字。變文集廬山遠公話：「三寸去斷，即是來生。」下文又云：「所欲皆從三寸氣生。」按「氣」字是，即「氣」音譌爲「去」之例。

迷愚人　「愚」，原作「遇」。變文集廬山遠公話：「時愚（遇）晉文皇帝王化東都。」又：「當時緣愚（遇）清平，百物時賤。」即「愚」「遇」混用之例。

【注】

〔一〕玉髓：玉之精髓，道教以爲服食可致長生。宋張耒出山：「道邊青髮翁，下有白玉髓，斸之龍蛇窟，自足飽吾世。」清褚人穫堅瓠七集卷一田子藝召乩：「錢塘田子藝藝衡召乩，洞賓書踏莎行詞云：『飽嚼瑶花，醉斟玉髓，乾坤收拾葫蘆裏。』」按道書所載有「玉膏」、「玉液」、「玉漿」等，皆「玉髓」之類。御覽卷八〇五引十洲記：「瀛州有玉膏，如酒，名曰玉酒，飲之令人長生。」又卷六六九引真誥曰：「明星玉女者，居華山，服玉漿。」文選卷三一江淹雜體詩郭弘農璞遊仙：「道人讀丹經，方士鍊玉液。」　長生術：抱朴子外篇用刑：「譬存玄胎息，呼息吐納，含景内視，熊經鳥伸者，長生之術也。」通鑑唐高宗顯慶二年云：「王玄策之破天竺也，得方士那羅邇娑婆寐以歸，自言有長生之術，太宗頗信之，深加禮敬，使合長生藥。發使四方求奇藥異石，又發使詣婆羅門諸國採藥，其言率皆迂誕無實，苟欲以延歲月。藥竟不就，乃放還。」唐張又新青障山：「陶仙謾學長生術，暑往寒來更寂寥。」姚合寄山中友人：「聞有長生術，將求未有因。」變文集葉淨能詩：「皇帝意樂長生不死之術。」

〔二〕金剛：亦作「金鋼」,本義指鑽石。御覽卷八一三引南州異物志:「金鋼,石也,其狀如珠,堅利無匹。」翻譯名義集卷三跋折羅條引起居注:「晉武帝十三年,敦煌有人獻金剛寶,生於金中,色如紫石英,狀如蕎麥,百鍊不消,切玉如泥。」釋典因以「金剛」譬喻極端堅固。北本涅槃經卷七:「夫金剛者,所有刀斧,不能沮壞。……佛性者喻如金剛,不可沮壞。」大般泥洹經卷五:「如人穿地,求金剛寶,手執利鑿,鑿堅土石,悉能令碎。唯有金剛,莫能斷截。如來之性,亦復如是,天魔利劍,所不能傷。」佛經以如來法身不生不滅,故喻爲金剛不壞之身。北本涅槃經卷三金剛身品:「如來身者,是常住身,不可壞身,金剛之身,非雜食身,即是法身。」維摩詰經弟子品:「如來身者,金剛之體,諸惡已斷,衆善普會,當有何疾,當有何惱?」大般涅槃經後分上:「汝等深心看我金剛堅固不壞紫磨黄金無畏色身,如優曇花難可值遇。」唐廣宣安國寺隨駕幸興唐觀應制:「初傳寶訣長生術,已證金剛不壞身。」

〔三〕涅槃因:按「涅槃」見〇三五首注五。「涅槃因」本指導致涅槃境界之修行。北本涅槃經卷二一:「布施者是涅槃因,非大涅槃因,檀波羅蜜乃得名爲大涅槃因。三十七品是涅槃因,非大涅槃因,無量阿僧祇助菩提法,乃得名爲大涅槃因。」敦煌曲校録禪門十二時:「食時辰,努力早出塵,莫念時時苦,早取涅槃因。」由於「涅槃」亦被用作死之代稱,故梵志此詩之「涅槃因」,亦祇謂死耳。

〔四〕精魂:靈魂。論衡書虚:「生任筋力,死用精魂。」搜神記卷一六:「人死精魂歸於蒿里。」李華弔古戰場文:「弔祭不至,精魂何依。」

〔五〕去:謂死。見〇〇四首注五。

〔六〕迷愚:謂於佛道之教法冥蒙不通者。佛説無常經:「稽首總敬三寶尊,是謂正因能普濟。生死迷愚鎮沉溺,咸令出離至菩提。」亦作「愚迷」。變文集廬山遠公話:「闍梨開經講讃,渲(宣)佛真宗,廣度愚迷，宣揚聖教。」

楚按：此首以生必有死之事實，破除道教長生不老、佛教不生不滅之説。「玉髓長生術」爲道教之術語，「金剛不壞身」則佛教之觀念。變文集无常經講經文：「或是僧，伽藍住，古貌慢慢如龍虎。清霄寺宇好安身，限來也被无常取。或入道，求仙侶，燒練（煉）長生爐裏煮。饒君多有駐顔方，限來也被无常取。」即此詩「釋老猶自去」之意。僧道尚不能免，凡俗之人安能逃死乎？

差著即須行丙一、校輯、詩集

差著即須行，遣去莫求住。名字石函裏〔一〕，官職天曹注〔二〕。錢財鬼料量〔三〕，衣食明分付〔四〕。進退不由我，何須滿憂懼〔五〕。（〇九九）

【校】

差著　「差」，原作「𢀩」。

石函裏　「函」，原作「𠰭」。

鬼料量　「量」，原作「量」。碑別字下平聲七陽，梁陳寶齊造象記「量」作「量」。

憂懼　原作「優衢」。

【注】

〔一〕名字石函裏：按古籍多載石函密封文書事，以自神其説。至與梵志此詩切合者，如冥報記卷下：「又興州官二人，考滿，當赴京選，諮智感曰：『君判冥道事，請問吾選得何官？』智感至冥曹，以其姓名問録事，曰：『名簿並封在石函中，檢之，二日方可得報。』」道宣四分律刪繁補闕行事鈔卷中一：「罪籍藏在石函，身皆入地獄受苦。」

〔一一〕天曹：天上神仙官府，主宰人間之事。神仙傳卷二王遠：「經父母私問經曰：『王君是何神人，復居何處？』經曰：『常在崑崙山，往來羅浮、括蒼等山，山上皆有宮室，主天曹事。一日之中，與天上相反覆者數十過。地上五嶽死生之事，皆先來告王君。』」冥報記卷中：「蒨問曰：『道家章醮，爲有益否？』景曰：『道者天帝總統六道，是謂天曹。閻羅王者如人間天子，泰山府君如尚書令録，五道神如諸尚書，若我輩國如大州郡。每人間事，道士上章請福，天曹受之，下閻羅王云：「以某月日，得某申訴云云，宜盡理，勿令枉濫。」閻羅敬受而奉行之，如人之奉詔也。無理不可求免，有枉必當得申，何爲無益也。』」敦煌曲校録禪門十二時：「罪福總是天曹配，善因惡業總相隨。」按古代相傳人間官職除授，皆由天曹(或云地府)預定，即所謂「陰注陽授」。朝野僉載卷六：「魏徵爲僕射，有二典事之長參，時徵方寢，二人窗下平章。一人曰：『我等官職總由此老翁。』一人曰：『總由天上。』徵聞之，遂作一書，遣『由此老翁』人者送至侍郎處，云『與此人一員好官』。其人不知，出門心痛，憑『由天上』者送書。明日引注，『由老人』者被放，『由天上』者得留。徵怪之，問焉，具以實對。乃嘆曰：『官職禄料由天者，蓋不虛也。』」冥報記卷中：「吾平生與君善，竟不能進君官位，深恨于懷。君今自得五品，文書已過天曹，相助欣慶，故以相報。」劉賓客嘉話録：「永徽中盧齊卿暴死，及蘇，説見其舅李某爲冥司判官，有吏押案曰：『宇文融合爲宰相。』舅曰：『宇文融豈堪作宰相！』吏曰：『天符已下。數目多少即由判官。』舅乃判一百日。既拜，果百日而罷。公因曰：『官不前定，何名真宰！』」廣記卷一五八支戩(出稽神録)：「又戩嘗夢至地府，盡閲名簿，至己籍云『至司空，年五十餘』。他人籍不可記，唯記其友人鄭元樞云『貧賤無官，年四十八』。元樞後居浙西，廉使徐知諫賓禮之，將薦於執政，行有日矣，暴病而卒，實年四十八。戩後爲金陵觀察判官，檢校司空。」又卷三〇二衛庭訓（出集異記）：「歲暮，神謂庭訓曰：『吾將至天曹，爲兄問禄壽。』去數日歸，謂庭訓曰：『兄來歲合成名，官至涇陽主簿，秩不滿，有人迎充判官。』於是神置酒餞之。至京，明年果成名，釋褐授涇陽縣主簿，在任二載。分務閒暇，獨立廳事，有一黄衫吏持書而入，拜曰：『天曹奉命爲判官。』遂卒於是夕。」又卷三八一霍有鄰（出廣異記），載狄仁傑爲冥司御史大夫，「有佐史過案，仁傑問是何案，云『李適之得宰相』。又問『天曹判未』，對曰：『諸司並了，已給五年。』仁傑判紙餘。……後月餘，李適之果拜相。」以上皆「官職天曹注」之例。

〔三〕料量：衡量、計算。史記孔子世家：「嘗爲季氏史，料量平。」「史」，司馬貞索隱：「有本作『委吏』。按：趙岐曰：『委吏，主委積倉庫之吏。』」故知「料量」本謂稱量糧食等，引申爲凡衡量之義。大慈恩寺三藏法師傳卷一：「胡公因説西路險惡，沙河阻遠，鬼魅熱風，遇無免者。徒侣衆多，猶數迷失，況師單獨，如何可行？願自料量，勿輕身命。」白居易行簡初授拾遺同早朝入閤因示十二韻：「老去何僥倖，時來不料量。」李涉送顔覺赴舉：「顔子將才應四科，料量時輩更無過。」變文集不知名變文：「自家早是貧困，日受飢恓，更不料量，須索新婦，一處作活。」元無名氏關雲長千里獨行雜劇第四折：「你那裏自參詳，張將軍不料量，他那裏説短論長，數黑論黄。斷不了村沙莽撞，你心中自忖量。」按「料量」爲同義連文，列子力命：「其使多智之人量利害，料虛實，度人情，得亦中，亡亦中。其少智之人不量利害，不料虛實，不度人情，得亦中，亡亦中。量與不量，料與不料，度與不度，奚以異？」知「量」平聲、「料」、「度」爲同義之辭。「錢財鬼料量」，謂生人錢財皆由鬼神暗中計算決定，如御覽卷八二九引異苑：

「晉陵曲阿楊晚，資財數千萬，三吴人召取直，爲商估治生，輒得倍宜。或行長江，卒遇暴風及劫盜者，若捉晚錢，多獲免濟。晚死後，先所埋金悉移去。鄰人陳家嘗晨起，見門外有百許萬鏹，封題是楊晚姓字。然後知財物聚散，必由天運。」廣記卷一五七李敏求（出逸史）：「李敏求暴卒，見二黄衣人追去，至大府署。求窺之，見馬植在内。……敏求曰：『此主何事？』曰：『人所得錢物，遂（逐）歲支足。』敏求曰：『今既得見，乃是天意，切要知一年所得如何。』馬公乃爲檢一大葉子簿，黄紙簽標，書曰『盧弘宣年支二千貫』。開數幅，至敏求，以朱書曰：『年支三百貫，以伊宰賣宅錢充。』敏求曰：『某乙之錢簿已多矣，幸逢君子，竊欲僥求。』馬公曰：『三二十千即可，多即不得。』以筆注之曰：『更三十千，以某甲等四人錢充。』……敏求即伊慎之壻也，妻兄伊宰爲軍使，賣伊公宅，得錢二（疑當作三）百千。至歲盡，望可益三十千，亦無望矣。偶於街中，遇親丈人赴選，自江南至，相見大喜，邀食，與鄉里三人，皆以敏求情厚者，同贈錢三十千，一如簿中之數。盧弘宣在城，有人知者，爲盧公話之。盧公計其俸禄，並知留後使所得錢，畢二千貫無餘。」

〔四〕分付：交付，見〇三九首注六。「衣食明分付」者，謂衣食等皆由天曹暗中注定，人間公開付與。如廣記卷一五八許生（出玉堂閒話）：「汴州都押衙朱仁忠家有門客許生，暴卒，隨使者入冥，經歷之處，皆如郡城。忽見地堆粟千石，中植一牌曰『金吾將軍朱仁忠食禄』。……生潛目架上有簽牌曰『人間食料簿』。生潛憶主人朱仁忠不食醬，可知其由，遂披簿求之，多不曉其文。逡巡，主吏大怒，已知其不慎，瞋目責之。生恐懼謝過，告吏曰：『某乙平生受朱仁忠恩，知其人性不食醬，是敢竊食簿驗之，願恕其罪。』吏怒稍解，自取食簿，於仁忠名下注『大豆三合』。吏遂遣前使者引出放還。……後與仁忠同食，乃言：『自君亡後，忽覺醬香，今嗜之頗甚。』乃是注『大豆三合』之驗也。」變文集廬山遠公話：「今朝苦勸聽衆，總知衣食是宿生住（注）定。」敦煌遺書伯二八四二夫子勸世詞：「生死天曹注，衣食冥司判，禍福不由人，並是神官斷。」龍舒增廣淨土文卷六勸富者：「然人生衣食財禄，陰司皆有定數，徐徐營生，合之有數，亦自然來。」

〔五〕滿：通作「漫」，徒然之義。

伺命取人鬼丙一、校輯、詩集

伺命取人鬼〔一〕，屠兒煞羊客。鬼識人興料〔二〕，客辨羊肉厄。人自不覺死，羊亦不覺搦〔三〕。恰似園中瓜，合熟即須擿〔四〕。（一〇〇）

【校】

伺命　「伺」，原作「向」，乃形譌字。

屠兒　「屠」，原作「署」，亦形譌字。

人興料　「興」，校輯改作「難」。

不覺死　「覺」，原作「覚」。

園中瓜　「瓜」，原作「爪」。

即須擿　「擿」，原作「樀」。

【注】

〔一〕伺命取人鬼：即索命鬼，見〇〇七首注一。伺命鬼勾取人命稱爲「取人」。大唐新語卷一三諧謔：「姚崇爲紫微令，舊例給舍直次，不讓宰相。崇以年位俱高，不依其請。令史持直簿諳之，崇批其簿曰：『告直令史，遣去又來，必欲取人，有同司命。老人年事，終不擬當。』給舍見之歡笑，不復逼也。」蓋以令史逼促老人當直，喻爲伺命鬼取人。「司命」即「伺命」，字相通也。

〔二〕人輿料：俟再校。

〔三〕搦：捉，見〇三一首注六。

〔四〕擿：同「摘」。按佛經中有「果熟自墮」之語，與此二句意同，參見〇四六首注四。

運命滿悠悠（丙一、校輯、詩集）

運命滿悠悠〔一〕，人生浪聒聒〔二〕。死時天遣死，活時天遣活。一旦罷因緣〔三〕，千金須判割〔四〕。饒君鐵甕子〔五〕，走藏不得脱。（一〇一）

【注】

〔一〕滿：通「漫」，與下句「浪」同義對舉，皆爲徒然之義。

〔二〕聒聒：吵嚷嘈雜。傳燈録卷三〇一鉢歌：「遏喇喇，鬧聒聒，總是悠悠造休倢。」梵志詩三二六首亦云：「驅驅勞你形，耳中常聒聒。」

〔三〕罷因緣：謂死。「因緣」見〇九一首注一。佛教以爲人身亦爲因緣假合而成，北本涅槃經卷一二：「是故此身，如是不淨，假衆因緣，和合共成。」因緣罷則人命亦終矣。

〔四〕判割：捨棄，分離。王建乞竹：「乞取池西三兩竿，房門栽著病時看。亦知自惜難判割，猶勝横根引出欄。」變文集故圓鑒大師二十四孝押座文：「共樹共枝爭判割，同胞同乳忍分張。」敦煌本書儀：「流襟之淚，誰爲申裁；慷慨之情，豈能判割？」

〔五〕饒：縱然、即使。隋唐嘉話卷上：「鄂公尉遲敬德性驍果，而尤善避槊，每單騎入敵，人刺之，終不能中，反奪其槊以刺敵。海陵王元吉聞之不信，乃令去槊刃以試之。敬德云：『饒王著刃，亦不畏傷。』」寒山詩：「饒邈虛空寫塵跡，無因畫得誌公師。」變文集无常經講經文：「饒君多有駐顏方，限來也被无常取。」筠州黄檗山斷際禪師傳法心要：「饒你學得三賢四果十地滿心，也祇是在凡聖内坐。」鐵甕子：比喻極其堅牢嚴密。顧雲築城篇：「畫閣團團真鐵甕，堵闊巉巖齊石壁。」殷堯藩還京口：「城高鐵甕江山壯，地接金陵草木彫。」「鐵甕城」即鎮江子城，以其堅牢得名，故宋梅堯臣和穎上人南徐十詠鐵甕城云：「鐵甕喻其堅，金城非所敵。」又廣記卷一九四聶隱娘（出傳奇）：「有尼乞食于鋒舍，見隱娘，悦之，云：『問押衙乞取此女教。』鋒大怒叱尼，尼曰：『任押衙鐵櫃中盛，亦須偷去矣。』」敦煌遺書斯二二〇四十无常：「饒君鐵櫃裏穩潛藏，不免也無常。」以「鐵櫃」喻堅牢嚴密，亦與「鐵甕子」相似。

楚按：此首言生死悉由天命。「鐵甕」之喻，以言無所逃死，當是由佛經「四人避命」故事化出。佛説四不可得經：「兄弟同産四人，遠家棄業，山處閑居，得五神通，皆號仙人。宿對來至，自知壽盡，悉欲避終，各各思議：『吾等神足，飛騰自恣，在所至到，無所罣礙。今當反爲非常所得，便危失生命。當造方便，免斯患難，不可就之也。』於是一人則踊在虛空，而自藏形，無常之對，安知吾處？一人則入市中人閙之處，廣大無量，在中避命，無常之對，趣得一人，何必求吾？一人則退入於大海，三百三十六萬里，下不至底，上不至表，處於其中，無常之對，何所求耶?一人則計,竄至大山無人之處,擗山兩解,入中還合,無常之對,安知吾處?於是四人各各避命,竟不得脱。藏在空中者,便自墮地,猶果熟落。其在山中,於彼喪亡。在大海中,則時夭命,魚鱉所食。入市中者,在於衆人,而自終滅。」按此故事亦見於增壹阿含經卷二三、出曜經卷二、法句譬喻經卷一、佛説婆羅門避死經等,梵志此詩末二句乃化用其意。

官職亦須求丙一、丙三、校輯、詩集

官職亦須求,錢財亦須覔。天雨麻䕓孔,三年著一滴〔一〕。王相逢便宜〔二〕,參差著局席〔三〕。兀兀舍底坐〔四〕,餓你眼赫赤〔五〕。(一〇二)

丙三包括同一寫本的兩個殘片,即俄〇〇八八九和俄〇二五五八。〇〇八八九殘片自此首「財亦須覔」起。

【校】

麻䕓孔　「䕓」,原作「藨」,詩集作「䕓」,今從之。

王相　校輯改作「妄想」。

參差著局席　「差」,原作「𢀩」,〇〇三首「差」原作「羗」,與此類似。「局」,原作「扃」,校輯作「房」。參見〇三〇首校記。「席」,原作「㡱」,見〇一一首校記。

兀兀舍底坐　「兀兀」,原作「瓦瓦」,詩集作「凡凡」。「底」,原作「底」。

餓你眼赫赤　「眼」，原作「眠」，乃形訛字。詩集此句作「饒你眠赫赫」。

【注】

〔一〕「天雨」二句：「藒」，同「稭」，玉篇艸部：「藒，麻莖也。」「麻藒孔」指收割後留在地裏的麻稭樁的稈孔。此二句譬喻機會極小，千載難逢。按佛經習語有「盲龜值浮木孔」之説，如雜阿含經卷一五：「譬如大地，悉成大海，有一盲龜，壽無量劫，百年一出其頭。海中有浮木，止有一孔，漂流海浪，隨風東西。盲龜百年一出其頭，當得遇此孔不？阿難白佛：不能，世尊。所以者何？此盲龜若至海東，浮木隨風或至海西，南北四維圍繞亦爾，不必相得。」與梵志此喻相類。清李光庭鄉言解頤卷一雨：「若冀幸意外者，則曰怎麽雨點兒是的，偏到不了我身上。」尤與梵志此喻爲近。現代俗語仍有類似説法，如中國故事一九八六年四期擇錯了吉日：「招工考學都要推薦，要貧協小組的意見，機會像下雨，也不會落到他頭上的。」

〔二〕王相：亦作「旺相」。論衡命禄篇：「春夏囚死，秋冬王相，非能爲之也；日朝出而暮入，非求之也，天道自然。」王、相、囚、死，蓋陰陽家以稱五行在四季遞相消長之名。如云春三月則木旺，火相，土死，金囚，水休；夏三月則火旺，土相，金死，水囚，木休之類。又以説時日。孟子公孫丑下「天時不如地利」趙岐注：「天時謂時日支干五行旺相孤虛之屬也。」孫奭疏：「云五行旺相孤虛之屬者，五行，金木水火土是也。金旺在巳午未申酉，木旺在亥子丑寅卯，水旺在申酉戌亥子，火旺在寅卯辰巳午，土旺在申酉戌亥。」梵志詩之「王相」，指王日及相日，皆爲吉日，故下云「逢便宜」。抱朴子内篇仙藥：「又采芝及服芝，欲得王相專和之日，支干上下相生爲佳。」又金丹：「兩儀子餌黄金法，……當以王相日作，服之神良。」唐孟棨本事詩嘲戲：「崔日用爲御史中丞，賜紫。是時佩魚須有特恩，亦因内宴，中宗命羣臣撰詞，日用曰：『臺中鼠子直須諳，信足跳梁上壁龕。倚翻燈脂污張五，還來齧帶報韓三。莫浪語，直王相，大家必若賜金龜，賣却猫兒相報上。』中宗亦以緋魚賜之。」蓋日用企望中宗以金龜相賜，故云「直王相」，以言王相吉日當獲此特恩也。敦煌本啟顔録：「此家王相，買得好奴也。」

〔三〕參差：髣髴，似乎。白居易長恨歌：「中有一人字太真，雪膚花貌參差是。」蘇軾水龍吟：「雲夢南州，武昌東岸，昔遊應記。料多情夢裏，端來見我，也參差是。」局席：宴席。顧況有越中席上看弄老人詩，詩題「席上」一作「局席」。李義山雜纂悶損人：「局席辦，請客不來。」因話録卷二：「李尚書益，有宗人庶子同名，俱出於姑臧公，時人謂尚書爲『文章李益』，庶子爲『門户李益』，而尚書亦兼門地焉。嘗姻族間有禮會，尚書歸，笑謂家人曰：『大堪笑，今日局席，兩箇座頭，總是李益。』」敦煌掇瑣七七雜抄：「言十無去就者：……扂㡤不慎啼唾（涕唾）六。」又：「五不自思度者：將領男女登扂㡤。」又九八社司轉帖：「右緑（緣）年支春座扃㡤，次至曹保奴家，人各粟壹㪷，麵一斤，油半升。」以上「扂㡤」、「扃㡤」亦爲「局席」別體，與梵志詩原卷「扂㡤」爲近。此首「參差著局席」二句，言吉日中髣髴自己身赴宴席，佔盡便宜，而終非現實也。

〔四〕兀兀：索然枯坐貌。豐干壁上詩：「若得了達此，不用坐兀兀。」蘇軾客位假寐：「謁入不得去，兀坐如枯株。」

〔五〕赫赤：赤紅貌。老子化胡經尹喜哀歎五首之二：「昔往學道時，登獄歷高堤，動見百丈谷，赫赤道里長。」朝野僉載卷三：「法善燒一鐵鉢赫赤，兩手欲合老僧頭上，僧唱『賊』，袈裟掩面而走。」梵志詩之「眼赫赤」，爲飢火中燒之貌。廣記卷四二一劉貫詞（出續玄怪録），載貫詞送書入龍宮，「方對食，太夫人忽眼赤，直視貫詞，女急曰：『哥哥憑來，宜且禮待。』……未幾，太夫人復瞪視眼赤，口兩角涎下，女急掩其口曰：『哥哥深誠託人，不宜如此。』」下文云：「殷勤見妹者，非固親也。慮老龍之嗔，或欲相啗，以其妹衛君耳。」老龍之「眼赤」，即此首之「眼赫赤」也。

生時不須歌丙一、丙三、校輯、詩集

生時不須歌，死時不須哭〔一〕。天地捉秤量〔二〕，鬼神用㪷斛。體上須得衣，口裏須得禄〔三〕。人人覓長命，没地可種穀〔四〕。（一〇三）

【校】

捉秤量　「秤量」，原作「衦量」。

用㪷斛　「㪷斛」，原本、丙三皆作「乢乢」。碑别字入聲一屋，齊宋顯伯造象「斛」作「乢」。

種穀　「種」，原作「蘒」，變文集前漢劉家太子傳：「朕見桃美味，欲蘒之後園。」

【注】

〔一〕「生時不須歌」二句：文選卷五四劉孝標辨命論：「生而不喜，死而不慼。」梵志詩一〇六首「爲人何必樂，爲鬼何必悲」，亦此意也。

〔二〕捉：持。秤量：以秤稱量，引申爲衡量。劉賓客嘉話録載上官婉兒事曰：「其母將誕之夕，夢人與秤曰：『持之秤量天下。』鄭氏冀其男也，及生昭容，母視之：『秤量天下豈汝耶？』嘔啞應曰『是』。」變文集不知名變文：「娘子空來我空手，奈何媒人所衦（秤）量。」按此句及下句當是言冥司秤量罪福，以施果報之事。廣記卷三八一張瑤（出廣異記）：「東陽張瑤病死，數日方活。云：被所由領過一府舍，中有貴人，儐從如王者。瑶至庭内，見其所殺衆生盡來對。瑶曾殺一牛，以布兩端與之追福，其牛亦在中庭，角戴兩布。又曾供養病僧，其僧亦來，謂所司曰：『張瑶持金剛經滿三千遍，功德已入骨。又寫法華經一部，福多罪少，故未合死。』所司命秤之，畜生盡起，而瑶猶在地上。」敦煌本彩繪佛説十王經畫地獄中架懸巨秤，配以文字曰：「五官業秤向空懸，左右雙童業簿全。轉重豈由情所願，低昂自任昔因緣。」知俗間所傳，冥司固有秤量罪福多少之事。

〔三〕禄：禄米。新唐書食貨志五：「中書舍人高季輔言：『外官卑品貧匱，宜以禄以養親。』自後以地租春秋給京官，歲凡五十萬一千五百餘斛，外官降京官一等。」

〔四〕没地可種穀：此亦人滿爲患之意。

運命随身縛丙一、丙三、校輯、詩集

運命随身縛，人生不自覺。業厚即福来〔一〕，業强福不著〔二〕。淳善皆安隱〔三〕，蟲害物煞却〔四〕。身作身自當〔五〕，將頭来自斫。（一〇四）

【校】

随身縛　「縛」，原作「搏」，乙三作「轉」，從校輯所改。詩集改作「轉」。

業厚　「業」，原作「葉」，即「葉」字，通作「業」。

業强　「業」，原作「葉」，亦「葉」字，通作「業」。

淳善皆安隱　「善」，原作「善」，俗字譜口部，列女傳「善」作「善」。「隱」，原作「隠」，校輯作「穩」。

蠱害　原作「蠱害」。碑別字去聲九泰，漢武榮碑「害」作「害」，與此略似。

【注】

〔一〕業厚：佛教稱能導致一定果報之行爲、語言、意識等爲「業」，本兼善惡而言，通常多指惡業，此處則指善業。善業厚則感招福果亦多，故云「業厚即福來」。隋吉藏百論疏卷上：「福是富饒爲義，起於善業，招人天樂果，故稱爲福。」

〔二〕業强：疑當作「業薄」，與上句「業厚」對舉，〇四八首亦有「業薄即隔生」之語。「業」亦指善業，善業薄故福不至也。

〔三〕淳善：淳厚善良。隋灌頂纂國清百録卷一：「夫新衣無孔，不可補之以縷。宿植淳善，不可加之以罰。」安隱：安樂。宋書夷蠻傳呵羅單國：「莊嚴國土，人民熾盛，安隱快樂。」北本涅槃經卷九：「我本處胎，與我母藥，母以藥故，身得安隱。」清錢大昭邇言卷一安隱：「大雅緜詩『乃慰乃止』箋：『民心定乃安隱其居。』莊子應帝王篇『其卧徐徐』司馬彪注：『徐徐，安隱皃。』説文無『穩』字，徐鉉新附有之，云：『安也，古通用安隱。』」

〔四〕蠱害：按搜神記卷一二：「蠱有怪物，若鬼，其妖形變化，雜類殊種，或爲狗豕，或爲蟲蛇，其人皆自知其形狀。行之於百姓，所中皆死。」因以殘害生民爲「蠱害」，謂如蠱之害人也。北史崔宏傳：「明元以郡國豪右大人蠱害，乃優詔徵之。」

〔五〕身：自己，見〇〇一首注三。「身作身自當」即俗語「自作自受」之意，本出釋典。北本涅槃經卷一三：「是諸外道，雖知業果自作自受，而猶不能遠離惡法。」正法念處經卷五：「身自作業，自得苦報。」大智度論卷三三：「譬如犯罪之人，自致刑戮，自作自受。」郗超奉法要引泥洹經曰：「父作不善，子不代受；子作不善，父亦不受。善自獲福，惡自受殃。」珠林卷九五瞋恚部正報頌曰：「自作還自受，恚火競相煎。」傳燈録卷一五舒州投子山大同禪師：「諸人變現千般，終是汝人解自擔將來，自作自受，遮裏無可與汝。」變文集目連緣起：「汝母在生之時，都無一片善心，終朝殺害生靈，每日欺淩三寶，自作自受，非天與人。」又太子成道經：「自身作罪自知非，莫怨他家妻及兒。自作業時應自受，他家不肯與你入阿鼻。」按書太甲中：「天作孽，猶可違；自作孽，不可逭。」孔傳：「孽，災；逭，逃也。言天災可避，自作災不可逃。」則中土自古已有此義。

先因崇福德丙一、丙三、校輯、詩集

先因崇福德〔一〕，今日受肥胎〔二〕。果報迎先種〔三〕，橋樑預早開〔四〕。奪我先時樂，將充死後媒〔五〕。改頭換却面〔六〕，知作阿誰來。（一〇五）

【校】

肥胎　「肥」，原作「𦙶」，校輯作「耶」，詩集作「胞」。按變文集伍子胥變文：「乘𦙶（肥）却返。」與此字同，「肥」謂肥馬也。

果報迎先種　「果」，原作「杲」，丙三作「早」。「迎」，原本、丙三作「迎」。

橋樑預早開　「橋」，原作「槗」。俗字譜木部，通俗小説「橋」作「槗」。「預」，原本、丙三作「須」。碑別字去聲六御，魏張神龍等百人造象「預」作「須」。「開」，原作「𨳝」，即「開」字草書。

奪我　「奪」，原作「奪」。變文集佛説阿彌陀經講經文：「依官叶勢，驅逼僧尼，劫奪（奪）田水。」

將充　「充」，原作「乞」，校輯作「魂」。

換却面　「換」，原作「擏」。　「却」，原作「脚」，丙三作「脚」。

阿誰來　校輯作「何須來」。按原卷、丙三皆作「阿須來」，「須」即「誰」之譌。三六一首有「换皮不識面，知作阿誰來」之語，即其證也。

【注】

〔一〕先因：宿世之因緣。　福德：善因可以導致福報，稱爲福德。中本起經卷上：「生時緣福德，瑞應三十三。」佛説施食獲五福報經：「佛言：人持飯施人，有五福德，令人得道。」北本涅槃經卷二〇：「嘗觀病人，若有福德，皆可療治；若無福德，雖吉何益。」

〔二〕肥胎：特大之胎兒。佛教以爲前生所修善業，將感招今生福報，亦包括胎兒形體之美好。大寶積經卷五六：「難陀，由其胎子先修福業，好施不慳，憐愍貧乏，於諸財物無悋著心，所造善業日夜增長，當受勝報。若生人間，所受果報悉皆稱意。若諸世人以長爲好則長，若以短爲好則短，麁細合度，支節應宜，多少肥瘦勇怯顔色無不愛著，六根具足，端正超倫，詞辯分明，音聲和雅，人相具足，見者歡喜。所有三業向人説時，他皆信受，敬念在心。何以故？由彼先世造諸善業，獲如是報。」世俗以胎兒肥大爲可喜有福，佛本行集經卷三五耶輸陀因緣品下：「時長者婦，或滿九月，或滿十月，其胎成熟，産一男兒，極大端正，可喜無雙。」故梵志詩云「受肥胎」，以言甫一出生，即獲福報也。

〔三〕迎先：預先，這裏指前生。

〔四〕橋樑：按佛教以修善行道爲超離苦海之橋梁，見〇一七首注二。

〔五〕媒：居間介紹者，引申爲藉手之物。李咸用惜别：「須知相識喜，却是别愁媒。」唐姚嵘題大梁臨汴驛：

「近日侯門不重才，莫將文藝擬爲媒。」廣記卷三六李清（出集異記）：「雲門山，神仙之窟宅也，吾將往焉。吾生日坐大竹簣，以轆轤自縋而下，以纖縻爲媒焉。脱不可前，吾當急引其媒，爾則出吾於媒末。」

〔六〕改頭換却面：謂來生託生爲相貌不同之他人。敦煌遺書斯三七二八（變文集題作左街僧録大師壓座文，非是）：「三界衆生多愛癡，致令煩惱鎮相隨。改頭換面無休日，死去生來没了期。饒俊須遭更姓字，任奸終被變形儀。直教心裏分明著，合眼前程物（惣，即總）不知。」敦煌掇瑣四一勸戒殺生文：「論（輪）迴六道受諸苦，改頭換面不相知。」敦煌曲校録五更轉：「輪迴三惡道，六趣在（任）死生，從來改却這般名，只是換身形。」梵志詩〇六二首：「各自改頭皮，相逢定不識。」又三〇九首：「來往報答甚分明，只是換頭不識面。」皆是此意。

楚按：據佛教因果觀念及轉世之説，今生之樂果實導源于先世之善因，故此首云「先因崇福德，今日受肥胎」。則爲了獲得來生之樂果，亦應於今生預爲之地，故云「果報迎先種，橋樑預早開」。又據佛教苦樂循環之説，今生之苦能導致來生之樂，即〇九一首所云「今世受苦惱，未來當富貴」。則爲了修致來生之樂，將以今生受苦爲代價，故云「奪我先時樂，將充死後媒」。而梵志實不甘心如此，故結云「改頭換却面，知作阿誰來？」以爲來生之人既與我相貌各異，則何必爲不相干之來生而犧牲今生之樂。按佛教以爲轉世後雖形貌各異，而本性不移，即寒山詩所云：「改頭換却面，不離舊時人。」故得以來生罪福而懼世人。梵志此詩則以爲轉世將迷失本性，非復自我，故不以來生罪福爲意，而表現了重視今生之態度。顔氏家訓歸心：「俗之謗者，大抵有五：……其五，以縱有因緣如報善惡，安能辛苦今日之甲，利益後世之乙乎？爲異人也。」然則梵志此詩，乃同乎「謗佛」之論矣。又宗密華嚴原人論斥偏淺第二亦云：「若言死後更有身者，豈有今日身心造罪修福，令他後世身心受苦受樂？據此，則修福者屈甚，造罪者幸甚，如何神理如此無道？故知但習此教者，雖信業緣，不達身本。」其所駁斥之偏淺之見，亦與梵志此詩相同。

兀兀身死後丙一、丙三、校輯、詩集

兀兀身死後〔一〕，冥冥不自知。爲人何必樂，爲鬼何〔必〕悲。競地徒張眼〔二〕，諍官慢豎眉〔三〕。窟裏長展脚〔四〕，知我是誰皮〔五〕？（一〇六）

【校】

兀兀　原作「瓦瓦」，詩集作「凡凡」。

冥冥不自知　「冥」，原作「寘」。碑別字下平聲九青，漢韓勑碑「冥」作「寘」，與此稍似。「自」，校輯録作「可」。

何必樂　「何」，原作「可」，參照下句改「何」字。「必」，原本、丙三作「怱」。

何必悲　「必」，原脱，丙三脱「何必」，參照上句句式擬補。校輯以下句「竟」字移前，作「竟何悲」。詩集作「何悲噫」。

競地徒張眼　「競」，原作「竟」。按碑別字去聲二十四敬，魏根法師碑「競」作「竸」，再加簡化即爲「竟」。此處「競」字與下句「諍」字同義對舉。珠林卷九五嗔恚部正報頌：「豺狼諍圍繞，蚖毒競來前。」亦以「諍」與「競」對舉，與此處正同。校輯改「徒」作「役」，以下句「爭」字屬上，作「地役張眼爭」。

諍官慢豎眉　「慢」，原作「愓」。「眉」，原作「眉」。校輯連下句「窟」字作「官慢豎眉窟」。

窟裏長展脚　此句原作「窟褁㧞長㞟脚」，校輯作「褁將長鹿脚」，詩集作「窟褁將展脚」。按「褁」即「裏」字。干禄字書上聲：「褁裏上俗下正。」「㧞」即「將」。碑別字下平聲七陽，漢楊淮表紀「將」作「㧞」，與此形近。惟此「將」字當係衍文，今刪。「㞟」即「展」字，見〇〇六首校記。

知我是誰皮　「皮」原作「友」，出韻，當是「皮」字形誤，據丙三改。校輯此句作「知我是誰友」，詩集作「知我是誰皮」。

【注】

〔一〕兀兀：昏昧貌，見〇三五首注一。

〔二〕競地：爭奪土地。朝野僉載卷四：「高陽、博野兩縣競地陳牒。」　張眼：瞪眼怒視。後漢書戴就傳：「主者窮竭酷慘，無復餘方，乃卧就覆船下，以馬通薰之一夜二日，皆謂已死，發船視之，就方張眼大罵曰：『何不益火，而使滅絶！』」南史顧協傳：「（謝）善勛飲酒至數斗，醉後輒張眼大罵，雖復貴賤親疏無所擇也。」韓愈送窮文：「五鬼相與張眼吐舌，跳踉偃仆。」敦煌遺書伯三八七六號：「不孝二親，張眼視父，努精向母。」廣記卷三二二陳臯（出靈鬼志）：「忽有一赤鬼，長可丈許，就臯求載，倏爾上船。臯素能禁氣，因歌俗家南地之曲。鬼乃吐舌張眼。以杖竿擲之，即四散成火，照於野。」亦作「張目」，廣記卷三五九劉嶠（出廣古今五行記）：「見四壁上如人面，張目吐舌，或虎或龍，千變萬形。」舊五代史唐書武皇紀下：「武皇張目怒曰：可及輩何足爲敵！」

〔三〕諍：同「爭」。　慢：亦作「漫」、「謾」，徒然之義。　竪眉：形容怒視，與上句「張眼」爲互文，故「張眼」亦作「張眉」，「竪眉」亦作「竪眼」、「竪目」。大莊嚴論經卷一：「諸婆羅門聞是語已，竪目舉手，懍厲攘袂，瞋忿戰動。」敦煌曲校録悉曇頌俗流悉曇章：「張眉努目喧破鑼，牽翁及母怕你麼？」變文集茶酒論：「阿闍世王爲酒敍(煞)父害母，劉零(伶)爲酒一死三年，喫了張眉豎眼，怒鬥宣拳。」

〔四〕窟裏：即墳中。敦煌曲校録十二時：「捨華堂，埋土窟，一善不修身已卒。」「土窟」亦指墳墓。展脚：伸脚，見〇〇六首注五。「長展脚」即伸脚長眠，謂死也。

〔五〕知我是誰皮：「皮」指形體、相貌，延壽三時憶念儀範附勸人念佛(不載著者名氏)：「莫教一日換了皮，縱有千佛難救汝。」「知我是誰皮」言我死後不知來生將投胎爲何種形貌之衆生，詩意與上首「改頭換却面，知作阿誰來」相似，參看該首注六。

請看漢武帝丙一、丙三、校輯、詩集

請看漢武帝，請看秦始皇。年年合仙藥〔一〕，處處求醫方〔二〕。結構千秋殿，經營萬壽堂〔三〕。百年有一倒〔四〕，自去遣誰當〔五〕？（一〇七）

【校】

仙藥　「仙」，原本、丙三作「山」。

醫方　「醫」，原本、丙三似「鑿」。

結構　「構」，原作「耩」。

經營　「經」，原作「綒」。

【注】

〔一〕仙藥：長生不老之藥。宋書劉亮傳：「亮在梁州，忽服食修道，欲致長生。迎武當山道士孫道胤，令合仙藥。」史記封禪書載秦始皇求仙藥事云：「自威、宣、燕昭使人入海求蓬萊、方丈、瀛洲。此三神山者，其傅在勃海中，去人不遠；患且至，則船風引而去。蓋嘗有至者，諸僊人及不死之藥皆在焉。其物禽獸盡白，而黄金銀爲宮闕。未至，望之如雲；及到，三神山反居水下。臨之，風輒引去，終莫能至云。世主莫不甘心焉。及至秦始皇并天下，至海上，則方士言之不可勝數。始皇自以爲至海上而恐不及矣，使人乃齎童男女入海求之。船交海中，皆以風爲解，曰未能至，望見之焉。其明年，始皇復游海上，至琅邪，過恒山，從上黨歸。後三年，游碣石，考入海方士，從上郡歸。後五年，始皇南至湘山，遂登會稽，並海上，冀遇海中三神山之奇藥。不得，還至沙丘崩。」又秦始皇本紀云：「盧生説始皇曰：『臣等求芝奇藥仙者常弗遇，類物有害之者。方中，人主時爲微行以辟惡鬼，惡鬼辟，真人至。人主所居而人臣所之，則害於神。真人者，入水不濡，入火不爇，陵雲氣，與天地久長。今上治天下，未能恬倓，願上所居宮毋令人知，然後不死之藥殆可得也。』於是始皇曰：『吾慕真人，自謂真人，不稱朕。』」又：「因使韓終、侯公、石生求仙人不死之藥。」又：「方士徐市等入海求神藥，數歲不得。」又載始皇曰：「吾前收天下書不中用者盡去之，悉召文學方術士甚衆，欲以興太平，方士欲練以求奇藥。今聞韓衆去不報，徐市等費以巨萬計，終不得藥，徒姦利相告日聞。」

〔一二〕醫方：長生不死之藥方。舊唐書穆宗紀：「僧大通醫方不精，藥術皆妄。」史記孝武本紀載漢武帝求醫方事云：「是時而李少君亦以祠竈、穀道、卻老方見上，上尊之。……少君言於上曰：『祠竈則致物，致物而丹沙可化爲黄金，黄金成以爲飲食器則益壽，益壽而海中蓬萊僊者可見，見之以封禪則不死，黄帝是也。臣嘗游海上，見安期生，食臣棗，大如瓜。安期生僊者，通蓬萊中，合則見人，不合則隱。』於是天子始親祠竈，而遣方士入海求蓬萊安期生之屬，而事化丹沙諸藥齊爲黄金矣。居久之，李少君病死，天子以爲化去而不死也，而使黄錘、史寬舒受其方。求蓬萊安期生莫能得，而海上燕齊怪迂之方士多相效，更言神事矣。」又：「欒大曰：『臣嘗往來海中，見安期、羡門之屬。顧以爲臣賤，不信臣，又以爲康王諸侯耳，不足予方。臣數言康王，康王又不用臣。臣之師曰：黄金可成，而河決可塞，不死之藥可得，僊人可致也。臣恐效文成，則方士皆掩口，惡敢言方哉。』上曰：『文成食馬肝死耳。子誠能脩其方，我何愛乎？』……大見數月，佩六印，貴振天下。而海上燕齊之間，莫不搤捥而自言有禁方，能神僊矣。」

〔三〕「結構」二句：「結構」，構築。抱朴子外篇勗學：「文梓干雲，而不可名臺榭者，未加班輸之結構也。」文選卷二六謝朓郡内高齋閑坐答吕法曹：「結構何迢遰，曠望極高深。」李善注：「結構，謂結連構架，以成屋宇也。」按秦皇、漢武營構殿堂，如史記秦始皇本紀：「秦每破諸侯，寫放其宫室，作之咸陽北阪上，南臨渭，自雍門以東至涇、渭，殿屋複道周閣相屬，所得諸侯美人鍾鼓以充入之。」又：「乃營作朝宫渭南上林苑中，先作前殿阿房，東西五百步，南北五十丈，上可以坐萬人，下可以建五丈旗，周馳爲閣道，自殿下直抵南山。表南山之顛以爲闕。爲複道，自阿房渡渭，屬之咸陽，以象天極閣道絶漢抵營室也。阿房宫未成；成，欲更擇令名名之。作宫阿房，故天下謂之阿房宫。」史記孝武本紀：「於是作建章宫，度爲千門萬户。前殿度高未央。其東則鳳闕，高二十餘丈。其西則唐中，數十里虎圈。其北治大池，漸臺高二十餘丈，名曰泰液池，中有蓬萊、方丈、瀛洲、壺梁，象海中神山龜魚之屬。其南有玉堂、璧門、大鳥之屬。乃立神明臺、井幹樓，度五十餘丈，輦道相屬焉。」梵志詩云「千秋殿」、「萬壽堂」，蓋寓有深意，以譏秦皇漢武徒欲千秋萬壽享樂，而終不免一死也。

〔四〕一倒：謂一死。

〔五〕當：抵當、替代。變文集大目乾連冥間救母變文：「地獄不容相替代。」即此句之意。

楚按：此首譏諷秦皇漢武廣營宮室，百計求仙，準擬千秋萬壽，而終歸不免一死，此亦昔人之常言。三國志魏志明帝紀：「于時百姓彫弊，四海分崩，不先聿脩顯祖，闡拓洪基，而遽追秦皇漢武，宫館是營，格之遠猷，其殆疾乎！」貞觀政要務農：「昔秦皇漢武，外則窮極兵戈，内則崇侈宫室，人力既竭，禍難遂興。」此爲譏其廣事營建者。風俗通義正失：「秦始皇欺於徐市之屬，求三山於海中，通同道，隱形體，弦詩想蓬萊，而不免沙丘之禍。孝武皇帝玆益迷謬，文成、五利，處之不疑，妻以公主，賜以甲第，家累萬金，身佩四印，辭窮情得，亦旋梟裂。」弘明集卷八釋玄光辨惑論：「昔秦皇漢武，不獲輕身，使徐福公孫，遠冥雲波，祈候通仙，影響無陳。」貞觀政要慎所好：「神仙事本是虚妄，空有其名。秦始皇非分愛好，爲方士所詐，乃遣童男童女數千人，隨其入海求神仙。方士避秦苛虐，因留不歸，始皇猶海側踟蹰以待之，還至沙丘而死。漢武帝爲求神仙，乃將女嫁道術之人，事既無驗，便行誅戮。據此二事，神仙不煩妄求也。」通鑑唐高宗顯慶二年：「上謂侍臣曰：自古安有神仙！秦始皇、漢武帝求之，疲弊生民，卒無所成。果有不死之人，今皆安在？」此爲譏其求仙者。此等語不暇遍舉。見於詩詠者亦多有，如顧況行路難：「行路難，生死皆由天。秦皇漢武遭不（下）脱，汝獨何人學神仙。」白居易海漫漫：「海漫漫，直下無底旁無邊。雲濤煙浪最深處，人傳中有三神山。山上多生不死藥，服之羽化爲天仙。秦皇漢武信此語，方士年年采藥去。蓬萊今古但聞名，煙水茫茫無覓處。海漫漫，風浩浩，眼穿不見蓬萊島。不見蓬萊不敢歸，童男丱女舟中老。徐福文成多誑誕，上元太一虚祈禱。君看驪山頂上茂陵頭，畢竟悲風吹蔓草。何況玄元聖祖五千言，不言藥，不言仙，不言白日昇青天。」寒山詩：「常聞漢武帝，爰及秦始皇，俱好神仙術，延年竟不長。金臺既摧折，沙丘遂滅亡。茂陵與驪嶽，今日草茫茫。」三首皆晚於梵志詩。

饒你王侯職丙一、丙三、校輯、詩集

饒你王侯職〔一〕，饒君將相官。娥眉珠玉珮，寶馬金銀鞍。錦綺嫌不著，猪羊死不飡〔二〕。口中氣新斷〔三〕，眷屬不相看〔四〕。（一〇八）

【校】

王侯職　「職」，原作「識」，從校輯所改。按一一二首「失職何須憂」，「職」原亦作「識」，與此處正同。

娥眉珠玉珮　「娥」，校輯作「蛾」，同。「眉」，原作「媚」，與上「娥」連類而增女傍。「珮」，原作「玐」，丙三作「現」，校輯作「佩」。

錦綺　「錦」，原本、丙三作「綿」。

氣新斷　「新」，原作「朴」，校輯改作「扑」。按三三〇首亦有「但看氣新斷，妻子即他人」之語，此首「朴」字應是「新」字草書之誤。

【注】

〔一〕饒：縱然，即使。見一〇一首注五。

〔二〕死不飡：謂嫌棄自死之猪羊不食，而必欲殺生害命。按佛教戒殺生，唯自死之肉屬於所謂「淨肉」，佛允許俗人食之。入楞伽經卷八遮食肉品：「肉有二種肉，一者他殺，一者自死。以世人言，有肉得食，有不得者。」洛陽伽藍記卷五：「神龜二年七月二十九日入朱駒波國，人民山居，五穀甚豐，食則麵麥，不立屠煞，食肉者以自死肉。」即恪遵佛戒。顏氏家訓歸心：「齊有一奉朝請，家甚豪侈，非手殺牛，噉之不美。」此事正與梵志詩「猪羊死不飡」相類。參見下首篇後按語。

〔三〕氣新斷：謂剛死。變文集廬山遠公話：「三寸去斷，即是來生。」「去」爲「氣」字音譌。

〔四〕看：照料，關照，參見〇二四首注一一。

自死与鳥殘丙一、丙三、校輯、詩集

自死与鳥殘〔一〕，如来相體恕〔二〕。莫養圖口腹〔三〕，莫煞共盤筋〔四〕。鋪頭錢買取〔五〕，飽噉何須慮。儻見閻羅王〔六〕，亦有分踈取〔七〕。（一〇九）

【校】

體恕　「恕」，原作「怒」，形譌字。

圖口腹　「圖」，原作「啚」，俗字譜口部，白袍記「圖」作「啚」。按説文：「啚，嗇也。从口从㐭。㐭，受也。」別是一字。校輯録作「充」。　「腹」，原作「腸」，乃形譌字。

共盤筋　「共」，詩集改作「供」。　「筋」，原作「筯」。

儻見閻羅王　「儻」，丙三作「當」。　「閻」，原作「閰」。

【注】

〔一〕自死与鳥殘：指命盡自死及鳥食所剩之肉，屬於所謂「淨肉」。彥琮通極論有「然後鳥殘自死，虎聽内律」之語，參看篇後按語。

〔二〕如来：佛的十種名號之一。　體恕：原諒。「體」亦體諒之義。魏書臨淮王譚傳附彧傳：「自前後奔叛，皆希旨稱魏爲『僞』，惟彧上表啓，常云『魏臨淮王』，衍體彧雅性，不以爲責。」

〔三〕口腹：飲食享受。孟子告子上：「飲食之人，無有失也，則口腹豈適爲尺寸之膚哉！」周書裴俠傳：「此郡舊制，有漁獵夫三十人以供郡守。俠曰：『以口腹役人，吾所不爲也。』乃悉罷之。」四明尊者教行録卷一劉筠勅延慶院放生池碑銘：「凡有血氣，同一觸體；盡諸沙界，共一真性。庸詎資口腹之欲，結輪迴之業。」龍舒增廣淨土文卷四修持法門八：「凡殺生以資口腹，則口腹之欲何厭，放箸之後滋味已空，而殺業俱在。」

〔四〕共：通「供」。墨子迎敵祠：「脩城，百官共財，百工即事。」「共財」即「供財」。左傳僖公四年：「爾貢包茅不入，王祭不共。」陸德明釋文：「共音恭，本亦作供。」漢書疏廣傳：「廣既歸鄉里，日令家共具設酒食。」顔師古注：「共讀曰供。」魏書房法壽傳：「常盜殺猪羊，以共其母。」廣記卷三一八張禹（出志怪）：「問禹所欲，禹曰：『自有飯，唯須飲耳。』女敕取鐺與之，因燃火作湯，雖聞沸聲，探之尚冷。女曰：『我亡人也，塚墓之間，無以相共，慙愧而已。』」

〔五〕鋪頭：店鋪。王建題崔秀才里居：「時復叩門無別事，鋪頭來索買殘書。」本詩「鋪頭」指肉鋪。

〔六〕閻羅王：地獄主宰。翻譯名義集卷二琰魔：「或云琰羅，此翻靜息，以能靜息造惡者不善業故。或翻遮，謂遮令不造惡故。或閻磨羅，經音義應云：夜磨盧迦，此云雙世，鬼官之惣司也。亦云閻羅、燄魔，聲之轉也。亦云閻魔羅社，此云雙王，兄及妹皆作地獄主，兄治男事，妹治女事，故曰雙王。或翻苦樂並受，故云雙也。」

〔七〕分疎取：自我分辯，「取」是用在動詞後的語助詞。亦作「分疎」、「分疏」。朝野僉載卷一：「時崔湜亦爲吏部侍郎，掌選，有選人引過，分疏云：『某能翹關負米。』湜曰：『君壯，何不兵部選？』」廣記卷一八五作「分踈」。賓退録卷三：「世俗謂自辯解曰『分疏平』。顔師古注爰盎傳『不以親爲解』曰：『解者，若今言分疏。』又北齊書祖珽傳：『高元海奏珽不合作領軍，並與廣寧王交結。珽亦見，帝令引入，珽自分疏。』則北朝暨唐已有是言也。」北齊書神武紀下：「本望君臣一體，合若符契，不圖今日分疏到此！」冥報記卷下：「夫人若被勘問，幸自分踈，無爲牽引司倉，俱死無益。」敦煌曲校録十二時：「閻王未肯受分疏，煞鬼豈能容諂詐。」

楚按：此首稱「自死与鳥殘，如來相體恕」。又云「鋪頭錢買取，飽噉何須慮」。蓋因佛教小乘戒律有所謂「淨肉」之説。十誦律卷三七：「癡人，我不聽噉三種不淨肉：若見、若聞、若疑。見者，自眼見是畜生爲我故殺。聞者，從可信人聞爲汝故殺是畜生。疑者，是中無屠賣家，又無自死者，是人凶惡，故能奪畜生命。癡人，如是三種肉我不聽噉。癡人，我聽噉三種淨肉。何等三？不見，不聞，不疑。不見者，不自眼見爲我故殺是畜生。不聞者，不從可信人聞爲汝故殺是畜生。不疑者，是中有屠兒，是人慈心，不能奪畜生命。我聽噉如是三種淨肉。」彌沙塞部和醯五分律卷二二説與此同。癸巳存稿卷一三佛教斷肉述義：「佛教斷肉乃梁武帝法，其先亦有漸義。禪祕法要經云：若食肉時，洗令無味，佛飭修禪得食三種清淨之肉。唐西域記云：摩揭陀國雁塔，言小乘漸教開三淨之食。三淨食，三種清淨肉，雁也，犢也，鹿也。其説非是。諸經要集云：離見聞疑，不爲己殺，鳥殘自死，得聽食之。毗尼律云：離見聞疑，不爲己殺，鳥殘自死者，開聽食之。楞嚴經云：不見爲我殺，不聞爲我殺，不疑爲我殺一也，及自死二也，鳥殘含三也是也。」楚按，此即小乘戒律，若大乘經典，則一切禁斷。如北本涅槃經四：「迦葉菩薩復白世尊：『云何如來不聽食肉？』『善男子，夫食肉者斷大慈種。』迦葉又言：『如來何故先聽比丘食三種淨肉？』『迦葉，是三種淨肉，隨事漸制。』迦葉菩薩復白言：『世尊，何因緣故，十種不淨乃至九種清淨而復不聽？』佛告迦葉：『亦是因事漸次而制，當知即是現斷肉義。』」即以「淨肉」爲臨時所制的隨宜之説。故廣弘明集卷二六梁武帝斷酒肉文曰：「或云：『肉非己殺，猶自得噉，以錢買肉，亦復非嫌。』如是説者，是事不然。涅槃經云：一切肉悉斷，及自死者。自死者猶斷，何況不自死者。楞嚴經云：爲利殺衆生，以財網諸肉，二業俱不善，死墮叫呼獄。何謂以財網肉？陸設罝罘，水設網罟，此是以網網肉。若於屠殺人間以錢買肉，此是以財網肉。若此人不以財網肉者，習惡律儀，捕害衆生，此人爲當專自供口，亦别有所擬？若别有所擬，向食肉者，豈無殺分？」又叙梁武帝與諸律師唱斷肉律載武帝敕周捨云：「僧辯所道自死肉，若如此説，鴟鴉鳩鴿，觸處不死，那不見有一自死者？麞鹿雉兔，充滿野澤，亦不曾見有一自死者。而覓死肉，其就屠殺家；覓死魚，必就罾網處。若非殺生，豈有死肉？經言買肉與殺生，此罪一等。」所駁即梵志此首之類也。按梵志其他詩卷涉及禁肉之説，皆主大乘戒律，如二二九首云：「造酒罪甚重，酒肉俱不輕（丁五本作「買肉亦不輕」），若人不信語，檢取涅槃經。」即以大乘經典涅槃經爲依據，與此首顯然矛盾。蓋敦煌石室所出王梵志詩（更無論後來詩話筆記所載王梵志詩），實非出自一人之手，故思想駁雜不一，且有自相牴牾者，此即一例也。

衆生眼盼盼丙一、丙三、校輯、詩集

衆生眼盼盼〔一〕，心路甚堂堂〔二〕。一種怜男女，一種逐耶孃〔三〕。一種惜身命，一種憂死亡〔四〕。側長恭勉面〔五〕，長生跪拜羊〔六〕。口中不解語，情下極荒忙〔七〕。何忍刺他煞，曾無阡許惶〔八〕。牛頭捉得你〔九〕，鑊裏熟煎湯〔一〇〕。（一一〇）

【校】

眼盼盼　下「盼」字原似「人」字，實爲重複記號，「盼盼」與下句「堂堂」疊字爲對（下「堂」字原亦似「人」字），參見注一。校輯作「眼盼人」。

一種怜男女　「一」，原作「三」，按此詩三至六句句式相同，因據下三句改作「一」。校輯作「三」。「怜」，校輯作「憐」，同。干禄字書平聲：「怜憐上俗下正。」碑別字下平聲一先，隋董美人墓誌銘「憐」作「怜」。「男」，原作「易」。

側長恭勉面　「勉」，原作「𠠶」，校輯改作「抛」。此句丙三缺首字，作「章恭抛勉」。

極荒忙　「極」，原作「拯」，碑別字入聲十三職，魏比丘魏寶造象銘「極」作「拯」，與此近似。「荒」，校輯作「慌」。

刺他煞　「刺」，原作「剌」，碑別字去聲四寘，魏吳郡王蕭正表墓誌銘「刺」作「剌」。此三字詩集、校輯録作「他刺殺」。

阡許惶　「阡」，詩集改作「何」。

【注】

〔一〕衆生：佛經以稱一切含靈有情之生物，此處則指供人類屠宰食用的畜生之類。　盼盼：目光熱切眷戀貌。變文集大目乾連冥間救母變文載地獄罪人過奈河曰：「耳裏唯聞唱道急，万衆千羣驅向前。牛頭把棒河南岸，獄卒擎叉水北邊。水裏之人眼盼盼，岸頭之者淚涓涓。早知別後（到没）艱辛地，悔不生時作福田。」永覺元賢禪師廣録卷一六勸放生：「或緊閉籠檻之内，或生懸刀俎之間，膽落魂飛，母離子散，口憒憒而誰告，目盼盼而求援。」清王有光吳下諺聯卷四眼睛紅盼盼：「美者，一盼而已；紅者，私心繫戀，一盼不休，再盼不歇，頻頻轉注，盼而益紅，紅而益盼，故曰盼盼。」則「盼盼」之語，近代吳語尚有之。

〔二〕心路：猶云「心思」、「心地」。沈約瑞石像銘：「靈應徵遠，無跡可追；心路照通，有感斯順。」高僧傳卷一三興福第八論曰：「若乃心路蒼茫，則真儀隔化；情志慊切，則木石開心。」續高僧傳卷三〇釋真觀傳載愁賦：「且如馬生未達，顏君不遇，夫子之詠山梁，仲文之撫庭樹，並侘憏於胸府，俱讚揚於心路。」方干贈美人四首之一：「直緣多藝用心勞，心路玲瓏格調高。」鄭谷詠懷：「迂疏雖可欺，心路甚男兒。」

〔三〕逐：跟隨。北本涅槃經卷一九：「憐愍一切，如羅睺羅，隨善衆生，如犢逐母。」

〔四〕「一種惜身命」二句：按北本涅槃經卷二〇：「雖復人畜，尊卑差別，寶命畏死，二俱無異。」珠林卷一一二食肉部：「一切世間有身命者，各自寶重，畏於死苦，護惜己身，人畜無別。寧當樂存疥野干身，不能捨命受諸天樂。何以故？畏死苦故。」即此二句之意。

〔五〕側長恭勉面：俟再校。

〔六〕長生跪拜羊：按佛教戒殺生，對於猪羊等家畜長養而不殺，以終其天年，稱爲長生猪羊等。新唐書百官志一：「凡羊，至廚而乳者釋之長生。大齋日，尚食進蔬食，釋所殺羊爲長生供奉。」珠林卷九一引冥報拾遺：「唐封元則，渤海長河人也，至顯慶中爲光禄寺太官掌膳。時有西蕃客于闐王來朝，食料餘羊凡至數十百口，並託元則送於僧寺，放作長生。」廣記卷四三九李校尉（出法苑珠林），載李外婆來生化爲特猪，語李曰：「某寺有長生猪羊，汝安置我此寺。」梵志詩「長生跪拜羊」，事見廣記卷一三四王珍（出廣古今五行記》：「唐定州安嘉縣人王珍，能金銀作，曾與寺家造功德，得絹五百疋。同作人私費十疋，王珍不知。此人死後，王家有禮事，買羊未殺間，其羊頻跪無數，珍已怪之。夜繫於柱，珍將寢，有人扣房門甚急，看之無所見。珍復卧，又聞之，起看還無所見。怪之，遂開門卧。未睡，見一人云：『昔日與公同作功德，偷十疋絹私用，公竟不知。今已作羊，公將殺之。』叩頭乞命，再三懇苦。言訖，出房門，即變作羊。王珍妹於別所見此人叩頭，一如珍所見。遂放羊作長生，珍及妹家即斷食肉。」

〔七〕荒忙：同「慌忙」，見〇〇八首注三。

〔八〕阡許：疑當作「纖許」，猶云「絲毫」。

〔九〕牛頭：地獄中之鬼卒，見〇〇八首注一一。

〔一〇〕鑊裏熟煎湯：指地獄中下湯鑊之酷刑。

楚按：此首大旨亦言戒殺。「衆生眼盼盼」者，言畜生求生欲望之熱切。「心路甚堂堂」者，言畜生內心實亦明瞭有知。「一種」四句言畜生亦通人性，愛生戀子之種種感情，與人無異。廣弘明集卷二六梁周顒與何胤論止殺書：「況乃變化之大者，莫過死生。生之所重，無過性命。性命之於彼極切，滋味之於我可賒。而終身朝哺，資之以永歲。彼就怨酷，莫能自伸；我業長久，吁哉可畏。」説郛（宛委山堂本）卷七三宋陳録善誘文衆生愛戀性命：「經云：一切畏刀杖，無不愛壽命。故王克殺羊，羊奔客而拜訴。鄒文立殺鹿，鹿跪而流淚。鷙禽投案，請命於魏君；窮獸入廬，求生於區氏。近者沈遇內翰通判江寧府，時廚中殺羊，屢失其刀，窺之乃見羊銜刀而藏之牆下。周豫學士嘗煮鱔，見有鞠身向上，以首尾就湯者，剖之見腹中有子，乃知鞠身避湯者，以愛子之故。楊傑提刑遊明州育王山，因晝卧，夢有婦女十數人，執紙若有所訴，密遣人往視行厨，果得蛤蜊十數枚，訴者乃蛤蜊求生也。有生愛戀，其情如此。當其被擒時，前見刀杖，乞生無由，旁見親聚，欲戀不得，抱苦就終，銜悲向盡，既受屠割，復入鼎鑊，種種痛苦，徹入骨髓，當此之時，彼心如何！」不妨看作對梵志此詩大意之解説。

男婚藉嘉偶丙一、丙三、校輯、詩集

男婚藉嘉偶〔一〕，女娉希好仇〔二〕。但令足兒息〔三〕，何代無公侯。菩薩常梳髮，如來不剃頭〔四〕。何須禿兀硉〔五〕，然始學薰脩〔六〕。（二一一）

詩集以後四句屬下首。

【校】

男婚　「男」，原作「㽘」，即「男」俗體。校輯作「兒」。「婚」，原作「㛰」。

女娉希好仇　「娉」，原作「𡝠」，碑別字去聲二十四敬，漢史晨奏銘「娉」作「𡝠」，與此近似。「希」，原作「𢁯」，碑別字上平聲五微，唐廣明元年道德經幢「希」作「𢁯」，與此近似。校輯改作「待」，非是。「仇」，原作「𠆧」，龍龕手鏡卷一人部：「𠆧俗仇。」

但令足兒息　「但令」，丙三作「但金」。「足」，原本、丙三作「捉」，應是「足」字之譌。「兒」，原本、丙三作「如」，同音假借。變文集大目乾連冥間救母變文：「一步一倒向前來，目連抱母號咷泣。哭曰『由如不孝順，殃及慈母落三塗』。」下文正有「由兒不孝順，殃及慈母，墮落三塗」之語，知「由如」即「由兒」也。詩集作「汝」。

何代無公侯　「代」，原似「尤」字，據丙三改。「公」，丙三脱，校輯作「王」。

菩薩常梳髪　「菩薩」，原作「井」，爲敦煌寫本習見之合體俗簡字。龍龕手鏡卷二草部：「井又音菩薩二字。」「髪」，原作「𨱔」，碑别字入聲六月，魏義橋石象碑「髪」作「镺」，與此近似。

禿兀硉　詩集作「禿硉兀」。

然始學薰脩　「然」，原作「怨」，形近而譌，參見注六。　「學」，原作「斈」。　「脩」，詩集作「循」。

【注】

〔一〕藉：看重。酉陽雜俎前集卷六器奇：「其人因言：『我上界人，知公有異劍，願借一觀。』鄭謂曰：『此凡鐵耳，不堪君玩，上界豈藉此乎？』」廣記卷二四一王承休（出王氏聞見録）：「是以輒傾丹懇，仰諫聖明，不藉官榮，不沽名譽，情非訕上，理直憂君。」敦煌曲校録浣溪沙：「却掛緑襴用筆章，不藉你馬上弄銀槍。」又太子五更轉：「一樂菩提修佛道，不藉你世上作公王。」　嘉偶：好配偶。陸機爲陸思遠婦作：「二合兆嘉偶，女子禮有行。」王績山中叙志：「張奉娉賢妻，老萊藉嘉偶。」白居易和夢遊春一百韻：「良姻在嘉偶，頃刻爲單獨。」雲溪友議卷下豔陽詞：「二夫人俱有才思，時彦以爲嘉偶。」亦作「嘉耦」。左傳桓公二年：「嘉耦曰妃，怨耦曰仇。」廣記卷三四二獨孤穆（出異聞録）：「曩日蕭皇后欲以縣主配后兄子正見，江都之亂，其事遂寢。獨孤冠冕盛族，忠烈之家，今日相對，正爲嘉耦。」又卷三四五鄭紹（出瀟湘録）：「紹乃問女：『是何皇尚書家？何得孤居如是耶？尊親焉在？嘉耦爲誰？』」

〔二〕希：求願。變文集搜神記：「今乃與君相逢，希爲夫婦，情意如何？」　好仇：義同「嘉偶」。曹植七啟：「望雲際兮有好仇，天路長兮往無由。」廣記卷二七〇鄭路女（出玉泉子）：「既爲汝妻，豈以無禮見逼？若達所止，一會親族，以託好仇，足矣。」按「好仇」同「好逑」。漢書匡衡傳引詩曰：「窈窕淑女，君子好仇。」後漢書邊讓傳：「攜窈窕，從好仇。」李賢注：「仇，匹也。毛詩曰：『君子好仇。』」知「好仇」即「好逑」也。

〔三〕足：多，見〇七一首注一。兒息：即子嗣，雜寶藏經卷二：「有一貧人，唯生一子。然此一子，多有兒息。其家貧窮，時世飢儉。以其父母，生埋地中，養活兒子。」雜譬喻經卷四：「有一長者，乏無兒息，唯有一女。」普賢菩薩説證明經：「若有女人，渴乏男女，少患兒息，亦當讀誦此經，所願便得。」五苦章句經：「居家爲牢獄，妻色兒息財物珍寶爲是狼當杻械。」義淨南海寄歸内法傳卷一：「其有疾病，無兒息者，饗食薦之，咸皆遂願。」神仙傳卷六董奉：「奉遂納女爲妻，久無兒息。奉每出行，妻不能獨住，乃乞一女養之。」

〔四〕「菩薩常梳髮，如來不剃頭」二句：言佛及菩薩亦蓄髮。薩婆多毗尼毗婆沙卷八：「問曰：佛常剃除不？答曰：不爾，佛髮常如剃髮後一七日狀。」按釋典載佛三十二相中，第十二「毛孔生青色相，一一毛孔生青色之一毛而不雜亂」，第十三「身毛上靡相，身毛之頭右旋向上偃伏者」。載佛八十種好中，「七十六髮長好，七十七髮不亂，七十八髮旋好，七十九髮色如青珠」。法琳辨正論：「如來身長丈六，方正不傾，圓光七尺，照諸幽冥。頂有肉髻，其髮紺青。」變文集醜女緣起：「公主見佛至，顏容世無比。髮紺旋螺文，眉如初月翠。」所云佛有螺紋紺髮，與各地寺院佛像及敦煌壁畫吻合。惟道教徒持佛蓄髮事攻擊佛教，佛教徒又力辯佛不蓄髮，如劉勰滅惑論引道教徒顧歡三破論：「若言太子是教主，主不落髮，而使人髡頭；主不棄妻，而使人斷種，實可笑哉。明知佛教是滅惡之教也。」劉勰答辯則云：「太子棄妻落髮，事顯於經，而反白爲黑，不亦罔乎。」弘明集卷八釋僧順釋三破論則曰：「經云：諸天奉刀，持髮上天，不剃之説，是何言也！」亦力辯佛未蓄髮。按佛蓄髮，無須隱諱，即僧徒亦有帶髮俗衣者，稱爲

「菩薩僧」。朝野僉載卷三：「則天欲與官，鼎曰：『情願出家。』即與剃頭。後則天之復辟也，鼎曰：『如來螺髻，菩薩寶首，若能修道，何必剃除。』遂長髮。」僧史略卷下菩薩僧：「時有高僧智藏，姓荀氏，建德二年隱終南山紫峯閣。至宣帝時出謁，勅令長髮作菩薩僧，作陟岵寺主。大象二年，隋文作相，藏謁之，因得落髮。」又釋彥琮不願作通道觀學士，以其菩薩僧須花冠衣瓔珞象菩薩相，高僧作此惡形，非佛制也。」梵志此二句以爲佛不剃髮，與朝野僉載記神鼎語正相似。或云佛實剃髮，但有自然肉髻耳。清俞正燮癸巳存稿卷一二佛識：「梵摩喻經云『一孔一毛生，毛紺青色，右旋盤屈，頂有肉髻，光明煒煒，過日絶月。』其所謂『一孔一毛』，以髮言之。史記條支傳正義引浮屠經云『身色黃，髮如青絲，乳有青毛，爪赤如銅』是也。其言肉髻，禪祕要法經云：『諦觀佛頂肉髻，髮紺青色，一髮舒長一丈三尺，放之右旋，有琉璃光。』佛本行集經迦葉三兄弟品云：『世尊化作苦行之身，頭上結髮，螺髻爲冠。』文殊師利問經云：『凡人髮長二寸當剃，此僧法也。佛髮雖剃，蓋猶有自然肉髻。』辨正論十喻篇云：『外八異者，釋迦頭生螺髮，此西域佛陀之相。』朝野僉載云：『鼎師言如來螺髻、菩薩寶首，若能修道，何必剃除。遂長髮。』是未知肉髻，致此誤也。」

〔五〕 禿兀硉：形容僧徒剃度後頭顱光滑滾圓之貌，〇二五首亦云「道人頭兀雷」，「兀雷」即「兀硉」之聲轉。

〔六〕 然始：然後，乃始。唐律疏議卷三：「如家人犯徒，事發後，兼丁然始逃亡，若許同無丁，便是長其姦詐，即同有丁之限，依法役身。」孫光憲北夢瑣言序：「厥後每聆一事，未敢孤信，三復參校，然始濡毫。」變文集李陵變文：「惣是公孫遨（敖）下倿（佞）言，然始煞却將軍母。」又大目乾連冥間救母變文：「一切罪人皆從王邊斷決，然始下來。」又季布詩詠：「恰至三更半，楚王然始覺。」御覽卷六九三引唐書：「薛平能守法度，理身儉薄，一緑袍十年不易，恩加朱紱，然始解去。」舊唐書良吏薛苹傳記此事，「然始」作「然後」，故知「然始」即「然後」也。　薰脩：指佛法修行，「脩」同「修」。華嚴經卷二五：「恒普薰修一切善法。」北本涅槃經卷一五：「願諸衆生悉爲布施持戒忍辱精進禪智之所薰修。」國清百録卷二秦孝王書：「願以薰修爲念，不憚利涉也。」續高僧傳卷七釋寶瓊傳：「梁祖年暮，惟事薰修。」廣弘明集卷一八慧淨析疑論：「夫自然者，報分也；薰修者，業理也。報分已定，一鳥不羡於短長；業理資緣，兩蟲有待而飛化。」

楚按：此首大意言男婚女嫁，延續後代，不廢在家修行，勿須剃度出家也。

榮官赤赫赫丙一、丙三、校輯、詩集

榮官赤赫赫〔一〕，滅族黄焌焌。死王羡活鼠〔二〕，寧及尋常人。得官何須喜，失職何須憂〔三〕。不可將財覓，不可智力求〔四〕。儻来〔不〕可拒〔五〕，突去不可留。任来還任去，知命何須愁〔六〕。（一一二）

【校】

校輯以首二句屬上首。詩集以此首前四句連上首末四句合爲一首，以此首後八句屬下首。

黄焌焌　校輯作「黄髮人」。按末字「人」亦應是重複記號，俟再校。

活鼠　「鼠」，原作「鼠」，龍龕手鏡卷二鼠部，字作「鼠」，與此略似。

寧及　「寧」原作「守」，從校輯所改，參見○八七首校記。

失職　「職」，原本、丙三作「識」，參見一○八首校記。

不可拒　「不」，原脱，從詩集所補。校輯作「可櫝藏」。

突去　「突」，原作「宊」，詩集改作「俄」，校輯作「任」。

知命　「知」，原本、丙三作「智」，與「知」通。校輯改作「運」。

【注】

〔一〕赤赫赫：形容貴盛顯赫。詩大雅常武：「赫赫明明，王命卿士。」鄭箋：「赫赫，盛也。」北齊書徐之才傳：「唐邕、白建方貴，時人言云：『并州赫赫唐與白。』」張籍送白賓客分司東都：「赫赫聲名三十春，高情人獨出埃塵。」變文集韓朋賦：「馬蹄踏踏，諸臣赫赫。」按「赫赫」本義爲火焰熾盛之貌，引申而爲顯盛之義，故字从赤，兼可與「赤」字連文，如御覽卷九二○引薛綜赤烏歌：「赫赫赤烏，惟日之精。」朝野僉載卷四載權龍襄喜雨詩曰：「日頭赫赤赤，地上絲氳氳。」

〔二〕死王羡活鼠：語出抱朴子内篇勤求：「古人有言曰，生之於我，利亦大焉。論其貴賤，雖爵爲帝王，不足以此法比焉。論其輕重，雖富有天下，不足以此術易焉。故有死王樂爲生鼠之喻也。」三天内解經卷上：「經言：真道好生而惡殺。長生者，道也；死壞者，非道也。死王乃不如生鼠，故聖人教化，使民慈心於衆生，生可貴也。」清翟灝通俗編卷三八識餘變古：「蘇軾詩：『富死未必輸生貧。』又：『珠襦玉匣萬人相送歸北邙，不如懸鶉百結獨坐負朝陽。』今變之曰：『好死不如惡活。』」即梵志此二句之意。至若莊子至樂：「髑髏曰：『死，无君於上，无臣於下，亦无四時之事，從然以天地爲春秋，雖南面王樂，不能過也。』莊子不信，曰：『吾使司命復生子形，爲子骨肉肌膚，反子父母妻子閭里知識，子欲之乎？』髑髏深矉蹙頞曰：『吾安能棄南面王樂而復爲人間之勞乎？』」立意則恰與此相反。

〔三〕失職：此處謂失去官爵。北齊書楊愔傳：「又自天保八年已來，爵賞多濫。至是，愔先自表解其開府封王，諸叨竊恩榮者皆從黜免。由是嬖寵失職之徒，盡歸心二叔。」魏書寔君傳：「初，昭成以弟孤讓國，乃以半部授孤。孤卒，子斤失職懷怨，欲伺隙爲亂。」舊唐書陸贄傳：「官失職之士，復廢業之人。」舊五代史盧程傳：「程既失職，私懷憤惋。」

〔四〕不可智力求：謂天命不可以人力强求。文選卷五二班彪王命論：「不知神器有命，不可以智力求。」又卷五四劉孝標辨命論：「然則君子居正體道，樂天知命，明其無可奈何，識其不由智力。」劉子命相：「故善惡之命，若從天墮，若從地出，不得以理數推，非可以智力要。」搜神記卷九：「京兆長安，有張氏，獨處一室。有鳩自外入，止於牀。張氏祝曰：『鳩來爲我禍也，飛上承塵；爲我福也，即入我懷。』鳩飛入懷。以手探之，則不知鳩之所在，而得一金鉤，遂寶之。自是子孫漸富，資財萬倍。蜀賈至長安，聞之，乃厚賂婢。婢竊鉤與賈。張氏既失鉤，漸漸衰耗。而蜀賈亦數罹窮厄，不爲己利。或告之曰：『天命也，不可力求。』於是賫鉤以反張氏，張氏復昌。」即天命不可力求之例。説郛（商務本）卷一〇〇唐鍾輅前定録袁孝叔：「于懷中探出一編書以遺之，曰：『君之壽與位，盡具于此。事已前定，非智力之所及也。今之躁求者，適足徒勞耳。』」

〔五〕儻來：「儻來之物」之省，謂意外忽來之物，此處指官職錢財而言。莊子繕性：「物之儻來，寄者也。寄之，其來不可圉，其去不可止。故不爲軒冕肆志，不爲窮約趨俗，其樂彼與此同，故无憂而已矣。」成玄英疏：「儻者，意外忽來者耳。軒冕榮華，身外之物，物之儻來，非我性命，暫寄而已，豈可久長也。」通鑑唐則天后永昌元年，載東光縣主楚媛曰：「富貴儻來之物，何足驕人！」亦作「倘來」，元秦簡夫東堂老雜劇第二折：「忠孝是立身之本，這錢財是倘來之物。」此詩二句言官職錢財等等之得失，皆由宿緣決定，非人力可以强求。弘明集卷一三郗超奉法要：「且當年所遇，必由宿緣，宿緣玄運，信同四時。其來不可禦，其去不能止，固當順而安之，悅而畢之。」

〔六〕知命何須愁：即易繫辭上「樂天知命故不憂」之意。盧照隣詠史四首之四亦云：「偉哉曠達士，知命固不憂。」

索婦須好婦丙一、丙三、校輯、詩集

索婦須好婦〔一〕，自到更須求。面似三顴作〔二〕，心知一代休〔三〕。遮莫你崔盧，遮莫你鄭劉〔四〕。若無主子物，誰家死骨頭〔五〕。（一一三）

【校】

索婦須好婦　「索」原作「紊」，見〇三九首校記。「須」，校輯作「得」。

三顴作　「顴」，原作「拳」，即「拳」字，在此句中爲「顴」的同音誤字。

遮莫你鄭劉　原作「遮鄭莫你彭城劉」，據丙三改。校輯刪「鄭」字、「彭」字，改「城」爲「成」，作「遮莫你成劉」。按原文「鄭」字當移至「你」字下，「彭城」乃劉氏郡望，恐非原詩正文，兹删去以恢復句式整齊。校輯改「城」爲「成」亦非。通鑑唐高宗開耀元年：「天后以顗妻蕭氏及顗弟緒妻成氏非貴族，欲出之，曰：『我女豈可與田舍女爲妯娌耶！』」知成氏門第卑微，不得與崔盧劉等並列。

若無主子物　原作「若無主物子」，「子」傍有乙轉記號「√」，因移至「物」前。

【注】

〔一〕素婦：娶妻，見〇三九首注一。

〔二〕面似三顴作：面部似有三個顴骨隆起，形容極端醜陋。太子須大拏經：「婆羅門有十二醜：身體黑如漆，面上三⿰魚頁，鼻正匾㔸，兩目復青，面皺脣哆，語言蹇吃，大腹凸臗，脚復繚戾，頭復頌禿，狀類似鬼。」按「三⿰魚頁」無義，「⿰魚頁」字應是「顴」字形訛。「面上三顴」就是梵志詩的「面似三顴作」。

〔三〕一代休：一輩子算完了。唐人避太宗諱，改「世」作「代」。

〔四〕「遮莫」二句：「遮莫」，唐人俗語，縱然，即使。搜神記卷一八：「狐曰：我天生才智，反以爲妖，以犬試我。遮莫千試萬慮，其能爲患乎？」李白少年行：「遮莫親姻連帝城，不如當身自簪纓。」變文集降魔變文校記第四七條引丁卷：「遮莫你變現百千般，不免歸降爲弟子。」「崔盧」、「鄭劉」，皆爲唐代高門甲族。宋朝事實類苑卷五八氏族，論唐人重族望云：「其後遷易紛爭，莫能堅定，遂取前世仕籍，定以博陵崔、范陽盧、隴西李、滎陽鄭爲甲族。唐高宗時，又增太原王、清河崔、趙郡李，通謂七姓。然地勢相傾，互相排詆，各自著書，盈編連簡，殆數十家，至於朝廷爲之置官譔定，而流習所徇，扇以成俗，雖國勢不能排奪。大率高下五等，通有百家，皆謂之士族。此外悉爲庶姓，婚官皆不敢與百家齒。隴西李氏，乃皇族，亦自列在第三，其重族望如此。一等之内，又如崗頭盧、澤底李、土門崔、靖恭王之類，自爲鼎族。其俗至唐末方漸衰息。」變文集佛説阿彌陀經講經文：「不論崔盧柳鄭，莫説姓薛姓裴，僧家和合爲門，到處悉皆一種。」所舉皆爲唐代著姓。梵志此詩所舉崔盧鄭，皆在「七姓」之中。若劉氏，據新唐書宰相世系表，有唐一代出宰相十二人，列裴氏之後，居第二位，則亦爲高等士族可知。原本「劉」上有「彭城」二字，則因爲劉氏諸房之中，又以彭城劉氏爲首，世系表云：「劉氏定著七房：一曰彭城，二曰尉氏，三曰臨淮，四曰南陽，五曰廣平，六曰丹陽，七曰南華。宰相十二人。彭城房有滋、文靜、瞻；尉氏房有仁軌、琢；臨淮房有禕之；南陽房有洎；廣平房有祥道、景先、從一；丹陽房有鄴；南華房有晏。」

〔五〕誰家死骨頭：「誰家」，詈辭，兼有「甚麽」之義，説見詩詞曲語辭滙釋卷二誰家條。朝野僉載卷四：「高陽、博野兩縣競地陳牒，龍襄乃判曰：『兩縣競地，非州不裁。既是兩縣，於理無妨。付司。』權龍襄示。』典曰：『比來長官判事，皆不著姓。』龍襄曰：『餘人不解，若不著姓，知我是誰家浪驢也！』」「誰家死骨頭」猶云「誰家浪驢」也。

楚按：唐代上層社會婚姻，最重門第，崔盧等名族尤爲追求對象。隋唐嘉話卷中：「高宗朝，以太原王、范陽盧、滎陽鄭、清河、博陵二崔，隴西、趙郡二李等七姓，恃其族望，恥與他姓爲婚，乃禁其自相姻娶。於是不敢復行婚禮，密裝飾其女以送夫家。」唐國史補卷上：「張燕公好求山東婚姻，當時皆惡之。乃後與張氏爲親者，乃爲甲門。」唐裴庭裕東觀奏記卷上：「萬壽公主，上愛女，鍾愛獨異。將下嫁，命擇郎壻。鄭顥相門子，首科及第，聲名藉甚，婚盧氏。宰臣白敏中奏選上，顥銜之。……敏中免相，爲邠寧都統，行有日，奏上曰：『頃者陛下愛女下嫁貴臣，郎壻鄭顥，赴婚楚州，會有日，行次鄭州，臣堂帖追迴，上副聖念。顥不樂國婚，銜臣入骨。』」鄭顥被迫放棄盧氏之婚而招爲駙馬，竟至「銜臣入骨」，可見風氣一斑。梵志此詩有異於此，惡婦縱然出身崔盧鄭劉等名門，亦斥爲「若無主子物，誰家死骨頭！」應當視爲敝履，不足顧惜。這雖是斥責惡婦之言，並非專爲崔盧等世家而發，亦表現了對門第婚姻的某種蔑視。

思量小家婦丙一、丙三、校輯、詩集

思量小家婦〔一〕，貧奇惡行迹〔二〕。酒肉獨自抽〔三〕，糟糠遺他喫。生活九牛挽〔四〕，唱叫百夫敵〔五〕。自著紫臰⿰革翁〔六〕，餘人赤羖攊〔七〕。索得屈烏爵〔八〕，家風不禁益〔九〕。（一一四）

丙三本之〇〇八八九殘片至此首「敵」字止。

【校】

惡行迹　「行」，校輯改作「形」，非是。

糟糠　原作「槽糠」。

唱叫　原作「唱叫」，詩集作「喝叩」。

紫臰⿰革翁　「臰」，詩集作「色」。「⿰革翁」，原作「翁」，即「⿰革翁」的同音字。

屈烏爵　「爵」，原作「爵」，碑別字入聲十藥，魏司馬昇墓誌銘「爵」作「爵」。

不禁益　「禁」，詩集作「榮」。「益」，原作「益」，校輯作「荅」，出韻。碑別字入聲十一錫，唐李扶墓誌「益」作「益」。

【注】

〔一〕小家：本指平民百姓。抱朴子内篇祛惑：「舜是孤煢小家兒耳，然有異才。」玉臺新詠卷一〇孫綽情人碧玉歌：「碧玉小家女，不敢攀貴德。」引申而兼有缺乏教養之義，須摩提女經：「爾時六千梵志，聞即同忿：何處索民小家婢來，罵辱我等？」廣記卷一六四李膺（出商芸小説）：「膺同縣聶季寶，小家子，不敢見膺。」梵志詩之「小家婦」即含有貶義。

〔二〕貧奇：疑同「窮奇」，以稱品行惡劣者。史記舜本紀：「少皞氏有不才子，毁信惡忠，崇飾惡言，天下謂之窮奇。」變文集鷰子賦：「鷰子啓大王：雀兒漫洛荒。亦是窮奇鳥，搆架足詞章。」按「窮奇」本是惡獸名，山海經西山經：「邽山，其上有獸焉，其狀如牛，蝟毛，名曰窮奇，音如獋狗，是食人。」引申以稱惡人，故酉陽雜俎續集卷八支動曰：「獬豸見鬭不直者觸之，窮奇見鬭不直者煦之，均是獸也，其好惡不同。故君子以獬豸爲冠，小人以窮奇爲名。」行迹：行爲，品行。漢書鄒陽傳：「竊聞長君弟得幸後宮，天下無有，而長君行迹多不循道理者。」舊唐書鄭畋傳：「畋頃以行跡玷穢，爲時棄捐，朝籍周行，無階踐歷。」

〔三〕抽：疑當作「袖」，藏也。敦煌曲校録十二時：「囑親情，託姑舅，房卧資財暗中袖。」

〔四〕生活：持家營生之事。後漢支婁迦讖譯雜譬喻經：「其弟見兄，不親家事，恒嫌恨之。共爲兄弟，父母早終，勤苦念生活，反棄家業，追逐沙門，聽受佛經，沙門豈能與汝衣財寶耶？」雜寶藏經卷二大愛道施佛金縷織成衣並穿衣珠師緣：「夫婦二人，用心生活，以漸得富。」貞觀政要納諫：「有學識，强諫諍，是其所長；愛生活，好經營，是其所短。」珠林卷九二引冥報記：「兄弟四人，大兄小弟，竝皆勤事生業，仁慈忠孝。其第二弟名遷，交遊惡友，不事生活。」四分律行事鈔資持記卷下三釋計請篇：「家中即人口，生活即事業。」傳燈録卷三〇一鉢歌：「也剃頭，也披褐，也學凡夫作生活。」九牛挽：形容費九牛二虎之力拉拽。列子仲尼：「吾之力能裂犀兕之革，曳九牛之尾。」御覽卷八三引帝王世紀：「帝紂能倒曳九牛，撫梁易柱。」五燈會元卷一三含珠審哲禪師：「寸釘纔入木，九牛拽不出。」又卷一七黄龍慧南禪師：「一字入公門，九牛曳不出。」

〔五〕唱叫：本義爲大聲呼叫。佛説力士移山經：「即便并勢，齊聲唱叫，力盡自疲，不得動摇。」生經卷二佛説甥舅經：「他日異夜，甥尋竊來，因水放株，令順流下，唱叫犇急。守者驚趣，謂有異人。」廣記卷三六一齊後主（出廣古今五行記）：「兵人於幕下忽唱叫，訊之，曰：『見無數人，皆騎小馬如狐，爭揮刀稍，故叫之。』」敦煌變文論文録附佛報恩經講經文：「既唤不應，又更大聲唱叫：『惡人，惡人，我目已損，若要珠，任將去，莫損我弟！』」引申而爲吵架之義，元李行道灰闌記雜劇楔子：「聞得海棠與他哥哥張林唱叫了一場，那張林離了家門，到汴京尋他舅子去了。」無名氏貨郎旦雜劇第一折：「咱兩個合口唱叫。」以上兩例雖皆出自元曲，實則唐代已有此義，梵志詩即其例也。

〔六〕紫臰鞹：「臰」同「臭」。蘇氏演義卷上：「臭者，氣之總名，從自從犬。篆文自（音自）字，象口鼻之形；從犬者，謂犬能尋臭而知其路。後人依違撰造，遂從自下作死，實非稽古之制也。」至若「紫臭」，典出韓非子外儲説左上：「齊桓公好服紫，一國盡服紫。當是時也，五素不得一紫。桓公患之，謂管仲曰：『寡人好服紫，紫貴甚，一國百姓好服紫不已，寡人奈何？』管仲曰：『君欲止之，何不試勿服紫也？謂左右曰：吾甚惡紫之臭。於是左右適有衣紫而進者，公必曰：少却，吾惡紫臭。』公曰：『諾。』於是日郎中莫衣紫，其明日國中莫衣紫，三日境内莫衣紫也。」鞹，靴筒。廣韻一東：「吴人靴靿曰鞹。」

〔七〕羖䍽：一種黑羊。敦煌掇瑣一〇四俗務要名林雜畜部：「羖䍽。（上音古，下音歷。）」三國志魏志管寧傳裴注引魏略：「本心爲當殺牂羊，更殺其羖䍽耶？」北史齊本紀中：「先是童謡曰：『一束藁，兩頭然，河邊羖䍽飛上天。』藁然兩頭，於文爲高；河邊羖䍽，爲水邊羊，指帝（高洋）名也。」北齊書楊愔傳引童謡：「白羊頭尾秃，羖䍽頭生角。」本詩「赤羖䍽」謂光板無罩面之黑山羊皮。

〔八〕 索：娶。 爵：通「雀」。荀子禮論「小者是燕爵」，楊倞注：「燕爵與鷰雀同。」孟子離婁上「爲叢敺爵者鸇也」，晉書段灼傳作「爲藪驅雀者鸇也」。御覽卷九一四引廣志：「東齊多鳥爵，千百爲羣。」可證「爵」即是「雀」。東晉曇無蘭譯五苦章句經：「五曰地獄苦，鐵城鑊湯，劍樹刀山，鐵柱消銅，膿血寒冰，沸屎鹹水，竹葉火車，爐炭火釘，十六毒刺，烏鵲狡狗，鶉鳥屈鳥，其鳥喙嘴，純是剛鐵，飛入人口，表裏洞徹，食人五藏，東西南北，無有避處。」經文中之「屈鳥」（鳥或爲鳥之譌），應即梵志詩之「屈鳥爵」。「索得屈鳥爵」以食人惡鳥喻惡婦，句式、立意皆與下首「色得鳩槃茶」相同，可以參看。

〔九〕 家風：家傳之品德作風。世説新語文學：「潘因此遂作家風詩。」劉孝標注：「岳家風詩載其宗祖之德及自戒也。」北齊書楊愔傳：「學庭前有柰樹，實落地，羣兒咸爭之，愔頹然獨坐。其季父暐適入學館，見之大用嗟異，顧謂賓客曰：『此兒恬裕，有我家風。』」 不禁益：俟再考。

讒臣乱人國　丙一、校輯、詩集

讒臣乱人國〔一〕，妒婦破人家〔二〕。客到雙眉腫〔三〕，夫来兩手挐〔四〕。醜皮不憂敵〔五〕，面面却憎花〔六〕。親姻共歡樂〔七〕，夫婦作榮花〔八〕。前身有何罪，色得鳩槃茶〔九〕！（一一五）

校輯以末二句屬下首。詩集以此首與下首併爲一首。

【校】

乱人國 「乱」，校輯作「亂」，同。碑別字去聲十五翰，魏鄭羲碑「亂」作「乱」。

妒婦　「妒」，原作「妬」，見〇三八首校記。

雙眉腫　「眉」，原作「媚」。按一〇八首「娥眉珠玉珮」，「眉」原亦作「媚」。

兩手挐　「挐」，原作「拏」，校輯改作「架」，非是。參見注四。

醜皮　「皮」，原作「皮」，校輯作「伎」。

憎花　「花」，詩集作「譁」。

共歡樂　「歡」，原作「歓」，校輯作「勸」。

作榮花　「花」，校輯作「華」。

色得鳩槃茶　「色」原作「㐌」。俗字譜七畫，列女傳「色」作「㐌」。「槃」，原作「盤」。「茶」，原作「恭」。校輯此句作「免得涅槃茶」。參見注九。

【注】

〔一〕讒臣乱人國：說苑臣術：「智足以飾非，辯足以行說，反言易辭而成文章，內離骨肉之親，外妒亂朝廷，如此者讒臣也。」詩小雅青蠅：「讒人罔極，交亂四國。」貞觀政要杜讒邪：「朕觀前代讒佞之徒，皆國之蟊賊也。」變文集降魔變文：「臣聞佞臣破六國，佞婦鬬六親。」

〔二〕妒婦破人家：焦氏易林卷五觀之隨：「馬躓破車，惡婦破家。」意林卷二引申子：「妬妻不難破家，亂臣不難破國。」梁元帝金樓子后妃：「妬婦不憚破家。」佛說孛經抄：「邪友壞人，佞人亂朝，孽婦破家，惡子危親。」

〔三〕雙眉腫：皺眉拿臉色。

〔四〕挐：字亦作「拏」、「拿」，謂攫拏。說文：「挐，牽引也，从手，如聲。」段注：「按各本篆多作拏，解作奴聲；别有挐篆，解云持也，从手如聲，女加切。二篆形體互譌，今正。挐字見於經者，僖元年『獲莒挐』，三傳之經所同也。其義則宋玉九辯曰『枝煩挐而交横』，王注：『柯條糾錯而蔚薿。』招魂：『稻粢穱麥，挐黄粱些。』王注『挐，糅也。』王逸九思『殽亂兮紛挐』，注：『君任佞巧，競疾忠信，交亂紛挐也。』左思吴都賦『攢柯挐莖』，李注曰：『許慎注淮南子云：挐，亂也。』凡若此等，皆於牽引義爲近。而漢霍去病傳『昬漢匈奴相紛挐』，此與九思『紛挐』同，謂漢與虜相亂也，而師古注乃云：『紛挐，亂相持搏也。』以亂釋紛，以相持搏釋挐，大非語意。竊意其時説文已同今本，故顔從而傅會耳。蓋其字本如聲，讀女居切，其義爲牽引。廣韻九魚，挐注牽引，未嘗作拏。説文拏訓持，即今所用攫拏字也。其字奴聲，讀女加切。廣韻麻韻，拏挐兩收，淆亂其義。玉篇有挐無拏，訓爲持也，乃同今本説文，孫强輩所改耳。』楚按，段氏所辨甚精。唯『挐』『拏』二字早已混用不分，梵志詩之『挐』正同『拏』，即顔師古所釋『相持搏』之義。皮日休虎丘寺殿前有古杉一本：『虎爪拏巖穩，虬身脱浪欹。』廣記卷四七韋善俊（出仙傳拾遺）：『善俊乘龍昇天，拏其殿角，蹤跡猶在。』按廣韻下平聲九麻『女加切』小韻下收『拏』、『挐』、『摣』字，知三字同音也。釋名卷三釋姿容：『摣，叉也，五指俱往叉取也。』以此義釋梵志詩之『挐』極確，蓋亦同音相通也。廣記卷五〇〇沈尚書妻（出王氏見聞）：『有沈尚書，失其名，常爲秦帥親吏。其妻狼戾而不謹，又妬忌。……良人頭面皆拏擘破損。』即『夫來兩手拏』之一例。

〔五〕醜皮：按『皮』指面貌。梵志詩三六一首：『换皮不識面，知作阿誰來。』劉向列女傳卷六鍾離春：『其醜無雙，臼頭深目，長指大節，卬鼻結喉，肥項少髮，折腰出胸，皮膚若漆。』『醜皮不憂敵』即是『其醜無雙』。

〔六〕面面却憎花：『憎』疑當作『簪』，聲之轉也。司空圖效陳拾遺子昂：『醜婦競簪花，花多映愈醜。』即梵志此句之意。通俗編卷二三婦女脂粉加醜面：「唐子引諺曰：脂粉雖多，醜面徒加；膏澤雖光，不可潤草。」亦與此句理同。

〔七〕親姻：親戚。何遜贈族人秣陵兄弟：「傍枝實紛亂，領袖寄親姻。」北齊書文宣帝紀：「時經危亂，家徒壁立，后與親姻相對，共憂寒餒。」又北史楊昱傳：「親姻在外，不稱人心，卿有所聞，慎勿諱隱。」釋門自鏡録卷下唐西京勝光寺孝贇取菓噉親得報事：「寺既密邇壥閈，兄弟親姻，往來頗劇。」此處則指親家，變文集降魔變文：「主客之禮，設會數朝；親姻之議，未蒙許諾。」廣記卷一九五紅綫（出甘澤謡），載田承嗣致潞州節度使薛嵩書曰：「某之首領，繫在恩私，便宜知過自新，不復更貽伊戚。專膺指使，敢議親姻。」按上文云「朝廷命嵩遣女嫁魏博節度使田承嗣男」，故云「親姻」。

〔八〕花：同「華」。變文集破魔變文：「人生在世，能得幾時？不作榮華，虚生過日。」又下女夫詞：「本是長安君子，赤懸（縣）名家，故來參謁，尞（聊）作榮華。」敦煌變文論文録附維摩碎金：「比者吾爲歡樂，我作榮華。」

〔九〕色：即「索」之聲轉，娶妻之義。變文集齖齣書：「已後与兒色婦，大須穩審趁逐，莫取媒人之配。」王慶菽校記：「乙卷『色』作『索』。按敦煌寫本，『色』『索』二字常通用。」又醜女緣起：「向今正直年少，又索得當朝公主。」王重民校記：「此句原作『色得當朝公主』。據乙、丙兩卷改。按『色得』即『索得』。」　鳩槃茶：佛經中惡鬼，其形醜陋，專以噉人精氣爲事。「茶」或作「荼」。法藏華嚴經探玄記卷二：「第二十一鳩槃茶，依正法華經名厭媚鬼，噉人精氣等，亦名冬瓜鬼。王名毘樓勒，此云增長主，是南方天王，領二部鬼，一名鳩槃茶，一名薜荔多，從所領爲名。」唐人則以「鳩槃茶」比喻醜婦，已成慣例。本事詩嘲戲：「中宗朝，御史大夫裴談崇奉釋氏。妻悍妒，談畏之如嚴君。嘗謂人：『妻有可畏者三：

少妙之時，視之如生菩薩。及男女滿前，視之如九子魔母，安有人不畏九子母耶？及五十六十，薄施粧粉，或黑，視之如鳩槃茶，安有人不畏鳩槃茶？」」按廣記卷二四八引御史臺記，則作任瓌語。又卷二五一鄰夫（出笑言）：「有靚鄰人夫婦相諧和者，夫自外歸，見婦吹火，乃贈詩曰：『吹火朱脣動，添薪玉腕斜。遥看煙裏面，大似霧中花。』其妻亦候夫歸，告之曰：『每見鄰人夫婦極甚多情，適來夫見婦吹火，作詩詠之，君豈不能學也？』夫曰：『彼詩道何語？』乃誦之。夫曰：『君當吹火，爲别製之。』妻亦效吹。乃爲詩曰：『吹火青脣動，添薪黑腕斜。遥看煙裏面，恰似鳩槃茶！』」清陸以湉冷廬雜識卷八鳩槃茶：「太平廣記夫爲婦吹火詩：『吹火青脣歛，添薪墨腕斜。遥看煙裏面，恰似鳩槃茶。』鳩槃茶乃佛經語，或作拘辨茶、究槃茶、恭畔茶、弓槃茶，皆一也，言甕形似冬瓜也。以是爲喻，狀其容之醜也。前乎此者，莊子有之，云『甕盎大癭』。」

天下惡風俗丙一、校輯、詩集

天下惡風俗，臨喪命犢車〔一〕。男婚傅香粉〔二〕，女嫁著釵花〔三〕。屍櫪陰地卧〔四〕，知堵是誰家〔五〕？（一一六）

【校】

臨喪命犢車「喪」，原作「⿳亠吅一」，校輯作「衰」。按碑别字下平聲七陽，隋龍山公墓誌銘「喪」作「⿳亠吅一」。「犢」，原作「獨」，乃音譌字。吳越春秋勾踐入臣外傳：「越王服犢鼻、着樵頭。」御覽卷六八八引作「王衣獨鼻幓（原注：取遥反）頭」，即「犢」譌爲「獨」之例。

傳香粉　「傳」，原作「不」，音近而譌（「傳」「不」二字同屬非母）。校輯作「不施粉」。按王維西施詠：「邀人傳香粉，不自著羅衣。」正有「傳香粉」之語。

知堵　「堵」，校輯改作「諸」。

【注】

〔一〕臨喪：弔唁死者。論語八佾：「子曰：居上不寬，爲禮不敬，臨喪不哀，吾何以觀之哉！」禮記曲禮上：「臨喪則必有哀色。」隋書蕭吉傳：「其後上將親臨發殯，吉復奏上曰：『至尊本命辛酉，今歲斗魁及天岡，臨卯酉，謹按陰陽書，不得臨喪。』」變文集歡喜國王緣：「六宮參（慘）切情何極，九族臨𠷔（喪）盡悲哀。」　犢車：載人牛車。宋書禮志五：「犢車，輧車之流也。漢諸侯貧者乃乘之。其後轉見貴，孫權云『車中八牛』，即犢車也。」釋名釋車：「羊車：羊，祥也；祥，善也；善飾之車，今犢車是也。」知犢車已爲裝飾華貴之車乘，故御覽卷七七五引晉令，有百工不得乘犢車之説。唐代多爲貴婦人乘坐。新唐書禮樂志：「供奉内人乘犢車。」按禮記雜記上：「端衰，喪車，皆無等。」鄭玄注：「喪車，惡車也。」孔穎達正義：「喪車者，孝子所乘惡車也。惡車，喪車也。等，等差也。言喪之衣衰及惡車，天子至士制度同，無貴賤等差之別也，以孝於其親，情如一也。」梵志詩云「臨喪命犢車」，顯然悖禮，即「惡風俗」之一端也。

〔二〕香粉：朝野僉載卷三：「宮女數千人，衣羅綺，曳錦繡，耀珠翠，施香粉。」此云「男婚傳香粉」者，古代有男子傅粉之習。漢書佞幸傳：「孝惠時，郎、侍中皆冠鵔鸃，貝帶，傅脂粉。」三國志魏志王粲傳附邯鄲淳傳裴注引魏略：「時天暑熱，植因呼常從取水自澡訖，傅粉。」世説新語容止：「何平叔美姿儀，面至白，魏明帝疑其傅粉。」劉注引魏略：「晏性自喜，動靜粉帛不去手，行步顧影。」徐陵烏棲曲：「風流荷令好兒郎，偏能傅粉又薰香。」隋書五行志上：「文宣帝末年，衣錦綺，傅粉黛，數爲胡服，微行市里。粉黛者，婦人之飾，陽爲陰事，君變爲臣之象也。」蓋隋唐人已漸不以男子傅粉爲然。而在喪傅粉，尤爲悖禮。後漢書李固傳：「初，順帝時諸所除官，多不以次。及固在事，奏免百餘人。此等既怨，又希望冀旨，遂共作飛章虛誣固罪曰：……大行在殯，路人掩涕，固獨胡粉飾貌，搔頭弄姿，槃旋偃仰，從容冶步，曾無慘怛傷悴之心。」梵志此句亦此意也。

〔三〕釵花：枝形頭飾。唐李廓長安少年行：「樓邊聽歌吹，簾外見鶯花。」「見鶯花」一作「插釵花」。「釵花」通常作「花釵」，朝野僉載卷三：「妙簡長安、萬年少女婦千餘人，衣服、花釵、媚子亦稱是，於燈輪下踏歌三日夜。」新唐書車服志：「（命婦）一品翟九等，花釵九樹。二品翟八等，花釵八樹。三品翟七等，花釵七樹。四品翟六等，花釵六樹。五品翟五等，花釵五樹。寶鈿視花樹之數。」新婦出嫁，例戴花釵爲飾。通鑑唐中宗景龍二年：「酒酣，上謂御史大夫竇從一曰：『聞卿久無伉儷，朕甚憂之。今夕歲除，爲卿成禮。』從一但唯唯拜謝。俄而内侍引燭籠、步障、金縷羅扇自西廊而上，扇後有人衣禮衣，花釵，令與從一對坐。上令從一誦卻扇詩數首，扇却，去花易服而出，乃皇后老乳母王氏，本蠻婢也。上與侍臣大笑。」新唐書車服志：「庶人女嫁有花釵，以金銀琉璃塗飾之。」

〔四〕櫪：疑當作「槥」，棺之小而價廉者。漢書高帝紀下：「令士卒從軍死者爲槥，歸其縣，縣給衣衾棺葬具。」注引應劭曰：「小棺也，今謂之櫝。」又成帝紀：「其爲水所流壓死，不能自葬，令郡國給槥櫝葬埋。」酉陽雜俎前集卷二壺史：「識者謂張曰：『汝固無罪，可爲辦其死。』張欣然從斷，其妻亦喜。及市槥就輿，正當三千四百文。」卧：指停屍待葬。漢書游俠原涉傳：「客有道涉所知母病避疾在里宅者，涉即往候。叩門，家哭，涉因入弔。問以喪事，家無所有。涉曰：『但潔掃除沐浴，待涉。』還至主人，對賓客歎息曰：『人親卧地不收，涉何心鄉此，願撤去酒食。』」「卧地」即梵志詩之「卧」也。

〔五〕堵：通「者」。漢書張釋之傳：「張釋之字季，南陽堵陽人也。」顔師古注：「堵音者。」是二字古本同音，故可通也。説文：「者，别事詞也。」段注：「凡俗語云者箇、者般、者回，皆取别事之意，不知何時以迎這之這代之。這，魚戰切。」變文集鷰子賦：「者漢大癡，好不自知。」即「這漢」也。

楚按：此首所云「天下惡風俗」，指居喪期間婚嫁之俗，唐人稱爲「借吉」。此事爲儒家禮教所不容，唐代法律明令禁止。唐律疏議卷一三：「諸居父母及夫喪而嫁娶者，徒三年，妾減三等，各離之。知而共爲婚姻者，各減五等；不知者不坐。疏議曰：父母之喪，終身憂戚，三年從吉，自爲達理。夫爲婦天，尚無再醮。若居父母及夫之喪，謂在二十七月内，若男身娶妻，而妻女出嫁者，各徒三年。『妾減三等』，若男夫居喪娶妾，妻女作妾嫁人，妾既許以卜姓爲之，其情理賤也，禮數既别，得罪故輕。『各離之』，謂服内嫁娶妻妾并離。『知而共爲婚姻者』，謂妻父稱婚，壻父稱姻，二家相知是服制之内，故爲婚姻者，各減罪五等，得杖一百。娶妻者，合杖五十。不知情不坐。」舊唐書中宗紀：「禁化胡經及婚娶之家父母親亡停喪成禮。」法律雖如此禁斷，民間仍有行「借吉」之事者，其流風竟至波及宫廷。舊唐書于志寧傳：「是時，衡山公主欲出降長孫氏，議者以時既公除，合行吉禮。志寧上疏曰：『……竊按禮記云：「女十五而笄，二十而嫁；有故，二十三而嫁。」鄭玄云：「有故，謂遭喪也。」固知須終三年。春秋云：「魯莊公如齊納幣。」杜預云：「母喪未再朞而圖婚，二傳不譏，失禮明故也。」此則史策具載，是非歷然，斷在聖情，不待問於臣下。其有議者云：「準制，公除之後，須並從吉。」此漢文創制其儀，爲天下百姓。至於公主，服是斬縗，縱使服隨例除，無宜情隨例改。心喪之内，方復成婚，非唯違於禮經，亦是人情不可。……』於是詔公主待三年服闋，然後成禮。」又張茂宗傳：「茂宗以父蔭累官至光禄少卿同正。貞元三年，許尚公主，拜銀青光禄大夫、本官駙馬都尉，以公主幼待年。十三，屬茂宗母亡，遺表請終嘉禮。德宗念茂昭之勳，即日授雲麾將軍，起復授左衛將軍同正、駙馬都尉。諫官蔣乂等論曰：『自古以來，未聞有駙馬起復而尚公主者。』上曰：『卿所言，古禮也；如今人家往往有借吉爲婚嫁者，卿何苦固執？』又奏曰：『臣聞近日人家有不甚知禮教者，或女居父母服，家既貧乏，且無强近至親，即有借吉以就親者。至於男子借吉婚娶，從古未聞。今忽令駙馬起復成禮，實恐驚駭物聽。況公主年幼，更俟一年出降，時既未失，且合禮經。』太常博士韋彤、裴堪曰：『……若使茂宗釋衰服而衣冕裳，去堊室而爲親迎，雖云輟哀借吉，是亦以凶瀆嘉。伏願抑茂宗亡母之請，顧典章不易之義，待其終制，然後賜婚。』德宗不納，竟以義章公主降茂宗。」説郛（商務本）卷七七李之彦東谷所見借親：「父母垂死，人子于此，正哀痛徹骨，幾不欲生之時也。今人反以送死爲緩，以借親爲急。父母死，未即入棺，仍禁家人輩未得舉哀。棄親喪之禮，而講合巹之儀；置括髮之戚，而修結髮之好，此夷狄禽獸之所不忍爲，而世俗皆樂爲之，雖簪纓詩禮之家，亦相率而行，恬不爲怪，不知始作俑者誰耶？」足見借吉風俗影響之巨，而梵志此詩乃有爲而發，非浪作者。又詩云「尸櫬陰地卧」，非惟借吉而嫁娶，抑亦停屍而不葬，此亦禮教所不齒者。廣記卷三二顔真卿（出仙傳拾遺及戎幕閒譚、玉堂閒話）：「河東有鄭延祚者，母卒二十九年，殯於僧舍壖垣地。真卿劾奏之，兄弟三十年不齒。」

古人數下澤　丙一、校輯、詩集

古人數下澤〔一〕，今代少高門〔二〕。錢少婢不嫁〔三〕，財多奴共婚〔四〕。各各販父祖，家家賣子孫。自言黷姓望〔五〕，聲盡不可論。（一一七）

【校】

下澤　原作「下畢」，詩集、校輯作「不畢」。按「畢」爲「罼」字形譌，此處當作「澤」。説文通訓定聲：「罼，叚借爲澤，荀子正論：『側載罼芷以養鼻。』按即儀禮『實綏澤』之澤，香艸澤蘭也。」

今代　「代」，原作「我」，乃形譌字。

販父祖　「販」，原作「瓬」，乃形譌字。校輯作「服」。

鸒姓望　「姓」，原作「性」。一二七首「百姓被欺屈」，「姓」原作「性」，與此同例。「望」，原作「呈」。此三字校輯作「鸒性鼠」，詩集作「鸒生兒」。

【注】

〔一〕下澤：本義指下澤車。後漢書馬援傳：「士生一世，但取衣食裁足，乘下澤車，御款段馬，爲郡掾吏，守墳墓，鄉里稱善人，斯可矣。」李賢注：「周禮曰：車人爲車，行澤者欲短轂，行山者欲長轂，短轂則利，長轂則安。」王績在京思故園見鄉人問：「行當驅下澤，去剪故園萊。」皎然苕溪草堂自大曆三年夏新營泊秋及春彌覺境勝因紀其事：「不然作山計，改服我下澤。」此處「下澤」與下句「高門」爲對，指門第較低者。句言古人議婚，不棄素族。

〔二〕高門：指勢族。文選卷五〇沈約宋書恩倖傳論：「劉毅所云『下品無高門，上品無賤族』者也。」李善注：「臧榮緒晉書曰：劉毅爲尚書左僕射，上疏陳九品之弊曰：『上品無寒門，下品無勢族。』言勢族之人，不居下品；寒門之子，不居上班。」北史魏任城王雲傳附順傳：「卿是高門子弟，而爲北宮幸臣。」梵志詩之「高門」，即指唐代之名家貴族。通鑑唐高宗開耀元年載袁誼語：「所貴於名家者，爲其世篤忠貞，才行相繼故也。彼鬻婚姻求祿利者，又烏足貴乎？」亦此意也。

〔三〕錢少婢不嫁：按唐代法律禁止奴婢與良人通婚，唐律疏議卷一四：「即妄以奴婢爲良人，而與良人爲夫妻者，徒二年奴婢自妄者亦同。各還正之。」又：「即奴婢私嫁女與良人爲妻妾者，準盜論；知情娶者，與同罪。各還正之。」此云「婢不嫁」者，非謂懼罪不嫁，而爲嫌棄不嫁，以言錢少者甚且爲奴婢所不屑也。

〔四〕財多奴共婚：按唐律疏議卷一四：「諸與奴娶良人女爲妻者，徒一年半；女家減一等，離之。其奴自娶者，亦如之。主知情者，杖一百；因而上籍爲婢者，流三千里。疏議曰：人各有耦，色類須同。良賤既殊，何宜配合。」此云「奴共婚」者，言奴若財多，自有良人圖財者與共婚姻也。

〔五〕姓望：即族望、郡望。斯坦因劫經録二〇五二新集天下姓望氏族譜一卷并序：「夫人立身在世，姓望爲先，若不知之，豈爲人子。雖即博學，姓望殊乖，晚長後生，切須披覽。但看注脚，姓望分明。僅録元出州郡，分爲十道如右。」遊仙窟：「僕因問曰：『主人姓望何處？夫主何在？』十娘答曰：『兒是清河崔公之末孫，適弘農楊府君之長子。』」朝野僉載卷三記吉懋爲男頊强娶崔敬女，「女堅卧不起，其小女白其母曰：『父有急難，殺身救解，設令爲婢，尚不合辭；姓望之門，何足爲恥。姊若不可，兒自當之。』遂登車而去。」清王士禛池北偶談卷二二：「唐好稱族望，如王則太原，鄭則滎陽，李則隴西、贊皇，杜則京兆，梁則安定，張則河東、清河，崔則博陵之類，雖傳誌之文亦然。」蓋士族始有姓望，梵志詩「鬻姓望」，即指婚姻中以門第博錢財也。

楚按：唐初高門舊族鬻販婚姻之風頗盛。貞觀政要禮樂：「貞觀六年，太宗謂尚書左僕射房玄齡曰：『比有山東崔盧李鄭四姓，雖累葉陵遲，猶恃其舊地，好自矜大，稱爲士大夫。每嫁女他族，必廣索聘財，以多爲貴。

論數定約，同於市賈，甚損風俗，有紊禮經。既輕重失宜，理須改革。』」又載太宗詔曰：「氏族之美，實繫於冠冕；婚姻之道，莫先於仁義。自有魏失御，齊氏云亡，市朝既遷，風俗陵替，燕趙古姓，多失衣冠之緒；齊韓舊族，或乖禮義之風。名不著於州閭，身未免於貧賤，自號高門之胄，不敦匹嫡之儀。問名唯在於竊貲，結褵必歸於富室。乃有新官之輩，豐財之家，慕其祖宗，競結婚姻，多納貨賄，有如販鬻。或自貶家門，受屈辱於姻婭；或矜其舊望，行無禮於舅姑。積習成俗，迄今未已。既紊人倫，實虧名教。」大唐新語卷三公直：「鄭遠納錢五百萬，將女易官。」即鬻婚之一例。太宗、高宗皆曾力圖改革此種弊風，收效甚微。通鑑唐高宗顯慶四年：「初，太宗疾山東士人自矜門地，婚姻多責資財，命修氏族志例降一等，王妃、主壻皆取勳臣家，不議山東之族。而魏徵、房玄齡、李勣家皆盛與爲婚，常左右之，胡注：左右，讀曰佐佑。由是舊望不減；或一姓之中，更分某房某眷，高下懸隔。李義府爲其子求婚不獲，恨之，故以先帝之旨，勸上矯其弊。壬戌，詔後魏隴西李寶，太原王瓊，滎陽鄭溫，范陽盧子遷、盧渾、盧輔，清河崔宗伯、崔元孫，前燕博陵崔懿，晉趙郡李楷等子孫，不得自爲婚姻。仍定天下嫁女受財之數，毋得受陪門財。胡注：陪門財者，女家門望素高，而議姻之家非耦，令其納財以陪門望。然族望爲時所尚，終不能禁。或載女竊送夫家，或女老不嫁，終不與異姓爲婚。其衰宗落譜，昭穆所不齒者，往往反自稱禁婚家，益增厚價。胡注：厚取陪門之財也。」則朝廷禁令，適足以鼓扇此風。其表現有二：一則自爲婚姻，高自位置；一則「販鬻松檟，依託富貴」（通鑑唐太宗貞觀十二年載太宗語）。梵志此詩即針對後一弊端而發，故有「各各販父祖，家家賣子孫」等語，而對「高門」表示了鄙視。

敬他還自敬 丙一、校輯、詩集

敬他還自敬，輕他還自輕〔一〕。罵他一兩口，他罵幾千聲〔二〕。觸他父母諱，他觸祖公

名〔三〕。欲覓無嗔報〔四〕，少語最爲精〔五〕。（一一八）

【校】

父母諱　原作「父母諍諱」，衍「諍」字。

祖公名　「公」，校輯作「父」。

嗔報　「報」，原作「根」，詩集作「恨」。

【注】

〔一〕「敬他」二句：敦煌遺書斯五五八八載歌辭亦云：「自若敬他還自敬，大智菩提性。若也欺他也自欺，料算没便宜。」禪門諸祖師偈頌卷二志公藥方：「罵他還自罵，嗔他還自嗔。」按孔子家語賢君：「愛人者則人愛之，惡人者則人惡之。」説苑説叢：「好稱人惡，人亦道其惡；好憎人者，亦爲人所憎。」敦煌本太公家教：「欲揚人惡，便是自揚。傷人之語，還是自傷。」與梵志此二句意近。

〔二〕「罵他」二句：按三國志魏志袁渙傳載呂布欲使渙作書詈罵劉備，渙應之曰：「渙聞唯德可以辱人，不聞以罵。使彼固君子邪，且不恥將軍之言；彼誠小人邪，將復將軍之意，則辱在此不在於彼。」即此二句之意。

〔三〕「觸他」二句：按六朝唐人最重犯諱，史籍所載，多有犯彼之諱，彼亦報之之例。世説新語方正：「盧志於衆坐問陸士衡：『陸遜、陸抗是君何物？』答曰：『如卿於盧毓、盧珽。』士龍失色。既出户，謂兄曰：『何至如此，彼容或不相知也。』士衡正色曰：『我父祖名播海内，寧有不知？鬼子敢爾！』」陸機祖遜、父抗，盧志祖毓、父珽，適以相報也。又排調：「庾園客詣孫監，值行，見齊莊在外，尚幼，而有神意。庾試之曰：『孫安國安在？』即答曰：『庾稺恭家。』庾大笑曰：『諸孫大盛，有兒如此！』又答曰：『未若諸庾之翼翼。』還，語人曰：『我故勝，得重唤奴父名。』」蓋孫放齊莊父盛，字安國，而庾爰之園客父翼，字稺恭，彼此皆重犯對方父諱。南史王慈傳：「謝鳳子超宗嘗候僧虔，仍往東齋詣慈。慈正學書，未即放筆，超宗曰：『卿書何如虔公？』慈曰：『慈書比大人，如鷄之比鳳。』超宗狼狽而退。十歲時，與蔡興宗子約入寺禮佛，正遇沙門懺，約戲慈曰：『衆僧今日可謂虔虔。』慈應聲曰：『卿如此，何以興蔡氏之宗？』」雲谿友議卷上嚴黄門：「杜甫拾遺乘醉而言曰：『不謂嚴挺之有此兒也。』武恚目久之，曰：『杜審言孫子擬捋虎鬚？』合座皆笑以彌縫之。武曰：『與公等飲饌謀歡，何至於祖考矣！』」此皆徒逞俊辯，以互相損害。唯三國志魏志司馬朗傳云：「九歲，人有道其父字者，朗曰：『慢人親者，不敬其親者也。』客謝之。」九歲童子見解，實較前引諸名公爲高，此即孝經天子章所云「愛親者不敢惡於人，敬親者不敢慢於人」之意。　祖公：祖父，見〇九二首注一。上云「父母」，下云「祖公」，蓋加倍報復之意，如上引杜甫、嚴武之例。

〔四〕嗔報：謂以嗔報嗔。

〔五〕精：謂佳勝。易靜兵要望江南：「軍發日，微雨灑軍行，此是潤軍兵必利，旌旗前指最爲精，所向定須贏。」安樂行道轉經願生淨土法事讚卷下：「娑婆極苦非生處，極樂無爲實是精。」變文集大目乾連冥間救母變文：「生住衍字死本來無住處，西方仏國最爲精。」汾陽無德禪師語録卷下句内明真：「句裏明人事最精，來機須辨審須聽。」梵志詩二八八首：「男女有亦好，無時亦最精。」按白居易江州赴忠州至江陵已來舟中示舍弟五十韻云「少語是元亨」，即梵志詩「少語最爲精」之意。

難忍儻能忍丙一、校輯、詩集

難〔忍〕儻能忍〔一〕，能忍最爲難。伏肉虎不食〔二〕，病鳥人不彈〔三〕。當時雖⿰奇寺堵〔四〕，過後必身安。唾面不須拭，從風自蔭乾〔五〕。（一一九）

【校】

難忍　「忍」，原脱。按「難忍能忍」乃釋徒習語，參看注一。校輯作「逢難」。

能忍最爲難　「忍」，校輯作「思」。

伏肉虎不食　「伏」，詩集作「腐」。「虎」，原作「虍」，即俗「虎」字，校輯作「歳」。

⿰奇寺堵　「⿰奇寺」，校輯作「碕」。詩集此二字作「堵氣」。

必身安　「必」，原作「忩」。碑别字入聲四質，唐李公夫人劉氏墓誌，「必」作「⿱勹必」，與此近似。

唾面不須拭　「唾」，原作「唖」；「拭」，原作「拭」。

【注】

〔一〕難忍儻能忍：按北本涅槃經卷二：「能忍難忍，是以復難。」斯坦因劫經録三四二四端拱二年往西天取菩薩戒兼傳授菩薩戒僧志堅狀，卷末：「難忍能忍，是名爲忍。是人能忍，能忍是人。非人不忍，不忍非人。」臺北藏敦煌卷子九二號鳩摩羅什法師誦法：「汝難忍能忍不？所謂十忍也：割肉飼鷹，投身餓虎，斫頭謝天，打骨出髓，捥身千燈，挑眼布施，剥皮書經，刺心決志，燒身供佛，刺血灑地，是事能忍不？」説郛（商務本）卷六九陳録善誘文悲誓十願：「願難忍能忍，願難信能信。」皆有「難忍能忍」之語。珠林卷九五引正法念經：「能忍之人，第一善心，能捨瞋恚，衆人所愛。」

〔二〕伏肉虎不食：唐人俗語，「伏肉」謂已降伏之動物。五燈會元卷七羅山道閑禪師：「猛虎終不食伏肉。」圓悟佛果禪師語録卷一九頌古下：「鎮州出大蘿蔔，猛虎不食伏肉。」明覺禪師語録卷五因事示衆：「師子不咬麒麟，猛虎不食伏肉。」水滸第二回：「自古道：大蟲不吃伏肉。」知此語後世尚流行不絶。

〔三〕病鳥人不彈：唐人俗語，有各種大同小異之變體。廣記卷三〇九蔣琛（出集異記）：「何今日戲謔於綺席，恃意氣於放臣，則何異射病鳥於籠中，剸腐肉於几上？竊於君子惜金鏃與利刃也。」變文集鷰子賦：「死雀就上更彈，何須逐後罵詈？」五燈會元卷一一興化存獎禪師：「和尚祇解將死雀就地彈，不解將一轉語蓋覆却。」又：「我今日問新到，是將死雀就地彈，就窠子裏打？」蔣禮鴻敦煌變文集校記録略：「日本諸録俗語解，正宗贊卷之一，有『將死雀就地彈』一條，略謂：『就地彈雀，方言有必死之意。今死雀云云，意謂容易，或無足輕重，或不發生作用。』夫活雀尚如此，死雀更不待言矣。」

〔四〕䍊堵：應即「躇跱」、「躇峙」之倒文，行難進貌。抱朴子外篇嘉遯：「不役志於禄利，故害辱不能加也；不躇峙於險途，故傾墜不能爲患也。」龍龕手鏡卷三足部：「蹸俗躇正，直加反。躇跱，行難皃。又丑加反。」

〔五〕「唾面」二句：戰國策趙策觸龍説趙太后：「有復言令長安君爲質者，老婦必唾其面！」史記孟嘗君列傳：「客亦有何面目復見文乎？如復見文者，必唾其面而大辱之。」隋唐嘉話卷下：「婁師德弟拜代州刺史，將行，謂之曰：『某以不才，位居宰相，汝今又得州牧，叨據過分，人所嫉也，將何以全先人髮膚？』弟長跪曰：『自今雖有唾某面者，某不敢言，但拭之而已。以此自勉，庶免兄憂。』師德曰：『此適所謂爲我憂也。夫前人唾者，發於怒也。汝今拭之，是惡其唾而拭之，是逆前人怒也。唾不拭將自乾，何若笑而受之？』」緇門警訓卷八慈受禪師訓童行：「遭人唾面須揩却，到底饒人不是癡。」按尚書大傳卷三大戰：「罵女毋歎，唾女毋乾。」「女」讀爲「汝」，下句即婁師德語及梵志詩「唾面不須拭」之意。

負恩必須酬　丙一、校輯、詩集

負恩必須酬〔一〕，施恩慎勿索。得他一石面〔二〕，還他拾㪷麥〔三〕。得他半疋練〔四〕，還他二丈帛。瓠蘆作杓車〔五〕，棒莫作出客〔六〕。（一二〇）

【校】

勿索　原作「勿色索」，衍「色」字。

一石面　「面」，詩集、校輯作「麫」。

拾㪷麥　「麥」，原作「麦」。　「拾」，詩集、校輯作「十」。

半疋練　「半」，原作「伴」，誤增人傍。

二丈帛　「丈」，原作「仗」，誤增人傍。

瓠蘆作杓車　「瓠」，原作「瓡」。　「杓」，校輯作「打」。

棒莫作出客　「莫」，校輯作「果」。　「出」，原作「𡴀」，校輯作「山」。

【注】

〔一〕負恩：受恩未報。「負」者，欠負之義。

〔二〕面：通作「麫」，與下句「麥」爲互文（五六句「練」與「帛」亦爲互文），不應再分別輕重貴賤。説苑辨物：

「十斗爲一石。」此處「一石面」與下句「拾㪷麥」，取其適相當也。

〔三〕拾：同「十」。陔餘叢考卷三〇數目用多筆字：「陸容菽園雜記：壹貳叁肆伍陸柒捌玖拾阡陌等字，相傳始於尚書開濟。因錢穀之數用本字，則姦人易竄改故耳。然宋邊實崑山志已有之。洪容齋亦謂九之與久，十之與拾，百之與栢亦然，可見多筆字宋已用之。」按據梵志此詩，初唐實已用之。清俞樾茶香室續鈔卷一五壹貳叁肆等字隋唐已然：「考石刻隋龍藏寺碑『勸獎州内士庶壹万人等』，唐開元寺貞和尚塔銘書『開元貳拾陸年』，元和華岳廟題名『壹月貳拾陸日』，又云『元和拾伍年壹月』，尉遲恭碑『粟米壹阡伍伯石』，蓋不自宋始。」而明清之際顧炎武山東考古録卷上録唐勑云：「碑字凡大周年者……凡數字作壹貳叁肆伍陸柒捌玖拾等字，皆武后所改及自製字。」知此等繁寫數字起於武則天也。

〔四〕疋：同「匹」，四丈爲匹。漢書食貨志下：「布帛廣二尺二寸爲幅，長四丈爲匹。」宋書沈慶之傳：「帝乃遣慶之從子攸之齎藥賜慶之死，時年八十。是年初，慶之夢有人以兩匹絹與之，謂曰：『此絹足度。』謂人曰：『老子今年不免。兩匹，八十尺也。足度，無盈餘矣。』」兩匹爲八十尺，每匹適爲四丈。此云「半疋練」，亦取與下句「二丈帛」適相當也。

〔五〕瓠蘆：即葫蘆。酉陽雜俎前集卷七醫：「若欲取水，以駱駝髑髏沉於石臼，取水轉注瓠蘆中。」此句俟再考。

〔六〕榛莫：疑當作「榛菓」，亦稱榛子、榛實，即榛樹的果實。出：原卷作「㞐」，疑當作「屈」，邀請之義，見一七〇首注一。此句言以榛果待客。

敬他保自貴（丙一、校輯、詩集）

敬他保自貴，辱他招自恥。你若計筭他〔一〕，他還計筭你。勾他一盞酒〔二〕，他勾十巡至〔三〕。子細審思量〔四〕，此言有道理。（一二一）

【校】

招自恥　原卷照片闕「招」、「恥」二字，從詩集補。校輯作「還自受」，出韻。

計筭他　此句及下句之「計」，原皆作「敬」，音同而譌。唐西北方言中，「計」「敬」爲同音字，梵志詩一八七首「飲酒妨生計」，原本「計」作「敬」，餘本作「計」，即「計」誤作「敬」之例。變文集搜神記：「昔有樊寮至孝，内親早亡，繼事後母。」稗海本搜神記作「敬事後母」，是，亦與此類似。「筭」，原作「荓」，下句作「筭」，皆爲「筭」字形譌，參見注一。詩集皆作「尊（？）」。

一盞酒　「一」，校輯作「下」，非是。「一盞」與下句「十巡」爲對，亦加倍報復之意。

【注】

〔一〕計筭：按「筭」通「算」，説文：「筭，長六寸，所以計曆數者。」段注：「此謂筭籌，與算數字各用，計之所謂算也。古書多不别。」「計算」亦作「算計」，謂設計謀以害人。

〔二〕勾：罰酒。變文集難陁出家緣起，載佛親弟難陁與妻孫陁羅（利）正飲酒次，值世尊到門教化。「歡喜巡還正飲盃，恐怕師兄乞飯來。各請萬籌蹔起去，見了師兄便入來。飲酒勾巡一兩盃，徐徐慢怕（拍）管絃催，各盞待君下次勾，見了抽身便却迴。」蓋難陁中途離席，應當罰酒，故云「勾」，罰酒不止一盞，此刻「勾巡一兩盃」，其數未盡，故云「各盞待君下次勾」也。

〔三〕巡：行酒周匝座客一次爲一巡。見〇三五首注七。

〔四〕子細：同「仔細」。審思量：仔細思考。寒山詩：「昔日極貧苦，夜夜數他寶。今日審思量，自家須營造。」變文集伍子胥變文：「婦人卓立審思量，不敢向前相附近。」又董永變文：「人生在世審思量，暫時吵鬧有何方（妨）？」又父母恩重經講經文：「爲人爭不審思量，豈合將心返父娘！」

不知愁大小丙一、校輯、詩集

不知愁大小，不知愁好醜〔一〕。爲當面似鷄？爲當面似狗〔二〕？道愁不愛食，聞愁偏怕酒。剩打三五盞〔三〕，愁應来屍走〔四〕。（一二二）

【校】

面似狗　「狗」，原作「猗」，碑別字上聲二十五有，齊道興造象記「狗」作「猗」。

聞愁　「聞」，原作「闻」，即草書「聞」字。校輯作「面」。

剩打　「剩」，原作「剰」。「打」，原作「朾」，同「打」。新唐書五行志二：「三道徵兵馬，傍道朾騰騰。」又：「朾麥朾麥三三三。」變文集李陵變文：「方令擊鼓，一時朾（打）其鼓不鳴。」

来屍走　「来」，校輯作「如」。

【注】

〔一〕「不知」二句：與下文「爲當」二句，皆言「愁」之一事，没有具體形象，不可名狀。按續高僧傳卷三一釋真觀傳，載觀愁賦云：「爾其愁之爲狀也，言非物而是物，謂無象而有象；雖則小而爲大，亦自狹而爲廣」云云，正與此相類。

〔二〕爲當：用於選擇問句的連詞，相當於「還是」、「莫非」等。吳支謙譯須摩提女經：「爲當門望不齊？爲當居生不等？何以故事不宜爾？」又：「今須摩提女，爲滿富城中滿富長者所求爲婚，爲當可與？爲當不可？」又：「卿爲當盜賊所侵？爲當死亡不埋？何故憂色乃爾？」變文集秋胡變文：「爲當命化零落？爲當身化黃泉，命從風化？爲當逐樂不歸？」又降魔變文：「爲當親姻聚會？爲復延屈帝王？因何大小忽忙，嚴麗鋪置？」祖堂集卷一二黃龍和尚：「有一句子如山如岳，有一句子如透網魚，有一句子如百川水。爲當是一句？爲當是三句？」又卷一八仰山和尚：「爲當欲得記他見解？爲當欲得行解？」

〔三〕剩：多。魏書陽固傳：「又有人間固於顯，顯因奏固剩請米麥，免固官。」大唐新語酷忍：「田舍兒剩種得十斛麥，尚欲換舊婦，況天子富有四海，立皇后有何不可？」司空圖攜仙籙九首之八：「剪取紅雲剩寫詩，年年高會趁花時。」變文集歡喜國王緣：「三八士(事)須斷酒肉，十齋真(直)要剩燒香。」北夢瑣言卷一〇：「請官人剩喫消梨，不限多少，咀齕不及，捩汁而飲。」字亦作「賸」。貞觀政要貪鄙：「且國家賸得數百萬貫錢，何如得一有才行人？」白居易贈夢得：「只有今春相伴在，花前賸醉兩三場。」

打：喫。朝野僉載卷四：「隋牛弘爲吏部侍郎，有選人馬敞者，形貌最陋。弘輕之，側卧食果子嘲敞曰：『嘗聞扶風馬，謂言甲天下。今見扶風馬，得驢亦不假。』敞應聲曰：『嘗聞隴西牛，千石不用軥。今見隴西牛，卧地打草頭。』弘驚起，遂與官。」「卧地打草頭」蓋譏弘之「側卧食果子」，則「打」即食也。又載權龍襄詩：「遥看滄州城，楊柳鬱青青。中央一羣漢，聚坐打杯觥。」寒山詩：「見佛不禮佛，逢僧不施僧，唯知打大犢，除此百無能。」廣記卷二四八侯白（出啓顔録）：「素又謂白曰：『僕爲君作一謎，君射之，不得遲，便須罰酒。』素曰：『頭長一分，眉長一寸，未到日中，已打兩頓。』白應聲曰：『此是道人。』」「道人」即是僧徒，僧徒持過午不食之齋戒，此云「未到日中，已打兩頓」，謂午前已食兩頓。變文集茶酒論：「酒能破家散宅，廣作邪淫，打却三盞已後，令人只是罪深。」又：「茶吃只是胃（胃）疼，多吃令人患肚，一日打却十盃，腸（腹）脹又同衙鼓。」大慧普覺禪師語録卷一〇：「壁上安燈盞，堂前置酒臺。悶來打三盞，何處得愁來。」後二句與梵志此詩後二句相似。

〔四〕 屍走：疑謂如起屍而走。俗傳死屍驟起行走，稱爲「起屍」。變文集祇園因由記：「又現一起屍，呪法之中，説有死人无瘢痕者，取之作法，一手中置輪，一手中置刀，法成能害人。其時有此起屍，被外道呪持刀往身子；舍利（弗）之力，令却趂勞度又（叉）。」梵志詩此句即酒能驅愁之意。

本巡連索索丙一、校輯、詩集

本巡連索索，罇主告平平。當不恠来晚，覆盞可怜精〔一〕。門前夜狐哭〔二〕，屋上鵄梟鳴〔三〕。一種聲響音，何如刮鉢聲〔四〕？（一一三）

【校】

索索　校輯作「索人」。按本卷重複記號多寫如「人」字。變文集不知名變文：「逢着兒兒布施，逢着女人布施，逢妻妻布施。」「女」下「人」亦應作「女」，即重複記號誤録作「人」之例。

罇主告平平　「罇」，校輯作「樽」，同。「平平」，校輯作「平人」，出韻，「人」亦應是重複記號，説見上條。

恠来晚　「恠」，校輯作「怪」，同。「晚」，原作「脱」，形近而譌。

可怜精　「怜」，校輯作「連」。按原卷「連」字圈去，傍注「怜」字。「精」，詩集作「情」。

夜狐哭　「狐」，原作「孤」，形譌字。

鵄梟鳴　「梟」，原作「[鳥/木]」。

聲響音　「響」，原作「嚮」。

【注】

〔一〕覆盞：猶今云「乾杯」，覆其盞以示無餘瀝也，引申而爲「傾杯」之義。亦作「覆杯」、「覆觴」、「覆盌」等。後漢書董宣傳李賢注引謝承（後漢）書：「勅令詣太官賜食。宣受詔出，飯盡，覆杯食机上。太官以狀聞。上問宣，宣對曰：『臣食不敢遺餘，如奉職不敢遺力。』」西京雜記卷四：「乃縱酒作倡，傾盌覆觴。」初學記卷六引隋柳顧言奉和春日臨渭水應令：「飲馬投錢岸，解釣剖璜津。風絲曳香餌，覆杯懷昔人。」劉禹錫城西行：「臨行飲酒杯未覆，讐家白官先請肉。」樂府詩集卷七八王褒高句麗：「蕭蕭易水生波，燕趙佳人自多。傾盃覆盌漼漼，垂手奮袖娑娑。」酉陽雜俎前集卷一二語資：「俄而酒至鸚鵡杯，徐君房飲不盡，屬肇師，肇師曰：『海蠡蜿蜒，尾翅皆張。非獨爲玩好，亦所以爲罰，卿今日真不得辭責。』信曰：『庶子好爲術數。』遂命更滿酌。君房謂信曰：『相持何乃急。』肇師曰：『此謂直道而行，乃非豆萁之喻。』君房乃覆椀。」　可怜：即「可憐」，可喜、可愛，見〇四四首注一。

〔二〕夜狐哭：古人以爲不祥之兆。論衡遭虎：「盧奴令田光與公孫弘等謀反，其且覺時，狐鳴光舍屋上，光心惡之。其後事覺坐誅。」魏書鐵弗昌傳：「俄而有羣狐百數鳴於其側，定命射之，無所獲。定惡之，曰：『此亦大不臧，咄咄天道，復何言哉！』」廣記卷一四二李密（出感定録）：「隋李密既會衆，屯洛口，設壇，大張旌旗，告天即公位。其夜，狐狸鳴於壇側。翌日，臨行事，大風四起，飛沙拔木，旗竿有折者。其後果敗。」舊唐書哥舒翰傳：「古人云：『野狐向窟嗥，不祥。』以其忘本也。」

〔三〕鵄梟鳴：古人以爲惡聲，不祥之兆。「鵄」同「鴟」，「鴟梟」即猫頭鷹。説苑辨物：「齊景公爲露寢之臺，成而不通焉。柏常騫曰：『爲臺甚急，臺成，君何爲不通焉？』公曰：『然梟昔者鳴，其聲無不爲也。吾惡之甚，是以不通焉。』柏常騫曰：『臣請禳而去之。』公曰：『何具？』對曰：『築新室，爲置白茅焉。』公使爲室成，置白茅焉。柏常騫夜用事。明日問公曰：『今昔聞梟聲乎？』公曰：『一鳴而不復聞。』使人往視之，梟當陛布翼，伏地而死。」又談叢：「梟逢鳩，鳩曰：『子將安之？』梟曰：『我將東徙。』鳩曰：『何故？』梟曰：『鄉人皆惡我鳴，以故東徙。』鳩曰：『子能更鳴可矣，不能更鳴，東徙猶惡子之聲。』」御覽卷九二七引魯連子：「先生之言，有以（似）梟鳴，出聲而人惡之。」朝野僉載卷一：「率更令張文成，梟晨鳴於庭樹，其妻以爲不祥，連唾之。文成云：『急灑掃，吾當改官。』言未畢，賀客已在門矣。」此則以凶爲吉，出於常理之外者。白居易凶宅：「梟鳴松桂樹，狐藏蘭菊叢。」亦以梟狐爲凶物。廣記卷一〇九趙泰（出幽冥録）：「惡舌者作鴟鵂鶹，惡聲，人聞皆呪令死。」御覽卷九二七引嶺表録異：「北方梟鳴人家，以爲怪，共惡之。」

〔四〕刮鉢聲：肴饌將盡，刮器不留殘餘之聲。此四句謂刮鉢之聲雖非美聲，猶愈於狐哭梟鳴，不必深嫌也。

楚按：此首前半所云似不甚了了，竊以爲所寫爲飲酒行令之事。劉禹錫夔州論利害表第一表：「至龍朔中，壁州刺史鄧弘慶進『平索看精』四字堪爲酒令，高宗嘉之，亦行其言，遷弘慶爲朗州刺史。」唐國史補卷下：

「古之飲酒，有盃盤狼籍、揚觶絶纓之説，甚則甚矣，然未有言其法者。國朝麟德中，壁州刺史鄧宏慶始創『平索看精』四字令，至李稍雲而大備，自上及下，以爲宜然。大抵有律令，有頭盤，有抛打，蓋工於舉場，而盛於使幕。衣冠有男女雜履舄者，長幼同燈燭者；外府則立將校而坐婦人，其弊如此。」劉賓客嘉話録：「飲酒四字，著於史氏，出於則天時壁州刺史鄭宏慶者，近之人或知之。」宋王讜唐語林卷八：「壁州刺史鄧宏慶飲酒，至平索看精四字酒令之設，本骰子卷白波律令。自後聞以鞍馬香毬，或調笑抛打時，上酒招摇之號。其後平索看精四字與律令全廢，多以瞻相下次据上酒絶人罕通者，下次掘一曲子打三曲。此出於軍中，邠善師酒令聞於世。」原注：「案此條文義難解，疑有脱誤。」楚按，此係四庫館臣所加案語，原文末句似應作「邠帥善酒令，聞於世。」宋朝事實類苑卷六一酒令引贊寧要言：「東漢賈景伯著酒令九篇，始形載籍，然終尋未見。唐高宗朝，鄧弘慶飲酒，以『平索看精』爲令始也。」敦煌遺書伯二五五五載江州刺史劉長卿高興歌云：「無勞四字犯章程，不明不快酒滿盛。」「四字」即指「平索看精」四字酒令，可見四字酒令在唐代確實盛行。因知本首之「索索」、「平平」，即四字酒令之語，第四句之「精」字，亦在四字之中，似非妄下者。宋竇苹酒譜酒令：「國史補稱鄧弘慶始刱『平素（索）看精』四字令，未詳其法。」蓋其法至宋代已失傳，故今日不能言其詳也。至如「本巡」、「鏄主」，竊以爲皆爲觴政之職事。「本巡」似可意會，蓋主典此巡觴事者。「鏄主」則如廣記卷三四五張庚（出續玄怪録）所云：「於是一人執樽，一人糺司，酒既巡行，絲竹合奏。」「執樽」者當即「鏄主」，亦稱「觥主」。皇甫松醉鄉日月觥録事：「凡烏合爲徒，以言笑動衆，暴慢無節，或纍纍起坐，或附耳囁語，録事以本户繩之。奸不衰止者，宜觥録事糾之。以剛毅木訥之士爲之。有犯者輒投其旍於前曰：『某犯觥令！』抛法先旍而後纛也。犯者諾而收執之，拱曰：『知罪！』明府餉其觥而斟焉。犯者右引觥，左執旍，附於胸。律録事顧伶曰：『命曲破送之。』飲訖，無墜語，以旍觥歸於觥主曰：『不敢滴瀝。』復觥於位。後犯者投以纛，累犯者旍纛俱舞。觥籌盡，有犯者不問。」文中所云「觥主」即「觥録事」，應即此首之

「罇主」。第三句之「恠来晚」，似亦有深意者。朝野僉載卷六記李安期銓選，「又一吳士，前任有酒狀。安期曰：『君狀不善。』吳士曰：『知暗槍已入。』安期曰：『爲君拔暗槍。』答曰：『可憐美女。』安期曰：『有精神選，還君好官。』對曰：『怪來晚。』安期笑而與官。」吳士所答，頗似隱語，竊以爲即酒令之語。蓋此士前任有酒狀，積習難除，三句不離本行也。李亦心領神會，故「笑而與官」，實已印可吳士矣。第四句「覆盞可怜精」者吳士語即有「可憐美女」之説，承上「恠来晚」而下，蓋詠酒宴來晚者，當罰「後到酒」之事。唐摭言卷三慈恩寺題名遊賞賦詠雜紀：「証衣皀貂金帶，突門而入，諸力士睨之失色。証飲『後到酒』，一舉三鍾，不啻數升，杯盤無餘瀝。」廣記卷二三三裴弘泰（出乾𦠆子，較今本爲詳）：「唐裴均之鎮襄州，裴弘泰爲鄭滑舘驛巡官，充聘於漢南，遇大宴，爲賓司所漏。及設會，均令走屈鄭滑裴巡官。弘泰奔至，均不悦，責曰：『君何來之後？大涉不敬！』酌『後至酒』，已投糺籌，弘泰謝曰：『都不見客司報宴，非敢慢也。叔父捨罪，請在座銀器，盡斟酒滿之，器隨飲以賜弘泰，可乎？』」「後至酒」即「後到酒」也。又按：國史補謂鄧宏慶麟德中創爲「平索看精」四字酒令，麟德爲高宗年號（公元六六四——六六五）；嘉話録則泛稱出於則天時。國史補所云較具體，且與贊寧要言之説一致，當可信。然則此詩亦當作於麟德之後矣。

我家在何處丙一、校輯、詩集

我家在何處？結宇對山阿〔一〕。院側狐狸窟，門前烏鵲窠。聞鶯便下種〔二〕，聽雁即收禾〔三〕。悶遣奴吹笛，閑令婢唱歌〔四〕。兒即教誦賦，女即學調梭〔五〕。寄語天公道：寧能那我何〔六〕？（一二四）

【校】

何處　「何」，原作「河」，下首「何愁不太平」，「何」原亦作「河」，與此處誤正同。校輯此二字作「河側」。

結宇對山阿　原作「結葑守先阿」，「葑守」二字右側有乙轉符號「乄」，知應作「守葑」。「葑」即「對」字別體，亦寫作「對」，見王梵志詩集序校記，而「守」字又是「宇」字形誤。原文「先」應作「山」，蓋「山」字先形譌作「仙」，又音譌作「先」也。校輯此句作「結隊守先阿」。

院側　「院」，原作「俒」。

門前　「門」，原作「门」，乃草書字。

聞鶯　「鶯」，原作「應」，音譌字。

收禾　「禾」，原作「和」，變文集伍子胥變文：「芝草並生，嘉和（禾）合秀。」即「禾」誤作「和」之例。

閑令　「閑」，原作「閑」，亦草書字。

兒即　「兒」，原作「如」，見一一一首校記。校輯改作「男」。

學調梭　「學」，原作「𫞡」；「梭」，原作「梭」。

寧能那我何　「寧」，原作「寍」，見〇八七首校記。「那」，原作「郍」，變文集王昭君變文「不郍夫妻義重」，「不郍」即「不那」，通作「不奈」，見注六。

【注】

〔一〕結宇對山阿：「結宇」，葺屋。文選卷二九張協雜詩：「結宇窮岡曲，耦耕幽藪陰。」謝朓治宅：「結宇夕陰街，荒幽横九曲。」「山阿」，山中曲處。楚辭九歌山鬼：「若有人兮山之阿，被薜荔兮帶女蘿。」王逸注：「阿，曲隅也。」韋應物夏景園廬：「豈爲論夙志，對此青山阿。」

〔二〕聞鶯：指春至。文苑英華卷二四七江總詒孔中丞奐：「聞鶯欲動詠，披霧即依然。」豆盧復落第歸鄉留別長安主人：「客裏愁多不記春，聞鶯始歎柳條新。」

〔三〕聽雁：指秋來。

〔四〕「悶遣」二句：按此等句式通俗文學習見，如變文集維摩詰經講經文：「悶即交伊合曲，閑來即遣唱歌。」又捉季布傳文：「閑來每共論今古，悶即堂前話典墳。」又王昭君變文：「閑時淨（靜）坐觀羊馬，悶即徐行悅（閲）鼓鼙。」又无常經講經文：「閑向八德池中弄水，悶來七重樹下遊春。」

〔五〕調梭：指紡織。玉臺新詠卷七梁武帝織婦：「調梭輟寒夜，鳴機罷秋日。」

〔六〕那：通「奈」。佛說阿彌陀經：「壽終命盡，不能得道，無可那何。」變文集漢將王陵變：「項羽領兵至北面，不那南邊有灌嬰。」又金剛般若波羅蜜經講經文：「深觀濁世苦偏多，惡業持身不那何。」

弟一須景行丙一、校輯、詩集

弟一須景行〔一〕，弟二須强明〔二〕。律令波濤涌〔三〕，文詞花草生。心神激箭直〔四〕，懷抱徹沙清〔五〕。觀察惣如此〔六〕，何愁不太平。（一二五）

【校】

弟一　「弟」，詩集、校輯作「第」。參見注一。

波濤涌　「涌」，原作「誦」。

激箭直　「激箭」，原作「激前」，詩集作「惇前」，參見注四。

懷抱　「抱」，原作「袍」。

何愁　「何」，原作「河」。

【注】

〔一〕弟：通「第」，說文：「弟，韋束之次弟也。」「弟一」及下文「弟二」，即「第一」「第二」。變文集韓擒虎話本：「蠻奴問語：『弟一要何物？』衾虎答曰：『某弟一要陳家地理山河、人户數目，即便却迴。』蠻奴問言：『弟二要何物？』衾虎答曰：『某弟二要兵馬庫藏，賞設三軍，即便却迴。』蠻奴問：『弟三要何物？』衾虎答言：『某弟三要陳叔保（寶）手（首）進上隨文皇帝，即便却迴。』」景行：比喻高尚德行。詩小雅車舝：「高山仰止，景行行止。」鄭箋：「有高德者，則慕仰之。有明行者，則而行之。」廣記卷二五二千字文語乞社（出啓顔録）：「某人等，並景行維賢，德建名立。」梵志詩二一六首亦云：「立身存篤信，景行勝將金。」

〔二〕强明：幹練明達。隋書源師傳：「師居職强明，有口辯，而無廉平之稱。」又高熲傳：「高祖得政，素知熲强明，又習兵事，多計略，意欲引之入府。」舊唐書職官志二：「天下諸州差兵，募取户殷丁多，人材驍勇，選前資官勳官部分强明堪統攝者，節級擢補主帥以領之。」

〔三〕律令：法律。漢書杜周傳：「客有謂周曰：『君爲天下決平，不循三尺法，專以人主意指爲獄，獄者固如是乎？』周曰：『三尺安出哉？前主所是著爲律，後主所是疏爲令，當時爲是，何古之法乎？』」又刑法志：「夫法令者，所以抑暴扶弱，欲其難犯而易避也。今律令煩多而不約，自典文者不能分明，而欲羅元元之不逮，斯豈刑中之意哉！」北齊書封述傳：「述久爲法官，明解律令，議斷平允，深爲時人所稱。」

按唐代法律分爲律、令、格、式四部分，見一二八首注二。

〔四〕激箭：疾駛之箭。抱朴子外篇自叙：「夫期頣猶奔星之騰烟，黃髮如激箭之過隙。」北史綦連猛傳：「本欲尋山射虎，激箭旁中趙老。」唐太宗詠弓：「上弦明月半，激箭流星遠。」白居易江州赴忠州至江陵已來舟中示舍弟五十韻：「年光同激箭，鄉思極摇旌。」元稹景申秋八首之四：「瓶瀉高簷雨，窗來激箭風。」蓋箭矢愈疾，則其跡愈直，故梵志詩以「激箭」喻正直。

〔五〕徹沙清：水清徹見沙石，以喻懷抱清白無私。北齊書循吏宋世良傳：「及代至，傾城祖道。有老人丁金剛泣而前，謝曰：『己年九十，記三十五政。君非唯善治，清亦徹底。今失賢君，民何濟矣。』」元稹韋兵曹臧文：「摩天氣直山曾拔，澈底心清水共虛。」宋曾敏行獨醒雜志卷六：「清江孔端中，紹興間爲淳安令，邑近行都，時譽翕然，都下酒家至爲之語曰：『酒似淳安知縣徹底清。』」取喻與此同。宋王得臣麈史卷中賢德：「應山二連，伯氏庶字君錫，仲氏庠字元禮，少從學於二宋（宋庠、宋祁），相繼登科。君錫爲人清修孤潔，故當官，人號爲『連底清』；元禮加以肅，人號爲『連底凍』。」按「連底清」即「徹底清」，此用「連」者，扣其姓氏也。

〔六〕觀察：此處指考察，孔叢子記義：「衛出公使人問孔子曰：『寡人之任臣，無大小，一一自言問觀察之，猶復失人，何故？』」

楚按：此首所論爲選官標準。貞觀政要擇官：「貞觀三年，太宗謂吏部尚書杜如晦曰：『比見吏部擇人，惟取其言詞刀筆，不悉其景行，數年之後，惡跡始彰，雖加刑戮，而百姓已受其弊。』」主張以「景行」爲擇人前提，與梵志此詩以「景行」爲第一條件相似，故得致太平。新唐書選舉志下：「凡擇人之法有四：一曰身，體貌豐偉；

二曰言，言辭辯正；三曰書，楷法遒美；四曰判，文理優長。四事皆可取，則先德行；德均以才；才均以勞。」則「德行」已退居「四事」之後矣。

天子与你官丙一、校輯、詩集

天子与你官，俸禄由他授〔一〕。飲饗不知足〔二〕，貪婪得動手，每懷劫賊心，恒張餓狼口〔三〕。枷鏁忽然至〔四〕，飯盖遭毒手〔五〕。（一二六）

【校】

由他授　「由他」原作「生地」，從校輯所改。

飲饗不知足　「饗」，校輯改作「食」。「足」，原作「定」。

貪婪　「婪」，校輯作「錢」。

枷鏁　「枷」，原作「加」。

飯盖　詩集作「反蓋」。

【注】

〔一〕俸禄：俸錢及禄米。岑參題新鄉王釜廳壁：「憐君守一尉，家計復清貧。禄米嘗不足，俸錢供與人。」

由他授：按北史李元忠傳：「歌闋，謂神武曰：『天下形勢可見，明公猶欲事尒朱乎？』神武曰：『富貴皆由他，安敢不盡節？』」「富貴皆由他」與此句意同。

〔二〕飲饗：飲宴。詩小雅彤弓：「一朝饗之。」鄭箋：「大飲賓曰饗。」

〔三〕恒張餓狼口：三國志魏志袁紹傳裴注引謝承後漢書：「而足下張虎狼之口，吐長虵之毒，恚卓遷怒，何甚酷哉！」按以「餓狼」喻貪吏，如淮南子主術：「末世之政則不然，上好取而無量，下貪狼而無讓。」後漢書仲長統傳載昌言理亂：「使餓狼守庖廚，飢虎牧牢豚，遂至熬天下之脂膏，斲生人之骨髓。」朝野僉載卷五：「客謂張文成曰：『趙司農何如人？』曰：『猖獗小人，心佞而險，行僻而驕，折支勢族，舐痔權門，諂於事上，傲於接下，猛若飢虎，貪如餓狼，性愛食人，終爲人所食。』」龍筋鳳髓判卷四：「趙慶佞媚爲姿，諂諛成性，貪殘不軌，獸中之有餓狼；輕薄無儀，人間之有猰鬼。」

〔四〕枷鎖：刑具。通鑑唐太宗貞觀十一年胡三省注：「械其頸曰枷，械其手曰杻。鉗，以鐵劫束之也。鎖，以鐵琅當之也。」　忽然：如果，假若。李頎別梁鍠：「時人見子多落魄，共笑狂歌非遠圖。忽然遺躍紫騮馬，還是昂藏一丈夫。」寒山詩：「忽然富貴貪財色，瓦解冰消不可陳。」變文集捉季布傳文：「若是生人須早語，忽然是鬼奔丘墳。」又：「朱解忽然來買口，商量莫共苦爭論。忽然買僕身將去，擎鞭執帽不辭辛。」又降魔變文：「更試一回看看，後功將補前過。忽然差使（池）更失，甘心啓（稽）首歸他。」

〔五〕盖：同「蓋」，疑當作「榼」。變文集韓擒虎話本：「遂執蓋酹酒，祭而言曰。」「蓋」亦應作「榼」，與此處同例。「飯榼」以喻人，猶如今語之「飯桶」。北夢瑣言卷一二：「唐張林……受眷於崔相昭緯。或謁相庭，崔公曰：『何以久不拜見？』林曰：『爲飯瓮子熱發。』崔訝飯瓮不康之語，林曰：『數日來水米不入，非不康耶？』」此即以「飯瓮子」喻人。五燈會元卷一六慧林懷深禪師：「打破雲門飯袋子，方知赤土是黃金。」上句與梵志詩「飯盖遭毒手」相似。　毒手：見晉書石勒載記：「孤往日厭卿老拳，卿亦飽孤毒手。」舊唐書姚崇傳：「陛下令近臣就獄問者，近臣亦不自保，何敢輒有動摇？被問者若翻，又懼遭其毒手。」

百姓被欺屈丙一、校輯、詩集

百姓被欺屈〔一〕，三官須爲申〔二〕。朝朝團坐入〔三〕，漸漸曲精新〔四〕。斷榆翻作柳，判鬼却爲人〔五〕。天子抱冤屈〔六〕，他揚陌上塵〔七〕。(一二七)

【校】

百姓　「姓」，原作「性」。

斷榆翻作柳　「斷」，原作「㫁」。　「作」，詩集作「住」。

判鬼　「判」，原作「判」。

抱冤屈　「冤」，原作「寃」，變文集維摩詰經講經文：「普使於魔寃稽首。」「寃」即「冤」字，原校爲「寃」，非是。

他揚陌上塵　「他」，詩集改作「多」。「揚」，原作「於」，從校輯所改。

【注】

〔一〕欺屈：欺侮。變文集佛説阿彌陀經講經文：「无有刀兵，无有奴婢，无有欺屈，无有飢饉，无有王官。」又降魔變文：「不忿欺屈，忽然化出毒龍。」

〔二〕三官：謂三司長官。賓退録卷七：「唐高宗、武后之時，屢興大獄，多以尚書刑部、御史臺、大理寺雜案，謂之三司。其後有大獄，或直命御史中丞、刑部侍郎、大理卿充三司使。次又以刑部員外郎、御史、大理寺官爲之，以決疑獄。時因有大三司使、小三司使之别，皆事畢罷。」舊唐書職官志三：「凡天下之人，有稱寃而無告者，與三司訊之。」又：「凡三司理事，則與給事中、中書舍人，更直直於朝堂受表。若三司所按而非其長官，則與刑部郎中、員外，大理司直評事往訊之。」新唐書刑法志：「自永徽以後，武氏已得志，而刑濫矣。當時大獄，以尚書刑部、御史臺、大理寺雜按，謂之三司。而法吏以慘酷爲能，至不釋枷而笞箠以死者，皆不禁。」又百官志三：「凡寃而無告者，三司詰之。三司，謂御史大夫、中書、門下也。」三司詰理寃案之實例，如大唐新語持法所記：「則天朝，奴婢多通外人，輒羅告其主，以求官賞。潤州刺史竇孝諶妻龐氏，爲其奴所告夜醮，敕侍御史薛季旭推之。季旭言其呪詛，草狀以聞，先於玉堦涕泣不自勝，曰：『龐氏事狀，臣子所不忍言。』則天納之，遷季旭給事中。龐棄市，將就刑，龐男希瑊訴寃於侍御史徐有功，有功覽狀曰：『正當枉狀。』停決以聞。三司對按，季旭益周密其狀。秋官及司刑兩曹既宣覆而自懼，衆迫有功。有功不獲申，遂處絞死。」

〔三〕團坐：圍聚而坐。敦煌遺書伯三四八九戊辰年旌坊巷女人結社文約：「旌坊巷女人團座商儀，立條合社，商量爲定。」東京夢華録卷一〇除夕：「士庶之家，圍爐團坐，達旦不寐，謂之守歲。」御覽卷九〇三引晉書曰：「阮咸至宗人間共集，不用杯觴斟酌，以大瓮盛酒，團坐相向，大酌更飲。」今本晉書阮咸傳作「圓坐」。

〔四〕曲精：疑當作「曲情」，謂寃情。孟郊飢雪吟：「冰腸一直刀，天殺無曲情。」變文集降魔變文：「老身依平斷割，必望取無曲情。」按洛陽伽藍記卷二崇真寺：「閻羅王曰：卿作太守之日，曲理枉法，劫奪民財。」珠林卷一一一引作「曲情枉法」，知「曲情」即「曲理」也。梵志詩「朝朝」二句言酷吏終朝專以鍛煉人罪爲事。

〔五〕「斷榆」二句：即是非顛倒、黑白混淆之意。

〔六〕天子抱冤屈：謂臣下歸惡於君，寓有爲「天子」開脱之意。通鑑唐則天后永昌元年：「右衛胄曹參軍陳子昂上疏，以爲『周頌成康，漢稱文景，皆以能措刑故也。今陛下之政，雖盡善矣，然太平之朝，上下樂化，不宜有亂臣賊子，日犯天誅。比者大獄增多，逆徒滋廣，愚臣頑昧，初謂皆實。乃去月十五日，陛下特察繫囚李珍等無罪，百僚慶悦，皆賀聖明，臣乃知亦有無罪之人挂於疏網者。陛下務在寬典，獄官務在急刑，以傷陛下之仁，以誣太平之政，臣竊恨之。』」即梵志此句之意。

〔七〕他揚陌上塵：謂酷吏走馬揚塵，顯赫得意。

楚按：此首及以下兩首，極言司法紊亂，酷吏横行，暗無天日。倘與武則天時期政局對觀，則覺絲絲入扣。朝野僉載卷二：「監察御史李全交素以羅織酷虐爲業，臺中號爲『人頭羅刹』；殿中王衵號爲『鬼面夜叉』。訊囚引枷柄向前，名爲驢駒拔橛；縛枷頭著樹，名曰犢子懸車；兩手捧枷，累磚於上，號爲仙人獻果；立高木之上，枷柄向後拗之，名玉女登梯。考柳州典廖福、司門令史張性，並求神狐魅，皆遣喚鶴作鳳，證蛇成龍也。」又：「監察御史李嵩、李全交，殿中王旭，京師號爲『三豹』。嵩爲赤黧豹，交爲白額豹，旭爲黑豹。皆狠戾不軌，鴆毒無儀，體性狂疏，精神慘刻。每訊囚，必鋪棘卧體，削竹籤指，方梁壓髁，碎瓦搘膝，遣仙人獻果、玉女登梯、犢子懸駒、驢兒拔橛、鳳皇晒翅、獼猴鑽火、上麥索、下闌單，人不聊生，囚皆乞死。肆情鍛煉，證是爲非，任意指麾，傅空爲實。周公孔子，請伏殺人；伯夷叔齊，求其劫罪。訊劾乾塹，水必有期；推鞫濕泥，塵非（飛）不久。來俊臣乞爲弟子，索元禮求作門生。被追者皆相謂曰：『牽牛付虎，未有出期；縛鼠與貓，終無脱日。妻子永别，友朋長辭。』京中人相要作呪曰：『若違心負教，横遭三豹。』其毒害也如此。」文中提及「喚鶴作鳳」、「證蛇成龍」、「證是爲非」、「傅空爲實」云云，即是此詩之「斷榆翻作柳，判鬼却爲人」。然則此詩當作於武則天時期矣。

代天理百姓丙一、校輯、詩集

代天理百姓〔一〕，格式亦須遵〔二〕。官喜律即喜，官嗔律即嗔〔三〕。惣由官斷法，何須法斷人。一時截却項，有理若爲申〔四〕？（一一二八）

【校】

代天理百姓　「代」，原作「伐」；「姓」，原作「性」，皆形譌字。校輯此句作「天理爲百姓」。

格式　「式」，原作「戒」，形譌字，參見注二。

截却項　「項」，校輯改作「頭」。

【注】

〔一〕代天理百姓：謂官吏代天子治民。「理」即治，野客叢書卷九古人避諱：「高宗諱治，唐史中凡言治皆曰理，如東漢注引王吉語，而曰『至理之主，才不代出』者，章懷太子避當時諱也。」大唐新語識量：「宰相者，代天理物，有其人而後授，不可以賞功。」舊唐書代宗紀詔論宰臣：「至于國朝，實執其政，當左輔右弼之寄，總代天理物之名，典領百寮，陶鎔景化。」新唐書刑法志：「賞罰所以代天行法。」

〔二〕格式：法令。舊唐書職官志二：「凡文法之名有四：一曰律，二曰令，三曰格，四曰式。……凡律，以正刑定罪。令，以設範立制。格，以禁違正邪。式，以軌物程事。」新唐書刑法志：「唐之刑書有四，曰律、令、格、式。令者，尊卑貴賤之等數，國家之制度也。格者，百官有司之所常行之事也。式者，其所常守之法也。凡邦國之政，必從事於此三者。」故官員斷事須遵格式。唐律疏議卷三〇：「諸斷罪皆須具引律令格式正文，違者笞三十。」又「稱『之類』者，或雖非恩赦，而格式改動；或非示導，而恐喝改詞。情狀既多，故云『之類』。」貞觀政要赦令：「國家法令，惟須簡約，不可一罪作數種條。格式既多，官人不能盡記，更生姦詐。若欲出罪即引輕條，若欲入罪即引重條。」龍筋鳳髓判卷一御史臺：「推鍾建之罪，特奉繇言；舉張泰之辜，無虧格式。」通鑑唐中宗景龍二年：「比見諸司不遵律令格式，事無大小，皆悉聞奏。臣聞爲君者任臣，爲臣者奉法。萬機叢委，不可徧覽，豈有修一水竇，伐一枯木，皆取斷宸衷！」

〔三〕「官喜律即喜」二句：言官吏憑好惡任意執法。貞觀政要刑法載魏徵疏云：「夫刑賞之本，在乎勸善而懲惡，帝王之所以與天下爲畫一，不以貴賤親疏而輕重者也。今之刑賞，未必盡然。或屈伸在乎好惡，或輕重由乎喜怒。遇喜則矜其情於法中，逢怒則求其罪於事外，所好則鑽皮出其毛羽，所惡則洗垢求其瘢痕。瘢痕可求，則刑斯濫矣；毛羽可出，則賞因謬矣。」即此意也。

〔四〕「一時截却項」二句：「若爲」，如何、怎樣，見〇二六首注一六。此二句言一旦枉殺人命，有理無法申冤，蓋寓慎殺之意。此意古人亦屢言之。説苑政理：「衛靈公問於史鰌曰：『政孰爲務？』對曰：『大理爲務。聽獄不中，死者不可生也，斷者不可屬也，故曰大理爲務。』」荀悦申鑒政體：「死者不可以生，刑者不可以復。」漢書刑法志載緹縈上書曰：「妾父爲吏，齊中皆稱其廉平，今坐法當刑。妾傷夫死者不可復生，刑者不可復屬，雖欲改過自新，其道亡繇也。」貞觀政要刑法：「死者不可再生，用法務在寬簡。」新唐書刑法志載太宗語：「死者不可復生。昔王世充殺鄭頲而猶能悔，近有府史取賕不多，朕殺之，是思之不審也。決囚雖三覆奏，而頃刻之間，何暇思慮？自今宜二日五覆奏。」

天下惡官職之二　丙一、丙二、校輯、詩集

天下惡官職，未過御史臺〔一〕。努眉復張眼〔二〕，何須弄師子〔三〕。傍看甚可畏，自家困求死。脱却面頭皮〔四〕，還共人相似。（一二九）

丙二本唯存「却面頭皮」數字。

【校】

御史臺　校輯改作「是御史」，詩集改作「御史寺」。

努眉復張眼　「復」，原作「福」，音譌字。校輯此句作「好眉張福眼」。

弄師子　「師」，校輯作「獅」。

【注】

〔一〕御史臺：唐代中央監察機構，這裏指任職於御史臺之監察官員。新唐書百官志三御史臺：「大夫一人，正三品；中丞三人，正四品下。大夫掌以刑法典章糾正百官之罪惡，中丞爲之貳。其屬有三院：一曰臺院，侍御史隸焉；二曰殿院，殿中侍御史隸焉；三曰察院，監察御史隸焉。」

〔二〕努眉復張眼：横眉怒目之貌。變文集維摩詰經講經文：「修羅展臂楨（睜）雙眼，龍神降（隆）肥努兩眉。」參見一〇六首注二。

〔三〕弄師子：舞師子，「師」同「獅」。五燈會元卷五雲巖曇晟禪師：「山又問：『聞汝解弄師子，是否？』師

曰：『是。』曰：『弄得幾出？』師曰：『弄得六出。』曰：『我亦弄得。』師曰：『和尚弄得幾出？』曰：『我弄得一出。』」參見下條注。

〔四〕面頭皮：指舞師子時所披戴之道具假皮。通典樂六坐立伎部：「太平樂，亦謂之五方師子舞。師子，摯獸，出西南夷天竺、師子等國。綴毛爲衣，象其俛仰馴狎之容，二人持繩拂爲習弄之狀。五師子各依其方色，百四十人歌太平樂，舞抃以從之，服飾皆作崑崙象。」段安節樂府雜録龜兹部：「戲有五方獅子，高丈餘，各衣方色，每一獅子有十二人，戴紅抹額，衣畫衣，執紅拂子，謂之列獅子郎，舞太平樂曲。」白居易西涼伎：「西涼伎，假面胡人假師子，刻木爲頭絲作尾，金鍍眼睛銀帖齒。」五燈會元卷一二西余淨端禪師：「始見弄師子，發明心要，往見龍華。蒙印可，遂旋里，合綵爲師子皮，時被之，因號『端師子』。」以上所記弄師子，皆需披戴假頭或假皮，即所謂「面頭皮」也。按衆經撰雜譬喻卷上：「雖形是佛，而所説者非，如師子皮被驢，雖形似師子，而心是驢。」廣記卷二六五盈川令載朝野僉載逸文：「唐衢州盈川縣令楊炯，詞學優長，恃才簡倨，不容於時。每見朝官，目爲麒麟楦許怨。人問其故，楊曰：『今餔樂假弄麒麟者，刻畫頭角，脩飾皮毛，覆之驢上，巡場而走。及脱皮褐，還是驢馬。無德而衣朱紫者，與驢覆麟皮何別矣。』」構想皆與此詩類似。

家僮須飽暖丙一、丙二、校輯、詩集

家僮須飽暖〔一〕，裝束唯麁踈〔二〕。俗人作怜愛，處置失形模〔三〕。衣袴白如鶴，頭巾黑如烏〔四〕。裌袍□□錦〔五〕，衫段高機纑〔六〕。未羨霍去病〔七〕，誰論馮子都〔八〕。此是丈夫妾，

何闕曹主奴〔九〕。（一三〇）

丙一本至「黑如烏」止，以下改用丙二本爲底本。

【校】

家僮 「僮」，原作「同」，從校輯所改。

麁跦 「麁」，原作「麄」，形譌字。同「麤」、「粗」。

怜愛 「怜」，丙二本作「憐」，同。龍龕手鏡卷一心部：「怜俗通憐。」碑別字下平聲一先，隋董美人墓誌銘「憐」作「怜」。

衣袴白如鸖 「袴」原作「苦」，「白」原作「自」，俱據丙二本改。「鸖」，校輯作「鶴」，同。

黑如烏 「烏」，原作「馬」，據丙二本改。

裌袍□□錦 「裌」，原作「袂」。所闕二字原本漫漶不清，校輯作「實誇」，詩集作「實姱」。

衫段高機纑 「段」，原作「改」，乃形譌字，參見注六。「纑」，原作「蘆」，從詩集、校輯所改。

丈夫妾 「丈」，詩集作「子」。按「子夫」乃衛青姊名，與詩意未甚吻合。

【注】

〔一〕 家僮：家奴。史記留侯世家：「良家僮三百人，弟死不葬，悉以家財求客刺秦王。」三國志魏志武帝紀裴注引三輔決録注：「文然等率雜人及家僮千餘人，夜燒門攻必。」初學記卷一八引徐廣晉紀：「王戎殖財賄，家僮數百。」文苑英華卷五三一奴死棄水中判：「雖不封不樹，家僮無葬送之儀；而載沉載浮，甲令有棄屍之禁。」亦作「家童」，宣室志卷九：「有一胡僧，貌甚陋，不召而至。韋氏家童咸怒之，以弊席坐於庭中。」

〔二〕麄踈：粗劣不精，亦作「麤疏」。東觀漢記卷六明德馬皇后傳：「希嘗臨御，牕望袍極麤疏，諸主朝望見反以爲綺。」樂府詩集卷四六讀曲歌：「麻紙語三葛，我薄汝麤疏。」

〔三〕形模：形象，模樣。樂府詩集卷二八王褒日出東南隅行：「將軍多事勢，夫婿好形模。高箱照雲母，壯馬飾當顱。單衣火浣布，利劍水精珠。」韓愈岣嶁山：「岣嶁山尖神禹碑，字青石赤形模奇。」

〔四〕「衣袴白如鸛」二句：「鸛」，同「鶴」。「烏」，烏鴉。按白衣烏巾，唐代士人所服，非奴僕所宜穿着。變文集父母恩重經講經文：「堂堂六尺丈夫身，雪色衣裳稱舉人。」舊唐書輿服志：「書算學生，州縣學生，則烏紗帽，白裙襦，青領，諸外官拜表受詔皆服。」清王士禛香祖筆記卷九：「又唐制，新進士皆白袍，故有『袍似爛銀文似錦，相將白日上青天』之句。而肅宗與李泌同出，觀者謂衣黃聖人、衣白山人，則人臣在君前亦可衣白矣。清波雜志載宋乾道中，內相王日嚴謂一堂坐皆淺素，極可憎，乞仍存紫衫。又云：前此仕族子弟未受官者皆衣白。」又卷一一：「堂上一老人，據牀而坐，神觀清臞，左右環侍，白袍烏巾者約三百餘人。自言皆中原人，唐末避亂至此，不知今幾甲子也。」所云「白衣烏巾」，亦唐代士人遺制。

〔五〕裌袍：夾袍。

〔六〕衫段：製衫之衣料。南史到溉傳：「後爲建安太守，昉以詩贈之，求二衫段云：『鐵錢兩當一，百代易名實。爲惠當及時，無待秋涼日。』溉答云：『余衣本百結，閩中徒八蠶。假令金如粟，詎使廉夫貪。』」廣記卷三〇八李序(出博異志)：「常作笑巫詩曰：『魍魎何曾見，頭旋即下神。圖他衫子段，詐道大王嗔。』」舊唐書吐蕃傳上：「謹奉金胡瓶一、金盤一、金椀一、馬腦盃一、零羊衫段一，謹充微國之禮。」此外尚有「袍段」、「衣段」之語，如舊唐書李德裕傳：「又奉詔旨，令織定羅紗袍段及可幅盤條繚綾一千四。」説郛（宛委山堂本）卷二二蘇軾物類相感志：「茶褐衣段發白花點者，以烏梅煎濃湯，用筆塗發處，立還原色。」以上「袍段」即袍料，「衣段」即衣料，正如「衫段」爲衫料也。高機：一種織機，儲光羲田家即事：「高機猶織卧蠶子，下坂飢逢餉饁妻。」纑：説文：「纑，布縷也。」段注：「言布縷者，以別乎絲縷也。績之而成縷，可以爲布，是曰纑。」世説新語豪爽注引皇甫謐高士傳：「身自織屨，令妻擘纑，以易衣食。」元王禎農器圖譜麻苧門詩云：「績麻經紡即爲纑。」

〔七〕霍去病：漢武帝時任驃騎將軍，貴盛一時，而出身低賤。漢書霍光傳：「霍光字子孟，票騎將軍去病之弟也。父中孺，河東平陽人也，以縣吏給事平陽侯家，與侍者衛少兒私通而生去病。……久之，少兒女弟子夫得幸於武帝，立爲皇后，去病以皇后姊子貴幸。」

〔八〕馮子都：霍光家豪奴。漢書霍光傳：「初，光愛幸監奴馮子都，常與計事。及（光妻）顯寡居，與子都亂。……百官以下但事馮子都、王子方等，視丞相亡如也。」玉臺新詠卷一載辛延年羽林郎詩，即詠馮子都事。

〔九〕曹主：主人。根本説一切有部毘奈耶藥事卷二：「時彼長者，先有一婢，心甚慈悲。念此長者，是我曹主，常以資財養活於我。今既患重，豈可不看？」根本説一切有部苾芻尼毘奈耶卷九：「其夫每以家物贈彼私婦，其妻亦以家物遺彼邪夫。夫婦兩人破散財物，幾將略盡。長者稟性暴惡，打其婢使，常與弊衣惡食，告言：『由汝散我家資。』婢曰：『我實久知破散所以，然爲二俱曹主，不敢斥言。』時彼夫婦知婢譏刺，俱懷慚愧。」珊玉集卷一二感應：「兒得乳飲，遂便得活。年既長大，李善拜爲曹主，朝夕參奉，不失時節。」變文集大目乾連冥間救母變文：「在生之日，女將男子，男將女人，行淫欲於父母之牀，弟子於師長之牀，奴婢於曹主之牀，當墮此地獄之中。」梵志詩二八〇首：「奴婢換曹主，馬即別人騎。」

楚按：古代貴盛之家，裝束家僮，逾越等級，蓋所以自衒也。御覽卷六八九引謝承後漢書曰：「袁忠乘船戴笠詣王朗，見朗左右僮從皆著青絳采衣，非其奢麗，即辭疾發而退也。」北齊書文宣紀載詔曰：「又奴僕帶金玉，婢妾衣羅綺，始以創出爲奇，後以過前爲麗，上下貴賤，無復等差。」可見此風由來已久。至元稹陰山道云：「豪家富貴踰常制，令族親班無雅操。從騎愛奴絲布衫，臂鷹小兒雲錦韜。」則又見餘風不絶也。

他道恒飽食丙二、校輯、詩集

他道恒飽食，我瘦餓欲死〔一〕。惟須舉一種，勿復青當史〔二〕。行年五十餘，始覺無道理。迴頭憶經營〔三〕，窮因只由你。（一三一）

【校】

我瘦餓欲死　「我」，原作「秡」。「瘦」，校輯作「道」。「餓」，原亦作「秡」，從校輯所改，與上句「飽」字爲對。

舉一種　「舉」，原作「舉」，詩集、校輯作「學」。

青當史　「當」，原作「當」。此三字詩集、校輯作「當青史」。

始覺無道理　「覺」，原作「學」，當是「覺」字形訛。「無」，校輯作「悟」。

憶經營　「憶」，原作「義」，從校輯所改。詩集作「議」。

窮因　「因」，詩集、校輯改作「困」。

【注】

〔一〕「他道」二句：「道」疑當作「肥」，與下句「瘦」字爲對。漢書東方朔傳：「朱儒飽欲死，臣朔飢欲死。」此二句當是由此化出。

〔二〕青當史：俟再校。

〔三〕經營：謂營求。寒山詩：「心貪覓榮華，經營圖富貴。」變文集目連緣起：「火宅忙忙何日了，世間財寶少經營。」又父母恩重經講經文：「或經營，去（逐）利去，或住他鄉或道路。」

鴻鵠晝遊颺丙二、校輯、詩集

鴻鵠晝遊颺〔一〕，蝙蝠夜紛泊〔二〕。幽顯雖不同〔三〕，志性不相博〔四〕。他家求官宦，我專慕客作〔五〕。齋得貳㪷米〔六〕，鐺前交樛脚〔七〕。脱帽安懷中，坐兒膝頭著〔八〕。不羡榮華好，不羞貧賤惡。隨緣適世間〔九〕，自得恣情樂。無事强入選〔一〇〕，散官先即著〔一一〕。年年愁上番〔一二〕，獼猴帶斧鑿〔一三〕。（一三二）

【校】

晝遊颺　「晝」，原作「盡」，乃形譌字。「遊」，校輯録作「飛」。

夜紛泊　「紛」，原漫漶不清，校輯作「陵」，詩集作「綾」。

雖不同　「雖」，原作「𨿽」。

不相博　「博」，校輯改作「摶」，非是。

慕客作　「慕」，原作「暮」。

齋得貳㪷米　「齋」，原作「斋」，詩集作「粲」。變文集父母恩重經講經文：「斋場上謝座早從。」「斋」亦「齋」字。「貳㪷」，校輯作「二斗」。

交樛脚　「樛」，原作「探」，詩集、校輯作「摎」，參見注七。

脱帽安懷中　「帽」，原作「冒」。「安」，原作「㚴」，祖堂集卷二第二十八祖菩提達摩和尚：「八女出人倫。」原注：「八女者，安字也。」

坐兒　「兒」，原作「見」，即「兒」俗字。校輯作「見」。

榮華好　「華」，原作「茉」。

愁上番　「上」，校輯作「工」，非是。

獼猴帶斧鑿　「獼」，原作「猕」；「斧」，原作「父」。

【注】

〔一〕遊颺：飛揚。亦作「游颺」，藝文類聚卷四丘遲九日侍宴樂遊苑：「雲物游颺，光景高麗。」變文集鷰子賦：「遊颺雲中戲，宛轉在空飛。」又：「堂樑一百所，遊颺在雲中。水上吞浮蛾（蟻），空裏接飛蟲。」

〔二〕紛泊：紛亂貌。文選卷二張衡西京賦：「鳥畢駭，獸咸作，草伏木棲，寓居穴託。起彼集此，霍繹紛泊。」薛綜注：「霍繹紛泊，飛走之貌。」又卷四左思蜀都賦：「毛羣陸離，羽族紛泊。」劉逵注：「紛泊，飛薄也。」文苑英華卷一三五李邕鬬鴨賦：「於是乎會合紛泊，崩奔鼓作，集如異國之同盟，散若諸侯之背約。」韓愈送鄭十校理得洛字：「鳥哢正交加，楊花共紛泊。」元稹有鳥二十章之十二：「可憐鵶鵲慕腥膻，猶向巢邊競紛泊。」王建宛轉詞：「紛紛泊泊夜飛鵶，寂寂寞寞離人家。」變文集伍子胥變文：「魚鱉縱横，鸕鴻紛泊。」

〔三〕幽：指蝙蝠之夜紛泊。　顯：指鴻鵠之晝遊颺。

〔四〕志性：秉性。魏書咸陽王禧傳附坦傳：「昔宋東海王禕，志性凡劣，時人號曰驢王。」舊雜譬喻經卷下：「昔有龍王，名曰拔抵，威神廣遠，多所感動，志性急憋，數爲暴虐。」佛説羣牛譬經：「譬如羣牛，志性調良，所至到處，擇軟草食，飲清涼水。」生經卷一佛説和難經：「外現如佳善，明者當遠慮，共止當察試，乃知志性惡。」續高僧傳卷二九釋僧明傳：「長孫哲志性凶頑，不信佛法，聞有此經，先欲毀之。」歷代法寶記：「和上見知一師志性淳厚，有忠孝心，便爲改號名超然。」神仙傳卷九孔安國：「安國爲人沉重，尤寶惜道要，不肯輕傳，其奉事者五六年，審其爲人志性，乃傳之。」琱玉集卷一二聰慧：「趙峻，後漢人也，志性聰敏，又能屬文。」　不相博：不願以此换彼。白居易曉寢：「鷄鳴一覺睡，不博早朝人。」梵志詩一三五首：「父子相憐愛，千金不肯博。」按佛説孛經抄：「鵄鳥樂塚，羣鼠糞居，百鳥棲樹，鶴處污池。物各有性，志欲不同。」三國志魏志管輅傳裴注引輅别傳載輅語：「夫陵虚之鳥，愛其清高，不願江漢之魚；淵沼之魚，樂其濡濕，不易騰風之鳥。由性異而分不同也。」立意與梵志此二句類似。至若蘇軾徑山道中次韻答周長官兼贈蘇寺丞：「奈何效燕蝠，屢欲爭晨暝。」烏臺詩案載軾供詞云：「(蘇)舜舉言自來聞人説一小話云：燕以日出爲旦，日入爲夕；蝙蝠以日入爲旦，日出爲夕。爭之不決，訴之鳳凰，鳳凰是百鳥之王。至路次逢一禽鳥，謂燕曰：『不須往訴，鳳凰在假。』或云『鳳凰渴睡』，今不記其詳，都是訓狐權攝。」「小話」即笑話，知古來即有燕蝠爭晨夕之故事流行於民間，梵志此數句即以民間故事素材入詩者。至「燕蝠」與「鴻鵠、蝙蝠」之微别，則流傳異辭耳。

〔五〕客作：傭力於人。三國志魏志管寧傳裴注引魏略：「飢則出爲人客作，飽食而已，不取其直。」雜寶藏經卷二須達長者婦供養佛獲報緣：「昔佛在世，須達長者，最後貧苦，財物都盡，客作傭力，得三㪷米。」又卷四長者子客作設會獲現報緣：「便來向會，求客作處。市邊有一大富長者，雇其客作。長者問言：『汝今能作何事？』答曰：『是作皆能。』『三年客作，索幾許物？』答言：『索三十兩金。』長者聞其事事皆能，即雇客作。」根本説一切有部毘奈耶卷三四：「于時貧生報言長者：『我亦客作，何不相雇？』長者曰：『汝容貌柔軟，豈能執作？』」李義山雜纂必不來：「客作偷物去。」敦煌資料第一輯後唐天復九年董家盈兄弟三人分家文書：「伏緣小失父母，無主作活，家受貧寒，諸道客作。」古謠諺卷九九載清曾廷枚輯古諺閒譚：「江西俚諺，罵人曰客作兒。按陳從易寄荔枝與盛參政詩云：『櫻桃有小子，龍眼是凡姿，橄欖爲下輩，枇杷客作兒。』盛問其説，云：『櫻桃味酸，小子也。龍眼無文采，凡姿也。橄欖初澀後甘，下輩也。枇杷肉少核大，客作兒也。』凡言客作兒者，傭夫也。僕謂斥受雇者爲客作，已見於南北朝，觀袁翻謂人曰：『邢家小兒，爲人客作章表。』此語自古而然。因知俗諺皆有所自。」楚按據前引魏略，三國時已有此語。

〔六〕齋：僧尼告化飯食，此處指乞貸。因話録卷四：南嶽道士蔣含弘，「後居九貞觀，曾命弟子至縣市齋物。」

〔七〕鐺：三足釜。御覽卷七五七引通俗文：「鬴音輔有足曰鐺」。世説新語德行：「吳郡陳遺，家至孝，母好食鐺底焦飯。」交樛脚：指兩脚交叉盤坐。「樛」爲交叉之義，禮記檀弓下：「其妻魯人也，衣衰而繆絰。」鄭玄注：「繆當爲『不樛垂』之樛。」孔穎達正義：「樛爲兩股相交也。」晉書五行志中：「六年五月，無錫縣有四株茱萸樹，相樛而生，狀若連理。」

〔八〕坐兒膝頭著：抱兒坐於膝上，以言愛子情深。禮記檀弓下：「今之君子，進人若將加諸膝，退人若將隊諸淵。」世説新語德行：「荀使叔慈應門，慈明行酒，餘六龍下食。文若亦小，坐著厀前。」晉書王述傳：「及還家省父，而述愛坦之，雖長大，猶抱置膝上。」漢武帝内傳：「至三歲，景帝抱於膝上，撫念之。」

〔九〕隨緣：猶云「任運」。傳燈録卷三〇菩提達磨略辨大乘入道四行經：「二、隨緣行者，衆生無我，並緣業所轉，苦樂齊受，皆從緣生。若得勝報榮譽等事，是我過去宿因所感，今方得之，緣盡還無，何喜之有？得失從緣，心無增減，喜風不動，冥順於道，是故説言隨緣行也。」北齊書陸法和傳：「賜法和錢百萬，物千段，甲第一區，田一百頃，奴婢二百人，生資什物稱是。……法和所得奴婢，盡免之，曰：各隨緣去。錢帛散施，一日便盡。」白居易送文暢上人東遊：「得道即無著，隨緣西復東。」寒山詩：「平生何所憂，此世隨緣過。」

〔一〇〕無事：無須，不必。庾信和趙王看伎：「懸知曲不誤，無事畏周郎。」變文集太子成道經：「踰城修道也從君，無事將鞭指妾身。六年始養兔家子，此事何如(如何)辯僞真。」又降魔變文：「無事輒將牛鼻津，可得比吾江海水！」入選：赴京參加吏部選官。

〔一一〕散官：按唐代品官有執事官、散官、勳官之分，散官有官名而無職任。通鑑唐中宗神龍元年：「(崔)敬嗣已卒，求得其子汪，嗜酒，不堪釐職，除五品散官。」

〔一二〕上番：輪番當直。舊唐書職官志二：「若有差行上番，折衝府據簿而發之。」匡謬正俗卷八番：「或問曰：今之宿衛人及于官曹上直皆呼爲番，音翻，于義何取？答曰：案陳思王表云：『宿衛之人，番休遞上。』此言以番次而歸休，以番次而遞上。字本爲『幡』，文案從省，故作『番』耳。」按唐制，散官須於吏部上番當差。新唐書百官志一：「凡文散階……自四品，皆番上於吏部；不上者，歲輸資錢，三品以上六百，六品以下一千。」舊唐書職官志一：「舊例，開府及特進，雖不職事，皆給俸禄，預朝會，行立於本品之次。光禄大夫已下，朝散大夫已上，衣服依本品，無禄俸，不預朝會。朝議郎已下，黄衣執笏，於吏部分番上下，承使及親驅使，甚爲猥賤。每當上之時，至有爲主事令史守扃鑰、執鞭帽者。兩番已上，則隨番許簡，通時務者始令參選。一登職事已後，雖官有代滿，即不復番上。」按朝議郎爲正六品文散官，上番承使，有同賤役。文苑英華卷五四九孔目判：「得諸司長官初上，皆孔目所由不送。依問，已付散官，遂被遺失。」對曰：「散官非受納之人，小吏是施行之輩。」知散官上番，執役猶如小吏也。

〔一三〕獼猴帶斧鑿：古代戲弄之一種。陳書始興王叔陵傳：「叔陵修飾虚名，每入朝，常於車中馬上，執卷讀書，高聲長誦，陽陽自若。歸坐齋中，或自執斧斤，爲沐猴百戲。」「沐猴」即「獼猴」。陸璣毛詩草木鳥獸蟲魚疏：「猱，獼猴也，楚人謂之沐猴。」按廣記卷二四八侯白（出啓顔録）：「白在散官，隸屬楊素。愛其能劇談，每上番日，即令談戲弄。」梵志此數句即用此事，謂不堪充任散官，上番日爲獼猴戲弄等賤役，供人笑樂也。

吾有十畝田丙二、文庫、校輯、詩集

吾有十畝田〔一〕，種在南山坡。青松四五樹，緑豆兩三窠〔二〕。熱即池中浴，涼便岸上歌。遨遊自取足〔三〕，誰能柰我何。（一三三）

【校】

十畝田　「畝」，文庫、詩集、校輯作「畒」，同。

綠豆　「緑」，原作「緣」。

涼便　「涼」，原作「源」，乃形譌字。變文集王昭君變文：「夏月尋源（涼），便居山北。」

【注】

〔一〕十畝田：莊子讓王：「孔子謂顔回曰：『回來！家貧居卑，胡不仕乎？』顔回對曰：『不願仕。回有郭外之田五十畝，足以給飦粥；郭内之田十畝，足以爲絲麻；鼓琴足以自娱，所學夫子之道者足以自樂也。回不願仕。』」續高僧傳卷一釋寶唱傳：「少懷恢敏，清貞自蓄，顧惟隻立，勤田爲業，資養所費，終於十畝。」韓愈岳陽樓別竇司直：「誓耕十畝田，不取萬乘相。」

〔二〕窠：植株一窩稱一窠，字亦作「科」。安樂集卷上：「佛告父王，如伊蘭林，方四十由旬，有一科牛頭栴檀，雖有根芽，猶未出土。」敦煌變文論文録附佛報恩經講經文：「三升今歲壠三畝，一粒來年收一科。」

〔三〕遨遊：遊樂。古文苑卷一七王褒僮約：「勤心疾作，不得遨遊。」曹丕芙蓉池作：「遨遊快心意，保己終百年。」

我見那漢死 丙二、文庫、校輯、詩集

我見那漢死〔一〕，肚裏熱如火〔二〕。不是惜那漢，恐畏還到我。（一三四）

【注】

〔一〕那漢：猶云「那人」。藝文類聚卷一七引幽明録：「河東賈弼之，義熙中爲瑯琊府參軍。夜夢有一人，

面查皰甚，多鬢大鼻瞯目，請之曰：『愛君之皃，欲易頭，可乎？』乃於夢中許易。明朝起，自不覺，而人悉驚走藏，云：『那漢何處來！』」廣記卷二五一李程（出嘉話録，按與今本嘉話録小異）：「李二十六丞相程善謔，爲夏口日，有客辭焉。李曰：『且更三兩日。』客曰：『業已行矣，舟船已在漢口。』李曰：『但相信住，那漢口不足信。』」蓋以「漢口」與「漢口」諧音爲謔也。清王應奎柳南隨筆卷一：「世俗稱人曰『漢子』，猶云大丈夫也。按此二字始于五胡亂華時，北齊魏愷其自散騎常侍遷青州長史，固辭之，宣帝大怒曰：『何物漢子，與官不就！』陸務觀老學庵筆記據此以爲『漢子』乃賤丈夫之稱，似與世俗所以稱人者，其意正相反。顧仲恭炳燭隨筆云：『三代而上，禹之功最著，故稱中夏諸國謂之諸夏。三代而下，漢之功最著，故至今稱中國人猶曰漢子。』予按：愷其本中國産，故宣帝稱爲『漢子』，而非賤丈夫之謂也，陸説誤矣。」楚按：陸説以「漢子」爲賤丈夫之稱，不誤。梵志詩中的「無用漢」、「庸才漢」、「怕死漢」、「癡頑漢」、「田舍漢」、「罪過漢」等，皆有鄙賤之意。稱人爲「漢」之來源，則王説近之。北史高昂傳：「（劉）貴與昂坐，外白河役夫多溺死，貴曰：『頭錢價漢，隨之死。』昂怒，拔刀斫貴。……時鮮卑共輕中華朝士，惟憚昂。」「頭錢價漢」猶云不值錢的漢人，「頭錢」即一錢之意。北齊書瑯琊王儼傳：「帝駐馬橋上，遥呼之，儼猶立不進。（斛律）光就謂曰：『天子弟殺一漢，何所苦。』執其手，强引以前。」亦謂殺一漢人。蓋北朝貴族胡人稱漢人爲「漢」，皆含輕蔑之意，實爲民族歧視之表現。其後沿用不改，漢人彼此亦稱「漢」，而輕蔑之意如故，即陸氏所謂「賤丈夫」之稱。朝野僉載卷四：「唐鄭愔曾罵選人爲『癡漢』，選人曰：『僕是吳癡，漢即是公。』」即以「漢」爲中國（中原）漢人之鄙稱，以與吳人鄙稱「吳癡」相對，猶可見北朝遺意。至於世俗用如「大丈夫」，則爲後起之義。

〔二一〕肚裏熱如火：謂憂心如焚。薛逢老去也：「暗數七旬能幾何，不覺腸中熱如火。」樂府詩集卷四六華山巙「腹中如湯灌」，杜甫自京赴奉先縣詠懷五百字「歎息腸内熱」，亦與此句類似。

父子相憐愛丙二、校輯、詩集

父子相憐愛，千金不肯博〔一〕。忽死賤如泥，遥看畏近著〔二〕。東家釘桃符〔三〕，西家縣赤索〔四〕。聚頭唱奈何〔五〕，相催早埋却。（一三五）

【校】

詩集以此首與下首併爲一首。

不肯博　「博」，詩集作「搏」。

釘桃符　「釘」，原作「杍」，校輯作「打」，參見注三。　符，原作「府」。

縣赤索　「縣」，校輯作「懸」，同。

聚頭唱奈何　「聚」，原作「藂」，此處爲「聚」字形譌，參見注五。　「何」，校輯作「河」，非是。

相催　「催」，原作「墔」，詩集作「摧」。

【注】

〔一〕不肯博：不肯换。參見一三二首注四。

〔二〕「忽死賤如泥」二句：「忽」，如果，倘若。見〇〇五首注六。按列子楊朱：「古語有之：『生相憐，死相捐。』此語至矣。」五苦章句經：「四曰世間死人，刀風斷脈，拔其命根，身體正直，不滿十日，肉壞血流，膖脹爛臭，無可取者。生時相愛，死皆相惡。」即此二句之意。

〔三〕桃符：以桃木爲之，由「桃人」「桃梗」演化而來，古人著之門户以避邪。論衡亂龍：「上古之人有神荼、鬱壘者，昆弟二人，性能執鬼。居東海度朔山上，立桃樹下，簡閱百鬼。鬼無道理，妄爲人禍，荼與鬱壘縛以盧索，執以食虎。故今縣官斬桃爲人，立之户側，畫虎之形，著之門闌。夫桃人非荼、鬱壘也，畫虎非食鬼之虎也，刻畫效象，冀以禦凶。」御覽卷九六七引典術：「桃者，五木之精也，故厭伏邪氣者也。桃之精生在鬼門，制百鬼，故今作桃人梗著門以厭邪，此仙木也。」廣記卷三二二王賈（出紀聞）：「賈至婺州，以事到東陽。令有女，病魅數年，醫不能愈。令邀賈到宅，置茗饌而不敢有言。賈知之，謂令曰：『聞君有女病魅，當爲去之。』因爲桃符，令置所卧牀前。女見符，泣而罵，須臾眠熟。有大狸腰斬，死於牀下，疾乃止。」朝野僉載卷三：「明崇儼有術法。大帝試之，爲地窖，遣妓奏樂。引儼至，謂曰：『此地常聞管弦，是何祥也？卿能止之乎？』儼曰：『諾。』遂書二桃符，於其上釘之，其聲寂然。上笑唤妓人問，云見二龍頭張口向上，遂怖懼，不敢奏樂。上大悦。」敦煌遺書伯三四六八進夜胡詞：「何用釘桃符，不須求藥術。」古尊宿語録卷一〇并州承天嵩禪師語録：「今日釘桃符，摧邪道自如，誰人相委悉，除是碧眼胡。」又卷二七舒州龍門佛眼和尚語録：「今日端午，世間人釘桃符、書門闌，使萬鬼不窺其户。」又卷四七東林和尚雲門庵主頌古：「小魚吞大魚，門上釘桃符，邪魔俱不入，佛法也消除。」即「釘桃符」之例。

〔四〕縣：同「懸」。　赤索：古人用飾門户以避邪。續漢書禮儀志中：「仲夏之月，萬物方盛。日夏至，陰氣萌作，恐物不楙。其禮：以朱索連葷菜，彌牟朴蟲鍾。以桃印長六寸，方三寸，五色書文如法，以施門户。代以所尚爲飾。夏后氏金行，作葦茭，言氣交也。殷人水德，以螺首，慎其閉塞，使如螺也。周人木德，以桃爲更，言氣相更也。漢兼用之，故以五月五日，朱索五色印爲門户飾，以難止惡氣。」「朱索」即

「赤索」。民間有赤索縛鬼之説，見〇一四首注三。

〔五〕聚頭：謂相聚。寒山詩：「烹羊煮衆命，聚頭作婬殺。」又：「千箇爭一錢，聚頭亡命叫。」全唐文卷九一一靈祐警策文：「喫了聚頭喧喧，但説人間雜語。」敦煌曲校録十二時：「聚頭燈下飲杯觴，朱漆盤中啜纖鱠。」祖堂集卷一三報慈和尚：「五六百人，聚頭喫粥喫飯。」五燈會元卷七玄沙師備禪師：「佛法因緣事大，莫作等閑相似，聚頭亂説，雜話趁謴古困切。」又卷一五雲門文偃禪師：「纔見老和尚開口，便好把特石驀口塞，便是屎上青蠅相似，鬬唼將去，三箇五箇，聚頭商量，苦屈兄弟。」又卷一八德山慧初禪師：「九月二十五，聚頭相共舉。」續傳燈録卷二二溈潭文準禪師：「爾安許多僧，只是聚頭打閧了噇飯。」唱奈何：指送葬時唱叫「奈何」之聲，見〇一一首注二。

平生不喫著丙二、校輯、詩集

平生不喫著，於身一世錯。一日命終時，拔釜交樛杓〔一〕。若有大官職，身苦妻兒樂。叉手立公庭〔二〕，終朝並兩脚〔三〕。得禄奴婢湌，請賜妻兒著〔四〕。一日事參差〔五〕，獨自煞你却。（一三六）

【校】

並兩脚　「兩」，原作「雨」。

事參差　「差」，原作「茬」。

【注】

〔一〕交轇：交叉，見一三二首注七。此句言釜竈拔置不用，匕杓縱横抛擲，以言死後不復飲食也。梵志詩〇六〇首亦云「生時愁衣食，死鬼无釜竈」。

〔二〕叉手：拱手，表示恭敬。後漢書靈帝紀李賢注引獻帝春秋：「（張）讓等惶怖，叉手再拜叩頭。」五燈會元卷一二泐潭景祥禪師：「師常叉手夜坐，如對大賓。」宋何薳春渚紀聞卷七：「范希文嘗於江上見一漁父，意其隱者也，問姓名，不對，留詩一絶而去。獨記其兩句云：『十年江上無人問，兩手今朝一度叉。』」宋釋文瑩湘山野録卷上：「真宗初，詔种隱君放至闕，以敷對稱旨。日既高，中人送中書膳，諸相皆盛服俟其來，种隱君韋布止長揖而已。楊大年聞之，頗不平，以詩嘲曰：『不把一言裨萬乘，秖叉雙手揖三公。』」知「叉手」即揖也。　公庭：朝廷。文選卷四七袁宏三國名臣序贊：「將命公庭，退忘私位。」

〔三〕終朝並兩脚：按唐制，官員立於殿庭，兩脚併立不動，以示恭敬。酉陽雜俎續集卷三支諾臯下：「舊制，羣臣立于殿庭，既而遇雨雪，亦不移步于廊下。忽一日，密雪驟降，自三事以下，莫不振其簪裾，或更其立位。獨（韋）斌意色愈恭。俄而雪至膝。朝既罷，斌于雪中拔身而去，見之者咸嘆重焉。」新唐書韋斌傳則云：「每朝會，不敢離立笑言。嘗大雪，在廷者皆振裾更立，斌不徙足。雪甚，幾至靴，亦不失恭。」「不敢離立」即是「並兩脚」也。

〔四〕賜：賞賜。風俗通義愆禮：「山陽太守汝南薛恭祖，喪其妻，不哭。臨殯，於棺上大言曰：『自同恩好，四十餘年，服食禄賜，男女成人，幸不爲夭，夫復何恨哉！今相及也。』」梵志此詩之「得禄」、「請賜」，即析「禄賜」之語而分舉之。

〔五〕參差：差錯。北齊書源彪傳：「王出而能入，朝野傾心，脱一日參差，悔無所及。」續高僧傳卷二四釋法琳傳：「但琳所作正論，爰與書史論同，一句參差，任從斧鉞。」唐柳曾險竿行：「百尺高竿百度緣，一足參差一家哭。」可朋贈方干：「盛時傳出自皇州，一舉參差便縮頭。」廣記卷一四九麴思明（出會昌解頤）：「請壞廳上壁，内書記，却泥封之。若來年授官日，一字參差，請死於階下。」

楚按：此首大旨言生時惜不喫著，辛苦營求，縱任大官，只是爲奴婢妻兒輩作馬牛耳。白居易自感：「宴遊寢食漸無味，杯酒管絃徒繞身。賓客歡娱僮僕飽，始知官職爲他人。」與此首有相通之處，但白氏意在自嗟衰老耳。

我有一方便丙二、文庫、校輯、詩集

我有一方便〔一〕，價直百疋練。相打長取弱〔二〕，至老不入縣〔三〕。（一三七）

【校】

價直百疋練　「直」，文庫、校輯改作「值」。　「練」，原作「諫」。

長取弱　「長」，校輯改作「常」，不必。　「取」，文庫作「伏」，校輯改作「服」，亦非，參見注二。

【注】

〔一〕方便：方法，計策。妙法蓮華經卷二譬喻品：「爾時長者，將欲誘引其子，而設方便，密遣二人形色憔悴無威儀者：汝可詣彼，徐語窮子，此有作處，倍與汝直。」大方便佛報恩經卷四：「善友答言：我無兩目，云何能爲汝驅馳鳥雀耶？ 守園監言： 我有方便，我以繩結諸樹頭，安施銅鈴，汝坐樹下，聞鳥雀聲，牽挽繩頭。」分別業報略經： 「種種設方便，殺諸水蟲類，死入沸灰河，舉身悉壞爛。」大莊嚴論經卷三： 「復作是思維： 當設何方便，得使諸珍寶，隨我至後世。……我今無方計，持寶至後世。」前云「方便」，後云「方計」，知「方便」即「方計」也。 百喻經卷四小兒得大龜喻： 「昔有一小兒，陸地遊戲，得一大龜，意欲殺之，不知方便，而問人言： 云何得殺？」雜寶藏經卷七月氏國王與三智臣作善親友緣： 「時有諸臣，自相謂言： 『王廣作諸罪，殺戮無道，今雖作福，何益往咎？』時王聞之，將欲解其疑意，即作方便，敕語臣下： 『汝當然一大鑊，七日七夜使令極沸，莫得斷絶。』王便以一指環擲於鑊中，命向諸臣： 『仰卿鑊中得此環來。』臣白王言： 『願更以餘罪而就於死，此環叵得。』王語臣言： 『有何方便，可取得不？』時臣答言： 『下止其火，上投冷水，以此方便，不傷人手，可取之耳。』王答言： 『我先作惡，喻彼熱鑊，今修諸善，慚愧懺悔，更不爲惡，胡爲不滅？』」生經卷二佛説甥舅經： 「此人方便，獨一無雙，久捕不得，當奈之何？」大智度論卷二五： 「如一阿羅漢，常入龍宫食已，以鉢授與沙彌令洗。 鉢中有殘飯數粒，沙彌嗅之大香，食之甚美。 便作方便，入師繩牀下，兩手捉繩牀脚。 其時至時，與繩牀俱入龍宫。」變文集大目乾連冥間救母變文： 「猛火龍虵難向前，造次無由作方便。」水滸第六五回： 「老娘怎地做個方便，教他和我廝會則個。」

〔二〕 取弱： 居於弱者地位，服輸。 變文集降魔變文： 「我今降魔的取强，總建化度成菩薩。」「取强」謂贏，則其反義詞「取弱」即爲輸矣。 敦煌遺書斯四三二九辨才家教： 「但取弱，莫爭强。」

〔三〕 入縣： 入縣衙，猶今語「吃官司」。 周一良曰： 「唐以前文獻中，州郡縣可指州郡縣的衙署。 如傅玄秦女休行： 『烈女造縣門，……縣令解印綬。』晉書易雄傳： 『少爲縣吏，自念卑賤無由自達，乃脱幘掛縣門而去。』縣皆指縣的衙署，門皆謂縣衙之門，不是縣城之門。」楚按：周説甚是。三國志魏志武帝紀：「出關，過中牟，爲亭長所疑，執詣縣。」裴注引世語：「中牟疑是亡人，見拘于縣。」「縣」皆謂中牟縣衙。晉書陸雲傳：「出補浚儀令。……人有見殺者，主名不立。雲録其妻，而無所問。十許日遣出，密令人隨後，謂曰：『其去不出十里，當有男子候之與語，便縛來。』既而果然。問之具服，云：『與此妻通，共殺其夫。聞妻得出，欲與語，憚近縣，故遠相要候。』」謂憚於接近縣衙也。御覽卷九四六引邯鄲氏笑林：「賫葉入市，對面取人物。吏遂縛詣縣。」謂縛送縣衙。全唐詩話卷一高宗：「太平公主，武后所生，后愛之傾諸女。帝擇薛紹尚之，假萬年縣爲婚館。門隘不能容翟車。有司毀垣以入。」謂借萬年縣衙署爲婚館。若京劇蘇三起解稱「洪洞縣内無好人」，亦謂縣衙裏無好人，非謂全縣皆無好人也。「入縣」即入縣衙，如大唐新語剛正：「李令質爲萬年令，有富人同行盜，繫而按之。駙馬韋擢策馬入縣救盜者，令質不從。」廣記卷八三吴堪（出原化記）：「常州義興縣有鰥夫吴堪，少孤無兄弟，爲縣吏。……母曰：『子每入縣後，便見一女子，可十七八，容顔端麗，衣服輕豔，具饌訖，即却入房。』堪意疑白螺所爲，乃密言於母曰：『堪明日當稱入縣，請於母家自隙窺之，可乎？』」

人生能幾時丙二、校輯、詩集

人生能幾時，朝夕不可保。死亡今古傳，何須愁此道。有酒但當飲，立即相看老〔一〕。兀兀信因緣〔二〕，終歸有一倒〔三〕。（一三八）

【校】

但當飲　「但」，原作「佀」，敦煌卷子慣作如此書。

兀兀　原作「克克」，按梵志詩中，「兀兀」有誤作「杌杌」者（〇三五首），有誤作「瓦瓦」者（一〇六首），有誤作「允允」者（二八五首），此首「克克」亦「兀兀」之譌。校輯作「匆匆」，詩集作「兑兑」。

一倒　「倒」，原作「到」，脱落偏傍。

【注】

〔一〕立即相看老：按敦煌本新集嚴父教亦云：「能得幾日活，不久相看老。」

〔二〕信因緣：即「信緣」，猶云隨緣、任運。參見〇五三首注七。

〔三〕一倒：謂死。一〇七首亦有「百年有一倒」之語。

王二美年少丙二、校輯、詩集

王二美年少〔一〕，梵志亦不惡〔二〕。借問今時人，阿誰肯伏弱〔三〕？（一三九）

【校】

美年少　「美」，原作「羊」，字之殘也，參見注一。詩集作「祥」，校輯作「羊」。

今時人　「今」，原作「金」。

伏弱　「伏」，校輯改作「服」，不必。

【注】

〔一〕王二：按梵志詩中屢次出現王二其人。除此首外，三四八首云：「王二語梵志：俗間無我師。」三七二首云：「王二与世人，俱來就梵志。」又三四九首云：「梵志与王生，密敦膠柒友。」這個「王生」，應該就是王二。從這些詩看來，王二應即是梵志的友人和弟子。　美年少：即美少年。玉臺新詠卷五何遜輕薄篇：「城東美少年，重身輕萬億。」藝文類聚卷四二引作「長安美年少」。文苑英華卷一九四張正見輕薄篇：「洛陽美少年，朝日正開霞。」樂府詩集卷六七作「洛陽美年少」。崔國輔襄陽曲：「城中美年少，相見白銅鞮。」

〔二〕惡：醜陋。莊子德充符：「衛有惡人焉，曰哀駘它。」成玄英疏：「惡，醜也。言衛國有人，形容醜陋，內德充滿，爲物所歸。而『哀駘』是醜貌，因以爲名。」左傳昭公二十八年：「昔賈大夫惡，娶妻而美。」杜預注：「惡亦醜也。」列子黃帝：「逆旅人有妾二人，其一人美，其一人惡，惡者貴而美者賤。」史記仲尼弟子列傳：「澹臺滅明……狀貌甚惡。」「不惡」即不醜，世説新語賢媛：「王凝之謝夫人既往王氏，大薄凝之。……太傅慰釋之曰：『王郎，逸少之子，人材亦不惡，汝何以恨乃爾？』」大唐新語知微：「清河崔郎，儀貌不惡，鬚眉如戟，精彩甚高。」

〔三〕阿誰：即誰，「阿」是用在人稱代詞前的語助詞。三國志蜀志龐統傳：「向者之論，阿誰爲失？」古詩十五從軍征：「道逢鄉里人，家中有阿誰？」又：「羹飯一時熟，不知貽阿誰。」晉書苻堅載記下：「援琴而歌曰：『……遠徙種人留鮮卑，一旦緩急語阿誰？』」樂府詩集卷四五團扇郎：「相憐中道罷，定是阿誰非？」變文集茶酒論：「借問茶之與酒，兩箇誰有功勳？　阿誰即合卑小？　阿誰即合稱尊？」

忍辱收珍寶丙二、校輯、詩集

忍辱收珍寶〔一〕，嗔他捐福田〔二〕。高心難見佛〔三〕，下意得生天〔四〕。（一四〇）

【校】

難見佛　「佛」，原作「仏」，即「佛」簡字。

【注】

〔一〕忍辱：珠林卷九九引大寶積經：「第三忍辱，有十事：一不觀於我及我所相，二不念種姓，三破憍慢，四惡來不報，五觀無常想，六修於慈悲，七心不放逸，八捨於飢渴苦樂事，九斷除瞋恚，十修習智慧。若人能成如是十事，當知是人能修於忍。」瑜伽師地論卷五七：「云何忍辱？謂由三種行相應知，一不忿怒，二不報怨，三不懷惡。」

〔二〕嗔他捐福田：「福田」，見〇一八首注六。珠林卷九九引菩薩藏經：「夫忿恚者，速能損害百千大劫所集善根。」即此句之意。

〔三〕高心：驕傲，自大。彦琮通極論：「見人不能通寒温，讀經不解立正義，空知高心於百姓，背禮於二親。」唐摭言卷一三矛盾：「章孝標及第後，寄淮南李相詩曰：『及第全勝十改官，金鞍鍍了出長安。馬頭漸入揚州郭，爲報時人洗眼看。』紳亟以一絶箴之曰：『假金方用真金鍍，若是真金不鍍金。十載長安得一第，何須空腹用高心。』」變文集李陵變文：「前頭有將名蘇武，早向胡庭自索强。直爲高心欺我國，長交北海枚伍（牧羝）羊。」大珠禪師語録卷下：「傲物高心者我壯，執空執有者皆愚。」見佛：即下句「生天」之意。阿彌陀經：「其人壽命病欲終時，阿彌陀佛即自化作形象，令其人目自見之。……其人壽命終盡，即往生阿彌陀佛國。」

〔四〕下意：謙虚，自低。漢書蒯通傳：「彼東郭先生、梁石君，齊之俊士也，隱居不嫁，未嘗卑節下意以求仕也。」後漢書和熹鄧皇后傳：「諸兄每讀經傳，則下意難問。」抱朴子外篇交際：「多有下意怡顔，匍匐膝進，求交於若人，以圖其益。」賢愚經卷三七瓶金施品：「如來功德，世無儔類，今乃下意，瞻諸比丘。」慧思諸法無諍三昧法門卷上：「有比丘能觀身心，心不貪著一切相，謙虚下意不生慢。」

瞋恚滅功德丙二、校輯、詩集

瞋恚滅功德〔一〕，如火燎豪毛〔二〕。百年修善業，一念惡能燒〔三〕。（一四一）

【校】

豪毛　「豪」，校輯作「毫」。

【注】

〔一〕瞋恚：佛教「三毒」之一，簡稱「瞋」。大乘義章五本：「忿怒爲瞋。」郗超奉法要：「外發爲瞋，内結爲恚。」智顗修習止觀坐禪法要：「瞋是失佛法之根本，墜惡道之因緣，法樂之寃家，善心之大賊，種種惡口之府藏。」佛垂般涅槃略説教誡經：「當知瞋心甚於猛火，常當防護，無令得入。劫功德賊，無過瞋恚。」寒山詩：「瞋是心中火，能燒功德林。欲行菩薩道，忍辱護真心。」

〔二〕豪：通「毫」。莊子知北遊「秋豪爲小」，成玄英疏：「獸逢秋景，毛端生豪，豪極微細，謂秋豪也。」「如火燎豪毛」以喻極易消滅。史記刺客列傳：「夫以鴻毛燎於爐炭之上，必無事矣。」廣弘明集卷二八上隋高祖於相州戰場立寺詔：「將士奮發，肆其威武，如火燎毛，殆無遺燼。」新唐書柳玭傳：「成立之難如升天，覆墜之易如燎毛。」

〔三〕一念惡能燒：「一念惡」，謂一閃惡念。北本涅槃經卷一九：「寧於一日，受三百讚（鑽），不於父母，生一念惡。」又卷一六：「我憶往昔，於福田所，生一念惡，由是因緣，墜大地獄，受種種苦。」大莊嚴論經卷一：「一念盡燒滅，如火焚乾草。」四明尊者教行録卷一授菩薩戒儀：「一念瞋火，能燒無量功德。」日本源信撰往生要集卷中引六波羅蜜經云：「無量劫中，修行諸善，無安忍力，及智慧眼，一念瞋火，燒滅無餘。」又引或處説云：「能損大利無過瞋，一念因緣悉焚滅，俱胝廣劫所修善。」珠林卷九五瞋恚部述意：「亦如乾草萬束，豆火能焚；暗室百年，一燈便破。故知瞋心甚於猛火，行者應知防護。劫功德賊，無過斯害。若起一念恚火，便燒衆功德。」

三年作官二年半 丙二、校輯、詩集

（一四二）

三年作官二年半，修理廳舘老癡漢〔一〕。但知多〔少〕与梵志〔二〕，頭〔戴〕笠子雨裏判。

【校】

多少与梵志　「少」，原脱，從校輯所補。「与」，原作「与」。

頭戴笠子　「戴」，原脱，據李白戲杜甫「頭戴笠子日卓午」擬補。此二句詩集作「但知多與梵志頭，笠子雨裏判。」

【注】

〔一〕癡漢：猶云傻瓜。北史齊文宣帝紀：「曾有典御丞李集面諫，比帝有甚於桀紂。帝令縛置流中，沈没久之，復令引出，謂曰：『吾何如桀紂？』集曰：『向來彌不及矣。』帝又令沉之，引出更問，如此數四，集對如初。帝大笑曰：『天下有如此癡漢！方知龍逄、比干，非是俊物。』遂解放之。」

〔一二〕但知：只要。「知」爲語助詞，不爲義。唐摭言卷一三敏捷：「張祜客淮南，幕中赴宴，時杜紫微爲支使，南座有屬意之處，索骰子賭酒，牧微吟曰：『骰子逡巡裹手拈，無因得見玉纖纖。』祜應聲曰：『但知報道金釵落，髣髴還應露指尖。』」廣記卷四〇二鬻餅胡（出原化記）：「郎君得此，亦無用處，今人亦無別者。但知市肆之間，有西國胡客至者，即以問之，當大得價。」變文集韓擒虎話本：「臣啓陛下：若有大難，但知啓告，微臣必領陰軍相助。」又鷰子賦：「但知免更喫杖，與他祁摩一束。」 多少：表少的略數，猶云少許。法句譬喻經卷四：「多少布施，可得大富。」變文集鑪山遠公話：「願相公爲宅内良賤略説多少，令心開悟解。」又：「經之七義，且放闍梨；更問多少，許之已否？」亦作「少多」，菩薩瓔珞經卷一一：「時師子王，後日求食，大殺羣獸。木雀在側，少多求恩，師子不報。……爾時木雀，復以此偈報師子曰：我雖是小鳥，誠應不惜死。但王不念恩，自責言誓重。若能小寬恩，少多見惠者，没命總不恨，不敢有譏論。」根本説一切有部目得迦卷七：「仁但惠我，少多麨食。」變文集鑪山遠公話：「与我更説少多，令我心開悟解，得佛法分明。」祖堂集卷五華亭和尚：「藥山去世後，三人同議，持少多種粮家具，擬隱於澧源深邃絶人煙處。」

楚按：此首大旨，在於譏刺官吏尸禄素餐，無所事事。前二句言官吏任職三年，倒有兩年半花在修理廳館上，其不知緩急、不親民事可知。後二句言假如讓我來做官，則將作出勤於職守之榜樣來。隋書循吏辛公義傳：「後遷牟州刺史，下車，先至獄中。因露坐牢側，親自驗問。十餘日間，決斷咸盡，方還大廳。受領新訟，皆不立文案，遣當直佐僚一人側坐訊問。事若不盡，應須禁者，公義即宿廳事，終不還閤。人或諫之曰：『此事有程，使君何自苦也？』答曰：『刺史無德可以導人，尚令百姓係於囹圄，豈有禁人在獄而心自安乎？』罪人聞之，咸自款服。」蓋地方官吏臨民治事，首以判獄爲急務。此首云「頭戴笠子雨裏判」，則較辛公義「露坐牢側，親自驗問」爲尤急矣。

共受虚假身 丙二、文庫、校輯、詩集

共受虚假身〔一〕，共稟太虚氣〔二〕。死去雖更生〔三〕，迴來盡不記〔四〕。以此好尋思，万事淡无味〔五〕。不如慰俗心，時時一倒醉〔六〕。（一四三）

【校】

以此　「以」，原作「㕥」。

淡无味　「淡」，原作「談」，從文庫。

不如慰俗心　文庫作「慰俗不如心」。

【注】

〔一〕虚假身：佛教以爲人身乃因緣假合而成，並非實有，故稱「虚假身」，亦稱「虚幻身」。敦煌曲校録十二時：「虚幻身，無正主，假託衆緣成蔭聚。一朝緣散氣歸空，又把形骸葬堆阜。」

〔二〕太虚：道家以稱虚空混然之氣。莊子知北遊：「是乎不過乎崐崙，不遊乎太虚。」文選卷一一孫綽遊天台山賦：「太虚遼廓而無閡，運自然之妙有。」李周翰注：「太虚，混氣也。」李善注：「太虚，謂天

也；自然，謂道也；無閡，謂無名也；妙有，謂一也。言大道運彼自然之妙一，而生萬物也。」後世因謂萬物乃太虛之氣凝聚而成。

〔三〕更生：再生，復活。史記主父偃傳：「元元黎民得免於戰國，逢明天子，人人自以爲更生。」拾遺記卷四：「倏忽而死，香氣盈室，時有清風來吹之，更生如向之形。」搜神記卷一五：「初婢埋時，年十五六。及開冢後，姿質如故。更生十五六年，嫁之有子。」此詩之「更生」，則謂再度投生。

〔四〕迴來盡不記：謂再度投生後，不記前生之事。

〔五〕淡无味：老子三十五章：「道之出口，淡乎其无味。」道安比丘大戒序：「然後乃知淡乎無味，乃真道味也。」李白江上望皖公山：「獨遊滄江上，終日淡無味。」雲麓漫鈔卷一載許翁翁詩：「世味審知嚼素蠟，人情全似哈清茶。」立意亦與梵志詩「万事淡无味」同。

〔六〕一倒醉：即一醉倒。「倒」亦謂醉，白居易六年冬暮贈崔常侍晦叔：「已共崔君約，尊前倒即休。」

六賊俱爲患丙二、校輯、詩集

六賊俱爲患〔一〕，心賊最爲灾〔二〕。東西好遊浪，南北事周迴〔三〕。嫉妒終難却〔四〕，慳貪去即來〔五〕。自非通達者，迷性若爲開〔六〕？（一四四）

【校】

最爲灾　「灾」，原作「宊」。校輯作「災」，同。

周迴　「周」，原作「同」，從校輯所改。

嫉妒　原作「疾妬」,從校輯所改。

【注】

〔一〕六賊:指「六塵」,即色、聲、香、味、觸、法等六識。北本涅槃經卷二三:「六大賊者,即外六塵。菩薩摩訶薩觀此六塵如六大賊。何以故?能劫一切諸善法故。如六大賊能劫一切人民財寶,是六塵賊亦復如是,能劫一切衆生善財。如六大賊,若入人舍,則能劫奪現家所有,不擇好惡,令巨富者忽爾貧窮。是六塵賊亦復如是,若入人根,則能劫奪一切善法。善法既盡,貧窮孤露,作一闡提。是故菩薩諦觀六塵如六大賊。」

〔二〕心賊最爲灾:按色聲香味觸法六塵,爲眼耳鼻舌身意六根之作用,而以心爲主宰,故「心賊」爲「六賊」之首。佛垂般涅槃略説教誡經:「此五根者,心爲其主。是故汝等當好制心。心之可畏,其於毒蛇惡獸怨賊大火越逸,未足喻也。」正法念處經卷六:「一切地獄行,怨家心所誑。心是第一怨,此怨最爲惡。此怨能縛人,送到閻羅王。」即「心賊最爲灾」之意。

〔三〕周迴:周遊,亦作「周回」。前蜀太后徐氏丹景山至德寺:「周回雲水遊丹景,因與真妃眺上方。」

〔四〕嫉妒:佛教「十惡」之一。

〔五〕慳貪:佛教「三毒」之一。

〔六〕迷性:佛教指不悟佛法。敦煌本壇經:「汝等門人,終日供養,只求福田,不出求離生死苦海。汝等自姓(性)迷,福門何可救?」變文集維摩詰經講經文:「如我者發心日淺,迷性時深。」若爲:見〇二六首注一六。

草屋足風塵丙二、文庫、校輯、詩集

草屋足風塵〔一〕，床无破氈卧。客来且唤入，地鋪稾薦坐〔二〕。家裏元無炭，柳麻且吹火。白酒瓦鉢盛，鐺子兩脚破〔三〕。鹿脯三四條，石鹽五六顆〔四〕。看客只寧馨〔五〕，從你痛笑我。（一四五）

【校】

唤入　「唤」，原作「㬇」。

稾薦坐　「稾」，原作「稾」。文庫作「稿」，校輯作「藁」，並同。「薦」，原作「荐」，從文庫。「坐」，校輯作「卧」，與上文韻複，非是。

瓦鉢盛　「盛」，文庫、詩集、校輯皆作「藏」。

石鹽五六顆　「鹽」，原作「塩」，俗字譜二四畫，列女傳「鹽」作「塩」。「顆」，原作「課」，參見注四。

寧馨　「寧」，原作「守」，見〇八七首校記。

痛笑我　「笑」，原作「咲」，見〇〇二首校記。

【注】

〔一〕足：多。見〇七一首注一。

〔二〕稾薦：草墊。今吳語尚如此説，章炳麟新方言：「艸薦，揚州謂之稾薦。」

〔三〕 鐺子：三足釜。見一三二首注七。

〔四〕 石鹽：即「鹽鹽」，亦稱「顆鹽」，結晶呈大顆粒狀，以形似石，故稱「石鹽」。周禮天官鹽人「苦鹽」，賈公彦疏：「苦當爲鹽。鹽謂出於鹽池，今之顆鹽是也。」宋史食貨志下三：「鹽之類有二：引池而成者曰顆鹽，周官所謂鹽鹽也。」水經注卷一引郭義恭廣志曰：「甘水……有石鹽，白如水精，大段則破而用之。」御覽卷八六五引涼州記：「有青鹽池出鹽，正方半寸，其形似石，甚甜美。」金樓子志怪：「有清鹽池，鹽正四方，廣半寸，其形扶疏似石。」即石鹽也。國清百録卷三皇太子令書與天台山衆，記施物目，即有「石鹽一合」語。　顆：塊。顔氏家訓書證：「三輔決録云：『前隊大夫范仲公，鹽豉蒜果共一筩。』『果』當作魏顆之『顆』，北土通呼物一由，改爲一顆，『蒜顆』是俗間常語耳。」按「由」即「塊」字。

〔五〕 看客：招待客人。雜譬喻經卷八：「昔北天竺有一木師大巧，作一木女，端正無雙，衣帶嚴飾，與世無異，亦來亦去，亦能行酒看客，唯不能語耳。」北齊書獨孤永業傳：「周人曰：『至尊自來，主人何不出看客？』永業曰：『客行忽速，是故不出。』」宋陳與義己酉九月自巴丘過湖南别粹翁：「使君南道主，終歲好看客。」范成大田家留客行：「木臼新春雪花白，急炊香飯來看客。」按「看」即招待之義。變文集下女夫詞：「賊來須打，客來須看。報道姑嫂，出來相看。」敦煌本太公家教：「侣無親疏，來者當受。合食與食，合酒與酒。閉門不看，不如猪狗。」　寧馨：如此。晉書王衍傳：「何物老嫗，生寧馨兒！」宋書前廢帝紀：「太后怒語侍者：『將刀來，破我腹，那得生如此寧馨兒！』」「如此」與「寧馨」同義連文。亦作「如馨」、「爾馨」。世説新語文學：「田舍兒，强學人作爾馨語。」又方正：「使君如馨地，寧如鬭戰求勝？」按「馨」爲形容詞語尾助詞，不爲義，故「寧馨」亦可只作「寧」，如祖堂集卷一四江西馬祖：「心地隨時説，菩提亦只寧。」傳燈録卷五司空山本淨禪師：「會道亦如此，到頭亦只寧。」又卷三〇南嶽懶瓚和尚歌：「水月無形，我常只寧。」「只寧」即此首之「只寧馨」也。

官職莫貪財 丙二、校輯、詩集

官職莫貪財，貪財向死親。有即渾家用〔一〕，遭羅唯一身〔二〕。法律刑名重〔三〕，不許浪推人〔四〕。一朝囹圄裏〔五〕，方始憶清貧。（一四六）

【校】

詩集以此首與下首併爲一首。

遭羅　「遭」，原作「曺」，從校輯所改。

刑名重　「刑」，原作「形」。

【注】

〔一〕渾家：全家。見〇〇九首注八。

〔二〕遭羅：陷於法網。雜寶藏經卷六長者請舍利弗摩訶羅緣：「長者之婦，遭羅官事，兒復死喪。」按此句即一三六首「一日事參差，獨自煞你却」之意。

〔三〕刑名：刑法。見〇〇八首注一〇。

〔四〕浪：妄。白居易自誨：「無浪喜，無妄憂。」正以「浪」與「妄」同義對舉。

〔五〕囹圄：牢獄。禮記月令仲春之月：「命有司，省囹圄，去桎梏，毋肆掠，止獄訟。」鄭玄注：「囹圄所以禁守繫者，若今別獄矣。」孔穎達正義引蔡云：「圄，牢也；圄，止也。所以止出入，皆罪人所舍也。」抱朴子外篇用刑：「燔桎梏，隳圄圄，罷有司，滅刑書。」

人受百歲不長命丙二、校輯、詩集

（一四七）

人受百歲不長命〔一〕，中道仍有死傷人。唯能縱情造罪過〔二〕，未解修善自防身〔三〕。

【校】

人受百歲　「受」，詩集、校輯改作「壽」，非是。參見注一。

仍有　「仍」，詩集作「任」。

自防身　「防」，原作「坊」，從校輯所改。

【注】

〔一〕受：受命，指秉受於天之年壽。禮記祭法孔穎達正義：「受命，謂年壽也。」張籍懷友：「百年受命短，光景良不足。」變文集廬山遠公話：「人受百歲，由（猶）如星火，須臾之間，七十八十，氣力衰微。」又前漢劉家太子傳：「西王母咲而應之曰：『此桃蘿之，一千年始生，二千年始長，三千年始結花，四千年始結子，五千年始熟。陛下受命不過一百年，欲蘿此桃，與誰人食之？』」又：「朕讀許負相書云：『鼻下一寸，受年一百。』」又歡喜國王緣：「必若有人延得命，與王齊受百千年。」

〔二〕造罪過：即「造罪」。見〇〇四首注七。

〔三〕修善自防身：指預爲死後打算，修行善業，以防墮落三塗受苦。

積善必餘慶丙二、校輯、詩集

積善必餘慶，積惡必餘殃〔一〕。錢財不能入，三寶先你□〔二〕。五色衣裳□，□□□□□。（一四八）

【校】

先你□　脱文校輯補作「亡」。

五色衣裳　「裳」，原作「堂」。下接下首「出門」云云，顯有脱文，姑臆斷脱六字。

【注】

〔一〕「積善必餘慶」二句：易坤：「積善之家，必有餘慶；積不善之家，必有餘殃。臣弑其君，子弑其父，非一朝一夕之故，其所由來漸矣，由辯之不早辯也。」

〔二〕三寶：謂佛、法、僧。見〇三五首注四。

楚按：「積善餘慶，積惡餘殃」，爲中土固有之觀念。漢書于定國傳：「始定國父于公，其閭門壞，父老方共治之，于公謂曰：『少高大門閭，令容駟馬高蓋車。我治獄多陰德，未嘗有所寃，子孫必有興者。』至定國爲丞相，永爲御史大夫，封侯傳世云。」三國志魏志管寧傳裴注引傅子：「寧之歸也，海中遇暴風，船皆没，唯寧乘船自若。時夜風晦冥，船人盡惑，莫知所泊。望見有火光，輒趣之，得島。島無居人，又無火燼，行人咸異焉，以爲神光之祐也。皇甫謐曰：『積善之應也。』」此即積善餘慶之例。洛陽伽藍記卷四宣忠寺：「楊衒之云：崇善之家，必有餘慶；積惡之門，殃所畢集。祖仁負恩反噬，貪貨殺徽。徽即託夢增金馬，假手於兆，還以斃之。使祖仁備經楚撻，窮其塗炭，雖魏侯之笞田蚡，秦主之刺姚萇，以此論之，不能加也。」朝野僉載卷二：「羽林將軍常元楷，三代告密得官。男彥璋告劉誠之破家，彥璋處侍御。先天二年七月三日，楷以反逆誅，家口配流。可謂積惡之家殃有餘也。」此即積惡餘殃之例。此種觀念與釋氏善惡報應之説有某些相似之處，而不盡同。「積善」云云，善惡之報往往逮於子孫；「報應」之説，善惡之報則皆及於自身，唯多見於來世耳。然而歷來不乏論者將二者牽合比附，以調和儒釋二家。隋書李士謙傳：「士謙善談玄理，嘗有一客在坐，不信佛家應報之義，以爲外典無聞焉。士謙喻之曰：『積善餘慶，積惡餘殃，高門待封，掃墓望喪，豈非休咎之應邪？佛經云輪轉五道，無復窮已，此則賈誼所言千變萬化，未始有極，忽然爲人之謂也。佛道未東，而賢者已知其然矣。』」高僧傳卷一康僧會傳：「(孫)皓問曰：『佛教所明，善惡報應，何者是耶？』會對曰：『夫明主以孝慈訓世，則赤烏翔而老人見；仁德育物，則醴泉涌而嘉苗出。善既有瑞，惡亦如之。故爲惡於隱，鬼得而誅之；爲惡於顯，人得而誅之。易稱積善餘慶，詩詠求福不回，雖儒典之格言，即佛教之明訓。』皓曰：『若然，則周孔已明，何用佛教？』會曰：『周孔所言，略示近跡。至於釋教，則備極幽微。故行惡則有地獄長苦，修善則有天宮永樂。舉兹以明勸沮，不亦大哉！』」梵志此詩首標「積善」云云，下文脱略太甚，遂不可解，然有「三寶」之語，或即牽合二者之作歟？

出門拗頭戾跨 丙二、校輯、詩集

出門拗頭戾跨〔一〕，自道行步趨蹌〔二〕。伺命把棒忽至〔三〕，遍體白汗如漿〔四〕。撮你不得

辭別〔五〕，俄尔眷屬分張〔六〕。合村送就曠野，迴来只見空床。(一四九)

【校】

伺命　「伺」，校輯作「司」，非是。

辭別　「辭」，原作「辤」。五經文字卷中辛部：「辭辤辞上説文、中古文、下籀文。經典相承通用上字。」龍龕手鏡卷一辛部：「辭辞同上。」

送就曠野　「就」，原作「䚯」，校輯作「至」。

【注】

〔一〕拗頭戾跨：形容扭捏作態貌。　跨：通「胯」，腿股。漢書韓信傳：「衆辱信曰：『能死，刺我；不能，出跨下。』於是信孰視，俛出跨下。」顔師古注：「跨下，兩股之間也。」史記作「袴下」，集解引徐廣曰：「袴一作胯。」　戾：讀爲「捩」。文選卷九潘岳射雉賦：「戾翳旋把。」徐爰注：「戾，轉也。」李善注：「戾，力結切。」變文集鷰子賦：「當時髆髆勸諫，拗捩不相用語。」校記：「『捩』原作『戾』，戊卷作『列』，據甲卷改。」即「捩」「戾」通用之例，音列。續高僧傳卷二五賈逸傳：「或騎橋檻，手搒之云：『拗羊頭，捩羊頭。』」亦以「拗」「捩」對舉。按後漢書梁冀傳載冀妻孫壽「色美而善爲妖態，作愁眉、嗁粧，墮馬髻，折腰步，齲齒笑，以爲媚惑。」搜神記卷六：「折腰步者，足不在(任)下體。」或與梵志詩之「戾跨」類似邪？

〔二〕趨蹌：步態多姿貌。詩齊風猗嗟：「美目揚兮，巧趨蹌兮。」劉子適才：「卞莊子之昇殿庭也，鳴珮趨蹌，温色怡聲；及其搏虎，必攘袂鼓肘，瞋目震呼。」白居易和微之春日投簡陽明洞天五十韻：

「捧擁羅將綺，趨蹌紫與朱。」亦作「趨蹡」。玉臺新詠卷五沈約脚下履：「丹墀上颯沓，玉殿下趨蹡。」

〔三〕伺命：索命鬼，見〇〇七首注二。伺命鬼把棒擊人取命，如二六八首「忽逢三煞頭，一棒即了手」，參見該首注一五。

〔四〕白汗：戰國策楚策四：「夫驥之齒至矣，服鹽車而上太行，蹄申膝折，尾湛胕潰，漉汁灑地，白汗交流，中阪遷延，負轅不能上。」鮑彪注：「白汗，不緣暑而汗也。」淮南子脩務：「絜一石之尊，則白汗交流。」變文集大目乾連冥間救母變文：「白汗交流如雨濕，昏迷不覺自噓嗟。」如漿：世説新語言語：「（鍾）毓面有汗，帝曰：『卿面何以汗？』毓對曰：『戰戰惶惶，汗出如漿。』」按佛經以「白汗流出」爲死亡徵狀，如生經卷二佛説迦旃延無常經：「白汗流出，聲出雷鳴，惡露自出，身卧其上，歸於賤處，命盡神去。」佛説五王經：「欲死之時，刀風解形，無處不痛，白汗流出，兩手摸空。」

〔五〕撮：揪，此處指伺命鬼捉人。變文集鷰子賦：「鷰子不分，以理從索，遂被撮頭拖曳，捉衣擠擘。」又一本：「雀兒被鷰撮，直見鳥中王。」

〔六〕分張：分離。五王經：「室家内外，兄弟妻子，共相戀慕。一朝破亡，爲人抄掠，各自分張。父東子西，母南女北，非唯一處，爲人奴婢。」宋書王微傳：「昔仕京師，分張六旬耳，其中三過，誤云今日何意不來，鍾念懸心，無物能譬。」北齊書高乾傳：「吾諸弟分張，各在一處，今日之事，想無全者。」庾信傷心賦：「兄弟則五郡分張，父子則三州離散。」顔氏家訓風操：「有王子侯，梁武帝弟，出爲東郡，與武帝別，帝曰：『我年已老，與汝分張，甚以惻愴。』」變文集目連變文：「目連父母並凶亡，輪迴六道各分張，母招惡報墮地獄，父承善力上天堂。」

若言余浪語丙二、校輯、詩集

若言余浪語〔一〕，請君看即知。迴頭面北卧〔二〕，寸步更不移。終身不念食，永世不須衣。此名无常住〔三〕，誰人輒得知。（一五〇）

【校】

迴頭面北卧　「迴」，原作「迴迴」，衍一字。　「面」，校輯作「西」。

誰人　「誰」，原作「埀」，校輯改作「無」。按「埀」即「垂」字，此處應是「誰」字之譌。變文集无常經講經文：「貪爲身，貪爲己，埀憶二親遭拷捶。」「垂」亦當作「誰」。

【注】

〔一〕浪語：妄語，亂説。温大雅大唐創業起居注卷一：「又有桃李子歌曰：桃李子，莫浪語，黄鵠繞山飛，宛轉花園裏。」杜甫歸雁二首之一：「繫書元浪語，愁寂故山薇。」續高僧傳卷二七釋普安傳：「斯乃浪語，吾不信也。」清李調元方言藻上：「浪，猶漫也。杜子美詩：將詩莫浪傳。又云：附書元浪語。李義山詩：浪笑榴花不及春。浪笑、浪傳，輕脱之辭也。」

〔二〕面北卧：謂死。古人以北方與死聯繫，故死者面北而卧。如禮記檀弓下：「望反諸幽，求諸鬼神之道也。北面，求諸幽之義也。」又：「葬於北方北首，三代之達禮也，之幽之故也。」孔子家語問禮：「故生者南嚮，死者北首，皆從其初也。」又辯樂解：「夫南者生育之鄉，北者殺伐之城。」梵志詩二四八首亦云：「兒身面向南，死者頭向北。」

〔三〕无常住：即「無常」。見〇七六首注三。

愚夫癡杌杌丙二、校輯、詩集

愚夫癡杌杌〔一〕，常守无明窟〔二〕。沉淪苦海中，出頭還復没〔三〕。頂戴神靈珠〔四〕，隨身無價物〔五〕。二鼠數相侵，四蛇摧命疾〔六〕。似露草頭霜〔七〕，見日一代畢〔八〕。更遇刀風吹〔九〕，彼此俱无疋。貯得滿堂金，知是誰家物。（一五一）

丙二本至此止。

【校】

愚夫癡杌杌　「夫」，詩集作「人」。　「杌杌」，校輯録作「梳梳」。

神靈珠　「靈」，原作「霊」。

數相侵　「侵」，原作「祲」。

摧命疾　「摧」，原作「推」。

更遇刀風吹　「遇」，原作「愚」。　「刀」，原作「丸」，詩集改作「反」，校輯改作「炎」。參見注九。

俱无疋　「俱」，校輯作「更」。

滿堂金　「堂」，校輯作「屋」。

【注】

〔一〕杌杌：同「兀兀」。見〇三五首注一。

〔二〕无明窟：亦作「無明窟」，喻愚夫之軀體。寒山詩：「汝爲埋頭癡兀兀，愛向無明羅刹窟。」汾陽無德禪師語録卷下直指本心：「衆生少信自心佛，不肯承當多受屈。妄想貪嗔煩惱纏，都緣爲愛無明窟。」

〔三〕出頭還復没：北本涅槃經卷三二：「如恒河邊，有七種人。……第二人者，雖没還出，出已復没。何以故？身力大故，則還能出；不習浮故，出已還没。」歷代法寶記：「無明頭出，般若頭没；般若頭出，無明頭没。」大慧普覺禪師語録卷二三示妙明居士：「怕怖生死底，疑根拔不盡，百劫千生流浪，隨業受報，頭出頭没無休息時。」按「没」本作「㲠」，説文：「㲠，内頭水中也。」段注：「内者，入也。入頭水中，故字从頁𠬛，與水部之没義同而别，今則𠬛㲠廢而没專行矣。」皮日休二遊詩徐詩：「學海正狂波，予頭向中㲠烏没切。」

〔四〕頂戴神靈珠：譬喻衆生皆有佛性，而不自知。北本涅槃經卷七：「佛告迦葉：善男子，譬如王家有大力士，其人眉間有金剛珠，與餘力士較力相撲。而彼力士以頭抵觸其額上，珠尋没膚中，都不自知是珠所在。其處有瘡，即命良醫，欲自療治。時有明醫，善知方藥，即知是瘡，因珠入體。是珠入體，即便停住。是時良醫，尋問力士：『卿額上珠，爲何所在？』力士驚答：『大師醫王，我額上珠，乃失去耶？是珠今者，爲何所在？將非幻化？』憂愁啼哭。是時良醫，慰喻力士：『汝今不應生大愁苦，汝因鬬時，寶珠入體，今在皮裏，影現於外。汝曹鬬時，恚瞋毒甚，珠陷入體，故不自知。』是時力士，不信醫言：『若在皮裏，膿血不淨，何以不出？若在筋裏，不應可見。汝今云何，欺誑於我？』」筠州黄檗山斷際禪師傳心法要：「如力士迷額内珠，向外求覓，周行十方，終不能得。智者指之，當時自見本珠如故。故學道人迷自本心，不認爲佛，遂向外求覓，起功用行，依次第證，歷劫勤求，永不成道，不如當下無心。」

〔五〕隨身無價物：亦喻衆生皆有佛性，而不自知。妙法蓮華經五百弟子受記品：「譬如貧窮人，往至親友家。其家甚大富，具設諸餚饌，以無價寶珠，繫着内衣裏，默與而捨去，時臥不覺知。是人既已起，遊行詣他國，求衣食自濟，資生甚艱難，得少便爲足，更不願好者，不覺内衣裏，有無價寶珠。與珠之親友，後見此貧人，苦切責之已，示以所繫珠。貧人見此珠，其心大歡喜，富有諸財物，五欲而自恣。我等亦如是。世尊於長夜，常愍見教化，令種無上願。我等無智故，不覺亦不知，得少涅槃力，自足不求餘。今佛覺悟我，言非實滅度，得佛無上慧，爾乃爲真滅。我今從佛聞，授記莊嚴事，及轉次受決，身心遍歡喜。」梵志此句之「無價物」，即指經文之「無價寶珠」也。

〔六〕「二鼠數相侵」二句：「二鼠」，喻晝夜（或云日月），「四蛇」，喻地水火風四大。北本涅槃經卷三一：「譬如有王，畜四毒蛇，置之一篋，以付一人，仰令瞻養。是四蛇中，設一生瞋，則能害人。是人恐怖，常求飲食，隨時守護。一切衆生，四大毒蛇，亦復如是。若一大瞋，則能壞身。」賓頭盧突羅闍爲優陀延王説法經：「昔日有人，行在曠路，逢大惡象，爲象所逐，狂懼走突，無所依怙。見一丘井，即尋樹根，入井中藏。有白黑鼠，牙齧樹根。此井四邊，有四毒蛇，欲螫其人。而此井下，有大毒龍。傍畏四蛇，下畏毒龍。所攀之樹，其根動摇。樹上有蜜三渧，墮其口中。於時樹動，撲壞蜂窠，衆蜂散飛，唼螫其人。有野火起，復來燒樹。……曠野者喻於生死，彼男子者喻於凡夫，象喻無常，丘井喻於人身，樹根喻於人命，白黑鼠者喻晝夜，齧樹根者喻念念滅，四毒蛇喻四大，蜜者喻五欲，衆蜂喻惡覺觀，野火燒者喻老，下毒龍者喻死。」此事亦見衆經撰雜譬喻卷上、佛説譬喻經等。梵志「二鼠」二句即用此事，以言人命危脆也。

〔七〕似露草頭霜：亦喻人命危淺，朝不保夕。樂府詩集卷二七薤露：「薤上露，何易晞。露晞明朝更復落，人死一去何時歸。」御覽卷一二引蘇子曰：「夫人一代，若朝露之託桐葉耳，其與幾何？」清李光庭鄉言解頤卷一霜：「俗語云：富貴草頭霜。」

〔八〕一代：即一世，謂一生。參見〇三二首注一。

〔九〕刀風：佛經言人命終時，有刀風解其肢體。八師經：「念人衰老時，百病同時生，水消而火滅，刀風解其形。」五苦章句經：「四曰人間死人，刀風斷脈，拔其命根，身體正直，不滿十日，肉壞血流，膖脹爛臭，無可取者。」大莊嚴論經卷三：「若人臨終，喘氣麤出，喉舌乾燋，不能下水，言語不了，瞻視不端，筋脈斷絶，刀風解形。」菩薩處胎經卷六：「臨欲壽終時，眼看惡鬼神，刀風解其形，無復出入息。」安樂集卷上引智度論：「一切衆生臨終之時，刀風解形，生大怖畏。」釋氏要覽卷中引正法念經：「命終時刀風皆動，如千尖刀刺其身上，十六分中猶不及一，若有善業，則不多苦惱。」法藏華嚴經探玄記卷二：「内風有五種……五刀風，人將死，解人支節。」亦作「風刀」，轉經行道願往生淨土法事讚卷上：「五逆罪人，無慚無愧，造作五逆罪故，臨命終時，十八風刀，如鐵火車，解截其身。」廣弘明集卷三〇八關齋夜賦四城門更作四首聯句詩第三賦韻西城門死諸葛愷句：「自應螻蟻驅，值此風刀逐。」

王梵志詩校注卷四

兄弟須和順丁一、丁三、丁四、丁五、丁七、丁一〇、丁一二、丁一五、掇瑣、文庫、校輯、詩集

兄弟須和順，叔姪莫輕欺〔一〕。財物同箱櫃〔二〕，房中莫畜私〔三〕。（一五二）

各本皆自此首起，卷首皆有「王梵志詩一卷」六字。丁一二僅有「王梵志詩一卷兄弟須」九字。丁一五爲一碎片，各首皆僅存數字而已。

【校】

叔姪莫輕欺　「叔」，各本作「𠦑」。俗字譜八畫，古今雜劇「叔」作「𠦑」。「輕」，丁四作「鄉」。

箱櫃房　原闕，據餘本補。

畜私　「畜」，校輯據丁一〇改作「蓄」，參見注三。「私」，各本皆作「私」。

【注】

〔一〕輕欺：欺騙。姚合寄王度居士：「顛頇王居士，顛狂不稱時。天公與貧病，時輩復輕欺。」變文集故圓鑒大師二十四孝押座文：「最難誑惑謾衷懇，不易輕欺對上蒼。」

〔二〕財物同箱櫃：謂不分財。敦煌資料第一輯分家書樣文：「蓋聞人之情義，山岳爲期；兄弟之恩，劫石不替。况汝二人，忝爲叔姪，智意一般，箱櫃無私，蓄積不易。」

〔三〕 畜：通「蓄」。說文：「畜，田畜也。」段注：「田畜，謂力田之蓄積也。貨殖列傳曰：『富人爭奢侈，而任氏獨折節爲儉，力田畜。田畜人爭取賤賈，任氏獨取貴善。非田畜所出弗衣食。』艸部曰：『蓄，積也。』畜與蓄義略同。畜从田，其源也；蓄从草，其委也。」 私：私房錢。參見〇七七首注三。

夜眠須在後丁一、丁三、丁四、丁五、丁七、丁一〇、丁一五、掇瑣、文庫、校輯、詩集

夜眠須在後，起則每須先〔一〕。家中懃檢校〔二〕，衣食莫令偏〔三〕。（一五三）

【校】

懃檢校 「懃」，校輯據丁四改作「勤」。按「懃」與「勤」同。 「檢校」，各本皆作「撿技」。按敦煌卷子从才字與从木字多相混。變文集漢將王陵變：「新婦檢挍田苗。」檢从木，挍从才，即是其例。

【注】

〔一〕 「夜眠須在後」二句：按李義山雜纂須貧：「早卧晚起。」蓋自反面言之。

〔二〕 檢校：檢點，查核。世說新語政事：「於是至諸屯邸，檢校諸顧陸役使官兵及藏逋亡，悉以事言上，罪者甚衆。」

〔三〕 偏：不公平。書洪範「無偏無陂」，孔傳：「偏，不平；陂，不正。」

兄弟相怜愛丁一、丁三、丁四、丁五、丁七、丁一〇、丁一五、掇瑣、文庫、校輯、詩集

兄弟相怜愛，同生莫異居〔一〕。若人欲得別〔二〕，此則是兵奴〔三〕。（一五四）

【校】

兄弟相怜愛　「兄弟」，原作「兄弟弟」，衍一「弟」字。「怜」，各本同，唯丁五、校輯作「憐」。

若人　「若」，原作「爲」，餘本皆作「若」，因據改，參見注二。

【注】

〔一〕同生：同母所生兄弟姊妹。左傳襄公三十年：「罕、駟、豐同生。」杜預注：「罕，子皮；駟，子晳；豐，公孫段也。三家本同母兄弟。」陸機愍思賦序：「予屢抱孔懷之痛，而奄復喪同生姊，作此賦以紓慘惻之感。」北史崔光韶傳：「吾既運薄，便經三娶，而汝之兄弟各不同生。」又隋蔡景王整子智積傳：「我有同生二弟，並倚婦家勢，常憎疾我。」　異居：分開居住，即分家。東觀漢記卷一九李充傳：「李充兄弟六人，出入更衣，家貧親老，充妻勸異居。充使釀酒會親戚，充啓其母曰：『此婦勸異居，不可奉祭祀，請去之。』遂叱去其婦。」後漢書劉趙淳于江劉周趙列傳：「既而弟子求分財異居，（薛）包不能止，乃中分其財。」魏書裴駿傳附子修傳：「愛育孤姪，同於己子。及將異居，奴婢田宅悉推與之，時人以此稱焉。」舊唐書食貨志上：「天寶元年正月一日赦文：如聞百姓之内，有户高丁多，苟爲規避，父母現在，乃別籍異居，宜令州縣勘會。」新唐書食貨志一：「民間户高丁多者，率與父母別籍異居，以避征戍。」通鑑唐太宗貞觀十一年：「舊法，兄弟異居，廕不相及。」敦煌本太公家教：「兄弟信讒，分別異居。」

〔二〕若人：猶云「或人」，泛指非特定之人。寒山詩：「若人逢鬼魅，第一莫驚懅。」祖堂集卷一第二祖阿難尊者：「若人生百歲，不會諸佛機，不如生一日，而得決了之。」五燈會元卷八龍濟紹修禪師：「此兩語一理二義，若人辨得，不妨於佛法中有箇入處。」梵志詩二二九首：「若人不信語，检取涅槃經。」又二三四首：「若人苦慳惜，劫劫受辛勤。」　別：指別居，亦即異居。後漢書許荊傳：「禮有分異之義，家有別居之道。」

〔三〕兵奴：詈人之語。釋氏要覽卷中長幼序引梵網經云：「若佛子應如法次第坐，先受戒者在前坐，不以老少貴賤，莫如兵奴外道之法。」古人以爲兵士粗鄙不文，故詈人則呼之爲「兵」。三國志蜀志劉巴傳裴注引零陵先賢傳：「張飛嘗就巴宿，巴不與語，飛遂忿恚。諸葛亮謂巴曰：『張飛雖實武人，敬慕足下。主公今方收合文武，以定大事；足下雖天素高亮，宜少降意也。』巴曰：『大丈夫處世，當交四海英雄，如何與兵子共語乎！』」世説新語方正：「王文度爲桓公長史時，桓爲兒求王女，王許咨藍田。既還，藍田愛念文度，雖長大猶抱著厀上。文度因言桓求己女婚。藍田大怒，排文度下厀曰：『惡見，文度已復癡，畏桓溫面？兵，那可嫁女與之！』」晉書王述傳則作「詎可畏溫面，而以女妻兵也？」又謝奕傳：「嘗逼（桓）溫飲，溫走入南康主門避之。……奕遂攜酒就聽事，引溫一兵帥共飲，曰：『失一老兵，得一老兵，亦何所怪。』」盧仝冬行三首之三：「船人雖奴兵，亦有意智長。問我何所得，欒色填清揚。」因話録卷四：「李紓侍郎好諧戲，又服用華鮮。嘗朝回，以同列入坊門，有負販者呵不避。李罵云：『頭錢價奴兵輒衝官長！』」又卷六：「公既出，逢裴延齡。時以度支次對，問公曰：『相公奏何事稱意，喜色充溢？』公不之對。延齡慍罵而去，云：『看此老兵所請得行否？』」全唐詩話卷二劉長卿：「皇甫湜云：詩未有劉長卿一句，已呼宋玉爲老兵矣；語未有駱賓王一字，已罵宋玉爲罪人矣。」類説卷二六引五代史補：「仲舉，詩家之高逸者；其餘奴兵，乃閏氣耳。」

好事須相讓丁一、丁三、丁四、丁五、丁七、丁一〇、丁一五、掇瑣、文庫、校輯、詩集

好事須相讓，惡事莫相推。但能辦此意〔一〕，禍去福招來。（一五五）

【校】

莫相推　「推」，原作「堆」，據餘本改。

辦此意　「辦」，丁七同，丁三、丁四、丁五作「辯」，丁一作「辧」，文庫、詩集、校輯作「辨」。參見注一。

福招來　「招」，丁七作「將」。

【注】

〔一〕辦此意：做到這件事。「意」即事之義，三國志魏志夏侯玄傳裴注引魏氏春秋：「帝怒，將問豐死意，太后懼，呼帝入，乃止。」謂問豐死之事。文選卷四〇任昉奏彈劉整：「二月九日夜，婢采音偷車欄夾杖龍牽，范問失物之意，整便打息逡。」又：「范喚問何意打我兒。」御覽卷九六〇引幽明録：「空中有罵詈者言：『晚汝何意伐我家居！』」廣記卷二六二齊人學瑟（出笑林）：「齊人就趙人學瑟，因之先調，膠柱而歸，三年不成一曲。齊人怪之。有從趙來者，問其意，方知向人之愚。」又卷三二二王志都（出幽明録）：「婦曰：『我河南人，父爲清河太守，臨當見嫁，不知何由，忽然在此。』都具語其意。」又卷三一八謝邈之（出録異傳）：「小兒啼泣歔欷，此人喻止之不住，啼遂至曉。覽問何意，曰：『是僕兒，其母當嫁，悲戀故啼耳。』」青瑣高議後集卷九朱蛇記：「既坐，曰：『……前日小兒閒遊江岸，不幸爲頑童所辱，幾死羣小之手，賴君子仁義存心，特用百錢救此微命，不然，遂爲江壖之土也。』元方記救朱蛇之意。」以上

「意」即謂事也。亦可與「事」同義連文爲「事意」，如朝野僉載卷二：「上問在外有何事意，項奏曰：『臣幸預控鶴，爲陛下耳目，在外惟怪來俊臣狀不出。』」廣記卷二五九張玄靖（出御史臺記）：「會鄭仁恭方出使，問臺中事意，恭答曰：『竇節敗後，小張復呼我曹爲兄矣。』」又卷三一四李泳子（出野人閒話）：「陰府人間，事意不同，吾不欲苦問。」變文集大目乾連冥間救母變文：「闍梨苦死來相認，更説家中事意看。」

昔日田真分丁一、丁三、丁四、丁五、丁七、丁一〇、丁一四、丁一五、掇瑣、文庫、校輯、詩集

昔日田真分〔一〕，庭荆當即衰。平章却不異〔二〕，其樹復還滋。（一五六）

丁一四本自此首起。

【校】

田真分　「分」原殘，據丁三等補。「田」，丁四、丁七作「塡」；「分」，丁四作「紛」，皆音譌字。

庭荆當即衰　「庭」，原作「迋」，碑別字下平聲九青，魏孫秋生造象記「庭」作「迋」。「衰」，丁三、丁四作「裹」，形近而譌。

復還滋　「復」，餘本皆作「重」。

【注】

〔一〕分：指分財，亦即分家。田真事見御覽卷四二一引續齊諧記（較今本爲詳）：「田真兄弟三人，家巨富而殊不睦。忽共議分財，金銀珍物，各以斛量；田業生貲，平均如一。唯堂前一株紫荆樹，花葉美茂，共

議欲破爲三，人各一分，待明就截之。尔夕樹即枯死，狀火燃，葉萎枝摧，根莖燋悴。真至攜門而往之，大驚，（此二句琱玉集作「真旦攜鋸而往，見之大驚。」），謂諸弟曰：『樹本同株，聞當分析，所以燋悴，是人不如樹木也。』因悲不自勝，便不復解樹。樹應聲遂更青翠，華色繁美。兄弟相感，更合財産，遂成純孝之門。真以漢成帝時爲太中大夫。」琱玉集卷一二感應所載與此略同。按文選卷二八陸機豫章行：「三荊歡同株，四鳥悲異林。」李善注引古上留田行：「出是上獨西門，三荊同一根生，一荊斷絶不長。兄弟有兩三人，小弟塊摧獨貧。」細味歌意，似是言兄弟貧富不相照顧，非言分家也。田真故事當是由此衍生變化而來。御覽卷四一六引周景式孝子傳：「古有兄弟，忽欲分異，出門見三荊同株，接葉連陰，歎曰：『木猶欲聚，况我兄弟，而欲殊哉！』遂還，相爲雍和矣。」不云田真。又卷九五九亦引此節，注云「一曰田真兄弟」。云「一曰」者，不必定是田真兄弟。後世以庭荊喻兄弟，已成習語，如文苑英華卷七四八常德志兄弟論：「是以四鳥禽也，不能鳴離別之聲；三荊木也，不能忍分張之痛。矧在人流，有靦面目，析枝分骨，如何勿傷？」

〔二〕平章：商議。見〇三七首注一〇。　異：指異居，見一五四首注一。

孔懷須敬重丁一、丁三、丁四、丁五、丁七、丁一〇、丁一四、丁一五、掇瑣、文庫、校輯、詩集

孔懷須敬重〔一〕，同氣並連枝〔二〕。不見恒山鳥，孔子惡聞離〔三〕。（一五七）

【校】

孔懷　「懷」，原作「懐」。碑別字上平聲九佳，晉爨寶子碑「懷」作「懐」。

連枝　「枝」，丁一五作「胶」。

【注】

〔一〕孔懷：謂兄弟。隋書庶人秀傳：「嫉妬於弟，無惡不爲，無孔懷之情也。」顏氏家訓文章：「詩云『孔懷兄弟』，孔，甚也；懷，思也，言甚可思也。陸機與長沙顧母書，述從祖弟士璜死，乃言『痛心拔腦，有如孔懷』。心既痛矣，即爲甚思，何故言『有如』也？觀其此意，當謂親兄弟爲孔懷。」按詩小雅常棣、左傳昭公七年引詩，皆作「兄弟孔懷」。

〔二〕同氣：指兄弟、姊妹。曹植求自試表：「而臣敢陳聞於陛下者，誠與國分形同氣，憂患共之者也。」魏書任城王雲傳附孫順傳：「殿下既先皇同氣，宜遵成旨，自有短垣，而復踰之也？」宋之問留別之望舍弟：「同氣有三人，分飛在此晨。」廣記卷一七四崔仁師（出譚賓録）：「刑部以反逆緣坐，兄弟没官爲輕，改從死。仁師議，以爲父子天屬，昆季同氣，誅其父子，足累其心，此而不顧，何愛兄弟。」又卷二三〇王度（出異聞集）：「度弟勣，自六合丞棄官歸，又將遍遊山水，以爲長往之策。度止之曰：『……且吾與汝同氣，未嘗遠别，此行也，似將高蹈。』」通鑑唐中宗景龍元年：「況相王同氣至親，六合無貳，而賊臣日夜連謀，乃欲陷之極法；禍亂之根，將由此始。」以上皆指兄弟。貞觀政要禮樂：「原夫舅之與姨，雖爲同氣，推之於母，輕重相懸。」大唐新語酷忍：「往年高陽公主與朕同氣，與夫謀反，今阿舅復作惡心。」廣記卷一六〇李行脩（出續定命録）：「王氏有幼妹，嘗挈以自隨。行脩亦深所鞠愛，如己之同氣。」以上則指姊妹。　連枝：亦以喻兄弟。文選卷二九蘇武詩：「骨肉緣枝葉，結交亦相因。四海皆兄弟，誰爲行路人。況我連枝樹，與子同一身。」洛陽伽藍記卷一永寧寺：「朕之於卿，兄弟非遠；連枝分葉，興滅相依。」李白對雪獻從兄虞城宰：「昨夜梁園裏，弟寒兄不知。庭前看玉樹，腸斷憶連枝。」鶴林玉露乙編卷六：「法昭禪師偈云：『同氣連枝各自榮，些些言語莫傷情。一回相見一回老，能得幾時爲弟兄？』詞意藹然，足以啓人友于之愛。」按梵志此二句語出梁周興嗣千字文「孔懷兄弟，同氣連枝」。

〔三〕「不見恒山鳥」二句：説苑辨物：「孔子晨立堂上，聞哭者聲音甚悲。孔子援琴而鼓之，其音同也。孔子出而弟子有吒者。問：『誰也？』曰：『回也。』孔子曰：『回何而爲吒？』回曰：『今者有哭者，其音甚悲，非獨哭死，又哭生離者。』孔子曰：『何以知之？』回曰：『似完山之鳥。』孔子曰：『何如？』回曰：『完山之鳥生四子，羽翼已成，乃離四海，哀鳴送之，爲是往而不復返也。』孔子使人問哭者，曰：『父死家貧，賣子以葬之，將與其別也。』孔子曰：『善哉，聖人也。』」「完山」即恒山，孔子家語顏回載此事，則作「桓山」。左思悼離贈妹：「桓山之鳥，四子同巢，將飛將散，悲鳴忉忉。惟彼禽鳥，猶有號咷，况我同生，載憂載勞。」

兄弟寶難得丁一、丁三、丁四、丁五、丁七、丁一〇、丁一四、丁一五、文庫、校輯、詩集

兄弟寶難得〔一〕，他人不可親。但尋莊子語，手足斷難論〔二〕。（一五八）

【校】

寶難得　「寶」，各本同，唯丁七作「保」，亦「寶」字音訛。校輯作「實」，非是。

不可親　「親」，原本、丁一〇作「嗔」，餘本皆作「親」，茲據改。

莊子語　「莊」，各本作「庄」，同。變文集鷰子賦：「大宅居山所，此乃是吾庄。」

断難論　「断」，丁三作「但」。

【注】

〔一〕兄弟實難得：北齊書蘇瓊傳：「天下難得者兄弟，易求者田地。」通鑑唐太宗貞觀十年載太宗語：「諸子尚可復有，兄弟不可復得。」

〔二〕「但尋莊子語」二句：按敦煌遺書伯二五九八新集九經文詞抄：「莊子云：兄弟如手足，妻子如衣服。衣服破而更新，手足斷而難續。」然此語實不見於莊子本文。伯二七二一雜鈔亦云：「兄弟如手足，妻子如衣服，〔衣服〕破而更新，手足斷而難續。」斯五五八八録歌辭云：「姊妹兄弟如手足，斷卻難相續。」故知此語實爲唐代民間流行之諺語，而附會爲莊子之語耳。惟兄弟手足之喻，由來亦甚早。儀禮喪服傳：「昆弟，四體也。」賈公彦疏：「四體謂二足二手，在身之旁。昆弟亦在父之旁，故云四體也。」

尊人相逐出 丁一、丁三、丁四、丁五、丁七、丁一〇、丁一四、丁一五、掇瑣、文庫、校輯、詩集

尊人相逐出〔一〕，子莫向前行〔二〕。識事須相逢，情知乏禮生〔三〕。（一五九）

丁一五本至此首止。

【校】

須相逢　餘本皆作「相逢見」。

【注】

〔一〕尊人：指父輩。　相逐：相隨。何遜門有車馬客：「寸心將夜鵲，相逐向南飛。」廣記卷三〇四張光

晟（出集異記）：「諸公能相逐徑往至沘宅，召之俱西乎？」變文集董永變文：「不棄人微同千載，便與相逐事阿郎。」

〔二〕子莫向前行：按敦煌本太公家教亦云：「其父出行，子須從後。」

〔三〕情知：明知。後漢書王符傳引潛夫論貴忠篇：「情知積粟腐倉，而不忍貸人一斗。」（今本潛夫論篇名忠貴，「情」作「寧」。）隋唐嘉話卷中：「楊汴州德幹，高宗朝爲萬年令。有宦官恃貴寵，放鷂不避人禾稼。德幹擒而杖之二十，悉拔去鷂頭。宦者涕泣袒背以示於帝，帝曰：『你情知此漢獰，何須犯他百姓？』竟不之問。」張旭春草：「情知海上三年別，不寄雲間一紙書。」王建春意：「去日丁寧別，情知寒食歸。」司空圖偶書五首之一：「情知了得未如僧，客處高樓莫强登。」敦煌曲校録禪門十二時：「日出卯，取鏡當心照，情知内外空，更莫生煩惱。」　乏禮生：不知禮之人。

尊人共客語丁一、丁三、丁四、丁五、丁七、丁一〇、丁一四、掇瑣、文庫、校輯、詩集

尊人共客語，側立在傍聽。莫向前頭鬧，喧乱作鵶鳴〔一〕。（一六〇）

【校】

共客語　「語」，丁七塗去改「飲」字。

【注】

〔一〕喧乱：隋書李士謙傳：「李氏宗黨豪盛，每至春秋二社，必高會極歡，無不沉醉諠亂。」　鵶鳴：比喻噪音。五燈會元卷一二香山道淵禪師：「酒市魚行，頭頭寶所；鵶鳴鵲噪，一一妙音。」又卷一七黃龍

慧南禪師：「從朝至暮，鵲噪鵶鳴，皆應喫棒。」清褚人穫堅瓠集卷二壁詩四絶：「敖東谷英一日山行，午飯農家，見壁上四絶句，意甚警策。或曰：晦翁詩也。鵲噪未爲吉，鵶鳴豈是凶。人間凶與吉，不在鳥音中。」知古人或以鵶鳴爲凶音也。

主人無牀枕

丁一、丁三、丁四、丁五、丁七、丁一〇、丁一四、丁一六、掇瑣、文庫、校輯、詩集

主人無牀枕，坐旦捉狗親〔一〕。莫學庸才漢〔二〕，無事弃他門〔三〕。（一六一）

丁一六自此首起。按丁一六本乃一碎片。

【校】

牀枕　「枕」，各本皆作「杦」，丁一四作「梡」。

坐旦捉狗親　「旦」，各本作「且」，唯丁七作「旦」，兹據改。「狗」，各本作「猗」，丁五作「猗」。碑别字上聲二十五有，齊道興造像記「狗」作「猗」。「親」，原本、丁三、丁七作「狐」；丁四、丁五、丁一〇作「孤」，皆出韻。兹據文意改作「親」，見注一。

庸才漢　「庸才」，原作「痛才」，丁三、丁五、丁七作「庯才」，丁四作「庯財」，丁一〇作「用財」。按當作「庸才」，「庯」即「庸」字别體。

弃他門　「弃」，各本同，唯丁五作「去」，校輯從之。楚按作「弃」作「去」皆通，兹從衆。

【注】

〔一〕坐旦：坐以達旦。捉狗親：按顔氏家訓勉學：「義陽朱詹，世居江陵，後出揚都。好學，家貧無資，

累日不爨，乃時吞紙以實腹。寒無氈被，抱犬而卧。犬亦飢虚，起行盗食，呼之不至，哀聲動隣。猶不廢業，卒成學士。」「抱犬而卧」即此句之「捉狗親」也。

〔二〕庸才漢：無用之輩。三國志吴志劉繇太史慈士燮傳評曰：「士燮作守南越，優游終世，至子不慎，自貽凶咎，蓋庸才玩富貴而恃阻險，使之然也。」朝野僉載卷一：「庸才者得官以爲榮，有才者得官以爲辱。」

〔三〕無事：無須，不必。見一三二首注一〇。

立身行孝道丁一、丁三、丁四、丁五、丁七、丁一〇、丁一三、丁一四、丁一六、掇瑣、文庫、校輯、詩集

立身行孝道，省事莫爲愆〔一〕。但使長無過，耶孃高枕眠。（一六二）

丁一三本自此首起。

【校】

省事莫爲愆　「省」，原作「有」，據餘本改。「愆」，原作「僁」，干禄字書平聲：「僁愆上俗下正。」與此類似。

但使　原作「行使」，據丁三、丁五、丁一〇改。丁四作「但知」，丁七作「但能」，亦通。

高枕眠　「眠」，原作「䏙」。

【注】

〔一〕省事：少惹事。韓愈月蝕詩效玉川子作：「蝦蟆掠汝兩吻過，忍學省事不以汝觜啄蝦蟆。」蔣抱玄注

引管子地員篇：「其人輕直，省事少食。」按説苑敬慎：「無多事，多事多患。」亦此意也。愆：過失。

耶孃行不正丁一、丁三、丁四、丁五、丁七、丁一〇、丁一三、丁一四、丁一六、掇瑣、文庫、校輯、詩集

耶孃行不正，万事任依從。打罵但知默〔一〕，無應即是能〔二〕。（一六三）

【校】

万事任依從　「万」，原作「不」，據餘本改。　「依」，丁一六作「衣」。

無應　「應」，丁五作「膺」，即「應答」之「應」的專用字。

【注】

〔一〕但知：只管，「知」字不爲義。王績過酒家：「對酒但知飲，逢人莫强牽。」參見一四二首注二。

〔二〕應：回嘴。敦煌本太公家教：「夫罵一言，反應十口。」無量壽經卷下：「父母教誨，瞋目怒應，言令不知，違戾反逆。」亦作「應對」，寒山詩：「有人來罵我，分明了了知。雖然不應對，卻是得便宜。」變文集父母恩重經講經文：「父母忽然處分，輒莫應對二親。」

楚按：儒家提倡孝道，對於父母過失應取何種態度，説法不盡一致。孝經諫諍章：「父有爭子，則身不陷於不義。……故當不義則爭之；從父之令，又焉得爲孝乎？」孔子家語三恕：「父有爭子，不陷無禮。……故子從

父命，奚詎爲孝？」則主張力爭。禮記曲禮下：「子之事親也，三諫而不聽，則號泣而隨之。」又内則：「父母有過，下氣怡色，柔聲以諫。諫若不入，起敬起孝，説則復諫。不説，與其得罪於鄉黨州閭，寧孰諫。父母怒，不説，而撻之流血，不敢疾怨，起敬起孝。」又祭義：「父母有過，諫而不逆。」雖主張諫諍，已覺軟弱無力。禮記檀弓上：「事親有隱而無犯。」鄭玄注：「隱謂不稱揚其過失也；無犯，不犯顔而諫。」則已采取含忍態度。若梵志此詩云「耶孃行不正，万事任依從」，則純乎愚孝矣。

尊人嗔約束　丁一、丁三、丁四、丁五、丁七、丁一〇、丁一三、丁一四、丁一六、掇瑣、文庫、校輯、詩集

尊人嗔約束〔一〕，共語莫江降〔二〕。縱有些些理〔三〕，無煩説短長。（一六四）

【校】

江降　丁七、丁一〇同。丁三作「肛降」，丁四作「江絳」，丁五、校輯作「⿰馬工⿰馬夅」，詩集作「訌佭」。參見注二。

些些　「些」，各本作「歩」，唯丁七作「奢」。按「歩」同「些」。劉乂冰柱：「倏然漂去無餘歩。」

短長　「短」，原本、丁一四、丁一六作「矩」，據丁四改。

【注】

〔一〕約束：管教。廣記卷一二四王簡易（出報應録）：「某舊使僮僕，年在妙齡。偶因約束，遂致斃。」變文集父母恩重經講經文：「父母喚來約束，肬脣不語生真（嗔）。」又：「約束時直要諦聽，嗔罵則莫生祇對。」敦煌曲校録天下傳孝十二時：「耶娘約束須領受，檢校好惡莫生嗔。」

〔二〕 江降：唐人俗語，形容撅嘴之貌，同上條注引之「肬脣」。別本或作「肛降」「江絳」「䑤𩣺」，蓋俗語記音之字，本無定形。其倒文則作「胮肛」，敦煌遺書伯三七一六趙洽醜婦賦：「仡脂磨邏之面，恶努胮肛之觜。」「胮肛」形容嘟嘴之貌，與梵志詩「江降」用法正同。按「胮肛」本義爲腫貌。廣雅釋詁二：「肬、胮肛、膁腺，腫也。」韓愈病中贈張十八：「連日挾所有，形軀頓胮音滂肛。」皮日休太湖石：「胮肛筧篬筍，格磔琅玕株。」蓋怪石凸出之貌有似於腫，故云「胮肛」。而努脣撅嘴亦如腫之凸出，故亦云「胮肛」，亦即梵志詩之「江降」也。

〔三〕 些些：少許。白居易南龍興寺殘雪：「不擬人間更求事，些些疏懶亦何妨。」又贈諸少年：「官給俸錢天與壽，些些貧病奈吾何。」方干贈美人：「年幾未多猶怯在，些些私語怕人疑。」變文集捉季布傳文：「怜卿計策多謀悰(略)，舊惡些些總莫論。」又鷰子賦：「通融放到明日，還有些些束羞(脩)。」

有事須相問丁一、丁三、丁四、丁五、丁七、丁一〇、丁一三、丁一四、丁一六、掇瑣、文庫、校輯、詩集

有事須相問，平章莫自專〔一〕。和同相用語〔二〕，莫取婦兒言〔三〕。（一六五）

【注】

〔一〕 平章 商量。見〇三七首注一〇。

〔二〕 和同 和睦。左傳成公十六年：「民生敦厖，和同以聽。」三國志魏志王粲傳裴注：「孫權自此以前，尚與中國和同，未嘗交兵。」韋應物易言：「未若同心言，一言和同解千結。」寒山詩：「汝受我調伏，

我共汝覓活。從此盡和同，如今過菩薩。」變文集茶酒論：「從今已後，切須和同，酒店發富，茶坊不窮，長爲兄弟，須得始終。」　用：聽從。書甘誓：「用命賞于祖，弗用命戮于社。」漢書張耳陳餘傳贊：「何鄉者慕用之誠，後相背之盭也！」北史楊愔傳：「不用智者言，以至於此，豈非命也！」又尒朱榮傳：「天子由誰得立？今乃不用我語！」

〔三〕取：亦聽從之義。史記匈奴列傳：「冒頓縱精兵四十萬騎，圍高帝於白登。……閼氏乃謂冒頓曰：『兩主不相困。今得漢地，而單于終非能居之也。且漢主亦有神，單于察之。』冒頓與韓王信之將王黄、趙利期，而黄、利兵又不來，疑其與漢有謀，亦取閼氏之言，乃解圍之一角。」酉陽雜俎續集卷三支諾皋下：「我輩早爲所掠，醉其幻術，歸路永絶。君若要歸，第取我教。」劇談録卷下，述唐玄宗奔蜀，登駱谷，曰：『吾取（張）九齡之言，不到於此。』竇弘餘廣謫仙怨序作「吾聽九齡之言」。佛本行集經卷二六向菩提樹品中：「諸智人來相開諫，若不取語此難治。」祖堂集卷二第三十三祖慧能和尚：「取吾語者，決證菩提；依吾行者，定證聖果。」變文集父母恩重經講經文：「須取勸，莫疑猜，聞了還須改性懷。」按「莫取婦兒言」，封建時代觀念如此。史記陳丞相世家：「鄙語曰：兒婦人口不可用。」列女傳卷七殷紂妲己：「比干諫曰：『不修先王之典，而用婦言，禍至無日。』」隋書高祖紀：「唯婦言是用，廢黜諸子。」敦煌本百行章道行章：「婦人之言，不可專用。」通俗編卷二二不聽婦人言：「漢書王陵傳引鄙語曰：『婦人口，不可用。』晉書劉伶傳：『婦人之言，慎不可聽。』明史孝義傳：太祖問鄭濂治家長久之道，對曰：『謹守祖訓，不聽婦言。』」

耶孃年七十丁一、丁三、丁四、丁五、丁七、丁一〇、丁一三、丁一四、丁一六、掇瑣、文庫、校輯、詩集

耶孃年七十，不得遠東西〔一〕。出後傾危起〔二〕，元知兒故違〔三〕。（一六六）

丁一〇本至此首止。

【校】

不得遠東西　丁一四作「不得離傍邊」，出韻，蓋與下首第二句錯簡。

傾危起　「起」，丁三、丁四、丁七、丁一三作「去」，乃音譌字。

元知兒故違　「元」，丁一四作「無」。「兒」，丁一四作「如」。「故」，丁五作「固」，亦音譌字。

【注】

〔一〕東西：周一良曰：「東西作動詞用，意爲離去、逃走，乃唐人習語。唐會要卷八五逃户條載大中二年制：『所在逃户，見在桑田屋宇等，多是暫時東西，便被鄰人與所由等計會（處置）。雖云代納稅錢，悉將斫伐毀折。』暫時東西猶言暫時逃亡離去。舊唐書鄭雲逵傳有『勿許東西』。圓仁入唐求法巡禮行記開成四年八月十三日記有『東西不知去處』。敦煌文書伯二五〇二號：『如身東西不在』，伯三四五八號『若身東西不善者，一仰口承弟兵馬使羅恒抵當』，伯三五〇一號『若身東西不平善者』。其他契約文書中稱東西之例甚多。不善或不平善蓋指死亡，故與逃離并舉。」王梵志詩的幾條補注。楚按：周説甚是。梵志

此詩之「東西」，即離去之義。此義見於文人筆下者，如韋應物送澠池崔主簿：「東西殊不遠，朝夕待佳聲。」又送李儋：「反念行路子，拂衣自西東。」白居易朱陳村：「東西不暫住，來往若浮雲。」

〔二〕傾危：傾覆，比喻遭到危險。漢書王嘉傳：「外奉師旅，內振貧民，終無傾危之憂。」北齊書高季式傳：「吾兄弟受國厚恩，與高王共定天下，一旦傾危，亡去不義。」此詩之「傾危」，則指父母身故。

〔三〕違：亦離去之義。禮記表記：「事君三違而不出竟。」鄭玄注：「違猶去也。」

耶孃絶年邁丁一、丁三、丁四、丁五、丁七、丁一三、丁一四、丁一六、掇瑣、文庫、校輯、詩集耶孃絶年邁〔一〕，不得離傍邊。曉夜專看侍〔二〕，仍須省睡眠〔三〕。（一六七）

【校】

不得離傍邊　丁一四作「不得遠東西」，出韻，蓋與上首第二句錯簡。

看侍　「侍」，原本及丁一三作「待」，據餘本改。

仍須　「仍」，丁四作「何」。

省睡眠　「省」，原作「有」，據餘本改。「睡」，原作「腄」，餘本作「睡」。丁七此三字作「更省眠」。

【注】

〔一〕絶：極。

〔二〕看侍：服侍。敦煌曲校録十二時：「親生父母似閑人，未省晨昏略看侍。」又：「性命惟憂頃刻間，渾家大小專看侍。」

〔三〕省睡眠：按文選卷一八馬融長笛賦李善注引尸子：「孝己事親，一夜而五起，視衣厚薄，枕之高下也。」即此句之意。

四大乖和起丁一、丁三、丁四、丁五、丁七、丁一三、丁一四、丁一六、掇瑣、文庫、校輯、詩集

四大乖和起〔一〕，諸方請療醫。長病煎湯藥，求神覓好師〔二〕。（一六八）

丁一六本至此首止。

【校】

乖和起　「起」，丁一六作「去」。

請療醫　「請」，餘本作「早」。

【注】

〔一〕四大：指人身，見〇八一首注一。「四大乖和」謂患病，「乖和」亦云「違和」。義淨南海寄歸内法傳卷三：「夫四大違和，生靈共有，八節交競，發動無恒，凡是痾生，即須將息。」祖堂集卷六洞山和尚：「四大違和，還有不病者無？」變文集維摩詰經講經文：「四大違和常日事，不勞君等驀然驚。」又：「居士，何故有疾？爲移（復）是四大違和？爲復是教化疲倦？」

〔二〕師：這裏指巫師。搜神記卷一七：「東萊有一家姓陳，家百餘口。朝炊，釜不沸。舉甑看之，忽有一白頭公從釜中出，便詣師卜。師云：『此大怪，應滅門。』」朝野僉載卷三：「中宗之時，有見鬼師彭君卿

被御史所辱。」廣記卷四八七霍小玉傳：「博求師巫，遍詢卜筮。」變文集不知名變文：「更有師師謾語一段。脱空下□燒香呵，來出頃去，逡巡呼（胡）亂説詞。」又：「更説師婆慢語話。」「師師」即巫師，「師婆」即巫婆。管錐編曰：「楚辭九歌東君：『思靈保兮賢姱』，洪興祖注：『説者曰：靈保，神巫也』；俞玉書齋夜話卷一申其説曰：『今之巫者，言神附其體，蓋猶古之尸』；故南方俚俗稱巫爲太保，又呼爲師人，師字亦即是尸字。』」一一五六頁。

楚按：此首先云「諸方請療醫」，後云「求神覓好師」，蓋古代民間治病，醫術與巫術雜舉，科學與迷信並用。説苑修文：「使有司弔死問疾，憂以巫醫。」變文集父母恩重經講經文：「忽然男女病纏身，父母憂煎心欲碎。念佛求神乞護持，尋醫卜問希痊瘥。」又：「尋醫卜問无時歇，拜鬼求神更不休。直待女男安健了，阿娘方始不憂愁。」至若廬山遠公話：「世間妙術，只治有命之人，畢（必）死如何救得？□能療藥，不能痊損，累日連宵，受諸大苦。假使祁（耆）婆濃藥，扁鵲行針，死病到來，無能勉（免）得。世人狂（枉）受邪言，未病在床，便寃（賽）神鬼，燒錢解禁，狂（枉）殺衆生。」則并醫術與巫術一概視爲無用矣。

親中除父母丁一、丁三、丁四、丁五、丁七、丁一三、丁一四、掇瑣、文庫、校輯、詩集

親中除父母，兄弟更無過〔一〕。有莫相輕賤，無時始認他〔二〕。（一六九）

【校】

始認他　「認」，丁一四作「任」。

【注】

〔一〕兄弟更無過：按白居易祭符離六兄文亦云：「親莫愛於弟兄。」

〔二〕「有莫相輕賤」二句：「有」即有錢，謂富；「無」即無錢，謂貧。○六六首「有時急造福，實莫相疑悮。」「有時」即富時；二九三首「我今乍無初，還同昔日你。」「乍無」即乍貧。○二四首「貧無巡門乞」，「貧無」即貧窮。此二句言莫於富時翻臉不認窮兄弟，直待窮時方叙手足之情。

主人相屈至丁一、丁二、丁三、丁四、丁五、丁七、丁一三、丁一四、掇瑣、文庫、校輯、詩集

主人相屈至〔一〕，客莫先入門〔二〕。若是尊人處，臨時自打門〔三〕。（一七〇）

丁二本自此首起。

【校】

打門　「打」，丁四本作「朾」。變文集李陵變文：「漢賊不朾（打）自死。」

【注】

〔一〕屈：邀請。廣記卷三一許老翁（出仙傳拾遺）：「而章仇公聞李姿美，欲窺覘之，乃令夫人特設筵會，屈府縣之妻，罔不畢集。」又卷一〇九李氏（出冥祥記）：「老母乃屈鄉閭眷屬及隱禪師行道。」又卷一五三崔朴（出續定命録）：「炎才下馬，屈崔少府相見。」又卷一八一裴德融（出盧氏雜説）：「盧簡求爲右丞，裴與除郎官一人同參。到宅，右丞先屈前一人入。」又卷三〇五王法智（出廣異記）：「令屈滕十二郎，久之方至。」變文集捉季布傳文：「屈得夏侯蕭相至，登筵赴會讓卑尊。」又廬山遠公話：「遂令

左右，交屈夫人。夫人蒙屈，來至西門前。」又葉淨能詩：「門人亦(一)見，走報岳神云：『太一使至。』岳神便屈，使人直入殿前。」又降魔變文：「須達買得太子園，踊悦身心情不已。即屈舍利入園中，校量步度觀其地。」又衹園因由記：「其夜嚴飾宅宇，廣敷茵蓐，大小奔馳，營辦食飲。須達愴(倉)至，莫知所由：『爲屈王耶？臣耶？』護彌答曰：『請仏供養。』」敦煌曲校録十恩德：「爲男女作姻，殺個猪羊屈閑人。」又十二時：「命親鄰，屈朋友。撫掌高歌飲醲酎。」

〔二〕客莫先入門：按禮記曲禮上：「凡與客入者，每門讓於客。客至於寢門，則主人請入爲席，然後出迎客。客固辭，主人肅客而入。」

〔三〕臨時：屈時。變文集王昭君變文：「妾死若留故地弆(葬)，臨時□(請)報漢王知。」又維摩詰經講經文：「似諸天，一寶器，食饌臨時各有異，福微之者遂蔬食，福盛之人皆上味。」按晚輩至尊人處，自不須尊人迎接，然亦須敲門方入，故云「臨時自打門」。李義山雜纂失去就：「不敲門直入人家。」

北京晚報一九八三年六月十四日三版。載唐代瓷壺上的一首詩云：「湖南長沙窑曾出土過一件唐代瓷壺，壺高十八釐米，最大腹徑十五釐米。壺腹的一首五言詩寫着：『客人莫直入，直入主人宴(厭)。打門二三下，自有出來人。』這首詩寫在壺上，是否有『倒水』的雙關語意，頗耐人尋味，但另一方面，又宣傳了到人家串門時的禮貌，不可多得。」楚按：此詩雙關「倒水」語意倒看不出。唯詩意與梵志此詩頗相似，亦可見注明「王梵志詩一卷」之敦煌寫本所收九十二首五言四句格言式白話小詩，實屬唐代民間極爲流行之通俗詩體。

親家會賓客丁一、丁二、丁三、丁四、丁五、丁七、丁九、丁一三、丁一四、掇瑣、文庫、校輯、詩集

親家會賓客〔一〕，在席有尊卑。諸人未下筯〔二〕，不得在前椅〔三〕。（一七一）

丁九本自此首起，僅存末句。

【校】

未下筯　「筯」，原作「筋」，丁四作「箱」。據餘本改。

在前椅　「椅」，丁九同；丁三、丁四作「掎」；丁三傍注「倚」；丁五作「据」；丁七、丁一三作「掎」，詩集作「倚」。參見注三。

【注】

〔一〕親家：親戚。續漢書禮儀志上：「東都之儀，百官、四姓親家婦女、公主、諸王大夫、外國朝者侍子、郡國計吏會陵。」劉昭注引蔡邕獨斷曰：「凡與先后有瓜葛者。」

〔二〕諸人：別人。見〇三七首注八。

〔三〕椅：以筯夾物。世說新語黜免：「桓公坐有參軍椅烝薤不時解，共食者又不助，而椅終不放，舉座皆笑。」字本作「攲」，敦煌掇瑣一〇四俗務要名林：「攲。以筋（筯）取物也，曲宜反。」御覽卷七六〇引通俗文：「以箸取物曰攲音羈。」廣韻上平聲五支：「攲，箸取物也。說文曰：持去也。」釋氏要覽卷下燃

燈：「不得用口吹，當將筯敧燼折去之。」原注：「敧音羈，言取物也。記作鞘，非也。」字亦作「掎」，敦煌掇瑣一〇三字寶碎金：「筯掎夾音飢，又剞。」按李義山雜纂失去就：「主人未揖客，先舉箸。」敦煌掇瑣七七雜抄：「言十無去就者……主人未勸，先舉匙筋（筯）匕。」敦煌本太公家教：「與人共食，慎莫先嘗；與人共飲，莫先把觴。」蓋古人禮節如此。

親還同席坐丁一、丁二、丁三、丁四、丁五、丁七、丁九、丁一三、丁一四、掇瑣、文庫、校輯、詩集

親還同席坐，知卑莫上頭〔一〕。忽然人恠責〔二〕，可不衆中羞〔三〕。（一七二）

【校】

知卑　「知」，原脱，據餘本補。

恠責　「恠」，原作「炷」，丁三作「乖」，丁一四作「垗」，據餘本改。校輯作「怪」，同。

可不　丁四、丁七作「不可」，參見注三。

【注】

〔一〕知卑莫上頭：言卑者莫據上座。李義山雜纂愚昧：「會聚不識尊長位次。」亦言此事。

〔二〕忽然：如果、假使。見一二六首注四。

〔三〕可不：豈不。顏氏家訓雜藝：「王褒地胄清華，才學優敏，後雖入關，亦被禮遇。猶以書工，崎嶇碑碣之間，辛苦筆硯之役。嘗悔恨曰：『假使吾不知書，可不至今日耶？』」廣記二四八盧嘉言（出啓顔録）：

「往復數迴，三僧並屈，嘉言乃笑謂曰：『三箇阿師，並不解槜蒱。』僧未喻，嘉言即報言：『可不聞槜蒱人云：三箇秃，不敵一箇盧。』」又二八五太白老僧載宣室志逸文：「莫若襲輕裘，馳駿馬，遊朝市，可不快平生志？」變文集伍子胥變文：「共子爭妻，可不慚於天地？」又：「可不聞道：成謀不説，覆水難收？」

尊人立莫坐丁一、丁二、丁三、丁四、丁五、丁七、丁九、丁一三、丁一四、掇瑣、文庫、校輯、詩集

尊人立莫坐，賜坐莫背人〔一〕。𨁝坐無方便〔二〕，席上被人嗔。（一七三）

【校】

𨁝坐　「𨁝」，原本、丁二、丁三、丁四、丁一四皆作「存」，丁五作「鐏」，丁七作「在」。按此字應作「𨁝」。變文集捉季布傳文：「題姓署名似鳳舞，書年着月象焉存。」「象焉存」應作「象烏𨁝」。丁七本「在」爲「存」之譌，丁五本「鐏」則「蹲」之譌。參見注二。

【注】

〔一〕賜坐莫背人：按背人而坐，極爲失禮。敦煌本武王家教：「何名爲七奴？……起坐背人，爲五奴。」

〔二〕𨁝：同「蹲」，集韻二十三魂：「蹲，説文：踞也。或作𨁝。」方便，這裏是規矩、法度之義，「無方便」即不合規矩。元稹望雲騅馬歌：「圉人還進望雲騅，性强步闊無方便。分騣擺杖頭太高，擘肘迴頭項難轉。人人共惡難迴跋，潛遺飛龍減芻秣。」唐摭言卷一二酒失：「元相公在浙東時，賓府有薛書記，飲酒

醉後，因爭令擲注子，擊傷相公猶子，遂出幕。醒來乃作十離詩上獻府主：……隴西獨自一孤身，飛去飛來上錦裀。都緣出語無方便，不得籠中更喚人。鸚鵡離籠。」（全唐詩屬之薛濤）按古人坐式，以臀部靠於脚後跟，「蹲坐」則以臀着地，於禮不恭，故云「無方便」也。

尊人對客飲丁一、丁二、丁三、丁四、丁五、丁七、丁九、丁一三、丁一四、掇瑣、文庫、校輯、詩集

尊人對客飲，卓立莫東西〔一〕。使喚須依命，弓身莫不齊〔二〕。（一七四）

【校】

卓立　「卓」，丁七作「側」，見注一。

弓身　「弓」，丁二、丁四、丁七同；丁三、丁五、丁九作「躬」，參見注二。

【注】

〔一〕卓立：直立、豎立。元稹望雲騅馬歌：「上前噴吼如有意，耳尖卓立節踠奇。」李咸用石版歌：「直方挺質貞且真，當庭卓立凝頑神。」酉陽雜俎續集卷三支諾皋下：「旬月後，舊州地方乾，除大石外，更無一物，惟開元寺玄宗真容閣去本處十餘步，卓立沙上，其他鐵石像，無一存者。」廣記卷一二四裴垣載北夢瑣言逸文：「宗黯大怒，召裴至，誣以他事，生沉灩澦堆水中，三日尸不流。宗黯遣人命挽而下，經宿逆水復上，卓立波面，正視衙門。」又卷二四二竇少卿（出王氏見聞）：「店主遂坎路側以埋之，卓一牌向道曰『竇少卿墓』。」又卷三八六劉氏子妻（出原化記）：「門開，直入

燈前，置屍於地，卓然而立。」變文集伍子胥變文：「婦人卓立審思量，不敢向前相附近。」又維摩詰經講經文：「卓然立在於仏前，側耳專聽於勑命。」亦作「綽立」。白居易行簡初授拾遺同早朝入閤因示十二韻：「鬬班花接萼，綽立雁分行。」元稹陰山道：「綽立花塼鵷鳳行，雨露恩波幾時報。」丁七本作「側立」，亦非誤，與「卓立」皆表示恭敬。北齊書楊愔傳：「太皇太后臨昭陽殿，太后及帝側立。」魏書房景先傳：「景先沉敏方正，事兄恭謹，出告反面，晨昏參省，側立移時。兄亦危坐，相敬如對賓客。」廣記卷三八五崔紹（出玄怪録）：「其神見天王，側立敬懼。」　東西：謂離去，見一六六首注一。

〔二〕　弓身：彎身，表示恭敬。別本作「躬身」，同。宋吴自牧夢粱録卷一車駕詣景靈宮孟饗：「駕將至，左右首各一員閤門官屬，乘馬執絲鞭，天武官前導引，至官寮起居亭，高聲唱曰：躬身不要拜，唱喏，直身立，奏聖躬萬福。嵩呼而行。」蓋「弓」爲凡彎之義，「躬」則「弓身」之專用字。　齊：謂自整齊之，亦侍尊者時恭敬之貌。禮記曲禮上：「若夫，坐如尸，立如齊。」鄭玄注：「齊謂祭祀時。」孔穎達正義：「立如齊者，人之倚立，多慢不恭，故戒之云：倚立之時，雖不齊，亦當如祭前之齊，必須磬折屈身。」又云：「『齊謂祭祀時』者，凡齊皆在祭前，自整齊之名，並於適寢之中坐而無立。今云『立如齊』者，齊有立者，但祭前有齊，所以自整齊也，則祭日神前亦當齊，則齋者是先後稱也。此言『立如齋』，非祭前坐齋，故鄭云『齋謂祭祀時』也。若然，此『立』謂侍尊者之時。故玉藻云『凡侍於君，紳垂，足如履齋，視下聽上』是也。」

尊人与酒喫丁一、丁二、丁三、丁四、丁五、丁七、丁九、丁一三、丁一四、掇瑣、文庫、校輯、詩集

尊人与酒喫，即把莫推辭。性少由方便〔一〕，圓融莫遣知〔二〕。（一七五）

【校】

与酒喫　「酒」，原作「須」，據各本改。

推辭　「推」，原本、丁一四作「堆」，據丁五、丁七、丁九改。　「辭」，原本、丁二、丁四、丁七、丁九作「辝」，丁三、丁五作「辤」。按辭讓之義，「辤」爲本字，「辭」爲借字，「辝」則籀文。説文：「辤，不受也。从受辛，受辛宜辤之也。辝，籀文辤。」段注：「聘禮：『辭，曰：非禮也敢。』注曰：『辭，不受也。』按經傳凡辤讓皆作辭説字，固屬叚借，而學者乃罕知有辤讓本字，或又用辤爲辭説，而愈惑矣。」

性少由方便　「少」，丁五、丁九作「小」。「由」，丁七作「無」。詩集改作「猶」。

圓融莫遣知　「融」，原作「隔」，據餘本改。　「知」，丁三、丁五作「之」，乃音譌字，校輯據改，非是。

【注】

〔一〕性少：謂天性少飲酒。御覽卷七四三引孟宗別傳：「孟宗爲光禄勳，嘗大會，公先少飲酒，偶有强者，飲一杯便吐。」北夢瑣言卷六：「陸相扆出典夷陵時，有士子修謁，相國與之從容，因命酒勸此子，辭曰：『天性不飲酒。』」亦「性少」之例。　由方便：任憑設法處置。「方便」即設法之義，見二四四首注三。

〔二〕圓融：面面俱到，此處謂各方面都不得罪。首楞嚴經卷四：「又如來説地水火風，本性圓融，周徧法界，湛然常住。」

楚按：此首言尊人賜酒，不得推辭，倘不善飲，亦須巧妙處置掩飾，總要做得天衣無縫，莫令尊人得知，而生不快。禮記曲禮上：「侍飲於長者，……長者賜，少者賤者不敢辭。」敦煌本太公家教：「尊人賜酒，必須拜受。」蓋賜酒不飲，於禮爲不恭，古人多有因此獲罪失歡者。如三國志吴志虞翻傳：「權既爲吴王，歡宴之末，自起行酒。翻伏地陽醉，不持。權去，翻起坐。權於是大怒，手劍欲擊之。侍坐者莫不惶遽，惟大司農劉基起抱權諫曰：『大王以三爵之後殺善士，雖翻有罪，天下孰知之？且大王以能容賢畜衆，故海内望風，今一朝棄之，可乎？』權曰：『曹孟德尚殺孔文舉，孤於虞翻何有哉？』基曰：『孟德輕害士人，天下非之。大王躬行德義，欲與堯舜比隆，何得自喻於彼乎？』翻由是得免。」世説新語忿狷：「王大、王恭嘗俱在何僕射坐。恭時爲丹陽尹，大始拜荆州。訖將乖之際，大勸恭酒。恭不爲飲，大逼彊之，轉苦，便各以帬帶繞手。恭府近千人，悉呼入齋，大左右雖少，亦命前，意便欲相殺。何僕射無計，因起排坐二人之間，方得分散。」北史西魏文帝紀：「帝性强果，始爲太尉時，侍中高隆之恃渤海王高歡之黨，驕狎公卿。因公會，帝勸酒不飲，怒而毆之，罵曰：『鎮兵，何敢爾也！』」

尊人同席飲

丁一、丁二、丁三、丁四、丁五、丁七、丁九、丁一三、丁一四、掇瑣、文庫、校輯、詩集

尊人同席飲，不問莫多言〔一〕。縱有文章好，留將餘處宣。（一七六）

【校】

留將　「留」，原作「畱」。碑別字下平聲十一尤，漢張遷碑「留」作「畱」。

【注】

〔一〕不問莫多言：按禮記曲禮上：「見父之執，……不問不敢對，此孝子之行也。」大戴禮記曾子事父母：「弗訊莫言。」三國志魏志司馬朗傳裴注引司馬彪序傳：「諸子雖冠成人，不命曰進不敢進，不命曰坐不敢坐，不指有所問不敢言，父子之間肅如也。」

巡来莫多飲　丁一、丁二、丁三、丁四、丁五、丁七、丁九、丁一三、丁一四、掇瑣、文庫、校輯、詩集

巡来莫多飲〔一〕，性少自須監〔二〕。勿使聞狼狽〔三〕，交他諸客嫌〔四〕。（一七七）

丁一四本至此首止，所存僅「飲」一字而已，下有「不问」二字，已加「卜」號删去。

【校】

性少自須監　丁五「少」作「小」，「須」作「莫」。丁九此句作「性自」，下接下首「盡遠迎」，中間脱去約二十字。

【注】

〔一〕巡：酒席宴上依次斟酒。變文集葉淨能詩：「其道士巡到便飲，都不推辭。……道士被勸校多，巡巡

不闕。」

〔二〕性少：見一七五首注一。自須監：謂自我監督。

〔三〕狼狽：指醉後胡言亂語。如王有光吳下諺聯卷四酒中不言真君子所云：「酒能亂性，伐德失儀，平人固有不可言者，即君子亦有不免處，言語之間是也。其中有非禮者，有忌諱者，有應藏拙者，酒後皆能道出，小之貽笑，大者招尤，禍機不測，諺所以思真君子也。」

〔四〕交：通作「教」，唐人通例。如變文集漢將王陵變：「漢將王陵來斫營，發使交人捉他母。」

坐見人来起 丁一、丁二、丁三、丁四、丁五、丁七、丁九、丁一三、掇瑣、文庫、校輯、詩集

坐見人来起，尊親盡遠迎〔一〕。無論貧与富，一槩惣須平。（一七八）

【校】

人来起　「起」，丁七作「去」，乃音譌字。

貧与富　「与」，丁三、丁五作「以」。按「以」「与」通用。如變文集搜神記「雍州刺史梁元緯以帝連婚」，「以」亦通作「與」。

【注】

〔一〕尊親盡遠迎：「尊親」，指父母，亦泛指長輩尊者。後漢書獨行范式傳：「與汝南張劭爲友。劭字元伯。二人並告歸鄉里。式謂元伯曰：『後二年當還，將過拜尊親，見孺子焉。』」又梁統傳：「昔陳嬰不受王者，以有老母也。今統內有尊親，又德薄能寡，誠不足以當之。」廣記卷三四五鄭紹（出瀟湘録）：

「紹乃問女：是何皇尚書家？何得孤居如是耶？尊親焉在？嘉耦爲誰？」變文集捉季布傳文：「本來事主誇忠赤，變爲不孝辱家門。」校記：「丁、庚兩卷『家門』作『尊親』。」楚按此云「盡遠迎」者，乃北朝遺風。顔氏家訓風操：「南人賓至不迎，相見捧手而不揖，送客下席而已；北人迎送並至門，相見則揖。皆古之道也，吾善其迎揖。」

黄金未是寶丁一、丁二、丁三、丁四、丁五、丁六、丁七、丁九、丁一三、掇瑣、文庫、校輯、詩集

黄金未是寶，學問勝珠珎〔一〕。丈夫無伎藝，虚霑一世人〔二〕。（一七九）

丁六本自「夫」字起。

【校】

珠珎　丁九作「珎珠」。

伎藝　「伎」，丁五、丁九作「才」。

【注】

〔一〕「黄金未是寶」二句：敦煌曲校録十二時：「食時辰，偷光鑿壁事慇懃。丈夫學問隨身寶，白玉黄金未是珍。」按孔子家語儒行解：「不求多積，多文以爲富。」漢書韋賢傳：「遺子黄金滿籝，不如一經。」御覽卷四〇二引物理論：「故語曰：『黄金累千，不如一賢。』」樂府詩集卷六四陸厥齊歌行：「黄金徒滿籝，不如守章句。」韓愈符讀書城南：「金璧雖重寶，費用難貯儲；學問藏之身，身在則有餘。」敦煌本太公家教：「勤是無價之寶，學是明月神珠。積財千萬，不如明解一經。良田千頃，不如薄技隨

身。」皆是此意。

〔二〕虛霑一世人：按元無名氏昊天塔雜劇第二折：「我今不報寃讎去，枉做英雄一世人。」下句可作此句注脚。

養子莫徒使丁一、丁二、丁三、丁四、丁五、丁六、丁七、丁九、丁一三、掇瑣、文庫、校輯、詩集

養子莫徒使，先教懃讀書。一朝乘駟馬，還得似相如〔一〕。（一八〇）

【校】

讀書　「書」，丁三作「詩」。

還得似相如　「如」，丁五作「兒」，參見一一一首校記。丁四此句作「還似保相如」，丁九作「還得自相知」。

【注】

〔一〕「一朝乘駟馬」二句：用司馬相如事。華陽國志卷三：「(成都)城北十里有昇僊橋，有送客觀。司馬相如初入長安，題市門曰『不乘赤車駟馬，不過汝下』也。」按御覽卷七三引作「升遷橋在成都縣北十里，即司馬相如題橋柱曰『不乘駟馬高車，不過此橋』。」

欲得兒孫孝丁一、丁二、丁三、丁四、丁六、丁七、丁一三、掇瑣、文庫、校輯、詩集

欲得兒孫孝，無過教及身。一朝千度打，有罪更須嗔。（一八一）

丁五、丁九皆闕此首。

【校】

兒孫孝　「兒」，丁三作「如」。原本此三字作「兒子孫孝」，「子」字衍。

千度打　「打」，丁一三作「朾」。

更須嗔　「須」，丁三作「相」。

楚按：此首及下首皆主張對子女實行體罰。呂氏春秋蕩兵：「家無怒笞，則豎子嬰兒之有過也立見。」高誘注：「家無嚴親怒笞之威，則小子好爭上下，過立著見也。」大慧普覺禪師語録卷一一：「人言棒頭出孝子，我道憐兒不覺醜。」元秦簡夫翦髮待賓雜劇第二折：「我則理會的棒頭出孝子。」而説苑雜言引孔子曰：「鞭朴之子，不從父之教；刑戮之民，不從君之政。」則似不以體罰爲然。

養兒從小打　丁一、丁二、丁三、丁四、丁五、丁六、丁七、丁九、丁一三、掇瑣、文庫、校輯、詩集

養兒從小打〔一〕，莫道怜不笞〔二〕。長大欺父母，後悔定無疑。（一八二）

【校】

從小打　「小」，原作「少」，據餘本改。「打」，原作「朾」。

怜不笞　「笞」，丁五作「苔」，丁七作「答」，丁九作「愛」。

後悔定無疑　「悔」，原作「迴」；「疑」，原作「魚」，據餘本改。　「定」，丁四作「空」，丁七作「更」。

【注】

〔一〕　養兒從小打：按顏氏家訓教子：「孔子云『少成若天性，習慣如自然』是也。俗諺曰：『教婦初來，教兒嬰孩。』誠哉斯語。」「教兒嬰孩」即此句之意。宋林逋省心録：「父善教子者，教於孩提。」

〔二〕　莫道怜不笞：按顏氏家訓教子：「凡人不能教子女者，亦非欲陷其罪惡，但重於訶怒，傷其顏色，不忍楚撻慘其肌膚耳。當以疾病爲諭，安得不用湯藥鍼艾救之哉？又宜思勤督訓者，可願苛虐於骨肉乎？誠不得已也。」即闡發此理。

男年十七八丁一、丁二、丁三、丁四、丁五、丁六、丁七、丁九、丁一三、掇瑣、文庫、校輯、詩集

男年十七八，莫遣倚街衢〔一〕。若不行姧盜，相构即樗蒱〔二〕。（一八三）

【校】

男年十七八　「男」，原作「男」。　「十七八」，原本、丁四、丁七作「七十八」，據餘本改。

姧盜　「姧」，文庫、校輯作「奸」，同。　「盜」，丁九作「道」。

相构即樗蒱　「构」，餘本作「拘」。「樗」，原作「楊」，丁二作「摺」，餘本作「揚」，皆爲「樗」字形譌，參見注二。

【注】

〔一〕　倚街衢：流連街市。亦云「傍街衢」。拾得詩：「世有一種人，出性常多事，終日傍街衢，不離諸酒肆。」

〔二〕　构：勾結。字亦作「搆」。宋張唐英蜀檮杌：「廣政三年六月，教坊部頭孫廷應、王彦洪等謀爲逆。廷

應，趙廷隱之優人，以能選入教坊。有尼謂曰：『君貴不可言。』至是，謂其徒胡圭曰：『今苦竹開花，侯侍中家馬作人言，銀槍營中井水湧出，地又數震，此叛亂之兆也。』構得十二人，期以宴日因持仗爲俳優，盡殺諸將而奪其兵。爲其黨趙廷規所告，盡擒而誅之。」複言之則曰「結構」，隋書庶人秀傳：「容納不逞，結構異端。」唐語林卷一：「又痛斷屠牛者，皆暴尸連日。謂人曰：『草賊非屠牛釃酒，不成結構之計。深其罪，所以絶其謀耳。』」亦作「結搆」，元無名氏爭報恩雜劇第二折：「你怎生結搆姦夫，傷了親夫。」　樗蒲：賭博之戲。唐國史補卷下：「洛陽令崔師本，又好爲古之樗蒲。其法：三分其子三百六十，限以二關，人執六馬，其骰五枚。分上爲黑、下爲白，黑者刻二爲犢，白者刻二爲雉。擲之全黑者爲盧，其采十六；二雉三黑爲雉，其采十四；二犢三白爲犢，其采十；全白爲白，其采八：四者貴采也。開爲十二，塞爲十一，塔爲五，秃爲四，撅爲三，梟爲二：六者雜采也。貴采得連擲，得打馬，得過關，餘采則否。新加進九退六兩采。」

有兒欲娶婦丁一、丁三、丁四、丁五、丁六、丁九、丁一三、掇瑣、文庫、校輯、詩集

有兒欲娶婦，須擇大家兒〔一〕。縱使無姿首〔二〕，終成有禮儀。（一八四）

丁二、丁七本闕此首。

【校】

娶婦　「娶」，丁九作「取」。

大家兒　原本、丁四、丁九作「大兒家」，據餘本改。

縱使　「縱」，丁五作「從」。

終成　丁三作「縱成」，丁五、丁九作「終身」。

【注】

〔一〕大家兒：名門閨秀。世説新語排調：「桓南郡與道曜講老子，王侍中爲主簿在坐。桓曰：『王主簿，可顧名思義。』王未答，且大笑。桓曰：『王思道能作大家兒笑。』」劉孝標注：「思道，王禎之小字也。老子明道，禎之字思道，故曰『顧名思義』。」楚按：桓語雙關，故王聞大笑。桓復曰「大家兒笑」，則反語調侃，蓋因「大家兒」最重禮儀，笑不露齒，豈得縱懷大笑乎？亦云「大家女」。魏書北海王詳傳：「新婦大家女，門户匹敵，何所畏也，而不檢校夫壻？」

〔二〕姿首：姿色。遊仙窟：「有一婢名琴心，亦有姿首，到下官處，時復偷眼看，十娘欲似不快。」廣記卷三七二張不疑（出博異記，又出靈怪集）：「今有一婢曰金釭，有姿首，最其所惜者，今貧不得已，將欲貨之。」敦煌本太公家教：「女人遊走，逞其姿首，男女雜合，風聲大醜。」變文集伍子胥變文：「秦穆公之女顔如玉，二八容光若桃李，見其姿首納爲妃，豈合君王有此理。」

有女欲嫁娶丁一、丁二、丁三、丁四、丁五、丁六、丁七、丁九、丁一三、掇瑣、文庫、校輯、詩集

有女欲嫁娶〔一〕，不用絶高門〔二〕。但得身超俊〔三〕，錢財惣莫論。（一八五）

【校】

有女欲嫁娶　「女」，丁二、丁七作「兒」，參見注一。「娶」，丁二作「取」。

超俊 「俊」，各本皆作「後」，乃「俊」字形譌，參見注三。詩集作「紹後」。

【注】

〔一〕嫁娶：偏義複詞，即嫁。或本「女」作「兒」，非是。蓋此首與上首對映爲文，上首言兒娶之事，此首則言女嫁之事也。

〔二〕高門：名門世家。見一一七首注二。

〔三〕超：卓越。世説新語企羡：「王丞相拜司空，桓廷尉作兩髻、葛帬、策杖，路邊窺之，歎曰：『人言阿龍超，阿龍故自超。』不覺至臺門。」俊：傑出。北齊書盧詢祖傳：「有術學，文章華靡，爲後生之俊。」御覽卷八六〇引王隱晉書：「王羲之幼有風操，郗虞卿聞王氏諸子皆俊，令使選壻。諸子皆飾容以待客，羲之獨坦腹東床，噛胡餅，神色自若。使具以告，虞卿曰：『此真吾子壻也。』問爲誰，果是逸少，乃妻之。」「俊」亦應作「俊」，其誤與梵志此詩正同，而以「俊」擇壻，亦與此首相似。

欲得於身吉丁一、丁二、丁三、丁四、丁五、丁六、丁七、丁九、丁一一、丁一三、掇瑣、文庫、校輯、詩集

欲得於身吉，無過莫作非。但知牢閇口〔一〕，禍去阿你来〔二〕。（一八六）

丁一一本自此首「非」字起。

【校】

於身吉 「於」，原作「依」，即「於」字音譌。據餘本改。

莫作非　原作「作是非」，據餘本改。

牢悶口　「牢」，丁二同，餘本作「窂」，即「牢」俗字。

禍去阿你来　「去」，丁五作「豈」，音譌字。　「你」，丁二、丁九作「涅」，乃「你」字音譌。丁六、丁七、丁一一、丁一三作「寧」，校輯據改原本，非是。「寧」即「你」之聲轉。變文集大目乾連冥間救母變文：「寧作狗身於此？你作餓鬼之途？」上云「寧作」，下云「你作」，「你作」即是「寧作」。又孝子傳：「兒死再有，母重難（難重）得，你可煞兒存母。」「你可」亦即「寧可」。敦煌遺書伯二七二一雜抄：「你作玉屑，莫爲瓦礫。」「你作」亦是「寧作」。以上皆是「你」「寧」相通之證。　丁四「阿你来」作「自然離」，詩集從之。

【注】

〔一〕但知：只要，「知」字不爲義。見一四二首注二。　悶：同「閉」。

〔二〕阿你：即「你」，「阿」爲用在人稱代詞前之語助詞。變文集鷰子賦：「鴿鷯隔門遥喚：阿你莫漫輒藏！」又茶酒論：「阿你頭惱（腦），不須乾努。」

楚按：此首大旨在於慎言。「禍從口出」之意，釋典、外書皆言之。佛説四自侵經：「諦觀一切擾擾紛紛，但諍咽喉不急之事。禍從口出，千殃萬罪，還自纏繞。」釋氏要覽卷下禍從口生引報恩經：「人生世間，禍從口生，當護於此，甚於猛火……是故一切衆生，禍從口生，口者鑿身之斧也。」説苑敬慎：「孔子之周，觀於太廟。右陛之前，有金人焉，三緘其口，而銘其背曰：『古之慎言人也，戒之哉，戒之哉！無多言，多言多敗；無多事，多事多患。安樂必戒，無行所悔。勿謂何傷，其禍將長。勿謂何害，其禍將大。無謂何殘，其禍將然。勿謂莫聞，天妖伺人。熒熒不滅，炎炎奈何。涓涓不壅，將成江河。緜緜不絶，將成網羅。青青不伐，將成斧柯。誠不能慎之，禍之根也。曰是何傷，禍之門也。……』孔子顧謂弟子曰：『記之，此言雖鄙，而中事情。詩曰：戰戰兢兢，如臨深淵，如履薄冰。行身如此，豈以口遇禍哉！』」亦見孔子家語觀周。御覽卷三六七引傅玄口銘：「病從口入，禍從口出。」敦煌本太公家教：「口能招禍，必須慎之。」

飲酒妨生計丁一、丁二、丁三、丁四、丁五、丁六、丁七、丁九、丁一一、丁一三、掇瑣、文庫、校輯、詩集

飲酒妨生計〔一〕，摴蒲必破家〔二〕。但看此等色〔三〕，不久作窮查〔四〕。（一八七）

【校】

生計　「計」，原作「敬」，據餘本改。按「計」「敬」，唐五代西北方音爲同音字，因而致譌。

摴蒲必破家　「樗」，原作「榻」，據餘本改。「必」，原本、丁三、丁六、丁七、丁一一、丁一三作「心」，據餘本改。

窮查　「查」，丁一三作「恭」；餘本皆作「桊」，即「茶」字，伯二七一八茶酒論凡「茶」皆作「桊」，即是其例。「茶」「查」同音，皆俗語記音之字。詩集作「茶」。

【注】

〔一〕生計：謀生手段。陳書姚察傳：「清潔自處，貲產每虛。或有勸營生計，笑而不答。」

〔二〕摴蒲：亦作「樗蒲」、「樗蒱」，見一八三首注二。

〔三〕此等色：此種，指此種人。唐律疏議卷一：「吏，謂流外官以下；卒，謂庶士、衛士之類。此等色人，類例不少，有殺本部五品以上官，並入『不義』。」按「等色」爲同義連文，即種類之義，唐摭言卷一二自負：

「開元中，薛據自恃才名，於吏部參選，請授萬年録事。流外官共見宰執訴云：『赤録事是某等清要官，今被進士欲奪，則某等色人無措手足矣。』遂罷。」寒山詩：「一人好頭肚，六藝盡皆通。南見驅歸北，西風趁向東。長漂如泛萍，不息似飛蓬。問是何等色？姓貧名曰窮。」

〔四〕窮查：破落子弟，敗家子。「查」即「查郎」，見卷一王梵志詩集序注一九。

見惡須藏掩

丁一、丁二、丁三、丁四、丁五、丁六、丁七、丁九、丁一一、丁一三、掇瑣、文庫、校輯、詩集

見惡須藏掩，知賢爲讚揚〔一〕。但能依此語，祕密立身方。（一八八）

【校】

藏掩　「藏」，各本皆作「蔵」。俗字譜草部，古今雜劇「藏」作「蔵」。「掩」，原作「梚」，據餘本改。

爲讚揚　「爲」，原本、丁二、丁四、丁一一、丁一三作「唯」，據餘本改。「揚」，原本、丁二、丁四作「陽」，丁三、丁六作「楊」，據餘本改。

但能依此語　「但」，餘本皆作「若」。「依」，丁二、丁五、丁九作「於」。丁四此句作「若人能此語」。

祕密　「密」，原本、丁二、丁四、丁七作「蜜」，據餘本改。

【注】

〔一〕「見惡須藏掩」二句：此意釋典、外書屢見，如孔叢子論書：「吾於洪範，見君子不忍言人之惡，而質人之美也。」郗超奉法要引正齋經云：「但得説人百善，不得説人一惡。」貞觀政要誠信：「君子掩人之

惡，揚人之善。」珠林卷九五忍辱部：「經云：讚人之善，不言己美。又書云：君子揚人之美，不伐其美。」敦煌本太公家教：「見人善事，必須讚之；見人惡事，必須掩之。」又：「聞人善事，乍可稱揚；知人有過，密掩深藏。」

借物莫交索丁一、丁二、丁三、丁四、丁五、丁六、丁七、丁九、丁一一、丁一三、掇瑣、文庫、校輯、詩集

借物莫交索〔一〕，用了送還他。損失酬高價〔二〕，求嗔得也磨〔三〕？（一八九）

【校】

損失酬高價　「損」，原作「楨」，丁二、丁四、丁五、丁六作「捎」，餘本作「損」。按「損」同「損」。俗字譜手部，列女傳「損」作「損」。

得也磨　「也」，丁四、丁五、丁七、丁九作「夜」，乃音譌字。　「磨」，丁四同，餘本皆作「摩」。

【注】

〔一〕借物莫交索：「交」通「教」。按敦煌掇瑣七七雜抄：「五無盯（所）知者：……借人物須人索。」李義山雜纂不達時宜：「借他物令自來取。」又無見識：「不得借人物用經旬不還。」亦此意也。

〔二〕損失酬高價：按珠林卷九一引十誦律：「若借他物，不問好心惡心，若破，一切須償。」

〔三〕磨：疑問語氣詞。別本作「摩」，同。變文集妙法蓮華經講經文：「若要求聞微妙法，隨我山中得也

摩？」梵志詩二二五首：「將他物己用，思量得也磨？」

借物索不得丁一、丁二、丁三、丁四、丁五、丁六、丁七、丁九、丁一一、丁一三、掇瑣、文庫、校輯、詩集

借物索不得，貸錢不肯還〔一〕，頻來論即鬬〔二〕，過在阿誰邊？（一九〇）

【校】

索不得　「索」，丁七作「色」，與「索」通。

論即鬬　「鬬」，原作「鬪」，即「鬬」俗字。廣韻去聲五十候：「鬬，鬪俗。」此三字丁四作「論鬪諍」。

阿誰邊　「誰」，丁三作「須」。

【注】

〔一〕貸：通「貣」，從人借貸。見〇三一首注四。

〔二〕論：評理。

隣並須来往丁一、丁二、丁三、丁四、丁五、丁六、丁七、丁九、丁一一、丁一三、掇瑣、文庫、校輯、詩集

隣並須来往〔一〕，借取共交通〔二〕。急緩相憑仗〔三〕，人生莫不從。（一九一）

【校】

隣並　「並」，丁五作「竝」。

憑仗　「憑」，原本、丁二、丁四、丁五、丁七、丁九、丁一一作「凴」。俗字譜心部，嬌紅記「憑」作「凴」。丁三、丁六、丁一三作「冯」，碑別字下平聲十蒸，隋楊居墓誌「憑」作「冯」。

莫不從：「從」，丁四作「縱」。

【注】

〔一〕隣並：隣居。賈島題李凝幽居：「閑居少隣並，草徑入荒園。」齊己湖西逸人：「君能許隣並，分藥斸春畦。」變文集鷰子賦：「鷰雀既和，行至隣並。」

〔二〕交通：往來。見〇二二首注一。

〔三〕急緩：偏義複詞，指緊急之時。三國志魏志杜畿傳：「人情顧家，諸將掾吏，可分遣休息，急緩召之不難。」雜寶藏經卷一：「我今與汝，生死共同，有何急緩，而不見語？」亦作「緩急」，史記絳侯周勃世家：「孝文且崩時，誡太子曰：『即有緩急，周亞夫真可任將兵。』」史記扁鵲倉公列傳：「文帝四年中，人上書言意，以刑罪當傳西之長安。意有五女，隨而泣。意怒，罵曰：『生子不生男，緩急無可使者！』」廣記卷二四三竇乂（出乾𦠆子，今本無此條）：「晟大悦，私謂乂：『不要某微力乎？』乂曰：『無敢望，猶恐後有緩急，再來投告令公。』」宋葉夢得石林燕語卷九：「且當時以陣圖賜諸將，人皆謹守，不敢自爲方略，緩急不相援，多至於敗。」憑仗：依賴。北齊書祖珽傳：「孝徵心行雖薄，奇略出人，緩急真可憑仗。」鄭谷蓼花：「故溪歸不得，憑仗繫漁舟。」

長幼同欽敬丁一、丁二、丁三、丁四、丁五、丁六、丁七、丁九、丁一一、丁一三、掇瑣、文庫、校輯、詩集

長幼同欽敬，知尊莫不遵。但能行礼樂，鄉里自稱仁。（一九二）

【校】

欽敬　「欽」，原作「歡」，丁四、丁五、丁六、丁七作「飲」，詩集從之，據餘本改。

知尊莫不遵　「知」，原作「稱」，餘本皆作「知」，因據改。　「遵」，原本、丁五、丁七作「尊」，丁九作「從」，據餘本改。

但能行礼樂　「但」，原作「且」，詩集從之。丁一三作「但」。餘本皆作「但」，因據改。　「能」，丁九作「看」。

自稱仁　「仁」，各本作「人」，據丁五改。按廣雅釋詁四：「人，仁也。」王念孫疏證：「仁與人同義，故古書以二字通用。」

楚按：此首大旨言族長耆老若行禮樂之教，則鄉里自能移風易俗，同歸於仁。漢書禮樂志：「樂以治內而爲同，禮以修外而爲異。同則和親，異則畏敬。和親則無怨，畏敬則不爭。揖讓而天下治者，禮樂之謂也。」禮記樂記：「是故樂在宗廟之中，君臣上下同聽之，則莫不和敬；在族長鄉里之中，長幼同聽之，則莫不和順；在閨門之內，父子兄弟同聽之，則莫不和親。」梵志此詩蓋就樂記「在族長鄉里之中」數句而衍發也。

停客勿叱狗丁一、丁二、丁三、丁四、丁五、丁六、丁七、丁九、丁一一、丁一三、掇瑣、文庫、校輯、詩集

停客勿叱狗〔一〕，對客莫頻眉〔二〕。供給千餘日，臨歧請不飢〔三〕。（一九三）

【校】

停客　「停」，各本作「迸」或「庭」，皆音譌字，參見注一。「狗」，丁一三作「猗」，即「狗」字異體，參見一六一首校記。

千餘日　「日」，原作「自」，據各本改。

臨歧　「歧」，原本、丁九作「時」，據丁五、丁六、丁一一、丁一三改。餘本作「岐」「跂」「枝」等，皆「歧」字形譌。

【注】

〔一〕停客：留客住宿。「停」即留宿之義。世説新語雅量：「謝安南免吏部尚書還東，謝太傅赴桓公司馬出西，相遇破岡。既當遠別，遂停三日共語。」北史李概傳：「江南多以僧寺停客。」根本説一切有部毘奈耶藥事：「乃往古昔，於中天竺國，有一畫師。其人因事往詣餘國，至已，還向畫師家停。」酉陽雜俎前集卷二壺史：「時趙停於百姓張家，即遽歸語之。」廣記卷二二四賣餡媼（出定命録）：「因至京，停於賣餡媼肆。」又卷二三〇王度（出異聞集）：「丹命祇承人指勘停處，勘謂曰：『欲得倉督李敬慎家居止。』」又卷二二四任之良（出定命録）：「任子辭以無資糧，到京且無居處。道士遂資錢物，並與一帖，令向肅明觀本院中停。之良至京，詣觀安置。」又卷三二八王志（出法苑珠林）：「寺中先有學生，停一

房，夜初見此女來。」北夢瑣言卷一〇：「起一店，停波斯，日獲一緡。」叱狗：按古代以對人叱狗爲不敬，以其涉嫌影射也。禮記曲禮上：「尊客之前不叱狗。」東觀漢記卷一四鮑永傳：「鮑永字君長，上黨人也。少有志操，事後母至孝。妻嘗於母前叱狗，而永即去之。」御覽卷四一四引史係：「恪見羣犬互噪，戲元方曰：『郎子姓孟，近犬必猛，爲余叱之。』元方曰：『尊客之前不叱狗。』」敦煌本太公家教：「對客之前，不得叱狗。」亦云「喚狗」。抱朴子外篇疾謬：「其相見也，不復叙離闊，問安否。賓則入門而呼奴，主則望客而喚狗。」

〔二〕頻眉：皺眉。亦作「顰眉」、「嚬眉」。易復王弼注：「頻，頻蹙之貌也。」北史祖珽傳：「祖喜懷恨，遂告元康二弟叔諶，季璩等。叔諶以語楊愔，愔嚬眉答曰：『恐不益亡者。』因此得停。」朝野僉載卷五：「番官至辭，英公頻眉謂之曰：『汝長生不知事尚書、侍郎，我老翁不識字，無可教汝，何由可得留，深負媿汝。努力好去！』」廣記卷一七六引作「嚬眉」。變文集降魔變文：「恐畏中途生進退，緣兹憂懼乃頻眉。」

〔三〕臨岐：分別之時。文苑英華卷二八六吳均發湘州贈親故別詩：「何用叙離別，臨岐贈好言。」李白南陽送客：「揮手再三別，臨岐空斷腸。」劉禹錫發華州留別張侍郎：「臨岐無限意，相視却忘言。」

親客号不踈

丁一、丁二、丁三、丁四、丁五、丁六、丁七、丁九、丁一一、丁一三、掇瑣、文庫、校輯、詩集

親客号不踈，喚即盡須喚〔一〕。食了寧且休，只可待他散。（一九四）

【校】

号不踈　餘本皆作「無踈伴」,並通。按「号」即俗「號」字。

唤即盡須唤　原作「建唤則須唤」,丁四作「來即盡須唤」,丁一三作「唤則盡須唤」,兹從餘本。

待他散　「待」,原作「侍」,丁九作「倚」,據餘本改。

【注】

〔一〕唤:邀請。北齊書崔瞻傳:「我初不唤君食,亦不共君語,君遂能不拘小節。」李白金陵酒肆留别:「風吹柳花滿店香,吴姬壓酒唤客嘗。」廣記卷二五七田媪(出啓顔録):「張家母唤我,大有飲食。」又卷三二〇閭勤(出靈鬼志):「慎勿復走,若有飲食,自當相唤。」

爲客不呼客丁一、丁二、丁三、丁四、丁五、丁六、丁七、丁九、丁一一、丁一三、掇瑣、文庫、校輯、詩集

爲客不呼客〔一〕,去必主人嗔。欲得能行事,無過莫避人。(一九五)

【校】

不呼客　「不」,丁五作「莫」,校輯從之。此句丁九作「客莫呼客去」。

莫避人　「避」,丁二、丁五作「被」,乃音譌字。丁四作「非」,詩集從之。

【注】

〔一〕呼:招呼。「不呼客」是説不招呼其他的客人,即下文之「避人」。

逢人須斂手丁一、丁二、丁三、丁四、丁五、丁六、丁七、丁九、丁一一、丁一三、掇瑣、文庫、校輯、詩集

逢人須斂手〔一〕，避道莫前盪〔二〕。忽若相衝著〔三〕，他强必自傷。（一九六）

【校】

莫前盪　丁六、丁一一同。丁三作「莫煎盪」，丁二、丁五、丁九作「莫前湯」，丁七作「莫煎湯」，丁四作「之朋湯」。按「湯」同「盪」，見注二。

忽若　丁七作「忽然」。

【注】

〔一〕斂手：拱手。白居易自問此心呈諸老伴：「不入公門慵斂手，不看人面免低眉。」敦煌掇瑣二〇崔氏夫人要女文：「路上逢人須斂手，尊卑迴避莫湯前。」敦煌本太公家教：「路逢尊者，齊脚斂手。」按禮記曲禮上：「遭先生於道，趨而進，正立拱手。」

〔二〕盪：衝，闖。宋書顔師伯傳：「單騎出盪。」文苑英華卷五五〇行盪甕破判：「甲負甕行，被乙盪倒，甕破，索陪，乙不伏。」御覽卷二三九引玄中記：「漢桓帝時出遊河上，忽有一青牛從河中出，直走盪桓帝邊，人皆走。」廣記卷九一阿禿師（出廣古今五行記）：「當日并州時三門各有一禿師盪出，遍執不能禁。」變文集伍子胥變文：「龍虵塞路，拔劍盪前。」亦作「蕩」，分別善惡所起經：「醉便意欲前蕩，象狼無所避。」變文集破魔變文：「縱猛風以前蕩，勒毒龍而向後。」亦作「湯」，貫休送僧入馬頭山：「滿

頭霜雪湯雪去。湯雪去，無人及，空望真氣江上立。」敦煌曲校録劍器詞：「鬪賊勇勇，擬欲向前湯。」變文集漢將王陵變：「不但今夜斫營去，前頭風火亦須湯。」

〔三〕忽若：如果，假使。酉陽雜俎前集卷一三冥蹟：「其子聽之感慟，因自誓：忽若作人，當再爲顧家子。」傳燈録卷一〇趙州觀音院從諗禪師：「雪峯忽若問汝云：『和尚有何言教？』汝作麼生祗對？」參見〇〇五首注六。

惡口深乖禮丁一、丁二、丁三、丁四、丁五、丁六、丁七、丁九、丁一一、丁一三、掇瑣、文庫、校輯、詩集

惡口深乖禮〔一〕，條中却没文〔二〕。若能不罵詈，即便是賢人。（一九七）

【校】

深乖禮　「深」，丁四作「誰」，當是「雖」之譌。丁三作「心」。

即便是賢人　丁三作「即是大賢人」，丁五作「却便是賢人」。

【注】

〔一〕惡口：罵詈，佛教十惡之一。郗超奉法要：「何謂惡口？謂罵詈也。或云口説不善之事，令人承以爲辠，亦爲惡口。」大乘義章卷七：「言辭麤野，目之爲惡；惡從口生，故名惡口。」廣記卷九一阿專師（出廣古今五行記）：「後正月十五日夜，觸他長幼坐席，惡口聚罵。」龍舒增廣淨土文卷一淨土起信四：「佛以妄言、綺語、兩舌、惡口爲口四業。……惡口謂之惡怒之聲，尚未至於穢語。荀子謂『傷人之言甚於

矛戟』（楚按榮辱篇語），是未嘗不戒惡怒之口也。」

〔二〕條：刑法條文。漢書刑法志：「今大辟之刑千有餘條，律令煩多，百有餘萬言。」舊唐書刑法志：「（高祖）既平京城，約法爲十二條，惟制殺人、劫盜、背軍、叛逆者死，餘並蠲除之。」又：「（房）玄齡等遂與法司定律五百條，分爲十二卷。」唐律疏議卷二七：「諸不應得爲而爲之者，笞四十；謂律令無條，理不可爲者。事理重者，杖八十。疏議曰：雜犯輕罪，觸類弘多，金科玉條，包羅難盡。其有在律在令無有正條，若不輕重相明，無文可以比附。臨時處斷，量情爲罪，庶補遺闕，故立此條。情輕者，笞四十；事理重者，杖八十。」即針對「條中没文」之輕罪而發。没文：法律中無此條文。遊仙窟：「女壻是婦家狗，打殺無文。」

見貴當須避丁一、丁二、丁三、丁四、丁五、丁六、丁七、丁八、丁九、丁一一、丁一三、掇瑣、文庫、校輯、詩集

見貴當須避〔一〕，知强遠離他。高飛能去網，豈得值低羅〔二〕。（一九八）

丁九至此首止。丁八自此首起，唯存「遠離」二字。

【校】

遠離他　「離」，原本、丁二、丁六、丁七作「利」，據餘本改。

去網　「網」，各本作「䋄」，即「網」字別體。文庫、校輯作「綱」，非是。龍龕手鑑卷四系部：「䋄，音罔，䋄罟

也。」按碑別字上聲二十二養，魏魏靈藏造象記「罔」作「冈」，與此字右半正同。俗字譜系部，嶺南逸事「網」作「絅」，與此近似。

低羅 「低」，原作「佤」。參見〇二五首校記。

【注】

〔一〕見貴當須避：按唐律疏議卷二七：「議曰：『令有禁制』，謂儀制令『行路，賤避貴，去避來』之類，此是『令有禁制，律無罪名』，違者得笞五十。」

〔二〕羅：與上句「網」爲互文。樂府詩集卷一六漢鐃歌艾如張：「山出黄雀亦有羅，雀以高飛奈雀何？」變文集韓朋賦：「南山有鳥，北山張羅。鳥自高飛，羅當奈何。」敦煌本太公家教：「羅網之鳥，悔不高飛。」

結交須擇善

丁一、丁二、丁三、丁四、丁五、丁六、丁七、丁八、丁一一、丁一三、掇瑣、文庫、校輯、詩集

結交須擇善，非諂莫与心〔一〕。若知管鮑志〔二〕，還共不分金〔三〕。（一九九）

【校】

非諂 「諂」，原本、丁一一、丁一三作「識」，丁三、丁四作「諸」，丁七作「知」，據丁五、丁六改。

管鮑志 丁一三作「鮑志管」，乃誤倒。

【注】

〔一〕諳：熟知。後漢書虞延傳：「其陵樹株蘖，皆諳其數。」朝野僉載卷六：「常有選人被放。……選者曰：『恥見妻子。』安期曰：『賢室本自相諳，亦不笑。』」与心：即交心。敦煌曲子詞集卷中拋毬樂：「莫把真心過與他。」按司空圖狂題十八首之三：「交疏自古戒言深，肝膽徒傾致鑠金。」即此句之意。

〔二〕管鮑：史記管晏列傳：「管仲夷吾者，潁上人也。少時常與鮑叔牙游，鮑叔知其賢。管仲貧困，常欺鮑叔，鮑叔終善遇之，不以爲言。……管仲曰：『吾始困時，嘗與鮑叔賈，分財利多自與，鮑叔不以我爲貪，知我貧也。吾嘗爲鮑叔謀事而更窮困，鮑叔不以我爲愚，知時有利不利也。吾嘗三仕三見逐於君，鮑叔不以我爲不肖，知我不遭時也。吾嘗三戰三走，鮑叔不以我爲怯，知我有老母也。公子糾敗，召忽死之，吾幽囚受辱，鮑叔不以我爲無恥，知我不羞小節而恥功名不顯於天下也。生我者父母，知我者鮑子也。』」

〔三〕不分金：錢財共享。按白虎通文質：「朋友之際，五常之道，有通財之義，賑窮告急之意。」即「不分金」也。

惡人相遠離

丁一、丁二、丁三、丁四、丁五、丁六、丁七、丁八、丁一一、丁一三、掇瑣、文庫、校輯、詩集

惡人相遠離，善者近相知〔一〕。縱使天無雨，雲陰自潤衣〔二〕。（二〇〇）

【校】

相遠離　丁三作「相遠離他」，衍「他」字，當是涉前一九八首「知强遠離他」而誤。

雲陰自潤衣　「雲陰」，丁一一作「陰雲」，丁三作「雲音」。　「衣」，丁三作「依」，丁五作「伊」。　丁四「陰」下衍「陽」字。

【注】

〔一〕「惡人相遠離」二句：按孔子家語六本：「與善人居，如入芝蘭之室，久而不聞其香，即與之化矣。與不善人居，如入鮑魚之肆，久而不聞其臭，亦與之化矣。丹之所藏者赤，漆之所藏者黑，是以君子必慎其所與處焉。」即此二句之意。

〔二〕雲陰自潤衣：比喻善友之德，可以霑潤其身，使受益也。太平御覽卷一五引抱朴子逸文：「與善人遊，如行霧中，雖不濡濕，皆自有潤。」敦煌本勵忠節鈔：「語曰：與善人居，如入霧露中行，縱不濕衣，時時有潤；與惡人居，如入鮑肆之中，久而加穢。」祖堂集卷六洞山和尚：「住止必須擇伴，時時聞於未聞。遠行要假良朋，數數清於耳目。故云生我者父母，成我者朋友。親於善者，如霧裏行，雖不濕衣，時時有潤。蓬生麻竹，不扶自直；白砂在泥，与之俱黑。」按德可潤身之喻，見禮記大學：「富潤屋，德潤身。」孔穎達正義：「德潤身者，謂德能霑潤其身，使身有光榮，見於外也。」

有德人心下

丁一、丁二、丁三、丁四、丁五、丁六、丁七、丁八、丁一一、丁一三、掇瑣、文庫、校輯、詩集

有德人心下〔一〕，無才意即高〔二〕。但看行濫物〔三〕，若箇是堅牢〔四〕。（二〇一）

【校】

有德人心下　「德」，丁四作「得」。按「德」「得」通用，變文集李陵變文「漢家天子辜陵得」，謂辜陵德也。「人」，原本、丁一一、校輯作「之」，蓋「人」字形訛，據餘本改。　「心」，丁七作「身」。按敦煌遺書伯四五二五卷背雜寫：「有德人心下，無才意即高。」即本詩前二句。

無才　「才」，丁三、丁五作「財」。

行濫物　「濫」，丁六作「藍」，丁八作「監」。

堅牢　「牢」，丁八作「勞」。

【注】

〔一〕有德人心下：謂有德者必虛心。「下」猶言「下意」，見一四〇首注四。

〔二〕高：自大。猶云「高心」，見一四〇首注三。

〔三〕行濫物：粗製濫造，摻虛做假之物。唐律疏議卷二六：「諸造器用之物及絹布之屬，有行濫、短狹而賣者，杖六十。」原注：「不牢謂之行，不真謂之濫。即造横刀及箭鏃用柔鐵者，亦爲濫。」通鑑唐則天后聖曆元年：「默啜移書數朝廷曰：『與我蒸穀種，種之不生，一也。金銀器皆行濫，非真物，二也。』」胡三省注：「行，户剛翻。市列爲行，市列造金銀器販賣，率殺他物以求贏，俗謂之行作。濫，惡也。開元八年頒租庸調法於天下，好不過精，惡不過濫。濫者，惡之極者也。」廣記卷一〇九李氏（出冥祥記）：「唐冀州封丘縣有老母姓李，年七十，無子孤老，唯有奴婢兩人。家鎮沽酒，添灰少量，分毫經紀。……官府者遣問老母：『何因行濫沽酒，多取他物？』」王引之經義述聞卷八飾行：「古人謂物脆薄曰行，或曰苦，或曰行苦，或曰行敝，或曰行濫。九章算術盈不足章：『醇酒一斗，直錢五十；行酒一斗，值錢一十。』行酒謂薄酒也。潛夫論浮侈篇曰：『以完爲破，以牢爲行。』行與牢正相反，以牢爲行，猶言以堅爲脆也。方言：『揄鋪、艦帗、帗縷、葉褕，毳也。』郭璞注曰：『皆謂物之行敝也。』唐律雜律曰：『諸造器用之物及絹布之屬，有行濫、短狹而賣者，杖六十。』注曰：『不牢謂之行，不真謂之濫。』濫即方言之艦。艦爲行敝，故又謂之行濫。後鄭以行爲行濫，正謂此也。今京師人謂貨物不牢曰行貨，與聶氏『胡剛反』之音正合。高郵人言之，則下庚反。皆古之遺語也。」

〔四〕若箇：哪個。見〇四一首注三。

典史頻多擾丁一、丁二、丁三、丁四、丁五、丁六、丁七、丁八、丁一一、丁一三、掇瑣、文庫、校輯、詩集

典史頻多擾〔一〕，從饒必莫嗔〔二〕。但知多与酒，火艾不欺人〔三〕。（二〇二）

【校】

典史　「史」，原本、丁三、丁八作「使」，兹從丁七本。丁二、丁四、丁五、丁六、丁一三作「吏」，亦非誤，參見注一。

但知　「知」，丁六作「則」，丁八作「能」。

火艾　「艾」，原本、丁二、丁三、丁五、丁一三作「艾」，丁六、丁七、丁一一作「艾」，皆爲「艾」字別體。碑別字去聲九泰，唐程邨造橋碑「艾」作「艾」，龍龕手鏡卷二草部：「艾俗艾正。」丁四作「玟火」。

【注】

〔一〕典史：官府屬吏。廣記卷三七八隰州佐史（出廣異記）：「隰州佐史死，數日後活。云：初閻羅王追爲典史，自陳素不解案。」知典史爲掌管文案之佐史。别本作「典吏」，同。通鑑唐中宗景龍三年載韋嗣立疏：「員外置官，數倍正闕，曹署典吏，困於祗承。」廣記卷三三一李霸（出廣異記）：「岐陽令李霸者，嚴酷剛鷙，所遇無恩，自承（丞）尉已下，典吏皆被其毒。」又卷三七八貝禧（出稽神録）：「有典吏可八十餘人，參請給使。」

〔二〕饒：優待，寬容。史記陳丞相世家：「然大王能饒人以爵邑，士之頑鈍嗜利無恥者亦多歸漢。」玉臺新詠卷六吳均去妾贈前夫：「願君憶疇昔，片言時見饒。」隋書劉炫傳：「性本愚蔽，家業貧窶，爲父兄所饒，廁縉紳之末，遂得博覽典誥，窺涉今古。」

〔三〕火艾：艾炷之火，灸術以爲治療之用。宋書袁粲傳：「於是聚謀，共執國主，療其狂疾。火艾針藥，莫不畢具。」白居易罷灸：「病身佛説將何喻，變滅須臾豈不聞。莫遣淨名知我笑，休將火艾灸浮雲。」原注：「維摩經云：是身如浮雲，須臾變滅也。」此處則以「火艾」喻酒，「火艾不欺人」者，謂以酒食款待典史，可使不爲甚害，當有神效，必不落空也。

惡人相觸悮丁一、丁二、丁三、丁四、丁五、丁六、丁七、丁八、丁一一、丁一三、掇瑣、文庫、校輯、詩集

惡人相觸悮〔一〕，被駡必從饒。喻若園中韭，猶如得雨澆〔二〕。（二〇三）

【校】

觸悮　「悮」，各本同，校輯改作「忤」。參見注一。按敦煌遺書伯四五二五卷背雜寫中有「惡人相燭午（觸悮），被馬（罵）」，亦是本詩殘文。

被罵　「被」，原作「彼」，據各本改。

喻若園中韭　「喻若」，各本同，校輯作「喻如」。「園」，原本、丁三、丁四、丁七、丁一一作「薗」，兹從餘本。「韭」，原本、丁七、丁一一作「韭」，餘本作「韮」，按碑別字上聲二十五有，齊道興造象記「韭」作「韮」。

猶如得雨澆　「猶」，各本作「由」，唯丁五作「猶」，兹從之。按「由」與「猶」通用。「雨」，丁五作「水」。

【注】

〔一〕觸悮：同「觸忤」，冒犯。變文集鷰子賦：「家兄觸悮明公，下走實增厚愧。」

〔二〕「喻若園中韭」二句：寒山詩：「我見被人瞞，一似園中韭，日日被刀傷，天生還自有。」變文集下女夫詞：「舍後一薗韮，刈却還如舊。」唐人俗諺如此，以園韭被刈還生，比喻受害者終將復原。梵志此詩亦就俗諺立意，言被惡人觸忤，雖暫蒙傷害，如園韭被刈；倘能忍讓，則終不吃虧，必將如園韭得雨，愈益滋茂也。

罵妻早是惡丁一、丁二、丁三、丁四、丁五、丁六、丁七、丁八、丁一一、丁一三、掇瑣、文庫、校輯、詩集

罵妻早是惡〔一〕，打婦更無知。索强欺得客〔二〕，可是丈夫兒〔三〕？（二〇四）

【注】

〔一〕早是：已是。秦韜玉鸚鵡：「早是翠襟爭愛惜，可堪丹觜强分明。」韋莊長安清明：「蚤是傷春夢雨天，可堪芳草更芊芊。」「蚤是」同「早是」。變文集金剛般若波羅蜜經講經文：「若早是醉迷，又望坑（坑）而行，必見顛墜。」又不知名變文：「自家早是貧困，日受飢恓，更不料量，須索新婦，一處作活。」五燈會元卷一七建隆昭慶禪師：「始見新歲倏忽，早是二月初一。」

〔二〕素强：逞强。變文集李陵變文：「前頭有將名蘇武，早向胡庭自紊（素）强，自爲高心欺我國，長交北海枚伍（牧羝）羊。」敦煌遺書斯五五八八録歌辭：「紊（索）强之人風火性，愛共人爭競。」宋毛滂浣溪沙詠梅：「月樣嬋娟雪樣清，索强先占百花春。」

〔三〕可是：豈是。魏書任城王雲傳附其孫順傳：「順曾懷刺詣肇門，門者以其年少，答云：『在坐大有貴客。』不肯爲通。順叱之曰：『任城王兒，可是賤也？』」韓偓蜻蜓：「坐來迎拂波光久，可是殷勤爲蓼叢。」雲溪友議卷上巫詠難：「自從一夢高唐後，可是無人勝楚王？」丈夫兒：男子漢、大丈夫。變文集維摩詰經講經文：「共伊彼此是丈夫兒，更莫推辭問疾去。」又佛説觀彌勒菩薩上生兜率天經講經文：「堂堂好个丈夫兒，頭面身才皆稱斷。」又齖䶗書：「可惜英雄大（丈）夫兒，如今被使不如奴。」亦作「大丈夫兒」，貫休山居詩二十四首之六：「如斯標致雖清拙，大丈夫兒合自由。」歷代法寶記：「若能如此，即是大丈夫兒，云何是女？」變文集捉季布傳文：「大丈夫兒遭此難，都緣不識聖明君。」

楚按：本首「罵妻」「打婦」云云，乃是唐人俗語，以喻恃强凌弱者。唐摭言卷一三矛盾：「沈亞之嘗客遊，爲小輩所試，曰：『某改令，書、俗各兩句。伐木丁丁，鳥鳴嚶嚶；東行西行，遇飯遇羹。』亞之答曰：『如切如磋，如琢如磨；欺客打婦，不當嘍囉。』」蓋「小輩」譏刺亞之到處混飯喫，而亞之以欺客打婦、不算好漢之意回之。梵志此詩亦此意也。

有勢不煩倚　丁一、丁二、丁三、丁四、丁五、丁六、丁七、丁八、丁一一、丁一三、掇瑣、文庫、校輯、詩集

有勢不煩倚〔一〕，欺他必自危。但看木裏火，出則自燒伊〔二〕。（二〇五）

【校】

有勢不煩倚　「勢」，丁八作「藝」。「煩」，詩集、校輯作「須」。「倚」，原本、丁二、丁三、丁七、丁一一、丁一三作「意」，據餘本改。

自危　「危」，丁三作「遇」。

木裏火　「裏」，丁四作「中」。

自燒伊　「伊」，丁四、丁八作「身」。

【注】

〔一〕倚：仗恃。書君陳：「無依勢作威，無倚法以削。」韓偓湖南梅花一冬再發偶題於花援：「天桃莫倚東風勢，調鼎何曾用不材。」通鑑唐高宗弘道元年：「義琰倚勢，乃陵其舅家，不可復知政事。」劇談録卷下張季宏逢惡新婦：「我在長安城，即聞汝倚有氣力，不伏承事阿姑。」

〔二〕「但看木裏火」二句：「伊」，他。按此二句亦佛經習語，如佛説遺日摩尼寶經：「譬如木中火出，還自燒木，從觀得黠自燒身。」佛説老女人經：「譬如兩木相揩，火出還燒木，木盡火便滅。」修行道地經卷一：「凡合計之，四百四病，在人身中，如木生火，還自燒然，病亦如是。」出曜經卷一〇：「猶木生火，還自焚燒，口爲禍門，舌爲殃本。」超日明三昧經卷下：「而爲三毒五蓋所縛，不得解脱返真諦道，如木生火，不覺自燒。」珠林卷九〇引大莊嚴經：「身如乾薪，瞋恚如火，未能燒他，先自焦身。」敦煌遺書斯三一七七梁武帝問志公和尚如何修道和尚以偈□：「罵他還自罵，嗔他還自嗔。如木能生火，還自返燒身。」釋氏要覽卷下雜記惡報引南山鈔：「凡欲責他，先自量己内心喜怒，若有嫌恨，但自抑忍。火從内發，先自焚身。」又按，黄帝陰符經：「火生於木，禍發必尅。」李筌注：「火生於木，火發而木焚。」則道家亦有此語。

貧親須拯濟丁一、丁二、丁三、丁四、丁五、丁六、丁七、丁八、丁一一、丁一三、掇瑣、文庫、校輯、詩集

貧親須拯濟，富眷不煩饒〔一〕。情知蘇蜜味〔二〕，何用更添膏〔三〕。（二〇六）

【校】

貧親須拯濟　「親」，丁七作「来」。　「拯」，丁四、丁五作「救」，餘本皆作「⿰扌烝」。按「⿰扌烝」爲「拯」之形譌。「濟」，各本作「⿰氵⿱文耳」，碑別字去聲八霽，周强獨樂造象「濟」作「⿰氵⿱文耳」，與此略似。

富眷　「眷」，丁三作「養」，丁八作「貴」，丁一三作「巻」。

情知　「知」，丁三作「之」。

更添膏　「膏」，原作「高」，丁一作「餻」，兹從餘本。

【注】

〔一〕饒：饒益、添加。變文集舜子變：「舜得母錢，佯忘安置米囊中而去。……叟謂曰：『君是何賢人，數見饒益？』舜曰：『見翁年老，故以相饒。』」

〔二〕蘇蜜味：佛經中所説的天上美味食品，亦用以泛指美味食品。瑜珈師地論卷四：「復次諸天受其廣大天之富樂。……復有食樹，從其樹裏，出四食味，名曰蘇陀，所謂青黄赤白。」廣記卷二九李衛公（出原仙記）：「此堂中有黄精、百合、茯苓、薯蕷、棗栗、蘇蜜之類，恣汝所食。」亦作「蘇陁味」或「蘇陁蜜味」，變文集佛説觀彌勒菩薩上生兜率天經講經文：「且無庫藏，又没庖廚，厭棄綺羅衣裳，常喫蘇陁品味。」又目連緣起：「爐焚海岸之香，供設蘇陁蜜味。」

〔三〕膏：動物脂肪，古人以爲美味。周禮天官庖人：「凡用禽獸，春行羔豚，膳膏香；夏行腒鱐，膳膏臊；秋行犢麛，膳膏腥；冬行鱻羽，膳膏羶。」續齊諧記：「吴縣張成夜起，忽見一婦人立於宅上南角，舉手招成，成即就之。婦人曰：『此地是君家蠶室，我即是此地之神。明年正月半，宜作白粥，泛膏於上，祭我也，當令君蠶桑百倍。』言絶失之。成如言爲作膏粥。自此後大得蠶。今正月半作白膏粥，自此始也。」

楚按：此首主張雪中送炭，反對錦上添花，即論語雍也「君子周急不繼富」之意也。

有錢莫掣攉丁一、丁二、丁三、丁四、丁五、丁六、丁七、丁八、丁一一、丁一三、掇瑣、文庫、校輯、詩集

有錢莫掣攉〔一〕，不得事奢華。鄉里人儜惡〔二〕，差科必破家〔三〕。（二〇七）

【校】

掣攉　「攉」，原作「懽」，據餘本改。

事奢華　「事」，原作「是」，據餘本改。

【注】

〔一〕掣攉：應同「揮霍」，即下句「奢華」之意。

〔二〕儜惡：兇惡。根本說一切有部毘奈耶頌卷中：「若有女人洗，王及諸兵衆，并有儜惡人，遠避不應浴。」根本說一切有部毘奈耶雜事卷三〇：「使者既聞，往擒其女。既便大叫，告言聖者吐羅難陀：『王家使者，枉相惡捉，願尼出來。』尼聞速出，便即罵言：『儜惡物，汝何所爲牽我女兒！』」

〔三〕差科必破家：意謂鄉人見其奢華，遂高其户等，重其差科，終致破家也。即〇〇六首「你富户役高，差科並用却」之意。參見該首注二。

他貧不得笑丁一、丁二、丁三、丁四、丁五、丁六、丁七、丁八、丁一一、丁一三、掇瑣、文庫、校輯、詩集

他貧不得笑，他弱不得欺〔一〕。但看人頭數〔二〕，即須受逢迎〔三〕。（二〇八）

【校】

他弱不得欺　「弱」，丁七作「若」，乃音譌字。「得」，丁一一、丁一三作「須」。

「但看人頭數」二句　各本略同，唯丁七作「太公未遇日，猶自獨釣魚。」詩集、校輯據改。參見篇後按語。

即須受逢迎　掇瑣作「即須受」，而以「逢迎」屬下首。

【注】

〔一〕「他貧不得笑」二句：敦煌本太公家教：「他貧莫笑，他病莫欺。」又：「他强莫觸，他弱莫欺。」

〔二〕人頭數：潘重規王梵志詩校輯讀後記曰：「人頭數，猶言『只算是人』、『任何一個人』。」楚按：「人頭數」即人數，老君音誦戒經：「隨意而設，無有先科令，不限人頭數。不設亦復無苦，但精勤香火，慎奉行如律令。」「頭數」即數目，洛陽伽藍記宋雲行紀：「寺内佛事皆是石像，裝嚴極麗，頭數極多。」楞嚴經卷五：「如是乃至恒沙界外一滴之雨，亦知頭數。」龐居士語録卷下：「假即無頭數，真中實是稀。」敦煌遺書斯五五六二尼患文：「如斯等罪，陳訴難周；前世怨家，詎知頭數？」又伯三〇二一道教文書：「似我一切衆生造種種之罪，莫知頭數。」

〔三〕逢迎：接待。戰國策燕策三：「太子跪而逢迎，却行爲道，跪而拂席。」變文集伍子胥變文：「以禮設拜乃逢迎。」

楚按：此首以「欺」「迎」爲韻，唐五代西北方音如此。後二句丁七本獨作「太公未遇日，猶自獨釣魚」，文意雖較佳勝，但孤證難憑，或是由於二句文意難明，書手遂加改作（太公家教正有「太公未遇，釣魚渭水」之語），故不據改。

莫不安爪肉丁一、丁二、丁三、丁四、丁六、丁七、丁八、丁一一、丁一三、掇瑣、文庫、校輯、詩集莫不安爪肉，魚吞在腸裏。善惡有千般，人心難可知。（二〇九）

丁五闕此首，丁八至此首止。詩集將「但看人頭數，即須受逢迎」二句移至此首之首。

【校】

「莫不安爪肉」二句　各本歧異甚大。原本、丁六、丁一一作「莫不安欠二，爪魚在腸裏」；丁三、丁四作「莫不安爪肉，魚吞在腹裏」；丁一三作「莫不安爪魚在腹裏」八字；丁七本則只「爪魚在腸裏」一句。丁二、丁八有殘闕。「腸」，各本或作「腹」；「爪」或作「瓜」。竊謂原本等之「欠二」並非正文，乃是注明欠闕二字。玆據丁三等録文。

有千般　「有」，丁八作「數」。

人心難可知　此句各本皆無，唯丁八有之。

楚按：　此首各本文字差異頗大，不盡可通，蓋各本所據抄録之底本已有脱誤。唯大意尚可揣摩，蓋以安餌釣魚，不懷好意爲喻，以言人心隔肚皮，善惡難測知也。

在鄉須下意丁一、丁二、丁三、丁四、丁五、丁六、丁七、丁一一、丁一三、掇瑣、文庫、校輯、詩集

在鄉須下意，爲客莫高心〔一〕。相見作先拜〔二〕，膝下没黄金〔三〕。（二一〇）

【校】

相見作先拜　「見」，丁四作「謝」。　「作先拜」，各本同，校輯録作「先作拜」。

膝下没黄金　「膝」，各本作「膝」。碑别字入聲四質，漢鄭固碑「膝」作「膝」。　「没」，丁四作「投」，校輯據改原本，非是。

【注】

〔一〕下意、高心：見一四〇首注三、注四。

〔二〕先拜：表示謙恭。晉書藝術幸靈傳：「性至恭，見人即先拜，言輒自名。」通鑑唐高祖武德元年：「徐文遠復入東都，見世充，必先拜。或問曰：『君倨見李密，而敬王公，何也？』文遠曰：『魏公，君子也，能容賢士；王公，小人也，能殺故人，吾何敢不拜！』」又唐太宗貞觀十一年：「以禮部尚書王珪爲魏王泰師。上謂泰曰：『汝事珪當如事我。』泰見珪，輒先拜；珪亦以師道自居。」敦煌曲子詞集浪淘沙：「路上共君先作拜，如若傷蛇口含真。」

〔三〕膝下没黄金：按俗語有「男兒膝下有黄金」之語，以言男兒當自貴重，不輕屈膝下人。如五燈會元卷一二興教坦禪師：「大丈夫膝下有黄金，爭肯禮拜無眼長老？」元賈仲名對玉梳雜劇第二折：「男兒膝下有黄金，剗地望梅止渴。」清平山堂話本陰隲積善：「男兒膝下有黄金，如何拜人？」京劇得意緣説白：「男兒膝下有黄金，豈肯低頭拜婦人！」此外如世説新語方正載陶侃救梅頤於難，「頤見陶公，拜，陶公止之。頤曰：『梅仲真膝，明日豈可復屈耶？』」舊唐書郭子儀傳：「田承嗣方跋扈魏州，傲狠無禮。子儀嘗遣使至，承嗣西望拜之，指其膝謂使者曰：『兹膝不屈於人若干歲矣，今爲公拜。』」

亦「男兒膝下有黄金」之意。梵志詩云「没黄金」者，言不須妄自貴重，而應謙恭下人，立意與俗語不同。

貧人莫簡弃丁一、丁二、丁三、丁四、丁五、丁六、丁七、丁一一、丁一三、掇瑣、文庫、校輯、詩集

貧人莫簡弃〔一〕，有食最須呼〔二〕。但惠封瘡藥，何愁不奉珠〔三〕。（二一一）

【注】

〔一〕簡：選擇，區别。禮記王制：「簡不肖以絀惡。」鄭玄注：「簡，差擇也。」説文「精」段注：「莊子人間世曰：『鼓筴播精。』司馬云：『簡米曰精。』簡即柬，俗作揀者是也。」

〔二〕呼：召唤，邀請。寒山詩：「有酒相招飲，有肉相呼喫。」

〔三〕「但惠封瘡藥」二句：以喻施恩必獲報。搜神記卷二〇：「隋縣溠水側，有斷蛇丘。隋侯出行，見大蛇，被傷中斷，疑其靈異，使人以藥封之，蛇乃能走，因號其處斷蛇丘。歲餘，蛇銜明珠以報之。珠盈徑寸，純白，而夜有光明，如月之照，可以燭室，故謂之隋侯珠，亦曰靈蛇珠，又曰明月珠。」按此事亦見淮南子覽冥高誘注、御覽卷四七九引盛弘之荆州記、世説新語言語劉孝標注、水經注卷三一、莊子讓王成玄英疏、敦煌本搜神記等。

得言請莫説丁一、丁二、丁三、丁四、丁五、丁六、丁七、丁一一、丁一三、掇瑣、文庫、校輯、詩集

得言請莫説，有語不須傳〔一〕。見事如不見，終身無過諐。（二一二）

丁二本至「終」字止。

【校】

如不見　「如」，丁四、丁一一作「而」。

【注】

〔一〕有語不須傳：按世説新語品藻：「有人問謝安石、王坦之優劣於桓公。桓公停欲言，中悔曰：『卿喜傳人語，不能復語卿。』」李義山雜纂教女：「聞事不傳。」

無親莫充保丁一、丁三、丁四、丁五、丁六、丁七、丁一一、丁一三、掇瑣、文庫、校輯、詩集

無親莫充保〔一〕，無事莫作媒。雖失鄉人意，終身無害灾。（二一三）

【校】

無親莫充保　「親」，原作「心」，據餘本改。丁四此句作「親莫老保」。

無事莫作媒　「事」，丁四作「女」，詩集從之。「媒」，丁三作「謀」。

雖失　「失」，原作「悉」，丁四作「史」，據餘本改。

害灾　「害」，原作「宫」，干禄字書去聲：「宫害上俗下正。」碑別字去聲九泰，漢武榮碑「害」作「宫」。

【注】

〔一〕保：保人，亦與見證人合稱「保見」。拾得詩：「爲他作保見，替他説道理，一朝有乖張，過咎全歸你。」

變文集廬山遠公話：「相公前世作一箇商人，他家白庄也是一箇商人，相公遂於白庄邊借錢五百貫文。是時貧道作保，後乃相公身亡，貧道欲擬填還，不幸亦死。輪迴數遍，不愚（虞）相逢，已（以）是因緣，保債得債。……勸門徒弟子欠債，直須還他。貧道爲作保人，上（尚）自六載爲奴不了。凡夫淺識，不且（懼）罪愆，廣造衆罪，如何懺悔。」

雙陸智人戲丁一、丁三、丁四、丁五、丁六、丁七、丁一一、丁一三、掇瑣、文庫、校輯、詩集

雙陸智人戲〔一〕，圍碁出專能。解時終不惡〔二〕，久後与仙通〔三〕。（二一四）

【校】

智人戲　「智」，丁六作「之」。

圍碁　「圍」，掇瑣作「園」。　「碁」，丁四作「基」。

解時終不惡　「時」，丁七作「事」。　「終」，丁三作「忠」。

与仙通　「与」，丁五作「以」，丁四作「似」。按「以」通「與」，「似」則「以」之譌。　「仙」，丁三作「先」。

【注】

〔一〕雙陸：博戲名。通鑑唐中宗神龍元年：「上使韋后與三思雙陸。」胡三省注：「雙陸者，投瓊以行十二棋，各行六棋，故謂之雙陸。」按唐人博戲，以此首所言雙陸與圍棋爲最盛。雙陸稍加變化，又名長行。唐國史補卷下：「今之博戲，有長行最盛。其具有局有子，子有黃黑各十五，擲采之骰有二。其法生于握槊，變于雙陸。天后夢雙陸而不勝，召狄梁公說之，梁公對曰『宮中無子之象』是也。後人新意，長

行出焉。……圍棋次於長行，其工者近有韋延祐、楊芃首出。」

〔二〕解：會，懂。不惡：不錯，很好。

〔三〕与仙通：按古書多有仙人喜弈棋博戲的記載，如御覽卷七五五引彈棊經序：「彈棊者，仙家之戲也。」遊仙窟：「仙人好負局，隱士屢潛觀。」廣記卷三九麻陽村人（出廣異記）：「前行數十步，至大廳，見羣仙羽衣烏幘，或樗蒲，或弈棊，或飲酒。」又卷六六謝自然（出集仙録）：「崔張二使從寅至午，多説神仙官府之事，言上界好弈棋，多音樂，語笑率論至道玄妙之理。」此類記載甚多，最著者爲王質遇仙事。述異記卷上：「信安郡石室山，晉時王質伐木至，因童子數人棊而歌，質因聽之。童子以一物與質，如棗核。質含之，不覺饑。俄頃童子謂曰：『何不去？』質起視，斧柯爛盡。既歸，無復時人。」

逢爭不須看丁一、丁三、丁四、丁五、丁六、丁七、丁一一、丁一三、掇瑣、文庫、校輯、詩集

逢爭不須看，見打莫前爲〔一〕。損即追友證〔二〕，能勝惣不知。（二一五）

【校】

莫前爲　「爲」，各本作「僞」，唯丁五作「爲」，兹據改，參見注一。校輯改作「圍」。

損即追友證　「損」，原作「楨」，據丁五、丁六、丁七、丁一三改。丁三、丁四、丁一一作「捐」。「友」，丁三、丁五、丁七作「有」，詩集從之，丁四作「直」。「證」，原本、丁一一、文庫、校輯作「勝」，據餘本改。

能勝　原本、丁一一、文庫、詩集、校輯作「證能」，據餘本改。

【注】

〔一〕爲：助。吕氏春秋悔過：「先軫遏秦師於殽而擊之，大敗之，獲其三帥以歸。繆公聞之，素服廟臨，以説於衆曰：『天不爲秦國，使寡人不用蹇叔之諫，以至於此患。』」漢書曹參傳：「方與反爲魏，擊之。豐反爲魏，擊之。」三國志魏志袁紹傳：「紹既出，遂亡奔冀州。侍中周毖、城門校尉伍瓊、議郎何顒等，皆名士也，卓信之，而陰爲紹。乃説卓曰：『夫廢立大事，非常人所及。紹不達大體，恐懼故出奔，非有他志也。』」「陰爲紹」即暗中助紹。又蜀志先主傳：「東海昌霸反，郡縣多叛曹公爲先主。」晉書淳于智傳：「高平劉柔夜卧，鼠齧其左手中指，以問智。智曰：『是欲殺君而不能。當爲君，使其反死。』」搜神記卷五：「卿位常伯，而家無餘財。向聞與尊夫人辭訣，言辭哀苦。然則卿國士也，如何可令死？吾當相爲。」藝文類聚卷三五引妬記：「謝太傅劉夫人不令公有別房。公既好聲樂，復遂頗欲立妓妾。兄子、外生等微達此旨，共問訊劉夫人，因方便稱關雎、螽斯有不忌之德。夫人知以諷己，乃問『誰撰此詩』，答云『周公』。夫人曰：『周公是男子，相爲爾；若使周姥撰詩，當無此也。』」

〔二〕損：傷害。文苑英華卷五四七爲父殺牛判：「韓孝隨父行，牛驚觝人。恐損父，遂以刀殺牛。」變文集鷰子賦：「鷰子既稱墜翮，雀兒今亦跛跨，兩家損處，彼此相亞。」

楚按：此首大旨言逢人爭鬬，不得多管閑事。「損即追友證」者，言相打者若受傷告官，則將牽連多事之友人作證；「能勝惣不知」者，言相打者若力能取勝，則將把多事友人置於腦後，並不相知也。國語周語下：「佐雝者嘗焉，佐鬬者傷焉。」淮南子説林：「佐祭者得嘗，佐鬬者得傷。」即此首之意。

立身存篤信丁一、丁三、丁四、丁五、丁六、丁七、丁一一、丁一三、掇瑣、文庫、校輯、詩集

立身存篤信〔一〕，景行勝將金〔二〕。在處人攜接〔三〕，諳知無負心。（二一六）

【校】

存篤信　「存」，丁七本作「在」。「篤」，原作「蔦」，據丁六、丁七改。

諳知　丁三作「語之」，丁四作「請知」，丁五作「闇知」。

【注】

〔一〕篤信：忠厚誠信。論語泰伯：「篤信好學，守死善道。」邢昺疏：「篤信好學者，言厚於誠信而好學問也。」

〔二〕景行：高尚德行。見一二五首注一。將：持，帶。見〇〇二首注三。

〔三〕在處：到處，處處。白居易西行：「常聞俗間語，有錢在處樂。」崔塗蜀城春：「在處有芳草，滿城無故人。」雲溪友議卷一一：「口説如來之教，在處貪財；身着無價之衣，終朝食肉。」五燈會元卷三興善惟寬禪師：「譬如江湖淮漢，在處立名，名雖不一，水性無二。」攜接：接待。後漢書劉寵傳：「值中國喪亂，士友多南奔，繇攜接收養，與同優劇，甚得名稱。」廣記卷二二一袁天綱（出定命録）：「公面似大獸之面，文角成就，必得貴人攜接。」

有恩須報上丁一、丁三、丁四、丁五、丁六、丁七、丁一一、丁一三、掇瑣、文庫、校輯、詩集

有恩須報上，得濟莫孤恩〔一〕。但看千里井，誰爲重來尋〔二〕。（二一七）

丁三本脱後二句。

【校】

報上 「報」，丁三、丁五作「保」。

孤恩 「孤」，各本同，唯丁四作「幸」，當是「辜」字之譌。校輯改作「辜」。見注一。

【注】

〔一〕孤恩：負恩。北史袁翻傳：「如其奸回反覆、孤恩背德者，此不過爲逋逃之寇，於我何損？」亦作「辜恩」。元李治敬齋古今黈卷一：「世俗有孤負之説，孤謂無以酬對，負謂有所虧損。而俚俗變孤爲辜，辜自訓罪，乃以同孤負之孤，大無義理。」

〔二〕「但看千里井」二句：玉臺新詠卷二劉勳妻王宋雜詩二首之二（一云曹丕代作）：「誰言去婦薄，去婦情更重。千里不唾井，況乃昔所奉。」序云：「王宋者，平虜將軍劉勳妻也，入門二十餘年。後勳悦山陽司馬氏女，以宋無子出之。還於道中，作詩二首。」李白平虜將軍妻：「古人不吐井，莫忘昔纏綿。」補全唐詩樊鑄□□：「乍可惠人一飯恩，不得唾人千里井。」李匡乂資暇集卷下不反剉：「諺云：『千里井，不反唾。』蓋由南朝宋之計吏，瀉剉殘草於公舘井中，且自言相去千里，豈當重來。及其復至，熱渴，汲水遽飲，不憶前所棄草，草結於喉而斃。俗因相戒曰：『千里井，不反剉。』復訛爲唾爾。」蘇鶚蘇氏演義卷下説同此。程大昌演繁露卷一三千里不唾井，釋王宋詩曰：「觀此意興，乃爲常飲此井，雖舍而去之千里，知不復飲矣，然猶以嘗飲乎此而不忍吐也，況昔所嘗奉以爲君子者乎？」杜甫風疾舟中伏枕書懷三十六韻呈湖南親友「畏人千里井」，宋郭知達編九家集注杜詩趙彦材曰：「竊考千里井有兩事。……然謂之『畏人』者，則剉節刺喉，於義爲近。」明錢希言戲瑕卷一不唾井：「古諺云：『千里井，不反唾。』以嘗飲乎此，雖去之千里，而弗忍唾也。此即食不毁器，蔭不折枝之意耳，亡它深意。故觀曹植代劉勳妻王氏作去婦詩曰：『千里不唾井，況乃昔所奉。』而李白爲平虜將軍妻賦詩，亦遂采用其意，而曰『古人不唾井，莫忘昔纏綿。』又六朝詩中援引唾井事甚多，乃宋人附會莝草之説，何其穿鑿甚乎？」俞正燮癸巳存稿卷一四井不反唾：「不跨井竈，儒者行也。玉臺新詠魏劉勳妻王宋詩云：『千里不唾井，況乃昔所奉。』蘇鶚演義引作『千里不瀉井，況乃昔所奉』。當是古常談。唐李匡乂資暇集云：『諺曰：千里井，不反唾。』演義引杜詩注：『千里井，不反唾。』是唐時亦有此諺。反者，謂反陳莝。唾者，謂唾汙之。唐人好穿鑿，演義引金陵記云：『江南計吏，止於傳舍，及時就路，以馬殘草瀉於井中，而謂已無再過之期。不久，復由此飲，遂爲昔時莝刺喉而死。後人戒之曰：千里井，不瀉莝。』資暇集云：『不反唾，唾或爲莝。昔人經驛舍，反馬餘莝於井。後經此井汲水，爲莝所哽。因言千里井，不反剉。後譌爲唾爾。』反唾是二義，不反及不瀉爲一事，不唾又一事，不得云唾爲剉譌。且南朝泄莝，魏時何得豫譌爲唾也。」楚按，俞氏論魏時不得豫譌剉爲唾，極是；唯謂「反唾」爲二義，恐非。「不反唾」爲一事，「不反剉」爲又一事，蓋先有「不反唾」之語，由此而附會出「不反剉」之事。唐時「不反剉」之事必極流行，故杜詩用此義，李、蘇亦云「唾」當作「剉」。據梵志詩下句「誰爲重來尋」，則正用「不反剉」之義。「爲」通作「謂」，謂孰料重來經過，遂爲剉草所傷，自食其果，以反證「有恩須報」、「得濟莫孤」之旨。

知恩須報恩丁一、丁三、丁四、丁五、丁六、丁七、丁一一、丁一三、掇瑣、文庫、校輯、詩集

知恩須報恩，有恩莫不報〔一〕。更在枯井中，誰能重来救〔二〕。（二一八）

【校】

莫不報　「報」，原脱，據各本補。

更在　「更」，丁七作「雨」。

誰能重来救　「能」，丁五作「爲」。「重」，丁四作「裏」。

【注】

〔一〕有恩莫不報：按詩大雅抑：「無德不報。」佛説孛經抄以「有恩不報」爲「十可愧」之一，敦煌本太公家教亦云：「知恩報恩，風流儒雅；知恩不報，豈成人也。」

〔二〕「更在枯井中」二句：按三國志魏志華歆傳裴注引華嶠譜叙：「歆少以高行顯名。避西京之亂，與同志鄭泰等六七人，閒步出武關。道遇一丈夫獨行，願得俱，皆哀欲許之，歆獨曰：『不可。今已在危險之中，禍福患害，義猶一也。無故受人，不知其義。既以受之，若有進退，可中棄乎！』衆不忍，卒與俱行。此丈夫中道墮井，皆欲棄之。歆曰：『已與俱矣，棄之不義。』相率共還出之，而後别去。衆乃大義之。」此云「更在枯井中」者，以言忘恩之人再遭厄難，當不復有人施恩相救也。

先得他恩重　丁一、丁三、丁四、丁五、丁六、丁七、丁一一、丁一三、掇瑣、文庫、校輯、詩集

先得他恩重，酬償勿使輕。一湌何所直〔一〕，感荷百金傾〔二〕。（二一九）

【校】

先得他恩重　「先」，原作「元」，詩集從之，丁一一作「无」，據餘本改。

酬償　丁七作「償酬」，丁一一作「酬賞」。

一湌何所直　丁七作「一飧所重直」。

感荷百金傾　「荷」，各本作「賀」，參見注二。按「荷」「賀」同音通用，敦煌卷子屢見，如變文集維摩詰經講經文：「發大願，唱奇哉，感賀慈悲化利開。」又醜女緣起：「爲度門徒生善相，感賀如來聖力潛。」「百金傾」，原作「百千傾」，丁四作「金百傾」，丁七作「百千金」，此從丁五本。

【注】

〔一〕一湌何所直：「湌」，同「餐」。「直」，同「值」。「一湌」用韓信事。史記淮陰侯列傳：「信釣於城下。諸母漂，有一母見信飢，飯信，竟漂數十日。信喜，謂漂母曰：『吾必有重報母。』……信至國，召所食漂母，賜千金。」又范睢蔡澤列傳：「一飯之德必償，睚眦之怨必報。」世説新語德行：「（顧榮）曾在省與同僚共飲，見行炙者有異於常僕，乃割炙以噉之。後趙王倫篡位，其子爲中領軍，逼用榮爲長史。及倫誅，榮亦被執，凡受戮輩十有餘人。或有救榮者，問其故，曰：『某省中受炙臣也。』榮乃悟而歎曰：『一餐之惠，恩今不忘，古人豈虚言哉。』」北齊書楊愔傳：「一飡之惠，酬答必重；性命之讎，捨而不問。」變文集伍子胥變文：「慚君與我一中飡……唯取百金相殯報。」

〔二〕感荷：感激。北史陽平王熙傳附曾孫世遵傳：「有南戍主妻，三月三日遊戲沔水側，均遣部曲掠取。世遵聞之，責均，遂移還本戍，吳人感荷。」韓愈贈張籍：「感荷君子德，怳若乘朽棧。」盧仝月蝕詩：

「再得見天眼，感荷天地力。」敦煌變文論文録附佛報恩經講經文：「悓（愧）慚天子恩波及，感荷王孫庫藏開。」又附維摩碎金：「居士感荷曰：善哉寶積，真是道師。」

蒙人惠一恩丁一、丁三、丁四、丁五、丁六、丁七、丁一一、丁一三、掇瑣、文庫、校輯、詩集

蒙人惠一恩，終身酬不極〔一〕。若濟桑下飢，扶輪可惜力〔二〕。（二二〇）

【校】

一恩　「一」，丁五、丁七作「可」。

桑下飢　「桑」，原作「桒」，餘本作「亲」。碑別字下平聲七陽，唐大泉寺三門記「桑」作「桒」，隋嚴元貴墓誌作「亲」。

扶輪　「扶」，各本作「犾」。干禄字書平聲：「犾扶上俗下正。」碑別字上平聲七虞，唐李輔光墓誌銘「扶」作「犾」。「輪」，原本、丁五、丁六作「論」，據餘本改。

【注】

〔一〕不極：無終止。江淹雜擬詩序：「藍朱成彩，雜錯之變無窮；宮角爲音，靡曼之態不極。」文苑英華卷二三三梁武帝天安寺疏圃堂：「連山去無限，長洲望不極。」李白古風第四十三首：「淫樂心不極，雄豪安足論。」杜甫野望：「清秋望不極，迢遞起層陰。」按「極」即終之義。左傳僖公二十四年：「女德無極，婦怨無終。」莊子在宥：「彼其物無窮，而人皆以爲有終；彼其物無測，而人皆以爲有極。」皆以「極」與「終」同義對舉。

〔二〕「若濟桑下飢」二句：「可惜力」，豈惜力，即不惜力之義。此二句用靈輒報恩救趙宣子事。左傳宣公二年：「初，宣子田於首山，舍于翳桑，見靈輒餓。問其病，曰：『不食三日矣。』食之，舍其半。問之，曰：『宦三年矣，未知母之存否。今近焉，請以遺之。』使盡之，而爲之簞食與肉，寘諸橐以與之。既而與爲公介，倒戟以禦公徒，而免之。問何故，對曰：『翳桑之餓人也。』問其名居，不告而退。遂自亡也。」説苑復恩載此事爲詳。至靈輒扶輪，見敦煌遺書伯二五二四古類書：「（晉靈公）欲殺盾，盾走出門。將乘車，車一輪公已令人脱却，唯有一未脱。輒扶盾上車，以手軸一頭，駕半車而走，遂得免難。盾怪問之，輒曰：『昔桑下之人也。』」

得他一束絹丁一、丁三、丁四、丁五、丁六、丁七、丁一一、丁一三、掇瑣、文庫、校輯、詩集

得他一束絹〔一〕，還他一束羅。計時應大重〔二〕，直爲歲年多。（二二一）

【校】

一束絹　「一」，丁四、丁五作「壹」。　「束」，丁三作「東」。

大重　丁三作「大衆」，丁四作「不重」，丁五作「有重」。

【注】

〔一〕一束：五匹。孔叢子小爾雅度：「五尺謂之墨，倍墨謂之丈，倍丈謂之端，倍端謂之兩，倍兩謂之疋，疋有五謂之束。」宋釋文瑩湘山野録卷下：「夏英公鎮襄陽，遇大赦，賜酺宴，詔中有『致仕高年，各賜束帛』。時胡大監旦瞽廢在襄，英公依詔旨，選精縑十疋贈之。胡得縑，以手捫之，笑曰：『寄語舍人，何寡

聞至此？奉還五疋，請檢韓詩外傳及服虔、賈誼諸儒所解「束帛戔戔，賁於丘園」之義，自可見證。』英公檢之，果見三代束帛、束脩之制。若束脩則十挺之脯，其實一束也。若束帛則卷其帛，屈爲二端，五疋遂見十端，表王者屈折於隱淪之道也。夏亦少沮。」

〔二〕大重：太重。駢雅訓纂卷五釋名稱：「古人太字多不加點，如大極、大初、大素、大室、大廟、大學之類。後人加點，以別小大之大，遂分爲二矣。」

楚按：此首云「得他一束絹，還他一束羅」，即得輕還重之義。宋范鎮東齋記事卷三：「（石中立）嘗於文公家會葬，坐客乃執政貴游子弟，皆服白襴衫，或羅或絹，有差等。中立坐而大慟。人問其故，曰：『憶吾父。』又問之，曰：『父在時，當得羅襴衫也。』蓋見執政子弟服羅，而石止服絹。坐中人皆大笑。」即羅貴重於絹之證。敦煌本太公家教：「得人一牛，還人一馬。往而不來，非成禮也。」蓋馬亦貴重於牛也。此首又云「直爲歲年多」，乃兼利息而並償，故以羅還絹也。

貸人五㪷米丁一、丁三、丁四、丁五、丁六、丁七、丁一一、丁一三、掇瑣、文庫、校輯、詩集

貸人五㪷米〔一〕，送還一碩粟〔二〕。筭時應有餘〔三〕，剩者充臼直〔四〕。（二二一）

【校】

五㪷米　「五」，餘本作「伍」。「㪷」，原本及丁一三作「叫」，餘本作「𧯷」，即「㪷」字，同「斗」。

一碩粟　「碩」，原作「碵」，丁三、丁一一作「石」，餘本作「碩」。按「碵」即「碩」之譌。參見注二。

筭時：「筭」，丁五、丁七作「竿」，同。

【注】

〔一〕貸：通作「資」，從人借貸。見〇三一首注四。

〔二〕碩：同「石」，十斗爲石。陔餘叢考卷三〇石：「石本權衡之數也。漢律曆志『二十四銖爲兩，十六兩爲斤，三十斤爲鈞，四鈞爲石。』是石乃權之極數。至『十龠爲合，十合爲升，十升爲斗，十斗爲斛』，則斛乃量之極數。乃俗以五斗爲斛，兩斛爲石，是以權之極數爲量之極數，殊屬歧誤。然漢時米穀之量已以石計，如二千石、六百石之類，未嘗以斛計。葉石林謂『以斛爲石，自漢以來始見之』，是也。」

〔三〕筭：通作「算」，見一二一首注一。

〔四〕剩：多餘。魏書趙温傳：「遣人買耜刃，得剩六刃，即命送還刃主。」　臼直：舂米工錢。

楚按：此首云「貸人五㪷米，送還一碩粟」，亦借輕還重之意。通鑑唐玄宗開元十三年：「是歲，東都斗米十五錢，青齊五錢，粟三錢。」以青齊之價計之，五斗米二十五錢，一石粟三十錢，所剩五錢，故云「有餘」。而即以此所剩之錢「充臼直」，務必不使借主吃虧也。

世間難捨割丁一、丁三、丁四、丁五、丁六、丁七、丁一一、丁一三、掇瑣、文庫、校輯、詩集

世間難捨割，無過財色深〔一〕。丈夫須達命〔二〕，割斷暗迷心。（二二三）

【校】

捨割　各本皆同，校輯改作「割捨」。

達命　「達」，各本作「遠」，當是形譌字。

【注】

〔一〕財色：錢財女色。按佛典外書，皆以財色爲誡。大戴禮記曾子立事：「君子患難除之，財色遠之，流言滅之。」四十二章經：「佛言：財色之於人，譬如小兒貪刀刃之蜜，不足一食之美，然有截舌之患也。」續高僧傳卷二三釋道安傳：「卿已出家，棄俗辭君。應自誨勵，志果清雲。財色不顧，與世不羣。金玉不貴，惟道爲珍。」寒山詩：「忽然富貴貪財色，瓦解冰消不可陳。」

〔二〕達命：猶云「知命」。晉書魏舒傳：「陳留周震，累爲諸府所辟，辟書既下，公輒喪亡。僉號震爲殺公掾，莫有辟者。舒乃命之，而竟無患。識者以此稱其達命。」北齊書魏收傳：「收碩學大才，然性褊，不能達命體道，見當塗貴遊，每以言色相悅。」北史房豹傳：「今三軍之事，在於明公，唯應達命任理，以保元吉。」

煞生最罪重丁一、丁三、丁四、丁五、丁六、丁七、丁一一、丁一三、掇瑣、文庫、校輯、詩集

煞生最罪重〔一〕，喫肉亦非輕〔二〕。欲得身長命，無過點續明〔三〕。（二二四）

【校】

最罪重　丁一同。丁三、丁五、丁六、丁七、丁一三、詩集、校輯作「罪最重」，丁四作「罪甚重」。

【注】

〔一〕煞生最罪重：按佛教戒律以不殺生爲首，華嚴經卷二四十地品：「煞生之罪，能令衆生墮於地獄畜生餓鬼，若生人中，得二種果報：一者短命，二者多病。」廣記卷三二六袁炳（出冥祥記）：「遜問：『罪福應報，定實何如？』炳曰：『如我舊見，與經教所説不盡符同，將是聖人抑引之談耳。如今所見，善惡大科，略不異也。然殺生故最爲重禁，慎不可犯也。』」

〔二〕喫肉亦非輕：按佛教五戒亦有不飲酒食肉之條。廣記卷三七九王掄（出通幽記）：「掄在生時無他過，及定罪，唯舉食肉罪。旁見小吏曰：『此人雖食肉，不故殺。』然食肉者信罪矣。殺而食之，罪又甚焉。」

〔三〕續明：指長明燈。佛教以爲在寺塔燃燈續明，可以增長無量福田。如施燈功德經：「如是然少燈明，所受福報，不可得説。」雜寶藏經卷五天女本以然燈供養生天緣：「法中之最勝，爲之然明燈。燈然以滅闇，佛燈滅衆惡。見燈如日光，真實生信心。覩燈明熾盛，歡喜而禮佛。」故佛書多有「然燈續明」之語，如藥師琉璃光如來本願經：「阿難，若帝后妃主、儲君王子、大臣輔相、中宮采女，亦應造立五色神旛，然燈續明，放諸生命，散雜色花，燒衆名香，病得除愈，衆難解脱。」諸經要集卷一七引灌頂經：「又若人命終之日，當爲燒香，燃燈續明，於寺塔中表剎之上懸命過幡，轉讀尊經，過三七日。」古逸經佛説善惡因果經：「今身好喜燃燈續明者，生在日月天中，光明自照。」護身命經：「勸令一切族姓男女，供養香花雜綵，燃燈續明，復能流轉讀誦，皆救人疾苦厄之者。」南海寄歸内法傳卷二：「于時俗士雲奔，法徒霧集，燃燈續明，香花供養。」酉陽雜俎續集卷六寺塔記下：「先，寺奴朝來者，常續明塗地，數十年不懈。」龍舒增廣淨土文卷五唐京城僧善導：「譬見及壞塔，皆悉修營，然燈續明，每歲不絶。」周書張元傳：「及元年十六，其祖喪明三年。元恒憂泣，晝夜讀佛經，禮拜以祈福祐。後讀藥師經，見『盲者得視』之言，遂請七僧，然七燈，七日七夜，轉藥師經行道。每言：『天人師乎！元爲孫不孝，使祖喪明。今以燈光普施法界，願祖目見明，元求代闇。』如此經七日。其夜，夢見一老公，以金鎞治其祖目。謂元曰：『勿憂悲也，三日之後，汝祖目必差。』元於夢中喜躍，遂即警覺，乃遍告家人。居三日，祖果目明。」知燃燈續明以治病之説，民間實已盛行。

偷盜須無命丁一、丁三、丁四、丁五、丁六、丁七、丁一一、丁一三、掇瑣、文庫、校輯、詩集

偷盜須無命，侵欺罪更多〔一〕。將他物已用，思量得也磨〔二〕？（一二五）

【校】

須無命　「須」，丁三、丁一一同，餘本、詩集、校輯作「雖」。

已用　「已」，丁五作「使」。

得也磨　原本、丁三、丁一三作「得夜魔」，丁五、丁一一作「得夜磨」，丁六作「得也魔」，丁七作「得夜摩」，玆從丁四本。按各本「夜」爲「也」之音譌，「魔」「摩」「磨」同音通用。

【注】

〔一〕侵欺：倚勢侵占。韓非子解老：「人君無道，則內暴虐其民，而外侵欺其鄰國。內暴虐則民產絶，外侵欺則兵數起。」大珠禪師語録卷上頓悟入道要門論：「我今意況大奇，不向世上侵欺。榮華總是虛悟，弊衣粗食充飢。」

〔一二〕得也磨：猶云「行嗎」，參見一八九首注三。

邪淫及妄語丁一、丁三、丁四、丁五、丁六、丁七、丁一一、丁一三、掇瑣、文庫、校輯、詩集

邪淫及妄語〔一〕，知非愡勿作。但知依道行，万里無迷錯。（二二六）

【校】

邪淫及妄語　「邪淫」，原作「邪媱」，丁三、丁六、丁一三作「耶媱」，丁七作「耶孃」，丁四作「耶孃」。「妄」，丁三、丁四、丁五、丁一一、丁一三作「忘」，丁六作「妾」。

愡勿作　「愡」，丁四作「物」。「勿」，丁三作「物」，丁七作「匆」。

但知依道行　「知」，原作「之」，據餘本改。「依」，丁四作「於」。

迷錯　「迷」，丁七作「求」。

【注】

〔一〕邪淫及妄語：按佛教五戒有不邪婬及不妄語之條。華嚴經卷二四：「離於邪淫，自足妻色，於他女人，不生一念。」又：「離於妄語，常真實語，諦語隨語，乃至夢中，尚不妄語，何況故作。」「邪淫」指妻妾以外之女色（此對在家而言，若出家者，有淫則離）。大乘義章卷一二：「婬則不爾，有正有邪。自妻爲正，侵他爲邪。」珠林卷九二引薩遮尼乾子經尼乾子説偈云：「自妻不生足，好婬他婦女，是人無慚愧，受苦常無樂。現在未來世，受苦及打縛。捨身生地獄，受苦常無樂。」「妄語」指虛誑之語。珠林卷九三妄語部述意：「妄想虛構，惑倒交懷，違心背境，出語皆虛，誑惑前人，令他妄解。致使萬苦爭纏，百憂總萃，

種虛妄之因，感得輕賤之報，地獄重苦，更加湯灰，迷法亂真，實由妄語也。」

喫肉多病報丁一、丁三、丁四、丁五、丁六、丁七、丁一一、丁一三、掇瑣、文庫、校輯、詩集

喫肉多病報〔一〕，智者不須飡。一朝無間地〔二〕，受罪始知難。（二二七）

【校】

智者　「智」，各本皆作「知」，唯丁六作「智」，茲從之。按「知」與「智」通。

無間地　「間」，各本作「諫」，唯丁五作「間」，茲從之。按「諫」爲「間」之同音借字。論衡譴告：「故諫之爲言間也。」顏氏家訓音辭：「古今言語，時俗不同；著述之人，楚夏各異。……穆天子傳音諫爲間。」

受罪　「受」，丁七作「有」。

【注】

〔一〕喫肉多病報：按梵志詩二七七首亦云「食肉身招病」，佛教觀念如此。廣弘明集卷二六梁武帝斷酒肉文：「凡魚爲生，類皆多冷，血腥爲法，增長百病。所以食魚肉者，神明理當昏濁，四體法皆沈重。無論方招後報，有三途苦；即時四大，交有不及。」

〔二〕無間地：即無間地獄。地藏菩薩本願經卷上：「摩耶夫人重白地藏菩薩言：『云何名爲無間地獄？』地藏白言：『……無間獄者，其獄城周匝八萬餘里，其城純鐵，高一萬里。城上火聚少有空缺。其獄城中，諸獄相連，名號各別，獨有一獄，名曰無間。其獄周匝萬八千里，獄牆高一千里，悉是鐵爲，上火徹下，下火徹上，鐵蛇鐵狗吐火馳逐，獄牆之上東西而走。獄中有床，遍滿萬里，一人受罪，自見其身遍卧滿床，

千萬人受罪，亦各自見身滿床上，衆業所感，獲報如是。又諸罪人備受衆苦，千百夜叉及以惡鬼，口牙如劍，眼如電光，手復銅爪，拖拽罪人。復有夜叉執大鐵戟，中罪人身，或中口鼻，或中腹背，抛空翻接，或置床上。復有鐵鷹啗罪人目，復有鐵蛇繳罪人頸。百肢節内悉下長釘，拔舌耕犂，抽腸剉斬，洋銅灌口，熱鐵纏身。萬死千生，業感如是，動經億劫，求出無期。此界壞時，寄生他界；他界次壞，轉寄他方；他方壞時，展轉相寄；此界成後，還復而來。無間罪報，其事如是。又五事業感，故稱無間。何等爲五？一者日夜受罪，以至劫數，無時間絶，故稱無間。二者一人亦滿，多人亦滿，故稱無間。三者罪器叉棒，鷹蛇狼犬，碓磨鋸鑿，剉斫鑊湯，鐵網鐵繩，鐵驢鐵馬，生革絡首，熱鐵澆身，飢吞鐵丸，渴飲鐵汁，從年竟劫，數那由他，苦楚相連，更無間斷，故稱無間。四者不問男子女人，羌胡夷狄，老幼貴賤，或龍或神，或天或鬼，罪行業感，悉同受之，故稱無間。五者若墮此獄，從初入時至百千劫，一日一夜，萬死萬生，求一念間暫住不得，除非業盡，方得受生，以此連綿，故稱無間。』」

飲酒是癡報丁一、丁三、丁四、丁五、丁六、丁七、丁一一、丁一三、掇瑣、文庫、校輯、詩集

飲酒是癡報〔一〕，如人落糞坑〔二〕。情知有不淨〔三〕，豈合岸頭行〔四〕。（二二八）

【校】

糞坑　「糞」，各本作「𡏝」，丁五作「畨」。碑別字去聲十三問，齊道興造象記「糞」作「𡏝」。

不淨　「淨」，原作「爭」，據餘本改。

豈合　「合」，丁四作「不」，校輯據改原本，非是。

【注】

〔一〕飲酒是癡報：按分別善惡所起經：「佛言人於世間，喜飲酒醉，得三十六失。……三十六者，從地獄中來，出生爲人，常愚癡，無所識知。今見有愚癡無所識知人，皆從故世宿命喜嗜酒所致。」珠林卷一一二引薩遮尼乾子經偈云：「飲酒多放逸，現世常愚癡，忘却一切事，常被智者呵。來世常闇鈍，多失諸功德。是故黠慧人，離諸飲酒失。」又引尼羅浮陀地獄經：「身如段肉，無有識知，此是何人？皆由飲酒。」廣記卷二三三酒臭（出五行記）：「故釋典戒酒，令人昏癡。今臨亡酒臭，彰其入惡道耳。」

〔二〕如人落糞坑：佛教以喻破戒，珠林卷一〇八破戒篇述意部：「故經云：譬如有人，墮在糞坑，全身没入，無髮可拔，知何欲救也。」

〔三〕不淨：污穢之物。大智度論卷一七：「世間惡人，常在惡垢糞中，不淨没頭。」變文集目連緣起：「今得離於地獄，化爲母狗之身，不淨乍可食之，不欲當時受苦。」

〔四〕岸頭：岸邊。三國志蜀志馬超傳裴注引典略：「騰自表軍人多乏，求就穀於池陽，遂移屯長平岸頭。」續高僧傳釋僧朗傳：「東西絶壁，莫測淺深，上有大樹，旁垂崖側，遂以鼓旗竿繩，繫樹懸下。時夜大闇，崖底純棘，無定足處。欲上岸頭，復恐軍覺。」唐唐彦謙蟹：「岸頭沽得泥封酒，細嚼頻斟弗停手。」

造酒罪甚重丁一、丁三、丁四、丁五、丁六、丁七、丁一一、丁一三、掇瑣、文庫、校輯、詩集

造酒罪甚重，酒肉俱不輕〔一〕。若人不信語〔二〕，検取涅槃經〔三〕。（二二九）

【校】

酒肉俱不輕　丁五作「買肉亦不輕」，詩集從之。丁一三「輕」作「傾」。

不信語　「語」，丁四、丁六、丁一三作「義」。

检取　「检」，餘本作「撿」，校輯作「檢」，皆同。

【注】

〔一〕酒肉俱不輕：按廣弘明集卷二六梁武帝斷酒肉文：「出即飲酒，開衆惡門；入即噉肉，集衆苦本。」珠林卷一一二酒肉篇述意部：「夫酒爲放逸之門，大聖知其苦本，所以遠酣肆，離酒緣，棄醉朋，近法友，出昏門，入醒境。肉是斷大慈之種，大聖知其殺因，所以去腥臊，淨身口，噉蔬菜，澄心神，招慈善，感延年。」

〔二〕若人：猶云「或人」。見一五四首注二。

〔三〕检取涅槃經：按大般涅槃經中佛説禁戒食肉之事，載於北本如來性品、南本四相品。如四相品云：「爾時迦葉菩薩白佛言：『世尊，食肉之人不應施肉，何以故？我見不食肉者有大功德。』佛讚迦葉：『善哉善哉！汝今乃能善知我意，護法菩薩應當如是。善男子，從今日始，不聽聲聞弟子食肉。若受檀越信施之時，應觀是食如子肉想。』」餘不盡録。

見泥須避道丁一、丁三、丁四、丁五、丁六、丁七、丁一一、丁一三、掇瑣、文庫、校輯、詩集

見泥須避道，莫入污却鞋。若知己有罪，莫破戒持齋〔一〕。（二三〇）

【校】

見泥　「泥」，原本、丁五、丁七作「埿」，餘本作「泥」。干禄字書平聲：「埿泥上俗下正。」「埿」即「埿」字，同「泥」。俗字譜水部，通俗小説「泥」作「泥」。

污却鞋　丁六、丁七作「汗脚鞋」。丁一三「污」作「汙」，同。

莫破戒持齋　「破」，丁六作「被」。「持」，丁四、丁五、丁六、丁七、丁一三作「時」。「齋」，各本作「斋」，見一三二首校記。

【注】

〔一〕莫破戒持齋：意爲莫破戒、應持齋。變文集佛説阿彌陀經講經文：「善男善女，檀施信心，奉戒持齋，精修不惓。」按佛教戒律以過午不食爲持齋，别一義以素食戒葷爲持齋。我國民間多以素食爲齋。四分律行事鈔資持記下三釋導俗篇：「持齋者，或受八戒，或但持齋。中前一食，中後不得妄噉。」

相交莫嫉妒丁一、丁三、丁四、丁五、丁六、丁七、丁一一、丁一三、掇瑣、文庫、校輯、詩集

相交莫嫉妒，相歡莫蛆儜〔一〕。一日無常去〔二〕，王前擺手行〔三〕。（二三一）

【校】

嫉妒　「妒」，原作「妬」，丁五作「姡」。

相歡　「歡」，各本及掇瑣、文庫、詩集、校輯皆作「勸」，乃形譌字。「相歡」與上文「相交」呼應，乃析「交歡」之語而對舉之。變文集佛説阿彌陀經講經文：「自誑誑他无利益，現世人聞不喜勸。」「勸」亦「歡」之譌，與此處

正同。

擺手行　「擺」，各本及掇瑣、文庫、校輯皆作「罷」，唯丁五作「擺」，詩集從之，茲據改。參見注三。

【注】

〔一〕蛆儜：即「怚佞」。「蛆」通「怚」，驕傲之義；「儜」通「佞」，諂媚之義。變文集維摩詰經講經文：「覩物情懷發惡心，見人於色行蛆倿。」「倿」即「佞」之譌，「蛆倿」、「蛆儜」皆同「怚佞」。

〔二〕無常：謂死。見〇九四首注一。

〔三〕王：指閻羅王。見一〇九首注六。　擺手行：甩手而行，形容無拘無礙，一身輕鬆。傳燈録卷二〇郢州桐泉山和尚：「初參黃山，問：天門一合，十方無路，有人道得，擺手出漳江。」又卷三〇石頭和尚草庵歌：「遇祖師，親訓誨，結草爲庵莫生退。百年拋却任縱横，擺手便行且無罪。」續傳燈録卷二〇提刑郭祥正功甫：「印曰：『收得龍麽？』公曰：『已在這裏。』印曰：『做麽生騎？』公擺手作舞便行。」五燈會元卷一三晉州大梵和尚：「曰：『恁麽則超然去也。』師曰：『何不擺手？』」修真十書卷三九白玉蟾上清集快活歌：「一朝邂逅廬山下，擺手笑出人間塵。」元高文秀黑旋風雜劇第一折：「泰安州便有那千千丈陷虎池、萬萬尺牢龍井，我和你待擺手去横行。」梵志詩「王前擺手行」者，謂一旦死去，以無惡業，縱在閻王前亦無所畏懼，可以掉臂游行也。

見病須慈愍　丁一、丁三、丁四、丁五、丁六、丁七、丁一一、丁一三、掇瑣、文庫、校輯、詩集

見病須慈愍，知方速療醫〔一〕。若能行此行，大是不思議〔二〕。（一三二）

【校】

須慈慜　原作「須慈遐」，丁四作「慈須忌」，丁三、丁六、丁七、丁一一、丁一三作「慈須愍」，兹從丁五本。按「慜」「愍」並同「憫」，「遐」「忌」皆爲「愍」字形訛，「慈須愍」則「須慈愍」之誤倒。

知方速療醫　「知方」，原本、丁五、掇瑣、文庫、詩集、校輯作「諸方」，丁一一作「方知」，兹從餘本。按「諸」即「知」之同音譌字，如變文集佛説阿彌陀經講經文：「故諸端語便城（成）佛，虚誑能招惡業因。」「故諸」亦應作「故知」。「速療醫」，丁四作「早爲醫」，餘本作「速爲醫」。

行此行　丁七作「行此孝」。

不思議　「議」，丁五作「儀」。

【注】

〔一〕知方：猶云懂醫。金光明經除病品：「我是醫師，善知方藥，今當爲汝療治救濟，悉令除愈。」按此處之「方」，即藥方之義。文心雕龍書記：「方者，隅也。醫藥攻病，各有所主，專精一隅，故藥術稱方。」莊子逍遥遊：「宋人有善爲不龜手之藥者，世世以洴澼絖爲事。客聞之，請買其方千金。」晉書范甯傳：「初，甯嘗患目痛，就中書侍郎張湛求方。」廣記卷二七八崔萬安（出稽神録）：「此疾可治，今以一方相與，可取青木香、肉豆蔻等分，棗肉爲丸，米飲下二十丸。」祖堂集卷一五龐居士：「看方不服藥，病從何處除。」

〔二〕不思議：不可思議，佛經以言極其玄妙高超之事。妙法蓮華經方便品：「又告舍利弗，無漏不思議，甚深微妙法，我今已具得。」大般涅槃經後分憍陳如品餘：「如來涅槃，甚深甚深，不可思議。」歷代法寶記：「天下知聞漕（曹）溪法最不思議。」此處云「大是不思議」者，言見病施醫所獲功德極大，乃至不可思議也。

經紀須平直丁一、丁三、丁四、丁五、丁六、丁七、丁一一、丁一三、掇瑣、文庫、校輯、詩集

經紀須平直〔一〕，心中莫側斜〔二〕。些些微取利〔三〕，可可苦他家〔四〕。（二二三）

【校】

經紀　丁五作「經記」，丁六作「紀經」。

微取利　「微」，原本、校輯作「徵」，各本作「微」，即「微」字別體。今從各本。

【注】

〔一〕經紀：指經商。參見〇〇七首注六。平直：公平。經律異相卷四九引淨度三昧經：「各隨所作，得其果報，天無枉濫，平直無二，隨其所作，天網治之。」魏書辛雄傳：「雄用心平直，加以閑明政事，經其斷割，莫不悦服。」貞觀政要公平：「又漢魏以來，諸葛亮爲丞相，亦甚平直。嘗表廢廖立、李嚴於南中，立聞亮卒，泣曰：『吾其左衽矣。』嚴聞亮卒，發病而死。故陳壽稱『亮之爲政，開誠心，布公道，盡忠益時者雖讎必賞，犯法怠慢者雖親必罰。』」施肩吾金尺石：「丹砂畫頑石，黄金横一尺。人世較短長，仙家愛平直。」廣記卷三一四沽酒王氏（出稽神録）：「建康江寧縣廨之後，有沽酒王氏，以平直稱。」

〔二〕側斜：本義爲偏斜不正，拾遺記卷九：「南人以海苔爲紙，其理縱横邪側。」廣記卷二三一張華引作「斜側」，即「側斜」之倒文。此處「側斜」引申爲不公平之義。

〔三〕些些：少許。見一六四首注三。

〔四〕可可：稍稍。遊仙窟：「雙燕子，可可事風流，即今人得伴，更亦不相求。」寒山詩：「昔時可可貧，今朝最貧凍。」

布施生生富丁一、丁三、丁四、丁五、丁六、丁七、丁一一、丁一三、掇瑣、文庫、校輯、詩集

布施生生富〔一〕，慳貪世世貧〔二〕。若人苦慳惜〔三〕，劫劫受辛勤〔四〕。（二二四）

【校】

生生富　「富」，原作「冨」，丁七作「福」。

苦慳惜　「慳」，丁一一同。餘本作「悋」，同「吝」。丁一三作「怪」。

劫劫：各本及掇瑣、文庫、校輯皆作「刧刧」，詩集改作「劫劫」，是。敦煌變文論文録附佛報恩經講經文：「三僧祇刧除煩障。」祖堂集卷九羅山和尚：「曠刧已來，不可思議。」「刧」皆爲「劫」之譌，與此首正同。

【注】

〔一〕布施：拾得詩：「運心常寬廣，此則名爲布；輟心惠於人，此則名爲施。」佛經以爲前生布施爲後世富裕之因，如法句譬喻經惟念品：「欲得大富，當行布施。」分別業報略經：「若常修惠施，富樂無窮已。」除恐災患經：「富貴尊豪，衣食自然者，皆是前世惠施之福。」佛説善惡因果經：「大富者從布施中來爲人。」道安二教論教指通局：「施獲大富。」珠林卷九四慳貪部述意：「施是富因，常招豐樂也。」

〔二〕慳貪：大乘義章卷二：「於他財物惡欲爲貪。」俱舍論卷一六：「悋惜財法稱慳。」佛經以爲前生慳貪爲後世貧窮之因，如分別善惡所起經：「今見有貧窮乞人，皆從故世宿命慳貪不肯布施所致也。」除恐災患經：「以前世時無所惠施，今守貧賤，不及逮人；今者不施，貧窮下賤，何時當竟？」大乘造像功德經卷下：「四者慳貪所有資財，當受貧窮，衣食乏少。」阿育王傳卷七：「我先身時，由慳貪故，今得貧窮。」佛説善惡因果經：「貧窮者從慳貪中來爲人。」廣弘明集卷八道安二教論教指通局：「慳致貧窮。」珠林卷九四慳貪部述意：「慳惜貪障，受罪饑寒。」

〔三〕苦：極，甚。韓愈贈崔立之評事：「崔侯文章苦捷敏，高浪駕天輪不盡。」李渤喜弟淑再至爲長歌：「近來詩思殊無況，苦被時流不相放。」鄭谷送進士王駕下第歸蒲中：「孤單取事休言命，早晚逢人苦愛詩。」秦韜玉貧女：「苦恨年年壓金線，爲他人作嫁衣裳。」

〔四〕劫劫：謂無數劫，形容時間極其久遠。大乘瑜伽金剛性海曼殊室利千臂千鉢大教王經卷一〇：「今生受邪，劫劫不正。」參見〇六一首注三。

忍辱生端正丁一、丁三、丁四、丁五、丁六、丁七、丁一一、丁一三、掇瑣、文庫、校輯、詩集

忍辱生端正〔一〕，多嗔作毒蛇〔二〕。若人不儜惡〔三〕，必得上三車〔四〕。（二三五）

【校】

作毒蛇　「作」，各本同，校輯作「生」。

若人不　丁三作「若不人」。

【注】

〔一〕端正：漂亮。韓愈寒食日出遊：「紛紛落盡泥與塵，不共新妝比端正。」寒山詩：「儂家暫下山，入到城隍裏，逢見一羣女，端正容貌美。」佛教以爲今生忍辱，來生當獲端正福報，如分別業報略經：「慈忍無忿怒，受身常端正。」佛説善惡因果經：「今生端正者，從忍辱中來爲人。」辯意長者子經：「忍辱無瞋恚，生輒得端正，衆人見喜歡，視之無厭足。」道安二教論教指通局：「忍得端正。」安樂集卷下：「忍辱是端正器。」

〔二〕嗔：同「瞋」，佛教「三毒」之一，亦云「瞋恚」。佛教以爲瞋怒者死後當化作蛇蟒之類，如分別業報略經：「瞋恨作蚖蛇，蜂蠍毒蟲類。」諸經要集卷一九引瑜珈經：「瞋恚感故，生於蚖蝮蛇蠍中。」衆經撰雜譬喻卷上：「我臨命終時，邊人持扇，墮我面上，令我瞋恚，受是蛇身。」根本説一切有部目得迦卷六：「時諸苾芻，分作兩朋，決擇義理，便生鬬諍。其小苾芻呵責大者，時大苾芻退入房中，情生忿恨：『如何卑小凌突於我！』既爲瞋火所燒惱故，因兹命斷，生毒蛇中。」廣記卷四五九衛中丞姊（出原化記）：「御史中丞衛公有姊，爲性剛戾毒惡，婢僕鞭笞多死。忽得熱疾六七日，自云不復見人，常獨閉室，而欲至者必嗔喝呵怒。經十餘日，忽聞屋中窸窣有聲。潛來窺之，昇堂，便覺腥臊毒氣；開牖，已見變爲一大蛇，長丈餘，作赤斑色。衣服爪髮，散在牀褥。其蛇怒目逐人，一家驚駭，衆共送之於野。蓋性暴虐所致也。」太上感應篇卷一八：「昔華嚴和尚妙於華嚴，又且樂於講説，以是得名，從之者衆。然好嚴缾鉢，聽徒三百餘，衆皆爭效之。中有一僧，道行獨高，寢疾不出者已數月矣。有一琉璃寶鉢，頗珍惜之。一日，有一客僧來自遠方，缾鉢莫具。或令從病僧暫借。初拒不許，力告乃從。且戒至切，齋罷宜速見還。既而持還，無何失足，墮地破碎。病僧大怒，詬罵良久乃絶。後數年，華嚴移住嵩山，時病僧弟子及借鉢客僧皆在會中。一日,方講説間,忽聞寺外蕭蕭作風水聲。華嚴已知,亟呼客僧坐之背後。少頃,有一大蟒,長可十丈,努目張口,徑趨而入。衆將驚散,華嚴止之。且以錫杖約住蟒曰:『汝於三百衆中,道業最高。只爲多嗔,不從吾教,今果至是,尚爲一鉢,欲害其僧耶?』因命大衆,爲授三皈三敬,及誦經呪,爲作懺拔。蟒乃卷身而出。華嚴召其弟子,謂曰:『適來大蟒,乃汝師也。累劫修行,將證果位,但以臨終一怒,遂至如此。若不遇吾,必吞其僧。若吞其僧,定墮地獄,自此流轉,何時而已。』」

〔三〕儜惡:兇惡。見二〇七首注二。

〔四〕三車:羊車、鹿車、牛車,佛教用以比喻聲聞乘、緣覺乘、菩薩乘。「上三車」謂脱離俗世火宅,獲得相應道果。典出妙法蓮華經譬喻品:「舍利弗,若國邑聚落有大長者,其年衰邁,財富無量,多有田宅及諸僮僕,一百、二百乃至五百人,止住其中。堂閣朽故,牆壁隤落,柱根腐敗,梁棟傾危,周匝俱時,欻然火起,焚燒舍宅。長者諸子,若十、二十或者三十,在此舍中。長者見是大火從四面起,即大驚怖,而作是念:我雖能於此所燒之門安隱得出,而諸子等於火宅内樂著嬉戲,不覺不知,不驚不怖,火來逼身,苦痛切己,心不厭患,無求出意。舍利弗,是長者作是思惟:我身手有力,當以衣裓若以几案從舍出之。復更思惟:是舍唯有一門,而復狹小,諸子幼稚,未有所識,戀著戲處,或當墮落,爲火所燒。我當爲説怖畏之事,此舍已燒,宜時疾出,無令爲火之所燒害。作是念已,如所思惟,具告諸子:汝等速出!父雖憐愍,善言誘喻,而諸子等樂著嬉戲,不肯信受,不驚不畏,了無出心,亦復不知何者爲火,何等爲舍,云何爲失。但東西走戲,視父而已。爾時長者即作是念:此舍已爲大火所燒,我及諸子若不時出,必爲所焚。我今當設方便,令諸子等得免斯害。父知諸子先心各有所好,種種珍玩奇異之物,情必樂著,而告之言:汝等所可玩好,希有難得,汝若不取,後必憂悔。如此種種羊車鹿車牛車今在門外,可以遊戲。汝等於此火宅宜速出來，隨汝所欲，皆當與汝。爾時諸子聞父所説珍玩之物，適其願故，心各勇鋭，互相推排，競共馳走，爭出火宅。是時長者見諸子等安隱得出，皆於四衢道中露地而坐，無復障礙，其心泰然，歡喜踊躍。」寒山詩：「余勸諸稚子，急離火宅中，三車在門外，載你免飄蓬。」

尋常懃念善丁一、丁三、丁四、丁五、丁六、丁七、丁一一、丁一三、掇瑣、文庫、校輯、詩集

尋常懃念善，晝夜受書經。心裏無蛆儜〔一〕，何愁佛不成。（二三六）

【校】

懃念善　「善」，丁三、丁五、丁六、丁一一同；丁四、丁七作「仏」，校輯作「佛」。

受書經　「受」，各本同，唯丁三、校輯作「愛」。

蛆儜　「儜」，丁四、丁六、丁七作「佞」，丁五、丁一一、丁一三作「倿」，皆爲「佞」之形譌。

佛不成　「佛」，原作「仏」，此從丁四本。

【注】

〔一〕蛆儜：即「怚佞」，見二三一首注一。

六時長礼懺丁一、丁三、丁四、丁五、丁六、丁七、丁一一、丁一三、掇瑣、文庫、校輯、詩集

六時長礼懺〔一〕，日暮廣燒香〔二〕。十齋莫使闕〔三〕，有力煞三長〔四〕。（二三七）

【校】

長礼懺　「長」，各本同，校輯作「常」。　「懺」，丁四作「拜」。

煞三長　「煞」，丁四作「杈」。　「長」，原文及各本作「場」，丁五、校輯作「長」，今從之，參看注四。

【注】

〔一〕六時：佛書分一日爲晝三時晨朝、日中、日没，及夜三時初夜、中夜、後夜，合稱六時。大唐西域記卷二印度總述歲時：「六時合成一日一夜。」原注：「晝三夜三。」變文集妙法蓮華經講經文作寅時、午時、黃昏、初夜、中夜、後夜。　礼懺：禮拜三寶，發露懺悔。歷代法寶記：「（道安）作僧尼軌範，佛法憲章，受戒法則，條爲三例：一曰行香定坐，二曰常六時禮懺，三曰每月布薩悔過。」變文集目連緣起：「七日六時長禮懺，爐焚海岸六銖香。」又妙法蓮華經講經文：「上來六時之内，有一人受持觀世音名號，乃至禮拜者，所德（得）功德，与供養稱念六十二億恒河沙菩薩之人，功德一般。」

〔二〕燒香：按佛教以香爲佛使，故恒燒香以禮佛。須摩提女經：「阿難見香，非常所見，白佛言：『世尊，此香異常，從何處來？』佛言：『此香是佛使之香，今須摩女在滿富城中爲諸邪道所逼，今遣香來請我並及卿等。』」僧史略卷中行香唱導：「香者，解穢流芬，令人樂聞也。原其周人尚臭，冥合西域重香。佛出姬朝，遠同符契矣。經中長者請佛，宿夜登樓，手秉香爐，以達信心，明日食時，佛即來至，故知香爲信心之使也。大遺教經曰：『比丘欲食，先燒香唄讚之。』又經中蛇呼比丘自説因緣，令爲懺悔，並將仙提來取我行香。此方教化既行，經律散漫，故安法師三例中，第一是行香定座上講，斯乃中夏行香之始也。」

〔三〕十齋：賓退録卷三：「今人以月一日、八日、十四日、十五日、十八日、二十三日、二十四日、二十八日、二十九日、三十日不食肉，謂之『十齋』，釋氏教也。余按唐會要，武德二年正月二十四日詔：『自今以後，每年正月九日及每月十齋日，並不得行刑，所在公私宜斷屠釣，永爲常式。』乾元元年四月二十二日敕：『每月十齋日及忌日，並不得采捕屠宰，仍永爲式。』其來尚矣。」楚按「十齋」之説見於地藏菩薩本願經卷上如來讚歎品：「能於是十齋日，對佛菩薩諸賢聖像前讀是經一遍，東西南北百由旬内無諸災難。」變文集妙法蓮華經講經文：「三八鎮遊諸寺舍，十齋長具斷昏(葷)辛。」

〔四〕三長：指「三長齋」，即每年正、五、九月持齋。佛祖統紀卷三三：「佛謂提謂長者曰：四時交待，歲經三覆以校，一月六奏。諸天帝釋太子使者閻羅鬼神，俱用正月五月九月旦日，案行王民龍鬼鳥獸爲善惡者，與四王一月六奏，使無枉錯，覆校衆生罪福多少。福多者敕司命下閻羅除罪增禄，故使持是三長齋提謂經。」釋氏要覽卷下雜記：「智論曰：天帝釋以大寶鏡，從正月照南剡部洲，二月照西洲，至五、九月皆照南洲，察人善惡。故南洲人多於此月素食修善，故經云年三長齋也。又一説：北方毘沙門天王巡察四洲善惡，正月至南洲，亦如鏡照，至五、九月，皆察南洲故。」珠林卷一〇八引灌頂經：「我從今日，改往修來，奉受三歸及五戒法，持月六齋，奉三長齋，燒香散花，懸雜旛蓋，供事三寶。」宋洪邁容齋隨筆卷一六三長月：「釋氏以正、五、九月爲『三長月』，故奉佛者皆茹素。其説云：天帝釋以大寶鏡輪照四天下，寅、午、戌月正臨南贍部洲，故當食素以徼福。官司謂之『斷月』，故受驛券有所謂羊肉者，則不支。俗謂之『惡月』，士大夫赴官者輒避之。或人以爲唐日藩鎮蒞事，必大享軍，屠殺羊豕至多，故不欲以其月上事；今之他官，不當爾也。然此説亦無所經見。予讀晉書禮志，穆帝納后，欲用九月，九月是『忌月』。北齊書云高洋謀篡魏，其臣宋景業言：『宜以仲夏受禪。』或曰：『五月不可入官，犯之，終於其位。』景業曰：『王爲天子，無復下期，豈得不終於其位乎？』乃知此忌相承，由來已久，竟不能曉其義及出何經典也。」

持戒須含忍丁一、丁三、丁四、丁五、丁六、丁七、丁一一、丁一三、掇瑣、文庫、校輯、詩集

持戒須含忍〔一〕，長齋不得嗔〔二〕。莫隨風火性〔三〕，參差悮煞人〔四〕。（一一三八）

【校】

含忍　「含」，丁五作「貪」。

莫隨　「隨」，丁五作「作」。

參差　「差」，原作「羞」，據餘本改。

【注】

〔一〕持戒：佛教「六度」之一，指堅持戒律。珠林卷一〇四引涅槃經：「欲見佛性，證大涅槃，必須深心修持淨戒。若毀淨戒，是魔眷屬。」又引地持論：「三十二相無差別，皆因持戒所得。若不持戒，尚不得下賤人身，況復大人相報。」含忍：容忍。晉書鄭方傳載方極諫司馬冏，「冏含忍答之云：『孤不能致五闕，若無子，則不聞其過矣。』」

〔二〕長齋：長守過午不食之齋法，民間則以長年素食爲長齋。高僧傳卷一一釋僧隱傳：「隱年八歲出家，便能長齋，至十二蔬食。」知「長齋」與「蔬食」有別。廣記卷一〇〇李思元（出紀聞）：「思元素不食酒肉，及得再生，遂乃潔淨長齋，而其家盡不過中食。」按珠林卷九一引菩薩受齋經，稱菩薩齋日有十戒，「第七菩薩齋日不得捶兒子奴婢畜生。」薩婆多毘尼毘婆沙卷一：「若鞭打衆生，齋不清淨。雖即日不鞭打衆生，若待明日鞭打衆生，亦不清淨。」即梵志詩「長齋不得嗔」之意。

〔三〕 風火性：形容性情急躁，易發作。敦煌遺書斯五五八八録歌辭：「素(索)强之人風火性，愛共人爭競。」金瓶梅第四六回：「梅香洗銚鐺，雖是一時風火性，轉眼却無心，就和人説也有，笑也有。」

〔四〕 參差：幾乎。唐周濆逢鄰女：「莫向秋池照緑水，參差羞殺白芙蓉。」酉陽雜俎續集卷五寺塔記上：「妙瞬乍疑生，參差奪人魄。」玉壺清話卷三：「(胡)旦闊步攝衣，急投舊艦，鋒幾及身，賴舟人擁入，參差不免。」

逢師須礼拜丁一、丁三、丁四、丁五、丁六、丁七、丁一一、丁一三、掇瑣、文庫、校輯、詩集

逢師須礼拜〔一〕，過道向前參〔二〕。莫生分別想〔三〕，見過不和南〔四〕。(一二三九)

【校】

須礼拜　丁四作「須頂礼」，丁六作「即須拜」。

過道向前參　「過」，丁五、詩集、校輯作「遇」。「參」，原本、丁一一作「行」，據餘本改。

分別想　各本作「多別相」，唯丁五作「離別想」，詩集從之。校輯改作「離別相」，茲據〇二三首「莫爲分別想」改。按「多」即「分」之形譌，「相」則「想」之音譌。丁五「離別想」異文亦通。

和南　「和」，丁三、丁六、丁一一、丁一三作「知」。

【注】

〔一〕 師：僧人之稱，如廣記卷一〇四李虛(出紀聞)：「有二僧來至殿前，王問：『師何所有？』」又卷一一三張應(出法苑珠林)：「應悟是地獄，欲呼師名，忘曇鎧字，但喚『和尚救我』！」礼拜：佛教致敬之

儀，此處指合十敬禮。遇見僧徒合掌致敬，乃彼教之禮節。根本説一切有部毘奈耶雜事：「六衆報曰：『汝等愚人，不閑禮式。誰合跪拜？誰當敬禮？』彼人答曰：『我等但知見老婆羅門即云跪拜，若見苾芻便云敬禮。』」變文集八相變：「下馬虔恭於一心，合掌禮拜於三寶。」

〔二〕參：趨承謁見。

〔三〕分別：區別。荀子王制：「兩者分別，則賢不肖不雜，是非不亂。」拾遺記卷九：「崇常擇美容姿相類者十人，裝飾衣服大小一等，使忽視不相分別。」此處「分別想」謂見外、生分之念頭。參見〇二三首注五。

〔四〕和南：僧徒致敬之儀。南海寄歸内法傳卷三：「言和南者，梵云畔睇，或云畔憚南，譯爲敬禮，但爲採語不真，唤和南矣。不能移舊，且道和南，的取正音，應云畔睇。故經云：『或復但合掌，乃至小低頭。』即是致敬也。」僧史略卷上禮儀沿革：「若西域相見則合掌，云和南，亦云槃荼味。」國清百録卷三皇太子弘淨名疏書：「今遣大都督段智興送師還寺，爲和南大衆，好依先師法用行道，勿損風望也。」白居易六讚偈讚僧偈：「故我稽首，和南僧寶。」

聞鍾身須側丁一、丁三、丁四、丁五、丁六、丁七、丁一一、丁一三、掇瑣、文庫、校輯、詩集

聞鍾身須側〔一〕，卧轉莫纏眠〔二〕。万一無常去〔三〕，免至獄門邊〔四〕。（二四〇）

【校】

身須側　丁四作「須側卧」。

臥轉莫纏眠　「纏」，各本作「前」；唯丁五作「緾」，即「纏」字，兹據改，參見注二。校輯作「經」。此句丁四作「轉莫忘睡眠」。

万一　「万」，丁五作「晚」。

獄門邊　「邊」，丁三、丁六、丁一一同；餘本作「前」。

【注】

〔一〕鍾：通「鐘」，寺院所懸樂器。　身須側：按僧徒眠法，右側而臥。大毘婆沙論卷一九一：「問：世尊何故右脇而臥？答：欲顯佛如師子王而臥故。如契經説：臥有四種，謂師子王臥、天臥、鬼臥、躭欲者臥。師子王右脇而臥，天則仰面，鬼則伏面，躭欲者左脇著地。佛是無上人中師子，故右脅而臥。」僧徒模仿佛臥，故亦右側。釋氏要覽卷下臥法引寶雲經：「欲臥，身向右邊，累足，以法衣覆身，正念正知，起明了想，但爲長養諸根大種故。」又引瑜珈記：「問：何緣右脇而臥？答：……如是臥時，身無掉亂，念無忘失，睡不極重，不見惡夢故。」

〔二〕纏眠：昏睡。據釋典所説，「纏」即煩惱之異名，「眠」即「八纏」之一種。阿毘達磨俱舍論卷二一：「纏八無慚愧，嫉慳并悔眠，及掉舉惛沈，皆從貪所生。無愧眠惛沈，從無明所起，嫉忿從瞋起，悔從疑覆諍。」按聞鐘不得昏睡，如敦煌遺書斯三八一聞鐘詩：「聞鐘臥不起，護法善神嗔。現世福德薄，來世受蛇身。」

〔三〕無常：謂死。五燈會元卷九仰山慧寂禪師：「復説偈曰：『年滿七十七，無常在今日。日輪正當午，兩手攀屈膝。』言訖，以兩手抱膝而終。」參見〇九四首注一。

〔四〕獄門：指地獄之門。

楚按：此首云「聞鍾身須側，卧轉莫纏眠」者，蓋恐此時昏睡，不聞鐘聲，萬一死去，不獲功益也。諸經要集卷二〇鳴鍾緣引雜喻經説偈云：「聞鍾卧不起，護塔善神瞋。現在緣果薄，來報受蛇身。所在聞鍾聲，卧者必須起。合掌發善心，賢聖皆歡喜。」經載釋迦牟尼涅槃之際，右脇而卧，如大涅槃經後分上：「爾時世尊三反入諸禪定，三反示誨衆已，於七寶床右脇而卧。……於其中夜，入第四禪，寂然無聲，於是時頃，即般涅槃。」此後僧徒臨終，多右脇卧，如廣記卷九七從諫引三水小牘逸文：「至秋七月朔，清旦，盥手焚香，念慈氏如來，遂右脇而卧。……是日無疾奄化。」釋典又云臨終聞鐘，死後可免惡道之苦，如佛祖統紀卷三三：「智者臨終，語維那曰：『人命終時，得聞鐘磬，增其正念，惟長惟久，氣盡爲期。』南山事鈔云：『病者將終，打無常磬。』增壹阿含經云：『若打鐘時，一切惡道諸苦，並得停止。』付法藏經云：『罽賓王以好殺，死作千頭魚，劍輪遶身，隨斫隨生。有羅漢充維那，依時打鐘。聞鐘之時，劍輪住空。遣信白令長打，過七日已，受苦即止。』南唐先主因殺降人囚陰獄，唯聞鐘聲則暫息苦。入冥者見之以報後主，乃爲造一鐘於清涼寺，鐫其上云：『薦孝高皇帝脱幽出厄。』（楚按此事見釋文瑩湘山野録卷下）斯爲近證。」續高僧傳卷二九釋智興傳：「寺僧三果者，有兄從（隋煬）帝幸江都，中路亡没。初無凶告，忽通夢其妻曰：『吾行從達於彭城，不幸病死，生於地獄，備經五苦，辛酸叵言，誰知吾者。賴以今月初日，蒙禪定寺僧智興鳴鐘發聲，響振地獄，同受苦者，一時解脱，今生樂處，思報其恩。』」故僧徒臨終，多鳴鐘薦送。酉陽雜俎續集卷七金剛經鳩異：「及晚迴入寺，聞鐘聲，惟恭已死。」祖堂集卷五道吾和尚：「問大衆：『如今是什摩時？』對云：『未時。』師曰：『與摩則打鍾。』打鍾三下，便告寂。」傳燈録卷一五筠州洞山良价禪師：「唐咸通十年三月，命剃髮披衣，令擊鍾，儼然坐化。」

師僧来乞食丁一、丁三、丁四、丁五、丁六、丁七、丁一一、丁一三、掇瑣、文庫、校輯、詩集

師僧来乞食〔一〕，必莫惜家常〔二〕。布施無邊福〔三〕，来生不少糧〔四〕。（二四一）

【校】

丁七本脱前二句。

家常　「常」，各本作「甞」，唯丁五作「常」，兹從之。

【注】

〔一〕師僧：僧人。見〇二三首注六。

〔二〕家常：本義爲家常便飯。如變文集鷰子賦：「使人遠來衝熱，且向窟裏逐涼。卒客無卒主人，蹔坐撩治家常。」鶴林玉露甲編卷一：「范文正公云：『常調官好做，家常飯好喫。』余謂人能甘於喫家常飯，然後甘於做常調官。」引申而僧人乞食稱「家常」，施僧之飯食亦稱「家常」，蓋取就家常所有而乞討、而布施之義。齊己寄山中叟：「應笑晨持一盂苦，腥膻市裏叫『家常』。」變文集難陁出家緣起：「世尊直到難陁門前，道三兩聲『家常』！」祖堂集卷六洞山和尚：「有僧持鉢家常，俗人問：『上座要个什摩？』僧云：『揀什摩。』」又卷一三黄蘗和尚：「因分衛而造一門，云：『家常！』屏後有老女云：『和尚太無猒生！』師聞其言異，探而拔之，云：『飰猶未得，何嘖無狀！』」五燈會元卷七保福從展禪師：「師見僧喫飯，乃拓鉢曰：『家常！』」以上「家常」皆僧徒乞食之語，梵志此詩之「家常」則指施僧之飯食。

〔三〕布施無邊福：變文集金剛般若波羅蜜經講經文：「布施雖獲無邊福，不如常轉大乘經。」

〔四〕来生不少糧：按梵志此二句即二三四首「布施生生富」之意，參見該首注一。出三藏記集卷一五法顯法師傳亦云：「嘗與同學數十人於田中刈稻，時有饑賊欲奪其穀，諸沙彌悉奔走，唯顯獨留，語賊曰：『若欲須穀，隨意所取。但君等昔不布施，故此生饑貧，今復奪人，恐來世彌甚，貧道預爲君憂，故相語耳。』言訖即還。賊棄穀而去。」

家貧從力貸丁一、丁三、丁四、丁五、丁六、丁七、丁一一、丁一三、掇瑣、文庫、校輯、詩集

家貧從力貸〔一〕，不得嬾乖慵〔二〕。但知懃作福，衣食自然豐〔三〕。（二四一）

【校】

從力貸　「貸」，丁四作「貨」。

乖慵　「慵」，原作「傭」，丁四、丁五作「墉」，丁三作「㨜」，據餘本改。詩集作「傭」。

自然豐　「豐」，原作「豊」，碑別字上平聲一東，漢夏承碑「豐」作「豊」。

【注】

〔一〕貸：通作「貣」，從人借貸。此云「從力貸」者，謂向自身力氣借貸，亦即自力更生之意。

〔二〕乖慵：懶惰。鄭谷府中寓止寄趙大諫：「密邇都忘倦，乖慵益見憐。」

〔三〕「但知懃作福」二句：按敦煌本太公家教：「勤耕之人，必豐穀食。」即此二句之意。

惡事惣須弃丁一、丁三、丁四、丁五、丁六、丁七、丁一一、丁一三、掇瑣、文庫、校輯、詩集

惡事惣須弃，善事莫相違。至意求妙法〔一〕，必得見如来〔二〕。（二四三）

各本至此終。除丁一三外，皆有後題「王梵志詩一卷」。

【校】

惣須弃　「弃」，丁五、丁七、丁一一作「去」。

莫相違　「違」，丁四作「遣」，丁五作「催」。

至意　「至」，原本、掇瑣、文庫、校輯作「知」；丁六、丁七、丁一一、丁一三作「智」；據丁四改。丁五作「志」，亦通。見注一。

如来　「如」，丁四作「而」。

【注】

〔一〕至意：虔誠。佛説阿彌陀經卷下：「一心齋戒清淨，至意念生阿彌陀佛國，一日一夜不斷絶者，壽終皆往生其國。」舊雜譬喻經卷下：「何況賢者，布施至意，其福無量也。」佛説分別經：「後世之末，若有人至心至意厭於苦痛，欲求度脱，世無有佛，當以何濟其來意？」廣記卷二五採藥民（出原仙記）：「諸道流傳授真經，服藥用氣，洗滌塵念，而三侍女亦授以道術。後數朝謁，每見玉皇，必勉其至意。」亦作「志意」。雜寶藏經卷二佛以智水滅三火緣：「鸚鵡答言：『我心弘曠，精懃不懈，必當滅火。若盡此身不能滅者，更受來生，誓必滅之。』釋提桓因感其志意，爲降大雨，火即得滅。」變文集降魔變文：「卿今輕

財如土，重德猶珍，志意買園，欲將何用？」又維摩詰經講經文：「欲得聞真妙，還須志意聽。」又：「夫修行者，專心苦行，志意澄神。」又故圓鑒大師二十四孝押座文：「志意順從同信佛，美言參問勝燒香。」 妙法：即佛法。維摩詰經佛國品：「三寶於是現世間，以斯妙法濟羣生。」大般涅槃經後分上：「我涅槃後，汝當精勤，以善教誡我諸眷屬，授與妙法，深心誨誘。」舊唐書高祖紀：「每罹憲網，自陷重刑，黷亂真如，傾毀妙法。」

〔一一〕見如来：謂生天。佛教淨土宗認爲凡得生天堂者，當有化佛來迎。參見二五九首注八。

〔唐〕王梵志 著
項 楚 校注

王梵志詩校注

增訂本

下

上海古籍出版社

王梵志詩校注卷五

貯積千年調戊一、擬瑣、校注、校輯、詩集

（前闕）剥削〔一〕。貯積千年調〔二〕，擬覓（妻兒樂）。□□□□□，□□□□惡。方便還他債〔三〕，駈遣耕田（作。決）鼻断領牛〔四〕，杖打過腿膊。自造還自受〔五〕，努力祇當却〔六〕。（二四四）

【校】

戊一自此起，卷首殘闕，詩集補八空圈。校輯略去「剥削」二字。茲以「貯積千年調」爲題。

貯積　「貯」，原作「⿰貝字」。

妻兒樂　「樂」，原字殘，依稀可辨爲「樂」字左下半，詩集作「（?）」。「妻兒」，原闕，據梵志詩二八五首「擬覓妻兒好」擬補。

耕田作　「耕」，原作「⿰耒开」。干禄字書平聲：「⿰耒开耕上俗下正。」碑別字下平聲八庚，唐盧公清德頌「耕」作「⿰耒开」。　「作」，原闕，從校輯擬補。

決鼻断領牛　「決」，原闕，據文意擬補。參見注四。　「断領」，詩集作「(?)(?)」。

杖打　「杖」，擬瑣、校注録作「扙」。

祇當却　「祇」，原作「衹」，即「祇」的俗字，參見〇二五首校記。

【注】

〔一〕剥削：比喻搜刮民財。梁書賀琛傳：「故爲吏牧民者，競相剥削。」隋書庶人秀傳：「剥削人庶，酷虐之甚也。」文苑英華卷六四六魏徵爲李密檄滎陽守郇王慶文：「剥削黔黎，塗毒天下。」

〔二〕千年調：預作長命千歲之打算。見〇一二首注三。

〔三〕方便：設法，作計。北本涅槃經卷三二：「譬如有人，行於曠野，渴乏遇井。其井幽深，雖不見水，當知必有。是人方便求覓罐綆，汲取則見。」賢愚經卷五沙彌守戒自殺品：「時女怪遲，趣門看之，見户不開，唤無應聲。方便開户，見其已死。」魏書武衛將軍謂傳附丕傳：「若有姦邪人方便讒毁者，即加斬戮。」慧思南嶽思大禪師立誓願文：「是時國敕唤國内一切禪師入臺供養，慧思自量，愚無道德，不肯隨敕，方便捨避，渡淮南入山。」唐律疏議卷二一：「對制不以實者，對制雖緣公事，方便不吐實情，心挾隱欺，故同私罪。」酉陽雜俎續集卷一支諾皋上：「遂索酒九盌，自飲三盌，六盌虚設于西座，且求其爲方便以免。二鬼相顧，我等既受一醉之恩，須爲作計。」前云「方便」，後云「作計」，知「方便」即「作計」也。文苑英華卷五四三盗酒判：「卓媪、翁伯並業。卓嘗遭盗竊飲傾釀，翁教以多養猛犬。卓家酒滯，而翁賓客猥售，獨收其利。媪告伯方便取人財。」張彦遠法書要録卷三：「數日後，因言次，乃問及蘭亭，方便善誘，無所不至。」廣記卷二三七楊收（出盧氏雜説）：「咸通中，崔安潛以清德峻望，爲鎮時風。宰相楊收師重焉，欲設食相召，無由可入。先請崔公之門人方便爲言，至于再三，終未許。」又卷二四七盧思道（出譚藪）：「北齊盧思道聘陳，陳主令朝貴設酒食，與思道宴會，聯句作詩。有一人先唱，方便譏刺北人云：『榆生欲飽漢，草長正肥驢。』爲北人食榆，兼吳地無驢，故有此句。」又卷二五三薛道衡（出啓顔録）：「隋薛道衡爲聘南使，南朝無問道俗，但機辯者，即方便引道衡見之。」又卷三二八王懷智（出法苑珠林）：「汝雖合死，今方便放汝歸家，宜爲我持此書至坊州，訪我家。」舊五代史崔棁傳：「父涿有疾，謂親友曰：『死生有命，無醫爲也。』棁侍之衣不解帶，有賓至，必拜泣告於門外，請方便勸其進藥。」變文集降魔變文：「若論肯賣，不諍價之高低；若死胥楔，方便直須下脱。」又韓擒虎話本：「單于亦（一）見，忽然大怒，處分左右，把下王子，便擗腹取心，有挫我蕃家先祖。天使亦（一）見，仿（方）便來救。」

〔四〕決鼻：豁鼻。「決鼻牛」即鼻骨拉斷之牛。淮南子説山：「髡屯犂牛，既䄂以犆，決鼻而羈，生子而犧，尸祝齋戒，以沈諸河，河伯豈羞其所從出，辭而不享哉？」高誘注：「決鼻羈頭而牽。」世説新語文學：「孫安國往殷中軍許共論，往反精苦。……殷乃語孫曰：『卿莫作强口馬，我當穿卿鼻。』孫曰：『卿不見決鼻牛，人當穿卿頰。』」大智度論卷一七：「掉散之人，如無鈎醉象，決鼻駱駝，不可禁制。」

〔五〕自造還自受：即俗語「自作自受」之意，參見一〇四首注五。

〔六〕祇當：承當。敦煌資料第一集乙未年趙僧子典兒契（伯三九六四）：「若有畔上及城内偷劫高下之時，仰在苭子祇當。」變文集維摩詰經講經文：「縱被維摩呵責，〔此〕事也爲等閑，即將忍辱袛當，居士自然息怒。」「袛」亦「祇」字，與本首原卷相同。

楚按：此首雖殘闕不全，大意尚可揣知，蓋言生時剥削他人，來生當化牛償債，備受辛苦。此爲釋典之常談，如分别善惡所起經：「佛言人於世間，偷盗劫人，强取他人財物，求利不以道理，欺詐取財物，輕秤小斗短尺欺人，若以重秤大斗長尺侵人，道中捨（拾）遺，取非其財，負債借貸不歸，觝觸以行互人……從地獄來出，隨所負輕重償債。或有作奴婢償者，或作牛馬騾驢駱駝償者，或作猪羊鵝鴨鷄犬償者。諸禽獸魚鱉之屬，皆是負債者。經言『債不腐朽』所謂也。今見有下賤畜生之屬，皆由故世宿命貪利，强取人財物所致也。畜生勤苦若是，見在分明，慎莫取他人財物也。」生經卷四佛説負爲牛者經：「時轉輪王七寶侍從，停止不進。怪之所以，遥見故舊爲人所拘，負五十兩金，令不得去。聖王報之：『解之令去，當倍卿百兩金。』其人曰：『吾復轉負某百兩金，當以償之，不能捨置。』聖王即敕諸臣下，到宫與其百兩金。臣下言諾，即解債主，得還歸家。其人數數詣王宫門，求金不得。債主求之，避不知處。遂在生死周旋往來，無數之劫不償所負，至於今世，墮此牛中。」諸經要集卷九引出曜經：「此牛前身，本是我弟，昔日負君一錢鹽債，故墮牛中，以償君力。」又引成實論：「若人負債不償，墮牛羊麞鹿驢馬等中，償其宿債。」變文集佛説阿彌陀經講經文：「若人故意偷他物，必感當來貧賤因，作驢作馬自償他，含鐵帶鞁（鞍）多飢渴。蹄穿脊（腰）□蟲咀咬，口中横骨不能言。重馱棒打遍身穿，只爲前生偷他物。」此種觀念影響我國民間甚鉅，見於古小説者不勝枚舉，如廣記卷四三四卞士瑜、路伯達、戴文、河内崔守、王氏老姥諸條，皆爲化牛償債事。又如寒山詩：「欠負他人錢，蹄穿始惆悵。」元無名氏來生債雜劇第二折：「〔内驢馬作聲科〕〔正末云〕是甚麼人這般説話，我試聽咱。〔驢云〕馬哥，你當初爲甚麼來？〔馬云〕我當初少龐居士十五兩銀子，無的還他，我死之後，變作馬填還他。驢哥，你可爲甚麼來？〔驢云〕我當初少龐居士的十兩銀子，無錢還他，死後變做個驢兒與他拽磨。牛哥，你可爲甚麼來？〔牛云〕你不知道，我在生之時，借了龐居士銀十兩，本利該二十兩，不曾還他，我如今變作一隻牛來填還他。」梵志此詩亦一例也。

人间養男女 戊一、掇瑣、校注、校輯、詩集

人间養男女，真成鳥養兒〔一〕。長大毛衣好，各自覓高飛。女嫁他將去〔二〕，兒征死不歸〔三〕。夫妻一箇死，喻如黄蘗皮〔四〕。重重被剥削〔五〕，獨苦自身知〔六〕。生在常煩惱，死後無人悲。寄語冥路道〔七〕：還我未生時〔八〕！（二四五）

【校】

校輯合此首末四句與下首前四句另爲一首。詩集以此首與下首併爲一首。

真成　「真」，原作「直」，據文意改。參見注一。

兒征　「征」，原似「心」，掇瑣、校注、校輯皆録作「心」。詩集作「征」，兹從之。

黄蘗皮　「蘗」，原作「擘」，參見注四。

冥路道　「冥」，原作「寘」，校注作「寘」。碑別字下平聲九青，唐魏邈妻趙氏墓誌銘「冥」作「寘」。

【注】

〔一〕真成：真是，六朝唐人俗語。藝文類聚卷九三梁簡文帝和人愛妾换馬：「真成恨不已，願得路傍兒。」隋書五行志上載煬帝詩：「求歸不得去，真成遭箇春。」遊仙窟：「真成物外奇稀物，實是人間斷絶人。」李白述德兼陳情上哥舒大夫：「衛青謾作大將軍，白起真成一竪子。」高適重陽：「真成獨坐空搔首，門柳蕭蕭噪暮鴉。」韓愈過鴻溝：「誰勸君王回馬首，真成一擲賭乾坤。」白居易自到潯陽生三

女子因詮真理用遣妄懷：「預愁嫁娶真成患，細念因緣盡是魔。」又閒行：「柿園傲逸真成貴，衣食單疏不是貧。」寒山詩：「俗薄真成薄，人心箇不同。」清李調元方言藻卷下：「庚子山鏡賦：真成箇鏡特相宜。聶夷中詩：地底真成有劫灰。真成，猶云真箇。箇鏡之箇，猶云此也。」又按，白居易燕詩示劉叟取喻與此詩前四句相似，因録於下：「梁上有雙燕，翩翩雄與雌。銜泥兩椽間，一巢生四兒。四兒日夜長，索食聲孜孜。青蟲不易捕，黄口無飽期。觜爪雖欲敝，心力不知疲。須臾十來往，猶恐巢中飢。辛勤三十日，母瘦雛漸肥。喃喃教言語，一一刷毛衣。一旦羽翼成，引上庭樹枝。舉翅不回顧，隨風四散飛。雌雄空中鳴，聲盡呼不歸。却入空巢裏，啁啾終夜悲。燕燕爾勿悲，爾當返自思，思爾爲雛日，高飛背母時。當時父母念，今日爾應知。」

〔二〕將：領。左傳桓公九年：「楚子使道朔將巴客以聘於鄧。」變文集舜子變：「當時舜子將父母到本家庭。」

〔三〕死不歸：敦煌曲子詞集長相思：「作客在江西，得病卧毫釐。還往觀消息，看看似別離。村人曳在路傍西，耶孃父母不知。□上剟排（綴牌）書字，此是死不歸。」

〔四〕喻如：如似。歷代法寶記：「吾所説法，猶如瓦礫；今有能禪師，傳忍大師法，喻如真金，深不思議。」變文集搜神記：「珍事玄喻如師父，更不自專。」黄檗：亦作「黄蘗」、「黄柏」，常緑喬木，外皮白色，内皮深黄，味苦入藥。

〔五〕剥削：剥去樹皮。周禮秋官柞氏：「夏日至，令刊陽木而火之；冬日至，令剥陰木而水之。」鄭玄注：「刊、剥互言耳，皆謂斫去次地之皮。」賈公彦疏：「釋曰『刊剥互言耳』者，謂削之亦剥之，剥謂剥去其皮，亦削之，故云『互』也。」是知「剥削」爲同義連文。黄檗内皮入藥，故有「重重被剥削」之語。

〔六〕苦：與上句「剥削」皆爲雙關之語。以黄檗之苦雙關人生之苦，乃古人習語，南朝樂府尤多用，如子夜四時歌：「自從別歡後，歎音不絶響。黄蘗向春生，苦心隨日長。」此外如樂府詩集卷六九陳後主自君之出矣：「自君之出矣，愁顔難復靚。思君如蘗條，夜夜只交苦。」寒山詩：「黄蘗作驢鞦，始知苦在後。」宋張端義貴耳集卷下：「(壽皇)次問湖州出甚生藥，曰：『出黄蘗。』『如何湖州出黄蘗？』『黄蘗最是苦人。』當時皇伯秀王在湖州，故有此語。」蓋以「黄蘗」與「皇伯」諧音雙關，又與「苦人」諧義雙關也。

〔七〕冥路：陰間。唐宣宗弔白居易：「綴玉聯珠六十年，誰教冥路作詩仙。」唐摭言卷一〇：「麗句清辭，徧在時人之口；銜冤抱恨，竟爲冥路之塵。」變文集大目乾連冥間救母變文：「汝母平生在日，廣造諸罪，命終之後，遂墮地獄。汝向閻浮提冥路中尋問阿孃，即知去處。」又：「但悦其身眼下樂，寧知冥路拷亡魂。」敦煌曲校録禪門十二時：「黄昏戌，冥路幽深暗如漆。」

〔八〕未生時：出生以前之狀態。吕氏春秋貴生：「所謂死者，無有所以知，復其未生也。」淮南子精神：「故覺而若昧，以生而若死，終則反本未生之時，而與化爲一體。」梵志詩二九八首亦云：「還你天公我，還我未生時。」朱子語類卷一二六：「釋氏以生爲寄，故要見得父母未生時面目。」禪宗亦以「未生時」爲尋常之話頭，如祖堂集卷六洞山和尚：「一切皆放捨，猶如未生時如何？」又卷一六南泉和尚：「父母未生時，鼻孔在什摩處？」續傳燈録卷二潤州金山瑞新禪師：「吾有大患，爲吾有身。父母未生，未審此身在甚麽處？」五燈會元卷一一寶壽和尚：「父母未生前，還我本來面目來！」又卷一四大陽警玄禪師：「蒙師點出秦時鏡，照見父母未生時。」又卷一七慧力可昌禪師：「大衆，祇如父母未生時，許多譬喻向甚麽處吐露？」金王若虚再至故園述懷五絶之五：「幾度哀歌向天問：何如還我未生時？」立意正與此首「寄語冥路道」二句如出一轍。又敦煌遺書伯三八七六號：「西昇經云：生我於虛，置我於无。生我者神，煞我者心。夫心意者，我之所患也。我既无□，我何知乎？念我未生時，未有身也。直以積无聚血，成我身耳。」此爲道教之「未生時」觀念。

有生必有死 戊一、掇瑣、校注、校輯、詩集

〔有生必〕有死〔一〕，来去不相離〔二〕。常居五濁地〔三〕，更亦取頭皮〔四〕。縱〔得〕百年活，須臾一向子〔五〕。彭祖七百歲〔六〕，終成老爛鬼。託生得他鄉〔七〕，隨生作名字。輪迴〔轉〕動急〔八〕，生死不〔由〕你。身帶無常苦〔九〕，長命何須喜。（二四六）

【校】

有生必有死　此句原作「有死」，脱三字。校輯擬補「生莫不」三字，兹擬補「有生必」三字，參見注一。按詩集此首前四句作「常居五濁地，有死來去離。○○○○○，更易取頭皮。」

縱得　「得」，原脱，校輯擬補爲「人縱」，兹從校注、詩集。

須臾一向子　「臾」，原作「史」，俗字譜臼部，列女傳「臾」作「史」。「一向子」，掇瑣、校注録作「一白子」，校輯改作「一日死」，皆非是，參見注五。

終成老爛鬼　「終」，原作「絡」；「爛」，原作「爤」。

託生得他鄉　「託」，原作「詑」。「他鄉」，原作「他家鄉」，「家鄉」二字中必衍其一，兹從掇瑣省「家」字。

轉動急　原作「動急」，校輯擬補「變」，兹從校注擬補「轉」。

不由你　「由」，原脱，從校注、校輯所補。按〇二二首「破除不由你」，二五〇首「他用不由你」，皆可爲證。此四句詩集作「〇〇〇〇〇，輪迴急生死。你身帶無常，長命何須喜。」

【注】

〔一〕有生必有死：史記孟嘗君列傳：「生者必有死，物之必至也。」揚雄法言君子篇：「有生者必有死，有始者必有終，自然之道也。」陶淵明挽歌詩：「有生必有死，早終非命促。」長阿含經卷一大本經：「生必有死，無有貴賤。」佛説無常經：「有生皆必死，造罪苦切身。」梁寶唱比丘尼傳卷一妙相傳：「生必有死，今日别矣。」朝野僉載卷六：「有死即生，有生即死。」梵志詩〇八八首亦云：「有生即有死，何後復何先。」

〔二〕来去：謂生死，見〇二七首注三。

〔三〕五濁地：佛教以稱人間世。亦云「五濁惡世」。妙法蓮華經方便品：「諸佛出於五濁惡世，所謂劫濁、煩惱濁、衆生濁、見濁、命濁。」唐道鏡、善導同集念佛鏡念佛出三界門：「是故韋希提厭娑婆世界、五濁惡世。何者爲五？一者劫濁，謂疫病、饑饉、刀兵等劫。二者煩惱濁，一切衆生，多諸結使。三者命濁，壽命不長。四者見濁，誹謗不信。五者衆生濁，無其人行。」變文集无常經講經文：「我輩門徒，善男善女，生在五濁娑婆惡世，唯躭生死，不惜无常。」廣記卷五八魏夫人（出集仙録及本傳）：「今則迴靈塵埃，訓我弟子，周目五濁，勞神臭腥。」則爲「五濁」之説移植於道教者。

〔四〕頭皮：頭顱。見〇六二首注五。

〔五〕一向子：頃刻、片時。變文集大目乾連冥間救母變文：「神通得自在，擲鉢便騰空。于時一向子，上至梵天宫。」通常只作「一向」，白居易昭君怨：「自是君恩薄如紙，不須一向恨丹青。」韓偓寄友人：「傷時惜别恨交加，搘頤一向千咨嗟。」變文集孟姜女變文：「石壁千尋列（裂），山河一向迴（迴）。」又大目乾連冥間救母變文：「目連一向至天庭，耳裏唯聞鼓樂聲。」又伍子胥變文：「吴軍隨後便趁，恰似風雲一向，摩滅楚軍。」此「一向」當屬下，謂頃刻之間消滅楚軍。敦煌曲校録十二時：「如今一向爲生涯，前程將甚爲支準。」以「一向」與「須臾」連文者，如大目乾連冥間救母變文：「一向須臾千迴死，於時唱道却迴生。」按「向」爲「曏」之借字，亦作「晌」、「餉」。戎昱辛苦行：「險巇唯有世間路，一晌令人堪白頭。」白居易對酒：「無如飲此銷愁物，一餉愁消直萬金。」韓愈醉贈張秘書：「雖得一餉樂，有如聚飛蚊。」盧仝感古四首之三：「萬世金石交，一餉如浮雲。」梵志詩三二九首：「悟道雖一餉，曠大劫來因。」李煜浪淘沙：「夢裏不知身是客，一晌貪歡。」

〔六〕彭祖：古之長壽者。舊題劉向列仙傳卷上：「彭祖者，殷大夫也，姓籛名鏗，帝顓頊之孫，陸終氏之中子，歷夏至殷末，八百餘歲。」莊子逍遥遊成玄英疏：「堯封（鏗）於彭城，其道可祖，故謂之彭祖。」按彭祖之年，古書記載不一。神仙傳卷一謂殷末已七百六十七歲，不言其死。御覽卷三八七引風俗通佚文、逍遥遊成玄英疏及陸德明釋文引世本、列子力命，皆云八百歲。釋文又引李云、崔云皆作七百歲。楚辭天問王逸注、曹丕折楊柳行、干寶搜神記卷一、荀子修身楊倞注、變文集前漢劉家太子傳引周書，亦云七百歲，與梵志詩同。歷來以彭祖爲長壽之祖，故逍遥遊云：「彭祖乃今以久特聞，衆人匹之，不亦悲乎？」

〔七〕託生：死後轉生。見〇〇三首注五。

〔八〕輪迴：佛教以爲衆生展轉生死於六道之中，如車輪迴轉不已，稱爲「輪迴」。大乘本生心地觀經卷二：

「有情輪迴生六道，猶如車輪無終始。」安樂集卷上：「或色界死，生阿鼻地獄；阿鼻地獄死，生餘輕繫地獄；輕繫地獄中死，生畜生中；畜生中死，生餓鬼道中；餓鬼道中死，或生人天中：如是輪迴六道，受苦樂二報，生死無窮。」

〔九〕無常：見〇七六注三。郗超奉法要：「少長殊形，陵谷易處，謂之無常。盛衰相襲，欣極必悲，謂之爲苦。」即所謂「無常苦」也。

不見念佛聲 戊一、掇瑣、校注、校輯、詩集

不見念佛聲〔一〕，滿街聞哭響。生時同氈被，死則嫌屍妨〔二〕。梟穢不中停〔三〕，火急須埋葬。早死無差科〔四〕，不愁怕里長〔五〕。行人展脚卧〔六〕，永絶呼征防〔七〕。生促死路長〔八〕，久住何益當〔九〕。（二四七）

校輯以首二句屬上首。

【校】

不見　「見」，校輯改作「聞」，與下句「聞」字犯複，非是。參見注一。

哭響　「響」，原作「嚮」，通用。荀子議兵：「下之和上也如影嚮。」廣記卷九九靈隱寺（出侯君素旌異記）：「忽聞鐘聲，尋嚮而進。」變文集无常經講經文：「鈴嚮樹摇聞四諦。」「嚮」皆讀爲「響」。

差科　「科」，原作「料」，乃形譌字。

行人展脚卧　「人」，原作「𠂉」，校注、詩集、校輯録作「行」，當是認作重複記號。按「行人」即征人，故下句有「征防」之語。「展」，原作「㞡」，乃是由「展」字别體「𡱵」所派生的錯字。

生促　「促」，校注録作「但」。

久住何益當　「久」，校注録作「長」。　「益」，詩集録作「蓋」。

【注】

〔一〕不見：不聞。「見」即聞之義，李白送友人入蜀：「見説蠶叢路，崎嶇不易行。」杜甫杜鵑行：「君不見昔日蜀天子，化作杜鵑似老烏。」辛棄疾摸魚兒：「見説道天涯芳草無歸路。」變文集茶酒論：「阿你不見道：男兒十四五，莫與酒家親。君不見生生鳥，爲酒喪其身。阿你即道：茶喫發病，酒喫養賢。即見道有酒黄酒病，不見道有茶瘋茶顛。」凡「見」即聞之義。方言藻卷上見説：「韓退之黄州賊事宜狀：臣自南來，見説江西所發共四百人。白香山詩：見説白楊堪作柱。按：唐人多以聞説爲見説，當時方言如此。」又按地藏菩薩本願經卷下閻羅王衆讚歎品：「是諸衆生有如此習，臨命終時，父母眷屬宜爲設福，以資前路。或懸旛蓋及燃油燈，或轉讀真經，或供養佛像及諸聖像，及至念佛、菩薩及辟支佛名字，一名一字歷臨終人耳根，或聞在本識。是諸衆人所造惡業，計其感果，必墜惡趣。緣是眷屬爲臨終人修此聖因，如是衆罪，悉皆消滅。」諸經要集卷一二引正法念經：「若其病人……聞其悲聲，吹生異處。是故親族臨終悲哭，甚爲障礙。」善導臨終正念訣：「纔有病患，莫論輕重，便念無常，一心待死。須囑家人、看病人、往來人，凡來我前，但爲我念佛，不得説眼前閑雜之事，家緣長短之事，亦不須輭語安慰，祝慰安樂，此皆是虚華無益之語。及至病重，家人親屬等不得來前垂淚哭泣，惑亂心神，失其正念。但教記取阿彌陀佛，守令氣絶。或更有明解淨土之人，頻來策勵，如此者千萬往生，必無疑慮也。」佛教淨土宗之説如此，此云「不見念佛聲，滿街聞哭響」，則死者不得往生淨土也必矣。

〔二〕死則嫌屍妨：按一三五首云：「忽死賤如泥，遥看畏近著。」參見該首注二。

〔三〕不中：不堪。詩小雅大東「無浸穫薪」，鄭玄箋：「浸之則將濕腐不中用矣。」三國志魏志管寧傳裴注引魏略：「國家使我來爲卿作君。我食卿，卿不肯食；我與卿語，卿不應我。如是，我不中爲卿作君，當去耳。」御覽卷四七引吳録地理志：「又有似龍鬚而麄大者，名爲虎鬚，不中爲席，但以其蓑爲燈炷。」抱朴子外篇用刑：「干將不可以縫線，巨象不中使捕鼠。」雜寶藏經卷二波斯匿王醜女賴提緣：「吾生一女，形貌醜惡，不中示人。」阿育王傳卷一：「輔相念言：此王子者，未紹王位，便用權勢，敺我頭上；若紹王位，必當以刀，而斬我首。即向五百輔相，説蘇深摩過狀，言不中爲王。」大智度論卷二一：「避如鹿遊未調，不中遠放。」王建春去曲：「老夫不比少年兒，不中數與春別離。」梵志詩「不中停」謂不堪久留，齊民要術卷六養豬：「糟糠之屬，當日別與。」原注：「糟糠經夏則敗，不中停故。」

〔四〕差科：徭役。見〇〇六首注三。

〔五〕里長：即里正，見〇二八首注一〇。按里正有催督差科之責。通典卷三食貨三：「（里正）掌按比户口，課植農桑，檢查非違，催驅賦役。」

〔六〕行人：征人。杜甫兵車行：「路傍過者問行人，行人但云點行頻。」展脚卧：伸脚睡卧，參見〇〇六首注五。

〔七〕征防：赴邊戍守。見〇二八首注三。

〔八〕生促死路長：「促」，短暫。隋書五行志上：「周宣帝與宫人夜中連臂蹋蹀而歌曰：『自知身命促，把燭夜行遊。』帝即位三年而崩。」「死路長」，見〇〇五首注二。按洛陽伽藍記卷一永寧寺載北魏孝莊帝元子攸臨終作五言詩曰：「權（懽）去生道促，憂來死路長。」補全唐詩拾遺卷二佚名哭押牙四寂：「可歎生涯光景促，旋嗟死路夜何長。」即梵志此句之意。

〔九〕久住：久留。變文集搜神記：「弟須早去，不得久住在此。」此處指久住人間，亦即久活。廣記卷四九潘尊師（出廣異記）：「陶弘景爲嵩山伯，於今百年矣。頃自上帝求替，帝令舉所知以代，弘景舉余，文籍已定，吾行不得久住人間矣。」變文集維摩詰經講經文：「看看即是落黄泉，何處令人能久住。」又破魔變文：「莫爲久住，看則去時。」亦謂行將就死。何益當：寒山詩一五九首：「自逞説嘍囉，聰明無益當。」「何益當」即何益，「當」是用在動詞後的語助詞，讀去聲，不爲義。以「久住何益」連文者，如封氏聞見記卷九忠鯁：「忠言大夫謂之訕訐，久住何益，請從此辭。」歷代法寶記：「我來本爲傳法，今既得人厭，久住何益？……言畢遂因毒而終。」

楚按：此首以命終者口吻寫出，如陶淵明挽歌詩及梵志詩〇七三首之例。

父母生兒身戊一、掇瑣、校注、校輯、詩集

父母生兒身，衣食養兒德。暫託寄出来〔一〕，欲似相便貸〔二〕。兒大作兵夫〔三〕，西征吐番賊〔四〕。行後渾家死〔五〕，回来覔不得。兒身面向南，死者頭向北。父子相分擘〔六〕，不及元不識。（二四八）

【校】

塹託　校輯謂原作「塹□」，按「託」字原文不闕。

相便貸　原作「相便儅」，掇瑣作「相便賊」，校注作「便相倵」，校輯謂原作「相便藏」，改作「便相貸」。按原文「儅」即「貸」俗字，「相便」亦不須乙作「便相」，〇三一首亦云「從吾相便貸」，可以爲證。

不及元　校輯謂原作「不□元」，按原文「及」字不闕。

【注】

〔一〕塹託寄出來：佛教以父母之身爲託胎寄宿之處。法句譬喻經卷三道行品載有梵志喪子，懸思極切，往求閻羅王，得見其子，而其子全然不認乃父。「梵志見佛，具以本末向佛陳之：『實是我兒，不肯見認，反謂我爲癡騃老翁，寄住須臾，認我爲子，永無父子之情，何緣乃爾？』佛告梵志：『汝實愚癡，人死神去，便更受形。父母妻子，因緣會居，譬如寄客，起則離散。愚迷縛著，計爲己有，憂悲苦惱，不識根本，沈溺生死，未央休息。唯有慧者，不貪恩愛，覺苦捨習，勤修經戒，滅除識想，生死得盡。』」宗密佛說盂蘭盆經疏卷下：「佛教所宗，人以靈識爲本，四大形質，爲靈識所依。世世生生，皆有父母生養此身，已去乃至七生所生父母爲七世也。然寄託之處，惟在母胎。先來乳哺，亦多是母，故偏重母，是以經中但云報乳哺之恩也。」雖以母胎爲寄託之處，然於母子之情尚未能斷割，於彼教中非正見。祖堂集卷一五汾州和尚：「初，母李氏忽聞空中有言曰：『寄住得不？』已而方娠。」五燈會元卷一五祖弘忍大滿禪師：「先爲破頭山中栽松道者，嘗請於四祖曰：『法道可得聞乎？』祖曰：『汝已老，脱有聞，其能廣化邪？儻若再來，吾尚可遲汝。』迺去，行水邊，見一女子浣衣，揖曰：『寄宿得否？』女曰：『我有父兄，可往求之。』曰：『諾我，即敢行。』女首肯之，遂回策而去。女周氏季子也，歸輒孕，父母大惡，逐之。女無所歸，日傭紡里中，夕止於衆館之下。已而生一子，以爲不祥，因拋濁港中。明日見之，泝流而上，氣體鮮明，大驚，遂舉之。」又卷三汾州無業國師：「母李氏聞空中言：『寄居得否？』乃覺有娠。」金元好問續夷堅志卷二党承旨生死之異：「承旨党公初在孕，其母夢唐道士吴筠來託宿。」朱子語類卷一二六：「黄蘗一僧有偈與其母曰：『先時寄宿此婆家。』止以父母之身爲寄宿處，其無情義、滅絶天性可知。」按佛教主張斬斷情緣，故有此等語。若梵志此詩云「蹔託寄出来」，乃出於憤激，並非真無情義也。又按，三國志魏志崔琰傳裴注引魏氏春秋，載太祖令曰：「此州人説平原禰衡受融論，以爲父母與人無親，譬若缻器，寄盛其中。」則孔融早有此論矣。

〔二〕欲似：即如似，見〇〇一首注五。　便貸：借貸，見〇三一首注四。　按此首以兒女爲借貸者，與〇七五首以兒女爲「債主」相似，參見該首篇後按語。

〔三〕兵夫：兵士。變文集伍子胥變文：「子胥領兵共越兵交戰，殺越兵夫，横屍遍野，血流漂杵。」易静兵要望江南：「莫恃雄强侵彼境，復從奸佞起兵夫。」

〔四〕西征吐番賊：按舊唐書吐蕃傳載初唐時期唐王朝與吐蕃政權戰事頻繁，規模尤大者爲高宗上元三年與武則天永昌元年兩次。至若「西征吐蕃」之字面則見於舊唐書岑長倩傳：「天授二年，加特進、輔國大將軍。其年，鳳閣舍人張嘉福與洛州人王慶之等列名上表，請立武承嗣爲皇太子。長倩以皇嗣在東宫，不可更立承嗣，與地官尚書格輔元竟不署名，仍奏請切責上書者。由是大忤諸武意，乃斥令西征吐蕃，充武威道行軍大總管。」

〔五〕渾家：全家。見〇〇九首注八。

〔六〕 分擘：分離。〇四六首亦云：「蹔在主人家，不久自分擘。」

楚按：此首揭示兵役帶給人民之苦痛，可與樂府詩集卷二五紫騮馬歌辭後四曲（即古詩十五從軍征）對讀。

審看世上人 戊一、掇瑣、校注、校輯、詩集

審看世上人，有賤亦有貴。賤者由慳貪，吝財不布施〔一〕。貴賤既有殊〔二〕，業報前生植〔三〕。（二四九）

【校】

有賤 本首「賤」原皆作「賊」，乃形譌字。

吝財 「吝」，原作「㤓」，即「恡」字，同「悋」、「吝」。變文集大目乾連冥間救母變文：「及其羅卜去後，母生慳㤓（悋）之心，所囑資財，並私隱匿。」

業報前生植 「業」，原作「茉」。「植」，原作「值」，參見注三。

【注】

〔一〕「賤者由慳貪」二句：參見二三四首注二。

〔二〕貴賤既有殊：謂貴賤有別。變文集韓朋賦：「生死有處，貴賤有殊。」梵志詩〇五七首：「貧富有殊別，業報自相迎。」亦與此首末二句意同。

〔三〕業報：即果報，見〇五七首注四。植：謂宿世種下業因。維摩詰經方便品：「已曾供養無量諸佛，

深植善本。」唐李師政内德論通命：「春種嘉穀，方賴夏雨以繁滋；宿植良因，乃藉今緣而起發。」廣記卷一〇一韋氏子（出續玄怪録）：「多謝世人，勉植善業。」亦寫作「殖」。燈指因緣經：「是兒先世，宿殖福因。」廣記卷一一三陳安居（出法苑珠林）：「汝伯有罪，但宜録治，以先殖小福，故今得擊散，乃敢告訴。」蓋佛教以種因結果爲喻，郗超奉法要：「心爲種本，行爲其地，報爲結實。猶如種殖，各以其類，時至而生，弗可遏也。」故作「植」，作「殖」，作「種」皆可，唯原本作「值」則非其義耳。

楚按：此首疑原有八句，誤脱中間二句。蓋首二句以「貴賤」起，末二句以「貴賤」結，中四句當分别承言「貴」與「賤」。「賤者由慳貪」二句既已就「賤者」立意，則亦應有二句就「貴者」立意，惜已脱去，遂無明證；然論章法，固應如此。

有錢但喫著戊一、戊二、掇瑣、校注、校輯、詩集

有錢但喫著〔一〕，實莫留（填）櫃〔二〕。一日厥摩師〔三〕，他用不由你。妻嫁親後夫，子心隨母意。我物我不用，我自無意智〔四〕。未有百年身〔五〕，徒作千年事。（二五〇）

戊二本自此首起。詩集、校輯以此首起二句屬上首。

【校】

留填櫃　「填」，原脱，戊二作「田」，即「填」之同音借字。敦煌曲子詞集失調名：「情恨切，氣田（填）胸。」變

文集韓擒虎話本：「步人是紅旗，『勝』字田心。」「田」亦應作「塡」。

百年身　「百」，原作「千」，據戊二改。

徒作　「徒」，原作「從」，據戊二改。

【注】

〔一〕喫著：喫飯穿衣。變文集大目乾連冥間救母變文：「有時喫，有時著，莫學愚人多貯積。」即此詩首二句之意。

〔二〕實莫：切莫。見〇六六首注三。　留塡櫃：謂貯積財富。舊唐書王伾傳：「室中爲無門大櫃，唯開一竅，足以受物，以藏金寶，其妻或寢卧其上。」即「留塡櫃」之一例。

〔三〕厥摩師：謂死。見〇二九首注一。

〔四〕意智：意識，智慧。後漢書鮮卑傳：「自匈奴遁逃，鮮卑强盛，據其故地，稱兵十萬，才力勁健，意智益生。」廣記卷二六〇殷安：「汝肥頭大面，不識今古，噇食無意智，不作宰相而何！」寒山詩：「死了萬事休，誰人承後嗣？水浸泥彈丸，方知無意智。」梵志詩二六五首：「長命得八十，漸漸無意智。」

〔五〕百年身：人生壽限不過百年，故稱此身爲「百年身」。鮑照行藥至城東橋：「爭先萬里塗，各事百年身。」文苑英華卷二四八楊素贈薛播州：「相逢一時泰，共幸百年身。」王勃别薛華：「長爲萬里客，有媿百年身。」白居易井底引銀瓶：「爲君一日恩，誤妾百年身。」寒山詩：「貪愛有人求快活，不知禍在百年身。」梵志此詩以「百年身」與「千年事」對比，益見後者之不可必。許渾凌歊臺：「百年便作萬年計，巖畔古碑空緑苔。」即梵志此二句之意。

管錐編毛詩正義四〇山有樞曰：「『子有車馬，勿馳勿驅；宛其死矣，他人是愉。……子有鐘鼓，勿鼓勿考；宛其死矣，他人是保』；序：『刺晉昭公也。……有財不能用。』按此詩亦教人及時行樂，而以身後事危言恫之，視蟋蟀更進一解。張衡西京賦：『取樂今日，遑恤我後！既定且寧，焉知傾陁？』逞志究欲，窮歡極娛；鑒戒唐詩：「他人是愉」」，即敷陳詩旨。敦煌掇瑣第三〇、三一種五言白話詩反復丁寧：『有錢但喫着，□實莫留櫝；一日厥摩師，他用不由你』（即本首）；『妻嫁後人婦，子變他人兒，奴婢換曹主，馬即別人騎』（本書二八〇首）；『妻嫁親後夫，子心隨母意；我物我不用，我自無意智』（本首）；『無情任改嫁，資産聽將陪，吾在惜不用，死後他人財』（〇七二首）。杜甫草堂云：『鬼妾與鬼馬，色悲充爾娛』；白居易有感之三：『莫養瘦馬駒，莫教小妓女。後事在目前，不信君看取。馬肥快行走，妓長能歌舞。三年五歲間，已聞換一主』；皆此意。」楚按，此意亦見於釋典，如佛名經卷一一：「當爾之時，華堂邃宇，何關人事；高車大馬，豈得自隨；妻子眷屬，非復我親；七珍寶飾，乃爲他玩。」大寶積經卷九六：「種種惡業求財物，養育妻子謂歡娛，臨命終時苦逼身，妻子無能相救者。於彼三塗怖畏中，不見妻子及親識。車馬財寶屬他人，受苦誰能共分者。」佛說無常經：「眷屬皆捨去，財貨任他將。」梵志詩中此意，似受釋典影響較多。又梵志詩〇〇九首撩亂失精神，闡發此意尤切。

身是五陰城戊一、戊二、掇瑣、校注、校輯、詩集

身是五陰城〔一〕，周迴無里數〔二〕。上下九穴門〔三〕，膿流皆臰瘀〔四〕。湛然膿血間〔五〕，安置八万户〔六〕。餘有四千家〔七〕，出没同居住。壞壞相噉食，貼貼無言語〔八〕。愡在糞尿中，不解相蛆妒〔九〕。身行城即移，身卧城穩住。身死城破壞，百姓無安處〔一〇〕。（二五一）

校輯以此首及下首合爲一首。詩集以此首與二五二首及二五三首前二句併爲一首。

【校】

五陰城　「陰」，戊二本作「蔭」，同。變文集廬山遠公話：「五蔭苦者，人生在世，由如晝夜，濃(膿)血皮膚，綺羅纏體，五陰之内，七孔常流。」前作「五蔭」，後作「五陰」，「五蔭」即「五陰」也。

無里數　「里」，詩集作「量」。

膿流　此首「膿」原皆作「體」，據戊二改。

四千家　「四」，原作「九」，據戊二改。參見注七。

壞壞相噉食　「壞壞」，掇瑣、校注、校輯皆作「攘攘」，戊二作「懷懷」。按「攘攘」同「壞壞」，見〇四九首注二。「噉食」，戊二作「食噉」。

貼貼　戊二作「怗怗」。參見注八。

糞尿中　「糞」，戊二作「畚」。「尿」，原作「屎」，此從戊二本。

蛆妒　原作「蛆姡」，見〇三八首校記。詩集作「蛆蛄」。

城即移　「移」，原作「侈」，據戊二改。

身卧城穩住　「卧」，原本模糊，從戊二本。「穩住」，原作「穏具」，據戊二改。

【注】

〔一〕五陰：亦譯「五蘊」，佛教以稱色陰、受陰、想陰、行陰、識陰。色陰指軀體，餘四陰指心之作用。北本涅槃經卷二五：「所謂五陰：色受想行識。所言陰者，其義何謂？能令衆生，生死相續，不離重擔，分散聚合，三世所攝，求其義理，了不可得，以是諸義，故名爲陰。」佛教以爲人身乃由五陰集合幻化而成，如百喻經卷三五人買婢共使喻：「五陰亦爾，煩惱因緣，合成此身，而此五陰，恒以生老病死無量苦惱搒笞衆生。」毘婆尸佛經卷上：「五蘊幻身，四相遷變。」五陰譬喻經：「沫聚喻於色，受如水中泡，想喻熱時燄，行爲如芭蕉，器幻喻如識，諸佛説如此。」法門名義集五陰：「色受想行識，此五陰共成衆生也。」稱爲「五陰城」者，以「城」喻人身，亦爲釋典之常談。北本涅槃經卷一壽命品：「是身如城，血肉筋骨，皮裹其上，手足以爲却敵樓櫓，目爲竅孔，頭爲殿堂，心王處中。如是身城，諸佛世尊之所棄捨。」南本則云：「是身不淨，九孔常漏，血肉筋骨，共相依假，以爲僞城。手足支節，以爲却敵；爪齒耳目，以爲寮孔；幻僞心法，以爲寮障；放逸調慢，以爲樓觀。惡賊意王，居其城內，貪利蕩逸，馳騁六境。如是賊城，諸佛所棄，愚夫所樂，貪欲瞋恚，愚癡羅刹，依止其中。」禪要經：「斯身腐敗壞，譬如久故城。」道地經五十五觀章：「是身爲喻，如壞城，多怨家。」敦煌本壇經：「世人自色身是城，眼耳鼻舌身即是城門，外有五門，内有意門。心即是地，性即是王，性在王在，性去王無，性在身心存，性去身心壞。」

〔二〕周迴：周圍。吳越春秋闔閭内傳：「造築大城，周迴四十七里。」亦作「周回」，周書異域傳下：「穴中有平壤茂草，周回數百里，四面俱山。」又作「週迴」，廣記卷四九陳惠虛（出仙傳拾遺）：「此真仙之福庭，天帝之下府，號曰金庭不死之鄉，養真之靈境，週迴百六十里。」

〔三〕九穴：指七竅及大小便道。亦稱「九竅」，吕氏春秋圜道：「人之竅九。」巨力長者所問大乘經卷上：「一身九竅，長流不淨。」亦稱「九孔」，大乘義章卷一二：「是身具有九孔長流，眼出眵淚，耳出結聹，鼻中出涕，口出涎吐，大小便道流出屎尿。」亦稱「九瘡」，宋元照四分律行事鈔資持記卷中二：「九瘡：眼耳鼻各二，口及大小道，破肉如瘡，竅穴爲孔，外通物入，内出流漏，故列多名。」此云「九穴門」者，以門户爲喻，如禪要經：「皮毛九孔，以爲門户。」大寶積經卷五七：「濕皮相裹覆，九處有瘡門。」

〔四〕 膿流皆臯瘀：「瘀」，膿血凝聚。按禪秘法要經卷上：「今我此身，前時不淨，九孔膿流，筋纏血塗。」又卷中：「復當更觀左脚大指，膖脹膿潰，青膿黄膿赤膿黑膿紅膿緑膿白膿，爛潰交横，與屎尿雜。復有諸蟲，遊戲其中，穢惡臭處，不可堪思。」變文集廬山遠公話：「薄皮裹膿血，筋纏臭骨頭，從頭觀至足，遍體是膿流。」蓋佛教不淨觀法門視人身如此。

〔五〕 湛然：滿溢貌。搜神後記卷三：「晉太元初，秋收已過，刈穫都畢，明旦至田，禾悉復滿，湛然如初。」雜寶藏經卷九難陀王與那伽斯那共論緣：「齎一瓶酥，湛然盈滿。」

〔六〕 八万户：指八萬户蟲，一窩爲一户。佛經謂人體有八萬户蟲寄生其中，大寶積經卷五五：「初出胎時，經於七日，八萬户蟲，從身而生，縱横食噉。」佛説未生寃經：「身八萬户，户有數百種蟲，擾吾腹中，血肉消盡，壽命且窮矣。」

〔七〕 四千家：指四千户蟲，併上文「八万户」，則共有八萬四千户蟲。佛經言人體蟲寓，略言之爲八萬户，詳言之則爲八萬四千户。僧伽吒經卷四：「名爲身者，有無量億筋脈相纏，身有八萬四千毛孔，復有八萬四千户蟲在於其中。」蓋佛書泛表數之多，慣用八萬四千，如撰集百緣經卷二法護王請佛洗浴緣：「即造八萬四千寶瓶，盛佛浴水，賜閻浮提八萬四千諸城，各與一瓶。」智顗摩訶止觀：「翻一一塵勞門，即是八萬四千諸三昧門，亦是八萬四千諸陀羅尼門，亦是八萬四千諸對治門，亦成八萬四千諸波羅蜜。」餘如八萬四千塔、八萬四千病、八萬四千法門等等，不一而足；略言之則稱八萬也。

〔八〕 貼貼：與戊二「怗怗」皆同「帖帖」，寂無聲貌。韓愈施先生墓誌銘：「貴遊之子弟，時先生之説二經，來太學，帖帖坐諸生下。」五燈會元卷一八東山吉禪師：「怗怗安家樂業時，萬象森羅齊拊掌。」

〔九〕 蛆妒：嫉妒。「蛆」通「怚」，亦妒之義。

〔一〇〕 百姓：指上文之八萬四千户蟲，蓋以其爲「五陰城」之百姓也。

生死如流星戊一、戊二、掇瑣、校注、校輯、詩集

生死如流星，涓涓向前去〔一〕。前死万年餘，尋入微塵數〔二〕。中死千年外，骨石化爲土〔三〕。後死百年强，形骸在墳墓。續續死將埋，地窄無安處〔四〕。已後燒作灰〔五〕，颺却隨風去〔六〕。（二五二）

【校】

如流星　「如」，戊二作「而」。

尋入微塵數　「尋」下原有「常」字，似加塗點，據戊二刪。「微」，兩本皆作「微」。碑别字上平聲五微，唐獨孤仁政碑「微」作「嶶」，與此近似。掇瑣、校注皆録作「灰」，校輯謂原作「灰」，未確。

化爲土　「爲」，原殘，據戊二補。

形骸　「形」，兩本皆作「刑」，從掇瑣。

地窄　「窄」上原有「審」字，似加塗點，據戊二刪。

【注】

〔一〕 涓涓：連續不止貌。見〇七四首注五。

〔二〕微塵數：佛經中表示極多之數，乃至不可計算。佛名經卷七：「譬如恒河沙世界，下至水際，上至有頂，滿中微塵。比丘，有人於中取爾所微塵，過恒河沙世界，下一微塵，如是過恒河沙世界，復下一微塵，如是盡爾所微塵。比丘，於意云何？若著微塵，若不著微塵，是微塵可知數不？比丘言：不也世尊。」又卷一七：「佛告摩訶男：汝今詳聽，當爲汝説。東方恒河沙世界，南方恒河沙世界，西方恒河沙世界，北方恒河沙世界，上下四維恒河沙世界，彼一切世界，下至水際，上至有頂，滿中微塵，比丘，於意云何？彼如是微塵可知數不？比丘言：不也世尊。」顔氏家訓歸心：「何故信凡人之臆説，迷大聖之妙旨，而欲必無恒沙世界、微塵數劫也？」

〔三〕骨石化爲土：禮記檀弓下：「骨肉復歸於土，命也。」又祭義：「骨肉斃於下，陰爲野土。」論衡論死：「精神升天，骸骨歸土，故謂之鬼。」三國志吳志吳主傳裴注引吳書：「（鄭）泉臨卒，謂同類曰：『必葬我陶家之側，庶百歲後化而成土，幸見取爲酒壺，實獲我心矣。』」白居易題裴晉公女几山石刻後：「爾後多少時？四朝二十年。賊骨化爲土，賊壘犁爲田。」

〔四〕地窄無安處：參見〇四七首篇後按語。

〔五〕已後：以後。「已」「以」通用。燒作灰：指火葬。宋洪邁容齋續筆卷一三民俗火葬：「自釋氏火化之説起，於是死而焚屍者所在皆然。」宋俞文豹吹劍四録：「明道宰晉城，申焚屍之禁。然今京城内外，物故者日以百計，若非火化，何所埋葬？」宋史禮志二八：「紹興二十七年，監登聞鼓院范同言：『今民俗有所謂火化者，生則奉養之具唯恐不至，死則燔爇而棄捐之，何獨厚於生而薄於死乎？甚者焚而置之水中，識者見之動心。國朝著令，貧無葬地者，許以係官之地安葬。河東地狹人衆，雖至親之喪，悉皆焚棄。韓琦鎮并州，以官錢市田數頃，給民安葬，至今爲美談。』」又：「二十八年，户部侍郎榮薿言：『比因臣僚陳請禁火葬，令州郡置荒閑之地，使貧民得以收葬，誠爲善政。臣聞吴越之俗，葬送費廣，必積累而後辦。至於貧下之家，送終之具，唯務從簡，是以從來率以火化爲便，相習成風，勢難遽革。況州縣休息之久，生聚日繁，所用之地，必須寬廣。仍附郭近便處，官司以艱得之故，有未行摽撥者。既埋葬未有處所，而行火化之禁，恐非人情所安。欲乞除豪富士族申嚴禁止外，貧下之民并客旅遠方之人，若有死亡，姑從其便，候將來州縣摽撥到荒閑之地，別行取旨。』詔依，仍令諸州依已降指揮，措置摽撥。」不但可見民間火葬之風盛行，亦可見與人衆地狹、無處安埋有關。梵志詩即此意也。

〔六〕颺却隨風去：呂氏春秋忠廉：「明旦加要離罪焉，繫妻子，焚之而揚其灰。」

前死未長別 戊一、戊二、掇瑣、校注、校輯、詩集

前死未長別，後来非久親。新墳影舊塚〔一〕，相續似魚鱗。義陵秋節遠〔二〕，曾逢幾箇春。万劫同今日〔三〕，一種化微塵〔四〕。定知見土裏〔五〕，還得昔時人。頻開積代骨〔六〕，爲坑埋我身。（二五三）

校輯合此首與下首爲一首。詩集以此首前二句屬上首，以此首後十句與二五四首、二五五首併爲一首。

【校】

非久親　原本、戊二皆作「亦非久」，失韻。校輯改作「亦非親」。兹據北周釋亡名五盛陰詩見篇後按語。改作「非

久親」，正與上句「未長別」爲對。

新墳　「新」，戊二作「親」。

魚鱗　「鱗」，原作「鮇」，兹從戊二本。

義陵　「陵」，原作「綾」，掇瑣作「□」，據戊二改。

万劫　「万」，原闕，據戊二補。

還得　「得」，原作「待」，據戊二改。

頻開積代骨　「開」，原闕，據戊二補。　「代」，校注作「化」。

【注】

〔一〕影：掩蔽、隱藏。變文集捉季布傳文：「更深潛至堂階下，花藥園中影樹身。」又降魔變文載須達多使者偶遇護彌小女，「使影墙（牆）忽見，儀貌絶倫。」謂使者隱身牆後窺見。又韓擒虎話本：「五道將軍唱喏影（隱）滅身形。」原校「影」作「隱」，是不知「影」即隱義。水滸第一六回：「只見對面松林裏影着一個人，在那裏探頭探腦價望。」梵志詩「新墳影舊塚」者，謂新墳舊塚，層層覆蓋。

〔二〕義陵：漢哀帝陵墓。漢書哀帝紀：「六月戊午，帝崩於未央宮。秋九月壬寅，葬義陵。」臣瓚注：「義陵在扶風，去長安四十六里。」　秋節遠：秋季天高氣清，林木摇落，視野開闊，故以「遠」字形容之。李白陪族叔刑部侍郎曄及中書賈舍人至遊洞庭：「日落長沙秋色遠，不知何處弔湘君。」

〔三〕万劫：形容極其久遠。變文集妙法蓮華經講經文：「誰人解得蓮華經，萬劫千生終不負。」

〔四〕一種：同樣。見〇二三首注四。　微塵：極細小之微粒。大智度論卷六：「如鞞婆沙中説：微塵至細，不可破不可燒，是則常有。」變文集降魔變文：「現大身周遍世界，或現小身，徵（微）塵之內藏形。」「化微塵」謂死。敦煌曲校録楊柳枝：「不見堂上百年人，盡總化微塵。」變文集大目乾連冥間救母變文：「爲言萬古無千（遷）改，誰知早箇化惟（微）塵。」又捉季布傳文：「氏且一家甘鼎鑊，可惜兄身變微塵。」

〔五〕見：同「現」。

〔六〕積代：累世。隋書天文志引王蕃曰：「渾天儀者，羲、和之舊器，積代相傳，謂之璣衡。」廣記卷一三二屠人（出廣古今五行記）：「唐總章、咸亨中，京師有屠人，積代相傳爲業。」按後漢書明帝紀：「糜破積世之業，以供終朝之費。」御覽卷五五三引作「積代之業」，知「積代」即「積世」，唐人避太宗諱作「代」，後人或因襲焉。

楚按：此首實爲北周釋亡名五盛陰之改寫。五盛陰載於廣弘明集卷三〇下，兹引録於下，以資對照：「先去非長別，後來非久親。新墳將舊家（冢），相次似魚鱗。茂陵誰辨漢，驪山詎識秦。千年與昨日，一種併成塵。定知今世士，還是昔時人。焉能取他骨，復持埋我身。」

不淨膿血袋　戊一、戊二、掇瑣、校注、校輯、詩集

不淨膿血袋〔一〕，四大共爲因〔二〕。六賊都成體〔三〕，敗壞一時分。風者吹將散，火者焰来親。水者常流急，土者合成人。體骨變爲土，還歸足下塵。（二五四）

【校】

膿血袋　原作「體流袋」，從戊二本。詩集作「膿流膩」。按〇三三首亦有「癡愚膿血袋」之語。

共爲因　「因」，詩集作「身」。

敗壞　「壞」，原本、戊二皆作「懷」。

足下塵　「下」，原脱，據戊二補。「塵」，原作「麿」，據戊二改。

【注】

〔一〕不淨膿血袋：喻人體，見〇三三首注三。

〔二〕四大共爲因：謂地水火風等「四大」因緣和合，共成人體。參見〇八一首注一。

〔三〕六賊：指色聲香味觸法等「六識」，亦稱「六塵」。見一四四首注一。都：共，總。曹丕與吴質書：「頃撰其遺文，都成一集。」按佛教以人之「六識」爲軀體之主宰，與「四大」共成人體，故云「都成體」。金光明最勝王經卷五：「當知此身如空聚，六賊依止不相知。六塵諸賊則依根，各不相知亦如是。」大方廣圓覺修多羅了義經：「妄認四大爲自身相，六塵緣影爲自心相。」藝文類聚卷七六梁簡文帝十空詩如幻：「六塵俱不實，三界信悠哉。」

前人敬吾重 戊一、戊二、掇瑣、校注、校輯、詩集

前人敬吾重〔一〕，吾敬前人深。恩来即義往，未許却相尋。前能賜白玉〔二〕，吾亦奉黄金。君看我莫落〔三〕，還同陌路人。（二五五）

【校】

吾敬　「吾」，原作「五」，據戊二改。

前能　「前」，原作「有」，從戊二本。參見注二。

莫落　「莫」，戊二作「變」。

【注】

〔一〕前人：對方。見〇二八首注一二。

〔二〕前：即「前人」之省，謂對方。慧琳一切經音義卷二五，釋雲公撰大般涅槃經卷二音義：「憍慢貢高，今依玉篇，自恣爲憍，淩他曰慢，慢前爲貢，心舉曰高也。」「慢前」即輕慢對方之意。

〔三〕看：對待。高適詠史：「不知天下士，猶作布衣看。」　莫落：冷落。蘇軾寄劉摯：「莫落江湖上，遂共屈子鄰。」通常作「落莫」，韓愈送楊少尹序：「不知楊侯去時，城門外送者幾人？車幾輛？馬幾四？道邊觀者亦有歎息知其爲賢以否？而太史氏又能張大其事爲傳，繼二疏蹤跡否？不落莫否？」李賀崇義里滯雨：「落莫誰家子，來感長安秋。」通鑑唐文宗大和九年：「涯待之殊落莫。」胡三省注：「落，冷落也。莫，薄也。落莫，唐人常語。」宋梅堯臣雍丘逢錢寺丞載陽：「殷勤魏公子，落莫吳王孫。下客獨垂淚，傷心思舊恩。」楊萬里昌英知縣叔作歲坐上賦瓶裏梅花時坐上九人：「膽樣銀瓶玉樣梅，此枝折得未全開。爲憐落莫空山裏，喚入詩人几案來。」又送子上第之石井：「一老便落莫，有話從誰評。」夷堅丁志卷一〇王左丞進用：「君侯真貴人，然自此只得冷官，二年外始涉歷清華，直上兩地，當建節鉞，典兵權，但晚節落莫爾。」亦作「落漠」，冥報記卷中：「鬼神定是貪諂，往日欲郎君飲食，乃爾慇懃；比知無復厚利，相見殊落漠。」蘇軾率子廉傳：「公察其異，載與俱歸。居月餘，落漠無所言，復送還山。」又作「落寞」，警世通言杜員外途窮懺悔：「人無喜事精神減，運到窮時落寞多。」

不思身去促戊一、戊二、掇瑣、校注、校輯、詩集

不思身去促，能貪無限財〔一〕。生平惜不用，命盡如糞塠。虫蛆內壞壞，食脈爛穴開。羅錦纏屍送，枉屈寶將埋〔二〕。寧知入土後，二節變爲灰〔三〕。（二五六）

詩集以此首與下首併爲一首。

【校】

惜不用　「惜」，原作「借」，據戊二改。

糞塠　戊二作「糞堆」，同。詩集作「糞灰」。

壞壞　戊二作「懷懷」，掇瑣、校輯作「攘攘」，參見〇四九首注二。

二節　戊二同。校輯改作「二劫」。

【注】

〔一〕能：如此，這樣。表示强調與誇張語氣。舊雜譬喻經上：「我念女人能多欲，便詐腹痛，還入山，見是道人藏婦腹中，當有姦。」玉臺新詠卷七梁邵陵王蕭綸車中見美人：「語笑能嬌媄，行步絶逶迤。」樂府詩集卷六四王褒輕舉篇：「天地能長久，神仙壽不窮。」張九齡庭梅詠：「芳草何能早，孤榮亦自

危。」韓愈杏花：「居鄰北郭古寺空，杏花兩株能白紅。」拾得詩：「圓暉掛太虛，瑩淨能蕭灑。」變文集維摩詰經講經文：「朱脣旖旎，能赤能紅；雪齒齊平，能白能淨。」元李行道灰闌記雜劇第一折：「我這嘴臉實是欠，人人讚我能嬌艷。只有一盆淨水洗下來，倒也開得胭脂花粉店。」方言藻卷下可能：「又韓退之詩：杏花兩株能白紅。皮襲美詩：檜身渾箇短，石面得能䶋。唐子西詩：桃花能紅李能白。此能字與恁同。亦可作去聲，方言箇樣也。得能即箇樣，吳人語也。」按此語仍廣泛保存在現代方言中，如一九八三全國優秀短篇小説評選獲獎作品集載逍遥之樂：「數那隻大狐子長得危險，愣大，愣肥，愣長！」「愣」即「能」也。

〔二〕「羅錦纏屍送」二句：即反對厚葬之意。漢書楊王孫傳：「夫厚葬誠亡益於死者，而俗競以相高，靡財單弊，腐之地下。」三國志魏志常林傳裴注引魏略清介傳載沐並預作終制：「夫道之爲物，惟怳惟忽，壽爲欺魄，天爲皃没，身淪有無，與神消息，含悦陰陽，甘夢太極。奚以棺槨爲牢，衣裳爲纏，屍繫地下，長幽桎梏，豈不哀哉！」佛説無常經：「若命終後，當取亡者新好衣服及以隨身受用之物，可分三分，爲其亡者將施佛陀、達摩、僧伽，由斯亡者業障轉盛，獲勝功德福利之益，不應與其死屍著好衣等將以送之。何以故？無利益故。」敦煌曲校録十二時：「著綺羅，掛綾絹，殮入棺中虛壞爛。」即此二句之意。

〔三〕二節：春秋、冬夏等皆可稱爲「二節」，猶云「四季」，表示時間流逝。

一生無舍坐戊一、戊二、掇瑣、校注、校輯、詩集

一生無舍坐〔一〕，須行去處寬。少食巡门乞〔二〕，衣破忍飢寒。迥獨一身活〔三〕，病困遺

誰看〔四〕？命絶抛坑裏，狐狼恣意飡〔五〕。（二五七）

【校】

舍坐　掇瑣作「令□」。

須行去處寬　「行」，原闕，據戊二補。「寬」，掇瑣作「霓」。詩集此句作「須去處於鬼」。

巡门乞　戊二「门」上衍「即」字。

衣破　「衣」，戊二作「於」，乃音譌字。

「命絶抛坑裏」二句　「抛」，原作「拋」，即「抛」俗字。「坑」，原作「抗」，戊二作「坈」，從掇瑣。「裏」上原有「狼」字，據戊二應在下句「狐」字下，作「狐狼」；掇瑣、詩集、校輯移入「狐」字上，作「狼狐」。參見注五。

【注】

〔一〕坐：住。見〇四七首注二。

〔二〕巡门乞：沿家乞討。見〇二四首注七。

〔三〕逈：「迥」俗字。正字通：「迥：與泂音義通，俗作逈。」此處借作「煢」。「煢獨」，孤獨。書洪範：「無虐煢獨，而畏高明。」後漢書何后紀附王美人傳：「死生路異兮從此乖，奈我煢獨兮心中哀。」

〔四〕病困遣誰看：按〇二四首亦云「病困絶人看」，參見該首注一一。

〔五〕狐狼恣意飡：北本涅槃經卷一壽命品：「是身不久當爲狐狼鵄梟鵰鷲餓狗之所食啗。」付法藏因緣傳卷三：「此身可惡，會歸磨滅，烏鵲狐狼，競共噉食。」

四時八節日 戊一、戊二、掇瑣、校注、校輯、詩集

四時八節日〔一〕，家家惣哭聲。侍養不孝子〔二〕，酒食祭先靈〔三〕。惣被外鬼喫，家親本无名〔四〕。一群巡門鬼〔五〕，噇盡椀鳴聲〔六〕。（二五八）

【校】

四時　原闕，據戊二補。

惣哭聲　「惣」，掇瑣、詩集作「鬼」。

先靈　「靈」，原作「虛」，戊二作「霊」。碑別字下平聲九青，唐景教流行中國碑「靈」作「霊」。

惣被外鬼喫　「惣」，原闕，據戊二補，掇瑣、詩集作「將」。「喫」，詩集作「哭」。

一群巡門鬼　「群」，原作「郡」，據戊二改。「巡」，掇瑣作「迎」。

椀鳴聲　「椀」，原作「捥」，從戊二本。「聲」，原闕，據戊二補。

【注】

〔一〕四時八節日：〇六八首亦云：「死鬼憶四時，八節生人哭。」參見該首注三。按古人於四時節令轉變之際，祭祀祖先。通典卷四九禮九吉八：「先王制禮，依四時而祭者，時移節變，孝子感而思親，故奉薦味以申孝敬之心，慎終追遠之意。」

〔二〕不孝子：按古人祭祀亡親及居父母喪時，稱爲「孝子」。通俗編倫常孝子：「禮雜記：『祭稱孝子孝孫，喪稱哀子哀孫。』劉熙釋名：『祭曰卒哭，止孝子無時之哭也。期而小祥，孝子除首絰也。又期而大

祥，孝子除練服也。閒月而禫，孝子之意澹然衰也。』（楚按釋喪制大意）今概謂居喪者曰孝子，服曰戴孝，不典也。而其俗自晉宋以來皆然。」宋書明恭王皇后傳：「元徽五年五月五日，太后賜帝玉柄毛扇，帝嫌其毛柄不華，因此欲加酖害，已令太醫煮藥。左右人止之曰：『若行此事，官便應作孝子，豈復得出入狡獪？』」若孝子自稱，則曰「不孝子」。

〔三〕先靈：祖先在天之靈。敦煌遺書斯五五八八録歌辭：「一身被毀猶尚可，父母何愆過？祖代先靈作罵門，被毀失精神。」西廂記第一本第四折：「爲曾、祖、父先靈，禮佛、法、僧三寶。焚名香暗中禱告。」

〔四〕家親本无名：「家親」，指上文所云「先靈」；「親」特指父母。按佛教以爲施食與鬼，當呼名與之，始得食之。衆經撰雜譬喻卷下：「鬼曰：『我知爾恚故耳。若能爲我布施作福，呼名呪願，我便相放。』船人盡許爲作福，鬼便放之。道人即爲鬼作會，呼名呪願。餘人次復作會，詣河中呼鬼曰：『卿得福未？』鬼曰：『即得，無復苦痛。』」釋氏要覽卷上呼名施鬼食：「佛令設二供養位，一曠野鬼神，一鬼子母，並取鬼食，呼名與之。」雲溪友議卷上夢神姥：「盧著作肇爲華州紇干公泉防禦判官，遊仙掌諸峯，歇馬于巨靈廟。忽寐，夢在數間空舍中，見一老媪於大釜中燃火，盧君詢其所由，曰：『老人是華岳神母也。』又問：『釜中煮者何物？』母曰：『橡子也。』『用此奚爲？』母愀然曰：『食之也。』盧曰：『且兒爲五岳神主，厭於禱祠；母食橡子，豈無奉養之志乎？』母曰：『以鬼神之道，雖有君臣父子，禍福本不相及矣。祈祭之所，不呼名字者，不得饗焉。』」廣記卷三三二唐晅（出通幽記），載晅亡妻顯靈曰：「自非四十年内，若於墓祭祀，都無益。必有相饗，但於月盡日，黄昏時，於野田中，或於河畔，呼名字，兒盡得也。」又卷三二〇任懷仁（出幽明録）：「祚後宿息田上，忽見有冢，至朝、中、暮三時食，輒分以祭之，呼云：『田頭鬼，來就我食！』」御覽卷七六六引異記曰：「武康徐氏，宋太元中病瘧，連治不斷。有人告之曰：『可作數團飯，出道頭，呼傷死人姓名，云：爲我斷瘧，今以此團與汝。擲之徑還，勿反顧也。』病者如言，乃呼晉故車騎將軍沈充。須臾有乘馬導從而至，問：『汝爲何人，而敢名官家！』因縛將去。舉家尋覓經日，乃於塚側叢棘下得之，繩猶在，時瘧遂獲痊。」此首云「家親本无名」，知所祭之先靈不得饗食酒食也。

〔五〕巡門鬼：挨家挨户覓食之鬼，即上文之「外鬼」。

〔六〕噇：貪喫。朝野僉載卷五「納言婁師德」條：「將一楪槌（廣記卷一七六婁師德（出朝野僉載）作餡）餅與之曰：『噇却，作箇飽死鬼去！』」寒山詩：「背後噇魚肉，人前念佛陀。」又：「買肉自家噇，抹嘴道我暢。」唐李昌符婢僕詩：「不論秋菊與春花，箇箇能噇空腹茶。」傳燈録卷一九韶州雲門文偃禪師：「爾屋裏老爺老孃，噇却飯了，只管説夢，便道我會佛法了也。」黃檗斷際禪師宛陵録：「汝等諸人盡是噇酒糟漢，與麽行脚，笑殺他人。」廣記卷二六〇殷安：「汝肥頭大面，不識今古，噇徒江切食無意智，不作宰相而何？」又卷二六二胡令（出玉堂閒話）：「奉先縣有令姓胡，忘其名，瀆貨靳食，僻好博弈。邑寄張巡官，好尚既同，往來頗洽。每會棊，必自旦及暮，品格既停，略無厭倦。然宰君時入中門，少頃又來對棋。如是日日早入晚歸，未嘗設食於張。不勝飢凍，潛知之，時入蓋自食而復出。及暮辭宰曰：『且去也，極是叨鐵。』胡唯唯而已。張去，胡忽思之曰：『此人相別云極是叨鐵，出何文譚？』急令追之。既至，問：『明公適云極是叨鐵，其義安在？』張復款坐謂曰：『長官豈不知有叨鐵耶？』曰：『不知。』曰：『還見冶爐家，置一鐵穳長杖乎？只此是。爐中猛火炎熾，鐵汁或未銷融，使此杖時時於爐火中橦猛火了，却出來，移時又橦猛火了，却出來，只此是叨鐵也。』言訖而去。胡入室話於妻子，再三思之，方知諷其每日自入，噇猛火了，却出來棋也。凡靳食倦客之士，時人多以此諷之。」蓋以「叨鐵」與「饕餮」諧音，「橦」與「噇」諧音，而相諷刺也。　椀鳴聲：　鬼物之聲。鬼物取食，不見形影，但聞碗鳴也。後因以指惡聲。唐楊萊兒答小子弟：「黄口小兒口没憑，逡巡看取第三名。孝廉持水添餅子，莫向街頭亂椀鳴。」雲谿友議卷一一：「張祜客於丹徒，有朱檀者輕佻，侮慢祜之篇詠。後檀與祜篇，欲其潤飾之。祜乃戲箇二十字，欣而不悟。詩曰：　昔人有玉盌，擊之千里鳴。今日覩斯文，盌有當時聲。」禪宗話頭則以指可厭惡之事物。祖堂集卷四石頭和尚：「僧拈問：『漳南既是千聖，爲什摩不識？』答曰：『千聖是什摩椀鳴聲？』」續傳燈録卷一汝州廣慧院元璉禪師：「山問：『近離甚處？』師曰：『漢上。』山豎起拳曰：『漢上還有這箇麽？』師曰：『這箇是甚麽盌鳴聲？』」又卷二潤州金山瑞新禪師：「世間所貴者和氏之璧，隋侯之珠，金山唤作驢屎馬糞；出世間所貴者真如解脱、菩提涅槃，金山唤作屎沸碗鳴。」又卷二七潭州大潙佛性泰禪師：「釋迦老子盌鳴聲，達摩西來屎臭氣。」大慧普覺禪師語録卷二七答劉寶學：「若真作得箇了事凡夫，釋迦、達摩是甚麽泥團土塊，三乘十二教是甚麽熱盌鳴聲！」

身强避却罪戊一、戊二、掇瑣、校注、校輯、詩集

身强避却罪〔一〕，修福只心懃〔二〕。專意涓涓念〔三〕，時時報佛恩。得病不須卜，實莫浪求神〔四〕。專心念三寶〔五〕，莫乱自家身〔六〕。十念得成就〔七〕，化佛自迎君〔八〕。若能自安置，抛却帶因身〔九〕。（二一五九）

【校】

避却罪　「避」，原作「被」，據戊二改。

念三寶　「寶」，原作「報」，據戊二改。

自家身　「身」，原脱，據戊二補。此句及下句詩集作「莫亂自家念，得成就○○」。

若能　「若」，戊二作「巧」。

抛却帶囚身　原作「塊却帶田身」，詩集作「愧却帶田身」，據戊二改。按廣記卷六八楊敬真（出續玄怪録）：「共作雲山侶，俱辭世界塵。静思前日事，抛却幾年身。」末句與梵志此句句式相似。

【注】

〔一〕身强：即「聞身强健」之省，謂趁着此身健在之時。王建江南三臺詞：「聞身强健且爲，頭白齒落難追。」梵志詩○五七首云「闻强造功德」，二八○首云「聞强急修福」，「聞强」亦爲「聞身强健」之省，與此首「身强」同。參看○五七首注五。　避却罪：罪指罪報，即依據生前所造罪業而於死後所受之苦果，如下地獄、墮三途等。無量壽經卷下：「罪報自然，無從捨離。」「避却罪」即免除死後所受罪報，其方法是「修福」，故下句云「修福只心懃」。參看注二。

〔二〕修福：見○三三首注二。此處則指念佛。依淨土宗之説，縱有惡人多造罪業，倘能念佛，則諸罪俱滅。如念佛鏡勸念佛之門：「又准觀經下品下生者，或有衆生作不善業，五逆十惡具諸不善，如此愚人以惡業故，應墮惡道，經歷多劫，受苦無窮。如此愚人，臨命終時遇善知識教念阿彌陀佛十聲，除罪往生。」故上句有「避却罪」之語。

〔三〕涓涓：連續不斷貌，見〇七四首注五。　念：指念佛三昧，由注念佛之法力、形相，乃至誦念佛之名號。安樂集卷上：「又問曰：今欲依勸行念佛三昧，未知計念相狀何以？答云：譬如有人於空曠迥處，值遇怨賊，拔刀奮勇，直來欲殺。此人徑走，視度一河，未即到河，即作此念：我至河岸，爲脱衣渡，爲著衣浮？若脱衣渡，唯恐無暇；若著衣浮，復畏首領難全。爾時但有一心作渡河方便，無餘心想間雜。行者亦爾，念阿彌陀佛時，亦如彼人念度。念念相次，無餘心想間雜。或念佛法身，或念佛神力，或念佛本願。稱名亦爾，但能專至，相續不斷，定生佛前。」

〔四〕「得病不須卜」二句：按古人治病，尋醫與問卜並舉，見一六八首篇後按語。佛教則以求神問卜爲外道邪教，而加以排斥。慢法經：「適得疾病，恐怖猶豫，自念言：我初事佛，云何故復疾病也？不能自信，呼使至醫師，醫師卜問解除，鎮厭無益。遂便禱賽邪神，衆過遂增，妖魅惡鬼，屯守其門。遂便喪衰死亡，不離門户，財産衰耗，家室病疾，更相注續，不離床席，命終罪辜，墮泥犂中。」變文集廬山遠公話：「世人狂（枉）受邪言，未病在床，便寃（賽）神鬼，燒錢解禁，狂（枉）殺衆生。如是之人，墮於地獄。」

〔五〕念三寶：念佛、念法、念僧，簡稱念佛。安樂集卷下：「是諸菩薩雖修餘行，皆不離念佛、念法、念僧，上妙樂具，供養三寶。」按淨土宗以爲念佛可得福無量，乃至生天。釋氏要覽卷中念佛引智度論：「但一稱南無佛，是人亦得畢苦，其福無盡。問云：何但空稱佛名字，便得畢苦，其福不盡？答：是人曾聞佛功德，能度人老病死，若少供養及稱名字，得福無量，亦至畢苦。」念佛三昧要義在「專心」，如觀無量壽經：「云何當見阿彌陀佛極樂世界？佛告韋希提：汝及衆生應當專心繫念一處，想於一處。」

〔六〕莫乱自家身：按淨土宗强調念佛時精神不得散亂。如阿彌陀經：「持念名號，若一日，若二日，若三日，若四日，若五日，若六日，若七日，一心不亂。」阿彌陀鼓音聲王陀羅尼經：「十日十夜，六時專念，五體投地,禮敬彼佛,堅固正念,悉除散亂。若能令心念念不絶,十日之中,必得見彼阿彌陀佛,並見十方如來及所住處。」

〔七〕十念:念誦阿彌陀佛名號十次。淨土宗以爲臨終時十念成就,即得往生。安樂集卷上:「問曰:既云垂終十念之善,能傾一生惡業,得生淨土者,未知幾時爲十念也?答曰:如經説云,百一生滅成一剎那,六十剎那以爲一念,此依經論汎解念也。今時解念,不取此時節,但憶念阿彌陀佛,若總相若別相,隨所緣觀逕於十念,無他念想間雜,是名十念。」變文集難陁出家緣起:「十念彌陀雖即少,功德沾施福不輕。」龍舒增廣淨土文卷四修持法門一:「阿彌陀佛四十八願中有一願云:我作佛時,十方衆生至心信樂,欲生我國,十聲念我名號而不生者,我不作佛。」又卷三普勸修持六:「是所謂十念者,乃生前自念十聲,念阿彌陀佛,非謂身後請人念也。」

〔八〕化佛:佛以神力變現出的形象。淨土宗以爲臨終念佛,佛將迎接死者往生西方淨土。阿彌陀鼓音聲王陀羅尼經:「西方安樂世界今現有佛,號阿彌陀,若有四衆能正念受持彼佛名號,以此功德,臨欲終時,阿彌陀即與大衆往此人所,令其得見,見已尋生慶悦,倍增功德,以是因緣,所生之處,永離胞胎穢欲之形,純處鮮妙寶蓮華中。」安樂集卷下:「若能信佛因緣,願生淨土,所修行業,並皆迴向,命欲終時,佛自來迎,不干死王也。」唐迦才淨土論卷下:「其人忽然踊躍歡喜云:『佛言有地獄,如言即有者;佛言得往生,弟子定得往生也。』……遂左手燃火,右手握香,面向西方,至心念佛,未滿十念,即告衆云:『佛從西來,大有徒衆,並放光,授我華坐。』言畢即卒。」原注:「此是十念往生。」廣記卷一〇一馬子雲(出紀聞):「先謂人曰:『吾爲人坎軻,遂精持内教,今西方業成,當往生安樂世界爾。』明日沐浴,衣新衣,端坐合掌。俄而異香滿户,子雲喜曰:『化佛來矣,且迎吾行。』言訖而歿。」

〔九〕拋却帶囚身：按佛經以沉淪三界，喻如繫囚，如生經卷四佛說五百幼童經：「人在三界，猶如繫囚。得道度世，乃得自由。」續高僧傳卷二三釋靜靄傳：「觀此臭身，無常所囚。」往生淨土，永離三界，故云「拋却帶囚身」。

年老造新舍戊一、戊二、掇瑣、校注、校輯、詩集

年老造新舍，鬼來拍手笑〔一〕。身得蹔時坐，死後他人賣。千年換百主，各自循環改。前死後人坐，本主何相在〔二〕。（二六〇）

詩集以此首前二句自爲一首。

【校】

年老　「年」，原作「牛」，據戊二改。

拍手笑　「拍」，原作「怕」，戊二作「拍」。按三一四首亦有「鬼見拍手笑」之語。

身得　「身」，戊二作「舍」。

他人賣　「人」，戊二作「將」。「賣」，詩集改作「買」。

換百主　「換」，掇瑣作「槐」。

循環　原作「想還」，戊二作「將迴」。按原本「想」爲「相」之譌，「相」又「循」之譌，形略近也。原本「還」則「環」之同音通用字。變文集破魔變文：「君不見生來死去，似蟻循還。」「循還」亦應作「循環」，與此處相似。梵志詩

○九三首「循環何太急」，「循環」用法亦與此處相似。

何相在　戊二「相」上衍「須」字，蓋「相」「須」形近，書手誤書作「須」，發覺後重寫「相」字，而未及抹去「須」字。校輯存「須」刪「相」，非是。

【注】

〔一〕鬼來拍手笑：南史劉粹傳：「有劉伯龍者，少而貧薄，及長，歷位尚書左丞，少府，武陵太守，貧寠尤甚。常在家慨然，召左右將營十一之方，忽見一鬼在傍撫掌大笑。伯龍歎曰：『貧窮固有命，乃復爲鬼所笑也！』遂止。」

〔二〕何相：何處。寒山詩：「寒山道，無人到。若修行，稱十號。有蟬鳴，無鴉噪。黃葉落，白雲掃。石磊磊，山隩隩。我獨居，名善導。子細看，何相好。」按「相」爲方位詞，猶云「邊」。變文集搜神記：「遂見池内相有三箇天女，並白練裙衫，於池邊割菜。」通常作「廂」，遊仙窟：「暫遊雙樹下，遥見兩枝芳。向日俱翻影，迎風並散香。戲蝶扶丹蕚，遊蜂入紫房。人今總摘取，各著一邊廂。」變文集破魔變文：「然後辟兩陣，分四廂，右（左）繞右遮，前驅後截。」黃庭堅臨河道中：「據鞍夢歸在親側，弟妹婦女笑兩廂。」辛棄疾卜算子（齒落）：「已闕兩邊廂，又豁中間箇。」

楚按：此首以「年老造舍」、不能久享之事，諷刺貪婪營求、不知厭足之人。此意釋典俗書亦屢見之，如法句譬喻經卷二愚闇品：「昔佛在舍衛國，時國中有婆羅門，年向八十，財富無數，爲人頑闇，不識道德，不計無常，更作好舍。前廳後堂，涼臺煖室，東西廂廡，數十梁間，唯後堂前拒陽未訖。時婆羅門恒自經營，指授衆事。佛以道眼，見此老翁，命不終日，當就後世，不能自知，而方怱怱，形瘦力竭，精神無福，甚可憐愍。」白居易傷宅：「如何奉一身，直欲保千年。不見馬家宅，今作奉誠園。」封氏聞見記卷五第宅：「郭令公將出，見修宅者，謂曰：『好築此牆，勿令不牢。』築者釋鍾而對曰：『數十年來，京城達官家牆皆是某築，祇見人自改換，牆皆現在。』」夢溪筆談卷九：「(郭)進於城北治第既成，聚族人賓客落之，下至土木之工皆與。乃設諸工之席於東廡，羣子之席於西廡。人或曰：『諸子安可與工徒齒。』進指諸工曰：『此造宅者。』指諸子曰：『此賣宅者，固宜坐造宅者下也。』進死未幾，果爲他人所有。」說郛(商務本)卷七七李之彥東谷所見貪欲：「五十不造宅，六十不製衣，縱饒得受用，能用幾多時。予年近七旬，儘宜省事樂閒，息心退步，何必貪欲于受用無幾之日。圓覺經云：『諸苦所因，貪欲爲本。』庶幾乎免矣。」

吾死不須哭戊一、戊二、掇瑣、校注、校輯、詩集

吾死不須哭，徒勞枉却聲。只用四片板〔一〕，四角八枚丁〔二〕。急手深埋却〔三〕，臰穢不中停〔四〕。墓内不須食，美酒三五瓶。時時獨飲樂，瓷盡更須傾〔五〕。只願長頭醉〔六〕，作伴喚劉伶〔七〕。（二六一）

詩集以此首與二六二首、二六三首併爲一首。

【校】

四片板　「片」，原作「庁」，戊二作「行」，皆爲「片」字形譌。　「板」，原作「扳」，據戊二改。

八枚丁　「枚」，原作「牧」，形譌字。　「丁」，戊二作「釘」，同。

深埋却　「深」，原作「涂」，即「深」字形譌，詩集作「除」，戊二作「姿」。按〇〇一首亦有「前死深埋却」之語。

不中停　「停」，原作「亭」，從戊二本。

美酒　「美」，掇瑣、詩集作「麥」。

瓨盡　「瓨」，原作「泒」，戊二作「沆」，校輯作「□」。應是「瓨」字形誤。變文集太子成道經：「撥掉（棹）乘船過大江，神前傾酒三五瓨。」參看注五。又變文集不知名變文：「沆中有七支蓮花。」「沆」字與此字近似，王慶菽校疑是「瓶」字。

作伴喚劉伶　「伴」，原作「件」，據戊二改。「伶」，原作「零」，戊二作「零」，據晉書劉伶傳改。按變文集茶酒論：「劉零爲酒一死三年。」正作「劉零」。古書亦多有作「劉靈」者，見余嘉錫世説新語箋疏文學「劉伶著酒德頌」條。

【注】

〔一〕四片板：指棺材。見〇〇七首注四。

〔二〕丁：同「釘」。晉書陶侃傳：「及桓温伐蜀，又以侃所貯竹頭作丁裝船。」世説新語政事作「釘」。蓋「丁」爲象形字，「釘」則「丁」之累增字。

〔三〕急手：火速。見〇〇三首注三。

〔四〕不中停：不堪留。見二四七首注三。

〔五〕瓨：即「瓨」字別體。説文：「瓨，似罌，長頸，受十升。」又：「缸，瓨也。」段玉裁注：「缸與瓨音義皆同也。」史記貨殖列傳：「醯醬千瓨。」

〔六〕長頭：長久。見〇三八首注二。

〔七〕劉伶：西晉著名酒徒。晉書劉伶傳：「常乘鹿車，攜一壺酒，使人荷鍤而隨之，謂曰：『死便埋我。』其遺形骸如此。嘗渴甚，求酒於其妻。妻捐酒毀器，涕泣諫曰：『君酒太過，非攝生之道，必宜斷之。』伶曰：『善。吾不能自禁，惟當祝鬼神自誓耳。便可具酒肉。』妻從之。伶曰：『天生劉伶，以酒爲名。一飲一斛，五斗解酲。婦兒之言，慎不可聽。』仍引酒御肉，隗然復醉。……伶雖陶兀昏放，而機應不差。未嘗厝意文翰，惟著酒德頌一篇。」

你道生勝死 戊一、戊二、掇瑣、校注、校輯、詩集

你道生勝死，我道死勝生〔一〕。生即苦戰死，死即無人征。十六作夫役〔二〕，二十充府兵〔三〕。磧裹向前走〔四〕，衣鉀困須擎〔五〕。白日趁食地〔六〕，每夜悉知更〔七〕。鐵鉢淹乾飯〔八〕，同火共分諍〔九〕。長頭飢欲死〔一〇〕，肚似破窮坑〔一一〕。遣兒我受苦，慈母不須生。

（二六二）

【校】

生勝死　「勝」，原作「滕」。碑別字去聲二十五經，漢張遷碑「勝」作「滕」。

我道　「我」，戊二作「吾」。

二十　原作「廾」。

向前走　「前」，戊二作「西」。

衣鉀　「鉀」，戊二作「中」，當是「甲」字形譌。「鉀」同「甲」，見注五。

白日　「白」，原作「自」，據戊二改。

每夜　「夜」，原作「也」，音同而譌，據戊二改。宋朝事實類苑卷六六引劉貢父詩話（較今本中山詩話爲詳）：「詞人歌詩用也字，本皆作夜音。杜云『青袍也自公』，白傅云『也向慈恩寺裏游』，今人讀爲如字，非也。俗諺猶云：『俚人不識月暈，名曰夜環。』以言也還爾。張湍爲河南府司録，府當祭灶，買猪以呈尹，猪突，走入湍家，湍即捉取殺之。吏以白尹，尹召問，湍對：『按律，猪無故也入人家，主人登時殺者，勿論。』尹大笑，别市猪。」楚按，律文有「諸無故夜入人家」云云，故張湍即以「猪」「諸」、「也」「夜」同音矯對，以牽合律文也。

乾飯　「乾」，兩本原皆作「甘」，乃「乾」字音譌，參見注八。

同火　「火」，校輯改作「伙」，不必。

飢欲死　「死」，原脱，據戊二補。

肚似破窮坑　「肚」，掇瑣作「旺」。「破」，原作「砍」，據戊二改。詩集此二句作「長頭飢欲旺，似砍窮坑」。

遣兒　「遣」，原殘下半，從戊二本。掇瑣、詩集作「遺」。

【注】

〔一〕死勝生：列子天瑞：「亦又安知吾今之死不愈昔之生乎？」即「死勝生」之觀念。

〔二〕十六作夫役：按唐雜徭制，中男亦作夫役，稱爲「充夫」。舊唐書食貨志上：「男女始生者爲黄，四歲爲小，十六爲中，二十一爲丁，六十爲老。」白氏六帖征役：「中男充夫。」

〔三〕二十充府兵：新唐書兵志：「凡民年二十爲兵，六十而免。」「府兵」見〇四八首注二。

〔四〕磧：荒漠之沙石地，指我國西北地區之沙漠及戈壁。岑參過磧：「黄沙磧裏客行迷，四望雲天直下低。」張籍築城詞：「來時一年深磧裏，盡著短衣渴無水。」

〔五〕鉀：同「甲」，專用於鎧甲一義。大方廣十輪經：「此族姓子，以晨朝時入三昧力故，刀兵鉀杖，皆悉消滅。」晉書姚弋仲載記：「於是貫鉀跨馬于庭中，策馬南馳，不辭而出。」變文集漢將王陵變：「霸王親問，身穿金鉀，揭去頭牟，搭箭彎弓，臂上懸劍。」

〔六〕趁食地：趕赴就食之地。蓋軍行有程，趕至指定地點，方始就食。「趁」即趕路之義，參見〇三八首注一三。

〔七〕知更：守夜、打更。酉陽雜俎續集卷四貶誤：「及暮，授其一板云：『可擊此知更。五更當有人來此，慎勿與言也。』」變文集漢將王陵變：「凡人斫營，捉得個知更官徒（健），斬爲三段，喚作厭兵之法；若捉他知更官健不得，火急出營，莫洛（落）他楚家奸便。」

〔八〕乾飯：乾糧。御覽卷八五〇引釋名：「飯，分也，使其粒各自分也。乾飯而暴乾之也。」（今本釋名「飯」作「饋」，無「乾飯」一句）墨子備城門：「爲卒乾飯，人二斗，以備陰雨。」御覽卷八五〇引謝承後漢書：「胡劭爲淮南太守，使鈴下閣外炊，曝作乾飯。」又引吳書：「袁術在壽春，百姓飢窮，以桑椹蝗蟲爲乾飯。」三國志魏志王脩傳裴注引王隱晉書：「（王裒）乃步擔乾飯，兒負鹽豉，門徒從者千餘人。安丘令以爲見己，整衣出，迎之於門。裒乃下道至土牛，磬折而立，云：『門生爲縣所役，故來送別。』執手涕泣而去。令即放遣諸生，一縣以爲恥。」世説新語紕漏：「王敦初尚主，如廁。……既還，婢擎金澡盤盛水，瑠璃盌盛澡豆。因倒箸水中而飲之，謂是乾飯。羣婢莫不掩口而笑之。」高僧傳卷九竺佛調傳：「調或獨入山，一年半歲，齎乾飯數升，還恒有餘。」變文集佛説阿彌陀經講經文：「有一老婢出來迎，布施如來一團飯。……一團乾飯不將難，如何便得生天杲（果）？」蓋「乾飯」之本義，乃曝飯使乾爲之，後遂爲凡乾糧之稱。

〔九〕 同火：指同火兵卒。新唐書兵志：「十人爲火，火有長。火備六馱馬。凡火具烏布幕、鐵馬盂、布槽、鍤、钁、鑿、碓、筐、斧、鉗、鋸皆一，甲牀二，鐮二。」宋書卜天與傳：「弟天生，少爲隊將，十人同火。」酉陽雜俎續集卷七金剛經鳩異：「韋南康鎮蜀時，有左營伍伯於西山行營與同火卒學念金剛經。」又：「其日，忠幹上飛梯，將及堞，身中箭如蝟，爲檑木擊落。同火卒曳出羊馬城外，置之水濠裏岸。祐以暮夜命抽軍，其時城下矢落如雨，同火人匆忙，忘取忠幹屍。」廣記卷一一六贅肉（出玉堂閒話）：「少年無賴，曾在軍伍。常於佛寺安下，同火共刲一羊，分得少肉。」又卷一二四韋處士引北夢瑣言逸文：「某頃軍中與行真同火幕。」按木蘭詩：「出門看火伴，火伴皆驚忙。」「火伴」亦即「同火」。分諍：同「紛諍」。徐陵東陽雙林寺傅大士碑：「風神爽朗，氣調清高，流化親朋，善和紛諍。」亦作「紛爭」。文選卷三六王融永明九年策秀才文：「紛爭空軫，疑論無歸。」

〔一〇〕 長頭：長時。見〇三八首注二。

〔一一〕 破窮坑：猶云「無底洞」。

相將歸去来 戊一、戊二、掇瑣、校注、校輯、詩集

相將歸去来〔一〕，閻浮不可停〔二〕。婦人應重役〔三〕，男子從征行。帶刀擬鬭煞，逢陣即相刑〔四〕。將軍馬上死，兵滅他軍營〔五〕。血流遍荒野，白骨在邊庭〔六〕。去馬猶殘跡〔七〕，空留紙上名〔八〕。關山千万里，影絶故鄉城〔九〕。生受刀光苦〔一〇〕，意裏極星星〔一一〕。（二

六(三)

【校】

歸去来　「歸」，原作「帰」。俗字譜十八畫，列女傳「歸」作「帰」。

閻浮不可停　原作「間不浮可亭」，據戊二改。

應重役　「應」，原作「因」，據戊二改。

鬬煞　「鬬」，原作「閧」。戊二作「鬪」，同「鬬」。

他軍營　「他軍」，原作「地君」，戊二作「地居」。按「地」爲「他」之形譌，「君」又「軍」之音譌。

猶殘跡　「猶」，兩本原皆作「遊」，當是「猶」字音譌。變文集伍子胥變文：「即欲向前從乞食，心意懷疑生遊(猶)豫。」即是其例。

空留　「留」，原作「流」，據戊二改。

鬭山　「鬭」，原作「閧」，即「鬭」别體。掇瑣作「閧」。

星星　原作「皇皇」，校輯改作「惶惶」，兹從戊二本。按二八八首亦有「耳裏極星星」之語。

【注】

〔一〕相將：相攜，相隨。潛夫論救邊：「相將詣闕，諧辭禮謝。」陶淵明擬古九首之三：「先巢故尚在，相將還舊居。」唐摭言卷七：「元和十一年，李涼公下三十三人皆取寒素，時有詩曰：『元和天子丙申年，三十三人同得仙。袍似爛銀文似錦，相將白日上青天。』」傳燈録卷一四鄧州丹霞天然禪師：「莫一盲引衆盲，相將入火坑。」　歸去来：即歸去，「来」爲語助詞，不爲義。陶淵明有歸去來辭。文苑英華卷二八六吳均贈別新林：「天子既無賞，公卿竟不知。去去歸去來，還傾鸚鵡杯。」白居易自誨：「遑遑兮欲安往哉，樂天樂天歸去來。」戎昱長安秋夕：「遠客歸去來，在家貧亦好。」羅隱曲江春感：「一船明月一竿竹，家住五湖歸去來。」梵志詩之「歸去来」，則謂歸去淨土佛國。敦煌曲校録歸去來釋法照歸西方讚：「歸去來，誰能惡道受輪迴。且共念彼彌陀佛，往生極樂坐花臺。」又：「歸去來，娑婆穢境不堪停。」變文集大目乾連冥間救母變文：「歸去來，閻浮提世界不堪停。生住衍字死本來無住處，西方仏國最爲精。」

〔二〕閻浮：即閻浮提，亦稱南贍部洲，佛經中以稱此方人類所住之世界，因亦用作人間世之稱。

〔三〕婦人應重役：按唐制婦人本無傜役，而實際上婦人應役之事並不希見。儲光羲效古二首之一：「婦人役州縣，丁男事征討。」杜甫石壕吏載老婦云：「急應河陽役，猶得備晨炊。」通典食貨七：「（景雲）二年，監察御史韓琬陳時政上疏曰：臣竊聞永淳之初，尹元貞任陝州雍縣，令界内婦人修路，御史彈免之。頃年婦人役，修平道路，蓋其常也。」

〔四〕刑：殺。戰國策魏策一：「刑白馬以盟於洹水之上。」吕氏春秋順説：「甲之事，兵之事也。刈人之頸，刳人之腹，隳人之城郭，刑人之父子也。」

〔五〕他軍營：指敵方之軍營。

〔六〕邊庭：邊疆。駱賓王從軍中行路難：「君不見玉關塵色暗邊庭，銅鞮雜虜寇長城。」杜甫兵車行：「邊庭流血成海水，武皇開邊意未已。」

〔七〕殘：遺留，剩下。杜甫洗兵馬：「祇殘鄴城不日得，獨任朔方無限功。」廣記卷三六八居延部落主（出玄怪録）：「於是長人吞短人，肥人吞瘦人，相吞殘兩人。」變文集鷰子賦：「朝逢鷹奪，暮逢癡（鴟）竿，行即着網，坐即被彈，經營不進，居處不安，日埋一口，渾家不殘。」梵志詩一〇九首「自死與鳥殘」，「鳥殘」謂鳥食之餘也。

〔八〕空留紙上名：謂兵士戰死之後，簿册上空留名字，其餘痕跡掃地無存矣，較上句「去馬猶殘跡」更進一層。舊唐書職官志二：「凡諸州軍府應行兵之名簿，器物之多少，皆申兵部。軍散之日，亦録其存亡多少，以申而勘會之。」宋劉克莊國殤行：「姓名虚挂陣亡籍，家寒無俸孤無澤。」上句亦此意也。

〔九〕影絶：絶跡，以言永別。蔡琰胡笳十八拍：「一步一遠兮足難移，魂消影絶兮恩愛遺。」傅玄擬四愁詩：「形影一絶長別離。」

〔一〇〕刀光：此處指殺戮之事。列寧格勒藏敦煌本妙法蓮花經講經文：「凡見刀光專怕怖，數謀衣食爲此身。」

〔一一〕星星：通「惺惺」，表示清醒寧静。寒山詩：「但自心無事，何處不惺惺。」梵志詩二八八首：「閇門無呼唤，耳裏極星星。」玄覺禪宗永嘉集奢摩他頌：「惺惺寂寂是，無記寂寂非；寂寂惺惺是，亂想惺惺非。」梵志詩「意裏極星星」蓋接上「生受刀光苦」而下，以言戰亡者之感受。生時備受刀光之苦，唯有死後方獲寧静，故云「極星星」也。

夫婦生五男 戊一、戊二、掇瑣、校注、校輯、詩集

夫婦生五男，并有一雙女〔一〕。兒大須取妻，女大須嫁處〔二〕。户役差科来，牽挽我夫婦〔三〕。妻即無褐被〔四〕，夫體無褌袴〔五〕。父母俱八十，兒年五十五。當頭憂妻兒，不勤養

父母〔六〕。渾家少粮食，尋常空餓肚。麁飯衆廚飡〔七〕，美味當房弃〔八〕。男女一出生，恰似餓狼虎。努眼看尊親〔九〕，只覓乳食處〔一〇〕。少年生夜叉〔一一〕，老頭自受苦〔一二〕。（二一六四）

「麁飯衆廚飡，美味當房弃」二句，各本皆在「男女一出生，恰似餓狼虎」二句之後，當係誤倒，今爲改正。蓋「男女一出生」四句乃回憶不孝子幼小時之事，其間不容闌入「麁飯」二句也。

【校】

取妻　「取」，戊二作「娶」，同。

嫁處　「嫁」，原作「家」，據戊二改。參見注二。

差科　「科」，原作「耕」，據戊二改。

牽挽　「挽」，原作「抛」，據戊二改。此二字掇瑣録作「弃抛」，詩集録作「棄抛」。

褐被　原作「裙被」，掇瑣、詩集作「裙被」，校輯改作「褐裙」，兹從戊二本。

憂妻兒　「憂」，戊二作「養」，校輯從之，與下句「養」犯複，非是。參見注六。

麁飯　「麁」原作「麄」，據戊二改。

當房弃　「弃」，原作「佉」，戊二作「弃」，皆爲「弃」之譌，參見注八。

一出生　「出」，各本作「處」，乃音譌字。「生」，校輯作「坐」。

努眼　「努」，戊二作「怒」。

乳食處　戊二作「孔食地處」，「孔」爲「乳」之形譌，「地」字衍。

夜叉　原作「平又」，戊二作「夜」，闕一字。詩集改作「平憂」，校輯改作「夜樂」。按戊二「夜」字是，原本「又」爲

「又」之形譌。

【注】

〔一〕「夫婦生五男」二句：按「五男二女」爲古人理想之後嗣數目，亦可見古代重男輕女之習俗。詩召南何彼襛矣序孔穎達疏引皇甫謐曰：「武王五男二女。」敦煌掇瑣七四婚事程式各種：「兒願云：今夜吉辰，厶氏女與厶氏兒結親。伏願成納之後，千秋萬歲，保守吉昌，五男二女，奴婢成行。男願惣爲卿相，女即盡娉公王。從兹呪願已後，夫妻壽命延長。」司空圖障車文：「二女則呀呀學語，五男則雁雁成行。」五燈會元卷一一南院慧顒禪師：「問：如何是祖師西來意？師曰：五男二女。」通俗編祝誦五男二女：「泉志：福慶錢文曰『伍男貳女，叁公玖卿』。東京夢華録：『凡孕婦入月，母家以盆盛粟稈，上插花朵及通草，羅五男二女花樣送之。』夢粱録：『催妝用五男二女花扇。』按周禮職方氏：『冀州其民五男三女。』男之多於女者無如此州，更云二女，甚祝其陽盛也。」元鄭廷玉楚昭公雜劇第三折：「也弗只是我裏梢公梢婆兩箇，倒有五男二女團圓。」快嘴李翠蓮記：「五男二女，七子團圓。二個女婿，達禮通賢。五房媳婦，孝順無邊。」

〔二〕嫁處：出嫁。淮南子説山：「嫁女於病消者，夫死，則後難復處也。」高誘注：「以女爲妨夫，後人不敢娶，故難復嫁處也。一説女以天下人皆消，不肯復嫁之也。」法句譬喻經卷四利養品：「女以長大，應當嫁處。念當與誰，若有端正如我女者，以女與之。」賢愚經卷二波斯匿王女金剛品：「我有一女，面狀醜惡，欲覓嫁處，未有儔類。」又卷一〇優婆斯兒所殺品：「女年向大，任可嫁處。」

〔三〕牽挽：拉拽。盧至長者因緣經：「即時倒曳盧至之脚，牽挽打棒，驅令出門。」述異記卷上：「俗傳有舒氏女，與父析薪，女坐泉處，忽牽挽不動。」北史楊穎傳：「仲宣子玄就，幼而儁拔。收捕時，年九歲，牽挽兵人曰：『欲害諸尊，乞先就死。』」此處「牽挽我夫婦」，謂官府繩拉索拽去應役。普賢菩薩説證明經：「若有横官，共相牽挽，枷鎖繫閉。」「牽挽」即「牽挽」。

〔四〕褐：粗惡之衣。孟子滕文公上：「許子衣褐。」趙岐注：「以毳織之，若今馬衣也。或曰：褐，枲衣也。一曰粗布衣也。」被：通「披」，穿着。

〔五〕褌袴：褲子。「無褌袴」形容極貧。三國志魏志賈逵傳裴注引魏略：「逵世爲著姓，少孤家貧，冬常無袴。過其妻兄柳孚宿，其明無何，著孚袴去。」御覽卷六九五引謝承後漢書：「秦護清廉，不受禮賂。家貧，衣服單露。鄉人歌之曰：『冬無袴，有秦護。』」世説新語德行：「人寧可使婦無幝邪？」「幝」同「褌」。南史吉士瞻傳：「士瞻少時嘗於南蠻府中擲博，無褌褰露，爲儕輩所侮。」北史斛律光傳：「今軍人皆無褌袴，後宫内参，一賜數萬匹，府藏稍空，此是何理？」

〔六〕「當頭憂妻兒」二句：「當頭」，當面。寒山詩：「財主忽然死，爭共當頭哭。」又：「忽死萬事休，男女當頭哭。」謂就死屍之前哀哭。變文集鷰子賦：「雀兒及鷰子，皆總立王前。鳳凰親處分：有理當頭宣。」傳燈録卷三〇一鉢歌：「火落身上當頭撥，莫待臨時叫菩薩。」五燈會元卷一三護國守澄禪師：「及有人問著祖師西來意，未曾有一人當頭道著。」又卷一四天童正覺禪師：「直饒退步荷擔，切忌當頭觸諱。」又卷一九南華知昺禪師：「此事最希奇，不礙當頭説。東鄰田舍翁，隨例得一橛。」「憂」：愛。柳宗元種樹郭橐駝傳：「苟有能反是者，則又愛之太殷，憂之太勤。」又：「雖曰愛之，其實害之；雖曰憂之，其實仇之。」皆以「憂」與「愛」同義對舉。變文集維摩詰經講經文：「父母人間恩最深，憂男憂女不因循。」又王昭君變文：「夫突厥法用，貴杜（壯）賤老，憎女憂（愛）男。」原校「憂」作「愛」，是不知「憂」即愛義。蓋凡人之情，愛之深故憂之切，因而「憂」遂有愛之義。孟子離婁下：「好貨財，私妻子，不顧父母之養，三不孝也。」宗密盂蘭盆經疏卷下：「且濁世凡流，鮮懷仁孝，唯憂妻子。」寒山詩：「箇箇惜妻兒，爺孃不供養。」變文集父母恩重經講經文：「甘辛美味，妻子長喰；苦澁（澀）飯食，與父喫者。」皆是梵志此二句之意。

〔七〕麄飯、衆廚：見〇二六首注九、注一〇。

〔八〕當房：見〇二四首注一〇。　弆：藏。變文集搜神記：「其母告崑崙曰：『天衣向何處藏之，時得安穩？』崑崙共母作計，其房自外，更無牢處。惟只阿孃牀脚下作孔，盛著中央，恒在頭上卧之，豈更取得？遂藏弆訖。」「藏弆」同義連文。此字古書多作「去」，清王應奎柳南隨筆卷二：「史記周本紀：『龍亡而漦在，櫝而去之。』去與弆同，蓋古人謂藏爲去也。按左傳昭十九年『紡焉，以度而去之』，杜註云：『因紡纑，連所紡以度城而藏之也。』漢書蘇武傳：『掘野鼠去草實而食之。』顔註云：『去謂藏之也，音邱吕反。』陳遵傳：『與人尺牘，主皆藏去以爲榮。』顔註云：『去亦藏也，音邱吕反，又音舉。』三國志華佗傳：『何忍無急去藥，以待不祥？』裴註云：『按古語以去爲藏也。』而周本紀『去』字古人獨無註釋，故引諸書以證之。」參見蔣禮鴻義府續貂去弆舉條。

〔九〕努眼：鼓目瞪眼。見〇五三首注六。　尊親：指父母，見一七八首注一。

〔一〇〕乳食處：指母親的乳房。

〔一一〕夜叉：佛經中之惡鬼，亦譯閱叉、藥叉，民間相傳能噉人。廣記卷三五七東洛張生（出逸史）：「張生與僮僕宿於路側，困倦甚，昏睡良久方覺。見一物如夜叉，長數丈，拏食張生之馬。張生懼甚，伏於草中，不敢動。纔訖，又取其驢。驢將盡，遽以手拽其從奴，提兩足裂之。」梵志詩則以「夜叉」比喻不孝惡子。晉書石季龍載記下：「吾欲以純灰三斛洗吾腹，腹穢惡，故生凶子。」亦梵志此句之意。

〔一二〕老頭：猶云「老時」，非謂老人，蓋唐人俗語也。元稹酬樂天重寄别：「卻報君侯聽苦辭，老頭抛我欲何之？武牢關外雖分手，不似如今衰白時。」白居易贈夢得：「一願世清平，二願身强健，三願臨老頭，數與君相見。」又哭劉尚書夢得二首之一：「同貧同病退賢日，一死一生臨老頭。」敦煌資料第一輯孔員信分三子遺物憑據：「其三子不是不孝阿姨，只恐老頭難活，全没衣食養命。」又吴再昌養男契：「百姓吴再昌先世不種，獲果不圓，今生孤獨壹身，更無子息，忽至老頭，無侍訓養。」

一歲与百年戊一、戊二、掇瑣、校注、校輯、詩集

一歲与百年〔一〕，中間不怕死。長命得八十，漸漸無意智〔二〕。悉能造罪根〔三〕，不解生慚愧〔四〕。廣貪長命財，身當短命死〔五〕。（二六五）

校輯合此首、二六六首、二六七首及二六八首首二句爲一首。詩集以此首、二六六首、二六七首及二六八首前十句併爲一首。

【校】

与百年　「与」，原作「已」，據戊二改。按「已」「與」通用。韓愈送窮文：「子苟備知，可數已不？」考異：「『已』與『以』同，『以』又與『與』同。」

慚愧　「慚」，原作「懺」，據戊二改。

短命死　「短」，兩本皆作「矩」，乃形譌字。「死」，戊二作「鬼」，校輯從之，非是。佛説八師經：「受罪短命死，驚怖遭暴患。」

【注】

〔一〕一歲与百年：指有生之年。蓋人壽大限百年，極夭則一歲而死。

〔二〕無意智：無意識。見二五〇首注四。

〔三〕罪根：即罪業，見〇一九首注六。

〔四〕慚愧：佛教術語，自羞爲慚，羞他爲愧。北本涅槃經卷一九：「諸佛世尊常説是言：有二白法能救衆生，一慚二愧。慚者不自作罪，愧者不教他作。慚者内自羞恥，愧者發露向人。慚者羞人，愧者羞天，是名慚愧。無慚愧者不名爲人，名爲畜生。」釋氏要覽卷中慚愧：「大雲經云：『慚愧者，衆善之衣服。』〇唯識論云：『慚者，依自法力，崇重賢善，羞恥過惡爲性。愧者，依世間力，輕拒暴惡，羞恥過惡爲性。』〇阿毘達磨論云：『慚者謂於諸過惡自羞爲體，惡行止息，所依爲業。愧者謂於諸過惡羞他爲體，惡行止息爲業。』〇增一阿含經云：『佛告諸比丘：世有二妙法，擁護世間，所謂有慚有愧也。諸比丘若無此二法，世間則不別父母兄弟妻子知識尊長大小，即與畜類同等也，是故比丘當習有慚有愧。』」觀無量壽經：「如此愚人，多造惡法，無有慚愧。」珠林卷一〇八破戒篇：「我等白衣，無慚無愧，公然造罪，晝夜匪懈。」寒山詩：「心中無慚愧，破戒違律文。」

〔五〕「廣貪長命財」二句：「長命財」，謂供長命久活所享用之財富。〇三五首「漫作千年調，活得没多時」，二五〇首「未有百年身，徒作千年事」，二八〇首「貯積千年調，知身得幾時」，三一四首「世無百年人，擬作千年調」，皆與此二句意同。

興生向前走戊一、戊二、掇瑣、校注、校輯、詩集

興生向前走〔一〕，唯求多出利。折本即心狂〔二〕，惶惶煩惱起。錢鐃即獨富〔三〕，吾貧長省事。（二六六）

【校】

折本即心狂　原作「析心即心枉」，據戊二改。

錢鐃　「鐃」，原作「逸」，戊二作「逘」，校輯改作「兑」。按此字疑是「遶」之譌，「遶」又「鐃」之譌。變文集大目乾連冥間救母變文：「畜生惡道人偏遶，好道天堂朝暮閑。」「遶」亦當作「鐃」，即是其例。

【注】

〔一〕興生：經商。見〇五一首注一。

〔二〕折本：蝕本、虧本。宋俞文豹吹劍録：「士大夫居官妄作，肆無忌憚，一旦論罷，折本多矣。」即以經商虧本爲喻。

〔三〕錢鐃：錢多。

楚按：此首疑原有八句，脱去六七兩句。揣摩詩意，首二句以「興生」起意，中四句分言「興生」之兩種可能：三四句言「折本」，五六句言「錢鐃」（脱去第六句）。七八兩句以對比作結（脱去第七句）。彼之興生求利，不如吾之甘貧省事也。

奴富欺郎君戊一、戊二、掇瑣、校注、校輯、詩集

奴富欺郎君〔一〕，婢有陵娘子〔二〕。烏飢緣食亡，人窮爲財死〔三〕。錢是害人物，智者常遠離。（二六七）

【校】

婢有陵娘子　「有」，原作「富」，與上句「富」犯複；茲從戊二本。「陵」，原作「遠」，從戊二本。掇瑣、詩集作「遠」，校輯作「淩」。「娘」，校輯作「孃」。

人窮　「窮」，各本作「能」，乃形譌字。蓋「窮」字誤脱穴頭爲「躬」，與「能」形近，因而致誤也。參見注三。

【注】

〔一〕郎君：男主人，見〇〇九首注三。按清王有光吳下諺聯卷一勢敗奴欺主：「有勢之時，富足以豢奴，貴足以馭奴，焉得敢欺。然世無不休之富，不歇之貴，是無不敗之勢也。主貧而奴富，主賤而奴貴，此欺之所由來也。」

〔二〕有：謂富，見一六九首注二。「陵」，通「淩」，欺淩。通鑑唐太宗貞觀十六年載魏徵語：「比者弟子陵師，奴婢忽主，下多輕上，皆有爲而然，漸不可長。」娘子：女主人。見〇〇九首注四。

〔三〕「烏飢緣食亡」二句：唐飛錫念佛三昧寳王論卷上：「如鳥爲求食，不知避羅網。」王利器輯歷代笑話集載新刻華筵趣樂談笑酒令談笑門：「黄雀，蚊蟲、酒甕相會，各説本等。雀曰：『七月新涼，五穀登場，主人未食，我已前嘗。』甕問曰：『王孫一彈打來，有何商量？』雀曰：『人爲財死，鳥爲食亡。』」蓋

俗語如此。

楚按：此首大旨謂「錢是害人物」，此意載籍屢見，如漢書疏廣傳：「賢而多財，則損其志；愚而多財，則益其過。」阮籍詠懷詩之八：「膏火自煎熬，多財爲患害。」世説新語仇隙注引晉陽秋，載石崇爲孫秀所收，「及車載東市，始歎曰：『奴輩利吾家之財。』收崇人曰：『知財爲害，何不蚤散？』崇不能答。」劉子貪愛：「白公之據財，財愈積而身愈滅，何異梟之養子，子愈長而身就害也。」孟郊隱士：「孰知富生禍，取害不取貧。」寒山詩：「貪人好聚財，恰如梟愛子。子大而食母，財多還害己。散之即福生，聚之即禍起。無財亦無禍，鼓翼青雲裏。」敦煌本太公家教：「財能害己，必須遠之。」敦煌本百行章近行章：「財能害己，酒能敗身。」梵志詩「奴富欺郎君」二句，亦謂錢多可使奴婢欺上犯科，自取禍患也。

心恒更願取 戊一、戊二、掇瑣、校注、校輯、詩集

□□□□□，心恒更願取〔一〕。身體骨崖崖〔二〕，面皮千道皺。行時頭即低，策杖共人語。眼中雙淚流〔三〕，鼻涕垂入口。腰似就弦弓〔四〕，引氣急喘嗽〔五〕。口裏無牙齒，强嫌寡婦醜〔六〕。聞好不惜錢〔七〕，急送一榼酒〔八〕。前人許賜婚〔九〕，判命向前走〔一〇〕。迎得少年妻，褒揚殊面首〔一一〕。傍邊乾咽唾〔一二〕，恰似守碓狗。舂人收糠將〔一三〕，舐略空脣口〔一四〕。忽逢三煞頭〔一五〕，一棒即了手〔一六〕。（二六八）

首句兩本皆脱，兹以次句爲題。

【校】

千道皺　「皺」，兩本皆作「謅」。碑別字下平聲十一尤，齊高叡脩佛寺碑「鄒」作「鄗」，與此字聲符正同。

策杖　「策」，原作「筞」。顏氏家訓書證：「簡策字，竹下施朿，末代隸書似杞宋之宋。」

雙淚流　「流」，戊二作「下」。此三字詩集作「流雙淚」。

鼻涕　「涕」，原作「滿」，從校輯所改。

就弦弓　「就弦」，原作「斷晵」，據戊二改。按作「斷」雖亦通，究不如作「就」更爲形象。詩集作「斷晵弛（？）」。

急喘嗽　原作「嗖喘急」，「嗖」字應是「嗽」字音訛。「急」字出韻，疑是「急喘嗽」誤倒。戊二作「瘦喘嗽」，「嗽」字應是「嗽」字形譌。

寡婦　「寡」，原作「寀」，碑別字上聲二十一馬，魏司馬景和妻墓誌「寡」作「寀」，與此近似。戊二作「寘」。此句之前詩集補「○○○○○」一句。

不惜錢　「惜」，原作「猎」，據戊二改。

一榼酒　「榼」，原作「糕」，戊二作「榼」。

許賜婚　戊二作「賜許婚」。

判命　戊二作「判死」，亦通。

褒揚　「褒」，兩本作「袌」，即「褒」之譌。「揚」，原作「陽」，據戊二改。

恰似　「恰」，戊二作「怜」。

收糠將　「糠」，原本、戊二同。㪫瑣、校注作「粮」，校輯作「糧」，皆非。

䑛略空脣口　「略」，原作「畧」；「空」，原作「宊」，並據戊二改。詩集作「空（？）②□」。

忽逢　「忽」，詩集作「却」。

【注】

〔一〕取：同「娶」。上句雖脱，大意可知，蓋言老人喪妻恒願再娶也。

〔二〕骨崖崖：瘦骨嶙峋貌。敦煌遺書伯二五五五號佚名燭：「羅衣被剥骨崖崖，直爲甘泉相逼催。」元張可久殿前歡（秋思）：「骨崖崖人比山容瘦，孤倚南樓。」「崖崖」亦作「巖巖」，薛能吳姬十首之一：「夜鎖重門晝亦監，眼波嬌斜瘦巖巖。」

〔三〕眼中雙淚流：老人衰老之症狀。變文集八相變：「見一老人，髮白如霜，鬢毛似雪，眉中有千重碎皺，項上有百道麁筋。雙目則珠淚長垂，兩手乃窂（牢）扶柱杖。看人不識，共語無膺。緩行慢行，麁喘細喘。」祖堂集卷一四百丈和尚：「莫待耳聾眼暗，頭白面皮皺，老苦及身，眼中流淚，心中慞惶，未有去處。」

〔四〕就弦弓：上弦之弓，比喻彎曲。

〔五〕引氣：呼吸，運氣。文選卷五二曹丕典論論文：「譬諸音樂，曲調雖均，節奏同檢，至於引氣不齊，巧拙有素，雖在父兄，不能以移子弟。」

〔六〕强嫌寡婦醜：禮記王制：「老而無夫曰寡。」宋王君玉雜纂續不自量：「老漢恨妻醜。」

〔七〕好：美。參見○○二首注一。

〔八〕榼：盛酒器。變文集伍子胥變文：「其魚（漁）人乃取得美酒一榼，魚肉五斤。」按古代婚俗，男方齎酒往女家，如蒙接受，即爲許婚。御覽卷四一一引宋躬孝子傳：「趙欲爲娶，齎酒米往婚家。」後世稱爲「許口酒」。東京夢華録卷五娶婦：「凡娶媳婦，先起草帖子，……次擔許口酒，以絡盛酒瓶，裝以大花八朵，羅絹生色或銀勝八枚。又以花紅繳擔上，謂之繳擔紅，與女家。」演變而爲「肯酒」。元無名氏桃花女雜劇第二折：「適纔周公家肯酒你也喫了，紅定你也收了，怎還推辭得那。今日說了親，後日是個大好日辰，就要娶你家姐姐做媳婦哩。」

〔九〕前人：對方，這裏指女家。見○二八首注一二。

〔一○〕判命：拚命。變文集伍子胥變文：「今欲徵發天兵討楚，如有判命相隨，火急即須投募。」又李陵變文：「丈夫出寒（塞）命能判。」宋范成大判命坡：「鑽天嶺上已飛魂，判命坡前更駭聞。」戊二本作「判死」，即拚死。吴越春秋勾踐伐吴外傳：「一士判死兮，而當百夫。」

〔一一〕殊面首：很漂亮。「面首」本義指面貌，如雜譬喻經卷四：「昔有一貴女人，面首端正，儀容挺特。」大莊嚴論經卷五：「彼上座婆羅門，年既老大，貧於財物，其婦又老，面首醜惡。」高僧傳卷一三釋慧力傳：「昔鑄像初成，而面首殊瘦，諸工無如之何，乃迎看之。顒曰：『非面瘦也，乃臂胛肥耳。』既鑢減臂胛，而面相自滿，諸工無不歎息。」續高僧傳卷二那連提黎耶舍傳：「然其面首形偉，特異常倫，頂起肉髻，聳若雲峯，目正處中，上下等量，耳高且長，輪埵成具。」御覽卷七百七引集異記：「中山劉玄，暮忽見一人著烏袴褶，取火照之，面首無七孔，面莽黨然。」引申而爲漂亮之義，周一良曰：「面首原作名詞用，意爲容貌，其前加形容詞，如好面首。引申作形容詞用，意爲漂亮。如宋書前廢帝紀有『面首左右』，又臧質傳有『面首生口』，南齊書茹法亮傳有『面首富室』，皆謂漂亮。此處之『殊面首』當即很漂亮之意。」王梵志詩的幾條補注。

〔一二〕乾：徒然，見〇二八首注一三。

〔一三〕舂人：周禮地官：「舂人掌共米物。祭祀，共其齍盛之米；賓客，共其牢禮之米；凡饗，共其食米。掌凡米事。」按「共」通「供」。此處「舂人」則泛指舂糧之人。

〔一四〕舐略：同「舐掠」，「略」通「掠」。根本説一切有部苾芻尼毘奈耶卷二〇：「或復食時嚙半留半，或復舒舌舐掠唇口。」此處「舐略空唇口」形容飢火難捺之狀。廣記卷四四二張某妻（出稽神録）：「遂好食生肉，常恨不飽，恒秖（舐）唇咬齒而怒。」

〔一五〕三煞頭：指煞鬼，即伺命鬼。常三人同取人命，故稱「三煞頭」。朝野僉載卷一：「則天時，鳳閣侍郎周允元朝罷入閣，太平公主唤一醫人自光政門入，見一鬼撮允元頭，二鬼持棒隨其後，直入景運門。醫白公主，公主奏之。上令給使覘問，在閣無事。食訖還房，午後如廁，長參典怪其久私，往候之，允元踣面於廁上，目直視不語，口中涎落。給使奏之，上問醫曰：『此可得幾時？』對曰：『緩者三日，急者一日。』上與錦被覆之，并床舁送宅止。夜半而卒。」冥報記卷中：「三人者，是前收録君使人。一是繩主，當以赤繩縛君者；一是棒主，擊君頭者；一是袋主，吸君氣者。」敦煌本懺悔滅罪金光明經冥報傳載冥司追取張居道事：「一人以索繫居道咽，一人以袋收居道氣，一人以棒打居道頭，反縛兩手，將去直行，一道向北。」

〔一六〕了手：完畢，此處指生命完結。變文集李陵變文：「誅陵老母妻子了手，所司奏表於王。」又秋胡變文：「秋胡辭母了手，行至妻房中。」又：「拜王了手，便即登呈（程）。」祖堂集卷一一雲門和尚十二時偈：「日入西，玄人莫向途中走。黄葉浮漚賺殺人，命盡慞惶是了手。」按上條注引冥報記云「一是棒主，擊君頭者」，知何命鬼或以棒擊頭以取人命，故云「一棒即了手」也。

富饒田舍兒 戊一、戊二、掇瑣、校注、校輯、詩集

富饒田舍兒〔一〕，論情實好事〔二〕。廣種如屯田〔三〕，宅舍青煙起。槽上飼肥馬〔四〕，仍更買奴婢。牛羊共成羣，滿圈養肫子〔五〕。窖内多埋穀，尋常願米貴〔六〕。里正追役來〔七〕，坐著南廳裏。廣設好飲食，多酒勸遣醉。追車即与車，須馬即与馬。須錢便与錢，和市亦不避〔八〕。索麵驢馱送，續後更有雉〔九〕。官人應須物〔一〇〕，當家皆具備〔一一〕。縣官与恩澤，曹司一家事〔一二〕。縱有重差科，有錢不怕你。（二六九）

詩集以此首與下首前六句併爲一首。

【校】

論情　「情」，原作「請」，據戊二改。

廣種如屯田　「廣」，原不清，從戊二本。「屯」，兩本皆作「乇」，即「屯」俗字。變文集廬山遠公話：「來至江州界内，當即乇(屯)軍而便即住。」與此字近似。

槽上　「上」，原作「人」，從戊二本。

買奴婢　「買」，原作「賣」，據戊二改。

共成羣　「成羣」，原作「城郡」，據戊二改。

滿圈養肫子　「圈」，原作「圏」，據戊二改。「肫」，原作「乇」，戊二作「肫」，即「肫」俗字，同「豚」。干禄字書平聲：「肫豚上通下正。」校輯「養肫子」作「豢肥子」，詩集作「養牛子」，皆非是。

里正　「正」，原作「政」，從戊二本。按「正」「政」通。

多酒勸遣醉　「酒」，原作「須」，據戊二改。「遣」，兩本同，校輯作「且」。「醉」，原作「酔」，俗字譜酉部，取經詩話「醉」作「酔」。

須馬即与馬　「須」，戊二作「追」。「与馬」，戊二作「与使」，校輯從之。

便与錢　「便」，戊二作「即」。

索麵驢駄送　「麵」，戊二作「麦」。「駄」，原本不清，從戊二本。詩集作「駝」。

更有雜　「有」，原作「有有」，衍一字。

与恩澤　「澤」，原作「宅」，據戊二改。

【注】

〔一〕田舍兒：鄉下人。世説新語文學：「殷中軍嘗至劉尹所清言。良久，殷理小屈，遊辭不已。劉亦不復答。殷去後，乃云：『田舍兒强學人作爾馨語。』」北史盧曹傳：「神武厚禮召之，以(高)昂相擬，曰：『宜來與從叔爲二曹。』曹慍曰：『將田舍兒比國士！』」大唐新語酷忍：「許敬宗又宣言於朝曰：『田舍兒剩種得十斛麥，尚欲换舊婦，況天子富有四海，立皇后有何不可。』」李涉木蘭花：「碧落真人著紫衣，始堪相並木蘭枝。今朝繞郭花看遍，盡是深村田舍兒。」寒山詩：「笑我田舍兒，頭頰底繁澀。」新五代史盧程傳：「用人不以門閥，而先田舍兒邪？」按「田舍兒」本含鄙視之意，此言「富饒田舍兒」，則指土財主而言。

〔二〕論情：猶云論理。寒山詩：「此等諸癡子，論情甚可傷。」拾得詩：「取債誇人我，論情入骨癡。」又：「後來出家子，論情入骨癡。」敦煌雜録百行章：「至於察獄之罪疑，從斷爲難。出没二途，論情不易。是以賞疑從重，罰疑從輕。」變文集破魔變文：「論情實是綺羅人，若説容儀獨超春。」又難陁出家緣起：「顔容端正實難比，美貌論情世上希。」又：「彌陀□到西方去，論情快樂更无過。」敦煌變文論文録附維摩經講經文：「如斯設無遮大會，論情没量大因緣。」

〔三〕屯田：政府組織農墾以供軍餉，稱爲「屯田」。宋高承事物紀原卷一屯田：「事始曰：昭帝紀，始元二年，詔發習戰射士詣朔方，調故將吏屯田於張掖。謂爲屯田之始也。按西域傳曰：自武帝初通西域，置校尉，屯田於渠犂。又征和中，桑弘羊奏言：可遣屯田卒益種五穀於張掖酒泉。然則屯田蓋起于漢武開西域之時也。」新唐書食貨志三：「唐開軍府以扞要衝，因隙地置營田，天下屯總九百九十二。司農寺每屯三十頃，州鎮諸軍每屯五十頃。」可見唐代屯田的規模。

〔四〕槽上：按「槽」本義爲飼馬食器，「槽上」則指飼養駝馬等牲畜之圈廐。廣記卷三六三韋滂（出原化記）：「滂令僕使歇馬槽上，置燈燭於堂中。」敦煌掇瑣七三馳官馬善昌呈報馳匹死亡狀：「伏以今月廿三日槽上大騍馳壹頭病死，皮付内庫，未蒙判憑，伏請處分。」鑑戒録卷一〇見世報引梵志詩：「不信但看槽上驢，只是改頭不識面。」

〔五〕肫子：猪崽。雜譬喻經卷四：「見一老母猪，將諸肫子，共卧不淨坑中。」亦作「豘子」，廣記卷一三四宜城民（出法苑珠林）：「至後年遷亡，其家猪生一豘子。」按「肫」「豘」並同「豚」。廣韻上平聲二十三魂：「豚，豕子。豘同。」清周亮工書影卷六：「今所在地下得玉肫金狗之類，此皆古者以賂外邦之奇貨也，見郭璞穆天子傳注。肫，豚也，或䐁。」

〔六〕「窖内多埋穀」三句：謂囤積穀米，祈願歲饑米貴以獲暴利。淮南子説林：「鬻棺者欲民之疾病也，畜粟者欲歲之荒饑也。」劉子言苑：「爲仁則不利，爲利則不仁。故販粟者欲歲之饑，賣藥者欲人之疾。」御覽卷八三七引金樓子：「鬻官（棺）者欲民之死，蓄穀者欲歲之飢。」唐國史補卷中：「江淮賈人，積米以待踊貴，圖畫爲人持錢一千買米一斗，以懸于市。揚子留後徐粲杖殺之。」廣記卷二四三龍昌裔（出稽神録）：「戊子歲旱，廬陵人龍昌裔有米數千斛糶。既而米價稍賤，昌裔乃爲文，禱神岡廟，祈更一月不雨。祠訖，還至路，憩亭中。俄有黑雲一片，自廟後出。頃之，雷雨大至，昌裔震死於亭外。官司檢視之，脱巾，於髻中得一紙書，則禱廟之文也。」皆與梵志此二句事相類。按薩婆多毘尼毘婆沙卷五：「販賣一切欺害，不問道俗賢愚持戒毁戒，無往不欺。又常懷惡心，設若居穀，心恒希望使天下荒餓霜雹災疫，若居鹽貯積餘物，意常企望四遠反亂，王路隔塞。夫販賣者，有如是惡。」則釋典亦有此類説法。

〔七〕里正追役來：按里正有催督差役之責，見〇二八首注一〇。

〔八〕和市：官府作價收購貨物。舊唐書職官志二：「凡和糴和市，皆量其貴賤，均天下之貨，以利於人。」新唐書食貨志二：「改科役曰『召雇』，率配曰『和市』，以巧避徵文。」文苑英華卷五四六竹判：「衛州申，奉勅和市竹，州送王芻，司法科罪，不伏，並仰處分。」按「和市」本謂官民雙方兩和商量，達成交易，實則成爲官府掠奪民財之一種方式。通典食貨七載監察御史韓琬陳時政上疏曰：「頃年國家和市，所由以刻剥爲公，雖以和市爲名，而實抑奪其價。」廣記卷一二六陳峴：「閩王審知初入晉安，開府多事，經費不給，孔目吏陳峴獻計，請以富人補和市官，恣所徵取，薄酬其直，富人苦之。」白居易論和糴狀今年和糴折糴利害事宜：「凡曰和糴，則官出錢，人出穀，兩和商量，然後交易也。比來和糴，事則不然，但令府縣散配户人，促立程限，嚴加徵催，苟有稽遲，則被追捉，迫蹙鞭撻，甚於税賦，號爲和糴，其實害人。」「和糴」即和市穀米之專名。於此可見「和市」害民之一端。

〔九〕雉：山雞。按古代士以雉爲見面禮，見周禮春官大宗伯：「士執雉。」儀禮士相見禮：「士相見之禮，摯，冬用雉。」説苑脩文：「士以雉爲贄，雉者不可指食籠狎而服之，故士以雉爲贄。」白虎通文質：「士以雉爲贄者，取其不可誘之以食，懾之以威，必死不可生畜。」後世以雉爲禮，不必限於「士」也。

〔一〇〕官人：官吏，見〇五五首注一。　應須物：一切所須之物。「應」即一切、所有之義，韓愈御史臺上論天旱人饑狀：「伏乞特敕京兆府，應今年税錢及草粟等在百姓腹内徵未得者，並且停徵。」廣記卷二二六馬待封（出紀聞）：「至於面脂粧粉，眉黛髻花，應所用物，皆木人執。」又卷四四六王仁裕（出王氏見聞）：「忽一日解逸，入主帥廚中，應動用食器之屬，並遭掀撲穢污。」變文集葉淨能詩：「皇帝一見大笑，妃姤（后）共賀帝情，應内人驚笑不已。」

〔一一〕當家：自家，本家。唐律疏議卷二〇：「主遣當家部曲、奴婢行盜，雖不取所盜之物，主仍爲行盜首，部曲、奴婢爲從。」廣記卷三〇〇杜鵬舉（出處士蕭時和作傳）：「既至此，豈不要見當家簿書？……因引詣杜氏籍，書籤云『濮陽房』，有紫函四，發開卷，鵬舉三男，時未生者，籍名已具。」

〔一二〕曹司：官府分科治事之機構。貞觀政要公平：「又五品已上有犯，悉令曹司奏聞。」舊唐書玄宗紀下：「百司每旬節休假，並不須入曹司，任遊勝爲樂。」

貧窮田舍漢 戊一、戊二、掇瑣、校注、校輯、詩集

貧窮田舍漢〔一〕，菴子極孤恓〔二〕。兩共前生種〔三〕，今世作夫妻。婦即客春擣〔四〕，夫即客扶犁。黄昏到家裏，無米復無柴。男女空餓肚，狀似一食齋〔五〕。里正追庸調〔六〕，村頭共相催。幞頭巾子露〔七〕，衫破肚皮開。體上無褌袴，足下復無鞋。醜婦來惡罵〔八〕，啾唧搦頭灰〔九〕。里正被脚蹴，村頭被拳搓〔一〇〕。駈將見明府〔一一〕，打脊趁迴来〔一二〕。租調無處出，還須里正倍〔一三〕。門前見債主〔一四〕，入户見貧妻〔一五〕。舍漏兒啼哭，重重逢苦灾。如此硬窮漢，村村一兩枚〔一六〕。（二七〇）

【校】

孤恓　「恓」，原作「栖」，從戊二本。校輯作「悽」。

兩共前生種　「共」，戊二作「窮」，皆通，見注三。　「生」，戊二作「身」。

春擣　「擣」，原作「禱」，戊二作「檮」，皆爲「擣」之譌。

復無柴　「復」，戊二作「亦」。

里正　本首「里正」原皆作「里政」，從戊二本。

共相催　「共」，原脱，據戊二補。詩集作「相催稅」。

幞頭巾子露　「幞」，原作「襆」，據戊二改。　「巾」，戊二作「中」。　「露」，原作「路」，據戊二改。此句詩集作

「頭巾子路衫」。

肚皮開　「肚」，原作「朏」，據戊二改。此句詩集作「???皮開」。

惡罵　「惡」，兩本皆作「恶」，校輯録作「怒」，非是。按「恶」即「惡」俗字，顔氏家訓書證所云「惡上安西」是也。

搦頭灰　「搦」，原作「搦」，據戊二改。

脚蹴　「蹴」，原作「膩」，據戊二改。

拳搓　「搓」，戊二作「搋」，即「搋」之譌，同「搓」。

明府　「府」，原本模糊，從戊二本。掇瑣、詩集作「朋友」，非是。

舍漏　「漏」，戊二作「陋」。

苦灾　「灾」，原作「哉」，據戊二改。

硬窮漢　「硬」，原作「更」，據戊二改。

村村一兩枚　「村村」，戊二作「村别」，亦通。「枚」，原作「炦」，戊二作「牧」，即「枚」字形譌，詩集作「在」。二六一首「四角八枚丁」，「枚」原譌作「牧」，與戊二正同。

【注】

〔一〕田舍漢：鄉下佬，與上首「田舍兒」同。隋唐嘉話卷上：「太宗曾罷朝，怒曰：『會殺此田舍漢！』文德后問：『誰觸忤陛下？』帝曰：『豈過魏徵，每廷爭辱我，使我常不自得。』」又卷下：「李昭德爲内史，婁師德爲納言，相隨入朝。婁體肥行緩，李屢顧待而不即至，乃發怒曰：『叵耐殺人田舍漢！』婁聞之，反徐笑曰：『師德不是田舍漢，更阿誰是？』」通鑑唐中宗神龍二年考異引統紀：「（魏）元忠，山東木强田舍漢，豈足與論國家權宜盛事、儀注好惡！」

〔二〕菴子：草屋。「菴」亦作「庵」。釋名釋宮室：「草圓屋曰蒲。蒲，敷也，總其上而敷下也。又謂之庵。庵，奄也，所以自覆奄也。」孤恓：孤悽。變文集伍子胥變文：「共弟前身何罪，受此孤恓！」

〔三〕兩共：雙方。唐律疏議卷二〇：「和誘者，謂兩共和同，以竊盜論。」根本説一切有部尼陀那卷五：「其出家子，聞父身亡，即到兄所，孔懷相見，兩共哀號。」斯坦因劫經録六五三七二放妻書：「兩共取穩，各自分離，□更無期，一言致定。」敦煌資料第一輯後周廣順三年羅思朝典地契：「兩共對面平章爲定，更不計喜休悔。」變文集伍子胥變文：「於時鋪設，兩共同餐。」前生種：此處指前生種下今世受窮之業因。雜寶藏經卷四罽夷羅夫婦自賣設會現獲報緣：「由我先身不作福故，今日貧窮。」續高僧傳卷二七釋普安傳：「女人窮業，久自種得。」皆是此意。敦煌資料第一輯吴再昌養男契：「百姓吴再昌先世不種，獲果不圓，今生孤養壹身，更無子息。」謂前世不種福因，導致今生孤獨一身。蓋「種」謂種下業因，本兼罪福而言，當隨文訓釋耳。

〔四〕客：客作，傭力。後漢書吴祐傳：「時公沙穆來遊太學，無資糧，乃變服客傭，爲祐賃舂。」神仙傳卷二李八百：「知漢中唐公昉有志，不遇明師，欲教授之，乃先往試之，爲作客傭賃者，公昉不知也。八百驅使用意，異於他客。」

〔五〕一食齋：按佛教齋法，每日午前一食。釋氏要覽卷上制一食：「僧祇云：『如來以一食故，身體輕便，得安樂住。汝等比丘，亦應一食。一食故身輕便，得安樂住。』○又佛制一食，而有四意：一爲破自餓外道，二爲畜身中諸蟲，三爲施主受用作福，四爲資養色身大種，將進道故。」續高僧傳卷二五釋僧雲傳：「遂改革常習，反形易性，弊衣破履，一食長齋，遵奉律儀，昏曉行悔，悲淚交注。」姚合贈盧沙彌小師：

「天與出家腸，一食齋不飢。」廣記卷一〇一馬子雲（出紀聞）：「子雲在縶，乃專心念佛，凡經五年。後遇赦得出，因逃於南陵山寺中，常一食齋。」又一〇九李氏（出冥祥記）：「自從出家，即頭陀乞食，常一食齋，未嘗暫輟。」此云「狀似一食齋」者，言並非持齋，實由貧窮，故云「狀似」也。

〔六〕庸調：見〇〇五首注七。

〔七〕幞頭巾子露：「幞頭」，一名折上巾。大唐新語卷一〇：「初用全幅皁向後幞髮，謂之幞頭。周武帝纔爲四脚；武德以來，始加巾子。」封氏聞見記卷五巾幞：「近古用幅巾，周武帝裁出脚後幞髮，故俗謂之幞頭。至尊、皇太子、諸王及仗內供奉，以羅爲之，其脚稍長。士俗多以絁縵，而脚稍短。幞頭之下別施巾，象古冠下之幘也。巾子制，頂皆方平，仗內即頭小而圓銳，謂之內樣。開元中燕公張説當朝文伯，冠服以儒者自處，玄宗嫌其異己，賜內樣巾子，長脚羅幞頭，燕公服之入謝，玄宗大悦，因此令內外官僚百姓，並依此服。自後巾子雖時有高下，幞頭羅有厚薄，大體不變焉。」此云「巾子露」，則幞頭之破不待言矣。

〔八〕惡罵：怒罵。朝野僉載卷一：「有一卒直來前頭背坐，叱之不去，仍惡罵曰：『你欲看，我亦欲看，何預汝事！』」續高僧傳卷二六釋轉明傳：「感圍東都，召問通塞，遂惡罵曰：『賊害天下，何有國乎！』」

〔九〕啾唧：吵罵，見〇〇五首注七。「灰」，疑當作「盔」。夷堅志補卷一六賣魚吴翁：「望見翁首戴一盔。」又：「遇鬻紙盔者，適相熟，試問之，曰：『一老翁領一女來，女要紙盔，僕與之，去未半里。』」此詩「搦頭盔」猶云抓帽子。

〔一〇〕搓：拳打。變文集鷰子賦：「雀兒出來，不問好惡，拔拳即差（搓）。」按廣韻上平聲十三佳：「扠，以拳加人，亦作搋。丑佳切。」又十四皆：「搋，以拳加物，丑皆切。」並與「搓」同。

〔一一〕明府：唐人以稱縣令。賓退録卷九：「唐人稱縣令曰『明府』。而漢人謂之『明廷』，見范曄書張儉傳。『明府』以稱太守，山陰老叟稱劉寵，劉翊稱种拂，高獲稱鮑昱皆然。」通鑑唐則天后永昌元年：「周明府可去矣。」胡三省注：「唐人呼縣令爲明府。」廣記卷一三四李明府（出報應録）：「唐前火井縣令李明府，經過本縣。」又二四二張長史（出紀聞）：「唐臨濟令李回，妻張氏，其父爲廬州長史，告老歸。以回之薄其女也，故往臨濟辱之。誤至全節縣，而問門人曰：『明府在乎？』門者曰：『在。』張遂入至廳前，大罵辱。」

〔一二〕打脊：以杖撻脊背，是古代刑法的一種。北夢瑣言卷七：「盧延讓哭邊將詩曰：『自是磠砂發，非干礮石傷，牒多身上職，盎大背邊瘡。』人謂此是打脊詩也。」醒世恒言鄭節使立功神臂弓：「打脊客作兒！員外與我銀子，干你甚事！」

〔一三〕倍：與戊二本「陪」並通「賠」。文苑英華卷五四七牛觝馬判：「得甲牛觝乙馬死，乙請償價。甲云：『在放牧處相觝，請倍半價。』乙不伏。」此作「倍」之例。又卷五四三村人借罐判：「村人借鄰家罐，未出門，打破。人索陪，云：『未離本處。』準令，合比附。」此作「陪」之例。陳垣元典章校補釋例卷三：「賠字後起，元時賠償之賠，均假作陪，或作倍。」

〔一四〕門前見債主：按李義山雜纂悶損人：「出門逢債主。」

〔一五〕入户見貧妻：按敦煌曲校録悉曇頌俗流悉曇章：「入門妻兒云索衣，出户王官怪責遲。那阿邏移，此苦真難提。」所叙窮人苦境，與此相似。

〔一六〕枚：箇。人而稱枚，如述異記卷下：「雨中有小兒八九枚，墮於庭前。」鷄肋編卷中：「人肉之價，賤於大豕，肥壯者一枚不過十五千，全軀暴以爲腊。」元楊景賢西遊記雜劇第三本十一齣：「有女一枚年十八。」元周達觀真臘風土記：「人家奴婢，皆買野人以充其役，多者百餘，少者亦有一二十枚。……少壯者一枚可直百布，老弱者一枚止三四十布可得。」

父母怜男女戊一、戊二、掇瑣、校注、校輯、詩集

父母怜男女，保愛掌中珠〔一〕。一死手遮面，將衣即覆頭〔二〕。鬼朴哭真鬼〔三〕，連夜不知休。天明奈何送〔四〕，埋著棘蒿丘〔五〕。耶孃腸寸斷，曾祖共悲愁。獨守丘荒界〔六〕，不知春夏秋〔七〕。但知墳下睡，万事不能憂。寒食墓邊哭，却被鬼邪由〔八〕。（二七一）

【校】

怜男女　「怜」，原作「炩」，據戊二改。

保愛　「愛」，原作「受」，據戊二改。

一死　「一」，兩本皆作「亦」，與「一」同音混用，敦煌卷子屢見。如變文集韓擒虎話本：「皇帝亦見，宣問皇后。」王慶菽校記：「『亦見』即『一見』。」詩集作「死亦」。

鬼朴　「鬼」，兩本皆作「死」，當是「鬼」字之譌。二六五首「生當短命死」，「死」戊二作「鬼」，即二字互誤之例。「朴」，兩本同，校輯改作「扑」，非是。　此二字詩集作「死仆」。

奈何　「何」，戊二、校輯作「河」，非是。

棘蒿丘　原作「[illegible]高坵」，據戊二改。詩集作「葬高坵」。

耶孃腸　原作「恥讓腹」，據戊二改。

丘荒界　「界」，戊二作「野」，亦通。

春夏秋　「秋」下原衍「冬」字，據戊二刪。

墓邊哭　「墓」，原作「慕」，戊二作「暮」，皆爲「墓」字之譌。

鬼邪由　「邪」，戊二作「耶」，校輯據改，不必，參見注八。詩集改作「鬼夜遊（？）」。

【注】

〔一〕保愛：珍惜。見〇二〇首注一。掌中珠：形容珍愛。傅玄短歌行：「昔君視我，如掌中珠；何意一朝，棄我溝渠。」楊虞卿過小妓英英墓：「別我已爲泉下土，思君猶似掌中珠。」多用以比喻愛子。廣弘明集卷二九下江淹傷愛子賦：「曾憫憐之慘悽，痛掌珠之愛子。」杜甫戲作寄上漢中王二首之一：「雲裏不聞雙雁過，掌中貪見一珠新。」白居易哭崔兒：「掌珠一顆兒三歲，鬢雪千莖父六旬。」王宏從軍行：「兒生三日掌中珠，燕頷猿肱穠李膚。」變文集維摩詰經講經文：「父母繫心最切，是腹生之子。小時愛護，看如掌上之珠；到大憂憐，惜似家中之寶。」

〔二〕將衣即覆頭：按古人命終時以衣覆頭，如高僧傳卷五釋法和傳：「其後少時，敕語弟子：『俗内煩惱，苦累非一。』乃正衣服，繞佛禮拜，還坐本處，以衣蒙頭，奄然而卒。」變文集搜神記：「子京則香湯沐浴，裝束已了，出門遥望，正見梁元皓鞍馬隊仗到來。即語妻子眷屬曰：『我今死矣，使君見到門來。我不得久住，汝等共我辭別。別訖，取衣衾覆我面上。』遂即命終。」以衣覆頭與以衾覆屍略似，參見〇〇七首注五。

〔三〕鬼朴：指死者眷屬，見〇一〇首注一三。

〔四〕奈何送：古人送葬時，口唱「奈何」，見〇一一首注二。

〔五〕棘蒿丘：謂墓地。荆棘叢生之處爲墓地所在。唐趙微明挽歌：「原下荆棘叢，叢邊有新墓。人間痛傷別，此是長別處。」「蒿」亦墓地所生之雜草。唐于鵠古挽歌：「陰風吹黄蒿，挽歌度秋水。車馬却歸城，孤墳月明裏。」梵志詩三七七首亦云：「埋著黄蒿中，猶成薄媚鬼。」漢書廣陵厲王胥傳：「蒿里召兮郭門閲，人生要死，何爲苦心。」顔師古注：「蒿里，死人里。」説文通訓定聲：「蒿，又爲薨。古今注：孝武時李延年分薤露、蒿里爲二曲，薤露送王公貴人，蒿里送士大夫庶人，使挽柩者歌之，世呼爲挽歌。」按樂府詩集卷二七蒿里：「蒿里誰家地，聚斂魂魄無賢愚。鬼伯一何相催促，人命不得少踟躕。」「丘」亦冢墓之義。周禮春官冢人「以爵等爲丘，封之度」，鄭玄注：「王公曰丘，諸臣曰封。」後遂爲凡墓之稱，如「丘墳」「丘隴」「丘冢」等皆是。

〔六〕丘荒：荒山。見〇五八首注三。

〔七〕不知春夏秋：按傅玄挽歌亦云：「地下無刻漏，安知夏與冬。」

〔八〕邪由：舉手嘲弄貌。俗語記音，故寫法各異。宋黄朝英緗素雜記卷一邪揄：「漢書云：『趙將李左車設伏兵之計以禦韓信，而趙王不用，遂爲市中人邪揄之。』蘇鶚演義云：『邪揄者，舉手相弄之貌，即今俗之野由也。邪瘉之，蓋音韻訛舛耳。』又後漢王霸傳：『王郎起兵，光武在薊。令霸至市中募人，將以擊郎，市人皆大笑，舉手邪揄之。』注引説文曰：『歋瘉，手相笑也。』歋音弋支反，瘉音逾，又音由。此云『邪揄』，語輕重不同。」楚按，此語亦作「冶由」，淮南子修務有「冶由笑」之語。戊二作「耶由」，同。通常作「揶揄」，「鬼邪由」即「鬼揶揄」，見世説新語任誕注引晉陽秋：「(羅友)以家貧乞禄，(桓)温雖以才學遇之，而謂其誕肆，非治民才，許而不用。後同府人有得郡者，温爲席起別，友至尤晚。問之，友答曰：『民性飲道嗜味，昨奉教旨，乃是首旦出門。於中路逢一鬼，大見揶揄，云：「我只見汝送人作郡，何以不見人送汝作郡？」民始怖終慚，回還以解，不覺成淹緩之罪。』温雖笑其滑稽，而心頗愧焉。後以爲襄陽太守。」御覽卷八八三引續晉陽秋載此事作「鬼耶揄」，廣記卷二四六羅友引渚宫舊事作「鬼揶揄」。白居易東南行一百韻：「時遭人指點，數被鬼揶揄。」李紳趨翰苑遭誣搆四十六韻：「未平人睚眦，誰懼鬼揶揄。」羅隱鍾陵見楊秀才：「賴得與君同此醉，醒來愁被鬼揶揄。」

富兒少男女戊一、戊二、掇瑣、校注、校輯、詩集

富兒少男女，窮漢生一群。身上無衣著，長頭草裹踤〔一〕。到大肥没忽〔二〕，直似飽糠肫〔三〕。長大充兵夫〔四〕，未解棄家門〔五〕。積代不得富，号曰窮漢村。（二七二）

【校】

一群　「群」，原作「郡」，據戊二改。

無衣著　「著」，戊二作「掛」，義同，見〇二六首注二。

草裹踤　「踤」，原作「存」，戊二作「蹲」。按「存」通「踤」，同「蹲」，見一七三首校記。

到大肥没忽　「到大」，戊二作「例頭」，亦通，見〇二五首注二。「肥」，原作「耙」，即「肥」字形譌。掇瑣、校輯作「耶」，非是。

直似飽糠肫　「直」，戊二作「真」。「糠」，掇瑣、校注、詩集作「糖」。「肫」，原作「乇」，戊二作「胜」，參見二六九首校記。校輯改作「牲」。詩集改作「飩」。

兵夫　「夫」，原作「朴」，校輯録作「仆」，兹從戊二本。按二四八首亦有「兒大作兵夫」之語。

未解棄家門　「棄」，原脱。戊二作「起」，當是「棄」字音譌。參見注五。詩集作「憶（？）」。

号曰　「曰」，戊二作「名」。

【注】

〔一〕長頭：長時，長期。見〇三八首注二。　跻：同「蹲」。梵志詩一七三首：「跻坐無方便，席上被人嗔。」參見該首注二。

〔二〕肥没忽：肥胖貌。見〇二五首注一〇。

〔三〕肫：同「豚」，猪崽。見二六九首注五。

〔四〕兵夫：兵士，見二四八首注三。

〔五〕棄家門：離鄉背井。〇二八首亦有「不慮弃家门」之語，參見該首注四。

仕人作官職　戊一、戊二、掇瑣、校注、校輯、詩集

仕人作官職，人中第一好。行即食天厨〔一〕，坐時請月料〔二〕。得禄四季領〔三〕，家口尋常飽。職田佃人送〔四〕，牛馬足踖草〔五〕。每日勤判案，曹司無闃閙〔六〕。差科能均平〔七〕，欲似車上道。依數向前行，運轉處處到。既能强了官〔八〕，百姓省煩惱。一得清白狀〔九〕，二得三上考〔一〇〕。選日通好名〔一一〕，得官入京兆〔一二〕。（二七三）

【校】

仕人　原脱，據戊二補。

坐時請月料　「時」，戊二作「即」。「月」，原作「日」，據戊二改。

四季領　「季」，原作「貴」，據戊二改。

「職田佃人送」二句　詩集作「職田佃人○，送牛足躇草。」

牛馬　「馬」，原脱，據戊二補。

依數　「依」，原作「衣」，據戊二改。

運轉處處到　原脱二「處」字，據戊二補。此句詩集作「行（？）運轉處到」。

清白狀　戊二作「青白扶」。

三上考　戊二作「上三考」。

京兆　原作「京坒」。碑別字下平聲八庚，漢孔彪碑「京」作「京」。五經文字卷上木部：「桃枇上説文，下石經。凡字從兆者皆放此。」

【注】

〔一〕天厨：本爲釋道所云天上珍厨。廣記卷三漢武帝（出漢武内傳，文字與今本微異）：「王母自設天厨，真妙非常，豐珍上果，芳華百味，紫芝萎蕤，芬芳填樏。清香之酒，非地上所有，香氣殊絶，帝不能名也。」變文集佛説阿彌陀經講經文：「化生童子食天厨，百味馨香各自殊，無限天人持寶器，瑠璃鉢飯似真珠。」引申而爲御厨之義。白居易渭村退居寄禮部崔侍郎翰林錢舍人一百韻：「厩馬驕初踏，天厨味始嘗。」李綽尚書故實：「清夜遊西園圖，顧長康畫，有梁朝諸王跋尾處云：『圖上若干人並食天廚。』」此處則爲官廚之義，言官員出行，自有官府供應餚饌。

〔二〕坐：居止。　月料：即月料錢。舊唐書職官志二：「凡内外官料俸，以品第高下爲差，外官以州縣府之上中下爲差。凡税天下户錢，以充州縣官月料，皆分公廨本錢之利。」新唐書食貨志五：「諸司置公廨本錢，以番官貿易取息，計員多少爲月料。」唐會要卷九三諸司諸色本錢上：「開元十八年，御史大夫李朝隱奏：『請籍百姓一年税錢充本，依舊令高户及典正等捉，隨月收二，將供官人料錢。』」大唐新語卷七知微：「魏王泰有寵於太宗，所給月料逾於太子。褚遂良諫曰：『……伏見儲君料物翻少魏王，陛下非所以愛子也。』」白居易首夏：「料錢隨月用，生計逐日營。」知料錢隨月發放，故云「月料」也。

〔三〕禄：禄米。新唐書食貨志五：「武德元年，文武官給禄，頗減隋制。一品七百石，從一品六百石，二品五百石，從二品四百六十石，三品四百石，從三品三百六十石，四品三百石，從四品二百六十石，五品二百石，從五品百六十石，六品百石，從六品九十石，七品八十石，從七品七十石，八品六十石，從八品五十石，九品四十石，從九品三十石，皆以歲給之。外官則否。」又：「中書舍人高季輔言：『外官卑品貧匱，宜給禄養親。』自後以地租春秋給京官，歲凡五十萬一千五百餘斛。外官降京官一等。」謂官禄以春秋兩次發給，與此詩「四季領」微别。

〔四〕職田：即「職分田」。事物紀原卷一職田：「孟子曰：『卿已下必有圭田。』禮王制曰：『圭田無征。』周官亦有大夫之采地，此職田之起也。晉有芻藁之田，後魏給公田，北齊自一品已下各有差。武德元年十二月制，外官各給職分田。則職田之名，唐始有之。」新唐書食貨志五：「一品有職分田十二頃，二品十頃，三品九頃，四品七頃，五品六頃，六品四頃，七品三頃五十畝，八品二頃五十畝，九品二頃，皆給百里内之地。」封氏聞見記卷九推讓：「高利自濠州改爲楚州，時江淮米貴，職田每得粳米，直數千貫。準例，替人五月五日以前到者，得職田。利欲以讓前人，發濠州，所在故爲淹泊，候過數日，然後到州，士子稱焉。」此詩「職田」則指職田所獲之歲入。

〔五〕踖：碎豆。新唐書張孝忠傳：「孝忠與其下同粗淡，日膳裁豆踖而已，人服其儉。」

〔六〕曹司：見二六九首注一二。　闠閙：喧閙。説文：「闠，市外門也。」市門爲喧閙之處，因引申爲喧閙之義。變文集太子成道經：「已上之天則極泰，已下之天則極閙。」校記：「甲、丁、庚卷作『已上之天則極泰，已下之天則極闠。』」「闠」亦應作「闠」。

〔七〕能：如此，這樣。見二五六首注一。　均平：公平。變文集降魔變文：「君子誠合而門德，智者不假語聲諠。有事盡向老人説，均平處斷不交偏。」宋范鎮東齋記事補遺：「成都十邑，惟新繁稅平。初定稅時，有姓趙者，相地肥瘠，以爲稅入輕重之數，至今人謂之『趙均平』。」按差科要求均平，見於唐律，參見〇三〇首注七。

〔八〕强了官：居官幹練。〇五二首亦云：「不是人强了，良由方孔兄。」

〔九〕清白狀：按唐制，居官清白著稱者，主司應具狀奏上，當加升遷。舊唐書職官志一載永淳元年二月敕：「自今已後，一計至已上，有在官清慎，狀迹灼然，材堪應務者，所司具狀録奏，當與進階。」又二：「凡内外官有清白著聞，應以名薦，則中書門下改授。五品已上，量加升進；六品已下，有付吏部即量等第遷轉。」廣記卷一四七袁嘉祚（出定命録）：「袁嘉祚爲滑州別駕，在任得清狀。」「清狀」即「清白狀」。

〔一〇〕三上考：戊二本作「上三考」，同。唐代官員考課，分上上、上中、上下，中上、中中、中下，下上、下中、下下，共九等。上上、上中、上下三等稱爲「三上考」。舊唐書職官志二：「一最以上，有四善，爲上上。一最以上，有三善，或無最而有四善，爲上中。一最以上，有二善，或無最而有三善，爲上下。」因話録卷三：「(裴)澥之子充爲太常寺太祝，年甚少。時京司書考，官之清高者例得上考，充之同儕，以例皆止中考。訴於卿長，曰：『此舊例也。』充曰：『奉常職重地高，不同他寺。大卿在具瞻之地，作事當出於人。本設考課，爲獎勸勞，則書豈繫於官秩。若一一以官高下爲優劣，則卿合書上上考，少卿合上中考，丞合中上考，主簿合中考，協律合下考，某等合喫杖矣。』卿笑且慚，遂特書上考。」

〔一二〕選日：選官之時，通常在每年冬季。舊唐書職官志二：「凡選授之制，每歲集於孟冬。去王城五百里之内以上旬，千里之内以中旬，千里之外以下旬。」

〔一三〕京兆：指京城長安。按唐前期重内輕外，以得京官爲榮，見〇五〇首篇後按語。

當官自慵懶戊一、戊二、戊三、掇瑣、校注、校輯、詩集

當官自慵懶，不勤判文案。尋常打酒醉〔一〕，每日出逐伴〔二〕。衙日唱稽逋〔三〕，佐史打脊爛〔四〕。更兼受取錢〔五〕，差科放却半〔六〕。枉棒百姓死，荒忙怕走散〔七〕。賦斂既不均，曹司即潦乱。啾唧被人言〔八〕，御史秉正斷〔九〕。除名仍解官〔一〇〕，告身奪入案〔一一〕。官宅不許坐，錢財即分散。路人見心酸，傍看罪過漢〔一二〕。一則恥妻兒，二則羞同伴。無面還本鄉，諸州且遊觀〔一三〕。（二七四）

戊三本自「官宅」起。

【校】

佐史　「史」，校輯作「使」。

受取錢　「受」，戊二作「愛」，校輯據改。參見注五。

枉棒　「枉」，原作「狂」，從戊二。

荒忙怕走散　「荒」，校輯作「慌」，見〇〇八首校記。「走」，掇瑣作「夛」。

賦斂既不均　「斂」，戊二作「役」。「均」，原作「忉」，據戊二改。

潦乱　「潦」，戊二作「橑」，校輯作「撩」。

啾唧　原作「秋即」，從戊二本。

秉正斷　「秉」，戊二作「未」。

官宅　原作「宅舍」，戊二作「宫宅」，從戊三本。

一則　「則」，戊二作「即」。

二則　「則」，戊二、戊三作「即」。

【注】

〔一〕打：喫。見一二三首注三。

〔二〕逐伴：追朋逐友。斯坦因劫經録三八七九應管内外都僧統牒：「若有不稟條流而歸，裝眉納鞋，赴□髮長逐伴者，施□不輕。」敦煌本太公家教：「出行逐伴，隱影藏形。」敦煌遺書斯五四七二朋友書儀：「春和芳節，逐伴思朋，念友交遊，纏懷散悶。」

〔三〕 衙日：官府當衙之日，其時衆官吏參見長官。韓愈送侯喜：「如今便別長官去，直到新年衙日來。」稽逋：遲到稱「稽」，曠職爲「逋」。唱念遲到曠職姓名以責考勤，稱爲「唱稽逋」。

〔四〕 佐史：見〇二八首注一。

〔五〕 受取：受賄。論衡遭虎：「謂虎食人，功曹受取於吏。」三國志魏志武帝紀裴注引魏書：「長吏受取貪饕，依倚貴勢。」又滿寵傳：「縣人張苞爲郡督郵，貪穢受取，干亂吏政。」抱朴子外篇審舉：「若乃臨官受取，金錢山積，發覺則自恤得了，免退則旬日復用者，曾史亦將變爲盜跖矣。」又：「以之治人，則虐暴而豺貪，受取聚斂，以補買官之費。」佛説孛經抄：「衆官寮發調受取，無有道理。」亦作「取受」，魏書河南王曜傳附曾孫鑒傳：「於是獄以賄成，取受狼籍，齊人苦之。」又北海王詳傳：「人奉我珍異貨物，我實愛之。果爲取受，吾何憂乎？」又薛懷吉傳：「多攜親戚，悉令同行，兼爲之彌縫，恣其取受。」文苑英華卷五四五棄符繻判：「岐州參軍郭丹充計吏，在路遺棄符繻。及至大震關，贈令五千文。而府史胡有捉丹越度，告令取受。隴州依狀結罪，二人不伏。」舊唐書憲宗紀上：「五月甲午朔，取受王承宗錢物人品官王伯恭杖死。」又宣宗紀：「乃令江都百姓論湘取受，節度使李紳追湘下獄，計贓處死。」按戊二本作「愛取錢」，亦通，則以「取錢」連讀。朝野僉載卷二：「又蘇州嘉興令楊廷玉，則天之表姪也，貪狠無厭，著詞曰：『迴波爾時廷玉，打獠取錢未足。阿姑婆見作天子，傍人不得棖觸。』」又卷六：「婁師德爲揚州江都尉，馮元常亦爲尉，共見張冏藏。藏曰：『二君俱貴，馮位不如婁。馮唯取錢多，即官益進；婁若取一錢，官即落。』」

〔六〕 放：免除。廣記卷二二二孫思邈（出定命録）：「孫思邈年百餘歲，善醫術，謂高仲舒曰：『君有貴相，當數政刺史。若爲齊州刺史，邈有一兒作尉，事使君，雖合得杖，君當憶老人言，願放之。』後果如其言，已剥其衣訖，忽記憶，遂放。」此首「差科放却半」，謂接受賄賂，大量免除差役。

〔七〕荒忙：同「慌忙」，見〇〇八首注三。按唐代官員考績，户口增加或減損爲重要考課内容。册府元龜卷四八六載開元二十四年三月勑：「若考論政績，在户口存亡，不有甄明，何憑賞罰。自今以後，天下諸州户口，或刺史縣令自離任者，並宜分明交付。州縣仍每至年終，各具存亡及增加實數同申，並委採訪使重覆報省，所司明爲課最，具條件奏聞，隨事褒貶，以旌善惡。」通典選舉二考績：「若撫養乖方，户口減損者，各準增户法，亦每減一分，降一等。」此云百姓走散，則其政績可知。

〔八〕啾唧：吵罵之聲，見〇〇五首注七。此處形容吵吵鬧鬧、七嘴八舌，如歷代法寶記：「金如上初滅度日，兩寺親事弟子啾唧囑常侍向大夫説：金和上信衣不知的實，及不肯焚燒。」言：揭發、控告。史記田叔列傳：「田叔取其渠率二十人，各笞五十，餘各搏二十，怒之曰：『王非若主耶？何自敢言若主！』」御覽卷六三四引風俗通佚文：「濟北李登，爲從事吏，病，得假歸家，復移刺延期。後被召，登自嫌不甚羸瘦，謂雙生弟寧曰：『我兄弟相似，人不能别。汝類病者，代我至府。』寧曰：『府君大嚴，得無不可？』登曰：『我新吏耳，無能覺者。我自行，見診必死。』寧便詣府，醫藥集診，有驗。後爲人所言，事發覺，遂殺登。」神仙傳卷一老子：「老子有客徐甲，少賃於老子，約日雇百錢，計欠甲七百二十萬錢。甲見老子出關遊行，速索債不可得，乃倩人作辭，詣關令以言老子。」賢愚經卷一一檀膩䩭品：「見二母人，共諍一兒，詣王相言。」大唐新語持法：「潤州刺史竇孝諶妻龐氏，爲其奴所告夜醮，敕御史薛季旭推之。季旭言其呪咀，草狀以聞。」通鑑唐則天后光宅元年：「（姜嗣宗）受仁軌表而還，表言『嗣宗知裴炎反不言』，太后覽之，命拉嗣宗於殿庭，絞於都亭。」變文集鷰子賦：「鳳凰臺上坐，百鳥四邊圍，徘徊四顧望，見鷰口銜詞：『横被强奪窟，投名言雀兒。抱屈見諫訴，啓奏大王知。』」又搜神記：「緯恨嫌，即私遣人言道真取物，付獄禁身，不聽家人往看。」

〔九〕御史：唐代中央監察官員。參見一二九首注一。

〔一〇〕除名：削去官爵，剥奪免役特權，成爲百姓。御覽卷六五一引晉律：「吏犯不孝，謀殺其國王侯伯子男，官長誣偷受財枉法，及掠人和賣，誘藏亡奴婢，雖遇赦，皆除名爲民。」隋唐嘉話卷下：「（徐有功）至市，臨刑而免，除名爲民。」唐律疏議卷二：「即監臨主守於所監守内犯姦、盜、略人，若受財而枉法者，亦除名。」宋此山貫治子唐律釋文卷三名例：「除名者，官爵盡除。官爵既除，故課役從本色也。」

〔一一〕告身：唐代授官之委任狀。通鑑唐高宗總章二年：「大略唐之選法，取人以身、言、書、判，計資量勞而擬官。始集而試，觀其書判；已試而銓，察其身言；已詮而注，詢其便利；已注而唱，集衆告之。然後類以爲甲，先簡僕射，乃上門下，給事中讀，侍郎省，侍中審之，不當者駁下。既審，然後上聞。主者受旨奉行，各給以符，謂之告身。」大唐創業起居注卷二：「官之大小，並帝自手注，量才叙効，咸得厥宜，口問功能，筆不停綴，所司唯給告身而已。」大唐新語匡贊：「開元二十三年，加榮王以下官，敕宰官入集賢院，分寫告身以賜之。」明于慎行穀山筆麈卷一：「唐制，拜官之日，即給告身。其人先輸朱膠綾紬價錢，方請書給，即今之誥勑也。」入案：謂歸檔。按唐律疏議卷二：「若犯罪未至官當者，不追告身。……本犯應合官當者，追毁告身。」告身既被追奪入案，一切相應特權即被剥奪。通鑑唐高宗永徽六年：「許敬宗奏：『故特進、贈司空王仁祐告身尚存，使逆亂餘孽猶得爲蔭，並請除削。』從之。」

〔一二〕罪過漢：犯法之人。「罪過」即罪行、過失之義，周禮秋官大司寇：「凡萬民之有罪過，而未麗於法，而害於州里者，桎梏而坐諸嘉石，役諸司空。」北史祖珽傳：「此來看之，極是罪過，人實難容，老婢合死。」根本説一切有部毘奈耶雜事三一：「時彼男子，路逢諸尼，報言：罪過物，汝吐羅難陀尼，現作如是棄胎惡業。」

〔一三〕諸州：別州、他鄉，猶如「諸人」是別人、他人，參見〇三七首注八。　遊觀：遊覽。三國志蜀志蔣琬傳：「先主嘗因遊觀，奄至廣都，見琬衆事不理，時又沉醉。」亦作「游觀」，漢書王褒傳：「今臣辟在西蜀，生於窮巷之中，長於蓬茨之下，無有游觀廣覽之知，顧有至愚極陋之累。」按此「觀」字讀去聲。清錢大昕十駕齋養新録卷四觀：「漢書高帝紀：『縱觀秦皇帝。』師古曰：『觀，工喚切。』王介甫詩：『傳觴三鼓罷，縱觀萬人同。』游觀之觀，去聲。秦觀字少游，陸游字務觀，皆去聲也。王景文詩：『直翁自了平生事，不了山陰陸務觀。』放翁見之，答曰：『我字務觀，乃去聲，如何把做平聲押了？』」

童子得出家戊一、戊二、戊三、掇瑣、校注、校輯、詩集

童子得出家，一生受快樂。飲食滿盂中，架上選衣著〔一〕。平明哈稀粥〔二〕，食手調羹臛〔三〕。飽喫取他錢〔四〕，此是口客作〔五〕。天王元不朝，父母反拜却〔六〕。黠兒苦讀經〔七〕，發願離濁惡〔八〕。身心並出家〔九〕，色欲無染著〔一〇〕。同時小出家，有悟亦有錯。憨癡求身肥，每日服石藥〔一一〕。生佛不拜礼〔一二〕，財色偏染著。白日趂身名〔一三〕，兼能夜逐樂。不肯逍遥行〔一四〕，故故相纏縛〔一五〕。滿街肥統統〔一六〕，恰似鱉無脚。（二七五）

【校】

受快樂　「受」，戊二作「愛」。

哈稀粥　「哈」，此字原本塗抹，傍注「哈」字。戊二、校輯作「飲」。

羹臛　「羹」，三本皆作「羮」，校注録作「美羹」二字。五經文字卷上羊部：「羮羹上説文，下經典相承隸省。」上字與此字近似。

飽喫取他錢　「飽」，戊三同，戊二作「飲」。「取他錢」，戊二、戊三作「更取錢」。

天王　「天」，原作「大」，從戊二、戊三本。

離濁惡　「離」，原作「雜」，校注録作「雜」，據戊二、戊三改。

並出家　「家」，原脱，據戊二、戊三補。詩集作「?並出」。

無染著　「無」，戊三同，戊二作「能」。

小出家　「小」，戊三同，戊二作「少」。「出」，原作「去」，從戊二、戊三本。

憨癡　「憨」，原作「𤸷」，戊二作「𤺋」，戊三作「𤻃」。按正字通：「𤺋，俗憨字。」

石藥　「石」，戊二同，戊三作「食」。

生佛不拜礼　「生」，詩集作「聖」。「拜礼」，戊二作「共養」，戊三作「供養」，皆通。

肥統統　「統」，原作「綂」，據戊二、戊三改。

【注】

〔一〕「飲食滿盂中」二句：「盂」，僧徒食器，亦稱「鉢」。演繁露卷二盋盂：「盂，食器也，若盋而大，今之所謂盋盂。盋音撥，今僧家名其食器爲鉢，則中國古有此名，而佛徒用之。」按〇二五首亦云：「飲食哺盂中，衣裳架上出。」參見該首注四。敦煌變文論文録附佛報恩經講經文：「盂中香飯時聞化，傑(架)上田衣不亂求。長使俗家生仰羡，方得名爲大比丘。」亦是此意。

〔二〕哈稀粥：喝稀粥。「哈」即喝，飲啜。雲麓漫鈔卷一載許翁翁詩：「世味審知嚼素臘，人情全似哈清茶。」按此「哈」字同「欱」，説文欠部：「欱，歠也，从欠合聲。」段注：「欱與吸意相近，與歠爲反對。東都賦曰：『欱野歕山。』」酉陽雜俎前集卷五怪術：「（術士）方欱水再三噀壁上，成維摩問疾變相，五色相宣如新寫。」楚按，此「哈」「欱」二字，即今日口語「喝」也。

〔三〕食手：廚師。廣記卷二四九長孫玄同（出啓顔録）：「唐長孫玄同幼有識（機）辯，坐中每劇談，無不歡笑。永徽中，在京會宴，衆因語論及民間事。一人云：『醴泉縣去京不遠，百姓遂行蠱毒，此邑須遠配流，豈得令在側近。』一人乃云：『若令配流處還有百姓，此人復行蠱毒，豈不還更損人。』其人云：『若如此，欲令何處安置？』玄同即云：『若令玄同安置，必令得所。』諸人大喜，同即問之。答云：『但行蠱毒人並送與莫離支作食手。』衆皆歡笑。」羹臛：兩類湯菜。説文：「羹，五味盉羹也。」又：「臛，肉羹也。」楚辭招魂「露雞臛蠵」，王逸注：「有菜曰羹，無菜曰臛。」按唐人則以烹調方法區分羹與臛，匡謬正俗卷八羹臛：「王叔師注楚辭招魂云：『有菜曰羹，無菜曰臛。』案禮云：『羹之有菜者用梜，其無菜者不用梜。』又蘋藻二物，即是鉶羹之芼，安在其無菜乎？羹之與臛，烹者以異齊調和不同，非係於菜也。今之膳者，空菜不廢爲臛，純肉亦得名羹，皆取於舊名耳。」此首「羹臛」爲僧徒所食，顯爲無肉者。

〔四〕飽喫取他錢：按〇二五首亦有「飽喫更索錢」之語，參見該首注七。

〔五〕客作：傭力於人。百喻經卷二貧人燒麤褐衣喻：「昔有一人，貧窮困乏，與他客作，得麤褐衣。」廣記卷四二六袁雙（出五行記）：「譙郡譙縣袁雙家貧客作。」變文集搜神記：「有董永者，千乘人也。小失其母，獨養老父，家貧困苦。至於農月，與轆車推父於田頭樹蔭下，與人客作，供養不闕。」清李光庭鄉言解頤卷三客工：「説部中以服役不常者爲客作，如鄉村造屋合莊助工，農夫種田僱請短工，皆是也。」餘見一三二首注五。此云「口客作」者，謂僧徒念經獲食，無異以口傭力於人也。拾遺記卷六：「賈逵非力耕所得，誦經舌倦，世所謂舌耕也。」比喻與此類似。按拾得詩亦云：「後來出家子，論情入骨癡。本來求解脱，卻見受驅馳。終朝遊俗舍，禮念作威儀。博錢沽酒喫，翻成客作兒。」

〔六〕「天王元不朝」二句：「天王」，天子。蔡邕獨斷：「天王，諸夏之所稱，天下之所歸往，故稱天王。」三國志魏志陳羣傳：「夫人之欲，莫不有辭，況乃天王，莫之敢違。」杜甫憶昔：「犬戎直來坐御牀，百官跣足隨天王。」按佛教之法，僧徒不拜君王及父母。廣弘明集卷二五威秀上請不拜父母表：「謹録佛經出家沙門不合跪拜父母、有損無益文如左：梵網經云：『出家人不向國王父母禮拜。』順正理論云：『國君不求比丘禮拜。』」劉勰滅惑論：「若乃不跪父母，道尊故也；父母禮之，尊道故也。」續高僧傳卷二三釋道安傳：「卿已出家，號曰道人，父母不敬，世帝不臣。」廣弘明集卷二五彦琮福田論：「求之故實，備有前聞。國主頻婆，父王淨飯，昔之此等，咸已克聖。專修信順，每事歸依，縱見凡僧，還想崇佛。不以跪親爲禮，計非不孝之罪；不以拜君爲敬，豈是不敬之愆。所法自殊，所法已別，體無混雜，制從於此，是謂第六服不可亂者也。」四分律行事鈔資持記卷下三釋僧像篇：「古來國朝，多有令僧反拜君父，蓋不知三寶福田，四生依怙，道超塵網，德跨樊籠，君不得臣，父不得子，不墮四民之數，是爲三界之賓。」通鑑唐高祖武德九年：「(傅)奕曰：『人之大倫，莫如君父。佛以世嫡而叛其父，以匹夫而抗天子。』」胡三省注：「釋典謂佛以王太子出家，故言以世嫡叛其父。釋氏之法不拜君親，故言以匹夫抗天子。」雲溪友議卷下金仙指：「(李)翺斷僧通狀云：『七歲童子，二十受戒。君王不朝，父母不拜。口稱貧道，有錢放債。量決十下，牒出東界。』」李翺蓋儒者，故有如此語也。

〔七〕黠兒：聰明人。見〇二〇首注三。

〔八〕濁惡：佛經以稱閻浮提世界，即此方人類所住塵世，以其備五濁五惡故也。觀無量壽經：「唯願世尊爲我廣説無憂惱處，我當往生，不樂閻浮提濁惡世也。」隋慧遠觀無量壽經疏：「滅後衆生濁惡不善，明有惡因。濁謂五濁，何等爲五？一曰命濁，命報短促。二衆生濁，無其人行。三煩惱濁，諸結增上。四者見濁，謂謗不信。五者劫濁，所謂飢饉疫病刀兵。此五同能濁亂淨心，故名爲濁。惡者五惡，殺、盜、邪淫、妄語、飲酒，是其五也。」

〔九〕身心並出家：謂不但身出家爲僧，其心亦能斷絶欲境。阿毘達磨法蘊足論卷六：「有一類補特伽羅，於諸欲境身心俱離。謂如有人剃除鬚髮，披服袈裟，正信出家，身參法侶，於諸欲境，心無顧戀，不數發起，緣彼貪愛，失念暫起，深生悔愧。彼身出家，其心亦出，是名於欲身心俱離。」

〔一〇〕染著：佛教以稱貪戀外物。大智度論卷一七：「沙彌得飯食之，又見龍女身體端正，秀妙無比，心大染著，即作要願：我當作福，奪此龍宫，居其宫殿。」敦煌變文論文録附維摩碎金：「汝即貪於歡晏（宴），染著音聲，蓋緣煩惱種深，却爲無明業重。」

〔一一〕石藥：礦物類藥物，如魏晉之際士大夫所服「五石散」之類，多爲富貴者所享用。廣記卷二四七魏市人（出啓顔録）：「後魏孝文帝時，諸王及貴臣多服石藥，皆稱石發。其時乃有非富貴者亦云服石發熱，時人多嫌其詐作富貴體。有一人於市門前卧，宛轉稱熱，因衆人競看，同伴怪之，報曰：『我石發。』同伴人曰：『君何時服石，今得石發？』曰：『我昨在市得米，米中有石，食之，今乃發。』衆人大笑。自後少有人稱患石發者。」抱朴子内篇雜應：「近有一百許法，或服守中石藥數十丸，便辟四五十日不飢。」

〔一二〕生佛：生存之佛。雜阿含經卷二三：「我今見尊者，便是見生佛，心懷大踴躍，勝於見王位。」祖堂集卷一四江西馬祖：「大人纔見兩僧，生佛一般禮拜。」釋門正統卷三：「時優填王不堪戀慕，鑄金爲像。聞佛當下，以象載之，仰候世尊，猶如生佛。」按今世佛釋迦牟尼久已涅槃，此云「生佛不拜礼」者，謂縱有生佛在世，亦不拜禮，以見其無信心也。

〔一三〕身名：猶云功名，指官職等。本事詩嘲戲：「沈佺期以罪謫，遇恩復官秩，朱紱未復。嘗内宴，羣臣皆歌迴波樂，撰詞起舞，因是多求遷擢。佺期詞曰：『迴波爾似（時）佺期，流向嶺外生歸。身名已蒙齒録，袍笏未復牙緋。』中宗即以緋魚賜之。」北夢瑣言卷一九：「道士解元龜，本西蜀節將下軍校。明宗入纂，言自西來，對於便殿，詩歌聖德，自稱太白山正一道士，上表乞西都留守兼三川制置使，要修西京宮闕。上謂侍臣曰：『此老耄自遠來朝，所期别有異見，乃爲身名甚切，堪笑也。』」此詩所寫爲僧徒，則「身名」當指僧職而言。

〔一四〕逍遥：自由自在。佛教則以斬斷情緣，斷除煩惱，獲得解脱爲「逍遥」。

〔一五〕故故：故意，見〇四〇首注六。　纏縛：佛教以稱煩惱纏身，不能解脱。方廣大莊嚴經卷五：「生老病死，纏縛衆生。」佛本行集經卷三三妙轉法輪品下：「瞿曇以欲愛自纏，一切天慾及人慾，今既入此大纏縛，我決不放汝沙門。」隋慧遠無量壽經義疏卷上：「纏謂十纏：無慚、無愧、睡、悔、慳、嫉、掉、恨、忿及覆，是其十也。纏衆生故，纏縛心故，名之爲纏。縛謂四縛：欲縛、有縛、無明縛、見縛，是其四也。欲界諸結，除無明見，名爲欲縛。上二界中，一切煩惱，除無明見，名爲有縛。三界無明，名無明縛。三界諸見，名爲見縛。縛衆生故，繫縛心故，名之爲縛。亦可一切諸煩惱結，通名纏縛。」文苑英華卷八六八盧肇宣州新興寺碑：「三界虚妄，羣生顛倒。可有修生，能解纏縛？孰爲智慧，可化凡愚？」

〔一六〕　統統：同「侗侗」，肥大一團貌，亦引申爲懵懂無智貌。寒山詩：「或有衒行人，才藝過周孔。見罷頭兀兀，看時身侗侗。」明覺禪師語録卷六因仰山氣毬頌：「四大假合非虚妄，儱儱侗侗作一相，東西南北不相知，留與衲僧作榜樣。」

出家多種果戊一、戊二、戊三、掇瑣、校注、校輯、詩集

出家多種果，花蘂競来新。菴羅能逸熟〔一〕，獲得未来因〔二〕。後園多桃李，花盛乱迎春。花繁條結實，何愁子不真。努力勤心種，多留与後人。新人食甘果，慚荷種花人〔三〕。悉達追遠福〔四〕，學道莫辞貧。但能求生路〔五〕，同證四果身〔六〕。（二七六）

【校】

花蘂競来新　「蘂」，原作「菓」，戊二作「蘽」，戊三作「桑」，詩集、校輯作「葉」。「競」，三本皆作「竟」，碑别字去聲二十四敬，魏根法師碑「競」作「竟」。

菴羅　「羅」，戊二、戊三作「蘿」。

獲得　「獲」，原作「䨥」，據戊二改。

條結實　「條」，戊二作「枝」。「結實」，原作「結二實」，據戊二、戊三删「二」字。

与後人　「与」，戊二作「已」。

慚荷種花人　「慚」，戊二、戊三作「愧」，義同。「荷」，三本皆作「賀」，乃音譌字，參見注三。「花」，原作

「芘」，據戊二、戊三改。

追遠福　「追」，原作「退」，傍注「追」；　戊二、戊三作「追」，詩集、校注作「退」。

生路　「生」，詩集改作「聖」。

同證　「證」，原本、戊三作「登」，從戊二本。

【注】

〔一〕菴羅：　佛經中果樹名，或譯菴没羅等等。玄應一切經音義卷八維摩詰所説經上：「菴羅，或言菴婆羅，果名也。案此果花多而結子甚少，其葉似柳，而長一尺餘，廣三指許。果形似梨而底鉤曲。彼國名爲王樹，謂在王城種之也。經中生熟難知者，即此也。舊譯云柰，應誤也。正言菴没羅，此菴没羅女持園施佛，因以名焉。」義淨譯根本説一切有部百一羯磨卷八原注，謂菴摩洛迦果即嶺南餘甘子。按餘甘子即橄欖，其説與通常不同。　逸熟：　即「異熟」，佛教稱果報亦曰「異熟」。本事經卷四：「異熟果未生，諸業終不滅。」慧琳一切經音義卷四七玄應對法論音義異熟：「一切不善有漏法爲因，能感無記之果。因果種别因異，任運酬因，名熟果。異種因熟，故名異熟。又因感果時勢力成熟，異於前位爲異熟，舊云果報。」變文集佛説阿彌陀經講經文：「非異熟業之柗(招)感，並一生補處，十地井(菩薩)連(蓮)花生，不同諸處受異熟業，虫蛆金翅鳥等，受化生身。」此云「菴羅果異熟」者，蓋佛經言菴羅果成熟甚少，以喻得成道果不易。大智度論卷四：「菩薩發大心，魚子菴羅樹，三事因時多，成果時甚少。」北本涅槃經卷一四：「如菴羅樹，花多果少，衆生發心，乃有無量，及其成就，少不足言。」

〔二〕未来因：　佛教以爲今世之業，即爲來世之因，若欲預爲來生地，則當於今生修善，以爲未來福因。敦煌曲校録法體十二時：「平旦寅，洗足燒香禮世尊，□跪虔誠齊發願，努力修取未來因。」又禪門十二時：

「哺時申，修見未來因，念身不久住，終歸一微塵。」

〔三〕慚荷：感激。遊仙窟：「僕實庸才，得陪清賞，賜垂音樂，慚荷不勝！」戊二、戊三作「愧荷」，義同。冥報記卷中：「蒙君重相贈遺，媿荷！」傳奇孫恪：「命侍婢進茶果，曰：『郎君既無第舍，便可遷囊橐此廳院中。』指青衣謂恪曰：『少有所須，但告此輩。』恪愧荷而已。」廣記卷一五二鄭德璘(出德璘傳)：「德璘好酒，長挈松醪春過江夏，遇叟無不飲之，叟飲亦不甚媿荷。」

〔四〕悉達：即佛教始祖釋迦牟尼，姓喬達摩，名悉達多，省稱悉達。　追遠福：按佛教把爲來生修福稱爲「追福」。洛陽伽藍記卷三：「報德寺，高祖孝文皇帝所立也，爲馮太后追福，在開陽門外三里。」廣記卷一一五崔義起妻(出報應記)：「蕭氏以龍朔三年五月亡，其家爲修初七齋，僧方食，其婢素玉忽云：『夫人來語某曰：生時聞佛經説地獄，今身當之，苦不可言。賴男女等與我追福，蒙放暫歸。』」此云「追遠福」者，則爲未來永遠脱離苦海輪迴而修福，亦即修證佛果也。

〔五〕生路：成佛生天之路。吐魯番出土文書第七册七二頁唐咸亨三年新婦爲阿公録在生功德疏：「出離三界，求勝上界，若得生路，託夢令知。」

〔六〕四果：小乘佛教修行之四種果位：須陀洹果、斯陀含果、阿那含果、阿羅漢果。證得阿羅漢果，則永入涅槃，不墮輪迴矣。

楚按：此首大旨在以種菴羅果爲喻，勸勵爲來生多種善因。北本涅槃經卷二九：「迦毘羅城有釋種子，字悉達多，姓瞿曇氏，父名白淨。其生未久，相師占之，定當得作轉輪聖王，如菴羅果已在手中。」知以菴羅果比喻福善之果，乃佛經固有用法。詩云「努力勤心種，多留与後人。新人食甘果，慚荷種花人」，與俗語「前人栽樹，後人乘涼」，字面雖近，含義實別。蓋俗語所謂「後人」，謂子孫後輩，梵志詩之「後人」、「新人」，指的是來生，謂今生種果，來生享福，仍屬自種自得也。

今得入新年 戊一、戊二、戊三、掇瑣、校注、校輯、詩集

今得入新年，合家蒙喜慶。人人皆發願，遠離時氣病〔一〕。歲日食他肉〔二〕，肉是他家命。今朝入新年，昨暮煞他竟〔三〕。論時大罪過，食肉身招病〔四〕。一則自短命〔五〕，二則還他命〔六〕。負債早還却〔七〕，門前無喧競。怨怨來相讎〔八〕，何時解釋竟〔九〕？（二七七）

戊二至「食肉身昭（招）」止。

【校】

食他肉　「肉」，原作「宂」。戊二、戊三作「宍」，同「肉」。

肉是他家命　「肉」，原脱，戊三作「宍」。此句詩集作「是〔煞〕他家命」。

煞他竟　「竟」，原作「竟」，戊三作「竟」。碑別字去聲二十四敬，魏慈香造象記「竟」作「竟」。戊二作「命」。

身招病　「招」，戊二作「昭」，戊三作「照」。

一則自短命　「則」，戊三作「即」。　「命」，戊三作「壽」。

二則　「則」，戊三作「即」。

負債　「債」，校輯作「償」。

喧競　「競」,原作「竟」,戊三作「竟」。碑别字去聲二十四敬,魏鄭羲碑「競」作「竟」。

怨怨来相讎　「怨怨」,戊三作「悉悉」,同。校輯改作「冤冤」。　「讎」,原本、戊三皆作「雠」,乃形譌字。

解釋竟　「釋」,原作「逼」,戊三作「適」,皆爲「適」字形譌,而「適」又「釋」字音譌,如變文集鷰子賦:「既有上柱國勳收贖,不可久留在獄,宜即適放,勿煩案責(牘)。」王重民校記:「疑當作釋放。」又降魔變文:「足可消愁適(釋)悶,悦暢心神。」皆是其例。掇瑣録作「適」,詩集作「摘」,校輯改作「過」。

【注】

〔一〕時氣病:時疫,流行性傳染病。漢書鮑宣傳:「時氣疫疾,七死也。」搜神後記卷四:「襄陽李除,中時氣死。」高僧傳卷八釋僧達傳:「嘗一時行青園,聞里中得時氣病者,憫而造之。見駢尸俗病者數人,人莫敢近,遠深加痛惋,留止不忍去。」變文集舜子變:「今日見我歸家,床上卧地不起,爲復是鄰里相爭?爲復是天行時氣?」廣記卷二〇九李都(出抒情詩):「李都荆南從事時,朝官親熟,自京寓書,蹤甚惡。李寄詩戲曰:『草緘千里到荆門,章草縱横任意論。應笑鍾張虚用力,却教羲獻枉勞魂。唯堪愛惜爲珍寶,不敢留傳誤子孫。深荷故人相厚處,天行時氣許教吞。』末句乃譏朝官書跡惡劣,有如道士畫符,瘟疫流行之際,可以焚灰吞服以却病也。清平山堂話本合同文字記:「又過半年,忽然劉二感天行時氣,頭疼發熱。」

〔二〕歲日:農曆元旦。唐李約歲日感懷:「曙氣變東風,蟾壺夜漏窮。新春幾人老,舊曆四時空。」廣記卷一六四李膺(出李膺家録):「時歲日,翊引杯曰:『正朝從小起。』」

〔三〕昨暮煞他竟:謂歲末宰殺以供新年之殺饌。御覽卷一七引荆楚記:「歲暮家家具肴蔌,謂宿歲之儲,以迎新年,相聚酣飲。」竟:完畢。戊二作「煞他命」,亦通。寒山詩:「嗔嗔買魚肉,擔歸餧妻子。何須殺他命，將來活汝己。」廣記卷一〇三李丘一（出報應記）：「王曰：『汝安忍無親，好殺他命，以爲己樂。』須臾，即見所殺禽獸皆爲人語云：『乞早處分。』」

〔四〕食肉身招病：梵志詩二二七首亦云「喫肉多病報」，見該首注一。

〔五〕一則自短命：按佛經以爲殺生者自得短命報。出曜經卷八：「夫行殺者，生輒短命，是故汝等當避於殺也。」分別善惡所起經：「佛言人於世間，喜殺無慈之心，從是得五惡。何等五？一者壽命短。……五者從獄中來，出生爲人，常當短命，或胎傷而死，或墮地而死，或數十百日而死，年數十而死者。」珠林卷九一殺生部述意：「凡是衆生，有相侵害，爲怨爲隟，負命負身，或作短壽之因，便招多病之果。」龍舒增廣淨土文卷六勸病苦者：「殺衆生者，得命短報。」

〔六〕二則還他命：如廣記卷三八一趙文若（出冥祥記）：「見大地獄，鑊湯苦具，罪人受苦，不可具述。乃有衆多猪羊雞鴨之屬，競來從文若債命。文若云：『吾不食汝身，何故見逼？』諸畜生云：『汝往時某處食我，頭脚四肢，節節分張，人各飲噉，何諱之？』」釋門自鏡録卷上唐西京勝業寺僧慧約見諸僧受苦事：「又見殺生食肉受罪之處，無數衆生被割截，聲呼難堪，所害所食衆生咸來索命，分噉食血。」

〔七〕負債：這裏比喻欠負所食衆生之命債。

〔八〕怨怨來相讎：即俗語「寃寃相報」之意。大乘瑜伽金剛性海曼殊室利千臂千鉢大教王經卷一：「若有衆生，常生殺命，作屠兒魁膾，畋獵漁捕，怨命現前，更相殺害，無有斷絕，世世相報。」廣弘明集卷二六梁武帝斷酒肉文：「若使噉食衆生父，衆生亦報噉食其父。若噉食衆生母，衆生亦報噉食其母。若噉食衆生子，衆生亦報噉食其子。如是怨對報相噉食，歷劫長夜，無有窮已。」變文集廬山遠公話：「若不今生猛斷却，寃家相報幾時休？」龍舒增廣淨土文卷三普勸修持六：「或云：人平生爲惡，殺害衆生，苦虐人民，臨死念佛，亦得往生，其所殺所苦之衆生，懷冤枉之心，何時可解乎？答云：生淨土得道之後，皆度脱一切冤親，豈不勝冤冤相報，彼此無出期者乎？」宋何薳春渚紀聞卷二金剛經二驗：「我以前冤報汝，汝後復殺我，冤報轉深，何時可解？」南村輟耕録卷一二張道人：「因念冤冤相報，無有了時。」明趙弼效顰集卷中酆都報應録：「冤冤相報，世世相尋。今當了此寇讎，莫遣再三纏對。」

〔九〕解釋：解散，消弭。後漢書章帝紀：「朕惟巡狩之制，以宣聲教，考同遐邇，解釋冤結也。」三國志魏志荀攸傳裴注引張璠漢紀：「（張）顒常歲再三私入洛陽，從紹計議，爲諸窮窘之士解釋患禍。」晉書劉暾傳：「其後武庫火，尚書郭彰率百人自衛而不救火，暾正色詰之。彰怒曰：『我能截君角也。』暾勃然謂彰曰：『君何敢恃寵作威作福，天子法冠而欲截角乎？』求紙筆奏之。彰伏不敢言，衆人解釋，方止。」敦煌遺書斯四六二金光明經懺悔滅罪傳：「汝但能爲所煞衆生發願，造金光明經四卷，盡自供養，怨家解釋。」敦煌資料第一輯放妻書樣文：「解怨釋結，更莫相憎。」變文集捉季布傳文：「依卿所奏休尋捉，解冤釋結罷言論。」

天下浮逃人戊一、戊三、掇瑣、校注、校輯、詩集

天下浮逃人〔一〕，不啻多一半〔二〕。南北擲蹤藏〔三〕，誑他暫歸貫〔四〕。遊遊自覓活〔五〕，不愁應户役。無心念二親，有意隨惡伴。强處出頭來〔六〕，不須曹主喚〔七〕。聞苦即深藏，尋常擬相筭〔八〕。欲似烏作群，驚即當頭散〔九〕。心毒無忠孝，不過浮遊漢〔一〇〕。此是五逆

賊〔一一〕，打煞何須案〔一二〕。（二七八）

【校】

浮逃人　「逃」，原作「迯」，從戊三本。掇瑣、校注録作「游」。

不啻多一半　原作「商乡買一半」，校注録作「商多賈一半」，詩集録作「商多賣一半」。此從戊三本。

擲蹤藏　原作「擲蹤横」。從戊三本。校輯改作「躑縱横」。

誑他　「誑」，原作「誰」，據戊三改。

應户役　「應」，原作「鴈」，據戊三改。「役」，戊三作「貫」。詩集改作「般（？）」。

曹主　戊三作「主人」。

相筭　原作「于笄」，戊三作「于筭」，掇瑣、校注作「干笄」，詩集作「干算」，校輯作「於算」。按原文「于」通作「於」。十駕齋養新録卷一于於：「于於兩字，義同而音稍異。」原注：「今字母家以於屬影母，于屬喻母，古音無影喻之别也。」而「於」又是「相」之譌，以二字草書形近也，如變文集歡喜國王緣，凡「相」皆寫作「於」，即是其例。

鳥作群　「群」，原作「郡」，據戊三改。

當頭散　「當」，戊三作「分」。

浮遊漢　「遊」，戊三作「浪」。

【注】

〔一一〕浮逃：脱離户籍逃亡。變文集鷰子賦：「問君行坐處，元本住何州？宅家今括客，特勅捉浮逃。」

〔一二〕不啻：不減，不下於。

〔三〕蹤藏：猶云蹤跡、行藏。「南北擲蹤藏」謂到處留下行蹤。

〔四〕歸貫：返回本貫鄉里。册府元龜卷六三，玄宗九年二月乙酉詔：「諸州背軍逃亡人限制到百日内，各容自首。……若情願歸貫，及據令不合附者，首訖，明立案記，不須差遣。先牒本貫知，容至秋收後遞還。」夢溪筆談卷二三：「廬山簡寂觀道士王告好學有文。……告後歸本貫登科，爲健吏。」「歸貫」即「歸本貫」也。

〔五〕遊遊：流浪。變文集蘇武李陵執别詞：「奈何將軍，遊遊沙漠。」又維摩詰經講經文：「逐緣生，隨葉（業）報，魂魄遊遊無去處。」梵志詩三四三首：「騰騰處俗間，遊遊覓衣食。」　覓活：謀生。寒山詩：「汝受我調伏，我共汝覓活。」

〔六〕强處：好處，有利可圖之處。　出頭：出面，挺身而出。三國志魏志吕布傳裴注引英雄記載布與袁術書：「布雖無勇，虎步淮南，一時之間，足下流竄壽春，無出頭者。猛將武士，爲悉何在？」顧况贈僧三首之一：「出頭皆是新年少，何處能容老病翁。」全唐詩卷八七二洛陽人嘲跋異：「赫赫洛下，唯説異畫。張氏出頭，跋異無價。」變文集捉季布傳文：「座中但説東齊事，道僕愆尤罪過頻。僕即出頭親乞命，脱禍除殃必有門。」傳燈録卷六袁州南源道明禪師：「快馬一鞭，快人一言。有事何不出頭來？無事各自珍重。」

〔七〕曹主：主人。敦煌資料第一輯家童再宜放良書：「下品之中赤（亦）有兩種：一般恭勤孝順，長報曹主恩；一類更憎深愆，長作後生惡業。」餘見一三〇首注九。

〔八〕筭：通「算」，見一二一首注一。謀害他人曰「算」。變文集鷰子賦：「若實奪鷰子宅舍，即願一代貧寒，朝逢鷹奪，暮逢癡（鴟）竿，行即着網，坐即被彈，經營不進，居處不安，日埋一口，渾家不殘。」「竿」即「筭」，通「算」。又地獄變文：「恨你在生之日，慳貪疾妬（嫉妬），日夜只是算人，無一念饒益之心，只是萬般損害。」敦煌曲校録五更轉：「三更半，到處被他筆頭算。」北夢瑣言卷一六：「時一百姓，……元是棗强城中遣來令詐降，本意欲窺算梁軍招討使楊師厚，斯人不能辨，誤中周彝。」五燈會元卷四黄蘗希運禪師：「明眼人笑汝，久後總被俗漢筭將去在。」建炎以來繫年要録紹興二年癸丑：「（韓世清）共趙令畯坐間，有遞到舒州劉文舜牒一道，令世清聽他使唤。世清道：『劉文舜舊曾與世清厮殺，怎教聽得使唤？』趙令畯道：『我新從舒州來，劉家人無事。』世清道：『趙令畯，你莫與他劉文舜厮説着，待來算世清！』」元無名氏朱砂擔雜劇第三折：「我孩兒因做買賣去，利增百倍，有鐵旛竿白正圖了他財，又算他性命。」

〔九〕當頭：分頭。雲溪友議卷下雜嘲詠載張祜嘲顏郎中詩：「倒把角弓呈一箭，滿山狐兔當頭行。」敦煌遺書斯五五五八載佚題詩：「生死異路當頭行，各自歸家更覓伴。」

〔一〇〕浮遊：流浪。三國志魏志管輅傳：「時信都令家婦女驚恐，更互疾病，使輅筮之。輅曰：『君北堂西頭有兩死男子，……晝則浮游，夜來病人，故使驚恐也。』」續高僧傳卷二六釋寶積傳：「割略愛網，訪道爲任，浮遊靡定，不存住止。」通鑑唐太宗貞觀十六年：「敕天下括浮遊無籍者，限來年末附畢。」新唐書食貨志二：「户版不緝，無浮游之禁，州縣行小惠以傾誘鄰境，新收者優假之，唯安居不遷之民，賦役日重。」五燈會元卷一二祖慧可大祖禪師：「浮游講肆，徧學大小乘義。」戊三本作「浮浪」，義同。隋書食貨志：「其無貫之人，不樂州縣編者，謂之浮浪人。」

〔一一〕五逆：特指不孝，見〇三七首注一七。蓋上文有「無心念二親」之語，故此處稱背鄉棄親之「浮逃人」爲「五逆賊」也。

〔一二〕案：依法審理。後漢書袁安傳：「安到郡，不入府，先往案獄，理其無明驗者，條上出之。」

楚按：有唐建國以來，由於徭役賦稅沉重，農民脱離户籍，大量逃亡他鄉，已形成嚴重社會問題。故朝廷屢次實行「括客」，搜尋逃亡户口。通鑑唐高祖武德四年：「乙卯，詔括天下户口。」此爲第一次。又唐太宗貞觀十六年：「敕天下括浮遊無籍者，限來年末附畢。」此爲第二次。第三次則在武則天時期。新唐書蘇瓌傳：「時十道使括天下亡户，初不立籍，人畏搜括，即流入比縣旁州，更互廋蔽。瓌請罷十道使，專責州縣，預立簿注，天下同日閲正，盡一月止，使柅奸匿。歲一括實，檢制租調，以免勞弊。」規模最大的一次則在開元年間，見舊唐書宇文融傳。敦煌俗文學中，頗有反映此一社會問題者，如變文集所收兩種鷰子賦，皆以「括客」作爲故事發生之背景。據宋宗磐佛祖統紀卷三九引良渚曰，知尚有開元括地變文一種，由于宋朝統治階級禁毁而失傳。梵志此詩云「天下浮逃人，不啻多一半」，足見户口逃失在初唐已是何等嚴重。唯結云「打煞何須案」，則梵志對於逃亡人口並無絲毫同情，立場亦顯然可見。

父母是怨家戊一、戊三、掇瑣、校注、校輯、詩集

父母是怨家，生一五逆子〔一〕。養大長成人，元来不得使。身役不肯料〔二〕，逃走背家裏。阿耶替役身，阿孃氣病死。腹中懷惡来，自生煞人子〔三〕。此是前生惡〔四〕，故故来相值〔五〕。虫蛇来報恩〔六〕，人子合如此〔七〕。前怨續後怨，何時逍祖唯〔八〕？

（二七九）

戊三本存首五字，至「家」止。詩集以此首與二八〇首、二八一首、二八二首、二八三首併爲一首。

【校】

怨家　「怨」，原作「悉」，掇瑣、校輯録作「寃」。

五逆子　「五」，校輯改作「忤」，非是。

背家裏　「背」，原作「皆」，乃「背」字形譌。變文集捉季布傳文：「臣憂季布多頑逆，不慚聖澤皆（背）皇恩。」即是其例。校輯改作「離」。

替役身　詩集作「替身役」。

報恩　「報」，原作「保」，從校輯所改。

前怨續後怨　「怨」，原作「悉」，校輯皆作「寃」。

逍祖唯　詩集改作「消沮唯」。

【注】

〔一〕「父母是怨家」二句：「怨家」，仇人。按〇七五首云「怨家煞人賊，即是短命子」，與此有相通之處，參見該首篇後按語。

〔二〕身役：自身所應承擔之徭役。　料：應役。敦煌遺書伯二一八七敦煌諸寺奉使帖處分常住文書：「其餘男兒丁口，各須隨寺料役，自守舊例。」

〔三〕「腹中懷惡來」二句：「惡來」，見史記秦本紀：「蜚廉生惡來，惡來有力，蜚廉善走，父子俱以材力事殷紂。」又殷本紀：「紂又用惡來，惡來善毀讒，諸侯以此益疏。」後因以「惡來」稱凶惡之人。梵志此二句即二六四首「少年生夜叉，老頭自受苦」之意。

〔四〕前生惡：謂前生作惡所結之怨對。

〔五〕故故来相值：謂特地前來相遇，以報前世之怨。「故故」，故意，特意。薛能春日使府寓懷：「白髮欺人故故生。」

〔六〕虫蛇来報恩：見〇二五首注一一。

〔七〕人子：爲人之子。史記晉世家：「負父之命出奔，父死不得修人子之禮以待喪，重耳何敢入。」禮記曲禮上「百年曰期頤」，孔疏：「人生百歲，不復知衣服飲食寒煖氣味，故人子用心，要求親之意而盡養道也。」

〔八〕逍祖唯：俟再校。按「前怨續後怨，何時逍祖唯」應即二七七首「怨怨來相讎，何時解釋竟」之意。

有錢不造福戊一、掇瑣、校注、校輯、詩集

有錢不造福，甚是老愚癡。自身不喫著，保愛授妻兒〔一〕。打脊眼不痛，十指不同皮〔二〕。飽喫自身穩〔三〕，餓肚自身飢。貯積千年調〔四〕，知身得幾時？一朝身磨滅，万事不能窺〔五〕。妻嫁後人婦，子變他家兒。奴婢換曹主，馬即別人騎。聞強急修福〔六〕，莫逾百年期〔七〕。（一八〇）

【校】

保愛授妻兒　原作「保扱受妻兒」，詩集作「保持授妻兒」，校輯改作「報投受妻兒」。按原文「扱」爲「授」字形

譌，蓋「受」字俗書或作「㚏」，如變文集金剛般若波羅蜜經講經文校記第三五條：「本卷凡『受』字，均寫作『㚏』。」故「授」遂譌作「投」也。原文「受」則「愛」之形訛。「授愛」二字誤倒。據上所説，此句應作「保愛授妻兒」。

自身穩　「自身」，掇瑣、校注、校輯皆作「身自」。

自身飢　「自身」，原作「身自」。按上文「自身不喫著」、「飽喫自身穩」，皆就「自身」爲言，因知此處誤倒也。

貯積千年調　原作「積十年調寧」，詩集作「積(作)千年調」，校輯改作「莫積千年調。」按改「十」爲「千」，是。原文「寧」字實爲「貯」字之譌，又應在句首，書手脱去，發覺後遂補書於句尾也。

知身得幾時　詩集、校輯改作「寧知得幾時」，非是，蓋誤以上句「寧」字屬下，遂删「身」字以適履也。

不能窺　「窺」，原作「窔」，詩集改作「宜」，校輯改作「究」，失韻。當是「窺」字形譌。

後人婦　「後」，校輯作「隨」。

他家兒　「家」，掇瑣録作「人」。

莫逾　「逾」，原作「於」，當是「逾」字之譌。

【注】

〔一〕保愛：珍惜。見二七一首注一。

〔二〕十指不同皮：按劉商胡笳十八拍：「手中十指有長短，截之痛惜皆相似。」野客叢書卷二九俗語有所自：「十指有長短，痛惜皆相似。見曹植詩。」通常表示十指雖長短不齊，而痛癢相關。梵志此句則反用其意，言十指各不相關，以喻妻兒終非自身也。

〔三〕穩：即「安穩」，亦作「安隱」，安適之義。見一〇四首注三。

〔四〕 千年調：見〇一二首注三。

〔五〕 不能窺：不可見，謂一切不知。

〔六〕 聞強：趁身強健之時。見〇五七首注五。

〔七〕 百年期：謂有生之年。晉書苻朗載記載朗臨終詩：「曠此百年期，遠同嵇叔子。命也自歸天，委化任冥紀。」

暫時自来生戊一、掇瑣、校注、校輯、詩集

暫時自来生，暫時還即死。死後却還家〔一〕，生時寄住鬼〔二〕。不愁麦不熟，不怕少穀米。陽坡展脚卧〔三〕，不采世間事〔四〕。（二八一）

校輯以此首及下首、再下首合爲一首。

【校】

死後　「死」，原脱，從校注、詩集所補。

陽坡　「陽」，原作「佯」，從校輯所改。

不采　「采」，原作「来」，應是「采」字形譌。

【注】

〔一〕 死後却還家：即以死爲歸之意。

〔二〕 生時寄住鬼：即人生如寄之意，參見〇四六首注六。

〔三〕陽坡展脚卧：即負暄高卧之意，以言無憂無慮，極其舒暢。唐摭言卷八友放：「相與歡醉，負陽而寢。」夢溪筆談卷二三：「梅詢爲翰林學士，一日書詔頗多，屬思甚苦，操觚循階而行。忽見一老卒卧於日中，欠伸甚適。梅忽歎曰：『暢哉！』徐問之曰：『汝識字乎？』曰：『不識字。』梅曰：『更快活也。』」梵志詩之「陽坡展脚卧」，則謂死後之境界，蓋以墳墓在向陽坡上也。

〔四〕不采：不理、不管。亦作「不採」、「不保」、「不睬」，見〇二六首注一三。

死去長眠樂 戊一、掇瑣、校注、校輯、詩集

死去長眠樂，常恐五濁地〔一〕。身是上陳兵〔二〕，把刀被煞事〔三〕。你若不煞我，我還却煞你。兩既忽相逢，終須一箇死。（二八二）

【校】

長眠樂　「長」，校注録作「常」。

上陳兵　「陳」，校輯作「陣」，參見注二。

被煞事　「事」，掇瑣録作「死」。

却煞你　掇瑣、校注、校輯皆作「煞却你」，並誤。

一箇死　「箇」，原作「笛」，形譌字。

【注】

〔一〕五濁地：指人間世。見二四六首注三。

〔二〕 陳：同「陣」。顏氏家訓書證：「太公六韜，有天陳、地陳、人陳、雲鳥之陳。論語曰：『衛靈公問陳於孔子。』左傳：『爲魚麗之陳。』俗本多作阜傍車乘之車。案諸陳隊，並作陳鄭之陳。夫行陳之義，取於陳列耳，此六書爲假借也，蒼、雅及近世字書，皆無別字；唯王羲之小學章，獨阜傍作車，縱復俗行，不宜追改六韜、論語、左傳也。」

〔三〕 事：通「傳」、「剚」，以刃刺入。龍龕手鏡卷三雜部：「事，側吏反。事刃。」

楚按：此首雖有「上陣兵」云云，所寫却並非戰鬭之事，而是以戰陣比喻世間，以相煞比喻世人你爭我奪，以對比出「死去長眠樂」之主旨。云「常恐五濁地」者，世間之爭奪尚令死者有後怕也。

死亦不須憂戊一、擬瑣、校注、校輯、詩集

死亦不須憂，生亦不須喜。須入涅槃城〔一〕，速離五濁地。天公遣我生，地母收我死〔二〕。生死不由我，我是長流水〔三〕。（二八三）

【校】

「死亦不須憂」二句　原作「生亦不須喜，死亦不須憂」，出韻，從詩集、校輯乙轉。

涅槃城　原作「濕盤城」，形近而譌。

速離　「速」，擬瑣、校注作「連」。

天公　「公」，原作「心」，從校輯所改。

收我死　「死」，原作「子」，從校輯所改。

【注】

〔一〕涅槃城：「涅槃」，見〇三五首注五。「涅槃城」比喻涅槃之境界。正法念處經卷六：「又彼比丘，諦知業果，求涅槃城。」北本涅槃經卷四〇：「善男子，如來亦爾。城喻涅槃，門喻八正，守門之人，喻於如來。」百喻經卷二送美水喻：「世間之人，亦復如是。修行正法，度於五道，向涅槃城，心生厭倦，便欲捨離。」神會五更轉：「一更初，涅槃城裏見真如。」變文集維摩詰經講經文：「已度无邊衆，已絶有漏因，已到涅槃城，已上金剛座。」祖堂集卷一五龐居士：「看經須解義，解義始修行。若依了義教，即入涅槃城。」

〔二〕「天公遣我生」二句：「天公」、「地母」爲天地之擬人化稱呼。變文集晏子賦：「天爲公，地爲母，日爲夫，月爲婦。」按「公」即父之義，「天公」即天父。莊子大宗師：「彼特以天爲父，而身猶愛之，而况其卓乎？」敦煌遺書伯二五五五竇昊爲肅州刺史劉臣璧答南蕃書：「且天者，父也；地者，母也。」蓋天地化育萬物，故以父母喻之。

〔三〕我是長流水：北本涅槃經卷一二：「復觀此識，次第生滅，猶如流水，亦復非我。」隋葛玄空中歌三首之一：「停駕虛元中，人生若流水。」唐善導轉經行道願往生淨土法事讚序：「循環來去，等逝水長流。」

世間乱浩浩戊一、摋瑣、校注、校輯、詩集

世間乱浩浩〔一〕，賊多好人少。逢着光火賊〔二〕，大堡打小堡〔三〕。賤價得他物，還錢亦

不糴〔四〕。自賣索錢多，他賣還錢少。不得萬萬年〔五〕，營作千年調。（二八四）

詩集以此首與二八五、二八六首併爲一首。

【校】

世間　「間」，原作「問」。

光火賊　「光火」，掇瑣、詩集作「先大」。

小堡　原作「少保」，校注、校輯作「少堡」。詩集此句作「太保打少保」。

還錢亦不糴　原作「錢亦不還糶」，不可通。「還」字應乙至句首，「糶」則「糴」之形譌，參見注四。

萬萬年　原作「萬二年」，「二」應是重複記號。宋朱彧萍洲可談卷一：「子瞻嘗爲先公言：書傳間出疊字，皆作二小畫於其下。」陔餘叢考卷二二重字二點：「凡重字，下者可作二畫，始于石鼓文，重字皆二畫也。後人襲之，因作二點，今并有作一點者。」參見通俗編識餘二。

【注】

〔一〕浩浩：喧鬧擾攘貌。舊唐書柏耆傳：「朝廷賜成德軍賞錢一百萬貫，令諫議大夫鄭覃宣慰軍人。賞錢未至，浩浩然騰口。」廣記卷四九〇東陽夜怪録：「長安城東洛陽道，車輪不息塵浩浩。爭利貪前競着鞭，相逢盡是塵中老。」變文集維摩詰經講經文：「浩浩蕭（簫）韶前引，喧喧樂韻齊聲。」

〔二〕光火賊：明火執仗之强盜。陳子昂上蜀川安危事三條：「其中遊手惰業亡命之徒，結爲光火大賊，憑依林險，巢穴其中。以甲兵捕之，則鳥散山谷。如州縣怠慢，則劫殺公行。」酉陽雜俎前集卷九盜俠：「李廓在潁州，獲光火賊七人，前後殺人，必食其肉。」又卷一二語資：「女言姓莫氏，父亦曾作仕，叔伯莊居。昨夜遇光火賊，賊中二人是僧，因劫某至此。」亦稱「光火盜」，新唐書馮元常傳：「劍南有光火盜，夜掠人，晝伏山谷。元常喻以恩信，約悔過自新，賊相率脱甲面縛。」

〔三〕大堡打小堡：按隋末唐初天下動亂，各地豪强多結爲城堡以自衛，如通鑑唐高祖武德二年：「（朱粲）又税諸城堡細弱以供軍食，諸城堡相率叛之。」「打」則打劫之義，祖堂集卷八華嚴和尚：「賊不打貧兒家。」

〔四〕還錢：酬價。朝野僉載卷三：「又問車脚幾錢？又曰：『御史例不還脚錢。』」顧況露青竹杖歌：「忽見揚州北邸前，衹有人還千一錢。」李播見志：「去歲買琴不與價，今年沽酒不還錢。」廣記卷五九梁母（出集仙録）：「舍逆旅于平原亭，客來投憩，咸若還家。客還錢多少，未嘗有言。」又卷三〇〇三衛（出廣異記）：「三衛乃入京賣絹，買者聞求二萬，莫不嗤駭，以爲狂人。後數日，有白馬丈夫來買，直還二萬，不復躊躇。」變文集董永變文：「長者還錢八十貫，董永只要百千强。」齊東野語卷一一沈君與：「少游京師入上庠，好狎遊。時蔡奴聲價甲於都下，沈欲訪之，乃呼一賣珠人於其門首茶肆中，議價再三不售，撒其珠於屋上。賣珠者窘甚，君與笑曰：『第隨我來，依汝所索還錢。』」糶：售賣穀物，引申而爲凡賣之義。法句譬喻經卷三塵垢品：「其兒放縱，無所顧録，糶賣家物，快心恣意。」按梵志「賤價得他物」二句，言一旦賤價買得他人貨物，縱使原價酬還，亦決不再吐出也。

〔五〕萬萬：清平步青霞外攟屑卷一〇無數萬、萬萬：「又越人凡語物之多者，曰萬萬。出文子微明篇：『患禍之由來，萬萬無方。』」

兀兀自遶身戊一、掇瑣、校注、校輯、詩集

兀兀自遶身〔一〕，擬覓妻兒好。切迎打脊使，窮漢每年枵〔二〕。枉法剥衆生，財是人髓腦〔三〕。報絶還他債〔四〕，家家惣須到。智者星星行〔五〕，愚人自纏遶〔六〕。（二八五）

【校】

兀兀自遶身　「兀兀」，原作「允允」，即「兀兀」之形譌。校注、詩集作「久久」，校輯改作「瞢瞢」，皆非。「遶」，原作「兑」，校輯作「免」。疑「遶」脱偏傍爲「堯」，形譌遂爲「兑」。「自遶身」即末句「自纏遶」之意。

切迎打脊使　「切迎」，原作「切迺」，校注作「切迾」，詩集作「切耐」，校輯改作「巧遇」，俟再校。「脊」，原作「沓」，從校輯所改。

每年枵　原作「每孝涄」。疑「孝」即「年」字。碑别字下平聲一先，齊比丘法朗造象「年」作「㚔」，與此字稍近。「涄」疑「枵」之譌。詩集作「每學巧」，校輯作「每學號」。

【注】

〔一〕兀兀：昏愚貌。參見〇三五首注一。

〔二〕枵：飢餓。新唐書殷開山傳：「賊方熾，邀速戰利。公等毋與爭，糧盡衆枵，乃可圖。」劇談録卷下洛中豪士：「道中小店始開，以脱粟爲餐而賣。僧囊中有錢數文，買於土杯同食。腹枵既甚，粱肉之美不如。」通俗編飲食枵：「左傳襄二十八年梓慎曰：『玄枵虚中。枵，耗名也。土虚而民耗，不饑何爲？』按：世以饑爲枵，本此。」亦作「噐」。廣記卷一六五鄭餘慶（出盧氏雜説）：「鄭餘慶清儉有重德。一

日，忽召親朋官數人會食，衆皆驚。朝僚以故相望重，皆凌晨詣之。至日高，餘慶方出，閑話移時，諸人皆囂然。」

〔三〕人髓腦：猶云「民脂民膏」。唐人避太宗諱，凡「民」皆作「人」。北齊書陽斐傳：「古之帝王亦有表山刊樹，未足盡其意；下輦成宴，詎能窮其情。正足以靡天地之財用，剥生民之髓腦。」

〔四〕報絶：按佛教以此生壽命爲前生之果報，「報」即指一期之壽命，如續高僧傳卷二三釋靜靄傳：「此報一罷，四大彫零。」五燈會元卷一二十四祖師子尊者：「吾前報爲僧，有童子名婆舍，吾嘗赴西海齋，受䞋珠付之，今還吾珠，理固然矣。」「前報」即指前生。此處「報絶」猶云「報盡」，謂命終。續高僧傳卷五釋智藏傳：「有野姥者，工相人也，爲記吉凶，百不失一。謂藏曰：『法師聰辯蓋世，天下流名，但恨壽命不長，可至三十一矣。』時年二十九，聞斯促報，講解頓息。竭盡修道，發大誓願，足不出門。遂探經藏，得金剛般若，受持誦讀，畢命奉之。至所危暮年，香湯沐浴，淨室誦經，以待死至。俄而聞空中聲曰：『善男子，汝往年三十一者，是報盡期。由般若經力，得倍壽矣。』」寒山詩：「一朝福報盡，猶若棲蘆鳥。」傳燈録卷四杭州鳥窠道林禪師：「師於長慶四年二月十日告侍者曰：『吾今報盡。』言訖坐亡。」按佛教以爲此生欠債，來生當還，如鄭還古吉州道中：「若有前生債，今朝不懊還。」故梵志此詩有「報絶還他債」之語。

〔五〕星星：通「惺惺」，聰明之義。亦作「醒醒」。寒山詩：「鈍物豐財寶，醒醒漢無錢。」

〔六〕自纏遶：謂自作惡業，還自纏身。佛説四自侵經：「禍從口出，千殃萬罪，還自纏繞。」佛説無常經：「循環三界内，猶如汲井輪，亦如蠶作繭，吐絲還自纏。」

世間何物重 戊一、掇瑣、校注、校輯、詩集

世間何物重，夫妻最是好。一箇厥磨师〔一〕，眼看絶行道。熏熏莫恨天〔二〕，業是前身報。妻兒嫁与鬼〔三〕，你向誰邊告？教你别取妻〔四〕，不須苦煩惱。（二八六）

【校】

最是好　「最」，原作「取」，字之殘也。

一箇厥磨师　「箇」，原作「箘」。「磨」，校輯改作「摩」。

熏熏　原作「燻燻」，從校輯所改。詩集作「懂懂」。

【注】

〔一〕厥磨师：即「厥摩師」，謂死。見〇二九首注一。

〔二〕熏熏：悖怒貌。癸巳存稿卷三熏：「史記酷吏列傳云：『舞文巧詆，下户之猾，以焄大豪。』索隱云：『以熏逐大豪也。』案漢書作『以動大豪』，注師古云：『諷動也。』動與熏蓋形近矣。杜周傳云：『欲以熏轑天下。』轑蓋是燎，今諺猶是。凡熏人者，亦曰嚇人也。」應即此字。

〔三〕妻兒嫁与鬼：俗傳人妻死後，於陰間仍有再嫁之事。魏書宋穎傳：「穎前妻鄧氏亡後十五年，穎夢見之。向穎拜曰：『新婦今被處分爲高崇妻，故來辭君。』泫然流涕。穎旦而見崇言之。崇後數日而卒。」廣記卷三三二唐晅（出通幽記），載晅亡妻顯靈，「晅曰：『婦人没地，不亦有再適乎？』答曰：『死生同流，貞邪各異。且兒亡，堂上欲奪兒志，嫁與北庭都護鄭乾觀姪明遠。兒誓志確然，上下矜閔，得免。』」

〔四〕 別取妻：另外娶妻，即再婚。

吾頭何謂白戊一、掇瑣、校注、校輯、詩集

吾頭何謂白〔一〕？子孫滿堂宅。吾今与紀年，盡被時催迫。要須在前去〔二〕，前客避後客〔三〕。于時未与死，眼看天地窄〔四〕。（二八七）

詩集、校輯以末二句屬下首。

【校】

何謂白 「白」，原作「自」，形譌字。

与紀年 「与」，詩集作「以」。

催迫 「催」，原作「崔」，從掇瑣。

天地窄 「窄」，原作「官」，應是「窄」字形譌。詩集改作「冥」，校輯改作「間」，非是。按岑參西蜀旅舍春歎寄朝中人呈狄評事：「自從兵戈動，遂覺天地窄。」杜甫送李校書二十六韻：「每愁悔吝作，如覺天地窄。」張爲詩人主客圖載鮑溶句：「萬里歧路多，一身天地窄。」變文集捉季布傳文：「今受困厄天地窄，更向何邊投莽人？」皆有「天地窄」之語。

【注】

〔一〕 謂：通作「爲」。韓詩外傳卷二：「魯監門之女嬰相從績，中夜而泣涕。其偶曰：『何謂而泣也？』」趙

懷玉云：「『謂』『爲』通用。」廣記卷二七一張氏（出傳載）：「燕文貞公張説，其女嫁盧氏，嘗謂舅求官，候父下朝而問焉。」「謂」亦通作「爲」。廣記卷二五〇李安期（出朝野僉載）：「安期笑，謂之改注。」僉載卷六正作「爲之改注」。

〔二〕去：謂死。見〇〇四首注五。

〔三〕前客避後客：按宋晁載之輯續談助引殷芸小説：「簡文集諸談士，以致後客前客。」疑原文或應作「後客繼前客」，誤脱一字。梵志詩「前客避後客」則爲俗語「世上新人换舊人」之意。

〔四〕眼看天地窄：參看〇四七首篇後按語。

男女有亦好 戊一、掇瑣、校注、校輯、詩集

男女有亦好，無時亦最精〔一〕。兒在愁他役，又恐點着征〔二〕。一則無租調，二則絶兵名。閇門無呼唤〔三〕，耳裏極星星〔四〕。（二八八）

【校】

極星星　原作「挃皇皇」。「挃」「極」二字草書形似，因而致譌；「皇」則「星」之形譌。二六三首亦有「意裏極星星」之語。「極」，詩集作「?」。

【注】

〔一〕精：亦好之義，見一一八首注五。

〔二〕點着征：按「點」本謂軍隊點閱姓名。廣記卷一五三趙昌時（出博異志）：「至夜四更，忽如睡覺，聞將家點閱兵姓名聲。呼某乙，即聞唱唯應聲。如是可點千餘人。趙生專聽之，將謂點名姓，及點竟，不聞呼之。」凡征集軍隊須按名點閱，故征兵亦稱「點」，如貞觀政要納諫：「中男若實小，自不點入軍；若實大，亦可簡取。」姚合寄杜師義：「點兵尋户籍，燒藥試仙方。」司馬札古邊卒思歸：「中原半烽火，比屋皆點行。」杜荀鶴亂後逢村叟：「因供寨木無桑柘，爲點鄉兵絶子孫。」舊唐書職官志二：「總名曰衛士，皆取六品已下子孫，及白丁無職役者點充。」「點着征」謂被簡取入軍從征。變文集搜神記：「其崑崙點着西行，一去不還。」敦煌遺書伯二五五五筆：「蒙得都官配人管，平明點着墨離軍。」

〔三〕閇：同「閉」。　呼喚：役使。見〇〇六首注四。

〔四〕星星：通「惺惺」，清醒寧靜之義，見二六三首注一一。

生兒擬替公戊一、掇瑣、校注、校輯、詩集

生兒擬替公〔一〕，兒大須公死。天配作次弟〔二〕，合去不由你〔三〕。父子惣長命，地下無人使。閻老忽嗔遲〔四〕，即棒伺命使〔五〕。火急須領兵，文来且取你〔六〕。不及別妻兒，向前任料理〔七〕。（二八九）

【校】

擬替公　「擬」，校輯作「宜」。

合去　校輯改作「留去」，非是。

嗔遲　「遲」，原作「遟」。碑别字上平聲四支，漢韓勑碑「遲」作「遟」，與此略似。

即棒　「棒」，原作「捧」。

文来　「文」，原似「支」，掇瑣、校注録作「走」，校輯録作「文」，皆可通。兹從校輯。

【注】

〔一〕公：父。三國志魏志華佗傳：「(疾者)即如佗言，立吐蛇一枚，縣車邊，欲造佗。佗尚未還，小兒戲門前，逆見，自相謂言：『似逢我公，車邊病是也。』」焦氏易林卷三大有之小畜：「一室百子，同公異母。」晉書石季龍載記：「兒年二十餘，便欲殺公。」賢愚經卷一二檀膩䩭品：「時織工兒，復前白王：『此人狂暴，蹋殺我公。』王問言曰：『汝以何故，枉殺他父？』檀膩䩭曰：『衆債逼我，我甚惶怖，跳牆逃走，偶墮其上，實非所樂。』王語彼人：『二俱不是。卿父已死，以檀膩䩭與汝作公。』其人白王：『父已死了，我終不用此婆羅門以爲父也。』」陔餘叢考卷三六公：「有子稱父亦曰公者。列子黄帝篇：『家公執席。』戰國策：陳軫將赴魏王之召，其子陳應止其公之行曰：『魏欲絶楚齊，必重迎公。郢中不善公者，欲公之去也，必勸王多公之車。』此子稱父爲公也。」

〔二〕天配：上天安排。廣記卷三〇一仇嘉福(出廣異記)：「太乙神問何以奪生人妻，神惶懼，持簿書云：『天配爲己妻，非横取之。』」又卷四三三柳并(出原化記)：「吾非彊害君者，是天配合食之。豈不見適來文簿，昨日已愆數期，今彊脱，終恐無益。」敦煌曲校録禪門十二時：「人定亥，罪福總是天曹配。」敦煌變文論文録附載佛報恩經講經文：「天配人生豈自由，有親有愛有寃仇。」「天配作次弟」言上天安排好了死亡的先後次序。

〔三〕合去：輪到該你死。下首亦有「合去正身行」之語。

〔四〕閻老：閻羅王。寒山詩：「勸你休去來，莫惱他閻老。失脚入三塗，粉骨遭千擣。」封氏聞見記卷八巨骨：「又太子少師薛萼爲邢州留後，亦有大骨，面廣尺餘，形圓，有兩耳，高可三四寸，云：洺州人掘漳河古堤，于瓮中所得。刺史魏湊知萼愛奇，故封寄焉，題云『閻老王尾膠骨』。」五燈會元卷六東山雲頂禪師：「閻老殿前添一鬼，北邙山下卧千年。」鎮州臨濟慧照禪師語録：「如是之流，盡須抵債，向閻老前吞鐵丸有日。」　忽：如果，倘若。見〇〇五首注六。　嗔遲：責怪勾取應死之人來遲。祖堂集卷一四江西馬祖，載鬼來取大安寺主曰：「如今速行，若也遲晚，彼王嗔吾。」即「閻老忽嗔遲」之意。

〔五〕伺命使：勾取人命之鬼使。見〇〇八首注四。按伺命使勾取人命愆期，當受冥官杖背，如冥報記卷下：「法義自説：初死，有兩人來取。……見官人遥責使者曰：『是華州張法義也，本限三日至，何因乃淹七日？』使者曰：『法義家狗惡，兼有呪師神見打甚困。』袒而示之背，背皆青腫。官曰：『稽限過多，各與二十杖。』言訖杖亦畢，血流灑地。」廣記卷一一二張御史（出廣異記）：「既見王，具言千遍續命經足，得延壽命。取檢云：與所誦實同。因合掌云：『若爾，尤當更得十載壽。』便放重生。至門前，所追吏云：『坐追判官遲迴，今已遇捶。』乃袒示之。」

〔六〕文：公文。民間相傳伺命鬼取人，亦持文牒。如廣記卷一五阮基（出神仙感遇傳）：「基得暴病而卒，唯左手一指尚煖，家人不即葬之。三日而活，久能言，言云：『初見黄衣使者二人，執文書，引基去。』」又卷一〇二慕容文策（出報應記）：「大業七年暴卒，三日復活，云：『初見二鬼，把文牒，追至一城門。』」又卷一一五李洽（出廣異記）：「山人李洽自都入京，行至灞上，逢吏持帖，云追洽。洽視帖，文字錯亂，不可復識。謂吏曰：『帖書乃以狼籍？』吏曰：『此是閻羅王帖。』」又卷一二四王簡易（出報應録）：

「初夢見一鬼使，自稱丁郢，手執符牒云：『奉城隍神命，來追王簡易。』」

〔七〕料理：按〇七二首亦有「向前任料理」之語，參見該首注五。

朝庭来相過 戊一、掇瑣、校注、校輯、詩集

朝庭来相過〔一〕，設食因盃酌〔二〕。四海同追遊〔三〕，五郡爲歡樂〔四〕。義故及三代〔五〕，死活相憑託〔六〕。合去正身行〔七〕，不容名字錯〔八〕。雇人即棒脊〔九〕，急手攝你脚〔一〇〕。（二九〇）

【校】

朝庭　「庭」，原作「遈」，即「庭」字別體。校輯改作「使」，非是。

追遊　「遊」，原作「由」，即「遊」字音譌，參見〇五三首校記。

歡樂　「歡」，原作「勸」，參見二三一首校記。

名字錯　「名」，原作「君」，從詩集校改。

棒脊　詩集作「棒贊」。

【注】

〔一〕朝庭：朋友。見〇三七首注九。　過：造訪。史記魏公子列傳：「臣有客在市屠中，願枉車騎過之。」

〔二〕盃酌：本義爲飲酒之器。北史齊後主皇后穆氏傳：「先是，童謡曰：『黄花勢欲落，清觴滿盃酌。』言黄花不久也。後主自立穆后以後，昏飲無度，故云『清觴滿盃酌』。」引申而爲飲酒之事。廣記卷三〇〇河東縣尉妻（出廣異記）：「宴樂畢，方申繾綣，適爾杯酌，忽見一人，乘黑雲至。」

〔三〕追遊：結伴遊樂。韋應物再遊西郊渡：「水曲一追遊，遊人重懷戀。」又金谷園歌：「嗣世衰微誰肯憂，二十四友日日空追遊。追遊詎可足，共惜年華促。」廣記卷三五八齊推女（出玄怪録）：「飲食言語，嗜欲追遊，一切無異。」

〔四〕五郡：御覽卷三七二引蕭廣濟孝子傳曰：「五郡孝子者，中山、常山、魏郡、鉅鹿、趙國人也。少去鄉里，孤無父母，相隨於衛國，因結兄弟，長元重，次仲重，次叔仲，次季仲，次稚重，朝夕相事，財三千萬。」稗海本搜神記卷四：「世語云：五郡之人，各是異財（材），而逢喪亂。常山一人，安定一人，襄陵一人，博陵一人（按原脱一人），悉皆孤獨，俱行衛國，同至樹陰，因相問姓名，各言亂離狀惻然。因相謂曰：『我等皆無骨肉，今日幸得聚會，亦天然也。可爲兄弟已否？』衆曰：『諾。』因結義爲兄弟。」此處即以「五郡」爲結義兄弟之代稱，而與上句「四海」對舉。論語顔淵：「四海之内，皆兄弟也。」蓋「四海」亦爲異姓兄弟之代稱也。

〔五〕義故：謂門人故吏等。世説新語德行：「王戎父渾有令名，官至涼州刺史。渾薨，所歷九郡義故懷其德惠，相率致賻數百萬，戎悉不受。」宋書謝靈運傳：「靈運因父祖之資，生業甚厚。奴僮既衆，義故門生數百，鑿山浚湖，功役無已。」北史齊高祖神武帝紀：「慕容紹宗以尒朱榮妻子及餘衆自保烏突城，降，神武以義故待之甚厚。」南史王琳傳：「齊孝昭帝遣琳出合肥，鳩集義故，更圖進取。」又：「權瘞八公山側，義故會葬者數千人。」亦作「故義」。三國志魏志明帝紀裴注引博物志佚文：「時京邑有一人，失其姓名，食啖兼十許人，遂肥不能動。其父曾作遠方長吏，官徙送彼縣，令故義傳供食之，一二年中，一鄉中輒爲之儉。」

〔六〕憑託：依靠，託付。魏書蕭寶夤傳：「及被命當南伐，貴要多相憑託，門庭賓客若市，書記相尋。」李嶠爲楊執柔讓官表：「憑託霄漢，接南陽之近親；感會風雲，附西京之外戚。」

〔七〕正身：見〇七三首注五。

〔八〕不容名字錯：按俗傳冥司勾人，亦須驗明正身，姓字不符者發還。朝野僉載卷六：「天后朝，地官郎中周子恭忽然暴亡，見大帝於殿上坐，裴子儀侍立。子恭拜，問爲誰，曰：『周子恭追到。』帝曰：『我喚許子儒，何爲錯將子恭來？』即放去。」廣記卷三二二唐邦（出異苑）：「恒山唐邦，義熙中聞扣門者，出視，見兩朱衣吏，云：『官欲得汝。』遂將至縣東堈殷安冢中。冢中有人語吏云：『本取唐福，何以濫取唐邦？』敕鞭之，遣將出。唐福少時而死。」又卷三五三陳德遇（出稽神録）：「辛亥歲，江南僞右藏庫官陳居讓字德遇，直宿庫中。其妻在家，五更初，忽夢二吏，手把文書，自門而入，問：『此陳德遇家耶？』曰：『然。』『德遇何在？』曰：『在庫中。』吏將去，妻追呼之曰：『家夫字德遇耳，有主衣庫官陳德遇者，家近在東曲。』二吏相視而嘻曰：『幾誤矣！』遂去。爾日，德遇晨起如廁，自云有疾，還卧，良久遂卒。二人並居治城之西。」又卷三五四僧惠進（出録異記）：「西蜀有僧惠進者，姓王氏，居福感寺。早出，至資福院門，見一人，長身如靛色，迫之漸急，奔走避之。至竹簀橋，馳入民家。此人亦隨至，擸拽牽頓，勢不可解。僧哀鳴祈之，此人問：『汝何姓？』答曰：『姓王。』此人曰：『名同姓異。』乃捨之而去。僧戰攝，投民家，移時稍定，方歸寺中。是夕，有與之同名異姓者死焉。」

〔九〕雇人：指僱人代死。漢書廣陵厲王胥傳：「死不得取代庸，身自逝。」顏師古注：「言死當自死，不如他徭役得顧庸自代也。」拾得詩：「閉門私造罪，準擬免災殃。被他惡部童，抄得報閻王。縱不入鑊湯，亦須臥鐵牀。不許雇人替，自作自身當。」　棒脊：見〇一四首注四。

〔一〇〕 急手：趕快。參見〇〇三首注三。　攝：捉。説文：「攝，引持也。」廣記卷二八五東巖寺僧（出通幽記）：「初睡中，夢一物猪頭人身攝去，不知行近遠。」又卷四三六湯安仁（出法苑珠林）：「君往日殺驢，驢今訴君，使我等來攝君耳。」「攝你脚」，謂急不暇擇，遂捉持脚。敦煌曲校録十二時：「惡業牽將不揀足。」亦此意也。

知識相伴侶　戊一、掇瑣、校注、校輯、詩集

知識相伴侶〔一〕，蹔時不覺老。面皺黑髮白，把杖入長道。眼中冷淚下〔二〕，病多好時少。怨家烏枯眼〔三〕，無睡天難曉。朝夕乞蹔時，百年誰肯保〔四〕。使者門前喚〔五〕，手脚婆羅草〔六〕。（二九一）

【校】

面皺黑髮白　「皺」，原作「皺」，見二六八首校記。　「髮」，原作「髮」，碑別字入聲六月，魏義橋石象碑「髮」作「髮」，與此略似。

怨家烏枯眼　「怨」，校輯改作「寃」，不必。　「烏」，掇瑣録作「鳥」。

無睡　「睡」，校輯作「眠」。

百年　「年」，原作「長」，從校輯所改。

【注】

〔一〕知識：朋友。管子入國：「士人死，子幼，爲父母所養，不能自生者，屬之其鄉黨、知識、故人。」又：「所謂接絶者，士民死上事、死戰事，使其知識故人受資於上而祠之，此之謂接絶也。」吕氏春秋遇合：「人有大臭者，其親戚兄弟妻妾知識無能與居者，自苦而居海上。」白居易感逝寄遠：「昨日聞甲死，今朝聞乙死。知識三分中，二分化爲鬼。」變文集董永變文：「爲緣多生無姊妹，亦無知識及親房。」

〔二〕冷淚下：老人衰邁症狀，見二六八首注三。

〔三〕烏枯眼：當是形容兇狠之貌，俟再考。按古人有「五眼」之語，形容兇狠，或與此有關。北史高昂傳：「乾及昂等並劫掠，父次同常繫獄中，唯遇赦乃出。次同語人曰：『吾四子皆五眼，我死後豈有人與我一鍬土邪？』」小説戲曲中則有「五眼鷄」、「烏眼鷄」之語。元無名氏神奴兒雜劇第一折：「你常存着見官的心，准備着告人的意。則你那狀本兒如瓶注水，俺親弟兄看成做了五眼鷄。」輟耕録卷二八水仙子載張明善作北樂府水仙子譏時云：「説英雄誰是英雄？五眼鷄岐山鳴鳳，兩頭蛇南陽卧龍，三脚猫渭水非熊。」紅樓夢第七五回：「喒們倒是一家子親骨肉呢，一個個都像烏眼鷄似的，恨不得你吃了我，我吃了你。」

〔四〕百年誰肯保：樂府詩集卷三七謝惠連却東西門行：「百年難必保，千慮盈懷之。」鮑照代邽街行：「百年難必果，千慮易盈虧。」樂府古題要解卷上滿歌行：「終言命如鑿石見火，當自娱以頤養，保此百年也。」

〔五〕使者：指伺命使者。○一五首亦有「使者門前唤」之語，見該首注一。

〔六〕婆羅草：俟再考。此句當是言死。

五體一身内戊一、掇瑣、校注、校輯、詩集

五體一身内〔一〕，蛆虫塞破袋〔二〕。中間八万户〔三〕，常無啾唧聲。膿流遍身遶，六賊腹中停〔四〕。兩兩相啖食，强弱自相征。平生事人我〔五〕，何處有公名〔六〕？（二九二）

【校】

破袋　「袋」，詩集作「囊」。

遍身遶　「遶」，原作「迯」，即「遶」之形譌。詩集作「浼」。

强弱自相征　「强」，原作「弫」，校注作「性」。「征」，校輯改作「爭」。

公名　「公」，原模糊。掇瑣作「□」，校注作「征」，詩集作「正」，校輯作「公」，茲從校輯。「名」，校輯改作「平」。

【注】

〔一〕五體：四分律行事鈔資持記卷下三釋僧像篇：「四支及首，名爲五體。」

〔二〕破袋：喻人體。參見〇六一首注一。

〔三〕八万户：見二五一首注六。

〔四〕六賊：見一四四首注一。

〔五〕人我：謂爭强鬭勝之心。敦煌本壇經：「人我是須彌，邪心是大海。」寒山詩：「心高如山嶽，人我不

伏人。」拾得詩：「男女爲婚嫁，俗務是常儀。自量其事力，何用廣張施。取債誇人我，論情入骨癡。」祖堂集卷一四百丈和尚：「向前來，莫人我，山僧有曲無人和。」傳燈録卷三〇永嘉真覺禪師證道歌：「圓頓教，勿人情，有疑不決直須爭。不是山僧逞人我，修行恐落斷常坑。」五燈會元卷二牛頭山智威禪師：「余本性空虛，緣妄生人我。如何息妄情，還歸空處坐。」變文集韓擒虎話本：「擬二人惣拜爲將，殿前上（尚）自如此，領兵在外，必爭人我。」

〔六〕　公名：公正之名聲。漢書路温舒傳：「今治獄吏則不然，上下相敺，以刻爲明，深者獲公名，平者多後患。」

吾家昔富有戊一、掇瑣、校注、校輯、詩集

吾家昔富有，你身窮欲死。你今初有錢，与吾昔相似。吾今乍無初〔一〕，還同昔日你。可惜好靴牙〔二〕，翻作破皮底〔三〕。（二九三）

【校】

相似　「似」，原作「何」，書手誤書。

乍無初　「初」，原作「䘚」。碑別字上平聲六魚，魏張猛龍碑「初」作「𥘅」，與此近似。詩集、校輯改作「物」，非是。

昔日你　「昔」，原作「借」。

可惜　「惜」，原作「借」。

破皮底　「皮」，校輯改作「韈」，非是。見注三。

【注】

〔一〕乍無初：初窮之時。「無」即窮之義，參見一六九首注二。按唐摭言卷二恚恨載王泠然與御史高昌宇書：「僕之困窮，如君之往昔；君之未遇，似僕之今朝。因斯而言，相去何遠。」即梵志此二句之意。

〔二〕靴牙：製靴之面料。

〔三〕皮底：皮製鞋底。舊唐書輿服志：「諸文官七品以上朝服者，……諸舄履並烏色。舄，重皮底；履，單皮底。」

楚按：此首主旨在於表現破落户的不服氣心理，亦即阿Q的名言：「我們先前——比你闊的多啦！你算是什麽東西！」寒山詩亦云：「東家一老婆，富來三五年。昔日貧於我，今笑我無錢。渠笑我在後，我笑渠在前。相笑儻不止，東邊復西邊。」

暫得一代人戊一、掇瑣、校注、校輯、詩集

暫得一代人，風光亦須覔。金玉不成寶，肉身實可惜。白髮隨年生，美貌別今夕。貧富无常定〔一〕，恣意多着喫。活時吝不用，塞墓慎何益〔二〕。（二九四）

【校】

肉身　「肉」，原作「戎」，應是「宍」字之譌，同「肉」。

美貌　「美」,原作「羙」。碑别字下平聲四紙,唐郎官石柱記「美」作「羙」。「貌」,原作「皃」。俗字譜十五畫,取經詩話「貌」作「皃」,參見〇〇二首校記。

无常定　原作「光常乏」,掇瑣、校注、校輯録作「光常空」。按原文「光」即「无」之形訛,「乏」則「定」之俗體。俗字譜宀部,通俗小説「定」作「乏」。玉臺新詠卷九費昶行路難二首之一:「當年翻覆無常定,薄命爲女何必麤。」正有「無常定」之語。

吝不用　「吝」,原作「恡」,見二四九首校記。

慎何益　「慎」,校注作「填」,詩集作「真」。

【注】

〔一〕无常定:　即無常。變文集維摩詰經講經文:「无常者,即不常也。上生非想處,下至轉輪王云云,无有常定也。」此云「貧富无常定」者,即佛教貧富循環之説。法句譬喻經卷一無常品:「佛告梵志:　世有四事,不可得久。何謂爲四?　一者有常必無常,二者富貴必貧賤,三者合會必别離,四者强健必當死。」參見〇九一首篇後按語。

〔二〕塞墓:　謂以財物陪葬。

夫婦擬百年　戊一、掇瑣、校注、校輯、詩集

夫婦擬百年,妻即在前死。男女五六箇,小弱未中使〔一〕。衣破無人縫,小者肚露地〔二〕。更娶阿娘來,不肯縫補你。入户徒衣食,不肯知家事〔三〕。合鬭遣啾唧〔四〕,阿娘嗔

兒子。家内既不和，靈神不歡喜〔五〕。後母即後翁，故故来相值〔六〕。故来尋常事，欲得家裏知。孤養小兒子，(原本至此止)(二九五)

【校】

戊一本至此止。掇瑣眉批「原本似未寫完」。校輯録至「故故来相值」止。

肚露地　「露」，原作「路」，兹從掇瑣。按二七〇首「幞頭巾子露」，「露」原作「路」，與此處正同。

徒衣食　「徒」，校輯改作「圖」，不必。

靈神　校輯改作「神靈」，不必。

故故来相值　詩集無此句。

【注】

〔一〕未中使：未堪使唤，言其尚幼也。

〔二〕露地：露着。見〇五五首注七。

〔三〕知家事：操持家務。〇三九首亦有「新婦知家事」之語。

〔四〕合鬭：爭鬭。見〇三八首注一〇。

〔五〕靈神：死者亡靈。通常作「神靈」。洛陽伽藍記卷一建中寺：「元乂誅日，騰已物故，太后追思騰罪，發墓殘尸，使其神靈無所歸趣。」宗密盂蘭盆經疏卷上：「故先且立祭法，令敬事於神靈。神靈則父母之識性。」變文集搜神記：「神靈見身，不許殯葬，須待子京。妻子驚怕，莫知爲計。元皓神靈遂往秦州，通夢與子京。」

〔六〕故故：屢屢。遊仙窟：「故故將纖手，時時弄小弦。」杜甫月：「時時開暗室，故故滿青天。」按此「故故来相值」句與二七九首之「故故来相值」，語同而意有異。見篇後按語。

楚按：此首原文未完，大意應是反映「後娘」問題。「合鬪遣啾唧」，當是指前妻子女與後妻攜來子女相爭鬪，故下文有「後母即（疑當作及）後翁」之語，蓋亡妻之夫對於後妻攜來子女而言，即是「後翁」。「故故来相值」者，謂亡母及亡父屢屢顯靈與後母及後翁相見，要求善待所生子女。亡母繫念腹生之子，因而顯靈之事，小説多有記載。本事詩徵異：「開元中，有幽州衙將姓張者，妻孔氏，生五子，不幸去世。復娶妻李氏，悍怒狠戾，虐遇五子，日鞭箠之。五子不堪其苦，哭於其葬。母忽於塚中出，撫其子，悲慟久之，因以白布巾題詩贈張曰：『不忿成故人，掩涕每盈巾。死生今有隔，相見永無因。匣裏殘粧粉，留將與後人。黄泉無用處，恨作塚中塵。有意懷男女，無情亦任君。欲知腸斷處，明月照孤墳。』五子得詩，以呈其父。其父慟哭，訴於連帥。帥上聞，敕李氏杖一百，流嶺南，張停所職。」廣記卷一五九琴臺子（出續玄怪録）：「趙郡李希仲，天寶初宰偃師。有女曰閑儀，生九歲，嬉戲於廨署之花欄内。忽有人遽招閑儀曰：『鄙有懇誠，願託賢淑，幸畢詞，勿甚驚駭。』乃曰：『鄙爲崔氏妻，有二男一女，男名琴臺子，鄙尤鍾念。生六十日，鄙則謝去。夫人當爲崔之繼室，敢以念子爲託，實仁愍之。』因悲慟怨咽，俄失所在。」又卷三五三婺源軍人妻（出稽神録）：「丁酉歲，婺源建威軍人妻死更娶，其後妻虐遇前妻之子過甚，夫不能制。一日，忽見亡妻自門而入，大怒後妻曰：『人誰無死，孰無母子之情，乃虐我兒女如是耶！吾比訴與地下所司，今與我假十日，使我誨汝。汝遂不改，必能殺君！』」變文集舜子變：「（老母）報舜云：『汝莫歸家，但取你親阿孃墳墓去，必合見阿孃現身。』説詞已了，舜即尋覓阿孃墓。見阿孃真身，悲啼〔泣〕血。阿孃報言舜子：『兒莫歸家，兒大〔難〕未盡。但取西南角歷山躬耕，必當貴。』」皆是亡母顯靈之例。

王梵志詩校注卷六

惠眼近空心伯二一二五、斯〇五一六、大正藏、文庫、校輯、詩集

惠眼近空心〔一〕，非關髑髏孔〔二〕。對面說不識〔三〕，饒你母姓董〔四〕。（二一九六）

此首載於伯二一二五歷代法寶記、斯〇五一六歷代法寶記、大正藏卷五一歷代法寶記、鄭振鐸世界文庫五王梵志拾遺、校輯、詩集

【校】

惠眼　胡適白話文學史、文庫作「慧眼」，校輯作「慧心」。

非關　「關」，原作「開」。

【注】

〔一〕惠眼：同「慧眼」，佛教「五眼」之一，能照矚佛教色空真諦。佛說無量壽經卷下：「慧眼見真，能度彼岸。」摩訶止觀卷七下：「照因緣色空，名慧眼。」大乘義章卷二〇本：「五名是何？一是肉眼，二是天眼，三是慧眼，四是法眼，五是佛眼。五中肉眼及與慧眼，就體彰名，用肉爲眼名爲肉眼，用慧爲眼名爲慧眼，故云就體。……言慧眼者，觀達名慧，慧能照燭，故名慧眼。」又卷二〇末：「知空無我爲至道處，即是慧眼。」空心：無所思慮之心。敦煌本壇經：「又有迷人，空心不思，名之爲大，此亦不是。」筠州黃

藥山斷際禪師傳心法要：「凡人多不肯空心，恐落於空，不知自心本空。」故歷代法寶記下文載無住云：「只没閑不憶不念，一切時中總是道。」「不憶不念」即「空心」也。

〔二〕非關：見○四一首注二。　髑髏孔：按「髑髏」爲死人之顱骨，莊子至樂：「莊子之楚，見空髑髏，髐然有形。」「髑髏孔」謂髑髏之眼眶，此處即以指肉眼。按：後來禪宗話頭，亦有「髑髏裏眼睛」之語。景德傳燈録卷一七撫州曹山本寂禪師：「僧舉有人問香嚴如何是道，答曰：『枯木裏龍吟。』學云：『不會。』曰：『髑髏裏眼睛。』後問石霜如何是枯木裏龍吟，石霜云：『猶帶喜在。』又問如何是髑髏裏眼睛，石霜云：『猶帶識在。』師因而頌曰：『枯木龍吟真見道，髑髏無識眼初明。喜識盡時消不盡，當人那辨濁中清！』」

〔三〕對面：當面。高僧傳卷九佛圖澄傳：「善誦神呪，能役使鬼物。以麻油塗掌，千里外事皆徹見掌中，如對面焉。」敦煌本壇經：「善知識，汝等盡誦取此偈。依偈修行，去慧能千里，常在能邊；此不修，對面千里。」杜甫茅屋爲秋風所破歌：「南村羣童欺我老無力，忍能對面爲盗賊，公然抱茅入竹去，脣焦口燥呼不得。」寒山詩：「有事對面説，所以足人怨。」「對面不識」爲禪師習語，如歷代法寶記：「有緣千里通，無緣人對面不相識。」大珠禪師語録卷下：「今見著衣喫飯，行住坐卧，對面不識，可謂愚迷。」五燈會元卷一二石霜楚圓禪師：「對面不相識，千里却同風。」又卷一三阾珏和尚：「僧問：『學人不負師機，還免披毛戴角也無？』師曰：『闍黎何得對面不相識。』」又卷一七仰山行偉禪師：「上堂：『鼓聲纔動，大衆雲臻。諸人上觀，山僧下覷。上觀觀箇甚麽？下覷覷箇什麽？』良久曰：『對面不相識。』」

〔四〕鐃：縱然、即便。見一〇一首注五。

伯二一二五歷代法寶記：「和上（按指無住禪師）坐下，尋常教戒諸學道者，恐著言説，時時引稻田中螃蟹問衆人，不會，又引王梵志詩：『惠眼近空心，非關（原作開）髑髏孔。對面説不識，饒你母姓董。』」楚按：此首立意，全取雙關，以「董」諧「懂」也。蓋「慧眼」無關肉眼，俗子不具慧眼，則當面解説，亦終不識。縱然爲董氏母所生，仍於佛法一無所懂也。古人以姓氏爲雙關之例，如御覽卷四八二引解系傳：「張華、裴頠之被誅也，趙王倫、孫秀以宿讎收系兄弟，將殺之。梁王肜救之，倫等怒曰：『我見水中蟹尚欲殺，况人兄弟輕我也！』遂并戮其妻子。」此則以「蟹」與「解」諧音雙關。五燈會元卷五藥山惟儼禪師：「朗州刺史李翱問：『師何姓？』師曰：『正是時。』李不委，却問院主：『某甲適來問和尚姓，和尚曰：正是時。未審姓甚麽？』主曰：『恁麽則姓韓也。』師聞乃曰：『得恁麽不識好惡！若是夏時對他，便是姓熱！』」亦以冬時隱「寒」字，而以「寒」與「韓」諧音雙關，皆與此首以「董」與「懂」諧音雙關類似。

此身如館舍 伯三八七六、校輯

此身如館舍〔一〕，命似寄宿客。客去館舍空，知是誰家宅？（二九七）

【注】

〔一〕館舍：客舍。周禮夏官懷方氏：「掌來遠方之民，……治其委積、館舍、飲食。」後漢書仲長統傳載昌言損益篇：「井田之變，豪人貨殖，館舍布於州郡，田畝連於方國。」新唐書百官志三：「掌客十五人，正九品上，掌送迎蕃客，顓蒞館舍。」按白居易宿誠禪師山房題贈：「視身如傳舍。」與此句意同，蓋「傳舍」亦即「館舍」也。

伯希和劫經録三〇二一佛書：「有頌讚，有故事；所記故事，如關於費長房等，多係中國故事，知爲此土人所作（内引王梵志詩）。背有維摩經注解。」楚按：伯三〇二一號卷子實爲伯三八七六號卷子之一段，在縮微膠片中已并入伯三八七六號。詳案其内容，乃是一位道教法師講經之稿本，擬題佛書，實屬誤解。兹録該卷有關文字如下：「經云：『修功千種，終趨大乘；造福萬途，皆歸正道。』施主等既知善是福本，建立道場，聽大乘經典，此乃不可思議智惠種子，欲度無明苦海，生死愛河。雖以經稱慧雨（雨原作兩），滅生死之埃塵；法號智刀（刀原作力），剪煩惱□□業。能專心靜聽一句一偈，能滅積劫之愆，必獲無窮果報。若其心生怠慢（二字原作殆墁），浪作攀（攀原作樊）緣，則徒勞久坐，終無利益。故經云：『此身危脆，等秋露朝縣，命若浮雲，須臾散滅。』故王梵志（梵原作犯）詩云：『此身如館舍，命似寄宿客。客去館舍空，知是誰家宅？』又云：『人是無常身。』」楚按這段文字乃是一位法師，在俗間施主所建道場上講經之稿本。所引之梵志詩，大旨乃言身命關係，須臾不久，與〇五八、〇五九首類似，參見〇五九首篇後按語。

我昔未生時詩式、友議、紀事、類説、説郛、禪林鈎玄、校輯、詩集

我昔未生時，冥冥無所知〔一〕。天公强生我，生我復何爲？無衣使我寒，無食使我飢。還你天公我，還我未生時。（二九八）

此首載皎然詩式跌宕格駭俗品、范攄雲溪友議三卷本卷下、十二卷本卷一一、唐詩紀事卷七三、曾慥類説卷四一、説郛宛委山堂本卷二一、商務本卷五、楊慎禪林鈎玄禪藻記蒳、校輯、詩集。

【校】

我昔未生時　友議、類説、説郛作「天公未生我」。

天公强生我　「天公」，禪林鈎玄作「皇天」。「强」，友議、類説、説郛作「忽」。

復何爲　「復」，禪林鈎玄作「亦」。

使我寒　「使」，友議、類説、説郛作「遣」。

使我飢　「使」，友議、類説、説郛作「令」。

還你天公我　「你」，友議、類説、説郛作「爾」，此句禪林鈎玄作「還天初生我」。

【注】

〔一〕冥冥無所知：説郛（商務本）卷四四宋張思敬括異志：「侍中韓公稚珪知泰州日，卧疾數日，冥冥無所知。」

皎然詩式跌宕格二品駭俗：「其道如楚有接輿，魯有原壤。外示驚俗之貌，内藏達人之度。郭景純遊仙詩：『姮娥揚妙音，洪厓頷其頤。』王梵志道情詩：『我昔未生時，冥冥無所知。天公强生我，生我復何爲？無衣使我寒，無食使我飢。還你天公我，還我未生時。』賀知章放達詩：『落花真好些，一醉一回顛。』盧照鄰勞作詩：『城狐尾獨束，山鬼面參覃。』」楚按：皎然稱梵志此詩爲「道情詩」，當是就内容歸類而言，不一定原詩就有此等標目，故仍以首句「我昔未生時」爲題。又按：此首大旨仍謂有生不如無生。提出「未生時」之觀念，參見二四五首注八。隋書盧思道傳載思道勞生論，有云「夫人之生也，皆未若無生」，即此首之意也。

范攄雲谿友議卷下蜀僧喻：「雲谿子昔遁西霞峯，厥氣方壯。嘗遇玄朗上人者，南泉禪宗普願大師之嗣孫也。……朗公或遇高才亡智者，則論六道迷津，三明啓道，此滅彼往，無榮絶辱也。或有愚士昧學之流，欲其開悟，别吟以王梵志詩。梵志者，生於西域林木之上，因以梵志爲名。其言雖鄙，其理歸真。所謂歸真悟道，徇俗乖真也。詩云：『欺枉得錢君莫羨，得了却是輸他便。來往報答甚分明，只是換頭不識面。』又曰：『天公未生我，冥冥無所知。天公忽生我，生我復何爲？無衣遣我寒，無食令我飢。還爾天公我，還我未生時。』又曰：『我肉衆生肉，形殊性不殊。元同一性命，只是别形軀。苦痛教他死，將來作己須。莫教閻老斷，自想意何如？』又曰：『多置莊田廣修宅，四鄰買盡猶嫌窄。雕牆峻宇無歇時，幾日能爲宅中客？造作莊田猶未已，堂上哭聲身已死。哭人盡是分錢人，口哭元來心裏喜。』又曰：『鼺行出家兒，心中未平實。貧齋行則遲，富齋行則疾。貪他油煮䭔，我有波羅蜜。飽食不知慚，受罪無休日。』又曰：『不願大大富，不願大大貧。昨日了今日，今日了明晨。此之大大因。所願只如此，真成上上人。』又曰：『良田收百頃，兄弟猶工商。却是成憂惱，珠金虚滿堂。滿堂何所用，妻兒日夜忙。行坐聞人死，不解暫思量。貧兒二畝地，乾枯十樹桑。桑下種粟麥，四時供父娘。圖謀未入手，祇是願飢荒。結得百家怨，此身終受殃。』又曰：『本是尿屎袋，强將脂粉塗音荼。凡人無所識，唤作一團花。相牽入地獄，此最是寃家。』又曰：『生時不共作榮華，死後隨車强叫唤。齊頭送到墓門迴，分你錢財各頭散。』又曰：『衆生頭兀兀，常住無明窟。心裏唯欺謾，口中佯念佛。世無百年人，擬作千年調。打鐵作門閈，鬼見拍手笑。家有梵志詩，生死免入獄。不論有益事，且得耳根熟。白紙書屏風，客來即與讀。空飯手捻鹽，亦勝設酒肉。勸君莫殺命，背面被生嗔。喫他他喫汝，輪環作主人。』又曰：『照面不用鏡，布施不須財。端坐念真相，此便是如來。大皮裏大樹，小皮裏小木。生兒不用多，了事一箇足。省得分田宅，無人横煎蹙。但行平等心，天亦念孤獨。我身雖孤獨，未死先懷慮。家有五男兒，哭我無所據。哭我我不聞，不哭我亦去。無常忽到來，知身在何處！』又曰：『世間何物貴？ 無價是詩書。了了説仁義，愚夫都不知。深房禁婢妾，對客誇妻兒。青石甃行路，未知身死時！』」

慈受懷深禪師語録卷一：「記得古人生日詩一首，舉似大衆。他道：『我昔未生時，冥冥無所知。天公强生我，生我復何爲。無衣使我寒，無食使我飢。還汝天公我，還我未生時。』者箇説話，好則甚好，猶欠衲僧孔竅在。老僧今日爲你諸人註破。『我昔未生時』，露柱懷胎。『冥冥無所知』，不唧嚠漢。『天公强生我』，自是你把不定。『生我復何爲』，爭怪得別人。『無衣使我寒』，猶有者箇在。『無食使我飢』，自有拈匙把筯底。『還汝天公我』，試拈出看。『還我未生時』，道什麽。」所云「古人生日詩」，即是梵志此詩也。

我肉衆生肉友議、説郛、校輯、詩集

我肉衆生肉〔一〕，形殊性不殊〔二〕。元同一性命，只是別形軀。苦痛教他死，將來作己須〔三〕。莫教閻老斷，自想意何如〔四〕？ （二九九）

【注】

〔一〕衆生：此處指供食用之牲畜禽魚等，見一一〇首注一。

〔二〕性：指佛性。佛教以爲一切衆生，不分貴賤人畜，普霑佛性。北本涅槃經卷一〇：「一切衆生，同一佛性，無有差別。」續高僧傳卷二七釋僧崖傳：「乃指前鷄猪曰：『此等音聲，皆有詮述，如汝等語，他人不解。餘國言音，汝亦不解。人畜有殊，皆有佛性，但爲惡業，故受此形。汝但力田，莫養禽畜。』」變文集廬山遠公話：「我如來留教，經乃分明，蠢動含靈，皆霑佛性。」四明尊者教行録卷一夢魚記附四明沙門知禮跋:「蓋魚性、佛性、宰邑之性,本不二焉。在事强分爲二,無二也。」故大乘義章卷一云:「故經説言: 若殺衆生,喪滅佛性,無有是處。」

〔三〕「苦痛教他死」二句: 按玄覺禪宗永嘉集戒憍奢意第二:「令他受死,資給己身。」即此二句之意。

〔四〕自想意何如: 按珠林卷一一二食肉部:「自身畏死,云何當得而食他肉? 是故大慧欲食肉者,先自念身,次觀衆生,不應食肉也。」龍舒增廣淨土文卷四修持法門八:「凡欲殺生者,但將自己看,自身不可殺,物命無兩般。所以不殺得長壽報,殺則短命報。蓋謂己欲其命長,物亦欲其命長,乃殺物命而欲己之命長,烏有是理?」即此句之意。

楚按: 説郛(宛委山堂本)卷七三黄魯直謂子瞻語云:「黄魯直謂子瞻曰:『鳥之將死,其鳴也哀。某適到市橋,見生鵝繫足在地,鳴叫不已,得非哀祈於我耶?』子瞻曰:『某昨日買十鳩,中有四活即放之,餘者幸作一杯羹。今日吾家常膳,買魚數斤,以水養之,活者放而救渠命,殪者烹而悦我口,雖腥羶之慾未能盡斷,且一時從權爾。』魯直曰:『吾兄從權之説,善哉!』魯直因作頌曰:『我肉衆生肉,名殊體不殊。元同一種性,只是别形軀。苦惱從他受,肥甘爲我須。莫教閻老到(判),自揣看何如?』子瞻聞斯語,愀然嘆曰:『我猶未免食肉,安知不逃閻老之責乎!』」楚按,以上記黄庭堅與蘇軾逸事,蓋小説家言耳。所載黄庭堅頌,即梵志此詩,小有異同者,傳録異文耳。當是先有此詩,因附會而有此事也。

永覺元賢禪師廣録卷一〇戒殺生:「昔黄山谷作頌曰:『我肉衆生肉,形殊體不殊。元同一種性,只是隔形軀。苦惱從他受,肥甘爲我須。莫教閻老判,自揣看何如。』戒殺之意,斯頌盡之矣。」

麤行出家兒友議、類說、說郛、校輯、詩集

麤行出家兒〔一〕，心中未平實。貧齋行則遲，富齋行則疾〔二〕。貪他油煮餡〔三〕，我有波羅蜜〔四〕。飽食不知慚，受罪無休日〔五〕。（三〇〇）

【校】

心中　說郛宛委山堂本作「中心」。

行則遲　「則」，說郛宛委山堂本作「莫」。

我有　類說作「愛君」。說郛作「愛若」，詩集、校輯從之，茲所不取。蓋「我有波羅蜜」爲作者現身說法，以與彼之「貪他油煮餡」相對比。若作「愛若」，則當與上句「貪他油煮餡」一氣連讀；唯「麤行出家兒」於「波羅蜜」本無所愛，則「愛若」之語畢竟落空矣。

飽食　「食」，說郛宛委山堂本作「日」。

受罪　「受」，說郛宛委山堂本作「有」。

【注】

〔一〕麤行：亦作「粗行」、「麄行」、「麁行」。僧道等不遵戒行稱「粗行」。洛陽伽藍記卷二崇真寺：「講經者心懷彼我，以驕凌物，比丘中第一粗行。」酉陽雜俎前集卷五怪術：「粗行阿師，爭敢輒無禮！拄杖何在？可擊之！」祖堂集卷一五歸宗和尚：「師剗草次，有一座主來相看，忽見一條蛇，師便钁斷。座主云：『久嚮歸宗，元來只是麁行沙門！』」宋佚名鬼董卷四：「越有陳生，外謹而內宕，好挑誘良家女婦，尤爲麤行諸尼所奔。」廣記卷六六謝自然(出集仙録)：「李堅常與夫人于几上誦經，先讀外篇，次讀内篇，内即魏夫人傳中本也。大都精思講讀者得福，麤行者招罪立驗。」此則用於道教者。　出家兒：謂僧徒。寒山詩：「又見出家兒，有力及無力。上上高節者，鬼神欽道德。君王分輦坐，諸侯拜迎逆。堪爲世福田，世人須保惜。」變文集難陁出家緣起：「欲識我家夫主時，他家還着福田衣。不作俗人之貌相，剃頭身作出家而(兒)。」

〔二〕「貧齋行則遲」二句：謂粗行僧人貪圖口腹，嫌貧愛富。冥報記卷上：「其父聞子已壓，無處求屍，家又貧窶，無以追福，乃持麁飯一鉢，往詣僧寺，請一人齋。衆僧多逐豐厚，莫肯爲食。父持飯大哭，有一僧愍而受食。」亦可見僧徒嫌貧齋，貪富齋，實爲普遍現象。按佛教主張不分貧富的平等之義。四分律行事鈔資持記卷下三，釋頭陀篇：「楞嚴中迦葉捨富從貧，須菩提捨貧從富，俱爲佛呵，非平等故。」故釋氏要覽卷上引明了論疏云：「出家先須防三過，謂於上味食起貪，下味食起嗔，中味食起癡。以此不知慚愧，墮三惡道。」

〔三〕油煮䭔：類似後世之炸元宵。通鑑陳文帝天嘉元年：「周世宗明敏有識量，晉公護憚之，使膳部中大夫李安置毒於糖䭔而進之。」胡三省注：「䭔，都回翻，丸餅也。……今城市間元宵所賣焦䭔即其物，但較小耳。」廣記卷二三四尚食令(出盧氏雜説)，載唐尚食局造䭔子手作䭔之法云：「取油鐺爛麵等調停，襪肚中取出銀盒一枚，銀篦子、銀笊籬各一，候油煎熟，于盒子中取䭔子豏，以手于爛麵中團之，五指間各有麵透出，以篦子刮却，便置䭔子于鐺中。候熟，以笊籬漉出，以新汲水中良久，却投油鐺中，三五沸取出，抛臺盤上，旋轉不定，以太圓故也。其味脆美，不可名狀。」

〔四〕波羅蜜：大乘義章卷一二：「波羅蜜者，是外國語，此翻爲度，亦名到彼岸。……到彼岸者，波羅者岸，蜜者是到。」佛教「六波羅蜜」指布施、持戒、忍辱、精進、禪定、智慧。按「波羅蜜」爲譯音，此以「波羅蜜」與「油煮䭔」對舉者，蓋雙關果名「波羅蜜」也。宋范成大桂海虞衡志志果：「波羅蜜，大如冬瓜，外膚礧砢如佛髻，削其皮食之，味極甘，子練悉如冬瓜，生大木上，秋熟。」

〔五〕受罪：指死墮三塗受諸罪苦。

不願大大富友議、類説、説郛、校輯、詩集

不願大大富，不願大大貧。昨日了今日，今日了明晨〔一〕。彼之大大願，此之大大因。所願只如此，真成上上人〔二〕。（三〇一）

【校】

「彼之大大願」二句　上句友議三卷本原脱，十二卷本并下句亦脱，詩集亦無此二句。説郛宛委山堂本作「此之大大因，彼之大大身」，校輯據補。按類説作「此之大大願，此之大大因。」上句「此」字當是「彼」字之譌。類説爲宋人所輯，應較説郛更近原本，兹從之。

【注】

〔一〕「昨日了今日」二句：謂昨日過後即今日，今日過後即明晨。「了」即完畢之義。

〔二〕真成：真是。見二四五首注一。　上上人：高超之人。惠昕本壇經：「俗諺云：下下人有上上智，上上人有没意智。」敦煌變文論文録附維摩碎金：「上上人，大居士，言似懸河諸（注）不滯。」

楚按：佛教貧富循環論，以爲今身「大大富」之願，即是來生「大大貧」之因；而來生「大大貧」之因，又導致下生「大大富」之身，如此循環不已。梵志所樂則非此，不願大富大貧交替，但求世世不富不貧，如此才算所謂「上上人」。此詩大旨仍是但求其中的「中庸」思想。佛五百弟子自説本起經：「我即時叉手，自心作是願，令我得如是，聰明大智慧，莫令生豪家，亦勿生賤種，常生於中家，志多作沙門。」國清百録卷二陳左僕射徐陵書：「三願即還人中，不高不下處託生。」白居易閒吟：「我今幸在窮富間，雖在朝廷不入山。」又雪中晏起偶詠所懷兼呈張常侍韋庶子皇甫郎中：「非賢非愚非智慧，不貴不富不貧賤。」皆與梵志所樂類似。

良田收百頃 友議、説郛、校輯、詩集

良田收百頃，兄弟猶工商。却是成憂惱〔一〕，珠金虚滿堂。滿堂何所用？妻兒日夜忙。行坐聞人死〔二〕，不解暫思量。（三〇二）

【校】

工商　「工」，説郛宛委山堂本作「上」。

珠金　「金」，友議十二卷本作「玉」，説郛作「經」。

暫思量　「暫」，説郛宛委山堂本作「慙」。

【注】

〔一〕憂惱：煩惱。藝文類聚卷九三引怪志：「鎮西謝尚所乘馬忽死，憂惱甚至。」白居易逸老：「去何有顧戀，住亦無憂惱。」寒山詩：「不如百不解，靜坐絶憂惱。」方干書法華寺上方禪壁：「是非生死多憂惱，

此日蒙師爲破迷。」

〔二〕行坐：猶云時時、隨時。見〇四五首注三。

貧兒二畝地友議、説郛、校輯、詩集

貧兒二畝地，乾枯十樹桑。桑下種粟麥，四時供父娘。圖謀未入手，祇是願飢荒〔一〕。結得百家怨，此身終受殃。（三〇三）

【校】

貧兒二畝地　説郛宛委山堂本作「買得貧家地」。

【注】

〔一〕「圖謀未入手」二句：謂富人唯願歲饑，以遂兼并貧兒土地之謀，可與二六九首「窖内多埋穀，尋常願米貴」對讀。參看該首注六。

本是尿屎袋友議、類説、説郛、校輯

本是尿屎袋〔一〕，强將脂粉塗〔二〕。凡人無所識，唤作一團花〔三〕。相牽入地獄〔四〕，此最是寃家。（三〇四）

【校】

尿屎袋　友議十二卷本作「屙屎袋」，類説、説郛作「屎尿袋」。

脂粉塗　「塗」，類説、説郛作「搽」，校輯據改。見注二。

所識　説郛宛委山堂本作「識見」，商務本作「見識」。

【注】

〔一〕尿屎袋：比喻人體，爲佛教不淨觀之觀念。參見〇三三首注三。

〔二〕塗：原注「音茶」，讀爲「搽」字。柳宗元同劉二十八院長述舊言懷感時書事：「善幻迷冰火，齊諧笑柏塗。」「塗」下原注「音茶」。通俗編婦女：「摭言：『薛逢策羸馬赴朝，值新進士綴行而出，斥令回避。逢遣价語之曰：莫乞相，阿婆三五少年時，也曾東塗西抹來！』按：塗即搽粉之搽，史記東方朔傳『老柏塗』，叶入麻韻。此薛逢以婦人爲喻，今或謂筆跡汎濫爲東塗西抹，誤也。」楚按，「老柏塗」見漢書東方朔傳，顏師古注：「塗音丈加反。」是唐人固有讀「塗」爲「茶」者。

〔三〕一團花：喻美貌。變文集醜女緣起：「得見牟尼身懺悔，當時却似一團花。」堅瓠七集卷二風流學士：「解學士訪某駙馬不值，公主聞其名，欲觀之，隔簾使人留茶。解索筆題曰：『錦衣公子未還家，紅粉佳人叫賜茶。內院深沉人不見，隔簾閒却一團花。』公主怒其謔己，遂奏聞。文皇曰：『此風流學士，見他做甚。』」

〔四〕相牽：牽引，連累。冥報記卷下載柳智感判冥事，「有興州司倉參軍之婦被攝入冥司，智感因諮婦人曰：『感，長舉縣令也。夫人若被勘問，幸自分疏，無爲牽引司倉，俱死無益。』婦人曰：『誠不欲引之，恐官相逼耳。』感曰：『夫人幸勿相牽，可無逼迫之慮。』」此云「相牽入地獄」者，謂凡人多爲女色連累，死墮地獄受苦。

照面不用鏡友議、類説、説郛、校輯、詩集

照面不用鏡，布施不須財。端坐念真相〔一〕，此便是如來。（三〇五）

【校】

真相　「相」，説郛宛委山堂本作「想」。

【注】

〔一〕真相：亦云「實相」、「真如」等，佛教以稱宇宙萬物之本體。汾陽無德禪師語録卷下南行述牧童歌：「指物作乾坤，演説成真相。」按觀普賢菩薩行法經：「一切業障海，皆從妄想生，若欲懺悔者，端坐念實相。」「實相」即「真相」也。

楚按，敦煌卷子北京果字四一號西方讚偈文一卷中，載有一首達摩禪師偈：「口傳文字界，思遊妄想禪。佛法無南北，何處覓西東。細心不用水，布施不須才。定心單念佛，端坐見如來。」其中「細」應作「洗」，「才」應作「財」，後四句應是「洗心不用水，布施不須財，定心單念佛，端坐見如來」，顯然與梵志此詩同出一源，文字差異是在流傳過程中形成的。按菩提達磨於梁武帝時由天竺入華，被禪宗尊爲西天二十八祖及東土初祖。這首偈文被收入淨土宗的西方讚偈文中，它被稱爲達摩禪師偈，大約是附會的。但雲溪友議將它歸於王梵志名下，我認爲同樣

也是附會的。大抵當時禪林及民間流傳着許多這類不知作者的通俗白話詩偈，人們往往隨意地把它們歸附於某位知名的古賢大德名下，其中最常見的是歸附於白話詩人王梵志的名下。友議所載的若干首王梵志詩，以及其他詩話筆記中所載的王梵志詩，大抵就是這樣産生的。

大皮裹大樹友議、類説、説郛、校輯、詩集

大皮裹大樹，小皮裹小木〔一〕。生兒不用多，了事一箇足〔二〕。省得分田宅，無人横煎蹙〔三〕。但行平等心，天亦念孤獨。（三〇六）

【校】

大樹　「樹」，説郛宛委山堂本作「肉」。

小木　「木」，類説作「樹」，説郛宛委山堂本作「肉」。

省得　「得」，説郛宛委山堂本作「用」。

無人　説郛宛委山堂本作「却無」。

但行　「行」，説郛宛委山堂本作「存」。

【注】

〔一〕「大皮裹大樹」二句：老學庵筆記卷三：「僧行持，明州人，有高行而喜滑稽。嘗住餘姚法性，貧甚。有頌曰：『大樹大皮裹，小樹小皮纏。庭前紫荆樹，無皮也過年。』」五燈會元卷一五藥山彝肅禪師：「僧問：『佛未出世時如何？』師曰：『大樹大皮裹。』曰：『出世後如何？』師曰：『小樹小皮纏。』」説郛

（商務本）卷三五宋龔頤正續釋常談：「大唐鄭谷詩曰：大樹大皮纏，小樹小皮裹，庭前紫薇樹，無皮也得過。」古尊宿語録卷四〇雲峰悦禪師初住翠巖語録：「問：『如何是和尚家風？』師云：『大木大皮裹。』進云：『忽遇客來，將何祇待？』師云：『小木小皮纏。』」楚石梵琦禪師語録卷二：「上堂：大樹大皮裹，小樹小皮纏。若不同牀睡，焉知被底穿。」通俗編識餘變古：「普燈録藥山彝肅云：『大樹大皮纏，小樹小皮裹。』今變之曰：『走盡天邊路，没有皮寬樹。』」

〔二〕了事：能幹。甘澤謡：「陶峴富有田業，擇家人不欺而了事者，悉付之。」廣記卷二七五上清（出異聞集）：「上清果隸名掖庭且久。後數年，以善應對，能煎茶，數得在帝左右。德宗謂曰：『宫内人數不少，汝大了事。』」五燈會元卷三鹽官齊安國師：「師令沙彌屈法空禪師，法空至，師顧沙彌曰：『咄！這沙彌不了事，教屈法空禪師，屈得箇守堂家人來。』」

〔三〕煎蹙：愁苦困窘。藝文類聚卷三五引晉束皙貧家賦：「涉孟春之季月，迄仲冬之堅冰。稍煎蹙而窮迫，無衣褐以蔽身。」

我身雖孤獨友議、類説、説郛、校輯、詩集

我身雖孤獨，未死先懷慮。家有五男兒〔一〕，哭我無所據。哭我我不聞，不哭我亦去。無常忽到來〔二〕，知身在何處？（三〇七）

【校】

我身雖孤獨　類説脱此句。

先懷慮　説郛宛委山堂本作「懷先慮」。

無所據　「據」，類説作「處」。

忽到來　「到來」，類説作「來頭」。

【注】

〔一〕五男兒：參看二六四首注一。

〔二〕忽：如果，假若。見二八九首注四。

世間何物貴之二　友議、説郛、校輯、詩集

世間何物貴？無價是詩書。了了説仁義〔一〕，愚夫都不知。深房禁婢妾，對客誇妻兒。青石甃行路〔二〕，未知身死時。（三〇八）

【校】

愚夫都不知　「都」，友議十二卷本作「却」。此句説郛宛委山堂本作「却不知賢愚」。

甃行路　「甃」，説郛宛委山堂本作「梵」，形譌字。

【注】

〔一〕了了：清楚，明白。博物志卷七：「問漢時宮中事，説之了了，皆有次序。」韓愈憶昨行和張十一：「眼中了了見鄉國，知有歸日眉方開。」淨覺楞伽師資記：「如鏡照面像，了了極分明。」

〔二〕甃：砌。白居易官舍内新鑿小池：「中底鋪白沙，四隅甃青石。」按梵志此二句與三一四首「打鐵作門

限，鬼見拍手笑」意同。

欺枉得錢君莫羨友議、鑑誡録、漫志、類説、説郛、類林、文庫、校輯、詩集

欺枉得錢君莫羨〔一〕，得了却是輸他便〔二〕。來往報答甚分明〔三〕，只是換頭不識面〔四〕。

（三〇九）

此首見於友議、何光遠鑑誡録卷一〇、費衮梁谿漫志卷一〇、類説、説郛、焦竑焦氏類林卷八、文庫、校輯、詩集。

【校】

欺枉　「枉」，餘本皆作「誑」。

得了却是　鑑誡録作「究竟還是」。

來往報答甚分明　「往」，漫志、文庫、校輯作「生」。此句鑑誡録作「不信但看槽上驢」。

換頭　「換」，鑑誡録作「改」。

【注】

〔一〕欺枉：欺凌。「枉」亦凌也。吕氏春秋仲秋紀：「無或枉橈。」高誘注：「凌弱爲枉。」

〔二〕輸他便：讓他占了便宜，亦即吃了他的虧。遊仙窟：「十娘問：『若爲賭宿？』余答曰：『十娘輸籌，則共下官卧一宿；下官輸籌，則共十娘卧一宿。』十娘笑曰：『漢騎驢則胡步行，胡步行則漢騎驢，總悉

輸他便。點(點之譌)兒遞換作，少府公太能生！』」祖堂集卷一四石鞏和尚：「登時將謂得便宜，如今看却輸便宜。」董解元西廂記卷二：「將軍敗，有機變。不合追趕，趕上落便宜，輸他方便。」即梵志詩「得了却是輸他便」之意。

〔三〕來往：猶云「循環」，此處指生死輪迴。

〔四〕換頭不識面：謂來生改換了形體面貌，不復相識。見一〇五首注六。

何光遠鑑誡録卷一〇見世報：「天祐中，秦州劉自然主押義軍案。因連帥李中令繼崇點鄉丁而西捍蜀師，有成紀縣百姓黃知感詣劉求免，自然許之。自然之妻謂其夫曰：『黃知感之妻美髮，倘得爲妾之髢，即與免之。』知感得劉指蹤，與妻平議。黃妻可謂賢也，語其夫曰：『妾今幸以弱質得附於君，髮有再生，人死永矣。君若南征不返，妾有美髮何爲？』言訖，攬髮剪之。知感亦懷痛切，既迫於差點，遂獻於劉。劉亦貪殘，猶爲不足。春獲其免，秋復差行。軍須急難，莫敢申雪。於是没於金沙之陣。劉亦是歲云亡。黃妻但有靈祠陳狀咒詛。後黃家牝衛忽生一駒，及堪乘騎，方覺左脇下有『劉自然』之字，多般辨驗，字益分明。邑人傳之，遂達廉問蜀平秦之後王太尉宗儔制置，元戎乃召其妻子識認。劉之長子曰：『某父平生唯好酒肉，但能飲酒食肉，是某父也。』驢遂飲酒數升，啖肉數臠，仍以頭揩泥其子，淚下如繩。劉子請備百千贖之，黃妻竟爲不可，出入鞭打，以報夫讎。劉子恥於姻親，鬱咽而卒。後累經喪亂，無復聞焉。故王梵志詩曰：『欺誑得錢君莫羨，究竟還是輸他便。不信但看槽上驢，只是改頭不識面。』」楚按：此首大旨與二四四首略同，參見該首篇後按語。

費袞梁谿漫志卷一〇梵志詩：「山谷以茅季偉事親，引梵志『翻襪』之句，人喜道之。予嘗見梵志數頌，詞樸而理到，今記於此。其一曰：『欺誑得錢君莫羨，得了却是輸他便。來往報答甚分明，只是換頭不識面。』又曰：

『多置莊田廣修宅，四鄰買盡猶嫌窄。雕牆峻宇無歇時，幾日能爲宅中客。』又曰：『造作莊田猶未已，堂上哭聲身已死。哭人盡是分錢人，口哭元來心裏喜。』又曰：『衆生頭兀兀，常住無明窟。心裏爲欺謾，口中佯念佛。』又曰：『世無百年人，强作千年調。打鐵作門限，鬼見拍手笑。』又曰：『勸君休殺命，背面彼生嗔。喫他他喫汝，循環作主人。』又曰：『他人騎大馬，我獨跨驢子。回顧擔柴漢，心下較些子。』又曰：『家有梵志詩，生死免入獄。不論有益事，且得耳根熟。白紙書屏風，客來即與讀。空飯手捻鹽，亦勝設酒肉。』明焦竑焦氏類林卷八釋部引梵志詩，與此略同。

多置莊田廣修宅 友議、漫志、類説、説郛、類林、文庫、校輯、詩集

多置莊田廣修宅，四鄰買盡猶嫌窄。雕牆峻宇無歇時〔一〕，幾日能爲宅中客？（三一〇）

【校】

廣修宅　「修」，説郛宛委山堂本作「收」。

猶嫌窄　「猶」，説郛商務本作「又」。

無歇時　「歇」，各本同，校輯改作「猒」。

宅中客　類説作「客中客」。

【注】

〔一〕雕牆峻宇：書五子之歌：「峻宇彫牆。」孔傳：「峻，高大；彫，飾畫。」洛陽伽藍記卷一：「嵩明寺復在修梵寺西，並雕牆峻宇，比屋連甍，亦是名寺也。」

楚按：此首大旨與二六〇首略似，參見該首篇後按語。

造作莊田猶未已友議、漫志、類説、説郛、類林、文庫、校輯、詩集

造作莊田猶未已，堂上哭聲身已死。哭人盡是分錢人，口哭元來心裏喜。（三一一）

【校】

造作　説郛宛委山堂本作「置造」。

哭人　説郛作「哭聲」。

楚按：此首大意亦見於貫休行路難：「父歸墳兮未朝夕，已分黄金爭田宅。」變文集太子成道經：「遮莫你僂儸上陵天，南州北郡置莊田。未待此身裁與謝，商量男女擬分錢。大兒右（有）道取東畔，小者莫疑取西邊。惡業是門徒自造着，别人不肯與你入黄泉。」又无常經講經文：「纔亡三日早安排，送向荒郊看（着）古道。送迴來，男女鬧，爲分財物不停懷愕（懊）惱。」

生時不共作榮華友議、説郛、校輯、詩集

生時不共作榮華，死後隨車强叫喚〔一〕。齊頭送到墓門迴〔二〕，分你錢財各頭散〔三〕。

（三一二）

【校】

墓門迴　「迴」，説郛宛委山堂本作「西」。

分你錢財各頭散　説郛商務本「你」作「了」，「頭」作「自」。

【注】

〔一〕車：指喪車。變文集董永變文：「六親今日來相送，隨東直至墓邊傍。一切掩埋總以（已）畢，董永哭泣阿耶孃。」「隨東」亦應作「隨車」。　强叫喚：形容不哀之乾號，「强」讀上聲。

〔二〕齊頭：一齊。法句譬喻經卷一多聞品：「羣賊齊頭徑前圍繞，挽弓拔刀，諍欲剥脱。」王建田侍郎歸鎮：「老人上酒齊頭拜，得侍中來盡再生。」「頭」一作「行」，則淺人所改。清李調元方言藻卷下齊頭：「王仲初詩：『老人上壽齊頭拜。』齊頭，方言也。」

〔三〕各頭：各自。「頭」爲語助詞，如「齊頭」之例。

衆生頭兀兀友議、漫志、類説、説郛、類林、文庫、校輯、詩集

衆生頭兀兀〔一〕，常住無明窟〔二〕。心裏唯欺謾〔三〕，口中佯念佛。（三一三）

【校】

頭兀兀　「頭」，類説作「願」，類林作「心」。

唯欺謾　「唯」，漫志、類林、文庫、校輯作「爲」。　「謾」，詩集作「瞞」。

【注】

〔一〕頭兀兀：頭腦昏愚。寒山詩：「見罷頭兀兀，看時身侗侗。」參見〇三五首注一。

〔二〕無明窟：指凡夫的軀體。參見一五一首注二。

〔三〕欺謾：欺騙。韓愈謝自然詩：「逶迤不復振，後世恣欺謾。」寒山詩：「我見多知漢，終日用心神，岐路逞嘍囉，欺謾一切人。」

世無百年人友議、漫志、類説、説郛、類林、文庫、校輯、詩集

世無百年人〔一〕，擬作千年調〔二〕。打鐵作門限〔三〕，鬼見拍手笑〔四〕。（三一四）

【校】

擬作　「擬」，漫志、文庫、校輯作「强」，類林作「枉」。

門限　「限」，原作「閑」，説郛作「闞」。按此句用智永事見注三，故從漫志作「限」。

【注】

〔一〕百年人：王勃春園：「還持千日醉，共作百年人。」

〔二〕千年調：見〇一二首注三。

〔三〕門限：門檻，門坎。明李實蜀語：「門地脚曰限。〇限音坎。」匡謬正俗卷八門限：「問曰：俗謂門限爲門蒨，何也？答曰：按爾雅曰：『柣謂之閾。』郭景純注曰：『門限也，音切。』今言門蒨，是柣聲之轉耳。字宜爲柣，而作切音。」李綽尚書故實：「右軍孫智永禪師……人來覓書並請題額者如市，所居

户限爲之穿穴，乃用鐵葉裹之，人謂爲『鐵門限』。」此處即以「打鐵作門限」爲「擬作千年調」之形象説明。

〔四〕鬼見拍手笑：按二六〇首亦有「年老造新舍，鬼來拍手笑」之語，見該首注一。

宋委心子新編分門古今類事卷三伯龍鬼笑，引劉伯龍事（見二六〇首注一），按云：「嗟夫！伯龍歷位太守，以清貧而營什一之利，未爲過分，猶爲鬼所撫掌。况今之人，治生則欲暴富，入仕則欲速化，幽冥之中，烏得不絶倒乎？梵志詩云：『世無百年人，擬作千歲調。以鐵作門關，鬼見拍手笑。』誠非妄語。因併録之，以戒好作妄動者。」

楚按：此首詩意，於流傳中迭易主名，終化俗語。惠洪林間録卷下引寒山子詩云：「人是黑頭蟲，剛作千年調。鑄鐵作門限，鬼見拍手笑。」任淵注陳師道卧疾絶句「一生也作千年調」，引寒山子詩與林間録同，而寒山子詩集不載此詩。野客叢書卷一九詩句相近引李後主詩「人生不滿百，剛作千年畫」，亦由梵志此詩前二句變化而出。鷄肋編卷下引北宋俚語曰：「人作千年調，鬼見拍手笑。」則又取此詩二、四兩句，凝縮而成。文人隱括者，如樂府雅詞卷六曹組相思會：「人無百年人，剛作千年調。待把門關鐵鑄，鬼見失笑。多愁早老，惹盡閑煩惱。」漁獵典故者，如范成大重九日行營壽藏之地：「縱有千年鐵門限，終須一箇土饅頭。」亦可見影響之廣泛。

勸君莫殺命 友議、漫志、説郛、類林、文庫、校輯、詩集

勸君莫殺命，背面被生嗔〔一〕。喫他他喫你〔二〕，輪環作主人〔三〕。（三一五）

【校】

莫殺命　「莫」，漫志、類林、文庫、校輯作「休」。

被生嗔　漫志、文庫作「彼生嗔」，類林作「復生嗔」，説郛宛委山堂本作「生被嗔」。

喫他他喫你　「他」，説郛宛委山堂本作「它」。「你」，漫志、類説、説郛、類林、文庫作「汝」。

輪環　類説、説郛宛委山堂本同。漫志、類林、文庫、校輯作「循環」，説郛商務本、詩集作「輪迴」。

【注】

〔一〕背面：背後，背地。莊子盜跖：「吾聞之，好面諛人者，亦好背面毀之。」

〔二〕喫他他喫你：楞嚴經卷四：「是等則以殺貪爲本，以人食羊，羊死爲人，人死爲羊，如是乃至十生之類，死死生生，互來相噉，惡業俱生，窮未來際。」參見二七七首注六。

〔三〕輪環：循環，亦作「輪還」。大乘瑜伽金剛性海曼殊室利千臂千鉢大教王經卷一〇：「如此之人，還没地獄，從地獄出，却作鬼身，輪還生死，入於苦海，無有歇時。」

家有梵志詩友議、漫志、類説、説郛、類林、文庫、校輯、詩集

家有梵志詩，生死免入獄〔一〕。不論有益事，且得耳根熟〔二〕。白紙書屛風，客來即與讀。空飯手捻鹽〔三〕，亦勝設酒肉。（三一六）

【校】

梵志詩　「詩」，説郛宛委山堂本作「文」。

免入獄　「免」，說郛宛委山堂本作「未」。

有益事　說郛宛委山堂本作「事有益」。

且得耳根熟　「熟」，說郛作「熱」，校輯據改，失韻。

即與讀　「即」，類林作「且」。

空飯手捻鹽　說郛宛委山堂本作「空手捻虀鹽」。

【注】

〔一〕生死免入獄：謂生免入官獄，死免入地獄。

〔二〕耳根：即耳。佛教以眼耳鼻舌身意爲「六根」。五燈會元卷一六臨安智才禪師：「風雨蕭騷，塞汝耳根。落葉交加，塞汝眼根。香臭叢雜，塞汝鼻根。冷熱甘甜，塞汝舌根。衣綿温冷，塞汝身根。顛倒妄想，塞汝意根。」龍舒增廣淨土文卷六勸僧：「凡受人一錢之施，一食之供，皆當爲說淨土，以報其德。縱彼不信，亦使知之，耳根漸熟，久而自信。」歐陽修瀧岡阡表：「其平居教他子弟，常用此語，吾耳熟焉，故能詳也。」「耳熟」亦即「耳根熟」也。

〔三〕空飯：無菜餚之白飯。周一良曰：「空飯一詞屢見於圓仁入唐求法巡禮行記，如開成三年八月二十六日云，『更報官，取處分，可設空飯者。』九月二日云，『監寺僧方起等於庫頭設空飯。』四年四月六日云，『齋時已前，到彼空飯。』五年七月一日云，『院主僧廣初設空飯送路，齋後便發。』小野勝年氏校訂圓仁日記，并詳加注釋，功力極深，成入唐求法巡禮行記研究，爲今天利用圓仁之書者所必須參考。書中解空字爲周禮九拜之一的空首拜的空，以爲空飯乃恭敬供養之飯食。實際這裏的空字恐非來自古典，而是唐代習用的俗語。圓仁開成五年三月五日的一段日記，已經描述了何爲空飯：『使君所使(?)米麪，於庫頭設供。米五斗，麪一石，酢、鹽、油任用，柴三十根。右物使君仁惠，不敢獨受。今以前件物，於常住院設空飯，來日供合寺衆僧。』由此文可知，空飯即只有主食而無菜殽，更無肉類的飯食，至多有醋和油鹽而已。今天口語只飲酒而不佐以下酒菜殽，稱爲喝寡酒。空字和這個寡字，意義頗爲相近。梵志詩句『空飯手捻鹽，亦勝設酒肉』。太平廣記卷一三四王珍條引廣古今五行記，叙述唐代王珍平時斷肉食，『珍以咸亨五年入海，運船上無菜，人皆食肉。珍不食，唯餐空飯而已。』兩處所説，都與圓仁的話相符合。」王梵志詩的幾條補注 楚按：蕭齊求那毗地譯百喻經卷一愚人食鹽喻：「愚人無智，便空食鹽，食已口爽，返爲其患。」又：「以鹽美故，而空食之，致令口爽。」「空食鹽」即徒食鹽，知「空」字此解，唐代以前即已流行矣。

寒山詩（拾遺新添）：「家有寒山詩，勝汝看經卷。書放屏風上，時時看一徧。」乃老僧相傳，補入寒山子詩集者。立意與此首相似，當非偶然雷同者。

他人騎大馬 漫志、類林、文庫、校輯、詩集

他人騎大馬，我獨跨驢子。回顧擔柴漢，心下較些子〔一〕。（三一七）

【注】

〔一〕較些子：按「較些子」之義不一，此處猶云減輕些，謂心中不平之感減輕，亦即好受些之意。北夢瑣言卷六：「陸相扆出典夷陵時，有士子修謁，相國與之從容，因命酒勸此子。辭曰：『天性不飲酒。』相曰：『誠如所言，已校五分矣。』蓋平生悔吝若有十分，不爲酒困，自然減半也。」「校」同「較」。上云「校五分」，

下云「減半」，知「校」即減之義。五燈會元卷一〇金陵清涼院文益禪師：「師因患脚，僧問訊次，師曰：『非人來時不能動，及至人來動不得。且道佛法中下得甚麼語？』曰：『和尚且喜得較。』師不肯，自別云：『和尚今日似減。』」上云「得較」，下云「似減」，「較」即指病減，亦即病愈之意。參見敦煌變文字義通釋第四篇教交校較效覺條。郭在貽論此詩曰：「『較些子』之義殊爲費解，其實正是從校（較）的頗、甚之義引伸而來的，較些猶言勝過、超過也。」訓詁叢稿一一二頁。此亦一說。

楚按：梵志此詩闡發「比上不足，比下有餘」之中庸哲學，影響甚爲久遠。姚合遊天台上方：「曉上上方高處立，路人羡我此時身。白雲向我頭上過，我更羡他雲路人。」立意與此首相反而相似。宋李季可松窗百説形比：「慳酷之客至，而奴婢惡之，恐主人之視傚也。寬慈者來則喜，欲其知有此而似之也。非臧獲所見淺，大抵人情多無定體，形之則鮮有不動其心者。俗傳云：『□□□□人，摧殘不如死。却見擔柴人，心頭較些子。』每愛其達。蓋人心起于形比間，冰結而火然者往往如是，故學道之士欲得寂寞之地，而無所激搏其中也。」所云「俗傳」云云，即此詩而化爲俗語者也。清梁紹壬兩般秋雨盦隨筆卷五行路歌：「『別人騎馬我騎驢，仔細思量我不如。回頭只一看，又有挑脚漢。』言雖俚淺，足以醒世。」亦由梵志此詩蛻化而出。

城外土饅頭夜話、續揮犀、叢話、總龜、紀譚、説郛、文庫、校輯、詩集

城外土饅頭〔一〕，餡草在城裏。一人喫一箇，莫嫌没滋味。（三一八）

此首見惠洪冷齋夜話卷一〇、彭乘續墨客揮犀卷一土饅頭、胡仔苕溪漁隱叢話前集卷五六、阮閲

詩話總龜卷三九詼諧門下、曉瑩感山雲臥紀譚卷上、説郛宛委山堂本卷八一、文庫、校輯、詩集。

【校】

餡草　「餡」，紀譚作「蹥」。

一人　「一」，叢話、紀譚、説郛作「每」。

【注】

〔一〕饅頭：即今云包子。事物紀原卷九饅頭：「稗官小説云：諸葛武侯之征孟獲，人曰：『蠻地多邪術，須禱於神，假陰兵以助之。然蠻俗，必殺人以其首祭之，神則嚮之，爲出兵也。』武侯不從，因雜用羊豕之肉，而包之以麵，象人頭以祠，神亦嚮焉，而爲出兵。後人由此爲饅頭。至晉盧諶祭法，春祠用饅頭，始列於祭祀之品。而束晳餅賦，亦有其説。則疑饅頭自武侯始也。」清李光庭鄉言解頤卷四饝：「束晳餅賦：『饅頭薄持。』餅亦謂之饅頭。家鄉則烙餅謂之餅，蒸饅頭謂之包子。」「土饅頭」則比喻墳墓。廣記卷三七賣藥翁（出續仙傳）：「或戲問之：『有大還丹賣否？』曰：『有，一粒一千貫錢。』人皆笑之以爲狂。多於城市笑駡人曰：『有錢不買藥喫，盡作土饅頭去！』」月江止印禪師語録卷下淵維那禮祖：「參他活底祖師意，不必扣之枯髑髏。三尺炊巾收又展，千千萬萬土饅頭。」通俗編地理：「東坡集載王梵志詩：『城外土饅頭，餡草在城裏。』土饅頭，墓冢之廋辭也。」

冷齋夜話卷一〇讀傳燈録：「梵志詩曰：『城外土饅頭，餡草在城裏。一人喫一個，莫嫌没滋味。』魯直曰：『既是餡草，何緣更知滋味？』易之曰：『預先以酒澆，且圖有滋味。』」苕溪漁隱叢話前集卷五六王梵志：「山谷云：王梵志詩云：『城外土饅頭，餡草在城裏。一人喫一箇，莫嫌没滋味。』已且爲土饅頭，尚誰食之？今改『預先著酒澆，使教有滋味』。」增修詩話總龜卷三九詼諧門下引東坡詩話：「王梵志詩曰：『城外土饅頭，餡草在城裏。每人喫一個，莫嫌没滋味。』且爲餡草，當使誰食之？爲易其後兩句云：『預先着酒澆，圖教有滋味。』」感山雲卧紀譚卷上城外土饅頭：「建炎三年元日，圓悟禪師在雲居，嘗曰：隱士王梵志頌：『城外土饅頭，豏草在城裏。每人喫一箇，莫嫌没滋味。』而黄魯直謂『已且爲土饅頭，當使誰食之？』由是東坡爲易其後兩句：『預先著酒澆，使教有滋味。』然王梵志作前頌，殊有意思，但語差背。而東坡革後句，終未盡餘興。今足成四韻，不唯警世，亦以自警：『城外土饅頭，豏草在城裏。著羣哭相送，入在土皮裏。次第作豏草，相送無窮已。以兹警世人，莫開眼瞌睡。』」楚按，據上所引，知梵志「土饅頭」詩，當日曾爲一樁熱鬧公案，唯改詩者或云山谷，或云東坡，爲不同耳。兩般秋雨盦隨筆卷八土饅頭：「古語云：『縱有千年鐵門檻，終須一個土饅頭。』（按范成大重九日行營壽藏之地句，檻作限。）謂墳也。近有人又有句云：『城外多少土饅頭，城中盡是饅頭餡。』更警動。」亦可見梵志此詩影響之久遠。

梵志翻著襪山谷題跋、叢話、總龜、林間録、禪林鈎玄、比事摘編、文庫、校輯、詩集

梵志翻著襪〔一〕，人皆道是錯。乍可刺你眼〔二〕，不可隱我脚〔三〕。（三一九）

此首見黄庭堅山谷題跋卷六、叢話前集卷五六、總龜後集卷四三釋氏門、惠洪林間録卷下、禪林鈎玄卷四、比事摘編、文庫、校輯、詩集。

【校】

人皆道是錯　「人皆」，禪林鈎玄作「傍人」。　「道」，林間録作「謂」。

乍可刺你眼　「乍可」，林間録、禪林鈎玄作「寧可」。　「你」，總龜作「尔」。

【注】

〔一〕翻著襪：反穿襪。按宋王君玉雜纂續中奴婢相：「翻著衣裳。」則「翻著襪」亦屬「奴婢相」，故下文有「刺眼」之語。引申而爲違反流俗之意。洪覺範石門文字禪卷一七昌禪師瓦翁塔：「心如平地起骨堆，聊對時人翻著襪。」

〔二〕乍可：寧可。高適封丘作：「乍可狂歌草澤中，寧堪作吏風塵下。」韓愈辭唱歌：「乍可阻君意，豔歌難可爲。」元稹浮塵子：「乍可巢蚊睫，胡爲附蟒鱗。」又古決絶詞：「乍可爲天上牽牛織女星，不願爲庭前紅槿枝。」斯坦因劫經録三二八七樂住山：「乍可居山一束草樂住山，不羨世上萬重氈樂住山。」變文集降魔變文：「乍可決命一迴，不能虚生兩度。」又目連緣起：「今得離於地獄，化爲母狗之身，不淨乍可食之，不欲當時受苦。」又只用一「乍」字。目連緣起：「我乍人間食不淨，不能時向在阿鼻。」

〔三〕隱：猶云「硌」。晉書呂光載記：「營外夜有一黑物，大如斷堤，摇動有頭角，目光若電，及明而雲霧四周，遂不復見。旦視其處，南北五里，東西三十餘步，鱗甲隱地之所，昭然猶在。光笑曰：黑龍也。」此言龍鱗硌地有跡。皇甫湜石佛谷：「土僧何爲者？老草毛髮白。寢處容身龕，足膝隱成跡。」末句謂足膝長期在硬地上硌出坑跡。宋朝事實類苑卷六五引倦遊録：「曹琰郎中，滑稽之雄者。一日因食落一牙，戲作詩曰：『昨朝飯裏有粗砂，隱落翁翁一箇牙。爲報妻兒莫惆悵，見存足以養渾家。』」「隱落牙」即硌掉牙。宋范鎮東齋記事卷四：「又有趙昌者，漢州人，善畫花。每晨朝露下時，遶欄檻諦玩，手中調采色寫之，自號寫生趙昌。人謂趙昌畫染成，不布采色。驗之者以手捫摸，不爲采色所隱，乃真趙昌畫也。」謂不覺彩色凸起礙手。宋江休復江鄰幾雜志：「唐相李程子廓，從父過三亭渡，爲小石隱足，痛以呼父。程云：『太華峯頭，□□□仙人手跡；黄河灘裏，爭知有隱人脚跟。』」「隱足」即硌足之義，「隱人」則雙關硌人及隱士之義。明李實蜀語：「有所礙曰隱。○隱，恩上聲。中朝故事：異人王鮪贈宣州推事官一小囊，中如彈丸，令長結身邊，晝寢爲彈丸所隱，脇下極痛。起就外視之，屋梁落碎榻矣。」宋釋元照四分律行事鈔資持記卷下釋鉢器篇：「若手下六明帶持，口外向者，律因比丘鉢口向脇，道行遇雨，脚跌倒地，隱脇成患，佛言不應爾。」謂鉢器硌傷胸肋。今成都方言仍有「隱脚」之語，正讀恩上聲。字亦作「癮」，清平山堂刻本陰騭積善：「且說林善甫脱了衣裳也去睡，但覺物癮其背，不能睡着。」

山谷題跋卷六書梵志翻著韈詩：「『梵志翻著韈，人皆道是錯。乍可刺你眼，不可隱我脚。』一切衆生顛倒類皆如此，乃知梵志是大修行人也。昔茅容季偉，田家子爾，殺鷄飯其母，而以草具飯郭林宗，林宗起拜之，因勸使就學，遂爲四海名士，此翻著韈法也。今人以珍饌奉客，以草具奉其親，涉世之事合義則與己，不合義則稱親，萬世同流，皆季偉之罪人也。」惠洪林間録卷下：「予嘗愛王梵志詩云：『梵志翻着韈，人皆道是錯。寧可刺你眼，不可隱我脚。』寒山子詩云：『人是黑頭蟲，剛作千年調。鑄鐵作門限，鬼見拍手笑。』道人自觀行處，又觀世間，當如是遊戲耳。」陳善捫蝨新話下集卷一作文觀文之法：「文章難工，而觀人文章亦自難識。知梵志翻著襪法，則可以作文；知九方皋相馬法，則可以觀人文章。」明佚名比事摘録顛倒見：「人不勝實事，可笑窳其中而美其外，豈非顛倒見乎？謝上蔡有言：今人做事，只管要誇耀別人耳目，渾不關自家受用處，譬如人食前方丈，便向人前喫，蔬食菜羹，却去屋裏喫也。試一回思，何故如此？曾紀梵志有翻著襪詩云：『梵志翻著襪，人皆道是錯。乍可刺你眼，不可隱我脚。』彼夸毗子宜少悟矣。出塞如録。」續古尊宿語要卷六竹菴珪和尚語：「老禪來住山，梵志翻著襪。乍可刺汝眼，且夢説頭話。」

倖門如鼠穴　庚溪詩話、校輯、詩集

倖門如鼠穴〔一〕，也須留一箇。若還都塞了，好處卻穿破。（三二〇）

此首載宋陳巖肖庚溪詩話卷下、校輯、詩集。

【注】

〔一〕倖門：依仗權勢關係所走之門路。白居易雜興：「奸邪得藉手，從此倖門開。」司空圖狂題十八首之一：「莫恨艱危日日多，時情其奈倖門何。」北夢瑣言卷一八：「（任圜）天成初入相，簡拔賢俊，杜絶倖門，憂國如家，切於功名。」朱子語類輯略卷五訓門人：「譬如人做官，則當至誠去做職業，却不耐煩去做，須要尋箇倖門去鑽，道鑽得這裏透時，便可以超躐將去。」

庚溪詩話卷下：「王梵志詩曰：『倖門如鼠穴，也須留一箇。若還都塞了，好處卻穿破。』此言近乎曹相國所謂以獄市爲寄也。」楚按：「以獄市爲寄」語見漢書曹參傳：「參去，屬其後相曰：『以齊獄市爲寄，慎勿擾也。』後相曰：『治無大於此者乎？』參曰：『不然。夫獄市者，所以并容也，今君擾之，姦人安所容乎？吾是以先之。』」注引孟康曰：「夫獄市者，兼受善惡，若窮極姦人，姦人無所容竄，久且爲亂。秦人極刑而天下畔，孝武峻法而獄繁，此其効也。」師古曰：「老子云：『我無爲，民自化；我好靜，民自正。』參欲以道化爲本，不欲擾其末也。」此即此詩大旨，雖云無爲而治，實近姑息養奸也。又按：明陸深谿山餘話：「東山劉公大夏當孝宗之朝，最爲得君。公亦以天下爲任。議汰冗食，凡軍職皆以軍功爲準，通查裁革。既得旨行之，而一時侍衛將軍力士之流，皆以才藝選，初無軍功。該司失於照詳，類行報罷，一時閧然。時駙馬都尉樊凱管紅盔將軍，特過兵部，爲言此輩不宜裁革，東山槩拒之。凱積不平，適當駕陞殿，凱立午門外，語諸人曰：『爾輩不用了，昨已奉旨裁革，雖我亦無地位矣。』蓋激之也。衆人遂散出。孝宗上殿，平昔執瓜帶刀之人皆不在，儀衛簡寂，恐恐不安，屢顧左右問故。既退，遂宣樊駙馬面究。凱奏：『昨兵部已行裁革去矣。』孝宗大聲曰：『劉大夏敢如此！』玉色不怡，復宣兵部。東山至，走急氣促，不能了了。而裁革之事悉罷，聖眷遂衰矣。夫以東山之公忠，與孝廟之有爲，事機一失，乃至於此。信乎臣不密則失身，一時疎略，甚可惜也。該司可謂無人矣。諺云：『倖門如鼠穴』，此言可以諭大。」楚按，所引「諺云」雖僅「倖門」一句，實應概括全詩，蓋省略也。如此方與劉大夏事所引出之教訓相應。然則梵志此詩，明代已化爲俗諺矣。

梵志死去來（廣燈録、詩集）

梵志死去來〔一〕，魂魄見閻老。讀盡百王書〔二〕，不免被捶拷。一稱南無佛，皆已成佛道〔三〕。（三二一）

【校】

不免　「免」，原作「兑」，形譌字。

皆已　「已」，原作「以」，據妙法蓮華經改，見注三。

【注】

〔一〕死去來：即死去。「來」爲語助詞，不爲義。五燈會元卷五神山僧密禪師：「問：『生死事，乞師一言。』師曰：『汝何時死去來？』」

〔二〕百王：歷代帝王。荀子不苟：「百王之道，後王是也。」虞世南奉和幸江都應詔：「百王豈殊軌，千載協前謨。」此處「百王書」謂歷代典籍，亦指與佛教典籍相對舉之世俗典籍。

〔三〕「一稱南無佛」二句：「南無」，梵語，此云敬禮、歸命等。窺基大乘法苑義林章卷四本：「古言南牟，即是敬禮。應言納莫或納慕，若言伴談，或云伴題。此云稽首，亦云禮拜，亦云敬禮，訛爲和南。」善導觀無量壽佛經疏卷一：「言南無阿彌陀佛者，又是西國正音。又南者是歸，無者是命，阿者是無，彌者是量，陀者是壽，佛者是覺，故言歸命無量壽覺。此乃梵漢相對，其義如此。」按妙法蓮華經序品：「若人散亂心，入於塔廟中，一稱南無佛，皆已成佛道。」梵志詩「一稱南無佛」二句，即全用法華經文也。五燈會元卷一五德山志先禪師：「問：『如何是一稱南無佛？』師曰：『皆以成佛道。』」知此二句已成禪林流行的話頭。

天聖廣燈録（續藏經本）卷一五汝州風穴山延昭禪師：「師上堂舉梵志詩云：『梵志死去來，魂魄見閻老。讀盡百王書，不兑（免）被捶拷。一稱南無佛，皆以（已）成佛道。』僧便問：『如何是一稱南無佛？』師云：『燈連鳳翅當堂照，月映鵝（蛾）眉頫（頪）面看。』」楚按，五燈會元卷一一風穴延沼禪師亦載上述文字，惟「梵志詩」作「寒山詩」，二説不同。當以廣燈録作梵志詩爲是，其大證有三：一、五燈會元乃宋釋普濟取景德傳燈録等五種燈録，删繁就簡而成，李遵勗天聖廣燈録即其中之一種。會元所記「梵志死去來」詩，即出自廣燈録。廣燈録爲第一手材料，會元爲第二手材料，自然前者較爲可信。二、詩云「梵志死去來」，「梵志」云者，王梵志自稱也，如本書一三九首「梵志亦不惡」，一四二首「但知多少与梵志」，三一六首「家有梵志詩」，皆是其例，他人不得作如此口氣。三、今本寒山子詩集具在，其中並無此詩，歷來亦無人採取此詩以補寒山子詩集之佚，是皆不以此詩爲寒山詩也。又按，此首全用法華經「一稱南無佛，皆已成佛道」之語，大旨仍是淨土宗之成佛捷徑。善導觀無量壽佛經疏卷一：「論云：『如人念多寶佛，即於無上菩提得不退墮』者，凡言菩提，乃是佛果之名，亦是正報。道理成佛之法，要須萬法圓備，方乃剋成。豈將念佛一行，即望成者，無有是處。雖言未證，萬行之中是其一行。何以得知？如華嚴經説：『功德雲比邱語善財言：我於佛法三昧海中唯知一行，所謂念佛三昧。』以此文證，豈非一行也？雖是一行，於生死中乃至成佛，永不退没。問曰：『若爾者，法華經云：一稱南無佛，皆已成佛道。亦應成佛竟也。此之二文，有何差別？』答曰：『論中稱佛，唯欲自成佛果。經中成佛，爲簡異九十五種外道，然外道之中，都無稱佛之人。但使稱佛一口，即在佛道中攝，故言已竟。』」梵志此詩引法華經「一稱南無佛」二句，正如經疏所釋，謂「但使稱佛一口，即在佛道中攝」，與論所云小乘修行之法，難易迥别。

句

人是無常身。

此句見敦煌遺書伯三八七六號，在「此身如館舍」一首之下，參看二九七首篇後按語。

但存方寸地，留與子孫耕。

此二句見施注蘇詩卷二〇孔毅父以詩戒飲酒問買田且乞墨竹次其韻「我田方寸耕不盡，何用百頃糜千金」，注曰：「監戒録：王梵夫詩云：『但存方寸地，留與子孫耕。』」按王梵夫應即王梵志，夫、志草書形近而譌。說郛商務本卷四九宋俞文豹唾玉集載全詩云：「有客來相訪，如何是治生？但存方寸地，留與子孫耕。」作賀章詩。有關考證見本書附録「但存方寸地，留與子孫耕」考。

王梵志詩校注卷七

世有一種人己一、考釋、校釋

世有一種人，可笑窮奇物〔一〕。閑則著五慾〔二〕，急時便〔依佛〕〔三〕。□□□□□，□□持戒律。好結無情伴，招喚共放逸〔四〕。心淨不礼□〔五〕，□□□□□。（三二二）

【校】

己一本（斯四二七七）自此首起。張錫厚斯四二七七殘詩卷考釋（載中華文史論叢一九八四年第二輯，省稱考釋）、朱鳳玉敦煌寫卷S4277號殘卷校釋（載敦煌學第十二輯，省稱校釋）皆據己一本校録。

閑則著五慾　「則著」，考釋誤倒作「著則」。

急時便依佛　「依佛」，原闕，據文意擬補，參看注三。

持戒律　「戒」，原作「戎」，即俗「戒」字。碑別字卷四，漢置孔廟百石卒史碑「戒」作「𢦨」，與此爲近。

不礼□　「礼」，原殘作「礻」，考釋作「利」，校釋作「禮」。

【注】

〔一〕窮奇物：指兇惡之人。按「窮奇」本是惡獸之名，古人因以稱邪惡之人。酉陽雜俎續集卷八支動：「獬豸見鬬不直者觸之，窮奇見鬬不直者煦之。均是獸也，其好惡不同。故君子以獬豸爲冠，小人以窮奇爲名。」史記五帝本紀：「少皞氏有不才子，毁信惡忠，崇飾惡言，天下謂之窮奇。」變文集鷰子賦：「亦是窮奇鳥，搆槷足詞章。」「窮奇鳥」亦謂邪惡之鳥。

〔二〕著：貪戀，見〇〇五首注三。 五慾：指色聲香味觸等感官慾望。大智度論卷一七：「哀哉衆生，常爲五欲所惱，而求之不已。此五欲者，得之轉劇，如火炙疥。五欲無益，如狗齩骨。五欲增諍，如鳥競肉。五欲燒人，如逆風執炬。五欲害人，如踐毒蛇。五欲無實，如夢所得。五欲不久，如假借須臾。世人愚惑，貪著五欲，至死不捨，爲之後世受無量苦。」

〔三〕急時便依佛：按日本中村不折氏藏敦煌本佛説妙好寶車經亦云：「人急依於佛，無戒求佛難。」由此演變成俗語「急則抱佛脚」。宋劉攽中山詩話：「王丞相嗜諧謔。一日，論沙門道，因曰：『投老欲依僧。』客遽對曰：『急則抱佛脚。』王曰：『投老欲依僧，是古詩一句。』客亦曰：『急則抱佛脚，是俗諺全語。上去投，下去脚，豈不的對也？』」

〔四〕放逸：放縱享樂。列子楊朱：「意之所欲爲者放逸，而不得行，謂之閼性。」按佛教認爲放逸者不能得道。妙法蓮華經安樂行品：「汝等去道甚遠，終不能得一切種智，所以者何？汝是放逸之人，於道懈怠故。」法句經卷上：「戒爲甘露道，放逸爲死經。」

〔五〕心淨：佛教指斷除煩惱邪見，恢復自性清淨。維摩詰經佛國品：「菩薩欲得淨土，當淨其心，隨其心淨，則佛土淨。」

天下大癡人 已一、考釋、校釋

天下大癡人，皆悉爭名利。聞好耳卓竪〔一〕，道□□□□。□□□□□，各自稱賢智。一朝糞袋冷〔二〕，合本惣失智〔三〕。（三二一三）

【校】

耳卓竪　「卓」，考釋作「直」，非是。

【注】

〔一〕聞好：聽説奉承的話。汾陽無德禪師語録卷下是非頌：「聞説好，心便喜；聞説惡，恨不死。」卓竪：豎立。變文集降魔變文：「見者寒毛卓豎，舍利弗獨自安然。」大慧普覺禪師語録卷一二思岳禪人求頌：「兩耳卓朔口門窄，兩眼皮薄口露竅。」「卓朔」即「卓豎」之聲轉。按「卓」亦豎立之義，如續高僧傳卷二五釋僧朗傳：「此尼承聞崩下，走出堂前，立對於朗，從卯至申，卓不移處。」齊己折楊柳詞四首之三：「多謝將軍遶營種，翠中閒卓戰旗紅。」廣記卷二四二竇少卿（出王氏見聞）：「店主遂坎路側以埋之，卓一牌向道曰『竇少卿墓』。」

〔二〕糞袋：比喻人的軀體，亦云「屎尿袋」、「臭皮袋」、「膿血袋」等等，參看〇三三首注三。

〔三〕合本：按「本」指根本，亦即本來狀態。「合本」謂返回本來狀態。法華三昧經：「生死婬亂色，譬於枯木時，值佛説音聲，還來合本并。」失智：失去意識，即死。

教你修道時己一、考釋、校釋、禪詩

教你修道時，使你得長年。他物實莫取，自物亦□□。□□□□□，□□□□緣。若

無自他見〔一〕，何處有心偏。如斯不得道，從君更問天〔二〕。（三二四）

【校】

王梵志詩校輯附載「梵志體」禪詩（簡稱禪詩）十二首，亦從己一本選録，起於此首。

修道時　「修」，原作「脩」，即「修」字别體。

「自物亦□□」三句　禪詩録作「自物亦無緣」一句，非是。

【注】

〔一〕自他見：按「自他」即自己與他人，「自他見」即「自見」與「他見」。若存此二見，則有悖於佛教平等之義。成唯識論卷六：「於自他見及彼眷屬，如次隨應起貪恚慢。」窺基成唯識論述記卷六末：「於自見起貪，他見起瞋，於自他二見起慢，故名隨應，皆亦疏迷。」

〔二〕問天：心有委曲，訴之於天。杜甫曲江三章章五句之三：「自斷此身休問天，杜曲幸有桑麻田。」全唐詩續拾卷一六朱灣贈饒州韋之晉别駕：「天道不可問，問天天杳冥。」孟郊上昭成閣不得於從侄僧悟空院歎嗟：「欲上千級閣，問天三四言。」雲溪友議卷一〇載裴諴南歌子：「不信長相憶，擡頭問取天。」金王若虚再至故園述懷五絶之五：「幾度哀歌向天問，何如還我未生時！」

知足即是富己一、考釋、校釋、禪詩

知足即是富〔一〕，不假多錢財〔二〕。谷深塞易滿，心淺最難填〔三〕。盛衰皆是一，生死亦

同然〔四〕。無常意可見〔五〕，何勞求百年。（三二五）

【校】

多錢財　「錢財」，禪詩作「財錢」。

【注】

〔一〕知足即是富：按老子三十三章：「知足者富。」王弼注：「知足自不失，故富也。」

〔二〕不假：不靠、不須。傳燈録卷二九梁寶誌和尚大乘讚：「言語即是大道，不假斷除煩惱。」變文集鷰子賦：「高聲定無理，不假語聲喧。」又降魔變文：「不假我大聖天師，最小弟子，亦能祇敵。」寒山詩：「苔滑非關雨，松鳴不假風。」

〔三〕「谷深塞易滿」二句：形容欲壑難填。國語晉語八：「叔魚生，其母視之，曰：『是虎目而豕喙，鳶肩而牛腹，溪壑可盈，是不可饜也。』」即此二句所本。

〔四〕同然：相同。孟子告子上：「至於心，獨無所同然乎？」無量壽經卷下：「少長男女，共憂錢財，有無同然，憂思適等。」

〔五〕無常：見〇七六首注三。

千年与一年 己一、考釋、校釋、禪詩

千年与一年〔一〕，終同一日活。昨宵即是空，今朝焉得脱。無事損心神〔二〕，内外相宗攝〔三〕。驅驅勞你形〔四〕，耳中常聒聒〔五〕。（三二六）

【校】

損心神　「心」，禪詩作「精」。

驅驅　原作「軀軀」，從各本所改。

【注】

〔一〕千年与一年：「千年」形容極壽，「一年」形容極夭，與二六五首「一歲与百年」意同。

〔二〕無事：無須，不必，見一三二首注一〇。

〔三〕内外：「内」指心，「外」指身。　宗撮：俟再校。

〔四〕驅驅：奔波勞苦貌，見〇三二首注二。

〔五〕聒聒：形容吵嚷嘈雜。書盤庚上：「今汝聒聒，起信險膚，予弗知乃所訟。」圓悟佛果禪師語録卷一九頌古下：「片言本自定乾坤，返使叢林鬧聒聒。」

凡夫真可念已一、考釋、校釋、禪詩

凡夫真可念〔一〕，未達宿因緣〔二〕。漫將愁自縛，浪捉寸心懸〔三〕。任生不得生，求眠不得眠〔四〕。情中常切切，燋燋度百年〔五〕。（三二七）

【注】

〔一〕凡夫：佛教以稱不信佛法之人。釋氏要覽卷中：「凡夫，大威德陀羅尼經云：於生死迷惑流轉，住不正道，故名凡夫。梵云婆羅，隋言毛道，謂行心不定，猶如輕毛，隨風東西故。又有二種：一嬰兒凡夫，無智慧故；二愚暗凡夫，頑鈍不可教故。」可念：可憐。世説新語德行：「謝奕作剡令，有一老翁犯法，謝以醇酒罰之，乃至過醉而猶未已。太傅時年七八歲，在兄厀邊坐，諫曰：『阿兄，老翁可念，何可作此！』」南齊書卞彬傳：「可憐可念尸著服，孝子不在日代哭，列管暫鳴死滅族。」

〔二〕宿因緣：過去多生所結下的緣分。廣記卷三八七馬家兒（出法苑珠林）：「臨死之際，顧謂母曰：『兒與趙宗家有宿因緣，死後當與宗爲孫。』」敦煌曲校録十恩德：「此事實難宣，既爲父母宿因緣，腸肚悉皆牽。」

〔三〕捉：把，介詞，與上句「將」字同義。　寸心：即心，以心之地位，方寸而已，故稱寸心。陸機文賦：「函緜邈於尺素，吐滂沛乎寸心。」此處「寸心懸」謂操心懸念不止。

〔四〕眠：這裏指「長眠」，亦即死。密菴和尚語録示殊禪人亦有「求生不得，求死不得」之語，即梵志「任生不得生，求眠不得眠」之意。

〔五〕燋燋：同「焦焦」，形容思慮煩苦，如火灼心。孟郊送李翱習之：「壯年俱悠悠，逮茲各焦焦。」

我身若是我己一、考釋、校釋、禪詩

我身若是我，死活應自由。死既不由我，自外更何求。死生人本分〔一〕，古來有去留〔二〕。如能曉此者，知復更何憂。（三二八）

【注】

〔一〕本分：自身分内應有之事。白居易酬嚴十八郎中見示：「忽驚鬢後蒼浪髮，未得心中本分官。」五燈會元卷七長慶慧稜禪師：「師在西院，問詵上座曰：『這裏有象骨山，汝曾到麽？』曰：『不曾到。』師曰：『爲甚麽不到？』曰：『自有本分事在。』師曰：『作麽生是上座本分事？』詵乃提起衲衣角。」

〔一二〕去留：指生死，「去」謂死，「留」謂生。文選卷一一嵇康琴賦：「齊萬物兮超自得，委性命兮任去留。」陶淵明歸去來辭：「已矣乎，寓形宇内復幾時，曷不委心任去留！」

悟道雖一餉　己一、考釋、校釋

悟道雖一餉〔一〕，曠大劫來因〔二〕。釋迦登正覺〔三〕，却礼發心人〔四〕。身本不離佛，佛本不離身〔五〕。迷心去處暗〔六〕，明神即辯真〔七〕。（三二九）

此首原與下首連書，考釋、校釋俱分爲二首，今從之。

【校】

不離佛　己一本凡「佛」字皆書作「仏」，同。今皆改書作「佛」。

【注】

〔一〕一餉：一頓飯工夫，形容時間短暫。韓愈劉生：「瞥然一餉成十秋，昔鬚未生今白頭。」亦作「一向」等，參看二四六首注五。

〔二〕曠大劫：形容極其久遠之時間。道綽安樂集卷上：「但一切衆生，從曠大劫來，備造有漏之業。」按「曠」者久遠，「劫」者佛教以稱極久遠之時間，又有大、中、小劫之分，「大劫」即「大阿僧祇劫」。隋吉藏勝鬘寶窟卷上末：「依瓔珞經下卷亦明三劫：一里二里三里乃至四十里石，方廣亦然，以天衣重三銖，人中日月歲數三年一拂，此石乃盡，名一小劫。……六十里石，方廣亦然，以梵天衣重三銖，梵天中百寶光明珠爲日月歲數，三年一拂，此石乃盡，名爲中劫。有八百里石，方廣亦然，以淨居天衣重三銖，即淨居天百寶光明鏡爲日月歲數，三年一拂，此石乃盡，名一大阿僧祇劫。」此云「悟道雖一餉，曠大劫來因」者，謂今日悟道雖似瞬間之事，而實爲曠大劫來過去多生修行善因之結果。宗密禪源諸詮集都序卷三：「今頓見者，已是多生漸薰而發現也。」

〔三〕釋迦：即釋迦牟尼。登正覺：謂成佛。「正覺」即三菩提。窺基妙法蓮華經玄贊卷二本：「三云正，覺云菩提，即是無上正等正覺。」「登正覺」即達到大徹大悟的成佛境地。

〔四〕發心：指初發菩提心，而志求佛道。妙法蓮華經安樂行品：「以是方便，皆使發心，漸漸增益，入於佛道。」此云「釋迦登正覺，却礼發心人」者，謂甫一發心，便同成佛，故釋迦亦敬而禮之。華嚴經卷九：「初發菩提心，無量無有邊，一切人師子，皆由初發心。如來十種力，四辯無所畏，無量諸功德，皆由初發心。一切諸導師，十八不共法，斯等殊勝慧，皆由初發心。」智顗修習止觀坐禪法要卷下：「華嚴經中，初發心時，便成正覺，了達諸法真實之性，所有慧心不由他悟。亦云：初發心菩薩，得如來一身作無量身。亦云：初發心菩薩即是佛。涅槃經云：發心畢竟不二別，如是二心前心難。大品經云：須菩提，有菩薩摩訶薩，從初發心，即坐道場，轉正法輪，當知則是菩薩即爲如佛也。」亦是此意。

〔五〕「身本不離佛」二句：此即禪宗「即身即佛」之義。傳燈録卷二九梁寶誌和尚大乘讚：「不解即身即佛，真似騎驢覓驢。一切不惜不愛，遮箇煩惱須除。除之則須除身，除身無佛無因。無佛無因可得，自然無法無人。」亦云「即心即佛」或「即心是佛」。傳燈録卷七明州大梅山法常禪師：「初參大寂，問如何是佛，大寂云：『即心是佛。』師即大悟。」

〔六〕迷心：迷惑心性，即不知自心即是佛性。變文集維摩詰經講經文：「淨土何曾遠，認得還須顯。都來咫尺間，迷心終不見。」

〔七〕明神：明了自性，「明」即明了，「神」即心性。原文「辯」通「辨」。真：即「真如」，指佛性。敦煌本壇經：「若能心中自有真，有真即是成佛因。自不求真外覓佛，去覓總是大癡人。」

由心生妄相 己一、考釋、校釋

由心生妄相〔一〕，無形本會真〔二〕。但看氣新斷〔三〕，妻子即他人〔四〕。魂魄歸五道〔五〕，屍骸謝六塵〔六〕。驗斯怕散壞〔七〕，何處有君身？（三三〇）

【校】

怕散壞　「怕」，原作「柏」，乃形訛字，今從校釋。

【注】

〔一〕妄相：佛教認爲世界一切事物皆非實有，凡夫由心之妄想而生種種分別之相，稱爲「妄相」。大乘義章卷三本：「妄相虛假，如虛空華，非爲實有。」

〔二〕會真：契合佛法真理。此句言破除妄相，了知萬法無形非實，方契真如之理。

〔三〕氣新斷：指方始命終。「氣斷」即命終之意，見一〇八首注三。

〔四〕他人：別人，這裏指與己無關之人，猶云「路人」。

〔五〕五道：指地獄道、餓鬼道、畜生道、人道、天道，爲衆生輪迴往來之所。按佛經或云「五道」，或云「六道」，「六道」者加阿修羅一道。大智度論卷三〇：「問曰：經説有五道，云何言六道？答曰：佛去久遠，經法流傳五百年後，多有别異，部部不同，或言五道，或言六道。若説五者，於佛經迴文説五；若説六者，於佛經迴文説六。又摩訶衍中法華經説有六趣衆生。觀諸義意，應有六道。」

〔六〕六塵：佛教稱色、聲、香、味、觸、法爲「六塵」，以其能染污情識，如塵坌物。參看一四四首注一。按圓覺經卷上：「妄認四大爲自身相，六塵緣影爲自心相。」蓋「六塵」與「四大」因緣和合，而成衆生。一旦命終，徒存屍骸，六塵分散，故云「屍骸謝六塵」也。

〔七〕散壞：指命終。佛教認爲人身由四大聚合而成（參看〇八一首注一），命終則四大分散，軀體爛壞，故云「散壞」。無明羅刹經卷下：「識若不住歌羅羅者，此歌羅羅即便散壞。若散壞者，何緣而得有衆生身？」

福門不肯修 己一、考釋、校釋

福門不肯修〔一〕，福失競奔馳〔二〕。熟見苦樂別，偷生佯不知。安身染著慾〔三〕，貪世競無疲〔四〕。故知地獄罪〔五〕，怨佛無慈悲。（三三一）

【校】

競奔馳　「競」，原作「竟」，即「競」字别體。碑别字卷四魏根法師碑「競」作「竟」。考釋作「竟」，非是。

競無疲　原作「竟無疲」，考釋作「竟無度」，非是。

【注】

〔一〕福門：佛教以行善布施等爲獲得福報之門，稱爲「福門」。敦煌本壇經：「汝等門人終日供養，祇求福田，不求出離生死苦海，汝等自性若迷，福門何可救汝？」

〔二〕福失：謂前生所修福果耗盡喪失。　奔馳：猶云「奔波」，比喻勞苦。此句言福失則勞苦奔波也。

〔三〕染著：佛教以貪戀耽迷五慾爲「染著」，參看二七五首注一〇。

〔四〕貪世：即「貪著世樂」之省。妙法蓮華經普賢菩薩勸發品：「如是之人，不復貪著世樂。」法句經卷上：「貪世不斷，咄嗟老至，色變作耄。」佛説義足經卷上：「是世樂如見夢，有識寤亦可見；有貪世悉亦爾，識轉滅亦可見。」

〔五〕故知：明知，本知。蘇軾柳子玉亦見和因以送之兼寄其兄子璋道人：「説靜故知猶有動，無閑底處更求忙。」

莫言己之是〔一〕、考釋、校釋、禪詩

莫言己之是，勿説他人非〔一〕。道是失其是，道非得其非〔二〕。白珪之玷尚可磨，斯言之玷不可爲〔三〕。（三三二）

【校】

斯言之玷　「玷」，原作「理」，從考釋所改，參看注三。

【注】

〔一〕「莫言己之是」二句：按文選卷五六崔瑗座右銘亦云：「無道人之短，無説己之長。」

〔二〕道非得其非：按汾陽無德禪師語録卷下勸世：「言他短處君還短。」即此句之意。

〔三〕「白珪之玷尚可磨」二句：詩大雅抑：「白圭之玷，尚可磨也；斯言之玷，不可爲也。」孔穎達疏：「白玉爲圭，圭有損缺，猶尚可更磨鑢而平，若此政教言語之有缺失，則遂往而不可改爲。」按「珪」同「圭」。

我有你不喜己一、考釋、校釋、禪詩

我有你不喜，你有我不嗔。你貧憎我富，我富憐你貧。行好得天報〔一〕，爲惡罪你身。你若不信我，你且勘經文〔二〕。（三三三）

【校】

「你貧憎我富」二句　兩處「貧」字，校釋皆作「貪」，非是。

【注】

〔一〕天報：上天報應。漢書吴王濞傳：「蓋聞爲善者天報以福，爲非者天報以殃。」後漢書魯恭傳：「故愛人者必有天報，昔太王重人命而去邠，故獲上天之福。」

〔二〕勘：覆察，「勘經文」指覈對佛經。按佛經極多善惡報應之説，如分別善惡報應經等等，即是此處所謂「經文」也。

任意隨流俗己一、考釋、校釋

任意隨流俗，凡夫信是非〔一〕。日常三頓飯，年恒兩覆衣〔二〕。不問單將複〔三〕，誰論稠与稀〔四〕。但令無外事，只尔自然肥〔五〕。（三三四）

【校】

自然肥　「肥」，原作「⿰耳巴」，是由「肥」字別體「肥」派生的錯字。

【注】

〔一〕信是非：任是非，即不計較是與非。

〔二〕兩覆衣：兩件衣。衣以覆身，故以「覆」爲量詞計之。

〔三〕單將複：謂單衣與夾衣。三國志魏志管寧傳：「寧常著皁帽、布襦袴、布裙，隨時單複。」王僧孺春怨：「象牀易氊簟，羅衣變單複。」「將」：和，與。江總隴頭水：「人將蓬共轉，水與啼俱咽。」岑參太白胡僧歌：「心將流水同清淨，身與浮雲無是非。」孟郊感别送從叔校書簡再登科東歸：「獨恨魚鳥别，一飛將一沉。」李羣玉洞庭風雨二首之二：「水將天共黑，雲與浪爭高。」

〔四〕稠与稀：謂乾飯與稀飯之類。

〔五〕尔：如此，這樣。文選卷二九古詩十九首之十八：「相去萬餘里，故人心尚爾。」

學行百千般己一、考釋、校釋

學行百千般〔一〕，澄心遍照看〔二〕。涅犁暎兜率〔三〕，因生有涅槃〔四〕。世間諸法相〔五〕，浩浩亦其寬〔六〕。欲説深心義〔七〕，無求最大安〔八〕。（三三五）

【注】

〔一〕學行：指佛教的慧學修行，即義理研習。大乘義章卷一六：「爲得學果，故名學行。」又卷一七本：「學意不專，學行不成，不名學者。」

〔二〕澄心：佛教修行之法，指屏息雜念，澄清心意。變文集廬山遠公話：「然淨意澄心，思唯（惟）佛道。」又大目乾連冥間救母變文：「目連冥坐虛無境，内外證（澄）心漸漸修。」照：即「觀照」，謂以智慧洞照事物之理。僧肇注維摩詰經卷一：「至人冥真體寂，空虛其懷，雖復萬法並照，而心未嘗有。」

〔三〕涅犁：即「泥犁」，地獄之音譯。翻譯名義集卷二：「泥犁耶，文句云：地獄此方名，梵稱泥犁。」宋陳善捫虱新話上集卷三詩人多寓意於酒婦人：「黄魯直初作豔歌小詞，道人法秀謂其以筆墨誨淫，於我法中當墮泥犁之獄，魯直自是不復作。」兜率：即兜率天，譯曰「上足」等，爲彌勒菩薩之淨土。妙法蓮華經普賢菩薩勸發品：「若有人受持讀誦，解其義趣，是人命終，爲千佛授手，令不恐怖，不墮惡趣，即往兜率天上彌勒菩薩所，彌勒菩薩有三十二相，大菩薩衆所共圍繞，有千百億天女眷屬，而於中生。」高僧傳卷五釋道安傳：「安每與弟子法遇等於彌勒前立誓，願生兜率。」

〔四〕因生：因果相生。大乘義章卷一：「言因生者，從因生果，別體相起，故名因生。」此處「因生」即指生死輪迴。涅槃：佛教修行所追求的超脱生死、永斷輪迴之極境。魏書釋老志：「涅槃譯云滅度，或言常樂我淨，明無遷謝及諸苦累也。」

〔五〕法相：一切事物之形相，亦指一切事物。大乘義章卷二本：「一切世諦，有爲無爲，通名法相。」

〔六〕浩浩：廣大貌。詩小雅雨無正：「浩浩昊天，不駿其德。」

〔七〕深心：志求佛道深重之心。維摩詰經佛國品：「深心是菩薩淨土。」僧肇注：「樹心衆德深固，故難拔深心也。」

〔八〕無求：謂無所貪著。菩提達磨略辨大乘入道四行：「世人長迷，處處貪著，名之爲求。智者悟真，理將俗反，安心無爲，形隨運轉，萬有斯空，無所願樂，功德黑暗，常相隨逐。三界久居，猶如火宅，有生皆苦，誰得而安。了達此處，故捨諸有，息想無求。經云：有求皆苦，無求乃樂。故言無所求行也。」筠州黄蘗山斷際禪師傳心法要：「學道人若欲得成佛，一切佛法總不用學，唯學無求無著。無求即心不生，無著即心不滅，不生不滅即是佛。」

吾有方丈室己一、考釋、校釋

吾有方丈室〔一〕，裏有一雜物〔二〕。万像俱悉包〔三〕，參羅亦不出〔四〕。日月亮其中，衆生无得失。三界湛然安〔五〕，中有无數佛。（三三六）

己一本此首之下原有小字「六十」二字，標明此首在原卷中的序數。

【校】

參羅　「參」，考釋、校釋俱改作「森」。

【注】

〔一〕方丈室：僧徒修禪之室，得名於維摩詰卧疾之室，以其狹小故名，亦稱「方丈」或「丈室」。釋氏要覽卷上：「方丈，蓋寺院之正寢也。始因唐顯慶中，勑差衛尉寺丞李義表前融州黄水令王玄策往西域充使，至毘耶黎城東北四里許維摩詰居士宅示疾之室，遺址疊石爲之，王玄策躬以手板縱横量之，得十笏，故號『方丈』。」

〔二〕雜物：猶云「什物」，指日常生活器具。三國志吴志魯肅傳：「賜肅母衣服幃帳，居處雜物，富擬其舊。」梵志此詩則以「方丈室」譬喻人身，以「雜物」譬喻心性也。契嵩本壇經南北頓漸品：「一日師告衆曰：『吾有一物，無頭無尾，無名無字，無背無面，諸人還識否？』神會出曰：『是諸佛之本源，神會之佛性！』」所云一物，即此首之「一雜物」也。

〔三〕万像：同「萬象」，指自然界一切事物。按契嵩六祖大師法寶壇經贊：「是故壇經之宗，尊其心要也。心乎，若明若暗，若空若靈，若寂若惺。有物乎？無物乎？謂之一物，固彌之萬物；謂之萬物，固統於一物。一物猶萬物也，萬物猶一物也。」謂心性一物，包含萬物，即梵志此數句之意。

〔四〕參羅：雜然紛陳。酉陽雜俎續集卷六寺塔記下：「衆像參羅，皦皦田田。」淨覺楞伽師資記序：「參羅及萬像，一法之所印。」敦煌本壇經：「忽遇惠風吹散，卷盡雲霧，萬像參羅，一時皆現。」

〔五〕三界：佛教稱欲界、色界、無色界爲「三界」，實際上包括了六道生死往來的一切世界。弘明集卷一三郗超奉法要：「凡在有方之境，總謂三界。」湛然：安寧平靜貌。筠州黄蘗山斷際禪師傳心法要：「生時性亦不來，死時性亦不去，湛然圓寂，心境一如。」

有此幻身來　已一、考釋、校釋

有此幻身來〔一〕，尋思不自識。言從四大生〔二〕，别有一種賊〔三〕。能悉佛性眼〔四〕，還如暗裏墨。計此似神通，輪迴有智力。若欲具真如〔五〕，勤苦修功德〔六〕。佛在五蔭中〔七〕，努力向心剋〔八〕。（三三七）

【校】

幻身　「幻」，原作「糿」。

暗裏墨　「墨」，考釋作「显」，非是。

【注】

〔一〕幻身：佛教認爲人身虚幻非實，稱爲「幻身」。圓覺經：「彼之衆生，幻身滅故，幻心亦滅。」

〔二〕四大：佛教認爲人身乃由地、水、火、風等「四大」因緣和合而成，參看〇八一首注一。

〔三〕一種賊：指心性。因爲心性在冥冥之中發生作用，不可睹見，難以捉摸，故喻之爲「賊」。下文「能悉佛性眼」等四句，即描寫心性能洞悉幽微，輪迴長存的神通。

〔四〕佛性：覺悟成佛之性。北本涅槃經卷二七：「一切衆生悉有佛性，如來常住無有變易。」傳燈録卷三第二十八祖菩提達磨：「遍現俱該法界，收攝在一微塵。識者知是佛性，不識唤作精魂。」

〔五〕真如：佛教的宇宙本體，亦即最高之真理。成唯實論卷九：「真謂真實，顯非虚妄；如謂如常，表無變易。謂此真如，於一切位，常如其性，故曰真如。」

〔六〕 功德：佛教以布施修營等等爲「功德」，以其有獲福之功，爲行善之德。禪宗則以觀見自性爲功德。敦煌本壇經：「造寺、布施、供養，祇是修福，不可將福以爲功德。功德在法身，非在於福田。見性是功，平等是德。」

〔七〕 五蔭：亦稱「五陰」、「五蘊」，佛教稱色、受、想、行、識等爲「五蔭」，集合而成人身，參看二五一首注一。此處「五蔭」即指人身，佛教認爲一切衆生自身皆具佛性，故云「佛在五蔭中」。參看三一九首注四。

〔八〕 剋：獲得，三五一首亦云：「持心即是大患，聖道何由可剋？」亦與「獲」連文爲「剋獲」。智顗摩訶止觀卷五上：「如是果者，剋獲爲果。習因習讀於前，習果剋獲於後，故言如是果也。」

若欲覓佛道己一、考釋、校釋

若欲覓佛道，先觀五蔭好〔一〕。妙寶非外求〔二〕，黑暗由心造〔三〕。善惡既不二〔四〕，元來無大小。設教顯三乘〔五〕，法門奇浩浩〔六〕。觸目即安心〔七〕，若箇非珍寶〔八〕。明識生死因〔九〕，努力自研考。（三三八）

【注】

〔一〕 觀：即「觀照」，以智慧觀見事物之理。敦煌本壇經：「用智慧觀照，於一切法不取不捨，即見性成佛道。」

〔二〕 妙寶：比喻佛法或佛性。華嚴經卷二七：「如是次第淨，菩提心妙寶。」無量壽經卷上：「譬如大海，一人斗量，尚可窮底，得其妙寶。人有至心精進，求道不止，會當尅果，何願不得。」文苑英華卷八五五李嶠宣州大雲寺碑：「語方外之靈躅，窺天中之妙寶。」按「寶」即摩尼珠之異譯。大方便佛報恩經卷四：「世間求利，莫先入海採取妙寶，若得摩尼寶珠者，便能稱意給足一切衆生。」此處以寶珠比喻佛性，參看一五一首注四。

〔三〕黑暗：指「無明」。傳燈録卷二九寶誌和尚大乘讚：「生死業常隨身，黑闇獄中未曉。」

〔四〕不二：一致不異。大乘義章卷一：「言不二者，無異之謂，即是經中一實義也。一實之理，妙寂離相，如如平等，亡於彼此，故云不二。」

〔五〕三乘：指聲聞乘、緣覺乘（亦云辟支乘）、大乘（亦云菩薩乘），亦即小乘、中乘、大乘。由於修行者根器不同，而有此三種不同修持門徑。維摩詰經觀衆生品：「舍利弗問天：汝於三乘，爲何志求？天曰：以聲聞法化衆生，故我爲聲聞；以因緣法化衆生，故我爲辟支佛；以大悲法化衆生，故我爲大乘。」魏書釋老志：「初階聖者，有三種人，其根業各差，謂之三乘：聲聞乘、緣覺乘、大乘。取其可乘運以至道爲名。此三人惡迹已盡，但修心盪累，濟物進德。初根人爲小乘，行四諦法；中根人爲中乘，受十二因緣；上根人爲大乘，則修六度。雖階三乘，而要由修進萬行，拯度億流，彌歷長遠，乃可登佛境矣。」

〔六〕法門：修持入道之門徑。增壹阿含經卷一〇：「如來開法門，聞者得篤信。」沈約佛記序：「廓不二之法門，廣一乘之長陌。」奇浩浩：「奇」疑當作「亦」，三三五首亦有「浩浩亦其寬」之語。

〔七〕觸目：目光所及之處。杜甫贈李八秘書別三十韻：「觸目非論政，新文尚起予。」劉得仁塞上行作：「鄉井從離別，窮邊觸目愁。」安心：指靜心澄意。智顗修習止觀坐禪法要卷上：「若能善取其意而修習之，可以安心免難，發定生解，證於無漏之聖果也。」五燈會元卷一初祖菩提達磨大師：「可曰：

『我心未寧，乞師爲安。』祖曰：『將心來，與汝安。』可良久曰：『覓心了不可得。』祖曰：『我與汝安心竟。』」

〔八〕若箇：哪個，見〇四一首注三。

〔九〕生死因：衆生沉淪生死之業因。本事經卷五：「業是生死因，智爲滅惑本。」傳燈録卷六洪州百丈懷海禪師：「若能一生心如木石相似，不爲陰界五欲八風之所漂溺，即生死因斷，去住自由。」

人心不可識己一、考釋、校釋、禪詩

人心不可識，善惡實難知。看面真如像〔一〕，腹中懷蒺蔾〔二〕。口共經文語，借貓搦鼠兒〔三〕。雖然斷夜食〔四〕，小家行大慈〔五〕。（三三九）

【校】

借貓　「借」，禪詩作「藉」。

小家　「小」，原文似「不」字。

【注】

〔一〕真如：佛教之真理，見三三七首注五。此句即貌似虔誠奉佛之意。

〔二〕蒺蔾：同「蒺藜」，草本植物，結實表面長滿尖刺。佛教以喻破戒惡行，道宣四分律删繁補闕行事鈔卷三下：「經云：衆僧良福田，亦是蒺藜園，斯言實矣。」按俗書或以「荆棘」比喻人心險惡，取譬與此類似，如孟郊擇友：「面結口頭交，肚裏生荆棘。」變文集維摩詰經講經文：「心田無荆棘之林，性行絶波濤之險。」

〔三〕 搦：捕捉。鄭綮開天傳信記：「貓兒不識主，傍家搦老鼠。」見○三一首注六。按佛教戒殺生，故奉佛之人多有不畜貍貓，以免捕鼠害命者。玉泉子：「進士李昭微十上不第，時登科年已有主司，並無薦託之地。主司晝寢忽寤，見一軸文卷在枕前，看其題處，乃是昭微卷。令送架上，復寢，暗視有一鼠取其卷，啣其軸復還枕前，再三如此。昭微來春及第，主司問其故，乃三世不養貓。皆云鼠報。」張讀宣室志卷三：「寶應中，有李氏子，亡其名，家於洛陽。其世以不好殺故，家未嘗蓄貍，所以宥鼠之死也。迨其孫，亦能世祖父意。嘗一日，李氏大集其親友，會食於堂上。而門外有羣鼠數百，俱人立，以前足相鼓，如甚喜狀。家僮驚異，告於李氏。李氏親友乃空其堂而縱觀，人且去盡，堂忽摧圮，其家無一傷者。堂既摧而鼠亦去。」此首云「口共經文語，借貓搦鼠兒」者，以言其人之僞善，口念佛經，而陰行殺生害命之事也。

〔四〕 斷夜食：按佛教齋法，過午不食，「夜食」則戒行不謹，破齋法矣。五燈會元卷四睦州陳尊宿：「問僧：『今夏在何處？』曰：『徑山。』曰：『這喫夜飯漢！』曰：『尊宿叢林，何言喫夜飯？』」此云「斷夜食」，言其貌似戒行嚴謹也。

〔五〕 小家：小户人家。宋袁褧楓窗小牘卷上：「宣和已後，多梳雲尖巧額，鬢撑金鳳，小家至爲剪紙襯髮。」參看一一四首注一。　大慈：即「大慈大悲」。大智度論卷二七：「大慈與一切衆生樂，大悲拔一切衆生苦。」首楞嚴三昧經卷上：「學深心已，當學大慈。」

貪癡不肯捨己 一、考釋、校釋、禪詩

貪癡不肯捨，徒勞斷酒肉。終日説他過，持齋空餓腹〔一〕。三毒日日增〔二〕，四蛇不可觸〔三〕。天堂未有因，箭射入地獄〔四〕。（三四〇）

【校】

斷酒肉　「肉」，禪詩作「食」。

【注】

〔一〕持齋：奉持過午不食之齋法；别一義以素食戒葷爲持齋，參看二三〇首注一。

〔二〕三毒：佛教以貪、瞋、癡爲「三毒」，包括了一切煩惱。大智度論卷三一：「我所心生，故有利益我者生貪欲，違逆我者而生瞋恚，此結不從智生，從狂惑生故，是名爲癡。三毒爲一切煩惱之根本，亦由吾我。」

〔三〕四蛇：比喻地水火風等「四大」，見一五一首注六。

〔四〕箭射入地獄：形容墮地獄者，其頭向下，其疾如箭，乃佛教習語。觀佛三昧海經卷六：「以謬解故，命終之後，如射箭頃，墮阿鼻獄。」貫休送僧入石霜：「業王如雲合，頭低似箭驅。」原注：「牛頭大師云：猶妄心起，業業如雲。俱舍論云：入地獄人，頭向下也。」寒山詩：「地獄如箭射，極苦若爲當？」五燈會元卷七玄沙師備禪師：「我今日作得一解，險入地獄如箭射者。」又卷二〇育王德光禪師：「若作棒會，入地獄如箭射；若不作棒會，入地獄如箭射。」

道從歡喜生　己一、考釋、校釋、禪詩

道從歡喜生〔一〕，還從瞋恚滅〔二〕。佛性盈兩間〔三〕，由人作巧拙〔四〕。天堂在目前〔五〕，地

獄非虛說。努力善思量，終身須急結。斬斷三毒箭〔六〕，恩愛亦難絶。明識大乘因〔七〕，鑊湯亦不熱〔八〕。（三四一）

【校】

盈兩間　原作「兩盈間」，從禪詩所改。

【注】

〔一〕歡喜：佛教認爲虔誠奉佛，當生歡喜之心。首楞嚴三昧經：「樂小法者令不疑大法，樂大法者令生歡喜。」變文集醜女緣起：「設齋歡喜，果報圓滿。」釋氏要覽卷下四歡喜法：「一儉素歡喜，能引少欲樂。二積集梵行歡喜，能引遠離樂。三無悔歡喜，能引三摩地樂。四樂斷樂修歡喜，能引三菩提樂。」

〔二〕瞋恚：佛教「三毒」之一。智顗修習止觀坐禪法要卷上：「棄瞋恚蓋，瞋是失佛法之根本，墜惡趣之因緣，法樂之寃家，善心之大賊，種種惡口之府藏。」又：「殺瞋則安樂，殺瞋則無憂。瞋爲毒之惡，瞋滅一切善。」

〔三〕佛性：覺悟成佛之本性，見三三七首注四。　兩間：天地之間。宋歐陽闢寄京師畫院待詔王公器：「天地兩間府萬物，物物圖繪略不遺。」宋史胡安國傳：「則至剛可以塞兩間，一怒可以安天下矣。」

〔四〕由人作巧拙：意謂佛性本無一定之形相，隨人造作巧拙不同，而現或凡或聖、或地獄或天堂等種種之相。宗密中華傳心地禪門師資承襲圖：「佛性體非一切差別種種，而能造作一切差別種種。體非種種者，謂此佛性非聖非凡，非因非果，非善非惡，無色無相，無根無住，乃至無佛無衆生也。能作種種者，謂此性即體之用故，能凡能聖，能因能根，能善能惡，現色現相，能佛能衆生，乃至能貪瞋等。」

〔五〕天堂在目前：按「天堂」即指西方淨土，「天堂在目前」之説，如敦煌本壇經：「六祖言：『惠能與使君移西方刹那間，目前便見，使君願見否？』使君禮拜曰：『若此得見，何須往生，願和尚慈悲，爲現西方，大善！』大師言：『唐見西方無疑。』即散。大衆愕然，莫知何是。大師曰：『大衆作意聽，世人自色身是城，眼、耳、鼻、舌、身即是城門，外有五門，内有意門。心即是地，性即是王，性在王在，性去王無。性在身心存，性去身心壞。佛是自性作，莫向身求。自性迷，佛即衆生；自性悟，衆生即是佛。慈悲即是觀音，喜捨名爲勢至，能淨是釋迦，平直是彌勒，人我是須彌，邪心是大海，煩惱是波浪，毒心是惡龍，塵勞是魚鱉，虚妄即是神鬼，三毒即是地獄，愚癡即是畜生，十善是天堂。無人我，須彌自倒；除邪心，海水竭；煩惱無，波浪滅；毒害除，魚龍絶。自心地上覺性如來，放大智惠光明，照耀六門清淨，照破六欲諸天下。三毒若除，地獄一時消滅，内外明徹，不異西方。不作此修，如何到彼？』座下聞説，讚聲徹天，應是迷人了然便見。使君禮拜讚言：『善哉！善哉！普願法界衆生，聞者一時悟解。』」

〔六〕三毒箭：按「三毒」即貪、恚、癡，「三毒箭」或云「貪恚癡箭」，以其傷人如箭也。涅槃經卷一九：「憐愍衆生，猶如赤子，已離煩惱，能拔衆生，三毒利箭。」佛藏經卷中：「是人長夜自受貪欲、瞋恚、愚癡毒箭。」楞嚴經卷上：「有聞名者，貪恚癡箭自然拔出。」菩薩本生鬘論卷一七：「遠離三箭，垢染皆息。」

〔七〕大乘因：按「大乘」亦云菩薩乘，獲此果者永入涅槃，不墮輪迴。「大乘因」即諸法實相等等，觀普賢菩薩行法經：「汝於前世無量劫中，以貪香故，分别諸識，處處貪著，墮落生死。汝今應當觀大乘因。大乘因者，諸法實相。」

〔八〕鑊湯：按入鑊湯是地獄中的酷刑，南嶽思大禪師立誓願文：「若不改心自中傷，死墮地獄入鑊湯。」此處「鑊湯亦不熱」即地獄息苦之意，傳燈録卷二九誌公和尚十四科頌靜亂不二：「了達婬慾性空，鑊湯爐炭自冷。」變文集維摩詰經講經文：「爐炭停煙焰，鑊湯罷沸騰。」

漸漸斷諸惡已一、考釋、校釋

〔漸漸〕斷諸惡〔一〕，細細去貪嗔。若使如羅漢〔二〕，即自絶囂塵〔三〕。將刀且割无明暗〔四〕，復用利劍斷親姻〔五〕。究竟涅槃非是遠〔六〕，尋思寂滅即爲隣〔七〕。只是衆生不牽致〔八〕，所以沉淪罪業深。努力努力遵三寶〔九〕，〔何〕愁何慮不全身。（三四二）

【校】

漸漸斷諸惡　「漸漸」，原脱。按三七一首：「細細辞名利，漸漸遠囂塵。」以「細細」與「漸漸」同義對舉，因據以擬補「漸漸」二字。

去貪嗔　「去」，原作「詃」，費解。按三六六首亦有「畢竟去貪嗔」之語，因據改。原本當是「去」字形訛爲「玄」，又增言傍爲「詃」也。

絶囂塵　「囂」，原作「䜀」，即「囂」字別體，龍龕手鏡卷三口部：「䜀，正，許饒反，䜀諠也。」

利劍　「劍」，原作「釼」。碑別字卷四，魏闞勝誦德碑「劍」作「釼」。

非是遠　「遠」，校釋作「迷」，非是。

即爲隣　「隣」，原作「憐」，乃形訛字，校釋從之，非是，參看注七。

努力努力　校釋作「努力好好」，非是。

何愁何慮不全身　上「何」字原脱，從考釋所補。「全」，考釋作「金」。

【注】

〔一〕漸漸斷諸惡：大般涅槃經卷四：「譬如轉輪聖王，先爲衆生説十善法，其後漸漸有行惡者，王即隨事漸漸而斷，斷諸惡已，然後自行聖王之法。」

〔二〕羅漢：即「阿羅漢」，佛教小乘修行的極果。翻譯名義集卷一：「阿羅漢，大論云：阿羅名賊，漢名破，一切煩惱賊破。又阿名不，羅漢名生，後世中永不生，是名阿羅漢。」

〔三〕囂塵：喧鬧起塵。左傳昭公三年：「子之宅近市，湫隘囂塵，不可以居。」佛教以稱塵世，變文集維摩詰經講經文：「忙然歸大道，便即出囂塵。」

〔四〕无明：即愚癡之異譯，見○四○首注二。

〔五〕斷親姻：按佛教主張斬斷情緣。大智度論卷三：「出家法應不近親屬，親屬著心，如火如蛇，居家婆羅門子爲學問故，尚不應在生處，何况出家沙門。」故梵志此詩有「斷親姻」之語。

〔六〕究竟涅槃：即「大涅槃」，「究竟」爲終極之義。宗密禪源諸詮集都序卷三：「一切衆生，皆有佛性：凡是有心，定當作佛。究竟涅槃，常樂我淨，皆令安住秘密藏中。」

〔七〕尋思寂滅：按佛教稱由於外緣而引起的尋求思慮爲「尋思」，乃修行之大患。瑜伽師地論卷八三：「此尋思纏，住在身中，經久相續，長時隨縛。由此纏故，爲可尋思法之所制伏，不能制伏可尋思法。諸根不住，諸根飄零，諸根掉動，諸根散亂。身業誤失，語業誤失。難使遠離，難使厭患。喜爲戲論，樂著戲論。多惑多疑，多懷樂欲。禁戒不定，事業不堅，事業不定。多懷恐慮，念多忘失，不樂遠離，多樂散動。於諸世間種種妙事貪欲隨流，翹勤無惰，起發圓滿。如是等類，應知是名尋思行者相。」此首云「尋思寂滅」，則諸根調伏，心意不起，而可進入「涅槃」境界矣。　爲隣：即上句「非是遠」之意。焦氏易林卷一：「憂禍解除，喜至慶來，坐立歡門，與樂爲鄰。」

〔八〕牽致：以繩牽至。吴越春秋卷七勾踐入臣外傳：「王雖牽致，其後無殃。」後漢書禰衡傳：「終軍欲以長纓，牽致勁越。」此云「不牽致」者，言衆生不向於善，雖以繩牽之，亦不至也。

〔九〕三寶：即佛寶、法寶、僧寶，見〇三五首注四。此處特指法寶，即佛法。

一生不作罪　己一、考釋、校釋、禪詩

一生不作罪〔一〕，又復非修福〔二〕。騰騰處俗間〔三〕，遊遊覓衣食〔四〕。衣食纔以足，不事凡榮飾〔五〕。此則是如來〔六〕，何勞住西域〔七〕。（三四三）

【校】

一生　「一」，考釋、禪詩作「二」，非是。原卷每首之前有「·」作爲標記，考釋等遂將此標記與「一」字相連，誤讀爲「二」。

住西域　原本「住」，各本録作「往」，非是，參看注七。

【注】

〔一〕作罪：即造惡，徐陵諫仁山深法師罷道書：「識因識果，不以爲愆，知福知報，何由作罪。」

〔二〕修福：即造福，指布施、供養等等。敦煌本壇經：「愚人修福不修道，謂言修福而是道，布施供養福無邊，心中三惡元來造。若將修福欲滅罪，後世得福罪元在。」

〔三〕騰騰：無思無慮貌。白居易約心：「兀兀復騰騰，江城一上佐。」寒山詩：「騰騰且安樂，悠悠自清閒。」貫休送吴融員外赴闕：「應笑無機者，騰騰天地間。」五燈會元卷二明州布袋和尚：「騰騰自在無所爲，閑閑究竟出家兒。」傳燈録卷三〇騰騰和尚了元歌：「今日任運騰騰，明日騰騰任運，心中了了惣知，且作佯癡縛鈍。」

〔四〕遊遊：流浪，見二七八首注五。

〔五〕榮飾：華麗的服飾。玄覺禪宗永嘉集發願文：「不願榮飾，安貧度世。」

〔六〕如來：佛的十種名號之一。按禪宗以自心爲如來，敦煌本壇經：「自心地上覺性如來，放大智惠光明，照耀六門清淨，照破六欲諸天下，三毒若除，地獄一時消滅，内外明徹，不異西方。」

〔七〕西域：泛指中亞一帶，中國僧徒則多指天竺而言。按佛經載成佛得道者皆爲天竺人，此云「何勞住西域」者，言是人皆可成佛，不必定生西域也。

我本野外夫己一、考釋、校釋、禪詩

我本野外夫，不能恒礼則〔一〕。爲性重任真〔二〕，喫著隨所得。既与万物齊〔三〕，方知守靜默〔四〕。一身逢太平，五内無六賊〔五〕。（三四四）

己一、考釋、校釋至此首止。

【校】

方知　「知」字原殘剩右半「口」字，各本皆録作「中」，非是，今録作「知」。

【注】

〔一〕礼則：禮法軌則。左傳文公六年：「道之禮則。」宋黄休復茅亭客話卷一〇程先生：「世習儒，少孤，立身介潔，跬步一言，必循禮則，家童稚子，應對進退，不踰規矩。」

〔二〕任真：聽任天性自然。莊子齊物論郭象注：「夫任自然而忘是非者，其體中獨任天真而已，又何所有哉！」陶淵明連雨獨飲：「天豈去此哉，任真無所先。」蕭統陶淵明傳：「淵明少有高趣，博學善屬文，穎脱不羣，任真自得。」傳燈録卷二九南嶽惟勁禪師覺地頌：「出没任真同水月，應緣如響化羣情。」

〔三〕齊：相等，相同。孟子滕文公上：「夫物之不齊，物之情也，或相倍蓰，或相什佰，或相千萬。」此云「既与万物齊」者，即莊子齊物論中「齊物我」之義。

〔四〕靜默：退靜沉默。管子宙合：「賢人之處亂世也，知道之不可行，則沈抑以辟罰，靜默以侔免。」

〔五〕五内：五臟，猶云「肺腑」。蔡琰悲憤詩：「見此崩五内，恍惚生狂癡。」文選卷二七石崇王明君辭：「哀鬱傷五内，泣淚濕珠纓。」六賊：指色、聲、香、味、觸、法等六識，見一四四首注一。

我今一身内 己二、初校

我今一身内，修營等一國〔一〕。管屬〔八萬〕户〔二〕，隨我債衣食〔三〕。外想去三尸〔四〕，〔内〕思除六賊。貪望出累身〔五〕，□□入淨域〔六〕。（三四五）

蘇聯科學院東方學研究所列寧格勒分所敦煌特藏部藏一四五六號王梵志詩卷，除尾端照片一幀外，原卷迄未公布。今據友人惠贈原卷影本爲底本，稱爲己二本。一九八七年，陳慶浩發表法忍抄本殘卷王梵志詩初校（載敦煌學十二輯，省稱初校），據友人抄本校録了這個詩卷。朱鳳玉敦煌寫卷S4277號殘卷校釋（載敦煌學十二輯）後記中又將此卷與斯四二七七（己一本）拼合，證明它們本是一卷，斷裂後分藏於倫敦及列寧格勒兩地。

【校】

管屬八萬户　原作「管禹□□尸」，中二字墨污。初校註云：「孟列夫等編目此句校作『管（禹）□□力』。」按「禹」字應是「屬」字，蓋「屬」字别體作「属」，以形近誤爲「禹」也。原文「尸」字應是「户」字形訛。此上兩闕字據文義應是「八萬」，指八萬户蟲，參看注二。

外想　「想」，原作「相」，按敦煌寫本「想」、「相」往往相混，此處「外想」與下句「内思」爲對，參看注四。

内思　「内」，原闕，從初校所補。

【注】

〔一〕修營：修築營造。續高僧傳卷一九釋灌頂傳：「智者標基刊石，欲建道場，未果心期，故遺囑斯在。王人入谷，即事修營，置梟引繩，一依舊旨。」册府元龜卷四八六：「逃亡之徒，久離桑梓，糧儲空闕，田地荒廢，即當賑于乏少，助其修營。」　等一國：與一國相同。按以國比喻人身，猶如以城比喻人身，參看二五一首注一。抱朴子内篇地真：「故一人之身，一國之象也。胸腹之位，猶宫室也；四肢之列，猶郊境也；骨節之分，猶百官也；神猶君也，血猶臣也，氣猶民也。故知治身則能治國也。」唐李隱瀟湘録亦云：「人一身便如一國也，人心即帝王也，傍列臟腑即宰輔也，外具九竅即羣臣也。」

〔二〕八萬户：按佛教不淨觀認爲有八萬户蟲寄生於人身，故二五一首亦云：「湛然膿血間，安置八万户。」參看該首注五、注六。此云「管屬八萬户」者，即以八萬户蟲喻爲「一國」（即人身）所管屬之民户也。

〔三〕債：討債、催索。中阿含經卷二九：「世間貧窮苦，舉貸他錢財，舉貸錢財已，他債爲苦惱。」亦作「責」，老子七十九章：「是以聖人執左契，而不責於人。」此處「隨我債衣食」，謂寄食於我身也。

〔四〕外想：按此句「外想」及下句「内思」，皆指佛教不淨觀法門之「九想觀」，謂觀看自身及他身種種穢惡不堪，以斷除欲念。慧思諸法無諍三昧法門卷上：「外想三四塊，身器二六城，中含十二穢，九孔惡露盈，癰疽蟲血雜，膨脹臭爛膿，骨鎖分離斷，六欲失姿容，九想觀成時，六賊漸已除。」三尸：本是道家所云作祟於人身之蟲，亦稱「三彭」、「三蟲」。抱朴子内篇微旨：「又言身中有三尸，三尸之爲物，雖無形而實魂靈鬼神之屬也。欲使人早死，此尸當得作鬼，自放縱遊行，享人祭酹。是以每到庚申之日，輒上天白司命，道人所爲過失。」柳宗元罵尸蟲文：「有道士言：人皆有尸蟲三，處腹中，伺人隱微失誤，輒籍記。日庚申，幸其人之昏睡，出讒於帝以求饗，以是人多謫過疾癘夭死。」酉陽雜俎前集卷二玉格：「庚申日，伏尸言人過；本命日，天曹計人行。三尸一日三朝：上尸青姑，伐人眼；中尸白姑，伐人五臟；下尸血姑，伐人胃命，亦曰玄靈。又曰：一居人頭中，令人多思欲，好車馬，其色黑；一居人腹，令人好食飲，恚怒，其色青；一居人足，令人好色，喜殺。七守庚申三尸滅，三守庚申三尸伏。」張讀宣室志卷一：「夫彭者，三尸之姓，常居人身中，伺察其罪，每至庚申日，籍於上帝。故凡學仙者，當先絶其三尸，如是則神仙可學，不然，雖苦其心，無補也。」按民間佛教徒亦有言「三彭」者，僧史略卷下結社法集：「近聞周鄭之地，邑社多結守庚申會，初集鳴鐃鈸，唱佛歌讚，衆人念佛行道，或動絲竹，一夕不睡，以避三彭奏上帝，免注罪奪算也。然此實道家之法，往往有無知釋子，入會圖謀小利，會不尋其根本，誤行邪法，深可痛哉！」

〔五〕貪望：貪圖，渴望。　累身：佛教以凡夫身軀形體多欲爲修道之累，稱爲「累身」，亦云「累形」。義淨南海寄歸内法傳卷二：「有待累形，假衣食而始濟；無生妙智，託滅理而方興。」

〔六〕淨域：即「淨土」，佛教的極樂世界。南史庾詵傳：「言終而亡，年七十八。舉室咸聞空中唱『上行先生已生彌陀淨域矣』。」

生亦只物生己二、初校

生亦只物生〔一〕，死亦只物〔死〕。〔来去不〕相知，苦樂何處是？唯見生人悲，未聞啼哭鬼。以此好〔思〕量，未必生勝死。（三四六）

【校】

只物死　「死」，原墨污，從初校所補。

来去不相知　「来去不」三字原墨污。按此首大意與〇二七首略同，該首云：「生即巧風吹，死須業道過。来去不相知，展脚陽坡卧。只見生人悲，不闻鬼唱禍。子細審三思，慈母莫生我。」第三句正作「来去不相知」，「来去」即指上文之「生」與「死」，參看該首注三。此處因據以擬補「来去不」三字。

好思量　「思」，原墨污，從初校所補。

【注】

〔一〕只物：這麽，如此。「只」就是「這」，「物」就是「麽」。慧海大珠禪師語録卷上頓悟入道要門論：「若了了自知住在，住時只物住，亦無住處，亦無無住處也。」按大慧普覺禪師語録卷一二：「生也只恁麽，死也只恁麽。」與此二句意同。

世間不信我 已二、初校

世間不信我，言我常造惡。不能爲俗情，和光心自各〔一〕。財色終不染，妻子不戀著。共你雖同塵，至理求不錯〔二〕。智惠渾一愚〔三〕，我心常離縛〔四〕。君自未識真，余身恒〔快〕樂。（三四七）

【校】

余身恒快樂　「恒快樂」，「快」字原墨污。初校作「桓□（坦）樂」，非是。墨污字應是「快」字，〇〇六首有「吾貧極快樂」，〇六四首有「清貧常快樂」之語。

【注】

〔一〕和光：與下文「同塵」義同，語出老子五十六章：「和其光，同其塵。」後世用爲隨俗同流之義。後漢書張奂傳：「吾前後仕進，十要銀艾，不能和光同塵，爲讒邪所忌。」魏書釋老志：「諸佛法身有二種義：一者真實，二者權應。……權應身者，謂和光六道，同塵萬類，生滅隨時，修短應物。形由感生，體非實有。」僧肇般若無知論：「所以和光塵勞，周旋五趣。」　各：別，不同。按北本涅槃經卷六：「是人爲欲調伏如是諸比丘故，與共和光，不同其塵。」大珠禪師語録卷上頓悟入道要門論：「問：於來世中，多有雜學之徒，云何共住？答：但和其光，不同其業，同處不同住。」即此處「和光心自各」之意。

〔二〕至理：最高的道理，這裏指佛法。梁慧皎高僧傳序：「至若能仁之爲訓也，考業果之幽微，則循復三世；言至理之高妙，則貫絶百靈。」廣宣禁中法會應制：「從今精至理，長願契無爲。」

〔三〕渾一：渾，同混。此句即大智若愚之意。

〔四〕離縛：按佛教通稱煩惱爲「纏縛」，見二七五首注一五。此云「離縛」，即斷除煩惱之義，亦即「解脱」。北本涅槃經卷五：「真解脱者，名曰遠離一切繫縛。若真解脱，離諸繫縛，則無有生，亦無和合。」窺基成唯識論述記卷一本：「解謂離縛，脱謂自在。」

王二語梵志已二、初校

王二語梵志：俗間無我師。心中不了義〔一〕，聞者盡不知。我今得開悟〔二〕，先身已受持〔三〕。尋經醒無我〔四〕，披卷悟无爲〔五〕。君神自寂滅〔六〕，君身若死屍。神身一分解，六識自開披〔七〕。万事都無著〔八〕，泠然无所之〔九〕。漏盡無煩惱〔一〇〕，神澄自靡斯〔一一〕。心高鵠共駕〔一二〕，一舉出天池〔一三〕。（三四八）

【校】

披卷　「卷」，原作「老」，形近而訛，參看注五。

君神自寂滅　「神」，原作「身」。按此數句言神、身關係，「君神自寂滅」正與「君身若死屍」相對比，原卷上句

「身」字當是「神」字誤書。

泠然　「泠」，原作「怜」，形近而訛，參看注九。

【注】

〔一〕不了義：言未能透徹領悟佛教的最終精義。大寶積經卷五二：「若諸經中説世俗諦，名不了義；説勝義諦，名爲了義。」五燈會元卷二南陽慧忠國師：「禪宗學者，應遵佛語，一乘了義，契自心源。不了義者，互不相許，如師子身中蟲。」

〔二〕開悟：覺悟。出曜經卷二：「欲化彼人，令得開悟。」五燈會元卷二殃崛摩羅尊者：「殃崛遂釋母欲殺佛，佛徐行，殃崛急行追之不及。乃唤曰：『瞿曇，住，住！』佛告曰：『我住久矣，是汝不住。』殃崛聞之，心忽開悟，遂棄刃投佛出家。」

〔三〕先身：即前身，謂過去世之身。廣記卷三八七馬家兒（出法苑珠林）：「相州滏陽縣智力寺僧玄高，俗姓趙氏，其兄子，先身於同村馬家爲兒。」又王練（出冥祥記）：「相識有一胡沙門，每瞻珉風采，甚敬悦之，輒語同學云：『若我後生，得爲此人作子，於近願亦足矣。』……頃之，沙門病亡，亡後歲餘而練生焉。始能言，便解外國語，及絶國奇珍、銅器珠貝，生所不見，未聞其名，即而名之，識其産出。又自然親愛諸胡，過於漢人。咸謂沙門審其先身。」受持：信受讀誦。勝鬘寶窟卷上本：「始則領受在心曰受，終則憶而不忘曰持。」妙法蓮華經囑累品：「汝能於釋迦牟尼佛法中，受持讀誦思惟是經，爲他人説，所得福德，無量無邊。」酉陽雜俎續集卷七金剛經鳩異：「先君受持此經十餘萬遍，徵應事孔著。」按佛教認爲先身修習之勝因，遺傳積累，影響可及於今生，如高僧傳卷六釋慧遠傳：「遠藉慧解於前因，發勝心於曠劫，故神明英越，機鑒遐深。」是以梵志詩亦云「我今得開悟，先身已受持」也。

〔四〕尋經：研讀經書。灌頂隋天台智者大師别傳：「乃刻檀寫像，披藏尋經，曉夜禮頌，念念相續。」敦煌曲校録十二時：「日出卯，香案尋經傳聖教。」　醒：覺悟。賈誼新書先醒：「故昭然先寤乎所以存亡矣，故曰先醒。辟猶俱醉，而獨先醒也。」　無我：佛教否定認識主體之實有性，稱爲「無我」，參看卷一王梵志詩集原序注三。

〔五〕披卷：開卷，這裏也指閲讀經書。高僧傳卷六釋慧遠傳：「又請以蜜和水爲漿，乃命律師，令披卷尋文，得飲與否。」　无爲：離絶因緣造作，爲佛法之真理。維摩詰經不思議品：「法名無爲，若行有爲，是求有爲，非求法也。」傳燈録卷二九誌公和尚十四科頌善惡不二：「無爲大道自然，不用將心畫度。」又卷三〇傳大士心王銘：「無爲法寶，非淺非深，諸佛菩薩，了此本心。」寒山詩：「不達無爲功，損多益少利。」

〔六〕神：指獨立於肉體之外的神識。弘明集卷五慧遠明報應論：「夫四大之體，即地水火風耳，結而成身，以爲神宅。」按梵志詩中屢有言及神、身關係者，如〇五九首、〇六三首、三六五首，參看〇五九首篇後按語。

〔七〕六識：指色、聲、香、味、觸、法等六識，亦稱「六塵」或「六賊」，參看一四四首注一。　開披：分開、解散。

〔八〕無著：不執著愛憎於物。中阿含經卷二：「無著第一樂，斷欲無有愛，永捨離我慢，裂壞無明網。」傳燈録卷二九寶誌和尚大乘讚：「無著即是解脱，有求又遭羅罥。」寒山詩：「頂禮無所著，我師大法王。」唐薛瑩羨僧：「處世曾無著，生前事盡非，一缾兼一衲，南北去如歸。」大珠禪師語録卷上頓悟入道要門論：「無著者，不起憎愛心，即是無著。」

〔九〕泠然：輕舉無礙貌。莊子逍遥遊：「夫列子御風而行，泠然善也。」文選卷三一江淹雜體詩許徵君詢自序：「一時排冥筌，泠然空中賞。」貫休贈靈鷲山道潤禪師院：「莫嫌來又去，天道本泠然。」

〔一〇〕漏盡：按「漏」即煩惱之異名，煩惱盡除稱爲「漏盡」。妙法蓮華經序品：「諸漏已盡，逮得己利。」大智度論卷三：「大迦葉入禪定，以天眼觀今是衆中，誰有煩惱未盡，應逐出者。唯有阿難一人不盡，餘九百九十九人，諸漏已盡，清淨無垢。」

〔一一〕神澄：心神清虚，摒除雜念。　靡斯：没有煩惱，「斯」即指上句之「煩惱」。

〔一二〕共駕：本義爲同乘一輛馬車，這裏是比翼齊飛之意。

〔一三〕天池：傳説中南方的大海。莊子逍遥遊：「鵬之背，不知其幾千里也；怒而飛，其翼若垂天之雲。是鳥也，海運則將徙於南冥。南冥者，天池也。」成玄英疏：「冥，猶海也，取其溟漠無涯，故謂之冥。東方朔十洲記云：『溟海無風而洪波百丈。』」李羣玉贈方處士：「赤霄終得意，天池俟飛躍。」

梵志與王生己二、初校

梵志与王生〔一〕，密敦膠柒友〔二〕。共喜歌三樂〔三〕，同欣詠五柳〔四〕。適意叙詩書〔五〕，清談盃渌酒〔六〕。莫恠頻追逐〔七〕，只爲相知久。（三四九）

蘇聯孟列夫等編亞洲民族研究所敦煌特藏漢文寫本目録附有己二本尾端照片一幀，載梵志詩三八五——三九〇首，其中三八五首與三八六首之間夾有重抄之三五〇、三四九首。王梵志詩校輯「補遺」據此校録了梵志詩七首，因爲訛誤太甚，今不取作校本。

【校】

密敦膠柒友　「密」，原作「蜜」。　「柒」，初校改作「漆」，參看注二。

歌三樂　「歌」，原墨污，據三八五首後重抄此首補。「三」字初校作「一」，原本墨污難辨。據文義應是「三」字。「歌三樂」之語，亦見於唐儲光羲貽王處士子文：「避地歌三樂，遊山賦九吟。」徐靈府言志獻浙東廉訪辭召：「野性歌三樂，皇恩出九重。」參看注三。

盃渌酒　「酒」，原脱，據重抄此首補。

【注】

〔一〕王生：應即一三九首及三四八首之「王二」。

〔二〕敦：親厚。曹植漢二祖優劣論：「敦睦九族，有唐虞之稱。」　膠柒：按「柒」同「漆」，見○四九首注七。「膠漆」比喻結合極其牢固，韓非子安危：「堯無膠漆之約於當世而道行，舜無置錐之地於後世而德結。」後多用以比喻情誼親密無間。史記蔡澤列傳：「其賢智與有道之士爲膠漆。」後漢書雷義傳：「膠漆自謂堅，不如雷與陳。」杜甫憶昔二首之二：「宮中聖人奏雲門，天下朋友皆膠漆。」元稹説劍：「我實膠漆交，中堂共杯酒。」

〔三〕三樂：用榮啓期事。典出列子天瑞：「孔子遊於太山，見榮啓期行乎郕之野，鹿裘帶索，鼓琴而歌。孔子問曰：『先生所以樂，何也？』對曰：『吾樂甚多。天生萬物，唯人爲貴，而吾得爲人，是一樂也。男女之別，男尊女卑，故以男爲貴；吾既得爲男矣，是二樂也。人生有不見日月、不免襁褓者，吾既已行年九十矣，是三樂也。貧者士之常也，死者人之終也。處常得終，當何憂哉！』孔子曰：『善乎，能自寬者也。』」白居易偶作：「張翰一杯酒，榮期三樂歌。」

〔四〕五柳：陶淵明五柳先生傳：「先生不知何許人也，亦不詳其姓字，宅邊有五柳樹，因以爲號焉。」按蕭統陶淵明傳：「嘗著五柳先生傳以自況，時人謂之實録。」此云「詠五柳」者，謂仰慕淵明安貧樂道、澹泊曠遠之志，而以詩酒自娱也。

〔五〕適意：快意，舒暢。世説新語識鑒：「人生貴得適意爾，何能羈宦數千里以要名爵！」

〔六〕清談：高雅的談論。文選卷二三劉楨贈五官中郎將四首之二：「清談同日夕，情眄叙憂勤。」渌酒：一種美酒。李羣玉中秋夜南樓寄友人：「朗吟無渌酒，賤價買清秋。」按即渌蟻酒，文選卷二六謝朓在郡卧病呈沈尚書：「嘉魴聊可薦，渌蟻方獨持。」

〔七〕追逐：結伴遊樂。花蕊夫人宫詞：「内家追逐採蓮時，驚起沙鷗兩岸飛。」

俗人道我癡 己二、初校

俗人道我癡，我道俗人〔騃〕〔一〕。兩兩相排撥〔二〕，嘍囉不可解〔三〕。世人重榮華，我心今已罷〔四〕。惟有如意珠〔五〕，撩渠不肯賣〔六〕。躭浮〔五〕欲樂〔七〕，幾許難開解〔八〕。嗟世俗難有，爲住煩惱處。塵危三業鄣〔九〕，心造恒遊生死因〔一〇〕，不覺四蛇六賊藏身内〔一一〕，貪癡五欲競相催。（三五〇）

此首後半「嗟世俗難有」以下疑有脱誤。

【校】

俗人騃　「騃」，原墨污，可辨「馬」傍，從初校所補。

不可解　「解」，初校誤作「能」。

不肯賣　「賣」，原作「買」，據文義改。按敦煌寫本「買」、「賣」二字常相混，參看〇五二首校記。

躭浮五欲樂　「躭」，原作「[舟冘]」，即「躭」之俗字。初校改作「耽」，按「躭」同「耽」。「五」，原墨污，從初校所補。

【注】

〔一〕騃：癡，愚。漢書息夫躬傳：「左將軍公孫禄、司隸鮑宣皆外有直項之名，内實騃不曉政事。」宋李元綱厚德録卷一：「萊公在藩鎮，嘗因生日建山棚，大宴，又服用僭侈，爲人所奏。上怒甚，謂太尉曰：『寇準每事欲效朕，可乎？』太尉徐對曰：『準誠能臣，無如騃何。』上意解，遽曰：『然，此止是騃耳。』遂不問。」明郎瑛七修類稿卷二三懛子秋風：「蘇、杭呼癡人爲懛（歹讀平聲）子，累見人又或書獃、騃（音呆）二字，雖知書如杭徐伯齡亦以懛字爲是。予考玉篇衆書無懛、獃二字，獨騃字説文云『馬行仡』，而韻會云：『病也，癡也，凡癡騃字皆作騃。』獨篇海載懛、獃二字，亦曰義同騃字，是知懛、獃皆俗字也。」按佛教所謂癡、騃，皆謂昧於佛理。阿惟越致遮經卷下：「癡騃志貪著，不解知本無。」傳燈録卷三〇永嘉真覺禪師證道歌：「亦愚癡，亦小騃，空拳指上生實解。」

〔二〕排撥：排擠、排斥。文苑英華卷七四七傅縡明道論：「吾願息諍以通道，讓勝以忘德，何必排撥異家，生其恚怒乎？」

〔三〕嘍囉：能幹，逞强，亦寫作「婁羅」、「僂儸」等。蘇鶚演義卷上：「婁羅，幹辦集事之稱。」寒山詩：「自逞説嘍囉，聰明無益當。」又：「臨死度奈河，誰是嘍囉漢。」變文集醜女緣起：「鬼神大曬僂儸，不敢猥門傍户。」又鷰子賦：「鷰子實難及，能語復嘍囉。」

〔四〕罷：休止，這裏指不再看重榮華。論語子罕：「夫子循循然善誘人，博我以文，約我以禮，欲罷不能。」

〔五〕如意珠：佛經中的寶珠，亦稱「摩尼珠」等，因能隨意所求變化出種種之物，故名「如意」。大智度論卷三：「如如意珠，尚令衆生隨願皆得，豈況於佛。」敦煌本雙恩記：「莫若入大海内拜謁龍王，求摩尼寶珠，與衆生利益，要飯即雨飯，要衣即雨衣，要金銀即雨金銀，要珠玉即雨珠玉。」此首之「如意珠」，即譬喻衆生人人皆具之佛性，楞嚴經卷四：「譬如有人，於自衣中，繫如意珠，不自覺知，窮露他方，乞食馳走，雖實貧窮，珠不曾失。忽有智者，指示其珠，所願從心，致大富饒，方悟神珠，非從外得。」參看一五一首注四。

〔六〕撩渠：逗惹他。「撩」即挑逗，庾信結客少年場行：「歌撩李都尉，果擲潘河陽。」按莊子盜跖：「疾走料虎頭，編虎須，幾不免虎口哉！」陸德明釋文：「料，音聊。」即此「撩」字。「渠」即第三人稱代詞，三國志吴志趙達傳：「女壻昨來，必是渠所竊。」杜甫遭田父泥飲美嚴中丞：「迴頭指大男，渠是弓弩手。」寒山詩：「蚊子叮鐵牛，無渠下嘴處。」

〔七〕躭浮：猶云「沉浮」，謂沉緬其中。五欲樂：指感官享受。法門名義集卷下：「色欲、聲欲、香欲、味欲、觸欲，是爲五欲也。人天福報受五欲樂，修道之人捨而不著，故維摩經云：雖福應有，不當自恣，當觀五欲無常，以求善本，於身命財，而修堅法。」變文集妙法蓮華經講經文：「我念過去劫，爲求大法故，雖作世國王，不貪五欲樂。」

〔八〕幾許：程度副詞，猶云「十分」、「多麽」。北史齊上洛王子元海傳：「爾在鄴城説我以弟反兄，幾許不義！」又隋房陵王勇傳：「勇昔從南兗州來，語衛王曰：『阿孃不與我一好婦女，亦是可恨。』因指皇后侍兒曰：『皆我物。』此言幾許異事！」又：「昔漢武帝將起上林苑，東方朔諫，賜朔黄金百斤，幾許可笑！」 開解：曉諭、領悟。賢愚經卷二：「聞佛説法，咸得開解。」

〔九〕三業鄣：「鄣」同「障」。身、口、意所造惡業稱「三業」，以其能障礙佛道，故稱「三業鄣」。

〔一〇〕生死因：生死輪迴之業因，見三三八首注九。

〔一一〕四蛇六賊：即四大、六識，參見一五一首注六、一四四首注一。

迴波爾時大賊己二、初校

王梵志迴波樂〔一〕

迴波爾時大賊〔二〕，不如持心斷惑〔三〕。縱使誦經千卷，眼裏見經不識。不解佛法大意，徒勞排文數黑〔四〕。頭陁蘭若精進〔五〕，希望後世功德〔六〕。持心即是大患，聖道何由可剋〔七〕？若悟生死之夢，一切求心皆息〔八〕。（三五一）

【校】

迴波爾時 「爾」，原作「來」，據迴波樂辭定格改，參看注二。原文「來」字或是「尓」字形訛。

【注】

〔一〕王梵志迴波樂：此六字標目原有。按迴波樂乃唐代歌詞。樂府詩集卷八〇：「迴波樂，商調曲，唐中宗時造，蓋出於曲水引流泛觴也。」

〔二〕迴波爾時：此四字乃迴波樂詞首句之定格，如劉餗隋唐嘉話卷下載李景伯唱下兵詞：「迴波爾時酒卮，兵兒志在箴規。侍宴既過三爵，諠譁竊恐非宜。」按下兵詞即是迴波樂。孟棨本事詩嘲戲載沈佺期迴波樂詞曰：「迴波爾似（時）佺期，流向嶺外生歸。身名已蒙齒録，袍笏未復牙緋。」清萬樹詞律卷一迴波辭：「此辭平仄不拘，即六言絶句體，當時入於歌曲。『迴波』，其調名也，皆用『迴波爾時』四字起。」大賊：即「六大賊」，指色、聲、香、味、觸、法等六塵，亦名六識。北本涅槃經卷二三：「六大賊者，即外六塵。菩薩摩訶薩觀此六塵如六大賊。何以故？能劫一切諸善法故。」又色、受、想、行、識等「五陰」亦稱「大賊」。敦煌遺書伯三〇五六録歌詞：「五陰大賊本清涼，云何不覺火中坐？」

〔三〕持心：禁守心意，堅持善法。阿毘達磨法蘊足論卷四：「持心者，謂爲令已生初靜慮堅住，乃至智作證故，持心修習八支聖道，彼於此道持心修習多修習故，便令已生初靜慮堅住，乃至智作證，如初靜慮。」斷惑：謂以佛法真智斷除疑惑。

〔四〕排文數黑：比喻死讀佛經文字，不通大意，「文」和「黑」皆指文字。

〔五〕頭陁蘭若：謂在遠離人煙處修持苦行。大乘義章卷一五：「頭陀，胡語，此方正翻名爲抖擻，此離著行，從喻名之，如衣抖擻，能去塵垢，修習此行，能捨貪著，故曰抖擻。」妙法蓮華經從地踊出品：「依止是世界，常行頭陀事，志樂於靜處，捨大衆憒閙。」智顗修習止觀坐禪法要卷上：「有三處可修禪定：一者深山絶人之處；二者頭陀蘭若之處，離於聚落極近三四里，此則放牧聲絶，無諸憒閙；三者離白衣住處，清淨伽藍中。」灌頂隋天台智者大師別傳：「寺北別峯，呼爲華頂，登眺不見羣山，暄涼永異餘處。先師捨衆，獨住頭陀。」按修頭陀行者，應持十二種苦行，法門名義集：「十二頭陀：一者盡形乞食，二者阿蘭若處住，三者著糞掃衣，四者坐食，五者常坐，六者中後不受非時食，七者中後不飲漿，八者但有三衣，九者毳衣，十者樹下坐，十一者空地住，十二者死屍間住。」按「蘭若」亦云「阿蘭若」、「阿練若」，一行大毘盧遮那成佛經疏卷三：「阿練若，名爲意樂處，謂空寂行者所樂之處，或獨一無侶，或二三人，於寺外造限量小房，或施主爲造，或但居樹下空地，皆是也。」棲止蘭若即是十二頭陀行之一。

〔六〕希望：貪圖。妙法蓮華經安樂行品：「衣服卧具，飲食醫藥，而於其中，無所希望，但一心念説法因緣，願成佛道。」筠州黄蘗山斷際禪師傳心法要：「若廣修衆善，有所希望，聞法知空，遂乃不著，是爲小捨。」亦作「悕望」。無量壽經卷下：「但欲爲惡，妄作非法，常懷盜心，悕望他利。」 功德：指造福來生之善行。大乘義章卷九：「言功德者，功謂功能，善有資潤福利之功，故名爲功，此功是其善行家德，名爲功德。」

〔七〕剋：獲得，見三三七首注八。

〔八〕求心：貪著之心，「求心皆息」即禪宗「無所求行」之義。淨覺楞伽師資記：「第三無所求行者，世人長迷，處處貪著，名之爲求。智者悟真，理將俗反，安心無爲，形隨運轉，萬有斯空，無所願樂，功德黑闇，常相隨逐，三界久居，猶如火宅，誰得而安？了達此處，故於諸有，息想無求。」

楚按，梵志此首乃删改寶誌大乘讚而成者。傳燈録卷二九載梁寶誌和尚大乘讚十首之九云：

> 聲聞心心斷惑，能斷之心是賊。賊賊遞相除遣，何時了本語默。口内誦經千卷，體上問經不識。不解佛法圓通，徒勞尋行數墨。頭陁阿練苦行，希望後世功德。希望即是隔聖，大道何由可得。譬如夢裏度河，船師度過河北。忽覺牀上安眠，失却度船軌則。船師及彼度人，兩个本不相識。衆生迷倒羈絆，往來三界疲極。

覺悟生死如夢，一切求心自息。

試以王梵志迴波樂與寶誌大乘讚第九首相比較，二者不同之處在於：一、王梵志迴波樂將大乘讚前四句改爲「迴波爾時大賊」等兩句，這大概是爲了嵌入「迴波爾時」的字面，使之成爲一首迴波樂。二、王梵志迴波樂刪去了大乘讚中「譬如夢裏度河」一段八句。何以知道是前者刪改了後者，而不是後者增補了前者呢？因爲大乘讚「譬如夢裏度河」一段，是爲了鋪墊結尾處的「覺悟生死如夢」，前後渾然一體。而王梵志迴波樂没有「夢裏度河」一段，結尾處的「若悟生死之夢」便顯得突兀無根，可見原來本該有這一段，刪改之跡宛然。除了以上兩點，二者的字句大體相同。不過梵志此首六言十二句，雖以迴波樂標目，却大大超過了迴波樂六言四句的定格，它是否真的可以入樂歌唱，是極可懷疑的。按寶誌乃南朝神僧，但大乘讚所發揮的却是唐代禪宗的思想，所以我認爲大乘讚應是盛唐禪師所作，託名寶誌者。參看本書附録列一四五六號王梵志詩殘卷補校後記。

法性大海如如已二、初校

法性大海如如〔一〕，風吹波浪溝渠。我今不生不滅〔二〕，於中不覺愚夫〔三〕。增惡若爲是惡〔四〕，無始流浪三塗〔五〕。迷人失路但坐〔六〕，不見六道清虛〔七〕。（三五二一）

【校】

增惡　「增」，初校改作「憎」。

【注】

〔一〕法性：佛教以稱世界永恒之本性，即「實相」、「真如」等之異名。肇論宗本義：「本無、實相、法性、性空、緣會，一義耳。何則？一切諸法，緣會而生。緣會而生，而未生無有，緣離即滅。如其真有，有則無滅。以此而推，故知雖今現有，有而性常自空。性常自空，故謂之性空。性空故，故曰法性。法性如是，故曰實相。實相自無，非推之無，故名本無。」由於法性深廣不測，故常喻之爲海。大乘起信論：「及彼真體相，法性真如海。」傳燈録卷三〇丹霞和尚翫珠吟：「般若靈珠妙難測，法性海中親認得。」如如：形容真如法性圓融遍滿、湛然不動之貌。金剛般若波羅蜜經：「不取於相，如如不動。」傳燈録卷三〇荷澤大師顯宗記：「如如不動，動用不窮。」筠州黄蘗山斷際禪師傳心法要：「如如之體，内如木石不動不摇，外如虚空不塞不礙。」

〔二〕不生不滅：即佛教「涅槃」的境界。變文集廬山遠公話：「涅者是不生之義，不生不滅，即契真如，無來無去，便爲佛性。槃之一字，般運衆生，出於三界，令達彼岸。」

〔三〕愚夫：不明佛法之愚癡凡夫。仁王護國般若波羅蜜多經卷上：「幻化見幻化，愚夫名幻諦。」

〔四〕若爲：如何，怎樣，見〇二六首注一六。

〔五〕無始：指過去無限之時間。豐干詩：「可惜一靈物，無始被境埋。」流浪：這裏指流轉於生死六道之中。傳燈録卷二九寶誌和尚大乘讚：「輪迴六道不停，結業不能除却，所以流浪生死，皆由横生經略。」又十四科頌斷除不二：「愚人妄生分別，流浪生死猖狂。」三塗：地獄、餓鬼、畜生等「三惡道」，見〇〇八首注一。

〔六〕迷人：迷路之人，比喻不悟佛法之人。大乘起信論：「猶如迷人，依方故迷，若離於方，則無有迷。」大珠禪師語録卷下：「迷人論凡論聖，悟人超越生死涅槃。迷人説事説理，悟人大用無方。迷人求得求證，悟人無得無求。迷人期遠劫證，悟人頓見。」坐：因爲、由於。漢樂府陌上桑：「來歸相怨怒，但坐觀羅敷。」杜牧山行：「停車坐愛楓林晚，霜葉紅於二月花。」按此處「但坐」據文義應連下句讀作「但坐不見六道清虛」。

〔七〕六道：即天道、人道、阿修羅道、畜生道、餓鬼道、地獄道。佛教認爲一切衆生無始以來皆生死輪迴於六道之中。大乘本生心地觀經卷三：「有情輪迴生六道，猶如車輪無終始。」清虛：清靜虛無。淮南子主術：「故有道之主，滅想去意，清虛以待不伐之言，不奪之事。」傳燈録卷二九誌公和尚十四科頌佛與衆生不二：「究竟攀緣空寂，惟求意想清虛。」

心本無雙無隻已二、初校

心本無雙無隻〔一〕，深難到底淵洪〔二〕。無來無去不住〔三〕，猶如法性虛空〔四〕。復能出生諸法〔五〕，不遲不疾容容〔六〕。幸願諸人思忖，自然法性通同〔七〕。（三五三）

【校】

無雙無隻　「隻」，原作「倢」，即「隻」字。初校作「佞」，註云：「『佞』，原抄作『使』。本詩原卷如下點斷：『心本無雙無佞。深難到底。淵洪無來無去。不住猗如。法性虛空。復能生出諸法。不遲不疾容容。幸願諸人思恃。自然法性通同。』」

猶如　「猶」，原作「猗」，從初校所改。

思忖　「忖」，原作「恃」，形近而訛。

【注】

〔一〕無雙無隻：非雙非單，形容虛幻難測。

〔二〕淵洪：水深而廣，倒文作「洪淵」，大正新修大藏經卷五四老子化胡經：「吾後千餘年，白骨如丘山，屍骸路草野，流血成洪洪，淵不忍見子，苦故作大秦，吟哀歎二十，頭以示通中，賢見機降時，世不值苦以辛。」按原文衍一「洪」字，「洪淵」爲詞，這段文字應校點爲：「吾後千餘年，白骨如丘山，屍骸路(露)草野，流血成洪淵。不忍見子苦，故作大秦吟。哀歎二十頭(頌)，以示通中賢。見機降時世，不值苦以(與)辛。」

〔三〕無來無去不住：按佛教認爲心性湛然常在，無來無去，亦不住著。法藏大乘起信論義記卷上：「夫真心寥廓，絶言象於筌蹄；沖漠希夷，亡境智於能所。非生非滅，四相之所不遷；無去無來，三際莫之能易。但以無住爲性，隨派分歧，逐迷悟而升沈，任因緣而起滅。」拾得詩：「一念不生心澄然，無去無來不生滅。」傳燈録卷八泉州龜洋山無了禪師：「無來無去兼無住，了却本來自性空。」

〔四〕虛空：按佛教認爲世界本性是空，故法性亦如虛空。妙法蓮華經安樂行品：「觀一切法皆無所有，猶如虛空。」五燈會元卷二信州智常禪師：「汝之本性猶如虛空，返觀自性，了無一物可見，是名正見；無一物可知，是名真知。」

〔五〕諸法：指各種客觀事物。傳燈録卷二九寶誌和尚大乘讚：「諸法本空無著，境似浮雲會散。」

〔六〕容容：通作「融融」，和洽舒緩貌。左傳隱公元年：「大隧之中，其樂也融融。」杜牧阿房宮賦：「歌臺暖響，春光融融。」

〔七〕通同：貫通，相同。傳燈録卷二九僧潤贈禪客：「了妄歸真萬慮空，河沙凡聖體通同。迷來盡似蛾投焰，悟去皆如鶴出籠。」

但令但貪但呼 己二、初校

但令但貪但呼〔一〕，般若法水不枯〔二〕。醉時安眠大道〔三〕，誰能向我停居〔四〕？八苦變成甘露〔五〕，解脱更欲何須〔六〕。万法歸於一相〔七〕，安然獨坐四衢〔八〕。（三五四）

【校】

般若法水不枯　「般」，原作「波」，從初校所改。「枯」，原作「沽」，據文義改。「不枯」即不竭之義。

歸於一相　「於」，原作「依」。按唐五代敦煌方音，「依」「於」音近，故敦煌寫卷每多相混，如變文集前漢劉家太子傳「其子於父言教」，即「依父言教」也。

【注】

〔一〕令：指酒令。按此首以飲酒之事爲喻，故有「但令但貪但呼」之語，形容酒酣忘形之狀。

〔二〕般若法水：指酒。按「法水」本喻般若妙法，無量義經説法品：「法譬如水，能洗垢穢。……其法水者，亦復如是，能洗衆生諸煩惱垢。」敦煌曲校録禪門十二時曲：「皮肉血水終不惜，法水何時得潤身？」亦有以「酒」喻般若妙法者，善慧大士録卷三還源詩十二章之十二：「還源去，般若酒澄清，能治煩惱病，自飲勸衆生。」拾得詩：「般若酒泠泠，飲多人易醒。」而禪僧遂以「法水」、「般若湯」等稱酒。盧仝寄贈含曦上人：「麴米本無愆，酒成是法水。」東坡志林卷二僧文葷食名：「僧謂酒爲般若湯，謂魚爲水梭花，鷄爲鑽籬菜，竟無所益，但自欺而已。」清俞敦培酒令叢鈔卷一：「筆談：蘇東坡、晁補之、秦少游，同訪佛印師，留飲般若湯。行令，上要落地無聲之物，中要人名貫串，末要詩句。」

〔三〕大道：根本道理，這裏指佛道。傳燈録卷二九寶誌和尚大乘讚：「大道常在目前，雖在目前難睹。」按李白月下獨酌四首之二：「三盃通大道，一斗合自然。」與此句意近。

〔四〕停居：停留、居住，亦作「居停」。傳燈録卷三〇傅大士心王銘：「心王亦尔，身内居停，面門出入，應物隨情。」

〔五〕八苦：佛教稱人生之苦，其相有八。北本涅槃經卷一二：「八相名苦，所謂生苦、老苦、病苦、死苦、愛别離苦、怨憎會苦、求不得苦、五盛陰苦。」甘露：佛經中天上美味名藥，因用爲佛法之喻。注維摩詰經卷七：「什曰：諸天以種種名藥著海中，以寶山摩之，令成甘露，食之得仙，名不死藥。」中阿含經卷一三：「我得見世尊，正覺如甘露，見已生信樂，棄捨家學道。」

〔六〕解脱：指斷除煩惱，獲得自在。黄蘖斷際禪師宛陵録：「前際無去，今際無住，後際無來，安然端坐，任運不拘，方名解脱。」

〔七〕万法歸於一相：「萬法」總稱一切紛繁的事物。顔真卿使過瑶臺寺有懷圓寂上人：「萬法元無著，一心唯趣禪。」「一相」則謂混然同一而無差别。傳燈録卷二九誌公和尚十四科頌境照不二：「地獄天堂一相，涅槃生死空名。」淨覺楞伽師資記：「所以明闇泥於不二之門，善惡融於一相之道。」佛教認爲萬法一如，同是真如本性的體現，故此云「萬法歸於一相」。五燈會元卷四趙州從諗禪師：「一心不生，萬法無咎。汝但究理，坐看三二十年，若不會，截取老僧頭去。夢幻空華，徒勞把捉。心若不異，萬法一如。既不從外得，更拘執作麽？」

〔八〕 四衢：四達的大路。維摩詰經方便品：「雖獲俗利，不以喜悦，遊諸四衢，饒益衆生。」按佛教亦以「四衢」比喻苦、集、滅、道等四諦。妙法蓮華經譬喻品：「諸子等安穩得出，皆於四衢道中露地而坐。」智顗妙法蓮華經文句卷五下：「衢道正喻四諦，四諦觀異名爲四衢，四諦同會見諦，如交路頭。」

凡夫有喜有慮己二、初校

凡夫有喜有慮，少樂終日懷愁。一朝不報明冥〔一〕，常作千歲遮頭〔二〕。財色□緣不足，晝夜栖屑規求〔三〕。如水流向東海，不知何時可休〔四〕？（三五五）

【校】

□緣不足　原脱一字，初校擬補「只」字。

栖屑　原作「抸㨭」。「抸」即「栖」字，同「棲」。敦煌寫本偏傍「扌」與「木」多不分。「屑」涉上字增「扌」傍。

【注】

〔一〕 明冥：天亮曰「明」，天黑曰「冥」，「不報明冥」指死，蓋死後即是漫漫長夜，故不須報明冥也。

〔二〕 遮頭：亦指死，古人死後用衣被遮覆頭面，如二七一首：「一死手遮面，將衣即覆頭。」參看該首注二。「千歲遮頭」，言永不復生也。

〔三〕 栖屑：同「棲屑」，勞苦奔波貌。北史裴駿傳：「駿從弟安祖。……後有人勸其仕進，安祖曰：『高尚之事，非敢庶幾，但京師遼遠，實憚於棲屑耳。』」杜甫詠懷二首之一：「疲茶苟懷策，棲屑無所施。」規求：貪求。左傳昭公二十六年：「侵欲無厭，規求無度。」

〔四〕「如水流向東海」二句：比喻世人生死不斷，永無止息。敦煌本老子化胡經亦云：「有生有死須臾間，如水東流何時休？」

不語諦觀如來已二、初校

不語諦觀如來〔一〕，逍遥獨脱塵埃〔二〕。合眼任心樹下〔三〕，跏趺端坐花臺〔四〕。不懼前後二際〔五〕，豈著水火三灾〔六〕。勸遣榮樂靜坐，莫戀妻子錢財。稱體寶衣三事〔七〕，等身錫杖一枚〔八〕。常持智惠刀劍〔九〕，逢者眼目即開〔一〇〕。（三五六）

【校】

此首之後原有小字「八十」二字，標明此首在原卷中的次第。

勸遣榮樂靜坐　原作「只勸遣榮樂靖坐」，「只」是衍文，從初校刪。「靜」原作「靖」，此從初校，按「靖」與「靜」通。

【注】

〔一〕諦觀如來：華嚴經卷一三：「阿僧祇天女衆，歡喜無量，一心寂然，諦觀如來。」觀普賢菩薩行法經：「遶佛三匝，爲佛作禮，胡跪合掌，諦觀如來。」此處「諦觀」，指在冥思中專心繫念，觀見佛的形象。觀無量壽經：「是故智者應當繫心諦觀無量壽佛。觀無量壽佛者，從一相好入，但觀眉間白毫，極令明了。見眉間白毫相好，八萬四千相好自然當見。見無量壽佛者，即見十方無量諸佛。」

〔二〕塵埃：比喻煩惱。變文集維摩詰講經文：「伏望慈悲宣妙法，我今總望滅塵埃。」

〔三〕任心：放鬆心志，不起思慮。五燈會元卷二牛頭山法融禪師：「汝但任心自在，莫作觀行，亦莫澄心，莫起貪嗔，莫懷愁慮，蕩蕩無礙，任意縱橫，不作諸善，不作諸惡，行住坐卧，觸目遇緣，總是佛之妙用，快樂無憂，故名爲佛。」樹下：指菩提樹下，佛經載釋迦牟尼於菩提樹下覺悟成佛。大乘義章卷一五：「又佛聖賢，得道證果，多皆依樹，故在樹下。」

〔四〕跏趺：即結跏趺坐，釋迦牟尼成佛時即取此坐式，先以左趾押右股，再以右趾押左股，使二足掌仰置於兩股之上。無量壽經卷上：「跏趺而坐，奮大光明。」花臺：佛的坐處。變文集維摩詰經講經文：「將成佛果，看坐花臺。」按「花臺」即蓮華臺座，大智度論卷八：「問曰：諸床可坐，何必蓮華？答曰：床爲世間白衣坐法。又以蓮華軟淨，欲現神力，能坐其上，令不壞故。又以莊嚴妙法座故。又以諸華皆小，無如此花香淨大者。人中蓮華大不過尺，漫陀耆尼池及阿那婆達多池中蓮華大如車蓋，天上寶蓮華復大於此，是則可容結跏趺坐，佛所坐華復勝於此百千萬倍。」

〔五〕前後二際：按佛教以過去、現在、未來爲「三際」，或稱「三世」，一切有爲事物，隨時處於過去、現在、未來之不停遷流之中。此云「前後二際」，則指過去世與未來世，「不懼前後二際」，則不落於無常遷變，而入於永恒不壞矣。

〔六〕水火三灾：即火、水、風三災，佛經言在漫長的歷史中，有火水風三災多次毀滅世界。阿毘達磨俱舍論卷一二：「此大三災，逼有情類，令捨下地，集上天中。初火災興，由七日現。次水災起，由雨霖淫。後風災生，由風相擊。此三災力，壞器世間，乃至極微亦無餘在。……所説三災，云何次第？要先無間起七火災，其次定應一水災起，此後無間復七火災，度七火災還有一水，如是乃至滿七水災，復七火災，後風災起。如是總有八七火災，一七水災，一風災起。」隋書經籍志四：「每佛滅度，遺法相傳，有正、象、末三等淳醨之異，年歲遠近亦各不同。末法已後，衆生愚鈍，無復佛教，而業行轉惡，年壽漸短，經數百千載間，乃至朝生夕死。然後有大水、大火、大風之災，一切除去之，而更立生人，又歸淳樸，謂之小劫。每一小劫，則一佛出世。」

〔七〕稱體：合身。南齊書張融傳：「手詔賜融衣曰：『見卿衣服麤故，誠乃素懷有本；交爾藍縷，亦虧朝望。今送一通故衣，意謂雖故，乃勝新也。』是吾所著，已令裁減稱卿之體。」宋高僧傳卷二六釋光儀傳：「又出袈裟以披服之，小大稱其體。」寶衣：指袈裟。觀佛三昧海經卷七：「諸天聞已，各脱寶衣，競以拂窟。」三事：三件，衣一件稱一事，崔致遠唐大薦福寺故寺主翻經大德法藏和尚傳：「時屬端午，天后遣使送衣五事。」此處「寶衣三事」指「三衣」，即僧徒所服袈裟，包括僧伽梨（大衣）、鬱多羅僧（上衣）、安陀會（中着衣）等三件。酉陽雜俎續集卷三支諾臯下：「武宗六年，揚州海陵縣還俗僧義本且死，託其弟言：『我死，必爲我剃鬚髮，衣僧衣三事。』」大慧普覺禪師語録卷一二禪人求讚：「身著如來三事衣，口中謗佛法僧寶。」

〔八〕等身：與身高相等。變文集廬山遠公話：「有堅牢樹神走至殿前唱喏，狀如豹雷相似，一頭三面，眼如懸鏡，手中執一等身鐵棒。」貫華堂本水滸傳楔子：「一條桿棒等身齊，打四百座軍州都姓趙。」錫杖：僧徒所持之杖，義淨南海寄歸内法傳卷四原注：「言錫杖者，梵云喫棄羅，即是鳴聲之義。古人譯爲錫者，意取錫錫作聲。鳴杖、錫杖，任情稱説。目驗西方所持錫杖，頭上唯有一股鐵棬，可容三二寸，安其錞管，長四五指。其竿用木，麄細隨時，高與肩齊。下安鐵纂，可二寸許，其環或圓或匾，屈合，中間可容大指，或六或八，穿安股上，銅鐵任情。原斯制意，爲乞食時，防其牛犬，何用辛苦擎奉勞心，而復通身總鐵，頭安四股，重滯將持，非常冷澀，非本制也。」

〔九〕智惠刀劍：按「惠」通「慧」。智慧可斷煩惱，故佛書多喻爲刀劍。維摩詰經菩薩行品：「以智慧劍，破煩惱賊。」拾得詩：「左手握驪珠，右手執慧劍，先破無明賊，神珠自吐焰。」變文集破魔變文：「如來所持器杖，與彼全殊，且着忍辱甲，執智慧刀，彎禪定弓，端慈悲箭，騎十力馬，下精進鞭。慚愧刀而未舉，鬼將驚忙；智慧劍而未輪，波旬怯懼。」

〔一〇〕眼目即開：比喻對佛法豁然曉悟。傳燈録卷二九香嚴襲燈大師智儼與臨濡縣行者：「揚眉示我，因兹眼開。」變文集維摩詰經講經文：「長向娑婆興救度，總交病眼豁然開。」

法性本來常存己二、初校

法性本來常存〔一〕，茫茫無有邊畔。安身取捨之中〔二〕。被他二境迴換〔三〕。斂念定想坐禪〔四〕，攝意安心覺觀〔五〕。木人機關修道〔六〕，何時可到彼岸〔七〕？忽悟諸法體空〔八〕，欲似熱病得汗〔九〕。無智人前莫説〔一〇〕，打破君頭万段。（三五七）

初校於「二境」傍有小字「八十」，按此二字實書於上首之末，表示上首在原卷中的序號。

【注】

〔一〕法性：佛教所謂的世界本性，見三五二首注一。按此性無時不在，故此首云「法性本來長存」；無處不在，故此首云「茫茫無有邊畔」。

〔二〕取捨：取此捨彼。按既有取捨，即有分別，即有悖於佛法平等一如之義。維摩詰經不思議品：「法無取捨，若取捨名，是則取捨，非求法也。」

〔三〕被他二境迴換：古尊宿語録卷三四舒州龍門佛眼和尚語録：「心有對待，被他二境回換，縱得，亦迂曲有分限。須行徑直路爲上。」「二境」即二種佛境。一證境，諸佛所證之境界，即真如法性之理；二化境，諸佛所化之境界，即十方國土。此云「二境迴換」，謂證境被化境取代，亦即由理念世界回皈現實世界。

〔四〕斂念定想：收斂心志，安定心緒，與下句「攝意安心」意同，是坐禪的要訣。坐禪：佛教打坐修行之法，以斂心攝意究明心性之術。智顗摩訶止觀卷二上載其法曰：「居一靜室，或空閑地，離諸喧鬧，安一繩床，傍無餘座，九十日爲一期，結跏正坐，項脊端直，不動不摇，不萎不倚，以坐自誓，肋不拄床，況復屍卧，遊戲住立。除經行便利，隨一佛方面，端坐正向，無須臾廢。」

〔五〕覺觀：小乘佛教七十五法中的兩種，尋求事理之粗思稱「覺」，細思稱「觀」。玄應一切經音義卷二六大涅槃經音義：「覺觀，玉篇云：『覺，警也。察，觀見也。』成實論云：『覺觀在初禪也。』經云：『内有覺觀，外感火灾。』唐三藏譯爲尋伺也。」楞伽師資記：「常觀攀緣，覺觀妄識，思想雜念，亂心不起，即得麁住。」

〔六〕木人機關：即「機關木人」，安有機械裝置的木偶。唐慧苑新譯大方廣佛花嚴經音義卷上機關木人：「韓康注易云：『樞機，制動之主也。』按機即樞機，用資轉動關鍵，義在密能。言其木人無心，但以闇密繩楔而能運動。今喻業體都無作者，而能生起種種果報也。」參看○九五首篇後按語。

〔七〕彼岸：佛教以「彼岸」譬喻涅槃境界。大智度論卷一二：「以生死爲此岸，涅槃爲彼岸。」傳燈録卷二九誌公和尚十四科頌生死不二：「不識寂滅真如，何時得登彼岸。」

〔八〕諸法：即萬法，指一切事物，見三五三首注五。體空：大乘佛教所闡發的空理，傳燈録卷二九寶誌和尚大乘讚：「生死悟本體空，佛魔何處安著？」又卷三〇荷澤大師顯宗記：「我法體空，有無雙泯。」大珠禪師語録卷下：「法相體空，即是虛空無邊身。」

〔九〕熱病得汗：形容病癒，蓋熱病汗發則痊癒矣。文選卷三四枚乘七發：「涊然汗出，霍然病已。」此處即以「熱病得汗」比喻頓悟境界。宗密禪源諸詮集都序卷四：「後十重是法身信方服藥，汗出病差。」五燈會元卷一四投子義青禪師：「鑑曰：『汝妙悟玄機邪？』師曰：『設有也須吐却。』時資侍者在旁，曰：『青華嚴今日如病得汗。』」

〔一〇〕無智人前莫説：妙法蓮華經譬喻品：「無智人前，莫説此經。」「無智人」即不信佛教之人。根本説一切有部毘奈耶卷四八：「諸有無智人，不信於佛教，當受輪迴苦，如愛羅刹女。」

楚按，梵志此首與寶誌大乘讚第三首略同，應即抄録該讚，而脱去其中「諸法本空無著，境似浮雲會散」二句。今録傳燈録卷二九梁寶誌和尚大乘讚十首之三於後，以資對照。

法性本來常寂，蕩蕩無有邊畔。安心取捨之間，被他二境迴換。斂容入定坐禪，攝境安心覺觀。機關木人修道，何時得達彼岸？諸法本空無著，境似浮雲會散。忽悟本性元空，恰似熱病得汗。無智人前莫説，打你色身星散。

隱去來之一　己二、初校

隱去來〔一〕，尋空有。空有畢竟兩無名〔二〕，二境安心欲何守〔三〕？不長不短鑒空心〔四〕，若見空心還是有〔五〕。空有俱遣法無依〔六〕，智者融心自安偶〔七〕。隱去來，勿浪波波走〔八〕。

（三五八）

【校】

畢竟兩無名　「畢」，原作「必」，從初校所改。

波波走　「走」，初校誤作「起」，失韻。

【注】

〔一〕隱去來：即隱去，「來」是語助詞，不爲義。晉書祈嘉傳：「隱去來！隱去來！修飾人世，甚苦不可諧。所得未毛銖，所喪如山崖。」

〔二〕空有畢竟兩無名：按佛教般若學説，以爲不但「有」非實有，而且「空」亦假名，並非實有，故云「空有畢竟兩無名」也。

〔三〕二境：指上文空、有二境，即空、有之理，蓋理爲心之所遊履，故亦稱之爲境。安心：心意安住，專守於一理。按上文云「空有畢竟兩無名」，則安心無處，心無所守，故云「欲何守」也。

〔四〕不長不短：形容心性没有具體形相。傳燈録卷八泉州龜洋山無了禪師：「八十年來辨西東，如今不要白頭翁。非長非短非大小，還與諸人性相同。」五燈會元卷一五雲居曉舜禪師：「不長不短，不小不大，此箇道理是誰境界？」空心：了達空理之心。筠州黄蘗山斷際禪師傳心法要：「凡人多不肯空心，恐落於空，不知自性本空。」

〔五〕若見空心還是有：按般若學説既然認爲一切皆空，則「空心」亦空不可見，若見「空心」，則仍落入有矣。

〔六〕空有俱遣：謂除遣空執、有執兩種偏見。

〔七〕智者融心自安偶：按「融心」謂融通空、有二理於心，「安偶」謂令空、有二理互相匹配。這種非空非有，空有不二的思想，即是佛教「中道」的觀念。敦煌本壇經：「若有人問法，出語盡雙，皆取法對，來去相因，究竟二法盡除，更無去處。」即此二句之理。

〔八〕浪：徒然。韓愈秋懷詩十一首之一：「胡爲浪自苦，得酒且歡喜。」波波：奔波，亦喻勞苦。岑參闃鄉送上官秀才歸關西別業：「風塵奈汝何，終日獨波波。」敦煌本歷代法寶記：「迷子浪波波，巡山禮土坡。文殊只麼在，背佛覓彌陀。」敦煌雜録了性句：「世間學道甚□難，隨意逐想度歲寒。終日波波向外走，不知佛惠在心源。」傳燈録卷一五澧州夾山善會禪師：「上根之人，言下明道；中下根器，波波浪走。」大慧普覺禪師語録卷一二悟本禪人求讚：「未嘗寂寂入禪定，終日波波廊下走。」

隱去來之二　己二、初校

隱去來，隱去遊朝市〔一〕。不離煩惱原〔二〕，無希真妙理〔三〕。對境息貪癡〔四〕，何假求高士〔五〕。是非不二見〔六〕，法界同昆季〔七〕。隱去來，大樂無基止〔八〕。（三五九）

【校】

基止　「止」，原作「㠯」，即「止」字草書。初校誤作「心」，失韻。

【注】

〔一〕朝市：朝廷與市場，指名利之區。史記張儀列傳：「臣聞爭名者於朝，爭利者於市。今三川、周室，天下之朝市也，而王不爭焉，顧爭於戎翟，去王業遠矣。」文選卷二二王康琚反招隱詩：「小隱隱陵藪，大隱隱朝市。」梁書處士傳序：「或託仕監門，寄臣柱下，居易而以求其志，處汙而不愧其色。此所謂大隱隱於市朝，又其次也。」白居易中隱：「大隱住朝市，小隱入丘樊。」又江州赴忠州至江陵已來舟中示舍弟五十韻：「無妨隱朝市，不必謝寰瀛。」

〔二〕煩惱原：指塵世，以塵世爲煩惱之根原也。

〔三〕真妙理：指佛法至理。變文集維摩詰經講經文：「欲得聞真妙，還須志意聽。」

〔四〕境：感官所接觸感知的外部世界。五燈會元卷四蘇州西禪和尚：「峯曰：『汝見蘇州城裏人家男女否？』曰：『見。』峯曰：『汝見路上林木池沼否？』曰：『見。』峯曰：『凡覩人家男女、大地林沼，總是境。汝還肯否？』曰：『肯。』」大珠禪師語録卷上頓悟入道要門論：「定者對境無心，八風不能動。」

〔五〕何假：勿須，不必。抱朴子外篇逸民：「脩毫可以洩憤懣，篇章可以寄姓字，何假乎良史，何煩乎鑱鼎哉！」北史李謐傳：「丈夫擁書萬卷，何假南面百城。」崔顥相逢行：「使君何假問，夫壻大長秋。」高士：隱居不仕之人。戰國策趙策三：「吾聞魯連先生，齊國之高士也。」佛教菩薩亦稱高士，慧遠大智論鈔序：「有大乘高士，厥號龍樹，生于天竺，出自梵種。」

〔六〕是非不二見：按「二」指事理之二邊，即相對之範疇，如是非、有無等等，執着兩端稱爲「二見」。傳燈録卷二九寶誌和尚大乘讚：「夢時夢中造作，覺時覺境都無。翻思覺時與夢，顛倒二見不休。」淨覺楞伽師資記：「無明、智慧等無異，當知萬法即皆如，愍此二見諸徒輩，申詞措筆作斯書。」五燈會元卷二司空本淨禪師：「傷嗟二見人，攀緣兩頭走。若悟本無心，始悔從前咎。」若於二邊不加分別，則稱爲「不二見」，亦云「非二見」、「離二見」。金剛三昧經如來藏品：「我今依佛説，知法非二見，亦不依中住，故從無住取。」維摩詰經文殊師利問疾品：「何謂無所得？謂離二見。何謂二見？謂内見外見，是無所得。」此云「是非不二見」者，即無是非之意，爲佛教「中道」之觀念。

〔七〕法界同昆季：按佛教稱整個宇宙現象界爲「法界」。傳燈録卷二九寶誌和尚大乘讚：「法界量同太虛，衆生智心自小。」豐干壁上詩：「法界即無邊，一法普徧該。」「昆季」即兄弟，比喻相似無别。此云「法界同昆季」者，即齊萬物之意。

〔八〕基止：按「止」同「趾」。漢書刑法志：「當斬左止者，笞五百。」顔師古注：「止，足也。」「基止」即「基趾」，謂基礎、地基也。左傳宣公十一年：「令尹蔿艾獵城沂，使封人慮事，以授司徒。量功命日，分財用，平板榦，稱畚築，程土物，議遠邇，略基趾，具餱糧，度有司。事三旬而成，不愆于素。」北史蔣少游傳：「後於平城將營太廟太極殿，遣少游乘傳詣洛，量凖魏晉基趾。」亦作「基址」。舊唐書于志寧傳：「臣居關右，代襲箕裘，周魏以來，基址不墜。」梵志詩「大樂無基止」者，謂歸隱之樂，固無地域之别，無論朝市山林，隱居大樂皆如一也。

教君有男女己二、初校

教君有男女〔一〕，但令遣出家。如山覆一蕢〔二〕，似草始生牙〔三〕。剃頭并去髪，脱俗服袈裟。聞鐘即礼拜，見佛獻香花。不思五等貴〔四〕，寧貪駟馬車〔五〕。此即菩提道〔六〕，何處覓佛家。（三六〇）

【校】

一壝　「壝」，初校作「壝」。

生牙　「生」，初校誤作「正」。「牙」，初校改作「芽」，按「牙」通「芽」，文選卷四八揚雄劇秦美新：「或玄而萌，或黄而牙。」

【注】

〔一〕男女：兒女，見〇四一首注四。

〔二〕壝：盛土器。劉昭後漢書注補志序：「曾臺雲構，所缺過乎榱桷；爲山霞高，不終逾乎一壝。」按「壝」同「簣」，書旅獒：「爲山九仞，功虧一簣。」孔傳：「八尺曰仞，喻向成也。未成一簣，猶不爲山，故曰功虧一簣。」此首「如山覆一壝」，典出論語子罕：「子曰：譬如爲山，未成一簣，止，吾止也。譬如平地，雖覆一簣，進，吾往也。」何晏集解引包曰：「簣，土籠也。此勸人進於道德，爲山者其功雖已多，未成一簣而中道止者，我不以其前功多而善之，見其志不遂，故不與也。」引馬曰：「平地者將進加功，雖始覆一簣，我不以其功少而薄之，據其欲進而與之。」

〔三〕生牙：發芽。大智度論卷三：「説實相法，雨弟子心，令生善牙。」大乘理趣波羅蜜多經卷九：「智慧爲根本，能生善法牙。」

〔四〕五等：古代爵位分爲五等。禮記王制：「王者之制禄爵，公、侯、伯、子、男，凡五等。」因以「五等」泛稱諸侯，灌頂隋天台智者大師别傳：「又講仁王般若，百座居左，五等在右，陳主親筵聽法。」全唐詩卷七九六無名氏句：「不甘五等諸侯薦，直肯九重天子知。」宋黄休復茅亭客話卷三淘沙子：「九重城裏人中貴，五等諸侯閫外尊。」

〔五〕駟馬車：四馬所駕之高蓋車，貴官所乘。漢書朱買臣傳：「有頃，長安廄吏乘駟馬車來迎，買臣遂乘傳去。」又于定國傳：「于公謂曰：『少高大門閭，令容駟馬高蓋車。我治獄多陰德，未嘗有所冤，子孫必有興者。』至定國爲丞相，永爲御史大夫，封侯傳世云。」

〔六〕菩提道：覺悟之道，亦即佛道。「菩提」即「覺悟」之音譯，亦譯爲「道」。筠州黄蘗山斷際禪師傳心法要：「如今學道人，不悟此心體，便於心上生心，向外求佛，著相修行，皆是惡法，非菩提道。」

危身不自在 己二、初校

危身不自在〔一〕，猶如脆風坏〔二〕。命盡骸歸土〔三〕，形移更受胎〔四〕。猶如空盡月〔五〕，凡數幾千迴。換皮不識面，知作阿誰來〔六〕？（三六一）

【校】

脆風　「風」，原作「凡」，從初校所録。

骸歸土　「骸」，原作「骴」，即「骸」字，初校誤作「體」。

【注】

〔一〕危身：危殆之身，佛教以爲人身不堅牢，時時在危險中。大莊嚴論經卷一二：「誰有智慧者，以此危脆身，博貿堅牢法，而當不欣慶。」

〔二〕脆風坏：謂人命危脆，遇風而壞。禪要經：「最脆不過命，如風吹浮雲，浮雲壞甚速，人命不久連。」

〔三〕骸歸土：參見二五二首注三。

〔四〕形移：改變形貌。受胎：託胎投生。

〔五〕盡月：陰曆月末的月亮，變文集伍子胥變文：「眉如盡月，頰似凝光。」此首「猶如空盡月，凡數幾千迴」二句，以月盡復生，不知其幾千回，比喻人死轉生，無有窮盡。

〔六〕「換皮不識面」二句：即一〇五首「改頭換却面，知作阿誰來」之意，參看該首注六。

若箇達苦空己二、初校

若箇達苦空〔一〕，世間無有一。不見己身非，唯覩他家失。貧兒覓長命，論時熟癡漢〔二〕。終歸不免死，受苦無崖畔〔三〕。非但少衣食，王役偏差喚。不如早殯地〔四〕，愁苦一時散。（三六二）

【校】

己身非　「己」，原誤作「已」。

唯覩　「覩」，原作「都」，據文義改。

貧兒　「貧」，初校誤作「貪」。

殯地　「殯」，原作「殌」，從初校所改。

【注】

〔一〕若箇：哪個，見〇四一首注三。　苦空：按佛教以人生爲苦，世界爲空，參看卷一王梵志詩集序注三。

〔二〕熟癡漢：極癡之人，「熟」是表示程度很深的副詞。按「貧兒覓長命」，徒然延長貧窮之苦，故云「熟癡漢」也。

〔三〕崖畔：邊際。郭遐叔贈嵇康：「譬彼造化，抗無崖畔。」亦作「厓畔」。南齊書周顒傳：「蓋以茹毛飲血，與生民共始，縱而勿裁，將無厓畔。」大莊嚴論經卷一二：「智小志弱者，受於地獄痛。如此苦長遠，深廣無崖畔。」

〔四〕殯：埋葬。續高僧傳卷八釋玄覺傳：「昔有一禪師，將諸弟子遊賞之次，遠望一山，忽而喝曰：『人物多矣！』弟子亦不測。後匪久，此師捨壽，殯所望地也。」

世間何物親己二、初校

世間何物親？妻子貴於珍。一朝身命謝，万事不由人。財錢任他用，眷屬不隨身。何須人哭我，終是一聚塵〔一〕。（三六三）

【注】

〔一〕一聚塵：一堆塵土，見〇八二首注二。

可惜千金身己二、初校

可惜千金身〔一〕，從來不懼罪〔二〕。見善不肯爲，值惡便當喜〔三〕。煞猪請恩福〔四〕，寧知

自損己？所以有貧富，良由先業起〔五〕。（三六四）

【校】

良由　「由」，原作「田」，從初校所改。

【注】

〔一〕千金身：形容人身貴重。史記袁盎晁錯列傳：「千金之子坐不垂堂，百金之子不騎衡。」敦煌本老子化胡經：「莫有生殺想，得道昇清天，未負即真信，喪子千金身。」

〔二〕不懼罪：不怕死後報應。此處之「罪」，指地獄酷刑之罪。

〔三〕憙：同「喜」。荀子堯問：「楚莊王以憂，而君以憙。」

〔四〕請恩福：指祭祀以祈福佑。焦氏易林卷一：「東山西岳，會合俱食，百家送從，以成恩福。」按佛教認爲殺生淫祀以求福，死後於陰司當獲重罪。敦煌遺書斯三九六一佛説十王經：「莫煞祀神靈，爲此入地獄。」變文集目連緣起：「見説慈母，〔終〕日不曾修善，朝朝宰殺，祭祀鬼神。……七日之間，母身將死，墮阿鼻地獄，受無間之餘殃。」雜寶藏經卷九祀樹神緣：「我今家業，所以諧富，由此樹神恩福故爾。今日汝等，宜可羣中取羊以祭祀。時諸子弟，承父教勑，尋即殺羊，禱賽此樹，即於樹下，立天祠舍。其父後時，壽盡命終，行業所追，還生己家羊羣之中。時值諸子欲祀樹神，便取一羊，遇得其父，將欲殺之。」廣記卷二七七戴胄（出冥報記）：「戴胄素與舒州別駕沈裕善。胄以唐貞觀七年死。至八年八月，裕在州，夢其身行於京師義寧坊西南街，每見胄著故弊衣，顏容甚悴，見裕悲喜。問：『公生平修福，今者何爲？』答曰：『吾昔誤奏殺人，吾死後他人殺羊祭我，由此二事，辯答辛苦，不可具言。』」又卷一八三師舒禮（出幽明記）：「太山府君問禮：『卿在世間何所爲？』禮曰：『事三萬六千神，爲人解除祠祀。』府君曰：『汝佞神殺生，其罪應重。』付吏牽去。……經累宿，備極冤楚。……命放歸，仍誡曰：『勿復殺生淫祀。』禮既活，不復作巫師。」按抱朴子内篇至理：「俗人猶謂不然也，寧煞生請福，分著問祟，不肯信良醫攻病，反用巫史之紛若。」亦有類似之言。

〔五〕先業：前世所造之業因。佛教因果報應之説認爲，隨先世所造善惡業因之不同，而獲今生之貧富果報，如二三四首云：「布施生生富，慳貪世世貧。」

夢遊萬里自然已二、初校

夢遊萬里自然〔一〕，覺罷百事憂煎〔二〕。欲見神身分别〔三〕，思此即在眼前。聖人無夢無想〔四〕，達士无我无緣〔五〕。且寄身爲菴屋〔六〕，就裏養出神仙。（三六五）

【注】

〔一〕自然：自由自在。變文集目連變文：「見父生於天上，封受自然；未知母在何方，受諸快樂？」敦煌曲校録送征衣：「每見庭前雙飛燕，他家好自然。」

〔二〕憂煎：極其憂慮。高適途中酬李少府贈别之作：「日來知自強，風氣殊未痊。可以加藥物，胡爲輒憂煎？」

〔三〕神身分别：按「神」指神識，「身」指肉體。上文「夢遊」屬於神識，「覺後」仍歸肉體，於此可見神、身之别，故下句云「思此即在眼前」。參看三四八首注六。

〔四〕聖人無夢無想：按論語述而：「子曰：甚矣吾衰也！久矣吾不復夢見周公！」此非真無夢也，但久不夢見周公而已。若道家所云「聖人」或「真人」者，乃真無夢無想者也。莊子刻意：「聖人……其寢不夢，其覺無憂；其神純粹，其魂不罷（「罷」通「疲」）。虛無恬惔，乃合天德。」又大宗師：「古之真人，其寢不夢，其覺無憂，其食不甘，其息深深。」列子周穆王：「神遇爲夢，形接爲事，故晝想夜夢，神形所遇。故神凝者想夢自消。信覺不語，信夢不達，物化之往來者也。古之真人，其覺自忘，其寢不夢，幾虛語哉！」按列子所云「神形」，即是此首之「神身」也。禪宗則認爲摒除一切思慮者，夜睡無夢。高僧傳卷一六菩提達磨傳：「有慧滿者……自述一生無有怯怖，身無蚤虱，睡而不夢。」

〔五〕達士：達觀的人。呂氏春秋知分：「達士者，達乎生死之分。達乎生死之分，則利害存亡弗能惑矣。」左思詠史八首之八：「巢林棲一枝，可爲達士模。」无我无緣：既不執著於自我，亦不與外界發生聯繫。佛教稱心識感知作用於外境曰「緣」。

〔六〕菴屋：草屋。按以身爲神之屋舍，參看〇五九首篇後按語。

多緣饒煩惱已二、初校

多緣饒煩惱〔一〕，省事得心安〔二〕。若能絶妄想〔三〕，果成堅固林〔四〕。捨邪歸六趣〔五〕，畢竟去貪嗔。無塵復無垢〔六〕，何慮不成真〔七〕？（三六六）

【校】

捨邪　「邪」，原作「耶」，據文義改。

【注】

〔一〕多緣：謂多有俗事纏繞。智顗修習止觀坐禪法要卷上：「第四息諸緣務，有四意：一、息治生緣務，不作有爲事業。二、息人間緣務，不追尋俗人朋友親戚知識，斷絕人事往還。三、息工巧技術緣務，不作世間工匠、技術、醫方、禁呪、卜相、書數、算計等事。四、息學問緣務，讀誦、聽學等悉皆棄捨。此爲息諸緣務，所以者何？若多緣務，則行道事廢，心亂難攝。」饒：多。史記陳丞相世家：「平既娶張氏女，齎用益饒。」

〔二〕省事：少攬事。大乘義章卷一五：「何故唯受糞掃之衣？省事增道，離過無罪，故唯受之。」一六二首亦云：「立身行孝道，省事莫爲愆。」並參該詩注一。

〔三〕妄想：虚幻不實之想。佛教認爲萬法一如，衆生因妄想而加分別，遂成種種不實之相，而生無量無邊之煩惱。大乘義章卷三本：「凡夫迷實之心，起諸法相，執相施名，依名取相，所取不實，故曰妄想。」

〔四〕堅固林：即娑羅樹林。翻譯名義集卷三：「娑羅，此云堅固。北遠云：冬夏不改，故云堅固。」按釋迦牟尼於娑羅林中涅槃。大唐西域記卷六：「西岸不遠，至娑羅林。其樹類槲，而皮青白，葉甚光潤。四樹特高，如來寂滅之所也。」道宣集古今佛道論衡序：「舍衛城側，大偃邪鋒；堅固林中，傾倒枯穴。」此云「果成堅固林」，即證得佛果之意。

〔五〕六趣：即「六道」，見三五二首注七。

〔六〕無塵復無垢：即煩惱盡淨之意，通常只云「無垢」，菩薩行方便境界神通變化經卷上：「淨心無垢亦無愛，如是等欲菩提心。」修習止觀坐禪法要卷下：「諸佛從心得解脱，心者清淨名無垢。」按「塵垢」即煩惱之異名。維摩詰經佛國品：「遠離塵垢，得法眼淨。」

〔七〕成真：謂成佛。敦煌曲校録十二時：「拔提河頭細罪勾，菩提樹下証成真。」道教以「成真」爲成仙，如張籍哭丘長史：「曾是先皇殿上臣，丹砂久服不成真。」佛教則或以「成真」爲成佛，蓋佛及菩薩亦稱「真人」。無量壽經卷下：「欲殺真人，鬬亂衆僧。」

不慮天堂遠己二、初校

不慮天堂遠，非愁地獄虚。心中一種懼，唯怕土菴廬〔一〕。逈靜丘荒外〔二〕，寂寂遠村墟〔三〕。泉門一閉後〔四〕，開日定知無。（三六七）

【校】

不慮　「慮」，初校作「愁」，與下句犯複，非是。

丘荒外　「丘」，初校作「紅」，又校改作「洪」，非是。

【注】

〔一〕土菴廬：「菴廬」即小屋，「土菴廬」即是所謂「土窟」，亦即窑洞，黄土高原一帶以爲居室。如神仙傳卷三李意期：「於城都角中作土窟居之。」世説新語棲逸注引康集序云孫登，「無家，於汲郡北山土窟住。」梵志此詩則以「土菴廬」比喻墳墓，亦如〇七一首以「土孔籠」稱墳墓也。宋張師正括異志卷九鄭前載鬼詩：「與子相逢西漢年，半成枯骨半成煙。欲知土室長眠處，門有青松澗有泉。」以「土室」稱墳墓，與此首「土菴廬」正同。

〔二〕丘荒：荒山。梵志詩〇五八首：「吾宅在丘荒，園林出松柏。隣接千年塚，故路来長陌。」又二七一首：「獨守丘荒界，不知春夏秋。但知墳下睡，万事不能憂。」與此首之「逈静丘荒外，寂寂遠村墟。泉門一閉後，開日定知無」，意境相近。知「丘荒」爲埋葬之地，梵志詩之「丘荒」，皆謂墓地也。參看〇五八首注三。

〔三〕村墟：村落。王維山中與裴秀才迪書：「村墟夜舂，復與疏鐘相間。」杜甫赤谷：「悄然村墟迥，烟火何由追。」

〔四〕泉門：黄泉之門，指墳墓或陰間。唐護國傷蔡處士：「晨光不借泉門曉，暝色唯添隴樹寒。」變文集大目乾連冥間救母變文：「而今生死路已隔，一掩泉門不再開。」

自有無用身已二、初校

自有無用身，觀他有用體。子細好推尋〔一〕，論時幾許騃〔二〕。佛性五蔭中〔三〕，眼看心不解。終日求有爲〔四〕，屈屈向他礼〔五〕。（三六八）

【校】

子細　原作「子細細」，衍一「細」字，從初校删。

【注】

〔一〕推尋：尋求，傳燈録卷二九寶誌和尚十二時頌：「鷄鳴丑，一顆圓珠明已久。内外推尋覓總無，境上施爲渾大有。」

〔二〕幾許：十分，多麽，見三五〇首注八。　騃：愚癡，見三五〇首注一。

〔三〕 佛性五蔭中：按三三七首亦云「佛在五蔭中」，參看該首注七。

〔四〕 有爲：有所造作，指表現於外部形跡者，這裏指禮佛功德等等。灌頂隋天台智者大師別傳：「大師所造有爲功德，造寺三十六所，大藏經十五藏，親手度僧一萬四千餘人，造旃檀金銅素畫像八十萬軀，傳弟子三十二人，得法自行者不可稱數。」敦煌曲校録五更轉南宗讚：「一更長，二更長，有爲功德盡無常。」

〔五〕 他：這裏指佛。蓋佛性既在五蔭中，當向自身求佛，不必徒然屈身禮佛也。傳燈録卷三〇傳大士心王銘：「慕道真士，自觀自心，知佛在内，不向外尋。」

壯年凡幾日己二、初校

壯年凡幾日？死去入土菴〔一〕。論情即今漢，各各悉癡憨。唯緣二升米，是處即生貪〔二〕。禮佛遥言乏〔三〕，彼角仍圖攤〔四〕。貪錢險不避，逐法易成難〔五〕。即今不如此，寧隨體上寒。乍可無餘服〔六〕，願得一身安。無爲日日悟〔七〕，解脱朝朝餐〔八〕。死去天堂上，遣你斫額看〔九〕。（三六九）

【校】

癡憨　「憨」，原作「㤌」，按集韻平聲二十三談：「㤌，沽三切，心伏也，通作甘。」與詩意不合。此處應是「憨」的俗字。

遥言乏　「乏」，初校誤作「之」。

無餘服　「服」，原作「仗」，應是「伏」字形訛，而「伏」字又是「服」字音訛，如變文集歡喜國王緣：「念食天廚飯，思衣寶伏(服)香。」即其例也。

朝朝餐　「餐」，原作「飡」，即俗「餐」字，龍龕手鏡卷四食部：「飡，俗，倉安反。」

天堂上　原作「天堂堂上」，從初校删一「堂」字。

【注】

〔一〕土菴：又作「土菴廬」，指墳墓，見三六七首注一。

〔二〕是處：到處。初學記卷二四隋元行恭過故宅：「林中滿明月，是處來春風。」顧非熊暮春早起：「鶗鴂數聲花漸落，園林是處總殘春。」柳永八聲甘州：「是處紅衰翠減，苒苒物華休。」

〔三〕乏：匱乏。此句言當禮佛之際，則以貧乏爲吝嗇之托辭。

〔四〕彼角：未詳。　攤：即「攤錢」，一種賭博。後漢書梁冀傳「意錢之戲」，李賢注引何承天纂文曰：「詭億，一曰射意，一曰射數，即攤錢也。」杜甫夔州歌十絶句之七：「長年三老長歌裏，白晝攤錢高浪中。」唐李匡乂資暇集卷中錢戲：「錢戲有每以四文爲一列者，即史傳所云意錢是也。」敦煌遺書斯五五八八號歌詞：「偏見賭錢不賭命，幾箇心平正？至親骨肉共鋪攤，遞互也相謾。」宋洪邁容齋五筆卷一俗語有出：「今人意錢賭博，皆以四數之，謂之攤。案廣韻『攤』字，下云：『攤蒱，四數也。』」按梵志詩「禮佛遥言乏，彼角仍圖攤」二句，大意是説「即今漢」無錢禮佛，却有錢賭博，與敦煌本維摩詰經講經文所云「贖香分(錢)減兩三文，買笑銀潘七八挺」相似。

〔五〕逐法易成難：按「逐法」即追求佛法。大珠禪師語録卷下：「迷時人逐法，悟時法由人。」此云「逐法易成難」者，蓋禪宗認爲佛法即是自心，迷者刻意追求，則反化易爲難矣。如筠州黄蘗山斷際禪師傳心法要：「世人聞道諸佛皆傳心法，將爲心上別有一法可傳可證，遂將心覓法，不知心即是法，法即是心，不可將心更求於心，歷千萬劫，終無得日。」

〔六〕乍可：寧可，見三一九首注二。　餘服：一身所穿之外多餘的衣服，即可供換洗的衣服。

〔七〕無爲：無所造作。這裏即指佛法，參看三四八首注五。

〔八〕解脱：擺脱煩惱纏縛，見三五四首注六。

〔九〕斫額：以手掌遮在額上，是遥望高遠處的動作。五燈會元卷三耽源應真禪師：「百丈海和尚在泐潭山牽車次，師曰：『車在這裏，牛在甚麼處？』丈斫額，師乃拭目。」又卷三百丈懷海禪師：「無人處斫額望汝。」

若能無著即如來　已二、初校

若能無著即如來〔一〕，身中寶藏自然開〔二〕。一切生死皆消滅，判不更畏受胞胎〔三〕。悟時刹那不移處〔四〕，父子相見付珍財〔五〕。衆魔外道皆賓伏〔六〕，諸天空中唱善哉〔七〕。（三七〇）

【校】

悟時　「悟」，原作「悮」，從初校所改。

賓伏　「伏」，原作「仗」，即「伏」字形訛。

【注】

〔一〕無著：無所執着，不戀於物，見三四八首注八。　如來：佛的十種名號之一。

〔二〕身中寶藏：比喻衆生皆具之佛性，此句即禪宗見性成佛之意。傳燈録卷二八越州大珠禪師：「汝自家寶藏，一切具足，使用自在，不假外求。我從此一時休去，自己財寶，隨身受用，可謂快活。」

〔三〕判：分明，定然。　受胞胎：託胎投生。佛説尊勝陀羅尼經：「從此身已後，更不受胞胎。」根本説一切有部毘奈耶卷四五：「智者見是事，捨而求出家，當離煩惱海，不受胞胎患。」此句意謂定然不會墮入生死輪迴之中，而上生淨土天堂，故敦煌卷子北京果字四一號西方淨土讚文云：「西方淨土離胞胎，衆生到即出蓮臺。」

〔四〕剎那：佛經中表示極短暫的時間。阿毘達磨俱舍論卷一二：「壯士一彈指頃，六十五剎那。」移慮：猶云轉念之間，形容時間迅速。按此句即禪宗頓悟之旨。

〔五〕父子相見付珍財：譬喻佛爲衆生傳付佛法，令生悟解。敦煌卷子伯三一二八解座文：「四大聲聞悟一乘，例皆之心生信解。還似世人無福德，忽因長者付家財。」典出妙法蓮華經信解品：「譬若有人，年既幼稚，捨父逃逝，久住他國，或十、二十至五十歲。年既長大，復加困窮，馳騁四方，以求衣食。……時貧窮子，遊諸聚落，經歷國邑，遂到其父所止之城。父每念子，但自思惟，心懷悔恨，自念老朽，多有財物，金銀珍寶，倉庫盈溢，無有子息，一旦終没，財物散失，無所委付。是以慇懃每憶其子，復作是念：我若得子，委付財物，坦然快樂，無復憂慮。……窮子見父有大力勢，即懷恐怖，悔來至此，竊作是念：此或是王，或是王等，非我傭力得物之處，不如往至貧里，肆力有地，衣食易得。若久住此，或見逼迫，强使我作。作是念已，疾走而去。時富長者，於師子座，見子便識，即作是念：我常思念此子，無由見之，而忽自來，甚適我願。我雖年朽，猶故貪惜。……父知其子，志意下劣，自知豪貴，爲子所難。……爾時長者，將欲誘引其子，而設方便，密遣二人，形色憔悴，無威德者：汝可詣彼，徐語窮子，此有作處，倍與汝直。窮子若許，將來使作。若言欲何所作，便可語之：雇汝除糞。……爾時窮子，先取其價，尋與除糞。其父見子，愍而怪之。……以方便故，得近其子，後復告言：咄男子，汝常此作，勿復餘去，當加汝價。諸有所須，盆器米麵鹽醋之屬，莫自疑難，亦有老弊使人，須者相給，好自安意。我如汝父，勿復憂慮。所以者何？我年老大，而汝少壯，汝常作時，無有欺怠瞋恨怨言，都不見汝有此諸惡如餘作人，自今已後，如所生子。即時長者更與作字，名之爲兒。爾時窮子，雖欣此遇，猶故自謂客作賤人。由是之故，於二十年中，常令除糞。過是已後，心相體信，入出無難。然其所止，猶在本處。……復經少時，父知子意，漸已通泰，成就大志，自鄙先心。臨欲終日，而命其子，並會親族，國王大臣刹利居士皆悉已集，即自宣言：諸君當知，此是我子，我之所生，於某城中，捨吾逃走，伶俜辛苦五十餘年。其本字某，我名某甲，昔在本城懷憂推覓，忽於此間會遇得之，此實我子，我實其父。今我所有一切財物，皆是子有，先所出内，是子所知。世尊，是時窮子聞父此言，即大歡喜，得未曾有，而作是念：我本無心有所希求，今此寶藏自然而至。世尊，大富長者則是如來，我等皆是佛子。……今法王大寶自然而至，如佛子所應得者，皆已得之。」

〔六〕衆魔：按「魔」是佛經中的惡神，專以障礙破壞佛道爲事。玄應一切經音義卷二一大菩薩藏經音義：「魔，莫何反。書無此字，譯人義作。梵言魔羅，此翻名障，能爲修道作障礙故。亦言殺者，常行放逸，斷慧命故。或云惡者，多愛欲故也。」外道：佛教徒稱與佛教對立的其他教派爲「外道」，共有九十六種。宋元照四分律行事鈔資持記卷上一上：「言外道者，不受佛化，別行邪法，多論販賣。戒云：根本六師教十五弟子，各各受行異見。六師各別有法，與弟子不同，師弟通有九十六，如是相傳，長有不絕。」賓伏：臣服，歸順。淮南子原道：「海外賓伏，四夷納貢。」亦作「賓服」。禮記樂記：「暴民不作，諸侯賓服。」

〔七〕諸天：衆天神。佛教稱天界中的生類總名爲「天」，即六道中的「天道」。善哉：贊歎之語。左傳昭公十六年：「善哉，子之言是。」又：「孺子善哉，吾有望矣。」妙法蓮華經普賢菩薩勸發品：「當知是人供養釋迦牟尼佛，當知是人佛讚善哉。」

世人重金玉已二、初校

世人重金玉，余希衣内珍〔一〕。細細辞名利，漸漸遠囂塵〔二〕。貪癡日日減，智境朝朝新〔三〕。語你世上漢：阿堵是良田〔四〕。（三七一）

【校】

漸漸　初校作「潮漸」，誤。

阿堵　「堵」，原作「都」，據文義改。參看注四。

【注】

〔一〕衣内珍：即衣中珠，譬喻自身所具之佛性。傳燈録卷二九寶誌和尚十二時頌：「平旦寅，狂機内有道人身。窮苦已經無量劫，不信常擎衣内珍。」亦云「衣中寶」。寒山詩：「勉你信余言，識取衣中寶。」傳燈録卷三〇丹霞和尚翫珠吟：「識得衣中寶，無明醉自醒。百骸雖潰散，一物鎮長靈。」典出妙法蓮華經五百弟子受記品。參看一五一首注五。

〔二〕囂塵：指塵世，見三四二首注三。

〔三〕智境：智慧所觀照之佛教真理。寒山詩：「隱居在林藪，智境何由出。」

〔四〕阿堵：這箇。清郝懿行晉宋書故：「阿堵音者，即今人言者箇。阿，發語詞，堵從者聲，義得相通。説文云：『者，別事詞也。』故指其物而別之曰者箇。淺人不曉，書作這箇，不知這字音彦，以這爲者，其謬甚矣。凡言者箇，隨其所指，理俱可通。晉書王衍傳：口未嘗言錢，晨起見錢，謂婢曰：『舉阿堵物卻。』謂錢也。世説巧藝篇：顧長康曰：『傳神寫照，正在阿堵中。』謂眼也。文學篇：殷中軍見佛經云：『理亦應在阿堵上。』謂經也。雅量篇注：謝安目衛士謂温曰：『明公何用壁間著阿堵輩。』謂兵也。益知此語爲晉代方言。今人讀堵爲覩音，則失之矣。」梵志詩之「阿堵」，指上文之「衣内珍」，亦即佛性。寒山詩亦云：「若無阿堵物，不啻冷如霜。」 良田：按佛教認爲行善崇法可獲福果，稱爲「福田」，見〇一八首注六。獲福尤多者稱爲「良福田」，省稱「良田」。華嚴經卷一：「法身多門現十方，常爲世間良福田。」變文集佛説阿彌陀經講經文：「如來報言尼乾不(子)，我佛因果不思議，如似良田用水澆，一㪷種時收千㪷。」

王二与世人己二、初校

王二与世人，俱來就梵志。非爲貪与賞〔一〕，共你論愚智。凡夫累劫中〔二〕，不解思量事。見善不肯爲，見惡喜無睡。昏昏似夢人，未飲恒如醉。（三七二）

【校】

共你　「共」，初校作「與」，與上句犯複。

【注】

〔一〕与賞：給賞，賞賜。變文集捉季布傳文：「楚家敗將來投漢，漢王與賞盡垂恩。」

〔二〕累劫：許多劫，形容極久遠的時間。無量壽經卷下：「世世累劫，無有出期。」

榮利皆悉爭己二、初校

榮利皆悉爭，畏死復貪生。心神爲俗網〔一〕，蠢蠢暗中行〔二〕。寄言虚妄者〔三〕，何日出迷坑〔四〕？（三七三）

【校】

俗網　「網」，原作「䋄」，即俗「網」字。參見一九八首校記。

【注】

〔一〕俗網：比喻塵世。唐鄭愕送蕭穎士赴東府得往字：「斤溪數畝田，素心擬長往。繄君曲得引，使我纓俗網。」唐寇埴題瑩上人院：「是明捐俗網，何獨在山林？」變文集維摩詰經講經文：「嘆幼年能發於善心，怪齠齓解辭於俗網。」此句言衆生心性陷於塵俗羅網，不能擺脱。

〔二〕蠢蠢：雜亂衆多貌。文選卷一九束晳補亡詩：「蠢蠢庶類，王亦柔之。」

〔三〕　虚妄者：指塵俗之人。佛教以爲俗見皆虚妄，真諦方爲實也。

〔四〕　迷坑：比喻虚妄迷惑之見，以其陷人如坑也。

他見見我見己二、初校

他見我見〔一〕，我見見他見。二見亦自見，不見喜中面〔二〕。手把車釧鏡〔三〕，終日向外看。唯見他長短，不肯自洮揀〔四〕。競競口合合〔五〕，猶如治排扇〔六〕。逢人即作動，心舌常交戰〔七〕。不肯自看身，看身善不善？如此癡冥人，只是可惡賤。勸君學修道，含食但自啞〔八〕。且拔己飢渴，五邪邪毒箭〔九〕。獲得身中病〔一〇〕，應時乃一現。安住解脱中〔一一〕，無礙未別見〔一二〕。住是分别有〔一三〕，任用法界遍〔一四〕。縱起六十二〔一五〕，非由無最殿〔一六〕。所以得如斯，有大善方便〔一七〕。（三七四）

【校】

洮揀　「洮」，原作「洮」，即「洮」字別體。「揀」，原作「練」，據文義改，參看注四。

競競　原作「竟竟」，當是由於「競」字別體作「竸」，因訛作「竟」也，參看注五。

「不肯自看身」二句　原作「不肯自看〻身〻善不善」，初校録作「不肯自看看，身身善不善」。按敦煌卷子通例，凡數字連文須要重複，即分別在各字下加重複記號「〻」，原卷「看〻身〻」即是「看身看身」，初校不明其例，遂作「看看身身」也。

最殿　「最」，原作「罪」，音同而訛，參看注一六。

【注】

〔一〕他見見我見：　按執着於「我」之偏見爲「我見」；　自我觀之，他人之「我見」則爲「他見」。

〔二〕不見喜中面：　謂彼此觀見對方及自身，皆無歡喜之色，以言其無與人爲善之心也。

〔三〕車釧鏡：　形容極大之鏡。「車釧」即車輪之箍，以包約車輪者。　類篇：「釧，昌緣切，車釧。」吐魯番出土文書第四册阿斯塔那三〇一號墓文書三一高昌供用斧車釧轆轤等物條記：「氾延憙、康牛支兒車釧一。」敦煌遺書伯三七七四丑年十二月沙州僧龍藏牒：「齊周差使向柔遠送糧却回，得生鐵熟鐵二百斤已來，車釧七隻。」按「釧」字應即「𨊻」字，以其爲車輪附件，故字從「車」作「𨊻」；以其爲金屬所製，故又從「金」作「釧」也。說文：「𨊻，車約𨊻也。从車，川聲。周禮曰：『孤乘夏𨊻。』」段注：「巾車職云：『孤乘夏篆，卿乘夏縵。』大鄭曰：夏，赤也，篆讀爲圭瑑之瑑。夏瑑，轂有約也。玄謂夏篆，五采畫轂約也。夏縵，亦五采畫，無瑑耳。玉裁謂鄭說夏瑑，即詩之約軝，毛公所謂長轂之軝，朱而約之也。但許君篆作𨊻，以約𨊻系之輿，下文以約軝系之轂，與二鄭迥異。依許意，蓋謂轛輢軨等，皆有物纏束之，謂之約𨊻，以赤畫之，謂之夏𨊻，卿雖赤畫而無約，謂之夏縵。𨊻之言巡也，巡繞之詞，此許之周禮說也。」又注云：「故書作緣，或爲篆，此字形之異也。許所據篆作𨊻，此聲相近而異也。」是知周禮春官巾車之「篆」，即是「緣」字，巡繞之詞。許慎作「𨊻」，聲相近也。梵志詩等作「釧」，則又更換義符也。唯此字之義，許慎之說與二鄭之說不同，若梵志詩之「車釧」，即是輪箍，乃符二鄭之說也。

〔四〕洮揀：　選擇，區別。亦作「洮簡」、「淘簡」，蓋「洮」與「淘」通，「揀」與「簡」通也。續高僧傳卷八釋慧遠傳：「便就大隱律師聽四分律，流離請誨，五夏席端淘簡精麁，差分軌轍。」又卷一三釋吉藏傳：「在昔陳隋廢興，道俗波迸，各棄城邑。乃率其所屬，往諸寺中，但是文疏，並皆收聚，置於三間堂内，及平定後，方洮簡之。故目學之長，勿過於藏，注引弘廣，咸由此焉。」

〔五〕競競：爭强鬬勝之貌。廣雅釋訓：「競競，武也。」王念孫疏證：「爾雅：『競，彊也。』彊、勍、競古竝同聲，重言之則曰勍勍、競競也。」口合合：口張口合貌，形容嘵嘵不休。

〔六〕冶排：古代冶礦爐的風箱。按「排」爲古代冶爐的鼓風器具，字亦作「橐」、「韛」、「鞴」。後漢書杜詩傳：「造作水排，鑄爲農器。」李賢注：「排，音蒲拜反。冶鑄者爲排以吹炭，今激水以鼓之也。排，當作橐，古字通用也。」三國志魏志韓暨傳：「後選樂陵太守，徙監冶謁者。舊時冶作馬排（原注：蒲拜反，爲排以吹炭），每一熟石用馬百匹；更作人排，又費功力。暨乃因長流爲水排，計其利益，三倍於前。」

〔七〕心舌常交戰：形容思想和言語常處於矛盾狀態，亦即是心中兩種思想交戰的表現。韓非子喻老：「子夏見曾子，曾子曰：『何肥也？』對曰：『戰勝故肥也。』曾子曰：『何謂也？』子夏曰：『吾入見先王之義則榮之，出見富貴之樂又榮之，兩者戰於胸中，未知勝負，故臞。今先王之義勝，故肥。』是以志之難也，不在勝人，在自勝也。」陶淵明詠貧士七首之五：「貧富常交戰，道勝無戚顏。」

〔八〕噎：同「咽」、「嚥」。玉篇：「噎，同咽。」

〔九〕五邪：即「五邪見」。見五陰（色、受、想、行、識）聚合之身，執實以爲真有我身，稱爲「五邪見」。陰持入經卷下：「何等爲五？若爲所色爲見是身，比前受、想、行、識亦爾，是爲五邪見。」吴陳慧陰持入經註卷下：「邪見者，見五陰身，以爲吾我也。」邪毒箭：亦云「邪疑毒箭」。大方便佛報恩經卷一：「今欲爲大衆説大方便佛報恩經，爲欲饒益一切諸衆生故，爲欲拔出一切衆生邪疑毒箭故。」

〔一〇〕身中病：即「身病」，指肉體之病，相對於「心病」而言。北本涅槃經卷一二：「云何爲病？病謂四大毒蛇互不調適。亦有二種：一者身病，二者心病。」

〔一一〕安住：猶云安處。楞嚴經卷上：「安住三昧，而不動轉。」　解脱：見三五四首注六。

〔一二〕無礙：認識達到自在出入、無所障礙的境界。傳燈録卷二九誌公和尚十四科頌持犯不二：「大士肉眼圓通，二乘天眼有翳，空中妄執有無，不達色心無礙。」白居易八漸偈通偈：「慧至乃明，明則不昧。明至乃通，通則無礙。無礙者何？變化自在。」

〔一三〕分別有：區別萬法而有種種之相。佛教認爲這是妄想作用的結果，並非實有。

〔一四〕法界：指整個宇宙現象界，見三五九首注七。

〔一五〕六十二：即「六十二見」，指外道所具之六十二種邪見，其名目佛典所釋不盡相同。楞嚴經卷下：「云何名爲魔縛？謂六十二見，若人不壞此諸見者，即於魔縛而得解脱。」妙法蓮華經方便品：「薄德少福人，衆苦所逼迫，入邪見稠林，若有若無等，依止此諸見，具足六十二。」道宣集古今佛道論衡序：「致令九十六道，競飾澆詞；六十二見，各陳名理。」

〔一六〕最殿：猶云優劣。古代官吏考績之法，優等爲「最」，劣等爲「殿」。春秋繁露卷七考功名：「考試之法，……爲弟九分，三三列之，亦有上中下，以一爲最，五爲中，九爲殿。」漢書宣帝紀：「其令郡國歲上繫囚以掠笞若瘐死者所坐名、縣、爵、里，丞相御史課殿最以聞。」顔師古注：「凡言殿最者，殿，後也，課居後也；最，凡要之首也，課居先也。」

〔一七〕大善方便：指隨機引導通於佛法之方法。窺基法華玄贊卷三本：「實無此事，應物權現，故言方便，謂以三業方便化也。此對實智，名爲方便。利物有則曰方，隨時濟物曰便。」

人生一世裏（己二、初校）

人生一世裏，能得幾時活？迴己審思量〔一〕，何忍相劫奪。自命惜求死，煞他不記活〔二〕。布施覓聲名〔三〕，不肯救飢渴。口道願生天，不免地獄撮〔四〕。礼佛至頂盡〔五〕，終歸被愴割〔六〕。一往陷三塗〔七〕，窮劫不得脱〔八〕。寄語世間人，不可浪夸闊〔九〕。各願尋其本〔一〇〕，努力棄却末。迴心一念頃〔一一〕，万事即解脱。（三七五）

【校】

不記活　「活」，原作「括」，據文義改。

不免　「免」，原作「勉」，據文義改。

不可浪夸闊　「不可」，原作「可可」，於義未安，上「可」字當作「不」字，行草形近而誤，如變文集搜神記：「朝來飲他酒脯，豈可能活取此人？」亦應作「豈不能」，與此處相似。

棄却末　「却」，原作「刼」，形近而訛。

【注】

〔一〕迴己：猶云「反諸己」，即設身處地之意。

〔二〕他：這裏指「衆生」。此句言宰殺衆生時便忘了彼等也是一條性命。

〔三〕聲名：名譽。此句言布施只是爲了博得行善之名。大智度論卷一一：「不淨施者……或爲名譽故施。」

〔四〕撮：捉。莊子秋水：「鵂鶹夜撮蚤、察毫末，晝出瞋目而不見山丘。」變文集鷰子賦：「雀既被鷰撮，直見鳥中王。」

〔五〕頂：顱頂。按佛教最尊敬之敬禮爲「頂禮」，亦云「頭面禮足」，即跪地以頭頂承尊者之足。大智度論卷一〇：「問曰：應言禮，何以言頭面禮足？答曰：人身中第一貴者頭，五情所著，而最在上故；足第一賤，履不淨處，最在下故。是故以所貴禮所賤，貴重供養故。」此云「禮佛至頂盡」者，言頂禮不止，乃至顱頂爲之磨損盡淨也。

〔六〕愴割：疑當作「創割」，這裏指地獄中的酷刑。

〔七〕一往：一徑，不停歇地。慧思諸法無諍三昧法門卷下：「譬如世間飢餓病瘦絶食來久薄腹者，不得一往多食乾麨，及以彊餅趂麪驗酒，一往飽食，必死無疑。」變文集大目乾連冥間救母變文：「貧道阿孃亡過後，魂神一往落阿鼻。」三塗：即畜生、餓鬼、地獄等「三惡道」，見〇〇八首注一。

〔八〕窮劫：形容無限久遠之時間。筠州黄蘗山斷際禪師傳心法要：「使佛覓佛，將心捉心，窮劫盡形，終不可得。」

〔九〕夸闊：侈大貌。古文苑卷六李尤函谷關賦：「迺周覽以泛觀兮，歷衆關以遊目。惟夸闊之宏麗兮，羌莫盛於函谷。」

〔一〇〕本：這裏指正法，下句「末」則指邪見。傳燈録卷三〇菩提達磨略辨大乘入道四行：「我從往昔無數劫中，棄本從末，流浪諸有。」

〔一一〕迴心：轉意，這裏即指棄末尋本。敦煌曲校録太子十二時：「日出卯，出門忽逢病死老。即知此戒正堪修，便是迴心求佛道。」　一念：一閃的念頭。傳燈録卷二九誌公和尚十四科頌迷悟不二：「欲覓如來妙理，常在一念之中。」五燈會元卷四千頃楚南禪師：「諸子設使解得三世佛教，如缾注水，乃得百千三昧，不如一念修無漏道，免被人天因果繫絆。」

我不畏惡名 已二、初校

我不畏惡名，惡名不須畏。四大亦無主〔一〕，信你痛謗誹〔二〕。你自之於我〔三〕，於我何所費？不辭應對你〔四〕，至對無氣味〔五〕。（三七六）

此首之後原有小字「一百」二字，注明此首在原卷中的次第。

【校】

至對　「對」，原作「到」，當是「對」字之訛（上句「應對」之「對」，原卷正寫作「對」）。「對」即「對」字別體，碑別字卷四去聲十一隊，唐曲阜縣文宣王廟記「對」作「對」。「至對無氣味」一類句式習見，參看注五。

【注】

〔一〕四大亦無主：按「四大」即地水火風，這裏指人身，見〇八一首注一。此云「四大亦無主」者，即此身虚幻不實、非我所有之意。維摩詰經文殊師利問疾品：「四大無主，身亦無我。」

〔二〕信：任隨，聽任。白居易琵琶行：「低眉信手續續彈，説盡心中無限事。」

〔三〕「自」疑爲「身」字形訛。

〔四〕不辭：不推辭，亦即願意，多用在表示轉折語氣複句的上句。大唐新語卷四持法：「故人或遺以數兩黃連，固辭不受，曰：『不辭受此歸，恐母妻詰問從何而得，不知所以對也。』」白居易酬思黯相公見過弊居戲贈：「村妓不辭出，恐君囅然咍。」祖堂集卷一六南泉和尚：「師云：『我不共他語話。』僧云：『爲什摩不共他語話？』師云：『不辞（辭）共他語話，恐他不解語。』」應對：回嘴，回罵。孟郊堯歌：「爾室何不安，爾孝無與齊。一言應對姑，一度爲出妻。」寒山詩：「有人來罵我，分明了了知。雖然不應對，却是得便宜。」酉陽雜俎前集卷二壺史：「將午，當有匠餅者負囊而至，囊中有錢二千餘，而必非意相干也。可閉關，戒妻孥勿輕應對，及午必極罵，須盡家臨水避之。」

〔五〕至對：最高的應對。無氣味：無氣無味，不可感知。按此類句式載籍習見，如禮記禮器：「至敬不壇，掃地而祭。」又：「至敬無文，父黨無容。」淮南子說林：「至味不慊，至言不文，至樂不笑，至音不叫。」盧仝哭玉碑子：「至文反無文。」孟郊上張徐州：「至樂無宮徵，至聲遺謳歌。」又擢第後東歸書懷呈座主呂侍御：「至運本遺功，輕生各自立。」

可笑世間人 己二、初校

可笑世間人，爲言恒不死〔一〕。貪悋不知休，相憎不解止。背地道他非，對面伊不是〔二〕。埋著黃蒿中〔三〕，猶成薄媚鬼〔四〕。（三七七）

【校】

貪悋「悋」，初校作闕文，擬補「悋」，註：「原作『懦』，抹去，旁改字漫漶。」按「悋」同「吝」。

薄媚鬼　「薄」，初校誤作「蒲」。

【注】

〔一〕爲言：以爲。變文集大目乾連冥間救母變文：「爲言萬古無千（遷）改，誰知早箇化爲塵。」亦作「謂言」。寒山詩：「謂言無死日，終不作梯航。」

〔二〕對面：當面，見二九六首注三。　伊：他。世説新語方正：「羊、鄧是世婚，江家我顧伊，庾家伊顧我，不能復與謝裒兒婚。」

〔三〕黄蒿：草名，多生於墓地。此處「黄蒿中」即指墳墓中。白居易效陶潛體十六首之十一：「不見郭門外，纍纍墳與丘。月明愁殺人，黄蒿風颼颼。」

〔四〕薄媚鬼：猶云「輕薄鬼」，「薄媚」即輕薄、無賴之義。張文成遊仙窟：「誰知可憎病鵲，夜半驚人；薄媚狂鷄，三更唱曉。」變文集鷰子賦：「薄媚黄頭鳥，便漫説緣由。急手還他窟，不得更勾留。」

一日遊塵境己二、初校

一日遊塵境〔一〕，念俗愛榮華。不覺三塗苦，八難更來遮〔二〕。飄流生死海〔三〕，託受在毛家〔四〕。食蒭無厭足〔五〕，頭上著繩麻〔六〕。（三七八）

【校】

食蒭　「蒭」，原作「荁」，即「蒭」字別體，同「芻」。碑別字卷一上平聲七虞，唐定州司馬辛驥墓誌「芻」作「荁」。

【注】

〔一〕塵境：現實世界，以其爲色聲香味觸法等「六塵」所感知之境界。宗密中華傳心地禪門師資承襲圖：「諸法如夢，諸聖同説，故妄念本寂，塵境本空。」此首「塵境」即指俗世。

〔二〕八難：佛經中所説的人世間的八種災難。四分律卷三八：「佛言：聽，若有八難事來，聽略説自恣。是中難者，王難、賊難、火難、水難、病難、人難、非人難、毒蟲難。」維摩詰經佛國品：「説除八難是菩薩淨土，菩薩成佛時，國土無有三惡八難。」南嶽思大禪師立誓願文：「稱揚讚歎釋迦法，三途八難悉解脱。」

〔三〕生死海：六道生死輪迴，以其無邊無盡，故譬爲海，亦稱「苦海」。傳燈録卷二九寶誌和尚大乘讚：「更若愛聖憎凡，生死海裏沉浮。」廣弘明集戒功篇序：「夫羣生所以久流轉於生死海者，良由無戒德之舟檝也。」

〔四〕託受：「託生」、「受生」，合稱「託受」，亦即投胎。酉陽雜俎續集卷三支諾臯下載冥司錯追李簡，即放還。「一吏曰：『李簡身壞，須令別託生。』時憶念父母親族，不欲別處受生，因請却復本身。」毛家：指牲口之類，以其披毛也。

〔五〕蒭：同「芻」，草料。莊子列禦寇：「子見夫犧牛乎？衣以文繡，食以芻叔。」成玄英疏：「芻，草也；叔，豆也。」

〔六〕繩麻：指繮繩之類。

縱使千乘君己二、初校

縱使千乘君〔一〕，終齊一箇死〔二〕。縱令萬品食〔三〕，終同一種屎。釋迦窮八字〔四〕，老君

守一理〔五〕。若欲離死生，當須急思此。（三七九）

此首之下原卷有小字「百」字，初校作「百□（三）」，蓋三七六首下既標明「一百」，則此首應是「百三」矣。

【注】

〔一〕千乘君：指諸侯。古代戰車，一車四馬爲一乘。周制，諸侯之國百里，出兵車千乘。孟子梁惠王上：「萬乘之國，弒其君者，必千乘之家。」趙岐注：「萬乘，謂天子也；千乘，諸侯也。」

〔二〕齊：相同。論語里仁：「見賢思齊焉，見不賢而内自省也。」按長阿含經卷一：「生必有死，無有貴賤。」變文集八相變：「王侯凡庶一般，死相亦無二種。」梵志詩〇六二首：「世间何物平？不過死一色。」即此二句之意。

〔三〕萬品食：形容餚饌品類繁多，「萬品」猶云「萬種」。文選卷五九王簡棲頭陁寺碑文：「九衢之草千計，四照之花萬品。」

〔四〕釋迦：即釋迦牟尼。八字：指佛經所載苦行者（釋迦牟尼前身）捨命所求之半偈八字：「生滅滅已，寂滅爲樂。」北本涅槃經卷一四載其事，略云：爾時釋提桓因自變其身，作羅刹像，所現形貌，甚可怖畏，宣過去佛所説半偈：「諸行無常，是生滅法。」是苦行者，聞是半偈，心生歡喜，即便前至彼羅刹所，作如是言：「善哉大士！汝於何處得是過去離怖畏者所説半偈？大士，復於何處而得如是半如意珠？汝今幸可爲我除斷，説此偈竟，我當終身爲汝弟子。」羅刹答言：「我今定爲飢苦所逼，實不能説。」我即問言：「汝所食者，爲是何物？」羅刹答言：「我所食者，唯人暖肉；其所飲者，唯人熱血。」我復語言：

「汝但具足説是半偈，我聞偈已，當以此身奉施供養。我爲八字故，捨於身命。」羅刹即説：「生滅滅已，寂滅爲樂。」我於爾時深思此義，然後處處，若石若壁，若樹若道，書寫此偈。即上高樹，樹神問曰：「如是偈者，何所利益？」我時答言：「如是偈句，乃是過去未來現在諸佛所説開空法道，我爲此法，棄捨身命。」尋即放身，自投樹下。

〔五〕老君：即老子，道教奉爲教主。唐太宗令道士在僧前詔：「老君垂範，義在清虚；釋迦貽則，理存因果。」武則天禁僧道毁謗制：「僧既排斥老君，道士乃誹謗佛法。」一理：關於「一」的道理，爲道教所崇奉。老子三十九章：「天得一以清，地得一以寧，神得一以靈，谷得一以盈，萬物得一以生，侯王得一以爲天下貞。」又四十二章：「道生一，一生二，二生三，三生萬物。」淮南子原道：「道者，一立而萬物生矣。是故一之理，施四海；一之解，際天地。……萬物之總，皆閱一孔；百事之根，皆出一門。」南齊書顧歡傳載歡夷夏論：「佛號正真，道稱正一。一歸無死，真會無生。」又載孟景翼正一論曰：「老子云：『聖人抱一以爲天下式。』『一』之爲妙，空玄絶於有境，神化贍於無窮，爲萬化而無爲，處一數而無數，莫之能名，强號爲『一』。」

夜夢与晝遊已二、初校

夜夢与晝遊，本不相知尔。夢惡便生懊，夢好覺便喜。你信齋戒身〔一〕，本自不識你。欲驗死更生〔二〕，方斯以類此〔三〕。（三八〇）

【注】

〔一〕齋戒身：堅持淨戒之身。按佛教以持守戒律，行無過失爲「齋戒」。大乘義章卷一二：「八戒齋者，所謂不殺，不盜，不婬，不妄語，不歌舞唱伎，不著香薰衣，不上高廣床，不過中食。此等防禁，故名爲戒；潔淨曰齋。」

〔二〕更生：復活，見一四三首注三。

〔三〕方斯以類此：按「方」即相比之義，「類」即相似之義，「斯」指上文「夜夢與晝遊」，「此」指上句「死更生」。此句言生死輪迴，亦猶夜夢與晝遊之交替耳。

你今意況大聰 己二、初校

你今意況大聰〔一〕，不語修道有功。亦無二邊不著〔二〕，亦復不住太空〔三〕。衆生不解執有〔四〕，只爲心裏不通。迷人已南作北，又亦不辨西東〔五〕。念箇癡人學道〔六〕，終日竟夜忩忩〔七〕。只覩小兒無智，何異世諦盲聾。〔八〕（三八一）

【校】

不辨西東　「辨」，原作「辯」，從初校所改。

竟夜　初校作「竟竟」，非是。

只覩　「覩」，原作「都」，據文義改。

【注】

〔一〕意況：思想，心情。敦煌曲校録悉曇頌俗流悉曇章：「第二俗流無意況，心中邪佞起欺誑。」慧海頓悟入道要門論：「我今意況大好，他人罵時無惱。無言不説是非，涅槃生死同道。」又：「我今意況大寬，不語無事心安。從容自在解脱，東西去易不難。」又：「我今意況大奇，不向世上侵欺。榮華總是虚悟，弊衣粗食充飢。」

〔二〕二邊：指正反相對待的一組範疇，如「有」與「空」等。此云「二邊不著」者，自世諦觀之是有，自真諦觀之是空，若以中道觀之，則不著二邊，非有非空，如〇八五首之「非相非非相」是矣。參看該首篇後按語。傳燈録卷二九誌公和尚十四科頌斷除不二：「不著二邊中道，翛然非斷非常。」吉藏三論玄義卷上：「假無不可定無，假無不可定有，遠離二邊，故目之爲正。」

〔三〕不住太空：按佛教中道，不僅破除有見，亦須破除否認因果涅槃之空見，故此處有「不住太空」之語。

〔四〕執有：認爲自身及萬物實有，佛教稱爲「執有」，以爲是一種妄見。阿毘達磨俱舍論卷三九：「我實無我性，顛倒故執有。」傳燈録卷二九誌公和尚十四科頌事理不二：「凡夫妄生分别，無中執有迷奔。」

〔五〕「迷人已南作北」二句：「已」通作「以」。按楞嚴經卷四：「佛告富樓那：譬如迷人，於一聚落，惑南爲北，此迷爲復因迷而有，因悟所出？富樓那言：如是迷人，亦不因迷，又不因悟。何以故？迷本無根，云何因迷？悟非生迷，云何因悟？」傳燈録卷二九誌公和尚十四科頌迷悟不二亦云：「愚人唤南作北，智者達無西東。」

〔六〕箇：此，指示代詞。劉知幾史通外篇雜説：「渠、們、底、箇，江左彼此之詞；乃、若、君、卿，中朝汝我之義。」李白秋浦歌：「白髮三千丈，緣愁似箇長。」寒山詩：「觀者滿路傍，箇是誰家子？」

〔七〕忿忿：爭競貌。三國志吴志吴主五子傳：「（孫）和寵稍損，懼於廢黜。魯王霸覬覦滋甚。……權沈吟者歷年，後遂幽閉和。於是驃騎將軍朱據、尚書僕射屈晃率諸將吏泥頭自縛，連日詣闕請和。權登白爵觀見，甚惡之，敕據、晃等無事忿忿。」此文記載孫權之子孫和（太子）與孫霸兩黨爭奪傾軋之事，而孫權廢黜孫和之意已定，故「敕據、晃等無事忿忿」，不必再爲孫和力爭矣。變文集茶酒論：「阿你兩箇，何用忿忿？阿誰許你，各擬論功！」亦作「悤悤」。敦煌遺書斯五五八八録歌詞：「偏見豪强爭意氣，全是凡夫智。不能方便體圓融，剛强作悤悤。」

〔八〕世諦：亦稱「俗諦」，指世俗人所見的道理，以與「真諦」（出世人所見的道理）相對。吉藏大乘玄論卷一：「他但以有爲世諦，空爲真諦。今明若有若空，皆是世諦；非有非空，始明真諦。」按佛教以爲世諦所見虛妄非真，故此句以「盲聾」爲喻。

大丈夫之一　己二、初校

大丈夫〔一〕，遊蕩出三途。榮名何足捨，妻子視如無。法忍先將三毒共〔二〕，佛性常与六情俱〔三〕。但信研心出妙寶〔四〕，何煩衣外覓明珠〔五〕？（三八二）

【校】

妻子視如無　「視」，原作「圡」，初校改作「有」。按原文「圡」即俗「士」字，而「士」字又爲「視」字音訛。蘇軾鶴歎亦有「投以餅餌視若無」之語。

但信研心出妙寶　「出」，原作「性」，據法融頌改，參看篇後按語。

【注】

〔一〕大丈夫：佛教稱修道勇猛精進者爲「大丈夫」。貫休山居詩二十四首之六：「如斯標致雖清拙，大丈夫兒合自由。」敦煌遺書伯三〇四九載行路難：「逆順平等一如如，是故名爲大丈夫。」

〔二〕法忍：安住佛法而不爲「三毒」等諸邪見所惱，稱爲「法忍」。妙法蓮華經囑累品：「聞是經典，如説修行，於此命終，即往安樂世界阿彌陀佛大菩薩衆圍繞住處，生蓮華中寶座之上，不復爲貪欲所惱，亦復不爲瞋恚愚癡所惱，得菩薩神通無生法忍。得是忍已，眼根清淨，以是清淨眼根，見七百萬二千億那由他恒河沙等諸佛如來。」續高僧傳卷二一釋智顗傳：「顗後於寺北華頂峯獨靜頭陀，大風拔木，雷霆震吼，魑魅千羣，一形百狀，吐火聲叫，駭畏難陳。乃抑心安忍，湛然自失。又患身心頭痛，如被火燒。又見亡没二親枕頭膝上，陳苦求哀。顗又依止法忍，不動如山，故使强輭兩緣所感便滅。」將：與，和，見三三四首注三。三毒：指貪、瞋、癡，見三四〇首注二。

〔三〕佛性：覺悟成佛之性，見三三七首注四。六情：佛經指「六根」，即眼耳鼻舌身意，以其能産生種種情識，故亦稱爲「六情」。觀佛三昧海經卷二：「諸受罪人，六情諸根，猛火迅起。」大智度論卷三：「是諸阿羅漢，欲染處不染，應瞋處不瞋，守護六情，以是故名心調柔軟。」傳燈録卷三〇僧亡名息心銘：「開尔七竅，閉尔六情，莫視於色，莫聽於身。」

〔四〕但信研心出妙寶：初校註：「末二句原卷作如下點斷：『但信研心性。妙寶何須。衣外覓明珠。』」心性：佛教稱不變之心體爲「心性」，禪宗認爲心性就是佛性。筠州黄蘗山斷際禪師傳心法要：「諸佛菩薩與一切蠢動含靈，同此大涅槃性，性即是心，心即是佛，佛即是法。」妙寶：精妙之寶珠，比喻佛性。參看三三八首注二、一五一首注四。

〔五〕 衣外覓明珠：用「衣珠」事，比喻衆生皆具之佛性。參看一五一首注五、三七一首注一。

楚按，宋釋延壽宗鏡録卷一九：「融大師頌云：法忍先將三毒共，佛性常與六情俱。但信研心出妙寶，何煩衣外覓明珠。」所引融大師四句頌文與梵志此詩後四句全同，唯一的區别是梵志詩「但信研心性妙寶」一句，融大師頌作「但信研心出妙寶」，有一字之差，當以融大師頌爲准。按融大師即著名的牛頭宗初祖法融（五九一—六五七），主要活動在初唐時期，續高僧傳卷二六有傳。宗鏡録的這條材料具有兩方面的意義：一方面，它證明了法忍抄本王梵志詩中的「大丈夫，遊蕩出三途」一首，其實就是融大師的偈頌；另一方面，又可以根據王梵志詩抄本中的「大丈夫，遊蕩出三途」一首的全文，補足融大師頌，使殘存的四句成爲全篇。

大丈夫之二　已二、初校

大丈夫，性識本清虚〔一〕。無心妨世事，觸物任情居〔二〕。（三八三）

【注】

〔一〕 性識：猶云「心性」。廣弘明集卷二二沈約神不滅論：「其愚者則不辨菽麥，悖者則不知愛敬。自斯已上，性識漸弘。」隋書經籍志四：「初釋迦説法，以人之性識根業各差，故有大乘小乘之説。」清虚：見三五二首注七。

〔二〕 觸物：猶云「遇物」。僧肇不真空論：「所遇而順適，故則觸物而一。」汾陽無德禪師語録卷下翫珠歌：「晃晃圓珠表裏明，長居塵世不彰形。觸物用光光不盡，應緣照世世無生。」任情：恣意。魏書釋老志：「肆意任情，奏求逼召。」續高僧傳卷一釋寶唱傳：「僧正慧超，任情乖旨，擯徙廣州。」

學問莫倚聰明已二、初校

學問莫倚聰明〔一〕，打卻我慢貢高〔二〕。出家解脱無事，永離三界逍遥〔三〕。坐禪解空無相〔四〕，皆皆實覓功□。□□□□□，□□□□□。法界以爲家舍〔五〕，任從自在倏倏〔六〕。形龕□（三八四）

【校】

出家解脱無事　「事」，原作「年」，應是「事」字形訛。蓋「無事」乃是禪宗之生活態度，如寒山詩：「無爲無事人，逍遥實快樂。」貫休桐江閒居作十二首之五：「因知無事貴，言外更無言。」傳燈録卷二九龍牙和尚居遁頌十八首之十六：「一朝大悟俱消却，方得名爲無事人。」

倏倏　「倏」，原作「徠」，初校改作「條」。按此處「條」字又是「倏」字之訛，參看注六。

【注】

〔一〕倚：仗恃，見二〇五首注一。

〔二〕我慢貢高：按「我慢」與「貢高」皆是驕傲自大之義。妙法蓮華經方便品：「我慢自矜高，諂曲心不實。」酉陽雜俎續集卷五寺塔記：「性狷介我慢，未甚通中華經。」變文集維摩詰經講經文：「貢高我慢比天長，折挫應交虛見傷。」又：「令除我慢意，却作善和人。」又：「最是難化調伏，豪貴尊嚴刹利，盡因大士歸從，減却貢高之意。」

〔三〕三界：指一切衆生所生存的世界，見三三六首注五。

〔四〕坐禪：打坐修習禪定，見三五七首注四。　解空：悟解諸法皆空之理。佛經言釋迦牟尼十大弟子中，須菩提「解空第一」。　無相：佛教認爲諸法皆空，離絶形相，稱爲「無相」。維摩詰經不思議品：「法名無相，若隨相識，是則求相，非求法也。」大智度論卷三〇：「又知諸物虛誑，如幻一相，所謂無相。」

〔五〕法界：整個宇宙現象界，見三五九首注七。

〔六〕翛翛：自在無心之貌，通常作「翛翛然」或「翛然」。莊子大宗師：「翛然而往，翛然而來而已矣。」成玄英疏：「翛然，無係貌也。翛然獨化，任理遨遊，雖復死往生來，曾無意戀之者也。」傳燈録卷二九誌公和尚十四科頌善惡不二：「我自身心快樂，翛然無善無惡。」唐喻鳧遊暖泉精舍：「翛然方寸地，何事更悲蓬。」柳宗元送文郁師序：「背笈篋，懷筆牘，挾海泝江，獨行山水間，翛翛然模狀物態，搜伺隱隟。」

慎事罪不生已二、初校

慎事罪不生〔一〕，忍嗔必有□。□□□□□，□□□□□。□□□部宰，捉此用爲心。

高□（三八五）

【校】

□□□部宰　「宰」，己二本有，初校誤脱。

【注】

〔一〕愼事：謹愼處事。書畢命：「罔曰民寡，惟愼厥事。」孔傳：「無曰人少，不足治也，惟在愼其政事，敢無輕之心。」

楚按：此首之後，己二本重抄了三五〇首、三四九首，初校照録，兹略去以避重複。

衆生發大願己二、初校

衆生發大願〔一〕，□□□□□。□□在前亡，論時依大道〔二〕。病得孫子扶，□□□□□。□□□□□，□須更懊惱。（三八六）

【校】

□須更懊惱　「須」，原殘剩左半，初校作闕文。

【注】

〔一〕大願：廣大之誓願，這裏指成佛之願心。廣記卷三八八齊君房（出纂異記）：「豈不憶香山寺石像前戲發大願，若不證無上菩提，必願爲赳赳貴臣。」

〔二〕大道：指佛法，見三五四首注三。

終歸一聚塵己二、初校

□□□□□，□□□□錯。終歸一聚塵〔一〕，何用深棺槨。土下螻蟻飡〔二〕，但□□□□。□□□□死，平章自埋却〔三〕。（三八七）

首二句殘闕，以第三句爲題。

【注】

〔一〕一聚塵：一堆塵土，見〇八二首注二。

〔二〕螻蟻：螻蛄、螞蟻。按莊子列禦寇：「莊子將死，弟子欲厚葬之。莊子曰：『吾以天地爲棺槨，以日月爲連璧，星辰爲珠璣，萬物爲齎送。吾葬具豈不備耶？何以加此！』弟子曰：『吾恐烏鳶之食夫子也。』莊子曰：『在上爲烏鳶食，在下爲螻蟻食，奪彼與此，何其偏也！』」梵志此詩「何用深棺槨」及「土下螻蟻飡」，即由此化出。

〔三〕平章：商量，見〇三七首注一〇。

兒大君須死己二、初校

□□□□□，兒大君須死。天使遣如然〔一〕，兩俱不得止。愚夫無所知，欲得見□□。

□□□□□，□□□欲死。（三八八）

首句殘闕，以次句爲題。

【校】

初校以此首與下首併爲一首，非是。按己二本此首與下首之間留有五字空白，下首之前又加分首記號「·」，其爲兩首實無可疑。

欲得見□□　己二「見」字可辨，初校作闕文。

□□□欲死　己二「欲死」可辨，初校作闕文。

【注】

〔一〕如然：如此。貫休懷武夷山禪師：「終期還此去，世事祇如然。」變文集漢將王陵變：「臣緣事主，爭敢如然！」又維摩詰經講經文：「井（菩薩）心意亦復如然，慜含識而意似親生，怜凡夫而愛如赤子。」傳燈録卷三〇蘇溪和尚牧護歌：「披麻目視雲霄，遮莫王侯不顧。道人本體如然，不是知佛去處。」

兒子有亦好　己二、初校

兒子有亦好，無亦甚其精〔一〕。有時愁□□，□□□□□。不愁你亦是，一種大星星〔二〕。（三八九）

【校】

「□□□□□」三句　初校作「□□□□不愁你，亦是一種大星星」，非是。「不愁你亦是」者，乃倒裝句法，順説應是「你不愁亦是」，謂你之不愁，亦自有道理也。

【注】

〔一〕精：佳，善，見一一八首注五。

〔二〕一種：同樣，見○四一首注一。　星星：同「惺惺」，清靜安寧之義，見二六三首注一一。

楚按：此首大意與二八八首相似，可與該首對讀。

並是天斟酌　己二、初校

□□□□料，並是天斟酌〔一〕。貯積擬孫兒，論時幾許錯〔二〕。死活並由天，貧富□□□。□餓畏兒飢，從頭少一杓〔三〕。（三九○）

首句殘闕，以次句爲題。

己二本、初校至此首止。下有題記：「大曆六年五月　日抄王梵志詩一百一十首，沙門法忍寫之記。我忍法光馬説。」初校注：「『我忍法光馬説』六字朱墨寫，與原抄本字迹不同，爲後人加上者。」

【校】

□□□□料　「料」，己二殘存左半。

斟酌　「斟」，原作「斠」，從初校所改。

□餓畏兒飢　闕字初校擬補爲「已」。

【注】

〔一〕斟酌：估量，考慮。諸葛亮出師表：「至於斟酌損益，進盡忠言，則攸之、禕、允之任也。」變文集无常經講經文：「大丈夫，自斟酌。何事驅驅爲十惡。」

〔二〕幾許：十分、多麽，見三五〇首注八。

〔三〕從頭：一一、逐箇，見〇〇四首注三。

楚按，此首雖有殘損，大意可以推知，蓋言貧富皆由天定，世人貯積財富擬留子孫，錯打了主意，實則天公自有安排。「□餓畏兒飢，從頭少一杓」二句，言父母恐畏兒飢，乃一一分減家人之食，以養育飢兒。然此實爲譬喻，以言天公一一略減富人，以饒益窮人，不使過貧也。

附録

釋亡名與敦煌文學

敦煌遺書伯三四一八號，寫有白話五言詩若干首，未署作者姓名，目前學術界公認是王梵志詩。其中有如下一首（亦見伯三七二四號）：

前死未長别，後來亦非久。
新墳影舊塚，相續似魚鮢（鱗）。
義綾（陵）袂（秋）節遠，曾逢幾箇春。
万劫同今日，一種化微塵。
定知見土裏，還待（得）舊時人。
頻□（開）積代骨，爲坑埋我身。

乍睹此詩，似曾相識。原來在廣弘明集卷三〇下，收録周釋亡名創作的宗教詩若干首，其中有一首五盛陰：

先去非長别，後來非久親。
新墳將舊家（冢），相次似魚鱗。

茂陵誰辨漢，　驪山詎識秦。
千年與昨日，　一種并成塵。
定知今世土，　還是昔時人。
焉能取他骨，　復持埋我身。

兩相比較，不難發現所謂王梵志詩，乃是釋亡名五盛陰的改寫，只不過更换了個別字句而已。梵志詩第二句「後來亦非久」失韻，亦當依五盛陰作「後來非久親」，「久親」與上句「長別」正好爲對。值得注意的是，在發現這首詩作是五盛陰的改寫之前，我們完全没有感到它和這個詩卷的其他詩作有什麼不同，换句話説，它和這個詩卷的其他詩作，在風格上竟是如此地一致，這一事實，難道還不值得我們在探討王梵志詩的淵源時，加以深思嗎？

敦煌變文集卷四太子成道經（伯二九九九），記太子四門遊觀，於西門見一病兒，有詩一首：

拔劍平四海，　横戈敵萬夫。
一朝床上卧，　還要兩人扶。

此詩又見於變文集同卷八相變（北京雲字二十四號），個别字眼不同：

拔劍平四海，　横戈敵萬夫。
一朝床枕上，　起卧要人扶。

何以兩詩如此相似呢？因爲它們有着共同的來源。廣弘明集卷三十下，還載有釋亡名的五苦詩五首，其中病苦一首云：

拔劍平四海，　横戈却萬夫。
一朝床枕上，　四轉要人扶。
壯色隨肌減，　呻吟與痛俱。
綺羅雖滿目，　愁看獨向隅。

此詩前四句兩次被變文引用，聯繫五盛陰被改寫進王梵志詩，可見釋亡名作品對敦煌文學的廣泛影響了。

釋亡名何許人也？續高僧傳卷七有周渭濱沙門釋亡名傳。他俗姓宗氏，南郡人，本名闕殆。世襲衣冠，稱爲望族。曾事梁元帝，深見禮待，有製新文，帝多稱述。其寶人銘自叙曰：「余十五而尚屬文，三十而重勢位。」梁亡後出家爲僧，著有至道論、淳德論、遣執論、去是非論、影喻論、修空論、不殺論。文多清素，語恒勸善，存質去華，不存粉墨，有集十卷，盛重於世。有弟子僧琨，每臨水映竹，體物賦詩，有篇什云。總之，亡名出身於南朝士族，具有高度的中原文化修養。他早期的創作，受到梁元帝的稱述，自然是屬於南朝士族浮靡文學的範疇。劇烈的世變使他遁入空門，他後期的宗教詩，將外來的佛教義理與漢族固有的五言詩形式融匯在一起，對後來僧人的詩歌創作産生了影響。他的弟子僧琨體物賦詩，可謂繼承了師風。王梵志白話詩正是在這一點上接受了釋亡名宗教詩影響。他的不少以佛教道理爲内容的作品，正是繼承了僧人宗教詩的傳統，而又加以發展的。可惜這一點還没有引起探討王梵志詩歌淵源的某些學者的高度重視，所以我願意在這裏特别提出來。

（摘自敦煌文學雜考，原載一九八三年全國敦煌吐魯番學術討論會文集文史遺書編下册）

「但存方寸地，留與子孫耕」考

「但存方寸地，留與子孫耕。」這兩句詩在宋代流行極廣。它的作者是誰，説法極爲紛紜。歸納起來，大約有五種：

一、賀水部作。

全唐詩卷七九五録此二句，作者題爲「賀公」，注「石晉兵部」。按「兵部」當是「水部」之誤。胡仔苕溪漁隱叢話前集卷五八、阮閱詩話總龜前集卷一九引王直方詩話，皆作「賀水部」。總龜較詳，茲引於下：

張嘉甫云：余少年見人誦一詩，所謂「但存方寸地，留與子孫耕」，不知何人語。元符三年過毗陵汪迪家，出所藏水部賀公手書，乃知此詩賀所作，世俗以爲他人，非也。賀，天聖中爲郎，真宗東封，謁於道左。元祐初，其二弟（按「弟」下奪「子」字）踰（按當作「喻」）、喬者來京師，云賀嘗於泰山望見東坡，意甚喜之，欲上元至龜、蒙，東坡爲作詩，亦賦五篇。余愛嘉甫一章云：「方寸平田便有餘，子孫無復廢耕鋤。已將不死爲嘉種，更向無何築隱居。」（直方詩話）

這裏提到蘇軾（東坡）爲賀水部作詩事。東坡前集卷一七有送喬仝寄賀君六首，詩叙記其事頗詳：

舊聞靖長官、賀水部，皆唐末五代人，得道不死。章聖皇帝東封，有謁於道左者，其謁云：「晉水部員外郎賀亢。」再拜而去，上不知也。已而閲謁，見之，大驚，物色求之不可得。天聖初，又使其弟子喻澄者詣闕進佛道像，直數千萬。張公安道與澄游，具得其事。又有喬仝者，少得大風疾，幾死。賀使學道，今年八十，益壯盛。人無復見賀者，而仝數見之。元祐二年十二月，仝來京師十許日。余留之，不可，曰：「賀以上元期我於蒙山。」又曰：「吾師嘗游密州，識君於常山道上，意若喜君者。」作是詩以送之，且作五絶句以寄賀。

陳師道後山居士文集（影印宋蜀刻本）卷一九有賀水部傳，首言「賀亢，世莫知其年與其邑里，仕石晉爲郎」，下述諸事與東坡詩叙略同而稍詳；於東坡因喬仝以詩寄賀後，增出「後仝復來，出賀書曰：『將使若人通言於君。』若人，（東坡）居士向所見異人，而人無知者」一節。

葉夢得避暑録話卷上亦載此事：

蘇子瞻亦喜言神仙。元祐初，有東人喬仝，自言與晉賀水部游，且言賀嘗見公密州道上，意若欲相聞。子瞻大喜。仝時客京師，貧甚。子瞻索囊中，得二十縑，即以贈之。作五詩，使仝寄賀；子由亦同作。仝去，訖不復見。或傳妄人也。

據此看來，喬仝爲妄人無疑。蘇軾與弟蘇轍（子由）都上當了，白寫了詩不算，還被詐騙去二十縑。但蘇軾詩中後來用了「方寸地」的典故（見下），也許與此事有關。

二、賀知章作。

説郛宛委山堂本卷二三載宋俞文豹唾玉集云：

常談習熟，多有不知出處。「但存方寸地，留與子孫耕。」此賀知章詩。

而説郛商務印書館本卷四九載唾玉集云：

常談習熟，多有不知出處者。……「有客來相訪，如何是治生？但存方寸地，留與子孫耕。」賀章詩。

這裏補足了全詩。作者作「賀章」，當是脱去了「知」字。明郎瑛七修類稿卷二一諺語出詩條云：

世傳「日出事還生」、「難將一人手，掩得天下目」、「但存方寸地，留與子孫耕」，往往形諸言語，莫知所來。……

第四五句乃宋賀仙翁詩也，詩曰：「有客來相訪，如何是治生？但存方寸地，留與子孫耕。」

這裏提出的全詩與商務本唾玉集相同，作者却變成了「宋賀仙翁」。「宋賀仙翁」應該就是指的賀水部，但唐代就有賀知章成仙的傳説（見下），則郎瑛也可能是把兩位「賀仙翁」弄混淆了。

三、馮道作。

蘇軾孔毅父以詩戒飲酒問買田且乞墨竹次其韻詩有云：「我田方寸耕不盡，何用百頃糜千金。」王十朋集注分類東坡先生詩卷一八引師注：「五代馮瀛王詩：『但存方寸地，留與子孫耕。』」師氏名尹，字民瞻，爲蘇詩早期注家之一。馮瀛王即馮道，曾事四姓十君，歷任後唐、後晉宰相，契丹太傅，後漢太師，後周太師、中書令。有詩集十卷，已佚。全唐詩卷七三七收詩五首、句五聯，全唐詩外編據古今圖書集成收詩一首，都不包括上引「但存方寸地」二句。

四、王梵夫作。

上引蘇軾詩「我田方寸耕不盡」，施元之、顧景蕃施注蘇詩收入卷二〇，注云：「監戒録：王梵夫詩云：『但存方寸地，留與子孫耕。』」按監戒録應即鑑誡録，五代何光遠撰。四庫全書總目云：「光遠字輝夫，東海人。孟昶廣政初，官普州軍事判官。其書多記唐及五代間事，而蜀事爲多，皆近俳諧之言。」今檢鑑誡録十卷，未見有上引王梵夫詩。但施注蘇詩素著盛名，陸游序稱「司諫公（施元之）以絶識博學名天下，且用工深，歷歲久，又助之以顧君景蕃之該洽，則於東坡之意亦幾可以無憾矣。」則所注稱王梵夫詩，當非妄言無據者。

五、俗語。

葉適水心先生文集卷一〇留耕堂記云：

「但存方寸地，留與子孫耕。」余孩稚時聞田野傳誦，已識其趣。出游四方，所至閭巷，無不道此相訓切。今葛君自得遂取以名堂，蓋其詞意質而勸戒深，殆非文於言者所能窺也。

宋羅大經鶴林玉露丙編卷六云：

俗語云：「但存方寸地，留與子孫耕。」指心而言也。三字雖不見於經傳，却亦甚雅。余嘗作方寸地説（文略）。

按羅氏以爲「方寸地」不見於經傳，所見似未博。以「方寸地」或「方寸」指心，始見於列子仲尼：

文摯乃命龍叔背明而立，文摯自後向明而望之，既而曰：「嘻，吾見子之心矣，方寸之地虚矣，幾聖人也。子心六孔流通，一孔不達。今以聖智爲疾者，或由此乎？非吾淺術所能已也。」

又三國志諸葛亮傳：

（徐）庶辭先主而指其心曰：「本欲與將軍共圖王霸之業者，以此方寸之地也。今已失老母，方寸亂矣，無益於事，請從此别。」

若魏晉以後，例多不備舉矣。

關於「但存方寸地，留與子孫耕」兩句小詩的作者，歧説如此，實爲文學史上罕見的現象。其中第五種俗語説，證明它在民間流傳是何等廣泛，但並未指明作者是誰。第一種賀水部説，也不可信。詳按其事蹟，大多恍忽不實，乃是北宋道士們附會編造出來的神仙人物。王直方詩話所記張嘉甫親覩賀水部手蹟「但存方寸地，留與子孫耕」，也應是僞托，正如現傳呂洞賓所作詩歌許多首，大都是僞托的一樣。第二種賀知章説，其實是由賀水部説衍變而來的。宋王楙野客叢書卷一七賀知章上昇云：

僕觀徐鉉序中謂有彭汭者，於會稽郡之延壽院泥中得一石，乃許鼎所撰通和祖先生碑，其間載賀監知章得攝生之妙，不死，負笈賣藥如韓康伯，近於台州上昇，偏於人聽，元和己亥，先生遇之云云。此碑正元和間所作，相去未遠也，不知何以言此。

因知唐代即盛傳賀知章成仙上昇之説。這樣一來，賀知章與賀水部兩位「賀仙翁」就容易發生混淆，傳爲賀水部作的「但存方寸地」詩不免偶而被誤嫁於賀知章名下了。第三種馮道之説大約也不可信，因爲馮道乃五代名人，倘若真是馮道所作，五代孟蜀時的何光遠及宋代諸名公皆誤作他人，於情理未合。

這樣就只剩下王梵夫作一説了。王梵夫名不見經傳，我以爲應該就是王梵志，蓋因「志」、「夫」二字草書形似，「王梵志」遂訛爲「王梵夫」了。王梵志的某些詩句，在流傳過程中屢易主名，張冠李戴，並成爲俗語廣泛流傳，不乏先例。例如梁谿漫志卷一〇載王梵志詩：

世無百年人，　强作千年調。
打鐵作門限，　鬼見拍手笑。

而釋惠洪林間録卷下載寒山子詩云：

人是黑頭蟲，　剛作千年調。
鑄鐵作門限，　鬼見拍手笑。

陳師道臥疾絶句「一生也作千年調」，任淵後山詩注卷四注引寒山子詩，與林間録全同。可是此詩並不見於寒山子詩集，應該是王梵志詩而嫁名寒山者，文字小異則是在流傳過程中出現的歧異。又野客叢書卷一九詩句相近，全唐詩卷八、宋詩紀事卷八六皆載南唐後主李煜詩句：

人生不滿百，　剛作千年畫。

這也是從王梵志詩前兩句變化而來。宋莊綽鷄肋編卷下引北宋俚語曰，

人作千年調，　鬼見拍手笑。

這又是將王梵志詩凝縮而成（取其二、四兩句）。這種主名不定、傳作俗語的現象，正與「但存方寸地，留與子孫耕」相似，所以我認爲它們同是王梵志詩的一部份。當然，它們（以及本書卷六所收王梵志詩）産生的年代，較之敦煌石室所出王梵志詩集中的詩作爲晚，但只要我們明瞭，所謂「王梵志詩」並非是某位詩人的專集，而是不止一位無名白話詩人作品的結集，就不會感到奇怪了。所謂「王梵志詩」，從初唐直到宋初，陸續容納無名白話詩人的作品於自己的名下；同時，其中的某些作品又分化出去，乃至成爲廣泛流傳於民間的俗語。這是王梵志詩才有的獨特現象，對於我們認識王梵志詩的思想和藝術特點，以及它和社會下層的聯繫，都是極爲重要的。

（摘自敦煌文學雜考，原載一九八三年全國敦煌吐魯番學術討論會文集文史遺書編下册）

王梵志詩十一首辨僞

唐代文學論叢一九八二年第二期載王梵志詩拾遺，據清高士奇江村消夏録卷二輯録王梵志詩七首。全唐詩外編第四編全唐詩續補遺卷二，也將上述詩作收入王梵志名下，擬題兀然無事，題下注云：「原卷缺題，不分篇段。現將分爲十一首。」王梵志詩校輯(以下稱校輯)又將它們收入卷六。兹據校輯引録於下：

兀然無事無改換

兀然無事無改換，無事何須論一段。直心無散亂，他事不須斷。過去已過去，未來何用算。(三一九)

兀然無一事

兀然無一事，何曾有人喚。向外覓工夫，總是癡頑漢。糧不畜一粒，逢飯但知嗎。世間多事人，相趁渾不反。(三二〇)

我不樂生天

我不樂生天，亦不愛福田。飢來一鉢飯，困來展脚眠。愚人以爲笑，智者謂之然。非愚亦非智，不

是玄中玄。（三二一一）

要去如是去

要去如是去，要住如是住。身披一破衲，脚着孃生袴。多言復多語，由來反相誤。若欲度衆生，無過且自度。（三二一二）

莫漫求真佛

莫漫求真佛，真佛不可見。妙性及靈臺，何曾受薰錬。心是無事心，面是孃生面。劫石可動摇，箇中無改變。（三二一三）

無事何須讀文字

無事何須讀文字，削除人我本冥合。箇中種種勞筋骨，不如林下睡兀兀。舉頭見日出，乞飯從頭律。（三二一四）

將功用功

將功用功，展轉冥蒙。取即不得，不取自通。（三二一五）

吾有一言

吾有一言，絶慮忘緣。巧説不得，只用心傳。（三二六）

更有一語

更有一語，無過直與。細極毫末，大無方所。本自圓成，不勞機杼。（三二七）

世事悠悠

世事悠悠，不如山丘。青松蔽日，碧澗長秋。山雲當幕，夜月爲鈎。卧藤蘿下，塊石枕頭。不朝天子，豈羨王侯。生死無慮，更復可憂。（三二八）

水月無形

水月無形，我常只寧。萬法皆爾，本自無生。兀然無事坐，春來草自青。（三二九）

校輯校記云：「清高士奇江村銷夏録卷二載王梵志詩一一首，自兀然無事無改换（三一九）至水月無形（三二九）。這些詩見於宋黄庭堅書寫的高七寸五分、長一丈二尺五寸的古色青襴箋上。明代著名畫家董其昌觀後題記：『黄文節書，世多摹本，又多膺（贋）本。生平所見，以此卷爲灼然無疑。梵志詩較寒山更自奇崛。書亦近之。』此卷又爲江上外史笪重光從吴門歸叟處所得，視爲『真鼎』。兹據北京圖書館藏清康熙年間朗潤堂、寶芸堂刻本點校。」

按這箇詩卷之爲黄庭堅真蹟，或許灼然無疑。但這十一首詩（以下稱「十一首」），却並非王梵志詩。

南唐招慶寺静、筠二禪德編祖堂集（據日本花園大學圖書館藏高麗覆刻本影印本）卷三云：

五祖忍大師下傍出一枝，神秀和尚、老安國師、道明和尚。神秀下普家（寂），普寂下懶瓚和尚，在南岳。師有樂道歌曰：

兀然無事無改换，無事何須論一段。真心無散亂，他事不須斷。過去已過去，未來更莫笇。兀然無事坐，何曾有人唤。向外覓功夫，惣是癡頑漢。糧不畜一粒，逢飰但知餐。世間多事人，相趁渾不及。我不樂生天，亦不愛福田。飢來即喫飰，睡來即卧瞑。愚人笑我，智乃知賢。不是癡鈍，本躰如然。要去即去，要住即住。身被一破衲，脚著孃生袴。多言復多語，由來反相悮。若欲度衆生，無過且自度。莫謾求真佛，真佛不可見。妙性及靈臺，何曾受勳練。心是無事心，面是孃生面。劫石可移動，個中難改變。無事本無事，何須讀文字。削除人我本，冥合箇中意。種種勞筋骨，不如林間睡兀兀。舉頭見日高，乞飯從頭餧。將功用功，展轉冥朦。取則不得，不取自通。吾有一言，絶慮忘緣。巧説不得，只用心傳。更有一語，無過直與。細如毫末，本無方所。本自圓成，不勞機杼。世事悠悠，不如山丘。青松弊日，碧澗長流。卧藤蘿下，塊石枕頭。山雲當幕，夜月爲鈎。不朝天子，豈羡王侯。生死無慮，更須何憂。水月無形，我常只寧。萬法皆尒，本自無生。兀然無事坐，春來草自青。

景德傳燈録卷三〇所載南嶽懶瓚和尚歌（以下稱懶瓚歌），亦與樂道歌相同，只有個别異文而已（懶瓚歌異文較優）。試將樂道歌、懶瓚歌與「十一首」相比較，可知它們其實是同一篇作品。祖堂集編於南唐保大十年（公元九五二年），景德傳燈録成書於北宋真宗景德元年（公元一〇〇四年），分別早於黄庭堅之生（慶曆五年，公元一〇四五年）九十三年和四十一年，它們的記載自然較黄庭堅法帖更爲可靠。

懶瓚是唐代禪師明瓚的別號，又稱懶殘、懶饞，主要活動在天寶、大曆年間。宋高僧傳卷一九唐南嶽山明瓚傳載其事蹟云：

> 釋明瓚者，未知氏族生緣。初遊方詣嵩山，普寂盛行禪法，瓚往從焉。然則默證寂之心契，人罕推重。尋於衡嶽閑居，衆僧營作，我則晏如，縱被詆訶，殊無愧恥，時目之懶瓚也。一説伊僧差越等夷，或隨衆齋飡，或以瓦釜煮土而食，云是彌陀佛應身，未知何證驗之。一云好食僧之殘食，故殘也（殘上聲呼）。或隨逐之，則時出言語，皆契佛理，事蹟難知。天寶初至南嶽寺執役，晝專一寺之工，夜止羣牛之下，曾無倦也。如是經二十年。

此下尚載李泌夜訪明瓚，瓚啗之以芋，且預言「領取十年宰相」的著名故事，則亦見於唐袁郊撰甘澤謡及太平廣記卷三八所引之鄴侯外傳。樂道歌正是極爲形象、極爲生動地表現了懶瓚和尚那種「衆僧營作，我則晏如，縱被詆訶，殊無愧恥」的生活態度。禪宗主張直指人心，不立文字，見性成佛，實際上是要恢復做一個無所事事的所謂尋常無事自在人，其實質仍是「懶饞」二字。而這正是貫串懶瓚和尚樂道歌的主要思想。因此，懶瓚和尚是禪宗的產物，而樂道歌則是懶瓚和尚的產物。對照來看，作爲「王梵志詩」的主體，敦煌石室所出王梵志詩集寫本，思想十分駁雜，其中的佛教思想，主要是（不完全是）一套因果報應、地獄天堂的觀念，看不出有什麼禪宗思想的蹤跡；相反，常常倒是與禪宗相抵忤的。例如樂道歌說「我不樂生天」，王梵志詩却表現了對西方天堂的無限憧憬，如云「智者入西方」（本書〇一一首）、「福至生西方」（〇一七首）「應報上天堂」（〇二三首）。樂道歌說「亦不愛福田」，王梵志詩却表現了爲來生修福的强烈願望，如云「有錢多造福」（〇〇四首）、「有時急造福」（〇六六首）、「聞强急修福」（二八〇首）。而身强避却罪一首（二五九首）云：

身强避却罪，修福只心懃。專意涓涓念，時時報佛恩。得病不須卜，實莫浪求神。專心念三寶，莫乱自家身。十念得成就，化佛自迎君。若能自安置，抛却帶囚身。

這裏分明表示出作者是淨土宗的信徒，和禪宗思想是格格不入的。這並不奇怪，因爲禪宗六祖慧能於儀鳳元年（公元六七四年）在廣州法性寺復出，爲大衆開示禪門，始創禪宗南宗，最初還只限於南方一隅。到天寶四年（公元七四五年）慧能弟子神會入住洛陽荷澤寺，大力弘教，南宗遂大播於東京，盛行於天下。王梵志其人的存在雖然還有許多疑問，但王梵志詩集中的作品產生於初唐時期，大概可以確定。其時禪宗南宗尚未大行，所以王梵志詩集中不可能表現出禪宗南宗的思想，乃由時代所決定。而「十一首」不可能是王梵志詩，也因而灼然無疑。以上是與敦煌所出王梵志詩集比較而言。至於唐宋詩話筆記中所載王梵志詩（見本書卷六），由於產生年代較晚，其中有一些表現禪宗思想的作品，但情形也和「十一首」不同。前者是無名白話詩人的創作，在流傳過程中歸附於王梵志名下。而「十一首」則明白無誤地是懶瓚和尚的作品，怎能硬說是王梵志詩呢。

從藝術角度看，樂道歌一氣貫注，渾然一體，把它割裂爲七首或十一首，都是没有道理的。而這種長篇歌行體，四、五、七言雜出，語言流轉駿快，换韻頻繁，也和已知王梵志詩的「短峭」風格差别很大，因而很難看作是王梵志詩的一部分。

比較樂道歌、懶瓚歌與「十一首」的文字差異，亦可見前二種之佳勝。這裏拈出三例。

一、校輯三二〇首：「糧不畜一粒，逢飯但知嗎。世間多事人，相趁渾不反。」校記引任半塘先生按：「『嗎』，疑作『啖』。此『啖』字，假定而已，形不近，無他例。僅聲近，讀作『毯』，上聲，叶『反』，甚合。」這却没有猜對。錯誤的原因在於强求與「反」叶韻，殊不知這個「反」字恰恰是錯字，「相趁渾不反」正好與作者原意相反。樂道歌、懶瓚歌此句作「相趁渾不及」，極確，意思是説世上的多事人全都趕不上無事之人。「嗎」字樂道歌作「餥」，懶瓚歌作「嗎」，可見「十一首」是以景德傳燈録所載懶瓚歌爲底本的。此字雖很難認，但可意會，讀音也可確知，因爲懶瓚歌「嗎」字下有原注「陟立切」。檢廣韻入聲二十六緝，收入「粒」、「及」二字，並有「陟立切」小韻，因知「粒」、「嗎」、「及」恰好爲韻，不但文意允當，而且音節協和。樂道歌的「餥」字，其聲旁「執」亦在緝韻，應該就是「嗎」字，蓋俗語記音，字形雖異，音義則同耳。

二、校輯三二四首：「無事何須讀文字，削除人我本冥合。箇中種種勞筋骨，不如林下睡兀兀。舉頭見日出，乞飯從頭捽。」校記云：「『箇中』句，原作『箇中意種種勞筋骨』，『意』爲衍文，已删。」按樂道歌、懶瓚歌皆有「意」字，此字斷不可删；此字一删，句逗全亂了套。正確的斷句是：「削除人我本，冥合箇中意。種種勞筋骨，不如林下睡兀兀。舉頭見日出，乞飯從頭捽。」推究校輯致誤之由，實因「無事何須讀文字」單句孤行，落落無偶，遂生校輯者之疑，因而强爲配合，並删「意」字以適履。但此處樂道歌、懶瓚歌作「無事本無事，何須讀文字」，原來就是雙句，無須再爲牽合搭配。因爲上句「無事本無事」中，重出兩個「無事」，山谷老人揮毫之際，目迷五色，遂致奪去三字，成爲「無事何須讀文字」單句了。陳垣元典章校補釋例卷二：「鈔書脱漏，事所恒有，惟脱漏至數字或數十字者，其所脱之末一二字，多與上文同。」説的正是這種情況。

三、樂道歌「飢來即喫飰」以下八句，包括五言兩句、四言六句，懶瓚歌則作四言八句，「十一首」改爲五言八句，讀起來反不如前兩種錯落有致。何以知是後者改作的呢？因爲景德傳燈録卷六越州大珠慧海禪師：「有源律師來問：『和尚修道，還用功否？』師曰：『用功。』曰：『如何用功？』師曰：『飢來喫飯，困來即眠。』」慧海所答「飢來喫飯」二句，正是引用懶瓚歌的成句。是知慧海所見懶瓚歌原是四言，「十一首」作「飢來一鉢飯，困來展脚眠」，乃出於後人所改也。

總之，「十一首」並非王梵志詩，而是懶瓚和尚的樂道歌，應無疑問。由於樂道歌也采用了白話詩形式（禪師偈頌率皆如此），遂被誤認作王梵志詩，這一事實從反面證明了王梵志詩的巨大聲望。因爲王梵志詩已成爲了白話詩的突出代表，盛名之下，難免被人附會牽合、張冠李戴了。

（原載中華文史論叢一九八六年第二輯）

敦煌遺書中有關王梵志三條材料的校訂與解說

唐代白話詩人王梵志，是一位謎一般神祕的詩人。敦煌石室所出王梵志詩寫本若干種，是研究王梵志的最直接的根據。此外，敦煌遺書中還有三段涉及王梵志的文字，也是研究王梵志的重要材料。張錫厚著王梵志詩校輯附編王梵志詩評述摘輯，已經校録了這三條材料。現在就將王梵志詩校輯附録的這三條材料（包括按語）照録於下，分别加以校訂與解説。

一

敦煌寫本《歷代法寶記》一則

無住禪師引王梵志詩云〔一〕：「和尚原作「上」坐下〔二〕，尋常教戒諸學道〔三〕，空着原作「恐着」言説〔四〕，時時引稻田中螃蟹問衆人，會不原作「不會」〔五〕？又引王梵志詩：慧原作「惠」心近空心〔六〕，非關原作「開」髑髏孔。對面説不識，饒你母姓董。」

按：《歷代法寶記》關於無住禪師生平的記述：「和尚原作「上」，下同。鳳翔郿縣人也，俗姓李，號無住，年登五十。開元年代，赴原作「父」朔方展效〔七〕，時年廿。膂力過人，武藝絶倫。當此之時，信安王充河朔兩道節度使，見和尚有勇有力原作「列」〔八〕。信安王留充衙前遊弈先鋒原作「峯」官。和尚每日自嘆在世榮華，誰人不樂。大丈夫見未逢善知識〔九〕，一生不可虚棄，遂乃捨官宦，尋師訪道……」（見伯二一二五、斯〇五一六）

【校訂】

〔一〕無住禪師引王梵志詩云　按此句並非歷代法寶記原文，似應加以區别，以免誤會。

〔二〕和尚原作「上」坐下　原文「上」字不煩改，「和上」同「和尚」，皆爲梵語之轉訛。慧苑新譯大方廣佛華嚴經音義卷上：「和上：按五天雅言，和上謂之塢波陀耶，然彼土流俗謂之殟社，于闐、疏勒乃云鶻社，今此方訛音謂之和上。今依正譯，言塢波者，此云近也；陀耶者，讀也。言此尊師爲弟子親近，習讀之者也。舊云親教師者是也。」高僧傳卷二鳩摩羅什傳：「於是禮什爲師，言和上是我大乘師，我是和上小乘師矣。」

〔三〕尋常教戒諸學道　原卷照片「道」下有「者」字，當據補。

〔四〕空着原作「恐着」言説　原文「恐着」極是，謂惟恐執着於言説，改作「空着」，語意適相反矣。楞伽經卷四：「大慧，善男子善女人不應攝受，隨説計著，真實者離文字故。大慧，如爲愚夫以指指物，愚夫觀指，不得實義。如是愚夫，隨言説指，攝受計著，至竟不捨，終不能得離言説指第一實義。」即此句之意。

〔五〕時時引稻田中螃蟹問衆人，會不原作「不會」　原文「不會」極是。胡適白話文學史二三二頁引文亦作「會不」，注云：「『會不』原作『不會』。今以意改。」亦誤。此句實非問句，「不會」下當加逗號。「不會」即不懂之義，蓋無住始引稻田中螃蟹問衆人，而衆人皆不懂禪師含意；故禪師又引王梵志詩「對面説不識，饒你母姓董」云云以諷之也。

〔六〕慧原作「惠」心近空心　今檢伯二一二五、斯〇五一六原卷照片，皆作「惠眼近空心」。「眼」校輯誤録爲「心」；「惠」與「慧」通，不必改字。

〔七〕開元年代，赴原作「父」朔方展效　原文「父」字不誤。「年」上有脱字。斷句應爲：「開元□年，代父朔方展效。」如木蘭詩云：「阿爺無大兒，木蘭無長兄，願爲市鞍馬，從此替爺征。」即府兵制下，人子代父從軍之例。

〔八〕見和尚有勇有力原作「列」　原文「列」應作「烈」，謂血性也。

〔九〕大丈夫見未逢善知識　「見」當作「兒」，蓋「兒」字俗書作「見」，如敦煌變文集不知名變文：「逢着見（兒）兒布施。」「見」與「見」形近，因訛爲「見」也。「大丈夫兒」乃唐人習語，猶云「男子漢」，如貫休山居詩二十四首之六：「如斯標致雖清拙，大丈夫兒合自由。」敦煌變文集捉季布傳文：「大丈夫兒遭此難，都緣不識聖明君。」歷代法寶記上文亦云：「若能如此，即是大丈夫兒，云何是女？」

【解説】

禪宗主張不立文字，見性成佛。無住禪師尋常教誡諸學道者，采取「引稻田中螃蟹問衆人」的方式，正是因爲「恐着言説」，希望學道者於言説文字之外，有所領悟。這也就是禪宗的「機鋒」。維摩詰經弟子品：「維摩詰言：一切諸法，如幻化相，汝今不應有所懼也。所以者何？一切言説，不離是相。至於智者，不著文字，故無所懼。何以故？文字性離，無有文字，是則解脱。解脱相者，則諸法也。」參見上文校訂四所引楞伽經文，知不著言説文字，本是佛經固有的思想，而莊子外物亦云：「筌者所以在魚，得魚而忘筌；蹄者所以在兔，得兔而忘蹄；言者所以在意，得意而忘言。」禪宗南宗則熔合二家之説，而加以發揮。黄蘗斷際禪師宛陵録：「道在心悟，豈在言説？言説祇是化童蒙耳。」歷代法寶記亦云：「一切衆生依無念者，是孝順之子；著文字者，是不孝之子。」無住引稻田中螃蟹問衆人，亦如釋迦牟尼於靈山會上拈花示衆，皆有深奥的含意。可惜這含意深奥到衆人皆「不會」，故無住又引梵志此詩，譏諷之外，兼寓啓迪之意，希望能唤醒衆人頓悟也。

那麽梵志此詩究竟是什麽意思呢？

第一句「惠眼近空心」。「惠眼」即「慧眼」，爲佛教「五眼」之一，大乘義章卷二〇本：「五名是何？一是肉眼，二是天眼，三是慧眼，四是法眼，五是佛眼。五中肉眼及與慧眼，就體彰名，故云就體。……言慧眼者，觀達名慧，慧能照燭，故名慧眼。」又摩訶止觀卷七下：「照因緣色空，名慧眼。」「空心」則指無所思慮之心。敦煌本壇經：「又有迷人原作名，空心不思，名之爲大，此亦不是。」筠州黄蘗山斷際禪師傳心法要：「凡人多不肯空心，恐落於空，不知自心本空。」此詩云「近空心」者，謂「慧眼」能照燭色空真諦，接近於「空心」，然而究竟不是「空心」，因爲「慧眼」包含着對佛教真理的領悟，而「空心」則連此領悟一併皆空矣。

第二句「非關髑髏孔」。「髑髏孔」即死人顱骨上的眼眶，此處即作爲「肉眼」之鄙稱。慧眼獨能照燭因緣色空，而凡夫肉眼則不能，故云「非關髑髏孔」，以喻不具妙悟之人，終不能領悟禪門之真諦也。

第三句「對面説不識」。「對面」即當面。敦煌本壇經：「依偈修行，去慧能千里，常在能邊；此不修，對面千里。」「對面不識」乃禪家習語，如歷代法寶記：「有緣千里通，無緣人對面不相識。」大珠禪師語録卷下：「今見著衣喫飯，行住坐卧，對面不識，可謂愚迷。」以禪宗視之，佛法無處不在，鈍根者自不識耳。無住禪師「引稻田中螃蟹問衆人，不會」，蓋佛法即在稻田螃蟹中，而衆人「對面不相識」也。

第四句「饒你母姓董」。「饒」即縱然、儘管之義，如寒山詩：「饒邈虚空寫塵跡，無因畫得誌公師。」敦煌變文集无常經講經文：「饒你子孫列滿行，去時只解空啼哭。」「董」則與「懂」諧音。凡夫不具慧眼，縱然爲董氏母所生，仍於佛法一竅不通，無所懂也。太平御覽卷四八二引解系傳：「張華、裴頠之被誅也，趙王倫、孫秀以宿仇收系兄弟，將殺之。梁王肜救之，倫等怒曰：『我見水中蟹尚欲殺，况人兄弟輕我也！』遂并戮妻子。」司馬倫等以

「蟹」與「解」諧音雙關，正與此詩以「董」姓與「懂」諧音雙關類似。此種手法爲禪師習用，如五燈會元卷五澧州藥山惟儼禪師：「朗州刺史李翱問：『師何姓？』師曰：『正是時。』李不委，却問院主：『某甲適來問和尚姓，和尚云：正是時。未審姓甚麽？』主曰：『恁麽則姓韓也。』師聞乃曰：『得恁麽不識好惡！若是夏時對他，便是姓熱！』」惟儼回答「正是時」者，既指冬季寒冷之時，又以「寒」與「韓」諧音也。院主代云「姓韓」，惟儼又説「若是夏時對他，便是姓熱」者，明以「韓」與「寒」諧音也。

這段文字，研究王梵志詩的中外學者都很重視。無住所引王梵志詩，一般都認爲是王梵志佚詩，没有疑義。日本入矢義高氏則認爲「不像是王梵志寫的」，倒像是「貞元、元和年間那些出色的禪師們於談話和問答時所用的偈」。我與入矢義高氏有同感：這首詩和敦煌石室所出王梵志詩集寫本中的那些詩不太一樣。許多研究王梵志詩的學者都發現了一個奇怪的現象：在王梵志詩集寫本以外所保存的王梵志詩（也包括這首詩），從來没有一首與詩集中的作品相重複的。法國戴密微氏説：「奇怪的是，從八世紀至十二世紀的作家們引證過的詩，包括最廣爲流傳的詩在内，在敦煌石窟向我們提供的王氏作品集裏竟一首也找不到。」對於這個現象的解釋，各不相同。我對於把全部王梵志詩都看作是某個特定個人的創作的看法，深表懷疑，因爲全部王梵志詩所表現的思想不僅是駁雜的，有時還是矛盾的。至於敦煌石室所出王梵志詩集，包括兩個系統的寫本：三卷本與一卷本，二者内容、風格有較大差異。一卷本的寫作年代不易考證，三卷本我以爲主要是唐高宗、武后時期的作品，亦即公元七世紀下半期的作品。這些問題我將另文叙述。歷代法寶記所引這首王梵志詩之所以「不像」王梵志詩集中的作品，是因爲它表現了禪宗機鋒式的機智，而王梵志詩集中則絶無禪宗南宗思想的痕迹（參見拙文王梵志詩十一首辨僞），這説明它的産生晚於詩集中的那些作品。無住禪師於唐代宗大曆九年（公元七七四年）圓寂，這首詩的産生自然要早於這個時間若干年。它没有被收入王梵志的詩集，這一事實説明王梵志詩集的編定結集，早在這首詩流行之前已經完成了。然而這首詩仍然作爲王梵志詩被稱引，這説明把這類無名作者的通俗白話詩歸之於王梵志名下的趨勢，即使在王梵志詩集已經結集定型之後，仍未停止。唐宋詩話筆記中所稱引的王梵志詩，在敦煌所出王梵志詩集寫本中連一首也找不到，這一奇怪的現象也應該作如此的解釋。

那麼這首詩到底能不能算是「王梵志詩」呢？我想是可以的。因爲「王梵志詩」本來就並非某個特定個人的作品，而是無名白話詩人作品的總集。它的基本部分——敦煌石室所出王梵志詩集，是初唐時期的作品（其中前死未長别一首則是北周釋亡名五盛陰的改作），但這只是較早歸之於「王梵志」名下的作品。在這以後，還有一些無名作者的通俗白話詩（也包括這首詩），陸續歸之於「王梵志」名下，它們應該也有同等權利被稱作「王梵志詩」；只不過它們是初唐以後的作品罷了。

二

敦煌寫本《佛書》一則

該卷内容有《佛書》、《列仙傳》、《尸子》、《登（？）真隱史》〔一〕、費長房等事。在第七拍縮微片上有《佛書》一條云：

經云：「修功千種，終趣大乘，造福萬途，皆歸正道。」施主等既知善是福本，建立道場，聽大乘經典，此乃不可思議。智慧原作「惠」種子〔二〕，欲度無明苦海，生死愛河。雖以經稱慧，兩度生死之埃塵〔三〕，法號智力，剪煩惱於欲業〔四〕。能專心静聽一句一偈，能滅積劫之僽，必獲無窮果報。若其心生怠慢原作「殆墁」，浪有凡原作「樊」緣〔五〕，則徒勞久坐，終無利益。故經云：「此身危脆，等秋露朝懸原作「縣」〔六〕。命若浮雲，須臾散滅。」故王梵原作「犯」志詩云：「此身如館舍，命似寄宿客。客去館舍空，知是誰家宅？」又云：「人是無常身。」太上皇陛下，惟願化軼九區，恩沾萬業〔七〕，四夷賓服原作「伏」〔八〕，八表安原作「又」寧〔九〕，壽等南山，安同北極。皇帝道光舜□〔一〇〕，就日之德逾明；化軼澆風〔一一〕，如雲之恩廣被。皇后神靈廣運，厚載無疆。播美訓於椒宮，揚柔風於蘭掖。諸王克光溢析〔一二〕，永固山河。公主或表貞規〔一三〕，長居湯沐。文武百辟，中外臣原作「具」寮〔一四〕，□奉職於皇猷〔一五〕，並勤誠於帝道。故昔有費長房……以下敘「費長房同壺公修道」事（見伯三〇二二）

【校訂】

〔一〕登（？）真隱史　「登」字不誤，「登真」猶云登仙。元稹酬樂天早春閑遊西湖……：「墨池憐嗜學，丹井羨登真。」「史」原卷照片作「決」，極是，同「訣」。新唐書藝文志三載陶弘景登真隱訣二十五卷，即此書也。

〔二〕此乃不可思議。智慧原作「惠」種子　此十字當作一句讀，「不可思議」乃「智慧種子」的定語，不容隔斷。又「惠」「慧」通用，不煩改字。

〔三〕雖以經稱慧，兩度生死之埃塵　「兩」乃「雨」字形訛，「慧雨」爲詞。徐陵丹陽上庸路碑：「慧雨方霤，禪枝獨春。」「度」，原卷作「烕」，乃是「滅」字。此處應斷作「雖以經稱慧兩（雨），滅生死之埃塵」，與下兩句相駢偶。

〔四〕法號智力，剪煩惱於欲業　「力」爲「刀」字形訛。敦煌變文集破魔變文：「且着忍辱甲，執智慧刀。」「智慧刀」即「智刀」。又「於」字原卷照片此字闕失，「欲」字殘損不識。

〔五〕浪有凡原作「樊」緣　原校「樊」爲「凡」，誤。原文「樊」爲「攀」字形訛。釋道等教以牽於外緣爲「攀緣」。維摩詰經文殊師利問疾品：「何謂病本？謂有攀緣。從有攀緣，則爲病本。何所攀緣？謂之三界。云何斷攀緣？以無所得。若無所得，則無攀緣。」佛本行集經卷三〇菩薩降魔品下：「心不攀緣正意住，曾無一念暫時驚。」筠州洞山悟本禪師語録：「夫沙門釋子，高上爲宗。既絶攀緣，宜從淡薄，割父母之恩愛，捨君臣之禮儀。」

〔六〕等秋露朝懸原作「縣」　原文「縣」即「懸」本字，不煩改字。

〔七〕恩沾萬業　「業」當作「葉」，二字通用，敦煌卷子習見。「萬葉」猶云萬世。

〔八〕四夷賓服原作「伏」　原文「伏」即服義，不煩改。

〔九〕八表安原作「又」寧　原校改「又」爲「安」，誤。原文「又」爲「乂」之形訛，「乂寧」即安寧之義。舊唐書陸贄傳：「詞詔所出，中書舍人之職，軍興之際，促迫應物，權令學士代之；朝野乂寧，合歸職分。」其倒文則爲「寧乂」，魏書肅宗紀：「自臨朝踐極，歲將半紀，天平地成，四海寧乂。」

〔十〇〕皇帝道光舜□　闕字原卷照片可辨爲「海」字。「舜海」爲唐人常語，如王勃九成宮頌：「得玄珠於舜海，尚驚冰危；朗天鏡於堯儀，猶勤日昃。」駱賓王上李少常伯啓：「故得三千運北，擊舜海以遊鱗；九萬圖南，望堯雲而矯翰。」

〔一一〕化軼澆風　「澆」字爲「堯」字之訛。「化軼堯風」謂治化超越唐堯，與上文「道光舜海」爲對。

〔一二〕諸王克光溢析　「溢析」費解，疑爲「藩哲」之形訛。「藩哲」以稱藩王，如梁昭明太子蕭統春日宴晉熙王：「藩哲遊沮夢，揚化撫邊戎。」

〔一三〕公主或表貞規　「或」原卷照片作「戎」，即「式」之誤字。

〔一四〕中外臣原作「具」寮　原文「具」字不誤。「具寮」亦作「具僚」，猶云「百官」。北史楊尚希傳：「具僚以衆，資費日多，吏卒又倍，租調歲減。」舊唐書張藴古傳載太宗初即位，藴古上大寶箴以諷，其詞有云：「任土貢其所求，具僚和其所唱。」太平廣記卷二五六李德裕（出盧氏雜説），載德裕武宗朝爲相，勢傾朝野，及罪譴，或作詩嘲之，有云：「目視具僚亡匕箸，氣吞同列削寒温。」

〔一五〕□奉職於皇猷　闕字原卷照片可辨爲「咸」字。

【解説】

這段文字，王梵志詩校輯題署佛書一則，注明「見伯三〇二一」。今按伯三〇二一號卷子實即伯三八七六號卷子之一部份，編號雖然兩出，寫本實只一卷。王重民編伯希和劫經録三〇二一號題作佛書，注云：「有頌讚，有故事；所記故事，如關於費長房等，多係中國故事，知爲此土人所作（内引王梵志詩）。背有維摩經注解。」而伯三八七六號則題作殘道經（背爲佛經殘文）。兩説彼此扞格。校輯題署佛書，乃採取伯希和劫經録三〇二一號之擬題，而不知此題實出於誤解。今檢視伯三八七六號卷子照片，正面乃是道教法師講經之長篇文書。開端殘闕，前部歷引本際經、列仙傳、尸子、登真隱決、西昇經等，多屬道家典籍。所引這些經典並非是獨立存在的，而是道教法師講經内容之一部份。其中雜引法華經法師品的一則故事，前加「案」字，則由於道教法師引用了佛教的經典，故加「案」字以示區别。接下去有一段道教法師、佛教大德、儒教先生的往返問答之語，亦即是所謂「三教論衡」的記載。接下去便是道教法師講經之長篇文書，是爲此卷之主要部份。其中使用了不少佛教術語，這並不奇怪，因爲道教攘取佛教術語、軌儀等等，乃是常見的現象，所以我在上文「校訂」中也徵引了佛經以爲佐證。但這卷文書本身是道教法師講經稿本或記録，則是明白無疑，用不着詳加引證，如云「一切衆生，有屬佛者，倚讀得一兩卷佛經，即誹謗天尊」等等，顯然是道教闢佛的口吻。重民先生將此卷文書擬題佛書，蓋偶未詳考耳，校輯遂沿其誤而不改。值得注意的是，王梵志此身如館舍詩及「人是無常身」斷句，是由道教法師在講經過程中引用的，這却是一個新現象。因爲王梵志早就被稱爲「菩薩示化」，往往被看作是佛教詩人。他的詩和道教發生聯繫，却是人們以前所未曾知道的。

下面對此身如館舍一詩的内容稍作解釋。

此首云：「此身如館舍，命似寄宿客。客去館舍空，知是誰家宅？」大旨在言身命關係，以「館舍」比喻易朽的軀體，以「宿客」比喻不滅的性命，性命不依賴於軀體而獨立存在，這本是佛經的常談，但也爲道教所沿用，並成爲民間廣泛流行的迷信觀念。佛説七女經記七女於塚間觀死屍，各有所感。第七女曰：「一身獨居，人出，去其舍，舍中空無有守者，今舍日敗壞。」法句經卷下泥洹品：「神以形爲廬，形壞神不亡。」大智度論卷二一：「行者到死屍邊，見死屍膖脹，如韋囊盛風，異於本相，心生厭畏。我身亦當如是，未脱此法。身中主識，役御此身，視聽言語，作罪作福，以此自貴，爲何所趣。而今但見空舍在此。」大乘本生心地觀經卷四厭捨品：「善男子，所謂宅者，即五藴身。其宅主者，是汝本識。誰有智者，樂爲有宅？」元稹遣病：「況我早師佛，屋宅此身形。」景德傳燈録卷二〇京兆重雲智暉禪師：「至七月二十四日，體中無恙，垂誡門人，並示一偈云：『我有一間舍，父母爲修蓋。住來八十年，近來覺損壞。早擬移住處，事涉有憎愛。待他摧毁時，彼此無相礙。』趺坐而逝，壽八十有四，臘六十四。」道教主此説者，如抱扑子内篇至理：「有者無之宫也，形者神之宅也。」雲笈七籤卷九六載西城真人王君常吟詠：「形爲渡神舟，泊岸當別去。形非神常宅，神非形常載。徘徊生死輪，但苦心猶豫。」太平廣記卷四四田先生（出仙傳拾遺）：「勘云：『李氏妻算命尚有三十二年，合生二男三女。』先生云：『屋舍已壞如何？』有一老吏曰：『昔東晉鄴下有一人誤死，屋宅已壞，又合還生，與此事同。其時葛仙君斷令具魂爲身，與本無異，但壽盡之日無形爾。』先生許之，即只追李妻魂魄，合爲一體，以神膠塗之。大王發遣却生，即便生矣。」正因爲道教也主張身命分離之説，所以此身如館舍一詩爲道教法師講經所引用，並不奇怪。

現在再對伯三八七六號文書的年代稍作探討。

可以肯定，這卷文書是唐代寫本，而不是五代或更晚的寫本。因爲在這卷文書的開端部份，有這樣一段話：「譬如欄中之畜，籠中之雞，飴之者將欲其肥，樂之者將欲其肉。不知湯爜（鑊）挍沸，形（刑）俎期近，雞之與畜，各適（適）其美（美），不知禍苦。代俗愚人，亦復如是。」其中的「代俗愚人」，就是「世俗愚人」，書「世」作「代」，是避唐太宗李世民諱，因知此卷爲唐人所書也。

此卷文書在引王梵志詩之後，緊接着一段祝頌之辭，劈頭便是「太上皇陛下，惟願化軼九區，恩沾萬業（葉）」云云，可知法師這次講經之日，正是「太上皇」在世之時。考有唐一代皇帝禪位稱「太上皇」者共有四人：

一、高祖李淵，武德九年（六二六年）八月禪位，貞觀九年（六三五年）崩。

二、睿宗李旦，延和元年（七一二年）七月禪位，開元四年（七一六年）崩。

三、玄宗李隆基，至德元年（七五六年）八月禪位，上元二年（七六一年）四月崩。

四、順宗李誦，永貞元年（八〇五年）八月禪位，元和元年（八〇六年）正月崩。

伯三八七六號的道教講經活動，必然是在上述四個時段中的某個時段之内。其中唐高祖稱「太上皇」的時段可以排除，因爲貞觀政要禮樂載太宗初即位，謂侍臣曰：「準禮，名，終將諱之，前古帝王，亦不生諱其名。……唯近代諸帝，妄生節制，特令生避其諱，理非通允，宜有改張。」因詔曰：「依禮，二名義不偏諱，……其官號人名及公私文籍，有『世』及『民』兩字不連讀，並不須避。」這個詔令，在唐太宗在生之日，想來是大體執行了的。伯三八七六號諱「世」，應該寫在太宗去世以後，顯然不可能是在高祖稱「太上皇」的時期。順宗稱「太上皇」只有短短的四五個月，這次講經活動發生在這個短時期内的可能性，自然也相應地比較小。至於在睿宗稱「太上皇」或玄宗稱「太上皇」的時期，都有可能，我以爲前者尤有可能。伯三八七六號文書中兩次提到「馬秦客」，如云：「譬如馬秦客，馬[秦]客舊日身是道士，極是逍遥快樂。今者徒(圖)其名利，更覓官職。既身得國家榮官，即生縱溢不盈，蹔時即被斬身。」又云：「如此之人，由(猶)如馬秦客，蹔時縱逸，被斬身，何異身(馬)秦客。」按馬秦客乃唐中宗時道士，得幸於韋后。景龍四年(七一〇年)六月，中宗遇毒暴崩，時馬秦客侍疾，議者歸罪於秦客及安樂公主。臨淄王(李隆基)率衆起兵，韋后及其黨羽皆被誅殺，馬秦客亦在其中(見舊唐書卷五一中宗韋庶人傳)，故伯三八七六號道教講經文書引馬秦客爲學道者「縱逸」之戒。味其「今者圖其名利，更覓官職」之語，這次講經活動應該在馬秦客事件之後不久，所以我認爲更可能是在唐玄宗即位之初的唐睿宗稱「太上皇」時期。倘真如此，則王梵志此身如館舍一詩被引用的時間下限在開元四年(七一六年)，早於歷代法寶記引用惠眼近空心一詩的時間下限大曆九年(七七四年)，也早於列一四五六號題記爲「大曆六年(七七一年)」的王梵志詩卷，很可能是我們所能見到的時代最早的一個包含了王梵志詩的寫本。

三

敦煌寫本《王道祭楊筠文》一則

維大唐開元二七年，歲在癸原作「揻」丑二月〔一〕。東朔方黎陽故通玄學士王梵志直下孫王道，謹清酌白醪之奠〔二〕，敬祭没逗留風狂子、朱沙染癡兒、弘原作「洪」農楊筠之靈。惟靈生愛落荒，不便雅語。雖不相識，藉甚狂名〔三〕。前度承聞尚書、阿蓋婆迸蒙見用〔四〕，計兹果報天恩。不爲君□子合思而自將，豈得重煩聖德〔五〕。諺云：何年窠裏覓兔計，君幾許癡心〔六〕；鸚鴒上於鐵牛，選場中豈以下殘佚〔七〕(見伯四九七八)。

【校訂】

〔一〕維大唐開元二七年，歲在癸原作「掝」丑二月　按開元二十七年爲己卯，若以爲十四年，則爲丙寅，皆與「癸丑」之説不符。檢開元年號中，唯元年爲癸丑，則「二七」或爲「元」字，誤析爲兩字歟？存疑俟再考。

〔二〕謹清酌白醪之奠　「謹」下奪「以」字。此乃唐人祭文套語，如斯坦因劫經録〇三八一七十二娘祭婆婆文：「孩女十二娘謹以清酌之奠，致祭於故婆婆之靈。」

〔三〕雖不相識，藉甚狂名　「雖」字上原卷照片有「僕」(僕)字，即本篇祭文作者自稱，應據補。

〔四〕前度承聞尚書、阿蓋婆进蒙見用　「蓋」原卷照片作「盂」，疑是「孟」字，「阿孟婆」指孟姓老婦，唐人於婦人姓氏前例加「阿」以稱之。「进」字則似應作「并」。

〔五〕計兹果報天恩。不爲君□子合思而自將，豈得重煩聖德　「報」下當逗，「果報」當指上文「并蒙見用」之事。「天恩不爲」爲一句，謂此事不蒙天恩允許。「君」字下似無奪文，「將」當作「持」，「君子合思而自持」一句謂既然「天恩不爲」，君子自應自我克制，不必再行鑽營。「德」爲「聽」字之誤，「聖聽」猶云「天聽」。後漢書蔡邕傳：「郎中張文，前獨盡狂言，聖聽納受，以責三司。」諸葛亮出師表：「誠宜開張聖聽，以光先帝遺德。」此處「豈得重煩聖聽」，謂勿須再以求官之事瀆擾天子清神也。

〔六〕何年窠裏覓兔計，君幾許癡心　此爲六言二句，應作「何年窠裏覓兔，計君幾許癡心」。「窠裏覓兔」爲俗諺，如宋邵伯温邵氏聞見録卷三：「英宗不豫，魏公奏曰：『大王長立，且與照管。謂神宗。』后怒曰：『尚欲舊窠中求兔耶？』」明鈔本聞見録「兔」作「兒」，乃淺人所妄改。

〔七〕選場中豈以下殘佚　按據伯四九七八卷照片，自此以下有一行字，左半皆殘，唯存右半，以意讀之，爲：選場中豈合下嘴。子誇其□□焉，不（下闕）。

【解説】

這篇祭文中出現了王梵志的名字。自從現居巴黎的吴其昱先生首次在通報（一九五八年總第六期）上介紹了這段文字以後，它對考證王梵志年代的重要價值，受到研究者們的普遍重視。如云：「這篇祭文的重要意義在於：第一、明確肯定王梵志是『東朔方黎陽』人；第二、王梵志還有『通玄學士』之稱；第三、開元二七年，王梵志已卒，其孫并能爲人作祭文。這就充分説明王梵志是生於黎陽的實在人物，他生活的時代至遲也要早於開元年代。」（王梵志詩校輯三四〇頁）不過在利用這篇祭文得出結論之前，首先應該對這篇祭文本身的性質進行研究。

我認爲這是一篇遊戲文字，是幽默作品，因而對其中所涉及的事實，不能全都認真地看待。理由如下：

一、中國祭文、墓誌的毛病，通常是對死者作誇大的頌揚，亦即所謂「諛墓」。實事求是地評價死者的並不多，至於以批評死者作爲祭文重點的，則可以説是没有。然而這篇祭文却是絶無僅有的一篇。作者對楊筠加以「没逗留風狂子、朱沙染癡兒」等「雅謚」，可謂謔而近虐了。「生愛落荒，不便雅語」也絶不是誇獎。「前度承聞尚書」以下一段文字，大意是説楊筠希蒙見用的願望，不過是竹籃打水一場空而已。很顯然，這篇「祭文」並不是真正的祭文，只不過是作者編派來挖苦攻擊楊筠的一張傳單罷了。

二、祭文稱王梵志爲「故通玄學士」，確實很新鮮，但也令人生疑。因爲「通玄」本是道教的用語，唐玄宗天寶元年二月曾號文中子爲「通玄真人」，是爲「四大真人」之一（其餘則莊子號南華真人，列子號沖虚真人，庚桑子號洞虛真人），見舊唐書玄宗紀下。又曾號著名道士張果爲「通玄先生」，見舊唐書張果傳。而敦煌寫本王梵志詩集的思想雖然駁雜，但作者絶非道教的信徒，倒不如説是批判道教的（如古來服丹石、請看漢武帝等首），實在看不出王梵志怎麼會成爲「通玄學士」的。不過，「通玄學士」雖是祭文作者隨手編造的，但對我們並非毫無意義。它透露了一點消息：這篇祭文寫作的時候，大概正是道教影響很大的年代。祭文作者加給王梵志一頂「通玄學士」的帽子，正是這種影響的表現。另外，關於「通玄」之稱，還有一段材料。新唐書百官志二「司天臺」：「監一人，……掌察天文，稽曆數，凡日月星辰、風雲氣色之異，率其屬而占。有通玄院，以藝學召至京師者居之。凡天文圖書器物，非其任不得與焉。」原注：「（太史監）乾元元年曰司天臺。藝術人韓潁、劉恒建議改令爲監，置通玄院及主簿。」姑勿論王梵志是否精於天文曆數之學，只説唐玄宗開元年間作的祭文既不可能預知肅宗乾元元年有「通玄院」的設置，又出生於隋代的王梵志縱然長壽，也不可能在有唐開國一百四十年之後的乾元元年設置的「通玄院」中供職。所以這裏「通玄」的名稱只是偶合，王梵志不可能與此「通玄院」有關。

三、「王道」的名字，我認爲是虛構的。王道是王梵志的「直下孫」，亦即嫡系孫，這無疑是一條饒有趣味的材料。「直下孫」即嫡系孫，歐陽詹許州送張中函出臨潁鎮：「孫吳去後無長策，誰敵留侯直下孫。」不過按照常理，作祭文者與被祭者，應該有一定的關係，例如親屬朋友之類，可是這篇祭文却説「僕雖不相識」，可見他們並無關係。如果是遥祭古人，當然不可能相識，可是體味「前度承聞」以下一段文字，楊筠並非古人。實際上，作者無疑是與楊筠熟悉的，「王道」則是一個編造的人名，當然不可能與楊筠相識。作者編造這個人名，好比「匿名」（古人或稱「無名子」）一樣，是爲了用來隱藏撰文者的真實身份。可是爲什麼偏偏要編造是王梵志的「直下孫」呢？ 這却不是偶然的。因爲王梵志是幽默的大師，諷刺的巨匠。祭文的作者正是要借重王梵志的大名，冒充是王梵志諷刺藝術的真傳。編造嫡傳關係以爲遊戲之語，中國古代自來就有這種傳統。如晉書范寧傳載：

初，寧嘗患目痛，就中書侍郎張湛求方。湛因嘲之曰：「古方，宋陽里子少得其術，以授魯東門伯，魯東門伯以授左丘明，遂世世相傳。及漢杜子夏、鄭康成、魏高堂隆、晉左太冲，凡此諸賢，並有目疾，得此方云：用損讀書一、減思慮二、專内視三、簡外觀四、旦晚起五、夜早眠六，凡六物熬以神火，下以氣篵，蘊於胸中七日，然後納諸方寸，修之一時，近能數其目睫，遠視尺箠之餘，長服不已，洞見牆壁之外，非但明目，乃亦延年。」

這裏編造了一個名人傳授的藥方來開玩笑。宋沈括夢溪筆談卷二三：

有一故相遠派在姑蘇，嘗嬉遊，書其壁曰：「大丞相再從姪某嘗遊。」有士人李璋素好訕謔，題其傍曰：「混元皇帝三十七代孫李璋繼至。」

這裏自稱「混元皇帝三十七代孫」，和祭文編造「王梵志直下孫」，更近似了。他們的態度之屬「訕謔」，也是一樣的。

四、祭文之爲遊戲之作，我們只要考察伯四九七八全卷，就更能一目了然。這個殘卷的正面現存兩段文字，第二段即王道祭楊筠文。現將第一段引録於下：

（上闕）凍徹腹心，恒着皮□（以上一行殘存右半，以意讀之如此。）仰春令月，宜社祚餘，餚饍縱橫，杯觴駱驛。□（伏）惟公等西園廣闢，東閤大開，邀賓則置驛馱來，愛客則投鎋留着。儻能稍分桂酌，薄盛蘭餚，結草則略脿（膝）令顛，扶輪則亞膊遠送。不望猪頭杜口，乞願鷄毛略脣。請不白氈上倒曳猎（猪）頭，官倉裏〔□〕喝馬子。必不得蝦蟇駑（努）眼，鎮蟷（顛當）□□。亦知鸛鴿上於鐵牛，兔喫駱駝妳矣。

這顯然也是一篇遊戲文字，它以春社宴集爲題材，與太平廣記卷二五二千字文語乞社（出啓顔録）非常相似。署名隋唐之際侯白所著的啓顔録，是我國古代著名的笑話集。而這篇殘文較之啓顔録的千字文語乞社，更爲詼諧滑稽。伯四九七八號殘卷正面所書爲王道祭楊筠文及這篇殘文，這證明它們是性質相同的幽默文學作品，而伯四九七八號卷子正是一個幽默文學集殘卷。

這樣看來，王道祭楊筠文是不應該當作嚴肅作品認真看待的。不過其中也不乏真實的成份，例如：

一、楊筠的名字應該是真實的。倘也是出於編造，則作者將失去挖苦的對象，變成無的放矢了。不過楊筠並没有死，「祭文」云者是玩笑之語，這也是不難想見的。否則，這篇祭文倒真成了「死鳥就上更彈」（鷰子賦語），成爲毫無意義的事了。

二、祭文給王梵志加上「東朔方黎陽」的籍貫，這和桂苑叢談的記載吻合，而比後者年代更早。這證明關於王梵志的籍貫，民間是一貫如此傳説的。雲谿友議稱「梵志者，生于西域林木之上」，是不可信的，從梵志詩中所表現的我們民族的心理來看，「生于西域」的説法也是不可想像的。

三、祭文創作的時間，雖然文中注明是「開元二七年」，但「二七」字面頗爲可疑，説見校訂一，這應該是傳鈔有誤造成的。不過這篇祭文創作在開元年間，大概是真實的，因爲作者挖苦楊筠，不過是取快一時的玩笑，只求立即見效，用不着去編造另外的時間，這也是不難想見的。在伯四九七八殘卷的背面有一段文字，其中有「准開元七年十月廿六日勑」等語，王重民伯希和劫經録稱「背十七行闕軍律，適用于開天之際」。正面的祭文應該抄寫在背面的這段文字之前，而祭文的創作又應該更在抄寫之前。上文提到，祭文作者給王梵志加上「通玄學士」的稱號，這顯示了道教的巨大社會影響。而唐玄宗開元元年登基以後，在他的大力倡導下，道教達到了興盛的頂點。這樣看來，王道祭楊筠文創作在開元年間是可信的。

這後一點推想，對於探討王梵志的奧祕很有裨益。它説明，關於王梵志的傳説，早在開元年間，就已廣泛流行於西陲，深入人心了。那麽，王梵志不論是確有其人，還是集體稱謂，或者是附會的人物，總之是盛唐以前的存在，應該灼然無疑了。

（原載北京大學中國中古史研究中心編敦煌吐魯番文獻研究論集第五輯）

列一四五六號王梵志詩殘卷補校後記

法忍抄本王梵志詩卷題記明云「抄王梵志詩一百一十首」，可知全卷録詩之數。斯四二七七號殘卷和列一四五六號殘卷都是該卷斷裂後的殘存部份，其中有小字標注了「六十」、「八十」、「一百」等字樣，看來原卷是每隔二十首加以標注的。根據這些標注，朱鳳玉先生和陳慶浩先生分别爲兩個殘卷的存詩加了序號〔一〕，斯四二七七號自四六首至六八首，列一四五六號自六九首至一一三首，拙文則將陳文一一二首析爲兩首，至一一四首爲止。無論一一三首或一一四首，皆溢出原卷題記「一百一十首」之數。爲什麽會有這種「溢出」呢？陳本一〇〇首下面原卷亦有「一百」的標注，兩兩吻合，因此「溢出」的原因應該從一〇一首以後尋找。一種可能是，原卷實抄一一四首，法忍舉其略數，故云「一百一十首」。另一種可能是，原卷實抄一一〇首，但這個數字不包括重抄之數。我們已經發現陳本一〇九首下面重抄了第七四、七三兩首，那麽也有可能在一〇一首之後，還另外重抄了别的四首詩，由於這四首詩原來是在朱本第四六首以前的，我們無法看到和判斷，因而重複計數，這樣便「溢出」四首了。

無論屬於哪種情況，目前所見到的這兩種法忍抄本王梵志詩卷斷片，存詩合計已有六十九首之多，占全卷原有詩歌總數的一半以上，應可大致顯示該卷的面貌與傾向。這個原有「一百一十首」的王梵志詩卷，是和已知三卷本王梵志詩集、一卷本王梵志詩集不同的又一種王梵志詩集。從内容看，它基本上是一部佛教詩集，三卷本王梵志詩集中濃厚的現實色彩，被淡化到幾乎看不到蹤跡了。因此，從反映現實的角度看，它是不能和三卷本王梵志詩集相比的。其中有許多作品，明顯地表現出禪宗南宗的思想，因此必然産生於禪宗南宗盛行之後。同時，它們又必然産生於法忍抄寫這個詩卷的大曆六年（七七一年）以前若干年。因此，我認爲這個原有一百一十首的王梵志詩集，其主要部份應該是盛唐時期的産物。

自從蘇聯孟列夫等編亞洲民族研究所敦煌特藏漢文寫本解説目録（第一册）問世，透露列一四五六號王梵志詩卷中有「王梵志迴波樂」的著名標目以後，引起了研究敦煌曲及詞曲史的學者們的很大興趣及種種猜測。任半塘先生説：「蘇聯藏敦煌寫本王梵志詩集内，有迴波樂辭，作於初唐，寫於中唐，乃一珍材。」〔二〕如今我們可以看到這一首「王梵志迴波樂」了，照我看來，它既非創作於初唐，也不是一首真正的迴波樂歌辭，實際上，它是删改寶誌和尚大乘讚中的一首而成的。現在我把它們並引於下，以供比較。

王梵志迴波樂

迴波來（當作爾）時大賊，不如持心斷惑。縱使誦經千卷，眼裏見經不識。不解佛法大意，徒勞排文數黑。頭陁蘭若精進，希望後世功德。持心即是大患，聖道何由可剋。若悟生死之夢，一切求心皆息。

梁寶誌和尚大乘讚十首之九

聲聞心心斷惑，能斷之心是賊。賊賊遞相除遣，何時了本語默。口内誦經千卷，體上問經不識。不解佛法圓通，徒勞尋行數墨。頭陀阿練苦行，希望後身功德。希望即是隔聖，大道何由可得。譬如夢裏度河，船師度過河北。忽覺牀上安眠，失却度船軌則。船師及彼度人，兩個本不相識。衆生迷倒羈絆，往來三界疲極。覺悟生死如夢，一切求心自息。〔三〕

兩相比較，不難看出，二者不同之處在於：一，王梵志迴波樂將大乘讚前四句改爲「迴波來（爾）時大賊」等兩句，其目的大概是爲了嵌入「迴波爾時」的字面，使它看起來像是一首迴波樂。二，王梵志迴波樂删去了大乘讚後半「譬如夢裏度河」一段八句。不過大乘讚這八句本是爲了鋪墊結尾處「覺悟生死如夢」的必不可少之筆，王梵志迴波樂删去這八句後，結尾處的「若悟生死之夢」便顯得比大乘讚突兀了。我們知道，唐代迴波樂歌辭的定格是六言四句〔四〕，而王梵志迴波樂却有六言十二句，是否迴波樂歌辭另有六言十二句的一格，爲人們以前所不知呢？我認爲不是的。王梵志迴波樂只不過是大乘讚的改作，迴波樂的名稱是改作者附會上去的（因爲同是六言句式）。它並不是爲了入樂歌唱而創作的，因而它並不是一首真正的迴波樂歌辭。也有學者懷疑：「此卷接下第七十六首至第八十一首詩，都是六言，或八句或十二句，是否爲迴波樂，亦有待進一步研究。」〔五〕我想，研究的結果，大概亦只能是否定的。事實上，第八十一首也是照抄大乘讚的，它顯然不可能是一首迴波樂。現在我也把它們並引於下，以供比較。

梵志詩（陳本八十一首）

法性本來常存，茫茫無有邊畔。安身取捨之中，被他二境迴換。斂念定想坐禪，攝意安心覺觀。木人機關修道，何時可到彼岸？忽悟諸法體空，欲似熱病得汗。無智人前莫説，打破君頭万段。

梁寶誌和尚大乘讚十首之三

法性本來常寂，蕩蕩無有邊畔。安心取捨之間，被他二境迴換。斂容入定坐禪，攝境安心覺觀。機關木人修道，何時得達彼岸？諸法本空無著，境似浮雲會散。忽悟本性元空，恰似熱病得汗。無智人前莫説，打你色身星散〔六〕。

你看，除了梵志詩漏抄了「諸法本空無著，境似浮雲會散」兩句以外，它們不是幾乎完全一樣嗎？我曾經發現，梵志詩「前死未長别」一首，其實是北周釋亡名五盛陰的改作；現在又發現，法忍抄本王梵志詩中也有兩首寶誌和尚大乘讚的改作；我還願意大膽地進一步推測，這個抄本中所收寶誌作品的改作，大概不止以上所引的兩首，極可能還有别的改寫作品，只是尚未得到證實而已。我們只要讀過這個詩卷，不難發現它的一個特點：其中佛教内容的六言詩，除了陳本七五——八一首以外，還有第八九首、一〇五首、一〇八首，共有十首之多。它們彼此的思想、形式乃至語言，都是十分地酷似，已知改寫寶誌大乘讚的兩首作品，就在這十首之中。如果再把這十首六言詩和景德傳燈録卷二九所載寶誌的大乘讚十首及十四科頌（包括六言詩十四首）加以比較，就會發現它們彼此之間，在思想、形式乃至語言上，同樣是十分相似的。景德傳燈録卷二七寶誌禪師章説：「又制大乘贊二十四首，盛行於世。」原注：「餘諸辭句，與夫禪宗旨趣冥會。略録十首，及師製十二時頌，編於别卷。」故知寶誌和尚大乘贊原來共有二十四首，傳燈録只選録了其中的十首，這十首中就有兩首被改頭換面地寫進了法忍抄本王梵志詩卷。宋高僧傳卷一〇唐天台山佛窟巖遺則傳：「善屬文，始授道於鍾山，序集融祖師文三卷，爲寶誌釋題二十四章，南遊傳大士遺風序，又無生等義。凡所著述，辭理粲然。其他歌詩數十篇，皆行於世。」其中「爲寶誌釋題二十四章」，我認爲就是爲寶誌大乘贊二十四首寫了釋題。遺則其人，景德傳燈録卷四作惟則禪師，稱其「唐元和中法席始盛」，其時大乘贊必已風行禪林，故遺則爲其寫了「釋題」，加以闡釋。法忍抄本王梵志詩卷的時代比遺則更早，足見大乘贊在唐代禪林的影響是何等深廣和久遠。可惜現在我們所能見到的只有傳燈録所收入的十首，至於另外的十四首大乘贊，如今只能在禪宗語録中讀到個别逸句，如裴休所集希運禪師語録筠州黄蘗山斷際禪師傳心法要引誌公云：「不逢出世明師，枉服大乘法藥。」又黄蘗斷際禪師宛陵録引誌公云：「本體是自心作，那得文字中求。」五燈會元卷七玄沙師備禪師章載誌公云：「每日拈香擇火，不知身是道場。」延壽註心賦卷二引志公和尚歌云：「處衆不見諠譁，獨自亦無寂寞。」這些六言文句，應該就是寶誌大乘贊的逸句。如果一旦能有幸讀到那另外的十四首大乘贊，我相信一定會發現，還有别的作品被改頭换面地寫進了這個王梵志詩卷。

寶誌和尚是南朝著名的「神僧」，活動在宋齊梁三代，梁慧皎高僧傳卷一〇、景德傳燈録卷二七有他的傳記。此外如廣弘明集卷一九蕭子顯御講摩訶般若經序、卷二九上梁武帝淨業賦，梁書何敬容傳、侯景傳，陳書徐陵傳，唐道宣續高僧傳卷五釋法雲傳、釋智藏傳，卷六釋慧約傳，卷七釋法朗傳等等，也都記載了他的神異事蹟。直到唐代，他仍然被看作是神奇的預言大師。如朝野僉載卷六記他預言了侯景之亂，劉賓客嘉話録甚至説他預言了數百年後的安史之亂。顯然，他的事蹟多半是一些傳説，不足憑信。但景德傳燈録卷二九所載寶誌的作品，包括大乘讚十首、十二時頌十二首、十四科頌十四首，却是内容與形式結合得很好的佛教作品，並没有絲毫神異色彩。四十年前，周一良先生曾與王重民先生通信討論過寶誌作品的真僞，他説：

洛陽伽藍記卷二崇真寺條：閻羅王云：「講經者心懷彼我，以驕凌物，比丘中第一粗行，今唯試坐禪誦經，不問講經。」又云：「沙門之體，必須攝心守道，志在禪誦。」似乎六朝時，已有一派佛教不主講論，專重禪誦。然此處所謂禪仍是安世高以來之小乘禪觀，與唐以來禪宗之不著文字以心傳心者，實不相同。傳燈録所載誌公之大乘贊十二時頌十四科頌三篇，內容大致不異，乃是唐以後之禪宗思想。十二時頌之「只守玄，沒文字」，以及大乘贊之非難「尋行數墨」，十四科頌真俗不二篇之譏刺講經，看來雖似與伽藍記崇真寺條相符合，而實非一事。要之：一良頗疑此三篇之思想爲六代時所不能有，至少亦不能發揮如此盡致(七)。

我很贊成一良先生的見解，寶誌作品不但與伽藍記崇真寺條實非一事，而且簡直就是批判後者的。即如被抄入王梵志詩卷的大乘讚第三首，其中說：「斂容入定坐禪，攝境安心覺觀，機關木人修道，何時得達彼岸？」把「坐禪」視爲徒勞無功之舉，這是慧能以後的禪宗思想，如景德傳燈録卷五南嶽懷讓禪師記載：

> 開元中，有沙門道一（即馬祖大師也），住傳法院，常日坐禪。師知是法器，往問曰：「大德坐禪，圖什麼？」一曰：「圖作佛。」師乃取一塼於彼庵前石上磨，一曰：「師作什麼？」師曰：「磨作鏡。」一曰：「磨塼豈能成鏡邪？」師曰：「坐禪豈得作佛邪？」一曰：「如何即是？」師曰：「如人駕車不行，打車即是？打牛即是？」一無對。師又曰：「汝學坐禪？爲學坐佛？若學坐禪，禪非坐臥。若學坐佛，佛非定相，於無住法，不應取捨。汝若坐佛，即是殺佛。若執坐相，非達其理。」一聞示誨，如飲醍醐。

這則禪宗史上著名的故事，和大乘讚第三首的思想是完全一致的。實際上寶誌作品表現的正是唐代禪宗的思想，所以我認爲，寶誌作品大約是盛唐時期某位禪僧的依託之作，這位禪僧在宗教修養和文字功夫上都達到了相當不錯的水平。法忍抄本王梵志詩卷中既然有寶誌作品的改作，這些改寫之作自然較實誌作品晚出。因而「王梵志迴波樂」既不可能作於梁代，亦不可能作於初唐，它也應該是盛唐時期的作品。以上這些情況，似乎使「王梵志詩」的作者問題變得更加撲朔迷離了。然而，我相信它進一步證實了我以前提出的論斷：全部「王梵志詩」，決不是一人之作，也不是一時之作，而是在相當長的時期内，許多無名白話詩人作品的結集。

〔一〕見朱鳳玉敦煌寫卷S4277號殘卷校釋，陳慶浩法忍抄本殘卷王梵志詩初校，俱載敦煌學第十二輯。

〔二〕見任半塘唐聲詩下册二九〇頁。

〔三〕〔六〕原載景德傳燈録卷二九。

〔四〕參看任半塘唐聲詩下册迴波樂。

〔五〕見陳慶浩法忍抄本殘卷王梵志詩初校，敦煌學第十二輯九三頁。

〔七〕見王重民敦煌遺書論文集附録討論誌公十二時頌的兩封信（周一良撰），原載上海申報文史十二期（一九四八年十二月二十八日）。

（摘自列一四五六號王梵志詩殘卷補校，原載中華文史論叢一九八九年第一期）

王梵志詩中的他人作品

現存王梵志詩約三九〇首〔一〕，其中大部分是由敦煌遺書保存下來的（約三六六首），少數是由唐宋詩話、筆記和禪宗語録保存下來的。無論是經由哪種渠道保存下來的王梵志詩，其中都摻雜着他人的作品，或者與他人相混的作品。過去我考證出來的有：

一、敦煌遺書伯三四一八、伯三七二四載「前死未長別」一首：

前死未長別，後來亦非久。新墳影舊塚，相續似魚鱗。義陵秋節遠，曾逢幾個春。萬劫同今日，一種化微塵。定知見土裏，還待（得）舊時人。頻□（開）積代骨，爲坑埋我身。

此首即是廣弘明集卷三〇下所載周釋亡名五盛陰之改寫，亡名詩如下：

先去非長別，後來非久親。新墳將舊家（冢），相次似魚鱗。茂陵誰辨漢，驪山詎識秦。千年與昨日，一種並成塵。定知今世土，還是昔時人。焉能取他骨，復持埋我身。

兩相比較，可知「王梵志詩」就是釋亡名五盛陰詩，只不過更換了個別字句而已。梵志詩第二句「後來亦非久」失韻，亦宜據五盛陰詩改作「後來非久親」，「久親」與上句「長別」正好爲對。

二、聖彼得堡藏敦煌遺書一四五六號法忍抄本王梵志詩中「迴波來（爾）時大賊」一首（即王梵志迴波樂），其實是删改寶誌和尚大乘讚十首之第九首而成。梵志詩云：

迴波來（爾）時大賊，不知持心斷惑。縱使誦經千卷，眼裏見經不識。不解佛法大意，徒勞排文數黑。頭陀蘭若精進，希望後世功德。持心即是大患，聖道何由可剋？若悟生死之夢，一切求心皆息。

景德傳燈録卷二九載梁寶誌和尚大乘讚十首之九云：

聲聞心心斷惑，能斷之心是賊。賊賊遞相除遣，何時了本語默。口內誦經千卷，體上問經不識。不解佛法圓通，徒勞尋行數墨。頭陀阿練苦行，希望後世功德。希望即是隔聖，大道何由可得。譬如夢裏度河，船師度過河北。忽覺牀上安眠，失卻度船軌則。船師及彼度人，兩個本不相識。衆生迷倒羈絆，往來三界疲極。覺悟生死如夢，一切求心自息。

兩者的區别，在於王梵志迴波樂將大乘讚前四句改爲「迴波來（爾）時大賊」等兩句，以嵌入「迴波爾時」的字面，使之看起來像是一首迴波樂。同時删去了大乘讚後半「譬如夢裏度河」一段八句。此外便基本相同了。

三、上述法忍抄本王梵志詩中「法性本來常存」一首，又是抄録大乘讚十首之第三首而成。梵志詩云：

法性本來長存，茫茫無有邊畔。安身取捨之中，被他二境迴換。斂念定想坐禪，攝意安心覺觀。木人機關修道，何時可到彼岸？忽悟諸法體空，欲似熱病得汗。無智人前莫説，打破君頭万段。

景德傳燈録卷二九梁寶誌和尚大乘讚十首之三云：

法性本來常寂，蕩蕩無有邊畔。安心取捨之間，被他二境迴換。斂容入定坐禪，攝境安心覺觀。機關木人修道，何時得達彼岸？諸法本空無著，境似浮雲會散。忽悟本性元空，恰似熱病得汗。無智人前莫説，打你色身星散。

除了梵志詩漏抄了「諸法本空無著，境似浮雲會散」兩句以外，它們幾乎是完全相同的。

四、范攄雲溪友議三卷本卷下（十二卷本卷一一）蜀僧喻載王梵志詩（亦見類説卷四一，説郛宛委山堂本卷二一、商務本卷五）：

照面不用鏡，布施不須財。端坐念真相，此便是如來。

按敦煌遺書北京果字四一號西方讚偈文一卷，載有一首達摩禪師偈：

口傳文字界，思遊妄想禪。佛法無南北，何處覓西東。細心不用水，布施不須才。定心單念佛，端坐見如來。

其中「細」應作「洗」，「才」應作「財」，後四句應是「洗心不用水，布施不須財，定心單念佛，端坐見如來」，顯然與上引梵志詩同出一源。按這四句偈文表達的是淨土宗的思想，大概不會是達摩禪師的作品。雲溪友議將這首詩歸於王梵志名下，大約也是託名的。

五、雲溪友議三卷本卷下（十二卷本卷一一）蜀僧喻載王梵志詩（亦見碧鷄漫志卷一〇，類説卷四一，新編分門古今類事卷三，説郛宛委山堂本卷二一、商務本卷五）：

世無百年人，擬作千年調。打鐵作門限，鬼見拍手笑。

宋釋惠洪林間録卷下引寒山子詩云：

人是黑頭蟲，剛作千年調。鑄鐵作門限，鬼見拍手笑。

任淵注陳師道卧疾絶句「一生也作千年調」，引寒山子詩與林間録相同，而寒山子詩集不載此詩。野客叢書卷一九詩句相近引李後主詩「人生不滿百，剛作千年畫」，由此詩前二句變化而來。鷄肋編卷下引北宋俚語「人作千年調，鬼見拍手笑」，則又取此詩二四兩句，凝縮而成。這是王梵志詩與他人詩相混之例。

六、天聖廣燈録卷一五汝州風穴山延昭禪師引王梵志詩云：

梵志死去來，魂魄見閻老。讀盡百王書，不兑（免）被捶拷。一稱南無佛，皆以（已）成佛道。

五燈會元卷一一風穴延沼禪師亦載此詩，則作寒山詩。今本寒山子詩集不載此詩。按會元所記「梵志死去來」詩，本來源出廣燈録，稱作寒山詩者，應是會元所改。這也是王梵志詩與他人詩相混之例。

以上各例是我過去在研究中發現的，已分別見於拙著王梵志詩校注有關各首。下面我再補充兩條新發現的材料。

七、上述法忍抄本王梵志詩卷中「大丈夫遊蕩出三途」一首，原卷有圈點斷句如下：

大丈夫。遊蕩出三途。榮名何足捨，妻子士（視）如無。法忍先將三毒共。佛性常與六情俱。但信研心性。妙寶何煩。衣外覓明珠。

其中「但信研心性。妙寶何煩。衣外覓明珠」三句，與全篇句式不合，顯然有問題。故陳慶浩氏校録此首〔二〕，便作「但信研心性妙寶，何煩衣外覓明珠」七言二句。句式雖然順暢了，但是「但信研心性妙寶」一句仍覺欠通，所以我曾懷疑此句或應作「但研心性信妙寶」。現在看來，原卷斷句固然錯誤，陳本録作「但信研心性妙寶」，我疑作「但研心性信妙寶」，也没有對。原因是原卷有一個錯字，各家皆未發現。

這首詩自「法忍先將三毒共」以下數句，其實是照抄融大師的偈頌。宋釋延壽宗鏡録卷一九：

融大師頌云：　法忍先將三毒共，佛性常與六情俱。但信研心出妙寶，何煩衣外覓明珠。

這裏的文字與上引梵志詩幾乎完全相同，唯一的區別是梵志詩中有問題的「但信研心性妙寶」一句，融大師頌作「但信研心出妙寶」，當然融大師頌是正確的。過去各家由於不知梵志詩中「性」字是「出」字之誤而產生的誤解，現在可以消釋了。

宗鏡録所引的四句融大師頌，從語氣看，應非全篇，只是根據需要摘引了全篇中的四句而已。至於全篇，我認爲就是梵志詩「大丈夫，遊蕩出三途」一首的全文。因此這條材料的發現具有兩方面的意義：一方面，它證明了法忍抄本王梵志詩中「大丈夫，遊蕩出三途」一首，其實就是融大師的偈頌；另一方面，又可以根據王梵志詩「大丈夫，遊蕩出三途」一首的全文，補足融大師頌，使殘存的四句成爲全篇。

宗鏡録所説的「融大師」，就是禪宗史上著名的牛頭宗初祖法融，續高僧傳卷二六有傳。他生於隋開皇十四年(594)，卒於唐顯慶二年(657)，主要活動在初唐時期。宋高僧傳卷一〇唐天台山佛窟巖遺則傳載遺則曾「序集融祖師文三卷」，今已失傳。按遺則爲牛頭宗六祖慧忠的弟子，「融祖師」即牛頭宗初祖法融，「融祖師文三卷」中，應該包括有一些偈頌。景德傳燈録卷四法融禪師章載其問答話語多則，採取五言韻語形式，類似偈頌。宗鏡録曾摘引過法融的不少遺文，印順中國禪宗史説：

> 永明延壽(904—975年)得法及弘法於台州(天台山)，明州(雪竇山)，杭州(靈隱寺、永明寺)，這是牛頭宗當年的化區，所以在他的宗鏡録、萬善同歸集等，一再引用了法融的著作與言論。〔三〕

因此，宗鏡録所引的融大師頌「法忍先將三毒共」數句，不是無根據的，可以肯定是法融所作。大曆年間法忍抄寫的王梵志詩中，採入了初唐時期法融的偈頌，是完全可能的。

八、上述法忍抄本王梵志詩卷中「心本無雙無隻」一首，原卷圈點斷句作：

心本無雙無隻。深難到底。淵洪無來無去。不住猶如。法性虚空。復能生出諸法。不遲不疾容容。幸願諸人思恃。自然法性通同。

原卷前半首的斷句是不恰當的，又「猶」應作「猶」，「恃」應作「忖」，全詩應是：

心本無雙無隻，深難到底淵洪。無來無去不住，猶如法性虚空。復能生出諸法，不遲不疾容容。幸願諸人思忖，自然法性通同。

按善慧大士語録卷三收有傅大士(傅翕)行路難二十篇，前面有一篇長序，描述了「心性」的種種情狀，其中有一段是：

乃是無色之色，恬静淵洪。止之即爲無量無窮之體，合之則非隻非雙。一起普周萬國，無遲無疾，而容不容。非凡非聖，非智非愚，唯有無心質士，合此虚宗。

當我讀到這段文字時，忽然聯想到上面引用的這首梵志詩，其中某些富有特色的關鍵詞語，二者是何等的相似。序文説「合之則非隻非雙」，梵志詩也説「心本無雙無隻」。序文説「恬静淵洪」，梵志詩也説「深難到底淵洪」。序文説「無遲無疾，而容不容」，梵志詩也説「不遲不疾容容」。二者不是如出一轍嗎？我認爲這種相似決非偶然。顯然，上述梵志詩的作者在寫作這首詩時，是參考過傅大士的這篇序文的。傅大士是南朝著名的「神僧」，主要活動在梁代。關於他的作品的真僞問題，學術界還有不同意見。現在我們發現法忍抄本的這首王梵志詩，在寫作時參考過傅大士行路難二十篇的序文，這對於判斷行路難二十篇的真僞及時代，無疑是有參考價值的。

上面的例子説明，無論是敦煌寫本中的王梵志詩，或者筆記小説、禪宗語録中的王梵志詩，都存在着與他人作品相混的情形。這些相混作品的作者，有菩提達摩、寶誌、傅大士、法融、寒山等，都是南北朝時代或唐代的著名佛教人物（其中有的是託名）。這些例子只不過是露出水面的冰山之一角，實際上「王梵志詩」中包含的他人作品當遠遠超過此數，只不過更多的例子我們已無法證實了。我曾以法忍抄本王梵志詩卷所收寶誌的作品爲例加以説明：

> 我曾經發現，梵志詩「前死未長别」一首，其實是北周釋亡名五盛陰的改作；現在又發現，法忍抄本王梵志詩中也有兩首寶誌和尚大乘讚的改作；我還願意大膽地進一步推測：這個抄本中所收寶誌作品的改作，大概不止以上所引的兩首，極可能還有别的改寫作品，只是尚未得到證實而已。我們只要讀過這個詩卷，不難發現它的一個特點：其中佛教内容的六言詩……共有十首之多。它們彼此的思想、形式乃至語言，都是十分地酷似。已知改寫寶誌大乘讚的兩首作品，就在這十首之中。如果再把這十首六言詩和景德傳燈録卷二九所載寶誌的大乘讚十首及十四科頌（包括六言詩十四首）加以比較，就會發現它們彼此之間，在思想、形式乃至語言上，同樣是十分相似的。景德傳燈録卷二七寶誌禪師章説：「又製大乘讚二十四首，盛行於世。」原注：「餘諸辭句，與夫禪宗旨趣冥會。略録十首，及師製十二時頌，編於别卷。」故知寶誌和尚大乘讚原來共有二十四首，傳燈録中只選録了其中的十首，這十首中就有兩首被改頭换面地寫進了法忍抄本王梵志詩卷。宋高僧傳卷一〇唐天台山佛窟巖遺則傳：「善屬文，始授道於鍾山，序集融祖師文三卷，爲寶誌釋題二十四章，南遊傅大士遺風序，又無生等義。凡所著述，辭理粲然。其他歌詩數十篇，皆行於世。」其中「爲寶誌釋題二十四章」，我認爲就是爲寶誌大乘讚二十四首寫了釋題。遺則其人，景德傳燈録卷四作惟則禪師，稱其「唐元和中法席始盛」，其時大乘讚必已風行禪林，故遺

則爲其寫了釋題,加以闡釋。法忍抄本王梵志詩卷的時代比遺則更早,足見大乘讚在唐代禪林的影響是何等深廣和久遠。可惜現在我們所能見到的祇有傳燈録所收入的十首,至於另外的十四首大乘讚,如今只能在禪宗語録中讀到個别逸句,如裴休所集希運禪師語録筠州黄檗山斷際禪師傳心法要引誌公云:「不逢出世明師,枉服大乘法藥。」又黄檗斷際禪師宛陵録引誌公云:「本體是自心作,那得文字中求。」五燈會元卷七玄沙師備禪師章載誌公云:「每日拈香擇火,不知身是道場。」(補充:延壽萬善同歸集卷中引志公云:「苦哉哀哉怨枉,棄卻真佛造像,香華供養求福,不免六賊枷杖。」)這些六言文字,應該就是寶誌大乘讚的逸句。如果一旦有幸讀到那另外的十四首大乘讚,我相信一定會發現,還有别的作品被改頭換面地寫進這個王梵志詩卷。(王梵志詩校注930—931頁)

除了這類著名作者的作品以外,「王梵志詩」中應該採入了更多的無名作者的白話詩,這些詩歌的作者當時就没有留下名字,當然今天就更加無法考證他們的身份了。總之,全部「王梵志詩」決非一人一時之作,而是在一個相當長的時期内,許多白話詩人作品的結集。

「王梵志詩」包括了許多有名或無名作者的白話詩,而以「王梵志詩」作爲它們的總名,這一現象並非不可理解,它體現了當時的時代風尚。因爲在唐代的民間通俗讀物中,本來就普遍流行着無名作者假託名人創作的現象。例如敦煌遺書中保存的唐代童蒙讀本太公家教,作者不知誰人,宋王明清玉照新志(五卷本)卷三稱「當是有唐村落間老校書爲之」。這樣一部由民間知識分子編寫的普及讀物,卻借用了姜太公(吕尚)的大名,稱爲太公家教。當然對於書名中的「太公」是否就是姜太公,還有不同意見,有人認爲是泛稱老人。可是敦煌所出的唐代另一種同樣性質的童蒙讀本武王家教,顯然是與太公家教相比附而命名的,「武王」是指周武王,「太公」當然是指姜太公——自然二者都是託名。又如敦煌本王昭君變文云：

莊子云何者？「所好成毛羽，惡者成瘡癬。愛之欲求生，惡之欲求死。」

倘若有人真的想從莊子中查找這段話的出處，必然是徒勞無功。「所好成毛羽，惡者成瘡癬」是從張衡西京賦中「所好成毛羽，所惡成瘡痏」變化而來，「愛之欲求生，惡之欲求死」是從論語顔淵中「愛之欲其生，惡之欲其死」變化而來。這些文句成爲民間流行的俗語之後，又被假託爲莊子之語。又如敦煌所出一卷本王梵志詩集有云：

兄弟寶難得，他人不可親。但尋莊子語，手足斷難論。

倘若有人又想從莊子中尋找「手足斷難論」的出處，必將再次徒勞無功。這本是唐人俗語，敦煌遺書伯二七二一雜鈔（亦名珠玉鈔、益智文、隨身寶）：「兄弟如手足，妻子如衣服；〔衣服〕破而更新，手足斷而難續。」這纔是「手足斷難論」的出處。

敦煌遺書斯六二〇四字寶碎金是唐代民間的一種通俗字書，卷後附有稱讚該書的詩四首，其中有兩首白侍郎詩：

白侍郎　同前（按指讚碎金）

猲頭讕趠人難識，濃泧焷𥏼挫家（衆）心。寫向篋中甚敬重，要來一字一碎金。

白侍郎寄盧協律

滿卷玲瓏實碎金，展開無不稱人心。曉眉歌得白居易，䫴䫲盧郎更敢尋。

從第二首可知「白侍郎」就是大詩人白居易（曾任刑部侍郎）。但是，這兩首蹩腳的詩其實是爲字寶碎金做宣傳的廣告詩，自然不會是白居易所作。敦煌遺書伯二六三三還保存了一種通俗家訓詩崔氏夫人訓女文，卷後有一段「白侍郎讚」：

崔氏善女，萬古傳名。細而察之，實亦周備。養育之法，方擬事人。若乏禮儀，過在父母。

這又是一篇廣告文字，託名爲「白侍郎」（白居易）所作。歷來無人把這類詩文補入白居易集，自然是有道理的。

敦煌遺書北京皇七六載有一篇勸善文，不載作者名氏。而斯二九八六亦載此文，署名道安。其實本篇大旨是誡殺生食肉，這是承襲梁武帝斷酒肉文所開創的傳統，不可能是東晉道安所著，道安的署名是後人附會上去的。

這種託名之風，甚至吹到本朝皇帝頭上。敦煌遺書北京日三三載有兩篇佛教讚文，一篇署名「太上皇帝讚文」，另一篇署名「開元皇帝讚文」。後一篇的「開元皇帝」顯然是唐玄宗李隆基，則前一篇的「太上皇帝」應是玄宗之父睿宗李旦，他於延和元年禪位給玄宗，稱太上皇。這兩篇讚文也是假託帝王之名，以廣流傳。北京海五一載有無名氏的四句詩偈：「努力修道莫由由（悠悠），園中果熟正勘（堪）收，只爲無名花晚發，未及園滿早逢秋。」其實就是太上皇帝讚文中間的四句，可見這類讚文在民間頗爲風行，所以也有從中抽出幾句的節本流傳。

在民間通俗作品中託名之風盛行的同時或更早，在早期禪宗史上，這種僞託之風更達到無以復加的程度。下面我引用杜繼文等著中國禪宗通史中的一段論述：

壇經有句名言：「心迷法華轉，心悟轉法華。」由「迷」轉「悟」，是禪宗要解決的根本任務。經典名教、文字語言，都是爲這個根本任務服務的，統歸之爲「方便」、「假説」的範圍。

這個原則在禪宗中十分流行，所以任何經典都不具神聖性，都可以變作爲我所用的工具。把這一原則運用於歷史，則一切歷史也必須爲我所用，史實不但成了可以任意剪裁的東西，也可以根據需要隨意捏造。這種情況爲我們研究禪宗的思想和歷史，造成許多困難。譬如説，達摩其人本來就傳説紛紜，唐初道宣爲達摩作傳，既與羊衒之的記載有異，又將其禪法歸爲「虚宗」，與所附「二入四行」相矛盾。後來的附會演義越出越多。楞伽師資記謂曇林記達摩言行，集達摩論一卷，達摩本人又撰釋楞伽要義一卷，加以肯定；另有達摩論三卷，屬於「僞造」。現今從敦煌、朝鮮、日本等處發現題名達摩的著作計十餘種，其實都屬僞託。以後數代，也有這種情況。傳説僧璨有信心銘，道信有菩薩戒本和入道心要方便法門，牛頭法融有心銘，弘忍有最上乘論或導凡趣聖悟解脱修心要論，神秀有大乘無生方便門(大乘五方便)。此類著作的真實性，都經不住認真的推敲。像流傳頗廣的觀心論，已知有五種寫本現存，均題達摩名，而慧琳的一切經音義第一百卷，則題作「大通神秀作」。其實，神秀以「禪燈默照」、「不出文記」著稱，同弘忍的「蕭然靜坐，不出文記」一脈相承，兩個人都不會有甚麼著作問世的。題菩提達摩禪師觀門的文章，亦有二種，其中有言「禪定者，西域梵音，唐言靜慮」。讓北魏人用「唐言」作文，只能是「關公戰秦瓊」式的笑談〔四〕。

這類僞託的禪宗著作的真實作者，並非等閑之輩，他們的宗教修養與文字功夫都達到相當的水平，本來皆可留名禪史，然而他們卻甘爲「捉刀人」而湮没無聞。在禪宗詩偈中也不乏託名之作，即如上文舉到法忍抄本王梵志詩中有兩首寶誌大乘讚的改作，其實寶誌大乘讚也是託名之作〔五〕。又如上文提到雲溪友議所載梵志詩「照面不用鏡」一首，與北京果四一號載達摩禪師偈「細（洗）心不用水」四句同出一源，這個源頭就是流行於叢林的無名氏詩偈，被分别附會於達摩和梵志的名下。這種託名也有一定的規律，即通常嫁名於世人習知的著名人物，或這一專門領域的權威人士。由於禪宗人士對待著作權的隨意態度，因而有一些作者本來確定的作品，在署名上也出現了混亂，或被任意加以改寫，或被冠以他人之名，如上文提到的法融禪師偈被收入法忍抄本王梵志詩，又如懶瓚和尚的樂道歌被黄庭堅書作王梵志詩〔六〕，皆是其例。而「王梵志詩」不僅是民間通俗文學作品，我們亦不妨把它（至少是其中的主要部分）納入「禪宗詩偈」的範圍，因爲宗密禪源諸詮集都序卷四自述結集次第時，有云「或降其跡而適性，一時間警策羣迷」，夾注：「志公、傅大士、王梵志之類。」可知宗密是將他當時所見到的王梵志作品，與寶志、傅大士的作品一同收入禪源諸詮集中的。雖説宗密認爲他們屬於「達摩宗枝之外」，但這並不妨礙他們進入禪藏之中。

因此，「王梵志詩」作爲集合許多白話詩人作品的詩集而出現，並在流行中不斷擴充和豐富其内容，便不是偶然的，而是時代風氣所使然。「王梵志詩」具有大體相近的白話詩風格也是可以理解的，因爲「王梵志」已經成了白話詩人的突出代表，所以數百年間許多流行的白話詩便紛紛歸附於他的名下，如江河之歸大海，終於形成今天所看到的「王梵志詩」的壯觀場面。

注釋

〔一〕 據項楚著王梵志詩校注，上海古籍出版社，1991 年 10 月。

〔二〕見陳慶浩法忍抄本殘卷王梵志詩初校，敦煌學第12輯。

〔三〕見印順著中國禪宗史，臺北正聞出版社，1971年，114頁。

〔四〕見杜繼文、魏道儒著中國禪宗通史，江蘇古籍出版社，1993年8月，18—19頁。

〔五〕參看拙文列一四五六號王梵志詩殘卷補校後記，中華文史論叢1989年第1期。

〔六〕參看拙文王梵志詩十一首辨僞，中華文史論叢1986年第2期。

（原載敦煌吐魯番研究第一卷）

王梵志詩論著目録

本目收録漢文（包括漢譯）王梵志詩論著，出版時間統一採用公元紀年。

一、著作

王梵志詩校輯　張錫厚　中華書局一九八三年十月出版

王梵志詩研究　朱鳳玉　上册，臺灣學生書局一九八六年八月出版；下册，一九八七年十一月出版

王梵志詩校注　項楚　敦煌吐魯番文獻研究論集第四輯　北京大學出版社一九八七年六月出版

王梵志詩研究匯録　張錫厚　上海古籍出版社一九九〇年八月出版

王梵志詩校注　項楚　上海古籍出版社一九九一年十月出版

王梵志詩（插圖本中國文學小叢書）　張錫厚　春風文藝出版社一九九九年一月出版

二、論文

敦煌掇瑣　劉復輯　中央研究院歷史語言研究所刻本，一九二五年，上輯收録王梵志詩卷三種。

白話詩人王梵志　胡適　現代評論第六卷第一五六期　一九二七年十二月三日出版
唐初的白話詩　白話文學史第十一章　胡適　新月書店一九二八年出版
王梵志詩一卷、王梵志拾遺及跋　鄭振鐸校輯　世界文庫第五册　生活書店一九三六年出版
唐代民間歌賦　中國俗文學史第五章　鄭振鐸　商務印書館一九三八年出版
初唐的詩歌　中國文學發展史上册第十三章　中華書局一九四一年出版
唐初的兩個白話詩人（王績、王梵志）　儲皖峰　浙江大學文理科專刊第三期
初唐的民間詩人王梵志　菊影　西北公論第二卷第六期　一九四二年出版
唐代民歌考釋　唐代民歌考釋及變文考論　楊公驥　吉林人民出版社一九六二年四月出版
唐民歌二十八篇考釋後記　唐代民歌考釋及變文考論　楊公驥　同上
敦煌詩歌　敦煌文學第三節　張錫厚　上海古籍出版社一九八〇年五月出版
唐初白話詩人王梵志考略　張錫厚　中華文史論叢一九八〇年第四輯
敦煌寫本王梵志詩淺論　張錫厚　文學評論一九八〇年第五期
敦煌寫本王梵志詩校注　趙和平、鄧文寬　北京大學學報一九八〇年第五期
敦煌寫本王梵志詩校注（續）　趙和平、鄧文寬　北京大學學報一九八〇年第六期
王梵志詩校録——讀敦煌膠捲筆記之六（上）（下）　幻生　内明第一〇三期　一九八〇年十月出版；一百〇四期　一九八〇年十一月出版

敦煌寫本王梵志詩校注補正　項楚　中華文史論叢一九八一年第四輯

蘇藏敦煌寫本王梵志詩補正　張錫厚　社會科學（甘肅）一九八二年第二期

王梵志詩拾遺　何文廣　文獻第十二輯　一九八二年六月出版　又唐代文學論叢一九八二年第二期

關於敦煌寫本王梵志詩整理的若干問題　張錫厚　文史第十五輯　一九八二年九月出版

王梵志詩校輯序　任半塘　甘肅社會科學一九八二年第三期　又王梵志詩校輯卷首

一位埋没千載的詩人——簡介王梵志和他的詩作　金啟華　名作欣賞一九八二年第六期

關於敦煌詩歌研究　張錫厚　光明日報一九八二年十二月七日第三版

王梵志詩的評價——論幾本文學史評王詩之不當　黄忠慎　東方雜誌第十六卷第六期　一九八二年十二月

敦煌文學作品選注　李鼎文　西北大學中文系一九八三年一月

論王梵志詩的口語化傾向　張錫厚　文藝研究一九八三年第一期

王梵志白話詩中的「被」字句與「將」字句　劉麗川　九江師專學報一九八三年第三期

談敦煌五言白話詩　高國藩　關隴文學論叢（敦煌文學專集）　甘肅人民出版社一九八三年八月

關於王梵志思想評價的幾個問題　張錫厚　關隴文學論叢（敦煌文學專集）　甘肅人民出版社一出版

九八三年八月出版

敦煌寫本王梵志詩著録簡況及解説　張錫厚　王梵志詩校輯附編　中華書局一九八三年十月出版

敦煌寫本王梵志詩原卷簡況　張錫厚　王梵志詩校輯附編　中華書局一九八三年十月出版

王梵志詩評述摘輯　張錫厚　王梵志詩校輯附編　中華書局一九八三年十月出版

敦煌寫本王梵志詩考辨　張錫厚　王梵志詩校輯附編　中華書局一九八三年十月出版

唐初民間詩人王梵志考略　張錫厚　王梵志詩校輯附編　中華書局一九八三年十月出版

王梵志詩語辭索引　張錫厚　王梵志詩校輯附編　中華書局一九八三年十月出版

唐初通俗詩人王梵志　張錫厚　唐代文學論叢總第四期　一九八三年出版

王梵志詩社會内容淺析　匡扶　西北師院學報一九八三年第四期

唐代白話詩釋詞　郭在貽　中國語文一九八三年第四期

釋「耶没忽」——敦煌遺書王梵志詩俗詞語研究之一　李正宇　敦煌研究創刊號總第三期　一九八三年十二月出版

唐初通俗詩人王梵志　張錫厚　光明日報一九八四年一月三十一日

敦煌寫卷王梵志詩叙録　朱鳳玉　木鐸第十期　一九八四年六月出版

斯四二七七殘詩卷考釋　張錫厚　中華文史論叢一九八四年第二輯

敦煌通俗詩考述　敦煌俗文學研究第五章　林聰明　私立東吳大學中國學術著作獎助委員會一九八四年七月出版

王梵志白話詩的用韻　劉麗川　語言論集第二輯　中國人民大學出版社一九八四年八月出版

簡論王梵志詩校輯　潘重規　明報月刊一九八四年第八期　又中央日報一九八四年八月十六日文藝評論第二一期

王梵志詩與宋詩的散文化、議論化　匡扶　敦煌學研究（西北師院學報增刊）一九八四年十月出版

王梵志詩的幾條補注　周一良　北京大學學報一九八四年第四期

王梵志校輯讀後記　潘重規　敦煌學第九輯一九八五年一月出版

王梵志詩附太公家教引言　戴密微撰，廖伯源、朱鳳玉合譯　敦煌學第九輯一九八五年一月出版

王梵志詩校輯匡補　項楚　中華文史論叢一九八五年第一輯　敦煌研究一九八五年第二期總第四期　又敦煌文學叢考　上海古籍出版社一九九一年四月出版

王梵志詩一卷中的否定副詞　黄家全　敦煌研究一九八五年第二期總第四期

王梵志出生時代的新觀察——解答全唐詩不收王梵志詩之謎　潘重規　中央日報一九八五年四月十一日文藝評論第五四期

王梵志詩研究彙録編者的話　張錫厚　敦煌語言文學研究通訊一九八五年第三期

王梵志詩詞語札記　袁賓　鎮江師院學報一九八五年第四期

王梵志詩點校拾遺　吕朋林　古籍整理研究學刊一九八五年第四期

王梵志詩校輯商榷　蔣紹愚　北京大學學報一九八五年第五期

王梵志詩校輯校釋補正　袁賓　社會科學（甘肅）一九八五年第六期

王梵志詩校注辨正　劉瑞明　中國語文一九八五年第六期（總一八九期）

王梵志、寒山子　陳慧劍　中國文學講話（六）隋唐文學第二篇第一目　臺灣巨流圖書公司一九八五年十一月出版

王梵志年代雜考　張伯昂、張光亞　信陽師範學院學報一九八六年第一期

王梵志詩用韻考　都興宙　蘭州大學學報一九八六年第一期

王梵志詩三首原貌探求——兼評詩注的一個傾向　劉瑞明　敦煌研究一九八六年第二期

王梵志詩十一首辨僞　項楚　中華文史論叢一九八六年第二輯　又敦煌文學叢考　上海古籍出版社一九九一年四月出版

王梵志詩「自言鸎性鼠」句解　劉瑞明　敦煌研究一九八六年第三期

談談王梵志詩的寫作年代　黃家全　河南師範大學學報一九八六年第二、三期合刊

生緣試釋　劉瑞明　中國語文一九八六年第四期

王梵志詩釋詞　項楚　中國語文一九八六年第四期　又敦煌文學叢考　上海古籍出版社一九九一年四月出版

王梵志研究的兩本專著評介　朱鳳玉　敦煌學第11輯　一九八六年七月出版

虛幻的佛國與真實的人生——王梵志詩世間日月明淺析　張錫厚　文史知識一九八六年第十期

評戴密微關於王梵志年代的擬議　劉瑞明　敦煌研究一九八六年第四期

釋敦煌寫本王道祭楊筠文——兼論有關王梵志的考證　黃永年　古籍整理與研究創刊號　一九八六年十月出版

王梵志詩校注補正　劉瑞明　敦煌學研究(西北師範學院學報增刊)一九八六年十月

王梵志筆下貪官譜　文山月　社會科學(甘肅)一九八六年第六期

學「呿」——王梵志詩校輯商榷之商榷　史雙元　北京大學學報一九八六年第六期

讀王梵志詩偶見　唐長孺　中國文化與中國哲學(深圳大學國學研究所編)　東方出版社一九八六年十二月出版

敦煌王梵志詩新探　潘重規　漢學研究第四卷第二期　一九八六年十二月出版

王梵志詩校輯注商榷　信應舉　中國語文一九八七年第一期

王梵志詩校釋拾補　郭在貽　中國語文一九八七年第一期

法忍抄本殘卷王梵志詩初校　陳慶浩　敦煌學第十二輯一九八七年二月出版

敦煌寫卷斯四二七七號殘卷校釋　朱鳳玉　敦煌學第十二輯一九八七年二月出版

王梵志詩歌宗旨探求——王梵志詩論之一　劉瑞明　敦煌學輯刊一九八七年第一期

敦煌文學雜考　項楚　一九八三年全國敦煌學術討論會文集（文史遺書編）下册　甘肅人民出版社一九八七年四月出版

敦煌寫本王梵志詩所反映的社會庶民倫理　鄭志明　古典文學第九輯　一九八七年四月

整理王梵志詩集的新收穫——列一四五六與斯四二七七的重新綴合　張錫厚　敦煌學輯刊一九八七年第二期

試論王梵志詩的消極性　高國藩　絲路論壇一九八七年第二期

敦煌文學作品選　周紹良等　中華書局一九八七年六月出版

王梵志詩的藝術特徵　周啓成　文史新探　上海社會科學出版社一九八七年八月出版

王梵志詩校注置辯　劉瑞明　敦煌研究一九八七年第四期

王梵志詩校勘零拾　黄靈庚　敦煌研究一九八七年第四期

關於王梵志詩的作者　黄家全　陽關一九八七年第四、五期連載

王梵志詩校輯誤校示例　郭在貽　古籍整理出版情況簡報第一八四期　一九八七年十二月一日出版

王梵志詩的重大發現　項楚　敦煌語言文學研究通訊一九八七年第四期

敦煌文學研究漫談　項楚　文史知識一九八七年第十二期

王梵志的一組佛教哲理詩（校釋與評論）　項楚　敦煌研究一九八八年第一期

也談關於王梵志詩的作者　劉瑞明　敦煌語言文學研究通訊一九八八年第二期

王梵志詩校釋商補　黄征　杭州大學學報一九八八年第二期

王梵志詩校勘零拾糾謬　長弓　浙江敦煌學一九八八年第五期

生兒不須多,了事一個足——讀初唐詩人王梵志詩隨感　王忠武　人民日報(海外版)一九八八年六月二十四日

王梵志和他的五言通俗詩　張錫厚　文史知識一九八八年第八期

乍可　胡適　胡適手稿第九集　又胡適古典文學論集　上海古籍出版社一九八八年八月出版

列一四五六號王梵志詩殘卷研究　項楚　中國敦煌吐魯番學術討論會論文集一九八八年八月

王梵志的道情詩　胡適　同上

説奈何　項楚　文史知識一九八八年第十期

敦煌寫本王梵志詩匯校　郭在貽　敦煌語言文學論文集　浙江古籍出版社一九八八年十月出版

王梵志詩校輯商補　黄征　敦煌研究一九八八年第四期

論王梵志詩的消極性　高國藩　絲路論壇一九八八年第四期

蘇藏法忍抄本王梵志詩校注　項楚　南開文學研究(一九八七)　天津古籍出版社一九八八年十一月出版

王梵志詩論　項楚　文史第三十一輯　一九八八年十一月出版　又敦煌文學叢考　上海古籍出

版社一九九一年四月出版
王梵志年代新擬　劉瑞明　敦煌研究一九八九年第一期
列一四五六號王梵志詩殘卷補校　項楚　中華文史論叢一九八九年第一輯　又敦煌吐魯番學研
究論文集　漢語大詞典出版社一九九〇年六月出版
談王梵志詩中的「著」　梁曉虹　九江師專學報一九八九年第四期
王梵志詩校注獻疑　張湧泉　敦煌研究一九九〇年第二期
王梵志詩音校　都興宙　敦煌學輯刊一九九〇年第二期
敦煌遺書中有關王梵志三條材料的校訂與解説　項楚　敦煌吐魯番文獻研究論集第五輯　北京
大學出版社一九九〇年五月出版　又敦煌文學叢考　上海古籍出版社一九九一年四月出版
王梵志詩用韻及其與敦煌變文用韻之比較　盧順點　東海大學中文研究所碩士論文　一九九〇
年六月
項楚王梵志詩校注商兑和補遺　劉瑞明　敦煌學輯刊一九九一年第一期
敦煌寫本王梵志詩彙校商補　王瑛　貴州民族學院學報一九九一年第二期
王梵志詩校釋續商補　黄征　新疆文物一九九一年第三期
王梵志詩校注拾零　熊飛　商丘師範學院學報一九九一年第三期
敦煌寫本王梵志詩用韻研究——兼論伯三四一八號殘卷的系統　林炯陽　東吳文史學報第九號

一九九一年三月出版
論王梵志及其詩的思想　高國藩　固原師專學報一九九一年第四期
白話詩人王梵志　蘇自勤　文史雜誌一九九一年第六期
試論王梵志的通俗詩對歷代僧詩的開拓和發展　黄新亮　蘭州師專學報一九九二年第一期
挺出狹谷，放觀天地的傑出詩僧——王梵志　黄新亮　長沙理工大學學報一九九二年第一期
王梵志及其詩　華世鑫　雲南教育學院學報一九九二年第二期
王梵志詩歌與古代民俗　劉瑞明　慶陽師專學報一九九二年第二期
詩僧王梵志的通俗詩　楊青　河西學院學報一九九二年第二期
項楚王梵志詩校注商兑和補遺(續)　劉瑞明　敦煌學輯刊一九九二年第一、二期合刊
王梵志詩用韻研究　張鴻魁　隋唐五代漢語研究　山東教育出版社一九九二年三月
王梵志詩研究　陳慶浩　中國文哲研究通訊第二卷第二期　一九九二年六月
王梵志白話詩的民俗修辭色彩　彭嘉强、張春山　修辭學習一九九二年第五期
讀項楚王梵志詩校注　平新誼　杭州大學學報一九九二年第四期
王梵志詩校釋補議　黄征　中華文史論叢第五十輯　一九九二年十二月
王梵志詩的記號系統試論及其否定詞的内涵意義　王三慶　周一良先生八十生日紀念論文集
中國社會科學出版社一九九三年一月出版

項楚王梵志詩校注商兑及補遺(續)　劉瑞明　敦煌學輯刊一九九三年第二期

王梵志詩釋詞　劉瑞明　固原師專學報一九九三年第二期

王梵志詩語詞劄記　王繼如　南京師範大學學報一九九三年第二期

從王梵志詩和寒山詩看助詞「了」、「著」、「得」的虛化　錢學烈　深圳大學學報一九九三年第二期

王梵志詩語詞劄記　王繼如　南京師大學報一九九三年第三期

論王梵志詩的「翻著襪法」　張春山　安順師專學報一九九三年第四期

王梵志詩用韻考　蔣冀騁　敦煌文書校讀研究　文津出版社一九九三年十月

王梵志詩校輯校讀記　蔣冀騁　敦煌文書校讀研究　文津出版社一九九三年十月

王梵志詩校輯誤校示例　郭在貽　郭在貽敦煌學論集　江西人民出版社一九九三年十二月

王梵志詩校釋拾補　郭在貽　郭在貽敦煌學論集　江西人民出版社一九九三年十二月

王梵志及其影響下的僧人詩　許總　古典文學知識一九九四年第二期

王梵志詩研究新論　王三慶　成大中文學報第二期　一九九四年二月出版

斯四二七七號、列一四五六號法忍抄本殘卷王梵志詩用韻考　林炯陽　陳伯元先生六秩壽慶論文集　文史哲出版社一九九四年三月出版

敦煌寫本斯四二七七王梵志詩校注　項楚　紀念陳寅恪先生百年誕辰學術論文集　江西教育出版社一九九四年八月出版

王梵志詩語法成分初探　曹小雲　安徽師大學報一九九四年第三期
詩僧王梵志的通俗詩　楊青　敦煌研究一九九四年第三期
王梵志詩用典特色初探　李宇林　社科縱横一九九四年第四期
關於王梵志傳説的探源與分析　陳允吉　復旦學報一九九四年第六期
論王梵志與惠能的共同點　孟列夫　全國敦煌學研討會論文集　國立中正大學　中國文學系所主編（一九九五年）
拿起另一把鑰匙——王梵志詩巧解　朱迴遠　遼寧大學學報一九九五年第二期
王梵志詩校議　段觀宋　中國韻文學刊一九九五年第二期
論王梵志詩的藝術性　高國藩　江蘇社會科學一九九五年第五期
王梵志詩中的他人作品　項楚　敦煌吐魯番研究第一卷（一九九五）　北京大學出版社一九九六年四月出版
評項楚著王梵志詩校注　［日］中原健二撰，劉建譯　俗語言研究第三期　一九九六年六月出版
王梵志詩用韻考　蔣冀騁　敦煌吐魯番研究論集　書目文獻出版社一九九六年六月出版
王梵志詩用韻研究　劉冠才、陳士功　錦州師範學院學報一九九六年第四期
王梵志詩校注商補　朱炯遠　華東師範大學學報一九九七年第三期
王梵志生地生年考辨　顧浙秦　西藏民族學院學報一九九七年第四期

王梵志的白話詩歌　敦煌變文和王梵志詩三　劉子瑜　大象出版社一九九七年十二月出版

敦煌變文、王梵志詩的文化淵源和文化特色　敦煌變文和王梵志詩四　劉子瑜　同上

王梵志詩校注拾遺　張生漢　河南大學學報一九九八年第五期

王梵志詩、寒山詩比較研究　陸永峰　四川大學學報一九九九年第一期

論王梵志及其詩的思想　高國藩　東南大學學報一九九九年第三期

新鮮、潑辣、通俗——王梵志詩妙喻略覽　朱炯遠　修辭學習一九九九年第四期

王梵志詩校注商補(續)　朱炯遠　上海大學學報一九九九年第五期

王梵志詩詞法特點初探　曹小雲　社會科學戰線一九九九年第六期

王梵志的神秘鬼詩　敦煌俗文化學二十八　高國藩　上海三聯出版社一九九九年十一月出版

王梵志及其俗詩的價值　敦煌俗文化學二十九　高國藩　同上

王梵志俗詩的消極性　敦煌俗文化學三十　高國藩　同上

王梵志俗詩的藝術性　敦煌俗文化學三十一　高國藩　同上

試論王梵志詩與寒山詩之異同　［韓］金英鎮　宗教學研究二〇〇〇年第三期

詩(讀)王梵志詩校注札記　盧甲文　培訓與研究——湖北教育學院學報二〇〇〇年第三期

論王梵志詩中的俗語詞　張能甫　西昌師範高等專科學校學報二〇〇〇年第三期

王梵志詩的諷刺意義　楊青　甘肅高師學報二〇〇〇年第六期

王梵志詩　敦煌詩歌導論第五章　項楚　巴蜀書社二〇〇一年六月出版
唐代白話詩研究——以王梵志詩和寒山詩爲中心　金英鎮　四川大學博士論文　二〇〇一年六月
另一番世界——田園詩人王績與民間詩人王梵志　綦開雲　哈爾濱商學院學報二〇〇一年第三期
王梵志生活年代考　徐俊波　敦煌研究二〇〇一年第四期
王梵志詩「脆風壞」考　朱慶之　中國語文二〇〇一年第六期
王梵志詩　理評、後素　佛教文化二〇〇一年第六期
王梵志詩校注指瑕　齊文榜　文史第五十九輯　二〇〇二年第二期
王梵志研究的百年回顧　徐俊波　湖北師範學院學報二〇〇二年第二期
王梵志詩「八難」「八字」考　朱慶之　中國禪學第一卷　中華書局二〇〇二年六月出版
敦煌文書中的王梵志詩研究述評　李君偉　中國社會科學院研究生院學報增刊　二〇〇二年
從王梵志，寒山到龐蘊——論唐代佛教白話詩的特色　朱鳳玉　「唐代文學與宗教」研討會論文
二〇〇二年
王梵志詩之整理與研究　陳慶浩、朱鳳玉　新世紀敦煌學論集　巴蜀書社二〇〇三年三月出版
王梵志出生傳奇探源　顧浙秦　西藏民族學院學報二〇〇三年第二期

翻著襪法與寒山體　查明昊　敦煌研究二〇〇三年第三期

王梵志詩訓世化傾向的文化解析　邱瑞祥　貴州師範大學學報二〇〇三年第五期

王梵志詩「脆風壞」討論二則　曾良、葉愛國　中國語文二〇〇三年第六期

唐代的白話詩派　項楚　江西社會科學二〇〇四年第二期

王梵志詩、寒山詩(附拾得詩)用韻比較研究　苗昱　語言研究二〇〇四年第四期　又戒幢佛學第三卷　岳麓書社二〇〇五年五月出版

王梵志、寒山佛理勸善詩的異同　朱炯遠　上海大學學報二〇〇五年第一期

整理王重民敦煌遺書手稿所得(二)——王梵志詩輯録　李永甯、程亮　敦煌研究二〇〇五年第一期

在文人詩和民歌之外——淺説王梵志詩的邊緣性　姜玉芳　西南民族大學學報二〇〇五年第三期

王梵志的詩歌價值不高　草莽　南京理工大學學報二〇〇五年第四期

王梵志詩集敘録　齊文榜　河南大學學報二〇〇五年第四期

王梵志詩生死觀及創作特點研究　李振中　廣西師範大學碩士論文　二〇〇五年六月

王梵志　唐代白話詩派研究第三章　項楚、張勇、譚偉、何劍平　巴蜀書社二〇〇五年七月出版

平淡質樸　言近旨遠——王梵志詩吾富有錢時賞析　譚志永　語文知識二〇〇五年第七期

杜甫秦州遺興諸詩與王梵志詩歌比較——兼談王梵志生活時代的判定　孫微　天水師範學院學報二〇〇五年第六期

王梵志詩及王梵志其人事蹟鉤沉　鍾繼彬　成都教育學院學報二〇〇六年第五期
王梵志詩雙音節副詞初探　張慧欣　山東大學碩士論文　二〇〇六年六月
略論王梵志詩翻著襪法創作特點　李振中　商丘師範學院學報二〇〇六年第六期
正史書之不當　補文獻之不及——論王梵志詩的史料價值　盧其美　佛山科學技術學院學報(社會科學版)　二〇〇六年第六期
王梵志詩中關於飲食、博戲的世俗生活　王璐　安陽師範學院學報　二〇〇六年第六期
淺論王梵志詩的訓世化傾向　張鶴、張安　現代語文(文學研究版)　二〇〇六年第十二期
王梵志詩中的浚縣俚詞俗語淺釋　周國瑞　殷都學刊　二〇〇六年第四期
王梵志詩危身不自在之「脆風壞」應爲「脆瓦壞」　景盛軒　文獻　二〇〇六年第四期
「翻著襪」的啓示——介紹王梵志的一首詩　孫民　文史知識　二〇〇七年第一期
論王梵志「翻著襪法」　梁德林　廣西師範學院學報(哲學社會科學版)　二〇〇七年第一期
王梵志詩語言俗中有雅現象舉隅　李振中　現代語文(文學研究版)　二〇〇七年第一期
王梵志詩中「得」語法化程度的層次研究　顏麗　南京林業大學學報(人文社會科學版)　二〇〇七年第一期
王梵志詩吾富有錢時　譚志永　語文天地　二〇〇七年第四期
王梵志詩合成詞專題研究　曹翔　華東師範大學博士學位論文　二〇〇七年六月

王梵志及其詩研究　盧其美　山東師範大學碩士學位論文　二〇〇七年六月
試論王梵志詩生死觀特點　李振中　名作欣賞　二〇〇七年第十四期
王梵志詩特殊韻字淺析　朱丹　現代語文（語言研究版）　二〇〇七年第八期
王梵志詩韻研究簡述　妥佳甯、何宗英　現代語文（語言研究版）　二〇〇七年第八期
王梵志吾富有錢時詩「貌哨」一詞義正　黄交軍　安陽師範學院學報　二〇〇七年第六期
王梵志詩的底層生活經驗　馬建東　敦煌研究　二〇〇八年第二期
論王梵志詩富含理趣的説理方法　李振中　宗教學研究　二〇〇八年第二期
「鏡裏看形見不難，水中捉月掙拈得？」——淺析王梵志觀影元非有　余倩　科教文匯（中旬刊）　二〇〇八年第八期
從王梵志詩看初盛唐時期民間的地獄觀　錢光勝　西南交通大學學報（社會科學版）　二〇〇八年第三期
唐代詩僧王梵志僧詩淺析　魏慧娟　濮陽職業技術學院學報　二〇〇八年第四期
王梵志詩中俗語詞初探　張慧欣　黑龍江教育學院學報　二〇〇八年第五期
王梵志詩中的女性形象及其成因　鄔宗玲　今日科苑　二〇〇八年第二十二期

王梵志詩語辭索引

本索引收入王梵志詩（包括原序）中的部分詞和詞組、短語，注明原詩在本書中的編號。異體字不加統一，同一詞語的不同形體必要時注明互見，如四畫「无明窟」注明「一作無明窟」，十二畫「無明窟」則注明「一作无明窟」。

一畫

二畫

三畫

四畫

五畫

六畫

七畫

八畫

九畫

十畫

十一畫

十二畫

十三畫

十四畫

十五畫

十六畫

十七畫

十八畫

十九畫

二十畫

二十一畫

二十二畫

二十三畫

二十四畫以上